中国文学史料学

上卷

潘树广　涂小马　黄镇伟　主编

华东师范大学出版社

华东师范大学出版社六点分社　策划

本书由苏州大学"211工程"建设经费资助出版

目 录

序 / 1　贾植芳
前 言 / 1　潘树广

第一编　通　论

第一章　史料与中国文学史料 / 2
　第一节　史料 / 2
　　史料的涵义　"史料"与"历史文献"
　第二节　中国文学史料 / 4
　第三节　文学史料流传方式与载体的多样性 / 7
第二章　史料学与文学史料学 / 9
　第一节　史料学 / 9
　第二节　文学史料学 / 13
第三章　中国文学史料学的学科归属及其与相关学科的关系 / 17
　第一节　中国文学史料学的学科归属 / 17
　第二节　文学史料学与语言学 / 19
　第三节　文学史料学与艺术 / 26
　　音乐舞蹈史料与文学史料　美术史料与文学史料

戏剧电影史料与文学史料
　　第四节　文学史料学与目录学 / 32
　　第五节　文学史料学与考古学 / 36
第四章　中国文学史料学的孕育与萌芽 / 39
　　第一节　周秦时期 / 39
　　第二节　两汉时期 / 44
　　《诗经》的笺注　楚辞的整理和注解　目录校勘之学的兴起和文学作品的著录　民歌的采集
　　第三节　魏晋南北朝时期 / 49
　　文学专科目录的出现　诗文总集的编纂　文史要籍的笺注
第五章　中国文学史料学的初建与发展 / 57
　　第一节　唐宋时期 / 57
　　类书体式的改革　各体文学作品的结集　记事性与评论性文学资料的编纂　史料学的理论建设
　　第二节　辽金元时期 / 77
　　诗文与作家传记资料的结集　戏曲小说史料的整理　马端临对史料学的贡献
　　第三节　明清时期 / 85
　　各类文学总集的编纂　戏曲目录的编订　诗文的笺注　文学批评资料的整理　史料学的理论建设
第六章　中国文学史料学的繁荣 / 96
　　第一节　清末至民国时期的文学史料学 / 96
　　具有鲜明时代特征的近代文学资料的整理　实物史料与口述史料的整理研究　古代词曲与小说资料的整理研究　新文学资料的整理研究　史料学的理论建设
　　第二节　当代中国的文学史料学 / 106
　　古籍整理机构的建立和人才的培养　文学古籍整理出版的新格局　近代文学史料建设的转机　现代文学史料整理研究的

兴盛　理论研究的深化和现代技术的应用　港台学者的史料工作及其与大陆的交流

第三节　中国文学史料学的世界性趋势 / 118

"世界性"观念的强化　国际学术交流和合作的频繁

第二编　史源论

第一章　史源与史料价值 / 128

第一节　史源学概说 / 128

第二节　文学史料的层位及其价值评判 / 130

第一层位的文学史料　第二层位的文学史料　第三层位的文学史料　西方学者对史料层位的两种划分法

第三节　史料问题的哲学思考 / 134

史实与史料　史料与史著

第二章　作家本人或当事人的著述 / 137

第一节　文集 / 137

第二节　日记 / 139

第三节　书信 / 144

第四节　回忆录 / 147

第三章　史书中的文学史料 / 151

第一节　史书是文学史料的重要来源 / 151

第二节　史书的主要体裁及其相互关系 / 153

古代史书的体裁　史书体裁之间的联系

第三节　编年体史书举要 / 157

第四节　纪传体史书举要 / 161

第五节　纪事本末体史书举要 / 171

第四章　类书中的文学史料 / 175

第一节　类书源流述略 / 175

第二节　类书对文学史料学的贡献 / 181
　　辑佚方面　校勘、考证方面
第三节　历代类书举要 / 186

第五章　方志中的文学史料 / 193
第一节　方志的性质与史料来源 / 193
第二节　方志中的文学家传记资料 / 195
第三节　方志与文学作品的辑佚校勘 / 197
　　辑佚　校勘
第四节　方志与文学作品的考证笺注 / 202
第五节　方志与民间文学研究 / 205
第六节　方志与文学文献目录 / 208
第七节　方志中文学史料的鉴别 / 209

第六章　笔记中的文学史料 / 211
第一节　"笔记"的概念及类别 / 211
第二节　笔记中文学史料的价值 / 215
　　记载作家的生平行实　保存珍贵的文学作品
　　有关文坛风尚或文学思想的史料　其他
第三节　笔记的局限 / 237
第四节　有关笔记的工具书、丛书及论著 / 240
　　工具书　丛书　专著　论文

第七章　书目中的文学史料 / 245
第一节　书目的分类与体例 / 245
第二节　书目有助于考订作者 / 247
第三节　书目中的文学批评与学术源流资料 / 250
　　评论文学创作　明辨学术源流
第四节　书目与文学古籍的考辨 / 253
第五节　书目与辑佚校勘 / 256

第八章　档案中的文学史料 / 259

第一节　档案略说 / 259
第二节　档案中有关作家生平、家世的资料 / 261
第三节　档案与文学史料的辑佚、考证 / 264
　　辑集佚作　对其他文献的补充与订正　提供文学史
　　背景材料
第四节　档案的收藏、出版与辨伪 / 269
　　档案的收藏与出版　档案资料的辨伪

第九章　谱牒中的文学史料 / 276

第一节　谱牒略说 / 276
第二节　谱牒中的文学家生平事迹资料 / 278
第三节　谱牒与家族文学 / 281
第四节　谱牒的辑佚功用及其他 / 283
第五节　谱牒的收藏、著录与内容鉴别 / 287
　　谱牒的收藏与著录　谱牒资料的鉴别

第十章　年谱中的文学史料 / 291

第一节　年谱在文学史料研究中的独特价值 / 292
第二节　年谱最得知人论世之义 / 294
第三节　年谱与辑佚、校勘、考证 / 298
　　提供辑佚、校勘资料　纠补其他文献之讹缺
第四节　年谱中文学史料的鉴别 / 302

第十一章　报刊中的文学史料 / 305

第一节　报刊中文学史料的分布及其特征 / 305
　　文学史料在报刊中的分布　副刊与文学研究
　　报刊中文学史料的特征及其价值
第二节　中国近现代报刊概观 / 309
　　近现代报刊的历史进程　林林总总的文艺报刊
　　近现代主要报刊述略
第三节　报刊影印与报刊目录 / 318

报刊影印　报刊目录
第十二章　实物史料与口述史料 / 324
第一节　实物史料在文学史料学中的重要地位 / 324

为文学史料学提供了新的研究内容　可订正古籍版刻之误或记载之误　可与古籍记载相互印证

第二节　搜寻实物史料的基本途径 / 326

考古学　甲骨文　金文　简牍与帛书　石刻

第三节　口述史料的意义 / 344

第四节　搜集口述史料的基本途径 / 348

第三编　检索方法论

第一章　史料检索的基本原理 / 352
第一节　史料的检索体系 / 352

第二节　史料检索的作用和特点 / 354

第三节　史料检索的途径和类型 / 356

第二章　史料检索的基本技能 / 358
第一节　史料检索的一般程序 / 358

分析课题　选用工具　索取原始文献

第二节　工具书排检法 / 360

形序法　音序法　号码法　分类法　主题法　时序法与地序法

第三节　工具书类型 / 367

书目、索引　文摘、综述　词典　百科全书

类书、政书　年鉴、手册　表谱、图录

第四节　工具书指南与文献指南 / 377

工具书指南　文献指南

第三章　文学史料检索的基本思路和常用工具 / 385
第一节　作品及其研究资料的检索 / 385

　　　　查找古今文学及相关图书　　查找诗文篇目及词句出处
　　　　查找研究论文及有关资料
　　第二节　作家及相关人物传记资料的检索 / 424
　　　　传记资料的类型和分布　　传记资料索引的利用　　人名辞典及
　　　　其他人名资料的利用　　传记资料集及其利用
　　第三节　与作家作品相关的时地资料的检索 / 447
　　　　中国的纪时　　年代对照和历日换算　　文学史料中的地名记载
　　　　地名辞典和地图的利用　　历代地理史料及其检索　　地名考
　　　　释、专题地理研究资料及其检索
　　第四节　与作家、作品有关的历史背景资料的检索 / 477
　　　　历史事件的检索　　典章制度的检索
　第四章　数字化文献及其利用 / 496
　　第一节　数字化文献的类型和分布 / 496
　　第二节　主要数据库及网站举例 / 500
　第五章　史料检索的拓展性原则 / 513
　　第一节　史料编纂与检索系统的建立 / 514
　　　　史料编纂与检索需求的相互适应和相互促进　　以经验为主导
　　　　的检索方法的特征及其局限
　　第二节　检索中的思维定势与拓展原则 / 518
　　　　思维定势及其对检索的影响　　检索的拓展性原则
　　　　工具书的次生功能
　　第三节　个人积累对检索的积极意义 / 523

　　　　　　　　第四编　鉴别方法论

　第一章　文学史料鉴别的意义 / 529
　　第一节　我国现存书籍的复杂状况 / 529
　　第二节　科学研究的基础和前提 / 539

第三节　谨慎择本事半功倍 / 543

第二章　中国古代版本源流 / 547

第一节　中国古籍版本类别及其名称 / 547

　　按出版时代分　按出版单位分　按刻书地区分　按刻写编纂特点及内容分　按版式特征、制版方法及装帧特点分

第二节　雕版印刷术之先驱及兴起 / 560

第三节　雕版印刷之黄金时代——两宋 / 566

第四节　元明清的雕版印刷事业 / 570

第三章　古籍版本的鉴别方法 / 577

第一节　表征辨识 / 577

　　版式行款　字体　用纸　刀法墨色　装帧形式　借助书影图谱识别版本

第二节　历史复核 / 594

　　根据图书本身留存的文字记载　根据图书在流布中的文字印章　借助传统目录学　根据讳字考核

第三节　内容考查 / 614

第四章　中国现代文学书籍版本的鉴别 / 618

第一节　现代文学书籍版本的新面貌与新问题 / 618

第二节　现代文学书籍版本的鉴别 / 629

　　根据现代文学书籍的版权页辨　根据作者所写的有关文字记载辨　根据作者行迹辨　根据作品内容特征辨

第五章　古籍伪书的辨别 / 639

第一节　辨伪的态度和方法 / 640

第二节　伪书的利用价值 / 657

　　科学价值　史料价值　文学价值

第六章　文学史料内容的考证 / 665

第一节　哪些史料必须考证 / 665

第二节　参验事实以甄别真伪 / 671

第三节　知人衡文和署名的考证 / 674
第七章　校勘在文学史料鉴别中的运用 / 681
　第一节　用校勘法辨明版本源流 / 681
　第二节　用对校法校异同、辨优劣 / 685
　第三节　用校勘法辨别真伪、纠正谬误 / 689

第五编　文学史料分论(上)

第一章　先秦文学史料 / 696
　第一节　神话 / 696
　第二节　诗歌 / 699
　　《诗经》《楚辞》
　第三节　散文 / 707
　　历史散文　诸子散文
第二章　历代诗文总集 / 714
　第一节　通代诗文总集 / 715
　　诗文兼收的通代总集　专收诗的通代总集　专收文的通代总集
　第二节　唐宋诗文总集 / 721
　第三节　辽金元诗文总集 / 726
　第四节　明清诗文总集 / 729
　第五节　近代诗文总集 / 735
　第六节　地方诗文总集 / 737
第三章　历代诗文别集及有关资料 / 740
　第一节　汉至南北朝时期 / 741
　第二节　唐五代时期 / 755
　第三节　两宋时期 / 779
　第四节　金元时期 / 795
　第五节　明清时期 / 800

第六节　近代 / 818

第四章　历代诗文评论资料 / 828
　　第一节　诗文评论资料概说 / 828
　　第二节　历代诗话 / 831
　　第三节　历代诗纪事、文话及其他 / 846

第五章　历代词集、词学资料与散曲 / 850
　　第一节　词总集与丛书 / 850
　　　　词选集　词丛书　词全集
　　第二节　词别集及有关资料 / 868
　　　　唐五代　宋代　辽金元明　清代　近代
　　第三节　词话 / 888
　　第四节　词乐、词韵、词谱及其他 / 895
　　第五节　散曲 / 898
　　　　散曲别集　散曲总集与丛书　历代散曲曲谱、曲论与曲目

第六章　小说史料 / 904
　　第一节　孕育期与萌芽期的小说史料 / 905
　　第二节　成长期的小说史料 / 914
　　第三节　成熟期的小说史料 / 921
　　第四节　鼎盛期的小说史料 / 934
　　第五节　衰微期与变革、过渡期的小说史料 / 946
　　第六节　小说丛刊、目录、辞书及其他 / 961

第七章　戏曲曲艺史料 / 967
　　第一节　起源期与形成期的戏曲史料 / 967
　　第二节　鼎盛第一期的戏曲史料 / 975
　　第三节　鼎盛第二期的戏曲史料 / 985
　　第四节　转变期的戏曲史料 / 998
　　第五节　剧本丛刊、论著集、目录、辞书及其他 / 1002
　　第六节　曲艺史料 / 1011

第八章　敦煌文学史料 / 1019

第一节　敦煌遗书和敦煌文学 / 1019

第二节　敦煌歌辞 / 1025

第三节　敦煌诗歌 / 1034

《秦妇吟》　王梵志诗　辑补《全唐诗》　校勘价值研究

第四节　敦煌讲唱文学 / 1041

原卷的校录刊布　溯源、定称及分类研究

第五节　敦煌目录 / 1051

敦煌遗书目录　敦煌学研究论著目录

第九章　民间文学史料 / 1061

第一节　民间文学史料搜集整理概况 / 1062

第二节　民间故事 / 1064

第三节　民间诗歌 / 1070

第四节　民间文学与宗教典籍 / 1074

第五节　研究资料与工具书 / 1077

第十章　民族文学史料 / 1082

第一节　民族文学史料概貌 / 1082

第二节　民族民间文学 / 1087

第三节　民族作家文学 / 1092

第六编　文学史料分论(下)

第一章　现代文学史料概貌 / 1101

第一节　现代文学史料的基本内容和主要类型 / 1101

第二节　现代文学史料的编订与出版概况 / 1103

第二章　大型作品总集与研究资料丛书 / 1107

第一节　作品总集和作品丛书 / 1108

《中国新文学大系》系列　区域性系列　流派和文体系列

旧本影印系列
　第二节　研究资料丛书 / 1118
第三章　现代作家文集及有关资料 / 1130
　第一节　作家文集 / 1130
　第二节　作家选集丛书 / 1162
第四章　现代作家传记资料 / 1167
　第一节　自传、回忆录、书信 / 1167
　第二节　年谱、年表、评传 / 1169
　第三节　传记集、人名辞典、笔名录 / 1175
第五章　报刊资料 / 1178
　第一节　现代文学报刊及其影印概况 / 1178
　第二节　现代主要文学报刊述略 / 1181
　第三节　现代文学报刊目录 / 1187
　第四节　现代文学研究的核心期刊及专刊 / 1189
第六章　现代文学常用工具书 / 1192
　第一节　作家著述目录 / 1192
　第二节　作品及研究资料目录 / 1195
　第三节　辞典、大事记 / 1198

第七编　编纂方法论

第一章　文学史料编纂工作总述 / 1204
　第一节　文学史料编纂工作的意义与成果形式 / 1204
　第二节　文学史料编纂工作的原则与选题的确定 / 1206
第二章　标点与校勘 / 1209
　第一节　标点古书应有的态度 / 1209
　第二节　标点古书应具备的知识 / 1213
　第三节　校勘文学文献的知识条件和工作依据 / 1223

选择底本　广储异本、旁本　制订校勘体例
　第四节　校勘文学书籍的基本方法 / 1236
　第五节　校勘成果的处理及其发表形式 / 1245
第三章　注本的编著 / 1252
　第一节　文学史料的注释体例 / 1253
　第二节　注释的基本原则 / 1256
　第三节　文学书籍注释的主要内容 / 1265
　第四节　新注本的编著 / 1276
第四章　总集与别集的编纂 / 1283
　第一节　总集的类型及编纂程序 / 1283
　　全集型总集的编纂程序　选集型总集的编纂程序
　第二节　总集的编排方法 / 1291
　第三节　别集的类型及编纂方法 / 1293
第五章　辑佚与附录、序跋 / 1299
　第一节　辑佚常用的方法 / 1299
　第二节　辑佚质量的基本要求 / 1303
　第三节　附录 / 1307
　第四节　序跋及其撰写 / 1310
第六章　资料汇编的编纂 / 1320
　第一节　文学资料汇编的类别 / 1320
　第二节　资料的搜集和编纂 / 1323
　　资料的搜集　编纂工作中的几个问题
第七章　年谱与诗文系年的编纂 / 1327
　第一节　年谱的编纂 / 1327
　　年谱的纂例　确定选题与主旨　资料收集与考辨
　　时事的编纂　附录的编纂
　第二节　诗文系年的编纂 / 1333
第八章　书目与索引的编纂 / 1336

第一节　书目的编纂 / 1336
　　著录　款目的组织　书目的整体结构
第二节　索引的编纂 / 1339
　　款目的基本结构　索引编纂工作的优化

参考文献 / 1344
增订后记 / 1348

序

贾植芳

中国文学史料学,作为中国文学和历史学的交叉学科,又是中国文学史研究的基础学科之一。对这门学科的理论与方法的研究,已有两千多年的漫长历史。它反映了中华民族一贯重视文化积累,以及在文化建设上积极进取的心态。随着中外文化的交流和融会,异域学者有关文学史料学研究的讯息和学术观点也进入了我们的学术视野,为这门学科的建设提供了新的借鉴。

潘树广同志多年从事中国古典文学与文献学、辞书学、编辑学的研究与教学,并在理论和实践上取得显著成果。我作为他的一个朋友和同行,就先后参加过他在苏州大学主持的全国性语言文学文献班的结业典礼和他的专业研究生的学位论文答辩;作为一个读者,我又从他的众多的著述中,获益良多。他的学术成果,不仅为国内同行所重视,也受到海外学者的注目,有的已译为外文出版。现在我又有机会阅读他主持编撰的《中国文学史料学》一书的总目及大部分原稿,深为这部探讨中国文学史料的研究和利用的理论和方法的新献所吸引。树广同志约我为它写一篇序文,我也想在诵读之余,写下些我的体会和感想,把这部学术著作介绍给国内外的读书界。

这是一部搜罗宏富,论证充分,体例严实而系统的文学史料学专著。它既是前人研究经验和成果的历史性总结,又能在前人对这门学科的理论研究和实际应用方面所取得的成果的基础上,进行深入发掘和新的开拓。我认为它有下列几个优点或特点:

一、全书视野开阔,不仅收集了前人的研究文献,也收集了今人的有关研究成果及动态,包括台港和海外华人的学术成果和研究讯息。它对于大量引证的史料,不是作机械的罗列和堆积,而是站在新的历史高度上,用新的时代眼光加以审视,并作出了相应的理论阐述。仅就本书所收集的史料和学术讯息的丰富性而言,它又是这门学科研究者的必备的工具性读物。

二、我国过去的文学史料研究家,对中国文学史料的整理和研究,多从断代史着眼:或者是中国古代文学,或者是中国近代文学、现代文学,可谓划疆而治,壁垒分明,"井水不犯河水"。但中国文学史料学作为一门独立学科,实应贯通古今,视古今为一个整体。这个观点,已成为近年中国文学史料学研究者从历史实践中得出的一个学术共识:从事各种断代性文学史料学研究的学者之间理应进行交流与贯通,以利于这个学科的整体性建设和发展。这部《中国文学史料学》,则涵盖了中国古代文学、近代文学与现代文学,是一部跨越古今的会通之作,可称为对中国文学史料学的研究向前跨越的一大步,是一个新的起点,对学科的健全发展来说,是一部有开创性和奠基意义的著作。

三、书中对所引用的大量材料和论著,不是停留在静态的叙述介绍上,而是注重动态性的分析与评述,对其虚实得失提出自己的认识和见解,又能注重从论据上着眼,谨慎从事;对异国学者的研究动态和理论观点,也在注意引进的同时,进行分析和评价。全书始终贯穿着严肃的思辩精神。

四、本书注意将新的研究方法和技术手段(如复印、缩微、录音、录像、电子计算机技术等)引入文学史料学研究领域。在介绍这些新方法新技术的应用的同时,对于传统方法中的有生命力的精华部分，也注意选择和吸收。因此，本书在中国文学史料学研究的实际工作方法上的论述，也是有特色的。

总之，本书是一部既重视对中国文学史料学的基础理论研究，又注重对中国文学史料的搜集、鉴别与编纂等方法的研究的著作。它对中国文学史料学发展史的描述，对中国文学史料整理研究成果的评析，都富有新的学术见识。这又是一部对中国文学史料学进行整体性的历史考察和理论与方法研究的重要学术成果，它具有重大的理论意义和实用价值。它的出版，必将受到国内外的注目和欢迎；对于进一步推动中国文学史料学的研究和教学，它又必然会产生重大的学术影响力量。

1991年7月28日　上海

前　言

潘树广

本书是根据《国家社会科学基金课题指南(1988)》立项的科研成果。

中国文学史料学,是探讨中国文学史料的研究和利用的理论与方法的学科,是中国文学史研究的基础学科之一。这门学科的主要任务,是为文学史研究提供客观依据。

中国历代学者对文学史料的搜集、鉴别、整理等问题的研究,已有两千年的漫长历史。但文学史料学作为一门学科,其完整的理论体系至今仍在不断探讨和逐步完善的过程中。

"中国文学史料"是一个历时性的概念。它不限于指称中国古代文学史料,还涵盖中国近代与现代文学史料。中国文学史料学,是理论性、应用性紧密结合的学科,它的主要内容有:中国文学史料学基础理论研究,文学史料搜集方法的研究,鉴别方法的研究,编纂方法的研究,中国文学史料学发展历史的研究,以及对文学史料整理研究成果的评介等。

近数十年尤其是最近几年,新的研究方法和技术手段不断引入文学史料研究领域,而传统方法中的精华部分仍具有强大的生命力。传统方法与现代方法是推动文学史料学驶向新高度的两个巨轮。

基于上述认识,我们将本书分为有机联系的八编。第一编通论,论中国文学史料学的性质、任务、内容结构,中国文学史料学的历史、现状与世界性趋势;第二编史源论,论文学史料的来源与分布,史料的层位及其价值评判,实物史料与口述史料在史源探索中的重要地位;第三编检索方法论,论史料检索的原理、方法、技能,检索的基本思路、常用工具与拓展性原则;第四编鉴别方法论,论史料的外层鉴别(版本、辨伪等)与内容鉴别;第四、五编文学史料分论,分类评介古代、近代、现代文学史料的集结性成果;第七编编纂方法论,论文学史料编纂的选题与编前调研,标点、校勘、辑佚、注释的方法,汇编、总集、别集、年谱、书目、索引的编纂,以及书稿规格、版式批注、校对等技术性问题;第八编现代技术应用论,论现代技术在文学史料整理研究工作中的应用,介绍复印、缩微、录音、录像、电子计算机技术等。另有附编中国文学史料整理与研究工作大事记(上古至1991年)和本书关键词索引。

本书主要执笔人是(按执笔字数多少为序):

潘树广、黄镇伟、曹林娣、涂小马、陈桂声、赵明。前三人为本书编委。各编具体分工如下:

第一编　潘树广

第二编　潘树广　涂小马　黄镇伟

第三编　黄镇伟

第四编　曹林娣

第五编　潘树广　陈桂声　涂小马　黄镇伟

第六编　黄镇伟

第七编　曹林娣　潘树广　陈桂声　涂小马

第八编　潘树广　邹忠民

附　编　赵明　薛维源

徐馥、赵明搜集整理了部分现代文学资料,施勇勤、刘双魁提供了她们研究郑振铎的文献学思想、宋人所撰文学家年谱的成果,戴庆钰提供了研制古典文学研究方法论机读数据库的部分成果，程家钧、陆玲芳、秦健民搜集并翻译了部分外文资料。

本书承复旦大学贾植芳教授审稿并作序，我们衷心申谢，并感到十分荣幸。贾先生是在海内外享有盛誉的比较文学专家，并主持编写了影响深远的大型文学研究资料丛书，对文学史料建设作了杰出贡献。贾先生将史料积累与理论研究如此完美地结合，令人钦佩，是文学史料学研究工作者的楷模。

本书力图反映我国（包括台湾、香港地区）和国外学者的最新研究成果。引用或论及的文献资料，至1990年底，间及1991年。但囿于见闻，疏漏之处恐有不少，立论亦未必妥当，祈请同行专家和广大读者匡谬正误。

1991年秋于苏州大学

第一编
通　　论

　　中国文学史料学,是探讨中国文学史料的研究和利用的理论与方法的学科,是中国文学史研究的基础学科之一。

　　中国文学史料学的主要任务,是为文学史研究提供客观依据。

　　本编先剖析中国文学史料这一概念的内涵和外延,进而论述中国文学史料学的内部结构及其与相关学科的关系,并对中国文学史料学的历史、现状与发展趋势予以述评。

第一章 史料与中国文学史料

任何一门学科,都有其特定的研究对象。史料学的研究对象,是各种类型的史料。本章要讨论的,是史料和中国文学史料的涵义,以及文学史料流传方式与载体的多样性问题。

第一节 史　　料

一、史料的涵义

史料,是历史遗留物,是过去的事物得以流传于后世的实物资料、语言资料等。所谓过去的事物,从广义上说,包括自然界的万物万事和人类的活动。但历史学家注意的重点,是人类社会的发展过程。故梁启超说:"史料者何?过去人类思想行事所留之痕迹,有证据传留至今日者也。"(《中国历史研究法·说史料》)苏联学者 E. M. 茹科夫说:"任何关于人类过去的信息都可以成为历史史料。"(《历史方法论大纲》,苏联科学出版社 1980 年版)

往事得以流传于后世,主要通过三个途径:文字记录的传递,实物的遗存,口耳相传。历史学家据以研究历史和编纂史书所用的资料,主要就是这三个方面。它们分别被称为文字史料、实物史料和口述史料。

文字史料,指书籍、报刊、档案等。史料学家所利用的,大部分是文字史料。

实物史料,指历史上的事物以其固有的物质形态流传于后世者,包括地面保存和地下发掘的遗迹、遗物。

口述史料,又称口碑或口传史料。人类在发明文字前,史事主要靠口耳相传;即使在文字发明后,口述史料也仍然是史家所关注的。

中外学者对待史料,注重追本穷源,振叶寻根,订讹正误,去伪存真。梁启超说:"史料以求真为尚","必有证据,然后史料之资格备。"(《中国历史研究法》)陆懋德说:"假如作此书者将所用史料之来源完全写出,则吾人可就彼所采用之史料,以决定其书之可信与否。"(《史学方法大纲·论史料》)耐人寻味的是,外文中的"史料",大多含有根源、泉源的意义。如英语称史料为 historical sources, sources 的本义是河的源头,根源,出处。俄语称史料为 исторические источники,источниик 的本义是泉源、来源。《苏联大百科全书》第 3 版第 10 卷(1972 年版)给"史料"下的定义:"史料是直接反映历史进程并能提供研究人类社会史可能性的一切,即人类社会先前创造并留存至今,能使人判断民族风尚、习俗、语言的一切物质文明物和书面文献。"(程家钧译文)《苏联百科词典》第 3 版(1980 年版)给"史料"下的定义是:"直接反映历史进程并提供研究人类社会历史的各种文字材料和实物(古文物、语言文字、风俗礼仪等)。"(中国大百科全书出版社 1986 年中译本)以上两条释文,则强调史料对历史进程反映的直接性。

二、"史料"与"历史文献"

"史料"和"历史文献"这两个术语,有联系,亦有区别。有必要对它们的异同作一比较。

"历史文献",一般指文字史料。如张舜徽认为,历史文献学以文字史料为研究范围,不宜把实物也包括在内(载有文字的实物,则研究其文字)①。白寿彝说:"历史文献指的是有重要历史意义的书面材料。"②学者们还常在论著中将"文献"与"实物(文物)"对举,前者指文字史料,后者指实物史料。如吴泽论"文献和实物的互证"③,沈从文论"文献与文物相结合"④,均持此说。

在特定的语言环境中指称文字史料时,"史料"和"历史文献"两个术语可以通用。如《史记》、《资治通鉴》,既可称之为"史料",亦可称为"历史文献"。因为"史料"这概念涵盖了文字史料。

如前所述,史料包括文字史料、实物史料、口述史料,而"历史文献就是史料中文字史料的那一部分"⑤。因此,史料的范围比历史文献广。

第二节　中国文学史料

中国文学史料,是中国历史上有关人类文学活动与各种文学现象的资料,是研究历代文学和编撰文学史的客观依据。具体说来,主要有以下几个方面。

一、文学作品本身。包括历代有姓名可考的作家和佚名作者各种体裁的作品。

文学是用语言文字塑造形象以反映生活、表情达意的艺术,在我国有悠久的历史。但它作为一种语言艺术而取得相对独立的地

---

① 《关于历史文献的研究、整理问题》,《中国历史文献研究集刊》第1集(湖南人民出版社1980年版)。

② 《谈历史文献学》,《史学史研究》1981年第2期,又见《历史教育和史学遗产》(河南人民出版社1983年版)。

③ 《史学概论》(安徽教育出版社1995年版)第5章第4节。

④ 《从〈不怕鬼的故事注〉谈到文献与文物相结合问题》,《光明日报》1961年9月18日。

⑤ 王余光《中国历史文献学》,武汉大学出版社1988年版。

位,到魏晋南北朝时期才逐步确立。在先秦两汉时期,除诗赋而外,文、史、哲水乳交融,许多哲学著作(如《论语》、《庄子》)和史书(如《左传》、《史记》)中的部分篇章有很强的文学性,所以文学史研究者亦以文学作品视之。

二、文学理论批评著作。包括文学理论批评专书、论文和散见于各种著述中的体现一定文学思想的言论。

文学理论批评是随着文学创作的日益丰富、文学地位的逐步确立和人们对文学现象探索的不断深入而发展起来的。先秦两汉时期,"文学"一词的含义广泛而游移,常兼指现代人所说的文学、哲学、史学,或指学术著作,而把现代意义的文学称为"文章"。当时,尚无文学理论批评专书,大量文论散见于先秦诸子,两汉哲学著作(如《法言》、《论衡》)、历史著作(如《史记》、《汉书》),以及典籍注疏之中。魏晋南北朝时期,出现了文学理论批评专书。此后,文学理论专书与单篇论文均蔚为大观。

三、作家传记资料。包括传记专书和散见于正史、别史、杂史、姓氏书、题名碑录、方志、家谱、笔记、文集、报刊、回忆录中涉及作家事迹的资料。传记资料有本人记述(如自传、自订年谱、日记等)或亲属、师友记述的,史料价值一般较高。但大部分传记为后人搜集已有的文献资料整理而成。

四、文学作品的背景性资料。即有关创作动因、素材来源、写作过程、流传情况、社会影响,以及禁毁、窜改、续作等方面的材料。

五、文学社团与流派资料。文学社团,是一定历史时期内文学主张或创作风格近似的作家自觉形成的组织,一般有结社名称、纲领和出版物,如古代的月泉吟社、几社,近代的南社,现代的文学研究会、创造社。文学流派的涵义则广泛得多,不一定有明确的组织形式和纲领,但客观上由于文学主张、创作风格或写作内容接近而形成一定的派别。如古代的江西诗派、公安派,近代的汉魏六朝诗派、晚唐诗派,现代的鸳鸯蝴蝶派等。派别的名称,或系当时流行,或系后人概括指称。有关历史上文学社团与流派的形成过程、文学主张、创作情况及社会反响等方面的资料,是文学史料的重要组成部分。

六、文学期刊与报纸副刊资料。即有关文学期刊的名称、编者、出版者、刊期、主要内容与栏目、作者群、创刊停刊情况、社会影响等方面的资料。有些期刊虽是综合性的,但对文学有较大影响,如近代的《新民丛报》、《民报》和现代的《新青年》、《中国青年》等,亦在文学史料学家注意之列。副刊最早称"附刊",以刊载消遣性文字为主,随大报附送,故名。后称"副刊"(《晨报副刊》始用此名),内容由消遣性向知识性、文艺性、学术性发展,出版形式亦各有不同:或占一版,或占数版,或独立发行。因文学期刊与报纸副刊均连续出版,能提供作者、作者群或社团流派的连续性文学资料,且多有文学论争的原始文献,故有较高的史料价值。

七、文坛风尚与文学事件资料。在一定历史时期或一定地域内,常会出现某种文学思潮或创作倾向。它不只体现在少数作家或个别流派的作品中,而是具有广泛的社会影响,人们习惯称之为文坛风尚。有关文坛风尚的史料,在历代文献中时有所见。如唐李肇《国史补》:"大抵天宝之风尚党,大历之风尚浮,贞元之风尚荡,元和之风尚怪也。"记述了唐代不同时期的文坛风尚。虽所述未必全面,但不失为一则珍贵的文学史料。

文学事件资料,是指与文学创作与研究状况密切相关的事件的资料。如历代统治者有关诏令、法规的颁布,有关机构的建立,文字狱,文学运动,重要会议,文学资料的重大发现等。

八、文学形式范畴的资料。如历代有关各种文学体裁的形成、发展、变化的情况的记载,以及诗律、词律、曲律等方面的资料。

以上只是大致勾勒文学史料的范围。事实上,文学的发展与历代经济形态、政治制度、哲学思想、道德观念、宗教、法律、教育都有着程度不同的联系。因而,文学史料既有其相对独立性,又与其他门类的史料交叉渗透。

第三节　文学史料流传方式与载体的多样性

文学是语言的艺术。语言可以用文字记录和流传,亦可以口耳相传。书面记载是文学史料的大宗,口述史料在文学研究中也有着特殊重要的地位。郑振铎在1929年曾说:"近代的学者,最看重的是从人民口头上记载下来的东西,而已见于书本上的经过改削的东西却是研究的第二种资料或不大可靠的资料。"他说广东陈穆如就是"一位很知道原始民曲的重要的人","他是专心的在他的故乡搜集了许许多多的民歌,都是从人民口头上搜集的,都是真实的原始的民间共同的作品"。(《研究民歌的两条大路》)

口头流传的文学史料分布面广,数量众多,其中有不少是世界闻名的优秀作品。如我国三大民族英雄史诗——藏族的《格萨尔王传》、蒙族的《江格尔》、柯尔克孜族的《玛纳斯》,已在民间口头流传数百年乃至上千年,至今尚未全部整理成文字。中外学者根据民间艺人说唱采录整理的部分内容,已出版中、俄、法、德、英等语种的不同版本。

历史上人类的文学活动,常借助于一定的实物。实物流传至今,成为重要的物质形态的文学史料。如山西先后发现金元时期的舞台20余座,北京故宫博物院藏有清代宫廷戏衣,苏州戏曲博物馆藏有大量昆曲文物。研究者通过这些实物,可以具体形象地了解历史上戏曲创作演出的盛况。

文学史料的载体丰富多样。除习见的以纸张为载体的图书、报刊外,还有古代以甲骨、金石、竹帛为载体的史料,近现代以感光材料、磁性材料为载体的史料(胶卷、照片、录音带、录像带等)。

感光材料和磁性材料是新型的史料载体,对史料的保存、流传有着不可估量的意义。例如,我国30年代拍摄的影片,有些剧本未能保留下来。我们今天之所以能在《"五四"以来电影剧本选集》、《中国新文学大系》中看到一些本已散佚的电影剧本,是出版社请人根据拷贝记录整理的。又如中国现代文学馆收藏的大量照片、录音、录像,是极为重要的文学史料。再如杨天石1990年夏天去美国访问,在阅读胡适未刊日记的缩微胶卷时发现了鲁迅的佚札(1923年12月28日致胡适函)[①],内容有关小说史研究与小说版本,弥足珍贵。

史料的载体可以转换,这就使文学史料有了更广阔的传播面。如文学研究家邀请歌手居素甫·玛玛依对着录音机唱《玛纳斯》,两年唱出3部,专家们根据录音整理出长达21万诗行的诗稿,陆续付印[②]。口传史料先转换成以磁性材料为载体的史料,再转换成以纸张为载体的史料,传播面越来越广。

---

① 见《文汇读书周报》303号(1990年12月15日)。
② 见《文汇报》1990年1月15日。

第二章　史料学与文学史料学

关于史料学的性质和任务,中外学者曾进行过多方面的论述。本章先陈述我们的见解,并对中外学者的主要观点作一介绍,进而阐述中国文学史料学的研究内容。

第一节　史　料　学

史料学是探讨史料研究和史料利用的理论与方法的学科。

史料学的研究内容主要有:考察史料的源流、类别,从事史料的搜集和整理,评判史料的真伪和价值,研究史料学与相关学科的关系,考察史料学发展的历史等。

冯友兰说:"史料学是历史科学中的一个部门,为历史学的研究作准备工作,是关于史料的方法论。"(《中国哲学史史料学初编》)他对史料学的任务作如下阐述:

历史学家研究一个历史问题,在史料方面要作四步工作,每一步的工作都必须合乎科学的要求。

第一步的工作是收集史料,这一步工作的要求是"全"。

第二步的工作是审查史料,这一步工作的要求是"真"。

第三步的工作是了解史料,这一步工作的要求是"透"。

第四步的工作是运用史料,这一步工作的要求是"活"。

史料学的任务在于解决与前三个步骤有关的问题,第四个步骤已不属史料学的范围。

冯友兰认为第四个步骤——运用史料——不属于史料学范围,可能是把"运用史料"定位于史学论著的著述。如果我们对"运用史料"作广义的理解,那末,史料学应当包括史料运用中的部分问题.如史料的综合分析,史料的选择,论证过程中援引史料的数量与质量问题等。

白寿彝在1983年撰写的《中国史学史》第一册(上海人民出版社1986年版)中说:

> 史料学,我认为,可以包含理论的部分、历史的部分、分类的部分和实用的部分。理论的部分,主要是研究史料跟史学领域其他部分的关系,史料本身的特点,史料学应当承担的任务。历史的部分,是要研究史料学发展的过程及其规律。如就中国而言,就是要研究中国史料学发展的过程及其规律。分类的部分,是要研究史料的各部分类的方法,目的在增进对各种史料性质的理解并因而便于收藏和检寻。应用部分,如版本、校勘、辑逸、辨伪之类。近年所谓史料学,大致属于第四部分之内容为多。涉及到前三部分的内容者,可说是很少。事实上,在中国史学发展的过程中,关于史料学的这四部分内容也都有相应的发展,不过我们注意得不够,因而有关的研究成果不多。

各家对史料学的研究内容所作的阐述,以白寿彝较为全面。尤其他强调理论的探讨和史料学的发展历史的考察,为其他学者很少论及。有一种肤浅的看法,以为只是研究如何搜集史料,或是罗列已知的史料以便于他人寻检,这就是史料学。这种看法显然很不全面。史料学应强化理论分析与价值评判的精神,当然,这种理论分析与评判不应当是外加的,不能说一部史料学著作立专章谈理论,就算是强化了理论性。理论分析与价值评判,应贯串于史料的搜集、鉴别、整理、利用的各个环节。同时,史料学既是一个学科,必有其形成、发展的过程。研究史料学(或史料学中某一部分)的发展历史,是为了从理论上和实践上进行总结,从而推动今天的史料学的学科建设。

国外学者把史料学作为一门有自身研究对象和独特方法的学科,均在19世纪后期。德国朋汉姆(E. Bernheim)、法国朗格诺瓦(Ch. V. Langlois)和瑟诺博司(Ch. Seignobos)、美国傅舲(Ferd Morrow Fling)等,在他们的著作或编译中,对史料或史料学多所论述。

苏联对史料学相当重视,各大学历史专业普遍开设史料学课程。《苏联大百科全书》有"史料学"(источниковедение)专条,释文颇详,今摘其要:

> 史料学是一种综合性专门历史学科,是研究史料的科学,包含发现、研究和利用史料的理论和实践。史料学的分支有书面史料学和各种辅助历史学科。史料学所研究的问题,总体上可分为理论和应用两个方面。理论史料学研究构成史料的规律以及史料反映实际历史过程的规律,研究史料中所含信息的结构和性质,确定史料分类的原则,将史料分类,探讨历史研究的一般方法和根据各种各类史料进行历史研究的方法。史料学的理论问题,主要是以大多数史著藉以为据的书面史料为素材进行研究的。应用史料学(又称具体史料学)由各种历史范畴、历史划段、历史时期、历史问题的史料学组成。史料学实践包括档案馆、博物馆、图书馆搜集、保存和描述史料的活动,史料发表者的活动以及史学家研究过程中探讨史

料的工作。应用史料学的成分在日常社会实践（公文处理、犯罪侦察、评价任何信息）中也常遇到。（《苏联大百科全书》1972年第3版第10卷，程家钧译）

以上释文，比《苏联大百科全书》第2版（1949~1958年版）的释文详细而谨严，代表了当代苏联史学界的一般看法。

近年来，尤其是80年代以来，我国学者撰写的史料学专书（包括论文集）的品种和质量有了明显的增长。这些著作大体上可分为普通史料学和专科史料学两大类。

普通史料学，对历史学领域多种史料进行综合研究和评介。又可分为两类：一类以理论为主，如翦伯赞著《史料与史学》（北京大学出版社1985年增订版）、谢国桢著《史料学概论》（福建人民出版社1985年版）、荣孟源著《史料和历史科学》（人民出版社1987年版）等；另一类以应用为主，如陈高华等著《中国古代史史料学》（北京出版社1983年版，天津古籍出版社2006年修订本）、何光礼著《中国古代史史料学》（上海古籍出版社2004年版）、陈恭禄著《中国近代史资料概述》（中华书局1982年版）、张革非等著《中国近代史料学稿》（中国人民大学出版社1990年版）、张宪文著《中国现代史史料学》（山东人民出版社1985年版）、何东著《中国现代史史料学》（求实出版社1987年版）、冯尔康著《清史史料学初稿》（南开大学出版社1986年版）、黄永年著《唐史史料学》（上海书店出版社2002年版）、王晖等著《先秦秦汉史史料学》（中国社会科学出版社2007年版）等。

专科史料学，对某一学科领域的史料进行研究和评介。如冯友兰著《中国哲学史史料学初编》（上海人民出版社1962年版）、张岱年著《中国哲学史史料学》（三联书店1982年版）、刘建国著《中国哲学史史料学概要》（吉林人民出版社1983年版）、朱金顺著《新文学资料引论》（北京语言学院出版社1986年版）、高小方著《中国语言文字学史料学》(南京大学出版社 2005 年版)等。

本书属专科史料学。

第二节　文学史料学

文学史料学是探讨文学史料的研究和利用的理论与方法的学科,是文学史研究的基础学科之一。

1987 年版《苏联文学百科辞典》有"文学史料学"(литературоведческое источниковедение)专条,释文说:"文学史料学是一种辅助文艺学科,研究文学史和文学理论的史料以及寻找、整理、运用这些史料的方法。"(程家钧译)这一定义,点明了文学史料学的要点,但尚欠具体和全面。

从完整的意义上说,中国文学史料学的研究内容应包括以下几个主要方面。

一、文学史料学基础理论的研究

研究文学史料学的性质、任务、作用。文学史料学的学科归属及其与相关学科的关系,文学史料形成、发展、分布的一般规律,对文学史料进行分类、评价的理论原则等。

二、文学史料搜集方法的研究

一是研究如何从已有的书面材料中搜集。书面的文学史料既集中又分散。所谓集中,是前人已做过大量整理工作,有大量总集、别集、传记集、资料汇编等可供我们利用;所谓分散,是某项研究所需要的文学史料分散在各类书籍报刊之中,有相当一部分长期埋没在书山报海之中未被发掘和利用。搜集工作中最艰巨而又最有价值者,就是把淹没的文学史料发掘出来。

二是研究如何搜集口头流传的活材料,使之及时转化为文字资料或录音资料,从而摆脱时间和空间的局限.这是文学史料工作者一项重要的抢救任务。

三是研究如何搜集传世的或地下发掘的实物资料。既要亲自实地调查,又要密切注意文物考古工作者的新发现,用实物资料补充、订正或印证书面材料。

搜集文学史料不得不"心挂两头",一头是浩如烟海的旧史料,另一头是不断被发现的新史料和史料研究的新成果。如何用科学的方法力求迅速而全面地找到所需史料,是史料学的一个重要课题。

三、文学史料鉴别方法的研究

文学史料搜集到手后,要经过分析、鉴别、考订,方能为文学史的研究提供真实可靠的客观依据。具体而言,主要进行两方面的研究:

首先,应判别史料是真本还是伪作?即进行辨伪和证真。若是真本并有不同版本流传,尚应对各种版本进行研究,判别何种版本为佳.这方面的工作,国外学者称之为"外形鉴定"或"外层批判"。

其次,在确定史料属真本的前提下,尚应对它所记载的内容的可靠性、存真度进行研究、考证。这方面的工作,国外学者称之为"内容鉴定"或"内层批判"。

因而,史料的真伪、版本的优劣和内容的可靠性,是三个并非等同的概念.如梁启超作《戊戌政变记》,这是真本无疑。《戊戌政变记》印行多次,从而产生版本的优劣问题。真本、善本到手,它的内容是否完全可靠?梁启超说了大实话:"吾二十年前所著《戊戌政变记》,后之作清史者记戊戌事,谁不认为可贵之史料?然谓所记悉为信史,吾已不敢自承。何则?感情作用所支配,不免将真迹放大也。治史者明乎此义,处处打几分折头,庶无大过矣。"(《中国历史研究法·史料之搜集与鉴别》)由此可见,史料学中的所谓"鉴别",涵义是多方面的:要考察史料的来源、作者、写作年代、刊刻年代、流传经过,判别文本的真伪、优劣、文字正讹,分析其记述内容的虚实和价值的高下。前人在史料鉴别方面总结了不少行之有效的方法,我们要借鉴和发展。

四、文学史料整理与编纂方法的研究

搜集、鉴别文学史料,是为了使之服务于文学史的研究工作。文学研究工作者在完成论著的过程中,常把搜集所得的资料,整理编纂,既是为自己的研究课题服务,亦可供他人参考。如鲁迅为撰写《中国小说史略》搜集了大量的小说史料,又将这些史料整理成《古小说钩沉》、《小说旧闻钞》等。

除文学史著作家亲自整理出版文学史料外,还需要有一批精于史料工作的专门家,在更大的范围内从事文学史料的整理、编辑、出版工作,为文学史研究打下更坚实的基础。如孔另境的《中国小说史料》,就是在鲁迅《小说旧闻钞》的基础上加以扩充,增补了许多鲁迅未采录的资料。

文学史研究家和史料学家都为我们编纂出版了大量的文学史料,其成果的形式亦丰富多样,如校点本、辑佚本、笺注本、资料汇编、年谱、诗文系年、书目、索引等等。研究文学史料的各类成果的编纂原则和方法,从而推动文学史料的出版,是文学史料学的又一任务。

五、文学史料学发展历史的研究

研究内容主要有:(1)对古今文学史料学家的活动的考察;(2)对历代文学史料学的理论建树与实践成果的研究与评论;(3)探讨历代文学史料学的发展与各种时代因素、社会因素的关系;(4)研究历代文学史料学的成果对文学研究与创作的影响。

值得指出的是,历代学者有关文学史料学的理论阐述,多散见于各种著作之中,有待发掘总结。至于历代产生的文学史料工作成果,如各种总集、汇编、校注本等,数量众多。以往的评介,多集矢于少数要籍,有待研究的对象还有许多。对历代文学史料工作成果进行较为全面的研究与评论,具有理论总结和实践指导的双重意义。

第三章 中国文学史料学的学科归属及其与相关学科的关系

整个科学发展史,是一部学科不断分化而又日趋综合的辩证统一的历史。史料学作为一门学科,在学科分类体系中有它自身的位置。它是相对独立的,但不是孤立存在的。它与近邻学科互相联系、互相补充。正是这种联系与补充,使史料学的研究内容不断完善和深化。

第一节 中国文学史料学的学科归属

中国文学史料学是中国文学和历史学的交叉学科。

史料历来是历史学要研究的重要内容。

历史学研究的史料,包含各学科的史料,可谓"六经皆史",自然也包括文学史料。但历史学家与文学研究家对文学史料的视点并不完全相同。历史学家研究文学史料的目的,主要是为了证史、补史。如陈寅恪《以杜诗证唐史所谓杂种胡之义》等论著,是以诗证史、补史之例。梁启超认为,即使是虚构的小说,历史学家经研究分析后亦可用以说明历史事实。他说:

> 中古及近代之小说，在作者本明告人以所纪之非事实，然善为史者，偏能于非事实中觅出事实。例如《水浒传》中"鲁智深醉打山门"，固非事实也，然元、明间犯罪之人得一度牒即可以借佛门作逋逃薮，此却为一事实。《儒林外史》中"胡屠户奉承新举人女婿"，固非事实也，然明、清间乡曲之人一登科第，便成为社会上特别阶级，此却为一事实。此类事实，往往在他书中不能得，而于小说中得之。须知作小说者无论骋其冥想至何程度，而一涉笔叙事，总不能脱离其所处之环境，不知不觉，遂将当时社会背景写出一部分以供后世史家之取材。小说且然，他更何论。（《中国历史研究法·说史料》）

但在历史学家心目中，文学作品毕竟不是基础史料，所以荣孟源郑重指出："（文艺作品）都经过了艺术加工，和真实的史实有一定的距离，用为史料时又须特殊处理。"（《史料和历史科学》）

文学研究家则不同。无论从事文学史的研究或文学理论批评史的研究，都离不开文学作品本身。在他们眼里，历代诗歌、小说、戏曲等文学作品，是最基础的史料。缺乏这些基础史料，便无法全面论证文学发展的过程，无法阐述各种文学内容与形式、文学思潮、文学流派产生、发展和演变的历史，更谈不上科学地总结文学发展的规律。

文学研究和史学研究都要用辩证唯物主义和历史唯物主义的观点搜集、鉴别、利用史料，这是共同之点；但审视角度和具体方法又有所不同。中国文学史料学的学科归属，是在中国文学和历史学的交叉点上。

正由于中国文学史料学是中国文学和史料学的交叉学科，这就对中国文学史料学的研究者的知识结构提出了一个基本要求——既要具备较系统的文学史知识，又要具备较扎实的历史知识，否则往往出错。如范晔《后汉书·张衡传》载："衡乃拟班固《两都》,作《二京赋》……十年乃成。文多故不载。"有篇文章竟将这段史料解释为"(张衡的)文章因为多种原因没有刊载。"似乎当时就有报刊,只是因为多种原因而没有发表张衡的《二京赋》。闹出这样的笑话,既反映了文章的作者古汉语基础太差,又说明他对史书通例和古代文化知识缺乏最基本的了解。"文多故不载"的本意是说《二京赋》字数多,因而不录入张衡本传。这是史家表示省略的惯用语,如果多读点史书,便不会对此作出错误的解释。又如,有些书在介绍欧阳修生平时说:"庆历五年……被贬为滁州太守。"注释《醉翁亭记》则说:"欧阳修被贬为滁州太守时作。"欧阳修在《醉翁亭记》中确有九处自称"太守",但宋代不设太守之官,欧阳修所任官实为知滁州军州事,简称知州。《醉翁亭记》袭用古代官名以称现职,这是宋代文人写作时的一种习惯,并非真有"太守"的正式官名。

种种事例说明,整理或研究中国文学史料,离不开历史科学,这是文学史料学的学科性质所决定的。

第二节 文学史料学与语言学

文学是语言的艺术。在文学史料中,文字史料是大宗。阅读文学史料,或进行标点、校勘与注释,无一不与文字学、音韵学、训诂学息息相关。

一、以阅读与标点为例

研究文学史料,首先要读得懂史料。古书没有标点,第一关便是"句读"关。顾炎武说:"句读之不通,而欲从事于九丘之书,真可谓千载笑端矣。"(《日知录》)由于不明句读而误解古书,从而杜撰文学史实者,不乏其例。如北京出版的一本《历史故事》提到,明代万历二十九年(1601)苏州织工葛成领导了规模浩大的反税监斗争,有剧本《蕉扇记》反映其事,作者是"剧作家蕲宽成"。这是一则重要的戏曲史料,引起笔者注意,但遍查苏州地方文献及各种戏曲目录、戏曲史料,均未见"蕲宽成"其人,令笔者生疑。后从《苏州府志》中查得一则资料,方知《历史故事》的作者误解了《府志》中的记载。《府志》原文如下:

> 太学张献翼为文率士民生祭成又贻书于丁及当事蕲宽成或作蕉扇记新剧讥丁丁疑出献翼

"又贻书于丁及当事蕲宽成"当连读为句,"蕲"是"祈求"之意,"宽成"是"宽宥葛成"之意。而《历史故事》的作者误将"蕲宽成"属下读,又误"宽成"为人名,以"蕲"为姓(确有蕲姓,可谓巧合),于是杜撰了个"剧作家蕲宽成"。稍有古汉语知识,便可知文中"或"字是虚指代词,意为"有人",正因为不可确知为谁,故下文写"丁(元复)疑出献翼",文意甚明,决不可将"蕲宽成或作蕉扇记新剧讥丁"连读。

标点那些用典雅文言文写的古书固然不易,标点元明以来的通俗小说亦非易事。因通俗小说运用了大量的俗语方言,既与古典的文言文有别,又与现代汉语存在很大差别,稍有不慎,便标点错误。如上海古籍出版社 1981 年版《平妖传》15 回 101 页 5 行:

> 却说媚儿在雷太监家没瞅没保。从这一夜打个吒,挣到朝来觉得昏昏闷闷,自觉精神减少……

"吒挣"应是一个词,愣怔之意。如元白朴《梧桐雨》一折:"我恰待行,打个吒挣,怪玉笼中鹦鹉知人性,不住的语偏明。"上海古籍版《平妖传》于"吒"字点断,误①。

---

① 白维国《明清白话小说若干标点辨误》,《中国语文》1983 年 3 期。

又如人民文学出版社 1975 年版《水浒传》30 回 398 页 19 行：

张都监叫抬上果桌饮酒，又进了一两套食。次说些闲话，问了些枪法。

"食次"是一个词，即食品之意，不应在"食"下点断①。

二、以校勘为例

段玉裁《经韵楼集·与同志论校书》一文指出，校勘之难，不在于照本改字，做到不讹不漏，而在于"定其是非"。正确判定是非，需要有多方面的知识，尤其是文字、音韵、训诂、语法方面的知识。

如李斯《谏逐客书》，见于《史记·李斯列传》与《文选》，文字略有异同。其中"击瓮"数句，《史记》大多数版本作：

夫击瓮叩缶，弹筝搏髀，而歌呼呜呜，快耳目者，真秦之声也。

但《史记》少数版本无"目"字，《文选》亦无"目"字。于是产生一个问题，"快耳目者"与"快耳者"孰是孰非？王念孙认为："声能快耳，不能快目，'目'字后人所加。"（《读书杂志》）并以《文选》、《北堂书钞》、《艺文类聚》、《太平御览》所引无"目"字为证。黎锦熙则持相反意见："《文选》无'目'字，殆后人故删去，不知复词偏义之例也。吴汝纶氏谓此为'句中挟字'之法。"②黎锦熙从语言学的角度，论证"快耳目"并不误，属古书中常见的"复词偏义"现象，所论甚是。顾炎武《日知录》、俞樾《古书疑义举例》均已论证过这种现象。如

---

① 龙潜庵《〈宋元语词集释〉题记》，《辞书研究》1981 年 2 期。
② 《国语中复合词的歧义和偏义》，《女师大学术季刊》1 卷 1 期。

《史记·刺客列传》:"多人,不能无生得失。"得失,失也。《礼记·玉藻》:"大夫不得造车马",造车马,造车也。用双音节取代单音节,也是为了求得语言的宽缓、顺畅。若《谏逐客书》作"而歌呼呜呜,快耳者,真秦之声也",则句子拗口,失却抑扬顿挫之美。

又如中华书局 1980 年版《宋诗话辑佚·蔡宽夫诗话》:

> 乐天《听歌诗》云:"长爱《夫怜》第二句,请君重唱夕阳关。"注谓王右丞辞"秦川一半夕阳关",此句尤佳……

"夕阳关",辑者校注曰:有别本作"开"。仅罗列异文,未作是非判断。实际上"关"字必误,应以"开"字校入正文。理由有二:其一,《白氏长庆集》、《王右丞集》均作"夕阳开";其二,白、王两诗"开"字是韵脚,若作"夕阳关"则不押韵。①

又如上海古籍出版社 1982 年版《敦煌变文论文录》附有《佛报恩经讲经文》(苏联东方研究所藏唐人卷子),并重加校订。文中有:

> 饭盈盘,衣满襆(腹),无问高低垂顾录。

校订者说明"原文有误校正用( )号",则以"襆"为误字,校正作"腹"。其实原文作"襆"并不误,"襆"是"襆"的通借字,"襆"即包袱的袱。在敦煌变文中,"襆"与"襆"通用,蒋礼鸿《敦煌变文字义通释》论之甚确。再说,该句上下文尚有"街坊人众递互相传,装裹衣裳,供给茶饭"、"兼得衣裳日日多"等语,可证"衣满襆"即衣服装满包袱之意。

三、以注释为例

注释,是文学史料研究工作者的一项重要工作,又是难度很大

---

① 钟振振《读〈宋诗话辑佚〉札记》,《德州师范学院学报》1984 年 2 期。

的工作。杭世骏说:"作者不易,笺疏家尤难","为之笺与疏者,必语语核其指归,而意象乃明;必字字还其根据,而证佐乃确。才不必言,夫必有十倍于作者之卷轴,而后可以从事焉。"(《道古堂集》卷八《李太白集辑注序》)为古书作注,确实需要有渊博的知识。这里仅从语言知识的角度,略举数例。

句子成分的省略,是古代书面语言中常见的语法现象。注释时对此稍不留意,往往出错。如人民文学出版社1961年版《史记选·陈涉世家》:

陈胜自立为将军,吴广为都尉。攻大泽乡,收而攻蕲。蕲下,乃令符离人葛婴将兵徇蕲以东,攻铚、酂、苦、柘、谯皆下之。行收兵。比至陈,车六七百乘……

王伯祥注:"徇蕲以东,东出蕲县略地,并不仅限于蕲的东方。观下铚县等诸地自明。"注者以为"攻铚、酂、苦……"的主语是葛婴,但又考虑到铚、酂诸县不在蕲以东,而是在蕲以西或西北,故特注"东出蕲县略地,并不仅限于蕲的东方",曲为其说,大误。其实,"乃令符离人"、"攻铚"的主语均为陈胜、吴广,承上文而省,这是从语法角度分析。再从《史记》找内证,考《史记》全书叙及葛婴者共五处,其中与进军路线有关者共三处:(1)卷四十八《陈涉世家》,即上列引文;(2)卷四十八《陈涉世家》:"葛婴至东城,立襄彊为楚王。"(3)卷十六《秦楚之际月表》:"葛婴为涉徇九江,立襄彊为楚王。"综观以上记载涉及之古县地,可知起义军攻占蕲县后,即分兵两路,一路由陈胜、吴广亲自率领向西北攻占铚、酂等县直至陈地,另一路由葛婴率兵东进,后到达东城(在蕲县东南,属九江郡)。司马迁所述甚明,但长期以来,有关学者未细审"攻铚、酂"的主语问题,又没有联系《史记》其他部分的记载予以综合分析,导致"葛婴攻酂"之误说。1930年版《中国地名大辞典》"酂"条:"葛婴将兵,徇蕲以东,攻鄴下之。"1979年版《辞海》"鄴县"条:"陈胜、吴广起义,部将葛婴攻鄴下之,即此。"均误。

古文之省略,有时不是简单地省去一个句子成分,而是省去一层语意,注解者不察,更易致误。如《后汉书·张衡传》载地动仪之灵验:

> 尝一龙机发而地不觉动,京师学者咸怪其无徵。后数日驿至,果地震陇西。于是皆服其妙。自此以后,乃令史官记地动所从方起。

上文末句,有的书解释为:"从此以后,就规定国史官员遇到地震记载上震源在哪里。"或解释为:"从此以后,(皇帝)才命令史官记载地动发生在什么地方。"均因未察原句省却之语意,致使注解失当。史官作地震记录,并非始于东汉陇西地震之后,这是常识。《春秋》、《左传》、《国语》等先秦史籍中,已有大量的地震记录(可参阅《中国地震资料年表》)。根据我国古代史官的传统职守,并联系《张衡传》本文,可知上句有语意之省,须将语意补足,方合文理与事理。该句应解为:"从此以后,朝廷就命令史官用张衡的地动仪记录地震发生的方位。"也就是说,起初京师学者对张衡的地动仪持怀疑态度,自从陇西地震实测成功,"皆服其妙",地动仪的科学性得到朝廷的承认并用于实际观测。

以上两例,侧重语法。以下举词义方面的实例。

语义有相对稳定性,但又是不断发展变化的。这就要求注释古籍时,既要有"共时"的观念,又要有"历时"的眼光。中华书局1979年版《永乐大典戏文三种校注》中的《张协状元戏文》五出:

> 孩儿你去,有人少我课钱,千万与娘下状论。

钱南扬注:"课钱,贷款利息。论,判罪。《后汉书·鲁丕传》:'坐事下狱,司寇论。'""论"作判罪、定罪解,在《史记》、《汉书》、《后汉书》中常见,但用以解释南宋戏文中的这个"论"字,则欠安。宋元戏曲中"论"字多表示告发,如《鲁斋郎》杂剧楔子:"被论人有势权,原告人无门下。""论"与"告"为互文。又因"论"、"告"同义,故两字常连用,如《三夺槊》杂剧四:"元吉那厮一灵儿正诉冤,敢论告他阎王殿。"即以《张协状元戏文》而言,第二十四出:"(净)我去论!(丑)我去论!"意即我要去告官。上引第五出之例是张协离家时其母留恋之辞,上文还有"孩儿你去了,有人少我钱时教谁去讨"等语,故"下状论"即写状纸告发之意①。

又如宋人传奇《谭意哥传》:

> 张生乃如长沙。数日,既至,则微服游于肆,询意之所为。言意之美者不容剌口。默询其邻,莫有见者。门户潇洒,庭宇清肃。

有选本注云:"潇洒:这里是清静、乾净的意思。"此注欠妥贴。在唐宋诗文中,潇洒有萧条、冷落之意.张相《诗词曲语辞汇释》"潇洒"条云:"潇洒,凄清或凄凉之义,与洒脱或洒落之义别。"并以宋词元曲数句证之,所言甚确。上引"门户潇洒,庭宇清肃",正是写谭意哥死后凄凉、冷落的情景②。

以上数例说明,研究、整理中国文学史料,除了要谙熟一般语言现象外,尤其要注意文学作品中的特殊语词。学术界前辈和时贤已有一批成果,如张相著《诗词曲语辞汇释》(中华书局1953年

---

① 王锳《〈永乐大典戏文三种校注〉、〈元本琵琶记校注〉语词释义辨补》,《语言研究》1984年1期。

② 郭在贻《俗语词研究与古籍整理》,《社会科学战线》1983年4期。

初版,1979年重印),考释唐宋金元明诗词曲习用的特殊语辞;王锳著《诗词曲语辞例释(增订本)》(中华书局1986年版),实为张著《汇释》之续补;陆澹安编著《小说词语汇释》(上海古籍出版社1979年新1版)和《戏曲词语汇释》(上海古籍出版社1981年版)。考释通俗小说与古典戏曲词语;顾学颉等编著《元曲释词》(全4册,中国社会科学出版社1983～1990年版),以考释元杂剧词语为主,元散套、小令词语为辅;蒋礼鸿著《敦煌变文字义通释》(上海古籍出版社1981年第4次增订本),考释敦煌卷子中唐代变文的词语。此外,龙潜庵编《宋元语言词典》(上海辞书出版社1985年版),考释宋元时期流行的词语,以小说、戏曲词语为主,兼及诗词、笔记杂著中的词语。以上均系研究中国文学作品语言的重要成果,可供文学史料研究工作者参考。

第三节 文学史料学与艺术

中国文学史料与艺术史料水乳交融。

艺术有广义与狭义之分。学术界一般认为,广义的艺术包括四大类:一、造型艺术,即广义的美术,又称空间艺术或视觉艺术,有绘画、雕塑、书法、篆刻等;二、表演艺术,又称表现艺术或表情艺术,有音乐、舞蹈等;三、语言艺术,即文学;四、综合艺术,有戏剧、电影等。

狭义的艺术,不包括文学。当"文学"与'艺术"对称时,所指称的"艺术'便是狭义的。在狭义的艺术中,音乐、舞蹈、美术、戏剧、电影的史料均与文学史料有密切的关系。

一、音乐舞蹈史料与文学史料

我国古代,诗歌、音乐、舞蹈三者紧密结合。如《诗经》中的诗歌,当初是配乐的歌词。《左传·襄公二十九年》记吴公子季札在鲁国"观于周乐",鲁国乐工"为之歌《周南》、《召南》","为之歌

《邶》、《鄘》、《卫》》","为之歌《王》","为之歌《郑》……",并生动地描述了季札欣赏风、雅、颂歌唱后的感受。《诗》三百还能载歌载舞，故《墨子·公孟》云："诵《诗》三百，歌《诗》三百，弦《诗》三百，舞《诗》三百。"楚辞渊源于中国南方的歌谣，原本大都是可以歌唱的。现存楚辞中的"乱"、"少歌"、"倡"，就是楚辞音乐中曲式结构的组成部分，在先秦时尚属新的手法。汉代乐府官署广泛搜集、整理民歌，吸收文人创作，制定乐谱，训练女乐歌舞演奏，是诗、乐、舞三者结合的又一实例。唐代的大曲，是在继承汉代相和大曲的基础上，吸收西域歌舞而创造的音乐、舞蹈、诗歌三位一体的大型乐舞套曲。唐宋词，本是合乐的歌词，是能够歌唱的诗，词的格律和音乐的腔调相关联。

以上只是挂一漏万地略举文学与音乐舞蹈的关系，旨在说明研究文学史料，不可忽略音乐舞蹈史料，要注意吸收音乐史、舞蹈史专门家的研究成果。这些成果，大体可分两类：

一类是原始资料的汇辑、校释。如《历代乐志律志校释（第一分册）》（邱琼荪校释，中华书局1964年版），辑校《史记》乐书、律书，《汉书》乐志、律志等；《中国古代音乐史料辑要（第一辑）》（中央音乐学院中国音乐研究所编，中华书局1962年版），辑录26种类书中有关音乐的部分影印而成；《中国古代乐论选辑》（文化部文学艺术研究院音乐研究所编，人民音乐出版社1981年版），辑录先秦至清末乐论资料300余则（篇）；《全唐诗中的乐舞资料》（中国舞蹈艺术研究会舞蹈史研究组编，人民音乐出版社1958年初版，1981年校订重印），将《全唐诗》中有关音乐舞蹈的诗句摘出并分类编排，每类有说明。

另一类是史论。音乐方面如杨荫浏著《中国古代音乐史稿》（人民音乐出版社1981年增订版，全二册），沈知白著《中国音乐史纲要》（上海文艺出版社1982年版），汪毓和著《中国近现代音乐史》（人民音乐出版社1984年版，2009年第4版），郑祖襄主编《中国音乐学经典文献导读：中国古代音乐史》（上海音乐学院出版社2009年版），杨荫浏、阴法鲁著《宋姜白石创作歌曲研究》（音乐出版社1957年版）、邱琼荪著《白石道人歌曲通考》（人民音乐出版社1959年版）、刘尧民著《词与音乐》（云南人民出版社1982年版）。舞蹈方面，如常任侠著《中国舞蹈史话》（上海文艺出版社1983年版）、孙景琛等著《中国舞蹈史》（文化艺术出版社1983～1984年版，全五册），王宁宁著《中国舞蹈史》（文化艺术出版社1998年版）。

音乐史、舞蹈史专门家的这些研究成果，对文学史料工作者搜集、校注那些与音乐舞蹈有关的文学史料是有参考价值的。如白居易有《霓裳羽衣歌》，王建有《霓裳辞》，若要知道唐诗中还有哪些写及"霓裳羽衣"乐舞的，查《全唐诗中的乐舞资料》即可获知数十首。若想从音乐舞蹈角度理解这些诗歌，则《中国古代音乐史稿》、《中国舞蹈史》均论之甚详。又如南宋词人姜夔传世的词曲中，17首注有古工尺字旁谱，大多为姜夔自作，是研究宋代词乐的极为珍贵的资料，夏承焘曾于1957年发表《姜白石词谱的读译和校理》一文（载《浙江师范学院学报》）。若要进一步研究，尚可参考上面列举的杨荫浏、阴法鲁、邱琼荪的专著。

二、美术史料与文学史料

我国历代有不少文学家，同时又是画家或书法家。如汉代的蔡邕，晋代的陆机，唐代的王维、贯休，宋代的苏轼、黄庭坚、郑思肖，金元的王庭筠、鲜于枢、王冕、杨维桢，明清的唐寅、徐渭、程嘉燧、李流芳、金农、郑燮、黎简、何绍基等等。这些"两栖"或"多栖"的文学家，其事迹不仅见于文学古籍，亦见于书画书。如唐五代诗僧贯休的事迹，见于宋计有功《唐诗纪事》、元辛文房《唐才子传》，亦见于宋人的《益州名画录》、《宣和书谱》、《宣和画谱》、《图书见闻志》、《书小史》，元人的《图绘宝鉴》、《书史会要》。

查阅书画书，对于文学家的研究会有意外收获。例如对唐诗人韦应物的世系的查考，一般根据《新唐书·宰相世系表》和《元和姓纂》。但今人傅璇琮从唐张彦远《历代名画记》、宋朱景玄《唐朝名画录》、宋黄休复《益州名画录》等书中，考知其父韦銮、伯父韦鉴、堂弟韦鷗（偃）均为当时著名画家，《宣和画谱》还记载韦鉴、韦偃的画流传于宋代尚有多幅。由此可知韦应物生长在一个富有艺术修养的家庭，而这一点是过去文学史家所未曾注意的。

我国古代一些文学家（如王维、苏轼），不但善画，并有画论。历代画论是重要的美术史料，也是重要的文艺理论史料。于安澜曾汇辑古代画论编为《画论丛刊》（中华书局1937年版，人民美术出版社1960年校订再版，上下卷），俞剑华又有《中国画论类编》（中国古典艺术出版社1957年版，后修订易名《中国古代画论类编》，人民美术出版社2007年版），周积寅编著《中国画论辑要》（江苏美术出版社2004年版）。另有单行的古代画论校注本，如《古画品录·续画品录》（南齐谢赫、南陈姚最撰，王伯敏标点注释，人民美术出版社1959年版）、《山水诀·山水论》（唐王维撰，王森然标点注释，人民美术出版社1959年版）、《宣和画谱》（岳仁译注，湖南美术出版社1999年版）等。

我国历代美术著作十分丰富，今人温肇桐为之系统著录，先后编有《历代中国画学著述录目（增订本）》、《1912～1949美术理论书目》、《美术理论书目（1949～1979）》三本配套的书目。《历代中国画学著述录目（增订本）》由朝花美术出版社于1962年出版，收录古代至1955年的书画理论著作和有关图书资料，分为断代目、书名目、著者目三个部分。另外两本书目由上海人民美术出版社先后于1965年和1983年出版，著录我国自1912年至1979年60多年间出版的美术理论著作。《中国画学著作考录》，谢巍编著，上海书画出版社1998年版。作者从中国古典文献中查考钩稽，共得两汉至近代成卷或单独成篇的中国绘画论著3000余种，对各书

(篇)作者、版本、流传和收藏情况进行详细著录和考辨。上述四本美术书目,对中国文学史料研究工作者来说,都是很有参考价值的。

三、戏剧电影史料与文学史料

戏剧有广义、狭义之分。广义的戏剧,是话剧、歌剧、戏曲的总称;狭义的戏剧(drama),专指话剧。在我国,通常取其广义的概念。

戏剧是综合性的艺术,是文学、表演、美术、音乐、舞蹈的有机结合体。它的文学部分,即戏剧文学(通常指剧本),是文学家要研究的内容。但戏剧只有通过演出,才能体现其全部价值。戏剧演出,即通常所说的舞台艺术,包括形体动作、言语动作、歌唱、布景、灯光、化妆、服装、音响效果、道具等。进行戏剧史研究,须兼顾戏剧文学与舞台艺术两个方面,克服只着重剧本文辞的倾向。戏剧史家周贻白在30年代著《中国戏剧史略》,自感所述过简,在舞台演出方面未展开论述,于是另撰《中国剧场史》,论述剧场形式、剧团组织和演员的唱、念、做、打等方面。张庚、郭汉城主编的《中国戏曲通史》(中国戏剧出版社1980~1981年版),既注重戏曲文学,又联系舞台演出实际,在舞台艺术方面作了不少新的探索。以上事例给文学史料研究工作者以重要启示:研究戏剧文学史料,不可不关注舞台艺术史料。

电影,是一门年轻的综合艺术。如果从1895年法国卢米埃尔兄弟发明电影机算起,也只有90多年的历史。中国的电影事业始于20世纪初,到20~30年代已初具规模,电影文学剧本成了文学家创作的新体式。在《中国新文学大系》第二辑(1927~1937)的20集中,电影占了两集。

电影是文学、表演、美术、音乐、摄影技术、录音技术有机结合的综合艺术。从总体上说,属于艺术范畴。但电影文学在电影艺术中的重要地位,是不言而喻的。研究中国现代文学史,不可忽略电影文学的发展历史;同样,研究现代文学史料,不可忽略电影文学史料。

我国第一部系统的电影发展史,是程季华主编的《中国电影发展史》(中国电影出版社1963年初版,1980年重印)。该书共两卷,记述中国电影从萌芽时期到1949年的发展历史。第一卷附有1905年至1937年7月的影片目录,第二卷附有1937年7月至1949年9月的影片目录。又附有片名索引、人名索引、插图索引,史料价值较高。苏联托洛普采夫著有《中国电影史概论(1896～1966)》(志刚等译,中国电影家协会资料室1982年印),书中1949年以前的部分,多取材于程季华主编的《中国电影发展史》,1949年以后的部分是程书未论及的。陈飞宝编著的《台湾电影史话》(中国电影出版社1988年版),记叙了台湾电影自萌芽期至1985年的发展史。倪骏著《中国电影史》(中国电影出版社2004年版)设专章介绍台湾和香港电影的发展史。附录中国电影史影片目录。

中国现代文学史上有些作家,同时又是电影家。要了解他们在电影事业方面的贡献,可利用电影家传记集。中国电影家协会电影史研究部编的《中国电影家列传》(中国电影出版社1982年起出版)资料较丰富,至1989年已出版7集,每集收数十人,包括较著名的编剧、导演、摄影、录音、演员(包括配音)、美工、作曲、评论家、翻译家和电影事业家(包括港、台著名电影艺术家)。

我国现代戏剧、电影史料,大量散见于期刊中。刘华庭等编《中国现代戏剧电影期刊目录》(上海文艺出版社1962年版),著录1919年至1949年出版的戏剧电影期刊。北京图书馆社会科学参考组和中国电影家协会电影史研究部合编的《全国报刊电影文章目录索引》(中国电影出版社1983年版),著录1949年至1979年间国内170种报纸和期刊上发表的电影文章篇目,详注出处。其中"中国电影史"、"电影工作者综述"等部分,为查找电影史料提供了丰富的线索.

第四节 文学史料学与目录学

目录学是研究目录的形成和发展的一般规律,以及目录的编纂和利用的基本原理与方法的一门学科。该学科的研究内容主要有:一、目录学基础理论,二、目录学史,三、目录的编纂,四、目录的利用。

与文学史料学关系最密切的是目录的编纂和利用。

传统目录学研究的目录,主要是图书目录。古人所说的目录,包括"目"和"录"两方面的涵义。目,主要指一部书的篇目,近似现代书籍的章节目次。录,指一部书的叙录,是对作者和书籍内容的介绍和评价,或叙及成书经过、校勘情况等,也就是提要。如果把一批图书的目录井然有序地汇编起来,就是目录学家所说的"群书之目录",简称书目。

任何一部图书,都有自身的外表特征和内容特征。外表特征指书名、著者名、版本等。内容特征指主要内容、基本观点、学术源流等。目录工作者对图书的外表特征和内容特征进行全面的考察,辨析其学术源流,确定它在整个知识体系中的位置,然后撰写提要(也有不撰写提要的),分类编目,这就是书目编纂的过程。

从读者方面说,掌握各种书目的特点与功用,通过书目了解图书、检索图书、研究图书,这就是书目利用的过程。

古今学者,都十分重视目录的作用。如清乾隆时史学家王鸣盛说:"凡读书最切要者,目录之学。目录明,方可读书;不明,终是乱读。"(《十七史商榷》卷一)。现代作家、文献学家郑振铎说:"未有升堂入室而不由门循径者,也未有研究某种学问而不明了关于某种学问的书籍之'目录''版本'的。而于初学者,这种'版本''目录',尤为导路之南针,照迷的明灯。"(为孔另境《中国小说史料》所作序)。

当代目录学研究的目录,除了图书目录外,还有报刊目录、非书资料目录。所谓非书资料(Non—book Meterials),是指"以音响、形象等方式记录有知识的载体"(《中华人民共和国国家标准《非书资料著录规则》》,如录音制品、录像制品、电影片、缩微制品、机读件(计算机可读件)等。为非书资料编制的目录,称非书资料目录。如《中国艺术影片编目》(文化艺术出版社1981年版),著录我国1949年至1979年摄制的千余部艺术影片的片名、摄制年代、制片厂、色别、本数、编剧、导演、摄影、美工、作曲、录音、剧中人、扮演者、剧情梗概等,这就是非书资料目录。

目录学与文学史料学的密切关系,主要表现在以下三个方面:

一、搜集文学史料,要利用目录

钻研目录学,熟悉各种目录的特点与功用,有助于较快地找到所需资料。正如史学家陈垣所说:

> 萧何入关,先收秦图籍,为的是可以了解其关梁陀塞、户口钱粮等,我们作学问也应如此,也要先知道这门学问的概况。目录学就好像一个帐本,打开帐本,前人留给我们的历史著作概况,可以了然,古人都有什么研究成果,要先摸摸底,到深入钻研时才能有门径,找自己所需要的资料,也就可以较容易的找到了。(《陈垣史学论著选》)

我国历代学者编撰的目录数量丰富、种类繁多,如史志书目、私人藏书目、国家书目、地方文献目录、个人著作目录、专科目录、丛书目录等等,史料研究工作者对它们了解得越多,查找图书资料就越快、越多,否则,即使近在身旁的资料也不得而知。此决非故作惊人之论,而是有诸多教训可证。如数年前上海有位中年学者,见他人论文中提到《姓苑》一书,极想一阅,但查了许多目录均未获知此书具体内容与作者,于是发函至苏州询问笔者。笔者分析,既然一般目录未著录此书,可能此书已佚,或收在丛书中。后查上海图书馆编《中国丛书综录》,得知《姓苑》为刘宋何承天撰,已佚,清王仁俊有辑本一卷,收入《玉函山房辑佚书补编》,系稿本,收藏在上海图书馆。需要此书的那位学者,恰在该馆工作,就因为对目录的利用有所疏忽,徒然耗费了寻觅与函询的时间。

关于目录在搜集文学史料过程中的作用,本书第三编"检索方法论"将详细论及。

二、标点、注释文学史料,要熟悉目录

历代文人写的文章,常提及许多古籍,及版刻流传之事。标点这些文章时,若不熟悉目录、勤查目录,很易出错。如上海古籍出版社1980年版《艺风堂友朋书札》121页王懿荣札:

> 昨又得《玉海》元本内之,《易郑注》一本明印,元刻尚存许多,亦可赏玩,并闻。

上文点了破句,应标点为:"昨又得《玉海》元本,内之《易郑注》一本明印,元刻尚存许多……"《玉海》系宋代王应麟所撰类书,附刻应麟所辑《周易郑康成注》等13种书。传世《玉海》并所附13种书,多元刻明印。清末王懿荣所得者,亦此种本子,故懿荣在给缪荃孙(艺风)的书札中有此言。标点者不察,故有此误。《四库全书总目提要》、《增订四库简明目录标注》对《玉海》附刻诸书及版本考之甚详,若标点时查考目录,便可避免此误①。

又如陕西人民出版社 1985 年版《文献学论著辑要》92～93页:

> 宋人补唐正义之缺,凡四经邢昺之疏,孝经用唐玄宗注……

上文两处点破句,不可读。应标点为:"宋人补唐正义之缺凡四经:邢昺之疏《孝经》,用唐玄宗注……"宋人补唐人正义之缺的四部经书,指:邢昺疏《论语》、《孝经》、《尔雅》,孙奭(朱熹谓邵武士人假托)疏《孟子》。这些都是著名的经注,古籍目录均予详细著录,注意查阅便可得知。

注解文学史料,更要熟悉目录,否则亦易出错。如上海古籍出版社 1979 年版《汉魏六朝赋选》选录贾谊《吊屈原赋》,瞿蜕园"题解"云:"《史记》及《汉书》本传都载了这篇文章,以后王逸收在《楚辞》中,《文选》则改称《吊屈原文》。""王逸收在《楚辞》中"一语误。东汉王逸编《楚辞章句》,并没有收《吊屈原赋》。南宋朱熹编《楚辞集注》,才将贾谊《吊屈原》、《鵩鸟》二赋作为"续离骚"收入,并说明收录意图。《四库全书总目》中的《楚辞章句》提要和《楚辞集注》提要,对此亦有说明。

三、编纂文学书目,要借鉴目录学的研究成果

编纂文学书目,是文学史料工作者的一项重要工作。前人在书目编纂方面,积累了丰富的经验,提出过许多有价值的理论原则,如著录事项的分析方法与著录要求,"互著""别裁"的理论,分

---

① 此例参考黄永年《版本目录和标点古籍》,见《古籍整理研究通讯》1983 年试刊。

类的原则,书目体式的选择等。

　　20多世纪30年代以来,我国学者编著的目录学著作达数十种,其中影响较大的有:余嘉锡著《目录学发微》(30年代讲义,中华书局1963年整理出版)、郑鹤声编《中国史部目录学》(商务印书馆1930年初版,1956年修订版)、汪辟疆著《目录学研究》(商务印书馆1934年初版,1955年再版)、姚名达著《目录学》(商务印书馆1933年初版)与《中国目录学史》(商务印书馆1938年初版,1957年再版)、武汉大学与北京大学合编《目录学概论》(中华书局1982年版)、王重民著《中国目录学史论丛》(中华书局1984年版)、彭斐章等编《目录学》(武汉大学出版社1986年版)、谢灼华编著《中国文学目录学》(书目文献出版社1986年版)、来新夏著《古典目录学浅说》(中华书局2003年版)。北京图书馆2008年出版柯平著《从文献目录学到数字目录学》和王新才著《中国目录学:理论、传统与发展》等。翻译出版国外学者的目录学著作,有英国福开森的《目录学概论》(耿靖民译,武昌文华图书馆学专科学校1934年发行)、苏联安巴祖勉的《图书分类目录编制法》(刘国钧译,时代出版社1957年版)、苏联科尔舒诺夫的《目录学普通教程》(彭斐章等译,武汉大学出版社1986年版)等。以上书籍,对中国文学书目的编纂,是有借鉴意义的。

第五节　文学史料学与考古学

　　考古学是通过对实物材料的考察来研究人类历史的一门学科。它的研究对象是历史上遗留下来的各种遗迹和遗物。这些遗迹和遗物,大量埋藏于地下,经发掘整理才显露于世;也有保存于地面或收藏在民间的。在西方,考古学孕育于15至16世纪的文艺复兴时期。至19世纪中叶,形成以发掘为基础的近代考古学。我国考古学的前身是"金石学",形成于11世纪前后的北宋时期。

金石学的早期代表作有欧阳修的《集古录》、吕大临的《考古图》、北宋官修的《宣和博古图》、赵明诚的《金石录》等。到20世纪初，我国兴起了以发掘为基础的近代考古学，但仍与传统金石器物之学相结合，形成我国考古学的特色。

考古学极大地丰富了历史科学的内容，也扩大了史料搜集的范围。正如英国考古学家戈登·柴尔德所说："考古学引起了历史科学的变革。它扩大了历史科学的空间范围，犹如望远镜扩大了天文学对空间的视野一样。"①

考古的鲜明特点是直接性。在考古过程中，主体（研究人员）和客体（历史事实）直接接触，没有间隔，可信度高。考古的新发现，不断为史料学提供新的研究内容，或订正古籍版刻之讹、记载之误，或与古籍记载互相印证。例如，在山西共发现金元时期的舞台20余座，其中至今保存完好的有临汾魏村三王（牛王、马王、药王）庙、元至元二十年（1283）戏台、临汾王曲村东岳庙元初戏台等8座，为我们了解金元时期戏曲舞台的形制提供了重要而直接的实物资料。近年来又在山西万荣桥上村发现北宋天禧四年（1020）所立"创建后土圣母庙碑"，在沁县城关、平顺东河村亦发现类似的碑翔实物，碑上均载当地创建或重修"舞亭"、"舞楼"事（舞亭、舞楼实即戏台，山西民众至今仍习用此称）。碑版所记，较《东京梦华录》、《武林旧事》所载北宋城市的戏剧演出要早百年之多，而正与宋代王溥《唐会要》所载唐宋时"散乐巡村，特宜禁绝"相吻合，这就印证了农村中戏曲演出活动较早，动摇了文学艺术史著作中认为戏曲形成于城市中的流行观点。山西遗存的戏曲史实物丰富多样，已引起我国和日本、美国、法国、澳大利亚等国学者的广泛注意。②

---

① 《进步和考古学》，伦敦1949年版。转引自赵吉惠《历史学概论》，三秦出版社1986年版。
② 黄竹三《戏曲发展的重要史证——谈山西的戏曲文物》，中华书局《文史知识》1989年第12期。

应当说明的是,考古学研究的内容相当广泛,并非所有内容都与文学史料学直接有关。例如,考古学所研究的石器时代人类化石、骨化石含氟量断代技术、铀系法断代技术等,与文学史料学就没有什么关系。此外,考古学研究的年代范围是有限制的。中国考古学的年代下限一般定在明朝的灭亡,即公元 1644 年(有学者主张把考古范围限于史前时代,即没有文字记载的古代,这观点已被多数学者所否定)[1]。因此,考古学与文学史料学有关者,限于先秦至明末这一历史时期。当然,这是就考古学的学科范围而言的;就实物资料而言,没有什么时间限制。研究近代文学或现代文学,都重视实物资料的搜集,只不过这些近现代的实物,不属考古学研究范围罢了。

以上谈了文学史料学与语言学、艺术、目录学、考古学的关系,只是就主要方面而言。有些学科,如版本学、校勘学、辨伪学等等,是史料学本身要着重研究的,我们将在第二编以下的有关章节论及。

---

[1] 见《中国大百科全书》考古学卷卷首《考古学》专文。

第四章 中国文学史料学的孕育与萌芽

中国文学史料学的孕育、萌芽与发展,经过了漫长的历程。回顾它的历史,从中总结出有用的经验,对这门学科的建设有重要意义。从本章至第六章,我们将对中国文学史料学的历史、现状和发展趋势作一述评。

第一节 周秦时期

周秦时期,文史哲水乳交融,文学尚未取得独立地位,文学史料学尚处于孕育期。

人类早期的文学创作——歌谣,在文字产生以前已在社会上广泛流传,绝大部分已失传。在文字产生以后,人们追记往昔歌谣或采集当时的歌谣,这可以说是最早的文学史料工作。西周时期巫师们根据旧筮辞编成的《周易》卦爻辞中,就有丰富的歌谣。如:

屯如,邅如,
乘马班如;
匪寇,婚媾。

《屯·六二》

> 乘马班如,
> 泣血涟如。
>
> 　　　　　　　　　　　　(《屯·上六》)
>
> 女承筐,无实;
> 士刲羊,无血。
>
> 　　　　　　　　　　　　(《归妹·上六》)

像这样的二、三、四言短歌韵语,约占《周易》全书的三分之一,可视为一项重要的歌谣采集与整理工作。当然,巫师们主观上并没有意识到这是一项文学史料工作。他们采录这些歌谣,目的是为解释卦爻服务,但在客观上,是把口传的文学史料转化为书面的文学史料,保存了一批珍贵的中国早期的歌谣资料。

约于公元前六世纪中叶成书的《诗经》(先秦时称"诗"或"诗三百"),是中国最早的一部诗歌总集,在中国文学和文学史料学发展史上均占有重要地位。《诗经》所辑集的诗歌,有两个来源。一是周朝廷派人采集民间歌谣,二是公卿士大夫创作并向朝廷进献的诗歌。关于前者,班固《汉书·食货志》载:

> 孟春之月,群居者将散,行人振木铎徇于路以采诗,献之太师,比其音律,以闻于天子。

东汉何休《春秋公羊解诂》:

> 男子有所怨恨,相从而歌。饥者歌其食,劳者歌其事。男年六十、女年五十无子者,官衣食之,使之民间求诗。乡移于邑,邑移于国,国以闻于天子。故王者不出牖户,尽知天下所苦,不下堂而知四方。

汉代学者关于采诗的说法，虽不完全一致，后人也有种种不同的见解，但从现存的《诗经》看，大部分诗篇采自民间的这一说法是成立的。《诗经》的编纂加工者是周朝的乐师，他们编订了西周初年至春秋中叶约 500 多年的 305 篇诗歌，作者遍及如今陕西、山西、河北、山东、河南、湖北等地。无论从时间跨度或是从地域覆盖面看，都是规模相当大的文学史料的编纂整理工作。

孔子（前 551～前 479）是春秋时期的思想家、教育家，在整理史料方面也作出过杰出的贡献。范文澜说："孔子非常博学，收集鲁、周、宋、杞等故国的文献，整理出《易》、《书》、《诗》、《礼》、《乐》、《春秋》六种教本来，讲授给弟子们。"更值得注意的，是他那些有关史料工作的言论。

孔子强调要有充足的文献来证明史实，他说：

> 夏礼，吾能言之，杞不足徵也；殷礼吾能言之，宋不足徵也。文献不足故也。足，则吾能徵之矣。（《论语·八佾》）

孔子感叹"文献不足"，以致不能用以充分作证。在中国现存古籍中，这是"文献"两字连缀成词的最早出处。汉代郑玄以"文章贤才"解释孔子所说的"文献"（何晏《论语集解》引郑玄注）。宋代朱熹说："文，典籍也；献，贤也。"实沿用郑玄之说。具体而言，文，指书面记载、文字资料；献，指贤人、贤才的言论和他们所掌握的口耳相传的资料。孔子重视实地考察，勤问往事。《论语·八佾》载："子入太庙，每事问。"写他到周公庙考察古礼，每件事情都发问。这可以说是搜集口传史料，与实物史料相印证了。孔子又主张"多闻阙疑，慎言其余"，"多见阙殆，慎行其余"（《论语·为政》），对所见所闻有怀疑之处，予以保留，慎之又慎。力求文献充足，信而有徵，对可疑之处存而不论，至今仍是史料工作应遵循的原则。

孔子处理史料的态度是"述而不作",他说:"述而不作,信而好古,窃比於我老彭。"(《论语·述而》)老彭指老子和彭祖(或说指殷商时彭祖一人),系寿长资深、谙熟古事之人。孔子以之自比,亦"好古,敏以求之"(《论语·述而》)之意。

"述而不作",是孔子编纂思想的集中概括。其内涵是:对古代文献的整理和阐述,要保存其原貌,忠实于原意。孔子又说:"盖有不知而作之者,我无是也。"(《论语·述而》)此语可作"述而不作"的注脚,说明孔子反对的是"不知而作",主张言而有据,并非抹杀一个人的才学与思辨能力。

"述而不作"的编纂思想的理论价值主要体现在两个方面:

一、将史料的编述与理论专著区别开来。理论专著尊重著者的主体意识,允许著者无所约束,自由发挥。而史料的编述必须尊重原意,让事实说话。孔子说:"我欲载之空言,不如见之于行事之深切著明也。"(《史记·太史公自序》引)是对"述而不作"的进一步说明。

二、将史料的编述与文章(文学)创作区别开来。创作可以虚构,可以夸张,而史料的编述必须尊重客观事实,"毋意,毋必,毋固,毋我"(《论语·子罕》),即:不主观臆测,不武断,不固执己见,不唯我独尊。

当然,史料的编纂、注释不可能不反映一定的思想倾向性。孔子"不语怪、力、乱、神"(《论语·述而》);修《春秋》,笔削以寓褒贬,这都反映了孔子的政治倾向性与思想倾向性。

吕不韦(? ~公元前 235 年)是周秦时期对编纂工作有独到贡献的人物。在他以前,编纂工作多属个人行为,而吕氏则组织了一个庞大的编纂班子,自己充当了主编的角色。《史记·吕不韦列传》载:

当是时,魏有信陵君,楚有春申君,赵有平原君,齐有孟尝君,皆下士喜宾客以相倾。吕不韦以秦之强,羞不如,亦招致士,厚遇之,至食客三千人。是时诸侯多辩士,如荀卿之徒,著书布天下。吕不韦乃使其客人人著所闻,集论以为八览、六论、十二纪,二十余万言,以为备天地万物古今之事,号曰《吕氏春秋》。

《史记·二十诸侯年表》又说吕不韦"上观尚古,删拾春秋,集六国时事。"可见参加编纂工作的人数和搜集史料的范围都是相当可观的。

《吕氏春秋》虽成于众手,但不是杂乱无章的凑合,而是有严密的结构,统一的体例。全书分十二纪、八览、六论三大部分,每纪又分五篇,每览又分八篇(今本《有始览》已佚一篇),每论又分六篇。另有《序意》一篇,置于十二纪之末,叙作书之意。清代校勘学家称赞此书"分篇极为整齐"(《抱经堂文集·书〈吕氏春秋〉后》)。若事先不设计全书框架,制订编纂体例,是不会形成如此严密谨严的结构的。

《吕氏春秋》取材广泛,对诸子百家学说兼收并蓄。这既体现了编者博采众长的气度,也是史料编纂应遵循的原则。本书辑集了大量先哲言论、历史故事和富有文学色彩的寓言,为后人辑佚、校勘提供了珍贵的资料。清代学者汪中说:"其所采撼,今见于周、汉诸书者,十不及三四。其余则本书已亡,而先哲之话言,前古之佚事,赖此以传于后世。"(《述学补遗·吕氏春秋序》)

综上所述,周秦时期文学史料的搜集整理工作已有初步的成果,孔子"述而不作"等言论显露了中国史料学的早期理论形态。但当时的文学史料工作是附属于经学与政治教化的,有关文献的言论亦非专指文学史料而言。所以说,这一时期只能说是文学史料学的孕育期。

第二节 两汉时期

这一时期,人们的文学观念逐步摆脱朦胧状态,文学逐步走向相对独立的地位,文学史料工作渐分两途:一是继续作为经学的附庸向前推进(如对《诗经》的笺注),一是别辟蹊径,谋求自身的发展。文学史料学已开始萌芽。

一、《诗经》的笺注

经秦始皇焚书坑儒和楚汉兵灾,书籍大量散亡,"汉兴,改秦之败,大收篇籍,广开献书之路"(《汉书·艺文志序》)。汉初传《诗》者有鲁、齐、韩、毛四家。鲁、齐、韩三家是用汉代通行的隶书写成定本传授的,属今文学派;毛诗属古文学派,用先秦的篆书书写并传授。古文学派和今文学派不只是所据本子书写方法的不同,训释的内容、观点和方法也有很大的不同。古文学派内部,鲁、齐、韩三家的训释也有不同。这说明,西汉时注《诗》的学术活动已相当活跃。

东汉郑玄(127~200)在毛亨《诗诂训传》的基础上,作《毛诗传笺》。郑《笺》主要是对毛《传》进行补充、说明和完善。如《诗·周颂·载芟》:"载获济济。"毛《传》云:"济济,难也。"郑《笺》又进一步解释:"难者,穗众难进也。"是说禾穗粗壮稠密,获者难以进入其中。郑玄还对毛《传》未作注的字词作了解释,并酌采鲁、齐、韩三家诗说,予以疏通阐发。郑《笺》是汉代注《诗》成果的集大成者,也是中国古代诗歌注释的第一座丰碑。但郑玄不是把《诗》作为文学作品来笺注,而是作为儒家经典来笺注,自觉地通过注《诗》来阐发儒家的教义。

二、楚辞的整理和注解

把诗歌作为"文章"(相当于今天所说的"文学")来研究的,当推刘安、刘向、王逸等人对楚辞的整理和注解。

楚辞是战国时期发源于楚地的一种诗歌样式,在西汉初成为屈原、宋玉等人的作品的总称。据现存文献,可知最早为楚辞作注解的,是西汉淮南王刘安(前179~前122)。刘安在建元二年(前139)受汉武帝之命作《离骚传》。传,是解说的意思。此书已佚,但从其他文献所引片断来看,《离骚传》有评论、考释等内容。刘向(前77?~前6)典校群籍,辑集屈原、宋玉、景差、贾谊等人所作赋,编定为16卷,是《楚辞》的最早结集,目录学家尊之为总集之祖。刘向的16卷本已佚,今天只能从东汉王逸的《楚辞章句》中略见其大概面貌。

王逸的《楚辞章句》,是楚辞成书以来的第一部全注本。王逸字叔师,南郡宜城(今湖北宜城县)人,安帝元初(114~120)中任校书郎,顺帝时官至侍中。王逸注楚辞,有几个有利条件:一、他本身是著名文学家,是以文学家的眼光作注,认为屈原作品"其词温而雅,其义皎而朗。凡百君子,莫不慕其清高,嘉其文采,哀其不遇,而愍其志焉。"(《楚辞章句·离骚叙》)二、在王逸之前,刘安、刘向、扬雄、班固、贾逵等已为楚辞部分篇章作注,王逸得以吸收其成果并多所辨正;三、王逸任校书郎等职,得以博览宫廷藏书;四、王逸出生于楚辞的故乡,"与屈原同土共国,悼伤之情与凡有异"(《楚辞章句·九思序》),又熟悉楚地方言,故《章句》饱含感情,且对楚地方言考释详明。《楚辞章句》为每篇撰叙,解释题意,点明背景,撮其要旨;夹注部分长于名物训诂,既采前人成说,又多有独到见解。中国文学作品的注释本,至此已形成基本格局。

三、目录校勘之学的兴起和文学作品的著录

两汉时期,又是我国校勘学、目录学的奠基时期。刘向、刘歆父子为此作出开创性的贡献。

西汉藏书的逐渐丰富,催化了目录校勘之学。刘歆说:"武帝

广开献书之路,百年之间,书积如丘山。故外有太常太史博士之藏,内有延阁、广内、秘室之府。"(《太平御览》卷233引《七略》)汉成帝时,又派陈农"求遗书于天下"。在书籍激增、写本各异、收藏分散的情况下,如果不进行校勘整理、分类编目的工作,既不便于利用,亦无从体现一代藏书之盛。于是,汉成帝"诏光禄大夫刘向校经传、诸子、诗赋,步兵校尉任宏校兵书,太史令尹咸校数术,侍医李柱国校方技。每一书已,向辄条其篇目,撮其指意,录而奏之。"(《汉书·艺文志》)可知各人分工明确,刘向分管经传诸子和文学类图书的校勘工作,并负总纂之责。

在上述记载中,两件工作最值得注意:一是校雠(或称雠校);二是撰写叙录。

同一种书往往有多种本子,刘向等人首要之务,是通过校雠整理出一个标准的本子(定本)。刘向说:"雠校:一人读书,校其上下,得缪误为校;一人持本,一人读书,若怨家相对,(为雠)。"(胡刻本《文选·魏都赋》李善注引《风俗通》所引《别录》)所谓"校",就是当一种书只有一种本子时,由一人校其上下,前后互证,即校勘学中的"本校法";所谓"雠",就是当一种书有多种本子时,先选出其中最好的一本作底本(简称"本"),和另外的本子("书")相校。此时由两人进行读校,一人持"书"朗读,另一人持底本边听边校,将异文脱句一一校在底本上。两人若怨(冤)家相对,不放过一字一句,然后整理出定本①。这就是校勘学中的"对校法"。

另一件工作是撰写叙录(又称书录),即列出篇目,介绍书名、作者、校雠经过、全书要旨、学术源流和价值,然后呈奏皇上审阅。例如,先秦历史散文的代表作《战国策》,就是由刘向校雠并撰写叙录的。他在书录中先说明此书本子很多,篇卷杂乱。经整理编次,去其重复,得33篇。校雠中发现不少错字,如"赵"误为"肖","齐"

---

① 参用王重民说,见《中国目录学史论丛》,中华书局1984年版。

误为"立"。书名亦有不同,有《国策》、《国事》、《短长》、《事语》、《长书》、《修书》等名称,宜定名为《战国策》。刘向还对《战国策》产生的背景和内容展开论述,认为书中所写诈伪攻伐之事,"虽不可以临国教化",但"高才秀士,度时君之所能行,出奇策异智,转危为安,运亡为存,亦可喜,皆可观"。

刘向所写叙录,原是分别附于各书,后又将各书的叙录汇辑在一起,成《别录》,即书目提要的汇编。《别录》已佚,但其中几篇叙录至今尚存,如上文所举《战国策书录》,以及《晏子叙录》、《荀子叙录》等。

刘向整理皇家图书的工作接近完成时去世,其子刘歆继承父业,"总括群篇,撮其指要"(《隋书·经籍志》),分类编目,完成《七略》的编撰工作。《七略》是我国第一部综合群籍的,有严密分类体系的图书目录,分辑略、六艺略、诸子略、诗赋略、兵书略、术数略、方技略七个部分。其中辑略相当于绪论,综述学术源流;其余六略,分门别类地著录图书,每书有简要说明,系节录原书叙录而成。所以,《七略》实际上是把图书分为六大类。各大类再细分小类,称为"种",共计 38 种。如其中诗赋略,分为五种:

屈原赋之属
陆贾赋之属
孙卿赋之属
杂赋
歌诗

诗赋略是专门著录文学类图书的,编次于六艺、诸子之后,是六大类图书中的一类。这一方面反映了当时文学图籍之丰富,另一方面也说明在人们的概念中,已将文学作品与其他著作初步区分开来。

关于刘歆《七略》在文化史上的地位,王重民说:"在一千九百多年以前,我国就产生了这样组织严密,并有高度水平的系统目录,是全世界上任何古代文明国家所没有的,所以在我国古代思想学术界很快就发生了好的影响。"(《中国目录学史论丛》)《七略》原书在唐以后散佚,但班固撰《汉书·艺文志》,是以《七略》为蓝本的,所以今天尚可通过《汉书·艺文志》,得知《七略》的体例。

东汉班固在《汉书》中编列《艺文志》,开创"史志书目"一体。《汉书·艺文志》先有一篇总序,略述春秋以来学术流变,汉代保存图籍之功,刘向、刘歆父子的贡献,并说明《艺文志》是根据《七略》"删其要"而成。《艺文志》把图书按其渊源流别分作六艺、诸子、诗赋、兵书、数术(《七略》作"术数")、方技六大类著录。对每类书,都有概论,即"类序"。如《诗赋略》著录诗赋106家,1318篇,序曰:

《传》曰:"不歌而诵谓之赋,登高能赋,可以为大夫。"言感物造耑,材知深美。可与图事,故可以为列大夫也。古者诸侯卿大夫交接邻国,以微言相感,当揖让之时,必称《诗》以谕其志,盖以别贤不肖而观盛衰焉。故孔子曰:"不学《诗》,无以言"也。

春秋之后,周道寖坏,聘问歌咏不行于列国,学《诗》之士,逸在布衣,而贤人失志之赋作矣。大儒孙卿及楚臣屈原,离谗忧国,皆作赋以风,咸有恻隐古诗之义。其后,宋玉、唐勒;汉兴,枚乘、司马相如,下及扬子云,竞为侈丽闳衍之词,没其风谕之义,是以扬子悔之,曰:"诗人之赋丽以则,辞人之赋丽以淫。如孔氏之门人用赋也,则贾谊登堂,相如入室矣,如其不用何!"

自孝武立乐府而采歌谣,于是有代、赵之讴,秦、楚之风,皆感于哀乐,缘事而发,亦可以观风俗,知薄厚云。

序诗赋为五种。

这可以说是一篇高度浓缩了的诗赋发展史,论述了诗和赋的关系,赋的来源和发展,乐府民歌的特点与价值。读者从《诗赋略》所著录的百余家、千余篇诗赋中,可见当时创作之盛(今绝大部分已亡佚);从《序》中,又可见当时人们对诗赋的见解和乐府采诗的制度。这都为后人留下了珍贵的文学史料,在文学史料学的发展史上有重要地位。

四、民歌的采集

西汉采集民间歌谣,范围比先秦更广。上文所述《诗经》所收之诗,主要来源于黄河流域,而西汉所采之诗,遍及黄河、长江两大流域,南至今之江苏、安徽,北至今之内蒙、甘肃。东汉光武帝"数引公卿郎将,列于禁坐。广求民瘼,观纳风谣"(《后汉书·循吏列传序》),和帝"分遣使者,皆微服单行,各至州县,观采风谣"(《后汉书·李郃传》)。地方官上任,亦"观历县邑,采问风谣"(《后汉书·羊续传》)。汉代统治阶级采集民歌,是为了供宫廷典礼与娱乐,以及听风察政,但在客观上,促进了民歌的采录、整理与保存。

第三节　魏晋南北朝时期

魏晋南北朝时期,作家蜂起,文学作品的样式丰富多样并渐趋成熟。文学理论批评勃兴,对文学的概念,文学的价值,以及文体、构思、风格等问题展开了深入的探讨,出现了中国文学批评史上第一篇文学专论——魏文帝曹丕的《典论·论文》,出现了第一部有严密体系的文学理论专书——齐梁时刘勰的《文心雕龙》,出现了系统论述文学创作过程的《文赋》(西晋陆机撰)和专论诗歌的《诗品》(梁钟嵘撰)。刘宋范晔(389~445)撰《后汉书》,立传偏重以类相从,于《儒林传》外,创立《文苑传》,两者区分明确。前者收经学儒术方面的人物,后者收擅长文章诗赋的人物,即文学家,如傅毅、王逸、赵壹、祢衡等。宋文帝刘义隆元嘉十五年(438),徵雷次宗至京师建康,于鸡笼山设立儒学、玄学、史学、文学四学馆,"凡四学并建"(《宋书·雷次宗传》);宋明帝刘彧泰始六年(470),立总明观,设儒、玄、文、史学士各十人。以上种种事例说明,无论在人们的观念上,还是在实际境遇中,文学已经正式取得独立地位,这对文学史料学是有力的推动。

一、文学专科目录的出现

文学创作的繁荣,必然要求在目录体系中显示自己的地位。上文谈到,汉代《七略》将图书分为六大类,《诗赋略》位居其三,说明文学作品和学术性著作已在人们的概念中初步划分界线。但是,《诗赋略》只是《七略》中的一个部分,还不是一部独立的文学专科目录。

魏晋南北朝时期,文学专科目录开始出现。魏晋间荀勖(?～289)的《杂撰文章家集叙》十卷(今佚),当是我国最早的文学创作总目录。

《杂撰文章家集叙》十卷,始见于《隋书经籍志·史部·簿录篇》著录,《新唐书·艺文志》则著录为《新撰文章家集叙》五卷。姚名达考证说:

> 《新唐志》作"《新撰文章家集叙》五卷",虽无佚文可考,然叙录二字古义相通(《世说》注引邱渊之"文章录",有时作"文章叙",有时又作"新集叙",其体例亦与《文章志》相同),故《三国志·王粲传》注又引作"《文章叙录》"。新撰云者,前此诸家文章多单篇散行,今始撰为一集也。新集叙云者,新集之叙录也。故推原文学创作总目录之渊源,应以荀勖为滥觞焉。(《中国目录学史》)

西晋,挚虞(?～311)撰有《文章志》四卷(《隋书经籍志·史部·簿录篇》著录)。此书已佚,但从传世的零星佚文看,可知它属文学专科目录,著录诸家诗文,项目有著者、作品体裁、篇数等。

据《隋书·经籍志》等书记载,在魏晋南北朝时期,类似上述《文章志》的书有多种,可见当时编纂文学目录已较普遍。

二、诗文总集的编纂

据《隋书·经籍志》著录,晋至隋编纂的总集,多达二百余部,著名的有杜预《善文》、挚虞《文章流别集》、刘义庆《集林》等,但绝大多数已亡佚。现存最早、影响最大的诗文总集,是《文选》。

《文选》30卷,梁武帝萧衍之长子萧统(501～531)编。萧统系皇太子,未及即位而卒,谥号昭明,故后人习惯称《文选》为《昭明文选》。这部诗文总集的编选。在中国文学史料学的发展历史上,具有划时代的意义:

1.《文选》有明确的选录标准,只收文学作品,不收经史诸子。但史书中的"赞论"和"序述"有较强的文学性,亦选录。萧统心目中的文学作品,是"事出于沉思,义归乎翰藻"之作,即:题材(事)的选择,应当有意义可寻,而意义的表现,须经过深沉的艺术构思,讲究辞采之美。这就在文学作品与非文学作品之间划了一条明确的界线,也在文学史料与其他史料之间划了一条明确的界线,标志着文学史料学有了自己特定的研究对象。

2.《文选》选录了周代至梁代130多个知名作者和少数佚名作者的作品700余篇,但不收当时在世的作家的作品。萧统旨在对历史上的优秀作品作一结集,以供当时与后世诵读和借鉴。《文选序》称:

> 自姬、汉以来,眇焉悠邈,时更七代,数逾千祀。词人才子,则名溢于缥囊;飞文染翰,则卷盈乎缃帙。自非略其芜秽,

> 集其清英,盖欲兼功,太半难矣!

所说"七代"指周、秦、汉、魏、晋、宋、齐,历时千余年。虽然是个选本,但各种文体的主要作品大体网罗。说明萧统既具有较明确的文学观念,又有历史的眼光。不少作品赖此得以保存至今。《四库全书总目提要·总集叙》云:"文籍日兴,散无统纪,于是总集作焉。一则网罗放佚,使零章残什,并有所归;一则删汰繁芜,使莠稗咸除,菁华毕出。是固文章之衡鉴,著作之渊薮矣。"这正是《文选》一类总集的历史功绩。

3.《文选》有较为严密的编排体例。萧统说:

> 凡次文之体,各以汇聚。诗赋体既不一,又以类分。类分之中,各以时代相次。

全书分为赋、诗、骚、七、诏等38类。其中赋、诗所占比重最大。赋又分为京都、郊祀、耕籍等小类,诗又分为补亡、述德、劝励等小类。同一类中,再按作者时代先后排列。这种编排体例,对后代影响甚大,如北宋李昉等编《文苑英华》,体例仿效《文选》;姚铉编《唐文粹》,自谓嗣于《文选》。

稍后于《文选》,徐陵(507~583)编成诗歌总集《玉台新咏》。在现存古诗总集中,继《诗经》、《楚辞》之后,以此书为最早。徐陵《玉台新咏序》云:

> 往世名篇,当今巧制,分诸麟阁,散在鸿都。不籍篇章,无由披览。于是燃脂暝写,弄笔晨书,撰录艳歌,凡为十卷。

表明他编此诗集的目的,是使古往今来的名篇巧制,由分散变为集中,以利于披览;并说明他选录的范围,限于艳歌。我们从文学史

料学的角度来审视此书,有两点很值得注意:

1. 它的编排体例,兼顾诗歌发展的历史轨迹与诗体的以类相从两个方面。卷一至卷八,以时代为序,编录汉代至梁代在世诗人的五言诗;卷九为歌行体,以七言为主(其中除《越人歌》相传作于春秋战国外,其余均系汉及汉以后诗);卷十为五言四句(二韵)诗。这样,就不仅从总体上反映了诗歌从汉代至梁代发展的概貌(虽然以艳情诗为主,并不全面),而且,把梁代讲究声律对仗的诗尤其南朝兴起的五言二韵诗(古绝句)集中编排,显示了齐梁诗的独特风貌,使我们今天较清楚地看出它们对唐代诗体的影响。

2. 《玉台新咏》为辑佚考证提供了珍贵的文学资料。《四库全书总目提要》对此作了具体的论述:

> 其中如曹植《弃妇篇》、庾信《七夕诗》,今本集皆失载,据此可补阙佚。又如冯惟讷《诗纪》载苏伯玉妻《盘中诗》,作汉人,据此知为晋代。梅鼎祚《诗乘》载苏武妻答外诗,据此知为魏文帝作。古诗《西北有高楼》等九首,《文选》无名氏,据此知为枚乘作。《饮马长城窟行》,《文选》亦无名氏,据此知为蔡邕作。其有资考证者,亦不一。

《玉台新咏》虽收了不少格调低下的宫体诗,但也保存了一些表现真挚爱情的作品,如中国著名长篇叙事诗《古诗为焦仲卿妻作》,即首见于此书。

三、文史要籍的笺注

魏晋南北朝时期,笺注之风甚盛。究其原因,主要有二:一是社会动荡,百姓迁徙频繁,语言起了很大变化,古书须经笺注,方易于诵读与流传;二是书籍的积累日益丰富,可供笺注的材料越来越多,促使笺注工作走向专门化,成为推动文史研究必不可少的一门学问。

这一时期,经史子集各类书籍,都产生了数量众多的注本。其中与文学史料学关系较密切的如:

西晋杜预(222～284),自称"有《左传》癖",撰有《春秋左氏经传集解》,系《左传》注解流传至今最早的一种。

晋代郭璞(276～324),是著名文学家,"词赋为中兴之冠"(《晋书》本传),又是杰出的文字训诂学家,注释《尔雅》、《方言》、《穆天子传》、《山海经》、《楚辞》、《子虚赋》、《上林赋》等。

刘宋裴骃,以东晋徐广《史记音义》为本,博采经传诸史及孔安国、郑玄、贾逵等人之说,亦时下己意,撰《史记集解》80卷,是《史记》三家注"中的第一家。

刘宋裴松之(372～451),有感于晋陈寿《三国志》"失在于略,时有所脱漏",遂为之作注,注文几为《三国志》的三倍,引书达 200 余种。除少量注文解释字词外,主要篇幅是补史、证史。《四库全书总目提要》概括为六端:引诸家之论以辨是非,参诸书之说以核讹异,传所有之事详其委曲,传所无之事补其阙佚,传所有之人详其生平,传所无之人附以同类。历代史家普遍认为裴松之的注文与《三国志》同具重要价值。

北魏郦道元(?～527)为《水经》作注,引书达 437 种,注文约为原作的 20 倍,除地理方面的内容外,广泛引录有关的历史故事、民间歌谣、神话传说,记录了许多汉魏碑刻。《水经注》的实际价值已远远超出地理科学的范围,它是优秀的山水散文,又录存了丰富的文学资料。

梁朝刘孝标(462～521)注《世说新语》,亦以引证浩博著称。计引录经部 35 家,史部 288 家,子部 39 家,集部 42 家,释氏 10 家,合计 414 家。① 刘宋刘义庆主编的《世说新语》记东汉后期至

---

① 据清沈家本编《世说注所引书目》,见《沈寄簃先生遗书》。

晋宋间名士言行,其中文学家事迹甚多,本身就有很高的文学价值与史料价值;经刘孝标作注,价值倍增。刘注以少量注文诠释字句,大量注文补充史事或辨正史实;凡有异说而难以判定者,则并存其说。如《世说新语》文学门记载东晋袁宏作《东征赋》事(方括号内为刘孝标注文):

> 袁宏始作《东征赋》,都不道陶公。胡奴诱之狭室中,临以白刃[胡奴,陶范,别见],曰:"先公勋业如是,君作《东征赋》,云何相忽略?"宏窘蹙无计,便答:"我大道公,何以云无?"因诵曰:"精金百炼,在割能断。功则治人,职思靖乱。长沙之勋,为史所赞。"[《续晋阳秋》曰:"宏为大司马记室参军。后为《东征赋》,悉称过江诸名望。时桓温在南州,宏语众云:'我决不及桓宣城。'时伏滔在温府,与宏善,苦谏之。宏笑而不答。滔密以启温,温甚忿。以宏一时文宗,又闻此赋有声,不欲令人显问之。后游青山,饮酌既归,公命宏同载,众为危惧。行数里,问宏曰:'闻君作《东征赋》,多称先贤,何故不及家君?'宏答曰'尊公称谓,自非下官所敢专,故未呈启,不敢显之耳。'温乃云:'君欲为何辞?'宏即答云:'风鉴散朗,或搜或引。身虽可亡,道不可陨。则宣城之节,信为允也。'温泫然而止。"二说不同,故详载焉。]

刘注所引《续晋阳秋》,系刘宋檀道鸾撰,编年体东晋史,20卷。刘义庆、檀道鸾均刘宋时人,去东晋不远,而所记袁宏作《东征赋》事说法不同,故刘孝标详录《续晋阳秋》注其后。《续晋阳秋》已佚,更见这段引注的史料价值。清人搜辑《续晋阳秋》佚文,采自刘孝标注颇多。刘孝标对《世说新语》所载,确认为误者,则考订辨明,如在文学门"殷中军为庾公长史"句下注:"按《庾亮僚属名》及《中兴书》,浩为亮司马,非为长史也。"对未能考知之事,则注"未详",如在"僧意在瓦官寺中"句下注:"未详僧意氏族所出。"这都可以看出刘孝标作注的严谨态度。

古今学者所推重的"四大名注",即裴松之《三国志注》、郦道元《水经注》、刘孝标《世说新语注》、李善《文选注》,南北朝时期即占三部,亦可见这一时期笺注之学的水平。

综上所述,魏晋南北朝时期是我国文学的"自觉时代"。文学的自我意识的强化,促进了文学作品的搜辑、编目、笺注和文学史料的考订工作,文学史料学也步入自觉期。

第五章　中国文学史料学的初建与发展

从唐宋至中英鸦片战争这1200多年间,中国古代文学的各种体裁——诗歌、散文、词、戏曲、小说——都有了长足的发展,中国文学史料学也步入了初建与发展的时期。其间又可粗分为两个阶段:唐宋金元为第一阶段,此时文学史料学的主要构成部分(搜辑、校勘、辨伪、笺注、编刊等)已有了较丰富的理论建树,可视为文学史料学的初建阶段;明清为第二阶段,此时各类文学总集的编刊蔚为大观,综合多种研究方法的考据之学与文学古籍的整理研究结合,可视为文学史料学的发展阶段。

第一节　唐　宋　时　期

唐宋两代是我国封建社会文学创作和评论的黄金时代。图书资料的丰富积累和印刷术的勃兴,为文学史料工作创造了极为有利的条件;诗赋取士制度的盛行,也刺激了各类文学作品集、资料集的编刊和研究。

一、类书体式的改革

类书是一种特定类型的资料汇编,是我国传统文化中很有特色的典籍,英美学者视为古代东方的百科全书。我国最早的类书是魏文帝曹丕命刘劭等人编的《皇览》,继之而作者,有梁代《华林遍略》、北齐《修文殿御览》等。

唐以前的类书,绝大部分已散佚。根据传世辑存的佚文和古籍记载,可知它们的共同特点是"类事",即分类辑录经史诸子的记述,而且基本采取摘句的方式,割裂原文。到唐代初年,欧阳询(557~641)受诏主编《艺文类聚》,对先前的类书的体式进行重要改革,扩大并强化了文学作品在类书中的位置,对文学史料学作出了杰出的贡献。

欧阳询对类书体式的改革,主要有以下两方面。

首先,欧阳询确立了"类事"和"类文"并重的编辑体例。他在《艺文类聚》序言中说:

> 《流别》、《文选》,专取其文;《皇览》、《遍略》,直书其事。文义既殊,寻检难一。爰诏撰其事且文,弃其浮杂,删其冗长,金箱玉印,比类相从,号曰《艺文类聚》,凡一百卷。其有事出于文者,便不破之为事,故事居其前,文列于后,俾夫览者易为功,作者资其用。可以折衷今古,宪章坟典云尔。

欧阳询认为,晋挚虞《文章流别集》和梁萧统《文选》是专门编集诗文的,即分类编排的文学总集;魏文帝时的《皇览》和梁代的《华林遍略》,则"直书其事",即摘录经史诸子以说明各类事物的本原,这是唐以前类书的传统模式。欧阳询改变了类书的旧模式,将类书与总集合流,采取"事居其前,文列于后"的编排方式,即,各子目均分为有机结合的两部分,前列经史诸子,后列诗文作品。例如,人部"交友"目下,先引录《周易》、《礼记》、《孝经》、《庄子》、《列子》、《汉书》、《(谢承)后汉书》等书有关交友的论述或记载;然后列出曹植《离友诗》、谢朓《赠友人诗》、丘迟《思贤赋》、夏侯湛《管仲像赞》、周秪《执友箴》等等与交友有关的诗文作品,并按文体分别冠以"诗"、"赋"、"赞"、"箴"等细目。

其次,欧阳询改变以往类书随意割裂原文的做法,引录诗文注意完整性,往往全篇引录(尤其诗歌),或引录意义相对完整的片段。这就为后人的辑佚工作,提供了一座文献宝库。据马念祖统计,《艺文类聚》所引唐以前古籍达1431种(见《水经注等八种古籍引用书目汇编》)。到南宋陈振孙撰《直斋书录解题》时,已指出"其所载诗文赋颂之属,多今世所无之文集。"到明代高儒撰《百川书志》时,又感叹说:"《艺文类聚》载引诸集,今世罕传。汉魏六朝之文,独赖《文选》、此书之存,不然几至泯没无闻矣!二公有功斯文,猗欤盛哉!"到清乾隆朝修《四库全书》时,《提要》又指出:隋以前遗文秘籍,迄今十九不存,得此一书(指《艺文类聚》),尚略资考证。"今人曾对《艺文类聚》所引的1431种古籍作过约略分析,指出现存者所占比例不足百分之十(见汪绍楹校订本《艺文类聚·前言》),足见其珍贵。

正由于《艺文类聚》确立了先"类事"后"类文"的编辑体例,又由于它所引录的诗文比较完整,这就使它实际上成为一部独具特色的诗文总集。特色在于:把诗文按其描写对象(或题材)分类组合成700多个单元(《艺文类聚》分46部727目),每单元再按文体分为诗、赋、赞、箴、铭、论等等。这说明欧阳询在搜集和编排诗文时,十分注意作品和客观事物的联系,题材的概念和文体的概念已比较明晰。

欧阳询的编纂意图和他所开创的"事居其前,文列于后"的体例,对后来《初学记》、《太平御览》等类书影响很大。尤其有趣的是,南宋朱熹的学生祝穆编了部170卷的类书,干脆就称《事文类聚》了。此书各类目先列群书要语、古今事实,然后列古今诗文,体例仿《艺文类聚》而略有变通。"是书所载,必举全文,故前贤遗佚之篇,间有籍以足徵者。"(《四库全书总目提要》)这也是继承了《艺文类聚》的传统。

二、各体文学作品的结集

唐宋时期诗文、词、小说的结集都取得丰硕成果。

1. 诗文的结集

诗文的结集形成多种格局。首先是通代的大型诗文集引人注目。唐高宗显庆年间(656~661),朝廷命许敬宗等编成的《文馆词林》,选录汉代至唐太宗时的诗文,计1000卷,规模之大,前所未有。可惜此书在唐末宋初时已散佚,今残存20余卷,不足原书的百分之三。从残存的卷帙看,《文馆词林》按文体分为若干大类(已知诗、颂、碑、诏、敕、令、教等体),大类之中再分细类。所选作品。不见于现存的史书、《文选》和作家本集者,十居八九。

宋太宗太平兴国七年(982),诏李昉等人编《文苑英华》,历时六年成书,凡1000卷。选材时限与《文选》衔接,上起梁朝,下迄晚唐五代,作者近2200人,录诗文近2万篇,其中唐代作品约占百分之九十。所录诗文分为38大类,模仿《文选》;每大类再分门目,如赋分38目,诗分24目,歌行分17目,杂文分12目,比《文选》更繁细。

唐宋两代编选当朝诗集蔚然成风,这是编纂工作的又一特色。唐人选唐诗,较早的是孙季良编选《正声集》(今佚)。据《旧唐书》、《新唐书·艺文志》等书载,孙季良一名翌,开元中为左拾遗、集贤院直学士,所编《正声集》三卷,选初唐诗人之作。唐元和初刘肃撰《大唐新语》,谈到《正声集》的影响:

> 刘希夷一名挺之(庭芝),汝州人。少有文华,好为宫体,词旨悲苦,不为时所重。……后孙翌撰《正声集》,以希夷为集中之最,由是稍为时人所称。

初唐诗人刘希夷本来不受重视,后因《正声集》推重之,于是"知名度"提高。足见《正声集》在天宝至贞元间已广为流传。

继孙季良之后,选家众多,如天宝间芮挺章编《国秀集》、殷璠编《河岳英灵集》,乾元间元结编《箧中集》,建中间高仲武编《中兴间气集》,元和间令狐楚编《御览诗》,大中间顾陶编《唐诗类选》等等。考之书目著录与唐宋文献记载,唐人编选的唐诗总集,不下60余种(诗文合集或唐诗与前代诗合集均未计算在内)。选集或纯粹录诗,或系以诗人小传(如姚合《极玄集》),或附以诗评(如殷璠《河岳英灵集》)。可惜这60余种选集,现存全本和残本仅10余种。

宋人编纂宋代诗文,著名者如北宋杨亿(974~1020)缀辑的《西昆酬唱集》2卷。景德二年(1005),杨亿等奉诏于秘阁编《册府元龟》,修书之余写诗唱和,并约未参加修书的张咏等人唱和。后杨亿将这些唱和诗结集,取名《西昆酬唱集》(将秘阁比之为西方昆仑山上先王藏书之府)。该集收入杨亿、刘筠、钱惟演、李宗谔等17人的唱和诗,以五七言律诗为主,讲究用典、对仗和辞藻华美,影响甚广,后进学者争效之,号为"西昆体"。

《西昆酬唱集》属专收某一流派作品的总集,南宋曾慥(?~1155)所编《本朝百家诗选》100卷(今佚)则兼采各家。吕祖谦(1137~1181)奉敕编选的《皇朝文鉴》(即《宋文鉴》)150卷,专采北宋,诗文兼收。据吕乔年《太史成公编皇朝文鉴始末》载,吕祖谦广罗当时文集,"所得文集凡八百",可见宋人文集之盛。吕祖谦选材的原则是:对宋初诗文"所取稍宽",因当时"文人尚少";宋仁宗以后文士辈出,则"所取稍严";对那些"有闻于时"的人,虽"其文不为后进所诵习",亦尽力搜求;对那些"不为清议所予"的人,只要其文有可观之处,亦"不以人废言"。这些编纂思想,颇有可取之处。

南宋时期,编辑并刊行当朝诗歌作出特殊贡献的,首推陈起。陈起字宗之,钱塘人,是诗人,又是出版家。他在睦亲坊开书籍铺,刊行过不少唐代诗人作品(现存尚有十余种宋版),但主要精力放在当朝诗人诗集的编刊上,其特殊贡献正在于此。宋理宗宝庆间(1225～1227),陈起陆续汇刻当朝诗人的作品为《江湖集》,所收诗人多是浪迹江湖者,如刘过、敖陶孙、刘克庄等,"江湖派"因此得名。方回说:"钱塘书肆陈起宗之能诗,凡江湖诗人皆与之善。"(《瀛奎律髓》),陈振孙说:"(《江湖集》)取中兴以来江湖之士以诗驰誉者","士之不能自暴白于世者,或赖此以有传。"《直斋书录解题》)陈起以个人之力,为江湖诗人逐个编刊诗集,这在历史上是少见的。

2. 词的结集

新的文学样式的诞生,是文学作品结集的重要动力。唐宋时期,是词从兴起、发展到极盛的时期。那些知名的和不知名的编纂家,相继为词结集。唐写本《云谣集杂曲子》,收曲子词30首,是中国现存最早的民间词集。所收均为无名氏之作,作品约产生于唐代武则天时期至安史之乱前。《云谣集杂曲子》不分卷,结集者佚名。在现存词总集中,最早为文人词作结集者,是后蜀赵崇祚编的《花间集》,书前有欧阳炯于后蜀广政三年(940)所作序,序称赵崇祚"以拾翠洲边,自得羽毛之异;织绡泉底,独殊机杼之功。广会众宾,时延佳论。因集近来诗客曲子词五百首,分为十卷"。《花间集》收温庭筠、皇甫松等18家词,作者署姓、官名、本名(如"温助教庭筠");每卷一律收词50首。《四库全书总目提要》评论说:"于作者不题名而题官,盖即《文选》书字之遗意;惟一人之词,时割数首入前后卷,以就每卷五十首之数,则体例为古所未有耳。"对后者似有微词。但这种整齐划一的编排方式,自有独特之处,似亦未可厚非。赵崇祚将晚唐温庭筠、皇甫松列于《花间集》之首,表示西蜀词派的渊源所自,其余16人绝大部分是蜀中词人。赵崇祚的最大贡献,就在于保存了晚唐五代尤其西蜀的大量词作。当时,另一词坛重心是南唐,但我们今天所见到的,只有李璟、冯延巳、李煜等少数人的词作。刘大杰说:"当时南唐的词,必然产生了不少,因为没有赵崇祚那一类人去收集保存,所以传下来的就不多了。"(《中国文学发展史》)相形之下,更见赵崇祚"独殊机杼之功"。

继《花间集》之后,两宋不断有词总集问世,重要的有《乐府雅词》、《草堂诗余》、《阳春白雪》、《花庵词选》、《绝妙好词》等。南宋曾慥编成于绍兴十六年(1146)的《乐府雅词》,是现存最早的一部宋人编选的宋词总集。正集3卷,录34家;拾遗2卷,录16家,合计50家。曾慥家藏词集丰富,此书便是据家藏选编而成。因曾慥以典雅为选词标准,"涉谐谑则去之"(慥自序),故名其书曰"雅词"。所录《九张机》等,独赖此书以存。南宋另一著名词集《草堂诗余》(元刊本题南宋何士信编),以宋词为主,间有少量唐五代词,编排体例别是一式——按内容分为春景、夏景、秋景、冬景、节序、天文、地理、人物、人事、饮馔器用、花禽等类,可谓类书式编排法。宋时更有专选某一题材的词作结集的,如黄大舆编《梅苑》10卷,专收唐代至南北宋间咏梅之词,达数百阕之多。南宋赵闻礼所编《阳春白雪》,则按词调分卷,各卷先列慢词,后列小令。黄昇于宋理宗淳祐年间编的《花庵词选》20卷,收唐五代、北宋、南宋词。黄昇按语云,序次"随得本之先后,非固为之高下也"。这又是一种编排方式。可见宋人编纂词集,体例多样,并无固定程式。但黄昇以前各家所编词集,并不重视对词人的介绍与品评,《花庵词选》对所选词人则系以小传,间附评论,后来研究家多所取资。

宋人所编宋词选集之殿军,当推周密(1232~1298)的《绝妙好词》。此集选录南宋初张孝祥至宋末元初仇远共132家的词作。周密是宋末格律词派的重要代表,《绝妙好词》的选词标准亦偏重于格律精严的"雅词",有"去取谨严"之誉(《四库全书总目提要》)。该集保存了许多不见史传记载的宋末词人的作品,"宋人词集,今多不传,并作者姓名亦不尽见于世。零玑碎玉,皆赖此以存。于词选中最为善本。"(同上书)周密出生于书香门第,祖辈藏书极富,精于诗词文献。宋亡后,他决意不仕,以保存故国文献为己任。一生著述数十种,所撰《武林旧事》、《齐东野语》、《癸辛杂识》等记载了大量南宋的政治经济、民俗风尚、文学艺术史料。他是一名贡献突出的文学家和史料学家。

3. 小说的结集

唐代前期,是中国小说由志怪向传奇过渡的时期。除《古镜记》、《补江总白猿传》等单篇传奇外,还出现了少量小说专集,如唐临的《冥报记》、赵自勤的《定命录》等。唐代中期,单篇传奇大量涌现,如沈既济《枕中记》、元稹《莺莺传》、李公佐《南柯太守传》、白行简《李娃传》等。唐代后期,传奇专集数量众多,并出现了汇录唐代传奇的选集。《异闻集》是一部重要的唐代传奇选集,唐末屯田员外郎陈翰编,《新唐书·艺文志》著录为 10 卷。此集虽已散佚,但今天仍可考知收入此集的唐代传奇小说 40 余篇(据程毅中《〈异闻集〉考》)。《异闻集》是选本而非个人著作,所收作品有些是单篇传奇(如《古镜记》、《枕中记》、《李娃传》),有些选自个人传奇集。程毅中说:"陈翰作为一个小说编选家,具有相当高的眼力,所选作品大部分是唐人传奇的名篇……如果没有《异闻集》的汇辑,这些作品散失的可能性将会更大一些。从宋人著作中引用唐人传奇经常转引《异闻集》的情况看,就可以说明这一点。《异闻集》对中国小说的发展起了一定的影响,编者陈翰对唐代传奇的流传做出了贡献,这在小说史上似乎还是值得一提的。"

北宋太平兴国年间李昉等奉太宗之命编纂的《太平广记》500卷(另目录 10 卷),是一部大型的小说总集。全书按故事内容分为92 大类,故学者又视之为类书。此书博采汉至宋初各种小说、笔记、野史、释藏、道经等数百种,并注明出处①。《广记》所引之书,大部分今已散佚,可供辑佚;有传本的书亦可供校勘与考证之用。

---

① 由于《太平广记》引书往往一书异名,或将两三种书混而为一,更有书名讹误者,故难以精确统计出引书种数。明刻本于书前列《引用书目》,统计为 343 种;前燕京大学引得编纂处《太平广记篇目及引书引得》统计为 475 种;马念祖《水经注等八种古籍引用书目汇编》统计为 526 种。

《广记》各部类的比重悬殊甚大,有的一类一卷,有的两三卷。神仙类占 55 卷,比重最大,鬼类为 40 卷,报应类 33 卷。这种按故事内容分类编排的方法,缺点是将完整的书拆散,优点是便于分析小说的题材。鲁迅说:"视每部卷帙之多寡,亦可知晋唐小说所叙,何者为多,盖不特稗说之渊海,且为文心之统计矣。"(《中国小说史略》)又说:"我以为《太平广记》的好处有二,一是从六朝到宋初的小说几乎全收在内,倘若大略的研究,即可以不必别买许多书。一是精怪,鬼神,和尚,道士,一类一类的分得很清楚,聚得很多,可以使我们看到厌而又厌,对于现在谈狐鬼的《太平广记》的子孙,再没有拜读的勇气。"(《破〈唐人说荟〉》)

南宋绍兴(1131～1162)初,曾慥博采历代笔记小说 200 余种,编成《类说》60 卷。这部小说选集保存了不少珍贵的资料。例如上文提及的唐末陈翰所编《异闻集》10 卷,已于宋后散佚,但《类说》选录了其中的 25 篇。曾慥博学能文,编著甚富,撰有《道枢》、《集仙传》、《高斋漫录》等。《高斋漫录》对文人事迹、诗文评论多所涉及,又编有《乐府雅词》、《本朝百家诗选》,为搜集整理文学史料作出重要贡献。

三、记事性与评论性文学资料的编纂

1. 史料笔记

史料笔记至唐宋而大盛,记载内容广泛涉及社会生活的各个方面。由于唐宋时期文学活动的频繁,笔记中有关文学资料的比重明显增加。如唐代张鷟《朝野佥载》,记及初唐诗文作家的资料;李肇《唐国史补》,记及盛、中唐诗文与传奇创作的资料;韦绚《刘公嘉话录》(今本题《刘宾客嘉话录》,已非原本面貌),追记刘禹锡言谈;五代孙光宪《北梦琐言》,大量辑录唐五代诗人轶事与诗句;北宋赵令畤《侯鲭录》,记及唐传奇创作与北宋文人轶事,南宋张端义《贵耳集》对两宋诗词多所记述,并涉及金朝与西夏作家。

由于史料笔记的繁多,辑录笔记杂史的资料集亦应运而生。如宋元祐间王谠编《唐语林》,采录唐人笔记50种,按内容类分52门,可惜所引材料未注出处,仅于卷首列出采录书目。绍兴间江少虞编《事实类苑》(即《宋朝事实类苑》),杂采宋代诸家记录50余种,分作28门,每门以4字作标题,其中"词翰书籍"、"诗赋歌咏"、"文章四六"等门,保存了丰富的文学史料,有些是已散佚的诗话。《事实类苑》全书78卷(又有63卷本),所引资料均注明出处,王士禛《居易录》称此书为宋人说部之宏构。

2."诗纪事"的诞生

唐末出现了一种以诗系事的新的撰述体式,孟棨(一作启)的《本事诗》就是专述诗歌本事的。孟棨认为,诗人"触事兴咏"、"情动于中而形于言"。诗歌既是缘情感事而作,读者便须了解创作的背景材料(本事),方能深入了解作品的含义。孟棨基于这样的认识,从诗人文集、笔记、小说中辑集有关资料,分为情感、事感、高逸、怨愤、徵异、徵咎、嘲戏七类编排,"用说部的笔调,述作诗之本事"(郭绍虞《宋诗话辑佚·序》)。书中虽有附会、失实之处,但也提供了不少有参考价值的资料。孟棨编辑专书以"事"与"诗"相互印证的撰述思路,对后世颇有影响。五代时处常子《续本事诗》(已佚),是对《本事诗》的直接继承;而南宋计有功的《唐诗纪事》,却又推陈出新了。

计有功的《唐诗纪事》,就重视诗歌的本事这点来说,与《本事诗》有相似之处,但从总体上看,又有很大的不同:《本事诗》有较大的随意性,无严格的体例,颇类笔记,规模亦小(仅1卷);计有功则以保存唐代诗歌文献为主要目的,采录诗人1150家之多,全书规模达81卷。其体例:以诗人立目,凡事迹可考者则附以小传,然后列出诗作(全篇乃至一联一句),或系以诗歌本事,兼采品评资料。这部《唐诗纪事》的"事",实在是广义的,包括诗人事迹(传记)与诗歌本事。而且并不拘泥于"事"而限制对唐诗的广泛搜集,采录了大量无本事可稽的诗篇。明人胡震亨较恰当地指出了此书的性质与价值："计氏此书,虽诗与事迹、评论并载,似乎诗话之流,然所重在录诗,故当是编辑家一巨撰。收采之博,考据之详,有功于唐诗不细。"(《唐音癸签》)。计有功是"诗纪事"一体的真正创始者。后代的《宋诗纪事》、《辽诗纪事》、《金诗纪事》、《元诗纪事》、《明诗纪事》,乃至《全唐文纪事》、《词林纪事》、《元曲纪事》等,虽体例略有异同,但都是《唐诗纪事》影响下的产物。

3. 年谱的创始与兴盛

年谱按年月记载一个人的生平事迹,是个人编年体的传记。这种撰述体式,创始于北宋。最早的年谱,是吕大防(1027~1097)编的《韩吏部文公集年谱》和《[杜工部]年谱》。其后,年谱之作日盛。据书目著录与各家记载,宋人所撰年谱约有85种,反映谱主约46人。其中流传至今者约有56种,反映谱主约42人。

分析宋人所撰年谱,有三事颇耐人寻味:一、最早被编年谱的,是文学家,即上文所述杜甫、韩愈的年谱;二、在宋人所撰的85种年谱中,约有43种是文学家的年谱,占50%以上。其中有为前代文学家所编,如陶渊明、杜甫、韩愈、柳宗元、白居易、元稹的年谱;有为当朝文学家所编,如楼钥编《范文正公年谱》、胡柯编《庐陵欧阳文忠公年谱》、詹大和编《王荆文公年谱》、王宗稷编《东坡先生年谱》、黄䎓编《山谷先生年谱》。三、宋人所撰文学家年谱,绝大部分附刻于谱主的诗文集中,且往往是编谱人在校勘、整理、考证诗文别集的基础上编成付梓。

由上述三端可看出,年谱的诞生,实与我国古代"知人论世"的文学研究方法有莫大的关系。宋人深得知人论世之要义,为了确切理解诗文作品的含义,于是努力探寻作家的生平事迹,稽考每篇作品的写作背景,编成年经月纬的年谱。而他们在刊行前人诗文集时,将年谱附刻其中,也正是为了给后人以"知人论世"之助。

4. 诗话的汇辑

诗话萌芽于魏晋南北朝，形成于北宋。欧阳修的《诗话》（后人称《六一诗话》），是中国文学史上第一部正式以"诗话"命名并以随笔体专论诗歌的著作。今本28则，记录了欧阳修与诗友切磋诗歌艺术的珍贵资料，表述了欧阳修对诗歌创作的见解。评述北宋诗作居多，亦论及唐诗。此后，文人学士竞相仿效，诗话成为记录诗人言论轶事、评论诗作诗派、阐述创作原则的流行的著作体式。据郭绍虞《宋诗话考》，宋人诗话有139种（包括自撰与他人辑集者），其中完整流传至今者有42种。

随着诗话的增多，出现了汇辑各家诗话成一书的集成性选编，如北宋阮阅的《诗总》，南宋胡仔的《苕溪渔隐丛话》，魏庆之的《诗人玉屑》。

《诗总》即《诗话总龟》，成书于宣和五年（1123），上距欧阳修《六一诗话》50余年。阮阅引录诗话以及与论诗有关的书籍近百种（绝大部分为唐宋书籍），按内容分为46门，所引资料注明出处。南宋绍兴、乾道间，胡仔继《诗总》而编《苕溪渔隐丛话》，博采前人与时人诗话，多附按语，予以辨证，不单纯是资料的罗列。体例亦不同于《诗总》分类编排，而是以被评述的诗人为纲，按时代先后排列。评述对象自《诗经》至南宋初。胡仔有意识补阮书之不足，自序称所载不与《诗总》重复。又因阮阅编《诗总》时，党禁未开，故略去苏轼、黄庭坚等元祐诸家作品，而胡仔推重苏黄诗学，故引述有关元祐诗人的资料特多。《诗总》和《苕溪渔隐丛话》相辅而行，大体反映了北宋诗话的主要内容。

南宋淳祐年间，魏庆之编成《诗人玉屑》，专采宋人诗话。在体例上，吸取《诗总》与《苕溪渔隐丛话》的长处而又有所发展。全书20卷（又有21卷本），卷1至11系总论性质，分诗辨、诗法、诗体、句法、命意等40余门目；卷12以下品评历代诗人诗作，大体以时代为序。本书多录南宋诗话，一一注明出处。

由上可见，宋代自诗话的形成、兴盛，到集成性诗话选编的出现与内容体例的不断改进，评论性文学资料工作的发展轨迹十分明晰。

四、史料学的理论建设

唐以前的学者，做了不少具体的史料工作，在史料学理论方面，亦有所建树，但相形之下，理论建设比较薄弱。唐宋时期，史料学理论建设有较大的发展；史料学的几个重要理论环节，都有了不同程度的发展。

1. 有关史料搜集与分类编目

唐宋时期有关史料搜集和著录的论说，多见于魏徵、释智昇、毋煚、郑樵等人的目录学著作中。

关于目录学的功用，唐代释智昇在《开元释教录》的自序中说：

> 夫目录之兴也，盖所以别真伪，明是非，记人代之古今，标卷部之多少，撮拾遗漏，删夷骈赘。欲使正教伦理，金言有绪，提纲举要，历然可观也。

智昇认为，目录学的任务和作用，就在于全面搜集、整理历代图书资料，辨别其真伪，揭示其内容，这见解是比较全面和深刻的。差不多同时，毋煚在《古今书录》的自序中说：

> 经坟浩广，史图纷博，寻览者莫之能遍，司总者常苦其多。

要驾驭这"浩广"、"纷博"的图书资料，就得善于编制和利用目录。毋煚又指出：

> 苟不剖判条源，甄明科部，则先贤遗事，有卒代而不闻，大

国经书,遂终年而空泯。使学者孤舟泳海,弱羽凭天,衔石填溟,倚仗追日,莫闻名目,岂详家代,不亦劳乎? 不亦弊乎? 将使书千帙于掌眸,披万函于年祀,览录而知旨,观目而悉词。

他形象地论述了目录在茫茫书海中的导航作用。

但是,搜集图书资料仅仅依靠现成的目录是不够的,应多方访求。唐刘知几(661～721)《史通·采撰》说:"征求异说,采摭群言。"强调要广泛地搜集史料。南宋郑樵(1104～1162)更具体提出求书的方法:"求书之道有八,一曰即类以求,二曰旁类以求,三曰因地以求,四曰因家以求,五曰求之公,六曰求之私,七曰因人以求,八曰因代以求。"(《通志·校雠略》)他还主张把曾经见于记载但已散佚的图书编一目录,这样在寻访遗书时便可加倍留意。这些见解都是很有借鉴价值的。

关于图书资料的分类编目问题,魏徵、郑樵等人在理论和实践方面都作出了重要的贡献。

魏徵等人编的《隋书·经籍志》,是继《汉书·艺文志》之后又一部重要的目录,也是"我国现存第二部最古的目录"(王重民《中国目录学史论丛》)。《隋书·经籍志·总序》阐述了分类编目的原则:

> 今考见存,分为四部。……远览马《史》班《书》,近观王、阮《志》《录》,把其风流体制,削其浮杂鄙俚。离其疏远,合其近密。约文绪义,凡五十五篇①。

《隋书·经籍志》将图书分为经、史、子、集四部(附道经、佛经),提出了"离其疏远,合其近密"的分类原则,每部又分为若干类,各有

---

① 指五十五篇类序。按,今本《隋书·经籍志》的类序实四十篇。

类序,概述学术源流。它著录的图书,以隋代实存者为主体,凡宋、梁之书至隋已亡佚或残缺者,附注于有关图书之下,这就为后人考证图书的沿革存佚提供了重要线索。

南宋郑樵在《通志》的《校雠略》、《艺文略》、《图谱略》、《金石略》等篇中,对图书的分类原则、著录方法等问题提出了一系列独到的见解。郑樵学术思想的核心是"会通",在"会通"思想的支配下,他主张目录不能只限于记一代藏书之盛,而是要"总古今有无之书"。他在《校雠略》中说:

> 今所纪者,欲以纪百代之有无。然汉晋之书最为希阔,故稍略;隋唐之书于今为近,故差详;崇文四库及民间之藏,乃近代之书,所当一一载也。

他的《艺文略》,实践了这一思想,著录历代图书达 10912 部,110972 卷,可谓洋洋大观。

也正是从"会通"的这一指导思想出发,他在分类问题上强调详细辨析历代图书的学术归属,通过逐层展开的类目揭示图书的性质和内容。他说:"明书者在于明类例","类例不明,图书失纪,有自来矣!臣于是总古今有无之书,为之区别,凡十二类。"他的《艺文略》建立了一个新的分类体系,以细密著称。郑樵将图书分为十二大类:经、礼、乐、小学、史、诸子、天文、五行、艺术、医方、类书、文。大类之下再分小类(即二位类),如文类分为楚辞、别集、总集、诗总集、赋、诗评等 26 小类。有些小类,再细分为"种"(即三位类)。王重民说:"他对于图书分类的意义和作用的认识是极其覃精深邃的。宋代以前的分类表仅能分到两位,从郑樵才分到了第三位类,这是我国分类学史上的一大进步","郑樵的开创之功是我们永远不能忘记的。"(《中国目录学史论丛》)

郑樵认为"类例既分,学术自明",在书目中没有必要不加区别地一律附以提要或注释。他说,"书有应释","书有不应释","泛释无义"。对那些比较复杂的书籍,应当注释;对那些类属分明或书名已明确反映书籍内容的图书,则不必注释。如果编目录的人自己尚未把握住图书的性质、要点,或为注而注,"强为之说",那就"使人意怠"了。他批评说:"《唐志》有应释者而一概不释谓之简,《崇文》有不应释者而一概释之谓之繁,今当观其可不可。"郑樵的这些论述,对图书著录工作有指导意义。

唐宋时期,私人藏书家大量涌现,编纂了许多私人藏书目录。据王重民统计,这一时期有书名可考的私人藏书目计30余种,但大部分已散佚。流传至今的重要的私人藏书目,有南宋晁公武的《郡斋读书志》、尤袤的《遂初堂书目》和陈振孙的《直斋书录解题》。它们不仅为后人提供了大量有关图书流传情况的珍贵资料,而且在图书分类、著录的理论与方法上,作出了可贵的贡献。尤袤是著名诗人,南宋四大家之一。他的《遂初堂书目》对图书的著录,时或一书兼载数种刻本,开版本目录之先河。陈振孙对藏书版本的论述,又比尤袤详细得多。晁公武的《郡斋读书志》,所撰提要偏重考订,且往往在大小序中表露了他对提要撰写方法的见解。如他在集部别集类小序中说:

> 其人正史自有传者,止掇论其文学之辞,及略载乡里,所终爵位,或死非其理亦附见;馀历官与其善恶率不录。若史逸其行事者,则杂取他书详载焉,庶后有考。

他明确地提出了提要撰写中的详略原则。正由于他十分注意辑录不见于正史的作家传记资料,《郡斋读书志》就不同于一般簿录甲乙的书目。一些珍贵的文学史料,赖此得以保存。

2. 有关辨伪与考证

辨伪考证之学,发端于先秦两汉。孔子强调无征不信,《论语》

多载其求实斥妄之语。孟子所说"尽信《书》,则不如无《书》",被后世学者奉为辨伪名言。司马迁《史记》、刘氏父子《别录》《七略》、班固《汉书·艺文志》中亦多有辨伪之语。王充说:"今《论衡》就世俗之书,订其真伪,辩其实虚。"(《对作篇》)其书以"疾虚妄"(《佚文篇》)为宗旨,多辨伪事、伪说,亦涉伪书。但魏晋南北朝时期,王肃、梅赜掀起作伪狂澜,辨伪风气衰微,只在刘勰、颜之推等人的著作中略见辨伪言论。

唐宋两代,辨伪考证之学重整旗鼓。刘知几系唐代复兴辨伪考证的第一人,他认为《孝经》注并非郑玄所作,并列举证据12条;又指出《易》子夏传、《老子》河上公注亦属伪作(见《新唐书》本传)。他在《史通》的《疑古》、《惑经》篇中,对《尚书》、《春秋》、《论语》等书的内容提出许多疑问。柳宗元对诸子书的辨伪考证用力甚勤,有《辩〈列子〉》、《〈论语〉辩》、《辩〈鬼谷子〉》、《辩〈晏子春秋〉》、《辩〈亢仓子〉》等专篇辨伪论文,运用了多种考证方法。如《鬼谷子》一书,相传为苏秦、张仪之师所作,柳宗元则认为:"汉时刘向、班固录书无《鬼谷子》。《鬼谷子》后出,而险盩峭薄,恐其妄言乱世,难信,学者宜其不道。"这是从古代书目著录和书籍内容两方面来考证,断定其非先秦之书。又如《论语》一书,柳宗元说:"今所记独曾子最后死,余是以知之,盖乐正子春、子思之徒与为之尔。或曰孔子弟子尝杂记其言,然而卒成其书者,曾氏之徒也。"这是从书中所记内容的时间下限,来判断其成书年代。

北宋欧阳修在辨伪考证方面亦有精辟见解。他的《〈易〉童子问》反对传统说法,认为《周易》中《系辞》以下非孔子所作;他的《问进士策》,则批驳《周礼》成书于周代的旧说。南宋的辨伪学者有吴棫、洪迈、朱熹等,其中以朱熹成就最大。他深入论证《古文尚书》及孔安国序、传均为伪作;认为《子华子》、《孔丛子》亦为后人伪作;《管子》是"战国时人收拾仲当时行事、言语之类著之,并附以它书"而成,并非管仲所著。朱熹总结辨伪的经验说:"熹窃谓生于今世而读古人之书,所以能别其真伪者,一则以其义理之所当否而知之,二则以其左验之异同而质之,未有舍此两塗而能直以臆度悬断之者也。"(《答袁机仲》)这说明他已自觉运用内证法与外证法。朱熹考辨古籍的范围很广,几乎涉及经史子集。他的辨伪言论,散见于《朱子语类》与文集。他曾想写一部辨伪专著,但未能如愿。直到明代,才在总结唐宋以来辨伪成果的基础上,出现辨伪学专著。

3. 有关校勘与笺注

唐宋时期,校勘与笺注之学空前繁荣。唐代,孔颖达、颜师古等校订《五经》,撰《五经正义》,司马贞撰《史记索隐》,张守节撰《史记正义》,颜师古注《汉书》,李贤注《后汉书》,杨倞注《荀子》,李善注《文选》。宋代,洪兴祖注《楚辞》,朱熹撰《楚辞集注》,周必大、彭叔夏校理《文苑英华》,均负盛名。宋代对唐人别集的笺注兴趣甚浓,李白、杜甫、韩愈、柳宗元的作品均有注本。尤其杜甫诗,有"千家注杜"之称。宋人还为本朝别集作注,如李壁撰《王荆文公诗笺注》,任渊、史容等撰《山谷诗集注》,任渊撰《后山诗注》等。

现将唐宋时期在校勘、笺注方面有突出贡献的学者和著作略举一二。

颜师古(581～645),北齐著名学者颜之推之孙,少传家业,尤精训诂。唐太宗时,师古受诏于秘书省考定五经文字,书成,诸儒提出质疑,师古博引晋宋旧文逐条答辩,人人叹服。又为《汉书》作注,深为学者所重,被誉为班氏功臣。所撰《汉书注》之《叙例》,阐述校勘、注音、释义的见解与凡例,是史料学的重要文献。又著《匡谬正俗》一书,驳正前人传写书籍文字之讹和读音释义之误。这种专门驳正讹误的著作,在颜师古之前还不多见。

李善(约630～689),唐高宗时任崇贤馆直学士等职。博览群书,淹贯古今,人称"书簏",是"文选学"奠基人之一。在李善之前,隋代萧该、隋唐间曹宪等已致力于《昭明文选》的研究和注释,开"文选学"之先河("文选学"之称,见《旧唐书·曹宪传》)。李善受其影响，几以毕生精力，数易其稿，完成《文选注》60卷。李注偏重揭出语典与事典，兼及释音训义，引书千余种，体例谨严。高步瀛说："集文选学大成者，惟李善独擅其名。"(《文选李注义疏》)后人为古诗文作注，多以李注为范式。

洪兴祖(1070～1135)，南宋初任秘书省正字、太常博士等职。所撰《楚辞补注》，世称善本。宋人陈振孙《直斋书录解题》对其成书经过记述颇详：

> 兴祖少时从柳展如得东坡手校《楚辞》十卷，凡诸本异同，皆两出之；后又得洪玉父而下本十四五家参校，遂为定本。始补王逸《章句》之未备者；书成，又得姚廷辉本，作《考异》，附古本《释文》之后；其末，又得欧阳永叔、孙莘老、苏子容本于关子东、叶少协，校正以补《考异》之遗。洪于是书，用力亦以勤矣。

可见在兴祖以前，欧阳修、苏轼诸名家已对《楚辞》做过大量校订工作。兴祖善于吸收前人成果，反复校勘考证，详加补注。难怪《楚辞补注》行世后，王逸《楚辞章句》单行本流传渐稀了。

周必大(1126～1204)和彭叔夏(生卒年不详)对《文苑英华》的重新校理，是文学史料学发展史上的一件要事。前文已述，宋太宗太平兴国七年(982)，诏李昉等编《文苑英华》，历时六年成书。但由于《文苑英华》成于众手，参与其事者又多为"诸降王旧臣"(王明清《挥麈录》)，未必精于诗文编纂校勘，以致疏漏错乱之处颇多，正如周必大所指出的："非出一手，丛脞重复，首尾衡决。一诗或析为二，三诗或合为一；姓氏差互，先后颠倒，不可胜记。"(《文苑英华序》)于是周必大与彭叔夏等重新校理，在宋宁宗嘉泰元年至四年(1201～1204)刊刻。周必大所撰《纂修文苑英华事始》和彭叔夏所撰《文苑英华辨证》，是有关文学总集校勘的重要著作。尤其《文苑英华辨证》十卷,将校勘成果归纳为20个门类详加阐释:用字、用韵、事证、事误、事疑、人名、官爵、郡县、年月、名氏(按指诗文作者)、题目、门类、脱文、同异、离合、避讳、异域、鸟兽、草木、杂录。在一门之中,又往往细分为若干条款,各以实例论证,如"用字"门,细分为"凡字有本之前人,不可移易者"、"凡字因疑承讹,当是正者"、"凡字有两存,于义亦通者";"人名"门,细分为"凡用事有人名与他本异,不可轻改者"、"其有讹舛当是正者"、"人名有与经传、集本异,不可轻改者"、"其有讹舛质于史传当是正者"、"其有与史集异同当并存者"。条分缕析,自成系统,考证精详。周必大、彭叔夏既已在《文苑英华》正文用夹注形式作了校订,另又撰《辨证》10卷作理论阐述,两者相对独立而又有机配合,反映了南宋在诗文总集编纂、校勘方面所取得的高度成就。

  宋代学者有关笺注的论说,还散见于笔记、文集之中。如洪迈(1123～1202)《容斋续笔》卷十五"注书难"条,专论注书之甘苦。刘克庄(1187～1269)在《跋陈教授杜诗补注》、《再跋陈禹锡杜诗补注》(见《后村先生大全集》卷一百、卷一百零六)中,对赵彦材(次公)注杜甫诗极为推崇,与杜预注《左传》、李善注《文选》、颜师古注《汉书》相提并论;又赞扬陈禹锡的《杜诗补注》"善原杜诗之意,赵注未善,不苟同矣;旧注已善,不轻废也。""盖杜公歌不过唐事,他人引群书笺释,多不咏着题。禹锡专以新旧唐史为按,诗史为断,故自题其书曰'史注诗史'。此其所以尤异于诸家欤?然新旧史皆舛杂,或采摭小说杂记,不必皆实,前辈辨之甚详。而禹锡于三家书,研寻补缀,必欲史与诗无一事不合,至于年月日地,亦下算子,使之归吾说而后已。……使子美出来说,不过如是。"刘克庄对如何对待旧注,如何运用史料注诗等问题,表述了独到的见解。陈禹锡《杜诗补注》已佚,但刘克庄的两篇跋流传至今,丰富了诗歌笺注的理论遗产。

第二节 辽金元时期

辽、金、元都是我国少数民族建立的王朝。契丹族在北方建立的辽朝,先后与五代、北宋并立,统治二百余年。女真族 1115 年在北方建立的金朝,于 1125 年灭辽,次年灭北宋,与南宋对峙百余年,1234 年在蒙古和南宋联合进攻下灭亡。蒙古族领袖忽必烈 1271 年定国号为元,于 1279 年灭南宋,统一全国,建都大都(今北京)。

辽朝注意吸收中原和江南地区的汉文化,刊行过不少汉文典籍,如《史记》、《汉书》和唐宋作家的诗文集等;辽圣宗耶律隆绪还亲自将白居易的《讽谏集》译为契丹大字。这些,都可以说是文学史料方面的工作。但由于辽朝书禁甚严,不准书籍传入中原和私家刊行图书,所以我们今天所能见到的辽代文献极少,无从深入了解其文学史料学方面的建树。金元遗存的文献较丰富,我们从中可了解这两个朝代的作家和学者在文学史料学方面所作出的独特贡献。

一、诗文与作家传记资料的结集

对金朝诗词的搜集整理作出卓越贡献者,首推元好问(1190~1257)。好问字裕之,号遗山,祖系出自北魏鲜卑族拓跋氏,是唐代诗人元结的后裔。金宣宗兴定五年(1221)进士,曾任国史院编修等职。入元不仕,致力于保存金代文献,编有金诗总集《中州集》10卷,附金词总集《中州乐府》1卷。

在元好问之前,金人魏道明、商衡已编有《国朝百家诗略》,但搜罗欠全。天兴元年(1232),冯延登、刘祖谦约元好问重新编纂金诗总集,但当时金都受围,无暇顾及。汴京陷落后,好问被羁管于聊城,着手编纂《中州鼓吹翰苑英华集》(通称《中州集》)。他在该

集序言中说明编纂动机:

> 冯、刘之言,日往来于心。亦念百馀年以来,诗人为多,苦心之士,积日力之久,故其诗往往可传。兵火散亡,计所存者,才什一耳。不总萃之,则将遂湮灭而无闻,为可惜也。乃记忆前辈及交游诸人之诗,随即录之。

保存金源一代诗词的目的,十分明确。《中州集》卷首列金显宗、章宗诗,卷1至卷10录249名诗人的诗作2000余首。附《中州乐府》,录36名词人的词作110余首。所列诗人,录存其诗仅1至3首者达150人,但都系以小传,兼评其诗。小传的字数,主要根据所掌握的史料而定,一般百余字,多则五百余字至千字左右,显然意在以诗存史。后来元朝国史院修《金史》,其中《文艺列传》的史料多采自《中州集》;清康熙时编《全金诗》,系以《中州集》为基础增补而成。由此可见《中州集》的史料价值。

元人所编金、元诗总集,还有杜本(1276~1350)的《谷音》和房祺于1301年成书的《河汾诸老诗集》。《谷音》2卷,录诗101首,作者30人(其中5人为金遗民,其余为南宋遗民)。《河汾诸老诗集》8卷,录黄河、汾河间由金入元的8名遗民诗人的诗约200首。

元代文学家苏天爵(1294~1352)耗时20年编成的《国朝文类》(即《元文类》),是选辑元代诗文的重要总集。陈旅为此书所作序,说明编纂动机云:

> (天爵)以为秦汉魏晋之文,则收于《文选》;唐宋之文,则载于《文粹》、《文鉴》;国家文章之盛,不采而汇之,将遂散轶沉泯……

是书编刊于元统二年(1334),70卷,诗8卷,文62卷。所录诸作,起自元初,迄于延祐。论者谓此书与北宋姚铉《唐文粹》、南宋吕祖谦《宋文鉴》鼎立而三。

金元学者除整理本朝文学史料外,对唐宋文学史料的整理研究亦颇有成绩。元好问有《唐诗鼓吹》10卷,系唐代七言律诗选集,元人郝天挺为之作注。好问又有《杜诗学》1卷,《东坡诗雅》3卷,惜此二书已佚。元代文学家方回(1227～1305)编有《瀛奎律髓》49卷,专选唐宋五七言律诗,计唐代180余家,宋代190余家。选诗多附评语,并保存了一些文坛遗闻轶事。另有杨士弘(一作宏)于元至正四年(1344)编成《唐音》15卷,系唐诗总集,录诗1341首(编者以"李、杜、韩诗世多全集",故不收此三家诗)。全书分三部分,一是"始音",收王、杨、卢、骆四家;二是"正音",为本书主体部分,以体裁分类,又按时期编次为唐初盛唐、中唐、晚唐;三是"遗响",收不列入"正音"的诸家作品,并附僧诗、女子诗。《唐音》对唐诗的分期和体裁的分类,直接影响了明代高棅的《唐诗品汇》。高棅说:"《唐音》集颇能别体制之始终,审音律之正变,可谓得唐人之三尺矣。"(《唐诗品汇·总叙》)

金元学者对作家传记资料的整理,除附丽于文学总集(如元好问《中州集》中的小传)以外,尚有作家传记专集。元代西域人辛文房编撰的《唐才子传》,是现存最早的一部唐代作家传记专集。是书成于元大德八年(1304),10卷,计有278名作家的专传,附见者120人,合计398人①。所记诸家,于初盛唐稍略,中晚唐较详,兼及部分五代作家。除记述作家生平事迹,亦品评其创作,多存唐人旧说。书中虽有舛错之处,但多数资料可作考证之助,辛文房自述编撰此书时"游目简编,宅心史集",博采各类文献。今以此书所载作家与正史核对,见于《旧唐书》、《新唐书》者仅百人。唐代作家传记资料,多有首见于此书者。

---

① 据日本《佚存丛书》本。

二、戏曲小说史料的整理

元朝是中国戏曲史上的黄金时代,也是戏曲史料学的奠基时代。钟嗣成、夏庭芝是戏曲史料学方面的代表人物。

钟嗣成(约1279~约1360),字继先,号丑斋,自称古汴(今河南开封)人,寓居杭州。撰有杂剧7种,文集若干卷,已佚。今存小令51首,散套1首。所著《录鬼簿》,是一部将戏曲家事迹的记述、戏曲作品的著录和戏曲评论三者有机结合的著作。记述戏曲作家152人,作品名目400余种。书中的《序》、作家小传、吊词、按语和全书编排,表述了钟氏对戏曲史和戏曲创作的见解。钟氏首列金人董解元,并说"以其创始,故列诸首"。钟氏在《序》中讥讽那些养尊处优的"酒瓮饭囊"虽生犹死,是"未死之鬼";而那些"高才博艺"的戏曲家,虽"门第卑微,职位不振",却和圣贤忠孝之人一样,是"不死之鬼"。正是在这种反传统的思想支配下,他不怕"得罪于圣门",为戏曲家树碑立传,系统地记叙了元代戏曲的面貌。

夏庭芝,字伯和,号雪蓑,华亭(今上海松江)人。他在至正十五年(1355)写成的《青楼集》,记元代大都、金陵等几个大城市110多名歌妓的事迹。其中对珠帘秀、顺时秀等数十名杂剧演员的艺术专长有较详细的记载,还记及一些达官贵人、戏曲作家与歌妓的交往,以及若干杂剧男演员的事迹。夏庭芝在《青楼集志》中说:

> 我朝混一区宇,殆将百年,天下歌舞之妓,何啻亿万,而色艺表表在人耳目者,固不多也。仆闻青楼于芳名艳字,有见而知之者,有闻而知之者。虽详其人,未暇纪录。乃今风尘澒洞,郡邑萧条,迫念旧游,慌然梦境,于心盖有感焉。因集成编,题曰《青楼集》。遗忘颇多,铨类无次,幸赏音之士,有所增益,庶使后来者知承平之日,虽女伶亦有其人,可谓盛矣!

说明夏庭芝旨在通过对女艺人事迹的记述,反映元代歌舞戏剧之盛。封建士大夫视戏曲为末流,戏曲女演员更是在社会底层,夏庭芝却以专书记载她们的生活和艺术才能,可谓难能可贵。难怪后人把《青楼集》和《录鬼簿》称为元代戏曲史料著作的双璧。

元代小说的主要成就在通俗小说方面,其中尤以长篇讲史话本(平话)最为突出。至治年间建安虞氏从事平话的辑刊工作,为后人研究中国小说史保存了珍贵的资料。现存建安虞氏刊的平话有五种:《新刊全相平话武王伐纣书》、《新刊全相平话乐毅图齐七国春秋后集》、《新刊全相秦併六国平话》、《新刊全相平话前汉书续集》、《新刊全相三国志平话》。以上五种平话版式一致,也都分上、中、下三卷,每页上方均有插图(全相,即绣像全图)。显然,虞氏所刊平话不止这五种,至少还应当有《乐毅图齐七国春秋》的前集和《前汉书》的正集。我们虽已无法确知这"建安虞氏"是谁,但对建安并不陌生。建安县在今福建建瓯,它与建阳县是宋元出版业的中心之一,所刻之书世称"建本"。建安虞氏在元代至治年间所刻平话,很可能是一套规模颇大的系统讲史话本丛书。通过这仅存的五种平话,我们已可分出两种不同的类型:《武王伐纣书》、《七国春秋》是一类,多神仙怪异情节,与史实相去甚远;《秦併六国平话》、《前汉书》、《三国志平话》又是一类,虽有奇闻异说,但与史实大体相符。这两类平话发展到明代,便逐渐形成长篇通俗小说的两大流别:一是灵怪小说(如从《武王伐纣书》到明代《封神演义》);一是历史演义(如从《三国志平话》到明代《三国志通俗演义》)。应当感谢建安虞氏辑刊了这套平话丛书,使后人得以考知宋明之间长篇通俗小说演进的轨迹。

三、马端临对史料学的贡献

马端临(约1254~约1323),字贵与,饶州乐平(今属江西)人,南宋末宰相、史学家马廷鸾之子。宋咸淳九年(1273),漕试第一。

宋亡不仕,从事讲学与著述。所著《文献通考》348卷,是我国第一部以"文献"命名的著作,是史料学领域的煌煌巨著。

《文献通考》大约始撰于元世祖至元二十二年(1285)前后,历时20余年成书。是书记载上古至宋宁宗年间历代典章制度的沿革,分为田赋、钱币、学校、职官、经籍等二十四考。在内容和体例上,吸取唐杜佑《通典》、宋郑樵《通志》的长处并多有补充发展。马端临在《文献通考·自序》中说:

> 凡叙事,则本之经史,而参之以历代会要,以及百家传记之书。信而有证者从之,乖异传疑者不录,所谓"文"也。凡论事,则先取当时臣僚之奏疏,次及近代诸儒之评论,以至名流之燕谈,稗官之纪录。凡一话一言,可以订典故之得失,证史传之是非者,则采而录之,所谓"献"也。其载诸史传之纪录而可疑,稽诸先儒之论辨而未当者,研精覃思,悠然有得,则窃著己意,附其后焉。命其书曰《文献通考》。

马氏说明此书体例,是三者的有机结合。一是"文",即叙事,取材于经史、会要、百家传记等;二是"献",即论事,采自古人奏疏、近人评论乃至笔记杂著;三是"己意",即马氏自己的考订和论述。《文献通考》的版式处理,将三者区分得很清楚:"文"顶格排,"献"低格排,"己意"则冠以"按"字。

马端临的《自序》,体现了他的史料学思想三要点:

1. 对史料应进行认真细致的鉴别,采择"信而有证"者,排除"乖异传疑者";

2. "文"、"献"并重,不仅记录史事,还应采择史论。不仅要搜集古人的言论,还要搜集近人的言论。马端临大量采录了南宋学者的言论,包括其父马廷鸾之说。《文献通考》中标明"先公曰"者,即廷鸾之说;

3. 对史传的记载和先儒的论说不可盲从。遇"可疑"、"未当"之处,经独立思考,"研精覃思",要勇于发表自己的见解。

由上可见,马端临的史学理论和方法,是自成体系,并有创新意义的。清代学者章学诚说《文献通考》像类书,只是排比史料,没有什么"别识通裁",这是不公正的批评。事实上,马端临既整理了大量有价值的史料,又始终贯串着考辨的精神。实际工作与理论阐述并重,这正是马端临可贵之处。

在《文献通考》中,与文学史料学关系最直接的,是《经籍考》。《经籍考》共76卷,是搜罗宏富的辑录体书目,著录上古至宋代的图书约5000种,以现存者为主。书目按经、史、子、集四部分类,前有总序,各部类有小序,各书有解题。马端临在《文献通考·自序》中叙及编撰《经籍考》的目的与方法云:

> 今所录,先以四代史志列其目。其存于近世而可考者,则采诸家书目所评,并旁搜史传、文集、杂说、诗话。凡议论所及,可以纪其著作之本末,考其流传之真伪,订其文理之纯驳者,则具载焉。俾览之者如入群玉之府而阅木天之藏,不特有其书者,稍加研穷,即可以洞究旨趣;虽无其书者,味兹题品,亦可粗窥端倪,盖殚见洽闻之一也。

也就是说,《经籍考》的大小序和各书的解题,主要不是由马端临本人所撰,而是广泛辑录汉隋唐宋四代的史志书目、公私藏书目、各史列传、各书序跋、各家诗话杂著中的有关评介文字。现举集部著录北宋梅尧臣集为例(节录):

梅圣俞《宛陵集》六十卷《外集》十卷

> 晁氏曰:梅尧臣字圣俞,宛陵人。……欧阳永叔与之友善,其意如韩愈之待郊、岛云。

陈氏曰：凡五十九卷为诗，他文赋才一卷而已。谢景初所集，欧阳公为之序。《外集》者，吴郡宋绩臣所序，谓皆前集所不载。今考之首卷，诸赋已载前集矣，不可晓也。……欧阳氏序略曰：圣俞文章简古纯粹，不求苟说于世，世之人徒知其诗而已……圣俞诗既多，不自收拾。其妻之兄子谢景初，惧其多而易失也，取其自洛阳至于吴兴已来所作，次为十卷。予尝嗜圣俞诗而患不能尽得之，遽喜谢氏之能类次也，辄序而藏之。其后十五年，圣俞以疾卒于京师，余既哭而铭之，因索于其家，得其遗稿千余篇，并旧所藏，掇其尤者六百七十七篇，为一十五卷。

又《诗话》曰：子美笔力豪隽，以超迈横绝为奇；圣俞覃思精微，以深远闲淡为意……

《渔隐丛话》：圣俞诗工于平淡，自成一家。……

张浮休评圣俞诗如深山道人……

许彦周《诗话》：圣俞诗句之精炼，如"焚香露莲泣，闻磬清鸥迈"之类，宜乎为欧公所称。……

后村刘氏曰：欧公诗如昌黎，不当以诗论。本朝诗惟宛陵为开山祖师……

马端临汇辑了晁公武《郡斋读书志》、陈振孙《直斋书录解题》的提要，欧阳修的序和《诗话》，胡仔的《苕溪渔隐丛话》，以及张舜民、许顗、刘克庄对尧臣诗的评介。读者可通过所辑资料的研究分析，对梅尧臣诗文的结集经过、流传情况，以及梅尧臣的交游，同时代人和后人对他的作品的评论等等，有一基本认识。同时，还可以比较各家记载的异同，发现问题，掌握线索，查阅更多的文献，进行深一层的研究。这种辑录体的书目，"虽多引成文，无甚新解；然征文考献者，利莫大焉。较诸郑樵之仅列书目者，有用多矣。后世朱彝尊撰《经义考》，章学诚撰《史籍考》，谢启昆撰《小学考》，即仿其例，在

目录学中别成一派,对于古籍之研究,贡献最巨。"(姚名达《中国目录学史》)

第三节 明清时期

明清两代,是我国古代社会的文学史料学的集大成时期。戏曲、小说等俗文学的繁荣,为文学史料学提供了更为丰富的研究内容。戏曲、小说的结集,戏曲目录的编纂,都取得重要成果。与此同时,朝廷组织庞大的机构,编纂大型的类书、丛书与诗文总集。清代考据之学大兴,诗文的辑佚、辨伪、校勘、笺注都达到了封建社会的最高水平。明清学者在史料工作实践中不断进行理论总结,在目录学、校勘学、辨伪学等领域写出了一批有价值的专著,对后代产生了深远的影响。

一、各类文学总集的编纂

明清时期编纂的文学总集数量大,品种多。诗歌、散文、词、戏曲、小说等体裁的作品,都有可观的选集或全集。

1. 诗文总集的编纂

诗歌方面。福建高棅(1350～1423)于明洪武年间编成《唐诗品汇》90卷,后又编成《拾遗》10卷,合计100卷,共录680余名唐代作家的诗歌6700余首,是当时规模最大的唐诗选集。百数十年后,山东冯惟讷(1512～1572)编成《古诗纪》(原名《诗纪》)156卷,汇辑先秦至隋代诗歌,并选录前人对古诗的评论,是我国现存最早的一部专门汇辑古诗的规模较大的总集。明末,又有胡震亨(1569～1645?)编成《唐音统签》1033卷,按天干分为十签,自《甲签》至《壬签》依时代为序悉数汇辑唐五代诗歌、词曲等,《癸签》汇辑有关唐诗的研究资料,并参以胡氏自己的见解。清康熙时编《全唐诗》900卷,便是在胡震亨《唐音统签》和清初季振宜《唐诗》的基础上,补充加工而成的。康乾时期编成的诗歌全集,还有郭元釪的《全金诗》(即《御订全金诗增补中州集》)和李调元的《全五代诗》。

散文方面,清人所编《全上古三代秦汉三国六朝文》和《全唐文》是两部最有影响的大型全集。《全唐文》100卷,系官修之书。清廷于嘉庆十三年(1808)开"全唐文馆"编修,嘉庆十九年(1814)成书。《全上古三代秦汉三国六朝文》746卷,则系严可均独立草创。严可均(1762~1843),字景文,号铁桥,浙江乌程人,嘉庆举人。清廷开"全唐文馆"时,许多有名的文人被邀修书,但严可均不在其列,于是他发愤编《全上古三代秦汉三国六朝文》,历时27年才完成初稿。

诗文兼收的总集,著名者有明末张溥编纂的《汉魏六朝百三家集》。此集以明人张燮的《七十二家集》为基础扩充整理而成,共118卷,收录汉代贾谊至隋代薛道衡103家的诗文。每家诗文,大体按赋、文、诗的次序编排。唐以前作家诗文集有单行本行世者,仅30家左右,张溥网罗散佚,汇辑103家诗文,其功至巨。张溥还为各家撰写题辞,予以评论。这103篇题辞合起来,无异于一本汉魏六朝诗文发展的简史。

2. 词总集的编纂

古人视词为"诗余",不在"正宗"文学之列,最易散佚。正如清初朱彝尊所说:"唐宋以来作者,长短句每别为一编,不入集中,以是散佚最易。"(《词综·发凡》)明清学者有鉴于此,致力于历代词作的汇辑。明正统年间,常熟吴讷(1368~1454)编辑大型词总集《唐宋名贤百家词》,汇录《花间集》至南宋郭应祥《笑笑词》,总集别集兼收。吴讷当时所见善本尚多,一些重要词集(如南宋曾慥所编《东坡词》等)赖此书以传。清康熙初,朱彝尊、汪森览观宋元词集170家,传记、小说、地志300余家,历时8年,编成《词综》30卷。后汪森又增补6卷,合36卷。计收唐、五代、宋、金、元659家词作2252首。

康熙四十六年(1707)，侍读学士沈辰垣等奉康熙帝之命编成《历代诗余》120卷(其中词作100卷，词人姓氏及词话各10卷)，汇录唐至明词9000余首，"自有词选以来，可云集其大成矣"(《四库全书总目提要》)。乾嘉间，王昶(1725～1806)有感于《历代诗余》所辑明人词仅160余家，遗漏颇多，便编纂《明词综》12卷，选录明代380名词人之作。王昶另编有《国朝词综》48卷，其从孙王绍成编有《国朝词综二集》8卷。其后黄燮清等人又有续补。

3. 小说集的编纂

明代对文言小说与通俗小说的结集，均有显著成果。文言小说方面，出现了若干种以"虞初"命名的小说集。虞初，相传为西汉小说家。《汉书·艺文志》小说家著录"《虞初周说》九百四十三篇"(已佚)，后人遂以"虞初"指称小说。明代中叶陆采编有《虞初志》8卷，第1卷选南朝吴均《续齐谐记》17则，其余各卷均选唐人小说。其后，汤显祖编《续虞初志》。清初，张潮编《虞初新志》20卷，辑集明末清初人所写小说。张潮说："其事多近代也，其文多时贤也，事奇而核，文隽而工。"所选之文多出自名家手笔，所记之事多异乎寻常，但颇多真人真事，与前人的志怪小说有所不同。此外，还有郑澍若编的《虞初续志》12卷，黄承增编的《广虞初新志》20卷等。

通俗小说方面，明代嘉靖间洪楩编刊的《清平山堂话本》，是刻印较早的话本小说集。所辑多宋元旧作，亦有明初作品。多据旧文抄录，保存话本质朴原貌，史料价值较高。明人搜集整理通俗小说贡献最大者，当推冯梦龙(1574～1646)。梦龙字子犹，别号龙子犹、墨憨斋主人等。长洲(今江苏苏州)人，著名通俗文学家、戏曲家，搜集整理戏曲、小说、民歌均成绩卓著。冯氏收藏古今通俗小说甚富，天启间，选出40篇刊行，名为《古今小说》，重印时更名《喻世明言》。后又辑刊《警世通言》、《醒世恒言》，合称"三言"。"三言"共收白话短篇小说140篇，其中有宋元话本，有明代拟话本，大都经过冯氏的加工;有的则是冯氏所作。

4. 戏曲与散曲集的编纂

明代万历末,臧懋循(1550～1620)编刊《元曲选》,收元杂剧剧本 100 个(其中由元入明作者的剧本 6 个),是现存最早、收元杂剧最多的剧本集。臧氏家藏元杂剧秘本甚多,又从各地收藏家访得善本多种,参伍校订,选刊较精。他编刊此书是为了让元杂剧"藏之名山而传之通邑大都"(《元曲选·序》)。元代杂剧有名目可考者 700 余种,多已散佚,现存者仅 160 余种。这些剧本得以存传,多半靠《元曲选》。明末崇祯间,著名藏书家毛晋(1599～1659)陆续辑刊《绣刻演剧》60 种,后总称《六十种曲》。书中除《西厢记》为元杂剧外,其余绝大部分是明传奇。它是中国戏曲史上最早、篇幅最大的传奇剧本集。专收明代杂剧者,有沈泰在崇祯初编成的《盛明杂剧》初、二集。清初,邹式金编《杂剧三集》(即《杂剧新编》),收明末清初杂剧。

明人编选的散曲集,《盛世新声》是其中选曲丰富,刊行最早的一部。全书 12 卷,编者为正德年间人,姓名已不可考。收元明散曲套数、戏曲曲文、小令,多系当时广泛流传者。但编辑体例不严,曲文不注作者、出处,舛误较多。嘉靖初,张禄编成《词林摘艳》10 卷。此书是在《盛世新声》的基础上增删、校订而成,体例大有改进,所辑作品注明作者、出处。同类的曲集,还有郭勋编《雍熙乐府》20 卷、张楚叔编《吴骚合编》4 卷等。

二、戏曲目录的编订

明清时期,戏曲目录的编订出现了前所未有的繁荣局面,成就突出。这种局面的出现,源于元代钟嗣成的影响和明清戏曲作品的丰富。

明代永乐年间,即 15 世纪初叶,山东人贾仲明有感于钟氏《录鬼簿》未为关汉卿等撰写吊辞,便仿钟氏例,以《凌波曲》为关汉卿等 82 名作家补写了吊曲。接着,无名氏(一说即贾仲明)撰《录鬼簿续编》,补充元代后期至明初的戏曲作家事迹及作品目录。

明代在戏曲目录方面贡献最大者,当推吕天成(1580~1619)。天成原名文,字勤之,号郁蓝生,浙江余姚人。年少时就有搜集戏曲作品的嗜好,"每入市见传奇,必挟之归","悉搜共贮,作山海大观"(《曲品·自序》)。又善作传奇、杂剧,创作甚丰。今可考知者,有传奇 15 种,杂剧 8 种(现存者仅杂剧一种)。天成收藏既富,又擅长创作与评论,这是他所以能写成《曲品》的原因。《曲品》既是戏曲作家作品目录,又是戏曲论著,后人将它与王骥德的《曲律》并称为明代曲论的双璧。《曲品》分上下两卷,仿钟嵘《诗品》、庾肩吾《书品》、谢赫《画品》之例,品评元末至明万历间戏曲作家与作品。所著录的作品,都是吕天成认为"入格"者。上卷分"品"序列南戏与传奇作家,依次介绍与评论;下卷分"品"序列传奇,点明内容,予以品评。全书共计著录戏曲作家 95 人,散曲作家 25 人,剧作 212 种(据万历四十一年增补本统计)。书中著录的剧作,仅 20 种见于前人著述,其余 192 种均属首见。

受吕天成影响,晚明祁彪佳(1602~1645)著有《远山堂曲品》,增补吕天成《曲品》。祁彪佳说:"予素有顾误之癖,见吕郁蓝《曲品》而会心焉。其品所及者,未满二百种;予所见新旧诸本,盖倍是而且过之。"(《远山堂曲品叙》)祁氏比吕天成掌握更为丰富的资料,而且著录范围不限于"入格"者,"吕以严,予以宽;吕以隘,予以广。"(同上《叙》)故《远山堂曲品》所录传奇相当于吕氏《曲品》二倍有余。

《远山堂曲品》将所收传奇分为六个品级,现残存五品,另附"杂调"一类(收弋阳诸腔剧目),共计收传奇剧目 467 种。祁氏另有《远山堂剧品》,亦分六品,收杂剧剧目 242 种,绝大部分为明人杂剧,被视为明人著录明代杂剧的唯一专书。两书合计收传奇、杂剧剧目 709 种,各剧目附简要评介。据叶德均统计,其中有 295 种戏曲是明清其他曲目中未见著录的。

清代的戏曲目录编纂工作,在元明两代成果的基础上,又有新的发展。如清初高奕的《新传奇品》,著录明代至明末清初27名戏曲家所作传奇209种,都是吕天成《曲品》没有著录的。乾隆时,黄文旸著录历代剧目近千种,"撮其关目大概",成《曲海》20卷。惜此书不见传本,其目载李斗《扬州画舫录》,后通称《曲海目》。道光间,支丰宜对黄文旸的《曲海目》进行增补,编成《曲目新编》,著录元明清杂剧、传奇。道咸间,姚燮(1805~1864)著《今乐考证》12卷,其中以10卷的篇幅(卷3至卷12)著录元明清杂剧、传奇作家500余人,作品2000余种,可谓洋洋大观。

三、诗文的笺注

明代学者重视唐代诗文的笺注。胡震亨编成卷帙浩繁的唐五代诗歌总集《唐音统签》后,笺释李白、杜甫两大家诗,加以评论,成《李诗通》、《杜诗通》(后合刻为《李杜诗通》)。此本精选前人笺注与评语,间有胡氏自注、自评与考辨。蒋之翘辑注《柳河东集》,汇录诸家注释与评论,蒋氏自注自评亦颇多,并附遗文与附录,是旧时通行之本。曾益注温庭筠诗,于明天启中编成《温飞卿集笺注》。明代注家多出江浙一带,以上所举胡震亨、蒋之翘、曾益均系浙江人。

但从总体上看,明代复兴理学,学风空疏,常以评点时文的手法来批注诗文,真正有份量的笺注本并不多。

清代文字、音韵、训诂、校勘、辑佚之风大盛,风气所及,诗文笺注本的数量和质量均超越前代,形成以下两个主要特点:

1. 集大成的笺注本大量涌现

清代注家编订诗文集力求其全,笺释充分吸收前人成果并补充订正。如顾予咸(顺治进士)有感于明曾益注温庭筠诗颇多疏漏,遂为之补注。予咸之子嗣立(康熙进士)又为之续注。倪璠(康熙举人）注庾信诗，并撰《庾子山年谱》、《庾氏世系图》。康熙、乾隆间，重要注本有仇兆鳌《杜诗详注》，赵殿成《王右丞集笺注》，王琦《李太白诗集注》、《李长吉歌诗汇解》，冯浩（乾隆进士）《玉谿生诗笺注》、《樊南文集详注》，冯集梧（冯浩之子）《樊川诗集注》。嘉庆、道光间，重要注本有陶澍（嘉庆进士）《靖节先生集》辑注，施国祁《元遗山诗集笺注》等。

2. 笺注体式与风格丰富多样

清代注家各有专长，笺释诗文各有侧重，形成多种笺注体式与风格。以《楚辞》笺释而论，思想家王夫之的《楚辞通释》，多发明屈赋微旨，阐述治乱之道，委婉表述其民族思想；蒋骥的《山带阁注楚辞》，注重以"知人论世"之法笺释作品，对屈原生平事迹的考证特详；乾嘉学派代表人物戴震的《屈原赋注》（附《楚辞通释》），则以文字训诂、名物考证见长。以杜甫诗笺释而论，钱谦益精于史学，所撰《笺注杜工部集》，着重以史证诗；仇兆鳌的《杜诗详注》力求其详，康熙以前各家注释的主要成果大抵搜罗其中；杨伦的《杜诗镜诠》，则以简明扼要著称。再以苏轼诗笺释为例，冯应榴（乾隆进士）、王文诰两人都做了总结性的工作，但两人的注释又有所不同：冯应榴《苏诗合注》汇总旧注，征引浩繁，有关事实的考证特详；而王文诰《苏文忠公诗编注集成》对旧注作了一番删繁就简的工作，并注意对苏诗的评论。

四、文学批评资料的整理

唐宋以来，文学体类日益丰富，诸家对各类文体的特点的论述日渐增多。到明代，出现了两部文体研究的专书——吴讷的《文章辨体》和徐师曾的《文体明辨》。吴讷致力于文学史料的搜集整理，编有大型词总集《唐宋名贤百家词》，上文已介绍。他的《文章辨体》，选辑先秦至明初各体诗文，分类编排，并对各类文体的性质、特点、渊源流变予以序说，共解说 59 种文体。他的序说，博采班固

《汉书·艺文志》、陆机《文赋》、刘勰《文心雕龙》、真德秀《文章正宗》、祝尧《古赋辨体》等著作及文集、笔记杂著中有关文体的论述，并参以己见。其后，徐师曾（1517～1580）将吴讷《文章辨体》增补改订，历时17年，成《文体明辨》，首列《文章纲领》，辑录历代学者论述文体及诗文创作之语，继而选录先秦至明代各体诗文，分类序说，共解说127种文体，超出《文章辨体》一倍有余。以上两书，既是文学作品选集，又是历代有关文体论的资料的汇编。

明清学者对梁代文学理论专著《文心雕龙》的校勘、笺注十分重视。明代杨慎、梅庆生等人为之校注，清代最著名的是黄叔琳的辑注。黄叔琳系康熙进士，著名经学家，官至詹事府詹事，著作甚丰，世称"北平黄先生"。他与宾客编撰的《文心雕龙辑注》，据诸家校本重新整理校订，并广引诸书予以笺注。虽颇有纰缪，但比明人梅庆生的注本详备得多。

乾隆年间，浙江何文焕有感于历代诗话"洵是骚人之利器，艺苑之轮扁"，但"每易散遗"，故搜辑梁《诗品》、唐《诗式》、《二十四诗品》及宋、元、明诗话计27种，附何氏自撰《历代诗话考索》，汇刻成诗话丛书《历代诗话》。此书虽搜罗未备，但开了辑刊诗话丛书的风气。何氏本拟续辑清代诗话，但未成书，百余年后丁福保才继其事。

五、史料学的理论建设

1. 目录校勘之学

明清两代是中国古典目录学的鼎盛时期。目录体式多，内容丰富，并出现了高水平的目录学论著。

一些有眼光的目录学家打破传统偏见，在编撰综合性目录时著录了通俗小说和戏曲。如明代高儒的《百川书志》，在史部著录通俗演义和传奇；晁瑮的《晁氏宝文堂书目》，在子杂、乐府两类著录元明话本和杂剧、传奇；徐燉的《红雨楼书目》，设传奇专类，著录元明杂剧和传奇。此外,有专门著录戏曲的专科目录,如吕天成的《曲品》、黄文旸的《曲海目》等(上文已介绍)。

清代学者补撰正史艺文志之风大盛,如钱大昭撰《补续汉书艺文志》,钱大昕等撰《补元史艺文志》,姚振宗撰《汉书艺文志拾补》、《三国艺文志》等。清代学者编撰的数十种补正史艺文志和原有的正史艺文志,构成一套反映历代著述情况的系统目录。

明清时期,还出现了几部搜罗宏富的目录,如明代焦竑撰《国史经籍志》,清初黄虞稷撰《千顷堂书目》,乾隆间纪昀等撰《四库全书总目提要》等。

明清许多目录学家精于版本鉴别和校勘之学,既有丰富的实践经验,又有精辟的论著。如钱曾(1629~1701)的《读书敏求记》,提出从版式、行款、字体、纸张、墨色等方面鉴定雕版印刷的年代,从祖本、子本、原版、翻刻等方面鉴别版本的价值,从而拓宽了目录学的研究领域,被奉为版本目录学的名著。又如黄丕烈(1763~1825),在读书、鉴别版本和校书、刻书的过程中,写了大量题跋和校勘札记;顾广圻(1770~1839)精于校勘,每校完一书,便撰写序跋、校记。黄、顾的题跋,是目录、校勘之学的重要文献。

对古典目录学的理论建设作出最大贡献者,系乾嘉间的史学家章学诚(1738~1801)。学诚字实斋,会稽(今浙江绍兴)人。乾隆进士,官国子监典籍。所著《文史通义》是与唐代刘知几《史通》齐名的史学理论名著;所著《校雠通义》,"是我国古典目录学专著中最重要的一部"(王重民《校雠通义通解》)。姚名达说:"章氏对于目录学的见解,是刘郑(指刘向、刘歆、郑樵——笔者)以来之第一人;而其影响之广,亦然。"(《目录学》)

《校雠通义》原稿共4卷,第4卷已佚。现存三卷,计18章。章氏所说的"校雠",即今人所说的广义的目录学,包括图书资料的搜集、校勘、分类、编目以及目录学史等方面的内容。

章学诚目录学思想的核心,是"辨章学术,考镜源流"。他在

《校雠通义·自序》中说：

> 校雠之义，盖自刘向父子部次条别，将以辨章学术，考镜源流。非深明于道术精微，群言得失之故者，不足与此。后世部次甲乙，纪录经史者，代有其人，而求能推阐大义，条别学术异同，使人由委溯源，以想见于坟籍之初者，千百之中不十一焉。

章学诚认为，目录学的根本任务，是对历代图书所体现的学术思想考辨疏理，阐明其渊源流别，以便学者"即类求书，因书究学"（《校雠通义·互著》）。如果仅仅是把图书简单登录，便不能达到这一目的。因而，他主张发扬古典目录学的优良传统并加以改进，认为图书目录应正确分类，要有叙录（提要）和阐明各类图书学术源流的大小序，并提出"互著"、"别裁"、"编韵"（即索引法）等一系列编目、校勘的具体方法。

2. 辨伪考证之学

本章第一节已论及唐宋时期刘知几、柳宗元、欧阳修、朱熹等人对辨伪考证所作之贡献，但当时尚未出现辨伪学的专著。明清时期，出现了几部辨伪学专著，标志着辨伪学的成熟。

宋濂（1310～1381）在元末撰成《诸子辨》，考辨先秦至宋代诸子书40种，是辨伪学史上第一部专门考辨诸子书的专著。此书吸收柳宗元、朱熹等人的辨伪成果颇多，并有所创新。明代胡应麟（1551～1602）撰《四部正讹》，广泛考辨经、史、子、集四部书达百余种。前人的辨伪，对集部书涉及极少，而胡氏辨及诗集、诗话、诗注等，与文学史料学关系甚密。更重要的是，胡氏从理论上归纳伪书产生的原因和种类，并系统总结出辨伪八法。近人胡适、梁启超等人谈辨伪之法，多借鉴胡应麟之说。

清初，姚际恒（1647～约1715）撰《古今伪书考》，考辨经、史、子三类书。对各书考辨的体例，凡"前人辨论精确者，悉载于前"（《古今伪书考·小叙》），然后是姚氏的考辨。此书虽然"不曾有详博的叙述"，但"敢于提出'古今伪书'一个名目"，"实在具有发聋振聩的功效"（顾颉刚《古今伪书考·序》）。

清代中叶，崔述（1740～1816）著《考信录》，系统考证先秦史事和孔孟的事迹，订正古籍记载之误，辨出一批伪书。崔述强调治学应重考信，论述了伪书、伪说的成因，并总结了辨伪的方法，有较高的学术价值，对后来史学界怀疑古书古事的风气有很大影响。但他走的是以经证史的路子，过于笃信儒家经文，时有主观武断之处，受到学术界的非议。

乾嘉时期，惠栋、戴震、段玉裁、王念孙等人精于考证，后世称之为乾嘉学派。这一学派导源于明末清初顾炎武"经世致用"的治学思想和广求实证的考据方法。乾嘉学派以汉儒为宗，提倡朴实的学风，故又有"汉学"、"朴学"之称。他们以文字、音韵、训诂为工具，探求古籍记载的原本意义和典章名物的真相，对史料的整理和考证作出很多贡献。这派学者的可贵之处是博览群籍，治学谨严而又能独创新解。李一氓说："乾嘉学派的大师都是些有创见的人，其著作作风也是很朴素简洁的。这一派的后起者，乃以堆垛为事，烦琐为上，钞袭为能，流弊所及，自成为魏源、龚自珍直接攻击的对象。"（《古籍点校疑误汇录·序》）

第六章　中国文学史料学的繁荣

1840年鸦片战争以来的150多年间,是我国社会大动荡、大变革的时期。闭关锁国的局面被打破,国外各种思想、学说和科学技术大量涌入,我国学者的文学观念、学术思想都在不同程度上发生变化。在文学史料学方面,传统方法日臻完善,不少学者还自觉运用新的理论、方法和技术。文学史料整理的规模前所未有,研究论著大量涌现。

第一节　清末至民国时期的文学史料学

本节所说的清末至民国,包括两个时期。一是从鸦片战争到1919年五四运动前夕,即中国近代史时期;二是从五四运动至1949年中华人民共和国成立前夕,即中国现代史时期。

在这110年中,我国学者对古代文学史料的整理研究从未中断,并出现了新的研究对象:近代文学史料和新文学史料。

一、具有鲜明时代特征的近代文学资料的整理

鸦片战争以来,中国人民反对外国侵略和国内封建统治的斗争风起云涌,文学创作中的爱国主义传统得到进一步发扬并形成

崭新的时代风貌。文学创作的新内容、新潮流,在文学史料工作中得到迅速的反映。《射鹰楼诗话》、《普天忠愤集》、《近百年国难文学大系》等书的编撰,正反映了这一时期文学史料工作的鲜明的时代特点。

《射鹰楼诗话》24卷,林昌彝(1803～?)撰。昌彝字惠常,福建侯官(今福州市)人。道光十九年(1839)举人,是鸦片战争时期著名学者和诗人。他与魏源、林则徐是挚友,关切世务。所撰《射鹰楼诗话》(1851年家刻本),改变了传统诗话的旧貌,密切注视现实斗争,表现了强烈的反侵略的爱国精神。"射鹰"与"射英"谐音,用意鲜明。书中以较多篇幅辑集并评论了魏源、林则徐、张维屏、朱琦等爱国诗人的作品。不少诗歌采自稿本,与后出刻本在文字上有所不同,或未被后出刻本收录,为辑佚、校勘提供了重要资料。书中还采录了不少名不见史传的诗人的事迹与作品,有重要的文献价值。

光绪间,山东曲阜孔广德编选的《普天忠愤集》(1895年刊),是一部选录中日甲午战争时期诗文的总集。全书14卷,收奏章、议论、诗、颂、赋、词等,作者"上自朝士大夫,以至布衣女史,旁及西人",内容多"有关时局,泣涕而道"(《凡例》),保存了不少珍贵的反侵略文学资料。

上述两书,虽然篇幅不算多,但开了近代反侵略文学资料工作的先河。到了1937年,阿英完成《近百年国难文学大系》初稿,则是近代反侵略文学资料的集成性钜制。阿英(1900～1977),本名钱杏邨,安徽芜湖人,文学史家、作家,著述甚富。他的《近百年国难文学大系》包括5种书,北新书局于1948年出版《中法战争文学集》与《中日战争文学集》两种。1957～1960年,阿英将这5种书增补整理出版,更名为《中国近代反侵略文学集》,依次为《鸦片战争文学集》、《中法战争文学集》、《甲午中日战争文学集》、《庚子事变文学集》、《反美华工禁约文学集》。所辑文学资料,多散见于当时报刊、各家诗文集,有些仅有传抄本,系阿英经多年访求所得,弥足珍贵。阿英又编有《晚清戏曲小说目》、《晚清文艺报刊述略》等。

二、实物史料与口述史料的整理研究

19世纪末至20世纪初,殷墟甲骨、敦煌石窟等一系列考古发现,震惊了学术界。这些重大发现,不仅丰富了史料宝库,而且扩大了史料学家的视野,推动了观念与方法的进步。王国维在《古史新证》中提倡"二重证据法",即以"地下之新材料"验证或补正"纸上之材料",便是这一时期在史料研究方面具有代表性并产生广泛影响的观点。对敦煌文献的搜集、整理与研究,是20~30年代学术工作的一个热点。罗振玉辑印的《敦煌零拾》(1924)和刘复辑印的《敦煌掇琐》(1925),其中颇多文学资料。蔡元培为《敦煌掇琐》作序说:"读是编所录一部分的白话文与白话文五言诗,我们才见到当时通俗文词的真相。"当时许多学者撰文论述敦煌发现的文学史料,如王国维《敦煌发见唐朝之通俗诗及通俗小说》(1920)、郑振铎《敦煌的俗文学》(1929)、向达《记伦敦所藏的敦煌俗文学》(1937)等。还有为敦煌写本作注者,如周云青《秦妇吟笺注》(1934)、陈寅恪《秦妇吟校笺》等。

在"五四"新文学运动提倡平民文学的思想影响下,许多学者对口头流传的民间歌谣投以极大的关注。北京大学校长蔡元培倡导成立"歌谣征集处",向全国各地征集歌谣。1920年,北京大学歌谣征集处改为歌谣研究会,并于1922年创办《歌谣周刊》,先后由周作人、常惠、顾颉刚等编辑。该刊明确指出搜集歌谣有学术和文艺两个方面的目的,即进行民俗学的研究和推动民族的新诗的发展。当时,歌谣研究会成为全国搜集、整理、研究歌谣的中心。成立不到10年,便征集到全国各地各种歌谣万余首,出版了《吴歌甲集》、《孟姜女故事的歌曲甲集》(均顾颉刚编)等歌谣集和《我们为什么要研究歌谣》(常惠)、《海外的中国民歌》(刘半农)、《歌谣杂谈》(钟敬文)等论文。

三、古代词曲与小说资料的整理研究

近代有不少学者,将词的创作、词学研究和词集整理紧密结合,取得显著成绩。其中突出的代表是"晚清四大词家"——王鹏运、郑文焯、朱孝臧和况周颐。19世纪末,王鹏运等在京结词社,对晚清词学的兴盛起重要推动作用。王鹏运以30年之力,搜集、校勘唐宋元诸家词,汇刻《四印斋所刻词》。王氏用汉学家治经史之法治词,校勘谨严,刻印极精,开近代大规模汇刻词集之风。1911～1923年间,吴昌绶、陶湘先后影刊《双照楼景刊宋元本词》、《涉园续刊景宋金元明本词》,旨在保存宋元旧刻面貌。朱孝臧辑校的《彊村丛书》,则着重于搜罗罕见之本,共计汇刻唐、宋、金、元词总集与别集170余种,大都附有朱氏校记。版本目录学家缪荃孙作《沤尹先生属题校词图》赞云:

元钞宋刻古今殊,一字研求比一珠。
校史雠经功力等,词家亦有戴钱卢。

戴、钱、卢指戴震、钱大昕、卢文弨,是清代考据学、校勘学的杰出代表。缪荃孙将朱孝臧比作戴、钱、卢,足见其推重。历来校勘、考据偏重于经史诸子,朱孝臧对词集进行如此广泛的搜集和精审的校勘,是空前的。

但朱孝臧和前人汇刻的词集,不收零篇散句,不足以反映一代词作的全貌。唐圭璋于30年代历尽艰辛,搜集文集、词集中所载宋词,并从笔记、类书、方志、金石谱录、书画题跋中网罗散佚,编成《全宋词》,于1940年由长沙商务印书馆出版线装本。

戏曲方面,王国维"痛往籍之日丧,惧来者之无征"(《曲录》自序),广泛搜求历代剧本、剧目及有关文献,于1908年编成戏曲书

目《曲录》6卷,著录宋、金、元、明、清剧目3000余种。剧作者生平行实可考者,系以小传;剧目间附考证。所收剧目虽不甚完备,但对历代剧目作这样系统的著录和考证,是开创性的,故梁启超说:"曲学将来能成为专门之学,则静安书为不祧矣!"1912年底至1913年初,王国维完成《宋元戏曲考》(后更名《宋元戏曲史》),是他在戏曲研究方面的总结性著作,郭沫若称之为"拓荒的工作,前无古人,而且是权威的成就"(《鲁迅与王国维》)。

吴梅(1884～1939)是稍后于王国维的"曲家泰斗"(夏敬观《忍古楼词话》),他编选校刻明清戏曲作品,辑为《奢摩他室曲丛》,并写了许多题跋;所著《中国戏曲概论》,综论金元明清院本、杂剧、传奇、散曲,与王国维《宋元戏曲史》同属中国早期的戏曲史代表著作。这一时期,对古代戏曲、散曲资料的研究整理作出较大贡献的学者及其成果还有:郑振铎辑《清人杂剧》,陈乃乾辑《曲苑》、任讷辑《新曲苑》、《散曲丛刊》,赵景深编著《宋元戏文本事》、《元人杂剧辑逸》,卢前辑《饮虹簃所刻曲》等。

小说方面,鲁迅博采类书、笔记、史籍、地志等文献,于1912年辑成《古小说钩沉》,共辑入已散佚的先秦至隋小说36种。后又辑成《小说旧闻钞》,系从宋代至清末各类文献中辑集的有关41种小说的背景性资料。20年代初,鲁迅完成《中国小说史略》的写作,又于1927年编定《唐宋传奇集》。鲁迅在小说史料的搜集、考订和理论研究方面,作了许多开创性的工作。胡适说:"在小说的史料方面,我自己也颇有一点点贡献。但最大的成绩自然是鲁迅先生的《中国小说史略》;这是一部开山的创作,搜集甚勤,取材甚精,断制也甚谨严,可以替我们研究文学史的人节省无数精力。"(《白话文学史·序》)此外,钱静方的《小说丛考》(1916年初版)、蒋瑞藻的《小说考证》(1919年初版)和《小说枝谈》(1913年初版),都是辑集、考证小说资料而又兼戏曲资料的书籍。1936年,孔另境的《中国小说史料》问世。此书吸收了鲁迅、蒋瑞藻的考证成果并有所丰富和发展,考及的小说比《小说旧闻钞》多,但又避去了《小说考证》《小说枝谈》的芜杂。

在 30 年代,编纂中国通俗小说书目成就最大者,当推孙楷第。孙氏于 1930 年开始寻访国内公私所藏通俗小说,并于 1931 年赴日访书,回国途中又在大连图书馆看完该馆所藏小说,1932 年撰成《日本东京所见小说书目》6 卷,《大连图书馆所见小说书目》1 卷。1933 年,又结集中国所有小说材料,加上日本东京所见,撰成《中国通俗小说书目》10 卷,著录范围包括现存和已佚未见之小说。郑振铎曾评价孙楷第、孔另境的贡献说:

> 在孙楷第先生的《中国通俗小说书目》之后,继之以孔先生这类《中国小说史料》的出版,对于中国小说之版本的和故事的变迁的痕迹,我们已可以很明了的了。而初学者也可以不至有迷途之苦。想起了我们从前的暗中"摸索"之苦,实在不能不羡慕现在初学者们的幸运!(《中国小说史料》序,1936)

四、新文学资料的整理研究

以"五四"新文学运动为标志,中国文学的发展进入了现代文学时期。这一历史性的变革,在文学史料的整理研究工作中迅速得到反映。

新文学是在复杂的斗争中诞生和发展的。及时反映当时的文艺论争,是这一时期文学史料工作的显著特点。如李何麟编的《中国文艺论战》(1929 年版)、文逸编的《语文论争的现阶段》(1934 年版)、林综编的《现阶段的文学论战》(1936 年版)等,都是当时辑集的文献汇编。

这一时期编纂的新文学史料,品种和体例丰富多样。如阮无名(阿英)编的《中国新文坛秘录》(1933 年版),汇录了新文化运动初期的文坛史料。编者对每一事件、每一文献,都加上说明,体例颇善。刘复(半农)辑印的《初期白话诗稿》(1933年影印),系用李大钊、沈尹默、胡适等8人写的白话诗的手稿影印而成(其中有一篇例外),保存原貌,别开生面。杨霁云辑录的《集外集》(1935年版),收鲁迅1935年前发表的但未收入集子的诗文,是新文学领域最早出现的辑佚成果。阿英编辑的《上海事变与报告文学》(1932年版),选入各家反映1932年"一·二八"事变的报告文学作品28篇,则是我国早期报告文学的结集。

当时规模最大的一项新文学史料工作,是赵家璧主持的《中国新文学大系》的编纂(1935~1936年版)。这项文化积累工程有几个鲜明的特点:(1)编选者是新文学运动的当事人和名家,如胡适,鲁迅、郑振铎、茅盾等,这就优化了选材的深入性和代表性;(2)选材兼顾文学理论和文学创作两个方面,卷1~2是《建设理论集》和《文学论争集》,卷3~9是小说、散文、诗歌、戏剧等作品,这就清晰地展示了理论与创作的关系;(3)各卷均有编选者撰写的长篇导言,并冠以蔡元培的总序,这就不同于一般的史料汇编仅仅排比资料,而是有综述和理论分析。总序和各卷导言,可视为新文学的头一个十年(1917~1927)的发展史,有独立的价值。无怪乎《大系》出版不久,上海良友图书公司便抽出总序和导言,另行出版《中国新文学大系导论集》;(4)有工具性,这集中体现在阿英编的第10卷《史料·索引》中。该卷包括史料性文章、作家小传、创作编目、翻译编目、杂志编目和相关的索引。《中国新文学大系》为文学史料的编纂创造了宝贵的经验,提供了良好的体式。

五、史料学的理论建设

自民国初年至中华人民共和国成立这一历史时期,许多学者对史料学和文学史料学的理论建设作出了贡献。如梁启超《中国历史研究法》中的《说史料》、《史料之搜集与鉴别》,胡适《中国哲学史大纲》中的《史料的审定》、《整理史料之法》,陈垣的《中国史料的整理》,陆懋德《史学方法大纲》中的《论史料》。论史料的专书,则有翦伯赞的《史料与史学》(1946年版)。

以上所举数例,都是史学家在史料学方面的研究成果。作为文学家而对文学史料学作出重要贡献的杰出代表,是郑振铎(1898～1958)。他是"五四"新文学运动最早成立的文学社团——文学研究会——的创始人。他亲自起草的《文学研究会简章》中明确指出,该会"以研究介绍世界文学、整理中国旧文学、创造新文学为宗旨"。郑振铎整理、研究文学史料的显著特点是:视野宽阔,勇于开拓。1926年,他在《研究中国文学的新途径》中提出,研究中国文学"要有研究的新途径与新观念",并具体指出应开辟的研究途径有三条:一是"中国文学的外来影响考",即研究中国历代文学所受的外来影响;二是"新材料的发见",扩大研究对象;三是"中国文学的整理",对文学史料进行科学的分类。上述三条,大部分属史料学范畴。

郑振铎对史料工作者的知识结构问题有独到之论。他认为,要懂得基本的科学知识和掌握外语,这样,"可以启发你一条研究的新路"。他说:

> 你要先学会了英德法日或至少其中的二国以上的文字,然后你才能对于古书有比较正确新颖的见解与研究;你要先明白了现代的一二种基本学问与知识,然后你才能对于古书有左右逢源,迥不犹人的见解。居现在而仍抱了"白首穷经"的态度,仍逃不出古书圈子范围以外去研究古书,则这种研究不会有什么好结果,不会得到什么惊人的成绩,是可断言的。(《且慢谈所谓"国学"》,《郑振铎文集》第4卷)

这是有关史料学方法论的精辟见解。在当时,这是发聋振聩之论;在半个多世纪后的今天,仍有重要的指导意义。

郑振铎善于把新材料的发掘与文学史的编著紧密结合。他批评以往出版的文学史"几乎没有几部不是肢体残废、或患着贫血症的"(《插图本中国文学史·自序》),原因是受陈旧的文学观念的束缚,只重"正统文学"(诗文),排斥通俗文学。郑振铎说,俗文学"产生于大众之中,为大众而写作,表现着中国过去最大多数的人民的痛苦和呼吁,欢愉和烦闷,恋爱的享受和别离的愁叹,生活压迫的反响,以及对于政治黑暗的抗争";就文体而言,"许多的正统文学的文体原都是由'俗文学'升格而来的","'俗文学'不仅成了中国文学史的主要的成分,且也成了中国文学史的中心。"(《中国俗文学史》第一章)为此,郑振铎以惊人的毅力在国内外大量搜集文学史料,尤其着力发掘长期被排斥的通俗文学,"发愿要写一部比较的足以表现出中国文学整个真实的面目与进展的历史"的中国文学史(《插图本中国文学史·自序》),他在1932年出版了《插图本中国文学史》;此书有三分之一以上的材料是其他文学史著作未曾涉笔记载的;尔后,又专门写了一部《中国俗文学史》(1938年初版)。在上述著作和《整理中国文学的提议》、《三十年来中国文学新资料发现记》等论文中,都体现了郑振铎对文学史料的价值取向的真知灼见。

郑振铎对文学史料学理论建设的又一重要贡献,是有关文学史料分类体系的论说。他在《研究中国文学的新途径》一文中指出,"许多人对于中国文学的分类,至今还认别不清","不清不楚的分类,与混杂的研究,颇足以迷乱了后来者的心目"。郑振铎认为,中国传统的分类法(如四库全书分类法)和西方的分类法(如杜威十进分类法)都不适用于中国文学史料的分类。他拟订了一个新的分类大纲,将中国文学史料分为9大类:(1)总集及选集;(2)诗歌;(3)戏曲;(4)小说;(5)佛曲、弹词及鼓词;(6)散文集;(7)批评文学;(8)个人文学;(9)杂著。每一大类再展开为若干类,如"批评文学"分为一般批评、诗话、词话、曲话、文话、其他(作家研究、作品研究、断代文学研究、论文集等);"个人文学"分为自叙传、回忆录及忏悔录、日记、尺牍。此外,郑振铎在《整理中国文学的提议》、《文学的分类》等论文中亦论及分类问题。郑氏的分类法,能从文学史料的内容和形式两方面考虑问题,较好地体现中国文学史料的自身特点,确比当时其他的分类法科学得多。

郑振铎对中国文学史料的辑佚、校勘、考证、注释、出版以及目录、索引的编纂亦有诸多论述并做了许多实际工作。仅文学书目索引一项,就编撰了《中国文学研究的重要书籍介绍》、《中国小说提要》、《元曲叙录》、《西谛所藏弹词目录》、《佛曲叙录》、《关于诗经研究的重要书籍介绍》、《缀白裘索引》等20余种。

这一时期,文学史料学的相关学科——文献学、目录学、版本学、校勘学、辨伪学的专著出版甚多。郑鹤声、郑鹤春的《中国文献学概要》(1930年初版),是我国现代第一部以"文献学"命名的论著。目录学方面,有姚名达的《目录学》(1933年初版)、《中国目录学史》(1938年初版),汪辟疆的《目录学研究》(1934年初版)等。版本学方面,有孙毓修的《中国雕版源流考》(1918年初版)、钱基博的《版本通义》(1933年初版)等。校勘学方面,有胡朴安和胡道静合著的《校雠学》(1931年初版)、蒋元卿的《校雠学史》(1935年初版)、向宗鲁的《校雠学》(1944年版)等。影响最大者,系陈垣的《元典章校补释例》(1932年初版,后易名《校勘学释例》)。陈氏提供了丰富的范例,并将校勘方法总结为对校法、本校法、他校法、理校法,即著名的"校法四例"。迄今各种校勘学著作,多采陈说。辨伪学方面,有梁启超的《古书真伪及其年代》(1927年初印)、张心澂的《伪书通考》(商务印书馆1939年版)、顾颉刚等编著的《古史辨》(1926年起出版)等。上述专著的出现,推动着史料学研究向深层发展。

第二节　当代中国的文学史料学

1949年中华人民共和国成立后,中国文学史料的整理和研究进入了新的时期。

一、古籍整理机构的建立和人才的培养

自1949年10月至1957年底的8年多时间里,我国大陆整理出版了文史哲古籍445种,其中文学古籍250余种,占56%以上。这是新中国成立后在古籍整理出版方面所取得的第一批成果,小说、戏曲所占比重较大。为了加强古籍整理出版的计划性、系统性,提高整理水平,国务院于1958年2月成立了"古籍整理出版规划小组",由齐燕铭任组长,制订了整理出版文史哲古籍的十年规划。1959年,经规划小组讨论,并与高等教育部、北京大学协商,决定在北大中文系设置古典文献专业。从此,古籍整理走上正轨,《二十四史》等重点项目得到落实,整理出版质量有显著提高。自1958年至1966年5月的8年多时间里,共整理出版文史哲古籍680种,其中文学古籍近280种,约占41%。

1966年6月"文化大革命"开始,"古籍整理出版规划小组"中止工作,古籍整理出版被迫停顿。1971年,毛泽东、周恩来指示恢复《二十四史》和《清史稿》的校点出版工作,一批专家学者组成专门班子继续进行此项工程。1976年,"四人帮"被粉碎,古籍整理出版工作出现了新的转机。1978年春,校点本《二十四史》和《清史稿》全部出齐。1981年5月,中共中央发出了《关于整理我国古籍的指示》,指出"当前要认真抓一下,先把领导班子组织起来,把规划搞出来,把措施落实下来"。随后,国务院决定恢复"古籍整理出版规划小组",由李一氓任组长。1982年3月,规划小组召开第一次全体会议,制订了1982年到1990年的古籍整理出版规划,拟

于九年间整理出版基本古籍和重要参考书3119种,其中文学古籍924种。许多省市也相应成立了规划小组,结合本地区的特点制订了长远规划。各地还新成立了一批古籍出版社或古籍编辑室,如山东齐鲁书社、河南中州书画社(后更名中州古籍出版社)、湖南岳麓书社、四川巴蜀书社、安徽黄山书社、山西三晋古籍编辑室等。

1983年9月,经原教育部党组批准,成立了"全国高等院校古籍整理研究工作委员会",工作重点是培养古籍整理研究人才,促进整理研究工作。自1983年至1989年,各高校建立了18个古籍研究所,一个研究中心,两个研究室。除北京大学原有的古典文献专业外,又在杭州大学中文系、南京师大中文系、上海师大古籍所设立了古典文献专业。四个专业在这六年的时间里输送了200多名本科生。截至1989年10月,上述20多个研究机构及专业在校和已毕业的硕士研究生达200余人,博士研究生达20余人。此外,还举办了十余个讲习班,培训学员近400人。研究生、本科生、讲习班三个层次的人才培养工作,使我国古籍整理研究队伍"青黄不接"的局面有所改观。

由于古籍整理研究机构的逐级建立和人才培养的加强,古籍整理出版工作呈现了前所未有的兴旺景象。从1958年至2006年,国家制定了6个古籍整理的中长期规划。至2007年,经整理出版的古籍近2万种,其中80%以上是改革开放以来的成果。(邬书林同志《在全国古籍保护会议上的讲话》,见《古籍整理出版情况简报》2007年第3期)。1992年6月,国务院古籍整理出版规划小组主持制定《中国古籍整理出版十年规划和"八五"计划(1991年~1995年~2000年)》,确定十年规划要点:平均每年选列古籍整理出版重点书目150种至200种,十年内共计2000种左右。注意在今人新编总集、丛书,善本、珍本和孤本的影印、专集的整理和古典文学理论遗产的整理等四方面加大力度。一大批大型古籍整理和史料汇编项目先后完成问世:《中国古籍善本书目》,《甲骨文合集》《殷周金文集成》，英、俄、法藏敦煌文献等。新中国成立以来最大的古籍保护工程《中华再造善本工程》自启动以来，已经原样复制唐宋元珍贵古籍近千种。

二、文学古籍整理出版的新格局

文学古籍的整理出版不仅数量众多，而且在学术性和系统性方面都有了很大的提高，出现了新的格局。这主要表现在下列诸方面：

1. 以大型全集为基干，补编与新编并举。补编如：《全唐诗外编》(1982年版)，《全宋词补辑》(1981年版)等。新编如：《全唐五代词》(1986年版)、《全宋诗》(1991～1999年版)、《全宋文》(1988～2006年版)、《全元文》(1999～2004年版)、《全辽金诗》(1999年版)、《全元诗》、《全金元词》(1979年版)、《全元散曲》(1964年版)、《全明诗》(1990年版)、《全明词》(2004年版)、《全明散曲》(1994年版)、《全清词》(1994年起出版)、《全清散曲》(1987年版)等。

2. 扩大整理范围，注意合理布局。一方面，继续抓紧著名大作家的诗文集校注，如瞿蜕园、朱金城的《李白集校注》(1980年版)，安旗主编的《李白全集编年注释》(1990年版，2000年新版)，詹锳主编的《李白全集校注汇释集评》(1996年版)，萧涤非主编的《杜甫全集校注》，钱仲联的《剑南诗稿校注》(1985年版)等。另一方面，对二三流作家亦给予足够的重视，如上海古籍出版社1981年开始陆续出版《唐诗小集》丛书，包括《王绩诗注》、《杜审言诗注》、《崔颢诗注》、《崔国辅诗注》等二三十种，除校勘、注释外，多附以诗人传记资料和历代评论。对一些品格卑下的人物的诗文集亦予以整理(如严嵩《钤山堂集》、阮大铖《咏怀堂集》等)，多侧面地提供文学史料。

3. 发挥各地优势，形成地方特色。如辽宁春风文艺出版社利用大连图书馆收藏孤本、善本小说丰富的优势，出版《明末清初小说选刊》；浙江古籍出版社整理出版《李渔全集》，福建人民出版社整理出版《冯梦龙丛书》；湖南岳麓书社除整理出版《船山（王夫之）全书》、《曾国藩全集》、《左宗棠全集》等个人全集外，还把历代湖南作家的诗歌陆续结集出版，总名《湖湘诗存》。

4. 丛书大量出版，兼顾文物性与学术性。孤本、善本古籍文物价值高，收这类古籍的丛书多采用影印方式，以保持原本面貌。如中华书局出版的《古逸丛书三编》，上海古籍出版社出版的《宋蜀刻本唐人集丛刊》、《清人别集丛刊》，以及由京沪两地出版社陆续出版的大型戏曲丛书《古本戏曲丛刊》等。另一类丛书，专收经过今人校勘、标点或笺注的古籍，体现新的学术成果，如中华书局的《中国古典文学基本丛书》，上海古籍出版社的《中国古典文学丛书》等。上述两大类丛书，在最近三十多年中都有很大的发展。

5. 资料汇编的出版受到重视，形成热点。在"文革"前，中华书局曾陆续出版《古典文学研究资料汇编》陶渊明卷、杜甫卷、柳宗元卷、白居易卷、杨万里范成大卷、红楼梦卷等，有一定的影响。但就全国范围看，整理出版这类专题性的资料汇编尚未形成风气。从20世纪70年代末、80年代初以来，整理出版这类汇编日益受到重视，不仅中华书局出，地方出版社和大学出版社也纷纷出版，如《李贺研究资料》、《三国演义资料汇编》、《西游记资料汇编》、《三言两拍资料》、《红楼梦资料汇编》、《儒林外史研究资料》等。同一专题，往往不止出版一种。如《水浒》资料，有马蹄疾的，朱一玄的；《老残游记》资料，有魏绍昌的，刘德隆的；《金瓶梅》资料的种类更多。

8. 书目索引配套出版，后出转精。所谓配套，包括两种情况：（1）直接服务于新近整理出版的古籍，如中华书局1979年重印《全唐诗》校点本，1982年出版《全唐诗外编》，旋于1983年编纂出版《全唐诗作者索引》，一并编录《全唐诗》和《全唐诗外编》的作者名。又如1983年影印出版《全唐文》，同时编纂《全唐文篇名目录及作者索引》，于1985年出版。（2）书目索引的自身配套。如小说方面,先有孙楷第的《中国通俗小说书目》修订本和阿英的《晚清小说目》,后有程毅中的《古小说简目》和袁行霈、侯忠义的《中国文言小说书目》,遂使通俗小说和文言小说均有目可稽。又如戏曲方面,先有傅惜华的《元代杂剧全目》、《明代杂剧全目》、《明代传奇全目》、《清代杂剧全目》(原计划尚有《宋金元杂剧院本全目》、《宋元戏文全目》、《清代传奇全目》等,未及出版),后有庄一拂的《古典戏曲存目汇考》,著录古代戏文、杂剧、传奇,并附近代作品,遂使历代戏曲有系统目录可查。

20世纪90年代以来编纂出版的书目索引,多能借鉴前作,并有较大提高。如江苏省社会科学院编的《中国通俗小说总目提要》,在孙楷第《中国通俗小说书目》、阿英《晚清小说目》的基础上向前推进,搜罗更富,体例更佳。陈飞主编的《中国文学专史书目提要》,与陈玉堂《中国文学史书目提要》和吉平平等《中国文学史著版本概览》相比,在体例上更完备,收录范围上有进一步的拓展。

三、近代文学史料建设的转机

前已述及,阿英等学者曾为近代文学史料的整理作过可贵的努力,出了一批成果。但与古代文学史料工作相比,近代文学史料工作在20世纪80年代以前是相当薄弱的。正像有的学者在1982年全国首次近代文学学术讨论会上指出的那样:"在整个文学史料工作中,近代文学史料工作做得最差,不但没有成套的资料可供使用,而且连第一流作家的文集尚且不全"[①]。在这次会议上,代表们纷纷呼吁:尽快采取措施,加强近代文学史料的整理研究。

自80年代以来,近代文学史料的整理研究工作有了明显的进展。中国社会科学院文学研究所近代室1985年编辑出版《近代文

[①] 柯夫、效维《全国首次近代文学学术讨论会综述》,《中国近代文学研究》第1辑(1983年)。

学史料》,并主持《中国近代文学研究资料丛书》的编辑工作,这套丛书包括作家作品、文学社团、流派、思潮的研究资料。中山大学中文系1983年创办《中国近代文学研究》丛刊,所载文章多论及近代文学史料问题,如钟敬文《谈谈近代文学研究的一些问题》,有专节论史料的"辨别";吴熊和《〈彊村丛书〉与近代词籍校勘学》一文,对"词籍校勘学"这一命题作了独到的论析;潘树广《近代文学文献工作琐议》一文,对近代文学文献资料工作作了回顾与展望。华南师范大学近代文学研究室创办的《中国近代文学评林》丛刊,亦载近代文学史料考辨之文。

有关近代文学史料的一项最大的工程,是《中国近代文学大系》的编纂。这套书由魏绍昌总编,吴组缃、施蛰存、钟敬文等专家主持编写,历时三年,于1990年基本完成,约计2000万字,分为小说、诗词、散文、翻译文学等12专集,30卷,上海书店1990～1996年出版。

值得注意的是,20世纪80年代初掀起的古籍整理热潮,对近代文学史料的整理也是有力的推动。原因有三:其一,《古籍整理出版规划》规定的古籍下限,断至辛亥革命(1911年),而所谓近代文学,习惯上是指鸦片战争(1840)到五四运动(1919年)前夕产生的文学。"古籍"与"近代文学",在时间上有六七十年的交叉段,因而,在《古籍整理出版规划》中,事实上已列入了若干近代人物的诗文集或日记。其二,有不少跨时代的人物在1911年以前和以后都有作品,如果机械地以1911年为古籍下限,许多具体问题便难以处理,因此李一氓在1986年指出:"关于古籍的时代下限问题,原来规定是到1911年为止,自无不可。但经过几年的实践,看来这个规定已经非突破不可。""现在我们已整理出或将整理出若干1911年以后的有关文献,是完全有必要的,这是历史的要求"①。

---

① 《古籍整理的几个新问题》,《人民日报》1986年7月25日。

李一氓指的就是《孙中山全集》、《梁启超全集》、《章太炎全集》、《南社诗集》等书的整理。第三,整理古籍的方法技术,也适用于近代书籍,正如季镇淮所说:"凡整理古籍的一切规程都用得上,不得因其(按,指近代作品)时代近而有所忽略。"① 因此,古籍整理的理论和方法的探讨与人才的培养,对近代文学史料的整理研究是有力的促进。

四、现代文学史料整理研究的兴盛

现代文学史料的建设,在20世纪20年代末30年代初已初露端倪,但当时"中国现代文学"这一学科尚处于萌芽阶段,现代文学史料的整理还缺乏计划性和系统性。新中国成立后,情况有了很大的变化。50年代,教育部将中国现代文学史列为高等院校中文系的一门主要课程,王瑶《中国新文学史稿》、丁易《中国现代文学史略》等著作相继出版,现代文学的教学研究队伍逐步形成,现代文学发展成为一门独立的学科,促进了现代文学史料的整理研究,取得了一批可喜的成果。如北京师范大学中文系编的《中国现代文学史参考资料》(1959年版),湖北省图书馆等编的《中国现代文学作家著作联合目录》(1964年印)等。50年代末至60年代初还有两套影响较大的史料丛书,一是上海文艺出版社编辑出版的《中国现代文学史资料丛书》,分甲种和乙种:甲种是新编的资料、工具书,如《鸳鸯蝴蝶派研究资料》、《瞿秋白著译系年目录》等;乙种陆续影印30年代的文学期刊30余种。另一套丛书是山东师范学院中文系编印的《中国现代作家研究资料丛书》,包括《中国现代作家小传》、《中国现代作家研究资料索引》、《中国现代作家著作目录》和作家研究资料汇编等。

"文革"十年动乱之后,现代文学的史料建设重整旗鼓。中国

---

① 《近代文学史料·序言》,中国社会科学出版社1985年版。

社会科学院文学研究所召开了资料工作会议,制订了资料建设计划,组织全国60多个高校和科研机构编纂大型丛书《中国现代文学史资料汇编》。上海文艺出版社影印《中国新文学大系》(1917~1927)后,又接连编辑出版《中国新文学大系》的第二辑(1927~1937)和第三辑(1937~1949)。中国文联出版公司编辑出版《中国新文艺大系》,选录文学和艺术各领域的作品、论著、史料。此外,还有华东师范大学现代文学研究室编选的《中国新文学社团、流派丛书》,人民文学出版社编辑出版的《新文学史料丛书》等。上海书店辑印的《中国现代文学史参考资料》丛书,选题和装帧别具一格。它选择了现代文学史上有一定地位而流传稀少的单行本作品和论著,依原版本复制,外加统一设计的护封。既保持原版本面貌,又照顾到丛书的整体性。

这一时期,现代文学史料性刊物的创刊或复刊,为史料的刊布和研究提供了更多的园地。上海文艺出版社1962年创办的《中国现代文艺资料丛刊》,"文革"期间停刊,1979年复刊,以抢救现代文艺资料为己任。人民文学出版社1978年创办《新文学史料》,发表了大量第一手资料和珍贵图片。北京鲁迅博物馆鲁迅研究室主编的《鲁迅研究资料》,发表与鲁迅有过交往的国内外人士的回忆录,新发现的鲁迅佚文,有关鲁迅生平与著译的考证文章等。

随着现代文学史料建设的繁荣和研究内容的日益丰富,有些学校除继续优化"中国现代文学史"课程的教学外,还开设了"中国现代文学史料学"的专题课.马良春说:

> 提到高等学校开设"史料学"专题课,我首先要想到北京师范大学中文系的朱金顺同志,据我所知,他是第一个讲这门课的人。在他刚开始讲课的时候,我便有一种预感,中国现代文学被公认为一个学科,不是起因于在大学里讲这门课吗?现代文学史料学也必将从讲课开始而成为这个学科的分支。

(1986年为朱金顺《新文学资料引论》所作序)马良春曾在1984年5月撰写《关于建立中国现代文学"史料学"的建议》(载《中国现代文学研究丛刊》1985年1期)。

据他本人说,有的高校开设中国现代文学史料学专题课的创举,是他提出这一建议的"促进因素"。

五、理论研究的深化和现代技术的应用

20世纪80年代以来,每年都有文学史料学的专著或近缘著作出版,如1982年出版《中国文献学》(张舜徽),1983年出版《中国古代史史料学》(陈高华等),1984年出版《古典文学文献及其检索》(潘树广),1985年出版《古籍整理概论》(黄永年),1986年出版《中国文学文献学》(张君炎)、《中国文学目录学》(谢灼华)、《新文学资料引论》(朱金顺),1987年出版《中国古籍版本概要》(施廷镛)、《校勘学大纲》(倪其心),1988年出版《校勘学》(钱玄),1989年出版《古典文献学》(罗孟祯)。1990年出版《中国近代史料学稿》(张革非等),1990年出版的《新文学考据举隅》(朱金顺),以及1997年出版的《中古文学文献学》(刘跃进),1997年起出版的《中国古典文学史料研究丛书》(傅璇琮主编),2002年出版的《元代文学文献学》(查洪德等),2010年出版的《中国现代文学史料的搜集与应用》(谢泳)等。以上专著的出版,有力促进了文学史料学理论研究的深入。

理论研究深化的又一标志,是史料学期刊的创办超过了历史上任何一个时期。除上文述及的《新文学史料》等几种外,尚有全国高校古籍整理研究工作委员会主办的《古籍整理与研究》,东北师大的《古籍整理研究学刊》,安徽办的《古籍研究》,河南办的《古籍整理》等。

但以上列举的专著或期刊,古代史料研究与现代史料研究壁

垒分明,研究工作者也是两支泾渭分明的队伍。学术分工是有必要,但"中国文学史料学"作为一门相对独立的学科,实应贯通古今;从事于古代、近代、现代文学史料研究的学者,应有更密切的交流。这一局面,到1988年以后有所改变。1988年10月,"中华文学史料学首届研讨会"召开,来自大陆、台湾、香港的专家学者50余人参加了会议,并酝酿成立包括从事古代文学、近代文学和现当代文学史料研究的学人组成的"中华文学史料学学会"。1989年,学会正式成立,马良春任会长,并于1990年正式出版了会刊《中华文学史料》第一辑。这是古代、近代、现代文学史料学工作者及其研究成果合流的一个良好开端。

利用现代技术对文学史料进行贮存、检索、整理、研究,有了十分可喜的进展,文史工作者和科技工作者"隔行如隔山"的状况已有所改变。文史工作者为提高研究工作的效率和科学性,对计算机、音像、缩微等技术从不了解到有所了解,进而提出具体的功能需求;科技工作者则不断熟悉文史工作的特点,努力使自己的设计更适合文史工作者的需要。20世纪80年代,在报刊上文史工作或科技工作者撰写这类文章时有所见,如钱锋、陈伟杰撰《在微型机上作语言文学研究的初步实验》[1],栾贵明、李秦撰《微电脑与古文献研究》[2],顾学颉撰《古文献整理工作也应来一次革命》[3],许逸民撰《古文献检索电脑化刍议》等[4]。在计算机应用方面,已出了一批成果,从早期深圳大学研制成功《红楼梦》多功能检索系统;武汉大学用计算机对《骆驼祥子》、《雷雨》等30余部现代文学名著进行自动处理,编为逐字索引;中国社会科学院文学研究所建成《全唐诗》数据库和《论语》数据库;苏州大学研制成功《中国古典文学

---

[1] 《上海电子计算机应用资料汇编(5)》,上海科技文献出版社1983年版。
[2] 《古籍整理出版情况简报》总第127期(1984年8月)。
[3] 同上。
[4] 同上书,第232期(1990年10月)。

研究方法论信息库》;北京鲁迅博物馆和北京计算机三厂研制成功《鲁迅全集》微机检索系统等,到 21 世纪初数字化文献史料的书目数据库和全文资源库(详见第三编第四章的介绍)。在录音、录像技术应用方面,如中国现代文学馆录制了大量现当代作家的音像资料;上海艺术研究所为抢救戏曲遗产,录制了著名老艺术家的重要剧目;西安交通大学音像教材出版社出版了《诗人学者战士闻一多》等文献资料录像片。

六、港台学者的史料工作及其与大陆的交流

1963 年至 1971 年,香港中文大学崇基书院远东学术研究所先后出版了黄福銮编的《史记索引》、《汉书索引》、《后汉书索引》;1973 年,香港现代教育研究社又出版了黄福銮编的《三国志索引》。这套四史索引,主要采用类书的分类方法编排,自成特色,与 30 年代至 40 年代燕京大学引得编纂处编四史索引采用关键词方法不同。分类法与关键词法各有千秋,可以互补。所以黄福銮这套索引很快在台湾重印,原版本和重印本都传入大陆。香港文学研究社 1968 年编印的《中国新文学大系续编(1928~1938)》10 册,在当时亦颇具影响。

至于整理香港文学的史料,20 世纪 70 年代起已逐渐引起香港学者的重视。如 1975 年香港大学文社编印了《香港四十年文学史学习班资料汇编》,编入 30 年代至 70 年代的资料,内容有专访,该时期报刊作品辑影等。1980 年香港中文大学文社主办"向态文学生活营",编印了资料册,内有《香港文学史简介》、《文学杂志年表简编》等。卢玮銮用了十年时间,整理出有关香港文学的作家资料、目录、索引,认为"香港文学史料一天不较全面公开及整理,香港文学研究就极易犯以讹传讹的毛病,距离事实真相愈远"①。

---

① 卢玮銮《香港文学研究的几个问题》,《中华文学史料》第 1 辑(1990 年)。

台湾的文学史料工作,规模比香港大得多。其特点,一是古籍稿本、善本的大量影印,如联经出版事业公司的《全唐诗稿本》,文海出版社的《清代稿本百种汇刊》,天一出版社的《明清善本小说丛刊初编》、学生书局的《善本戏曲丛刊》等。二是编辑出版了大量的书目索引,如王民信主编的《中国历代诗文别集联合目录》,庄芳荣的《中国类书总目初编》,郑恒雄的《汉学索引总目》,昌彼得、王德毅等编的《宋人传记资料索引》、《元人传记资料索引》、《明人传记资料索引》等。三是较重视流失在海外的古籍的搜集,如台湾"中央图书馆"1981年成立"汉学资料及服务中心",将网罗散佚列为首要之务,委托日本某公司代为搜集影印各国图书馆收藏的中国古籍。有些台湾学者,还亲自到各国搜录。台湾影印出版的古籍中,有不少是流失在海外的孤本、善本。

台湾学者对中国现代文学史料的整理出版也较为重视。如周锦主编《中国现代文学研究丛刊》,收30种书,包括专著、史料、书目、索引等。据称,这套丛书原计划要大得多,第一批就有100种,后大部分书稿因失火遭毁,只凑成30种。① 周锦还有《中国现代文学乡土语汇大辞典》、《中国现代文学史料术语大辞典》等。

海峡两岸学者的学术交流已取得可喜的进展。台湾学者的著作在大陆出版(如陈鼓应《庄子今注今译》、方师铎《传统文学与类书之关系》),大陆学者的著作也在台湾出版。大陆《文史知识》和台湾《国文天地》两家杂志1988年开始进行交流合作,并于1990年共同编印了"台湾专号"。台湾学者来大陆参加学术会议日趋频繁,海峡两岸学者携手合作的研究项目相继上马(如《中国现代小说年鉴》)。同祖同根的学者,正为弘扬优秀的传统文化辛勤耕耘。

---

① 康文《执著的爱与追求——记中国现代文学研究家周锦先生》,《文汇报读书周报》1990年9月8日。

第三节　中国文学史料学的世界性趋势

中国文学史料学的世界性趋势,是文学史料学繁荣的又一重要表现。

所谓中国文学史料学的世界性,具体体现在两个方面。

一、"世界性"观念的强化

在观念上,我国学者已日渐深刻地认识到:中国文学是世界文学的一个重要组成部分,对中国文学史料的整理和研究,既是弘扬祖国优秀文化的一项重要工作,也是丰富世界文学宝库的崇高事业。早在20世纪20年代初,梁启超就说过:

> 我国史界浩如烟海之资料,苟无法以整理之耶?则诚如一堆瓦砾,只觉其可厌。苟有法以整理之耶?则如在矿之金,采之不竭;学者任研治其一部分,皆可以名家;而其所贡献于世界者,皆可以极大。(《中国历史研究法·自序》)

郑鹤声、郑鹤春在1928年完稿的《中国文献学概要》中,有"中国文献之世界化"专节,认为:

> 盖欲穷人类文化之全,断非西洋文化可综其成,而必博及各方文化进展之迹,已为今学者所公认。而中国文化之位置,尤为此中之更要者。是则今后所谓东方史研究中心,显然将集矢于中国,矧以中国历史之悠久,典籍之繁富,对于人类文化贡献之卓伟,其引起世界的注意,正无足异。……国人而果有学术之觉悟,当思中国文化之整理与推求,以公之于世,乃

中国人之责。

文学史家、文献学家郑振铎曾在1922年所撰《文学的统一观》中指出:"文学是人生的反映,人类全体的精神与情绪的反映。决不宜为地域或时代的见解所限,而应当视他们为一个整体",应当"以世界的文学界为观察点"。他在1927年完成的《文学大纲》,创造性地把中国文学史与外国文学史会通论述。这部统观世界的80余万字的文学通史,中国部分约占三分之一,强调了中国文学是世界文学的重要部分。他在30年代主编大型的《世界文库》,计划系统介绍中外古典文学名著。《〈世界文库〉发刊缘起》指出:"文学名著为人类文化的最高的成就",应该以"广大的心胸去接受先民的伟大的成就",摒弃那种"崇拜莎士比亚的便蔑视关汉卿。抱定了所知的数册书,便以为天下之美,尽在于此"的"偏窄"观念。

20世纪80年代以来,我国学者还越来越多地接触到这样的事实:由于历史的原因,有大量中国文学史料流散在国外,其中有些长期秘而不宣;在外国人(特别是曾经来华或与中国人士有过交往的外国人)的著述中,记载着不少有关中国情况的第一层位的史料;国外学者对中国文学史料的研究,在内容上和研究手段上都有很大的发展。因此,不能关起门来研究中国史料,也不能只阅读中文文献,而应放眼国际学术界,要善于利用外文文献。许多学者都论述了这一问题的重要性。如翦伯赞在《史料与史学》(增订本)中,白寿彝在《历史教育和史学遗产》中,都强调学好外语,以利国际学术交流,了解国外学术动态。陈恭禄《中国近代史资料概述》(1982年版),多处论及阅读"外人关于我国的记载"的重要性;张宪文的《中国现代史史料学》)(1985年版),有专节论"国外关于中国问题的回忆录";吴晓铃1984年为王丽娜《中国古典小说戏曲名著在国外》所作序中,称赞王书"有开拓视野之作用",并指出:"此类工作要求信息迅速而及时,故须于间隔一段时间之后予以增补、重订……又瞩望丽娜能于古典戏曲小说之外,渐进于古典文学其他样式之范畴,渐进于近代、现代及当代文学之领域,则其裨益于我国文学研究者多矣。"

自1981年中共中央发出《关于整理我国古籍的指示》以来,古籍整理人才的培养受到前所未有的重视;有关中国文化世界性的思想,也体现在人才培养计划之中。1983年春,教育部召开高等院校古籍整理研究规划会议,李一氓在会上强调指出:"就中国文化而论,它具有世界性,在欧洲,在东亚,特别是日本,有一个名词叫'汉学'。几个文化比较发达的国家,对中国文化的各个学术部门都有人进行研究,我们需要了解他们的成果。"关于古典文献专业的课程安排,李一氓说:"希望着重学好一种至两种外语,"不能把外语学习当作应付的东西,必须下点苦功,用点力量。我们要看重这个问题,否则就会给古籍整理研究工作带来许多困难。"[①] 20世纪90年代以来,大量西方汉学家的著作有了中文译本。自中国社会科学院文献情报中心所编《国外研究中国丛书》:《日本的中国学家》(1980)、《美国中国学手册》(1981,1993增订本)、《俄苏中国学手册》(1986)出版以后,陆续有专书介绍西方各国汉学的研究情况,如花城出版社1990年开始出版乐黛云主编的《中国文学在海外丛书》,学苑出版社2007年起出版阎纯德、吴志良主编的《列国汉学史书系》,武汉大学出版社2002年出版刘正著《海外汉学研究——汉学在20世纪东西方各国研究和发展的历史》等。既加大了我国学术界对西方各国汉学研究情况的了解,又扩大了国际学术交流的渠道。

二、国际学术交流和合作的频繁

在实际工作中,随着我国改革开放政策的深入贯彻,中国学者

---

① 见《古籍整理出版情况简报》总第103期(1983年3月)。

与国外同行的学术交流日趋频繁。例如,由于中苏关系的改善,使苏联收藏的中国珍贵文献得以在中国出版。早在60年代,苏联汉学家Б. Л. 里弗京(汉名李福清)就在列宁格勒发现了一种前所不知的《石头记》早期抄本,并与Л. Н. 缅希科夫(汉名孟列夫)合写了《新发现的〈红楼梦〉抄本》,引起国际红学界广泛注意。但中国大陆的专家们长期"只闻其声,不见其面"。至1984年,冯其庸等应邀赴苏联考察这个抄本,并与苏方协商,由苏方提供全部钞本的缩微胶片,双方合作影印。1986年,中华书局影印出版,推动了《列藏本石头记管窥》(胡文彬)等论著相继问世。又如,沙俄奥登堡(1863~1934)等所劫去的万余卷敦煌文献,后藏苏联科学院东方研究所列宁格勒分所。这万卷文献具体内容如何?半个多世纪来一直是个谜。1956年郑振铎访问列宁格勒时,因知东方研究所藏敦煌卷子"多至万卷","甚为兴奋"[1]。但他当时只看了几百卷,"都是他们事先挑选出来的;未被挑选的,不知还有什么'宝物'在内。就这几百卷东西内,已有不少十分惊人的……"[2]直到1989年8月上海古籍出版社魏同贤、李伟国等访苏,才揭开了神秘的面纱,并与苏方就合作出版事宜进行了会谈。如今这批珍贵文献已以《俄藏敦煌文献》之名由上海古籍出版社、俄罗斯科学出版社东方文学部1992~2001年出版,煌煌17巨卷。再如苏联汉学家李福清1981年秋访华,作了关于苏联研究中国古典文学和收藏中国学史料情况的报告,引起了中国学者的极大兴趣。后李福清应我国《文献》杂志之约,写了《中国古典文学研究在苏联》一书,由田汉之子田大畏译为中文,使我们对隔膜多年的苏联的中国古典文学研究情况有了较具体的了解。1999年,上海古籍出版社出版孟列夫主编《俄藏敦煌汉文写卷叙录》的中文译本;2007年,北京图书

---

[1] 郑振铎致唐弢信,见《郑振铎先生书信集》(1989年版)。
[2] 郑振铎致徐森玉信,见上书。

馆出版社出版李福清编《中国各民族神话研究外文论著目录(1839～1900)》。卷首冠有李福清撰写的长序《外国研究中国各族神话概况》,等等。国际学术交流结出丰硕的成果。

20世纪90年代以来,国际性的中国文学学术会议明显增多,而且多数会议涉及文学史料学范畴问题。如1980年夏,美国威斯康辛大学主办国际《红楼梦》研讨会,港台学者潘重规发表长篇论文,报告他研究列宁格勒藏《石头记》抄本的成果。1986年6月在我国哈尔滨举行国际《红楼梦》研讨会,大陆学者魏鉴勋公布了在大连发现的一件与曹雪芹家世有关的清内府档案和研究结果。又如1985年9月,中国国际文化交流中心浙江分会等单位举行纪念郁达夫殉难四十周年学术讨论会,唐弢指出《中国现代文学史》对郁达夫评价不够公正,应作修正;日本横滨大学副教授铃木正夫提供了调查材料,证实郁达夫是在1945年8月29日夜间被日本宪兵掐死,纠正过去认为郁达夫9月17日被枪杀的说法。又如1986年4月,中国和芬兰学者共70余人在广西举行首次国际性民间文学学术研讨会,着重交流对民间文学资料搜集保管的研究成果。1988年8月,北京大学等单位发起,在长春举办《昭明文选》国际学术讨论会,就《文选》的编纂、价值、版本流传情况、隋唐以来的注释整理等问题作了较深入的研究,并对今后如何开展国际间协作等问题发表了意见。中外学者向大会提交论文40篇,并有《昭明太子集》校点本、《昭明文选译注》、《中外昭明文选研究论著索引》等。日本著名学者冈村繁说:"我参加国际学术讨论会多次,能像这次会议一样拿出这么多成果的还是第一次。"①

除学术会议外,更多的是中外学者个人间的交往。如英国专家白霞和保乐·巴蒂把在伦敦搜集到的老舍信件和有关资料赠给老舍夫人胡絜青,首次公布于《中国现代文学研究丛刊》1986年第

---

① 见《文学遗产》1989年1期。

1期,题为《老舍在伦敦的档案资料(1924.9~1929.6)》。又如日本早稻田大学古屋昭弘于1985年寄赠潘树广《中国文学语言学文献指南》(1984年第二次修订本),潘树广感到此书著录世界各国编印的中国语言文学参考工具书颇丰富,便与黄镇伟及时补充、订正,编译出版,并将中译本赠古屋昭弘。此类事例,各地甚多。

此外,国际学术合作也愈来愈频繁。如1999年,中国社会科学院少数民族文学所与美国密苏里大学口头传统研究中心签署了合作协议,以期在口头文学研究领域,通过一系列的学术交流活动,共同促进学科的进步和发展。双方在各自的学术阵地——《民族文学研究》(中文)和《口头传统》(英文)上,分别出版"美国口头传承研究专辑"(中文)和"中国少数民族口头传承文学研究专辑"(英文)[1]。人民文学出版社2001年出版的《北美汉学家辞典》,是中国全国高校古籍整理研究工作委员会与美国夏威夷大学合作完成的。上海古籍出版社推出的大型敦煌文献集成《英藏敦煌文献(汉文佛经以外部分)》、《法藏敦煌西域文献》等,都是与收藏国相关机构和学者合作的成果。

引人注目的,是国外用计算机处理中国文献的研究进展。在20世纪70年代,国外用计算机处理中国文献已有众多实例,如德国汉堡大学编《诗经索引》,美国P.J.伊凡霍(Ivanhoe)等编《朱熹〈大学章句〉索引》、《戴震〈孟子字义疏证〉索引》之类。但这些索引绝大多数为字词索引(concordance),功能有限,不能满足用户依类检索所需内容的要求。到80年代,有所改进。如美国亚利桑那大学东方研究系发起和制订一项利用计算机整理中国宋代史料的规划(Song Historical Materials Documentation Program,简称SHMD规划)[2],将

---

[1] 尹虎彬著《古代经典与口头传统》,中国社会科学出版社2002年版,第234页。
[2] 吴洪印等《美国学者计划建立宋史史料信息库》,《古籍整理出版情况简报》总第146期(1985年9月)。

庞杂的宋代史料(从官修史书到私撰的笔记杂著等)进行整理,编纂详尽、系统的索引,输入电脑,建立宋史史料信息库,用户可通过类目、关键词、主题等多种途径进行检索,从终端显示器选择所需资料,索取纸张复印件或缩微制品;用户还可以把自己积累的资料提供给信息库整理和存贮,不断扩大其信息量。该课题组计划在1985~1988年完成试验性工作:把《容斋随笔》、《东京梦华录》等18部笔记译为英文,编成索引,输入电脑。这一研究计划确实比以往的字词索引向前推进了一大步,但先把中文文献译成英文后再输入电脑,未免辗转失真。

利用计算机处理中文文献,必须有更大范围的国际合作,才有可能推向更高的水平。这种合作,已经取得令人振奋的成果。美国研究图书馆组织(Research Libraries Group,简称 R. L. G.)于1987年提出一项编制全美进而可能是全世界现藏中国古籍善本书机读联合目录的计划,并申请到一笔"国家人文学科基金"作为阶段性工作的支持。R. L. G. 的计划颇为详细,且美国图书馆界开展这方面工作已有一定的基础,但设计者毕竟不是中国古籍版本专家,对版本鉴别与著录的复杂性缺乏全面深入的了解,故计划有待完善。R. L. G. 负责人 1988 年夏向北京大学图书馆、中国科学院图书馆负责人提出合作的意向,中方表示同意并于 1989 年 4 月派出五人小组赴美帮助工作。五人小组赴美后通过编目工作实验,用现实例证提出问题和建设性意见。美方有关人员虽不是专业的中文古籍工作者,但文化素质较高,尊重科学,问题一经中方人员展示剖析,便能理解接受;中方人员通过使用美方先进的设备,也学到了很多东西。因此,双方很快就建立了良好的合作基础,工作取得可喜的进展[1]。1991 年,首批正式参加中文善本书国

---

[1] 柯单《一次编制中国古籍善本书机读联合目录的实验》,《古籍整理出版情况简报》总第 225 期(1990 年 5 月)。

际联合目录项目的图书馆包括普林斯顿大学图书馆、哥伦比亚大学图书馆、中国科学院图书馆及北京大学图书馆,后来又增加了天津图书馆、辽宁省图书馆、湖北省图书馆、复旦大学图书馆及中国人民大学图书馆。北美除了美国国会图书馆以外,所有主要的有中文古籍善本收藏的图书馆都参加了这一项目。普林斯顿大学东亚系为项目提供了办公场所,并在后来接管了项目的行政管理。中文善本书国际联合目录数据库著录了北美图书馆的几乎全部藏书以及中国图书馆的部分藏书,数据达到 2 万多条。2009 年 6 月项目中心由美国普林斯顿转移至中国国家图书馆。2010 年,该项目的新数据库"中华古籍善本国际联合书目系统"正式在中国国家图书馆"海外中华古籍专题"栏目中面向全国读者提供免费公益服务。

这一成果释放出一个强烈的信号:中国古典文献、中国文学史料在更大范围内实现国际联机检索的日子不会太远了。

第二编
史 源 论

　　史源,即史料的来源、出处。史源研究,是史料学学科体系中的基础部分。

　　文学史料学中的史源研究,主要有两方面内容:(1)研究文学史料的来源与分布,评析不同层位的文学史料的价值,以便充分占有材料;(2)追寻文学史著述中所援引的史料的出处,比较异同,辨析正误。

　　以上两方面的内容,前者可谓"开源",后者可谓"溯源"。

第一章 史源与史料价值

史源研究中的"开源"与"溯源",是相辅相成的两个方面。但在具体研究工作中,学者们研究的侧重面不尽相同。

第一节 史源学概说

大力倡导"史源学"并广泛运用于研究与教学实践的,首推陈垣(1880～1971)。30～40年代,他先后在北平师范大学、辅仁大学、北京大学讲授"史源学研究"(后更名"史源学实习")课程。陈垣的史源学,重在溯源辨误。他说:

> 择近代史学名著一二种,一一追寻其史源,考正其讹误,以练习读史之能力,警惕著论之轻心。
>
> 历史研究法的史源学大概分四项:一、见闻,二、传说,三、记载,四、遗迹。今之所谓"史源学实习",专指记载一项。①

陈垣传授史源学的具体方法是:从"近代史学名著"中选定若

---

① 见陈智超为《陈垣史源学杂文》所撰前言。

干篇章,嘱学生"将文中人名、故事出处考出:晦者释之,误者正之。隔一星期将所考出者缀拾为文,如《某某文考释》或《书某某文后》等。"陈垣引导学生着重从以下几个方面考察前人的史学著作:

一、看其根据是否正确:版本异同,记载先后,征引繁简。
二、看其引证是否充分。
三、看其叙述有无错误:人名,地名,年代,数目,官名。
四、看其判断是否的确:计算,比例,推理。①

陈垣选给学生作实习用的,大部分是名著,如赵翼《廿二史札记》、顾炎武《日知录》、全祖望《鲒埼亭集》等。一般说来,名著援引史料错误较少,从名著中挑毛病,难度较大,学生所受的教育和锻炼也更大。为了给学生作示范,陈垣先写出范文。从这些范文中,可看出陈垣追溯史源左右逢源的纯熟技巧和匡缪正误的深厚功力。

例如赵翼《廿二史札记》论各史"列传"名目的沿革,谓《晋书》"改'循吏'为'良吏','方术'为'艺术'。"陈垣指出赵翼"倒果为因"之误:"若按成书先后,当谓《宋书》改循吏为良吏;《周书》改方术为艺术"。

各史所记朝代的先后,自然是先《晋书》,后《宋书》、《周书》;但论成书之先后,则先有沈约《宋书》(齐永明六年成书),后有令狐德棻《周书》(唐贞观十年成书)、房玄龄等《晋书》(唐贞观二十年成书)。《史记》、《汉书》、《后汉书》均有"循吏列传"的名目,《宋书》改为《良吏列传》,其后《魏书》、《梁书》、《晋书》因之。《后汉书》有"方术列传"的名目,《周书》改为"艺术列传",其后《隋书》、《晋书》因之。可见,赵翼说《晋书》"改'循吏'为'良吏','方术'为'艺术'",错在没有细考各史成书之先后。

由上所知,陈垣倡导的史源学,是以考察"近代史学名著"为出

---

① 见陈智超为《陈垣史源学杂文》所撰前言。

发点,找出这些名著据以立论的史料,再研究这些史料是否全面和可靠,有没有漏引、误引或误解史料原意的情况。显然,为了溯源辨误,首先要熟悉史料,善于搜集史料、发掘史料。所以说,"溯源"与"开源",实是相辅相成的。

文学史料学范畴中的史源学(即文学史源学),与陈垣倡导的史源学在精神实质上是一致的,但侧重面不完全相同。

首先,文学史源学研究的重点是文学史料,它要求研究者除了具备历史与历史要籍的知识外,还要善于从各类文献中发掘文学史料。文学总集、别集是最基本的文学史料,自不待言;各体史书、类书、方志、笔记、书目、家谱、年谱、档案和近现代报刊中都有丰富的文学史料。研究文学史料的分布和利用,是文学史源学的重要课题。

其次,文学史源学研究文学史料的产生和流传(包括书面流传、实物流传与口头流传)。文学史料在产生和流传的过程中形成不同的层位。比较不同层位的文学史料的异同,评判其价值,是文学史源学的又一课题。

文学史源学与辨伪学、考据学的关系极为密切。有关辨伪与考据的问题,本书在第四编"鉴别方法论"论述,本编着重阐述史料的来源、分布与价值评判。

第二节 文学史料的层位及其价值评判

根据史料形成的不同情况,大体可将文学史料分为三个层位。①

一、第一层位的文学史料

作家本人的著作,群体性文学活动的当事人或事件的目击者

---

① 层位,原是地质学术语,这里借以指称来自不同时间与空间的史料。

的撰述,称为第一层位的文学史料。

作家本人的著作,包括他的文集、日记、书信,或散见的文学作品、回忆录、自传等,是研究该作家的最有价值的基础资料。文学史家进行作家研究,总要力求将这些基础资料搜罗齐备,以提高研究工作的科学性、严谨性。

群体性文学活动的当事人的著述,是研究某一文学现象或社团、流派的基础资料。如黄庭坚、陈师道、徐俯、韩驹、晁冲之等人的诗歌、诗论及其他著述,是有关江西诗派的第一层位的史料。

目击者的记述、诏令奏议、会议文件等,是研究事件经过的第一层位的史料。

第一层位的文学史料的记录者,是客体的实践者、直接感知者,故史料价值最高。

二、第二层位的文学史料

同时代的非当事人的记录,是第二层位的文学史料。

我们在这里不笼统地说"同时代人的记录",因为"同时代人"有两种情况,一是当事人,一是非当事人。当事人的记录已属第一层位的史料,同时代非当事人的记录则属于第二层位的史料。

这里所说的"同时代",有狭义与广义的理解。狭义的理解,指记录者与被记录者的在世时期有部分重叠,或所记录的事件是在记录者在世时发生的。广义的理解,是指记录者与被记录的人和事,同属一个朝代。

从总体上看,第二层位的史料不及第一层位的史料价值高,但由于记录者与被记录的人和事毕竟是处于同一时代,了解的情况或掌握的资料比后代多,其中颇有价值甚或高者。如南宋胡仔并非江西诗派中人,他在绍兴(1131～1162)末完成的《苕溪渔隐丛话·前集》中有关黄庭坚与江西诗派的记载,属第二层位的文学史料。但《苕溪渔隐丛话·前集》卷四十八所引吕本中《〈江西诗社〉宗派图》,是研究江西诗派的重要文献。吕本中《宗派图》早已失传,现存最早记载系胡仔《丛话》所引,足见其价值。

三、第三层位的文学史料

根据前代遗存的史料进行综合、分析、取舍而写成的资料性著述,称第三层位的文学史料。如南宋计有功的《唐诗纪事》,是有关唐代诗人与诗歌创作的第三层位的文学史料。计有功在编撰过程中,参阅了唐代"三百年间文集、杂说、传记、遗史、碑志、石刻"(自序),其中有第一层位的史料,也有第二层位的史料。

第三层位的史料数量多,时间跨度大。一般说来,成书早的比成书迟的价值高。因为,成书越早,作者离所叙史迹发生的时代较靠近,看到的第一、二层位的史料越多。但也要看到,史料有一个积淀与发掘的过程,有时后出之书反比早出之书史料价值高。如《元史》成书于明洪武初,当时修史者对元朝的史料尚未充分掌握(尤其元顺帝北逃时带走的史料尚未到手),加之仓促成书,错漏颇多。近代柯劭忞(1848~1933)编《新元史》时,利用了明初史馆诸人未曾见到的《元秘史》等史料,又广泛吸收了明清学者对《元史》考证补遗的成果,使《新元史》的史料价值在许多方面超过了《元史》。又如殷墟甲骨和敦煌遗书的发现,使近代学者掌握了许多前人未见的有关商代社会和唐代文学的史料。

第三层位史料的价值评判,尚应考虑地域因素。章学诚说:"地近则易核,时近则迹真。"(《修志十议》)从时间和空间两个方面考虑问题,可谓的当之论。本地人记载本地的人和事,一般价值较高。地方志和地区性文学总集之所以受到文学史家的重视,其原因就在于此。

四、西方学者对史料层位的两种划分法

西方学者对史料层位有多种划分方法,其中较为流行并对我

国学者有较大影响的,是"同时代"、"非同时代"划分法,"原料"、"次料"划分法。

19世纪西方史学界流行的一种划分法——将史料分为"同时代"(contemporary)与"非同时代"(non contemporary)两大类,对同时代的史料至为重视。但"同时代"是一个较为模糊的概念,所以后来一些西方史学家对此颇有异议。如20世纪80年代初,约翰·脱许(John Tosh)在《史学导论》(The Pursuit of History)一书中说:

> 我们对"同时代的"所下的定义又应该延伸到何处呢?某次谈话后一星期甚至一个月,据此而写的谈话录,没有人会持异议。但同样的事件若出现在二十年后所写的自传里,看法会如何呢?一次骚乱过后不久,由一位不在场者全凭传闻写成一份报导,对此我们又应该如何归类呢?①

可见,以"同时代"与"非同时代"为标准来划分史料并评判其价值,常陷入难解的困惑。

西方还流行另一种划分法——将史料分为"原料"(Primary Sources)和"次料"(Secondary Sources),或译为"第一手资料"和"第二手资料"。如英国C. G. 克伦泊(C. G. Crump)在《历史与历史研究》(History and Historical Research)中说,原料是指"最初之材料,即指由此以上不能再追其根源"者;次料是指"由现存的或可寻的原料中变化而出"者②。这种分类,也较模糊。C. G. 克伦泊所谓"由此以上不能再追其根源"的史料,从严格的意义上说,只能称为现存最早记载或始见载录,而始见载录有两种情况:一是确为亲见

---

① 引自中译本,赵干城、鲍世奋译,台北五南图书出版公司1988年版。
② 转引自陆懋德《史学方法大纲》(独立出版社1945年版)。

亲闻,如司马迁《史记》载司马谈"论六家之要指";二是采自前人传说或记录,如《史记》载黄帝事迹①。两者的可信度不可同等视之。

以上两种划分法,有一个共同特点:重视史料形成的时间序列,而忽略了史料记载者对客观实在是否直接感知。

我们认为,对史料层位的划分,既要考虑时间序列,又要注意感知关系,同时,要对史料问题作深层的哲学思考。

第三节　史料问题的哲学思考

用唯物主义认识论的观点来剖析史实与史料的关系,以及史料与史著的关系,有助于我们对史料进行价值评判。

一、史实与史料

客观史实与记载该史实的史料(这里主要指文字史料),不是同一概念。前者是客观实在,只有"一个";后者是人们根据自己的观察和思考记载下来的,必然带有主观因素。对同一史实,各人的记载可能基本相同,可能大同小异,也可能相距甚远。差异的产生,是由于记载者的地位、立场、感情和观察问题的方法、角度不同所致。梁启超在《中国历史研究法》中提到他20年前写的《戊戌政变记》,说不敢以"悉为信史"自承,因当时"感情作用所支配,不免将真迹放大"。这就是一个著名的例子。

史实的记述者,不可能感知史实的每一个环节,有时免不了用自己的推测去填补感知的空缺。在这种情况下,史料与史实之间的一致性就更值得怀疑:例如《左传》宣公二年载,赵盾对暴君晋灵公忠言直谏,晋灵公视为心腹之患,派鉏麑暗杀赵盾:

---

① 《史记》载黄帝事迹,未说明史料依据。

> （鉏麑）晨往，寝门辟矣。（赵盾）盛服将朝，尚早，坐而假寐。麑退，叹而言曰："不忘恭敬，民之主也！贼民之主，不忠；弃君之命，不信。有一于此，不如死也。"触槐而死。

刺客鉏麑不忍下手，退出赵盾卧室即触槐自杀。自杀前的那段内心独白，史官不可能感知，只是根据事理推测出来的。从事件发展的逻辑看，鉏麑可能有这样的内心独白，但推测毕竟不是客观存在。

史料的记叙者是认识的主体，史实（客观实在）是认识的对象。主体对客观实在的认识是一种反映，反映的最根本的特点在于它是有意识的自觉活动，是能动的。有正确的反映，也有歪曲的反映。史料与史实之间这种既一致又不一致的辩证关系，是史料研究中应予足够重视的一个问题。

二、史料与史著

历史上发生的事已经一去不复返，史学家不可能亲临其境予以考察。史学家撰写历史著作，主要依靠传世的史料。利用这些史料进行著述的史家与史料之间的关系，又形成主体和客体的关系。文学史料（如古籍）是以物质形式表现出来的精神客体。主体的思想倾向、知识水平，制约着他对客体的认识和利用。恩格斯说：

> 即使只是在一个单独的历史实例上发展唯物主义的观点，也是一项要求多年冷静钻研的科学工作，因为很明显，在这里只说空话是无济于事的，只有靠大量的、批判地审查过的、充分地掌握了的历史资料，才能解决这样的任务。（《马克思恩格斯全集》13卷527页）

恩格斯强调了两个方面,一是要充分地掌握史料,二是要对这些史料"批判地审查"。这是十分艰苦的工作。瞿兑之说:"自来成功者之纪载必流于文饰,而失败者之纪载又每至于湮没无传。"(《一士类稿·瞿序》)历史上不利于统治阶级的史料、史著大量禁毁、散佚,流传下来的史料、史著又在不同程度上被筛选、加工过,这就要求我们对过去的史料、史著采取十分审慎的态度。

梁启超曾以陈寿《三国志》所载"隆中对"一事为例,说明史著多有增饰:

> 史文什九皆经后代编史者之润色,故往往多事后增饰之语。……乃至如诸葛亮之"隆中对",于后来三国鼎足之局若操券以待,虽曰远识之人,鉴往知来,非事理所不可能,然如此铢黍不忒,实足深怪。试思当时备、亮两人对谈,谁则知者?除非是两人中之一人有笔记,不然,则两人中一人事后与人谈及,世乃得知耳。事后之言,本质已不能无变,而再加以修史者之饰,故吾侪对于彼所记,非"打折头"不可也。(《中国历史研究法·史料之搜集与鉴别》)

陈寿撰《三国志》的材料来源主要有二,一是三国史官的原始记录,二是有关三国的历史著作。陈寿对上述史料进行取舍、润色的过程中,难免带有主观色彩,所以梁启超提醒我们对前人的史著要"打折头"。当然,"打折头"不等于怀疑一切,也不是"无限的批判"[①],要对具体问题作具体分析。

---

① 苏联 E. M. 茹科夫院士在《历史方法论大纲》(1980 年版)中指出:"要清楚地懂得史料总是在一定程度上被歪曲了的客观实际的反映。""但是绝不应把批判地对待文字史料变成'无限的批判'。"(王瑾译,上海译文出版社 1988 年版)

第二章 作家本人或当事人的著述

我们在上一章曾说过:作家本人的著作,群体性文学活动的当事人或事件的目击者的撰述,属第一层位的文学史料,是最有价值的基础资料。这里列专章予以论述。

作家本人与当事人的著述,就其体式而言,有文集、日记、书信、回忆录等。有些作家的文集,收入他的日记、书信、回忆录;但在更多的情况下,日记、书信、回忆录是以单行本、未刊稿或分散发表的形式出现的。它们有各自的特点,下面各以专节评介。

第一节 文 集

文集,原是中国古代图书分类的类目名称。南朝梁代阮孝绪编撰《七录》,将图书分为七大类,第四大类称"文集录",下分楚辞、别集、总集、杂文四部。可见,当时所谓"文集",系泛指诸家作品综合集与个人作品综合集。当时"文集"亦用以专指个人作品综合集,如南朝沈约《宋书·范泰传》:"泰博览篇籍,好为文章……撰《古今善言》二十四篇及文集传于世。"后世多以"文集"指称个人作品综合集,几与"别集"同义。

编辑个人文集渐成风气,是在东汉末至南北朝。唐宋时期,编集之风大盛;明清至现代,其风愈炽。文集有自编的,有亲属、友人、门人编的,也有许多是后世学者编的。

文集的取名,多种多样。古人认为直呼他人本名是不尊敬的,所以为他人编集时,取作者本名作集名的很少,多以字号取名(如《王摩诘文集》、《东坡集》),以官衔取名(如《李翰林集》),以籍贯取名(如《柳河东集》),以谥号取名(如《欧阳文忠公文集》)等等。取名之法,多达十余种。各人取名的角度不同,造成一集多名,如王安石的诗文集,有《临川先生文集》(以籍贯命名)、《王文公文集》(以谥号命名)、《王荆公诗集》(以封号命名)、《王介甫先生集》(以字命名)、《半山诗钞》(以号命名)等名目。今人为古代或近现代作家学者编订文集,为了便于广大读者理解,多取其本名为集名,如《陆机集》、《魏源集》、《阿英文集》等。

文集是研究文集作者的第一层位的史料。章学诚说:"文集者,一人之史也。家史、国史与一代之史亦将取以证焉,不可不致慎也。"(《章氏遗书·韩柳二先生年谱书后》)

研读文集,不仅可深入了解文集作者的生平、思想、创作,还可掌握与作者有关的其他资料,得到意外收获。如陈美林在清初刘子壮《屺思堂文集》中发现《宋元春秋序》一文,知道《水浒传》曾更名为《宋元春秋》,海内外研究《水浒传》者鲜有提及。陈便根据《屺思堂文集》和有关资料,写了《〈宋元春秋〉序略评》。①

张之洞曾说:"词章家宜读专集。古人名'别集',俗称'专集'。须取全集观之,方能得其面目。一集数十百卷,不能一一精美。然必见其疵病处,方知其独到处也。"(《𬨎轩语》)张之洞还强调了清人文集对文史研究的重要性:

> 读国朝人文集,有实用胜于古集。方苞、全祖望、杭世骏、

---

① 陈美林《学林寻步》,《文史知识》1990年3期。

袁枚、彭绍升、李兆洛、包世臣、曾国藩集中，多碑传志状，可考当代掌故，前哲事实。朱彝尊、卢文弨、戴震、钱大昕、孙星衍、顾广圻、阮元、钱泰吉集中，多刻书序跋，可考学术流别，群籍义例。朱彝尊、钱大昕、翁方纲、孙星衍、武亿、严可均、张澍、洪颐煊集中，多金石跋文，可考古刻源流，史传差误。此类甚多，可以隅反。(《輶轩语》)

个人文集，有全集、选集之分。在研究工作中，应首先利用全集。全集以搜罗个人的全部著作为目的，但由于著作的散佚或编辑者着眼点不同，有名为"全集"而事实上不全者。如1938年初版《鲁迅全集》(20卷本)，未收日记、书信；1981年版《鲁迅全集》(16卷本)，包括日记、书信和新发现的佚文，但后来又发现了一些佚文。有时情况相反，把其他人的作品也收到全集里去了。如中华书局1977年整理出版《李太白全集》，补入王琦注本未收的《建丑月十五日虎丘山夜宴序》等三篇文章。其实，三文均系独孤及所作。辑录者承袭了黄锡珪《李太白年谱》的疏失，所以误收。郁贤皓曾对此作了详细考订，并找出黄锡珪致误的根源。[①] 中华书局1981年修订重版《李太白全集》时，抽去了这三篇误收的文章，补入较可信的佚诗佚文，使《全集》质量有所提高。

关于历代作家重要的文集，我们将在第五、六编介绍。

第二节 日 记

日记是以系年、系月、系日的方式，对本人经历、见闻、情感的记录。日记多系当时记录，内容较真实、具体，是重要的第一层位

---

① 郁贤皓《黄锡珪〈李太白年谱〉附录三文辨伪》，见《李白丛考》(陕西人民出版社1982年版)。

的史料。鲁迅说,日记有"写给自己看的""正宗嫡派",也有"志在立言,意存褒贬"的日记。写给自己看的日记,是"可以看出真的面目来"。(《华盖集续编·马上日记》)

我国日记起源很早。多数学者认为,唐代李翱的《来南录》(见《全唐文》卷634),以月、日为序记载他元和四年(809)经洛阳至广州的行程,是现存最早的日记。也就是说,我国日记至少已有一千一百多年的历史。但这一看法,已被1980年的考古发现所动摇。该年4月,考古工作者在扬州西郊邗江县胡场五号汉墓发现西汉宣帝时王奉世(卒于公元前71年)日记牍一件①,正面文字12行(自右至左):

十一月二日道堂邑入
十日辛酉□□□道堂来
十六日丁卯□□□□高密来
十七日戊辰陈忠取敦于□狗□□来
廿八日己卯□□□剧马行
卅日辛巳□□□□行
十二月十三日甲午徐延年行陈忠取狗来
十五日丙申□□□□行
十六日丁酉青□随史行
廿日辛丑徐延年来
廿三日□□来
廿五日丙午行□实道堂邑来

这片木牍,以月日为序记私人交往,人名(陈忠、徐延年)、地名(堂邑、高密等)交代得比较清楚,已具日记的基本形态。这一发

---

① 扬州博物馆、邗江县图书馆《江苏邗江胡场五号汉墓》,《文物》1981年11期。

现,把我国现存日记的年限又上推了880年。

西汉王奉世日牍,记事简略,文字也较粗糙。以唐代李翱《来南录》与之相比,显然后者文字精工,记事稍详,写景状物较形象。但《来南录》所记,只是一年内发生的事,全文不足千字。综观有唐一代,写日记尚未形成风气,有份量的日记尚未出现。

宋代文人写日记蔚然成风,并出现了日记巨帙。宋人周辉《清波杂志》卷六载:

> 元祐诸公,皆有日记。凡榻前奏对语,及朝廷政事,所历官簿,一时人才贤否,书之惟详。向于吕申公之后大虬家,得曾文肃子宣日记数巨帙,虽私家交际,及婴孩疾病,治疗医药,纤悉毋遗。

陆游《老学庵笔记》卷三载:

> 黄鲁直(庭坚)有日记,谓之《家乘》,至宜州犹不辍书。

南宋陈振孙《直斋书录解题·传记类》著录宋人日记多种,如司马光《温公日记》、赵概《赵康靖日记》等。至于陆游的《入蜀记》、范成大的《骖鸾录》等,虽不以日记名书,实是记行日记;周必大的《辛巳亲征录》,实为时事日记。

元明清时期,文人学士记日记之风更盛。著名者如元初郭畀(字天锡)的日记,详记江浙交游闻见之事,史料价值高,书法亦遒劲娟秀。古典文学出版社曾于1958年据手书真迹影印,书名为《郭天锡手书日记》。明清日记如徐宏祖《徐霞客游记》、萧士玮《萧斋日纪》、祁彪佳《祁忠敏公日记》、黄淳耀《甲申日记》、归庄《寻花日记》、王士禛《南来志》《北归志》、洪亮吉《遣戍伊犁日记》、刘佳《寓杭日记》等等,均各具特色。

近代人物传世的日记数量可观，收藏在许多图书馆、博物馆、档案馆、科研机关和日记作者的后裔处。有些近代日记已影印或校点出版，如：《林则徐日记》、《曾国藩手书日记》、《越缦堂日记》（李慈铭）、《郭嵩焘日记》、《能静居士日记》（赵烈文）、《翁文恭公日记》（翁同龢）、《桐城吴先生日记》（吴汝纶）、《湘绮楼日记》（王闿运）、《缘督庐日记钞》（叶昌炽）、《张謇日记》、《薛福成日记》、《宋教仁日记》等。国务院古籍整理出版规划小组已将近代人物日记的整理出版列入规划。中华书局正陆续整理出版《中国近代人物日记丛书》，有《李星沅日记》、《王韬日记》、《李兴锐日记》、《王文韶日记》、《翁同龢日记》、《郑孝胥日记》等。

现代作家、学者的日记已出版百种左右，如《鲁迅日记》、《张元济日记》、《胡适的日记》、《郁达夫日记集》、《志摩日记》、《欧行日记》（郑振铎）、《战地日记》（周立波）等等。《新文学史料》辟有日记专栏，常刊发有研究价值的日记。山西教育出版社1997年组织出版《中国现代作家日记丛书》，已见10种：胡适、郁达夫、郭沫若、郑振铎、阿英、柔石、茅盾、沙汀、叶圣陶、蒲风。

关于日记的史料价值，鲁迅说："从作家的日记或尺牍上，往往能得到比看他的作品更其明晰的意见，也就是他自己的简洁的注释。"（《且介亭杂文二集·孔另境编〈当代文人尺牍钞〉序》）周作人在《日记与尺牍》中说："日记与尺牍是文学中特别有趣味的东西，因为比别的文章更鲜明的表出作者的个性。诗文小说戏曲是做给第三者看的，所以艺术虽然更加精炼，也就多有一点做作的痕迹。信札只是写给第二个人，日记则给自己看的（写了日记预备将来石印出书的算作例外），自然是更真实更天然的了。""日记又是一种考证的资料。"（《周作人早期散文选》）

一些时间跨度大的日记，是编撰年谱的极好资料。如陈乃乾编《阳湖赵惠甫（烈文）先生年谱》，引用赵烈文手写日记（共64册）甚多；皮名振编《皮鹿门（锡瑞）年谱》，主要依据其祖父皮锡瑞的日记。

在日记中,常可发现重要的文学史料。如祁彪佳《祁忠敏公日记》中,有大量观剧顾曲的内容,是研究明代戏曲的重要史料;杨恩寿的《坦园日记稿》,提供了珍贵的湘剧史料;何兆瀛的日记稿,载有 19 世纪后期南京地区的剧艺资料;王锡祺的《北行日记》,谈及镇江、上海、北京等地的戏曲演奏等①。至于日记中有关民情风俗、作家交游、创作背景、文学批评、访求古籍、切磋学问的内容,更时有所见。

日记是重要的史源,但正如鲁迅所说,对日记或尺牍,"也不能十分当真"(《且介亭杂文二集·孔另境编(当代文人尺牍钞)序》)。日记的失实,有种种复杂原因:

1. 有些日记主要不是写给自己看的,而是给朝廷看的,有半官方性质。如清政府在光绪年间规定,出使大臣须记日记,记载有关交涉事件及各国风土人情,随时上报。这种日记,下笔时难免有所忌讳,隐去真性情。

2. 有些人出于种种原因,对日记进行删改,以致失真。如翁同龢入朝 40 年,支持康有为维新变法,后被慈禧罢职回常熟。翁氏日记起自咸丰八年(1858),迄光绪三十年(1904),理当详细真实记戊戌变法事。但翁为免祸,删改有关变法的记载,冲淡他与康有为的关系。又如叶昌炽《缘督庐日记》,稿本 43 册(今藏苏州市图书馆),起同治九年(1870),迄民国 6 年(1917),内容丰富。但王季烈石印此日记时,删去其中臧否时人等方面的内容,所剩仅及原稿十分之四。

3. 日记不一定每篇都是当日所记,有时过数日后补记,难免记忆差错。

4. 有的日记纯属伪造。如袁世凯的《戊戌日记》,发表于上海

---

① 见陈左高《明清日记中的戏曲史料》,《社会科学战线》1982 年 3 期。

《申报》,是为了开脱袁氏出卖新党的罪行而伪造。所谓《石达开日记》,则是后来人伪作。在国外也发生过伪造日记的事件,如1983年德国《明星》画报宣布发现了希特勒亲笔日记,轰动一时,后被戳穿,主犯被判刑。

最近几年,我国一些学者对日记的研究兴趣甚浓,并提出建立"日记学"的构想。《文教资料》杂志从1988年底至1990年刊发了三辑日记学研究专题资料,其中有些文章、目录,颇有参考价值。如:

《我国日记的发展及其学术价值》 陈左高
《日记研究六十年概述》 程韶荣
《建立中国日记学的初步构想》 乐秀良、程韶荣
《日记研究文章选目》 陈左高等辑
《清代道咸间日记知见录》 陈左高
《三十五种近代日记书录》 丁丁
《现当代日记书目提要》(著录80余种) 乐齐

陈左高另有专著《中国日记史略》(上海翻译出版公司1990年版)。全书共六章,第一章论日记的起源和名称的由来,第二章至第五章概述宋代日记的兴起、元代日记的衰落、明代日记的发展、清代前期日记的繁兴和中后期日记的鼎盛,第六章论历代日记的史料价值。书末附《引用日记简目》,列出唐代至清末208家日记,著录其名称、版本,稿本、钞本注明收藏者。这是我国第一部日记发展史,资料较丰富,但在论述现存最早的日记时,未介绍我国考古工作者1980年发现西汉日记牍一事。

第三节 书 信

书信,这里专指以个人身份向他人沟通信息、表情达意的一种

文字材料。古人称书信为"书";"信",原指使者、送信人。《世说新语·雅量》:"谢公与人围棋,俄而谢玄淮上信至,看书竟,默然无言,徐向局。"文中"信"指送信的使者,"书"指信件,区分甚明。"书"、"信"又常连缀成词,如《艺文类聚》引《述异记》:"(陆机)戏语犬曰:我家绝无书信,汝能赍书驰取消息不?"后来"信"从使者、送信人之义引申为书信的意义。

书信因其载体之不同,又有"尺牍"、"尺素"等名称。汉代书信常写于一尺长的木简上,故称"尺牍"(见《史记》、《汉书》)。古人常以尺长的绢帛写信,故又称"尺素"。古乐府《饮马长城窟行》:"客从远方来,遗我双鲤书。呼儿烹鲤鱼,中有尺素书。"即其例。此外,书信又有书札、札翰、简、笺等名称。

书信随着社会交往的频繁而日益增多。所谓"三代政暇,文翰颇疏;春秋聘繁,书介弥盛"(《文心雕龙·书记》),便是对这一现象的高度概括。曹丕《典论·论文》、刘勰《文心雕龙》已从文体论的角度,对书信进行研究。《昭明文选》专列"书"一类,选汉魏至梁初书信20余篇。

以史料学的观点审视书信,它是当事人写给有关人士的文字材料,属第一层位的史料。书信的内容极为广泛,大至国家政局、事件经过,小至家庭琐事、友朋往来、个人心绪,几乎无所不包。写信时就考虑到日后发表者毕竟是少数,所以大都没有什么讳饰,见闻如实落笔,感情自然流露,乃至触及某些秘密之事。又由于书信大都署明日期,往往提及地点,故有助于考订写信人与收信人的行踪,是编撰年谱的重要材料。如清人罗正钧编的《左文襄公年谱》10卷,引用左宗棠书信甚多。其中所引左氏在幕府时期所写书信,多触及重要史实,可补官书之阙误。

但须注意,书信并非全部出自亲笔。达官贵人的书信,常授意幕客代拟,信稿经本人过目、修改、定稿,然后缮写发出。如现存李鸿章信稿墨迹,其中一部分有李修改的字迹,并有李手书"照缮"二字。这种信稿真迹的价值,比根据定稿排印的本子高出许多。

书信的史料价值虽高,但也和其他形式的史料一样,存在着真伪杂陈的问题。甚至同一人写的书信谈同一件事,也有自相矛盾者。如曾国藩令曾国荃率兵攻陷太平天国天京(今南京)后,曾国藩闻讯抵南京,在《致郭嵩焘书》中说:"舍弟(曾国荃)号令严明,将士人人用命,尽洗向来抢夺财物子女之习。"(《名贤手札·曾文正公手札》,第34页)但在《覆李宫保》中说:"城中伪宫贼馆以及民居,概付一炬,百物荡尽,而群尸山积,善后事宜,竟不知如何下手。"(《曾文正公书札》卷24)事实上清兵在南京烧杀掳掠,残暴已极。当时曾国荃的机要幕客赵烈文在日记中记南京惨状:"沿街死尸十之九皆老者。其幼孩未满二三岁者,亦斫戮以为戏,匍匐道上。妇女四十岁以下者,一人俱无。老者无不负伤,或十余刀,数十刀,哀号之声达于四远。"①日记还记载了清兵掠夺天王府金银,纵火灭迹等事。以赵烈文日记与曾国藩两信对照,足见《致郭嵩焘书》掩盖事实真相。《覆李宫保》则漏出几分实情。

由于书信是重要的史源,名家书信真迹又是重要文物和艺术品,故历来学者重视搜集、刊印名家书信。如清人郭庆藩幼时见其父郭嵩焘与人书信往还甚密,起初并不意识到这些书信的价值。稍长后,着意收集达数千,选辑其中一小部分摹刻印行,名《名贤手札》,收骆秉章、曾国藩、胡林翼、沈葆桢、李鸿章、左宗棠、曾国荃、彭玉麟八人书信,故又称《八贤手札》。又如原南京陶风楼藏清咸同名人手札极为丰富(其中粘贴装订成册者达70余册),柳诒徵选辑其中一部分石印,名《陶风楼藏名贤手札》,计8册。又如清大学士潘世恩后裔潘承厚家藏名人书信至夥,又勤于搜集,多至数千通,其弟承弼(景郑)助其事。潘氏兄弟于1942～1944年精选名家真迹影印《蘧盦所藏尺牍》,包括《明清藏书家尺牍》、《明清画苑尺

---

① 赵烈文《能静居士日记》同治三年六月二十三日。

牍》《元明诗翰》等8种。较重要的书信总集还有《明代名人尺牍》(邓实辑,1908年影印)、《明清十大家尺牍》(上海文明书局1921年石印)、《昭代名人尺牍》(清吴修辑,光绪三十四年西泠印社再版)、《昭代名人尺牍续集》(陶湘辑,宣统元年初版)、《尺牍丛刻》(上海文明书局1911年排印)等。

20世纪80年代以来,学术界十分重视搜集、整理、出版近现代政治家、思想家、文学家的书信。除人们熟知的鲁迅等人的书信外,还有《林则徐书札手稿》(上海古籍出版社1985年影印)、《王国维全集·书信》(中华书局1984年版)、《章太炎先生家书》(上海古籍出版社1985年影印新1版)、《胡适来往书信选》(中华书局1979~1980年版)、《郑振铎先生书信集》(上海古籍出版社1988年影印)、《常任侠书信集》(大象出版社2008年版)、《胡适王重民先生往来书信集》(安徽教育出版社2009年版)、《季羡林书信集》(长春出版社2010年版)、《汤炳正书信集》(大象出版社2010年版)等,其中多数系未曾发表过的。

第四节 回 忆 录

回忆录是当事人追记往事的记实性文字资料——或记本人经历,或记他所熟悉的人物的往事;或以人物为中心,或以事件为纲目;有些回忆录较系统地叙述本人的经历,具有自传性质,但更多的回忆录仅记往事的片断。

我国古代作家学者所写的追述本人经历、见闻的随笔杂著,已有回忆录性质。至近代,回忆录渐多,如陈湜《病榻述旧录》、采樵山人《中法马江战役之回忆》之类。回忆录的大量发展,是最近几十年的事。突出的事例,是从中央到地方一大批"文史资料"的编辑出版。

1959年4月,周恩来在政协招待60岁以上的委员的茶会上,号召大家"将六七十年来看到的和亲身经历的社会各方面的变化,几十年来所积累下来的知识、经验和见闻掌故,自己写下来或者口述让别人记下来,传给我们的后代"。①在周恩来的号召下,全国政协文史资料研究委员会广泛征稿,编辑出版《文史资料选辑》;各省、市、自治区也纷纷编辑同样性质的连续出版物。复旦大学历史系资料室编有《五十二种文史资料篇目分类索引》(复旦大学出版社1982年版),著录52个系列自创刊号至1981年出版的文史资料的全部篇目。这些文章绝大部分是回忆录,其中不少与近现代文学艺术史有关,如《南社在广东的活动》、《未名社的始末》、《清朝同、光名伶"十三绝"画像简介(附清朝同、光名伶"十三绝"画像)》、《福州旧本平话经眼纪目》、《抗战时期重庆戏剧活动琐记》等。

事实上各地编印的文史资料远不止复旦大学历史系编录的52个系列,还有全国政协编的《文化史料》,政协苏州市委员会编的《文史资料选辑》等。其中《文化史料》丛刊(1980年创刊)与中国近现代文学史研究关系尤为密切,"它是以戊戌以来我国文化界重要人物、重要事件为内容,由当事人或知情人用回忆录的形式写下来的史料。"(见该刊第一辑《内容简介》)。其中如黄娄生《谈南社》、田海男《田汉的童年》、王人美《艺坛生活漫忆》等,都有一定的史料价值。

我国自20世纪50年代以来,出版了大量以刊登革命回忆录为主的汇编,如中国青年出版社1957年开始出版的《红旗飘飘》(至1990年已出31集),人民文学出版社1958年开始出版的《星火燎原》(后由战士出版社出版选编,解放军出版社出版《星火燎原丛书》)等。散见于报刊的革命回忆录,更是面广量大。这些回忆

---

① 转引自《中国现代史史料学》(张宪文著,山东人民出版社1985年版)第五章第一节。

录,多数是有关革命战争、政治事件的回忆,但也有涉及文化活动的。复旦大学历史系编有《革命回忆录目录索引》,收录1949年10月至1977年10月发表的革命回忆录。

台湾1962年创刊的《传记文学》月刊,虽以"文学"题名,但其中有不少是回忆录性质的文章,如苏惠珊《亡兄苏曼殊的身世》、梁实秋《忆冰心》、林语堂《回忆童年》等。金华英等编有《〈传记文学〉篇目分类索引》(华东师范大学出版社1988年版),著录该刊第1至41卷(1962年至1982年)的全部篇目。

以上所举各例,是以期刊、丛刊、汇编形式出版的单篇回忆录的结集。此外,还有大量个人撰写的回忆录专书,如胡适的《四十自述》(上海亚东图书馆1933年初版),许广平的《鲁迅回忆录》(作家出版社1961年版,长江文艺出版社2010年出版手稿本),冯雪峰的《回忆鲁迅》(人民文学出版社1952年版),陶菊隐的《记者生活三十年》(中华书局1984年版),等等。

回忆录的形式比较自由。一般说来,作者总是把他记忆清晰的事详记,记忆模糊的事少记或不记。郭沫若在谈到他的《北伐途次》时说:"我这篇文章只能够采取回想录的形式,记忆比较明确的地方写得自然会详,记忆比较淡薄的地方写得自然会简略。这样,文章便会流为是断片的,但也只好听其断片",否则"反会减少事实的真实性"。(《北伐途次》小引,《沫若选集》第3卷)回忆录贵在真实,不允许用想象去填补记忆的空缺,不刻意于完整性,因而在形式上往往是若干片断的连缀,这正是它的十特点。

回忆录属第一层位的史料,受到学者们的重视。但是,回忆录并非都是可信的。吴玉章说:"人们的记忆是可能发生差误的。关于一件事情,几个人的回忆就往往不一致。这固然可能是各人记住一方面,但事隔多年,也可能有人把事情记错了。因此,对于回忆录资料和对于文字资料一样,也应加以分析,因为其中有可靠的,也有不可靠甚至完全错误的。"①回忆录失实的原因,除了记忆差错外,还有片面观察致误、得自传闻致误、他人代笔致误等。

回忆录失实之例,如张元济1949年所述《戊戌政变的回忆》,多与史实不符。因张只是戊戌变法的外围人物,有些事得自传闻;张追忆这段往事时,已是80余岁的老人,难免记忆模糊②。又如有关鲁迅的回忆录,问题也不少。朱正为此写了一本《鲁迅回忆录正误》(湖南人民出版社1979年版,人民文学出版社2006年增订版),对许广平《鲁迅回忆录》和其他人写的回忆鲁迅的文章作了详细考证,订正了许多错误。

回忆录有部分失实,在所难免,多数作者并非故意所为。但也有些作者,为了达到某种目的,故意夸大、缩小某些史实,甚至随意杜撰。作家陈白尘曾批评某些人"借名人以自重,说郭老、茅公对他如何如何,或说周总理生前多次召见他,或说几次看过他的戏等等,都是死无对证的事。又有人自称与'左联'的关系如何如何,或称对地下党干过什么什么,也都无从查对;有些深知内情者,又不愿公开揭露,以伤和气。这就使'史料'成为某种宣传品,害人不浅!"(《陈白尘选集》卷五《云梦断忆·后记》)在阅读或引用回忆录时,对此应注意鉴别。

关于作家本人或当事人的著述,本章仅列举文集、日记、书信、回忆录这四种主要体式。事实上,远不止这四种体式。在各种载体的史料中,都可能找到不同层位的文学史料。以下各章,继续对文学史料的分布进行论述。

---

① 转引自《中国现代史史料学》(张宪文著,山东人民出版社1985年版)第五章第一节。
② 《戊戌政变的回忆》的失实,陈恭禄《中国近代史资料概述》第五章辨之甚详。

第三章　史书中的文学史料

史书，指传统图书分类中的史部书籍。所谓"史书中的文学史料"，通常有两层涵义：第一，某些史书中的部分篇章，文学色彩甚浓（如《史记》中的人物传记），文学史家历来视之为文学作品；第二，史家编纂史书时，常引录文学作品，撰写作家传记，记载与文学有关的事件、制度等，为文学史研究提供了大量直接的或间接的资料。本章要论述的，是第二层涵义。

第一节　史书是文学史料的重要来源

史书是文学史料的重要来源，主要体现在以下几个方面：

一、史书引录了丰富的文学作品

古代史家为人物作传时，常引录其作品。如《史记·屈原贾生列传》引录贾谊《吊屈原赋》、《鵩鸟赋》，《汉书·扬雄传》引录扬雄《甘泉赋》、《羽猎赋》、《长杨赋》，《后汉书·文苑传》引录赵壹《刺世疾邪赋》等，为保存古代文学作品作出了重要贡献。同一作品，又往往被多书录载，如《吊屈原赋》、《鵩鸟赋》，首见于《史记》，后见于《汉书》，后又编入《文选》，文字有异同，这就为校勘提供了材料。

史家撰史,又常引录歌谣谚语以说明史事。二十四史和《清史稿》中,没有一部不引谣谚。其中《史记》引录53则(据《二十五史谣谚通检》,下同),《汉书》引录69则,《后汉书》引录84则,《三国志》引录41则,《晋书》引录139则。尚恒元和彭善俊合作辑录二十四史和《清史稿》中的谣谚,编为《二十五史谣谚通检》(山西人民出版社1986年版),这是系统梳理史书中的谣谚的有意义的工作。百余年前,杜文澜(1815~1881)曾编《古谣谚》,收辑范围不限于二十四史,但在时间上只到明代为止。

二、史书记载了大量文学家传记

为文学家立传,是我国古代史著的传统。如《史记》为屈原、贾谊、司马相如等人立传,《汉书》为枚乘、司马迁、王褒、扬雄等人立传。至刘宋时期,范晔撰《后汉书》,创立《文苑列传》,将文学家的传记集中编排。此后,历代纪传体史书多数有《文苑传》或《文学传》、《文艺传》,较系统地提供了历代文学家和博学之士的传记资料。当然,文学家的传记并非都编排在纪传体史书的文苑传中。文学家而又擅长经学者,可能入儒林列传;身居要职者又可能入诸臣列传。

三、史书记载了有关文学发展的背景资料

史书所记载的各历史时期典章制度、经济状况、文化教育、学术思想等资料,虽不是文学史料的本体,但它们是文学发展的背景资料。研究历史上的文学现象,离不开这些背景资料的掌握。这些背景资料,大量记载在纪传体史书的"书"、"志"中和各体政书中。

文学史家很重视对这些材料的研究分析,如王运熙的《汉魏六朝乐府诗研究书目提要》(见《乐府诗论丛》),第一部分"正史及政

书乐志类"就详细列举了这方面的资料目录。

四、史书有助文学史料的考证

史书载录的文学作品、作家传记及其他资料,是进行文学史料考证的重要依据之一。人们常认为,越是利用稀见的史书,越有可能在考证工作中有重要发现,事实上并不尽然。常见的史书,在考证工作中亦能发挥重要作用。关于宋代《蔡宽夫诗话》作者问题的考证,就是一个实例。

清人厉鹗《宋诗纪事》认为《蔡宽夫诗话》系蔡居厚(字宽夫)作,并录蔡居厚小传,但未明言小传出处。后朱绪曾《开有益斋读书志》疑《宋诗纪事》有误,谓"似宽夫名启"。郭绍虞起先轻信朱说,在1937年版《宋诗话辑佚》总目和序中,断《蔡宽夫诗话》为蔡启作。1947年,陈垣在《辅仁学志》15卷发表考证文章(此文收入《陈垣史源学杂文》),指出"宽夫名居厚,《宋史》三五六有传",而蔡启是"乌有先生",并说:"朱绪曾疑《宋诗纪事》为误,盖不知蔡居厚《宋史》有传耳。《宋诗话辑佚》序,乃信朱绪曾说,谓《蔡宽夫诗话》为蔡启作。在朱固未免轻疑,《宋诗话辑佚》序似亦未免轻信也。"其后,郭绍虞在1971年定稿的《宋诗话考》中纠正了自己过去的说法,认为朱绪曾所举例证"不足据","朱氏所言,断难成立","故定《诗话》、《诗史》均出蔡居厚撰为允。"

《宋史》为通行史书,朱绪曾竟未能查对其中的蔡居厚传,乃至引出种种臆测。可见所谓寻常史书,亦不可轻视。

第二节　史书的主要体裁及其相互关系

为了有效地利用史书,应了解史书的体裁。史书的体裁、种类很多,重要而常用的是编年体、纪传体、纪事本末体、典志体史书。它们之间有区别,也有联系,以下分别说明。

一、古代史书的体裁

在上述各体史书中,编年体出现最早。人类在发明文字以前,以结绳、刻木等方式记事。用这种原始的方式记下的事项,客观上形成一定的时间序列。文字发明后,史官很自然地沿用这种以年月日为顺序的朴素的记事方式,逐渐发展成为编年体史书。春秋末期,孔子根据鲁国史书并参考周王室、各诸侯国史官的记载修成的《春秋》,是现存最早的编年体史书(古代尊为经书)。但《春秋》记事极简,少则一两字,最多也不过40余字,有如流水帐。至《左氏春秋》出(即《左传》),记事记言较详,剪裁结构得体,才称得上是较为完备的编年体史书,梁启超誉为"商周以来史界之革命"(《中国历史研究法》第二章)。

春秋末至秦汉间,出现了两部"国别体"史书——《国语》和《战国策》,均以记言为主。

《国语》,旧传春秋时左丘明撰,实非出自一时一人之手。所记史事,最早为西周穆王征犬戎,晚至战国初赵、韩、魏灭知伯(前453),而主要篇幅是记载春秋时期各国贵族有鉴戒意义的言论。全书分周语、鲁语、齐语、晋语、郑语、楚语、吴语、越语8个部分。每部分少则1篇(卷),多则9篇(卷),共21篇(卷)。各篇(卷)又包括若干则,往往不相连属。此书系集合西周和东周各国之"语"而成,类似资料汇编。现存最早的注本是三国时吴国韦昭注。上海古籍出版社1978年出版校点本,附人名索引(1990重印)。近人徐元诰有《国语集解》(中华书局1930年版),采集众说,较为详备。

《战国策》,亦非出自一时一人之手,盖战国末、秦汉间人杂采各国遗文而成。旧有《国策》、《国事》、《短长》、《事语》、《长书》、《修书》等名称,篇卷杂乱。西汉刘向整理编订,始定名为《战国策》。内容主要记战国纵横家游说之辞。全书分《东周策》、《西周策》、

《秦策》、《齐策》、《楚策》、《赵策》、《魏策》、《韩策》、《燕策》、《宋策》、《卫策》、《中山策》,即所谓十二国策。最早的注本为东汉高诱注。后《战国策》本文和高注均有散佚,北宋曾巩订补整理。南宋时,在曾巩校补本的基础上,出现了姚宏的续注本和鲍彪的新注本。上海古籍出版社1978年出版校点本(1985年修订重印),附人名索引。江苏古籍出版社1985年出版诸祖耿《战国策集注汇考》,附人名、地名索引。缪文远有《战国策考辨》(中华书局1984年版)和《战国策新校注》(巴蜀书社1988年版)。1973年,在长沙马王堆汉墓出土的帛书中,有辑录战国纵横家的言论的文章27篇,其中11篇见于《战国策》、《史记》,16篇为失传已久的佚文。文物出版社1976年将此帛书27篇取名为《战国纵横家书》整理出版。我们通过这重要文物可以看出刘向在编定《战国策》前的一些原始资料的面貌。

由上可见,《国语》和《战国策》都是史料汇编性质的书,称不上是自成体系的史著。人们习惯称之为"国别体"史书,只是着眼于它们分国编排的这一特点。而这一特点的形成,又植根于春秋战国时期诸侯割据、列国争霸的历史土壤。秦以来,统一是大趋势,"国别体"不可能得到长足的发展,最终未能成为与编年体史书抗衡的自成体系的体裁。

司马迁改变了以时间为顺序的史书体裁,创立了以人物为中心的纪传体史书。"究天人之际,通古今之变,成一家之言"的《史记》,是纪传体史书之祖。《史记》用五种方式来记述三千年的历史:"本纪",基本采用编年方式,记帝王之事和社会重大事件;"表",用表格形式排列错综复杂的史事;"书",分门别类记述典章制度的原委;"世家",主要记王侯开国承家、世代相传的情况;"列传",主要是各方面代表人物的传记。以上五大部分,构成互应互补的有机整体。此后,历代正史基本仿效《史记》。虽然,并非每部纪传体史书均由上述五部分构成,但本纪和列传必有,因为本纪、列传是纪传体史书的核心。

编年、纪传二体并驾齐驱,自汉至唐有了很大的发展,但也逐渐暴露了自身的弱点。唐代刘知几在《史通·二体》中批评纪传体史书"同为一事,分在数篇;断续相离,前后屡出";皇甫湜在《编年纪传论》中说编年体史书"必举其大纲而简于叙事,是以多阙载,多逸文",要"别为著录"才能"尽事之本末"(《文苑英华》卷742)。北宋司马光在总结前人经验的基础上编撰《资治通鉴》,其规模、体例胜过以前任何一部编年体史书。但既是编年体,则"无论若何巧妙,其本质总不能离帐簿式。读本年所纪之事,其原因在若干年前者,或已忘其来历;其结果在若干年后者,苦不能得其究竟。"(梁启超《中国历史研究法》第二章)南宋袁枢把《资治通鉴》记载的1300多年间发生的大事,归纳成239个题目,编成《通鉴纪事本末》,是我国第一部以"纪事本末"命名的史书。在袁枢的影响下,明清以来出现了一系列以事件为中心的纪事本末体史书,与编年体、纪传体鼎足而三。

除编年、纪传、纪事本末这三种主要体裁外,还有典志(或称典制)体史书,即政书。典志体史书分门别类记述典章制度,即统治阶级在政治、经济、文化等方面制订的法律法令及其他规章。现存第一部通记历代典章制度的典志体史书,是唐代杜佑的《通典》,记上古至唐代天宝末年典章制度的沿革。发展其例者,有《文献通考》(马端临)等。《通典》、《文献通考》均通记历代,另有"会要"一体,则专记某朝或某一时期,如宋王溥《唐会要》、徐天麟《西汉会要》、《东汉会要》等,在典志体史书中形成另一系列。

二、史书体裁之间的联系

上文谈了史书的主要体裁及其差异。事实上,它们之间并无不可逾越的鸿沟,常常是"你中有我,我中有你"。

编年体史书虽以年月日为序记事,但叙及某事时,常扼要追叙此事之前因,或提示此事之后果,或顺便交代与之相关的人和事,这就带有纪事本末的成份。例如《左传·僖公二十三年》,在记载晋公子重耳避难逃亡在秦一事之前,先追叙重耳遭难(事在僖公四年),逃往蒲城,晋派人伐蒲城(事在僖公五年),重耳奔狄,在狄12年,然后经卫、齐、曹、宋、郑、楚,至秦。前后19年的逃亡生活,均系于"僖公二十三年"补叙,可以称得上是重耳逃亡纪事本末,也是重耳传记的一个重要段落。这种写法,司马光在《资治通鉴》中有了更充分的发展。

纪事本末体史书以事件为纲目,但在一目之内,总要以时间为序叙述事件的前后经过和主要人物的言行,这就是其中的编年因素与传记因素。

纪传体史书以人物为中心,但其中的"本纪",基本上是以编年方式记载帝王的一生,同时把政治、经济、军事、文化等方面的大事组织在相关的年月中叙述。"书"、"志"主要讲典章制度的沿革,纪事本末的色彩较明显;而讲典章制度的沿革,又离不开时间线索(编年因素)。可以说,纪传体实际上是以人物活动为主干的综合性体裁。

至于典志体,本来就是从纪传体中的"书"、"志"发展而来的,连部类的名称(如食货、职官、礼、乐等)也大多沿用。记述历代典章制度的沿革,实际上是兼用编年与纪事本末的方式。

第三节 编年体史书举要

编年体史书按年月日顺序记事,便于读者"按时索事",查考某一时期所发生的大事及其联系。现将重要的编年体史书简介如下。

《左传》 西汉时称《左氏春秋》或《春秋左氏传》,简称《左传》。传统的图书分类法将它列入经部。旧说此书系春秋末左丘明撰,实际恐非出自一人之手,成书年代约于战国前期。今本《左传》编年标目,起自鲁隐公元年(前722),迄于鲁哀公二十七年(前468),首尾255年。而实际叙事,往上追记到周宣王二十三年(前805)晋穆侯伐条之事,往下附记周贞定王十六年(前453)赵、韩、魏灭知伯事。在汉代,《经》与《传》各自单行;晋代杜预始将《经》、《传》合编,并系统注解,书名为《春秋经传集解》,流传至今。上海人民出版社曾于1977年据《四部丛刊》影印宋刻本点校出版,更名《春秋左传集解》,附人名索引(上海古籍出版社1988年修订再版,复用《春秋经传集解》旧名)。杨伯峻有《春秋左传注》(中华书局1981年初版,1990年修订版)和《春秋左传词典》(中华书局1986年版),沈玉成有《左传译文》(中华书局1981年版)。

《资治通鉴》 294卷,《目录》30卷,《考异》30卷,北宋司马光撰,是记载战国周威烈王二十三年(前403)至五代周世宗显德六年(959)共计1362年史事的编年体通史。其中唐五代部分记载最详,史料价值亦高于唐以前(尤其三国以前)的部分。司马光有感于全书卷帙浩繁,检阅不便,故编《目录》30卷,标出重要事项,使读者知某事在某年,某年在某卷。司马光在编撰《通鉴》的过程中,先博采史料,作成"长编"。每遇同一史事有不同记载者,注意分析鉴别,选择较可靠者写入正文。同时,将史料取舍的理由写成《考异》30卷,首创史家修史另撰专书辨明史源之例,对史料学作出重要贡献。

《通鉴》最重要的注本是宋末元初胡三省的《音注》(实兼校勘、考证)。胡氏除以己意作注外,并将司马光《考异》散入《通鉴》正文(有所节略),成通行之本。1956年,古籍出版社据胡克家翻刻元刊胡三省注本校勘标点排印,1963年改为中华书局出版,全20册。多次重印,并改正了一些标点上的错误。

研究《通鉴》与胡注,成为专门学问——"通鉴学"。陈垣有《通鉴胡注表微》(科学出版社1958年版,中华书局1962年新1版),

深入阐述胡注的学术价值和胡三省在注中流露的民族精神。张煦侯著有《通鉴学》(修订本,安徽人民出版社1981年版)。刘乃和、宋衍申主编《〈资治通鉴〉丛论》(河南人民出版社1985年版),另有《司马光与〈资治通鉴〉》(吉林文史出版社1986年版)。

《通鉴外纪》10卷,《目录》5卷　北宋刘恕撰,是《资治通鉴》的前接部分。全称《资治通鉴外纪》。刘恕与司马光同撰《通鉴》,有感于《通鉴》起自周威烈王二十三年,迄于五代周世宗显德六年,阙前略后,故欲编《前纪》接前,《后纪》续后。后因患病残废,知《后纪》必不能成书,乃口授其子完成《前纪》稿,改名《外纪》。上起传说中的包羲(伏羲),下迄周威烈王二十二年(前404)。西周"共和"以前编世而不编年(疑年),共和元年(前841)始编年。有《四库全书》本、《四部丛刊》影印原涵芬楼藏明刊本。宋末元初金履祥撰《通鉴前编》18卷《举要》3卷,亦系《资治通鉴》前接部分,有《四库全书》本。

《续资治通鉴长编》　南宋李焘撰。原书正文980卷,记北宋太祖、太宗、真宗、仁宗、英宗、神宗、哲宗、徽宗、钦宗九朝史事。李焘称己书为"长编",表明恪守司马光撰史之法,并有不敢与《通鉴》媲美之意。原书久已散佚不全。清乾隆时四库馆臣从《永乐大典》中辑出,编为520卷,英宗、神宗、哲宗朝有缺佚,徽、钦两朝全佚。光绪间,黄以周等人参校各本,雕版印行,即通行的浙江书局本。黄以周等还据宋杨仲良《皇宋通鉴长编纪事本末》等书辑成《续资治通鉴长编拾补》60卷。上海古籍出版社1986年将浙江书局所刻520卷本及《拾补》60卷缩小影印,全5册。又,中华书局1979年起出版校点本,至1995年出齐,全34册。裴汝诚、许沛藻有《续资治通鉴长编考略》(中华书局1985年版)。

《续资治通鉴》220卷　清毕沅撰,上接《资治通鉴》,记宋、辽、金、元400余年史事。古籍出版社1957年据嘉庆冯集梧补刻本标点出版,1964年改由中华书局出版,1988年第6次印刷。

《国榷》104卷,又卷首4卷 明末清初谈迁撰。编年体明代史。作者耗时30余年,博采有关明朝的史书100余种,编成此书。其中涉及万历(1573～1620)以后明朝与后金关系的部分,为他书所不及。原书100卷,完稿于清初。因列为禁书,当时无法刊布,只有少量抄本流传,未经清人窜改,史料价值较高。张宗祥据抄本相互校补并加标点,重订为108卷(其中卷首4卷)。古籍出版社1958年版,中华书局1988年重印。

《明纪》60卷 清嘉庆道光间陈鹤、陈克家撰。编年体明代史。自明太祖至明毅宗(庄烈)均称"纪",南明福王、唐王、桂王均称"始末"。陈鹤只写成52卷,后8卷由其孙克家续成。此书叙事简明扼要,旧时习惯将它作为毕沅《续资治通鉴》的后接部分配套使用。缺点是过于简略,史料价值不如《国榷》。有江苏书局同治十年刊本,《四部备要》本。

《明通鉴》90卷,又前编4卷,附编6卷 清夏燮撰。前编记元至正十二年(1352)至二十七年(1367)朱元璋称帝前事。正编记明洪武元年(1368)至崇祯十七年(1644)史事。附编记南明史事。全书繁简适中,并有"考异"分注正文之下,纠正了《明史》等书一些错误。初刊于同治十二年(1873),光绪二十三年(1897)由湖北官书处重校刊行。沈仲九据湖北刊本校点,1959年由中华书局出版,1980年重印。

《十一朝东华录》 清蒋良骐、王先谦等撰。清代编年体史料长编。十一朝是:天命、天聪、崇德、顺治、康熙、雍正、乾隆、嘉庆、道光、咸丰、同治,即所谓十帝十一朝(其中清太宗皇太极称帝前后分天聪、崇德两朝)。乾隆间,蒋良骐在东华门国史馆根据《清实录》及其他文献,摘抄天命至雍正五帝六朝史事,成《东华录》32卷(中华书局1980年出版校点本,并附蒋良骐传)。光绪间,王先谦续辑乾隆、嘉庆、道光三朝史料230卷,并将蒋良骐《东华录》增补扩编为195卷,合称《九朝东华录》。其后,王先谦又辑《咸丰东华续录》100卷(据潘颐福所辑增补而成)、《同治东华续录》100卷,总称《十一朝东华录》,625卷。有光绪间木刻本、铅字排印本。

《光绪朝东华录》220卷 清朱寿朋编校。又名《光绪东华续录》。根据邸钞、京报、报纸等辑录编成,体例仿蒋良骐、王先谦等编《东华录》。刊于宣统元年(1909),当时《德宗(光绪)实录》尚未修成。所载史料,颇多未被《实录》收录者。中华书局1958年出版张静庐等校点本,1984年重印。

第四节 纪传体史书举要

常用的历代纪传体史书,主要是"二十四史"(《史记》至《明史》)、《新元史》和《清史稿》。现将这26种史书,连同其重要注本或考订性著作简介如下。

《史记》130卷 西汉司马迁撰。本纪12篇,表10篇,书8篇,世家30篇,列传70篇。记事起于传说中的黄帝,迄于汉武帝中期,约3000年。是我国第一部纪传体的通史。司马迁卒后,《史记》有部分残缺,今本有后人补入的文字,但也有原本不佚,后人窜入者。如《司马相如列传》引录扬(杨)雄语,显然不是司马迁原文所引(扬雄出生时司马迁早已卒)。旧注以"三家注"最重要,即:刘宋裴骃《史记集解》、唐司马贞《史记索隐》、唐张守节《史记正义》。三家注原各自单独成书,宋代合刻于《史记》正文下,为通行之本。中华书局1959年校点出版三家注本,1987年第10次印刷。日本泷川资言于20世纪30年代撰成《史记会注考证》,引用我国历代学者著作100余种,日人著作20余种,颇便参考。我国鲁实先著有《史记会注考证驳议》(长沙湘芬书局1940年初版,岳麓书社1986年整理重印)对《考证》多所批评。日本水泽利忠于50年代撰《史记会注考证校补》。上海古籍出版社1986年将水泽《校补》分附于《考证》各卷之后影印出版,题为《史记会注考证附校补》。陈直著有《史记新证》(天津人民出版社1979年版)，着重利用甲骨、金文及其他考古发现，对《史记》某些记载提出新解。贺次君有《史记书录》(商务印书馆1958年版，1959年重印)，中国科学院历史研究所编有《史记研究的资料和论文索引》(科学出版社1957年版，1958年重印)。华文出版社2005年出版张大可主编的《史记研究集成》14卷，精装14册。第十四卷为《史记论著提要与论文索引》。

《汉书》120卷　东汉班固等撰。本纪12篇，表8篇，志10篇，列传70篇。原100篇，100卷。后人将篇幅长者析为子卷，成120卷。班固卒时，八表及《天文志》未完成，由班昭、马续续成。记事起于汉高帝元年(前206)，迄于王莽地皇四年(23)，计230年。是我国第一部纪传体断代史。其中的《艺文志》，是我国现存最早的书目，也是史志书目之祖。唐以前，注《汉书》的重要注家有23家(颜师古《汉书叙例》)。唐代颜师古注《汉书》，采用集注方式。凡引旧注，注明出处；已注则以"师古曰"区分。中华书局1962年校点出版颜师古注本，1987年第5次印刷。清末王先谦的《汉书补注》，汇集唐以来尤其是清代学者注释、校订、考证《汉书》的成果，有光绪二十六年(1900)刊本(中华书局1983年影印)、《国学基本丛书》本(商务印书馆1959年重印)。杨树达有《汉书窥管》(科学出版社1955年版)，陈直有《汉书新证》(天津人民出版社1959年版)，陈国庆有《汉书艺文志注释汇编》(中华书局1983年版)。

《后汉书》120卷　刘宋范晔等撰。本纪10卷，列传80卷，志30卷(旧本有以志置于本纪后、列传前者)。范晔仅完成本纪、列传，志未写成而身亡，梁代刘昭为《后汉书》作注时，取西晋司马彪《续汉书》之志补之。章怀太子李贤为范书作注。今本《后汉书》，纪、传系范晔撰，李贤注；志系司马彪撰，刘昭注。主要记载东汉光武帝刘秀到献帝刘协近200年的历史。中华书局1965年出版校点本，1987年第4次印刷。王先谦有《后汉书集解》，中华书局1983年据王氏初刻本影印；另有《国学基本丛书》排印本，商务印书馆 1959 年重印。

《三国志》65 卷　西晋陈寿撰。魏书 30 卷,蜀书 15 卷,吴书 20 卷。魏书有纪、传,蜀书、吴书只有传。主要记载三国鼎立时期的史事。刘宋裴松之为《三国志》作注,有重要史料价值和学术价值。中华书局 1959 年出版裴松之注本,1987 年第 9 次印刷。清人林国赞有《读三国志杂志》和《三国志裴注述》,中华书局 1959 年出版线装本。近代卢弼有《三国志集解》;既注陈寿原文,又注裴注,广征博引,是集大成之作。古籍出版社 1957 年出版线装本,1983 年出版精装本。

《晋书》130 卷　唐房玄龄等撰。帝纪 10 卷,志 20 卷,列传 70 卷,载记 30 卷。记载西晋和东晋的历史,兼述"十六国"割据政权的兴亡。其中前赵、后赵、前燕、前秦、后秦、后蜀、后梁、后燕、西秦、北燕、南凉、南燕、北凉、夏入"载记",前凉、西凉入"列传"。中华书局 1974 年出版校点本,1987 年第 3 次印刷。近代吴士鉴有《晋书斠注》130 卷,注释颇详,刘氏嘉业堂 1928 年刊行,上海古籍书店重印。

《宋书》100 卷　梁沈约撰。本纪 10 卷,志 30 卷,列传 60 卷。沈约历仕宋、齐、梁三朝,后人习惯称之为梁人,而《宋书》实撰成于齐。此书重点记载南朝刘宋政权 60 年(420~479)的历史。其中志的部分,上溯三代秦汉,对魏、晋的记载尤其详细,可补《三国志》之不足。《乐志》保存了汉、魏以来有关乐府诗的大量资料,一向受文学史家的重视。列传部分记文学家甚多,对谢灵运、颜延之等记载尤详,且论及文学源流、风格体裁,这与沈约本人精通文学有很大关系。中华书局 1974 年出版校点本,1987 年第 3 次印刷。李慈铭有《宋书札记》,收入《越缦堂读史札记》(民国间北平北海图书馆排印本)。

《南齐书》59 卷　梁萧子显撰。本书原名《齐书》60 卷,后佚去序录 1 卷。今本本纪 8 卷,志 11 卷,列传 40 卷。主要记载南朝齐政权23年(479～502)的历史。中华书局1972年出版校点本，1987年第4次印刷。朱季海有《南齐书校议》，中华书局1984年版。

《梁书》56卷　唐姚思廉撰。本纪6卷，列传50卷。主要记载南朝萧梁政权56年(502～557)的历史。中华书局1973年出版校点本，1987年第3次印刷。李慈铭有《梁书札记》，收入《越缦堂读史札记》。

《陈书》36卷　唐姚思廉撰。本纪6卷，列传30卷。主要记载南朝陈政权33年(557～589)的历史。中华书局1972年出版校点本，1987年第4次印刷。

《魏书》130卷　北齐魏收撰。纪14卷，列传96卷，志20卷。主要记载北魏王拓跋珪登国元年(386)到东魏孝静帝(元善见)武定八年(550)鲜卑贵族政权的兴衰史。中华书局1974年出版校点本，1987年第3次印刷。李慈铭有《魏书札记》，收入《李慈铭读史札记》。王先谦有《魏书校勘记》，收入《史学丛书》(光绪间石印本)。

《北齐书》50卷　唐李百药撰。纪8卷，列传42卷。原名《齐书》，北宋时为与萧子显《齐书》区别而加"北"字。主要记东魏、北齐的历史：公元534年，高欢立善见为帝，魏分裂为东西两部分，史称善见政权为东魏。公元550年，高洋推翻东魏，建立北齐。公元577年，北齐亡于北周。自公元534年至577年，首尾计44年。中华书局1972年出版校点本，1987年第4次印刷。

《周书》50卷　唐令狐德棻等撰。纪8卷，列传42卷。主要记载西魏、北周的历史：公元534年，北魏分裂；公元535年，宇文泰立元宝炬为帝，建立西魏。公元557年，宇文觉取代西魏，建立北周。公元581年，北周亡于隋。自公元534年至581年，首尾计48年。中华书局1971年出版校点本，1987年第4次印刷。

《隋书》85卷　唐魏徵等撰。纪5卷，志30卷，列传50卷。

主要记载隋朝38年(581～618)的历史。中华书局1973年出版校点本,1987年第3次印刷。岑仲勉有《隋书求是》(商务印书馆1958年版)。

按:今本《隋书》里的十志30卷,唐初原称"五代史志",记梁、陈、北齐、北周、隋五代典章制度(有的远溯汉魏),后来才并入《隋书》。因此,十志具有特殊的地位。其中的《经籍志》,是继《汉书·艺文志》的第二部史志书目。自西汉末至隋,已有600余年,书籍新出不少,亡佚亦多。隋初牛弘上表,请开献书之路。隋至唐初搜集遗书颇有成绩,为修《经籍志》打下基础。《经籍志》考图书存亡,叙学术源流,有重要的史料价值。

《南史》80卷　唐李延寿撰。纪10卷,列传70卷。记载南朝宋、齐、梁、陈170年的历史。中华书局1975年出版校点本,1987年第3次印刷。明末清初李清有《南北史合注》191卷,注释考证颇详,原收入《四库全书》,后被撤毁(详中华书局1965年版《四库全书总目》所附《四库撤毁书提要》),邵章、孙殿起曾见抄本。清末李慈铭有《南史札记》,收入《越缦堂读史札记》(民国间北平北海图书馆排印本)。

《北史》100卷　唐李延寿撰。纪12卷,列传88卷。记载北朝魏、西魏、东魏、齐、周、隋233年的历史。中华书局1974年出版校点本,1987年第3次印刷。李清有《南北史合注》,已见上文。李慈铭有《北史札记》,收入《越缦堂读史札记》。

《旧唐书》200卷　后晋刘昫等撰。本纪20卷,志30卷,列传150卷。原称《唐书》,主要执笔者实为张昭远、贾纬等人。后世为区别于欧阳修等所修《唐书》,才称《旧唐书》。记载唐高祖李渊武德元年(618)至哀帝李柷天祐四年(907)唐朝290年的历史。唐前期史事,多据实录、国史,所记较详;后期史事,因史料缺乏或杂乱,所记较略。中华书局1975年出版校点本,1987年第3次印刷。

《新唐书》225卷　北宋欧阳修、宋祁等撰。本纪10卷,志50

卷,表15卷,列传150卷。记事时限同上。此书补充了唐后期史料,文笔较简洁而有条理,又增编了"表",这是优于《旧唐书》之处;但对《旧唐书》所载,有不当删而删者。中华书局1975年出版校点本,1986年第2次印刷。北宋吴缜有《新唐书纠谬》20卷(有《知不足斋丛书》本,钱大昕校并撰补遗、附录)。

《旧五代史》150卷　北宋薛居正等撰。原称《五代史》或《五代书》,已佚,今本系乾隆时四库馆臣邵晋涵等从《永乐大典》辑出,又取《册府元龟》等书补其阙。今本篇卷:《梁书》24卷(纪10、传14),《唐书》50卷(纪24、传26),《晋书》24卷(纪11、传13),《汉书》11卷(纪5、传6),《周书》22卷(纪11、传11),《世袭列传》2卷,《僭伪列传》3卷,《外国列传》2卷,《志》12卷。辑本只是大体恢复薛书旧貌。全书记载五代十国时期(907～960)53年的历史。以五代为主体,兼述十国:吴、南唐、吴越、楚、闽、南汉、前蜀、后蜀、荆南(南平)、北汉。中华书局1976年出版校点本,1987年第3次印刷。陈垣有《旧五代史辑本发覆》3卷附《薛史辑本避讳例》1卷,辅仁大学1937年版。

《新五代史》74卷　北宋欧阳修撰。本纪12卷,列传45卷,考3卷,世家10卷(分别记十国),十国世家年谱1卷,四夷附录3卷(契丹、吐谷浑等)。原名《五代史记》,后人为区别于薛居正《五代史》,冠以"新"字。记五代十国史事,将五代贯通叙述,与薛《史》五代分列不同。篇幅虽只有薛《史》的一半,但补充了很多薛《史》未载的史料。在二十四史中,这是自唐朝以来唯一的一部私修史书。正因为如此,行文可以少受约束。欧阳修有意学《史记》体例和《春秋》笔法,语含褒贬。直接发表议论之处亦甚多。欧阳修门生徐无党为此书作注,通行者即徐注本。中华书局1974年出版校点本,1987年第3次印刷。北宋吴缜有《五代史记纂误》3卷,原本已佚,四库馆臣从《永乐大典》辑出,有《知不足斋丛书》本。清吴兰庭有《五代史记纂误补》4卷,亦有《知不足斋》本。清彭元瑞等撰

《五代史记补注》74卷，征引史料相当丰富，有道光八年(1828)刊本。

《宋史》496卷　元脱脱等撰。本纪47卷，志162卷，表32卷，列传255卷。记宋太祖赵匡胤建隆元年(960)至赵昺祥兴二年(1279)300余年史事。中华书局1977年出版校点本，1985年第2次印刷。《宋史》是二十四史中规模最大的一部，提供了丰富的史料，但存在着繁冗芜杂、南宋(尤其宋末)略于北宋等缺点。为此，明清以来对《宋史》进行改作或增补者颇多，如：明柯维骐的《宋史新编》200卷，对《宋史》颇多删节，并有所补正(有明嘉靖刊本，民国间上海大光书局排印本)；王惟俭的《宋史记》250卷，删削《宋史》，改编而成(未刊，北京大学图书馆藏抄本)；清陆心源的《宋史翼》40卷，着重辑补列传，并注明资料来源(有光绪末归安陆氏刊本)。

《辽史》116卷　元脱脱等撰。本纪30卷，志32卷，表8卷，列传45卷，国语解1卷。主要记载契丹贵族在我国北方建立的辽政权200余年(916～1125)的历史。中华书局1974年出版校点本，1987年第3次印刷。清厉鹗有《辽史拾遗》24卷(有《四库全书》本、《丛书集成初编》本)，杨复吉有《辽史拾遗补》5卷(有《丛书集成初编》本)，民国间陈汉章有《辽史索隐》8卷(1936年《缀学堂丛稿初集》本)，今人冯家昇有《辽史证误三种》，包括《辽史源流考》、《辽史初校》、《辽史与金史新旧五代史互证举例》，中华书局上海编辑所1959年版。

《金史》135卷　元脱脱等撰。本纪19卷，志39卷，表4卷，列传73卷，附：金国语解。主要记载女真贵族在我国北方建立的金政权120年(1115～1234)的历史。中华书局1975年出版校点本，1987年第3次印刷。清人研究《金史》，以施国祁成绩最著，有《金史详校》10卷末1卷(有《广雅书局丛书》本)、《金源劄记》2卷(有《丛书集成初编》本)等。今人陈述有《金史拾补五种》，包括《金史氏族表》、《女真汉姓考》、《金赐姓表》、《金史同姓名表》、《金史异名表》，科学出版社1960年版。

按：以上《宋史》、《辽史》、《金史》，是元顺帝至正三年（1343）至四年（1344）修成的，均署名脱脱（清乾隆时改译托克托）。脱脱是右丞相，三史都总裁，事实上出力最多的是欧阳玄。

《元史》210卷　明宋濂等撰。本纪47卷，志58卷，表8卷，列传97卷。主要记载元太祖成吉思汗元年（1206）至顺帝至正二十八年（1368）160余年的历史。中华书局1976年出版校点本，1987年第3次印刷。《元史》以实录、碑传、《经世大典》等为依据，有一定的史料价值。但由于成书过早，许多文献还来不及全面搜集，时间又仓促（明洪武初两次纂修，累计时间不足一年），故疏漏、重复、错误之处较多。明清以来，补正、考订、重编的著述相继出现，如：明代胡粹中《元史续编》、清代邵远平《元史类编》、魏源《元史新编》、洪钧《元史译文证补》等。近代屠寄《蒙兀儿史记》、柯劭忞《新元史》两书后出，广泛吸收了前人研究成果。《蒙兀儿史记》有古籍出版社1958年线装本，中华书局1962年重印。《新元史》详下。

《新元史》257卷　近代柯劭忞撰。本纪26卷，表7卷，志70卷，列传154卷。柯氏在旧《元史》的基础上，利用新发现的史料，明清以来我国学者的研究成果，以及一部分国外学者的著述，编成此书。此书不在"二十四史"之内。20年代初，北洋军阀政府总统徐世昌下令将它列为正史，后习惯将它与"二十四史"合称为"二十五史"。有1935年开明书店《二十五史》本。《新元史》各卷原有考证，刻书时嫌分量太多而被删去。后柯氏之子将搜罗得之草稿辑为《新元史考证》58卷（有《柯劭忞先生遗著》本）。

《明史》332卷　清张廷玉等撰。本纪24卷，志75卷，表13卷，列传220卷。主要记载明太祖朱元璋洪武元年（1368）到明毅宗朱由检崇祯十七年（1644）270余年的历史。中华书局1974年出版校点本，1987年第3次印刷。在二十四史中，《明史》的篇幅仅次于《宋史》，位居第二；而纂修时间之长，位居第一（从顺治初下诏修史至雍正末定稿，首尾91年）。黄云眉有《明史考证》，广征博引，对《明史》逐卷考证，指出其错误与缺漏之处，并作了大量补充。全书8册，中华书局1979～1986年版。

《清史稿》536卷　近代赵尔巽等撰。本纪25卷，志142卷，表53卷，列传316卷。其中《时宪志》中的"八线对数表"7卷属普通教学工具书，"关外二次本"删去，全书成为529卷。本书由民国初设立的清史馆编修（赵尔巽为馆长），1914年开始工作，1927年大体完成初稿，因是未定稿，故称《清史稿》。记载清太祖努尔哈赤兴起至宣统三年（1911）清王朝被推翻，计300余年的历史。版本有"关外一次本"、关内本"、"关外二次本"之别，内容略有差异。中华书局1976～1977年以"关外二次本"为底本校点出版，三本互异处均有附注。1986年第二次印刷。

上述26种史书，记载了我国从黄帝到清末4000余年的历史。它在史书中占有重要地位，汇刻的丛书亦多。现选择几种通行的丛书及其版本作一简介，并澄清一些概念。

一、《二十四史》

即乾隆对"钦定"的二十四部正史（《新元史》、《清史稿》不在内），主要版本有：

1. 殿本。即清代乾隆年间武英殿校刻的《钦定二十四史》。最严重的缺点是校勘粗疏、讹脱严重、窜改史文。但它是最早汇刻的二十四史，进行了一定的整理加工，后来据以重刻、影印者甚多，对正史的广泛流传起了一定的历史作用。殿本《二十四史》版本源流较复杂，可参看陆枫《试论武英殿刻〈二十四史〉版本源流及其历史作用》，载《古籍整理出版情况简报》总213期（中华书局1989年版）。

2. 百衲本。20世纪30年代,张元济选择当时所能找到的最早、最好的版本影印。其中有些善本残缺不全,则另用较好的版本补缀,如僧人之百衲衣,故名。商务印书馆1930～1937年出版影印线装本,1958年出版缩印精装本。张元济在《影印百衲本二十四史序》中,备述辑印缘起与搜求版本之艰辛。在百衲本付印前,曾用底本与殿本及其他版本相校,校出殿本大量错漏,并择其要者,写成《校史随笔》。百衲本在学术界享有盛誉。

3. 中华书局校点本(或称点校本)。由全国有关专家通力协作,耗时20余年(50年代至70年代后期)完成。其中《旧唐书》、《新唐书》、《旧五代史》、《新五代史》、《宋史》系由上海古籍出版社(含该社前身)组织校点出版,但为了统一起见,出版时均用中华书局名义。这套二十四史校点本,是迄今为止最好的版本。校点本出版后,有关学者陆续发现了校点中的一些错误,发表了纠误、商榷文章。这些文章大部分收入《古籍点校疑误汇录》(国务院古籍整理出版规划小组编,自1984年至1990年已出版5册)。又,中华书局校点出版二十四史的同时,还出版《清史稿》校点本,习惯上称为"点校本《二十四史》和《清史稿》"。

二、《二十五史》与《二十五史补编》、《三编》

开明书店1935年据殿本《二十四史》影印,并增入柯劭忞《新元史》。每种史书后附《参考书目》,很有指导意义。同时出版《二十五史人名索引》。开明书店1936～1937年出版的《二十五史补编》是历代学者为各史所增补或订正的"志"、"表"的汇编。从上文介绍的二十五史卷目可知,只有《史记》、《汉书》、《新唐书》、《宋史》、《辽史》、《金史》、《元史》、《新元史》、《明史》"表"、"志"(《史记》称《书》)兼备;《后汉书》、《晋书》、《宋书》、《南齐书》、《魏书》、《隋书》、《旧唐书》、《旧五代史》、《新五代史》有"志"(《新五代史》称"考")而无"表";《三国志》、《梁书》、《陈书》、《北齐书》、《北周书》、

《南史》、《北史》"志"、"表"俱无。已有的"志"、"表",有些过于简略,或有谬误。因此,自宋代以来,尤其清代,许多学者对各史的"志"、"表"进行辑补或考订。《二十五史补编》汇集了这方面的著述 240 余种,依各史时代顺序排列,参考价值很高。中华书局 1955 年重印,1986 年第 6 次印刷。岳麓书社 1994 年出版张舜徽主编《二十五史三编》,共收录对二十五史进行校勘、考订、拾遗、评论等类著作 149 种,大多为散见于丛书或版本不易得的书籍中。

三、上海古籍版《二十五史》

上海古籍出版社 1986 年将《二十四史》和《清史稿》合并影印。该社自称"新编《二十五史》"《二十四史》用涵芬楼影印武英殿本,《清史稿》用关外二次本。缩小影印,16 开本精装 12 册,附《二十五史主要版本纪传人名索引》。1989 年第 6 次印刷。

第五节 纪事本末体史书举要

我国第一部以"纪事本末"命名的史书,是南宋袁枢的《通鉴纪事本末》(见本章第二节)。现将此书的通行版本,以及在它影响下编成的纪事本末体史书,以所记时代先后为序简介如下。

《左传纪事本末》53 卷 清高士奇撰。以南宋章冲《春秋左氏传事类始末》为基础,扩充加工而成。分国编排,一国之内再标事目。取材以《左传》为主,同时参阅先秦两汉有关典籍,予以补充、考证。中华书局 1979 年校点本。

《通鉴纪事本》43 卷 南宋袁枢撰。中华书局 1964 年以宋宝祐五年(1257)大字本为底本校点出版。1979 年重印。

《续资治通鉴长编纪事本末》150 卷 (缺卷 6~7,卷 114~119) 南宋杨仲良撰。又名《皇宋通鉴长编纪事本末》、《通鉴长编纪事本末》。据李焘《续资治通鉴长编》改编而成,记北宋事。有光绪中广雅书局《纪事本末汇刻》本。台北文海出版社 1967 年据广雅书局本影印。

《宋史纪事本末》109 卷　明陈邦瞻等撰。在陈氏之前,先有冯琦编《宋史纪事本末》,未完稿而卒。陈据冯稿,并参考沈越等人著述重编而成,共 109 目。上起赵匡胤代周,迄于文天祥之死。记宋代 300 余年之事,兼及辽、金、元事。万历三十三年(1605)成书刊行,28 卷。明张溥改目为卷,每卷作一论(陈氏原书间亦有论),是为通行之 109 卷本。中华书局 1977 年以江西书局 109 卷本为底本校点出版。

《辽史纪事本末》40 卷　清末李有棠撰。取材以《辽史》为主,并参考新旧《五代史》、《宋史》、《契丹国志》等书。分 40 专题记辽政权 200 余年史事。详于考订。中华书局 1983 年校点本。

《金史纪事本末》52 卷　清末李有棠撰。取材以《金史》为主,并参考《大金国志》、《金国节要》等书。分 52 专题,记金政权 100 余年史事。详于考订,附引用书目。中华书局 1980 年校点本,附《金史人名清元异译对照表》。

《西夏纪事本末》36 卷,卷首图表 2 卷　清张鉴撰。以宋、辽、金、元诸史中辑录西夏政权 190 余年间史事,归纳为 36 个专题。有光绪间《半厂丛书初编》本、《历朝纪事本末》本。台北文海出版社 1981 年据半厂丛书本影印。

《元史纪事本末》27 卷　明陈邦瞻等撰。取材于《元史》、《通鉴纲目续编》等。因陈氏先编成的《宋史纪事本末》已记 1279 年宋亡以前元政权事,故本书记事自元世祖至元十七年(1280)起,止于元顺帝至正二十七年(1367),较简略。原书 6 卷,27 日(篇),其中《律令之定》一篇为明臧懋循补辑。明末张溥撰史论附各篇后,分为 27 卷。中华书局 1979 年以江西书局 27 卷本为底本校点出版。

《续通鉴纪事本末》110 卷　清李铭汉撰。据毕沅《续资治通鉴》,并参考陈邦瞻《宋史纪事本末》、《元史纪事本末》编纂而成。

上接袁枢《通鉴纪事本末》，记宋、辽、金、元事，分110目。古籍出版社1957年据李氏藏版重印，线装25册。

《明史纪事本末》80卷　清谷应泰撰。是书刊于顺治十五年(1658)，其时《明史》尚未修成。所据史料，采自众书。某些记述详于《明史》，或有异同。全书80目(篇)，起"太祖起兵"，迄"甲申殉难"。篇后有论赞，多数系谷氏自作，间或引用他人之论。中华书局1977年以顺治十五年筑益堂本为底本校点出版，附《明史纪事本末补遗》6卷，《明朝纪事本末补编》5卷。

《三藩纪事本末》4卷　清杨陆荣撰。记南明福王、唐王、桂王史事，分22目。史实多误，但集中记南明事，亦有可供参考之处。中华书局1985年校点本。

《清史纪事本末》80卷　近代黄鸿寿撰。成书于《清史稿》前，取材以《东华录》为主，兼采他书。分80目，每目1卷。上海文明书局1915年版，上海书店1986年据文明书局本影印。

以上简介纪事本末体史书10余种，实不止此数，不再列举。统观各种纪事本末，所记以政治、军事、经济大事为主，间亦载有文学艺术史料。如《明史纪事本末》卷37"汪直用事"：

> 汪直用事久，势倾中外，天下凛凛。有中官阿丑善诙谐，恒于上前作院本，颇有诵谏风。一日，丑作醉者酗酒状，前，遣人佯曰："某官至。"酗骂如故。又曰："驾至！"酗亦如故。曰："汪太监来！"醉者惊迫帖然。旁一人曰："驾至不惧，而惧汪太监，何也？"曰："吾知有汪太监，不知有天子。"又一日，忽效直衣冠，持双斧趋跄而行。或问故，答曰："吾将兵，惟仗此两钺耳！"问钺何名，曰："王越、陈钺也。"上微哂，自是而直宠衰矣。及其罢斥，外中莫不快之。

上文生动地记载了阿丑在宫廷内编演"小品"讥讽汪直专权之事。

汪直是明宪宗时太监，特务机关"西厂"的头子，曾得宠于宪宗，仗势横行；又以大官僚王越、陈钺为心腹，作恶多端，一般廷臣敢怒而不敢言。但阿丑竟大胆地在皇帝面前以"小品"进行讽谏，体现了中国古典喜剧伸张正义的优良传统。

　　本章第三、四、五节分别介绍了编年、纪传、纪事本末三体史书中常用之书。典志体史书（政书）的代表作，在第三编第三章第四节介绍。

第四章 类书中的文学史料

我国古代文人学士出于特定的需要,从浩翰的书籍中辑出有参考价值的文献资料,分类(或分韵)编排成册,以备检览,这便是类书。在世界文化宝库中,中国的类书是独具特色的工具性典籍,自成系列。据不完全统计,我国历代类书(包括现存与已佚)有700余种。如果把接近类书性质的"准类书"计算在内,则逾千种之多。

类书是一定时代、一定范围的文献辑存与知识总汇。从"知识总汇"这一意义上说,类书具有百科全书的某些特征,故西方学者称之为古代东方的百科全书;从"文献辑存"这一意义上说,类书又是原始资料的分类汇编,是辑佚的渊薮,校勘材料的宝库,在史料学上有重要地位。

第一节 类书源流述略

我国最早的类书,学术界一般认为是魏文帝曹丕命刘劭、王象等人编的《皇览》。据《三国志·魏书》和裴松之注引《魏略》所载,可略知此书规模:分40余部,每部有数十篇,合计1000余篇,800余万字。可惜此书早已散佚,我们只能从清人孙冯翼的辑本1卷和黄奭的辑本1卷中,看对它的零星片断。

南北朝时期类书渐多,可考知者有十余种,如《类苑》、《华林遍略》、《修文殿御览》等。均已散佚。清末光绪间,在敦煌石窟发现的文物古籍中,有唐人抄本类书残卷。罗振玉考证认为,这就是北齐编纂的《修文殿御览》残卷(洪业则认为是梁朝的《华林遍略》,早于《修文殿御览》。见王重民《敦煌古籍叙录》所引)。残存鸟部鹤类40余条,鸿类18条,黄鹄类14条,雉类4条。今摘录黄鹄类若干条如下:

黄　鹄

《说文》曰:鹄,黄鹄也。从鸟,告声。

《广志》曰:黄鹄出东海,汉以其来集为祥。

《列仙传》曰:陵阳子明死葬山下,有黄鹄来栖其冢边树,鸣声呼安、呼安。

《汉书·昭纪》:始元元年春,黄鹄下建章宫太液池中。……

《古今注》曰:汉惠帝五年七月,黄鹄二集萧池。

仲长统《昌言》曰:闻黄鹄寿八百岁。

以下还引录《韩诗外传》、《春秋繁露》、《东观汉记》、《易林》、《战国策》、《赵书》、《南越志》、《列女传》等有关黄鹄的记载。

上述《修文殿御览》(一说《华林遍略》),代表了南北朝时期类书的一般体例。其结构形式简朴,类目下排比的文献,博采经史诸子,一一注明出处。

隋朝虽然只有38年,但也产生了几部类书,其中以《编珠》和《北堂书钞》最著名。

《编珠》为隋著作郎杜公瞻所撰,今存残本,系清康熙时发现于内阁大库者,乾隆时收入《四库全书》。清代学者或疑为伪书,余嘉锡、胡道静等以为非伪。原书4卷,分14部,现残存5部。此书在体例上的一大特点,是在部下分列对语,即所谓"事对式"。对语是编者概括的,有二字、三字、四字。如"九野、四荒","五日风、一旬雨","日下桑枝、月中桂树"之类。各对语之下再分别列举文献资料出处。例如:

天地部

九野、四荒

《吕氏春秋》曰:天有九野,中央曰钧天,东方曰苍天……

《尔雅》曰:地有四荒,孤竹、北户、西王母、日下也。

显然,这是为写诗作文构思对偶句提供参考材料。

《北堂书钞》系虞世南在隋末任秘书郎时所撰。此书体例,各部之下细分子目,子目下分列"摘句",少则两三字,多则一二十字,"摘句"之下用小字注明资料出处,间或加上虞世南自己的按语。所谓"摘句",是直接摘录古籍中的字句;或根据古籍句子浓缩为若干字,以揭示其内容,有点像现代编索引采用的关键词标引法。如"艺文"部"写书"目:

写书二十三

温舒截蒲《汉书》:路温舒字长君,父使牧羊,温舒取泽中蒲,截以为牒,编用写书。孙敬编柳《楚国先贤传》云:孙敬编柳简以写经本,晨夜诵习。薪火写书《抱朴子》云:葛洪家贫,夜以薪火写书。常乏纸,所书皆反覆有字。……李郃赁书自给《李郃别传》云:至京师学,常以赁书自给。

《北堂书钞》不象《编珠》那样罗列对语(事对),基本上是单句,比较自由,但也经过编者的加工。

以《编珠》、《北堂书钞》与南北朝时的《修文殿御览》相比较,可以看出类书的体式已有了发展变化,主要是编者作了较多的编辑加工。也就是说隋代的类书已不象前代类书那样,仅是在类目下排比文献资料,而是把文献资料再分割为若干单元,用"对语"或"摘句"分别予以统领和提示。

尽管类书从曹魏至隋代有了一定的发展,但有一点是基本相同的:辑录经史诸子以说明事物,很少采撷文学作品。正如初唐欧阳询所说,《皇览》、《华林遍略》等类书"直书其事";《文章流别集》、《文选》等文学总集则"专取其文"(《艺文类聚·序》)前者类事,后者类文,两者分工明确。

到了唐代,类书不仅在数量上达数十种之多,而且在体式上有了很大的变化。欧阳询的《艺文类聚》率先采用"事居其前,文列于后"的两段式编排,大量引录文学作品,类书面貌为之一新。关于这个问题,本书第一编第五章第一节已作阐述。

唐玄宗时,徐坚、张说等人编的《初学记》,又使类书发展为三段式结构——先为"叙事",次为"事对",然后摘引文学作品。此书的成因,唐人刘肃《大唐新语》卷九《著述》有如下记载:

> 玄宗谓张说曰:"儿子等欲学缀文,须检事及看文体。《御览》之辈,部帙既大(按:指《修文殿御览》,360卷),寻讨稍难。卿与诸学士撰集要事并要文,以类相从,务取省便。令儿子等易见成就也。"说与徐坚、韦述等编此进上,诏以《初学记》为名。赐修撰学士束帛有差。其书行于代。

唐玄宗的意图很明确:编《初学记》是为了供诸皇子初学写诗作文参考之用,辑录宜精,部头宜小,"务取省便"。为了便于"检事","叙事"一栏不可少。当时写诗作文讲究骈俪对偶,若初学者仅知其"要事"而不会组织对句,亦系枉然,故设"事对"栏。对初学者还应提供典范性的"要文",使之熟悉各种文体,所以还要罗列诗文作品。于是,徐坚等人便设计了"三段式"的类书。如卷二十一"文部"中的"笔"目:

笔第六

【叙事】《释名》曰:笔,述也。谓述事而言之也。按《博物志》:蒙恬造笔。又按《尚书中候》:玄龟负图出,周公援笔以时文写之。《曲礼》云:史载笔,士载言。此则秦之前已有笔矣,盖诸国或未之名,而秦独得其名,恬更为之损益耳。故《说文》曰:楚谓之聿,吴谓之不律,燕谓之拂,秦谓之笔。是也。《西京杂记》云……

【事对】 文犀 翠羽《傅子》曰:汉末笔,非文犀之桢,必象齿之管。《西京杂记》曰:汉制,天子笔,以杂宝为匣,厕以玉璧翠羽,皆直百金。 吴律 赵毫 许慎《说文》曰:笔所以书也。楚谓之聿,吴谓之不律,燕谓之拂,秦谓之笔。王羲之《笔经》目:汉时诸郡献兔毫,出鸿都,惟有赵国毫中用。时人咸言,兔毫无优劣,管手有巧拙。…… 制彤管 缀翠匣 傅玄《鹰兔赋》曰:兔谓鹰曰,汝害于物,有益于世,华髦被札,彤管以制。《傅子》曰:汉末一笔之匣,缀以隋珠,文以翡翠。 立宪成功 雕金饰璧 蔡邕《笔赋》曰:昔苍颉创业,翰墨作用,书契兴焉。夫制作上圣,立宪者莫先乎笔,详原其所由,究察其成功,铄乎焕乎,弗可尚矣。《傅子》曰:汉末一笔之匣,雕以黄金,饰以和璧。

【赋】后汉蔡邕《笔赋》:……晋傅玄《笔赋》:……【诗】梁简文帝《咏笔格诗》:……梁徐摛《咏笔诗》:……【赞】晋郭璞《笔赞》:……【铭】后汉李尤《笔铭》:……晋王隐《笔铭》:……【启】梁庾肩吾《谢赉铜砚笔格启》:……

《初学记》的这一结构形式,显然是综合吸收了《修文殿御览》、《编珠》、《北堂书钞》、《艺文类聚》的要素。闻一多在《类书与诗》(见《唐诗杂论》)中,对此有精辟的分析:

> 《初学记》虽是开元间的产物,但实足以代表较早的一个时期的态度。这部书的体裁,看来最有趣。每一项题目下,最初是"叙事",其次是"事对",最后便是成篇的诗、赋或文。其实这三项中减去"事对",就等于《艺文类聚》,再减去诗、赋、文便等于《北堂书钞》。所以我们由《书钞》看到《初学记》,便看出了一部类书的进化史……

盛唐时期,颜真卿编《韵海镜源》360卷(见《新唐书·艺文志》)。这是见于记载的最早"以韵隶事"的类书,惜已佚。

宋代类书不仅在数量上超越前代,而且在内容上丰富多样。除《太平御览》、《事文类聚》等综合性类书外,还出现了几部著名的专科性类书。如陈景沂的《全芳备祖》58卷,是植物学专科类书,分前、后集,前集所记皆花,后集分果、卉、草、木、农桑、蔬、药7部,共介绍植物300余种。对每种植物,引录文献予以说明、考证,并罗列与该植物有关的诗词。编排层次分明,结构严谨,被学术界誉为世界上最早的植物学百科全书。此外,如《太平广记》专采小说,《册府元龟》着重录载历代君臣事迹,也是有影响的专门类书。在编排形式上,宋代有几种以韵类事的类书。据《直斋书录解题》载,袁毂有《韵类题选》100卷,"以韵类事,纂集颇精要"(今已佚);钱讽有《史韵》(即《回溪史韵》)49卷,"附韵类事,颇便检阅"(有残本传世),还有无名氏《书林韵会》等。

元明时期的类书,有两事引人注目,一是分韵编排的类书出现鸿篇巨制,二是重视图像的作用。

类书以分类编排为正宗,类书之名亦由此而得。分类编排,便于读者依类求索,自有其优点;但由于各人的分类标准、类属概念不一致,有时检索亦颇费周折。分韵编排,以韵统字,以字系事,则有较强的专指性。元初阴时夫的《韵府群玉》、明代官修的《永乐大典》等,都是按韵编排的类书。《韵府群玉》之作,主要采撷辞藻典故,以助写作时触发文思,规模不大。而《永乐大典》(初名《文献大成》)的编纂,旨在汇聚群书,便于考索。单字之下,往往辑入整篇文章乃至整部书。《大典》全书2万余卷,是中国历史上规模最大的类书。它明确制订了"用韵以统字,用字以系事"的体例。这里的"字",成了主题概念的检索标识;这种组织文献资料的方法,已带有主题法性质,比英国克里斯塔多罗(crestadoro)1856年提出的标题字顺标识系统早448年。

专门汇辑诸书图谱的类书,有明人王圻的《三才图会》,章潢的《图书编》。类书中收图像,非自王、章始。在此之前,《永乐大典》便有丰富的插图。但以"左图右书"为编纂宗旨的类书,在明代以王、章之书最有代表性,篇幅亦大(均在百卷以上)。清代《古今图书集成》中的图像,多从中取材。

清代是类书的集大成时期。各种体式的类书,在清代有长足的发展。专科性的类书,如《格致镜原》,所载皆博物之学,每物必考其本始,采录科技史料丰富,与注重排比诗赋的类书不同。英国李约瑟博士著《中国科学技术史》,引用《格致镜原》颇多,并称它是"科技百科全书"。汇录辞藻典故的类书,《佩文韵府》和《骈字类编》相辅而行,位居同类书之首。至于综合性的类书,《古今图书集成》达万卷,规模仅次于《永乐大典》。但《大典》如今仅残存800余卷,《集成》便成了现存类书之冠。

第二节 类书对文学史料学的贡献

古人编纂类书的本意,一是供帝王"御览";二是供读书人采撷词藻、查找典故、增长知识。今天,人们仍把它当作百科知识辞典使用。遇到一些有关古代文化的疑难问题,临时查阅类书,或可获得答案。这可以说是类书的一般性功用。

就文学史料学而言,类书的贡献主要体现在辑佚、校勘、考证方面。这可以说是类书的学术性功用。梁启超说:

> 类书者,将当时所有之书分类钞撮而成,其本身原无甚价值,但阅世以后,彼时代之书多失,而某一部分附类书以幸存,类书乃可贵矣。古籍中近于类书体者,为《吕氏春秋》,而三代遗文,赖以传者已不少。现存类书,自唐之《艺文类聚》,宋之《太平御览》,明之《永乐大典》,以迄清之《图书集成》等,皆卷帙浩瀚,收容丰富。大抵其书愈古,则其在学问上之价值愈高,其价值非以体例之良窳而定,实以所收录古书存佚之多寡而定也。(《中国历史研究法·说史料》)

现从辑佚和校勘、考证两个方面举例说明类书的贡献。

一、辑佚方面

以《艺文类聚》为例,引唐以前古书1431种(据马念祖《水经注等八种古籍引用书目汇编》),其中约有百分之九十的书今已散佚,现存者所占比例不足百分之十。正由于《艺文类聚》保存了今已散佚的千余种古籍的残玑断璧,所以明清以来的学者视之为辑佚的宝库。如明人冯惟讷编《古诗纪》,清人严可均编《全上古三代秦汉三国六朝文》,都从中辑出大量散佚的作品。鲁迅《古小说钩沉》所辑《裴子语林》、《俗说》、《列异传》、《幽明录》等已佚小说,有许多条得自《类聚》。又如宋人祝穆的《事文类聚》,引录诗文常举全篇。明代张溥辑西晋《束阳平集》时未注意及此,所辑束晳《饼赋》仅70余字,而《事文类聚》所录《饼赋》有400余字,基本完整。

再以《永乐大典》为例。清雍正时,李绂、全祖望发现《大典》中有许多世所未见之书,即开始辑佚,颇有所得,引起学者们的注意。乾隆时,《大典》虽已缺 2000 余卷,但还有 2 万卷左右,四库馆臣从中辑出书籍 385 种(其中经部 66 种,史部 41 种,子部 103 种,集部 175 种),成绩不可谓不大。可是,由于四库馆臣对有碍于清朝统治阶级利益的内容不辑录,对所谓非正统文学亦摒弃不录,再加上有些馆臣工作粗疏,致使许多有价值的文献资料没有辑出。嘉庆至光绪间,又有徐松、文廷式、缪荃孙等学者从《大典》中辑出一些有价值的书籍。《大典》历经清朝官员和帝国主义分子的盗窃,尤其 1868 年英法联军和 1900 年八国联军入侵北京时大量焚烧和抢劫,现存于世的《大典》只有 800 馀卷(含仿抄本)。就是在这很有限的残卷中,我国学者也辑得不少珍贵的资料。如叶恭绰 1920 年从伦敦购回《大典》卷 13991("戏"字韵),该卷载南戏作品《张协状元》、《宦门子弟错立身》、《小孙屠》3 种,是现今所能见到的最早的南戏剧本。钱南扬加以校注,名《永乐大典戏文三种校注》(中华书局 1979 年版)。又如,栾贵明利用现存《大典》所引诗文与四库馆臣所辑 165 种别集核校,发现其中 158 种别集辑录不周,总计漏辑 1800 余条。栾贵明整理成《四库辑本别集拾遗》(中华书局 1983 年版),为研究宋元明别集提供了珍贵资料。

二、校勘、考证方面

由于古代类书(尤其唐宋类书)所引之书,多后人未见之古本,为校勘、考证提供了重要的文献依据,学者从中获益良多。宋人彭叔夏撰《文苑英华辨证》10 卷,援引《艺文类聚》近 20 处。例如《文苑英华》所收《骄阳赋》有"孙武之失,诮梁君之射乌"句,颇费解。彭叔夏证以《类聚》所引《庄子》逸篇:

梁君出猎,见白雁群,下彀弩欲射之。道有行者,梁君谓

> 行者止,行者不止,白雁群骇。梁君怒,欲射行者,其御公孙龙止之。……梁君乃与龙上车归。呼"万岁"。曰:"乐哉,人猎皆得禽兽,吾猎得善言而归。"(卷六十六产业部下·田猎)

再证以《太平御览》所引刘向文,认为"孙武之失"当作"孙龙止矢","乌"当作"雁",其义方可解。

又如今本《世说新语·排调》载:

> 郝隆七月七日出日中仰卧,人问其故,答曰:"我晒书。"

语意似欠完整。今人徐震堮《世说新语校笺》引《太平御览》作校注曰:

> "七月七日"下《御览》三一有"见邻人皆曝晒衣物,隆乃"九字,语意更备。

以上是类书有助辑佚、校勘、考证之例。但在使用类书时,要注意三个问题:

第一,类书引录诗文,常有删削割裂。《艺文类聚》是一部以引文较完整著称的类书,但欧阳询自己说,编写过程中是经过"弃其浮杂,删其冗长"的加工制作功夫的。其他类书,也多数存在着删节或以概述代替原文的情况。因此,我们在论著中转录类书的引文时,若类书所引之书至今尚存,应查对原书;若类书所引之书已佚,应查对他书所引佚文,加以比较分析;若类书所引之书仅见于该类书,则应如实说明录自该类书。这是写作中应持的科学态度。

第二,类书引录诗文,时常不是直接引自原书,而是从其他类书辗转抄来,抄的时候稍一疏忽,便出现张冠李戴的错误。如《太平御览》卷350"兵"部"箭"目所引：

> 《韩子》曰：矢来无向……
> 又曰：智伯将伐赵……
> 又曰：水激则旱……
> 又曰：楚人有白猿……

以上四条，第一、二条确见于今本《韩非子》，但三、四条不见于《韩非子》，而见于《淮南子》。究其致误之由，系摘抄《艺文类聚》时张冠李戴。《艺文类聚》卷六十"军器"部"箭"目本来写得很清楚：

> 《韩子》曰：智伯将伐赵……
> 《淮南子》曰：楚王有白猿……．
> 又曰：水激则旱……

"楚王有白猿"、"水激则旱"两条均引自《淮南子》。而《太平御览》的编者大概是一时眼花，漏看"淮南子"三字，便把这两条的出处都归属《韩子》了。清代学者王先慎亦未细考，以为这两条既在今本《韩非子》中查不到，便是《韩非子》的佚文，就辑入他编注的《韩非子集解》所附《逸文》中①。

第三，类书在传抄、刊印的过程中，可能有后人臆改或窜入的部分。如今本《艺文类聚》引录苏味道（648～705）、李峤（644～713）、沈佺期（约656～714）、宋之问（约656～712）诗，这显然是后人窜入的。因《艺文类聚》成书于唐高祖武德七年（624），当时苏味道等四人尚未出世。南宋叶大庆在《考古质疑》中已提出这个问

---

① 中华书局上海编辑所1965年出版《艺文类聚》校点本时所撰《前言》，对此考证甚详。

题,说明南宋时流传的《艺文类聚》已窜入苏味道等唐代诗人之诗。在其他类书中,此类现象亦时有所见。所以在使用类书时,应注意了解类书的成书年代和类书中所引文献产生的时代。

第三节　历代类书举要

现存类书 300 种左右,现仅选择重要而常用者 10 种,简介如下。

《北堂书钞》　隋唐间虞世南(558～638)撰。成书于虞氏任隋秘书郎时,北堂是秘书省后堂。《隋书·经籍志》著录 174 卷,《旧唐书·经籍志》、《崇文总目》、《新唐书·艺文志》均著录 173 卷,《中兴馆阁书目》、《直斋书录解题》、《宋史·艺文志》著录 160 卷,今本 160 卷。原书全貌已不可得见。此书在明代以前仅有抄本流传(用陆心源、胡道静说),陈禹谟于明万历间首次刻印,但臆改、增删殊甚,《四库全书》所收即此本。较好刻本是光绪十四年(1888)孔广陶校注本。孔氏以陶宗仪传写宋本为底本,吸收了孙星衍、严可均、王引之、顾广圻等名家的校勘成果,详加校注。这就是目前通行的 160 卷本,有中国书店 1989 影印本、学苑出版社 2003 年影印本。今本《北堂书钞》分 19 部,851 目,引录先秦至南北朝宋、齐、北齐间书籍达 800 余种(集部书尚未计算在内)。其基本体例,是子目下分列摘句,摘句之下用小字列出引文、出处(见本章第一节所举之例)。此外,还有两种体式:一是子目下分列摘句,摘句下并无引文、出处,或仅注明见于何书;二是子目下直接用大字罗列引文,没有摘句。孔广陶的校注本,几乎逐条考证原书摘句、引文的出处、异文。如此详博地校注类书,实属罕见。

《艺文类聚》100 卷　唐初欧阳询(557～641)等奉诏撰,武德七年(624)成书。分 46 部,727 目,引唐前书籍 1431 种。是完整保存至今的最早的类书。内容、体例见第一编第五章第一节和本章第一节。中华书局上海编辑所 1959 年影印宋绍兴刻本,线装 16 册,1965 年出版汪绍楹校点本,精装 2 册。上海古籍出版社 1982 年重印校点本,改正了个别明显断句失误之处,并在《重印说明》中列举 1965 年校点本若干遗留问题。书后附李剑雄等编《艺文类聚索引》(分"人名索引"和"书名篇名索引")。

《初学记》30 卷　唐徐坚(659～729)等奉诏撰,开元十五年(727)成书。分 23 部,313 目。引书上起先秦,下迄唐初。内容、体例见本章第一节介绍。中华书局 1962 年以清乾隆时内府古香斋刻本为底本校点出版,每卷之后附校勘表。1980 年重印,改正了 1962 年版的若干错误,并附许逸民编《初学记索引》(分"事对索引"和"引书索引")。2005 年第 5 次印刷。阎琴南撰有《〈初学记〉研究》,台湾私立中国文化大学中国文学研究所 1980 年出版。

《太平御览》1000 卷　北宋李昉(925～996)等奉诏撰,宋太宗太平兴国八年十二月十九日(公元 984 年 1 月 24 日)成书[①]。分 55 部,5363 类目。某些类目有附目,若将附目统计在内,则为 5426 目(据胡道静统计)。所引文献资料,大量采自《修文殿御览》、《艺文类聚》、《文思博要》等类书,也有直接采自其他古籍的。宋本《太平御览》首卷之前有《太平御览经史图书纲目》,并非修书时所编,而是宋仁宗以后的人根据《御览》所引书编辑而成。《纲目》列书 1689 种,并不包括诗、赋、箴、铭等。据马念祖统计,《御览》引书应为 2579 种(见《水经注等八种古籍引用书目汇编》)。这些书,十之八九今已散佚。《御览》版本甚多,商务印书馆 1935 年影印宋刊本,收入《四部丛刊三编》。中华书局 1960 年再将此本影印,精装四册。1985 年第 3 次印刷。上海古籍出

[①] 此据《玉海》引《太宗实录》。聂崇岐认为初稿在太平兴国七年已完成,详《太平御览引得·序》。

版社 2008 年据文渊阁《四库全书》本影印。钱亚新编有《太平御览索引》，将全书类目按四角号码编排，商务印书馆 1934 年版。聂崇岐等编有《太平御览引得》，分"篇目引得"（实即类目引得）和"引书引得"两大部分，前燕京大学引得编纂处 1935 年版、上海古籍出版社 1990 年影印。周生杰有《〈太平御览〉研究》，巴蜀书社 2008 年出版。

《册府元龟》1000 卷　北宋王钦若（962～1025）、杨亿《974～1020)等奉诏撰，宋真宗大中祥符六年（1013）成书。初名《历代君臣事迹》，书成进呈时宋真宗题名为《册府元龟》。册府为典籍府库，元龟为大龟，取其"龟鉴"、"龟镜"之义。分 31 部，1104 门①，部有总序，门有小序，体例不同于其他类书。采录文献，唐以前以正史为主，唐五代则直接采自实录、国史，间及经子，不采说部。编纂意图是借鉴历代君臣事迹、典章制度，故内容不似某些类书那样庞杂。前人以为本书所录多为常见之书，故不甚重视。其实采录者均系北宋以前古书，可以校史，亦可以补史。但它引书不注书名，是一大缺点。中华书局 1960 年据明刊本影印，精装 12 册。卷首有陈垣序，对此书价值论述甚详。书末有类目索引。1982 年第 2 次印刷。凤凰出版社 2006 年出版周勋初等校订本，书后附有人名索引。刘乃和有《〈册府元龟〉新探》，中州书画社 1983 年版。

《永乐大典》22877 卷，凡例、目录 60 卷　明解缙（1369～1415)等奉诏撰。明成祖永乐元年至二年（1403～1404）完成初稿，名《文献大成》。成祖嫌其过于简略，命姚广孝与解缙等重修，于永乐五年（1407）成书。成祖亲自写序，定名《永乐大典》。次年誊写成正本一部，装订成 11095 册，是我国历史上规模最大的类

---

① 《册府元龟》真宗序谓"勒成一千一百四门，分为三十一部"，但今传明刊本的门数为 1116 门。

书。全书体例:按洪武正韵分列单字,单字下详注音韵训释,备录篆隶楷草各种字体,依次辑入与此字相联系的各种文献资料,往往整篇、整本书录入,引书达七八千种。全书编成后未刊,嘉靖、隆庆间摹写副本一部。正本大约在明亡之际焚毁,副本传至清代,乾隆间编《四库全书》,曾对《大典》进行清点,发现已缺 2422 卷。道光以后,《大典》陆续被清朝官员偷窃。尤其英法联军、八国联军先后入侵北京,副本大部分被焚毁,未毁者被各国肆意劫掠。1959~1960 年,中华书局根据历年征集到的原钞本、复制本 730 卷,照相缩制,用红黑两色套印出版线装本。1982 年,中华书局又将近年新收集到的 67 卷影印出版,仍为红黑两色套印线装。1986 年将上述 730 卷、67 卷合计 797 卷印制成 16 开精装本,附有山西灵石杨氏连筠簃刻本《永乐大典目录》60 卷,迄今为止,可考知《永乐大典》存世者为 810 卷,中华书局已影印 797 卷,占现存总数的百分之九十八以上。但与全本相比,还不到百分之四。作家出版社 1997 年出版栾贵明《永乐大典索引》,即据中华书局本。远方出版社 2005 年出版郑福田主编的标点本。上海辞书出版社 2003 年双色套印出版《永乐大典十七卷海外新发现》,收录藏于美国 2 卷、日本 2 卷、英国 5 卷、爱尔兰 8 卷共 17 卷《永乐大典》,其中 16 卷是首次公开,1 卷中华书局本虽收录但有缺页。张忱石著有《永乐大典史话》(中华书局 1986 年版),附有《〈永乐大典〉中辑出的佚书书目》和《现存〈永乐大典〉卷目表》,甚便参考。北京图书馆出版社 2005 年出版张升《〈永乐大典〉研究资料辑刊》,包括四部分:一、以郭伯恭《永乐大典考》为主,兼收清末民国时期代表性著述;二、《永乐大典》存目;三、《永乐大典》辑本书目及引书书目;四、《〈永乐大典〉现存卷目表》、《〈永乐大典〉研究资料及论著索引》。台湾文史哲出版社 1985 年出版顾力仁《永乐大典及其辑佚书研究》。中州古籍出版社 2009 年出版史广超《〈永乐大典〉辑佚述稿》。北京师范大学出版社 2010 年出版张升《〈永乐大典〉流传与辑佚研究》。

《三才图会》106 卷 明王圻、王思义纂集(思义系圻子),成书于万历(1573~1620)间。这是专门汇辑诸书图谱的类书,分 14 门:天文、地理、人物、时令、宫室、器用、身体、衣服、人事、仪制、珍宝、文史、鸟兽、草木。每一事物,先列图像,后附文字说明。搜罗浩博,但考证欠精,较为芜杂。有万历间刻本。上海古籍出版社 1988 年据上海图书馆藏王思义校正本为底本影印,精装,附图名索引。1990 年重印。

《渊鉴类函》450 卷 清张英(1637~1708)、王士禛(1634~1711)等奉诏撰。康熙四十九年(1710)成书。分 43 部,2536 目,系扩充明俞安期《唐类函》而成。俞书编于万历间,汇辑《北堂书钞》、《艺文类聚》、《初学记》、《白氏六帖》等唐人所编类书并予删补,故称《唐类函》,采录典故诗文至唐初为止。《渊鉴类函》增其所无。详其所略,采录典故诗文至明嘉靖年间。有康熙内府刊本、乾隆间古香斋巾箱本、光绪间同文书局石印本等。北京中国书店 1985 年据同文书局石印本影印,平装 18 册。

《子史精华》160 卷 清张廷玉(1672~1755)等奉诏撰。始编于康熙末,雍正五年(1727)刻成。分 30 部,280 目。类目下以大字罗列子书和史书中的关键词语或警句,用小字一一注明出处、引文,间附按语。有雍正内府刊本、《四库全书》本。北京古籍出版社 1991 年影印出版光绪十年(1884)上海同文书局本。

《古今图书集成》10000 卷,总目 40 卷 清陈梦雷(1651~1741)等辑。初稿完成于康熙四十五年(1706)。雍正登基后,陈梦雷因受宫廷内部斗争牵连而被流放,蒋廷锡等奉诏重加编校。定稿后,雍正四年(1726)御制序文,用铜活字排印全书[1]。这是现存类书中规模最大的一部,分 6 汇编 32 典:

---

[1] 详胡道静《〈古今图书集成〉的情况、特点及其作用》,载《图书馆》1962 年 1 期。

历象汇编	乾象	岁功	历法	庶征	共4典			
方舆汇编	坤舆	职方	山川	边裔	共4典			
明伦汇编	皇极	宫闱	官常	家范	交谊	氏族	人事	闺媛 共8典
博物汇编	艺术	神异	禽虫	草木	共4典			
理学汇编	经籍	学行	文学	字学	共4典			
经济汇编	选举	铨衡	食货	礼仪	乐律	戎政	祥刑	考工 共8典

每典之中有一个或若干个总部,总部之下再分为若干部,共计6117部(据林仲湘等统计)。每部之中再按汇考、总论、图、表等10个项目编列文献资料(但并非每部都齐备这些项目),其分工大体是:(1)汇考——记大事,或考证事物源流;(2)总论——辑录书籍中有关该事物的论述;(3)图——疆域图、事物图象;(4)表——表谱;(5)列传——人物传记资料;(6)艺文——有关该事物的诗文词赋等;(7)选句——摘录名句佳对;(8)纪事——补充"汇考",录琐细之事;(9)杂录——杂采不宜收入"总论"和"汇考"、"艺文"中的材料;(10)外编——多系神话传说。《集成》除雍正铜活字原印本外,还有光绪间铅印本、影印本,中华书局1934年影印原本。1987年,中华书局和巴蜀书社合作影印原本,精装80册,另附《考证》1册,《索引》(林仲湘等编)1册。国内外学者为《集成》编过八九种索引,其中以林仲湘等所编最细密。该索引分别从"经线"和"纬线"两方面入手编制。"经线",即6汇编,32典,6117部;"纬线",即各典各部所列汇考、总论、图、表、列传、艺文等,编排了《图表索引》、《人物传记索引》、《职方典汇考索引》、《禽虫草木二典释名索引》等专项索引。此外,又编有艺文索引和引书索引,计划另行出版。北京图书馆出版社2001年出版裴芹《古今图书集成研究》。广西金海湾电子音像出版社和广西师范大学出版社1999年联合出版了原文图像版《古今图书集成》。台湾得泓信息有限公司及联

合百科电子出版公司 2003 年制作完成了全文检索电子版《古今图书集成》。

清代重要的类书,还有《佩文韵府》、《骈字类编》,详见第三编第三章第一节。

若要更全面地了解类书,可参阅有关专著与总目:

《类书流别》 张涤华著,商务印书馆 1943 年初版,1958 年修订再版,1985 年第 3 次修订本。第 3 次修订本正文分义界、缘起、体制、盛衰、利病、存佚 6 章,附书名音序索引、书名笔画索引、作者索引。其中"存佚"一章,系历代类书总目。

《类书简说》 刘叶秋著,上海古籍出版社 1980 年版。

《中国古代的类书》 胡道静著,中华书局 1982 年版,2005 年新版。这是著者旧作,原稿下半部已失,故这次出版的只是上半部(止于北宋类书)。

《传统文学与类书之关系》 方师铎著,台湾东海大学 1971 年版,天津古籍出版社 1986 年影印。

《燕京大学图书馆目录初稿·类书之部》 邓嗣禹编,该馆 1935 年印,台北大立出版社 1982 年影印。著录馆藏类书 300 余种;有提要,颇便参考。但编者对类书的范围理解过宽,收入不少政书、姓氏书。

《中国类书总目初稿》 庄芳荣编,台湾学生书局 1983 年版。系根据各家书目资料整理而成,计得类书 824 种(包括现存与已佚),扣除同书异名或疑为同书者,约得 766 种。

研究类书的专书还有四川省图书馆学会 1981 年印刷的戴克瑜、唐建华主编《类书的沿革》,湖北人民出版社 2001 年出版夏南强《类书通论》、河北人民出版社 2005 年出版赵含坤《中国类书》、台湾花木兰文化工作坊 2005 年出版张围东《宋代类书之研究》等。

第五章 方志中的文学史料

方志,是以地域为单位,按一定体例编排,综合记载一定时期的自然和社会各方面的状况的著述。有广义、狭义之分,狭义的方志一般包括通志(省志)、府志、州志、厅志、县志、乡镇志等,据《中国地方志联合目录》统计,这一类方志有 8000 余种。广义的方志则除此之外,还包括总志(记载全国范围),只记某一特定内容的专志,如军志、监志、山志、水志、湖志、堤志、泉志、桥志、亭志、寺观志、祠志、书院志、胜迹志、金石志、风俗志、时令志、物产志、游览志等。数量浩如烟海,尚未有准确的统计。

第一节 方志的性质与史料来源

方志的性质是"记述一域地理及史事之书"。(傅振伦《中国方志学通论》)"固为'地方之历史',又是"历史之地理化"(黎锦熙《方志今议》)。其特征概括起来有六:区域性,即范围仅记一地域,逸出本地域者不记,注意突出地方特色;时代性,方志一般隔数十年续修一次,可借以考察一地古今概貌;综合性,所记内容广泛,几无所不包,章学诚称为"一方之全史",现代学者喻为"地方百科全书";纪实性,历代志书凡例,多有要求纪实的条文,且方志大都是当地人所写，重点记当代事，故较真实；资料性，不重探索历史发展规律，职在为历史及其他科学研究积累资料；实用性，在古代，统治者将方志视为施政的"参考书"，借助方志"可以考古证今，可以惩恶劝善，诚有益于治道，有补于风化。"（明人商洛《重修保定志序》，见［弘治］《保定郡志》）正因为上述各种特征，方志经久不衰，今天仍受到重视和提倡。新编方志在社会主义物质文明和精神文明建设中发挥着重要的作用。

方志史料的来源大致有三个途径："一曰实际调查，二曰档案整理，三曰群书采录。"（黎锦熙《方志今议》）章学诚总结前人经验，尤其重视方志资料的平时收集和整理，建议在州县设立专门经办其事的机构——志科，并对收集资料的方向作了规划：六科案牍、家谱传状、经史撰著、诗辞文笔等均录副本；铭金刻石、纪事摘辞，必摩其本；官长师儒去职时，录其平日善恶有实据的行事之始末；学校师儒情况，以及衙廨、城池、学庙、祠宇、堤堰、桥梁等等修建端委也应录藏志科。为了避免文献散失，章氏建议"四乡各设采访一人"，"俾搜集遗文逸事，以时呈纳"，并延请老成的学校师儒"持公核实"。重视对资料的收集和整理，是我国修志的优良传统。章氏进一步完善其理论，并请设立专门的机构，都反映了对原始文献的重视和取材的严谨，加上修纂人员一般为当地人，距所述事实时代也不远，"地近则易核，时近则迹真。"（章学诚《修志十议》）所以方志中的材料一般比较真实可信。

由于我国地大物博，人口众多，各地风尚、习俗、气候、地理、人文变迁等均有不同，自非某一朝代之正史所能兼容并包、逐一分述，"故欲究明某一地之变迁及其情况者，势必于方志中以求之，乃能如愿以偿。"（王德毅《台湾地区公藏方志目录·叙例》）方志中的史料已被广泛应用于史学、地理学、人口学、民俗学等科研领域。文学研究界虽亦重视方志材料，但深入发掘，似嫌不足。现就方志在文学史研究方面的重要价值略加论述，以冀有助于系统、全面地整理方志中的文学史料。

第二节　方志中的文学家传记资料

旧方志中的人物志,大致设有名宦、儒林、宦绩、文苑、忠义、武功、隐逸、孝友、义行、列女、方伎、仙释等门类,前3类中较多记述文学家事迹,文苑类则全录文学家。另外在职官、流寓、选举、古迹等门类中也有人物资料。所载事迹,或可与他书相发明,或可补他书之未备。下文略举数端。

方志可以帮助我们考订文学家的生卒年。如:王磐,字鸿渐,号西楼,高邮(今属江苏)人,为明代著名散曲家,但前人多不能确定其生卒年,梁乙真的《元明散曲小史》把他定作"十四世纪后半,及十五世纪前半间的作家"。1950年,北京大学五五级集体编著的《中国文学史》把王磐的生卒年定为"1470～1530左右"。后来多种《中国文学史》及年表、辞典等都承袭此说,甚至将其生卒年明确定为"1470～1530",得出这样的结论,不知证据何在。据[道光]《续增高邮州志·艺文》所载张綖《王西楼诗集序》云:"嘉靖甲申岁九月,綖登西楼,先生执綖手泣曰:'予恐时至弗及言,惟兹遗稿托君。'时先生略无恙,綖颇怪之,后数日,先生果中疾不能言,月余竟厌世。予走哭,大惧负托,前后搜辑遗稿,仅得若干,乃捧而泣书。"张綖从王磐游达二十载,且为王磐之婿,所记为亲见,当可依据,由此可知王磐卒于"嘉靖甲申岁",也即1524年。至于其生年,尚难确考。

方志还提供有关作家先世的资料。如[康熙]《全椒志》中有关《儒林外史》作者吴敬梓先世的资料颇为丰富,可据以增补胡适《吴敬梓年谱》的不足,同时可以纠正胡谱以吴霖起为吴敬梓生父之误,考定其生父应为雯延,霖起为嗣父(参陈美林《略述康熙〈全椒志〉中有关吴敬梓先世资料》,载《文献》第15辑)。又如张松颐撰

《〈儿女英雄传〉作者文康及其家世》(载《文献》总18辑),大部分材料即来自光绪《安徽通志》、《江西通志》、《天津府志》、《凤阳府志》、民国《续修陕西通志》等。

特别是那些被封建统治者蔑视的文学家——如戏曲家,名不见经传,而方志却往往有所记载。前辈学者多有借以考证者,如孙楷第《元曲家考略》、叶德均《戏曲小说丛考》,采录方志材料颇多。系统辑录方志中曲家资料的,有赵景深、张增元《方志著录元明清曲家传略》(中华书局1987年版)。对于所辑材料的价值,赵景深在该书《序》中作了总结:(1)为编写中国文学史、中国戏曲史填补了不少曲家小传资料,对于深入研究元明清三代戏曲,也有许多值得参考的新材料。(2)发现了过去未著录的戏曲家142人、罕见曲目100余种;此外,戏曲家名字已见著录,但曲目还不为人知的约有50多种。(3)有些曲家虽见于《元史》、《明史》、《清史稿》,但方志中所载,大都是家传巷说,许多材料可补《元史》、《明史》、《清史稿》之不足。对曲家生平、籍贯、里居、名号的考证,也提供了相当多的新材料。

方志中人物传记的重要价值难以缕述,其例难以尽举。我们不妨从已印行的方志人物传记索引,群书人物传记索引所引方志的角度作一个观照。自本世纪30年代以来,相继印行了《歙县志·人物志姓名备查表》、《吴县志列传人名索引》、《宋元方志传记索引》(朱士嘉)、《北京天津地方志人物传记索引》(高秀芳等)、《明代地方志传记索引》、《广西方志传记人名索引》等等。至于群书人物传记资料综合索引,一般都把方志作为编录对象,如台湾王德毅等编《元人传记资料索引》,即引用元明方志300余种。

方志中的人物资料具有散见性,即同一人的资料可能在不同的几种甚至十几种方志中;即使在同一种方志中,也可能散见于人物、文苑、儒林等各门类中。例如《水浒后传》作者陈忱的资料,正史多不详,但《震泽县志》、《南浔镇志》、[同治]《湖州府志》卷59艺文略、[光绪]《乌程县志》卷 16 人物五及卷 31 著述,则对其生平著述有较详的记载。另外,方志中的人物资料还有片断性,即方志志人物一般只记载某人一生中的某一片断。如在《福建盐法志》卷七《职官表八》中《都转官盐运使司盐法道》一栏中载有"道光二十年:文康,镶红旗满州人,监生。"借此,我们可以知道《儿女英雄传》作者文康在"道光二十年"这一时间内的活动片断。因此就特定时间、特定地点的人物事迹而言,方志的记载往往详于正史。我们注意到方志中人物资料的散见性、片断性,将散见于各志中的人物集中起来,就容易考察作家的生平经历。如有人将散见于 16 种方志中的有关明高则诚的资料辑集在一起加以考察(侯百朋《方志所见有关高则诚资料》,载《文献》第 18 辑),对了解高则诚的生平就很有帮助。如果该作家的材料较多,参以其他文献,就可以为他撰写较详细的传记或年谱了。实际上,为古人立传修谱,几乎没有不征集方志中的材料的。

第三节　方志与文学作品的辑佚校勘

"征引浩博、叙事简核"是方志的优良传统。一般方志中的"艺文"部分多收载作品;人物部分也往往收载该人佳作或别人赠作;他如山川、形势、津梁、公署、学校、城池、古迹、风俗、物产等门类也往往载有相关的作品。其中有些作品,不见于他书收载,有些作品虽见于他书,但文字有异同。它们成为辑佚校勘的重要材料来源。

一、辑佚

散佚在方志中的文学作品,不乏名家之作。

原集尚存、而佚文见于方志的,如:

[乾隆]《济源县志》"艺文"中录杜牧《游盘谷》诗 1 首,杜牧各种诗文集、《全唐诗》、《全唐诗逸》、《全唐诗外编》均无载,当为杜牧

佚诗。

[嘉庆]《义乌县志》卷21载宋代民族英雄宗泽《赠鸡山陈七四秀才》一诗云："渥洼生骏驹,丹山生凤雏。家有宁馨子,庆自积善余。粹然秀眉宇,莹彻真璠玙。高声颂《论语》,健腕学大书。头头欲第一,气以凌空虚。想兹顾复意,何止掌上珠。更期速腾蹋,尔祖立以须。"该诗不收于《宗泽集》(浙江古籍出版社1984年据《金华丛书》本《宗忠简公集》标点排印),当为宗泽佚诗。

宋代祝穆《方舆胜览》卷39邕州风俗门所引王安石《谕交趾文》(卷首目录作《谕俗文》即为《四部丛刊》影印明刊《临川先生文集》所无,也不见于中华书局1959年版《临川先生文集》及补遗;卷17南康军堂会门所引朱熹《直节堂记》,也为《四部丛刊》本《晦庵先生朱文公集》所无。

清纪黄中等纂修的《仪封县志》卷12,载有明代著名哲学家、文学家王廷相撰于正德二年(1507)的《重修仪封县学记》一文,为其《王氏家藏集》和《王浚川所著书》所不载。

清孔尚任等纂修的[康熙]《莱州府志》中有不少孔尚任的诗文,如《瑞莲亭太守陈谦招饮》、《同太守陈谦郡丞靳治荆过甘观察园壁署内步韵》、《甘观察署中百可亭晚坐》、《午日莱署覆花亭节宴有感》、《水镜斋北窗临池晚饮》、《水镜斋记》等,不见于《孔尚任诗文集》(中华书局1962年版)

原集散佚,可自方志中辑得部分作品的名家。如:

南宋作家范成大,"天资俊明,辅以博学,文章澹丽清逸,自成一家。尤工诗,大篇短章,传播四方。"(周必大《周益国文忠公集·省斋文稿》卷22:《贤政殿大学士赠银青光禄大夫范成大神道碑》)。生前曾自编《石湖大全集》136卷,后散佚,仅有《石湖诗集》34卷传世。但从范成大自己所撰《吴郡志》中可辑得佚文6篇,另外从[洪武]《苏州府志》、《浙江通志》、《石湖志略》、《广西通志》等方志中也可辑得不少佚篇。(参阅《范成大佚著辑存》,孔凡礼辑,

中华书局1983年版)

元代戏曲家高明本有《柔克斋集》,惜于明中叶散佚。从［弘治］《温州府志》、明黄宗羲《四明山志》、清释佛彦《仙岩寺志》、［康熙］《常州府志》、《黄岩县志》、［光绪］《余姚县志》等方志中并辑得诗佚文凡九篇。(参阅《〈琵琶记〉资料汇编》,侯百朋辑,书目文献出版社1989年版)

又如:明代通俗文学家、戏曲家冯梦龙本有诗集《七乐斋稿》,后散佚。但从冯梦龙知寿宁县时撰修的《寿宁待志》中,不仅可以窥见冯氏四年宦游生活的经历,还可以辑得他写的文告、诗歌。《待志》中所录的他在寿宁时纪事述怀的八首诗作,反映了他关心人民疾苦但又忠于明王朝,想当清官又功名心切种种矛盾思想。

有的文人虽在全国范围算不上名家,但在一郡一邑,为乡里后人称道,其诗文往往被采入方志。

如:元王翰有忠直义勇之气,其诗"咏于感慨者极忠爱之诚;得于冲澹者适山林之趣"。(《友石山人遗稿序》陈仲述序)"虽篇什无多,而沈郁顿挫,凛然足见其志节。"(《四库全书总目提要》集部五·别集类四)然而王翰存世的诗不多,《元诗选》仅录27首,其子王偁辑得各体诗84首,而成《友石山人稿》,然有遗漏。因王翰曾"以同知升理问官,综理永福、罗源二县"(《元诗选》初集·庚集)。笔者检道光九年(1829)《新修罗源县志》(本书多引旧志),于《山川志》内,得翰佚诗12首(《据罗源县文史资料工作委员会1984年标点注释本),今录于下:

咏文珠山
松传琴瑟风生枕,溪泻琼瑰月到窗。
人道驯心降猛兽,问无心处若为降。
咏眠鹤亭
芝田春暖日融融,松绕栏杆面面风。

鹤睡不知天地老，千年华表忆丁公。
咏金钟礴
造化为炉迥不群，沉沉深映碧山云。
霜风午夜天如水，好使清声远近闻。
咏文笔峰
卓立峰头插远天，等闲泼墨弄云烟。
谁言四友难兼美，纸写青霄砚醮川。
咏仙人迹
苏耽昔日憩成村，曾向楼中攫爪痕。
想是云泥无定迹，又留足迹印山根。
咏感梦泉
一泓如玉瞰荒陂，今古骚人几费诗。
青草有灵如入梦，不妨呼作谢家池。
咏山羊鼻
鼻孔撩天拱石羊，坐观牛马往来忙。
蠢形也解知香臭，闭嗅山花卧夕阳。
咏通济桥
谁将叠石驾溪桥，桥上通衢万里遥。
北望关河通济石，神京何啻隔层霄。
咏马鞍山
山腰直下跨鞍鞯，鞭影谁争一著先。
寄语伏波须勇据，功成归卸华山前。
咏石笋
灵根何岁迸山坳？笋染苔痕色尚浮。
参透版师知是石，归寻坡偈到眉州。
咏双石
怪石峥嵘伏且蹲，四围云梦气雄吞。
还疑昔年丰城剑，化作双龙镇海门。

咏香炉山

非琢非磨势自然，地灵擘出献诸天。
千年朝暮岚云起，疑是沉檀一柱香。

《新修罗源县志》收载自宋至清佚诗佚文颇多，如宋代黄桧、林芘等，明代徐延寿、高相等，而尤以明代陈钧诗为多。据《千顷堂书目》载，陈钧，字衡臣，有《退轩集》，《明诗综》仅录陈钧《题金山壁间画》诗一首，并注引徐器之云："衡臣诗体法声调一归于正。《退轩集》早已散佚，其诗赖方志保存不少，如其中《蛺蝶军行》一首，思想深刻，描画入微。诗云："蛺蝶军，蛺蝶军，翩翩何来千百群？不思弄芳媚花卉，要扫闽甸烟尘昏。嘴如剑锋翼五彩，或大如鹏小如鸠。乱飞惟集恶人居，引队不栖君子室。固知天意遣尔来，要警斯世群狼犲。我思四海皆春台，舞拍翅板争徘徊。君不闻，凤鸣岐山圣人作，麒麟游郊龟出雒。况今盗起犹逆锋，蛺蝶何能去残虐？想渠成鬼新含冤，化尔异类生浪言。锦城红紫已尘土，我亦无路寻桃源！蛺蝶军，果有用，早复山河归禹贡。纷纷世事奚足凭，闭门且作庄周梦。"

或有不以文名的显臣，作品多赖方志以存。如宋代右丞相吴潜，政绩颇著，宋梅应发、刘锡所撰《开庆四明续志》几专记吴潜之事。吴潜所著文集，世久不传，后人或掇拾丛残，编为遗稿者，却伤缺略。本志所载吴潜吟稿二卷，录古今体诗209首，诗余二卷，收词130首，都是很少见于其他载籍的作品。

以上就诗文而言，推之小说亦然。如宋洪适所著文言短篇小说集《夷坚志》，原420卷，明初尚存，后陆续有所散佚。自张元济、何卓（中华书局1981年出版何卓点校《夷坚志》）等搜遗补缺以来，赓续者不少。其中大多辑自方志，有人从《舆地纪胜》中辑得17则，从[嘉定]《镇江志》补得1则（参李裕民《夷坚志》补遗三十则》，载《文献》90年第4期）。从《会稽续志》中辑得5则，[景定]《建康志》1则,[咸淳]《临安志》8则,[至正]《金陵新志》2则,《昆山郡志》、《盱眙县志稿》、《京口三山志·金山志》、《资阳县志》、《萍乡县志》、《江西考古录》、《广州府志》各1则(参王秀惠《〈夷坚志〉佚文辑补》,载《汉学研究》七卷一期[1989年6月]。)还有不少保存在方志中的《夷坚志》佚文有待于我们去发现。

二、校勘

方志中保存的佚作已可谓繁夥,而可以用来校勘的作品比佚作更多。即以《方舆胜览》而言,该志采录了大量前人诗文,所据系宋本或宋前古本,我们可用以校勘传世各家诗文集,如:

取《胜览》中江西路吉州名宦张中丞条所录皇甫湜《吉州刺史厅壁记》,与《四部丛刊》影宋刊本《皇甫持正文集》对校,可发现有四处异文,《胜览》都胜于《文集》;《胜览》"噫眙良久",《文集》"眙"作"咍"。《胜览》"法防既周,铢两之奸无所容",《文集》"周"作"用"。《胜览》"雌亦为铦,跖亦为廉",《文集》"雌"作"雄","跖"作"路"。《胜览》"始继而苦,终优以恬",《文集》"而"作"始"。

若用《方舆胜览》遍校今传本宋以前诗文集,收获必多。若以今存方志遍校今传历代诗文集,刱获更不待言。

前人时贤论述校勘所依据的资料时,必重视"他书资料",即本书及本书注疏以外的典籍,而以博采群书的"类书"为要。若将所有方志引录的古书资料和文学作品荟为一编,其校勘价值必不低于类书。现当代校辑《全宋词》、《全元散曲》、《全明散曲》等即已注意较充分利用方志中的文学史料。

第四节　方志与文学作品的考证笺注

方志为古代作家创作提供了丰富的素材。宋代王象之《舆地纪胜·序》中批评以往的方志"言地理者……不过辨古今,析同异,考山川之形势,稽南北之离合,资游谈而考辨博"的局限性,从而提出方志应该"收拾山川之精华,以借助于笔端,取之无尽,用之不竭,使骚人才士,于一寓目之顷,而山川俱若效奇于左右"。这是从文学创作的角度,提出方志应该为触发文人才士之灵感提供素材。因而方志是我们考证本事来源、笺注文学作品的重要资料。如:

《宋元戏文辑佚》中录宋元佚名撰《司马相如题桥记》残曲11支。司马相如事迹本出正史,亦见葛洪《西京杂记》,戏剧取为题材者甚多,宋官本杂剧早有《相如文君》一本。但《题桥记》素材则出自常璩《华阳国志·蜀志》:蜀郡城北十里有升仙桥、送客观,相如初入长安,题曰:"不乘赤车驷马,不过汝下也。"后人戏文多据此演绎。

又如:《宋元戏文辑佚》中载《浣纱女》残曲1支。元人杂剧中所指"浣纱女",与西施不相涉,都属于伍员故事,取材于《越绝书》和《吴越春秋》。据载,伍子胥奔吴,至溧阳濑上,楚军迫之急,有一女子浣布,欲脱子胥,示以济渡。楚军至,恐不免辱,因抱石投水而死。元吴昌龄《浣纱女抱石投江》杂剧,亦据此事。《溧阳志》于"投金濑"下注云:"即漂女饭子胥处。子胥欲报,不知其家,投金濑水而去。"

有些文学作品虽不取材于方志,但如果作家与方志编纂者时代相差不远,而方志所载多为距编纂者时代不远之事,那么,我们可以通过方志考察作品本事,知其来源。略举数例如下:

《儒林外史》最成功之处在于寓深刻思想于丰满形象之中。而《儒林外史》有不少人物形象取材于生活原型,通过方志中记载的人物原型资料,还可以考察吴敬梓的艺术思想和塑造典型的手段。如:牛布衣的原型即朱草衣,光绪六年重刻《江宁府志》卷42《流寓传》载:"朱卉,字草衣,初名灏,字夌江,芜湖人。生四岁而孤,母贫不能自存,改适旧县古姓,欲携之往,卉不肯,依舅氏居。未几,舅死,乃依吉祥寺僧。既长,为童子师,教授自给。原聘妻家促之婚,卉自度贫无以为家,亲书文约退之。性喜吟咏,游他郡,访诸名宿与之讲切,遂工今体。所历半天下,中岁侨居上元始婚,卒无子,晚依一女以终。自营生圹清凉山下,病革作辞世诗,肩舆遍诣亲旧诀别。袁太史枚题其墓曰:'清诗人朱草衣之墓'。卉自号织屩山人,尝作《谒孝陵》诗,有'秋草人锄荒苑地,夕阳僧打破楼钟'之句,人亦称朱破楼云。"又如:镇远府太守雷骥原型当即田易,《永顺府志》卷8《名宦传》:"田易,顺天大兴人,进士。雍正五年任永顺同知,值改土初,飞檄旁午,易肆应裕如,因地方情形条议各事宜数千言,如聚米划沙,皆实际,无影响。其后建置,多本其说。"田易与雷骥的籍贯、经历和熟悉苗情的情况俱相关合。

蒋士铨作《空谷香》传奇,乃据其知友顾瓒园妾姚梦兰生前薄命事迹敷演而成。据谢启昆修纂的[乾隆]《南昌府志》载:顾锡鬯,字孝为,又字瓒园,浙江仁和人。乾隆元年进士,授德化知县。十五年(1750)调南昌知县。省会繁剧,甲于他处。锡鬯每日黎明入府,取隔宿饭杂酱菜饱餐之,即治事终日不倦。有富人先以女字某家子,后贫辄悔。姻鸣之官,廉得实,乃择吉日示审,谓富人曰:"汝所难婿者,聘金耳。"出白镪一封示之曰:"此聘礼也。今日良辰,为尔女毕姻。"令老妪扶女入内宅,盛装出厅事。锡鬯以己衣衣其婿,就堂上成合卺礼,备彩舆昇女至婿家,而答后之媒约,观者塞市。县志欠缺,延绅士倡修,采访无遗滥,尤激扬苦节。一切经费,不假胥役。其治行多如此。后升九江府知府,以疾致仕。

范成大《吴郡志》卷40《仙事》下有一则云:"周生,大和中庐于洞庭山。以道术济人,吴楚敬之。后出游广陵佛寺,有三四客诞,或喜其奇。生命虚一室,翳四垣使无纤隙。取箸数百,呼童僮以绳联续架之。曰:'我将此梯取月去。'乃闭户久之,数客步庭中伺焉。忽觉天地曛晦,闻生呼曰:'某至。'开室视之,生曰:'月在某衣中,诸君试观。'举其袖,出月寸许,一室通明,寒入肌骨。客再拜谢之。却闭户,其外尚晦,食顷如初。"

[光绪]《崖州志》卷22"纪异"下一则云:"明小疍村王邦相,航海大洋中。有鲨鱼欲覆舟。舟中人大惧;曰此中必有当葬鱼腹者。各出巾试之,鱼衔邦相巾。邦相遂跃海,鱼负之去。少顷,舟覆,无有生者。鱼负邦相至南山岭湾,弃于岸。鱼垂死,邦相涕泣埋之,于小洞天下筑石成坟。邦相卒,嘱咐葬其旁。子孙至今戒食鲨鱼,祭扫其坟犹未艾云。"

在整理、注释古典文学作品时,方志有时可以帮助加深对原文的理解。

如范成大《吴郡志》卷2一则云:"鱼斗者,吴俗以斗数鱼,今以二斤半为一斗,买卖者多论斗,自唐至今如此。皮日休《钓侣》诗云:'趁眠无事避风涛,一斗霜鳞换浊醪。莫怪儿童呼不得,尽行烟雨漉车螯。'"范成大所记对理解皮日休诗中"一斗"一句就很有帮助。

范成大《桂海虞衡志·志花》"红豆蔻"下云:"花丛生,叶瘦如碧芦。春末发。初开花,先抽一干,有大箨包之。箨解花见,一穗数十蕊,淡红鲜妍,如桃杏花色。蕊重则下垂,如蒲萄,又如火齐缨络,乃剪彩鸾枝之状。此花无实。不与草豆蔻同种。每蕊心有两瓣相并。词人托兴如比目、连理云。"此段正可注其《红豆蔻花》诗,云:"绿叶蕉心展,红苞竹箨披。贯珍重宝络,剪彩倒鸾枝。且入花栏品,休论药里宜。南方草木茂,为尔首题诗。"亦可为古诗中"豆蔻"一词作注。

第五节 方志与民间文学研究

方志记录了大量的地方传说、民谚、歌谣等民间文学作品,它们大多出自劳动人民之口,经过长期流传,不断得到完善和发展。许多脍炙人口的文人作品是从民间文学作品中吸取养份创作出来的。正如鲁迅所说:"民间文学偶有一点为文人所见,往往倒吃惊,吸入自己的作品，作为新的养料。旧文学衰颓时，因为摄取民间文学或外国文学而起一个新的转变，这例子是常见于文学史上的。"（《且介亭杂文·门外文谈[七]》）

地方传说是与历史事件，人物相联系的或与地方事物（如名、胜、古迹、风俗习惯、地方特产或常见事物）有关联的幻想性散文叙事作品。这类作品有相当一部分保存在方志中，"你随便打开一部关于那个剧邑或僻县的地方志书来看，最不容易使你一眼便溜过的，是那所谓'古迹'一类的记录。在许多古往今来的名人、准名人或非名人所写下的札记、游记等性质的著作中，往往丰富地记述着关于某山某水、某寺某石的'罗曼司'"。（《中国的地方传说》，载《钟敬文民间文学论集（下）》，上海文艺出版社1985年版）钟敬文将方志中的古迹类、古人札记游记当作地方传说的重要史源。实际上，方志中的人物、风俗、物产、传说等门类中的地方传说亦复不少。钟先生随后将地方传说分为自然的、人工的二大类，举例时也征引了方志，如《太平寰宇记》"空桑谷"、"婆婆石"；《云南志》"落客山土"，《畿辅通志》"青龙神祠"；《山东通志》"贫女祠"；《山西通志》"三姑庙"；《成都志》"升仙桥"；《金华志》"八咏楼"等地方传说。遗憾的是，钟先生数十年前即已注重方志中的民间文学作品，可至今我国还没有编纂出一套"方志中民间文学作品总集"来，甚至重论方志对民间文学研究的重要作用的文章都很少。

谣谚（歌谣和谚语的合称）根植于民间，是劳动人民的口头创作，短小精炼，言简意赅，富于哲理，颇多直接反映人民思想感情之作。谣谚在旧方志中散见于各门类中，而以风俗类或风俗专志中保存较多。至近现代，方志中始专设"谣谚"门类。清杜文澜辑《古谣谚》时，曾从六七十种方志中辑得古谣谚200首左右。解放后，编纂《中国歌谣资料》（作家出版社1959年版）时，曾从23种方志中选辑了44首歌谣。自方志中辑谣谚的专文已有之，如日人稻烟一郎自风俗志《清嘉录》中辑得谣谚八九十条而成《清代苏州的岁时谣谚》(载《中国文学研究》第十二、十三期。日本早稻田大学中国文学会编)一文。这说明人们已注意到方志中的谣谚资料。尽管如此,方志中的谣谚资料并未引起进一步的重视,如温端政主编《古今俗语集成》六卷本(山西人民出版社1989年版)理应是我国俗语集大成之作,第一、二卷分别收古籍经史和子集中的俗语,但大多据《古谣谚》。保存古代俗语较多的方志见录者并不多。

起源时期的方志,即常引谣谚说明问题,如《吴越春秋》、《越绝书》等,后世方志有记录尤多者,如《舆地纪胜》。即使记录俗语较少的方志,也总能找出数条来,如明[正德]《顺昌邑志》于卷1山川志"石湖岭"下云:"邵武溪流至此,两岸石山高耸,夹水如门,下积为湖,深不可测。岸左之山有岭,下皆奇石蝗岩。俗谚云:'石路开,状元来'。"卷8物产志"鹁鸪"下云:"谚云:'千鸠不如一鸪',言其美也。"同卷"蚊"下云:"俗云:'蚊有昏市',盖蝇成市于朝,蚊成市于暮。"同卷祥异志"瑞霰"下引童谣云:"天官赐福,满地雨粟;时和岁丰,家给人足。"若以平均每部方志录谣谚4则计,岂不是单单从我国的8千余种方志中就可辑得三四万条谣谚吗?再说,降及后世,方志有专设谣谚门类者,民国以后所修方志保存的谣谚则更多,以《中国地方志民俗资料汇编》而言,汇辑的谣谚即数以万计。

神话、传说等,与一地的风俗信仰有着极为密切的关系(参钟敬文《中国的地方传说》,载《钟敬文民间文学论集》),民间文学可谓民俗学的一个分支,民风民俗的研究直接与民间文学的研究互为促进、推动,古代民俗资料的汇编不仅对我国古代民间文学的研究有着极为重要的价值,而且可以对许多相关学科的研究提供帮助。令人高兴的是:丁世良、赵放等人主编了《中国地方志民俗资料汇编》(书目文献出版社1989年出版),该书分华北、东北、西北、西南、中南、华东六卷,将几千种方志中的民俗资料分为七大类编排:礼仪民俗、岁时民俗、生活民俗、民间文艺、民间语言、信仰民俗、其他。可谓我国地方志中民俗资料的集大成之作。

从某一方面说,民间文学即方言文学,"方言文学不但是用方言写作的文学,而且是切合今天一般劳动大众的生活要求、理解能力和习惯的文学"(《关于方言文学运动理论断片》,载《钟敬文民间文学论集》)。因此研究民间文学,民间语言便摆到了非常重要的地位。对于方志中所录方言词汇的价值,日本波多野太郎在《中国方志所录方言汇编》(日本横滨市立大学于1963~1972年在该校《纪要》分9册出版)的导言中叙述得较为明确,而该书将较重要的中国地方志中的有关方言部分加以汇编影印,每册卷末附该册所收方言词汇索引,其本身就是重视方志方言资料的一项重大实践。值得注意的是,宝藏并没有全部开采,还有很多方志未被利用。

第六节 方志与文学文献目录

方志中多设立艺文志或经籍志或著述志,用以著录本地著作、文章,以彰一地人文之盛。且多仿正史,以经、史、子、集四部分类,著录本地人著作名称、著者、成书年代,有的还录序跋和内容提要,如谢启昆《广西通志》艺文略。也有以朝代为次著录的。有的志书不著书目,而以体裁分类著录诗文,如[乾隆]《西宁府新志》艺文志,分诏谕、碑文、奏议、赋、记、序、录、传、书、文、论、辨、对、考、铭、颂、题、跋等载述。另有极少志书,既载书名,又录诗文,如[乾隆]《歙县志》。

方志中著录的诗文集可以帮助我们了解特定时期特定地点的创作情况,补正史艺文志之不足。仅以四川方志而言,可补《宋史艺文志》的,如:《蜀中广记》卷九十八所录何群《何通夫遗稿》、彭乘《彭秘书文集》、谢全(一作金)《五龙山居诗》二卷,于至《于至诗文》、李谊伯《李公敏集》五十卷、李定《虚舟子集》、郑少微《木雁居士集》,卷九十九所录吴时《吴待制文集》、文正伦《东岩野老集》八十卷、张大中《张大中集》、何炎寅《何炎寅集》、张方《亨泉遗稿》一百卷、许沆《许沆文集》(或作《章奏赋咏杂著》);[雍正]《四川通志》卷8所录雍沿《雍沿诗集》、卷9所录杨辅《文集》十卷;[嘉庆]《四川通志》卷185所录岑象求《岑著作集》、僧聪《阆苑集》,卷186所录张震《无隐居士集》十卷、鲁交《清夜吟》三卷、《三江集》三卷、陈尧叟《陈文忠公集》三十卷、刘泾《云阳集》、周锡《古今诗源》;[乾隆]《双流县志》卷3所录张大同《淡斋集》;[嘉庆]《邛州志》卷39所录计孝晡《青溪吟稿》;[嘉庆]《绵竹县志》卷49所录文及翁《文氏文集》二十卷,等等。

方志的编纂促使了地方文献大规模的编纂。清代是我国编纂方志的顶峰,数量几占历代方志的百分之八十,方志的修纂本来就要求修纂者们比较广泛地掌握一地的文献资料,辑集一地的文献,最后导致了搜集"郡邑"文人作品的地方著述丛书的问世。如清同治十年(1871)李鸿章始主修《畿辅通志》。与张之洞为同榜举人的王灏为了配合《畿辅丛书》的修纂,即于光绪初年开始编辑《畿辅丛书》,汇萃河北乡邦文献,李鸿章还在光绪甲午(1894)抽印了其中的35种。《畿辅丛书》后经陶湘重为编订,共收书173种,1530卷,是研究河北地方文人著述的宝贵资料,其中不乏文学史料,这部丛书可视作我国第一部较大规模的地方文献丛书。此后,以地域为收录对象的丛书如雨后春笋般破土而出,据不完全统计,多达六七十种,其中著名的如:丁丙《武林掌故丛编》、陆心源《湖州丛书》、胡凤丹《金华丛书》、胡宗楙《续金华丛书》、金毓黻《辽海丛书》等等。地方文献丛书的编纂又相应推动了地方文学的发展。

第七节 方志中文学史料的鉴别

旧时修志,虽有识之士一再提出"志属信史"的原则,但由于时代和阶级的局限,其中有些篇幅,对封建帝王、王朝和各级官府大肆颂扬,阿谀奉承;也有许多宣扬统治阶级善行和义举的虚伪记载。另外,地方士绅往往要求修志者在方志中收入夸饰其祖先功绩和德行的墓志、寿文或传记。为了达到这一目的,不惜多方托请,甚至进行贿赂。若修志者不受其请,有时甚至有意想不到的后果。如:范成大修成《吴郡志》后,"守具木欲刻矣。时有求附某事于籍而弗得者,因哗曰:'是书非石湖笔也',守惮莫敢辨,亦弗敢刻,遂以书藏学宫"(赵汝谈《吴郡志序》)。经过三十多年,继任知府李寿朋才确定《吴郡志》的著作权属范成大,并付之枣梓,一旦修志者意志薄弱,接受其请,那么方志中必定会杂入不少颠倒是非的记载,从而失去了可信性。另外,由于科学不发达,崇尚迷信,故多杂荒诞的记载,我们在利用这些史料时,要将迷信与神话、传说等区分开来。

由于方志的纂辑成于众手,所用资料,往往经过辗转传抄,其中的错误所在多有。因此,我们利用方志时,最好能正本清源,找出方志的史料来源;或者在参考其他文献的基础上善加利用。

利用方志辑佚校勘,也要注意寻觅收载该文最全的方志或其他文献资料。如:孔凡礼《范成大年谱》(齐鲁书社1985年版)于绍兴三十年(1160)下书"洪适作舍盖堂,成大作记"。其下引《舆地纪胜》及[康熙]《歙县志》之文后,孔氏加案语云:"堂盖作于本年,成大之记已佚。"孔凡礼另有《范成大佚著辑存》(中华书局1983年版),于"范成大佚著存目表"中据《歙县志》卷3列"《金盖堂记》"之目。"金"当为"舍"之误。实际上范成大《舍盖堂记》全文具存于宋代另一方志《方舆胜览》卷16中。

挖掘方志中的文学史料需要参考已有的工具书,关于总志、方志丛刊、方志目录的具体情况,详见本书第三编第三章第一节、第三节。

第六章 笔记中的文学史料

"笔记"本指执笔记叙。由于这一意义所透露出的记录态度的随意性及内容的广泛性,所以南北朝时,"笔记"引申为与诗词赋等饱蕴激情、铺陈辞藻、严格韵律的文学创作相对的文体的代称,正如《文心雕龙·总术》所概括的:"今之常言,有文有笔,以为无韵者笔也,有韵者文也。"此时的笔记是指散行之文。至宋代,宋祁《宋景文笔记》(或称《笔录》)始以"笔记"名书。该书分释俗、考订、杂说3卷,内容庞杂,形式随意,分条排列,无连贯系统性。自此以后,与之相类的著述常常以"笔记"名书。积久日多以后,近人遂以"笔记"作为所有以杂记、杂考、杂说等为内容的著述体,其中,直接以"笔记"名书的当然只是一部分。本章所论述的笔记,正是作为著述体的笔记。

第一节 "笔记"的概念及类别

笔记的概念,今人有广义、狭义两种理解。广义的理解只注重形式上的散,把由随意分条排列的短篇汇集而成的著述大都视为笔记,以台湾版《笔记小说大观》为代表,有不少诗话、笑话、传记、谱录等著作入选于该丛书。狭义的理解则既不忽视其形式的随意性，更注重其内容的杂散，刘叶秋《历代笔记概述》摒弃可以独立成类的专门著述不录，就是一种尝试。但刘氏又把"小说故事类笔记"作为笔记的三种类型之一，则未能顺应科研日益深入，学科日趋细分的形势。刘氏所谓的小说故事类笔记包括了志怪、志人、传奇等，它们连同神话、传说都可划归早已独立的小说类。前人盖因早期小说形式上的篇幅短小、叙事简略、艺术手法未臻完善而或名之为"笔记小说"，但若根据其实质内容来分析，用今天的小说概念来衡量，它们应该属于小说范畴。这一点鲁迅《中国小说史略》、李剑国《唐前志怪小说史》等论之已详。

笔者所理解的笔记概念正是狭义上的，而且不包括"小说故事类笔记"。笔记类著作应兼有体例散漫和内容庞杂两个特点。体例方面，笔记乃意之所至，随意记录、随意排列而成，通常由若干短篇杂汇而成，而篇幅之长短有时又颇悬殊，短的不过十数字甚或几个字，长的可以数千字乃至上万字，故形式上散的特点很明显。笔记同时具有内容庞杂的特点，凡文言短篇小说集、笑话、寓言集、诗话、词话、家训、语录汇编、传记、谱录著作及其他专记一时一类事实的著作、专叙地理或纪行之作等，虽也由短篇随意组成，体例散漫，但由于内容比较专门，且能各自成类或已各有归属，故不再将它们作为笔记论列。内容方面，一部笔记类著作，或记典章制度、朝野轶闻；或评骘诗文、品谈艺术；或考辨经史、论证得失；举凡文学、史学、哲学、艺术、医学、科技等，可以无所不包，因而它跟各种独立的著述体裁必然有交叉关系，也就是说笔记中有时散杂有各种著述体裁的内容，有的笔记甚或可以说是各种著述体内容的杂汇。

根据内容，笔者认为可以将笔记略分为史料笔记、学术笔记、综合笔记三类。史料笔记多记叙琐事轶闻、典章制度、灾祥变异等，多以"载"、"编"、"史"、"乘"、"纪闻"、"录"、"故事"、"旧话"等名书，如唐张鷟《朝野佥载》、宋徐度《却扫编》、明王世懋《窥天外乘》、宋龚明之《中吴纪闻》、唐赵璘《因话录》、南唐尉迟偓《中朝故事》、宋韩元吉《桐阴旧话》等。学术笔记以考辨评论为主，基本上是对各门学科治学经验和成果的札记，多以"论"、"评"、"考"、"辨"等名书。如宋孔平仲《珩璜新论》、宋袁文《瓮牖闲评》、宋程大昌《考古编》、宋吴增《辨误录》等。综合笔记则兼具以上二类的特点，名称也更为繁多，为表明其创作的随意性，通常以"笔谈"、"杂俎"、"琐言"、"琐记"、"漫钞"、"随笔"、"笔录"、"杂识"、"杂记"、"札记"等作为书名。当然，由于笔记本身具有内容庞杂的特点，种类的划分很难是纯粹的，上述分类只是为了便于研究，粗陈大概而已。

对历代笔记的数量前人尚无精确的统计，据前文论述的笔记概念，笔者粗略统计出现存的自魏晋迄近代的笔记总数约2000余部，这还不包括那些仅见于书目著录而原书完全散佚或仅有佚文残存的笔记。魏晋南北朝是笔记的草创时期，多为介乎野史和小说之间的作品，如晋葛洪《西京杂记》、南朝宋刘义庆《世说新语》等，目为小说可，视为笔记也可，盖因其既具小说之雏形，又备笔记之特点，内容或虚或实，作为史料征引时当有同时代其他佐证方可称信。笔记发展至唐代已基本趋于成熟，这时期笔记近100种。其中综合笔记以段成式《酉阳杂俎》为代表。它汇辑小说、琐闻、杂事、考证等于一编，为宋元以降综合笔记之范例；史料笔记多记史实、典制、风习、掌故等，真实成分增加了，编撰体例也为后人所因袭；学术笔记不仅考辨精详，引据充实，其内容之广也超拔前代，自此走上了独立发展的道路。三种笔记类型也至此大致稳定下来。宋元笔记约400种，史料笔记空前兴盛，佳制甚多，虽偶涉及神怪，但有许多不见于"正史"或较"正史"叙述更真实而详备的史料，为后人所重。元人修《宋史》、《金史》，后人修《元史》就多所择取。由于笔记这种著述也有着不为其他体制所具的优点，应用广泛，许多著名的文学家和学者也加入了创作队伍，使笔记文质并重，日臻完美。学术笔记至此已发展成熟，具有一定的学术价值。综合笔记如宋沈括《梦溪笔谈》、元陶宗仪《辍耕录》等，记叙与考证并重，多可宝贵，常为后人所征引。明代的笔记约 360 种。其中史料笔记的数量本远超前代，但清乾隆年间修《四库全书》时，大量销毁明代野史，笔记亦遭此劫，故所存不多，其中可补史阙的材料虽不少，但亦厕列神怪猥亵之谈，夹杂着道听途说的传闻，或辗转抄袭前人著述，故瑕瑜并存。由于学风空疏，故学术笔记数量少，且引书多凭记忆，或删改原书，鲜有精审之作。与上二类笔记相联系，明代的综合笔记质量也不甚高。如谢肇淛《五杂俎》范围虽广，但有不少内容采辑旧文而不注出处，反映了明人笔记以多为胜，忽略专精的通病。当然，只要我们善于鉴别，沙中淘金，明代笔记中还是有不少宝贵的史料可供利用的。

　　清代是笔记创作集大成的时代，数量约 700 余种。在清初，康、雍、乾三朝对有民族思想的文人肆意虐杀，大兴文字狱，因此，清初史料笔记只是记掌故、风俗、文艺等，而不敢讥评朝政，亦讳言明末清初事；中叶以后，政治腐败，文网稍宽，暴露政治黑暗的笔记大增。随着外侮频至，海禁大开，谈洋务、述欧风就成了后期笔记的一般内容。清初，在政治压迫下，知识分子不敢言谈时事，加之顾炎武、王夫之等人提倡经史研究，故一般学者为逃避现实而倾心于考据，朴学因而大盛，学术笔记至此遂蔚为壮观，达到鼎盛，无论数量、质量均远超于前代。但其末流龂龂于一字一句的争论，主观臆测，纷纭繁琐，则无益而有害。由于学术笔记和史料笔记发达，内容转趋专门，综合笔记与它们相比，则显得门庭冷落了一些。

　　近现代笔记由于有些仅存手稿，没有广为流布，故难以有较精确的统计，估计不下三四百种。近现代由于报刊业发达，不少文人为报刊撰写短文随笔，内容涉及人物掌故、书画典籍、简札柬贴、名胜古迹、园林花木，以及风俗习尚、饮食嗜好、人寿颐养、戏剧电影等，过后将这些作品集为一编，总而名之，即成为一部笔记著作，而命名以"随笔"、"杂"、"赘"、"散"、"话"等为多。当然还有些作家的作品零散见诸报端,未整理成帙。近现代多为史料笔记,偏重于人物掌故,学术性的笔记较少,原先学术笔记式的短篇文字发展成洋洋数千言的论文,将多篇论文编在一起,则又成了论文专集了。

第二节 笔记中文学史料的价值

笔记的史料价值相当高,历代笔记中许多具体而详尽的记载,往往不见于官修的史书,或可补史书的不足。例如:有关宋代元丰间官制改革的情况,宋庞元英《文昌杂录》中的材料,即比《宋史》所记详确。明刘若愚《酌中志》揭露明天启间的宫廷内幕,亦为《明史》不载。明初的户帖制度是研究明代政治、经济的重要资料,《续文献通考》卷13《户口考》语焉不详,而明李诩《戒庵老人漫笔》卷1《半印勘合户帖》的记载要详细得多。笔记在修正史时常被当作重要的史料来源,如元人修《金史》时,对金代兵制、金末近侍权重、南渡后宰执等的批评,《哀宗本纪》等就取材于刘祁的《归潜志》。

笔记中的史料大体可信,这是由作者的创作态度决定的。封建士大夫大都深受儒学影响,怀有穷则独善其身,达则兼济天下之志,一种历史使命感总萦绕在他们心间。通过笔记保存大量的史料,以供后人修史时采摭,即是这种使命感的具体体现。怀着这种目的,他们的记述自然力求真实。如鲁迅所说,史官的记载"涂饰太厚,废话太多,所以很不容易察出底细来。……但如看野史和杂记,可更容易了然了,因为他们究竟不必摆太史官的架子。"(《华盖集·忽然想到(四)》)"野史和杂说自然也免不了有讹传,挟恩怨,但看往事却可以较分明,因为它究竟不象正史那样装腔作势。"(《华盖集·这个与那个》)罗根泽虽认为"笔记是垃圾箱式的著作",但承认"珠玑珍宝,亦散见其中"①。

---

① 《罗根泽古典文学论集·笔记文评杂录》,上海古籍出版社1985年版。

笔记中的文学史料非常丰富,有关作家传记、文学作品、文艺思想、作品背景材料、社团流派、文坛风尚与文学事件、文学体裁的史料屡见不鲜。现以过去利用得较少的元代笔记为例,说明笔记中文学史料的重要价值。

一、记载作家的生平行实

1. **保存了不少不见经传的作家的材料**

知名度高的作家不但在友人的著作中会提到,而且有正史为他们立传。但有些作家由于某些原因,我们已难以在正史和其他著作中找到他们的材料,即使有,也是一鳞半爪。因为笔记是随笔记录,只要笔记作者觉得某个人、某件事有必要写下来,某个人的某篇作品写得好,就不管他是否知名度高,而把他记下来。如:

> 张起,字起之,四明人,有诗名。尝作一联云:"别来越树长为客,看尽吴江不是家。"未几,卒。诗亦有谶矣。(《辍耕录》卷28《诗谶》)

遍检经传史志,不见宋元有张起其人,唐有二张起,一为张郾之子,见《新唐书·宰相世表二下》,一见录于《全唐诗》卷770。该卷所录诗人均无世次爵里可考,内录张起诗二首,《早过梨岭喜雪书情呈崔判官》:"度岭逢朝雪,行看马迹深。轻标南国瑞,寒慰北人心。皎洁停丹嶂,飘摇映绿林。共君歌乐土,无作白头吟。"《春情》:"画阁余寒在,新年旧燕归。梅花犹带雪,未得试春衣。"但陶宗仪书多记元代事,张起应为宋元人。总之,张起爵里为他书不载,赖《辍耕录》存。

> 州诗人陈彦廉好作怪本,兼善绘事。其母庄本闽人,父思恭商于闽,溺死海中。庄誓不嫁,携彦廉归本州抚育,遂成名

士。彦廉有才名,交往多一时高流,最与黄公望子久亲睦。彦廉居硖石东山,终身不至海上,以父溺海故也。子久岁一诣之,至,则必到海上观涛,每拉彦廉同往。不得已,偕至城郭。黄乞与同看,陈涕泣曰:"阳侯,吾父仇也,恨不能如精卫以木石塞此,何忍以怒眼相见?"子久亦为之动容,不看而返,因为作《仇海赋》以纪其事。(《乐郊私语》)

陈宝生,字颜廉,其事迹最早见载于《乐郊私语》。又黄公望有《大痴道人集》,今仅存诗、散曲,见收于《宋元诗会》卷95、《全元散曲》。不见《仇海赋》传世。

笔记常引录他人的作品,有的作品不见于同时代其他书,可据补别集之不足,同时,有的作品还记录了有关文学家的材料。这些作品的作者大多与被记录的人有密切关系,大致可信。例:

先世旧藏吴兴张氏《十咏图》一卷,乃张子野图其父维平生诗,有十首也。……(下具载诗十首,兹略)孙觉莘老序之云:"富贵而寿考者,人情之所甚慕;贫贱而夭短者,人情之所甚哀。然有得于此者,必遗于彼。故宁处康强之贫、寿考之贱,不愿多藏而病忧、显荣而夭短也。赠尚书刑部侍郎张公讳维,吴兴人。少年学书,贫不能卒业,去而躬耕以为养。善教其子,至于有成。平居好诗,以吟咏自娱。浮于间里,上下于溪湖山谷之间,遇物发兴,率然成章,不事雕琢之巧,采绘之华,而雅意自得。徜徉闲肆,往往与异时处士能诗者为辈。盖非无忧于中,无求于世,其言不能若是也。公不出仕,而以子封至正四品,亦可谓贵;不治职,而受禄养以终其身,亦可谓富;行年九十有一,可谓寿考。夫享人情之所甚慕,而违其所哀,无忧无求,而见之吟咏,则其自得而无怨怼之辞,萧然而有沉澹之思,其然(一本作亦)宜哉!公卒十八年,公子尚书都官郎中先亦致仕家居。取公平生所自爱诗十首,写之缣素,号《十咏图》,传示子孙,而以序见属。余既爱侍郎之寿,都官之孝,为之序而不辞。都官字子野,盖其年八十有二云。……(《齐东野语》卷15《张氏〈十咏图〉》)

孙觉有《孙觉文集》40卷、奏议12卷、外集10卷,已佚。《〈十咏图〉序》赖《齐东野语》以存。张维,史志多无其传,赖此以知其人。孙觉生于1016年,卒1090年,张先生于990年,卒于1078年。此序作于子野(即张先)82岁,故知当作于宋神宗熙宁五年(1072),而此时张维已"卒十八年",故知维卒于宋仁宗至和元年(1054),逆而上推91年,则知维当生于宋太祖建隆四年(963)。陈振孙推算维生于956年,卒于1046年,也可备参考。陈文亦具载于《齐东野语》卷15《张氏〈十咏图〉》。

2. 多侧面记载了文学家的轶事。

笔记中记载的有关作家的轶事,可以帮助我们全面了解、研究一个文学家。例:

> 有云松雪一日以幅纸界画十三行,行数十字,字各不等,问景修(叶森字景修)曰:"尔谓何物?"景修曰:"非律度式乎?"松雪曰:"也亏你寻思,惜太过耳。"乃临《洛神赋》界式也。一日,又侍行西湖上,得一太湖石,两端各有小窍,体甚平。松雪命景修急取布线一缕至,扣于两窍,而以石令人涤净扶立矣。久之,清风飐至,其声如琴,即命名曰"风篁"。他日归雪川,当易以细丝缕上之,为小斋前松下之玩。景修曰:"此是前人为之,而相公见之乎?"松雪曰:"否!我自以意取之也。"其敏慧格物理、参造化之巧如此者,岂凡俗所能拟其万一哉!但亦爱钱,写字必得钱,然后乐为之书。一日,有二白莲道者造门求字。门子报曰:"两居士在门前求见相公。"松雪怒曰:"甚么居

士？香山居士、东坡居士耶？个样吃素食的风头巾，甚么也称居士！"管夫人闻之，自内而出，曰："相公不要恁地焦躁，有钱买得物事喫。"松雪犹愀然不乐，少顷，二道者入谒罢，袖携出钞十锭，曰："送相公作润笔之资。有庵记，是年教授所作，求相公书。"松雪大呼曰："将茶来与居士喫！"即欢笑逾时而去。盖松雪公入朝后，田产颇废，家事甚贫，所以往往有人馈送钱米肴核，必作字答之。人以是多得书，然亦未尝以他事求钱耳。(《至正直记》卷一《松雪遗事》)

赵孟頫乃元代著名的书法家、文学家，为之作传者甚多。笔记中的材料更可补史传未备，于细碎琐屑的事件中全面了解他。除所引上文以外，《辍耕录》卷4《前辈谦让》、卷7《赵魏公书画》、《山居新语》、《遂昌杂录》等载其佚事甚详，足资参考。

《齐东野语》卷1《放翁钟情前室》一则，作者列举陆游诗词为证，佐以见闻，说明陆务观对前妻唐氏一直念念不忘。尽管如此，陆游也纳妾，陈世崇《随隐漫录》卷5载陆游宿于驿站，见驿卒女儿的诗做得好，遂纳为妾，才过半年，就被陆游的母亲驱逐。驿卒女悲愤地赋诗云："只知眉上愁，不知愁来路。窗外有芭蕉，阵阵黄昏雨。晓起理残妆，整顿教愁去。不合画春山，依旧留愁住。"由此我们可以认识到那个社会不合理的婚姻制度和妇女的悲惨命运。陆游向被推许为与妻子有真挚爱情的代表文人，推崇者仅仅根据陆游与唐婉的恋情，但是从这些材料中我们可以看到他狎妓享乐，纳妾逐妾的另一面。

此外，有的笔记还述及著作权问题，如：

> 又一日，有歌妓千金奴者请赠乐府，容斋属之先君，即席赋《折桂令》一阕。容斋大喜，举杯度曲，尽兴而醉，由是得名，亦由是几至被劾。而以容斋人品高，且尚文物之时，独免此

患。若是今日,亦无此等人物,亦不敢倡和风流也。其曲今书坊中刊行,见于《阳春白雪》,内题但作徐容斋云。(《至正直记》卷4《先君教谕》)

《阳春白雪》卷2于《蟾宫曲》(俗名《折桂令》)下录《徐容斋赠千金奴》一段,据上文可知,《赠千金奴》非徐容斋所作,当为《至正直记》作者孔齐之父孔文升所作。子记父事,言之凿凿,当可据以订《阳春白雪》之误。

二、保存珍贵的文学作品

1. 诗歌

笔记中有关诗歌的记载,或仅录诗歌原文,或记作诗之由,或录有关诗作轶事,它既可以补总集、别集之缺,又能帮助我们了解诗作之意,是重要的辑佚材料。王岚《〈百川学海〉所收宋元笔记中的宋诗辑佚》(载《古籍整理与研究》第五期,中华书局1990年版)一文即据1927年武进陶氏影宋咸淳本所收73种宋元笔记,辑考出宋人佚诗62首(包括残句等)分属51家。兹略举数例。

> 江浙行省掾高仲器,收《白芍药》一轴,景祐元年十月七日,高平范仲淹题诗其上云:"桐庐方正父家藏唐翰林画《白芍药》,予求领郡事,因获一见,感叹久之,而题二十八字:治乱兴衰甚可嗟,徒怜水调素荣华。开元盛事今何在?尚有霓裳寄此花。"(《困学斋杂录》)

范仲淹《文正集》中,不载此诗。

> 理宗圣德天纵,问学日深。潜龙越邸日,尝从多士宾兴,较艺文场。及即位,中外称为文章天子。林希逸兼崇政殿说

书,首进养性存心二说,即日降御批云:"心者,神明之舍,欲养其性,必存其心。观卿进说,姑以七言寓意云:'方寸中涵一太虚,操存须用养工夫。莹然镜净无纤翳,一性融明万理俱。'"(《湛渊静语》卷1)

理宗此诗,他书不载,清厉鹗辑《宋诗纪事》,漏收本诗,盖未见《湛渊静语》全本。另,《佩韦斋辑闻》卷3也录有理宗未登基前遇林君奇所作诗云:"许负往昔矣,天网今何之。谁知千载后,复遇林君奇。"

甲戌夏,予游江右,旅邸题诗满壁。独记忆数首,岁久忘其氏名,因录于左。《过常山》云:"酴醾香梦怯春寒,昼永帘垂燕子闲。敲断玉钗银烛冷,计程应念过常山。"《闺怨》云:"有约未归蚕节局,小轩空度牡丹春。夜来拣尽鸳鸯茧,留织征衫寄远人。"《漫题》云:"南国伤逴缘蕙苡,西园议价指蒲桃。惟遗白发存公道,近日豪家染鬓毛。"《王荆公读书堂诗》云:"乌石岗头上冢归,柘岗西畔下书帷。辛夷花发白如雪,万国春风庆历时。"此诗尤婉而成章也。(《佩韦斋辑闻》卷2)

予于北士家见二诗,其一《读史诗》曰:"襄汉云屯十万兵,习池酩酊不曾醒。纷纷误晋皆渠辈,何独王家一宁馨。"德祐末边将沉溺酒色,兵事乃卖降,恐后乃指儒以为误国。此可以闭其口而夺之气矣。(同上)

《宋诗纪事》录《闺怨》一首,他诗则不见群书所载,亦不能断定作者,姑录于此。

犹记丁丑戊寅年间传到一绝云。丞相(案:指文天祥)扬州城下所赋,其词慷慨激昂,非他诗人所言也。"黯云霏雾暗

> 扶桑,半壁东南尽雪霜。壮气不随天地转,笑骑飞鹤入维扬。"
> (《隐居通议》卷12《道体堂刊(文山集)》)

文天祥曾于景炎戊寅年(1278)八月二十七日至扬州,该诗或作于此时。然不为《文天祥全集》(江西人民出版社1987年版)所收。刘埙虽与天祥同时,然亦似揣测诗当为文氏所作。作者究为谁,尚待考证。姑系于文天祥之下。

> 艾轩林公光朝诗不多,别为体。……《生女》一首曰:"贫家生一女,蟋蟀催寒杵。富家生一女,烟风来玉树。富家生女才及笄,阿官门前新筑堤。贫家不生女,饭牛小儿安得妻?荆钗玉珰各随分,醉中之天无高低。"《乞猫》诗云:"宁可时时被鼠煎,狂猫一夜不成眠。广南六月官军到,见说人家断火烟。"(《隐居通议》卷12《艾轩吟咏》)

林光朝死后,其族孙同叔裒其遗文为10卷。后来,其外甥方之泰搜求遗逸刻为20卷,惜均已失传。正德辛巳(1521),光朝乡人郑岳择其尤者编为9卷,附以遗事一卷,题为《艾轩文选》。内不录《生女》、《乞猫》诗。两诗思想丰富,反映了当时的社会矛盾,当据补。

> 宋末贾似道柄国,弄权已甚。叠山先生谢枋得,赋一诗自况曰:"手捻箕花吹玉箫,至人长与道消摇。黄云白鹤无拘束,闲看吴儿弄晚潮。"其婉娩沉著,有唐人风致。若其自处,亦甚高矣!其伤时亦甚隐而切矣。(《隐居通议》卷11《叠山自况》)

该诗不为今本《叠山集》所录,当据补。

元代笔记中保存的佚诗相当多,特别是《隐居通议》、《庶斋老学丛谈》、《辍耕录》、《癸辛杂识》、《至正直记》、《山居新语》、《困学斋杂录》、《砚北杂志》等书中存诗尤多,这里不可能一一列举。厉鹗编《宋诗纪事》,顾嗣立辑《元诗选·癸集》,陈衍编《元诗纪事》等取资于元笔记者甚多,然囿于体裁、观点,不采用者,学人不可不察。

2. 散文

丁大全罢,吴潜代之。潜为人豪隽,其弟兄亦无所附丽。……又自铭其棺云:"生于霅川,死于龙水。大带深衣,缁冠素履。藉似纸衾,覆以布被。一物不将,敛形而已。其人伊谁?履斋居士。"(《钱塘遗事》卷4《吴潜入相》)

吴潜,字毅夫,累进左丞相。忠直敢言,尝论丁大全、沈炎、高铸之奸,遭罢黜。此铭是他对自己一生的写照。不见录于其别集——《履斋遗集》。

湖州何山寺主僧德明,晚自号铁镜。余为作《颂》曰:"人间万事,溷溷腽腽。胸次九流,明明了了。要知铁镜非铁,山中晦明昏晓。咦!六州四十三县,铸不成八万四千同一照。"(《佩韦斋辑闻》卷3)

《佩韦斋辑闻》作者俞德邻另有《佩韦斋文集》16卷,是其子庸衷集仅得诗文522首而成,中不录此《颂》。

王腥轩迈,尝自赞其画像云:"早游诸老门,晚入端平社,即汝腥翁也。入被丞相嗔,出遭长官骂,亦汝腥翁也。谁教汝不曲不圆,不聋不哑。只片时金马玉堂,一向山间林下。然则

今日画汝者,几分是真?几分是假?问天祈活百年,一任群儿描写。"(《湛渊静语》卷2)

王迈(1185~1248),字实之,号臞轩,莆田人,少负才名。《续文献通考》载其《臞轩集》20卷,已佚。四库馆臣以《永乐大典》所载,兼他书所引,共辑得文171首,诗443首,诗余5首,釐为16卷。集中不载王氏自赞,当据补。

张文定公庆历中草两制,《荐举敕》云:"盖举类之来旧矣!三代之盛王,其必由之,如闻外之议云,是且启私谒告请之弊也。予不以是待士大夫,何士大夫自待之浅耶?"又《察举守令敕》云:"夫天下之大,官吏之众,独不闻循良尤异者之达予听。外台之职,岂非阙矣?抑朝廷未有以导之也。其视守令,能以仁政得民,民心爱之,如古循吏然者,宜以名上,予得以褒慰之。亦以四方之民,知予不专宠健吏,所贵仁者尔。"尤延之谓二诏:"大哉言乎!简而尽,直而婉。丁宁恻怛之意,见于言外,至今诵之,盎然如在春风中。岂特公之文,足以导上之德意志虑,亦当时善治足以起其文也。"(《困学纪闻》卷19)

文定又行《范文正公参政制》云:"大恩之下难为报,大名之下难为处,矧兼二者,可无勉哉!尔尚朝夕以交修,予允迪前人勤教,邦其永孚于休。"训辞文雅,可以见太平之象。(同上)

张方平,字安道,自号乐全居士,卒谥文定。有《乐全集》40卷,《宋文鉴》所载方平诸制词,今皆不在集中,盖方平别有《玉堂集》20卷,今已佚。《困学纪闻》所录三制,《宋文鉴》皆不录。

《隐居通议》中保留了一些作品,其作者不为人知,其集也早佚。如卷4录《秋花草虫赋》、《味书阁赋》、《丽谯赋》、《训畲赋》,刘埙加案语云:"以上数赋,皆幼安所作,见《燕石稿》,盖其所著集也。"又卷 6 幼安作《四诗类苑序》。始知傅自得,字幼安,盱江人,人称西园先生,为硕学之士,古赋名动当时,死于景定中,终年 84 岁。其著《燕石稿》、编二陵坡谷之诗为《四诗类苑》,二书皆不见《宋史艺文志》载,早佚。盱江傅自得与著《至乐斋文集》之傅自得非为一人,此不可不辨。《隐居通议》卷 17 还录有傅幼安自得《大觉寺长明灯记》。幼安其人其作,如无《隐居通议》,恐已湮没无闻矣!《隐居通议》中象这样具有珍贵文学史料价值的作品还很多,有待于我们进一步发掘与利用。

3. 小说

我国的笔记著作中的某些作品沿袭了魏晋志怪小说、志人小说之风,杂记奇闻怪事。发展到后来,已有了离奇的情节,并注意充分描绘人物形象。笔记中的这部分作品我们可视为文言短篇小说,而大部分史料笔记、综合笔记中都夹杂有小说。如《山居新语》记见闻,往往参以神怪之事,把它们当作小说,还是史实?这要求我们参以旁证才能决定。对介于小说与史实间的材料,使用时要特别慎重。《隐居通议》卷 32 专录"鬼神"之事,《辍耕录》、《癸辛杂识》中小说亦多,此不赘举。

有的笔记中所记史实,后人往往根据其事演为小说,如果我们能探其源,也就可以知其流变了。兹举一例。

> 天台营妓严蕊字幼芳,善琴、奕(案:疑为"弈"之误)、歌、舞、丝竹、书画,色艺冠一时。间作诗词有新语,颇通古今,善逢迎。四方闻其名,有不远千里而登门者。唐与正守台日,酒边尝命赋红白桃花,即成《如梦令》云:"道是梨花不是,道是杏花不是,白白与红红,别是东风情味。曾记,曾记,人在武陵微醉。"与正赏之双缣。又七夕郡斋开宴,坐有谢元卿者,豪士也。夙闻其名,因命之赋词,以己之姓为韵。酒方行而成《鹊

桥仙》云:"碧梧初出,桂花才吐,池上水花微谢。穿针人在合欢楼,正月露玉盘高泻。蛛忙鹊懒,耕慵织倦,空做古今佳话。人间刚道隔年期,指(一作"在")天上方才隔夜。"元卿为之心醉,留其家半载,尽客囊橐馈赠之而归。其后,朱晦庵以使节行部至台,欲撼与正之罪,遂指其尝与蕊为滥,系狱月余。蕊虽备受箠楚,而一语不及唐,然犹不免受杖,移籍绍兴。且复就越置狱鞫之,久不得其情。狱吏因好言诱之曰:"汝何不早认,亦不过杖罪,况已经断罪,不重科,何为受此辛苦邪?"蕊答云:"身为贱妓,纵是与太守有滥,科亦不至死罪。然是非真伪,岂可妄言以污士大夫?虽死不可诬也。"其辞既坚,于是再痛杖之,仍系于狱。两月之间,一再受杖,委顿几死。然声价愈腾,至彻皇陵之听。未几,朱公改除,而岳霖商卿为宪,因贺朔之际,怜其病瘵,命之作词自陈。即口占《卜算子》云:"不是爱风尘,似被前缘误。花开自有时,总赖东君主。去也终须去,住也如何住?若得山花插满头,莫问奴归处。"即日判令从良,继而宗室近属纳为小妇,以终身焉。《夷坚志》亦尝略载其事,而不能详,余盖得之天台故家云。(《齐东野语》卷20《台妓严蕊》)

本则所记,后为凌濛初所本,演成《二刻拍案惊奇》中的"甘受刑侠女著芳名"一回。

4. 戏曲

我国古代戏曲萌芽于汉唐,形成于宋代,在经历了一个漫长的历史进程之后,至元代发展成熟,并达到了空前的繁荣。这一时期出现了大批新型的作家和优秀作品,以及专业性剧团和以杂剧为职业的演员。与此相适应,产生了记载戏曲作家和戏曲演员的专门著作,如《录鬼簿》、《青楼集》等。也许与传统的推崇分不开,元代笔记中有关戏曲的史料比诗文、小说要少(明代笔记中戏曲史料较多,这种文化现象尚有待研究),但断璧残玉,亦可宝之。载戏曲史料最多的元代笔记要数《辍耕录》,有人将其中的戏曲材料辑成《辍耕曲录》1卷,收载在丛书《新曲苑》中;王古鲁译日人青木正儿编《中国近世戏曲史》,取《辍耕录》卷25"院本名目"近700种作为附录,其价值已不言而喻。卷27录"杂剧曲名"230章,比《中原音韵》所载还少,价值则不大;但同卷所录的《燕南芝庵先生唱论》可补充订正《元曲选》本之不足。《辍耕录》中与戏曲有关的材料还有:卷17《哨遍》,卷23《醉太平》,卷4、9、26的虞集,卷5、9的卢疏斋(挚),卷8的乔吉和曹明善,卷13的高明,卷20的珠帘秀,卷23的王和卿与关汉卿,卷26的贯云石,以及卷28的张明(当作"鸣")善。

　　歌儿珠帘秀,姓朱氏。姿容姝丽,杂剧当今独步。胡紫山宣慰极钟爱之,尝拟《沉醉东风》小曲以赠云:"锦织江边翠竹,绒穿海上明珠。月淡时,风清处,都隔断落红尘土。一片闲情任卷舒,挂尽朝云暮雨。"(《辍耕录》卷20《珠帘秀》)
　　堂堂大元,奸佞专权,开河变钞祸根源,惹红巾万千。官法滥,刑法重,黎民怨。人吃人,钞买钞,何曾见?贼做官,官做贼,混贤愚,哀哉可怜。"右《醉太平》小令一阕,不知谁所造,自京师以至江南,人人能道之。古人多取里巷之歌谣者,以其有关于世教也,今此数语,切中时病,故录之,以俟采民风者焉。(《辍耕录》卷23《(醉太平)小令》)

上录两小令为陈乃乾《元人小令集》所失收,当据补。

　　州少年多善歌乐府,其传皆出于溆川杨氏。当康惠公存时,节侠风流,善音律,与武林阿里海涯之子云石交善。云石翩翩公子,无论制乐府、散套,俊逸为当行之冠。即歌声高引,可彻云汉,而康惠独得其传。今杂剧中有《豫让吞炭》、《霍光鬼谏》、《敬德不伏老》,皆康惠自制,以寓祖父之意。第去其著作姓名耳。其后长公国材、次公少中,复与鲜于去矜交好。去矜亦乐府擅场,以故杨氏家僮千指,无有不善南北歌调者。由是州人往往得其家法,以能歌名于浙右云。(《乐郊私语》)

《乐郊私语》为姚桐寿旅居海盐所作,上文之"州"即指"海盐",本则笔记是关于南戏海盐腔的最早记载。

《至正直记》中有关"赵岩乐府"、"酸斋乐府"、白贲《鹦鹉曲》,《山居新语》中所载曲"老书生",以及《庶斋老学丛谈》卷3录曹东畎"自慰其脚"之词(名为《红窗迥》)等等,都已为王文才所编《元曲纪事》(人民文学出版社1985年版)哀人,此不赘。《志雅堂杂抄》卷下录灵怪类话本小说《四和香》、《豪侠张义传》等书目,有助于对宋代戏曲的研究。

《癸辛杂识》别集上《祖杰》一则,备载僧人祖杰奸淫妇女,并迫俞生娶该女为妻,祖杰行贿官衙,俞生上告无门,反而全家被杰残害,但最终申冤雪恨之事。文繁不具引,唯末云:"旁观不平,惟恐其漏网也,乃撰为戏文,以广其事。"以笔者之陋,不知为何曲戏文,谨记于此。

5. 谚语

谚语是一种简炼通俗富于经验或哲理的语句,其形式短小,有的还押韵,讲究对称,具有诗的外形。因其多来自民间,故又称民间谚语,是民间文学的一种。清人杜文澜辑先秦至明代谣谚2300余首而成《古谣谚》一书,其取材遍于经史子集,而于笔记中所取尤多。盖因笔记于朝野佚事、俚语俗谚无所不载。然而杜辑尚不够全面,今就元代笔记中为杜书漏收之谣谚略辑如下(温端政主编《古今俗语集成》六卷,集古今俗语之大成,然自《至正直记》中仅录一则,盖辑者未阅孔书,仅据《古谣谚》耳,当补)。在不影响理解的前提下。仅录谣谚本身,而不涉他文。又:凡谣语均注明,未注者皆谚语。为便于查阅,统一标序号。

(1) 长芦之下,御河西岸,地名黄邱,有大墓。正光中,魏故前州刺史庄公高君之碑,会通未凿之前,海道未通,谚云:"水打黄邱墓,运粮到大都。"后果然,以为谶。(《砚北杂志》)

(2) 谚云:"木生架,达官怕。"木架"本云"木介"。介,甲兵象,前汉《五行志》云。(同上)

(3) "雁孤一世,鹤孤三年,鹊孤一周。"(《至正直记》卷1)

(4) 谚云:"铁板《尚书》,乱说《春秋》。"盖谓《书》乃帝王之心法典礼,学《春秋》者,但得立意高,便可断说也。(《至正直记》卷2)

(5) 浙西谚云:"年年防火起,夜夜防贼来。"(同上)

(6) 人家赘壻(婿),俗谚有云:"三不了事件。"使子不奉父母,妇不事舅姑,一也;以疏为亲,以亲为疏,二也;子强壻弱,必求归宗,或子弱壻强,必贻后患,三也。(同上)

(7) "席上不可无,家中不可有。"(同上。案:此谓妓也。)

(8) 谚云:"五子最恶",谓瞎子、哑子、馳子(案:馳即驼)、痴子、矮子。此五者,性狠愎,不近人情。(同上)

(9) "惜衣得衣,惜食得食。"(同上)

(10) "结交须胜己,似我不如无。"(同上)

(11) "成人不自在,自在不成人。"(同上)

(12) "男子侍奉,不如女子相便。"(同上)

(13) "要做好人者,自做好人。不要做好人者,自不做好人。"(同上)

(14) "善恶有报,只争迟早。"(同上)

(15) "穷吃素,老看经。"(同上)

(16) 首饰用翠,最为无补之物。买时以价十倍,及无用时不值一文。珍珠虽贵,亦是无用。盖予避地,将所在囊中者遍求易米,不可即得,且价不及于前者已十倍之上。惟金银为急,绢帛次之。民有谣曰:"活银病金死珠子。"犹不言翠也,盖言银为诸家所尚,金遇主渐少,珠子则无有问及者,犹死物也。(《至正直记》卷3)

(17) 谚云:"使新人骑旧马"。此言良有以焉。盖谓人生于世间,一动一止、喜怒勤息,或有不常,不皆可测。仆奴之久相处者,必察主之情性好恶,乘其隙而侮弄之,则至慢忽,不能尽心奉事者多。凡新至之仆,不知主之情性,纵能奸诈,亦未敢施,期月渐而彰露耳。马之为畜,有善有恶,有能负远者,有不能负远者,有惊疑而暗疾者,有能备乘坐而无失者,新至者岂能察其美恶耶?必逾年然后知其可否,或逾月亦不能尽知久远之美恶也。虽然,仆、马皆有相法可观可察,则其深奸大诈必须久而能知之耳。(同上)

(18)"家有万贯,不如出个硬汉。"(同上)

(19)"万顷良田,不如四两薄福。"(同上)

(20)"日进千文,不如一艺防身。"(同上)

(21) 玛瑙惟缠丝者为贵,又求其红丝间五色者为高品。谚云:"玛瑙无红一世穷。"言其不值钱也。又言"玛瑙红多不直钱。"言全红者反贱,惟取红丝与黄白青丝纹相间,直透过底面一色者佳。今燕京士夫往往不尚玛瑙,惟倡优之徒所饰佩,又以为贱品,与江南不同也。谚云:"良金美玉,自有定价。"(同上)

(22) 谚云:"看灵璧石之法有三:曰瘦、曰绉、曰透。"瘦者峰之锐且透也,绉者体有纹也,透者,窍达内外也。(同上)

(23)"齅(俗音闻,齈也。)香、吸髓、倚阑干。"言三险也。花心有小虫,齈之或作鼻痔,惟腊梅最不可齅。诸兽骨中有碎屑,吸之恐伤肺。阑干临水,恐有坠折之患。(《至正直记》卷

4)

(24)"宁可死。莫与秀才担担子。肚里肌,打火又无米。"(同上)

(25)谚云:"巴豆未开花,黄连先结子。"盖黄连能制伏巴豆毒也。犹"螳螂捕蝉,黄雀在后"同意。(同上)

(26)谚云:"苍蝇变黑白。"盖蝇粪污物,遇白则黑,遇黑则白。世以喻君子小人相反也。(同上)

(27)谚云:"无土不成人。"盖谓有田可耕,诚务本也。(同上)

(28)"山朝不如水朝,水朝不如人朝,人朝不如鸟(案:疑为乌之误)朝。"(同上。案:盖因"寒鸦栖暖地",如鸦去木凋,则此处往往衰落。)

(29)丁大全罢,吴潜代之,潜为人豪隽,其弟兄亦无所附丽。有逸于上者曰:"外间童谣曰:'大蜈蚣,小蜈蚣,尽是人间业毒虫。夤缘攀附有百尺,若使飞天能食龙。'"此语既闻,惑不可解,而用之不坚,亦以此也。(《钱塘遗事》卷4《吴潜入相》)

(30)"平生避车,不远一舍。"(玉堂嘉话卷4)

三、有关文坛风尚或文学思想的史料

笔记作者往往根据自己的见解,或师友的言论记下反映当时有关文坛风尚,或文学思想的史料。这对我们研究文学史、作家的创作思想,以及文学批评思想等等大有裨益。兹举数例。

金朝取士,止以词赋为重,故士人往往不暇读书为他文。尝闻先进故老见子弟辈读苏、黄诗,辄怒斥,故学子止工于律、赋,问之他则懵然不知。间有登第后始读书为文者,诸名士是也。南渡以来,士人多为古学,以著文作诗相高。然旧日专为科举之学者疾之为仇雠,若分为两途,互相诋讥。其作诗文者

> 目举子为科举之学,为科举之学者指文士为任子弟,笑其不工科举。殊不知国家初设科用四篇文字,本取全才,盖赋以择制诰之才;诗以取风骚之旨;策以究经济之业;论以考识鉴之方。四者俱工,其人材为何如也?而学者不知,狃于习俗,止力为律赋,至于诗、策、论俱不留心,其弊基于为有司者止考赋,而不究诗、策、论也。吾尝记故老云,泰和间,有司考诗赋已定去取,及读策论,则止用笔点庙讳、御名,且数字数与涂注之多寡。有司如此,欲举子辈专精难矣。南渡后,赵、杨诸公为有司,方于策论中取人,故士风稍变,颇加意策论。又于诗赋中亦辨别读书人才,以是文风稍振。然亦谤议纷纭。然每贡举,悲数公为有司,则又如旧矣。(《归潜志》卷8)

金代诗文成就虽高于辽,但远不及南宋诸家,唯元好问以其气势豪迈、内容丰富、风格独特在诗歌史上写下了光辉的一页。金代的文坛、诗坛为何如此沉寂呢?这与金代取士不无关系,阅上文即可晓然。

> 南渡以来,太学文体之变,乾、淳之文师淳厚,时人谓之"乾淳体",人才淳古,亦如其文。至端平江万里习《易》,自成一家,文体几于中复。淳祐甲辰,徐霖以《书》学魁南省,全尚性理,时竞趋之,即可以钓致科第功名。自此非《四书》、《东西铭》、《太极图》、《通书》、《语录》不复道矣。至咸淳之末,江东李谨思、熊瑞诸人倡为变体,奇诡浮艳,精神焕发,多用庄、列之语,时人谓之换字文章。(《癸辛杂记》后集《太学文变》)

此则可帮助我们从侧面了解南宋文坛的情况。

诗话是中国古代一种独特的论诗体裁。宋魏庆之将散见于各书中的论诗短札辑录在一起,成为辑录体诗话的代表作——《诗人玉屑》，材料有不少来源于笔记。蔡梦弼《草堂诗话》则专辑宋人笔记、诗话、语录、文集中有关论杜诗之语而成。可见，在笔记著作中有相当多的诗话之作，如果我们按类把历代笔记中的诗话、词话及其他文学批评的材料辑录在一起，必将丰富我国的文学批评宝库。现略摘元代笔记中有关文学批评的资料，管中窥豹，亦可见一斑。

　　文之繁简，亦系乎代。如《春秋》："陨石于宋五。"《公羊》虽因经作传，而曰："闻其磌然；视之则石，察之则五。"多经七字，而义犹有未尽。《论语》："君子之德风，小人之德草，草上之风必偃。"至《孟子·答滕文公》已多二"也"字，而刘向载泄冶之书曰："夫上之化下，犹风靡草。东风则草靡而西，西风则草靡而东，在风所由，而草为之靡。"多《论语》之半，而意始显。及观《书》，有曰："尔惟风，下民惟草。"复减《论语》九言，而意亦显。刘向载楚庄王之言曰："其君，贤君也，而又有师者王；其君，下君也，而群臣又莫君若志亡。"而《书》曰："能自得师者王，"谓人莫己者王，语意烦简，不如是，何以别圣经贤传？（《湛渊静语》卷1）

　　愚谓学作文不必求奇，但熟读《孟子》足矣！以韩、柳、欧、曾架活套为常式，以《孟子》之言辞句意行之于体式之中，无不妙也。盖《孟子》之言有理有法，虽太史公亦不能及，徒夸艳于美观耳，吾不取也。此吾近日读《孟子》忽有所悟。（《至正直记》卷2《学文读孟》）

　　黄溍为文章，如澄湖不波，一碧万顷，凡朝廷大诏令皆出其手。京师人呼为"玺口学士"。（《解酲语》）

　　有以诗集呈南轩先生，先生曰："诗人之诗也，可惜不禁咀嚼。"或问其故，曰："非学者诗。学者诗，读著似质，却有无限滋味，涵咏愈久，愈觉深长。"又曰："诗者，纪一时之实，只要据眼前实说。古诗皆是道时实事，今人做诗多爱装造言语，只要斗好,却不思一语不实,便是欺。这上面欺,将何往不欺?"
(《庶斋老学丛谈》卷中下)

晚宋之作多谬句。"出游"必云"策杖","门户"必曰"柴扉",结句多以"梅花"为说,尘腐可厌。余因聚其事为一绝云:"烹茶茅屋掩柴扉,双耸吟肩更捻髭。策仗逋仙山下去,骚人正是兴来时。"可为作者戒也。(《闲居录》)

杜甫无《海棠诗》,相传谓其母名"海棠",故讳之。余尝观李白、李贺等集,亦无之,岂其母亦同名耶?则知蜀中多海棠,以时人往往入诗,若后宋之言梅花,特厌而不言耳。(同上)

后二则深中晚宋诗弊。末则既说明了杜甫无《海棠诗》之由,又婉转地批评了那些千篇一律,题材无新意的诗歌。

《齐东野语》卷1《诗用史论》评刘敬、刘克庄、冯必大、叶绍翁、钱舜选等人诗从史论中化出。卷4论周益公、杨诚斋等用事切当。卷5论"作文自出机杼难",卷6论"今人或以用事多为博赡"之误。卷8评欧公《祭苏子美文》、东坡《跋姜君弼〈课策〉》、张文潜《雨都赋》与李德裕《文章论》文意相类;论尹涣词《唐多令》"可与杜牧之'寻芳较晚'为偶。"(案:尹涣,字惟晓,山阴人,官左司。著有《梅津集》,已佚。)均有可采之处。

《隐居通议》每每备录诗文,再加评论。或引前人之说,或述作者见解,多有可取。另外该书卷4首条总评古赋,卷21首条总论骈骊文,卷6的《蔡條诗评》、《敖器之诗评》、《象山评论江西诗派》、《评本之诗》、《桂舟评论》等都应受到足够的重视。

四、其他

笔记中往往有说明作者写作之由,或考辨诗文、明其出处的材料,这对我们理解作品原意,为作品作注释都很有参考价值。如:

少陵"落月满屋梁,犹疑照颜色",即宋玉《神女赋》其始来也,若"白日初出照屋梁",其少进也。"皎若明月舒其光",然此又出《诗》陈国风之"月出皎兮,佼人僚兮",时好事者,便谓少陵此两句,尝治郑虔妻疟疾有验,良可笑也。(《湛渊静语》卷2)

竹隐徐渊子似道,天台人,名士也,笔端轻俊,人品秀爽。初官为户曹,其长方以道学自高,每以轻脱目之。渊子积不能堪,适其长丁母忧去官,渊子赋《一剪梅》云:"道学从来不则声,行也《东铭》,坐也《西铭》。爷娘死后更伶仃,也不看经,也不斋僧。却言渊子大狂生,行也轻轻,坐也轻轻。他年青史总无名,我也能亨,你也能亨。"(《癸辛杂识》续集下《徐渊子词》)

豫章揭翰林曼硕《题雁图》云:"寒向江南暖,饥向江南饱。物物是江南,不道江南好。"盖讥色目北人来江南者贫可富、无可有而犹毁辱骂南方不绝,自以为右族身贵,视南方如奴隶。然南入亦视北人加轻一等,所以往往有此诮。(《至正直记》卷3《曼硕题雁》)

至元十五年戊寅正月甲寅乙酉朔,同李侍讲德新、应奉李谦,陪百官就位,望拜行在所,凡七拜。其侍仪司先一日于端门两阙间灰界方所,以板书百官号,随各司依品秩作等列,班定,以次入宫行礼。礼毕,由左掖门出,风埃大作,所谓"出门尘涨如黄雾,始觉身从天上归。"曾有口号云:"隔夜端门分板位,平明簪笏列鸳行。紫云低覆千官入,润作金炉百和香。"(《玉堂嘉话》卷3)

司马公《早朝诗》"太白如明李"出《汉·天文志》"荧惑逾岁星,居其东北半寸所如连李。"又《即事》云"雨不成游布路归",出《左传》"自朝布路而罢"。今集皆注云"恐误",盖未考也。(《困学纪闻》卷18)

张文潜《寓陈杂诗》言颜平原事,误以卢杞为元相国。

(《困学纪闻》卷 20)

张文潜《寓陈杂诗》十首之四云:"唐有元相国,实杀颜平原。……"《新唐书》卷153《颜真卿转》:"李希烈陷汝州,杞乃建遣真卿。""希烈因发怒,使阉奴等害真卿,……缢杀之,年七十六。"卷223《奸臣传》:"李希烈反,杞素恶颜真卿挺正敢言,即令宣慰其军,卒为贼害。"可见,元载并未"实杀"真卿,实杀颜平原之人当为卢杞。元载死于大历十二年(777),颜真卿死于兴元元年(784),是亦元载不得害真卿至死也,王氏所考极是。

有的笔记还提供了文学作品在当时的流传、刊刻情况。如:

> 文丞相天祥至公血诚,捐躯死国,忠义之节,照映古今,固不以文章为存亡也。然近日书市,刊其《采薇歌》成帙,易其名曰《吟啸稿》,皆丞相战败后被执过北时诗。实多佳句,谩摘于此,亦可因其诗以知其心矣。(《隐居通议》卷12《文丞相〈采薇歌〉》)

刘埙于其下备列文天祥佳句,并指出当时刊本之误,至今仍具有重大价值。今《文天祥全集》于刘氏所列各诗均收入《指南后录》,而不入《吟啸集》。观刘氏所记,《吟啸稿》实即《采薇歌》,名异实同。

> 蜀僧居简,号北涧,能诗。叶水心有《奉洲北涧诗》,后题云:"新诗尤佳,三复愧叹。然有一说,不敢不告。林下名作,将以垂远,不可使千载之后,集中有上生日诗,此意幸入思虑。何时共语?少慰孤寂。"简遂镵此语于诗集之端。前辈相与之情类如此。(《湛渊静语》卷2)

今《四库全书》所录《北磵集》10卷皆为居简之文。由上文我们可知:居简生前已定好自己的诗集,并付版梓。惜原书不传!其《北磵诗集》前4卷尚有朝鲜旧刊本,然亦非宋本之旧矣!

> 李商隐《杂纂》一卷,盖唐人酒令所用,其书有数十条,各数事。其"杀风景"一条,有十三事,如"背山起高楼"、"焚琴煮鹤"皆在焉。陈圣观云:"杀,所界反,或作入声非。"(《砚北杂志》卷下)

今天能见到的《义山杂纂》的最早版本是明本,已非其旧。曲彦斌校注《杂纂七种》于"煞风景"下列有十三条:松下喝道、看花泪下、苔上铺席、斫却垂杨、花下晒裩、游春重载、石笋系马、月下把火、步行将军、背山起高楼、果园种菜、花架下养鸡鸭、妓筵说俗事。条数与《砚北杂志》同,但"焚琴煮鹤"不在其中。宋·胡仔《苕溪渔隐丛话》前集卷22引宋·蔡绦《西清诗话》:"《义山杂纂》品目数十,盖以文滑稽者。其曰'杀风景',谓'清泉濯足、花下晒裤、背山起楼、烧琴煮鹤、对花啜茶、松下喝道'。"其中三条不为今本载。疑《杂纂》于流传过程中,已受妄人增删,殊非其旧。

笔记中保存的文学史料相当广泛,如《东南纪闻》卷2所录小话(即寓言),他如《齐东野语》卷20《隐语》、《湛渊静语》卷2、《敬斋古今黈》等论古今谜语。这些丰富的文学史料尚有待于我们去发掘利用。

第三节 笔记的局限

从前文的分析中,我们不难归纳出笔记创作较之其他文学创作所独有的特殊情形。笔记作者写作的随意性,笔记创作的不引人瞩目的"小道"地位,笔记的以封建士大夫为主的作者群,决定了笔记作品不可避免地存在着种种缺陷。

创作态度的随意性造成的笔记作品的缺陷,明显地表现在所叙内容和编排体例的杂乱上。笔记的内容无所不包,十口传说、闾巷评议、主观记忆、口耳见闻、一时随想、点滴考证、读书心得,兴之所至,不拘时地,信笔漫书。走笔所至,无所不有。内容庞杂、缺乏系统;真伪杂糅,难以分辨;主观记忆,间或失真;辗转抄袭,陈陈相因;引用书证,不注出处;任意删改,不加查核。内容既零乱细碎,条理贯穿亦显困难。有些笔记,虽以类相从,但内容之间,并无多大联系。内容和编排上的这些缺陷,既影响了笔记作品的可读性,也影响了所提供的史料的可信程度,并导致读者选择使用的极大不便。编排体例上的缺陷既是笔记这种特殊的写作体裁所不可避免的,我们不必苛求。但我们在利用笔记所提供的文学史料时,则应用审视的眼光,细加辨别,以期去伪存真,看清哪些材料足资参考,哪些纯属无稽之谈,哪些是荒诞之说,哪些是错误失实之载。于其中的引证,必须查对原书,以免沿讹踵谬。兹举数例:

歪曲事实,伪造材料的。宋邵伯温《邵氏闻见录》卷11记"王荆公天资孝友",曾谈到王安石晚年"在钟山,尝恍惚见雰荷铁枷杻如重囚者,荆公遂施所居半山园宅为寺,以荐其福"。卷12"王介甫与苏子瞻初无隙"介绍了传为苏洵撰写的辱骂王安石的《辨奸论》,等等。多出于其政敌之宣传而与事实相距较远。清蔡上翔《王荆公年谱考略》论之甚详,并在《序》中总结归纳云:"及乎元祐诸臣秉政,不惟新法尽变,而党祸蔓延,尤在范吕诸人初修《神宗实录》。其时《邵氏闻见录》、司马公《涑语》、《涑水纪闻》、魏道辅《东轩笔录》,已纷纷尽出。则皆阴挟翰墨,以餍其忿好之私者为之也。"

因袭前人,毫无意义的。元代佚名《三朝野史》与《诚斋杂记》、《稗史》、《雪舟脞语》等所记多相同。宋末元初刘一清《钱塘遗事》

虽可补他书未备,然亦多采宋笔记而成,与《鹤林玉露》、《齐东野语》、《古杭杂记》等相出入。

囿于见闻,考辨不当的。王士禛《古夫于亭杂录》卷4"紫微诗话"一则云:"《紫微诗话》载张子厚诗'井丹已厌尝葱叶,庾亮何劳惜薤根',按'三韭二十七'乃杲之事,与元规何涉?张误用而居仁亦无辨证,何也?"实际上,"啖薤留白"与庾杲之事毫不相关。却正是庾亮事,见《世说新语·俭啬第二十九》:"苏峻之乱,庾太尉南奔见陶公,陶公雅相赏重。陶性俭吝。及食,啖薤,庾因留白。陶问:'用此何为?'庾云:'故可种。'于是大叹庾非唯风流,兼有治实。"可见,张诗用典无误,王士禛批评失考。

笔记中史料不实,考辨致误的原因是多方面的:"首先,笔记在古代文人眼中被视为"小道"、"小说",仅仅是经史之佐,子集之补,而受到轻视;其次,撰述笔记之目的虽不乏订经史子集之讹者,但亦多只为抒闷怀,供娱乐,作谈资,助评难,因而编造史实,淆乱是非,歪曲事实,以相攻讦,就必有其人了;再次,撰述笔记的态度不够严谨,仅从娱乐出发,而不顾及科学性。当代笔记大家郑逸梅谈自己所著《茶熟香温录》曾毫不忌讳地说:"有些是子虚乌有之谈,有些是人物掌故,……"①;另外,作者囿于一己学识见闻,或为失真传闻所惑,造成考证不确或记载失实,也为重要原因,此不赘述。

由于笔记的作者大多是封建士大夫,所以,维护封建统治、宣扬封建道德、美化统治阶级、诬蔑起义人民,就成了笔记普遍的内容;神怪迷信成份在笔记中亦大量存在。对此,我们在利用时应加以批判,以吸取精华,摒弃糟粕。

总之,笔记提供的文学史料瑕瑜互见,良窳并存,我们应用审慎的态度加以发掘利用。

---

① 《漫谈民国以来几种笔记(十四)》,见《古旧书讯》1988年第1期。

第四节　有关笔记的工具书、丛书及论著

一、工具书

在中国传统的四部分类目录中，笔记著作大多收入子部小说家类、杂家类，间入史部杂史类。因为有关笔记的专门书目、辞典还没有，所以要了解历代的著录、流传情况，以及内容等可在书目、题跋、解题著作中查找上述相应部类。

给史料丰富、内容庞杂的笔记编制内容索引，可以方便人们充分挖掘、利用蕴藏于其中的各学科的史料，省去翻检之劳。同时，可以追根寻源，发现某些笔记的沿袭轨迹，剔其因袭重复者，整理出一部可以征信的笔记类书。这项工作将造福学界不浅，有待来者。

日本学者在五六十年代已经做了一部分工作。京都大学东洋史研究会编制了《中国随笔索引》，由日本学术振兴会1954年出版，本书收录唐至清末民初97种笔记杂著（亦有小说），将各书细目中的关键词摘出，按日文五十音序编排，并附汉字笔画检字。1960年京都大学东洋史研究会又出版了同上书为姐妹篇的佐伯富编的《中国随笔杂著索引》，收书36种。同年矢岛玄亮在仙台刊行了自编的《清朝随笔三十二种索引》他还编有《中国随笔杂著四十一种索引》，由日本东北大学附属图书馆1965年出版。

日本京都大学人文科学研究所1979年出版梅原郁《东京梦华录梦粱录等语汇索引》，台北宗青图书出版公司1986年影印，收书5种：《都城纪胜》、《西湖老人繁胜录》、《武林旧事》等。索取对象为字词，对研究宋元语言很有帮助。

中华书局1992年出版方积六、吴冬秀编撰《唐五代五十二种笔记小说人名索引》。

大陆学者重视笔记的校点出版，有的在书后附人名、书名索

引,笔记著作中原无标题的,一般加上能揭示该篇内容的标题。

给笔记大规模地编纂各种索引,尚有待时日。

二、丛书

我国的笔记著作繁富,不下 2000 余种,大都收入丛书中,故比较易得。

我国现存最早的丛书,宋代俞鼎孙编的《儒学警语》就多收笔记。其后,如《百川学海》、《广百川学海》、《古今说海》、《稗海》、《唐宋丛书》、《四库全书》、《古今说部丛书》、《说库》、《丛书集成初编》、《四部丛刊》等也收有不少笔记,其所收子目详见《中国丛书综录》,以下介绍几种较重要的笔记丛书:

元末陶宗仪编的《说郛》,收书 1000 余种,除杂有部分小说、诗话、艺术等方面著作外,大多为笔记。《说郛》一般只摘录原书中的一部分,读者欲睹原书全貌而不可得,是为其短,但有不少著作仅赖《说郛》传世,具有重要的文献价值。《说郛》版本较复杂,上海古籍出版社 1988 年将涵芬楼百卷本、明刻百廿卷本及《说郛续》四十六卷本汇集影印,定名《说郛三种》,书后附书名索引,甚便学界。

民国间上海进步书局石印《笔记小说大观》问世,收自唐至清小说、笔记 220 种,大都为笔记,尽量保持原著之篇卷,校勘不甚精审,刻版时见错误,但历代著名笔记著作基本见收。扬州广陵古籍刻印社 1983 至 1984 年影印出版。

台北新兴书局自 1978 年始陆续影印出版《笔记小说大观》,共 45 编,每编 10 册,收书 2000 余种。本丛书收书宏富,编者旨在毫无遗漏地收辑中国笔记、小说,且尽力选择较好的版本,一律影印。但界划不严,一些非笔记、小说作品也被选入。

河北教育出版社 1995~1996 年出版周光培编《历代笔记小说集成》,为大陆出版大型影印笔记丛书。

笔记的校点工作已受到广泛重视,一些出版机构纷纷出版经校点、甚至注释的笔记著作,成绩最著者如中华书局的历代《史料笔记丛刊》、《学术笔记丛刊》,上海古籍出版社的历代《笔记丛刊》、《汉魏六朝笔记小说大观》、《唐五代笔记小说大观》、《宋元笔记小说大观》、《明代笔记小说大观》、《清代笔记小说大观》。文化艺术出版社的《历代笔记小说丛书》。大象出版社2003~2008年出版朱易安、傅璇琮等主编的《全宋笔记》(共4编)、山西古籍出版社1996~1998年出版《民国笔记小说大观》等。收入上述丛书的笔记大都选择善本作为底本,多由专家校点,有些还加注释。书前均加附"前言",详述该书流传情况,内容优劣,校勘经过。有些虽为丛书,但各部笔记各自独立成书,读者便于选购。

三、专著

比较系统地研究笔记的专著当首推刘叶秋《历代笔记概述》(中华书局1980年出版),本书分八章,论述了笔记的含义、类型、渊源、名称、作用与缺点,将历代笔记分为"小说故事"、"历史琐闻"和"考据辨证"三类叙评,并注意挖掘史料,历史上较著名的笔记基本论及,虽然有的观点可以商榷,然荜路蓝缕之功不可没。另外还有:台湾商务印书馆1993年出版吴礼权《中国历代笔记小说史》、浙江古籍出版社1998年出版苗壮《笔记小说史》、志一出版社1995年出版陈文新《中国笔记小说史》、湖南大学出版社2004年出版郑宪春《中国笔记文史》。有的著作虽未以"笔记"名篇,实际上也收录了大量的笔记作品。如齐鲁书社1994年出版吴志达《中国文言小说史》(2005年重版)。

笔记选本早已有之。解放后出版的有张学忠编的《古代笔记小品选读》(花城出版社1981年版)、周续赓等编写的《历代笔记选注》(北京出版社1983年版)。后者按作者和专书时代先后选列魏晋至晚清笔记著作130种,文250篇,简介所采原书及作者,选文后有通俗详细的注释,多附评说,《前言》对笔记的概念、源流、繁盛的原因作了探索。四川人民出版社1999年出版刘真伦、兵珍选编《历代笔记小说精华》。

专论某一时期笔记的专著有谢国桢的《明清笔记谈丛》(上海古籍出版社1981年重版)、张舜徽的《清人笔记条辨》(中华书局1986年出版)等。前者介绍了明清48种广义笔记著作的作者、版本,特别注重抉发其中重要而又鲜为人利用的历史材料,再版时书前的《说明》将明清野史笔记分为7个时期,将内容分为10类,足资参考。张氏著作分10卷,每卷10家,共采清人百家笔记,遇精文美言,则引申发明;值谬说曲解,则考订驳正。辨定精审,引发宏博,是一部辨证清人笔记的佳作。对笔记进行断代研究的著作还有:华中师范大学出版社1993年出版张晖《宋代笔记研究》、江苏古籍出版社1996出版周勋初《唐人笔记小说考索》、中华书局2004年出版来新夏《清人笔记随录》、陕西人民出版社2007年出版蔡静波《唐五代笔记小说研究》、凤凰出版社2008年出版周勋初《唐代笔记小说叙录》、中华书局2009年出版严杰《唐五代笔记论》等。也有研究某类笔记的专书,如四川大学出版社2007出版的黄勇《道教笔记小说研究》。

对某人或某部笔记做个案研究的著作有:中华书局2006年出版房锐《孙光宪与〈北梦琐言〉研究》、四川大学出版社2008年出版冯勤《宋人小说〈青琐高议〉研究》、中国戏剧出版社2009年出版文珍《王士禛笔记小说研究》等。

四、论文

刘叶秋有论文集《古典小说笔记论丛》(南开大学出版社1985年出版),后半部分为笔记论文,凡10篇,多散论某种笔记中的史料,也有专论,如《宋代笔记概述》一文,较《历代笔记概述》所论更深入。嗣后,作者续有新作发表。

有的论文专论某一笔记著作,如马雪芹《评〈朝野佥载〉》(载

《古代文献研究集林》,陕西师大出版社1989年版)。有的从某些笔记中辑录有关史料,如罗根泽《笔记文评杂录》和《新录》(载《罗根泽古典文学论文集》,中华书局1985年版)。有的论述笔记的体裁、价值、时代特点、与其他体裁的关系,如:

《笔记丛谈》 王多闻撰,宁夏《图书馆学刊》1980年第1期。

《中国笔记小说略述》、《语录与笔记》 王起撰,收入《玉轮轩古典文学论文集》,中华书局1982年版。

《试论南北宋笔记的不同》、《散论宋笔记的几个问题》 张辉撰,分别见于《四川大学学报》(社科)1988年第1期、1989年第3期。

《清人笔记的史料价值——〈清人笔记随录〉代序》 来新夏撰,《天津社会科学》1987年第1期。

也有不少学位论文选择笔记作为研究对象,如安芮璿《宋人笔记研究》(复旦大学2005年博士学位论文)、刘正平《宗教文化与唐五代笔记小说》(复旦大学2005年博士学位论文)、邹志勇《宋人笔记中的诗学热点研究》(南京师范大学2005年博士学位论文)、朱琴《苏州古代笔记研究》(苏州大学2011年博士学位论文)等。

总之,有关笔记的专著、论文还不多,更不用说专门的工具书了,笔记这一广袤的土地尚有待于我们辛勤耕耘、开发、利用。

第七章 书目中的文学史料

书目又称图书目录,是著录图书的书名、著者、版本等项目,或叙及图书内容、学术源流、收藏情况,按一定方式编排的书籍。

关于书目对查找图书所起的作用——检索功能,我们将在第三编详细介绍。本章主要从史源论的角度,论述从书目中发掘文学史料的问题。

第一节 书目的分类与体例

我国早在汉代已有《七略》、《汉书·艺文志》这样体例严密的书目。经过 2000 年的发展,书目之作已是硕果累累,种类繁多。古今目录学家根据不同的标准,从不同的角度对书目进行分类。类别越析越细,名目越分越多,至今尚无统一的意见,以致书目的类别、名目达数十种之多。这里不准备对书目的分类作琐屑的介绍,只是从文学史料学研究的实际需要出发,对最常用的几种书目——史志书目、公藏书目、家藏书目、地方书目、个人著述书目、专科书目、版刻书目等——作一简要说明。

史志书目,主要指正史中的"艺文志"、"经籍志",如《汉书·艺文志》、《隋书·经籍志》;公藏书目,收录国家藏书,如《文渊阁书目》、《北京图书馆善本书目》；家藏书目，收录私人藏书，如《菉竹堂书目》、《铁琴铜剑楼宋元本书目》；地方书目，指某一地众多作者的著述目录，如《清代毗陵书目》、《江阴艺文志》；个人著述书目，指某一作者的著译书目，如《李越缦先生著述考》、《鲁迅著译系年书目》；专科书目，指就某一类问题或一学科编成的目录，如《中国通俗小说总目提要》、《楚辞书目五种》；版刻书目，侧重反映图书的版本，如《增订四库简明目录标注》、《邵亭知见传本书目》。此外，还有丛书目录、禁书目录、推荐目录、知见目录、经眼目录、引用目录等，不一一列举。

书目的编撰体例，大体可分三大类。

1. 既有类序又有提要的。提要或自撰，或辑录他人序跋而成，如宋代晁公武的《郡斋读书志》、元代马端临的《文献通考·经籍考》等。它们在每一大类和每一小类的图书前都写了序，说明这类图书的学术源流；每部书都撰有详细提要，介绍作者、内容、版本等方面的问题；或辑录他人为该书所作序跋。显然，这类目录是对刘向父子《别录》、《七略》的优良传统的直接继承。

2. 有类序和书名、作者，但没有提要的。《汉书·艺文志》是这类目录的代表，它有总序，六大类书每类书均有"类序"，下属38种（小类）书除"诗赋略"中的以外，都有小序。这种体例的目录还有《隋书·经籍志》等。

3. 只有书名、作者、卷数，类序和提要都没有的。如《新唐书·艺文志》、《书目答问》等。

以上三种体例，第三种最简略，好比一张书单，但它通过细致的图书分类，揭示各类图书的学术归属，便于读者查考图书。第二种目录虽提供的每部书的具体知识少，但通过它对书籍的分类和各类的序，可以了解学术源流和各类图书的特点。第一种目录最为详细，它除了可供查考外，还揭示并论述原书内容，反映学术源流。当然，这类目录也分几种情况，或对一切皆详而论之，或精神时有所偏,或特别注重版本,或注意校勘文字异同,或备录成说以备考证,或简述内容以便读者取材,但要在"辨章学术、考镜源流"。提要撰写者的学识越渊博,目录的水平越高,对读者的帮助也就越大。而且这类书目史料最富,价值最高。

书目中多具重要史料是与我国优秀的目录学传统分不开的。刘向、刘歆编目工作的程序和方法大致可分为四段:校勘定本,缮写清本、编撰叙录、建成系统目录。编撰叙录是在前二者的基础上并参考有关文献完成的,这种亲验原书、严谨踏实的作风,为我国历来书目编撰者所承传,也增加了书目中史料的丰富性和可信度。以下各节,以实例说明书目中的文学史料问题。

第二节 书目有助于考订作者

我国较早的书目《别录》、《汉书·艺文志》已开书目附注作者简况的先例,以助于读者知人论世。这些作者资料,有的仅赖书目俾世人知其名,有的与他书相发明,有的辩证他书失误。

如宋陈振孙《直斋书录解题》卷16"《韩文公志》5卷"下云:"金堂樊汝霖泽之撰。汝霖尝为《韩集谱注》四十五卷,又集其碑志、祭文、序谱之属为一编,此是也。《谱注》未之见。汝霖,宣和六年进士,仕至泸帅以卒,玉山汪端明志其墓。"检《宋史艺文志》,载樊汝霖《谱注韩文》40卷、《唐书艺文补》63卷二种,翻检各史,知宋有一樊汝霖,字泽霖,温州永嘉人,善治书,年四十二登宝祐四年三甲第九名进士,则永嘉樊汝霖非金堂(属四川)樊汝霖,后者各书无传,赖此以知其人,所著《韩文公志》可补《宋志》未备。

像这样的有关作家的材料很多,究其原因,盖书目编撰者在当时所见前人载籍尚多,而后来散佚;或编者记录同时人事,据以见闻,故多有他书不载之史料。以《直斋书录解题》卷20言,他书不载或与他书相发明的作者资料就不少,如:

"《伍乔集》一卷　本江南进士,后归朝。"

"《东里杨聘君集》一卷　处士郑圃杨仆契元撰。太宗尝召对,拜郎中不受,以其子为长水尉。"

"《滕工部集》一卷　滕白撰。篇首《寄陈抟》,知为国初人。又有《右省怀山中》及《台中寄朱从事》诗,则其敭历清要亦多矣。史传亡所见,未有考也,后见《实录》载,尝以户部判官为南面前转运使,坐军粮损折免官。"

"《王昱集》一卷　王昱撰。集中有《春日感怀上滕白郎中》,盖亦国初人。又有"圣驾亲征河东"及有"甲午避寇,全家欲下荆南"之语,则是李顺乱蜀之后,昱盖蜀人也耶?"

"《书台集》三卷　处士南隆朱有大有撰。自称云台山人。天禧中王晦叔守蜀,以古风六十言遗之。'书台'者,其所居坊名也。"

"《卢载杂歌诗》一卷　卢载厚元撰。集中有与胡则、钱惟演往来诗。"

"《琴轩集》一卷　题南荣浪翁李有庆撰。与石昌言、任师中同时。卷末赠答十二绝,阙其六。其曰癸巳岁者,殆皇祐中耶?"

"《海门集》八卷　渤海张重撰。有《上苏子瞻内翰》诗,又有《与张伯玉游鉴湖晚归》诗。伯玉知越州当嘉祐末,而东坡为翰林在元祐间,重皆与同时,特未详其人。"

"《逸民鸣》一卷　盱江李樵撰、泰伯之姪孙。"

"《湛推官集》一卷　长乐湛鸿季潜撰。绍圣初韩昌国序。"

"《杨信祖集》一卷　杨符信祖撰。未详出处。"

"《屏山七者翁》十卷　从事郎崇安刘珲平文撰。子翬彦冲之子也。"

"《拊山老人集》八卷　龙泉季相文成撰。"

"《磬沼集》一卷　崇仁罗鉴正仲撰。枢密春伯之从弟。"磬沼'者为池,因地曲折如磬然。"

"《茅斋集》二卷　南城邓继祖撰。"

"《处士女王安之集》一卷 简池王亢子仓之女尚恭,字安之,年二十,未嫁而死,乾道戊子也。亢自志其墓。有任公鼐者,为作集序、援欧公所序谢希孟为比,而称其诗不传。今余家有之,任盖未之见也。"

也有纠正他书之讹的,如卷15:"集选目录二卷,丞相元献公晏殊集。《中兴馆阁书目》以为不知名者,误也。大略欲续《文选》,故亦及于庾信、何逊、阴铿诸人,而云唐人文者,亦非也。莆田李民有此书,凡一百卷,力不暇传,姑存其目。"

书目与书目之间亦可互为补充,私撰书目往往可与官修史志互补。以晁公武、陈振孙二志言,可与新旧唐志互校。如《新唐书》卷60《艺文志》四集部别集类载李康撰《玉台后集》10卷,但据《郡斋读书志》卷4下、《直斋书录解题》卷15,撰《玉台后集》者名李康成。

更有史志据私人书目撰成者。如《明史·艺文志》即据黄虞稷《千顷堂书目》,"取其中十之六七为史志"(杭世骏《千顷堂书目跋》)而成。因史志删削过多,反而使文献不可征,倒是所依据之书保存尚为完备。《千顷堂书目》于书名后"附有作者爵里、字号、科第。这些资料中的不少内容,为《明史》及其他传记所无"(《千顷堂书目·出版说明》,上海古籍出版社1990年版),成为考订作者的重要史料。

解题比普通书目中的作家资料一般要多,书目的编撰者们往往遵循孟子的"知人论世"这一评论作家的不易之论,用自己的文学观念和批评眼光考述作家的生活道路和思想感情,探求作家的生活环境和社会交往,说明作家的作品特色形成的原因,使读者因文知人,以人知文。在书目提要中评述作者的方法,至《四库全书总目》已发展到较高水平[①]。

[①] 参阅龚斌《读〈四库全书总目提要〉别集类札记》,载《文献》总第13辑。

第三节　书目中的文学批评与学术源流资料

一、评论文学创作

中西文化存在着不少差异,以古典文艺理论批评而言,西方文论家的理论、批评论著主要是从世界观总体出发进行研究,经过思辨、推理,自上而下建立体系,多宏观审视。我国古代文论家所发表的文学见解大多从具体感受中或漫然即兴中产生,较多扣合作品具象而较少繁重推理,详于个别而略于一般,大多采用画龙点睛的方式。因而我国的文学理论批评之作多以随笔评述,短小精悍的笔记体形式出现,如"文话"、诗话、词话等。将散见于群书中的文学理论批评资料辑为一编,必将有助于我们对作家、作品的了解,推动古典文学的研究。这类资料见于书目中的也不在少数。以下从《直斋书录解题》摘录若干条,可见书目中诗文评资料之丰富。

论杜甫:"世言子美诗集大成,而无韵者几不可读。然开、天以前文体大略皆如此。若《三大礼赋》,辞气壮伟,又非唐初余子所能及也。"

论元稹:"尝自汇其诗为十体,其末为艳诗,晕眉约鬓,匹配色泽,剧妇人之怪艳者。今世所传《李娃》、《莺莺》、《梦游春》、《古决绝句》、《赠双文》、《示杨琼》诸诗,皆不见于六十卷中。意馆中所谓'逸诗'者,即其艳体者耶。稹初与白乐天齐名,文章相上下,出处亦不相悖。晚而欲速仕,依奄宦得相,卒为小人之归,而居易终始全节。呜呼!为士者可以鉴矣。"

论李翱:"习之为文,源委于退之,可谓得其传矣,但其才气不能及耳。""于诗非所长而不作"。

论樊宗师;"诗文千余篇,今所存才数篇耳,读之殆不可句。有王晟者,天圣中为绛倅,取其《园池记》章解而句释之,犹有不尽通者。孔子曰：'辞达而已矣'，为文而晦涩若此，其湮没弗传也宜哉。"

论李德裕："《穷愁志》晚年迁谪后所作，凡四十九篇，其论精深，其词峻洁，可见其英伟之气。"

论杜牧："才高，俊迈不羁，其诗豪而艳，有气概，非晚唐人所能及也。"

论李商隐："商隐本为古文，令狐楚长于章奏，遂以授商隐。然以近世四六观之，当时以为工，今未见其工也。"

论司空表圣："诗格尤非晚唐诸子所可望也。"

论沈颜："其文骩骳。而自序之语，极其矜负。"

论柳开："本朝为古文自开始，然其体艰涩。"

论钱易："多谲讽之词。"

论夏竦："父死王事，身中贤科，工为文辞，复多材术，而不自爱重，甘心奸邪。声伎之盛，冠于承平。夫妇反目，阴慝彰播，皆可为世戒也。"

论吕夷简："此(《吕文靖试卷》)可以见国初场屋事体，文法简宽，士习淳茂，得人之盛，后世反不能及。文盛则实衰，世变盖可睹矣。"

论梅尧臣："圣俞为诗，古淡深远，有盛名于一时。近世少有喜者，或加毁訾，惟陆务观重之，此可为知者道也。自世竞宗江西，已看不入眼，况晚唐卑格方锢之时乎？ 杜少陵犹有窃议妄论者，其于宛陵何有？"

论宋祁："未第时，为学于永阳僧舍，或问曰：'君好读何书？'答曰：'余最好《大诰》。'故景文为文谨严，至修《唐书》，其言艰，其思苦，盖亦有所自欤。"

论王珪："诗号'至宝丹'，以其好为富贵语也。"

述郑獬："廷试《圜丘象天赋》，时獬与滕甫俱有场屋声，甫赋首曰：'大礼必简，圜丘自然，'自谓人莫能及。獬但倒一字，曰'礼大必简,丘壑自然,'甫闻之大服,果居其次云。"

论黄庶:"庭坚,其子也。世所传'山魈水怪著薜荔'之诗,集中多此体。庭坚诗律,盖有自来也。"

述周邦彦:"《汴都赋》已载《文鉴》,世传赋初奏御,诏李清臣读之,多古文奇字,清臣诵之如素所习熟者,乃以偏旁取之耳。"

论李若水:"本名若冰,以靖康出使,改今名。诗文虽不多,而诗有风度,文有气概,足以知其所存矣。"

论喻德洪:"一作惠洪,其在释门,得法于真净克文,而于士大夫,则与党人皆厚善,诵习其文,得罪不悔。为张商英、陈瓘、邹浩尤尽力。其文俊伟,不类浮屠语。"

以上所举皆见《直斋书录解题》卷 17、18,且仅举较重要者,若无论巨细,推及全书,自可成一篇《陈直斋文学琐语》,推及所有书目,则可成《书目中的文学理论批评资料汇编》数巨帙,必将有功于古典文学研究界不浅。

二、明辨学术源流

张之洞《輶轩语·语学》说:"今为诸君指一良师,将《四库全书总目提要》读一过,即略知学术门径矣。"这是因为我国的古典目录著作自刘向父子起,就注意"辨章学术、考镜源流"。至纪昀等编定《四库全书总目》,已发展成熟,堪称为我国古代体大思精、影响久远的书目。这里仅以《四库全书总目》为例,说明书目是如何明辨学术渊源的。

《总目》分为 4 部 44 类 66 子目,每部类之前都有小序"详述其分并改隶,以析条目。如其义有未尽,例有未该,则或于子目之末,或于本条之下,附注案语,以明通变之由"(见《总目·凡例》),通过这些小序及案语,全面总结中国传统学术。如论别集的渊源流别说:"集始于东汉,荀况诸集,后人追题也。其自制名者,则始张融《玉海集》。其区分部帙,则江淹有前集、有后集,梁武帝有诗赋集、有文集、有别集,梁元帝有集、有小集,谢朓有集、有逸集,与王筠之一官一集,沈约之正集百卷,又别选集略三十卷者,其体例均始于齐梁。盖集之盛,自是始也。"再如论述词曲的产生及地位云:"然三百篇变而古诗,古诗变而近体,近体变而词,词变而曲,层累而降,莫知其然,究厥渊源,实亦乐府之余音、风人之末派。其于文苑,同属附庸,亦未可全斥为俳优也。"这些叙评,沿流溯源,比较客观地揭示了一些文化现象的产生发展及其变化。

每书提要中亦间加案语,明辨学术渊源,如集部别集类二十一《庸庵集》下云:"(宋)禧学问源出杨维桢。维桢才力横轶,所作诗歌,以奇谲兀鼻凌跞一世,效之者号为铁体。而禧诗乃清和婉转,独以自然为宗,颇出入香山、剑南之间,文亦详赡明达,而不诡于理,可谓'善学柳下惠,莫如鲁男子'矣。"又如,集部诗文评类一《诗林广纪》下云:"国朝厉鹗作《宋诗纪事》,实用其例。然此书凡无所评论考证者,即不空录其诗,较鹗书之兼用《唐诗纪事》例者,又小异耳。"这种辨章学术、考镜源流的精神几贯穿《总目》全书。

当然,并非仅仅提要式书目中明辨学术源流。"吾人居今日,赖以考文章兴替,学术源流,史志尚焉。而史文简约,徒具名数,各书旨趣,未由获知。若《别录》、《七略》、《中经》、《七志》,以及唐宋公私著录,略叙指归,陈其纲领,固可窥见古书之梗概矣。"①但以提要中这类资料最多而已。

第四节　书目与文学古籍的考辨

王欣夫《文献学讲义》举古人利用目录学的几个方法为:以目录著录有无断书的真伪,用目录考古书的分合,以目录著录部次定

---

① 陈垣《中兴馆阁书目辑考·序》,见《陈垣学术论文集》(第二集),中华书局1982年版。

古书的性质,因目录访求阙佚,以目录考亡佚之书,以目录所载姓名卷数考古书的真伪。总的来说是通过书目考订版本及书籍流传情况。

我国的传统文献学历来重视版本、目录、校勘之学。郑振铎说:"'研究'较专门之学问,版本之考究仍不能忽视。彼轻视'版本'者,其失盖与专事'版本'者同。总之,博闻多见,乃为学者必不可忽者也。"(《劫中得书记·唐堂乐府》)谢国桢认为"研究版本目录之学,所以要明了书籍的页数、行款、尺度的大小,刻书人的姓名、装订的形式,为的是给后人留下原书的本来面貌。……有三兄所撰的《提要》,对于每书的行款,每页每行的字数,以及刊刻书籍的逸事,记载得尤为详细。这种做法,不要看它是一桩细事;有人甚至讽刺为'书皮之学',这是不对的。故友赵万里先生尝对我说:顾(广圻)批、黄(丕烈)校、鲍(廷博)抄的书籍和他们所著的题识之所以可贵,因为书籍既经他们考定版刻的年代,评定真伪,和当时获得此书的情况,则此书的源流全部表现出来,给后人读书或校刻书籍以不少的便利。"《〈中国善本书提要〉序》不少书目重视版本著录,成为后人鉴定版本的重要依据之一。如:北京图书馆藏宋蜀刻本《张承吉文集》10卷,之所以定为宋刻本,不仅因为它具有宋蜀刻本唐人集的种种特点,还因为《直斋书录解题》有对该书的著录云:"《张祐集》十卷,唐处士张祐承吉撰。"文虽简略,但说明宋代确曾有过10卷本的《张承吉文集》刊行于世。这样,把北图藏本鉴定为宋刻,就显得更有依据。版本目录学与古典文学研究的关系极为密切,因为资料和文本的可靠性实在是治学的基础。偶一疏忽,便生缺憾。如:唐圭璋先生的《全宋词》选择善本,集两宋词作于一帙,其功不可没,但偶或所据版本有脱衍错讹,使读者迷惑。该书3540页自《古杭杂记》中录入的张任国《柳梢青》词仅47字,《词律》和《词谱》均无此例。经与《说郛》、《西湖游览志余》校勘,发现此本脱落二字。而这种文字校勘绝非无足轻重。

书目对于考辨书籍的真伪也有重要价值。梁启超在《中国历史研究法》中总结出辨别伪书的12条公例，前二条是："一，其书前代从未著录，或绝无人征引而忽然出现者，十有九皆伪。"二、其书虽前代有著录，然久经散佚，乃忽有一异本突出，篇数及内容与旧本完全不同者，十有九皆伪。"姚际恒《古今伪书考》及黄云眉《补证》考辨伪书时就常引用书目。

书目对考知亡佚的古籍，作用亦至为突出。由于自然原因及人为的原因，古籍的散亡十分严重。马端临《文献通考·经籍考·序》已指出："《汉志》所载之书，以《隋志》考之，十已亡其六七；以《宋志》考之，隋唐亦复如是。"据有关专家估计，我国现存古籍约有8万种左右，而散亡的古籍则比现存的还多。但有些古籍虽散失已尽，我们通过书目著录的材料，仍可了解它的大致内容。如《龙冈楚辞说》虽亡，《宋志》也不著录，但通过《直斋书录解题》可了解其一二："《龙冈楚辞说》五卷，永嘉林应辰渭起撰。以《离骚》章分段释为二十段，《九歌》、《九章》诸篇亦随长短分之。其推屈子不死于汨罗，比诸浮海居夷之意，其说甚新而有理。以为《离骚》一篇虽辞哀痛而意则宏放，与夫直情径行、勇于蹈河者，不可同日语；且其兴寄高远，登昆仑、历阆风、指西海、陟升皇，皆寓言也，世儒不以为实，顾独信其从彭咸葬鱼腹以为实者，何哉？然沈湘之事，传自司马迁，贾谊、扬雄皆未有异说，汉去战国未远，决非虚语也。"其中也反映了陈振孙的观点。

《直斋书录解题》卷14著录"《杜诗六帖》十八卷，建安陈应行季陵撰。用白氏门类，编类杜诗语。"《文献通考·经籍考》、〔道光〕《福建通志·经籍志》均据以著录。该书今已佚，借《直斋》可了解其仿白居易《六帖》门类而编纂杜诗。

文学史上，词以"宋"称，不仅因为词至宋代在思想和艺术上日趋成熟，而且其数量多达2万余首，有名可考的作者1400余人。就《直斋书录解题》所载，当时流传的词集已多达100余家，而迄今亡佚的有近 30 家。赵万里、周泳先分别辑得 11 家、5 家。而刘德秀《默轩词》1 卷、魏子政《云溪乐府》4 卷、黄谈《涧壑词》1 卷、黄定《凤城词》1 卷、王武子《王武子词》1 卷、吴镒《敬斋词》1 卷、方信孺《好庵游戏》1 卷、陈从古《洮湖词》1 卷、苏泂《冷然斋诗余》1 卷、王澡《瓦全居士诗词》1 卷、钟将之《岫云词》1 卷共 11 家词，每家传世的不过一二首，见录于《全宋词》。至于马宁祖《退圃词》1 卷、侯延庆《退斋词》1 卷、徐得之《西园鼓吹》2 卷、李叔献《李东老词》1 卷、董鉴《养拙堂词集》1 卷、王大受《近情集》1 卷共 6 家词，并见《直斋书录解题》，今无传本，且无只字流传。

《四库全书总目》评价《直斋》云："古书之不传于今者，得藉是以求其涯略；其传于今者，得藉是以辨其真伪，核其异同。亦考证之所必资，不可废也。"其他书目亦然，只是价值不同而已。

第五节　书目与辑佚校勘

书目中具有辑佚、校勘的资料，而以解题（提要）、辑录序跋二种体例的书目尤多。如《直斋》的作者陈振孙，治学以经为主，而并好文史，但他流传下来的作品很少，在陆心源《皕宋楼藏书志》卷 3、卷 112、卷 114 分别录有他的《洛阳名园记跋》、《玉台新咏集后序》和《崇古文诀序》，吉光片羽，亦可为宝。

又如《藏园群书题记》卷 12 于《明万历洗墨池刊本〈薛涛诗〉跋》下录樊增祥词云："万里桥边，枇杷花底，闭门锁尽炉香。孤鸾一世，无福学鸳鸯。十一西川节度，谁能舍女校书郎？门前井，碧桐一树，七十五年霜。　琳琅，诗半卷，元明枣本，佳语如簧。自微之吟玩付东阳。恨不红笺小字，桃花色，自写斜行。碑铭事，昌黎不用，还用段文昌。""乙庵先生属题词其上，调寓《满庭芳》，乞政。甲寅闰五月二十六日灯下，增祥倚声，时年六十有九。"按该词不见录于《樊山全集》，当为佚词。

书目中保存着具校勘价值的文学史料,大致分三种情况。

一种是直接抄录或摘录原文,而该文也见于其他载籍的,它们之间可以互相校勘。如《文献通考·经籍考》、《皕宋楼藏书志》、《温州经籍志》等辑录的序跋就可以与保留在诗文集中的序跋相互校勘。

另一种是将校勘结果直接记在书目下。如《藏园群书题记》卷第11至20《明刊幽忧子集跋》、《明田澜工字轩刊本崔颢诗集跋》、《宋刊音注韩文公文集跋》、《校明钞唐风集跋》《钞本郡阳集跋》、《弘治本后山先生集跋》、《宋刊残本后山诗跋》、《校柯山集跋》、《校旧钞本雪坡姚舍人文集跋》、《校旧钞本近光集扈从集跋》、《贡礼部玩斋集残钞本跋》、《洪武本密庵稿书后》、《天问阁文集跋》、《校本文苑英华跋》、《明诗综书后》、《宋刊苕溪渔隐丛话后集跋》等目下撰有较详细的校勘结果,正讹补缺。正如余嘉锡所评"叙版本之同异,辨字句之讹谬,烛照数计,既粗且博。"以上所举且仅就校文较长者而言,若无论长短则举不胜举。

书目中有的校勘材料不仅根据不同版本校勘记下结果,且从文理上推断俾之成为定论的。如《读书敏求记》卷4《中兴间气集》下云:"此本从宋刻摹写,字句绝佳,即如朱湾《咏三》诗首句:'献玉屡招疑'。三献玉也。次云:'终朝省复思。'三省三思也。颔联:'即哀黄鸟兴,还复白圭诗。'三良三复也。颈联:'请益先求友,将行必择师。'益者三友,三人行也。结云:'谁知不鸣者,独下仲舒帷。'三年不鸣,三年不窥园也。后人不解诗义,翻疑'三'为讹字,妄改题曰《咏玉》,凡元版至明刻本皆然。不知唐人戏拈小题,偶吟一律,便自隽永有味,非若今之人诗成而后着题也。"不仅据钞本校正了元明刻本的错误,并从诗句本身入手分析何者为是,说明致误之由。

以上仅就综合目录中的文学类目录而言,若论专科文学目录,因它比综合目录后起,大量的出品还是近现代的事。有了前人编目的借鉴,加上它必须顺应并促使文学研究的深入化、科学化,因而在形式与内容方面都有了改进,具有形式上的多样性,内容上的专门性、系统性等特点。就提供史料而言,当以附有提要、辑录序跋的书目最有用。赵景深赞扬今人庄一拂的《古典戏曲存目汇考》说:"特别是一拂能看到原著的,都将本事扼要摘录,这比过去所出的一些不附本事的曲目当然更为有用。"(见该书序)今人所撰文学专科书目,也有辑录序跋一体,这些序跋具有程度不同的史料价值。首先,我们可从序跋了解该作品集的流传与刻本情况。其次,大多数序跋作者或属当时文坛名流,或属作者师友故旧,他们的评论,不仅会提供一些别人很少知道的史料,而且所论往往能道他人所不能道者。长篇巨制固不待言,即令是三言二语,也常能启发人意,有助于对作家作品作全面而深入的研究。虽然它们不象专门论著那样详尽,"却多有其不可或缺的新颖史料或一得之见。"(敏泽《中国古典戏曲序跋汇编序》)而这些序跋资料有的很难查找,或仅存于某几个图书馆,或只见于孤本中;或藏于海外,或在私人之手。"不仅查找不易,加之由于古籍存藏、管理上的原因,漫患湮没,自不能免。长此下去,如此珍贵之资料,则有散佚不存的危险。事实上,遭受十年浩劫之后,以往我们知道的不在少数的戏曲资料,如今业已不明去向和下落,或许做为浩劫的牺牲品,早已荡然无存于世了。"(蔡毅《中国古典戏曲序跋汇编·前言》)各种著作序跋的研究已引起学界重视,第一步工作是将序跋辑集在一起,因为再不抢救,就有散佚失传的危险。我们要感谢序跋的辑录者们为了使学界看到更多的资料辛勤耕耘着,而我们感谢的最好的方法就是充分利用其中的史料,推动学术研究的前进。

第八章 档案中的文学史料

　　档案是国家机构、社会组织和个人在社会活动中形成的,经过整理,保存备查的文字、音像及其他各种形式的原始材料,具有可靠的凭证作用和广泛的参考价值。它对于历史研究有着极其重要的意义,在文学史研究方面所起的作用也不可低估。

第一节　档　案　略　说

　　档案的基本性质,是历史的原始记录。这包括两层涵义:一、档案成于活动的当时当地;二、直接反映立档单位或个人的历史活动过程。所以,档案中的材料比较真实,可靠性强,对历史文化起着非常重要的互证、订正或补充的作用。正如美国著名历史学家查尔斯·安德鲁所说:"没有任何一个国家的人民可以被认为已经完全掌握了自己的历史,除非是它们被收集起来,妥加管理、整理得便于研究者调阅和查考的公务案卷经过了系统的研究,它们内容的重要性经过了鉴定。"(《美国科技管理》潘来星、周金品编,中国学术出版社1982年版)马克思的光辉巨著《资本论》,"正是'把堆积如山的实际材料总结为几点概括的、彼此紧紧相联系的思想'"(《列宁选集》第1卷第9页人民出版社1972年第2版)这里所强调的"实际材料"即指档案。有人统计,《资本论》前三卷中引用和明确提到的官方文件有674处,涉及65种116件档案。

我国较注意保存档案。历代正史的编修,有些就是直接参考或引用档案文献的。1921年,北洋政府教育部、历史博物馆为解决经费欠缺,将清内阁大库8000麻袋档案拍卖,史称"八千麻袋事件",在当时引起了社会各界广泛的关注。这部分档案虽迭经沧桑,但总算仍有近7000袋保存下来,现分藏于北京和台北。这些档案只占明清五百多年历史形成的全部档案文献的一部分,而档案遭受损失的根本原因是未得到充分的重视,甚至当作私有财产任意买卖和毁坏,正如鲁迅所说:"中国公共的东西,实在不易保存。如果当局者是外行,他便将东西糟完,倘是内行,他便将东西偷完。"(《谈所谓"大内档案"》)

解放以来,特别是十一届三中全会以来,党和政府都给予档案文献空前的重视。到1987年底为止,"我国从中央到地方已建有各级各类档案馆3238个。这是新中国历史上的空前创举。在这些档案馆中,共收藏有9000余万卷(册)档案文献。"(《中国档案名录·前言》国家档案局编,档案出版社1990年版)1985年,我国出版的以"档案"命名的较重要的期刊近40种。档案史料在历史研究领域中甚至被提到至高无上的地位,著名史学家郑天挺认为"历史档案在史料中不容忽视,应该把它放在研究历史的最高地位,就是说,离开了历史档案无法研究历史。靠传说、靠记录流传下来,如无旁证都不尽可信。历史档案是原始资料的原始资料,应该占最高地位。"(《清史研究和档案》载《历史档案》1981年第1期)利用档案史料研究历史的文章散见各种报刊杂志,有的已结集出版;探讨档案史料的编纂与利用的书籍陆续面世;这一切都足以说明档案的价值及其在学术研究中的地位。

然而,档案中的文学史料没有受到文学研究界足够的重视。一方面可能因为学科分类把档案划归历史类;另一方面可能因为其中文学史料比历史资料少得多,在浩如烟海的档案中要搜寻文学史料殊非易事。当然文学界利用档案史料者也有。如"红学"界利用档案史料考订《红楼梦》作者家世、作品反映的典章制度、续作等问题,就出了好几部专著,这一点后文还将述及。愿文学研究者与历史工作者们共同来开垦,挖掘这一片文学史料的处女地。

学术界一般把谱牒作为档案的一类,笔者认为两者有共同之处,但不能看作隶属关系。因谱牒中的文学史料,学界挖掘较多,内容丰富,故另列专章论述。

第二节 档案中有关作家生平、家世的资料

档案种类繁多,一般分为政务文书档案、图册簿籍档案、地方契约文书档案等类别,各类别档案中都有相关作家史料。其中图册簿籍档案中有关赋役的各种清册、细册,有关文武职官考试、考核、奖惩、升迁、袭职、候缺等方面的材料,以及各类户籍册等提供作家生平、家世的材料尤多。政务文书档案中的诏敕、上奏文书档案中亦复不少。

早在30年代初期,就有人利用《文献丛编》档案中有关史料考订了曹雪芹的家世。中华书局1975、1976年分别出版了《关于江宁织造曹家档案史料》、《李煦奏折》等有关曹雪芹家世的档案史料,解开了曹雪芹家世之谜。了解到曹家祖籍辽宁省辽阳市;曹雪芹的曾祖父曹玺、祖父曹寅、曹寅之子曹颙、嗣子曹頫、李煦(曹寅乃其妹丈)等均曾任江宁织造。对曹頫的结局,红学家说法不一,也从档案中找到了答案。著名红学家周汝昌对清代档案非常重视,精研博考,于1976年出版了《红楼梦新证》巨著,对探讨曹氏家世生平和《红》书中的典章制度,具有十分重要的价值。冯其庸进一步以《五庆堂重修辽东曹氏宗谱》为主要研究对象,参考了大量故宫满文档案、地方志及私家著述,于1980年撰著出版了《曹雪芹

家世新考》,堪为定论。

《红楼梦》后40回的著作权问题,历来也有争论,现在红学界几乎一致认为当是高鹗无疑,这与清代档案提供的有关高鹗材料不无关系。不仅如此,根据档案还可以考出高鹗的生平行实。张书才先在《清代档案史料丛编》(第二辑)中公布了《关于高鹗的一些档案史料》,共收档案15件;继之又在《历史档案》1985年第4期公布了有关高鹗的档案史料7件;然后在《文献》1989年第4期发表了《高鹗生卒年考实》,主要利用档案史料考定了学术界一直处于争论中的高鹗生卒年问题,认为高鹗生于乾隆二十八年癸未(1763),卒于嘉庆二十一年(1816),享年54岁。

曹廷杰是近代史学家,丛佩远、赵鸣岐在为他编选文集的同时,利用吉林省档案馆所藏史料,撰写了《曹廷杰生平活动年表》.(载《历史档案》85年第4期)

又如:鲁迅在《自传》中曾写到:"听人说在我幼小的时候,家里还有四十五亩水田,并不很愁生计。但到我十三岁时,我家忽尔遭了一场很大的变故,几乎什么也没有了。"究竟是什么变故,它既直接影响了少年鲁迅的物质生活,也在他的心灵上留下了深刻的烙印呢?《清代档案史料丛编》第九辑公布了鲁迅祖父周福清的档案史料(中国第一历史档案馆编辑,中华书局1983年版)。其中光绪四年至五年(1878～1879)的三件,记载了周福清在金溪县知县任上被两江总督沈保桢奏参改选教职的原因和经过;光绪十九年至二十七年(1893～1901)的12件,记载了周福清因科场贿赂案被参革职,拟斩监候到释放的始末。这些档案材料解决了上面的疑问,不仅对研究鲁迅的家世遭遇,而且对研究鲁迅的早年生活、思想乃至以后的写作,都颇具有参考价值。(参朱正《周福清与科场案——鲁迅祖父的一段经历》,载《读书》)1991年3期)

清代档案中的"引见单"也多可借以考见部分作家的生平。清制,四品以下文武官员引见,皆须递送该官员的引见单,开列籍贯、年龄、出身、履历以及引见情由。引见时,皇帝往往把对该官员的印象、评语和升迁降革意见,用朱笔批在引见单上。这种有皇帝朱笔批语的引见单,一般称为朱笔引见单。有的引见单另有朱笔眉批,多为臣工所记,载录该官员后来的升迁降革及丁忧等事故.如《清代档案史料丛编》第九辑公布了《雍正朝朱笔引见单》,共259件(人),是研究雍正吏治和某些人物的生动具体的重要史料。其中也有文学家的材料,如第94件云:

钱元昌,浙江嘉兴府海盐县人,年五十二岁。由监生中康熙四十一年副榜。在万寿、盛典等馆修书,六年期满,议叙以知县用。六十一年二月内,选授广东惠州府长宁县知县。本年六月内,在陕西西安府捐升主事。于雍正元年十一月内,升授兵部职方司主事。三年二月内,丁母忧。五年五月服满,本月内,原任工部尚书李永绍等保举补授都水司主事。六月十二日,工部带领司官引见,奉旨特授员外郎。十月二十一日,钦差审理还乡河堤工冲决一案,于十一月十五日复奏,奉旨着以道府用。二十二日,吏部带领引见,奉旨补授广西柳州府知府。

朱批:人甚老成明白,将来可道员。不似浙江人。好像貌,须参白。上中。

钱元昌(1676～?),字朝采,号埜堂,又号一翁,善诗书画,少即以三绝名京师。《清画家诗史》、《国朝书画家笔录》、《国朝画识》、《墨林今话》、《香树斋文集》等书中虽对他有介绍,然而履历等不如档案所记加详。

户籍册、履历表对于了解个人生平简历也是较为可信的档案史料,例如:

李定夷是"鸳鸯蝴蝶派"的重要作家,在10多年创作生涯中,李定夷完成著译 30 余部。姚民哀在《说林濡染谈》中，曾以报刊及其创办人为核心源头，把"鸳鸯蝴蝶派"作家分成四个支派，李定夷被归诸《民权报》一支，与徐枕亚、吴双热并称个中"三鼎足"。可是一些辞书和专著在介绍李氏生平时言之过简，且将其卒年定于 1963 年。我校徐斯年先生至上海通过查户籍册、履历表等档案材料，发现了一些他书不见或言之过简的材料，且确定其卒年当是 1964 年。据档案载：

> 李定夷于 1925 年入北洋政府财政部，供职于会计司第五科；1928 年入南京国民党财政部，任视察；同年冬，调中央银行，先后任发行局秘书、文书科主任；1940 年随行迁重庆，曾兼任中央银行行员训练班及"四联"总处行员训练班国文及应用文讲师三年；1949 年，入中国人民银行上海分行学习；同年 10 月因病离职。1957 年 7 月始任上海市文史馆馆员；1964 年 11 月 23 日卒于沪，享年 78 岁。

以上材料转引自徐斯年《"消磨笔底英雄气，领略人间儿女愁"——李定夷及其作品述评》，未刊。

第三节　档案与文学史料的辑佚、考证

一、辑集佚作

档案文献种类很多，如《文章缘起》，论及的文种就有诏、策文、表、让表、上书、书、对策、上疏、启、奏记、笺、谢恩、令、奏、驳、弹文、荐文、教、封事、白事、移书、封禅书、诰、誓、露布、檄、旨、告、行状等等。后来的文章总集，如《昭明文选》、《文苑英华》、《唐文粹》、《宋文鉴》、《全辽文》、《金文雅》、《金文最》、《元文类》、《明文海》等几乎都收录了属于档案材料的诏令、策文、制诰、表、

疏等等。这类文章也称为"公牍文"。公牍文在古代是倍受重视的,在今天看来,真正有文学价值、令人喜读的作品虽不是太多,但可以帮助全面了解一个作家的文风,更何况其中也有传诵不衰、脍炙人口的名篇。

明以前的公牍文,原件很少保存下来,如果有,大多也收进这一代的文章总集中了。而明清档案虽经散失,但存者仍数以百万计。其中大部分是公牍文,有不少成于学者或文学家之手,而不见载于任何书籍的,则不但让我们亲炙了前人手书风采,更是辑佚的重要史源。

如:康熙朝大学士、"理学名臣"李光地,著述数十种,有《榕村集》40卷行世。《清代档案史料丛编》第九辑收了李光地的28件奏折,上有康熙帝朱批,反映了玄烨与李光地之间"义虽君臣,情同朋友"的亲密关系,也可补《榕村集》之缺。另外该辑还收录了湖广总督毕沅《奏拿获宋之清等解省严讯折》、《奏续获胡胖子等并严缉夺犯伤差各犯折》、《奏拿获陈金玉等解川归案折》、《奏讯明传教大概情形及刘喜狗儿称为弥勒佛缘由折》等奏折,也可补毕沅《灵岩山人文集》之缺。

如前所述有关高鹗的档案史料中,有好几件即为高鹗本人所写的奏折,可借以观其文风。

近代"在精通吉林掌故方面首屈一指的史学家"(内藤虎次郎《读史丛录·近获二三史料》)曹廷杰,有人为他编选《曹廷杰集》(丛佩远、赵鸣岐编,中华书局1985年版),其中收载有不少档案史料。

左宗棠在去世后曾有《左文襄公奏疏》三编和《左文襄公全集·奏稿》64卷问世。后来岳麓书社将《左宗棠全集》重刊,另外又于1987年出版了《左宗棠未刊奏摺》,收录左氏自同治元年(1862年)至光绪九年(1883年)奏摺479件,都是前此各出版物未曾公布的,所录奏折都是中国第一历史档案馆藏件,其中绝大部分选自"宫中朱批奏摺"和"军机处录副奏摺,"少数选自"理蕃院档案"。

如上所述的例子还很多,此处就不一一列举了。当然,现在整理档案的学者绝大多数用史学的眼光遴选档案材料公布出版。还有许许多多文学色彩较浓厚的,可作为辑佚史源的档案文献尚有待于文学研究界的同仁去发掘。

二、对其他文献的补充与订正

清代及清以前对档案的利用,集中表现在纂修前代正史时参考使用一些档案史料,包括"起居注"、"实录"及零散档案材料。然而毕竟利用得不充分。以《清史稿》而言,它编得并不好,其中一个很重要的因素,就是因为"清史馆在其编书的全过程中,并未能充分利用清王朝遗留下来的极其大量的历史档案文件,在史料来源上就存在先天不足。"(韦庆远《明清史研究与明清档案》,见《历史档案》1981年第2期)更何况以往的档案只有极少数人能看得到,利用率是很低的。目前引用档案这一原始文献纠补史传之讹缺的文章很多,前景颇可乐观。虽然运用档案研究文学的文章还少,但档案终究引起了文学研究者的注意。

如曹雪芹家庭被查抄的问题,许多研究者以为曹家是康熙亲信,是允禩党人,因而遭到政治迫害,不相信史书中曹頫因亏空钱粮被查抄的说法。这种观点一度在红学界占上风。后来随着中国第一历史档案馆有关曹頫获罪档案资料的发现,曹家被抄的经济原因愈来愈明显,以前相信"政治原因抄家说"的人,觉得"有必要根据新的材料对以往的研究成果作出新的补充或提出新的研究结论","重新系统地看了一遍有关档案材料,经过一番研究之后,觉得过去的看法有片面性,且材料根据不足。现在倒觉得曹家'因亏空罢任,封其家资'的说法更可信,更符合历史实际。"(胡文彬《清代档案与〈红楼梦〉研究》,载《历史档案》1982

年第2期）

档案提供的资料，大至可以改变学术界的观点，小至可借以考订诗题之误。如徐朔方曾辑《汤显祖诗文集》，后据《明实录》考出其中一诗题有误，为此撰《〈汤显祖诗文集〉杂考·〈谪尉过钱塘〉诗题有误》。（载《中华文史论丛》1983年第3辑）文云：

《谪尉过钱塘，得姜守冲宴方太守诗，凄然成韵》，原为《玉茗堂诗》卷六，万历三十四年金陵文案堂刻本《玉茗堂文集》诗题第十字作和，余十七字同。拙编列入第十一卷。

据《明实录》，汤显祖于万历十九年闰三月二十五奏上《论辅臣科臣疏》，五月十六日除广东徐闻典史。刘应秋时任国子监司业，《刘大司成集》卷十四收《与汤义仍》书信十七封。其第五封当是第一封。书云："至今还不见处地方，岂待太宰出耶。"书当作于同年五月。汤显祖在离南京溯江回江西途中，贬谪之地犹未定。《实录》所云贬谪地徐闻当是以后补入。书云得显祖采石、芜湖发二信，第二封（原列第一）又云得汤氏南陵、青阳二信。汤氏在皖南经行各地，明白无误。万历四年姜奇方守冲任宣城知县，汤显祖曾客其地。与沈懋学、梅鼎祚游。而万历十年姜奇方任杭州通判，所宴知府方扬又为歙人。姜奇方宴方扬诗必在皖南得见于所遇友人处。汤显祖此刻不可能有杭州之游。故诗题当作：《谪尉过□□，得姜守冲钱塘宴方太守诗，凄然成韵》，□□必为皖南地名。

除了单篇文章外，更有专著利用档案纠正史传之讹误，补其阙漏的。如明史专家黄云眉参阅群书，对卷帙浩繁的《明史》逐卷进行比勘考证。并据《明实录》对《明史》的缺漏和错误作了补充和订正，撰成近二百万言的《明史考证》。其中不乏对文学史事、文学作家行实的补订。

三、提供文学史背景材料

档案作为史料宝库,提供史料的类型之多,涉及学科领域之广,难以缕述。就其中的文学史料而言,也是如此。下文仅略举其提供文学史背景材料之例。

清代《四库全书》的纂修,是我国文化史上的盛举,同时,又是我国文化史上一次大劫难。收入《四库全书》的书籍有的横遭窜改、抽毁尚且不说,被禁毁的书籍就多达 3000 余种。商务印书馆 1957 年曾将姚觐元、孙殿起编的"禁毁书目"合编为一册刊行,然而仍不全面,第一历史档案馆在内阁档册中,发现乾隆四十八年九月《检查红本处办应销书籍总档》一本①,内载前后七次应销毁书籍 76 种的书名、各书著者、内容及销毁原因等,即可补其未备。雷梦辰据各省《禁毁书目》及档案史料纂成《清代各省禁书汇考》(书目文献出版社 1989 年版),收集更为详备。在这些禁毁书目中,有不少是文学作品,可补《清史稿·艺文志》不足,还可以供我们了解一些已佚文集的作者、内容大概等。

中国封建社会里,专制统治者为达到消灭异端、钳制思想、维护专制统治的目的,大兴文字狱。其数量之多、株连之广、处罚之酷,以清代为最。而文字狱绝大部分与作者诗文集有关。仅据《清代文字狱档》、《文献丛编》、《掌故丛编》、《纂修四库全书档案史料》等档案资料选辑的不完全统计,纂修《四库全书》期间发生的与诗文相关的比较重要的文字狱案就有:屈大均诗文及雨花台衣冠冢案、王珣遣兄投递字帖并查出所著诗文悖逆案、澹归和尚《遍行堂集》案、释函可《千山诗集·语录》案、沈德潜选辑《国朝诗别裁集》案、徐述夔《一柱楼诗》案、陶宣张灿同辑《国朝诗的》案、卓长龄等

----

① 载北京大学研究所国学门周刊第二卷第十七期,又以《乾隆四十八年销毁书目》之名刊于《清代档案史料丛编》第七辑。

重要档案馆的收藏简况,间及各馆整理出版所藏档案文献的情况。

中国第一历史档案馆　该馆是专门收藏明清及其以前各历史时期中央国家机关档案的国家历史档案馆。是我国目前建馆时间最久、保存档案数量最多、内容最丰富的历史档案馆。该馆现存档案主要包括明清两代,共约1000余万件(册)。其中明代档案约数千件,主要是启祯时期兵部档,也有少许洪武、永乐等年间的档案。清代档案浩如烟海,从清入关前天命前九年(1607)至宣统三年(1911),有清一代中央国家机关和一些地方机关的文书,乃至清亡后废帝溥仪暂居故宫和天津张园、静园时期的文件,皆有收存。档案文件种类名目繁多,诸如下行的制、诏、诰、敕,上行的题、奏、表、笺,平行的咨、移、关文以及各种类型的函、电、札、片、照、单、图、册、照会等。其文字多为汉文或满汉合璧,少数为满文,并有一些蒙、藏等少数民族文字,以及英、法、俄、日、拉丁文等外国文字。档案内容包括政治、经济、军事、文教、刑名、外交、天文气象、山川河流、地震灾荒、宫廷生活、皇族事务等,实为研究明清和近代历史的史料宝库。

该馆重视档案的充分利用,满足学术界的需求,接待查档人次难以数计。为了使广大读者得以利用这一史料宝库,非常重视明清档案的出版工作。解放前出版了《文献馆一览》、《掌故丛编》、《文献丛编》、《史料旬刊》、《清三藩史料》、《清代文字狱档》、《中日交涉史料》、《清内阁汉文黄册联合目录》、《清乾隆铜版地图》、《清太祖努尔哈赤实录》等,解放后又陆续出版了《辛亥革命》、《中法战争》、《义和团档案史料》、《戊戌变法档案史料》、《宋景诗档案史料》、《李煦奏折》、《天地会》、《清末筹备立宪档案史料》、《清代中俄关系档案史料选编》、《清代档案史料丛编》、《清代地租剥削形态》、《康熙起居注》、《筹笔偶存》、《康熙统一台湾档案史料》、《郑成功档案史料选辑》、《清代农民战争史资料选编》、《康熙朝汉文朱批奏折汇编》、《华工出国史料汇编》等。要了解中国第一历史档案馆馆藏档案整理出版的情况,可以登录其网站 http://www.lsdag.com/ 查找"史料出版"一栏。

中国第二历史档案馆 该馆收藏自 1912 年孙中山建立的中华民国临时政府起,至 1949 年中华人民共和国成立前,整个中华民国这一历史阶段各个政权中央一级机关及其直属系统的历史档案,共有档案 100 余万卷,是研究中华民国断代史的重要史料宝库。要了解中国第二历史档案馆馆藏档案整理出版的情况,可以登录其网站 http://www.shac.net.cn/查找"史料出版"一栏。

中央档案馆 该馆收藏自 1919 年五四以来革命先驱、主要领导的活动史料,以及中共中央及其所属机构和派出机关在各个时期的活动史料、重要机构的形成等档案文献 800 余万件,陆续编辑出版各种史料选辑、汇编和丛书三、四十种。

台北故宫博物院"中央研究院历史语言研究所" 台湾明清档案主要保存处。台北故宫博物院收藏明清档案 40 余万件,该院 1982 年将所藏清代档案全部总目汇编成书,出版了《国立故宫博物院清代文献档案总目》。近年来,该院又将全部历史档案文献缩微,输入电子计算机。联经出版公司 1984 至 1987 年出版该院所藏《清代起居注册》,收道光、咸丰、同治、光绪四朝起居注,分 280 册装订。台湾"中央研究院历史语言研究所"藏明清档案 31 万余件,也缩微输入电脑,并影印出版了《明清档案存真选集》。联经出版公司自 1987 年起陆续将该所藏档影印出版,名为《明清档案》。已出版第 1 期,收顺治朝 32 册;第 2 期,收顺治朝 5 册、康熙朝 2 册、雍正朝 27 册。台湾省保存的民国档案文献主要收藏在国史馆、"中央研究院近代史研究所"等单位。"中央研究院历史语言研究所"的网址是 http://www.ihp.sinica.edu.tw/。

中国现代文学馆 原址在西三环路万寿寺,新址为亚运村,1985 年由巴金倡建落成,是我国规模较大、较专门的文学档案馆,是具有国家级文学档案馆性质的中国现代文学资料中心和研究中心。该馆专门从事收集、管理、整理和研究自1919年以来的大陆、港台和海外华人作家的手稿、著作版本、译本、书信、日记、录音、录像、照片、文物、创作档案、藏书等文学档案资料和有关的著作评论、文学报刊等。至1989年底，入藏品已达171956件，其中包括珍贵的作家手稿4900余件，150余位作家的声像资料390多盘。该馆设有作家文库制度，即任何一位大作家把其藏书捐献给该馆，就可以设立以其名字命名的书库。如周扬遗嘱把其生前会客室、办公室内8个书柜中的15000余册图书全部捐赠，1990年4月10日"周扬文库"便落成开放。迄今已有巴金、冰心、张天翼、萧乾、周颖南、阳翰生、萧三、叶华等文库。建于作家故居的有茅盾文库和老舍文库。另外，现设有专门性的综合文库以收藏港、澳、台和海外华人作家的文学档案资料。第一个海外华人作家文库是旅居德国的女作家周仲铮。1990年4月，台湾作家周锦、尹雪曼在该馆建馆五周年时参观后表示"为中国现代文学有了家而欣喜异常"，并献议"对台湾作家作品做有计划的搜集与充实。"巴金则在贺信中写道："文学馆是我最后的一件工作，……只要我的心还在燃烧，我就要为文学馆出力。"该馆依作家名字的汉语拼音顺序排列馆藏，便于查找作品。另设有一个恒温、恒湿、通风、防火的特殊仓库，保存对年逾七旬的知名作家进行抢救性采录而得的声像资料和手稿、书信、照片等珍贵文献。中国现代文学馆的网址是 http://www.wxg.org.cn/。

此外，我国各地成立了不少历史文化名人纪念馆，"馆主"大部分是文学家。如北京有曹雪芹、郭沫若、茅盾、老舍等人纪念馆。江苏的纪念馆（室）有：瞿秋白（常州）、柳亚子（吴江）、徐霞客（江阴）、郑板桥（兴化）、施耐庵（大丰）、吴承恩（淮安）、沈括（镇江）等人的纪念馆（室）；浙江省杭州市有"章太炎纪念馆"；江西省有曾巩（南丰）、汤显祖（抚州）、欧阳修（永丰）、陶渊明及朱熹（九江）、黄庭坚（修水）等人的纪念馆；山东省济南有李清照纪念堂、辛弃疾纪念祠,淄博有蒲松龄纪念馆;湖北省有屈原(秭归)、苏轼(黄冈)等纪念馆。更有不同地区纷纷为同一作家建立纪念馆的,如山东济宁市、四川江油县均建有李白纪念馆;河南巩县有"杜甫故里纪念馆"、四川三台县有"杜甫纪念馆"、成都有"杜甫草堂"等,江西临川、浙江鄞县均建有王安石纪念馆。

上述纪念馆中,有些保存着该作家的著作、著述的不同版本、原刻版片、时人或后人相关的研究资料、家谱、年谱,甚至手稿和作者曾用的物件等等,可以视为作家档案馆。

二、档案资料的辨伪

档案史料作为历史活动的一种原始记录,较之一些事后追记的、或他人转述的、或道听途说的、或考述推断的文献资料,往往要真实可靠得多。但这也只是在能够维护文件或收藏者切身利益(包括其所属阶级、集团和个人的利益等)的前提下讲的,一旦离开这个前提,便存在故意作伪的可能性。

伪造档案文献的动机,大致可以归纳为三类:(1)政治欺骗、栽赃讹诈。某些集团或个人,出于政治上的某种需要,或欲制造骗局以蒙蔽视听,或欲编织伪文以扩大影响,或欲栽赃诬陷以重创政敌等,不惜伪造档案文献。(2)利欲熏心、谋取钱财。珍贵的档案文献往往价值颇高,有关单位或个人亦不惜重金搜求。这样难免诱发一些利欲熏心的人伪造档案文献。此外,有人为了邀功得宠、升官受赏而伪造文件。(3)借重声望、托名传世。这不仅是产生伪书的重要原因之一,也是某些个人或组织伪造档案文献的动机。

档案文献中存在着少量的赝品。太平天国文献中夹杂赝品的情况就是一个典型。罗尔纲在《太平天国文书汇编·前言》中曾作过总结性论述,认为在中国历史上,伪造文件数量之多,以对太平天国文书的伪造居第一位。因此,搜集太平天国文书,辨伪是一件首要的工作。罗氏将赝品分为当时伪造的、后人伪造的两大类,每类又分六项说明伪造的原因,之外,强调"在太平天国文书中,除有伪造外,又有当时天地会假托的","还有后人盗改的。例如与石达开在大渡河作战的清朝重庆镇总兵唐友耕的儿子唐鸿学,把石达开送到他父亲军营的《致清朝四川总督骆秉章书》盗改为唐友耕的。"[1]罗氏归纳的伪造太平天国文献的种种复杂的情况,在其他种类的档案文献中亦时有所见,因此,我们在利用档案时也要注意辨别考证。

---

[1] 参《太平天国文书汇编·前言》,中华书局1979年出版。

第九章　谱牒中的文学史料

谱牒是一个家族或宗族的世系表谱。其名称和种类很多,通常称为家谱、族谱,还有宗谱、家乘、支谱、世谱、世系录、通谱、总谱、会谱等等。它们已被学术界视为"史料巨流"之一。

第一节　谱　牒　略　说

谱牒的起源很早,商代就有,两汉时期有了发展,到了魏晋南北朝隋唐,随着门阀制度的逐步形成,"人尚谱系之学,家藏谱系之书。"(郑樵《通志·氏族略》)其地位与作用也正如郑樵所指出的:"隋唐而上,官有簿状,家有谱系。官之选举,必由簿状,家之婚姻,必由谱系。"(郑樵《通志·氏族略》)而在唐代,谱牒成了新掌权者用来巩固统治,提高社会地位的政治斗争工具。此后,谱牒已作为史书分类名目,在《旧唐书·经籍志》、《新唐书·艺文志》、《郡斋读书志》、《直斋书录解题》等公私书目中独立成类。谱牒自宋以后发生了某些变化:第一、封建官府不再组织修撰谱牒,也不将谱牒当作重要的档案文献加以郑重保管;第二、封建官僚士大夫和学者,十分重视谱牒,确认其史的地位。如章学诚把谱牒看作史学的支流,他说:"魏晋以还,家谱图牒,与状述传志,相为经纬,盖亦史部支流,用备一家之书而已。"(《章氏遗书》卷21《刘忠介公年谱序》)又说:"夫家有谱,州县有志,国有史,其义一也。"(《章氏遗书》卷14《为张吉甫司马撰大名县志序》)第三、地方大姓名谱、修谱之风仍盛,而且谱牒的内容和形式有一定发展、变化,以至于有的学者认为:"谱学之传,已久失矣","史学失传已久,家谱之类,人自为书,家自为说。"(章学诚《校雠通义·与冯秋山论修谱书》)有不少甚至妄相假托,牵强附会,对祖先言行言过其实,我们利用谱牒时,定要对其史料进行认真的甄别和考订。

  谱牒作为研究历史的重要文献资料而受到广泛重视,始于民国。究其"沉默"千数百年的原因,最重要的可能是因为私谱禁止公开,必须"内部发行"。《尤氏苏常镇宗谱》引乾隆癸卯旧谱跋云:"编号发给,注名领取,以绝冒滥私售之弊。"《桐城陈氏支谱·家规》明确规定"甚或鬻谱卖宗,又或誊写原本,瞒公射利,钻改涂抹,借端生衅。此种不肖,深可痛恨,重加惩罚,并共黜之,追其谱牒,不许入祠。"在这样严苛的规定下,研究者欲得谱牒尚称困难,何况研究。然而,有识之士早就指出了谱牒的价值所在:"家修谱牒,能使体例精核,未始不列于著作之林,而世家之谱,更有裨于掌故。"(邵晋涵《南江文钞》卷六,《涞水方氏家谱》)目前,谱牒学已成了世界性学问,美国有家谱学会,还举办世界家谱纪录大会。日本学者撰作了不少有关中国谱牒的论著。中国台湾有谱系学研究所;大陆也不甘落后,于1988年7月在五台山举办了中国家谱研讨会。中国谱牒学会的成立,以及该会《谱牒学研究》(《书目文献出版社,1989出版第1辑)的问世,更是中国谱牒学进入新阶段的标志。该会及会刊尤其注重中国谱牒中史料的发掘,认为谱牒"从史料的角度看,它带有基础的性质,其数量之大,内容之富并不亚于正史和方志。因而,具有几千年历史的中国家谱,是个巨大而又十分难得的史料宝库。""它为我们研究历史学、社会学、人才学、人口学、民族学、方志学等提供了取之不尽、用之不竭的材料。"(刘贯文《谱牒学研究的任务》，载《谱牒学研究》第 1 辑）而这些宝贵的资料尚有待于我们去发掘、利用。

谱牒这一宝藏，也已引起文学研究界的重视。近年来，文学研究工作者们不只是停留在书斋里，而纷纷走向民间进行考察，发现了不少未被利用的谱牒，其中提供了不少鲜为人知的史料。他们纷纷在《文献》、《中华文史论丛》、《文学遗产》等刊物上撰文介绍，对文学研究起了较大的推动作用。谱牒也已引起了社会的重视，如在江苏如皋发现的记载东晋陶侃以来陶氏 53 世基本情况的《陶氏宗谱》，不仅对研究著名文学家陶渊明，进一步考究陶氏宗族派系的分布情况有极高的参考价值，而且搜集了陶氏名人及苏洵、欧阳修等名家的部分作品，有较高的文学价值。该谱一经发现，报纸即加以报道（《〈陶氏宗谱〉在如皋揭世》，《新华日报》1991 年 4 月 20 日第 3 版），以引起社会重视。

谱牒为我们提供了非常有价值的文学史料，概括起来，约有如下数端。

第二节 谱牒中的文学家生平事迹资料

谱牒中收有大批人物传记资料，如：家传、小传、志传、史传、自传、自述、行述、行略、行实、行状、事略、墓志铭、墓表、神道碑、圹志、年谱、年表等等。"这些人物传记，有的可见之正史或文集，但与谱书所载的传记竟有出入，甚至直指正史的谬误。有不少历史人物曾作出过较大的贡献，或有著名的成就，而不见正史为他立传，或志书虽有而语焉不详，在谱书中往往可以找到他的详细的传记资料。"（谢巍《姓氏谱书的作用略说》，载《文献》1989 年第 1 期）更有相当多的人物，虽在历史上并不著名，或因历史的原因在当时未受到重视（如元代比较轻视戏曲家），而对于一个家族来说，他们却比较重要，其资料往往多载于谱牒中。

根据谱牒提供的材料可考订作家生卒年。如：元代诗人尹廷高，浙江遂昌人，其生卒年月，史籍无确载，有人据其诗作推定其"当生于宋淳祐七年(1247)"①，缺乏有力依据，难以令人信服。据《尹氏宗谱》卷1《六峰公传》载："公讳廷高，字仲明，别号六峰。善诗，元大德间任处州路教授。寻归隐于岭东之南溪，凿玉井，创耕云寮，日以诗酒自娱。所著有《玉井樵唱》正、续诗稿行世，奎章学士虞集为之序。"《宗谱》卷1有虞集《六峰公〈玉井樵唱〉续集序》，中有"皇庆癸丑，君方六十"之语。皇庆癸丑即元仁宗二年(1313)。廷高时年六十，以此上推尹廷高当生于宋宝祐元年(1253年)。

《九宫正始》编者徐迎庆，据《方志著录元明清曲家考略》所辑方志资料，仅知其为华亭人，明嘉靖朝名臣徐阶曾孙，而未及生卒年，活动事迹等。《华亭徐氏族谱》卷4世系表则详载"徐迎庆，元普长子，字溢我，号于室，上海学廪生。荫仕中书科中书舍人，万历二年七月二十日生，崇祯九年□月□日卒。"可知徐迎庆生于1574年，卒于1636年。谱中还较详细地记载了其活动事迹，以及编《九宫正始》的具体情况。

明代第一位有剧作传世的女戏剧家叶小纨，日本学者八大泽元在《明代戏剧家研究》(日本讲谈社昭和34年刊行)一书中曾列专章研究了她的家世、生平、创作等。八大泽元据叶燮《午梦堂诗抄述略》文中"仲姊蕙绸，归于沈。其没也，后我母二十余年"一段话，推断叶小纨卒年在顺治十三年(1656)至康熙三年(1664)之间，并认为叶燮所言是有关叶小纨卒年的唯一资料。然而据乾隆间沈光熙所修《吴江沈氏家谱》卷6叶小纨之夫沈永桢名下云："配叶氏，顺治丁酉年十一月五日卒，年四十五岁。"顺治丁酉年即1657年，由此上推四十五年，可知叶小纨生于1612年，卒于1657年。

根据谱牒中的材料可以考订作家家世、生平行实，如：

---

① 丁志安《尹廷高及所著〈玉井樵唱〉》，载《中华文史论丛》1985年第2辑。

前述徐迎庆的家世、生平事迹均可藉《华亭徐氏族谱》考出。

《越城周氏支谱》记载从越城周氏自明正德间一世逸斋公徙居竹园桥起,至十四世,列表有至十五世者。其中有关鲁迅祖先的记载,到十三世鲁迅的父亲周凤仪(字伯宜)止。此谱可供我们了解鲁迅的家世①。

吴江派重要戏曲家,著有《冬青树》、《乞麾记》、《双串记》、《回劫记》等传奇的卜世臣,其生平资料极为罕见。[康熙]《嘉兴府志》卷14有关于他的略传,然而仅寥寥数语。据嘉庆年间卜氏家刻本《卜氏家乘》可知:"世臣,曰至子。字孝裔,别号蓝水,亦称大荒逋客。隆庆六年壬申二月二十二日生,顺治二年乙酉七月二十六日卒,年七十四岁。葬父敬堂公墓昭。"不仅解决了其生卒年、字号等悬案,对其家世、后代也据以有较详细的记述②。

根据谱牒提供的材料,可以考订作品归属权问题。如:撰作《病玉缘》传奇和《孟谐》杂剧的莫等闲斋主人,傅惜华《清代杂剧全目》卷6认为其"姓、名、字、号均无考。生平事迹不详,约为清末时人。"《中国近代传奇杂剧简目》(载《文献》第7辑)同。然《(福州)陶江林氏宗谱》(1929年铅印本)中有《林氏义姑事略题后》,署"长乐斋莫等闲主人陈天尺撰题"。据此线索可考知《病玉缘》等作者为陈天尺。证以民国间闽县郑容《无辩斋诗》末首《读〈病玉缘〉传奇赠陈尺山》、闽侯郑祖荫《种竹山房记诗抄》中《次前韵酬陈天尺四首》及其他文献,可知:陈尺山,后改名天尺,别号莫等闲斋主人,福建长乐人,寓居福州,业医,民国初年在福州创办《舞台报》评论当时戏曲,另有《闽谚集对录》、《闽谚声律启蒙》等传世。

---

① 参阅冯秉文《鲁迅家世与〈越城周氏支谱〉》,载《文献》1985年第1辑。
② 吴书荫《卜世臣家世、生平和作品》,载《戏曲研究》第35辑,文化艺术出版社1990年版。

第三节 谱牒与家族文学

我国向有地方文学之说,而无家族文学之分。笔者认为,我国文学即由地方文学构成,而家族文学则是地方文学中的一支生力军。所谓家族文学,是指由同姓同宗渊源关系的作家群创作的文学作品、提出的文学观点等而构成的群体文学。

现存较早较完整的汇刻家集之作可能是宋佚名辑的《谨依梅阳正本大宋真儒三贤文宗》(《二皇甫集》可能更早,但经后人窜乱。)将宋代苏洵、苏轼、苏辙的文集合为一编,是为丛书形式。最早的家族文学总集当推宋汪闻辑的《谢氏兰玉集》(《直斋书录解题》卷 15 著录)。该书"集谢安而下子孙十六人诗三百余篇。"降及清末民初,家族文学总集与丛刻大量问世,《中国丛书综录》在"集类·氏族"下收的丛书即达 160 余种,计有子目 1000 余种。《贩书偶记》及《续编》于"集部总集类"之下专列"家族之属"50 余种。家族文学丛书、总集的出版,是与我国有着悠久的修纂谱牒的历史紧密相关的。

家族文学的作家群,我们也称之为文学世家。文学世家对文坛往往有着非常巨大的影响力。即以清代词坛而论,"在词的发展史上还不曾有过如清代词所表现出来的如此鲜明、如此成熟以及有着很强自觉意识的众多流派和群体。"(严迪昌《清词史》,江苏古籍出版社 1990 年版)"清代词派和群体非常突出地具有地域性和家族血缘关系的特点。"(同上)如周茂源、周纶、周稚廉一门父子祖孙对云间词派的变革;如皋冒襄、冒禾书、冒褒、冒裔、冒坦然、冒禹书、冒殷书一家对词坛的贡献;陈维崧、陈维岳、陈履端、陈枋一家确立阳羡词派;无锡以顾奎光、顾斗光、顾敏恒、顾翰、顾蕙生、顾翊为代表的顾氏词人群,以及顾奎光的三个外甥即杨芳灿、杨揆、杨英灿,以及芳灿之子杨夔生为代表的杨氏家族,为词风由密趋疏、由堆砌变为白描奠定了基础。由此可见家族文学对文坛的推波助澜、甚至树规立范的作用。

福建莆田"九牧林氏家族"是一个文化层次颇著的官宦世家。自唐至明,林家在科举中考中进士多至百人,以致世有"无林不开榜"之说。林家文士满门,著述累代,出了不少名贤大儒。如唐代的林慎思、宋朝的林光朝、明代的林环、林文、林文俊等,尤其明清之交的林嵋一家。嵋为崇祯间进士,官至礼部员外郎,有诗名。其子林文中,工诗,著有《香草诗文集》。侄林凤仪著有《嘐嘐堂诗集》10卷、《樗轩赋》2卷,侄林向哲著有《白玉岩阁诗集》12卷,哲子林麟焻著有《玉岩诗集》、《星槎草》、《中山竹枝词》、《郊居集》等,可谓诗文之家。林氏家族也确如明林尧佐所言:"代出伟人,文章彪炳。"(《九牧林氏家乘·序》)对文化的发展起了一定的推动作用。

类似上述的文学世家在我国难以数计。但由于历史的原因,有些世家却湮没无闻,或该世家的某些人物及作品已难见全貌,而作为一家一族之史的谱牒于此类资料往往保存得较为详备,如清乾隆间沈祖禹和沈彤辑录江苏吴江地区沈氏世家部分成员的诗歌,编为《吴江沈氏诗集录》,收作家91人,作品近千篇。其实。自沈氏第一代诗人沈奎(1455～1511)起,至沈桂芬(1818～1881)一辈,先后共有文学家近140人,今人根据《吴江沈氏家谱》,不但考知未见于《吴江沈氏诗集录》的尚有40多位,而且得知其字号、生平、著作等[①]。这就为研究吴江沈氏文学世家提供了重要的材料,并可补张慧剑《明清江苏文人年表》之缺。

又如,《东兴缪氏宗谱》,康熙四十七年(1708)缪旭初续修,详细记载了江阴东兴缪氏自始祖全一公于元末避乱从常熟小山湖桥徙居东兴里谷渎河之西、白渚港之滨以来,直至康熙四十七年间,该族繁衍过程。其中载有缪氏近二十位曾有文学作品集行世的作

---

① 参阅李真瑜《〈吴江沈氏诗集录〉集外作家汇考》,载《文献》1990年第3期。

家的概况。

前论如皋冒氏世家则有清冒文焕《如皋冒氏宗谱》详记其情况。

近年来,有关文学世家的特点、变化、发展及其在我国文学史上的地位等问题已陆续出版专著,比如时代文艺出版社 2005 年出版叶永胜《百年大宅门——现代中国家族文学论》,上海古籍出版社 2006 年出版朱丽霞《清代松江府望族与文学研究》,中国社会科学出版社 2009 年出版张剑、吕肖奂、周扬波《宋代家族与文学研究》,人民文学出版社 2010 年出版张兴武《两宋望族与文学》等。

第四节 谱牒的辑佚功用及其他

谱牒是作品辑佚的重要史源。材料大致有四个方面:谱序,他人赠作,自作,他人所写传。以下分述之。

一、谱序。修谱者往往请名人为谱牒作序,而此序不见于撰者文集或各类总集中,则为佚作。如:

江西泰和县上模乡西冈村保存的《阙城罗氏族谱》中收载了明代哲学家罗钦顺撰于明嘉靖二十三年(1544)的《重修罗氏宗谱序》①,是其佚作,作者写序时年 80 岁。该序是了解罗氏世系的重要资料。

《宜春郑氏族谱》中收有唐郑伯纯作《唐司空图定北郑上下篇谱原序》(疑当作《唐司农审定北郑上下篇谱原序》),可补《全唐文》之缺②。

二、他人之作。谱牒较详于主人与名人的交往,往往详载他

---

① 文详见《罗钦顺佚文〈重修罗氏宗谱序〉》,载《文献》1990 年第 2 期。

② 具体考订详见傅义《补〈全唐文〉的一篇佚文》,载《古籍整理出版情况简报》总第 234 期,1990 年 11 月 10 日出版。

人所赠诗文,或为谱牒主人诗文集所作序跋以及其他相关诗文等。这些作品不载于原作者文集者,即为佚作。如:

《甘竹胡氏十修族谱》中收有晏殊《题华林书院》七言律诗一首,不见他书收载。

《螺陂萧氏族谱》中载宋代著名文学家杨万里为萧岳英所建"五一堂"所作《五一堂记》(文详见萧东海《新发现杨万里佚文〈五一堂记〉述考》,载《文献》1990年第3期),该记写于淳熙二年十月二十七日(1175年12月11日),首尾完整,经考订,确为杨万里作品,但不载于《诚斋集》。

三、自作。谱牒中收载的被谱写的人物本人的作品较多,如:

有人从《颍川陈氏开漳族谱》及《陈氏族谱》中发现了唐代闽南著名人物陈元光(675～711)的五言诗34首,七言诗14首。除了已被收入《全唐诗》、《全唐诗外编》的诗作之外,尚有43首为其佚作,不见他书收载。

浙江省萧山县1922年纂修的《萧山来氏家谱》卷1,载有其始祖来廷绍于南宋嘉泰二年(1202年)临终前写的一首《临终诗》,不见他书收载,经考订,确为来廷绍佚作①,可供编《全宋诗》采辑。

江西泰和县发现了保存800余年的《胡氏家藏方册》,内收宋代思想家及诗人胡宏亲笔书诗11首、《谱序》1篇,均不见于胡宏《五峰集》及中华书局1987年出版的《胡宏集》,是其佚篇(详见衷尔钜《胡宏的佚诗佚文》,载《文献》1990第4期)。

四、他人所写传记,谱牒中保留了大量他人为谱牒主人所写的小传、行述、事略、墓志铭等传记资料,而有不少不见于他书,确为佚作。这类作品不仅可供辑佚,还可以借以了解谱主的生平事迹。如:

---

① 原诗及考订详见来可泓《南宋来廷绍佚诗〈祗园临终诗〉》,载《文献》1990年第2期。

中唐著名诗人戴叔伦虽有权德舆、梁萧为之撰墓志铭、神道碑，但梁作仅周弘祖《古今书刻》著录镇江府有碑刻。至清道光间韩崇《宝铁斋金石文跋尾》中称该碑"文字漫灭不可辨，惟碑额正书'唐故戴公神道之碑'八字完善。在金坛县南门外，屹立道中。"今已不存。然其文幸见收于《重修戴氏宗谱》①（据金坛文管会藏者题，残存4册）。据该文可知其入仕经过、任东阳令之政治背景、罹谤经过、著述等。

江西奉新《甘竹胡氏十修族谱》（宣统版）中载宋代文学家晏殊所撰《光禄寺丞仲容公墓志》一文②，即属佚文。通过该文不仅可以了解胡仲容的生平，还可以借以考订晏殊与胡仲容的关系，晏殊的兴学、文风等一系列问题，可补《宋史·晏殊传》之阙。

笔者查阅1935年《重刻明修王氏世谱》时，发现其中《赠翰林院编修王君墓志铭》、《王母太孺人吴氏墓志铭》、《国子监司业兼司经局校书王君绳武墓志铭》三文均题"翰林院待诏将仕佐郎兼修国史致仕长洲文征明撰"（第三文"翰"前有"前"字，盖成文晚，追述前职）。经考，文征明与昆山王氏颇有渊源，其文集中即有《王绳武编修奉诏归省》诗二首等等。第一篇墓志铭为王绳武之父而作。而上述三文均不载上海古籍出版社1987年版周道振辑校的《文征明集》中。

又王元增纂《续王氏世谱》中载著名学者钱大昕所作《实庵小传》。向读竹汀曾孙钱庆曾所续《竹汀居士年谱续编》，于"嘉庆八年癸亥，年七十六岁"下注云："又有《慕陵诗稿序》……《王实庵传》，不载集中。'"今读《潜研堂集》（上海古籍出版社1989年出版吕友仁标校本），《实庵小传》不载集中，而在《续王氏世谱》中得览

---

① 蒋寅《梁肃所撰〈戴叔伦神道碑〉的文献价值》节要钞录该碑文，载《文献》1991年第1期。

② 参阅谢先模《晏殊〈光禄寺丞仲容公墓志〉一文的发现及其价值》，载《学林漫步》第11集，中华书局1985年版。

该文,文长1000余字。

谱牒的纂修大多是在前人谱牒的基础上重修、三修、四修,以至多次修订而成的,每次修订往往保存原有的重要资料,增加原谱尚不及反映的人物、资料。谱牒的这种递修性使得哪怕是民国甚至是现当代刊行的谱牒中,都保存着古代的人物、图表序例、作品等文献资料,因此,不可因刊行年代迟而忽略其价值。

此外,值得重视的是,谱牒中保存了比较丰富的为其他书籍未曾记载的材料。谢巍通过对许多谱牒的考察和总结,认为:

> (谱牒)载有宗祠祭祀,或社日、节令活动的吹奏音乐及所用各种乐器的名称和式样,以及演出的戏曲。谱中常载人物图像(有的稿抄本有彩色画像),宗庙、祠堂、庄园、坟墓的平面或立体或鸟瞰图,或建筑式样,或祭祀所用的器物样式,或刊有书画缩制品(或木刻、或石印、或珂罗版),这是有关美术、雕刻、建筑、古饰物、古器物的资料。某些刻书盛行的地区的谱书,还记载书籍刊刻历史的资料。有些谱书记载了图书收藏情况,以及禁止子孙变卖藏书的家训。徽州、宣城和湖州地区的一些谱书,载有笔、墨、纸、砚的生产发展史料。在碑传、诗文、书目中,还可收集到不少的文化资料。(谢巍《姓氏谱书的作用略说》载《文献》1989年第1期)

实际上,不少文化资料都是与文学的发展紧密相关的。谢巍还认为:

> 有一些谱书载有本族人著述的书目。研究了三十种谱书所载的书目,约有三分之二弱的书见于其他书目著录,有三分之一强的书则不见于其他书目著录。这一部分不见其他著录的书,如果辑出的话,可以大大充实我国历代著作的书目的内

容。有的书目所辑不完备,有一些遗漏、错讹。这些是图书目录学的资料。(同上)

实际上,这些书目有不少是文学书目,因此,我们可以把它们当作较重要的文学文献来研究和利用。

第五节 谱牒的收藏、著录与内容鉴别

一、谱牒的收藏与著录

据日本学者多贺秋五郎在《中国宗谱研究》一书中的统计,中国的族谱,在日本有1491部,美国有1406部,中国(含港、台)有980部,共3877部。实际上,远不止此。据不完全统计,我国族谱多达15000余种。在国内收藏谱书较多的单位有:北京图书馆,2720部;湖南省图书馆,1176部;中国社科院历史研究所图书馆,980部;吉林大学图书馆,861部;河北大学图书馆,835部;广东中山图书馆,577部;浙江省图书馆,496部;四川省图书馆,416部;天一阁藏书楼,403部。其他收藏二三百部左右的单位还很多[①]。台湾主要藏于故宫博物院、国学文献馆等处。美国主要收藏单位有:美国犹他家谱学会图书馆,藏有3000部木刻或铅印家谱,另外拥有10000多部家谱手稿的缩微拷贝(沙其敏《犹他家谱学会的中国收藏品》,载《谱牒学研究》第1辑);美国国家档案局、国会图书馆藏有1500多种族谱(包括明代)(倪道善《明清档案概论》88~89页,四川大学出版社1990年出版);哈佛大学图书馆中文部,藏有1000余种(同上)。日本主要收藏于东洋文库、京都大学人文科学研究所等处。

---

① 常建华《中国族谱收藏与研究概况简说》,载《谱牒学研究》第1辑,书目文献出版社1989年出版。

已经出版或发表的谱牒目录主要有：多贺秋五郎《宗谱的研究（资料篇）》（日本东洋文库1960年出版）、《中国宗族的研究（下）》（1982年版）；罗香林《中国族谱研究（下篇）》（香港中国学社1971年出版）；美国学者编《美国家谱学会中国族谱目录》（台北成文出版社1984年版）；台湾王世庆等写有《台湾公私藏族谱目录初稿》（载《台湾文献》29卷第4期）；盛清沂主编《国学文献馆现藏中国族谱资料初辑》（联经出版社1982年版）、《台湾地区族谱目录》（1987年版）等。中华书局1997年出版国家档案局二处等编《中国家谱综合目录》，上海古籍出版社2008年出版《中国家谱总目》（10册），则已把目前存世的传统中国族谱基本收全。

提要方面有：台湾昌彼得编《台湾公私藏族谱解题》（台北"中央图书馆"1969年版），北京图书馆家谱整理小组编《北图馆藏满族宗谱叙录》（载《文献》1987年2、3期）等。上海古籍出版社2000年出版王鹤鸣等主编《上海图书馆馆藏家谱提要》，湖南人民出版社2004年出版邹华享主编《湖南家谱解读》，浙江人民出版社2005年出版程小澜主编《浙江家谱总目提要》，三环出版社、海南出版社2008年联合出版陈虹选编《海南家谱提要》。

资料汇编方面主要有：多贺秋五郎《宗谱的研究（资料篇）》，已见前；盛清沂主编的《联合报基金文化会国学文献馆现藏中国族谱序例选刊初辑》（联经出版事业公司1983年版），选录了陈、林、黄、王、张、李、吴、刘、蔡、杨十姓的重要谱学史料。巴蜀书社1995年出版张海瀛、武新立、林万清主编《中华族谱集成》。北京图书馆出版社2000年出版张志清、徐蜀主编《北京图书馆藏家谱丛刊》闽粤侨乡卷50册，2003年出版民族卷100册。线装书局2002年出版《中国国家图书馆藏早期稀见家谱丛刊》109函365册，收65种家谱，以清乾隆前木活字本、刻本为主，同时也不乏抄本和稿本，涉及46个姓氏，编修地分布在十个省、市，以安徽、浙江、江苏、江西等省为主。

上海古籍出版社 2010 年出版王鹤鸣《中国家谱通论》，分绪论、经编、纬编全面论述了家谱的起源、沿革、种类、体例、价值等，书后附《中国家谱论文索引(1874～2008)》。由于作者主编出版过《上海图书馆馆藏家谱提要》、《中国家谱总目》，并选编《中国家谱资料选辑·图录卷》，因而《中国家谱通论》理论与实际并重，翔实可据。

二、谱牒资料的鉴别

谱牒的编纂，开始纯是为高门世族服务，越到后来越是成为维护封建宗法制度、巩固族权统治的工具。我们在充分利用谱牒资料的同时，必须注意到它的局限性而持慎重态度。因为谱牒的编纂，不仅有妄相假托、牵强附会之处，而且对于自己祖先所做的事往往有溢美之词，言过其实。颜师古就说过："私谱之文，出于闾巷，家自为说，事非经典，苟引先贤，妄相假托，无所取信，宁足据乎？"(见《汉书》卷 75《眭两夏侯京翼李传》下"眭弘注")。又说"近代谱牒，妄相托附，乃云望之萧何之后，追次昭穆，流俗学者共祖述焉。但酂侯汉室宗臣，功高位重，子孙胤绪具详表、传。长倩钜儒达学，名节并隆，博览古今，能言其祖。市朝未变，年载非遥，长老所传，耳目相接，若其实承何后，史传宁得弗详？《汉书》既不叙论，后人焉所取信？不然之事，断可识矣。"(《汉书》卷 78《萧望之传》注)。钱大昕在《十驾斋养新录》卷 12"家谱不可信"条下评云："盖《南齐书·本纪》叙述先世，以望之为何六世孙，讥其附会不可信耳。师古精于史学，于私谱杂志，不敢轻信，识非后人所及。《唐书·宰相世系表》，虽详赡可喜，然纪近事则有征，溯远胄则多舛，由于信谱牒而无实事求是之识也。"他们的说法有一定的道理。虽谱牒中的史料也并非全不可信，但使用时要慎重抉择、考订方称客观。

如，有人据《华林带溪胡氏族谱》录出《赠傅岩公》一诗，据原文称引定为苏轼佚诗(《关于苏轼的佚诗(赠傅岩公)》载《文学遗产》1989年第3期),文称"神宗元丰七年(1084)二月,苏轼自黄州敕移汝州。其时弟辙谪监筠州酒税,轼亲往探视,途经分宁,顺道拜访诗友黄庭坚。闻胡傅岩知名,特相谒。造庐信宿。"另有学者据史料考订《赠傅岩公》一诗是托名苏轼的作品[1],可成定论。

---

[1] 孔凡礼《关于苏轼生平的若干资料》文末"附记",载《文学遗产》1989年第6期。

第十章　年谱中的文学史料

年谱从谱牒、年表、传状等逐步发展演变而来,是按年月详细记载谱主生平事迹、家庭情况、思想变迁、事业成就、师友交往、有关史事等的一种传记体裁。个人编年体传记,除以年谱命名外,有不少是以年表、纪年录、编年、系年等命名的。其体裁有 5 种:(1)将每年事迹提纲挈领,于纲下用目加以详细说明的纲目式年谱,这种体裁最为普遍;(2)将谱主事迹用韵语连缀成篇的韵编式年谱;(3)用诗按年叙述生平事迹,并加注释的诗谱式年谱;(4)以图画为主,辅以文字说明或小诗的图谱式年谱;(5)以表格形式列举每年事迹的表格式年谱。

年谱始兴于北宋,最早被反映的谱主是文学家,多附于别集之后;经元明至清迄近现代而大盛,谱主范围不断扩大,形式也由单谱发展成为合谱(把相关的几个人合起来编年谱)、专谱(主要反映谱主某一时期的活动、某一方面的成就,其余则附带涉及或根本从略)、类谱(集诸家所编同一谱主的年谱成为一书)等。由于年谱编者多为谱主本人、谱主亲属、谱主朋友、门生或后世专门研究者,材料大多经过编者的悉心钩稽和考订排比,所以年谱较一般史传更清晰、详细、近实。

年谱具有重要的史料价值。因其"记述一个人的经历及遭遇,往往涉及到一些重要历史事件,以及社会风尚的变迁,虽然有的是一鳞半爪,甚或夹杂有个人的偏见,但也可与其他记载相互引证,为研究当时历史的重要参考。更有一些资料为其他书所未记载的,这便具有第一手的资料价值了。"(杨殿珣《中国年谱概说》,载《文献》总第2辑)当然,这种价值不一定是年谱编纂者所刻意追求的,他们在编纂年谱之初,主要愿望是叙述谱主生平、行事、作品等,以供世人了解。因此,每一年谱都是了解谱主的最为重要的史料,文学家年谱也不例外。我们所说的文学家,包括那些以政治、军事、艺术、自然科学等名家而不乏文学作品传世的人们。

一般来说,各类人物的年谱大都含有文学史料,或与文学有关的史料,而文学家的年谱几乎无一不是文学史料。

第一节 年谱在文学史料研究中的独特价值

年谱记载作家资料的价值之巨,诚如梁启超所言:"年谱之效用,时极宏大。……而社会既产一伟大的天才,其言论行事,恒足以供千百年后辈之感发兴奋,然非有严密之传记以写其心影,则感兴之力亦不大。此名人年谱之所以可贵也。"①可见梁氏对年谱(梁氏这里所谓的名人年谱大都是作家年谱)这一传记体裁的推崇。但梁氏在《中国历史研究法》一书中认为"专传在人物的专史里是最重要的一部分"。大概因为年谱仅是作家材料的搜集抉择、考订覆案、分年编排,而专传则另要做一些铸材熔篇、综合归纳的工作。就史料而言,倒是年谱更为直接、清晰、较近原始。

年谱作为具有独特价值的作家史料,还可以从其自身的发展、兴盛上得到证实。据《中国历代年谱总录》统计,全书共收3015部

---

① 梁启超《中国近三百年学术史》,复旦大学出版社1985年版《梁启超论清学史二种》第468页。

年谱,其中宋人所撰年谱不过 50 多种,成于元明人之手者有 190 余种,成于清人之手者达 1160 余部,而近现代、当代人所撰年谱几达 1500~1600 种。上述年谱的谱主,绝大部分有文学作品传世。现在,年谱编撰出版的势头有增无已。当代人为古代名人撰写的年谱,或以专书形式出版,或见载于各种报刊、杂志、论文集等,数量众多。而且为现当代人撰史也有不少选择年谱体式,如:《朱德年谱》、《叶圣陶年谱》、《郑振铎年谱》、《曹禺年谱》等等。

因为年谱纪事的细密,有关作家生平行实有不少可补史传之缺。如:

在日本发现的国内久佚的宋代施宿编《东坡先生年谱》就可以补充纠正史传之缺[①]。例:有关苏轼熙宁初年的活动:熙宁二年(1069)苏轼服父丧后返京,时值王安石议行新法,苏轼卷入新旧的两党之争。对这段史实的记载各书出入较大,一种把苏轼以多篇奏疏形式开始反对王安石新法的时间定为熙宁四年,此以苏辙《东坡先生墓志铭》、《宋史·苏轼传》直至清人王文诰《苏诗总案》、近人曹树铭《东坡年表》等为代表。一种将时间定为熙宁二年,以李焘《续资治通鉴长编》、杨仲良《通鉴长编纪事本末》等为代表。施《谱》不仅可助成"熙宁二年"之说,而且条理详明地补充、纠正了其他史传[②]。考明苏轼在熙宁初年的活动,对正确评价他对新法的态度至为重要。

年谱按撰者与谱主相距时代可分为同代人所撰年谱、后人所撰年谱两大类。前者或为自撰,或为谱主家属、友生所撰,这类年谱所提供的史料多来自本人经历,或出于亲友直接的见闻,或取之谱主的著作,提供的原始材料较多,使用时要注意辨识其溢美之

---

① 该谱附于《苏轼选集》之末。《苏轼选集》,王水照编选,上海古籍出版社 1984 年版。又见收于王水照编《宋人所撰三苏年谱汇刊》,上海古籍出版社 1989 年版。

② 参王水照《评久佚重见的施宿〈东坡先生年谱〉》,载《中华文史论丛》1983 年第 3 辑,又附《苏轼选集》之后。该文共举施《谱》纠误、详明者 10 余例。

辞，以防失实即可。后人所撰年谱，因撰者与谱主时代相隔较远，所见原始文献少，但可得到较多历代积累的资料，无涉人际关系（即使有谱主后裔，也多为五六世孙甚至更后），撰谱人论及谱主可以无所忌讳。所以，后人所纂年谱往往考证较为精详，行文较为客观。即使谱中材料源自并不难得之文献，也可省去读者辨识之苦、翻检之劳。

年谱多记载谱主当代时事，或其生活的社会环境，与谱主同时代的有关人物（亲戚、朋友、同学、同事、门生、教师、上司、下属等）的简历，以及他们之间的交游关系、诗文酬赠、学问切磋等等。因此无论在文学家年谱，还是非文学家年谱中，都可能记载着谱主之外的其他文学家的事迹。如：

宋黄䶮编《山谷先生年谱》卷6于《秋思（和答幼弟阿熊呈上舅学士先生并引）》下注云："阿熊，讳非熊，字仲熊。"于《和李文伯暑对五首》下注云："文伯字去华，先生之婿，李粲德素之子。"卷11于《次韵徐仲车董元达访之作南郭篇回韵》下注云："元达名逵"等等。黄庭坚既和黄非熊、李文伯、董逵诗韵，则此三人为诗人可知，而他们的材料很少见于其他载籍。

第二节　年谱最得知人论世之义

孟子早就明确提出诵读诗书与知人论世的关系，实为后世文艺评论家所遵循的不易之论。我国古代作家的创作目的不外乎两点：其一是重社会、政治功利，讲以文观政，阐美绍圣，由修齐致治平；其二是满足一己之得，名垂青史，排闷解颐，陶冶自我性情。因而其作品都与作者本人所生活的时代及所具有的思想观念密切相关。无论评论家还是一般读者要真正了解、品评作家、作品，就必须"知其人"而"论其世"。而年谱的重要作用即在于帮助读者知人论世。"年谱之作，虽肇于宋而实足补古家史之遗缺，为论世知人

之渊榄。"(孙诒让《冒巢民先生年谱·序》)

所谓知人论世,大体包括两个方面:一是了解作家所处的时代背景,以"察其人在历史上所占地位为何等"(梁启超《中国近三百年学术史》);二是对部分重要诗文系以年月,便于读者知其命意。

时代背景不仅包括历史大背景,还包括作者师友之结契,际遇之辘轳,行踪之经历等等。明乎此,可知其世而论其人,知其人而论其世。如:

宋施宿《东坡先生年谱》分"纪年"、"时事"、"出处"、"诗"四栏。其中"时事"栏主要反映历史大背景,"出处"栏记叙苏轼一生行实,包括师友往还等,两者篇幅几相埒。"诗"一栏,即将诗题名按创作年代先后系于各年月之下。"时事"栏主要根据王安石变法的发生、发展和失败的全过程以及新旧两党在政治舞台上的消长变化这两条线索,从"国史"中采录和组织材料,并时加案语,评定事实,其他时事则略而不谈。这些材料不仅记述了谱主活动时代的政治状况,而且与"出处"栏相呼应,为谱主的遭遇和言行提供了理解和评价的依据。如熙宁五年(1072)壬子,于时事栏云:

二月,以检正中书吏房公事殿中丞卢策(秉)为两浙提刑,专提举盐事,凡煮盐地皆什伍其民,使相几察;又严捕盗贩及私置煮器者,盐法不胜密矣。七月,知谏院唐坰以抗疏论王安石贬。八月,颁方田均税条约并式于天下,先自京东行之。

于出处栏云:

先生在杭,是年七月,循行属县,八月,监试进士。十二月,以转运司檄监视开运盐河,之湖州相度捍堤利害,又自湖之秀,盖皆用卢秉之说云。

之所以记卢秉为两浙提刑、专提举盐事,是因为它与苏轼在杭开运盐河、去湖州有关。基于这样的背景,我们则更容易了解该年"诗"一栏所列大量作品的写作背景、创作用意等。

不少文学家年谱相当重视反映谱主的交游,及其他文学家同期的重要活动,成为一定时期文学运动的历史画卷。这不仅有助于读者将谱主放在具体的历史背景下进行审视,还有利于我们将同时代的各个文学层面进行比较研究。

尽管有人认为作品系年不宜和年谱合而为一,但前人所撰年谱毕竟有不少是将作品名称注于该年之下的,其客观效果是对读者进一步理解作家、作品起了不小的作用。无怪近人孙德谦在《古书读法略例》中专列"论世例",对年谱中作品系年的方法拍手称快:"或曰:'尝读古人别集,文或不记年月,诗词则托之比兴,往往有不能得其所言者,殊以为苦。'曰:'有宋以后,年谱盛行。如鲁訔、洪兴祖辈,文则韩愈、柳宗元,诗则陶潜、杜甫诸家,自此皆有年谱传于世,此最得知人论世之义。不但其生卒及一生行事足以铨次,即一篇一什作于何时,均可晓然知其命意。'"如果前人不在年谱中注重作品系年,那我们今天想为作品编年也必定大费周折。如钱仲联《韩昌黎诗系年集释》考订作品写作年月,有不少即受益于吕大防、洪兴祖、樊汝霖、方崧卿等宋人所撰韩愈年谱。

有些作品,因为对其创作所处的时间、空间的判断的不同,会造成对作者创作本意理解的歧异。而不少年谱将谱主作品按年系连,则有助于消除歧异,正确理解原文。仍以施宿《东坡先生年谱》为例:

诸家注苏轼作品均将《司竹监烧苇园,因召都巡检柴贻勖左藏以其徒会猎园下》诗误系于治平元年(1064);施《谱》系于嘉祐八年(1063),是。因苏辙和诗,在《栾城集》中编于《次韵子瞻南溪微雪》(东坡《南溪微雪》作于嘉祐八年)之次。《栾城集》为苏辙手编,当可信,故系于嘉祐八年为是。这对我们理解作者的原意很有帮助。

须强调指出的是：研究某一作家，应尽可能网罗其全部作品，方能了解其全人。在这方面，有些年谱贡献至为突出。

如清代著名学者钱大昕，诗文成就颇著。早在乾隆十六年（1751），因诗赋入选，被特赐举人，授内阁中书。诗文有《潜研堂集》行世，然而所收并不完备。根据其曾孙钱庆曾所编《竹汀居士年谱续编》，可知他晚年创作概况，并借以按目求文，为编订《潜研堂诗文全集》打好基础。如该谱在为《潜研堂集》重要作品系年后，往往在各年下列出集中未收作品名目：

又有《黄忠节公年谱序》、《李书田诗集序》、《织云楼诗合刻序》、《问字堂集序》、《明金元忠诗集序》、《贾太夫人寿序》、《张太夫人夏氏传》、《王芍坡墓志铭》，不载集中。（"乾隆五十九年"下）

又有《重修宝山县学宫记》、《网师园记》、《熊氏家谱序》、《熊封翁家传》，不载集中。（"乾隆六十年"下）

又有《鹤书堂集序》、《抱经堂集序》、《鲍君墓志铭》，不载集中。（"嘉庆三年（1798）"下）

又有《石梁诗草序》、《衣德堂诗集序》、《养新录序》、《一潜居制义序》、《黄忠节公墓田记》、《侍郎吴公墓志铭》，不载集中。（"嘉庆四年"下）

又有《重刊国语序》、《元史艺文志序》、《旌孝集序》、《施小铁诗集序》、《廿二史劄记序》、《小蓬莱阁金石文字序》、《徐尚之诗序》、《顾南雅时文序》、《与顾千里论平宋录书》、《海宁冯氏两世墓碣》，不载集中。（"嘉庆五年"下）

又有《邵西樵怀旧集序》、《王氏世谱序》、《仪礼蒙求序》、《陆豫斋家传》，不载集中。（"嘉庆六年"下）

是年有《与王石臞论〈广雅〉书》、《元史本证序》、《拜经楼诗集序》、《杜诗注释序》、《王冶山墓志铭》、《沈宿昭墓志铭》、

《汪对琴墓表》,皆不载集中。("嘉庆七年"下)

又有《慕陵诗稿序》、《三松堂诗序》、《吴柳门诗序》、《寒碧庄宴集序》、《重刊〈战国策〉序》、《跋析里桥郙阁颂》、《跋邹南皋书〈赵文毅公传〉》、《跋〈史通〉》、《王实庵传》,不载集中。("嘉庆八年"下)

卒年有《冯补亭诗序》、《石鼓文读序》、《九容广注序》、《杨氏家谱序》、《与张古余书》、《见严氏观所著江宁金石记》、《汪崇阳墓志铭》,皆不载集中。("嘉庆九年"下)

以上明言"不载集中",笔者在辑集钱大昕"集外文"时,得以按图索骥,省却不少检寻之劳,不致于有茫然惶惑之感。而迄今未睹原文者,亦借此以知其名。

也有不明言"不载集中",而据当时所见版本开列诗文名目,甚至录出原文的。如《山谷先生年谱》,具体的例子见下节。

第三节 年谱与辑佚、校勘、考证

一、提供辑佚、校勘资料

年谱作者若与谱主同时或稍后于谱主,往往可以亲见许多有关谱主生平、创作的史料。若所据原书不传,则年谱中转引的资料可作为辑佚来源,或供校勘之用。年谱撰写时代距谱主生活时代越近,辑佚校勘价值也就越大。如:

黄庭坚从孙黄㽦为之编《山谷先生年谱》30卷(本文引文均据《适园丛书》本)。因黄㽦与山谷相距不远,故能"悉收豫章文集、别集、尺牍、遗文、家藏旧稿、故家所收墨迹与夫四方碑刻,它集议论之所及者。"(黄㽦《山谷先生年谱序》)而黄㽦是本着宁缺勿滥、求信征实的作风来写谱的,所以"其或真迹既亡,别无考证,则宁略之,庶几不滋异时之疑。"(同上)该谱中保存了不少作者当时亲眼

见到的原始资料,如卷5《冲雪宿新寨忽忽不乐》云:

> 《垂虹诗话》云:"山谷尉叶县日,作《新寨诗》,有'俗学近知回首晚,病身全觉折腰难'之句,传至都下,半山老人见之,击节称叹,谓黄某清才,非奔走俗吏,遂除北都教授,即为潞公所知。"右此说与国史与先生本传皆不合,漫附于此,兼此诗两句乃载蜀集旧本,全篇云:"一梦江南据马鞍,梦中投宿夜阑干。山衔斗柄三星没,雪共月明千里寒。俗学近知回首晚,病身全觉折腰难。江南长尽梢云竹,归及春风斩钓竿。"今《豫章集》前六句皆不同耳。

《垂虹诗话》为周邦彦从弟周知和撰,《宋史·艺文志》"小说类"著录,今佚。《山谷先生年谱》卷7《次韵外舅谢师厚喜王正仲三丈奉诏相南兵回至襄阳舍驿马就舟见过二首("相南兵"恐是"祷南岳")》下亦引《垂虹诗话》。另:《新寨诗》不见《山谷诗集》,可能为佚诗①。

又卷5《过平舆怀李子先时在并州》下引《潜夫诗话》,亦为佚文。

黄䎖当时看到过山谷诗集的不同版本,如卷3《红蕉洞独宿》下云:

> 诗中有"衣凭妆台蛛结网,可怜无以永今朝"之句。按别本云:"垂帘复幕夜萧萧,真感生怀不自聊。枕落梦魂飞蛱蝶,镫残风雨碎芭蕉。琼枝玉树埋黄土,衣笼妆台闼绛绡。故物

---

① 谨案:"山衔斗柄三星没,雪共月明千里寒"亦见山谷《光山道中雪诗》,疑《新寨诗》为后人杂凑而成,然古诗也有不同诗篇中用同样诗句之例(参赵翼《陔余丛考》卷24《元遗山多复句》、《古今人诗句相同》等条目),待考。

尽能回白首,斯人无以永今朝。"

有的版本保存了通行本未收的诗作。卷13《三月乙巳赋盐万岁乡,且搜狱匿赋之晏,饭此舍,遂留舍,是日大风,自采菊苗荐汤饼二首》下云:

> 接别本汤饼下有"红药盛开"四字,且有三首,其三云:"春风一曲花十八,拚得百醉玉东西。露叶压枝见红药,犹似舞余和汗啼。"

黄䉵所见黄庭坚手迹很多,此为第一层位的资料,有的可借以了解黄山谷诗歌创作的润色过程。如卷17《元丰癸亥经行石潭寺,见旧和栖蟾诗甚可笑,因削柎灭稿和一章》下云:

> 旧诗云:"千里追奔两蜗角,百年得意大槐官。梦回身卧竹窗日,院静鸦啼柿叶风。世路侵人头欲白,山僧笑我颊犹红。壁间佳句多北垅,问讯髑髅聊檃蓬。"乃嘉祐癸卯所作,今前两句仍旧耳。

卷13《同韵和元明兄知命弟九日相忆两首》下云:

> 先生有此诗真迹稿本。首篇云:"革囊南渡传诗句,兄弟相思意象真。九日黄花倾寿酒,几回青眼望居尘。早为学问文章误,老作东西南北人,安得田园可温饱?长拋簪绂裹头巾。"后篇与集中同,但"邻田"作"田邻"耳。

如上述的例子在《山谷先生年谱》中还有很多,在其他年谱中亦多有所见。

二、纠补其他文献之讹缺

"年谱之学,别为一家。要以巨公魁儒,事迹繁多,大而国史,小而家传、墓文,容不能舛谬,所藉年谱以正之。"(全祖望《愚山施先生年谱序》)王水照在《评久佚重见的施宿〈东坡先生年谱〉》一文中,曾举施《谱》可供纠误之例十,比其他文献详明者三,以论证施《谱》的价值。如:

东坡居住雪堂的时间,王宗稷《东坡先生年谱》据《后赤壁赋》定为元丰五年(1082)壬戌冬天,东坡尚未自临皋迁雪堂。然而苏轼《江城子》(梦中了了醉中醒)词序云:"元丰壬戌之春,余躬耕于东坡,筑雪堂居之。"既明言居之,又何以是年之冬未"迁居"呢?对此,后人作了种种推测,施《谱》则解决了这个疑问,"元丰四年"下云:"盖先生初寓居定慧院,未几迁临皋亭。后复营东坡雪堂,而处其孥于临皋。"原来雪堂作为苏轼游憩、居住,或留客暂住之所,其家眷仍住临皋。故苏轼常来往于两处,于作品中明有反映。澄清这个问题,有助于解决一些作品的疑异。如《浣溪沙》(覆块青青麦未苏)一词,傅藻《东坡系年录》系于元丰四年,而傅幹《注坡词》残本谓词序后原有"时元丰五年也"一句。但朱彊村《东坡乐府》仍从傅藻说,盖因此词词序有云:"十二月二日雨后微雪,太守徐君猷携酒见过"。词中又有"临皋烟景世间无"句,是此词作于临皋。而一般认为苏轼于元丰五年壬戌春从临皋迁居雪堂,故定此词作于元丰四年十二月二日。其实,依据上述苏轼来往两处的情况,可定其作于元丰五年十二月二日临皋寓所。是日"雨后微雪",道路不便,苏轼未去雪堂。傅幹为南宋人,言当有据,故可从其说。

谱文也有直接订正史传之讹误的,如文安礼《柳先生年谱》"元和十年"下云:

东坡居士云:"柳子厚南迁,始究佛法,作曹溪、南岳诸碑",……《唐史》:"元和中,马总自虔州刺史迁安南都护,徙桂管经略观察史。"以碑考之,盖自安南迁南海,非桂管也。

也有在谱文中订正史传之缺失的,如鲁訔《杜甫年谱》"广德二年"下云:

> 武《军城早秋》曰:"昨夜秋风入汉关,朔风边雪满西山。更催飞将迫骄虏,莫遣沙场匹马还。"公和曰:"秋风嫋嫋动高旌,玉帐分弓射虏营。已收滴博云间戍,更夺蓬婆雪外城。"《遣闷》曰:"胡为来幕下,只合在舟中。黄卷真如律,青袍也自公。"公放诞不乐吏检,虽郑公礼宽心契尤每见意。史云:"性褊躁傲诞,尝醉登武床,瞪视曰:'严挺之乃有此子。'武亦暴猛,外若不忤,中衔之。一日,欲杀甫,及梓州刺史章彝集吏于门,武将出,冠钩于帘上。左右白其母,奔救得止,独杀彝。"旧史不载。以公诗考之,武来镇蜀,彝已交印入觐,公再依武,相欢洽,无恨之意。史当失之。

也有在谱文中提出疑问的,如楼钥《范文正公年谱》"宝元元年戊寅"下云:

> 冬十一月,徙知越州。按:公《文集》有《刻唐祖先生墓志于赣监祠堂序》,题曰:"宝元元年知越州,范某序。"系元年知越州,《长编》却称"二年三月丁未",当考。

第四节 年谱中文学史料的鉴别

年谱本身和年谱中的史料也有真伪之别,正谬之分,有人曾总结云:

传世和著录之年谱,存在种种问题,其中有如:托名古人所作,并无其人其事而杜撰,据伪书材料而缀成,原书已佚而伪,妄断谱主而成伪,肊断谱主有自订年谱,误认两谱主为一人,原谱所著谱主姓名据讹传而录,谱主姓名误录,谱主生年错书,不合年谱体例而作年谱著录,以及年谱编撰者与版本有一些舛谬、疏缺问题。(谢巍《年谱考辨(上)》,载《文献》第 17 辑)

因此,我们在利用年谱资料时,一方面要充分利用前人的考辨成果,另一方面对所有材料必须取审慎的态度,细致甄别后方可利用。

年谱固然是了解谱主最重要的史料,但由于年谱大多出于谱主本人、子孙、门人,或朋友之手,他们对谱主的评论不能不有所虚美;即使时代相隔的后人,也多是由于钦敬其人其学,方为撰谱,而不能不有所偏爱。因此,无论人物生平事迹或评论,均须注意辨析。如清张敬立编《是仲明先生年谱》,今人来新夏评曰:

谱主是仲明名镜,康熙至乾隆间人。其门人张敬立据是镜日记编谱,叙谱主修身、讲学、论道诸事。如仅以年谱记事看,则谱主一生俨然为一"醇儒";但考之其他著作,则此人甚不齿于时人。阮葵生的《茶余客话》卷九有《是镜丑态》专条,揭露是镜的丑行,并评论他是"诡谲诞妄人也,胸无点墨,好自矜饰,居之不疑。"董潮的《东皋杂抄》卷二记是镜为其胞弟告发不法之事三十余款。段玉裁的《戴东原先生年谱》中记是镜被东原鄙弃,甚至拒绝和他讨论学问,并致书讥讽。江翰的《石翁山房札记》卷九更指出《儒林外史》中的权勿用"即指仲明",可证此谱为不足征信。(《近三百年人物年谱知见录·清人年谱的初步研究(代序)》)

文学家年谱中的诗文系年有些也不精确。如施宿《东坡先生年谱》诗歌编年,与《施注苏诗》颇有不同,王水照认为施《谱》"大都似不正确,并非'厘正',惜不知其'所据',殊难理解。"

后人为先贤撰写年谱并非易事,"资料少既苦其枯竭,苦其罣漏,资料多又苦其漫漶,苦其抵牾。"(梁启超《中国近三百年学术史》)因此,对后人结撰的年谱,引用时亦必须细加甄别①。

---

① 如陈新《年谱应是科学、严谨的谱主史学资料》(载《辞书研究》1989年第3期)即指摘卞孝萱《元稹年谱》(齐鲁书社1980年版)之误。

第十一章 报刊中的文学史料

报刊,是报纸和杂志(期刊)的合称。现在通行的报刊定义是从新闻学的角度界定的:报纸是一种以刊载新闻和时事评论为主的定期出版物;杂志是一种以刊载文章和评论为主的连续出版物。报刊是近现代印刷型出版物中与图书平分秋色的主要类型,具有出版周期短、渗透力强的优点,与社会政治、经济状况、社会结构和文化发展的关系十分紧密,拥有巨大的发行量和最广大的读者,在社会性的交流和宣传方面具有惊人的力量。德国新闻学家奥托·格罗斯把这种力量称为文化威力。报刊的内容,可以说是无所不包,广泛涉及社会各个领域,文学是其中的一个重要方面,丰富的文学性内容,在报刊发挥文化威力方面起着不可或缺的作用。

中国近现代报刊中蕴含有大量的以文学作品和文学评论为主体的文学史料,是中国近现代文学研究的主要史料来源之一。本章主要分析探讨这些文学史料的研究价值、分布情况和检索利用等问题。

第一节 报刊中文学史料的分布及其特征

中国近现代报刊,在 1840 年鸦片战争爆发至 1949 年新中国诞生这一历史时期中,到底编辑发行了多少种,现在还没有十分明确的统计,仅据现存的馆藏,总数就不下2万种。如此众多的报刊,全面记载和反映了近现代中国社会的历史面貌。要利用蕴含其中的文学史料,了解掌握它的分布情况是必不可少的前提和基础。

一、文学史料在报刊中的分布

报刊中文学史料最集中的是:文艺报刊、综合性报刊或其他专业报刊中的文学性副刊和专栏。它们以发表文学作品、文学评论、作家和作品研究,以及文学思潮、社团流派资料为宗旨,构成报刊中文学史料的主体。一般来讲,文学报纸、副刊和文学刊物,侧重发表作品,兼及文学评论等;文学理论性刊物或专栏则以刊载研究论文为主,一般不发表作品。

同时,我们还必须充分注意到报纸所载新闻言论对文学研究的史料价值。报纸是以及时记载反映社会史事为基本特征的,它对历史事件的报道,尤其是对事件发生的日期、地点、参与人物及具体细节、过程的记载,在一般情况下,较口碑材料或回忆录等更为可靠。它提供了研究社会状况、历史事件和人物活动的重要史料依据,利用它可达到校正某些追忆或回忆性资料讹误的目的。文艺报纸对与文学关系比较直接的历史事件、背景材料、人物活动等也有记载,但当文学研究向综合或深层发展时,这些史料就显得过于单薄,范围狭窄。从这一点上讲,报纸在一个更大的时空范围内,为近现代文学研究提供了有关历史事件、历史背景和人物活动的史料系统。这一系统看上去与文学离得很远,而一旦需要,立刻就显出它的重要性。应该把它看作是文学史料的辅助系统,或者是外围系统,予以应有的重视。

二、副刊与文学研究

副刊是随报发行的附刊,具有两个主要的特点:(1)具有相对独立的编辑形态,包括自身独特的文体、作家群、读者和相对稳定的编辑特色。(2)具有整体上的文化或文艺的色彩,即从内容到形式都是文化的或文艺的,并由此造成了颇具特色的文体,如连载、杂文和在笔记文基础上发展起来的各类小品文字。

副刊作为一种报学和文学的交叉现象,不同于国外报纸的娱乐版、星期周刊,是中国报纸的一大建树。作为一种报学现象,副刊是报纸发展的产物,促进报纸本身的发展与完善,既具有相对独立的编辑形态,又与报纸存在统一性。

就副刊的基本形式而言,副刊又是一种文学现象。

副刊的发生发展,始终与文艺运动相关。从各种副刊中,既可看到各种文艺力量、文学流派的消长斗争,又能触摸到文艺思潮发展的脉搏,使我们得以在广阔的背景下窥见近现代,尤其是现代文学发展的一个重要侧面。同时,副刊还促进了文学体裁,特别是中国传统散文体裁的演变和发展,孕育培植了许多新的体裁,如杂文、报告文学和短小隽永的幽默讽刺性小品等。

副刊的形式产生较早,但副刊一词的出现,是较晚的事情。1922年,鲁迅应孙伏园之请,为《晨报》副刊题名"附镌"。由于字体的原因,该报主编蒲伯英将"附镌"写成"副镌"。翌年,《晨报副镌》改称《晨报副刊》,并为稍后的《京报》、《世界日报》效法,先后亮出《京报副刊》、《世界日报副刊》之名,副刊之称逐渐流行。

早期副刊,有大量的风花雪月的文字,但由于副刊成型所处的历史条件——列强瓜分迫在眉睫,维新运动日趋高涨,注重现实的因素愈来愈浓。"五四"新文化运动,使副刊发生了转折性的变革,"文学革命"的实绩主要地表现在新兴的综合副刊和文学副刊中,著名的四大副刊——《晨报副刊》、《民国日报》的《觉悟》、《时事新报》的《学灯》和《京报副刊》都是在这个时期产生的。鲁迅在这一时期的文学活动与副刊有着十分密切的关系。

在新文学的第一个十年和第二个十年的历史记录中,副刊始终是其中光辉的一页。在革命根据地的文艺运动中,副刊也发挥着积极的作用。

20世纪初叶以来,绝大多数报纸开始重视文艺的战斗宣传作用,纷纷在版面上设置副刊。其中以1900年5月《中国日报》旬刊上刊出的"鼓吹录"为最早;《申报》的"自由谈"历时最长,它1911年8月24日创刊,1949年5月终刊,前后达38年之久。1981年,人民出版社影印《晨报副镌》,上海图书馆影印《申报自由谈》(1932年12月1日～1935年10月31日,1938年10月10日～1938年10月31日)。上海图书馆1986年编印《上海图书馆馆藏中文报纸副刊目录》,著录馆藏1898年至1949年国内外出版的中文报纸副刊7000余种,并附有"报纸副刊分类索引"、"报纸副刊隶属索引",此目对利用副刊中的文学史料具有十分重要的作用。

三、报刊中文学史料的特征及其价值

报刊与图书不同,它为了某种宣传目的和吸引读者,常常采取约稿、征稿的形式,为众多文学作者的创作提供发表的广阔天地;同时,作者也习惯用投稿的方法,将自己的作品首先寄交报刊发表。这种情况,决定了报刊文学史料的最基本的特征——首发性,犹如图书的最初版本,保持了作品的原来面貌。

近现代文学史料,很大一部分是先在报刊上发表,然后结集出版。在从报刊发表到结集出版的过程中,会出现两种情况:一是删改,二是遗漏。结集或再版时,因种种原因对原作进行某种润色修改,并不能一概斥之为一种文过饰非的行动,从某种意义上,还是作家创作态度认真严肃的表现。但是,从史料学角度讲,这样做毕竟造成了内容与时代在某种程度上的脱节。比如1905年的作品,1925年初次结集时作了修改,增改了一些20年前不会讲也不可能讲的话,如果把修改稿据为原作研究,历史真实的天平将发生倾斜,研究结果也必然是失实的。显然,正确严肃的态度是尽量找到

原作,与各时期的修改稿进行比较,才能正确寻绎出作家思想和艺术发展的真实轨迹。无疑,报刊文学史料能在这方面提供珍贵的原始史料。

近现代报刊是近现代文学史料的渊薮和宝库,很多研究者于中从事搜集辑录工作,取得很大成果。如阿英的《中国近代反侵略文学集》、《晚清文学丛钞》,以及《中国近代文学大系》、《中国新文学大系》、各种研究论文集等,很多辑自报刊。这种选辑性的文学史料集旨在选出精品,反映主流,并不刻意求全。但是,在编辑作家全集时,求全就成为第一重要的了。源于文史学者的辛勤工作,许多新文学作家的佚文、佚著相继被发掘,其大都来源于报刊。如朱勇强在上海徐家汇藏书楼翻阅暨南大学秋野社主办的《秋野》文学季刊第二期(1928 年 1 月)时,发现徐志摩的一首散文诗《秋阳》,据查尚未见载于国内及港台各有关资料集,《徐志摩诗全编》(浙江文艺出版社,1987)也未予收入。[①] 此类例子甚多。

可见,报刊文学史料在解决近现代文学研究中史料的版本和辑佚问题方面具有很大的潜力。

第二节 中国近现代报刊概观

报刊产生于社会需要,是人类社会文明发展到一定阶段的产物,起着促进社会进步的作用。报刊的产生发展,需要一定的物质文明基础和社会政治条件。

中国古代报纸,据现有史料记载,起始于唐代[②],是一种由朝廷控制的具有中央政府公报性质的发行物,长期象一个长不大的

---

① 朱勇强《徐志摩的一首未刊散文诗》,载《古旧书讯》1988 年 6 期。
② 参见黄卓明《中国古代报纸探源》(人民日报出版社 1983 年版)第三部分"中国古代报纸应始于唐朝廷发布的'报状'"。

孩子在封建社会的母体里缓慢地生长着。这种古代原始形态的报纸,没有标题,没有言论,更少自己组织采写的新闻,从属于封闭型社会信息体系,主要服务于封建统治阶层是它的基本特征。

1840年鸦片战争后,中国开始逐步沦为半殖民地半封建社会,始终处于空前激烈的革命变革之中,革命与反革命的斗争异常尖锐。在这样的社会历史背景下,近现代报刊开始了它的充满阶级斗争、思想斗争风云和硝烟的成长过程,真实地展示出近现代社会的惊心动魄的发展轨迹。

一、近现代报刊的历史进程

中国近代报刊,出现于鸦片战争的前夕。1815年,英国传教士马礼逊在马来亚的马六甲创办了第一张中文近代化报刊《察世俗每月统纪传》;1833年,普鲁士传教士郭实腊在中国本土创办第一份中文报刊《东西洋考每月统纪传》(中华书局1997年影印版)。自此以后到19世纪末,外国传教士和商人先后在中国办报近200种(包括中文、外文)。这些报刊的创办,是帝国主义文化侵略政策的实施,旨在"麻醉中国人民的精神","造就服从它们的知识干部和愚弄广大的中国人民"。(毛泽东《中国革命和中国共产党》)但是,作为近代文化的重要载体,这些外报在客观上也起到一定的积极作用,主要表现为两个方面:其一,报刊所刊载介绍的西方文化科学知识,大大活跃了中国知识分子的思想,拓展了他们的历史文化视野。其二,外报的宣传作用,促使中国的有识之士借鉴外报的编刊经验,奋起创办自己的近代报刊。

19世纪50年代起,在香港、广州、上海等地出现了中国人自己办的最早的一批近代化报纸,如伍廷芳的《中外新报》、陈蔼亭的《华字日报》等,受帝国主义和封建政府两方面的挟制和冲击,很少长命。19世纪60年代后期,中国民族资产阶级逐渐成长起来,资产阶级改良派开始把报刊作为鼓吹变法自强,实行政治改良的舆论工具。1874年,著名报刊政论家王韬在香港创办第一份传播资产阶级政治改良思想的报纸《循环日报》,中国近代报刊的历史正式拉开帷幕。在资产阶级改良派的维新运动中,改良派报刊在各地形成了一个风起云涌的局面,著名的有康有为、梁启超、严复等主持笔政的《中外纪闻》、《强学报》、《时务报》、《国闻报》等。

戊戌政变的失败,宣告政治改良的道路走不通,改良派的报刊大部分被查封。资产阶级民主革命思潮开始兴起,革命派报刊诞生,中国民主革命进入辛亥革命时期。

1900年,中国资产阶级革命派在香港创刊《中国日报》,传播资产阶级革命派的政治主张。1905年,中国同盟会在日本东京成立,同年创刊同盟会机关报《民报》(月刊),孙中山在《发刊词》中首次提出三民主义(民族、民权和民生)的政治主张。辛亥革命期间,资产阶级革命派先后在东京、上海等地创办了100多种报刊。

北洋军阀的专制统治时期,当局任意封闭报刊,残酷杀害报人,报刊事业受到极大摧残。1915年《新青年》杂志诞生,吹响了新文化运动的号角。五四时期革命和进步报刊将文言文改为白话文,使报刊面向更为广大的读者。

五四运动后,随着新文化运动的深入发展,反帝反封建的革命斗争日益高涨,代表社会各阶级、阶层和各种政治势力的报刊不断涌现。这些报刊大致可分为两类:进步的、革命的,反人民反革命的。在中国现代史上,报刊从整体上体现出强烈的阶级性,这是由当时的社会性质和政治形势所决定的。中国共产党创办的报刊和进步政治团体的报刊在极其艰苦的环境中,坚持宣扬革命思想,揭露反动派的黑暗统治,为人民革命和解放事业作出了不朽的贡献。

了解近现代报刊发展的基本情况,有助于我们在引用近现代,尤其是现代报刊史料时,进行是非、真伪的鉴别。

二、林林总总的文艺报刊

据现有资料,中国近代第一份文艺小报是1896年创刊的《指南报》,第一份文艺期刊是1872年创刊的《瀛寰琐记》。阿英在《晚清文艺报刊述略》(古典文学出版社1958年版)中,著录晚清(截止于1910年)文艺期刊29种(含待访5种)、文艺小报32种(含存目6种)。胡继武有《晚清文艺报刊拾零》(载《文献》1980年第3辑)一文,续补阿英失收的晚清文艺小报7种。王燕在所著《晚清小说史论》(吉林人民出版社2002年版)中统计自1892年《海上奇书》创刊到1910年的《小说月报》,晚清先后有23种小说专刊创办发行。上海图书馆祝均宙则在阿英收录的基础上,将时限下延至1918年,共得文艺报纸66种,文艺杂志132种,成《近代66种文艺报纸和132种文艺杂志编目》(载《中国近代文学争鸣》,上海书店1989年版),是目前著录最全的近代文艺报刊目录。现代文艺报刊的数量远远超出近代文艺报刊,具体情况在第六编"现代文学史料述评"中详细介绍。

近代文艺报刊,一般以刊载小说为主,其内容相当一部分为谈风月、说勾栏,反映了当时社会中买办阶级、洋场才子、官僚地主和都会市民的一些没落和庸俗的生活方式和形态。但是也有很多是揭露社会黑暗的作品,奠定了谴责小说发展的基础。晚清四大谴责小说都首先刊载在这些报刊上。近代历史上事关国家民族存亡的重大事件,如中英鸦片战争、中日甲午战争、庚子八国联军入侵等,都成为小说创作的题材或背景,慷慨国事,抨击时弊之作,常见刊载。

维新运动时期,资产阶级改良派的宣传活动家都十分重视小说的社会功能,梁启超认为小说具有不可思议的力量以支配人道,"断言欲新一国之民,不可不先新一国之小说"。申述小说理论成为当时文艺报刊的一个重要内容,主要有梁启超《论小说与群治的关系》(《新小说》第 1 号)、天生《论小说与改良社会之关系》(《月月小说》第 9 号)、黄摩西(黄人)《小说小话》(《小说林》连载)、徐念慈《余之小说观》(《小说林》连载)等。

此外,近代文艺报刊中还有相当数量的诗词歌谣、戏曲说唱、翻译小说、丛谈杂著等内容。

近代文艺报刊现见存及收藏者较少,唯其中之重要者已有影印本。

《新小说》(月刊) 梁启超 1903 年在东京创办,共出两年 24 期。上海书店 1980 年影印。以发表小说(包括翻译小说)为主,兼及文艺理论、诗歌戏曲等,是中国近代第一本有影响的文学杂志。发表的章回体长篇小说主要有:雨尘子的《洪水祸》,吴趼人的《痛史》、《二十年目睹之怪现状》、《九命奇冤》,梁启超的《新中国未来记》,颐琐的《黄绣球》等。

《绣像小说》(半月刊) 1903 年创刊于上海,李伯元主编。1906 年停刊,先后共出 72 期。上海书店 1980 年影印。以发表小说(包括翻译小说)为主,兼载戏曲、说唱、传奇、杂文等。刊载创作长篇小说 18 部,包括李伯元的《文明小史》、《活地狱》,刘鹗的《老残游记》(未完),吴趼人的《瞎编奇闻》,旅生的《痴人说梦记》等。

《月月小说》(月刊) 1906 年创刊于上海,吴趼人等主编。1908 年停刊,先后共出 24 期。上海书店 1980 年影印。以发表小说(包括翻译小说、短篇小说)为主,主要创作长篇小说有吴趼人的《两晋演义》、《发财秘诀》、《劫余灰》,天僇生的《玉环外史》,天虚我生的《新泪珠缘》等。

《小说林》 1907 年创刊于上海,黄摩西主编。1908 年停刊,共刊行 12 期。上海书店 1980 年影印。主要发表曾朴的《孽海花》(21~25 回),天笑的《碧血幕》(1~4 回)等少数长篇小说。吴梅的《奢靡他室曲话》也是首先在该刊上发表的。此外还陆续刊载了一组纪念秋瑾的文艺作品,以及《秋女士瑾遗稿》(诗词共 21 题)等。

以上四种，学界习称为晚清四大小说期刊，其创刊发行对晚清文学的发展具有重要贡献。付建舟撰著的《小说界革命的兴起与发展》（中国社会科学出版社 2008 年版），即以晚清四大小说期刊为依托，从小说界革命发生与发展的社会历史背景、期刊小说的生产与小说期刊的传播、小说界革命的开拓者、晚清小说理论与批评、晚清小说的主要类型、小说界革命语境中的近代戏剧以及小说界革命与五四新文学运动之关系等七个方面展开。可以参阅。

三、近现代主要报刊述略

这里所述的主要报刊是属于综合性的，文学报刊将在第六编第五章中叙述。

《申报》 旧中国历史最久的报纸。1872 年 4 月 30 日创刊于上海。英商美查集资创办。初为 2 日刊，4 个月后改为日报。1909 年售于席裕福。1913 年转售于史量才，正式成为中国民族资产阶级的报纸。抗日战争期间，曾在敌伪控制下出版。抗战胜利后被国民党接收，沦为 CC 派的舆论工具。1949 年 5 月 28 日停刊。本报大量记录了近现代各个历史时期国内外发生的重大政治事件，以及军事、经济、文化等各方面的情况。有"自由谈"等副刊（专刊）。素有中国近现代史的"百科全书"之称。上海书店1982～1987 年影印，缩印成 8 开本，精装 400 册。同时配编《申报索引》（分类编排），按年度编纂，计划合成 22 册，1987 年起陆续出版。

《新闻报》 清末民初上海有影响的商业报纸。1893 年 2 月 17 日创刊，英人丹福士任总董事，菲礼思为总理。1899 年售与美国人福开森，1906 年改组为股份有限公司，国人参股，汪汉溪、汪伯奇先后出任总理。报纸注重经济新闻，强调趣味性。清末创办副刊《庄谐丛录》，后易名《快活林》。1929 年，福开森将股权转让给史量才，报纸股权全部为国人所有。1949 年 5 月停刊。据陈大康研究，该报 1906 年至 1911 年，曾刊载小说 36 种，以及大量与小说相关的广告、告白,"多年来近代小说研究几乎未涉及这些内容。"①《明清小说研究》2006 年第 3 期起连载陈大康辑《晚清〈新闻报〉与小说相关编年》,可参阅。

《中国日报》 中国资产阶级最早的报纸之一。1900 年 1 月 25 日在香港创刊,陈少白任社长兼总编辑。1906 年改组,冯自由出任社长兼总编辑。1913 年 8 月被军阀龙济光查封。宣传兴中会"革命维新"的政治主张。同时出版《中国旬报》(共出 37 期),设副刊"鼓吹录"专载文学作品。台湾党史史料编纂委员会 1969 年影印 1904 年 3 月 5 日至 1908 年 1 月 25 日部分,1983 年影印《中国旬报》第 21~37 期(中缺第 23、24 期),均编入《中华民国史料丛编》。

《新民丛报》(半月刊) 清末改良派重要刊物。1902 年 2 月 8 日在日本横滨创刊。梁启超主编。1907 年 11 月 20 日停刊,共刊行 96 期,每期 100 余页。设有论说、学说、时局、史传、学术等栏目。初期介绍了大量西方的社会政治学说和科学理论。

《大公报》 1902 年 6 月 17 日创刊于天津。满族天主教徒英华创办,方守六等先后任主编。对内主张变法维新,保皇立宪;对外亲善法、日。初创时日出 8 页,书本式装订,1916 年改为报纸版式。1916 年 9 月售于王郅隆,胡政之任总编辑,为安福系机关报,1925 年 11 月 27 日停刊。1926 年 9 月 1 日由吴鼎昌、胡政之、张季鸾三人新记公司接办复刊,曾先后增出上海、汉口、重庆、桂林、长沙等地方版,在上中层人士及知识分子中有广泛影响。人民出版社 1980 年影印长沙版(1917 年 1 月至 1927 年 3 月),1982 年影印近代部分(1902 年 6 月至 1910 年 8 月),1983 年影印天津版(1945 年 12 月至 1949 年 1 月)。

---

① 陈大康《晚清〈新闻报〉与小说相关编年》(1893~1895),载《明清小说研究》2006 年 3 期。

《益世报》 罗马天主教会在中国出版的中文日报,比利时籍天主教传教士雷鸣远1915年10月10日创刊于天津,1949年1月天津解放后被接管停刊,在天津出版发行30余年。该报虽有教会背景,但并非传教性报纸,而是一份具有重要影响的公共性大报,注重思想文化思想的传播,比较客观的报道中国社会,内容丰富,除了重大政治时事新闻外,社会新闻,小说笔记,诗歌散文,文化艺术等等兼容并蓄。与《申报》、《民国日报》、《大公报》并列为民国四大报。2010年,天津古籍出版社、南开大学出版社和天津教育出版社合作影印出版,全套8开136册,精装本。

《东方杂志》 旧中国历时最久的大型综合性刊物。1904年3月11日创刊于上海,商务印书馆编辑出版。初为月刊,第7卷(1920)起改为半月刊。1948年12月停刊,共刊行44卷828期。设有社说、时评、内务、军事、教育、记载、宗教、杂俎、小说等专栏。内容除论说自撰外,多辑自当时国内外报刊,颇类文摘,保存了中国近现代社会政治、经济、文化等各方面有价值的历史资料。上海书店1980年起按原样全套影印。三联书店1957年编印《东方杂志总目》(上海书店1980年影印)。商务印书馆1923年至1934年曾从中辑出较为系统的论著编为《东方文库》正续编,共100余种。

《民报》 中国同盟会机关报。1905年11月26日创刊于日本东京。胡汉民、章炳麟等先后主编。前身是《二十世纪之支那》,初为月刊,后不定期出版。首先刊出孙中山的三民主义(民族、民权、民生),并作为宣传宗旨,与《新民丛报》展开革命与改良的思想大论战。1908年出至第24号被日本政府封禁。1910年1月在日本秘密续出2号后停刊。1907年4月曾增刊《天讨》1册。1957年科学出版社(北京)影印,1958年续印第15号夏季增刊《张非莽苍园文稿余》1册。日本人小野川秀美据影印本编成《民报索引》2册,系语汇索引,京都大学人文科学研究所1970~1972年出版。

《国粹学报》 国学保存会机关刊物。1905年2月23日创刊于上海。月刊，邓实主编。主要撰稿人有黄节、章炳麟、刘师培、黄侃、马叙伦等。国学保存会是 1905 年上海成立的民间学术团体，以研究国学，保存国粹为宗旨，具有一定的复古倾向，在辛亥革命时期起过民主革命的宣传作用。此刊以"保种、爱国、存学"为宗旨，设有通论、经篇、史篇、子篇、文篇、博物篇、美术篇（附金石学）、丛谈、撰录等栏目。各篇均分内外，内篇刊社内自撰稿及时人著述，外篇专录前人遗稿。1912 年 3 月出至 82 期停刊。共刊有历代名人画像及图片 600 余幅，时人国学权威著作 600 余种，明末和清乾嘉以来学者遗文 400 多篇。有分类汇编本，1905 年至 1918 年曾先后印行 4 次。1912 年 6 月曾改名《古学汇刊》，缪荃孙总纂，1914 年 8 月停刊，共出 12 编 24 册。

《新青年》 新文化运动时期的革命刊物。1915 年 9 月 15 日创刊于上海。月刊，陈独秀主编。第 1 卷名《青年杂志》，第 2 卷起改现名。1922 年 7 月休刊，共刊出 9 卷 54 号。1923 年 6 月在广州复刊后，成为中共中央的理论刊物。此刊前期宣传科学与民主，发起文学革命与批孔运动，是新文化运动的重要阵地。业务上逐步采用白话文，使用新式标点。1918 年 10 月在 5 卷 5 号上发表李大钊的《庶民的胜利》和《布尔什维克主义的胜利》两文，开始宣传十月革命和社会主义。8 卷 1 号起，马克思主义成为刊物的指导思想。人民出版社 1954 影印 1～9 卷。《五四时期期刊介绍》（三联书店 1979 年版）下册第 1 集有《"新青年"分类索引》。

《新华日报》 抗日战争和解放战争时期中国共产党在国民党统治区公开出版的中央局机关报。1938 年 1 月 11 日在汉口创刊，同年 10 月 25 日迁重庆。社长潘梓年。1947 年 2 月 28 日被国民党政府封闭。设有《新华副刊》（综合性）、《青年生活》、《团结》、《读者园地》等副刊。北京图书馆 1963 年影印，同年配套出版《新华日报索引》，系分类索引，后附人名索引，包括作者、译者及标题中的人名。上海书店 1989 年重印，日报 8 开 18 册，索引 16

开 9 册。

《解放日报》(延安) 中国共产党中央委员会机关报。1941年5月16日在延安创刊,由《新中华报》和《今日新闻》合并而成。秦博古、余光生、廖承志先后任社长。毛泽东撰发刊词,提出"团结全国人民战胜日本帝国主义,这是中国共产党的路线,也就是本报的使命"。1941年9月16日起,设《文艺》副刊。1947年3月27日停刊,共出 2130 号。人民出版社 1954 年影印。人民日报图书资料组编有《解放日报索引》(人民出版社 1956 年版),系篇目索引,分类编排。

第三节 报刊影印与报刊目录

近现代报刊,尤其是近代报刊,年代既远,收藏亦少,要有效利用其中的文学史料,掌握有关的影印情况和目录索引是很重要的。

一、报刊影印

建国以来,曾集中影印过一批现代报刊。除上面已述及者,主要还有:

《时务报》 近代维新派机关报。1896年8月9日创刊,1898年8月8日终刊,共出 69 期。石印,书本式。陕西省社会科学院图书馆 1987 年影印。

《湘报》 清末维新派报纸。1898年3月7日谭嗣同等人在长沙创办,同年10月15日终刊。共出 177 期。中华书局 1965 年影印。

《浙江潮》 中国留日学生刊物。月刊。1903年2月17日在东京创刊,至 1904 年初刊出 12 期后停刊。上海书店 1981 年影印。

《晨报》 1916 年在北京创刊,初名《晨钟报》,是以梁启超、汤化龙为首的进步党(后改为宪法研究会,即研究系)的机关报。1918年9月因揭露段祺瑞政府向日本大借款事被封禁。同年12月改组为《晨报》,1928年6月5日终刊。人民出版社1981年影印。

《民国日报》(上海) 1916年1月22日由中华革命党人创办,叶楚伧、邵力子为总编辑。1932年2月停刊,1945年10月复刊,1947年1月终刊。民国时期四大副刊之一《觉悟》即本报所办,1919年6月创刊。人民出版社1981年影印。

南京师范大学《文教资料》1986年3~4期连载《影印报刊简目》,可参看。

台湾党史史料编纂委员会1968年起影印出版**《中华民国史料丛编》**,中有10多种辛亥革命时期的报刊:《中国旬报》、《游学译编》、《国民报汇编》、《浙江潮》、《湖北学生界》、《江苏》、《苏报》、《俄事警闻》、《警钟日报》、《民国日日报汇编》、《民报》、《民国汇报》、《中国日报》、《民呼日报》、《民吁日报》、《民立报》和《中华新报》。

《中国近代期刊汇刊》 中华书局、上海图书馆编纂,中华书局1991年起影印出版。第一辑计有《强学报》、《时务报》、《昌言报》、《实学报》和《集成报》等。第二辑已见清议报(全6册,2006),湘报(2006),民报(全6册,2006),《译书公会报》(2007),新民丛报(全14册,2008),《国风报》(全10册,2009),庸言(全8册,2010)等,《中外纪闻》、《经世报》、《亚东时报》、《求是报》、《知新报》、《萃报》、《蒙学报》等除个别卷叶尚有缺漏,或显微胶卷不清楚外,已大体编成,将陆续影印出版。岳麓书社1999年影印出版**《中国近代期刊影印丛刊》**,已见储安平主编《观察》(1~6卷),胡适等主编《独立评论》(1~8卷),陈源、徐志摩等主编《现代评论》(1~10卷)等。

《中国早期国学期刊汇编》(全46册) 全国图书馆文献缩微复制中心2007年影印出版。收录1908年至1947年出版发行的国学类期刊《国学萃编》、《中国学报》、《国学杂志》、《国学论丛》、《国学丛刊》、《国立北大国学季刊》、《国立北京大学研究所国学门周刊》、《辅仁学志》等18种。

《晚清珍稀期刊汇编》（全40册）　本书编委会编，姜亚沙、经莉、陈湛绮主编，全国图书馆文献缩微复制中心2009年影印出版。本汇编收录了晚清的珍稀期刊《清议报全编》、《京抄》、《强学报》、《五洲时事汇报》、《皇朝经济报》、《东洋》、《秦中书局汇报》、《湘学报类编》、《新学报》、《北京五日报》、《实学报》、《求是报》、《北洋学报汇编》、《东亚月报》、《筹滇》、《吉林公署政书》、《越报》、《庚申》、《豫报》等几十种，为首次影印出版。

《清代报刊图画集成》　全国图书馆文献缩微中心2001年影印出版。收录10种：《飞影阁画册》、《新闻画报》、《申报图画》、《神州画报》、《民呼日报图画》、《图画新闻》、《舆论时事报图画》、《时报附刊之画报》、《民权画报》和《天民画报》。

《清末民初报刊图画集成》（全20册），**《续编》**（全20册）　全国图书馆文献缩微中心2003年影印出版。两书共收录影印清末民初报纸画刊《安徽白话报》、《北京白话画图日报》、《北京画报》、《北清烟报》、《北洋学报》、《点石斋画报附录》、《绘画杂报》、《京师教育画报》、《顺天画报》、《图画日报》、《醒华日报》、《点石斋丛画》、《菊修画报》、《开通画报》、《浅说画报》、《清代画报》、《诗话舫》、《通俗谐语图画》、《燕都时事画报》等40余种。

《民国画报汇编》（全18册）　姜亚沙等主编，全国图书馆文献缩微中心2007年影印出版。全书收录民国时期四川、新加坡、湖南、南京等地出版的综合性画报22种，其内容广泛涉及社会政治、经济、文化、艺术、市井趣闻和地方风情等。

二、报刊目录

《全国中文期刊联合目录》　全国图书馆联合目录编辑组编，

北京图书馆 1961 年版。收录全国 50 个图书馆入藏的 1833～1949 年 9 月间出版的国内外期刊近 2 万种。县级以下有关中小学、儿童教育的期刊,酌量收录;伪满、伪华北、汪伪等汉奸军政机关出版的期刊,只收录自然科学方面的。1981 年书目文献出版社出版增订本,补充收入中国共产党在各个时期的党刊、抗日民族根据地和建国前各个解放区的期刊,以及国民党统治区出版的部分进步刊物。

《北京图书馆馆藏报纸目录》 北京图书馆报纸期刊编目组编,书目文献出版社 1981 年版。收录建国前后出版的中文报纸、民族文字报纸,和香港、澳门及各国华侨报纸。

《上海图书馆馆藏中文报纸目录》 上海图书馆 1986 年编印。收录馆藏 1862～1949 年国内外出版的中文报纸 3500 余种,附"出版地索引"。

《上海图书馆馆藏近现代中文期刊总目》 上海图书馆编,上海科学技术文献出版社 2004 年版。共收录 1868 年～1949 年 9 月间出版发行的中文期刊 18485 种。分正文目录和索引两大部分。正文目录由书目和馆藏卷期两部分组成。书目部分包括题名与责任者项、卷期年月标识项、出版发行项、文献细节描述项、附注项,是客观著录一种期刊从创刊至停刊的完整出版过程。馆藏卷期则是指该馆实际收藏的期刊卷期年月。

《辛亥革命时期期刊介绍》 丁守和主编。人民出版社1982～1987 年版。全 5 集。辛亥革命前后,1900 年至 1918 年间出版的各种期刊约有 700 余种。本套书介绍其中重要的部分,约 200 种(包括若干种报纸)。介绍文字着重于分析研究刊物的内容,对刊物的历史、版式等亦分别予以介绍,间作考证。

《五四时期期刊介绍》 中共中央马克思、恩格斯、列宁、斯大林著作编译局研究室编。人民出版社 1958～1959 年初版,三联书店 1979 年再版。全 3 集 6 册。介绍五四时期期刊 160 余种,着重说明刊物的内容。每集分为两个部分:(1)内容介绍;(2)附录,包括所介绍刊物的发刊词、目录等。

《抗战时期期刊介绍》(附光盘1张)　丁守和主编,社会科学文献出版社2009年版。全书汇录1937年7月至1945年8月间比较重要且易获得的中文期刊的篇目。个别期刊的篇目起自1931年9月,个别期刊的下限稍有后延(主要是抗战胜利后不久即停刊者),包括《抗战时期期刊索引总目》、《抗战重要期刊内容提要》和《抗战重要期刊篇目索引》三部分。《抗战时期期刊索引总目》汇录了抗战时期6000余种期刊刊名、创刊及停刊时间、刊期、编辑者、发行者、出版地点等情况;《抗战重要期刊内容提要》从6000余种期刊中精选出351种重要期刊加以重点介绍,介绍内容包括:该刊编者、创刊及终刊或停刊时间,主要作者群,以及该刊的政治倾向或政治背景、学术背景、主要特色等。《抗战重要期刊篇目索引》将精选出的351种重要期刊的篇目全部列出。纸质图书只包括《抗战时期期刊索引总目》和《抗战重要期刊内容提要》两部分(85万字)。电子光盘则完整地包括了三个部分(580万字)。

《中国近代期刊篇目汇录》　上海图书馆编,上海人民出版社1979～1984年版。3卷6册。选辑1857～1918年间出版的中国近代期刊495种、1.1万余期,汇录其全部篇目。选录期刊侧重于哲学和社会科学部分。全书据全国51个图书收藏单位的期刊目录选编,故一般注明收藏单位。编排按各刊创刊先后为序。其中第一卷1965年初版,1979年重印时作了调整和补充。

《十九种影印革命期刊索引》　人民日报图书馆编,人民日报出版社1959年版。本索引将人民出版社1954年前后影印的19种革命期刊上的全部文章,按《中小型图书分类表草案》的体系分类编排,后附个人作者、译者索引。这19种期刊是:《新青年》(月刊)、《每周评论》、《共产党》、《先驱》、《向导》、《新青年》(季刊)、《前锋》、《中国工人》、《新青年》(1925年4月至1926年7月,共5

期)、《政治周报》、《农民运动》、《布尔塞维克》、《无产青年》、《中国工人》、《实话》、《群众》、《八路军军政杂志》、《中国青年》、《中国工人》。

第十二章 实物史料与口述史料

实物史料、口述史料和文字史料鼎足而三,本书第一编第一章已作简要介绍。本章进而阐述实物史料与口述史料在文学史料学中的重要地位,以及搜寻实物、口述史料的基本途径。

第一节 实物史料在文学史料学中的重要地位

前已述及,实物史料是历史上的事物以其固有的物质形态流传于后世的实体,包括地下发掘和地面保存的遗迹、遗物,如古旧建筑、文物。重视实物史料的考察、利用,是历史科学的优良传统。司马迁"观仲尼庙堂车服礼器"(《史记·孔子世家》)、"过大梁之墟,求问其所谓夷门"(《史记·魏公子列传》);郦道元注《水经》,寻访古迹,记录了很多汉魏碑刻,就是对实物史料的考察。恩格斯谈他研究爱尔兰史,"除了文献材料,一直保存到今天的古建筑物、教堂、圆塔、防御工事、铭文也向我们提供了资料"。(《马克思恩格斯全集》16卷555页)也是利用实物史料的典范。

实物史料在文学史料学中的重要地位,主要体现在以下三个方面。

一、为文学史料学提供了新的研究内容。如敦煌遗书中的歌辞、变文、话本、俗赋等,提供了"敦煌文学"这一新的研究课题。张锡厚《敦煌文学的历史贡献——兼谈八十年来敦煌文学的整理和研究》、任半塘《敦煌歌辞研究在国外——纪念"敦煌学"发展六十年》①等文章,综述了这方面的研究成果。又如关于"乐府"之设,一般认为是在汉武帝时,亦有认为早于武帝者。1977年,考古工作者在秦始皇陵发掘的错银小钟,纽侧镌有篆书"乐府"二字,于是对乐府的起始时间又引起新的学术争鸣。

二、可订正古籍版刻之误或记载之误。如通行本《战国策·赵策》有"左师触詟愿见太后"句,各种文学选本将该篇题为《触詟说赵太后》,是众人熟知的名篇。清人王念孙曾根据《史记》、《汉书》、《荀子》等古籍,考证认为"触詟"系"触龙言"之误,当从《史记·赵世家》作"左师触龙言愿见太后",并说:"太后闻触龙愿见之言,故盛气以待之,若无言字,则文义不明。"(《读书杂志》)王氏在此所采用的,基本属"他校法",辅以"理校法",但还没有能拿出足够有力的证据,所以各种选本仍作"触詟"。1973年前后,马王堆三号汉墓出土与《战国策》有关的帛书(成书年代在刘向编定《战国策》之前),帛书作"左师触龙言愿见太后",确证今本《战国策》系将"龙言"二字误合为"詟"字,也证实了王念孙的见解是正确的。又如东汉蔡邕的文集,向以清代咸丰初杨氏海源阁校刻《蔡中郎集》为善。其后,许瀚又以"汉碑校汉文"之法,重校海源阁本,疏证补遗达900余条,可补海源阁本之不足。再如《新唐书·元结传》谓元结"为山南西道节度参谋",但河南鲁山城内有元结墓碑,碑文系唐颜真卿撰写,谓元结"充山南东道节度参谋"。毕沅《中州金石记》云:"碑云'充山南东道节度参谋',史作'西道',……盖传写之误。"孙望撰《元次山年谱》时,再证以其他史料,确认《新唐书》作"西道"是错的。

---

① 两文均载《文学评论丛刊》第9辑,中国社会科学出版社1981年版。

三、可与古籍记载相互印证。如张衡《西京赋》："跳丸剑之挥霍,走索上而相逢。"描绘了汉代百戏中的跳丸、跳剑、走索,但文字记载毕竟隔了一层。如果对照四川宝成铁路沿线出土汉画像砖、山东沂南汉墓壁画和林格尔东汉墓壁画中的百戏图,便可形象地了解跳丸、跳剑、走索的表演究竟是怎么回事。又如闻一多用武梁祠画像石、吐鲁番古冢绢画印证古籍记载的神话传说;沈从文用宋摹唐画和陕洛唐墓出土的小梳诠释温庭筠"小山重叠金明灭"词句;20世纪90年代以来,学者用长沙马王堆一号汉墓彩绘帛画印证《楚辞》、《山海经》,日本学者成家彻郎据马王堆帛书《五星占》重考屈原生日(文载台湾《国文天地》20卷6、7期,2004年)等,都是利用考古发现的实物印证古代文学作品和作家生平的典型实例。

第二节 搜寻实物史料的基本途径

搜寻实物史料主要有两大途径:一是亲自外出调查,实地考察;二是利用已有的资料汇编和工具书。新的实物史料的发现,要靠亲自调查。但世界如此之大,个人的精力和条件又是如此有限,事事都靠自己调查是做不到的。因而,要善于利用有关的工具书掌握线索,有目的地进行实地考察,进而掌握更丰富的资料。有不少实物史料,已摄制成图片集、拓本集,更应充分利用。

本节先谈如何从总的方面了解考古学的已有成果和发展动向,然后分别介绍甲骨文、金文、简牍、石刻的集成性汇编和工具书。关于敦煌文物,将在第五编介绍。

一、考古学

考古学是根据古代人类通过各种活动遗留下来的实物,以研究人类古代社会历史的一门科学。考古学研究的对象是实物,调查发掘实物史料是考古工作的基础。作为文学史料工作者,要了解考古学,密切注意考古发现,其重要性是显而易见的。以下介绍几种最常用的参考书。

《中国大百科全书·考古学》 夏鼐、王仲殊等编,中国大百科全书出版社1986年版。此书较全面地反映了考古学的成果。书后附《中国考古学年表》,反映1898年至1984年考古学界大事。谢辰生、吕济民等编撰的《中国大百科全书·文物 博物馆》(中国大百科全书出版社1993年版),全面著录介绍了中国历代的重要文物和全国主要博物馆的珍藏,注意利用。

《文物考古工作三十年(1949～1979)》 文物编辑委员会编,文物出版社1979年版。此书概述新中国建立30周年间各省、市、自治区文物考古工作的主要成果。凡提到一项重要成果,都注明有关文献(发掘简报、调查记、论文等等)及其出处,兼具索引的部分功能。书前有图版32页,书中插图颇多,书后有《文物考古工作三十年记事(1949年10月～1979年6月)》。

《新中国考古五十年》 文物出版社编,文物出版社1999年版。本书是继《文物考古工作三十年(1949～1979)》和《文物考古工作十年(1979～1989)》之后编集的,主要介绍新中国成立50年来全国的考古工作,尤其侧重介绍20世纪90年代的考古发现和研究成果。书中组织专稿《台湾考古五十年》,介绍台湾的考古成果,《香港澳门五十年来的考古收获》一文介绍港澳的考古成果。

《新中国的考古发现和研究》 中国社会科学院考古研究所编,文物出版社1983年版。这是新中国成立以来考古发现和研究成果的总汇。行文结构兼顾纵横两方面。纵的方面,按历史发展序列论述(自石器时代至元明);横的方面,石器时代按考古学文化的区域类型予以说明,商周以后的各个历史时期则概括为若干专题论述。国内少数民族地区的考古发现与研究,也在各历史时代分别论列。书内有插图104幅。精装本另有彩色图版24面,黑白图版216面;平装本无图版部分。

《二十世纪中国百项考古大发现》 考古杂志社编著,刘庆柱主编,中国社会科学出版社2002年出版。每项考古发现由3000字左右的文字介绍、图片和参考文献组成。附录20世纪中国考古发现大事记。

《中国考古学文献目录(1949～1966)》 中国社会科学院考古研究所图书资料室编,文物出版社1978年版。著录我国1949年至1966年6月发表的考古学方面的论著和资料。分"书目"和"报刊资料索引"两大部分。"书目"分8大类编排,收著作537种;"报刊资料索引"分11大类编排,收文章篇目7000余条。这部目录不仅收严格意义的考古学范围之内的论著资料,还酌收若干相关学科的文献,如中国古代文化史、艺术史等。

《中国考古学年鉴》 中国考古学会编,文物出版社1984年起出版。主要内容有:一年来考古学研究概况、考古文物新发现、考古研究和文博机构简介、考古文物界动态、考古学文献资料目录等。

二、甲骨文

1899年,河南安阳殷墟出土的刻有文字的龟甲和兽骨首次被认识。尔后,出土的点增多。至20世纪80年代后期,总计已出土甲骨15万片以上(其中有一些西周甲骨),著录甲骨文材料的专著已达百种。甲骨文的发现,对研究古代史(尤其书面记录不详的商代史)、古文字均具有重要意义。

甲骨文的集成性资料汇编主要有:

《甲骨文合集》 郭沫若主编,胡厚宣总编辑,中华书局1978～1983年影印出版,全13册。从1899年以来出土的已著录和未著录的甲骨拓片、照片和摹本中,选录41956片,采用先分期、后分类的体例编排。除《小屯南地甲骨》一书所收和后出资料以外,已将现有主要甲骨文资料基本收齐。计划将出版释文、重要事项索引、有关图表等专册。语文出版社 1999 年出版彭邦炯主编的《甲骨文合集补编》,共收录甲骨 13450 片,主要包括两部分内容:(1)《合集》编成近 20 年来海内外陆续著录的甲骨资料和缀合成果;(2)《合集》编纂时期搜集而未及整理选用的拓片和甲骨拓片。

《小屯南地甲骨》 中国社会科学院考古研究所编,中华书局 1980、1985 年出版。安阳殷墟小屯南地甲骨于 1973 年出土。本书分上下册。上册(有两分册)是拓片部分,下册(有三分册)是释文部分。附摹本及有关索引。另,姚孝遂、肖丁著有《小屯南地甲骨考释》(中华书局 1985 年版),将小屯南地出土的 4000 多片甲骨分类考释。

《殷墟甲骨刻辞摹释总集》 姚孝遂主编,中华书局 1988 年版,8 开精装,全 2 册。本书对目前已著录的全部甲骨刻辞予以整理和释读,包括《甲骨文合集》、《小屯南地甲骨》、《英国所藏甲骨集》、《东京大学东洋文化研究所藏甲骨文字》和《怀特氏等所藏甲骨文集》。采用摹本与释文两相对照的形式编排,释文尽量吸收现有研究成果。

甲骨文字典主要有:

《甲骨文编》 中国社会科学院考古研究所编,中华书局 1965 年版,1982 年重印。这是甲骨文单字汇编,可作为甲骨文字典使用。原系孙海波编,燕京大学 1934 年版。新版(1965 年版)系中科院考古研究所委托孙海波补充、修改旧版而成。新版正编收可识字 1723 个,依《说文》次序排列,《说文》未收字附每部之后。合文(两个或三个字合写在一起者)单为 1 卷,收 371 个,列于正编之后。"附录"收考释未定字 2949 个。所收甲骨文字注明出处。书后附楷体笔画索引。

《甲骨文字典》 徐中舒主编,四川辞书出版社 1988 年版。此书吸收了《甲骨文编》等书的长处,并采择近 20 年甲骨文研究和考古发现的新成果编成。入录之字,按通常的 5 期断代法分期。考释博采众家之长,择善而从,或参以己见。有楷体笔画索引。

《甲骨文字诂林》(全4册) 于省吾主编,姚孝遂按语编撰,中华书局1996年出版,1999年重印。全书汇集66种甲骨文字考释类著述,共考释甲骨文单字3691个。书末附编部首索引和笔画索引。

甲骨学书目、索引主要有:

《五十年甲骨学论著目》 胡厚宣编,中华书局1952年版,1983年重印。收录1899～1949年关于甲骨学的6种文字的专书书目和论文篇目876条(其中专书148种,论文728篇),分类编排。附著者、篇名、编年三种索引。计有作者289人,其中外国学者59人。

《建国以来甲骨文编年论著简目》 王宇信编,附于《建国以来甲骨文研究》(中国社会科学出版社1981年版)之后,收1949年至1979年9月发表的论著。《古文字研究》第1辑(中华书局1979年版)发表肖楠编《甲骨学论著目录(1949～1979)》,《中国甲骨学史》(上海人民出版社1985年版)附吴浩坤等编《甲骨论著目录(1906～1983年)》。

《百年甲骨学论著目》 宋镇豪主编,语文出版社1999年版。全书著录自1899年殷墟甲骨文发现至1999年6月百年间海内外所有公开和正式发表的有关甲骨学与商代史的专书论文计10946种(篇),其他语种的有关论文专书也均加收录,并用括号列出中译名。书后附有编年、作者和篇名三个索引。

三、金文

金文,是商周时期铸或刻在铜器上的铭文,旧称钟鼎文。这些铜器和铭文,是研究商周历史的重要史源。如清道光时在陕西出土的毛公鼎,铭文长达497字,记述周宣王诰诫,可补《尚书》之不足。又如《诗经》提到周王伐猃狁事,极为简略,而虢季子白盘铭文

111字记述伐狁狁事较具体。

我国宋代学者已致力于商周铜器的著录、摹绘并考释其文字，历代著述甚多。现代出现了总结性的著作，研究方法亦进入了新阶段。代表作如：

《商周彝器通考》 容庚著，哈佛燕京学社1941年版。彝器，是对古代青铜礼器的通称。本书分上下两编。上编为通论，分原起、发现、类别、时代、铭文、花纹、铸法、价值、去锈、拓墨、仿造、辨伪、销毁、收藏、著录，共15章；下编为分论，分食器、酒器、水器及杂器、乐器，共4章。对4类57种青铜礼器逐一论述，并列举典型器物为例，总计列举1031件。本书的图版部分，有图近千幅。容庚在新中国成立后，又与张维持合编《殷周青铜器通论》，科学出版社1958年出版。

《两周金文辞大系图录考释》 郭沫若著，科学出版社1957年版。本书初名《两周金文辞大系》，无图版，1932年在日本印行。1934年汇集铭文及器形照片，编为《两周金文辞大系图录》；1935年又编成《两周金文辞大系考释》，亦在日本出版。新中国成立后，郭沫若对旧著作了修改、补充，改用现名。此书图录部分又分"图编"和"录编"，"图编"辑印青铜器263件，"录编"收宗周器铭250件，列国器铭261件。考释部分与"录编"相应，不仅解释文字，而且阐述与古代社会历史有关的问题。

《殷周金文集成》 中国社会科学院考古研究所编，中华书局1984～1994年出版，全18册。这是现存殷周金文的集大成汇编。《集成》计划分拓本、释文和图像三大部分。本书为拓本部分，汇编国内外博物馆、其他单位和私人收藏的传世铜器铭文摹本、拓本；铜器虽已不知所在，但见于宋代以来诸书著录者。没有铭文的青铜器不收录。以器物分类编次，器物铭文均按原大照相制版。编排上分正编、附录、《集成》未收器目录、补编四部分，正编各册均附说明，介绍各器铭文字数、时代、著录情况、出土时间地点、流传情况、现藏单位等。全书收录铜器11983件。2007年中华书局出版修订新版，作了订正原版的舛误，增加新的资料等多项重大修订。释文部分另名为《殷周金文集成释文》(全6卷)，中国社会科学院考古研究所编，香港中文大学中国文化研究所2001年出版。2001年，中华书局出版张亚初编著的《殷周金文集成引得》，作者对《集成》所录铭文进行反复审核，从中归纳出金文单字4972个，全部按部首归类，再按笔画编为引得。刘雨、卢岩编集《近出殷周金文集录》(中华书局2001年版)，收录《集成》截稿后新出铜器1354件。刘雨主编的《近出殷周金文集录二编》(中华书局2010年版)续录1999年5月以来近十年间各地出土及发现的殷周金文共1300余件。

《金文编》(第4版) 容庚编著，张振林、马国权摹补，中华书局1985年版。这是金文单字汇编，可作为金文字典使用。本书于1925年初版，1935年补订再版，1959年校补第3版(科学出版社出版)。第4版系作者晚年增订，马国权、张振林先后协助。正编部分收可识字2420个，重文19357个；附录收不可识或存疑字1352个，重文1132个。共计引用铜器3902件。书后附引用器目表和笔画检字表。容庚另有《金文续编》(商务印书馆1935年版)，收秦汉金文951字，附录34字。

《金文诂林》 周法高主编，香港中文大学1974年版，全16册，末册为索引。本书以容庚《金文编》第3版为基础，罗列诸家考释于各字之下，体例与丁福保《说文解字诂林》相仿。周法高等又编有《金文诂林附录》，主要据《金文编》的"附录"编写，香港中文大学1977年版；《金文诂林补》，全8册，台北"中央研究院历史语言研究所"1982年版，李孝定有《金文诂林读后记》，台北"中央研究院历史语言研究所"1982年版。

有关金文与青铜器的目录索引主要有：

《金文著录简目》 孙稚雏编，中华书局1981年版。本书是铜器铭文出处的目录索引。所收以《三代吉金文存》、《商周金文录遗》、《文物》、《考古》、《考古学报》三杂志及各种铜器图录中有铭文拓本者为主;编者见过原拓而未见著录之器,近代学者引用较多的宋代、清代著录的金文也酌量收入。引书包括中文、日文、西文图书。全书体例系按铜器的类别编排,共分 56 类。同类器物依铭文字数排列。每一器物注明所见书名、卷(册)、页,以及器物的已知出土地点。

《青铜器论文索引》 孙稚雏编,中华书局 1986 年版。本书是《金文著录简目》的姐妹篇。收录各种论文集和报刊杂志上有关青铜器和金文研究的中文论著,译文酌收。时间下限至 1982 年底。兼收陶文、盟书、简帛、刻石、玉器铭及汉代鸟篆等文字资料。部分篇目有提要。全书分类编排,附著者姓名(或单位)索引。

《新出金文分域简目》 中国社会科学院考古研究所编,中华书局 1984 年版。收录新中国成立以来至 1981 年底公开发表的各地新出土的殷商至战国金文资料。全书按行政区划编排。每项资料,标明出土地点、年代、出土情况、资料来源等,并列出参考文献于有关铜器之后。

四、简牍与帛书

简牍,是对我国古代遗存下来的写有文字的竹简和木牍的概称。我国古代纸张尚未发明和广泛应用之前,简牍作为主要书写材料,在自殷商迄魏晋长达千余年的历史中逐步完善,并成为我国后世书籍制度的滥觞。简牍形制不一,名称亦异,有"方"、"觚"、"檄"、"笺"、"札"、"牒"、"椠"等名称。简牒长度有 3 尺、2.4 尺、1.2 尺(均指汉尺)等几种。一般说来,书者认为愈重要的东西,所用简牍也愈长。简牍用编绳编连在一起,同一编册的简牍长短大致相同。

简牍的出土,古籍有过记载,然而简牍的大量出土以及科学的研究还是近代以来的事。19世纪末迄今,我国出土简牍约18万枚。

帛书是指书写在缣帛上的书籍。缣帛系丝织品,包括帛、素、缯、缣等,故帛书有时又称素书或缣书。缣帛容易损坏,流传数量相对又少,故古代帛书的实物遗存极为罕见。直至1973年长沙马王堆汉墓帛书出土,才根本改变了这种状况。

较著名的汉文简牍和帛书的发现及有关汇编、著作主要有:

(1) 1901年起,斯文·赫定、斯坦因在楼兰、尼雅获汉文文书728件,其中多为竹简,可供了解古代鄯善王国历史,其中还有《左传》、《战国策》等古籍残简。林梅村编有《楼兰尼雅出土文书》(文物出版社1985年版)。

(2) 1907年前后,斯坦因在疏勒河流域长城遗址中发现"敦煌汉简"700多枚,对研究汉代敦煌军事组织、屯戍状况极有价值,罗振玉、王国维据以撰写《流沙坠简》(京都东山学社1914年版;1934年宸翰楼永慕园丛书本),张凤编有《汉晋西陲木简汇编》(上海有正书局1931年版)。

(3) 1930年,瑞典F.贝格曼在今甘肃额济纳旗居延地区发现"居延汉简"1万多枚。1973年,甘肃省居延考古队在居延发现2万枚汉简。谢桂华等有《居延汉简释文合校》(文物出版社1987年版),陈直著有《居延汉简研究》(天津古籍出版社1986年版)。

(4) 1972年,山东临沂银雀山出土简牍4942枚,多为兵书,也有《墨子》、《管子》、《晏子》等古籍。银雀山汉墓竹简整理小组编有《银雀山汉墓竹简(壹)》(文物出版社1975年版)。

(5) 1975年,湖北云梦睡虎地11号墓出土秦简1150余枚,多为法律、文书,包括《编年记》、《语书》、《秦律十八种》等10种。其整理研究情况,可参考:高敏撰《云梦秦简初探》(河南人民出版社1981年出版增订本),睡虎地秦墓竹简整理小组的《睡虎地秦墓竹简》(文物出版社1990年版),中华书局编辑部编《云梦秦简研究》

(中华书局 1981 年版)、张政烺、日知编《云梦竹简》(吉林文史出版社 1990 年版)、张守中撰集《睡虎地秦简文字编》(文物出版社 1994 年版)等。

(6) 1957~1981 年,在甘肃武威汉墓中陆续出土"武威汉简",包括《仪礼》简、王杖诏书令简、医药简共 600 多枚。中国社科院考古研究所、甘肃省博物馆编《武威汉简》(文物出版社 1964 年版),武威县博物馆编《武威新出土王杖诏令册》(载《汉简研究文集》,甘肃人民出版社 1984 年版),甘肃省博物馆编《武威汉代医简》(文物出版社 1975 年版)。

(7) 1993 年 10 月,湖北荆门郭店一号楚墓出土 804 枚竹简。这批 1.3 万字的竹简包括道家著作 2 种 4 篇,儒家著作 11 种 14 篇。其详情可参考:荆门市博物馆所辑《郭店楚墓竹简》(文物出版社 1998 年版),刘钊著《郭店楚简校释》(福建人民出版社 2005 年版),《中国哲学》总第 21、22 辑《郭店竹简研究专辑》,张守中等撰集《郭店楚简文字编》(文物出版社 2000 年版)等。

(8) 1996 年 10 月,湖南长沙市中心五一广场走马楼西侧出土 10 万枚三国孙吴纪年简牍。1999 年,文物出版社出版走马楼简牍整理组编著《长沙走马楼三国吴简·嘉禾吏民田家莂》(全 2 册);2003 年,文物出版社出版《长沙走马楼三国吴简·竹简(壹)》(全 3 册)。

(9) 1973 年,长沙马王堆 3 号汉墓出土《周易》、《战国策》、《老子》、《黄帝书》等 20 余种帛书,多达 12 万字,其抄写年代均在西汉初年。其帛书的整理情况可参考:马王堆汉墓帛书整理小组编《马王堆汉墓帛书》(文物出版社 1980 年至 1985 年版),湖南省博物馆编《马王堆汉墓研究》(湖南人民出版社 1981 年版),文物出版社 2004 年出版《长沙马王堆二、三号汉墓》,分为 2 卷:《田野考古发掘报告》、《三号汉墓帛书》。《发掘报告》后附录"马王堆汉墓文献要目"。陈松长编著《马王堆简帛文字编》(文物出版社 2001 年版），汇编马王堆汉墓出土帛书、竹简文字，计单字3226个，重文9566个，存疑39个。

为了更好地利用出土简牍，21世纪初学术界组织编纂出版了多种集成性的大型简牍文献集，包括图版和释文，主要有：

《中国简牍集成[标注本]》(1～12卷)　中国简牍集成编辑委员会编，初师宾主编，敦煌文艺出版社2001年出版。自1901年瑞典的斯文·赫定、英国的斯坦因在今新疆汉晋遗址发现简牍以来，百年间，我国先后有总量高达18万枚的竹木简牍出土。《集成》以图文形式囊括20世纪百年间国内发掘出土并已经发表的全部简牍，是目前集简牍资料大成的巨编。内容包括新疆、青海、甘肃、内蒙、陕西、河北、河南、山东、湖北、湖南、江苏、安徽、江西、四川、广西等省（区）出土并已发表简牍的部分图版和甘肃、内蒙两省（区）全部简牍的释文。本书首冠副主编何双全撰《中国简牍综述》，首两册为图版，选编各地出土简牍中形制典型并文迹清晰者。释文以正式发表的简牍释文为蓝本进行标点、注释、补充、校订。

《楚地出土战国简册十四种》　陈伟等著，经济科学出版社2009年出版。20世纪50年代以来，在先秦楚国故地即今湖北、河南、湖南省境，出土大量战国时代的竹简，大约有30多批，10万字以上，包括荆门包山简、江陵望山简、随州曾侯乙简、信阳长台关简、新蔡葛陵简等。其中信阳长台简、荆门郭店简、江陵九店简、上海博物馆购藏竹简，以及清华大学购藏竹简，是各种珍贵的思想文化和数术方面的典籍。

本书为教育部哲学社会科学研究重大课题攻关项目"楚简综合整理与研究"的最终成果。包括包山2号墓简册、郭店1号墓册、望山1号墓简册、望山2号墓简册、九店56号墓简册、九店621号墓简册、曹家岗5号墓简册、曾侯乙墓简册、长台关1号简册、葛陵1号墓简册、五里牌406号墓简册、仰天湖25号墓简册、杨家湾6号墓简册、夕阳坡2号墓简册等14种简册资料，共计整简、残简 3500 多枚,竹简文字近 5 万个。书后列有 1100 多种参考文献,绝大部分为研究简册的著述,可参见。本书不含竹简图版,每批简册包含有关发现、整理和资料发表的介绍,释文与注释,注释一般交待基本结论,略去分析引证文字。书后附主要参考文献。

《出土文献类》(校点本)　北京大学《儒藏》编纂中心编,庞朴主编,北京大学出版社 2007 年出版。本书为《儒藏》精华编第二八一册,收录郭店楚简《五行》、《性自命出》,上海博物馆藏楚竹书《性情论》、《孔子诗论》等 10 种(篇)。

《上海博物馆藏战国楚竹简》　马承源主编,上海古籍出版社 2001 年起出版。1999 年初,上博从香港文物市场购得 1218 枚楚简,约 3.2 万字,包括《易经》、《诗论》、《缁衣》、《彭祖》、《乐礼》、《武王践阼》等 80 余种书,其中有些佚书连汉儒也未见过。据考证,这批楚简也出自湖北江陵、荆门一带。本书分图版和释文考释两部分,前者为实物 3.65 倍的彩色图板,后者每简注释前附有黑白原大竹简,按简序、短句逐一注释。已出版 1~7 册。相关研究论著有《上海博物馆藏楚竹书研究》(上海书店 2002 年版),《续编》(上海书店 2004 年版)等。可参阅。

《清华大学藏战国竹简(壹)》　清华大学出土文献研究与保护中心编,李学勤主编,上海文艺出版集团中西书局 2011 年版。2008 年 7 月,一批流散到境外的战国竹简入藏清华大学。经过两年的清理保护和研究,最终确定约 2500 枚写有文字,内容多为经、史类的典籍。目前已经整理出文献 60 余篇,计划出版 15 辑。本书为第一辑,包括 9 篇文献,暂名为《尹至》、《尹诰》、《程寤》、《保训》、《耆夜》、《金滕》、《皇门》、《祭公》和《楚居》。其中前 8 篇属于《尚书》或类似《尚书》的文献。李学勤撰有《清华简九篇综述》,载《文物》2010 年第 5 期,可参阅。全书按照整理报告规范要求编辑印刷,刊印有竹简正反面原色、原尺寸的照片以及放大两倍的文字照片及释文等。

中外史学界利用出土简牍考订历史的论著数以千计,文学界也已注意利用简牍辑考、研究文学古籍。仅以传诵千古、注家数千的《诗经》为例:1977年,在安徽阜阳双古堆一号汉墓出土残简170余片,计有《国风》、《小雅》中的残诗69首,是目前所知的最早的《诗经》抄本,对于了解《诗经》源流,考订异文有重大史料价值,被誉为"人间《诗经》,此称第一。"(胡道静《阜阳汉简〈诗经〉研究·序》)胡平生、韩自强整理成《阜阳汉简〈诗经〉研究》,由上海古籍出版社1988年出版。全书分"释文"、"简论"、"异文初探"、"阜阳汉简《诗经》简册形制及书写格式之蠡测"四部分,另附录四种。其中第二、三部分分别发表于《文物》1984年第8期、《中华文史论丛》1986年第1辑。21世纪初,上海博物馆藏战国楚简《孔子诗论》发表后,迅速成为学术界研究的热点,论著迭出。专论出土文献及其与文学之关系的论著也有多种已经出版,如李学勤著《简帛佚籍与学术史》(江西教育出版社2001年版),李零著《简帛古书与学术源流》(三联书店2004年版),张显成著《简帛文献学通论》(中华书局2004年版),陈斯鹏著《简帛文献与文学考论》(中山大学出版社2007年版),饶宗颐的《饶宗颐二十世纪学术文集》(简体字版,14卷20册,中山大学出版社2009年版)等。

台北新文丰出版公司出版的《补资治通鉴史料长编稿系列》中,有两种与出土文献有关,即饶宗颐、李均明著《敦煌汉简编年考证》(1995年版),饶宗颐主编,王辉著《秦出土文献编年》(2000年版)。前者为编年体简牍史料集,以中华书局1991年出版《敦煌汉简》为底本,选录敦煌出土的两汉简牍中可考定年代或年代范围者500余例,其年代始自汉武帝元鼎三年(公元前114年),止于汉桓帝永兴元年(公元153年)。后者为编年体出土文献史料集,全书收集1999年9月前出土的秦铜器、陶器、漆器、石磬、石鼓、玺印、竹木简、杂器等文献资料2145条,逐一编年。编年自周宣王六年

(前822年)至秦二世三年(前207年)。注意利用。

五、石刻

石刻,这里指刻有文字、图像的碑碣或石壁。现存最早的石刻是东周时秦国的石鼓文,今藏北京故宫博物院。刻石之风盛行于秦汉,历代不衰,故石刻资料极为浩博,是考史、补史的重要史源。

历代著录、研究石刻文字的书很多,大体可分两大类:一类主要是记载目录、撰写题跋,如宋代欧阳修的《集古录》、赵明诚的《金录》等;另一类是具录石刻全文,并作考释,如宋代洪适(kuò)的《隶释》、《隶续》、清代王昶的《金石萃编》等。后一类能直接提供石刻原文,对研究者来说自然更为方便。现列举两种集成性的汇编:

《金石萃编》160卷　清王昶撰。此书名为"金石",实著录铜器仅数件。收录先秦至宋末、辽、金历代石刻1500余件。其体例,大体依时代先后排列。每件先于标题下详记形制、尺寸和当时所存地点,然后具录石刻全文。凡秦汉三国六朝篆隶之文,照原字体摹写,加以训释。唐以后石刻,则用楷书写定。录文之后,列举各家有关论述,间附王昶自己的按语。搜罗宏富,体例完备,在金石学史上有里程碑意义。此书成于嘉庆十年(1805),有嘉庆间刊本,扫叶山房石印本。北京中国书店1985年据扫叶山房本影印。王昶又有《金石萃编三刻稿》3卷,录元碑80种,罗振玉于1918年据抄本影印。续补《金石萃编》的书有多种,其中规模较大并刊印行世者,以《八琼室金石补正》最为重要。

《八琼室金石补正》130卷　清陆增祥撰。"八琼室"系陆增祥室名。本书为补充、订正《金石萃编》而撰,收元以前石刻2000余件,体例与《萃编》相仿。凡《萃编》未及采录者,陆氏尽力搜辑补入;凡《萃编》已采录但文字有缺讹者,陆氏不再迻录全文,仅摘出字句,以较好的拓本校订;《萃编》于诸家题跋偶有未载者,陆氏亦采入。书后附《金石札记》4卷,《金石祛伪》1卷,《元金石偶存》1

卷。本书完稿后未能及时刊行，至1925年始由吴兴刘氏希古楼刊印。书版保存至今，文物出版社曾于1980年印刷，又于1985年出版断句缩印本。

查阅石刻资料，要充分利用石刻拓本汇编。

《千唐志斋藏志》 河南省文物研究所、河南省洛阳地区文管处编，文物出版社1984年初版，1989年再版。河南新安县铁门镇的千唐志斋，系张钫于1935年所建。张钫酷爱金石，注意搜集洛阳出土的历代墓志和其他石刻，并建窑院以藏之。现藏历代墓志计有：西晋1件，北魏3件，隋2件，唐1209件，五代22件，宋85件，明31件，清1件，民国6件，共1360件。其中唐志最多，"千唐志斋"由此命名。这千余种唐志，为研究唐史提供了丰富的实物史料，故有"石刻唐史"之称。对唐代散文的辑佚亦有重要价值，如其中有韦应物广德元年所撰《唐东平郡巨野县令李璀墓志》，诸本韦集及《全唐文》均不载。韦氏传世作品均为诗赋，散文仅见此一篇①。本书将千唐志斋所藏全部墓志等石刻拓片，按时代先后排列，计有图版1360余幅。每幅附有简要说明。

《隋唐五代墓志汇编》 本书总编辑委员会编辑，天津古籍出版社1991年影印出版。收录隋唐五代墓志拓本5000余种，按收藏地域或单位分为9卷：洛阳卷，河南卷，陕西卷，北京卷，北京大学卷，河北卷，山西卷，江苏山东卷和新疆卷。其中洛阳卷收录最富，占全书篇幅一般以上。《古籍整理出版情况简报》第321～323期（1997年）发表程章灿《〈隋唐五代墓志汇编·洛阳编〉著录订补》（上中下），可参阅。

以上两书相关的墓志汇编（文字版）有**《全唐文补遗·千唐志斋新藏专辑》**，吴刚主编，三秦出版社2006年出版。收录千唐志斋博物馆20世纪90年代至2005年新入藏的全部墓志，收入墓志共

---

① 《全唐文》仅收韦应物《冰赋》一篇。

589篇,唐以前35篇,宋以后33篇,唐五代墓志凡521篇,其中八成以上为首次公布。(陈尚君有《唐代石刻文献的重要收获——评〈全唐文补遗·千唐志斋新藏专辑〉》,论述唐代墓志的发现、整理出版对唐代文史研究的影响,文载《碑林集刊》第十二辑,陕西人民美术出版社2006年版,可参见)

《唐代墓志汇编》(上下册) 周绍良主编,上海古籍出版社1992年出版。全书收录出土唐代墓志(志主卒于唐代)3518方,另有残志56方。按在位帝王年号先后为界,志主落葬日期先后为序编排,首冠目录年号检索。附人名索引,编录墓志中出现的人名(志主唐代以前的远祖及引用典故中出现的人名除外)。2001年,上海古籍出版社出版周绍良主编的《唐代墓志汇编续编》,收录1984年以后出土或初次发表的唐代墓志材料,收录和编排体例同初编。

《新中国出土墓志》 中国文物研究所主编,文物出版社2002年起出版。本书是一部大型出土文献资料合集,1983年由国家文物局主持启动编撰工作,中国文物研究所承办。全书分省市区域分册编撰出版,10卷,获第二届中国出版政府奖(图书古籍类)。

《北京图书馆藏中国历代石刻拓本汇编》 北京图书馆金石组编选,中州古籍出版社1988~1990年影印出版。北京图书馆收藏历代石刻拓本数万种,该馆金石组从中选取近2万种,影印出版。8开精装100册,分9个部分:(1)秦汉部分,1册,收200种左右;(2)三国两晋南北朝部分,7册,收1200种左右;(3)隋唐五代十国部分,28册,收5200种左右;(4)两宋部分,8册,收1500种左右;(5)辽金西夏部分,3册,收500种左右;(6)元代部分,3册,收500种左右;(7)明代部分,10册,收2000种左右;(8)清代部分,30册,收5000种左右;(9)中华民国部分,10册,收2000种左右。这套石刻拓本汇编,起于秦汉,迄于近代,绵延二千年。每种拓本,均附简短说明。1998年出版《索引》1册,包括地区索引和标题字顺索引两种。

台湾大通书局曾出版《中国历代墓志大观》，精装4册。收录西晋至民国的墓志拓片共1360件。

以下介绍几种有关石刻的工具书：

《石刻题跋索引》 杨殿珣编，商务印书馆1941年初版，1957年增订版，1990年重印。收录各种金石书中关于历代石刻的题跋编制而成。增订本收书130余种，将其中的石刻题跋分作墓碑、墓志、刻经、造像、题名题字、诗词、杂刻7类。每类之中，以石刻为目，以原刻所署时代为次。在每件石刻下，列出与之有关的题跋的出处，书末有四角号码索引和笔画检字表。本书所收石刻，至元代为止；而题跋作者，则自宋代至近代。这是一部查考历代石刻及其著录、考证资料的重要工具书。

《善本碑帖录》 张彦生著，中华书局1984年版。全书分4卷：(1)秦汉碑刻，(2)六朝碑刻，(3)唐宋碑刻，(4)宋元明刻丛帖（附各代单刻帖）。前3卷详细著录碑刻的书体、行字数、书刻年月、原石所在地（或出土时间、地点）、现收藏处、各种善本拓本等。第4卷主要记丛帖的名称、卷目，间附评语。书后有图版24面。本书作者自幼从事碑帖业，所录系60年间亲见之善本碑帖，总计约660种，对研究历史考古、书法艺术者均有参考价值。

《碑帖叙录》 杨震方编著，上海古籍出版社1982年版。本书的编撰，侧重于书法艺术研究。所收碑刻，自先秦至宋元；所收单帖、汇帖，自唐宋至近代，墨迹亦采录。全书条目按碑帖首字笔画顺序排列，碑帖有别名者，列参见条。全书总计收条目约1400条，介绍各种碑帖的刻成年代、撰书者、行字数、递藏源流、艺术特色等。有插图约200幅。书末有《历代著名书法家及其作品目录》。

《汉魏南北朝墓志集释》 赵万里著，科学出版社1956年版，线装1函6册。收录东汉至隋代墓志、墓记等新旧拓本609通，按时代分为10卷，又补遗卷，共11卷。集释部分于每志下注明拓本尺寸、行款、书体、出土地点等,对有关史实予以考证,并选录前人重要题跋。图版部分影印各志拓片。

《汉魏南北朝墓志汇编》 赵超著,天津古籍出版社1992年版。本书在赵万里《集释》及北京图书馆和北京大学图书馆藏拓片的基础上,补充收集了1949～1986年期间全国各地出土的汉魏南北朝墓志,以通用繁体字录写而成。中华书局2005年出版罗新、叶炜著《新出魏晋南北朝墓志疏证》,收录三国迄隋(220～618)之新出墓志,所录皆二赵书未收者。大阪教育大学2008年出版的日本伊藤敏雄主编,中村圭尔、室山留美子编《魏晋南北朝墓志人名地名索引》,即以《汉魏南北朝墓志汇编》、《新出魏晋南北朝墓志疏证》编成,可视为二书的专书索引,注意利用。

《北京图书馆藏墓志拓片目录》 徐自强主编,中华书局1990年版。著录北京图书馆藏历代墓志拓片4638种,以唐代墓志最多。注明北京图书馆索取号。所录反映解放前历代墓志传世的基本状况。

《洛阳出土墓志目录》 洛阳市文物管理局、洛阳市文物工作队编,朝华出版社2001年版。全书收录洛阳出土的东汉至民国时期墓志和墓志拓片3386方。中华书局1993年出版荣丽华编集、王世民校订的《1949～1989四十年出土墓志目录》,全书收录40年来各地出土的东汉至清代墓志1464方。附录主要资料来源一览表和志主和撰书人综合索引。

《元代白话碑集录》 蔡美彪编著,科学出版社1955年版。本书专收元代用汉语白话文所刻碑石的拓本资料,计94通,予以分段、标点、注释,并注明书体及所在地。各碑按年代先后排列,书后附有关参考资料,并有碑文中主要人名、地名和音释名词的综合索引。

大型的石刻史料丛书主要有:

《石刻史料丛书》 严耕望编,台湾艺文印书馆1967年影印,精装 100 册。该丛书分甲、乙两编,甲编是文录类,收书 22 种;乙编是目录跋尾类,收书 26 种。

《石刻史料新编》 台湾新文丰出版公司编辑影印出版。第一辑 30 册,收书 102 种,1977 年出版;第二辑 20 册,收书 242 种,1977 年出版;第三辑 40 册,收书 673 种,1986 年出版。第四辑 10 册,收书 78 种,2006 年出版。每辑分"一般"、"地方"、"目录题跋"三类,第三辑增加"研究参考"类,第四辑分类与前三辑都不同,分为目录、文字、通考、题跋、字法、杂著、传记和图像八类。本丛书搜罗范围比《石刻史料丛书》广,重要的石刻典籍大都可以从中找到。日本高桥健男编有《石刻史料新编第一、二、三辑书名著者索引》(台湾新文丰出版公司 1995 年版)。

查找实物史料,还要注意充分利用各博物馆编印的藏品图录或陈列说明。我国博物馆很多(可参阅《中国考古学年鉴》中的"考古研究和文博机构简介"),中国历史博物馆、故宫博物院、天津艺术博物馆、上海博物馆、南京博物院、陕西省博物馆、湖南省博物馆等许多博物馆都编有藏品图录,印刷精美,如《山西省博物馆馆藏文物精华》(山西人民出版社 1999 年版)、上海文艺出版社、三联书店(香港)有限公司出版《上海博物馆藏宝录》(1989)、《故宫博物院藏宝录》(1986)、《陕西省博物馆藏宝录》(1995)、《南京博物馆藏宝录》(1992)等,皆具有很高的参考价值。

第三节　口述史料的意义

口述史料包括两大类:传述和忆述。

传述史料,是指往事经过数代人口耳相传,流传至今的史料,又称口头传说。陈述人不是往事的当事人或目击者。

忆述史料,是指当事人、目击者对往事的口头叙述。如美国哥伦比亚大学"中国口述历史学部"藏有胡适许多口述录音,唐德刚据以整理译注,成《胡适口述自传》(华文出版社1992年版),以及王亚蓉编《沈从文晚年口述》(陕西师范大学出版社2003年版),赵仁珪、章景怀整理《启功口述历史》(北京师范大学出版社2004年版),蔡德贵整理《大国学:季羡林口述史》(陕西师范大学出版社2010年版)等即属此类。

人类在发明文字以前,史事靠口头流传;在文字记载相当发达的文明社会,口述史料仍有其重要价值。首先,有些史事不见书面记载,却流传于口头。书面失载的原因,或出于无意或系记录人出于偏见而有意回避;其次,有些史事虽见于书面记载,但语焉不详,或与实际情况有出入,口述史料可以补充、订正书面记载。因此,以为口述史料只是对研究史前文化或尚无文字的少数民族历史有意义,那是一种误解。

重视口述史料,是我国传统史学与文学的优良传统。本书第一编第四章曾论及先秦两汉时期对民歌的采集,就是一例。司马迁写《史记》,部分史料采自口传。如关于韩信为布衣时"其志与众异"之事,是司马迁向"淮阴人"采访所得:

> 吾如淮阴,淮阴人为余言,韩信虽为布衣时,其志与众异。其母死,贫无以葬,然乃行营高敞地,令其旁可置万家。余视其母冢,良然。(卷九十二《淮阴侯列传》)

可见司马迁相当自觉地以口述史料与文字史料、实物史料相互补充印证。班固《汉书·艺文志》说:"(诗三百篇)遭秦而全者,以其讽诵,不独在竹帛故也。"言简意赅地指明了口头传诵对于保存文学史料的重要性。又如明代的冯梦龙,认为出自田夫野竖之口的文学是真文学,致力于吴地民歌的采集,编印了《挂枝儿》、《山歌》。明代卓人月评论:"我明诗让唐,词让宋,曲又让元。庶几吴歌《挂枝儿》、《罗江怨》、《打枣竿》、《银绞丝》之属,为我明一绝耳。"(清陈宏绪《寒夜录》卷上,丛书集成初编本第六页)充分肯定了口头文学的价值。20世纪20～30年代,刘半农、郑振铎、顾颉刚等学者对民歌的采集、研究做了大量工作。

新中国成立后,口述史料的搜集广泛涉及政治、军事、经济、文学、艺术各个领域。从中央到地方、组织专门班子向"七老"(老工人、老农民、老红军、老干部、老党员、老工商业者、老知识分子)搜集"三亲"(亲知、亲闻、亲历)的党史资料、文史资料、地方史料等等。在文学方面,口头流传数百年乃至上千年的三大民族英雄史诗《格萨尔王传》《江格尔》《玛纳斯》陆续搜集整理出版。世界上有许多国家的专家研究《玛纳斯》,逐渐形成一门新的学科——玛纳斯学。

当代国际史学界对口述史料的重视,可谓有增无已。正如苏联学者E.M.茹科夫所说:"最近以来,对所谓的口述历史这样一种特殊形式的历史史料兴起了特别的兴趣。这是把文献资料中没有记录的某些历史事件参加者的口述作为证据来利用。"(《历史方法论大纲·历史史料》)口述,已经不仅作为一种搜集和传播史料的方式方法,而且还指全部或部分地以这种史料为依据写成的历史——口述史(oral history)。口述史研究的基本方法,是以现代技术手段(录音、录像)等,向提供历史见证的有关人员进行口头调查,从而开展各种专题研究。"口述历史学"已成为历史学的新的分支学科,在第二次世界大战后,特别是60年代以来获得了迅速的发展。有关口述历史学的理论与方法的著作不断问世,如美国鲍姆的《地方史学界的口述历史》、戴维斯的《口述历史:从磁带到打字机》、哈里斯的《口述历史的实践》等,有的已有中文译本,如英国保罗·汤普逊的《过去的声音:口述史》(覃方明等译,辽宁教育出版社、牛津大学出版社2000年版),美国唐纳德·里奇的《大家来做口述历史:实务指南(第二版)》(王芝芝、姚力译,当代中国出版社2006年版)。美国有口述历史专门研究机构90多个,1967

年成立了拥有1400名会员的口述历史协会,创办了《口述历史评论》杂志①。英国有《口述史》杂志②。

进入21世纪,我国的口述历史研究有了长足的发展。2004年,中华口述历史研究会成立。该研究会隶属中国现代文化学会,其主要任务就是组织推动我国口述历史的采集、编辑和研究工作。早在筹备期间,中华口述史研究会就协调推动中国社会科学出版社出版一套"口述自传":许福芦撰写的《舒芜口述自传》(2002),刘延民撰写的《文强口述自传》(2003),蔡彻撰写的《黄药眠口述自传》(2003)。北京大学出版社1999年起组织出版《口述传记丛书》,已出版朱晓整理的《小书生大时代—朱正口述自传》(1999),傅光明采访整理的《风雨平生—萧乾口述自传》(1999),吴仲华整理的《跋涉者—何满子口述自传》(1999)等。其他如郑实采写的《我的人生:浩然口述历史》(华艺出版社2000年版),张冠生整理的《知道:沈昌文口述自传》(花城出版社2008年版)等。已出版的口述历史理论著作有杨祥银著《与历史对话——口述史学的理论与实践》(中国社会科学出版社2004年版),周新国主编《中国口述史的理论与实践》(中国社会科学出版社2005年版)等。

关于口述历史的可靠性和代表性,有些历史学家持怀疑态度。但口述历史学家认为,一切形式的历史史料都有这个问题;何况,不少书面材料本身源自口头材料③。关键在于:要有科学的总体规划,注意搜集口述史料的广泛性;要查证核对,辨别真伪。口述历史学家提倡研究"普通人的历史",但"普通人的历史"在传统史学研究所凭借的文献史料中乏于记载,这就是口述历史学家为何如此热衷于口述史料的重要原因之一。英国著名口述史学家汤普

---

① 金哲等主编《世界新学科总览》(重庆出版社1986年版):《口述历史学》。

② J.脱许《史学导论》(赵干城等译,台北五南图书出版公司1988年版)第10章《口述史》。

③ 同上。

森指出"口述史用人民自己的语言把历史交还给了人民。它在展现过去的同时,也帮助人民自己动手去构建自己的未来。"①西方学者有关口述史的论述,可供我们借鉴。

第四节 搜集口述史料的基本途径

搜集(采集)口述史料是文学史料工作的一个重要方面,主要涉及民间文学和现代文学两大部分内容。

民间文学是一种长期流传在人民口头的集体创作,属于传述性口述史料。关于民间文学的搜集整理,1958年全国民间文学工作者代表大会提出了"全面搜集,重点整理,加强研究,大力推广"的十六字方针,50多年来,大量优秀的民间文学作品经采集整理,得以保存下来,强有力地扭转了民间文学宝藏自生自灭的状况。

现代文学史上有很多史实,现有史料缺乏记载,或记而不详,或所记失实,须依靠有关参与者或知情者予以补述、澄清。这类属于忆述性口述史料,具有重大的史料价值。现代文学巨匠茅盾在晚年深感现代文学运动史上很多重大史实,被"四人帮"搅得混沌不清,是非颠倒,决心撰写一部回忆录,以自身的经历见闻,还历史的本来面目。他自1976年2月起,凭记忆每天口述,用录音保存,历时一年,口述完毕。然后,再核对有关史料,精心改定②。《回忆录》在《新文学史料》1979年创刊号上连载刊出后,产生巨大影响。茅盾逝世后,他的亲属根据其生前的口述录音以及其他材料,续完这部回忆录,为现代文学研究留下了极为珍贵的史料。

搜集口述史料,完整地讲,应该是一个包括准备、记录、整理三

---

① [英]汤普逊《过去的声音:口述史》,第327页,辽宁教育出版社、牛津大学出版社2000年版。

② 见《记茅公为本刊撰写回忆录的经过》(本刊编辑组撰,载《新文学史料》1981年第3辑)。

个阶段的全过程，也就是一个把口述史料变为文字史料的过程。本节所讨论的搜集口述史料的基本途径，仅指准备阶段而言，即产生搜集口述史料的要求后，帮助尽快确定搜集采访对象，拟订合适的采访提纲的途径。具体来讲，就是如何利用检索的手段，迅速查出与搜集内容有关的当事人的线索，找到与搜集对象有关的背景资料。

确定搜集的具体内容后，首先要解决的是：与这些内容相关的有哪些人，尚健在的是谁，现在何处？这三个互相关联层递的问题，可通过有关专科史、专题论述、或专科辞典、人名录等书，查找线索解决。

在明确了搜集采访对象的基础上，后继活动有两种方式：函简求述，采访面询。通过信函进行搜集，一般限于搜集内容具体、单一，或与搜集对象比较熟悉，只要对情况稍作说明，即可切入正题，简单明了。这类信函的内容仅限于求述有关史实，应与一般的问学和切磋学术问题的信札区别开来。

一些比较复杂或范围较广的搜集要求，需进行直接采访。直接采访是一种采访者与采访对象在思想和艺术上的双向交流活动，设计提问是其中的重要环节，属于搜集准备阶段的关键性工作。设计提问要注意以下两点：(1)尽量避免采访对象已经在其他场合回答过的问题，(2)一般来讲，需搜集的口述史料大都已经沉积于当事者的记忆深处，要成功地唤醒、牵出这些属于过去时代的东西——口述史料，应该通过提问，造成一个能使采访对象的思绪沉浸于那个时代的氛围。做到这两点，首先需要充分掌握了解采访对象的有关背景材料，包括他的生平，主要经历，他的著作、特别是回忆录，有关他的访问记、报刊评论等。实际上就是采访前的资料搜集问题，同样可通过人名辞典、人物传记资料索引、图书目录、报刊论文索引等工具书解决。具体的途径和方法可参考本书第三编第三章的有关介绍。

口述史料的搜集是否顺利成功,很大程度上取决于准备阶段工作的充分与否。任何把这一工作简单化,而掉以轻心的思想,都将导致在采访现场产生失去准的,偏离搜集宗旨的现象。

应该指出,口述史料,主要是记述性口述史料,由于历史的久远,使口述者的记忆出现某些偏差,在细节上失去准确性。在整理口述记录稿时,尽可能找来有关史料进行核对。萧军在延安时期曾负责《文艺月报》的编辑工作,他在回忆该刊13～15期的情况时,说这几期没发表他的文章。事实上,仅14、15两期,就发表有他的《春联·文化及其他》、《零落》、《文学常识三讲》等4篇文章①。有关针对回忆录或采访中某些史实记述失实的订正文章,也常见于各种报刊。订正依据主要是订正者自己的亲历和闻见,或者是层位较高的文字史料,如日记、书信等。应该肯定的是,有关史事,通过各当事人或目击者的忆述,相互订正补充,将逐渐清晰完整地反映历史的本来面目。这也就是我们重视口述史料,以及口述史料的搜集工作的根本原因和全部出发点。

---

① 刘增杰《新发现的三期〈文艺月报〉》,载《新文学史料》1989年第3辑。

第三编
检 索 方 法 论

　　人们都有这样的经验：每当学习或研究中遇到什么问题，或需要了解掌握某一方面的情况，都要通过检索寻得答案或线索。检索有多种方法和途径，对于具体的检索课题来讲，大都存在相对省时高效的途径。检索者都希望自己的检索是省时高效的，但是由于没有掌握科学的方法，检索实践常常不能令人满意。本编主要分析探讨：检索的基本原理和科学方法，如何选择和确定具体课题的检索途径和方案。内容上重点结合文学史料及其相关史料的检索实际展开论述；形式上侧重于手工检索，即以工具书和辑录编订型资料书为范围。数字化文献主要介绍重要的数据库和网络资源。

第一章 史料检索的基本原理

史料检索,从理论上讲,是史料在产生、利用、再生产、再利用的历史流通、积累和发展过程中的一个重要的自然环节,用以沟通史料与利用(需求)之间的对应关系。从实践上讲,史料检索具体表现为根据课题需要,运用科学的方法,从面广量大的史料中迅速查出特定的史料的工作过程。从分析课题,至检出对口史料,表示一个过程结束。

第一节 史料的检索体系

史料在产生和积累的历史运动中,同时孕育并逐渐发展着自身的整序性和可检性体系,两者构成史料的检索体系,这一体系起着对史料内容的揭示作用。史料检索的基本原理,就是依据史料本身的整序性和可检性体系及其形成规律,制订检索的策略,规定检索的原则,以完成就问题查史料(内容)的基本任务。史料的整序性和可检性体系具体表现为一定的形态和层次,史料检索的科学方法产生于对这些形态和层次的认识与把握,其意义在于使检索活动减少盲目性和局限性,提高查准率和查全率。

史料的整序性体系,由辑录编订型史料构成。辑录编订型史料按主题从群书中析取相关资料,经考订研究类编成书。原来无序的分散于各种记载中的相关史料,得到了集中有序的揭示,如诗文别集之于作家作品、全集性文学总集之于一代或一体文学作品、历代诗纪事之于历代诗歌本事史料,等等。史料的整序性体系正在不断地得到扩大和完善。从整体上讲,各类辑录编订型史料已逐渐形成系列,如全集性文学总集、历代诗纪事等。从个别上讲,各种具体史料更多地从研究的角度出发,追求自身编排体例的完善和辑录内容的齐备。如历代诗文别集,前人编订,或编年,把作品与作家一生的活动际遇联系起来;或分体,以反映作家各体作品的创作实际,并附有作家的传记资料等。今人编订诗文别集,在编年或分体之外,大都附编作品篇目索引,并在内容上作进一步的考订及辑佚工作。正文之外,还附录有较完备的参考资料系统,包括作家传记资料,历代书目著录情况资料,历代有关的作品评论资料等。史料的这一正在不断发展着的整序性体系,是我们在从事检索时应予以重视并充分利用的。

史料的可检性体系,可具体析为两种形态:第一,具体史料的可检性,主要由书名(概括反映内容者)、正文的叙述顺序(按时间或人物、事类等)、序跋、目录,以及有的图书所附的书后索引等构成,特点是与所揭示的内容同在一处,以供查一书之便。第二,有固定编排顺序的检索工具,在较大范围和较深层次上揭示具体内容的位置,提供追踪的线索,特点是与被揭示的内容分离,独立单行。

将史料的整序性和可检性分开来谈,是为了叙述上的方便。实际上两者紧密联系、相互交融,共同构成了史料的内容揭示系统,即从史料检索的角度所讲的检索系统。

可见,进行史料检索所依赖的检索体系与史料的内容揭示系统是基本一致的,虽然具体的检索课题并非都能在这个系统中找到契合的检索点,但是这种基本一致从总体上为寻求和总结史料检索的科学方法提供了切实的基础。如何掌握检索的科学方法,《庄子·养生主》中记述的"庖丁解牛"的故事为我们提供了极好的启示。文中载道:庖丁解牛,既快又好,技术达到了出神入化的境地。文惠君问以技术何以精进如此?庖丁答道:经过长期的解牛实践,熟悉了牛的全部生理结构,顺着牛的自然结构用力,当然是游刃有余了。史料检索的科学方法,就在于遵循检索体系的内部规律和联系进行检索,犹如解牛顺着牛的自然结构用力。

第二节 史料检索的作用和特点

史料的检索体系中,凝聚了无数由他人花费大量时间,从事先行的检索、搜集和编订工作而形成的成果。当我们需要进行类似的检索、搜集工作时,利用这些现有的成果,显然可以获得节时省力的效果,这是史料检索的最基本的作用。此外,学习和掌握史料检索的知识和方法,还能在培养个人的自学能力和研究能力,提高研究工作的起点和科学性方面发挥明显的作用。

自学或进行某项专题研究,首先碰到的是读什么书,即治学门径问题。懂得利用书目等检索工具,这个问题就可迎刃而解。书目反映一定时期各学科领域的基本书籍,导读书目、学科指南等则对读书选择有较强的指导作用。同时,在自学和研究过程中,懂得通过史料检索的途径解决各种疑难问题,就是能力提高的具体表现。

从事课题研究,撰述学术论著,尤其是确定研究课题,都必须深入地了解前人的研究情况,详细地占有相关资料,使自己的研究具有较高的起点和科学性的基础。达到和实现这一目的,需要在较大的范围内对史料进行细密的扫描搜索,繁重的工作量,单凭个人的经验和精力,已难以胜任。唯一科学和便捷的方法,就是通过史料检索的途径,利用书目、论文索引和研究综述进行检索、跟踪。

目前，我国社会科学方面报道图书论文出版和发表情况，以及各学科的研究动态的检索工具，综合性的有《全国新书目》、《全国总书目》、《全国报刊索引》等，专科性的有哲学、经济学、史学、文学、语言学等学科的论著索引，体系尚较齐备，应充分利用。

史料检索的作用，需要在实际检索过程中得以发挥和体现。所以，史料检索的最本质的特点，就是它的实践性。

强调史料检索的实践性，其意义在于辩证地提出了在掌握史料检索的方法和技能的认识运动中，书本知识、教师讲授与检索实践活动之间的关系。从事史料检索，必须首先具备有关检索的基本知识，这主要通过书本学习和教师传授指导的方式加以掌握。但是，这些仅仅是史料检索的基本内容和一般性原则，它能导引进入史料检索的大门，从事简单的和一般的课题检索，而无法适应复杂课题的检索要求。这是因为很多检索课题没有现成的途径可供选择，它们的解决主要依赖于检索者对各种检索工具的功能及其相互关系的深刻的认识，这种认识主要来自反复检索的实践中。这就告诉我们，应该高度重视每一次检索实践，不断从检索的实践活动中总结经验，加深认识，提高实际检索的能力，以适应解决在学习和研究中产生的各种问题的检索需求。

史料检索的成功与否，在很大程度上取决于史料的检索体系是否完备；史料检索的顺利与否，与相关检索工具的体例、功能有密切关系。很显然，史料检索与检索体系之间存在着相互依赖，互相促进和完善的关系，而史料检索的实践活动是促使这种关系不断转化的动力。史料检索通过实践的环节，对检索体系和各种检索工具的功能进行检索适应性的检验，检索体系根据检验结果，不断调整自身的结构，在弥补不足的同时，也给史料检索提供了新的检索途径。两者正是通过检索实践，在适应与不适应的矛盾运动中，实现相互促进和相互完善的目标。所以，我们在检索实践中，要注意发现和总结检索体系或检索工具的不足，以书评的形式发表,求得共识,加速完善化的进程。

第三节　史料检索的途径和类型

史料检索根据是否使用工具书,划分为直接检索和间接检索两大途径。

所谓直接检索,是指不通过检索工具和参考工具书,直接从书籍报刊中查找所需史料。凡是没有相关工具书提供使用的检索课题,或要了解最新研究动态者,都需要通过直接检索的途径加以解决。尽管是直接翻检书刊,但对翻检的范围要作出大致的规定。毫无目标的翻检只能视为盲目行动,不应属于直接检索的范畴。所以,从事直接检索,检索者要熟悉史料的分布情况,大体感知并框定翻检的范围。直接检索的优点是能及时获取和了解新史料、新动态,或直接读到原文;缺点是存在很大的偶然性,查全率和查准率低,作回溯性检索费时很多。当然,直接检索并不排斥利用具体史料的可检性系统,如刊物的年度索引,书籍的书后索引等。

所谓间接检索,就是指先通过工具书掌握线索,然后有目的地追踪原文。间接检索具有节省时间、查全率、查准率高的优点,是目前史料检索的主要途径和首选途径。不过,工具书的编辑出版需要一定的周期,与所反映的内容之间存在着时间差,构成了间接检索无法查到最新史料和动态的不足。

在实际检索中,直接检索与间接检索往往需要配合使用。区分直接检索与间接检索的目的和意义,在于强调工具书在检索中的主体作用。事实上,直接检索经常发挥的是间接检索的补充和延伸作用。

史料检索的类型,根据不同的标准,有数种分法,主要有:(1)时态划分法。按所检史料的产生时间先后,将检索分为回溯性检索和即时性检索两种。这种划分目前使用较广,但细究起来,会发现回溯与即时是两个模糊概念,因为其间难以统一划定界限,而很多检索课题需检史料贯通古今,难以决定其归属。(2)目的划分法。按问题的性质和检索的目的,将检索分为事实型检索和搜索型检索两种。事实型检索是指简单的、提问式的检索课题,包括诗文词语的出处和解释、历史年代的对照换算、从字号查本名、人物简历、各种数据等,目的在于解疑,大都可据工具书一次性得到解答。凡是综合性课题可析为若干事实型课题递次解决者,可归入此类。搜索型检索是指以搜集、掌握特定领域内相关史料为目的的检索课题。这类检索出于专题研究的需要,旨在获取与之相关的各种史料和研究动态,具有全面、系统和深入的特点。进行这种类型的检索,需要具备丰富的检索知识和检索经验,能够灵活地利用各种可能的检索途径,是史料检索中的难点,又是从事研究所需经常进行的。

第二章　史料检索的基本技能

史料检索一般需要经历分析课题、选用工具、索取原始文献三个过程。要圆满完成一项检索任务，应做到根据课题分析确定最佳检索途径，择优选取工具书，熟练使用工具书。这就要求我们具备检索的基本技能，包括了解检索的一般程序，熟悉工具书的排检方法，掌握工具书的类型及其基本用途等。史料检索的技能，包含很多具体的、细节性的内容。本章讲述的，只是其中最基本的方面。

第一节　史料检索的一般程序

一、分析课题

分析课题，就是先把检索课题分解成几个简明的构成要素，一般析为已知、未知、求知三项，然后加以考察。

分析课题的具体要求是使已知项完整，求知项明确，目的是给下一步确定检索途径、选择工具提供基础或必要条件。

已知项是确定检索途径的先决条件，它的完整性要求是针对可能提供的检索途径来讲的。如我国的文学总集基本上是按时代分体裁编纂的，碰到诸如查阅某个二、三流作家的作品之类问题，完整的已知项应包括作家姓名、时代。只知姓名,则已知项当视为不全。"时代"应先据综合性通代人名辞典查出,方可顺利入手在各体断代文学总集中检索。这类不全已知项实际上还包括一个最简单的事实检索题。在具体检索过程中,这常被忽略而有时也能检索成功,只是翻检费时,谈不上是一步到位的最佳途径。有时,不全已知项成为必须首先扫除的障碍:如古代诗话或笔记中引证诗词文句时,常称作者为某朝某公,惯标字号鲜见举名。如果想据此查得完整作品,必须先通过工具书从字号查出本名,使不全已知项完整,方可进行求知项的检索。

求知项明确,是指根据检索的循序渐进原则,将检索要求尽量分析成相对最小的独立问题。如有个学生看到清人笔记中提及唐释皎然论诗有"辨体十九字"说,想查阅原文。初看求知项似乎很明确,但在具体落实检索工具时,就会发现其间尚缺少应予明确的事实环节:皎然有否诗论专著,如有何处可以找到。所以,这一求知项实际上包含了三个彼此相连渐进的要求:皎然有否诗论专著,如有何处可以找到,索要"辨诗十九字"说的原文。当通过有关书目循序查得皎然有《诗式》并辑入清何文焕的《历代诗话》时,问题就迎刃而解了。此外,有关搜索史料型的检索课题,其求知项往往过于广泛笼统,也应在分析中限以一定的时空跨度,分段检索。

受检索工具和检索手段的限制,检索应具有相对完整的已知条件和明确可行的求知要求,而在实际阅读和研究过程中产生的检索课题,往往不完全具备这种必要的先决条件。分析课题正是一个使可行性检索前提从不具备或不完全具备到具备的过程,因此它是史料检索程序的第一个重要的环节。

二、选用工具

选用工具是检索程序中很关键的环节,直接影响到检索的质量和效率。

选用工具包括选择和使用两方面。

选择工具的范围很广，包括以各种检索工具和参考工具书为主体，辅以部分大型辑录编订型资料书所构成的整个检索体系。选择的基本原则是：同类书中，优先选择相对资料齐全、信息密集、体例精善者；同一种书，注意使用最新修订本或增订本。要选到与检索课题对口的工具，有赖于对各类工具的体例、功能的深入了解和熟练掌握。

使用工具要注意先细读凡例说明，了解其编排体例和检索系统。一般工具书都编有书后索引，大型的或配以单行索引，为利用正文提供多种检索途径，可据课题要求选用其中的最佳者。

凡是利用参考工具书或大型辑录编订型资料书可直接获得答案或结果的检索课题，其程序至此终结。

三、索取原始文献

索取原始文献是检索程序的最后一环，其任务是查出课题所需原始文献（又称一次文献）的出处（收藏地点），并通过一定的手续借阅。

查找所需原始文献的出处要注意由近及远的原则。一般先在本单位本地区的图书馆查找，如果没有，则可进一步利用反映收藏情况的联合目录或馆藏目录。

查到收藏单位，可利用馆际互借、代请复印的方式获得原始文献，或直接去收藏单位借阅。

第二节　工具书排检法

工具书都按一定的方法有规则地编排，便于读者检索利用。

中文工具书常用的排检法大体上可分为三类：(1)字顺法，从汉字的形、音等外在特征入手组织编排，其检索单位是汉字。字顺法包括形序法、音序法和号码法。(2)分类法,从内容的性质或学科属性入手组织编排,其检索单位是类目或主题。(3)自然顺序法,以时间的流向和区域的方位为顺序编排,其检索单位是时段和地名。

各种排检法都有其优缺点,相互之间存在互补性。工具书往往取一种排检法为主体,辅以其他方法作为补充,以供人们从不同的途径入手查检。掌握数种主要的排检法,就能在临检时做到左右逢源。

各种排检法的编排规则一般是固定的,但也有的在前后使用过程中有所修改变通,如形序法中的部首法、号码法,以及分类法等。使用工具书时,应先读凡例或说明,了解掌握有关的修改或变通情况。

一、形序法

形序法根据汉字形体结构中某些共同的特点、规律归纳而成,最常用的有笔画、部首两种。

1. 笔画法

根据汉字笔画的数目从少到多排列,称为笔画法。其优点是简单便学,识字就会使用。缺点是很多字的笔画不容易数准确,各种工具书对同一字的笔画的计算也不完全一致;而同笔画的字太多,往往另采用起笔笔顺或部首的顺序进行复排。对笔画笔顺不熟悉,使用时较费时,且多漏检。凡根据自己数的笔画查不到需要查的字时,可增减一两笔试试。

2. 部首法

汉字的形体结构,大多可分为表意的形旁和表声的声旁。如诗、词、详、注、评、论各字,讠(言)是形旁,寺、司、羊、主、平、仑分别是声旁。汉字形旁相同者很多。把汉字按形旁的同异分部,形旁(或称偏旁)就是部首;同部首的字归类后,再按笔画依次排列,这就是部首法。部首法由东汉许慎在编著《说文解字》时创立并首次使用,历史悠久。其优点在于符合汉字结构的特点,便于因形求音、因形求义,是古代字书的主要排检法。缺点在于部首位置不固定,有的部首涉及古文字学知识,识别判定比较困难。现代辞书已根据汉字形体的变化,对部首法作了改革,着重打破"从义归部"的传统,对部首的形体和位置作了部分改变和划一规定,使之趋向规范化。部首法仍是现代辞书如《辞海》、《汉语大词典》、《汉语大字典》等的主体排检法。用部首法编排的工具书,一般附有难检字笔画索引,以及其他辅助索引,要注意利用。

二、音序法

音序法是根据汉字的读音及表示读音的语音符号的顺序编排汉字的方法。古代将汉字按韵母归类,称为"韵部"。按韵部的次序编排字典的韵部排检法是早期的音序法。20世纪20年代前后曾使用注音字母排检法。注音字母包括24个声母,16个韵母,其形体系利用汉字的偏旁改造而成,是《汉语拼音方案》施行以前汉字的重要注音体系。民国时期编写的辞书很多用注音字母音序编排,台湾地区现在仍有使用。

我国目前最重要的音序法是汉语拼音字母排检法。1958年2月全国人民代表大会一届五次会议批准推行《汉语拼音方案》,汉语拼音字母排检法开始被广泛应用于工具书的排检。汉语拼音字母有26个,其中v只用来拼写外来语、少数民族语言和方言;i、u不用于音节开头,实际上用于音节开头的只有23个字母。具体的排列顺序是:依字母表为序,先按每字拼音的第一个字母排列;第一个字母相同者,再按第二个字母排,依次类推。字音相同者,再按声调(阴平、阳平、上声、去声)依次排列。汉语拼音字母排检法易排易查,与国际上工具书按字母顺序编排的常规一致,适用于电子计算机检索;同时,20世纪60年代前后入学的人基本上都受过汉语拼音方面的教育，使其具有广泛的适应性。是我国符合现代化和国际性要求的最有发展前途的音序法。

音序法的共同局限在于必须知道准确的读音，读不准音或读不出音就无法检索。需要辅以其他检索途径。

三、号码法

号码法是形序法的一种变形。它把汉字分解成若干种笔形，分别用数字作为其代码，然后把每个字的笔形代码联结成一定的号码。编排就以号码的大小为序。号码法的优点是将汉字按号码整序，号码的位置固定，检索时直接、便捷。但是规则比较复杂，学习掌握有一定难度。

1. 四角号码检字法

四角号码检字法是 20 世纪 20 年代由商务印书馆王云五等人据汉字方块形体的特征设计的，主要规则如下：

（1）归纳汉字的笔形为 10 种类型，分别用 0～9 十个号码代表。其对应关系有口诀帮助记忆："横一垂二三点捺，叉四插五方框六，七角八八九是小，点下有横变零头。"

（2）每个汉字按方形取四个角，依左上、右上、左下、右下的次序取笔形号码，联成四角号码，作为排列和查检的依据。

四角号码法有新旧之分，两者的基本规则一致，但新法主要根据简化字及字形规范原则，对取号作了一些修改，并称为"四角号码查字法"。新版《辞源》所附"四角号码检字法"采用"旧法"，新版《辞海》的"四角号码查字表"（单行本）采用"新法"。

四角号码检字法的优点是见字知码，查检迅速。但规则和变形的笔形较多，加之新、旧法同时使用，不易掌握。但它是目前最常用的排检法之一，使用很广泛，古籍目录索引大多采用此法，要努力加以掌握。潘树广曾总结出"口诀辅以典型字"的教学方法，经实践证明效果较好，详见所著《古籍索引概论》（书目文献出版社

1985年版)第四章的介绍。

2. 中国字庋撷法

中国字庋撷法由前哈佛燕京学社引得编纂处洪业等人发明，使用仅限于哈佛燕京学社所编60余种《引得》。其取号码的方法是：将汉字分为五种字体结构（"中国字庋撷"五字就是汉字五种字体结构的代表），分别以Ⅰ、Ⅱ、Ⅲ、Ⅳ、Ⅴ表示，作为汉字的第一个号码（定体号码）；将汉字笔画分解为10种，标以0~9号，各字取四角笔画，联成四角号码。最后计算字内共包含多少方格，以数字附于四角号码之后。定体号码与后五个号码之间加斜线间隔。与"四角号码检字法"相比，这种检字法的优点是重码字少，但规则太繁琐，难以推广。上海古籍出版社20世纪80年代重印唯一使用此法的燕京《引得》时，都增附四角号码检字表和汉语拼音检字表，为不会使用"中国字庋撷法"的读者提供了方便。

四、分类法

分类法是把文献或知识单元按内容性质或学科体系分门别类加以组织编排的排检方法。

我国古代的分类法主要有两大类别：一是按事物性质归类，主要用于类书、政书的编纂排检；一是按知识内容体系归类，主要用于规范图书的编排著录，称为图书分类法。

1. 四部分类法

古代的图书分类法经长期的使用演进，形成了部类比较齐全，类名比较固定的四部分类体系。东汉班固撰《汉书·艺文志》，以西汉刘歆的《七略》为蓝本，将图书分为六艺、诸子、诗赋、兵书、数术、方技六略（类），确立了六分法体系。西晋荀勖等据《魏中经簿》编成《晋中经簿》，将图书分成甲、乙、丙、丁四部，分别著录经、子、史、集四类书籍。经东晋李充的《晋元帝四部书目》，至唐魏徵等所撰《隋书·经籍志》，正式确定了经、史、子、集四大基本部类的名称、顺序和收录内容。清乾隆年间官修的《四库全书总目》代表了古代四部分类法的最高成就,现当代编制古籍目录仍经常采用《总目》的分类法而稍作修改。1986年起陆续出版的《中国古籍善本书目》采用修订的四部分类法,经史子集四部之外,增设丛书部。

2. 现代分类法

现代分类法以学科体系为基础,遵循反映知识的系统性的科学归类原则。

20世纪20年代以来,我国学者受西方图书分类法的影响,曾先后编制过几种图书分类法。其中影响较大的是刘国钧的《中国图书分类法》、皮高品的《中国图书十进分类法》。新中国建立后,陆续出现了新的分类法,主要有《中国人民大学图书馆图书分类法》、《中国科学院图书馆图书分类法》和《中国图书馆图书分类法》(简称《中图法》)。

《中图法》的基本体系结构为5个基本部类,22个大类。序列如下:

马克思主义、列宁主义、毛泽东思想

　　A 马克思主义、列宁主义、毛泽东思想、邓小平理论

哲学

　　B 哲学、宗教

社会科学

　　C 社会科学总论　D 政治、法律　E 军事　F 经济　G 文化、科学、教育、体育　H 语言、文字　I 文学　J 艺术　K 历史、地理

自然科学

　　N 自然科学总论　O 数理科学和化学　P 天文学、地球科学　Q 生物科学　R 医药、卫生　S 农业科学　T 工业技术　U 交通运输　V 航空、航天　X 环境科学、安

全科学
综合性图书
Z 综合性图书

各大类下再逐级细分,构成一个多层次的完整的系统。

《中图法》是我国当代具有代表性的分类法,已被广泛应用于编制各种书目索引等,并在不断修订、完善。

分类法具有系统性强的优点,便于读者按学科、门类系统地查找文献。但进行跨学科课题的检索,往往难以得心应手。同时,由于人们的分类观念差别颇大,各种工具书采用的分类法互有异同,给熟悉掌握分类法带来困难,使用时也容易产生漏检现象。

五、主题法

主题法是一种世界通行的标引和检索文献的重要方法。它把文献的具体内容分析为若干主题概念,直接选用自然语言中的词语(主题词)作为主题概念的检索标识,以字顺为基本序列来编排检索工具。

主题法的优点在于把不同学科、不同知识体系中关于同一主题(事物)的内容集中标引出来,专指性强;缺点是分割了以学科为基础的知识体系的完整性,系统性较差。

根据选词方式和词的规范化程度的不同,主题法可分为标题法、单元词法、叙词法和关键词法 4 种。前 3 种属于"规范主题法",标引主题词要求规范化,需参考主题词表。北京图书馆、中国科技情报研究所等单位编制的《汉语主题词表》(科学技术文献出版社 1980 年版)共收录主题词 10 多万个,为推广使用"规范主题法",建立标准化的主题法检索体系,提供了良好的基础。

关键词法属于"自由主题法",是我们经常使用的主题法类型。所谓关键词,是指对揭示内容具有实质意义和检索意义的词语,一般不考虑规范化或只作少量规范,标引和检索不一定要查阅词表,易编易查。

六、时序法与地序法

以时间先后为序编排文献资料的方法,称时序法。表谱常用这种方法。书目也有用时序法编排的,而个人著述目录为了突出其研究和著述的发展,更是较多地采用这种方法。

以地域为序编排文献的方法,称地序法。有关地理和地方文献的工具书,经常采用这种方法编排,如各种地图集、方志目录等。

第三节　工具书类型

工具书按编纂宗旨、收录范围、揭示深度、编排方法的不同,可分为多种功能各异的类型,一般分为书目、索引、文摘、综述、词典、百科全书、类书、政书、年鉴、手册、表谱、图录。其中书目、索引、文摘和综述4种,主要提供史料出处和内容线索,习惯上称为检索工具;其他各类都能直接提供具体的知识或史料,一般称为参考工具书。

本节分析介绍上述各类工具书的概念、主要功能。举例一般只列书名,其具体情况请参见本编第三章各节以及其他各编的有关介绍。

一、书目、索引

书目即图书目录,是记录图书的基本特征,按一定的次序(主要是分类)编写而成的检索工具。其主要功能在于提供书目信息,揭示图书内容,客观地反映一定历史时期的著述风尚和文化发展概貌。

书目以记录图书的外在特征,即书名、著者、出版等项目为基本内容。有的书目注出收藏单位,为索取特定图书文献提供线索,称之为联合目录或馆藏目录,大型的如《中国丛书综录》、《中国地方志联合目录》、《中国古籍善本书目》等。有的书目还叙及图书内容、学术源流等,具有揭示图书价值,指导阅读的作用,称为提要目录,或解题目录。《四库全书总目》是古籍提要目录的集大成者。现当代编撰的提要目录,大都是专科或专题性的,如《唐集叙录》、《中国通俗小说总目提要》等。这类提要目录能集中就本学科或专题全面深入地发掘提供书目信息,于检索作用之外,还具有学术研究方面的参考价值。陈玉堂的《中国文学史书目提要》(黄山书社1986年版)著录清末至1949年出版的古代、现代文学史专著300余种,包括部分译著,分通史、断代史、分类史3部分编排。提要侧重于对史著章节名目的详细著录,著译者的生卒和籍贯凡已考知者亦予以注出。对检索中国文学史著作,总结吸收以往有关文学史的研究成果,都很有帮助。辽宁大学出版社1992年出版吉平平、黄晓静所编《中国文学史著版本概览》,收录1949年至1991年间国内外出版的各类中国文学史著作570余种,时间上与陈著衔接。

陈飞主编的《中国文学专史书目提要》(大象出版社2004年版)在陈、吉两目的基础上作了进一步的拓展。此目所收专史是指"中国文学史"范畴下带有"专门史"性质的著作,编者将这类著作中书名里带有"史"字者,编为正目,应列入正目而未见其书者编为存目;而带有专门性的关于文学思潮、思想、理论、批评、学术、年表、史料之类的史著,以及诗歌、小说、戏剧、散文四大文体的通史性著作则编入外目;一般通史性文学史著编为附目,以反映文学史著的全貌。正目为主体,撰有提要;外目、存目、附目一并编入附录,无提要。全书凡收录正目710部,存目250部,外目1127部,附目798部,总计2885部。

三部目录为我国文学史著的著述风貌拼接出一份清晰并近乎详尽的彩图。

索引也是一种记录与揭示文献的检索工具,它以一定的文献资料为索取范围,摘录其中的篇目、字句、专名、事项等作为条目,按一定的排检法编排,所有条目均注明出处。旧称"通检"或"引得"(index)。与书目相比,索引能深入文献资料内部,在更深的层次上揭示文献内容,便于检索散见于书刊中的特定文献。

索引根据索取内容和条目形式的不同,主要可分为:

1. 字词索引。以书籍中的字、词为索取对象。把书籍中所有的字词无一遗漏地编为索引,称为"周遍型字词索引",如《韩非子索引》(中华书局 1982 年版)、《诗经索引》(书目文献出版社 1984 年版)、《辛弃疾全词索引及校勘》(北京图书馆出版社 1998 年版)。有选择地摘取对词汇学、语法史有研究价值的词语编为索引,称为"选择型词语索引",如日本香坂顺一编的《水浒全传语汇索引》(名古屋采华书林 1973 年版)、宫田一郎编的《红楼梦语汇索引》(采华书林 1973 年版)等。

2. 句子索引。以一部或数部书籍中的句子作为索取对象。如《十三经索引》(中华书局 1983 年版)、《万首唐人绝句索引》(书目文献出版社 1984 年版)等。

3. 专名索引。索取书刊中的人名、地名、书名等编排而成。如梅原郁的《续资治通鉴长编人名索引》(东京同朋舍 1978 年版)、段书安的《史记三家注引书索引》(中华书局 1982 年版)、陆文虎的《管锥编、谈艺录索引》(中华书局 1990 年版)等。

4. 篇目索引。以书籍、报刊中的篇目为索取对象。又称题录或论文索引。如《清代文集篇目分类索引》、《中国哲学史论文索引(1900～1984)》(中华书局 1986 年起陆续分册出版)等。

5. 关键词索引。抽取文献中的关键词编排而成。关键词索引是较常使用的一种主题索引(参阅本章第二节),如《马克思恩格斯全集名目索引(1～39 卷)》(人民出版社 1986 年版)、《十通索引》、《中国随笔索引》(日本学术振兴会 1954 年版)等。原哈佛燕京学社引得编纂处所编引得,有相当一部分属关键词索引,如《说苑引得》、《容斋随笔五集综合引得》等。

二、文摘、综述

文摘是一种简要摘述文献的主要内容,注出文献的标题、著者和出处,按一定方式编排的检索工具。

文摘实际上是索引的延伸,除了具备论文索引(篇目索引)的著录项目外,还以原文摘要的形式,提供文献的内容概要,读者借此粗知学术动态,得以决定选择真正需要的原文。利用论文索引常常无法有效地进行这种选择。

文摘通常按学科或专题编排,以期刊或卡片的形式连续出版。我国社会科学方面的主要文摘期刊有《高等学校文科学报文摘》、《现代国外哲学社会科学文摘》、《新华文摘》等。20世纪80年代以来,中国人民大学书报资料中心编辑发行《提要文摘卡片》,分《文艺理论》、《中国现代、当代文学研究》等数十个专题;中国社会科学院文献情报中心编辑《中国社会科学学术论文、学位论文活页文摘》,是我国较重要的文科综合性文摘。今年来,文摘间有以专书的形式出现的,如傅璇琮、罗联添主编的**《唐代文学研究论著集成》**(三秦出版社2004年版)。该书8卷10册,通过提要和文摘的形式展示1949~2000年我国两岸三地学者唐代文学研究的成果。主要内容就是1949~2000年唐代文学研究著作提要,1949~2000年唐代文学研究论文摘要,以及相应的论文目录索引。

综述是一种类述特定范围内有关课题的主要研究状况(观点),并标引出处的信息密集的检索工具型文献。也有称之为"概况"、"概述"、"述略"等,名称尚不统一。

综述以学术研究课题为基本单位,通过对一定时间内各种类型的相关文献进行质量上的比较甄别,去粗取精,用较小的篇幅反映大量的学术研究成果和重要的研究信息动态,既部分解决书目、索引以反映出版情况为主要目的、缺乏内容揭示的不足,也相对弥补了文摘以单篇(部)论著为单位、缺乏一定的时空跨度的局限。可见,综述在文献处理和检索方面具有极大的发展潜力。

我国社会科学方面的综述,大量的以单篇的形式发表于各种学术性刊物,如《2002年楚辞学国际学术研讨会暨中国屈原学会第九届年会论文综述》(《中国文化研究》2002年第4期)、《"文学与记忆"学术研讨会综述》(《文学评论》2010年第2期)。而专科年鉴如《中国文学研究年鉴》、《唐代文学研究年鉴》、《宋代文学研究年鉴》等,大都以研究综述的形式反映本年度本领域的研究概况。也有以综述为主要刊载对象的研究动态性刊物,如《中国史研究动态》、《民族研究动态》等。综述专书有《中国史研究概述》(江苏古籍出版社1987年版)、《建国以来古代文学问题讨论举要》(齐鲁书社1987年版)、《1986年中国古代文学研究综述》(中州古籍出版社1987年版)、《20世纪简帛学研究》(学苑出版社2003年版)等。天津教育出版社1987年起编辑出版《学术研究指南丛书》,多数子目书属于综述专书,如《晚明小说研究概说》(1989)、《曹禺研究五十年》(1987)、《元杂剧研究概述》(1988)、《百年沉浮——林纾研究综述》(1990)、《中国话剧史研究概述》(天津古籍出版社,1993)、《宋辽金史研究概述》(1995)、《中国史学史研究述要》(1996)等。

三、词典

词典是汇释字词,按一定方式编排的工具书。按汇释范围的不同,可分为语文词典、专科词典和综合性词典。

1. 语文词典,以一般词语为主要收录对象,着重对词义本身进行解释。在汉语中,字与词有区别。以单字为收录单位的,习称字典。如《康熙字典》、《中华大字典》、《汉语大字典》等。以解释词语为主的,称为词典(狭义)。如《现代汉语词典》(商务印书馆

1978年版,1996年修订本)、《汉语大词典》等。字典、词典的区别,只是就其主要方面而言。事实上,绝大多数字典都在解释单字时,附释含有该单字的复音词和词组;词典则在解释复音词和词组时,首先诠释单字字头的音、形、义。两者并没有十分严格的界限。

2. 专科词典,以一个或若干个学科中的专业词汇为收录对象,着重对学科的知识体系,包括名词术语、学术流派、重要著作、代表人物等进行介绍解释。如丁守和主编的《中华文化词典》(广东人民出版社1989年版),分典章制度、思想派别、学术门类、文学艺术、近代文化团体、文化思想领域的论争、文化典籍和文献工具、著名文化遗址、历史人物等26大类,1万余条词目,基本覆盖了中国文化领域内的主要分支部分。赵国璋、潘树广主编的《文献学辞典》(江西教育出版社1991年版,广陵书社2005年增订版),分文献学一般、文献载体、文献整理、文献聚散与流通、重要文献、文献阅读、人物等7大类,4400余条词目,对文献学方面的名词术语、要籍、人物、机构、事件等作了系统的阐释和介绍。

专科词典是20世纪90年以来词典编纂中的热点,显示了专业划分更加细密、专指性更强的发展趋势。如《红楼梦大词典》(文化艺术出版社1990年版)、《水浒词典》(汉语大词典出版社1989年版)等,仅以一书为限;《中国古代衣冠辞典》(台北常春树书坊1990年版)、《中国古籍书名考释辞典》(河南人民出版社1993年版)等,仅以一域为限;《老舍文学词典》(北京十月文艺出版社2000年版)、《鲁迅大词典》(人民文学出版社2009年版)等,仅以一人为限,它们的专业范围等于是一个主题。这种趋向反映了知识体系的不断丰富完善,以及学术研究在科学分工方面的发展。

3. 综合性词典,兼收一般词汇和各种专业词汇,如《辞源》(商务印书馆1979~1983年版)、《辞海》(上海辞书出版社1989年版)等。

四、百科全书

百科全书是概述人类一切门类或某一门类知识的完备的工具书。百科全书对人类积累的最重要的科学文化知识，以条目的形式进行系统而又简要的阐述，注重反映最新研究成果，并具有完善的参见系统和检索系统。百科全书通过专家撰稿和在相对稳定的基础上不断更新内容，保证了它在科学上的先进性和内容上的权威性。

20世纪70年代后期，我国开始编辑现代意义的、大型的综合性百科全书——《中国大百科全书》。全书约75卷，1亿字。中国大百科全书出版社1980～1993年出版按学科或知识门类分编的分卷本，共74卷(册)，收条目77859个，计12568万字。其中与中国文学研究相关的分卷有：哲学、中国文学、戏剧、戏曲曲艺、民族、宗教、语言文字、考古学、中国历史、文物博物馆、中国地理、音乐舞蹈等。各分卷在正文(条目)之前一般有权威学者撰写的学科概观性文章，系统介绍该学科或知识领域的历史发展、基本内容、现状和展望。重要条目释文后附有精选的中外文参考书目。条目按汉语拼音字母顺序排列，附编有条目分类目录、内容分析索引等。

中国大百科全书出版社2009年出版《中国大百科全书》(第二版)，共32卷(正文30卷，索引2卷)，全书的收条目60000个，约6000万字，插图30000幅，地图约1000幅。第二版的全部条目按条头的汉语拼音字母顺序排列，在设条和行文上较第一版更注重综合性和检索性。

五、类书、政书

类书是根据一定的意图，辑录群书中有参考价值的文献资料，按类别或韵目编排，以供寻检查考的工具书。类书以汇辑前人著述，保存传统文化为主要任务，求全是它的编辑宗旨，客观上成为一定历史时期、一定范围的知识的总汇,与后来的百科全书在性质上有相似之处。

类书主要分类编排,具有便检的特点。但由于类书是封建时代的产物,在部类设置和事物归类方面显示了浓厚的旧文化色彩,与现代人的看法有很大不同,存在不科学、不合理的地方。使用时应先浏览其总目录,熟悉分类情况,然后判断自己需查内容的归属。有的类书在影印或整理出版时,附编了索引,如《艺文类聚》、《初学记》、《永乐大典》、《古今图书集成》等,给利用带来了很大的方便。

类书保存了大量珍贵的古文献资料,在辑佚、考证和查检古文献资料方面具有重要的作用。

政书是一种典志体史书,专记历代典章制度的沿革,以及政治、经济、文化发展的情况。政书与类书在体例上有相似之处,也是采辑历史资料分类编成,具有查考史实和检索便利的特点,所以一般也作为工具书的一种类型。

政书有通代、断代之分。通代者记历代典章制度,如《通典》、《文献通考》;断代的专记某朝或某一时期的典章制度,称为会要,如《唐会要》、《五代会要》等。专记一代行政机构职责及章程法令的,称为会典,如《明会典》、《清会典》等。政书主要供查考历代典章制度,各种重要政书的详细情况见本编第三章第四节。

六、年鉴、手册

年鉴是概述一年中事物的发展并汇集重要文献和统计资料的信息密集型参考工具书,逐年连续编辑出版。

年鉴以记事为主,一般包括概况、专题论述、资料和附录3大部分。专题论述以概述的方法,反映一年中发生的重要事件,以及在各方面取得的新知识、新成果等,是全书的主体部分。年鉴分类编排,有些还配编索引,具有良好的检索功能。是我们按年索事,及时了解和掌握社会各个领域的新情况、新资料的实用工具。

年鉴按其收录的知识的学科覆盖面大小，分为综合性和专业性两大类。综合性年鉴收录和反映各学科、各行业的情况，如《中国百科年鉴》(中国大百科全书出版社1980年起出版)，逐年反映中国和世界的重大事件和各学科的新情况、新知识、新成果、新资料。专业性年鉴收录反映某学科或某行业的内容，如《中国文学研究年鉴》(中国社会科学出版社1982年起出版，1989年起改由中国文联出版公司出版)，以研究综述和述评为主体，广泛展示出各年度文学研究领域的发展情况。还附有丰富的研究资料，包括文学研究新书目录、文学研究论文索引，1986年度本还增加了"中国文学艺术研究工具书综录(1920～1986)"。《中国出版年鉴》(商务印书馆1980年起出版，1988年起改由中国书籍出版社出版)，反映我国图书和报刊编辑、出版、发行工作的基本情况，其中含有丰富的新书出版信息和评论性资料。《中国文艺年鉴》(文化艺术出版社1982年起出版)、《中国历史学年鉴》(三联书店1980年起出版，1981年起改由人民出版社出版)等。

年鉴的时间性很强，一般在次年的年初出版。其封面和书脊上标示的年份，是指出版年，内容系记载上一年度的情况。少数年鉴所标示的年份与记载的内容一致。使用时要注意区别。手册是汇集某一专业或某一方面最常用的文献资料，介绍有关的基础知识的便捷型参考工具书。称之手册，取意于以较小篇幅，提供特定领域的基本知识，便于携带随查。如《学术研究入门手册》(复旦大学出版社2008年起出版)、《学术论文写作手册》(对外贸易大学出版社2009年版)。20世纪80年代以来出版的手册出现了大型化的趋向，如《中华人民共和国资料手册》(社会科学文献出版社1986年版)、《当代国外社会科学手册》(江苏人民出版社1985年版)、《当代中国社会科学手册》(社会科学文献出版社1988年版)等。

七、表谱、图录

表谱是采用图表、编年等形式,揭示时间概念或历史事实的工具书,具有眉目清楚、明了易检的特点,通常用于年代对照和历史事件、人物资料的查检。按不同的功能,可分为纪年表、大事年表、历表及专门性表谱等类型。

1. 纪年表,把公元纪年、帝王年号纪年和干支纪年进行对照,供查考不同纪年法年代的对应关系。如《中国历史纪年表》、《中外历史年表(公元前4500年~公元1918年)》(校订本,中华书局2008年版)等。

2. 大事年表,按年月编录记载历史大事。其重点在记事,故又称大事记。但其古代部分在标示年份时,往往以公元为主,同时列出其他纪年法的名号,实际上也具有年代对照的功用。如《中国历史大事年表》(古代史卷)、《中国近现代史大事记》等。

3. 历表,用表格形式对照不同历法的年、月、日。如《中国近代史历表》(荣孟源编,中华书局1953年版,1977年重印)、《近世中西史日对照表》(郑鹤声编,商务印书馆1936年初版,中华书局1981年重印)等。

4. 专门性表谱,指反映专门学科或专题内容的表谱。如供查检官制的《历代职官表》,查地理沿革的《历代地理沿革表》,查人物的《历代人物年里碑传综表》等。

图录是用图形反映事物或人物形象的工具书。包括地图,如《中国历史地图集》、《中国文物地图集》;文物图录,如《马王堆汉墓文物》(湖南出版社1992年版)、《中国国家图书馆古籍珍本图录》(北京图书馆出版社1999年版)、《二十世纪出土玺印集成》(中华书局2010年版)等;历史图录,如《中国文化史图鉴》(山西教育出版社1992年版)、《图片中国百年史(1894~1994)》(山东画报出版社1998年版)等;人物图录,如《清代学者像传合集》(上海古籍出版社1989年版)、《中国历代人物图像集》(上海古籍出版社2004年版)等。

第四节 工具书指南与文献指南

工具书指南是指比较系统全面地著录、介绍和评论各种工具书及其使用法的导引性书籍,目的在于提示和指导读者更好地选择利用工具书。我国工具书指南类书籍在20世纪20年代开始出现,较早提出工具书概念并涉及文史工具书使用介绍的是胡适。

1923年胡适应清华学校四位学生的要求,拟定了《一个最低限度的国学书目》。《书目》分工具之部、思想史之部和文学史之部三大部分,列书190种。其中工具之部著录14种,有书目、韵编、辞典、年表等类型,包括《经籍籑诂》、《经传释词》等传统经部小学类著作。初步在我国图书体系中确立了主要用于检索的工具书类图书。1924年,汪辟疆在导读书目《读书举要》的"稽考之部"中列工具书13种,与胡目有9种相同。10年后,汪氏发表《工具书之类别及其解题》,按检索问题的性质,对著录的26种工具书一一撰写提要,介绍编纂源流、内容价值和使用方法。使工具书指南类书籍初具规模,开始摆脱列于导读书目之中的从属地位,奠定了此后发展的基础。但汪目立足于使用者自备的原则,著录数量与当时可供利用的工具书比例失调,在对检索方法的探讨、开拓学生系统的检索思路方面存在明显的局限。几乎在汪目发表的同时,图书馆学界鉴于有效开展参考咨询工作和参考工具书教学的需要,受美国《工具书指南》(Guide to Reference Books,1902年初版,1936年修订6版)的深刻影响,开始编撰大型工具书指南。岭南大学图书馆的何多源1936年编成《中文参考书指南》,1939年增订,共著录参考工具书2000余种。我国的工具书指南开始向求全的系统著录方向发展。嗣后,随着工具书使用法,尤其是80年代的文献检索与利用课程在全国高校开设,工具书指南类书籍先后有数百种问世。归纳起来,主要有二种基本形式:(1)工具书目录。一般体例是著录各书大都撰有提要,简介使用法;各部分或章节前冠有概述性文字,介绍各类工具书的编纂源流,使用原则等。其主要特点是介绍基本上以书为单位,有工具书指南、举要、叙录、简介、手册、辞典等名目。(2)工具书使用法论著。仍以列举和介绍工具书为主体,但这种列举和介绍已经著者为适应特定学科研究的检索需要而进行专门的选择、设计和编列。其特点是所介绍的工具书经著者的精心组配已成为一个有机的整体,介绍的书籍有时为检索的需要而溢出工具书的范围。对读者提高检索意识,以更有效圆满地完成必需的检索任务,具有更为实际的指导意义。这类指南的范围较广,大多是高校文献检索课程,或对文献检索有较大指导意义的专业课程教材。

20世纪80年代后,随着我国文学研究的深入发展,文学研究史料的丰富积累,相对单一的工具书指南已经不能适应研究的需要。于是首先在高校,开始出现由高校文献检索与利用课程系列教材向专题或专科文献指南类著作转化。这类著作的特点就是具有鲜明的学科属性,内容以学科基础文献为主,工具书次之,其构建的是学科史料体系,检索系统只是其中的一个组成部分。这些文献指南类著作名称不一,而以史料学、文献学为多。因与工具书指南的性质相同,且有继承发展的关系,故一并在这里介绍。

下面是几种与文学史料检索关系较密切的工具书指南与文献指南,大致以公开出版时间的先后为序:

一、工具书指南

《中文参考用书指引》 张锦郎编著,台北文史哲出版社1979年版,1983年增订版。全书收录中文参考书2800余种,其中近千种撰有提要。按工具书的功用特点,分书目,索引,字典辞典,类书、百科全书、年鉴、年表、传记参考资料、地理参考资料、法规统计、名录手册等 10 章编排介绍。重要参考书附注书评及有关研究资料出处。附编书名著者笔画索引。该书录书全面，编例较善，且经多次修订，在台湾省影响较大。所录大部分是台湾 1948～1983 年出版或影印的，书中各类著录的有关文学类工具书，尤其在现代文学方面，有很多是大陆出版的工具书指南所缺载的。

《文史哲工具书简介》 南京大学图书馆、中文系、历史系合编，施廷镛主编。天津人民出版社 1980 年版。全书按查阅文献资料的需要，分查文字、查词语、查篇目、查书刊、查年代、查地名、查人物和查事物等 8 章，著录文史哲工具书 1300 种。全书对重要工具书的性质、内容、版本和使用方法作重点介绍，一般工具书作简要解题或仅存目。附编书名笔画索引。该书 1978 年曾自印征求意见稿，公开出版未作增订。所录工具书资料止于 1977 年。1982 年第二版（1986 年重印）时，增录 1978～1981 年间出版的书，统一编为"增补简目"，列在书后。

《近三十年国外"中国学"工具书简介》 冯蒸编著，中华书局 1981 年版。主要收录 1949～1978 年间国外或外人编著的中国学工具书近千种，内容限于有关中国古代和近代（上古至 1919 年）关于文学（包括语言文字）、史学、哲学（包括宗教）等学科领域。全书 3 章：(1)绪论，概述国外编纂中国学工具书情况；(2)关于汉语的工具书；(3)关于中国少数民族的工具书。重点在第 2 章，其中的"汉籍收藏与中国学文献解题目录"、"文学研究文献目录"等部分对中国文学史料检索很有帮助。所录工具书凡国内已入藏并经编者见到的，均附有提要，加注收藏单位。提要对编纂体例和主要内容作有较详细的说明，尤其注意记录与国内同类工具书不同的方面。附编书名音序索引。

《中国文史工具资料书举要》 吴小如、吴同宾编著。中华书局 1982 年初版，1986 年重印。天津古籍出版社 2004 年重印。全书10章:(1)广义的工具书,(2)几种检字法,(3)一般综合性字典和辞典,(4)查人名的工具书,(5)查地名的工具书,(6)年表和历表,(7)关于文字、声韵、训诂、方言俗谚方面的工具书,(8)查古典文学作品词语的工具书,(9)类书和政书,(10)书目和索引。该书60年代写定初稿,所介绍的工具资料书主要据北京大学图书馆的收藏,1978年曾增补部分70年代出版的新书。全书收录较多的大型汇编性资料书,并重视文史文献知识的介绍。

《新史料检索与利用》 黄晓斧编著,彭静中校订。四川大学出版社1988年版。该书所说新史料,是指20世纪以来考古发掘出来的地下文物资料和新发现的古代文献资料,主要限指商周甲骨、商周金文、战国及汉晋简牍、敦煌文献及明清档案5大类。全书按上述5类分为5章,各章以各类文献的发掘、发现、搜集、研究和整理为主要线索,对其中的重要文献及检索工具作了详细的解说。并对海内外的有关研究进行分析评价,具有简明学科研究小史的作用。书中所述,与文学史料和文学研究有很大关系。

《文史工具书手册》 朱一玄、陈桂声、李士金编著,辽宁教育出版社1989年版。全文分正文、附录两大部分,各分字典辞典、书目索引、政书类书、年表图谱4类,共介绍文史工具书900余种,侧重中国古代部分。各书撰有提要,介绍内容、用途、版本和使用法等。其中正文所介绍的307种,除提要外,还附有原书的序、跋、凡例、说明、前言、目录等材料,对详细了解各书的编纂缘由、体例、价值等有很大帮助,为此书特色。附编《港台版文史工具书简目》(收书613部,无提要)和书名笔画索引。

《文史工具书词典》 祝鸿熹、洪湛侯主编。浙江古籍出版社1990年版。收录文史工具书3000余种,分为两编:甲编、工具书;乙编、工具资料书,包括重要方志、专题资料汇编、传记、年谱、丛书、总集,以及工具书知识、当代工具书概论简介等内容。

《宋代研究工具书刊指南》(修订版) (美)包弼德原作,(比)

魏希德修订,广西师范大学出版社2008年出版。分综合性工具书、思想、宗教、社会、经济、政治、法律、文学、艺术、史籍、地理、传记、宋代版本、石刻文献、拓片、宋代研究会等12类,著录介绍书目、索引等工具书及参考资料500种。

二、文献指南

《**古典文学文献及其检索**》 潘树广编著,陕西人民出版社1984年版,1990年第5次印刷。全书3编。上编"古典文学文献概说",分门别类介绍古典文学的基础文献和研究资料。中编"相关学科文献概说",介绍与古典文学研究相关的历史学、目录学、古汉语、考古学等学科的重要文献资料及其利用方法。下编"检索工具与检索方法",以检索课题为单位,讲述解决文献检索实际问题的具体途径。全书以文献为主,工具书为辅,对图书文献资料的介绍,注意近数十年来经过整理校点的善本、足本,并着重从文献学的角度,揭示其资料价值。本书草创于1977年,1981年曾以《古典文学文献检索》为名在江苏师院(今苏州大学)内部铅印。

《**中国文学文献学**》 张君炎编著,上海大学文学院1985年印行,江西人民出版社1986年版。全书14章,所论限于古典文学范畴。前7章主要介绍有关古典文学文献的基本知识,包括体裁、类型、出版以及编集、校勘、辨伪等。第8~13章,按文学文献的类型分章介绍各自主要文献及其参考工具书,是全书重点。第14章介绍文学文献的一般检索方法和主要综合性参考工具书。全书以基础文献的著录介绍为主体,资料丰富,整书框架较好。但在具体介绍时,重点不够突出,对一些重要的新版本也时有漏列。

《**中国文学目录学**》 谢灼华编著,书目文献出版社1986年版。全书11章,所论基本上属于古典文学范畴。第1~3章分述文学目录的产生、种类、功用以及古代文学书籍的出版和记载概况。第4~10章分文学总目及论文索引、诗文总集和别集、文艺理论、诗歌、小说、戏曲、民间文学7类评介有关的目录索引。第11章论文学目录的编制。共著录古今编制的古典文学书目索引860多种,重点介绍了227种。对发表于报刊或附于学术论著的有特色的专题目录索引作了广泛的搜集著录。

《中国古典文学史料学》 徐有富主编,南京大学出版社1992年出版。全书四编:类型编,着重研究各类中国古典文学史料的特点及其史料价值;鉴定编,看重研究中国古典文学史料真伪、版本、价值的方法;整理编,看重对注释、校刊、标点、辑佚与汇编等整理中国古典文学史料的主要手段进行探索;检索编,着重研究各种题材的中国古典文学史料的检索途径。北京大学出版社2008年新版。

《中古文学文献学》 刘跃进著,江苏古籍出版社1997年出版。收入《中国古文献研究丛书》。本书分为三编:上编,总集编撰与综合研究,中编,中古诗文研究文献,下编,中古小说文论研究文献。每编之下又分章节记述该时期作家生平事迹、作品年代、本事、真伪及流传方面的有关史料和研究现状。著者在引言中把古代文学研究分为文学文献学和文学阐释学两大部分,认为前者强调对史料进行客观的考辨,重视学术的积累。

《中国古典文学史料研究丛书》 傅璇琮主编,中华书局1997年起出版。傅璇琮先生在《中国古典文学史料研究丛书总序》中将古典文学研究的结构分为基础实施和上层结构,强调基础实施"是各类专题研究赖以进行的基本条件,具有相对的、长期稳定的特点"。并分析指出其具体内容包括:"(一)古典文学基本资料的整理,包括文学作品总集、历代作家别集的校点、笺注、辑佚、新编。(二)作家、作品基本史料的整理研究,包括撰写作家传记、文学活动编年、作品系年,以及写作本事、流派演变的记述与考证等。(三)基本工具书的编纂,包括古代文学家辞典、文学书录、诗词曲语词辞典、戏曲小说俗语辞典、文学典籍专书辞典或索引、断代文学语言辞典等。"《丛书》各子目都按照这一基本要求组织编撰。目前已经出版穆克宏著《魏晋南北朝文学史料述略》(1997年版),马积高著《历代辞赋研究史料概述》(2001年版)。陶敏、李一飞著《隋唐五代文学史料学》(2001年版),洪湛侯著《诗经学史》(2002年版),王兆鹏著《词学史料学》(2004年版),曹道衡、刘跃进著《先秦两汉文学史料学》(2005年版),刘达科著《辽金元诗文史料述要》(2007年版)等。

《中国文学批评文献学》 孙立著,广东人民出版社2000年出版。本书以诗文评文献为主兼及戏曲与小说批评文献。体例以时代为序,从上古至晚清分为九章论述;各章以概说领起,依次述论单篇文献、诗话文话、词话曲话、选本评点、笔记杂著及书信序跋等文献形式。对于重要文献,本书作了简要题解,对特别重要且影响深远的辟专节叙述,如《文心雕龙》、《诗品》、《沧浪诗话》等。叙录文献以现存传世者为主,兼及存目文献。附有日本国现存之和刻中国古代诗文评文献。

《元代文学文献学》 查洪德、李军著,中国社会科学出版社2002年出版。全书11章,首章总论以外,大致分文献、论著和文献整理及工具书三大部分进行概述。文献部分分为诗文、词曲、戏曲、笔记小说、诗学词曲学和史、子各部相关文献等六章,论著部分分为20世纪文学史著和文学论著二章,文献整理与工具书部分包括20世纪文学史料的考订与钩稽、文学书目与工具书二章。

《中国现代文学史料的搜集与应用》 谢泳著,台湾秀威资讯科技股份有限公司2010年出版。广西师范大学出版社2010年版,易名《中国现代文学史研究法》。全书分六章,主要讲解现代文学史研究中史料的类型及其搜集、辨析、解读,重点介绍了数百种重要史料,涉及文集、传记、年谱、日记、书信、回忆录等。

要使史料检索取得满意效果,需要具备两方面的条件:一是了解掌握尽可能多的检索工具和基础史料,二是培养熟练的检索技能。以上介绍各书在这两个方面互有短长,可参照使用。同时,受完稿时间和出版周期的限制,新版参考工具书和重要基础史料往往无法在工具书指南和文献指南中得到及时反映。需要通过《全国新书目》等书目和有关的出版动态报道如网络平台等,及时掌握新信息。

第三章　文学史料检索的基本思路和常用工具

文学史料的检索需求,不论是属于史料搜集,还是为解决在阅读和研究中产生的问题,一般来讲,大致可概括为四个方面:一、作品及其研究资料,二、作家及其相关人物的生平资料,三、与作家、作品相关的时地资料,四、与作家活动和作品写作相关的历史背景资料。本章就以这四个方面为基本思路,分节依次介绍在实现各自目标的检索过程中所常用的基本史料和综合性工具书。各专科或专题性工具书在第五、六编有关章节中介绍。

第一节　作品及其研究资料的检索

有关文学作品的检索内容,主要由古今文学及相关书籍的出版流传情况、有关篇目出处和作品研究资料三方面构成。

一、查找古今文学及相关图书

要了解古今文学及相关图书的出版流传、版本优劣等情况,主要利用历代编纂的图书目录。

1. 古籍目录

《四库全书总目》200卷　清永瑢、纪昀主编。这是我国历史上规模最大的一部官修解题目录,在清乾隆年间纂修《四库全书》的过程中编录。著录介绍了先秦至清乾隆间尚存和新版的重要古籍1万余种,文学类书籍约占五分之二。分经、史、子、集四部编排,部下再分类。部和类前各有总序和小序,说明源流及立类根据。各类先列著录书,次列存目书,都撰有提要。所谓著录书是指已收入《四库全书》的,共3461种。存目书则未收入《四库全书》,共6793种。全书提要成于当时学有专攻的著名学者之手,在叙述成书经过、评价内容价值方面具有很高的学术价值,被近现代学者视为读书治学的入门书。初稿完成于清乾隆四十六年(1781),曾因《四库全书》的抽换而数次增改。乾隆六十年武英殿刊印。中华书局1965年以浙江杭州本为底本,参校武英殿本和粤本,断句影印。1981年重印。书后附《四库撤毁书提要》(11种)、阮元的《四库未收书提要》(174种)和《四库全书总目书名及著者姓名索引》。河北人民出版社2000年出版孟蓬生、杨永林等标点的新式标点本,以中华本为底本,横排简体。

为了查阅方便,乾隆四十七年在《总目》的基础上,删去存目,精简提要,成《四库全书简明目录》20卷,有上海古籍出版社1985年新1版,书后附书名索引和著者索引。

在《总目》问世后两个多世纪里,学者们针对其存在的一些问题,进行了一系列学术上的考证和订补工作,其中的代表性著作是利用《总目》时必读的参考书。

(1) 补注版本:《增订四库简明目录标注》20卷,清邵懿辰撰,邵章续录。中华书局上海编辑所1959年版,上海古籍出版社1979年新1版。《总目》著录只标出各书来源,一般不注版本。这在一书版本众多,传写不一的情况下,给学术研究带来不便。本书主要为弥补这一缺点而作。凡《四库全书简明目录》已收之书,撰者就其所见版本补注于下,并考述优劣;未收之书,则按原来类目分别补入。书后附录:①善本书跋及其他,②四库未传本书目,③东国书目(朝鲜、日本),及"书名著者综合索引"。

(2)考订纠谬:《四库全书总目提要补正》,胡玉缙撰,王欣夫辑,中华书局1964年版。《四库提要辩证》,余嘉锡撰,科学出版社1958年版,中华书局1980年重排。《四库提要补正》,崔富章撰,杭州大学出版社1990年版。《四库提要订误》,李裕民撰,书目文献出版社1990年版,中华书局2005年增订本。《四库全书总目辨误》,杨武泉著,上海古籍出版社2001年版。五书的内容各有侧重:胡书补正主要在于汇编前人散见于文集、藏书志、读书记等著作中有关匡补《总目》提要的文章,按《总目》次序编排,各条补正文字末附以己见;余书辨证的重点在《总目》提要内容的讹误方面,全书24卷,490余篇,有关文学古籍者约150篇;崔书补证侧重在对《总目》版本著录的舛误方面,间及内容;李书订误除了《总目》的内容外,尚涉及余嘉锡辨证中的疏误,共274条。杨著的辨误达680余则,因为后出,所辨内容于前出诸书无雷同。台湾学者刘兆祐撰有《四库著录元人别集提要补正》,台北私立东吴大学中国学术著作奖助委员会1978年印行。《总目》著录元人别集160余种,所据很多是残本、后世节略本或明末清初刻本,刘氏广稽众目,复阅今存善本,对其中99种的提要进行了考订补正。

上海科学技术出版社2000年影印出版澳门何东图书馆收藏的**《翁方纲纂四库提要稿》**,由上海图书馆协组整理。全书凡提要稿996篇:经部180篇,史部221篇,子部177篇,集部418篇,线装十八册二函。《提要稿》系翁方纲任职四库馆时所撰校书札记及提要初稿,潘继安先生认为"翁氏此稿不仅可以作为对勘《四库全书总目提要》根据的第一手资料,而且大有裨益于我们今天考查已佚的明末清初的图书文献。"(见《翁方纲纂四库提要稿·邓爱贞序》)上海科学技术文献出版社2005年出版吴格整理的《翁方纲纂四库提要稿》。此书据上海科学技术文献出版社2000年影印本整理并校点。附录缪荃孙等人有关翁氏《提要稿》流传始末的序跋5篇,末附书名作者综合索引,便于查考使用。

《总目》著录古籍下限为清乾隆年间(当时尚在世学者的著述不在收录范围),阮元的《四库未收书提要》主要补录宋元旧本。查阅清人著作主要可参考:

《书目答问补正》 清张之洞、缪荃孙撰,范希曾补正。上海古籍出版社1983年校点本。张之洞撰《书目答问》,成书于光绪二年(1876),列举古籍2000余种,从宽收录了很多乾隆以后的清人著作。范希曾1929年的补正,又增录了许多光绪以来的重要著作。全书在选录方面注重实用,间有附语指点版本优劣,有较好的推荐导读作用。

《贩书偶记》 孙殿起录,1936年孙氏借闲居铅印本。中华书局上海编辑所1959年重印,上海古籍出版社1982年增订本,均附有书名著者名四角号码综合索引。这是一部知见目录,编者长期在北京琉璃厂设通学斋经营旧书,所录万余种古籍均系其经手过目,其中绝大部分为清人著作。全书的收录原则是:(1)凡已见于《总目》著录之书,除了卷数、版本不同者外,都不再收录;(2)丛书本不录。间有在丛书中者,必为初刊的单行本或抽印本。台北世界书局1960年影印时易名《四库书目续编》。上海古籍出版社1980年出版了由雷梦水整理的《贩书偶记续编》,续录古籍6000余种。

以上介绍的《书目答问补正》、《贩书偶记》正、续编虽可续补《总目》,但由于不撰提要,体例上未与《总目》相合。20世纪20年代始正式有续修四库全书总目提要之举,所撰提要稿至70年代才部分刊行。

《续修四库全书提要》 台湾商务印书馆1971～1973年版。全13册,索引1册。收录主要是清乾隆以后的著述10070部,其中集部书1100多部。1925年,中日两国成立"东方文化事业委员会",利用日本退还的庚子赔款,统筹有关中国文化建设的工作。决定在日本东京、京都分设以搜集中国典籍、研究中国文化为主要任务的人文科学研究所;在北平设立东方文化研究所,以搜集《四库全书》未收书,续修四库全书提要为主要任务。由于历史的原因,北平的东方文化研究所实际上由日人桥川时雄主持。续修四库全书各书提要直接分请主要在平津地区的中国经学、史学、文学、文字学、目录学、方志学、敦煌学等各方面的专家学者撰写,截至1942年已完成近3万部,集部书达5000余部。1945年日本战败投降,提要稿移交中国方面,现全部存在中国科学院图书馆。当时提要稿曾部分油印,分存北平和日本东京人文科学研究所。台湾商务版即据日本东京人文科学研究所所藏的油印稿整理排印。《续修》共收入古籍3万余种,与《总目》一起基本上反映了我国从古代至20世纪30年代存世书籍的概况。20世纪80年代,中国科学院图书馆开始组织专家整理提要稿,首批成果《续修四库全书总目提要·经部》1993年由中华书局出版。后因故暂停点校工作和点校稿的出版工作,全部提要稿本改由齐鲁书社1996年影印出版。《续修四库全书总目提要(稿本)》全37册,索引1册,索引分为分类、书名、作者三部分。国家图书馆出版社和中华书局2010年出版吴格、眭骏整理的《续修四库全书总目提要·丛书卷》,以齐鲁影印本为底本,共1040篇。

《续修四库全书提要》主要利用当时北京地区、大连、沈阳等主要图书馆和私人藏书编撰而成,著录了不少珍贵稿本、孤本及罕见的钞本,并附注收藏情况。与《四库全书总目》相比,本书重视并著录了小说、戏曲、地方志,和流散在海外的部分善本书、禁毁书。据梁容若考证,撰稿人中,傅增湘、谢国桢、孙楷第、傅惜华、王重民等都把各自多年来写成的部分提要删改编入,是全书中的精华。也有部分作者"强不知以为知",因而全书在内容上良莠不齐,玉石混杂。但是，从整体上讲，《续修四库全书提要》较完整地反映了清代著述的基本情况，著录数量几乎是《贩书偶记》正续编的一倍。当年撰写续修提要稿的部分学者，毕生所撰书录精华有些已出版，如傅增湘《藏园群书题记》（上海古籍出版社 1989 年版）、王重民的《中国善本书提要》（上海古籍出版社 1983 年版）、《中国善本书提要补编》（书目文献出版社 1991 年版）、谢国桢的《增订晚明史籍考》（上海古籍出版社 1981 年版）、孙楷第的《小说戏曲书录解题》（人民文学出版社 1990 年版）、吴承仕的《检斋读书提要》（北师大出版社 1986 年版）等。在利用《续修四库全书提要》时，可参考比照。

《四库全书总目》刊行后，带动了清代目录编撰事业呈现空前繁荣的局面，其中尤以学者的读书记、藏书家的藏书志为多。这些目录著作大都有意取照《总目》的编例，凡《总目》已著录者，一般从简从略；未著录者，则详撰提要。著录之书，多清代名人名校本。尤其值得重视的是那些藏书世家历代秘藏的稿本、钞本和地方文献。收录时限亦多延至清末者。实际上起了补充《总目》的作用。

清代主要的书目题跋，除了数种已整理出版的单行本，如黄丕烈的《士礼居藏书题跋记》（书目文献出版社 1989 年版）、钱曾的《读书敏求记》（书目文献出版社 1984 年版）、李盛铎的《木犀轩藏书题记及书录》（北京大学出版社 1985 年版）、瞿良士的《铁琴铜剑楼藏书题跋集录》（上海古籍出版社 1985 年版）、《嘉业堂藏书志》（复旦大学出版社 1997 年版）、《订补海源阁书目五种》（齐鲁书社 2002 年版）、杨守敬的《邻苏园藏书目录（繁体竖排版）》（上海辞书出版社 2009 年版）等，多为影印本。

20 世纪 90 年代以来，我国古籍目录，尤其是书目题跋，大多被影印出版，极大地方便了学术研究对古籍查考的需求。其中比较重要的是中华书局和国家图书馆出版社影印出版的两个系列。

1. 中华版系列

《清人书目题跋丛刊》 中华书局1990～1995年陆续影印出版。已出10辑，包括陆心源的《仪顾堂题跋》、丁丙的《善本书室藏书志》、瞿镛的《铁琴铜剑楼藏书目录》、杨绍和的《楹书隅录》、潘祖荫的《滂喜斋藏书记》、钱曾的《读书敏求记》、张金吾的《爱日精庐藏书志》、《续志》、沈德寿的《抱经楼藏书志》等。每辑后编有书名四角号码索引。

《宋元明清书目题跋丛刊》（全19册） 中华书局编辑部编，中华书局2006年出版。本《丛刊》是在《清人书目题跋丛刊》的基础上增补扩充而成。全书采取精选原则，以重要的提要式书目及题跋专书为主，共收书目题跋95种，分别采用较好的版本予以影印。其中"宋代卷"收入《崇文总目》等10种，"元代卷"收入《文献通考·经籍考》等3种，"明代卷"收入《文渊阁书目》等47种，"清代卷"收入《皕宋楼藏书志》等35种。自宋以至清末乃至日本所藏重要古籍，大致可一览无遗。

2. 国家图书馆系列

《国家图书馆藏古籍题跋丛刊》（全30册） 国家图书馆编，徐蜀主编。北京图书馆出版社2002年出版。全书收录侧重学术资料性的明清和民国学者所撰古籍题跋集67种，第30册为篇目索引，按首字笔画编排67种题跋集所收题跋篇目。所收子目很多不易见，故详列如下：

明代5种：都穆撰《南濠居士文跋》四卷；徐𤊹撰、郑杰辑《红雨楼题跋》二卷，徐𤊹撰、缪荃孙辑《重编红雨楼题跋》二卷，毛晋撰《隐湖题跋》，钱谦益撰《牧斋题跋》二卷。

清代47种：王士祯《渔洋书籍跋尾》二卷，吴承渐辑《经史序录》二卷，王谟辑《读书引》十二卷，汪璐辑《藏书题识》五卷，汪沆辑《小眠斋读书日札》四卷，钱大昭撰《可庐著述十种叙例》，彭元瑞撰《知圣道斋读书跋尾》二卷，周广业撰《四部寓眼录》二卷《补遗》一卷,陈鳣撰《经籍跋文》一卷,顾千里撰、王大隆辑《思适斋书跋》四卷,顾广圻撰、蒋祖诒辑、邹百耐增辑《思适斋集外书跋辑存》,顾千里撰、王大隆辑《思适斋集补遗》二卷,江藩撰《半毡斋题跋》二卷,黄丕烈撰《百宋一廛书录》,黄丕烈撰、潘祖荫辑《士礼居藏书题跋记》六卷,黄丕烈撰、缪荃孙辑《士礼居藏书题跋记续》二卷,黄丕烈撰、缪荃孙等辑《荛圃藏书题识》十卷补遗一卷,黄丕烈撰、缪荃孙等辑《荛圃刻书题识》一卷补遗一卷,黄丕烈撰、王大隆辑《荛圃藏书题识续录》四卷,黄丕烈撰、孙祖烈辑《士礼居藏书题跋记续编》五卷,黄丕烈撰、李文裿辑《士礼居藏书题跋补录》,吴寿旸撰《拜经楼藏书题跋记》五卷,李富孙撰《校经庼题跋》二卷,瞿中溶撰《古泉山馆藏书题跋》,胡尔荣撰《破铁网》二卷,钱泰吉撰《曝书杂记》二卷,劳经原等撰、吴昌绶辑《劳氏碎金》三卷附录一卷,周中孚撰《郑堂读书记》七十一卷,蒋光煦撰《东湖丛记》六卷,傅以礼撰《华延年室题跋》三卷,朱绪曾撰《开有益斋读书志》六卷,朱绪曾撰《开有益斋读书续志》一卷,潘志万辑《书籍碑版题跋偶录》,陆心源撰《仪顾堂题跋》十六卷,陆心源撰《仪顾堂题续跋》十六卷,李希圣撰《雁影斋题跋》四卷,平步青撰《国朝文楷题辞》三卷,吴兴沈氏感峰楼抄本《皕宋楼藏书题跋辑录·集部》,佚名辑抄《古籍题跋辑抄》,沈曾植撰《寐叟题跋》四卷,杨守敬撰《日本访书志》十六卷,杨守敬撰、王重民辑《日本访书志补》,顾葆和编《小石山房佚存书录》,龙官崇撰《自明诚廎题跋零篇》,孙雄撰《周悫慎公全集提要》,曹元忠撰《笺经室所见宋元书题跋》。

民国15种:罗振玉撰《雪堂校刊群书叙录》二卷,罗振玉撰《大云书库藏书题识》四卷,傅增湘撰《藏园群书题记》八卷,傅增湘撰《藏园群书题记续集》六卷,金梁辑《瓜圃丛刊叙录》,金梁辑《瓜圃丛刊叙录续编》,袁克文撰《寒云手写所藏宋本提要廿九种》,刘肇隅编《郘园四部书叙录·郘园刻板书提要》,莫棠撰、陈乃乾辑《铜井文房书跋》,史宝安辑《枣花阁图书题跋记》六卷,莫伯骥撰《五十万卷楼群书跋文》,朱希祖撰《读书题识》,李棪撰《壁书楼题跋》,叶恭绰撰《矩园余墨序跋》二辑,[日本]岛田翰《访余录》。

《日本藏汉籍善本书志书目集成》(全10册) 贾贵荣辑,北京图书馆出版社2003年出版。全书收入中日学者撰写的日藏汉籍善本书目7种,其中日本汉籍学家撰写者四种:澁江全善、森立之撰《经籍访古志》六卷补遗一卷,岛田翰撰《古文旧书考》四卷附录一卷,何田羆撰《静嘉堂秘籍志》五十卷,藤原佐世撰《日本国见在书目录》;中国学者撰写者三种,杨守敬撰《日本访书志》十六卷,杨守敬撰、王重民辑《日本访书志补》一卷,董康撰《书舶庸谭》九卷。

《清末民国古籍书目题跋七种》 程仁桃选编,国家图书馆出版社2009年出版。所收清孙星衍撰《廉石居藏书记》、清莫友芝撰《持静斋藏书纪要》、清周郇撰《墨海书目补提要》、清张均衡撰、缪荃孙编《适园藏书志》、叶德辉撰《郋园读书志》、邓邦述撰《群碧楼善本书录附寒瘦山房鬻存善本书目》、王文进撰《文禄堂访书记》,均为《国家图书馆藏古籍题跋丛刊》所无。

上海书店1991年出版罗伟国的**《古籍版本题记索引》**。该索引分书名、著者两部分,汇录历代102种重要的古籍版本题跋记、读书志、书影(基本涵盖了上述两大系列所收的书目题跋)中论列的近5万种古籍,一一注明出处。利用这一索引,可使原先研究者急需了解而往往茫然无绪的问题,如某书流传有多少版本,历代藏书家、学者有过什么记录或考证等,变为易于查考。

上海古籍出版社2010年出版复旦大学图书馆古籍部所编**《四库系列丛书目录索引》**。这是一部检索有关四库系列丛书的大型工具书,分目录、索引两部分。四库系列丛书包括《文渊阁四库全书》(台湾商务印书馆、上海古籍出版社影印本)、《续修四库全书》(上海古籍出版社影印本)、《四库全书存目丛书》及《补编》(齐鲁书社影印本)、《四库禁毁书丛刊》及《补编》(北京出版社影印本)、《四库未收书辑刊》(北京出版社影印本)等14种书,目录部分著录了这14种书及子目计历代古籍18000余种。索引部分有书名及著者索引,分别按照四角号码检字法编为主索引,并附编"笔画检字"、"拼音检字",更方便读者检索。

以上列举各目录所著录的书,虽然都为当时所经见,有的并著录收藏。但时过境迁,现在想据以查到原书,除《四库全书总目》及《四库系列丛书目录索引》著录的以外,已十分困难。应该利用据现在收藏实际编录的古籍联合目录或收藏机构的馆藏目录。这类古籍目录近三十年来出版较多,为我们在全国乃至全世界查考中国古籍提供了极大的方便。

《中国古籍善本书目》 本书编委会编,顾廷龙主编。上海古籍出版社1986~1998年出版。收录全国(除台湾省)各省、市、自治区图书馆,博物馆,文管会,大专院校图书馆,科学院系统图书馆等781个单位收藏的6万种、13万部古籍善本。各书著录书名、卷数、编著(或注)者、版本、批校题跋者、藏书序号。编附藏书单位检索表。此目所录善本,是指具有历史文物性、学术资料性、艺术代表性而又流传较少的古籍。全目分经、史、子、集、丛5部出版,有线装、精装缩印本两种。对于在全国范围内查找古籍提供了很大的方便。

潘美月、沈津编著《中国大陆古籍存藏概况》(台北国立编译馆2002年版),分主要公共图书馆、大学图书馆两大类,依次介绍中国大陆各省市重要图书馆具有特色的古籍收藏,包括古籍来源、内容及其特色、珍藏举隅,以及整理、编目情况。介绍文字均出自收藏单位古籍部的专家。包括北京图书馆、上海图书馆、南京图书馆、浙江图书馆(附录故宫博物院图书馆、上海辞书出版社图书馆、山东省博物馆、成都杜甫草堂博物馆和眉山三苏祠文物管理所)等22家公共图书馆;北京大学图书馆、清华大学图书馆、复旦大学图书馆、南京大学图书馆、四川大学图书馆等23所大学图书馆。潘美月在《后记》中简单补充了台湾 7 家重要图书馆的收藏及整理编目情况。《概况》中所及收藏机构大多已经出版馆藏善本书目,如《北京图书馆古籍善本书目》(书目文献出版社 1987 年)、《浙江图书馆古籍善本书目》(浙江教育出版社 2002 年版)、《中国科学院图书馆藏中文古籍善本书目》(科学出版社 1994 年版)、《北京大学藏古籍善本书目》(北京大学出版社 1999 年版)、《清华大学图书馆藏善本书目》(清华大学出版社 2003 年版)、《中国人民大学图书馆古籍善本书目》(中国人民大学出版社 1991 年版)、《四川大学图书馆古籍善本书目》(四川大学出版社 1992 年版)、《山东大学图书馆馆古籍书目》(齐鲁书社 2007 年版)等。两者结合,可为利用各馆馆藏提供更大帮助。

台湾现藏古籍善本的目录主要有:《"国立中央图书馆"善本书目》(1967 年增订本,1986 年增订再版)、《"国立故宫博物院"善本书目》(1968)、《"中央研究院历史语言研究所"善本书目》(1968)、《"国立台湾大学"、台湾省立台北图书馆、"国防研究院"、"国立台湾师范大学"、私立东海大学善本书目》(1965)等。台湾"国立中央图书馆"1971 年据以上 8 种善本书目编印《台湾公藏善本书目书名索引》,次年编印《台湾公藏善本书目人名索引》,均注明收藏单位。

香港各收藏机构所藏中文古籍的情况,有以下两种书目可供了解:《香港中文大学图书馆古籍善本书录》,香港中文大学图书馆系统编,中文大学出版社 1999 年出版,2001 年增订版。《香港所藏古籍善本》,贾晋华主编,上海古籍出版社 2003 年出版。本书为香港地区所藏中文古籍的总目,包括香港中文大学图书馆、香港大学图书馆、香港浸会大学图书馆、香港中央图书馆、香港中山图书馆等 11 家图书馆。

日本历来重视汉学研究,收藏有大量中国古籍,其主要目录有:《京都大学人文科学研究所汉籍分类目录》,该所 1963～1965

年版。1980年修订版。全两册,下册为索引。该研究所藏有20余万册汉籍,是在清末武进藏书家陶湘"涉园"旧藏27000余册古籍的基础上发展起来的。《静嘉堂文库汉籍分类目录》,该文库1930、1951年版。台北古亭书屋1969年影印。收录该文库1928年底所藏全部汉籍。静嘉堂文库由三菱财团第二代主岩崎弥之助创建,是日本收藏宋元古本最富的文库。其精华是1907年以10万两银子谋得的中国清末四大藏书楼之一,归安陆心源的"皕宋楼"及"十万卷楼"、"守先阁"旧藏5万余册珍典秘本。《东京大学东洋文化研究所汉籍分类目录》,该所1973年版,日本汲古书院1981年改定版。全两册,下册为索引。东京大学文化研究所1941年据日本天皇1021号敕令建立,是当今日本研究中国文化的主要机构之一。藏有汉籍1.7万余册,其中善本800多种,主要部分是原浙江徐则恂的"东海藏书楼"旧藏。中华书局2007年出版严绍璗编著的《日藏汉籍善本书录》(全三册),全书收录日本各藏书机构及私人收藏的中国明代以前及明代的刊本和写本一万余种。著录项目中包括收藏地点,因而具有日藏汉籍善本联合书目的功用。

2004年10月,中华书局出版了张伯伟编纂的《朝鲜时代书目丛刊》(全9册),收录了26种朝鲜时代的王室书目、地方书目、史志书目和私家书目,大致可以反映出中国典籍在朝鲜半岛流传的历史状况。

由韩国延世大学中文系全寅初教授主编的《韩国所藏中国汉籍总目》(全6册),2005年6月由韩国学古房出版。此书根据韩国收藏机构28种现存古书目录编纂而成,其收录的范围包括:1.刊刻于中国而流传于韩国的中国典籍;2.刊刻于韩国的中国典籍;3.中国典籍的韩国注本。在时间断限上,以中华民国成立以前的线装书为主,并包含少量20世纪50年代之前的石印本。我国学者可藉此目整体了解韩国藏中国典籍的具体情况。

20世纪90年代初,沈津先生应邀赴美从事中文古籍整理的学术活动，带动了美国大学东亚图书馆藏中文古籍整理编目之风气，先后出版了数种中文古籍善本书志，主要有：

《美国哈佛大学哈佛燕京图书馆中文善本书志》 沈津著，上海辞书出版社1999年出版。美国哈佛大学图书馆1879年开始收藏中文书籍，1928年成立哈佛燕京学社，并设立汉和图书馆，开始系统收集中文书籍。1965年，汉和图书馆改名哈佛燕京图书馆。至20世纪末，哈佛燕京图书馆藏书近90万册，其中中文古籍善本达4000余部。本书著录馆藏南宋至明末刻本1433种。馆藏清刻善本2000余种，并稿本、抄本数百种的书志，计划续出下编。

《柏克莱加州大学东亚图书馆中文古籍善本书志》 柏克莱加州大学东亚图书馆编，陈先行主编，上海古籍出版社2005年出版。柏克莱加州大学东亚图书馆藏有中文古籍4000余种，其中清乾隆六十年(1795)以前之刻印本及稿、抄、校本就达800余种11000余册，有不少来自刘承幹嘉业堂，而有的尚未被《嘉业堂藏书志》著录，具有较高的文献价值。同类书目还有李国庆编著的《美国俄亥俄州立大学图书馆中文古籍书录》(广西师范大学出版社2003年版)等。

此外近年来尚有数种记载北美和欧洲藏书机构藏中文古籍书志出版：《法兰西学院汉学研究所藏汉籍善本书目提要》，田涛主编，中华书局2002年出版。全书著录法国法兰西学院汉学研究所所藏汉籍善本140余种。《加拿大多伦多大学东亚图书馆藏中文古籍善本提要》，多伦多大学郑裕彤东亚图书馆编，广西师范大学出版社2009年版。收录该馆所藏至清乾隆六十年(1795)的所有中文古籍善本，以及民国元年(1911)以前所有抄本、稿本，凡625种。《西班牙图书馆中国古籍书志》，马德里自治大学东亚研究中心编著，达西安娜·菲萨克主编，上海古籍出版社2010年版。此书为西班牙9大图书馆所收藏的中国古籍的联合书目，共收录200多种中国古籍，其中包括素有"天壤间孤本"之称的《风月锦囊》和明嘉靖二十七年（1548）由叶逢春刊刻的《新刊按鉴汉谱三国志传绘象足本大全》等诸多珍稀品种。

以上各目著录的善本书，自现代化复制技术发明应用以来，很多已被影印出版。影印善本书较之清乾嘉以来的影刻古籍，除形式上保持原貌外，更传原本气韵，且收藏普遍，借阅方便。北京图书馆善本室编有《影印善本书目录》，按经、史、子、集、丛5部著录我国1911～1984年间影印出版的善本古籍1049种，附编书名四角号码索引，中华书局1991年出版。为利用这部分影印善本书提供了检索上的方便。

《新中国古籍整理图书总目录》 杨牧之主编，岳麓书社2007年版。这是一部由全国古籍整理出版规划领导小组办公室组织编纂的大型书目类工具书，全面反映新中国成立以来古籍整理出版的情况，从宏观为新版古籍建立一个较为完备的数据库，为今后制订规划，减少重复出版，进行宏观调控提供切实可行的依据，同时也为利用检索新版古籍提供便利。

自南宋咸淳九年（1273）左圭辑刊《百川学海》以来，历代编刻丛书蔚为风气，尤以清代最盛。丛书，亦称丛刊、丛刻、丛编、汇刻等，是一种按照一定的意图，把若干种书籍汇辑在一起，并冠以总名而成的重要的文献编集类型。收在丛书中的书籍各自独立，称为"子目"。丛书大致可分为综合性和专门性两类。综合性丛书兼收各类书籍，重要而常用的有：《四库全书》（上海古籍出版社1987～1988年影印本）、《四部丛刊》（初编、续编、三编，共收四部古籍善本504种，商务印书馆1919～1936年影印本，上海书店1984～1989年重印）、《丛书集成初编》（选辑宋元明清四代100部丛书中不重复的子目4100种，拟分订4000册。商务印书馆1935～1937年出版3467册。中华书局1985年重印，并补全未出的533册）。专门性丛书专收某一学科、某一门类或某一专题的书籍，如《十三经注疏》（中华书局1980年影印本）、《新编诸子集成》

（中华书局 1982 年起出版）、《中国古典文学丛书》（上海古籍出版社 1978 年起出版）、《中国现当代著名作家文库》（黄河文艺出版社 1987 年起出版）等。

丛书的大量刻印，对文献的保存、流通和校勘，都有重要的作用。有些古籍除了编入丛书外，别无单本流传。丛书数量大、种类多，仅古籍丛书就有 3000 多部，子目达 4 万余种。要在其中查找古籍，必须借助于丛书目录。目前重要的丛书目录有：

《中国丛书综录》 上海图书馆编，中华书局上海编辑所 1959～1962 年版。全书汇录了全国 41 个主要图书馆所藏 2797 部丛书，含子目 38891 种，以古典文献为限。全 3 册。第 1 册总目分类目录，附有《全国主要图书馆收藏情况表》和《丛书书名索引》。第 2 册子目分类目录。第 3 册子目书名索引和子目著者索引。上海古籍出版社 1982 年重印时，订正了部分错误，并补录了黑龙江省等 6 个图书馆的收藏情况。是现今收录丰富、体例完备、检索方便的大型丛书联合目录。台北中国学典馆复馆筹备处 1967 年影印杨家骆主编的《丛书大辞典》时，将《综录》第 1 册总目分类目录改名为《丛书总目类编》，附印于后。同年又将《综录》的第 2、3 册合印，冠名《丛书子目类编》出版。

江苏广陵古籍刻印社 1985 年出版阳海清的《中国丛书综录补录》。补录内容包括增补异名、考订源流、补足子目等。南京大学 1982 年印行施廷镛主编的《中国丛书目录及子目索引汇编》，补录了《综录》未收丛书 977 种。应该注意，该《汇编》系知见目录，不注收藏情况。所录丛书中，部分如台湾版《中华文化复兴丛书》、《新知识丛书》、《正中文库》等，都系汇录广涉现代各自然学科门类的著作而成，已溢出《综录》以古籍丛书为限的收录范围。

中华书局 2009 年出版中国古籍总目编委会编，阳海清主编的**《中国古籍总目·丛书部》**，收录子目跨部的汇编类丛书 2274 种，其中独撰类近 1250 种。所录各种均著录收藏地点。

王宝先编有《台湾各图书馆现存丛书子目索引》，美国旧金山中文资料中心 1975～1977 年版。收录台湾 10 所主要图书馆现藏丛书 1500 余部，子目 4 万多种。体例仿《中国丛书综录》，分为子目书名索引、子目著者索引和丛书总目三大部分。可视为《综录》有关台湾省收藏情况的补录。庄芳荣编有《丛书总目续编》，台北德浩书局 1974 年版。收录台湾 1949～1973 年间出版的丛书 683 种，其中新编者 246 种，列出子目；重印者 423 种，1974 年拟印者 14 种，不列子目。可与《中国丛书综录》的"总目分类目录"续接。

在文学史料研究中，常需了解古籍的存佚及流传情况，这主要利用历代公私藏书目录的递相著录情况加以考察。私家(包括私撰、私藏)目录除上述清代部分外，宋明两代的重要目录多已整理出版，如素有我国古代私家目录双璧之美称的南宋晁公武的《郡斋读书志》(上海古籍出版社 1990 年版)和陈振孙的《直斋书录解题》(上海古籍出版社 1987 年版)，以及明黄虞稷的《千顷堂书目》(上海古籍出版社 1990 年版)等。前两种附编书名著者索引，检索极便。我国历代官修目录现大都已经亡佚，了解历代政府藏书的著录情况，需利用史志目录。史志目录是指断代体正史中记载图书目录的部分，称"艺文志"或"经籍志"。史志目录创始于东汉班固的《汉书·艺文志》，有记藏书和记著述两种编例。《汉书·艺文志》、《隋书·经籍志》、《旧唐书·经籍志》、《新唐书·艺文志》和《宋史·艺文志》等 5 种主要据当时官修藏书目录简化而成，记当时藏书之盛。《明史·艺文志》、《清史稿·艺文志》及清人的各种补史艺文志均系汇纂该时代学者著述而成，记当时著述之富。千余年来，存世约有 60 余种正史艺文志和补史艺文志，为我们提供了一部可供考证古今图书沿革的翔实的历史。各史艺文志 1950 年以后大都有新版整理校点本，并汇印有关补编，附录书名著者索引。开明书店 1936 年出版的《二十五史补编》收有 32 种补史艺文志，有中华书局 1986 年新印本。需要综合了解某书历代史志目录的著录情况，可利用国家图书馆出版社2009年出版的李万健、罗瑛编《历代史志书目丛刊》(全12册，索引1册)。《丛刊》收录正史史志书目原文、补著及注释71种，其中正史艺文志(经籍志)7种，正史艺文志(经籍志)补著及正史艺文志(经籍志)注释等64种，是我国目前规模最大的一种史志书目汇集本。

以下两种著作反映了补史艺文志的新成果：《唐书艺文志补编》，张固也著，吉林大学出版社1996年版。凡补录1600余种，涉及四部41类，引用古今文献资料200余种。《清史稿艺文志拾遗》，王绍曾主编，中华书局2000年出版。全书包括三册：上册经、史部；下册子、集、丛部，以及索引，为《清史稿艺文志》(以下简称《志稿》)及《清史稿艺文志补编》(以下简称《补编》)拾遗补阙。凡清人著作见于国内外公私簿录、各种专科性书目、确有刻本、稿本、抄本流传而为《志稿》和《补编》所脱漏者，概行著录。本书于四库外增设丛书部，收录兼赅四部之丛书。晚清之际新兴学科出现，对于政经技艺新书及翻译著作可归入原有类目者，皆归原目，原目无法纳入者则设新类目。于集部另立小说类，专收话本及通俗小说。

《艺文志二十种综合引得》 哈佛燕京学社引得编纂处编，1933年印行。中华书局1960年、上海古籍出版社1988年重印。所收20种艺文志按时代顺序依次为：《汉书艺文志》、《后汉书艺文志》、《三国艺文志》、《补晋书艺文志》、《隋书经籍志》、《旧唐书经籍志》、《新唐书艺文志》、《补五代史艺文志》、《宋史艺文志》、《补辽金元艺文志》、《补三史艺文志》、《补元史艺文志》、《明史艺文志》、《禁书总目》、《全毁书目》、《抽毁书目》、《违碍书目》、《征访明季遗书目》和《清史稿艺文志》。《引得》将这20种艺文志著录的书名及其著者编成综合索引，可满足知书名查著者，或从著者查书名的检索需求。书前有聂崇岐论列这20种艺文志的内容及得失的长序，是研究和利用史志目录的重要参考材料。

台湾中央图书馆1982年开始编纂出版《中国历代艺文志》，总汇见于历代史志、诸家补志，以及《千顷堂书目》、《四库全书总目》、《续修四库全书提要》、《贩书偶记》所著录的图书，并将《汉志》、《隋志》和《四库全书总目》中的总序、类序汇录于相关部类。各书括注出处，注明存、阙、佚、未见。无提要。经、史、子、集分部出版。对查考图书源流极为方便。

此外尚有不以补史艺文志命名而作用类似的著作：《司马迁所见书考》(金德建撰，上海人民出版社1963年版)，全书64篇，对司马迁撰《史记》时所凭借的各种典籍进行了较系统的探讨，考证了司马迁当时所应有的书籍种数、各书的来历、流传、与今本的关系等。《北魏佚书考》(朱祖延撰，中州古籍出版社1985年版)，以前人的辑佚成果为基础，在现存古典文献中进行了广泛细致的钩稽比勘，共考录出北魏佚书62部，其中集部书21种。考得现存佚文一并缀列，注明出处。可作为两种补史艺文志利用。唐圭璋辑有《南唐艺文志》(载《中华文史论丛》1979年3期)，据《南唐书》、《通志》、《文献通考》及宋代公私藏书目录类编而成，间有考证。共录四部书170余种，其中集部书82种，可考见南唐文学之盛。

与史志目录性质约略相同的有政书艺文志和方志艺文志。政书中所附艺文志，主要有十通中的《通志·艺文略》、《文献通考经籍考》，以及清乾隆间续修的《续通志·艺文略》、《清朝通志·艺文略》、《续文献通考·经籍考》、《清朝文献通考·经籍考》和清末刘锦藻的《清朝续文献通考·经籍考》等7种。清乾隆间续修的4种，大都依《四库全书总目》和《文渊阁书目》编成，可略而不论。南宋郑樵的《通志·艺文略》8卷，实际上是一部通史艺文志，目的在"纪百代之有无"，广泛地参考了前代和当时可资利用的目录资料，共著录历代图书10万余部。有中华书局1987年新印本。元初马端临的《文献通考·经籍考》76卷，是一部辑录体的目录学著作，著录图书以现存者为主。所录各书都有来源，广泛取材于史志目录、公私藏书目录，以及原书序跋、各种笔记、文集等，从中辑出有关记载,列于相关图书之下,可信性远胜郑略。有华东师范大学出版社 1985 年校点本。刘锦藻的《清朝续文献通考·经籍考》26卷,是他以个人的力量修撰的,广泛著录了清乾隆五十一年(1786)至宣统三年(1911)间的学者著述。值得注意的是刘锦藻除了著录书名、著者和版本外,尚略记著者生平及撰述经过。由于该目成书早于《清史稿艺文志》,又大都是据当时亲见各书撰成,参考价值较高。

地方志中所附的艺文志有纪图书和录诗文两种形式,其范围大都限于反映一地人士的著述或作品,于文学研究都有助检作用。纪图书者专录地方人士著述,其对地方文献中有关史料的搜集、发掘和记载的广度和深度都胜于其他目录的相关部分,是我们查考地方作家著作的重要参考目录。据现有史料记载,地方志中设艺文一栏专记当地人士著述,始于南宋高似孙的《剡录》,迄今方志艺文志已累积有数千种。近人李濂镗编有《方志艺文志汇目》(载《图书馆学季刊》1933 年总第 7 卷 3 期),收录北平图书馆所藏方志中纪图书的艺文志千余种,提供了利用方志艺文志的方便途径。但是《汇目》的著录还是不全面的,在没有更好的工具书可供利用的情况下,目前只能在查得作家籍贯后,通过方志目录索取有关方志直接翻检。反映现在中国地方志收藏情况最完备的方志目录是:

《中国地方志联合目录》 中国科学院北京天文台主主编。中华书局 1985 年版。该目录以朱士嘉的《中国地方志综录》(增订本)为基础,核对各收藏单位的馆藏,补充修订而成。共著录 1949年以前修纂的地方志(山、水、寺庙和名胜志等不收录)8200 多种,反映了全国 190 个图书馆、博物馆、文史馆和档案馆的收藏情况,其中中国台湾所藏方志据《台湾公藏方志联合目录》著录。台北汉学研究资料及服务中心 1985 年出版王德毅主编的《"中华民国"台湾地区公藏方志目录》,收录台湾各主要收藏单位的馆藏方志 4600 多种,较《台湾公藏方志联合目录》1981 年增订本多出 800 余种,并注明近年来台湾新编大型方志丛书的收录情况。

《中国地方志联合目录》著录了不少现见藏于日本及美国国会图书馆的中国地方志缩微制品。崔建英的《日本见藏稀见中国地方志书录》(书目文献出版社1986年版)、朱士嘉的《美国国会图书馆藏中国方志目录》(中华书局1989年版)可提供有关这两部分收藏的一些具体情况。

《中国地方志总目提要》(全3册)　金恩辉、胡述兆主编,台北汉美图书有限公司1996年版。全书收录中国历代(古代至1949年)地方志8577种,包括各级各种通志性志书,具有方志初稿性质的志料、采访册、调查记等,山、水、寺庙、名胜志不收录。提要侧重撰者生平、修纂沿革、内容概述、文献价值、版本源流及附注等。书后编有书名索引和作者索引,并附录《台湾现藏〈本提要〉未收方志书名目录》和《台湾现藏〈本提要〉所收方志书名目录》。同类可参考的书目还有上海通志馆编,朱敏彦主编的《中国新方志5000种书目提要》(上海辞书出版社2004年版)。

方志艺文志中还有一种单行别出的形式,旧称郡邑艺文志,现归于地方文献目录的范畴,可直接据以查考地方作家的著述。比较著名的有:清郑元庆《湖录经籍考·集部》6卷(1920年吴兴丛书本,台北广文书局1969年影印本)、孙诒让《温州经籍志》31卷(浙江图书馆1931年刊本,台北广文书局1969年影印本)、胡宗懋《金华经籍志》27卷(胡氏万选楼1925年刊本,台北古亭书局1970年影印本)、项元勋《台州经籍志》40卷(浙江图书馆1915年排印本,台北广文书局1969年影印本)等。现代徐世昌《大清畿辅书征》41卷(台北广文书局1969年据天津徐氏排印本影印)、金毓黻《辽海书征》6卷(辽阳金氏1942年石印本)、宋慈抱《两浙著述考》(浙江人民出版社1985年版)、许肇鼎《宋代蜀人著作存佚录》(巴蜀书社1986年版)、福建师大图书馆《福建地方文献及闽人著述综录》(该馆1986年铅印本)、蒋元卿《皖人书录》(黄山书社 1989 年版)、王绍曾主编《山东文献目录》(齐鲁书社 1993 年版)、刘纬毅主编《山西文献总目提要》(山西人民出版社 1998 年版)、吕友仁主编《中州文献总录》(中州古籍出版社 2002 年版)等。

北京图书馆出版社 2004 年影印出版孙学雷主编的**《地方志·书目文献丛刊》**(全 40 册),收录国家图书馆藏清季民初通志艺文志中的部分重要经籍志。2008 年,国家图书馆出版社影印出版**《地方志经籍志汇编》**,收录地方志以外独立成书的地方文献目录 54 种,并于 2010 年出版宋志英、骈宇骞编著的《地方经籍志汇编书名索引》。

不少文学古籍在历史上曾遭禁毁,如宋代苏轼父子、苏门四学士的文集因乌台诗案引发而被查禁,小说戏曲在元明清三代屡遭禁毁,清乾隆年间修《四库全书》时,大量别集被查禁或抽改,给文学史料的搜集和研究造成很多困难。了解历代禁书概况主要可参考:

《中国禁书大观》 安平秋、章培恒主编,上海文化出版社 1990 年版。全书由三部分组成:(1)中国禁书简史,自先秦至清末,依时代分述;(2)中国禁书解题,选择历代 220 部禁书作举例性介绍,每书附一书影,其中很多是文学书籍;(3)中国历代禁书目录。据编者迄今所知材料,列出先秦至清末的全部禁书目录。著录项目为书名、著者和时代,没有反映各书被禁的具体情况,要了解这方面的内容,需参阅前两部分。

清乾隆年间的禁书活动,与四库全书馆的开馆时日相终始,其规模空前,遗害最大。宋元以来的古籍遭受巨大损失,许多未刊的稿本钞本,以及清初的小说戏曲因此失传。据统计,在这次长达 19 年之久的禁书活动中,禁毁书籍达 3100 多种、15 万部以上,销毁书板 8 万余块。当时清廷设立了 3 个查办机构:(1)红本处:专司办理内阁固有藏书;(2)四库全书馆:负责检查各省进呈书籍;

(3)军机处：处理甄别各省督抚奏缴的违碍书籍。乾隆四十七年(1782)，四库全书馆和军机处分别刊行《四库馆奏准全毁抽毁书目》和《军机处奏准全毁抽毁书目》，行知各省按目查缴。四库馆目列销毁书144部，抽毁书181部。军机处目列全毁抽毁书789种。各省也先后刊印禁书目录。光绪年间姚觐元、邓实等对以上禁书目录进行了搜集汇刻：

《清代禁毁书目（附补遗）》 清姚觐元编。**《清代禁书知见录》**，孙殿起编。商务印书馆1957年合刊。《清代禁毁书目》汇编了《全毁书目》、《抽毁书目》、《禁书总目》和《违碍书目》4目，共录全毁抽毁书2600余种（包括部分重复者），已收入《艺文志二十种综合引得》。以上4目，前两种即《四库馆奏准全毁抽毁书目》，一分为二而已。《禁书总目》系浙江布政使司刊印的汇编本，包括《军机处奏准全毁抽毁书目》、《专案查缴书目》（钱谦益、屈大均、吕留良诸人著述的应毁目录）、《浙江省查办奏缴应毁书目》、《外省移咨应毁各种书目》，计收全毁抽毁书1529种。《违碍书目》系河南布政使荣柱所刊，包括《应缴违碍书籍各种名目》和《续奉应禁书目》两种，收书755种，所录与《禁书总目》互有详略。《补遗》是商务印书馆据已有材料对后两种目录的增补，包括三个部分：(1)《禁书总目》中《军机处奏准全毁抽毁书目》原有书的册数及禁毁缘由的说明文字，姚氏刊印时只节抄书名、著者，仅抽毁书保留部分说明文字。《补遗》据吴氏小残卷斋藏钞本补录。(2)光绪末年，邓实得江宁布政使所刊《违碍书籍目录》残本，其前半与姚刻河南本《违碍书目》大略相同，后半册《江宁本省奏缴书目及各行省咨禁书目》则为姚目所无。邓实将这后半册以《奏缴咨禁书目》之名刻入《国粹丛书》。商务印书馆视其为《违碍书目》的缺失部分而予补录。(3)邓刻《奏缴咨禁书目》所据江宁本为残本，缺第95～101页，《补遗》据足本补录。

民国间，陈乃乾以姚目4种原本为基础，另据故宫博物馆编

《文献丛编》第7~14辑、《掌故丛编》第10辑所载江西、湖北、广东等6省缴奏原档进行校补删重,编为《索引式禁书总录》(富晋书社1932年版),共录全毁书2453种,抽毁书402种,销毁书板目50种,石刻目24种。孙殿起的《清代禁书知见录》即以陈编《总录》为依据,著录多年知见的禁书1400余种,除书名、著者和卷数外,还详记版本。孙氏知见书中,尚有一部分据内容、性质当在禁毁范围内,但不见于《总录》著录者,故别汇《外编》列后,约400种。《清代禁书知见录》是目前记载嘉(庆)道(光)以来文网松弛后禁书存流状况的可信的书目资料。商务印书馆的合刊本编有统一的书名索引和人名索引。

吴哲夫编有**《清代禁毁书目》**,以孙氏的《知见录》为底本,参酌其他禁书目录、专题目录,补录近千种。小说戏剧另编《清代禁毁小说戏剧》专目列后。是编者硕士论文《清代禁毁书目研究》(台北嘉新水泥公司文化基金会1969年版)的主要部分。天津古籍书店雷梦辰据近30年来陆续发现的清代各省奏缴禁毁书目单,编成《清代各省禁书汇考》(书目文献出版社1989年版)。黄爱平撰《四库全书纂修研究》(中国人民大学出版社1989年版),其中第3章"禁书与文字狱",从整体上对乾隆年间的禁书运动作了概括性叙述,参考并利用了中国第一历史档案馆所编《纂修四库全书档案史料》(稿本)中收录的有关史料,包括当时各地督抚查缴禁书奏折及禁毁书籍单等。

2. 近现代图书目录

近现代图书目录主要反映20世纪以来的图书出版情况,可据以查考:(1)近现代作家的作品,(2)近现代学者整理的文学古籍,(3)近现代学者有关文学的研究论著。与古籍目录相比,近现代图书目录的目录体系较为简单。其中重要的有:

《民国时期总书目》(1911~1949) 北京图书馆编,书目文献出版社1986~1996年出版。这是一部大型回溯性联合书目,主要收录北京图书馆、上海图书馆、重庆图书馆以及其他收藏单位所藏民国时期出版的中文精、平装图书，共12.4万余种，约占民国时期出版图书总数的90%。全目按学科分17个分册出版。各书著录北京、上海和重庆三大图书馆的藏书标记，社会科学类图书附有简明提要。

《中国近代现代丛书目录》 上海图书馆1979年编印，1980年重印。著录上海图书馆所藏近现代丛书5549种，含子目3万余种。1982年配套印行《子目书名索引》和《子目著者索引》。

《全国总书目》 这是一部逐年反映1949年以来全国(除台湾省)图书出版情况的大型书目。目前由中国版本图书馆编，中华书局出版。书目包括分类目录、专题目录和附录三大部分，基本上按中国图书馆图书分类法分编。1982年度本起加撰简明提要。书目的出版周期较长，一般需3~4年。2003年度本起增出光盘版。《全国总书目》所录图书以公开出版者为限，中华书局1988年出版《全国内部发行图书总目》(1949~1986)，可作为已版各年度本的补充，注意利用。

《全国新书目》(月刊) 中国版本图书馆本书编辑部编辑出版。逐月报道全国各出版社送缴中国版本图书馆的新书，部分附有简明提要。出版周期约2个月。1991年起增加新书预告栏目，刊登全国50多家出版社或出版公司近期将出版新书的内容介绍。该书目实际上是《全国总书目》的月刊速报本，对及时了解掌握全国新书出版动态具有重要作用。

《中国国家书目》 北京图书馆本书编委会主编，书目文献出版社出版。国家书目是现代书目控制的基础，与具有登记性质的《全国总书目》相比，《中国国家书目》采取了"领土语言"的收录标准，以及据《国际标准书目著录》(ISBD)和中华人民共和国国家标准文献著录法规定的著录格式。著录各书还据《汉语主题词表》和《中国图书馆图书分类法》、《中国科学院图书馆图书分类法》标引主题词和分类号。1987年出版1985年度试刊本。两册。上册正文;下册索引,含题名(即书名)索引和著者索引两部分,均按汉语拼音顺序编列。1986年度本起用计算机编制,印刷本拟出月刊速报本和年刊积累本两种。

台湾"中央图书馆"逐年编辑出版《"中华民国"出版图书目录》,1964年起每5～6年出版一辑汇编本《"中华民国"出版图书目录汇编》,收录台湾兼及港澳、海外出版的中文图书及在台出版的外文书。

以上是综合性书目,在检索专题研究论著时,要注意利用专题或专科性书目,如《中国20世纪文学研究论著提要》,乔默主编,北京大学出版社1994年出版。收录20世纪中国大陆学者研究中国文学、外国文学、文艺理论、民间文学和少数民族文学的论著近1200种。《中国出版文化史研究书录》(1985～2006),范军编撰,河南大学出版社2008年出版。全书著录出版文化史研究著述1600余种。

二、查找诗文篇目及词句出处

查找诗文篇目及词句的出处,也是文学阅读和研究过程中时常碰到的检索问题,其检索前提通常是已知作者、篇题、诗文词句或作品主题这4项中的两项或两项以上。在已知作者和篇题的情况下,可通过历代文学总集、别集以及与之相配套的目录索引进行检索,具体详下面各编的有关章节。此外,则要根据不同的已知项,选用合适的工具书,主要有:

《十三经索引》 叶绍钧编,开明书店1934年版。索引把《十三经》中的句子按首字笔画排列,句下注出经名篇目的简称。中华书局1983年予以修订重排,加注各条在中华书局1980年影印本《十三经注疏》中的页码和栏次。

《汉诗大观索引》 [日]佐久节编,日本井田书店1936年版,东京凤出版社1974年版。全书分为两大部分：第一部分是《汉诗大观》，收录先秦至唐宋的15部诗歌总集和别集的白文，包括《古诗源》、《古诗赏析》（清张玉縠编）、《陶渊明诗集》、《玉台新咏》、《唐诗选》（明李攀龙编）、《三体诗》（宋周弼所编唐诗选集）、《李太白诗集》、《杜少陵诗集》、《王右丞诗集》、《韩昌黎诗集》、《白乐天诗集》、《苏东坡集》、《黄山谷诗集》、《陆放翁诗钞》（清周雪苍等编的陆游诗选本）、《宋诗别裁集》。第二部分是《索引》，将上述15部诗集中的所有诗句按首字笔画排列。可供方便地查找这15部诗集所收作者诗句的出处。

《唐宋名诗索引》 孙公望编，湖南人民出版社1985年版。选录唐宋名诗835首，选句130句。除句首词索引外，还编有诗题、主题词关键词和作者索引，提供了较齐全的检索途径。

《中华语汇通检》（任意字检索） 刘占锋主编，河南大学出版社出版。2002年首批出版《中国成语通检》、《中国名言通检》、《中国名诗句通检》、《中国辞赋词曲名句通检》，共收录成语3.5万多个，各种名句4.3万多条。

自1983年上海辞书出版社出版《唐诗鉴赏辞典》以来，国内已出版了数百种鉴赏辞典，大多集中在文学领域。这些鉴赏辞典容量都很大，收录作品一般在千首（篇）以上，书后多附有收录较齐全的专题书目和名句索引，可利用查检诗文词句的出处。具有这一检索功能的文学类鉴赏辞典已在时代和体裁分布上形成系列，现举要如下。

诗：《先秦诗鉴赏辞典》（姜亮夫等撰，上海辞书出版社1998年版）、《汉魏六朝诗鉴赏辞典》（吴小如等撰，上海辞书出版社1998年版）、《唐诗鉴赏辞典》（萧涤非等撰，上海辞书出版社1983年版。四川辞书出版社1990年出版周啸天主编的《补编》）、《宋诗鉴赏辞典》（缪钺等撰，上海辞书出版社1987年版）、《元明清诗鉴赏辞典·清近代》（钱仲联主编，上海辞书出版社1994年版）、《新诗鉴赏辞典》(公木等撰,上海辞书出版社2002年版)。

词:《唐宋词鉴赏辞典》(唐圭璋等撰,上海辞书出版社1988年版)、《宋词鉴赏辞典》(夏承焘等撰,上海辞书出版社2003年版)、《元明清词鉴赏辞典》(钱仲联主编,上海辞书出版社2002年版)、《唐宋元小令鉴赏辞典》(李德身、陈万绪主编,华岳出版社1989年版)。

曲:《元曲鉴赏辞典》(蒋星煜主编,上海辞书出版社1990年版)

文:《古文鉴赏辞典》(陈振鹏、章培恒主编,上海辞书出版社1997年版)。《古文鉴赏大辞典》(徐中玉主编,浙江教育出版社1989年版),《现代散文鉴赏辞典》(贾植芳主编,上海辞书出版社2003年版)。

类似具有句子索引功能的还有:《中国旧诗佳句韵编》(王芸孙编,岳麓书社1985年版)、《古诗文名句录》正续编(张冠湘等编注,湖南人民出版社1983、1988年版)、《警语名句辞典》(李夏等编,长征出版社1984年版)、《中国古代名句辞典》(陈光磊等编,上海辞书出版社1986年版)《中国名言大词典》(王延梯主编,山东大学出版社2002年版)等。

以上介绍的索引一般限于名句范围,大都需在了解作者或写作年代的前提下方可进行有效检索。在实际检索中,很多问题是仅知诗文词句,这就需要提取其中的关键词,利用类书或大型辞书进行检索。在阅读和研究中,查找典故出处或追溯语词来源是经常会碰到的,这类问题与从诗文词句中提取关键词检索出处的性质相似,所用工具书亦基本相同。解决这类问题的常用工具书主要有:

《佩文韵府》 清张玉书等奉敕编。以元初阴时夫《韵府群玉》、明凌稚隆《五车韵瑞》为蓝本增补而成。全书按平水韵106韵编排,收录1万多字。每字先注音释义,次列"韵藻",辑录尾字与标目字相同的词语,每一词语后排列包含该词语的诗文句子(以经史子集为序)。最后为"对语"和"摘句"。全书收录词语多达54万条以上。康熙年间内府刊印。商务印书馆的影印本(《万有文库》本)附编词语首字的四角号码索引,为不熟悉韵目的读者提供了极大的方便。上海古籍书店1983年影印万有文库本,精装4册,第4册为索引。

《骈字类编》 清张廷玉等奉敕编。雍正内府刊本。北京中国书店1984年据光绪间同文书局石印本影印。专收两字合成的"骈字",按首字归类。共分天地、时令、山水、居处、珍宝、数目、方隅、采色、器物、草木、鸟兽、虫鱼、人事(补遗)等13门,门下复分细目,目后依次列出词条,排比有关诗文句子。全书共收词语10万余条。中国书店1988年重印时,配套出版了何冠义等编的《骈字类编索引》,按词语首字的四角号码编排。

《佩文韵府》和《骈字类编》的特点是容量大,检索方便,查找清代以前的诗文词句、成语典故的出处,一般可不受已知条件的限制。在具体功用方面,两书存在一些不同,使用时需予注意:

(1)《骈字类编》标引出处较《佩文韵府》精细,而徵引辞源则不及其准确。如"亭童"条,《类编》引《宋史·乐志》语,而《韵府》引温庭筠诗句。"亭育"条,《类编》引唐德宗重阳即事诗句,《韵府》则引梁武帝祠南恩诏例。

(2) 选词方式有异同。《类编》只选两字合成的骈字。《韵府》兼收三字、四字构成的词语,并采用跳跃取词的方法。如杜甫《南楚诗》:"无名江上草,随意岭云生",孟郊《去妇》诗:"妾心藕中丝,虽断犹牵连",分别取"江草"和"藕丝断"为关键词。在有关典故方面的关键词,提取时跳跃性更大,已带有熔铸的性质。《南史·谢惠连传》载:谢灵运"尝于永嘉西堂思诗,竟日不就,忽梦见惠连,即得'池塘生春草',大以为工",《韵府》取其中"西堂梦"为关键词,而《类编》则将这一材料列于"西堂"条下。事实上,这一文学典故中关键的是"梦"而非地点"西堂",相比之下,《类编》因受"骈字"的限制,在抓住典故实质选取关键词上没有《韵府》灵活而较逊色。《韵尉》中很多三字词语是从说部所载有关典故的文字中跳跃选取而来,对这种取词方法在使用前要充分熟悉。

(3)《骈字类编》有参见例。如元稹《白衣裳诗》:"藕丝衫子柳花裙,空著沉香慢火薰",取列"柳花"条下,在"藕丝"条下注"见柳花下"。韩偓《踪迹诗》:"东乌西兔似车轮,劫火桑田不复论",取列"东乌"条下,在"西兔"条下注"见东乌下"。这类参见例除了注明见何条外,尚标出作者和篇题。

在实际检索中要充分利用两书各自的优点,配合使用。检索的结果应予核对原书。

《骈字类编》和《佩文韵府》固然容量很大,但是它们对诗文句子中关键词的选取不具周遍性,选句所据古籍范目无引书目录加以明确反映。因此我们要注意利用周遍型字词索引,如《周易引得》(引得编纂处1935年版)、《尚书通检》(顾颉刚主编,哈佛燕京学社1936年版,书目文献出版社1982年影印)、《庄子引得》(引得编纂处1947年版,上海古籍出版社198年影印)等。此外,需注意利用以下两套近年来出版的古籍逐字索引:

《香港中文大学中国文化研究所先秦两汉古籍逐字索引丛刊》
刘殿爵、陈方正主编,香港商务印书馆1992～2003年出版。1988年,香港中文大学中国文化研究所立项建立"先秦两汉全部传世文献电脑化资料库"。1992年建成资料库后,开始编撰"逐字索引",迄今包括《战国策》、《礼记》、《新序》、《韩诗外传》、《论语》、《孟子》、《老子》、《庄子》、《荀子》、《楚辞》、《说文解字》等65种逐字索引已经出齐。

《香港中文大学中国文化研究所魏晋南北朝古籍逐字索引丛刊》 刘殿爵、陈方正、何志华主编,香港中文大学出版社1999～2003年出版。1992年至1995年,香港中文大学中国文化研究所三度获资助立项开展"魏晋南北朝传世文献资料库"的建库工作，将魏晋六朝传世文献，凡八百种，约近二千四百万字输入电脑。资料库建立后，陆续编纂《魏晋南北朝古籍逐字索引丛刊》，首三辑索引主要为子部及别集类文献，包括《谢灵运集》、《谢朓集》、《齐竟陵王萧子良集》、《沈约集》、《徐幹集》、《孔融集》、《陈琳集》、《王粲集》、《应玚集》、《刘桢集》等专书逐字索引已经出版。

利用周遍型索引查找出处，其局限性在于必须确知所查诗文词句出于何书。当检索课题不具备这一已知条件时，检索目光有时应转向现代大型辞书。主要有：

《辞源》（修订本） 广东等4省辞源修订组修订，商务印书馆1979～1983年版。全4册。共收录鸦片战争以前较多使用的词语近10万条，以语词为主，兼收百科。释义注意语词的来源及其在使用过程中的发展演变。书证都详加覆核，并标明作者、篇目和卷次。田宗侠有《辞源考订》（东北师范大学出版社1989年版），指出《辞源》在溯源、引文、书证著录误称等12个方面的问题，并作补正。

《中文大辞典》 张其昀主编，台北中国文化学院出版部1962～1968年版。全40册。1976年修订版，全10册。收录单字近5万个，词语37万多条。书证较丰富。材料来源以诸桥辙次的《大汉和辞典》（日本东京大修馆书店1955～1960年版）为主。

《汉语大词典》 罗竹风主编，上海辞书出版社1986年出版第1卷，以后各卷由汉语大词典出版社出版。全书12卷。收录词目约37万条，包括古今语词、熟语、成语、典故及常见的百科词。书证丰富。

以上三大辞书，都以词语为主，释义书证并重，标引清楚，容量也很大，具有检索诗词文句和成语典故出处的良好功能。

湖北辞书出版社1985年起组织编辑出版《典诠丛书》，拟将我国诗文常见的典故加以系统的汇集注释，统一体例，所录典故都包括出典、释义和用例三项。先在唐诗、宋词和元曲三大范围中进行。已出《全元散曲典故辞典》(吕薇芬编著,1985年版),诠释《全元散曲》中的典故;《全唐诗典故辞典》(范之麟、吴庚舜主编,1989年版),诠释《全唐诗》中的典故。吉林文史出版社1991年出版金启华的《全宋词典故考释辞典》。此外陈振江主编的《二十六史典故辞典》(天津人民出版社1994年版)也有相同功能。这类书为查考古典诗词作品中的典故提供了方便。

三、查找研究论文及有关资料

1900年以来,大量发表于报刊、丛刊、论文集中的研究论文及资料陆续被编成索引,其中包括有关文学研究、文学史料整理的内容。卢正言主编的《**中国索引综录**》(上海辞书出版社2000年版),收录了1900年至1998年间散见于国内(含台、港、澳地区)的各种公开或内部出版的索引文献,包括书籍、报纸杂志和论文集、年鉴、手册等参考书中的索引,以及日本等国出版和发表的部分汉籍索引。可以参考。

20世纪30年代,陈璧如、刘修业等首编《文学论文索引》共3编,收录1905～1935年间发表于报刊的文学论文1.2万余篇,由中华图书馆协会1932～1936年印行。解放以后,文学索引的编制基本上以时代划定范围,古典文学与现代文学、外国文学各自成书。文学研究往往涉及历史、地理、艺术等相关领域,需要广泛了解这些相关领域的研究成果和研究动态。在查阅资料时,仅仅局限于作家作品的范围是不够的,而包括文学专类的综合性社会科学论著目录索引在这方面能发挥很好的作用。首先是已形成系列的史学论文索引。这类索引的收录范围是广义的史学领域,文学史研究作为一种专史研究在其中占有重要地位,而有关政治、军事、经济、科技、文化、学术思想方面的论著都在收录之列,具有重要的利用价值和检索意义。

《中国史学论文索引》（一、二、三编） 第一编由中国科学院历史研究所第一、二所、北京大学历史系合编，科学出版社1957年版，全二册，中华书局1981年重印。收录1900～1937年7月间发表于国内1300多种刊物上的3万余篇论文，并附编具有主题索引部分功能的辅助索引。第二编由中国社会科学院历史研究所编，中华书局1979年版。续收1937～1949年国内发表的史学论文，体例同前编而无辅助索引。1995年，中华书局出版三编，续收1949～1976年间发表的论文。

《中国古代史论文资料索引》 复旦大学历史系资料室编，上海人民出版社1985年版。收录1949年10月至1979年9月国内报刊上发表的中国古代史论文3万余篇。

《中国史学论文引得》（正、续编） 余秉权编，正编香港亚东学社1963年出版。据香港大学冯平山图书馆所藏期刊及缩微胶卷编成，收录1902～1960年间出版的355种期刊上的中国史论文1万余篇。续编哈佛大学哈佛燕京图书馆1970年出版。据欧美15所汉学图书馆的馆藏卡片编成，收录599种期刊上的中国史论文2.5万篇。

《史学论文分类索引》 周迅等编，书目文献出版社1990年版。辑录辛亥革命至1986年大陆、台湾和香港出版的1522种学术论文集中的史学论文3.4万余篇。所录学术论文集包括部分重要的学术性丛刊，但是收录不全。如收《文史》、《文献》，未收《中华文史论丛》（该刊1984年第4期有"1～32辑分类目录索引"）；收《明清小说论丛》，未收《戏曲研究》；收《文学遗产增刊》，未收《文学评论丛刊》。凡论文集系专记一书或一人，如《琵琶记讨论专刊》、《陶渊明论稿》之类主题明确、内容集中者，单独辑为《本索引未收专题论文集一览表》附录于后。凡在论文篇名或未见于篇名但构成论述主题的书名、人名，分别辑成《书名索引》、《人名索引》，为有效利用论文集中的论文资料提供了方便。

《建国以来中国史学论文集篇目索引(初编)》(1949～1984)
张海惠、王玉芝编,中华书局1992年出版。全书收录1949～1984年国内出版的史学理论、中国古代史、近代史及经济、思想、地理、考古、文学艺术和自然科技等专史的论文集1000余种,著录论文达15000多条。

《20世纪中国史学论著要目》 汪受宽、赵梅春主编,北京师范大学出版社2007年出版。全书上、下两编,上编为专书要目,下编为论文要目,著录20世纪中国学者公开出版和发表的史学著作、论文,以大陆为主,兼顾港、澳、台地区,不录翻译的论著、国外学者包括外籍华人学者所出版和发表的有关中国历史研究方面的论著。编撰中参考了《八十年来史学书目》、《中国史学论文索引》(初编、二编、三编)、《中国历史学年鉴》、《全国报刊资料索引》、《全国总书目》等目录、索引,以及有关学术综述性论著。

断代史研究论文目录索引有:

《战国秦汉史论文索引》(1900～1980) 张传玺等编,北京大学出版社1983年版。收录大陆、台湾和香港1200多种中文报刊上发表的战国秦汉史论文1万多篇。1992年,北京大学出版社出版张传玺主编的《战国秦汉史论著索引续编》,首次增录专著。全书分为上下两编,上编收录1981～1990年间发表的论文,下编著录1900～1990年间出版的专著。2002年北京大学出版社出版《战国秦汉史论著索引三编》(1991～2000),编例同《续编》。

《魏晋南北朝史书目论文索引》 武汉大学图书馆1982年编印。全书3册。上册是研究著作目录及篇目索引,收录1919～1981年公开出版的中国人著作(包括台湾、香港)和外国学者著作的中译本,以武大图书馆馆藏为限。中、下册为论文索引,中册收录1900～1981年我国公开发行的报刊和部分内部资料上的论文,下册为日文论文索引。台湾中华书局1971年出版邝利安编《魏晋南北朝史研究论文书目引得》(1911～1969),收录论文1922篇,专著152种。

《隋唐五代史论著目录》 中国社会科学院历史研究所魏晋唐史研究室编,江苏古籍出版社1985年版。收录中国(包括台湾、香港)和日本1900～1981年间发表的有关论著,附著者索引。陕西师范大学出版社1997年出版胡戟编《隋唐五代史论著目录(1982～1985)》。

《宋史研究论文与书籍目录》(增订本) 宋晞编,台北中国文化大学出版部1983年版。收录1905～1981年间以中文撰写或译述的有关论文6000余篇,书籍500余种,附有著者索引。所录台湾省和香港的论著较全,大陆的论著遗漏较多。

《二十世纪宋史研究论著目录》 方新建编,北京图书馆出版社2006年出版。本书分甲、乙两编,著录20世纪中国大陆、台湾省、香港地区公开发表出版的宋史研究论文与著作篇目41000多条,以中文撰写与译为中文者为限。甲编收录1949年9月底止全国范围内发表出版的论著篇目和1949年10月中华人民共和国成立后至2000年底大陆发表出版的论著篇目;乙编著录1949年10月至2000年底台湾省、香港地区发表出版的论著篇目。

《二十世纪辽金史论著目录》 刘浦江编,上海辞书出版社2003年出版。全书分为上、下两编,上编著录辽史研究论著4721条;下编著录金史研究论著4495条。全书著录的辽金史论著,计有汉、日、俄、朝、蒙(包括国内出版物使用的蒙文和国外通行的新蒙文)、英、法、德等八种文本,考虑到排版的困难,外文论著目录均译为中文。

《中国近八十年明史论著目录》 中国社会科学院历史研究所明史研究室编,江苏人民出版社1981年版。收录1900～1978年国内发表的明史论文近万篇,专著600种,包括近30年来在台湾省和香港发表的论著。附有著译者索引。

《清史论文索引》 中国社会科学院历史研究所清史研究室、

中国人民大学清史研究所编,中华书局 1984 年版。收录 1903～1981 年国内报刊和论文集中有关论文 2 万余篇,包括 1949 年以来台湾省和香港地区发表的有关篇目。

2007 年,国家清史编纂委员会组织编纂清史论著目录系列 2 种:《1945～2005 年台湾地区清史论著目录》,周惠民主编,人民出版社 2007 年出版;《1971～2006 年美国清史论著目录》,马钊主编,人民出版社 2007 年出版。

《中国近代史论文资料索引》 徐立亭等编,中华书局 1983 年版。收录 1949～1979 年国内主要报刊发表的论文 1 万余篇,是在吉林大学历史系所编《中国近代史论文资料索引》的基础上,参考复旦大学历史系资料室所编《中国近代史论著目录索引》(上海人民出版社 1980 年版)等 6 种有关专题索引,重新辑录增补而成。

《中国近代史论著目录(1979～2000)》 中国社会科学院近代史所图书馆编,张海鹏主编,世纪出版集团、上海人民出版社 2005 年出版。全书分论文卷、著作卷两部分。论文卷汇编论文、资料、书评等篇目题录近 4 万条,著作卷汇编论著、资料、文集、工具书等书目题录 1 万余条。中国社会科学院近代史所编辑出版的《近代史研究》连续发表近代史年度论著目录索引,该书即在逐年刊载的论著目录索引之基础上经筛选、增补后编成的。2000 年后的论著目录可参考《近代史研究》所刊年度索引。

《中国现代史论文著作目录索引》 荣天琳主编,北京大学出版社 1986 年版。收录 1949～1981 年国内发表的论著 2 万余篇(种)。成汉昌等续录 1982～1987 年的有关论著约 3 万篇(种),北京大学出版社 1990 年版。

以上目录索引大都收录台湾省和香港地区的论著资料,但收录不全,应同时参考:

《"中华民国"期刊论文索引汇编》 台北中央图书馆采访组期刊股 1978 年起编印。是该馆所编《"中华民国"期刊论文索引》(月刊)的年度汇编本,每本著录台湾及海外部分地区的中西文期刊论文2万篇左右。

《中国文化研究论文目录》 台北中央图书馆编辑,台北商务印书馆1982～1984年版。全6册。主要收录1949～1979年在台湾出版的报刊、论文集、学位论文及研究报告中有关中国文化研究的单篇论文,约12万篇。其中第2册为语言文学,第5册为传记,第6册为著者索引。

《台湾地区汉学论著选目汇编》(1982～1986) 台北汉学研究资料及服务中心1987年编印。台湾地区1980年成立了由台北中央图书馆馆长王振鹄领衔的"汉学研究资料及服务中心",以搜集汉学资料、编印书目索引为宗旨。1983年起创办《台湾地区汉学论著选目》(年刊),收录台湾地区出版的汉学研究论著、期刊论文和学位论文等。1987年起每5年出版一次汇编本。文学是其中的一级类目。

检索国外出版的中国学(汉学)研究论著等,可利用:

《汉学书目》(Bibliotheca Sinica. Dictionnaire Bibliographique des Ouvrages Relatifs à i'Empire Chinois) 法国汉学家考狄尔(Henri Cordier)编。分类收录17世纪至1921年间西文汉学专著、论文和中国古代名著的译文。1881～1885年初版。1904～1924年出版第2版及补编,全5册。台北成文出版社1966年影印,4439页。

《西方汉学书目》(China in Western Literature; a Continuation of Cordier's Bibliotheca Sinica) 袁同礼编,美国耶鲁大学出版社1958年版,台北学海出版社1982年影印。本目上接考狄尔的《汉学书目》,续录1921～1957年间出版的西文中国学文献1.8万余种。只收专著,无解题。附有著者索引。英国牛津大学出版社1984年出版美籍华裔学者陈炳杞所编《中国书目》,收录1970～1982年间出版的英文中国学图书1400余种,分类编排。

《汉学研究提要目录》(Revue Bibliographique de Sinologie) 法国龙彼得(Piet van der Loon)主编,荷兰莫顿公司 1957 年起出版。这是法国"高等研究专业丛刊"之一,不定期出版物。按年度分辑收录中西文汉学研究论著,每辑约收 500 篇(种)。1980 年出版第 12、13 辑合刊,著录 1966~1967 年各国汉学论著 1000 种左右。提要用英文和法文撰写。对了解国外中国学研究情况很有价值。

《东洋学文献类目》 日本京都大学人文科学研究所附属东洋学文献中心编刊。年刊。1934 年创刊,原名《东洋史研究文献类目》(有 1934~1960 年度本)、《东洋学研究文献类目》(1961~1962 年度本),1963 年度本起改用现名。本刊是关于亚洲各国人文、社会科学的综合性书目索引,所收资料绝大部分是有关中国研究的论著。分中、朝、日文和西文、俄文两大部分编排,各部中专书和论文分列。书评篇目附注于有关题录之下。书末有著者索引。出版周期约 2~3 年。

《中国文学研究文献要览》(战后编) 石川梅次郎监修,东京日外アソツェーッ1979 年版。该书是日本《20 世纪文献要览大系》的第 9 卷,收录 1945~1977 年间在日本发表的中国文学研究文献(包括专书和期刊论文)1.2 万余条,介绍研究中国文学的基本图书、工具书(包括中国和其他国家出版的)约 250 种。全书分为 3 部分:(1)研究文献利用指南,介绍基本图书和工具书。(2)文献目录。(3)索引,包括 4 种:主题,人名,作品及书名,著者。附有"收录期刊一览"。

有效地了解并利用国外的汉学研究文献资料,还应注意国内编录的带有反映馆藏性质的目录索引。主要有:

《国外社会科学论文索引》 中国社会科学院文献情报中心编,中国社会科学出版社出版。双月刊。按学科分类收录英、法、德、俄、日等 7 个语种的最新期刊论文。每期后附编有"本刊选用外文期刊名称",注明各刊在中国社会科学院各研究所的具体收藏情况。

《论古代中国》 周迅编,书目文献出版社1983年版。分类收录日文论著1万余篇(种),论文和专著分部编排。所录论著资料中,凡北京图书馆入藏的专著都加注索书号,入藏的论文集和期刊统一编成一览表附录于后。所录资料的时限为1965~1980年。

20世纪90年代以来,国内高校和科研机构合作开展对国际汉学研究之历史和现状的研究,组织编纂出版了大量相关论著。花城出版社1990年开始出版乐黛云主编的**《中国文学在海外丛书》**,已出版钱林森著《中国文学在法国》(1990),李明滨著《中国文学在俄苏》(1990),韦旭升著《中国文学在朝鲜》(1990),严绍璗、王晓平著《中国文学在日本》(1990),张弘著《中国文学在英国》(1992),曹卫东著《中国文学在德国》(2002)等。学苑出版社2007年起出版阎纯德、吴志良主编的**《列国汉学史书系》**,已出版熊文华著《英国汉学史》(2007),阎国栋著《俄罗斯汉学三百年》(2007),许光华著《法国汉学史》(2009),严绍璗著《日本中国学史稿》(2009)等,此外还有张国刚著《德国的汉学研究》(中华书局1994年版),李学勤主编《国际汉学著作提要》(河北教育出版社1996年版)等。以上专著中涉及并介绍大量国际汉学家的研究成果和信息。而同期出版的国际汉学家的论文集更是直接提供原文,如江苏人民出版社90年代出版的乐黛云、陈珏编选的《北美中国古典文学研究名家十年文选》(1996年版),《欧洲中国古典文学研究名家十年文选》(1998年版);外语教学与研究出版社2007年出版钱林森主编的《法国汉学家论中国文学》,全书分古典诗词、古典戏剧和小说、现当代文学三卷,共收入52位法国汉学家不同时期的81篇论文。其他如李华元主编的《逸步追风:西方学者论中国文学》(学苑出版社2008年版)、高友工所著的《美典:中国文学研究论集》(三联书店2008年版)、蒋寅翻译的《日本学者中国诗学论集》(凤凰出版社2008年版)等,应注意参考利用。

国内论文资料的即时检索主要利用以下两种检索性刊物：

《全国报刊索引》（哲社版） 上海图书馆编印。月刊。每期收录国内公开和内部发行的 2000 余种中文报刊上的论文资料近万条。出版周期约 4 个月。1991 年第 1 期(总第 208 期)起，参照国家标准局颁发的《检索期刊条目著录规则》(GB 3793—83)，结合报刊文献的特点，实行标准著录。并附编"著者索引"和"题中人名分析索引"。

《中国社会科学文献题录》 中国社会科学院文献情报中心主编。双月刊。社会科学文献出版社出版。每期约录重要社科论文7000 篇。

中国人民大学书报资料中心编印的**《复印报刊资料》**，既具检索功能，又直接提供重要篇目的原文，是目前较理想的大型资料性刊物。《复印报刊资料》从全国千余种主要报刊中选辑重要论文资料，照相影印，按社会科学学科或问题析成约 100 个专题分辑出版，大都为月刊，部分双月刊、季刊不等。出版周期为 2~3 个月，各期一般附有本专题未选印的论文资料篇目索引，并办理该部分论文资料的复印业务。同时，配套出版《报刊资料索引》年积累本，按学科分册出版，出版周期约半年。

20 世纪末，国内学术界和出版界联手，展开回顾和总结世纪学术研究历程的浩大活动。其成果之一，就是编辑出版了一大批研究成果卓著的学者文集，如《陈援菴(垣)先生全集(附录书信)》(台北新文丰出版公司 1993 年版)、《夏承焘集》(浙江古籍出版社、浙江教育出版社 1997 年版)、《俞平伯全集》(花山文艺出版社 1997 年版)、《郑振铎全集》(花山文艺出版社 1998 年版)、《周振甫文集》(中国青年出版社 1999 年版)、《游国恩学术论文集》(中华书局 1999 年版)、《程千帆全集》(河北教育出版社 2000 年版)、《陈寅恪集》(三联书店 2000~2002 年版)、《王瑶全集》(河北教育出版社 2000 年版)、《魏建功文集》(江苏教育出版社 2001 年版)、《姜亮夫全集》(云南人民出版社 2002 年版)、《吴梅全集》(河北教育出版社 2002 年版)、《顾颉刚全集》(中华书局 2006 年版)、《张元济全集》(商务印书馆 2007～2010 年版)、《游国恩楚辞论著集》(中华书局 2008 年版)等。著者毕生的研究论著汇集于一编之中,极大地方便了我们的检索利用。此外,20 世纪学者论文集也要注意利用,如《胡小石文史论丛》(南京大学出版社 2008 年版)、《阴法鲁学术论文集》(中华书局 2008 年版)、《逯钦立文存》(中华书局 2010 年版)等。大型论文选集则有赵敏俐主编《20 世纪中国文学研究论文选》(社科文献出版社 2009 年版),全书 10 卷 10 册:通论卷、先秦卷、两汉卷,魏晋南北朝卷,隋唐五代卷,两宋卷,辽金元卷,明代卷,清代卷,近代卷。

第二节 作家及相关人物传记资料的检索

历代作家除了文学创作外,还广泛参加社会的政治、经济、文化和学术研究活动。有关他们的生平事迹、社会活动和学术思想等,各种史料从不同的角度或侧面进行记载。要获得他们的较系统准确的传记资料,必须花费很大精力去搜集整理。当涉及相关人物时,其检索的范围就更大。所以,在进行这一部分史料的检索时,应掌握以下原则:一、充分熟悉和利用各种有关的目录索引,以求迅速全面掌握有关的传记资料;二、根据第二编"史源论"各章所述,在检索中注意第一层位的或较早的记载;三、重视跟踪检索经后人系统整理研究而成的传记资料,如年谱、作品系年、评传等。

一、传记资料的类型和分布

目前,我国传记资料的检索工具,基本上是以传记资料的类型或分布为编录范围的。了解这种类型划分和分布规律,对于正确认识各类传记资料的史料价值,并进行有效的立体式检索是有帮

助的。按写传方法和作用的不同,并结合在史料体系中的分布,传记资料可分为5大类:

1. 历史性传记。以纪传体史书列传为主体,习称史传。其特点是:行文结构有固定的程式,一般按时间顺序叙写。语言平实简练。主要概括反映传主的重大履历,基本不在生活细节方面进行铺叙。为研究者提供人物的基本史料。除史书列传外,方志中的人物列传、墓志碑传、书目提要和诗文总集中的人物小传等基本上都属于这种类型。

2. 学术性传记。主要是指评传。评传旨在全面地评介人物的学术成就、历史功过,所以对人物的生平、著述、学术思想等有详细、系统的介绍和评论。大多由专门研究者撰写。评传作为传记体裁,兴起于近现代。随着学术研究的不断深入发展,各种评传越来越多地出现于著述之林,有些不以评传为名者,实亦应归属此类。如刘起釪的《顾颉刚先生学述》(中华书局1986年版)、胡晓明的《饶宗颐学述》(浙江人民出版社2000年版)等,大都以传主的治学发展进程为纲,生平事迹穿插其间,并附录其学术简历和著述年表于后。

3. 编订性传记。主要指纵向按时间顺序编录考订的年谱、行年考、作品系年等。编订性传记从纷呈零碎的史料中考订整理出清晰、完整、可以凭信的人物资料,素为学者和研究人员所重视。

4. 杂记性传记。与以上三类相比,这类传记资料大都属于片断或零碎的记载。回忆录、日记、书信、序跋、笔记类书籍中的有关内容均属此类。杂记性传记一般以亲见亲闻为基础,具有较高的史料价值。民国初金梁曾从近代四大日记(翁同和、李慈铭、王湘绮、叶昌炽)中辑出有关近代人物的记载,编为《近世人物志》(台北国民出版社1955年版,另有《近代中国史料丛刊》本),深为识者重视。

5. 汇编性传记。主要指横向总汇人物各类传记资料平行编排的人物研究资料集。其容量一般都比较大,可包括传主传略、年谱、学术年表,有关研究论文、著述目录等,都从书籍和报刊中选录而得。大都单行出版,也有的附于传主的全集或选集之后。

以上各类传记资料,在内容上彼此有着密切的关系,如同一人物或相关人物的各类传记资料,其内容往往存在转录、递修、补充、包容,或者矛盾、对立的关系。说明各类传记资料之间潜在着一个网络体系,只有在这个体系内尽可能详尽地占有人物的全部资料,才能保证随后进行的甄别考订和爬梳整理工作的科学性。各种传记资料的检索工具为我们达到这个目的提供了方便的途径。

二、传记资料索引的利用

传记资料索引以人名为检索对象,揭示人物传记资料在各类史料中的出处。各种传记资料索引所揭示的资料的范围和深度是不同的,尤其在资料的范围上,有的是彼此补充的,有的是相互包容的。必须十分清楚地了解这些情况,才能进行高密度、少遗漏的有效检索。

1. 正史索引。纪传体史书自司马迁开创以来,历代都承继这一体例撰修史书,清乾隆时诏定《史记》至《明史》等二十四史为"正史",加上近人赵尔巽等编写的《清史稿》,共记载了我国从黄帝至清末绵延4千多年的历史,其中包括了以本纪、列传等形式反映的约4.5万人的传记资料。解放后,史学工作者对二十四史和《清史稿》进行系统的整理,全部校点出齐,并陆续重印。为方便利用其中的传记资料,中华书局1980年配套出版了张忱石、吴树平编《二十四史纪传人名索引》,凡在二十四史中有纪传,包括附传及有完整事迹的附见人物都予收录。按四角号码编排,有一索即得之便。

在正史中,有本传(包括附传)的人物的传记资料还会出现在其他篇章里;没有本传的人物也会有所记载,《二十四史纪传人名索引》远不能揭示出正史中的全部传记资料。鉴于这一点,中华书局、上海古籍出版社从 1977 年起,组织出版专史人名索引。专史人名索引不仅收录纪传的人名,还将散见全书的人名一一收录归并,完整地揭示了蕴含在史书中的全部人物传记资料。1996 年,中华书局出版何英芳编**《清史稿纪表传人名索引》**。目前,二十四史及《清史稿》人名索引均已出版。查找正史中的传记资料,以专史人名索引为佳。

2. 方志索引。我国地方志素有"一地之史"之称,其体例仿纪传体史书,设有人物列传。在现存的 8200 余种方志中,蕴含了大量的人物资料。方志中的人物传记,有一部分直接移录自史传或其他史料,但大部分人物属乡邦贤达,不著于国史和其他资料,传主事迹直接来自乡邦的文献,弥足珍贵。在史料整理和学术研究中,许多人物的疑案都在方志人物列传中得以解决。方志中的传记资料在现代学术研究中越来越受重视。

朱士嘉编有《宋元方志传记索引》(中华书局 1963 年出版,上海古籍出版社 1986 年重印),收录 33 种宋元方志中的人物 3949 名。此外还有:

《北京天津地方志人物传记索引》 高秀芳等编著。北京大学出版社 1987 年版。全书征引北京天津两地方志 73 种,收录人物近 1.5 万名。

《中国地方志宋代人物资料索引》 沈治弘、王蓉贵编撰,四川辞书出版社 1997 年出版。收录《宋元方志丛刊》、《天一阁藏明代方志选刊》及其《续刊》,《日本藏中国罕见地方志丛刊》四套方志丛书中 300 多种方志中的宋代人物资料 10.4 万条,大量在《宋史》中记载不详的人物,可于索引中找到其在方志中详细记载的出处,部分还有编者的考订。2002 年出版《续编》,全 4 册。

《中日现藏三百种明代地方志传记索引》 台北大化书局 1986 年出版。系据日本山根幸夫 1971 年油印本《日本现存三百种明代地方志传记索引稿》改编而成,王德毅校订。原书依姓氏的威妥玛氏汉字罗马拼音顺序编排,现改用《康熙字典》笔画部首顺序,并加注方志的台湾收藏单位。索引采用表格形式,列举人名、科举、本籍和出处四项。

《天一阁藏明代方志选刊人物传记资料人名索引》 华东师范大学图书馆古籍部编,上海书店出版社1997年出版。《天一阁藏明代方志选刊》共收方志107种,上海古籍书店1962～1965年影印线装本101种,中华书局上海编辑所1965～1966年续印6种。上海古籍出版社1982～1983年合印为精装本,68册。《索引》以各方志中的人物志为主,其他各门类中凡有姓氏年里事迹可稽考查者亦一并著录,共辑得秦汉至明代人物条目11万条,其中宋元以前的约3万条,明代约8万条。按四角号码顺序编排。

21世纪初,北京图书馆出版社组织编辑、影印出版**《地方志人物传记资料丛刊》**。《丛刊》按全国行政区划分为西北、东北、华北、华东、中南、西南六大卷,其选编内容包括方志中各类人物传记,如名宦、乡贤、乡宦、仕进、孝友、节烈、耆旧、寿民、方技等,以及与人物有关的各类表志和艺文志、金石志中的墓志、碑记、传诔等,是一部特大型的人物传记资料汇编。已出版《地方志人物传记资料丛刊·西北卷》(全20册)(2001),《地方志人物传记资料丛刊·东北卷》(全12册)(2001),《地方志人物传记资料丛刊·华北卷》(全66册)(2002),《地方志人物传记资料丛刊·华东卷》(上编,全80册)(2007)等。

《丛刊》虽卷帙浩大,但具有齐备的检索体系:各卷有总目,每册编细目,同时还为各卷编制《人物姓名拼音索引》和《人物姓名笔划索引》,由北京图书馆出版社出版单行。已见李雄飞编《地方志人物传记资料丛刊东北卷人名索引》(2003),黄秀文等编《地方志人物传记资料丛刊华北卷人名索引》(2007)等。

3. 年谱、家谱目录。年谱兼取纪传和编年二体的长处,以谱主为中心,年月为经纬,较之史传,能更清晰、详尽和准确地反映谱主一生处世行事的经历。掌握年谱的编纂、出版情况,要充分利用年谱目录。年谱目录的编纂始于现代,自20世纪20年代以来已有数十种问世,所收年谱数百至上千种不等,或反映收藏,或区分存佚,用途不一。家谱是记载一姓世系和重要人物事迹的谱籍,大量历史人物的生平事迹被记录其中。下面介绍几种体例较善,收录较全的目录:

《中国历代年谱总录》 杨殿珣编,书目文献出版社1980年出版。共录年谱3015种,反映谱主1829人,附参考书或文章277条。《文献》第13辑(1982)刊载了杨殿珣所辑《续录》,续辑年谱220余种,反映谱主170余人。李裕民有《〈中国历代年谱总录〉补正》,载《艺文志》第2辑(山西人民出版社1983年版),补129种,正15条。

《中国历代名人年谱总目》 王德毅编,台北华世出版社1979年出版。以王宝先《历代名人年谱总目》(台湾东海大学图书馆1966年版)为基础增订而成。共收年谱2400余种,谱主1300余人。以谱主生年先后为次。凡已查知谱主姓名、字号、籍贯,但尚未知其生卒年,或未知谱主者,列入"待问篇"。林庆彰的《评〈中国历代名人年谱总目〉》(载台北《书评书目》第74、76、77号,1979年)一文附有补遗,共补入年谱109种,谱主31人。所补年谱以发表于港台刊物和作者自印本居多。

以上两目体例基本相同,所收除以"年谱"题名者外,还包括年表、纪年、行年考、学谱、著述系年等。对有关谱主卒年、事迹作品系年发表新见解的参考书和论文也酌情收录。从总体上讲,《总录》著录大陆著述较《总目》为备,而《总目》则以较全面地反映了港台的编纂成果取胜,如李辰冬《陶渊明作品系年》(《大陆杂志》2卷3、4期,台北,1951)、杨勇《陶渊明年谱汇订》(《新亚学报》7卷1期,香港,1965)等,《总录》失收。两目可相辅为用。

《近三百年人物年谱知见录》 来新夏编撰,上海人民出版社

1983年版。著录明清之际至生于清卒于辛亥革命以后的人物年谱800余种。各谱撰有提要，注意发掘和提示重要史料，对前人的谬误作有考订和辨证。附录"知而未见录"及谱主、谱名索引。中华书局2010年出版增订本，著录年谱增至1500余种。

《中国历代人物年谱考录》 谢巍编撰，中华书局1992年出版。全书共收录历代年谱6000余种，谱主达4000人。各谱著录谱主、编者、版本、备注、备考诸项，对谱主姓氏字号、生平仕履、版本源流、存佚情况和史料价值等均予酌情摘录介绍。稀见的善本、稿本和抄本等加注收藏。

黄文秀主编的**《中国年谱辞典》**（百家出版社1997年版），收录我国（包括台湾、香港、澳门地区）先秦至当代（出版于1993年底前）的年谱4115种，涉及谱主2431人。其特点是著录了大量发表于刊物杂志上的单篇年谱资料。

《中国家谱综合目录》 国家档案馆、南开大学历史系、中国社会科学院历史所编纂，中华书局1997年出版。全书收录1949年以前的中国家谱目录14719条，其资料来源于中国大陆400余家单位报送的收藏目录，个人收藏目录，以及《台湾地区家谱目录》、《宗谱之研究（资料篇）》（日本多贺秋五郎编）、《美国家谱协会收藏中国家谱目录》中的部分目录。

《上海图书馆馆藏家谱提要》 王鹤鸣、马远良、王世伟主编，上海古籍出版社2000年版。本书主要著录上海图书馆馆藏1949年以前编印的家谱11700种，近10万册，其中200余种为明刊本，以及数量可观的稿本、纂修底本等。前有王鹤鸣《前言》一篇，略述家谱在历史上作用与意义之递变及家谱于今之现实意义。后附有分省地名索引、堂号索引、人名索引、常见古今地名对照表及后记一篇。

《浙江家谱总目提要》 本书编委会编著，浙江人民出版社2005年出版。全书著录谱籍浙江的家谱12000余种，省内收藏与外省及海外收藏各占一半,而省内收藏的6600余种中,又有一半属于私藏。著录项目参照《古籍著录规则》(GB 3792.7—87)制订。书后附谱籍索引、堂号索引及收藏单位名称对照表。

《中国家谱总目》 上海图书馆编,王鹤鸣主编,上海古籍出版社2009年版。全书收录中国大陆、台湾和港澳地区,以及海外相关机构所藏中国家谱52401种,其中多姓合谱23种,海外华人谱44种。是迄今收录中国家谱最为齐备的专题目录。

4. 传记资料综合索引。与以上介绍的索引相比,传记资料综合索引广泛搜集正史、别史、杂史、传记集、书目提要、别集、诗文总集、书画品鉴书、地方志等书籍中的传记资料,以人名为目,综合编排而成。其索取范围广,揭示资料丰富。一般断代编录。从已出版的综合索引分析,在索取范围有着明显的区别,大致有以下两大系列:

(1) 主要以传记资料分布比较集中的正史、别史、杂史和传记集为索取范围,包括:

《唐五代人物传记资料综合索引》 傅璇琮等编,中华书局1982年版。从83种图书中辑得唐五代各类人物近3万名,分字号索引和人名索引两大部分。

《四十七种宋代传记综合引得》 燕京大学引得编纂处1939年编印,中华书局1959年影印。

《辽金元传记三十种综合引得》 燕京大学引得编纂处1940年编印,中华书局1959年影印。

《八十九种明代传记综合引得》 田继综编,燕京大学引得编纂处1935年印行,中华书局1959年校订重印。

《三十三种清代传记综合引得》 杜联喆、房兆楹编,燕京大学引得编纂处1932年出版,中华书局1959年影印。

以上5种索引,在内容上都广泛搜集了包括正史列传在内的主要传记资料,除《三十三种清代传记综合引得》外,都有所收人物的字号索引。后4种索引成书于30年代,都采用洪业发明的"中国字庋撷"检字法编排。中华书局1988年再次重印,上海古籍出版社1986年将4种索引缩印成1册出版。2006年,由国家图书馆影印室根据这四种引得的书目,编辑《宋代传记资料丛刊》、《辽金元传记资料丛刊》、《明代传记资料丛刊》、《清代传记资料选刊》,总其名曰**《宋元明清传记资料丛刊》**,北京图书馆出版社影印出版。其中由于原引得所据《宋史》、《辽史》、《金史》、《元史》、《新元史》、《明史》、《清史稿》的点校本、影印本已普及,各资料丛刊不再收录。书后新编人名四角号码索引。

这5种索引在时间上互相衔接,提供了唐五代至清末一千多年间重要历史人物的传记资料的线索。自唐上溯,目前还没有同类索引,可暂先利用:

《先秦诸子系年》 钱穆撰,商务印书馆1935年初版。香港大学出版社1956年增订版,中华书局1985年据增订版影印。全二册。书末附有诸子系年通表、考辨索引和书名人名索引。

《诸子通考》 蒋伯潜撰,浙江古籍出版社1985年新排本。全书分诸子人物考、诸子著述考两部分。

《中古文学系年》 陆侃如撰,人民文学出版社1985年出版。全二册,以年为纲,以人为目,上自公元53年扬雄生,下迄公元340年卢谌卒,共收录中古时期152位作家,详细考证了他们的生平事迹、著述篇目及写作年代。

此外,唐以前的蕴含有丰富的人物资料的历史著作,如《左传》、《战国策》、《竹书纪年》、《吴越春秋》、《华阳国志》以及《世说新语》等,近年来都有新点校本出版,大都附有人名或综合索引,检索也很方便。

(2) 以历代文集中的传记资料为主要索取对象,兼及史传典籍、方志、年谱等,收录范围更广,揭示资料更丰富。主要有以下3种:

《宋人传记资料索引》 昌彼得编,台北鼎文书局1974～1976年出版,1977年增订版。中华书局1988年据增订版影印,全6册。采用各种史籍500余种,其中宋人文集347种、元人文集20种,总集12种,宋元方志28种,反映人物达1.5万人,涵括了《四十七种宋代传记综合引得》和日本青山定雄所编《宋人传记索引》(日本东洋文库1968年版)的内容。四川大学出版社1994年出版李国玲编纂的《宋人传记资料索引补编》(全3册)。

《元人传记资料索引》 王德毅等编,台北新文丰出版公司1979～1982年出版。中华书局1987年影印,全5册。采用史籍700余种,主要有宋金人别集41种,元人别集193种,总集38种,明初和清代名家别集73种,以及元明方志、史传笔记、石刻史料及年谱、目录等。收编人物达1.6万人,汉人与非汉人(主要指元代的蒙古人和色目人)分编。

《明人传记资料索引》 台北中央图书馆编,昌彼得主编。台北文史哲出版社1978年出版。中华书局1987年影印。采用明清人别集528种,史传及笔记类典籍65种,收录人物近万人。与《八十九种明代传记综合引得》相比,采用史籍除《明史》、《明儒学案》、《皇明名臣琬琰录》、《国朝献徵录》、《藩献记》和《国宝新编》6种外,概不重复,可并行。

这3种索引对所收人物都立有小传,包括生卒年、字号、籍贯、亲属、科第、仕履、言行、封谥、著作等项内容,无考者阙如。小传部分录自臧励龢等编的《中国人名大辞典》,部分系据史传、方志、碑传墓志等撰成,具有人名辞典的功用。

清代文集中的传记资料,可利用:

《清代文集篇目分类索引》 王重民等编,北平图书馆1935年初版。中华书局、台北国风出版社分别于1965年影印,北京图书馆出版社2003年重印。收录清人别集428种,总集12种,分学术文、传记文、杂文3大部分,其中传记文之部占总篇幅的50%,收录传状、志、赠序、寿序、书序、哀诔、铭、赞等各种文体的传记资料。

《四库全书文集篇目分类索引》 台湾中华文化复兴运动推行委员会·四库全书索引编纂小组主编,台湾商务印书馆1989年出版。台湾商务印书馆20世纪80年代影印出版《文渊阁四库全书》,本书即据此影印本编录。全书五册,援《清代文集篇目分类索引》之例,分为学术文、传记文和杂文3大部分,其中《学术文之部》凡3册,收录篇目约15万条,《传记文之部》1册,收录篇目10万余条,《杂文之部》1册,收录篇目约9万条。

《四库全书传记资料索引》 台湾中华文化复兴运动推行委员会·四库全书索引编纂小组主编,台湾商务印书馆1990年出版。全书正文2册,收录传记资料30万条。1991年配套出版《字号索引》1册。

以上二种分别为台湾中华文化复兴运动推行委员会·四库全书索引编纂小组规划编纂的《四库全书索引丛刊》之二、三。规划中的《四库全书说部篇目分类索引》(之一)未见。

文集中的主要传记资料——碑传文,另有专门索引可供检索:

《清代碑传文通检》 陈乃乾编,中华书局1959年出版,北京图书馆出版社2003年重印。收集了1000多种清人文集中的碑传文(兼及哀辞、祭文、记、序等可供参考者),辑得人物约1.3万人。按传主姓名笔画排列,著录姓名、字号、籍贯、生卒年和出处4项内容。台北中国学术研究所续修四库全书编纂处1965年影印此书时易名《清人别集千种碑传文引得及碑传主年里谱》,并署杨家骆编。

上述各种传记资料综合索引,其索取对象基本上都属于古典史料的范围,没能反映现代学者整理研究古代人物的新成果。这些成果主要有专著和报刊论文两种出版形式,可根据本章第一节"作品及其研究资料的检索"所介绍的近现代图书目录和报刊论文索引中的人物传记部分进行检索。近现代人物的传记资料主要有

以下索引可供检索:

《辛亥以来人物传记资料索引》 复旦大学历史系资料室编,王明根主编。上海辞书出版社1990年出版。收录主要活动于1911~1949年间各界人物1.8万余人的8万条传记资料。资料取材于1900~1985年我国出版的(含台湾、香港)图书报刊,其中报刊1400余种,人物传记集约350种,文集500余种,回忆录140余种,资料汇编(包括文史资料)约300种,年鉴14种,百科全书13种。部分资料的截止时间下延至1986年。

《二十世纪中国人物传记资料索引》 复旦大学历史系资料室编纂,上海辞书出版社2010年出版。全书上下两编四册,共收录活动于20世纪且有传记资料存世者4.8万余人,其中包括华侨,及少量中国籍外国人,凡中文传记资料20万余条。其上编为《辛亥以来人物传记资料索引》的修订本,下编则收录活动于1900至1999年间上编未收录之人物。

《中国近代人物传记资料索引》 台湾中央图书馆,台北中华丛书编审委员会1973年印行。收录主要活动于1840年迄至当代的重要人物1588人。附录"个人传记书目"和"多人合传书目"。

复旦大学历史系资料室编《五十二种文史资料篇目分类索引》(复旦大学出版社1982年版)和金华英等据台北传记文学出版社编辑出版的《传记文学》月刊1~48卷所编的《传记文学篇目分类索引》(华东师范大学出版社1988年版)中含有大量现代人物的传记资料线索,亦可利用。

三、人名辞典及其他人名资料的利用

我国以史传为中心的历代传记资料,在内容记载上,重在为后世提供言传身教的典范,除年谱碑传外,一般没有明确的系年记录,其生卒得年不易查考。人物的称呼也十分复杂。人际交往,讳

名称字。数千年的史料记载中,字号、别称、笔名交相使用,每使人有诵其诗,读其书,而不知其本名之叹。所有这些对史料利用和学术研究带来一定困难。20世纪以来,学者们积极从事对人物基本史料的整理工作,在前人的工作基础上,推出各种较齐备的有关人名资料的参考工具书,主要有人名辞典、生卒年表和字号索引数种类型,为我们掌握人物的基本情况提供了方便。

1. 人名辞典

《中国人名大辞典》 臧励龢等编,商务印书馆1921年初版,上海书店1980年影印。收录上古至清末人物约4万人。其优点在于收录人名多,缺点是不记人物生卒年,不注所据史料出处,籍贯用亲属连类的方式记载。编写时《清史稿》和一批方志尚未刊行,清代人物遗漏颇多。台湾商务印书馆1977年影印时,由许师慎增补1911~1976年间人物近2000人,载明生卒年。

《中国人名大辞典》 廖盖隆、罗竹风、范源主编,上海辞书出版社和外文出版社联合出版。全书分为3卷:历史人物卷、当代人物卷和现任党政军领导人物卷。《现在党政军领导人物卷》1989年出版,收录1988年12月31日前在职的中央和地方党政军高级领导人2185人。《历史人物卷》1990年出版,收录远古至1949年10月1日以前去世人物1.4万人。

《中国历代人名大辞典》 张㧑之、沈起炜、刘德重主编。上海古籍出版社1999年出版。是书收录我国古代各民族人物约5.4万人,上限起自原始社会,下限迄于辛亥革命。各历史时期之重要人物及正史立传之人,悉数收入;生于晚清而在辛亥革命后去世之重要人物,权衡其历史地位及一般朝代归属,酌量收入。条目释文包括生卒年、姓名异文、朝代籍贯、字号别名、亲属关系、科举仕历、主要事迹、思想学说、封赠谥号、主要著作等。每一条目释文之末,均括注所依据主要文献资料来源。书末有人名四角号码索引。

江苏教育出版社2009年出版傅璇琮主编,龚延明、祖慧编撰的《宋登科记考》(上下册),全书按年编排,分为大事记和登科名录两部分,名录涉及宋代登科者近4万人,凡收录者,都撰有小传。资料辑集引用书籍近千,涉及宋登科记、有关宋史的基本史书、人物传记、方志、文集笔记、碑刻及出土文献资料等。兼具宋代人物词典的功能。

《中国近现代人名大辞典》 李盛平主编,中国国际广播出版社1989年出版。收录1840~1988年9月30日间去世人物约1万人,近代外国来华人物800余人。

《民国人物大辞典》 徐友春主编,河北人民出版社1991年出版。收录1912年至1949年之间人物1.2万余人。2007年出版增订本,增录人数多达5000,并增加中华民国中央政府机构建制、中华民国议会、国会暨其他政治会议和中华民国时期中国驻外国使官与外国驻华使官等多种附录。采录资料依据档案馆馆藏档案、书刊与各类政府公报,并向私人调查征集书信材料,同时以人物传记、碑传集、地方志和部分文史数据与港台书刊等相互排比核对。

《当代中国社会科学学者大辞典》 陈荣富、洪永珊主编,浙江大学出版社1990年出版。收录社会科学学者约5000人,其中包括港、台、澳学者近1000人。词条内容多由学者本人提供素材。书海出版社1994年出版高增德主编的《中国现代社会科学家大辞典》。

《"中华民国"现代名人录》 张朝栀主编,台北中国名人传记中心1982年印行。选录台湾省当今各界知名人士3500余人,介绍文字中英文对照,附照片。

《"中华民国"当代名人录》 熊纯生主编,台湾中华书局1978~1985年出版。收录台湾省各界人士5000余人。与张书相比,收录人物较多且有记载异同之处。编排上正文分类,末附索引,较张书为优。

《中国文学大辞典》 钱仲联、傅璇琮等总主编,上海辞书出版社1997年版,2000年出版修订本。全书收录中国文学学科词目1.8万余条,分为12个单元,依次为:先秦文学、魏晋南北朝文学、隋唐五代文学、宋辽金文学、元代文学、明代文学、清及近代文学、现代文学、民间文学、少数民族文学、文学理论批评、文学史通论(跨三代以上通代性)、总集及其他(包括类书、工具书及文学人物)。前10个单元下均首列"作家"类条目,正文后有"中国文学大事记"、"本辞典主要征引参考书目"等,书前有按单元顺序编排"词目分类索引",书末附有全部词目之笔画索引。

《中国美术家大辞典》 俞剑华编,上海人民美术出版社1981年出版。台北文史哲出版社1982年影印。收录历代画家、书法家、篆刻家、建筑家、雕塑家及工艺美术家约3万人。注明资料来源、生卒年,附有字号异名索引。我国历代很多文士学者、高官显贵都因擅长书画和篆刻而被收录,其实际使用价值超出了书名规定的范围。

《中国音乐舞蹈戏曲人名辞典》 曹惆生编,商务印书馆1959年出版。台北鼎文书局1972年影印。收录上古至清末的音乐舞蹈戏曲艺术家5200人。释文较简,资料注明出处。

《中国艺术家辞典》(现代部分) 北京语言学院本书编委会编,湖南人民出版社1981~1985年出版。全5册。收录"五四"以来的各族艺术家2500余人。

《中国戏剧家大辞典》 路闻捷等主编,中国戏剧出版社2003年出版。全书收录1911年以来现当代中国戏剧家,包括台湾、香港、澳门及移居海外的华侨戏剧家1万余名。

《古今同姓名大辞典》 彭作桢编,好望书店1936年初版,上海书店1983年影印。全书起自上古迄止20世纪30年代前期,汇集古今同姓名约5.6万条,系据梁元帝萧绎《古今同姓名录》至清刘长华《历代同姓名录》等5种专著及其他同名零篇辑补而成。材料注明来源。

《世界中国学家名录》 中国社会科学院文献信息中心、外事局合编,孙越生、李明德主编,社会科学文献出版社1994年出版。本书收有21个国家的中国学家1434人,著录内容包括原文姓名、译名或汉名,通信地址,学历、经历和著作等。入录中国学家以1991年在世者为限。

《北美汉学家辞典》 安平秋、(美)安乐哲主编,人民文学出版社2001年出版。收录了美国、加拿大当前从事汉学研究的学者五百余人,较详细地列出每位汉学家的个人简历、治学范围、主要论著、现今所在机构和联络办法。原始资料大多由汉学家本人提供英文文本,由本书编委会组织人译为中文,准确度较高。由于有些汉学家未能提供本人材料和其他原因,存在失收的情况,有待增补。

华艺出版社1989年起出版李方诗主编的《中国人物年鉴》,介绍各年度内逝世的各界著名人士,包括党、国家和政府领导人,民主党派领导人,专家学者等,以及在各年度举行过纪念活动或出版过文集、传记的历史名人。

2. 别名索引及其他

《古今人物别名索引》 陈德芸编,岭南大学图书馆1937年初版,长春古籍书店、上海书店1982年分别影印。共收录别名字号、爵里称谓、斋舍自署等7万余条。正文按编者自编的笔顺法排列,附笔画索引。

《室名别号索引》(增订本) 陈乃乾编,丁宁、何文广、雷梦水补编,中华书局1982年出版。收录先秦至近代人物的室名别号3万余条。陈乃乾的《室名别号索引》原为《室名索引》、《别号索引》,由上海开明书局分别于1934、1936年出版,1957年由中华书局合刊,共收室名别号1万余条。台北时潮出版社1964年影印时易名《历代作家室名、别号(笔名)索引》,台北世界书局1962年影印时易名《历代人物别署居处名通检》。

以上两书除了收录数量上的差别外,著录及范围上也各有特点:《古今人物别名索引》收录表字,别号不限字数,一般不注人物籍贯;《室名别号索引》不收表字,别号只收三字及三字以上者,注明人物籍贯。应配合使用。

《历代人物谥号封爵索引》 杨震方、水赉佑编著,上海古籍出版社1996年出版。全书收录范围为周朝至清末,分上下二编,上编由谥号查时代、姓名、封爵;下编由姓名查时代、谥号、封爵。附录历代有关谥法文献。

与通代的别名索引相比,断代的收录较为齐全。前面介绍的断代传记资料综合索引绝大多数附有别名字号索引,唯清代的几种没有,可利用:

《清人室名别称字号索引》 杨廷福、杨同甫编,上海古籍出版社1988年版。收录清代3.6万人的室名别称凡10.3万余条。分甲乙两编。甲编从室名别称查本名;乙编从本名查室名别号,并注明籍贯。2001年出版增补本,增补3000多人8000余条。台北新文丰出版公司1985年出版了王德毅所编《清人别名字号索引》,共收录2万余条,可比照参考。

《明人室名别称字号索引》 杨廷福、杨同甫编,上海古籍出版社2002年版。体例同上书。收录明代2.3万人的室名别称凡5万余条。

查近现代人物的别名可利用:

《中国近现代人物名号大辞典》 陈玉堂编著。浙江古籍出版社1993年版。本书收录人物始于1840年,迄至当今,凡10112人。正文以人物本名立目作传,书后附编名号索引,实兼具人名辞典和别名索引的功能。2002年出版《续编》,体例一准初编,收录4092人。2005年出版全编增订本,收录人物增至14165人。

《中国现代文学作者笔名录》 徐迺翔、钦鸿编,湖南文艺出版社1988年版。收录1917～1949年间从事创作、理论、翻译等写作工作的6千余位作者的笔名3万余个,包括港澳台地区作者和部分海外华人的笔名。分笔名录和笔名索引两部分。笔名录以本名笔画为序，各条依次列出姓名、性别、生（卒）年月、籍贯、民族、原名、字号、曾用名和笔名诸项。笔名索引以笔名为目，指示本名和在笔名录中的页码。附录"本人提供过材料（或作过审核补正）的作者名单"。

《二十世纪中文著作者笔名录》 朱宝樑编，广西师范大学出版社 2002 年版。全书收录 20 世纪海内外中文著作者约一万五千余人的笔名（包括字、号、室名）四万余个。

我国历代在人际交往的称呼上尚有各自的特殊习惯，唐代习惯于按同曾祖或同祖父辈依长幼排行，即行第相称，或排行与官职连称。如白居易《与元九书》中的"元九"即元稹；而白居易有时被称为"白二十二舍人"。要解决唐人行第的查考问题，可利用：

《唐人行第录》（外三种） 岑仲勉著，中华书局 1962 年初版，1963 年重印。以姓氏笔画为序，注明本名和材料来源。

在唐五代人名的考释方面，江苏徐州师院中文系教授吴汝煜（1940～1990）作出了令人瞩目的贡献。上海古籍出版社 1993 年出版吴汝煜主编的**《唐五代人交往诗索引》**。全书以《全唐诗》为基础，将每一位诗人与别人的交往及别人与他的交往一一梳理清晰。在人名考订方面，把清代至 1988 年我国学者取得的成果用加注的方式予以说明。日本学者平冈武夫等合编的《唐代的诗篇》附有《诗歌篇目中的人名索引》，索引范围既局限于篇题，又不作人名的考订工作。《唐五代人交往诗索引》将索取范围扩大到诗歌的序、引、注及诗句中，并对人名进行了全面的综合考订。吴汝煜、胡可先利用该索引的梳理成果，另成《全唐诗人名考》（江苏教育出版社 1991 年版），考证 7300 余人次，其中 3400 余人次系利用前人成说，3800 余人次则为作者自己考订的新成果。又，陶敏亦撰有《全唐诗人名汇考》（辽海出版社 2006 年版），所考人名多于吴著。

《宋人行第考录》 邓之勉编撰，中华书局 2001 年版。本书是仿《唐人行第录》的方法,将可考的宋人行第汇为一编。采录资料以宋人诗文别集为主,广涉词集、总集、笔记杂纂、书画题跋、方志诗文评等。

3. 生卒年表及其他

《历代人物年里碑传综表》 姜亮夫编,中华书局1959年版。台湾世界书局1963年影印时易名《历代人物年里通谱》。以钱大昕、吴修、陆心源等6家疑年录、吴荣光的《历代名人年谱》等为基础,征引清末以来重要报刊的资料考订编辑而成。收录孔子以下,至卒于1919年的历代人物1.2万余人。著录姓名、字号、籍贯、年岁、生卒和资料来源诸项。来新夏曾据清人年谱撰文纠正50余处(文载《古籍整理出版情况简报》第72期,1981)。台湾郑骞撰文《宋人生卒考示例》、《宋人生卒考示例续编》,就宋人部分进行补正,文载台湾《幼狮学志》6卷1、2期(1967)和7卷4期(1968),台北华世出版社曾予合刊印行。

《中国历代人物生卒年表》 吴梅林、李延沛编,黑龙江人民出版社1981年版。收录西周共和至清末人物6600余人。

《清代人物生卒年表》 江庆柏编著,人民文学出版社2005年版。全书收录主要活动年代在清朝的人物2.5万人左右,凡曾任重要职官,考中进士者,有传世著作或虽无著作存世但为清朝重要作家者,有突出事迹、重要影响者,都在收录范围。僧道人物因人数众多,除少数以俗名收入外,均不收录。

《释氏疑年录》 陈垣撰,中华书局1964年版。台北鼎文书局1977年影印。考订晋代至清初僧人2800人的生卒情况,注明所据材料。引书700余种。

《明清进士题名碑录索引》 朱保炯等编,上海古籍出版社1980年出版,2006年重印。明清两代先后举行过进士考试201科,取中进士51624人。本索引据"进士题名碑录",按进士姓名四角号码编排而成。各人依次注明其籍贯、科年、甲第和名次。最后附有《历科进士题名录》,按科年、名次排列。

四、传记资料集及其利用

传记资料集包括人物传记合集和人物传记的大型丛书两种,它直接提供人物资料,省却据索引跟踪的环节,是我们检索的首选对象。明代以来的几部大型传记资料集近年来均有新印本出版,如明焦竑的《国朝献徵录》(上海书店 1987 年版)、《清史列传》(王锺翰点校,中华书局 1987 年版)、《清代碑传全集》(上海古籍出版社 1987 年版,系合印钱仪吉《碑传集》、缪荃孙《续碑传集》和闵尔昌《碑传集补》三书而成)等,都附有新编人名索引。虽其人名已被收入燕京引得编纂处的断代传记资料综合引得,但不及直接使用本书方便。有的新编传记资料集没有被收入传记资料索引,应及时收入我们直接检索的视野之中。现举要如下:

《明代传记丛刊》 周骏富编,台北明文书局 1991 年影印出版,161 册。收明代人物传记专集 147 部(种),附录 15 种。编有封号索引、字号索引、姓名索引。

《清代传记丛刊》 周骏富编,台北明文书局 1986 年影印出版,202 册。收清代人物传记专书 150 种附 17 种,多为清人著述。约分为学林、名人、遗逸、艺林、综合五大类,清代人物掌故之书已基本收入。其中稀见本甚多。共得清代人物近 5 万人。后附姓名、字号、谥号 3 种索引和清代国姓爱新觉罗、满洲八旗姓、蒙古八旗姓等 4 种清代姓氏资料。

《清代人物传稿》 戴逸等主编,中华书局 1984 年起出版。分上、下编同时分别出版,计划出版 20 卷。上编收录努尔哈赤崛起东北至 1840 年间人物,下编收录鸦片战争至清末人物,共约 2000 人左右。

《清代科举人物家传资料汇编》(全 100 册) 本书编委会编,来新夏主编。学苑出版社 2006 年影印出版。全书从清代刊印的硃卷中摘录清代科举人物家族背景资料编印的大型传记资料书，以上海图书馆藏原刊硃卷为主，兼采国内其他大型图书馆所藏，仅取人物履历、家族资料部分。收录清代科举人物 1 万人，加上中举者家族的主要成员，全书反映人物多达数十万。均据原卷影印。并配套编制人名四角号码索引。

《丛书人物传记资料类编·学林卷》（全 16 册） 国家图书馆古籍影印室辑，国家图书馆出版社 2006 年影印出版。本书依据《中国丛书综录》传记类专录之属学林部分的著录，从《青照堂丛书》、《琳琅秘室丛书》、《皇清经解》及续编、《汉魏遗书》、《昭代丛书》、《榕园丛书》、《函雅堂丛书》等丛书中，辑录了历代著名思想家、学者的传记资料计 57 种，涉及人物达近千人之多。体例涉及年谱、行状、传略、年表、墓志铭等等。其中包括稀见史料近 20 种。书后附录编人名索引。

《丛书人物传记资料类编·仕宦卷》（全 4 册） 国家图书馆古籍影印室辑，国家图书馆出版社 2010 年影印出版。本书依据《中国丛书综录》传记类专录之属仕宦部分的著录，从《酌古准今》、《香苏山馆全集》、《东莱赵氏楹书丛刊》、《三忠合刻》、《崇正丛书》、《咏梅轩丛书》等丛书中遴选历代仕宦传记资料共计 20 种。书后附录编人名索引。

《民国人物传》（中华民国史资料丛稿） 中国社科院近代史研究所主编。全 9 卷，中华书局 1978～1997 年版。收录 1905 年至 1949 年间社会各界著名人物 1000 人。第 9 卷后附 1～9 卷人物笔画索引。按，中国社科院近代史研究所在编写《中华民国史》（全 3 编，中华书局 1981 年起出版）的同时，另行附编 3 种资料：《中华民国大事记》、《中华民国人物志》、《中华民国的政治、经济和文化》。《民国人物传》是《中华民国人物志》中的一部分（其余部分为：《人名辞典》，拟收录 4000 人；《人物表》，拟编制若干，都尚未出版）。中华书局 1973 年起还陆续出版中国社科院近代史研究所中华民国史研究室等编的内部参考版《中华民国史资料丛稿》,计有大事记、译稿、增刊、人物传记等类。所有中华民国史初稿及所编3种资料,一般先在该丛稿上登载,征求意见,然后改为定稿。但是《丛稿》所登稿件,并不全部编进《中华民国史》和所附编的资料。如《人物传记》至1988年已出至第23辑,约收录人物800人,其中很多未被收入《民国人物传》。《丛稿》中的译稿类,有美国包华德主编的《民国名人传记辞典》(美国哥伦比亚大学出版社1966~1971年版),收入我国辛亥革命后各界著名人物的传记595篇,不少传记除根据文字史料外,还采用了部分当事人或知情者的口述史料,有一定参考价值。《人物传记》第23辑后附有《〈中华民国史资料丛稿〉书目题解》,可供全面了解该丛稿15年来的出版情况。

《民国人物小传》 刘绍唐主编,台北传记文学出版社1975年起出版。以台北《传记文学》"民国人物小传"专栏的小传为基础,整理修订而成,所录以现代学者居多。已出版10余册,涉及人物2000多人。

《中国当代社会科学家》 北京图书馆《文献》丛刊编辑部、吉林省图书馆学会会刊编辑部编。书目文献出版社1982~1990年出版11辑。

《中国现代社会科学家传略》 晋阳学刊编辑部编,高增德主编,山西人民出版社1982~1987年出版10辑。

以上两书在体例和收录范围上基本相同,已出版的数十辑中,重复的人物较多。两书所录传记很多系自传,内容翔实。

《中国历代名人年谱汇编》 台湾广文书局出版。已出版第一辑100家,以清代人物为主。

《新编中国名人年谱集成》 王云五主编,台湾商务印书馆1976年起编辑出版。计划收录孔子迄止近代人物的年谱,包括旧籍影印、重编和近代新编等类型。已出版20多辑,每辑10种。

《传记资料》 朱传誉主编,台湾天一出版社1976年起分辑出版。这是一部古今人物汇编性传记资料的大型丛书。编者据有关书目索引，广事搜集，最后按人物影印合订而成。所收资料不限时空，尤其重视非出版物和非卖品资料的搜集，内容丰富。由现代上溯先秦，陆续出版。已出版11辑，1019册，分属227位古今人物，其中文学家和文学研究学者占有很大比例。

《北京图书馆藏珍本年谱丛刊》（全200册）　周和平主编，北京图书馆出版社1999年出版。全书收录北京图书馆1996年前所藏中国历代人物的线装年谱1212种，涉及谱主1018人。所录谱主的卒年大体以1911年为下限，个别传统文化人士下延至民国时期。所收各种，包括与年谱体例、功用相同而不称年谱之书，如年表、年略、述略、编年、年状、年纪、行实录、观生纪、梦痕录、知非录、言旧录、鸿爪录等，以及年谱的变体，如诗谱、读书谱等。首册冠有谱名索引、谱主索引和撰者索引。北京图书馆出版社2005年影印出版《辽金元名人年谱》（全3册），2006年影印出版《清初名儒年谱》（全16册）、《乾嘉名儒年谱》（全14册）、《晚清名儒年谱》（全20册），以及《明代名人年谱》（全12册）等；四川大学出版社2003年影印出版《宋人年谱丛刊》（全12册）。

《中华历史人物别传集》（全90册）　国家图书馆分馆编，刘家平、苏晓君主编，线装书局2003年影印出版。全书利用国家图书馆所藏历代传记类书籍遴选汇印而成，共收录上古三代至20世纪中期1326位传主的传记资料1591种。选用底本很多为明清流传罕见的稿本和抄本，三分之一以上为首次披露。书后编有入选传主人名索引。

《清代民国名人家谱选刊》（全47卷）　国家图书馆地方志家谱中心编，北京燕山出版社出版2006年出版。本书系从数千种家谱中精心挑选版本与资料价值俱佳的42种家谱，以木活字本、刻本为主，兼及抄本和稿本。涉及清代、民国两代政治、军事、文化、教育方面有影响、有一定贡献的人物数百人。2007年影印出版

《清代民国名人家谱选刊续编》(全107册),续选家谱42部,涉及姓氏30个,包括近200位清代民国重要人物的传记资料。

第三节 与作家作品相关的时地资料的检索

作家的活动和写作都在一定的时代和区域内进行,史料对此有或详或略的记载。随着时空环境的推移和记载习惯的变化,过去的许多记载逐渐成为后人需进行查考方能确切理解的历史陈迹。我国古代曾使用过不同的纪时法;历代疆界和区划建置的沿革,自然地貌的改变,以及史料记载用名的不统一,又使地名问题错综复杂。当我们在阅读或研究时,查考和了解作家活动和写作的时间、地点,就成为两个重要的基本问题。

时地资料的检索,关键在于解决古今记载的同异,得出古时古地与今时今地的时距差。这首先要求我们具有关于古代纪时法和地名变迁的基本知识。一般的年代对照、历日换算以及古今地名对应关系的确定等问题,大都可通过年表、历表、地名辞典等工具书解决。至于有关作家行踪、作品系年等带有考释性质的综合性研究课题,则还需要广泛查阅原始记载,参考有关学者的专门研究成果。例如,浙江省筹建浙东古旅游线"唐诗之路"(见《中国文化报》1991年3月6日第2版)。浙东由于特殊的地理环境和深远的文化底蕴,在唐代形成了一条诗书之路,据初步统计有160多名诗人曾涉足流连于那里的青山绿水之间。诗篇与山河同在。要使千余年前的游历路线准确地再现在今日浙东大地,就需要进行大量的时地资料的综合性查考工作。

一、中国的纪时

(一)历法

历法是指根据天象变化的自然规律来计量较长的时间间

隔,判断气候的变化,预示季节来临的法则。历法随人类对天体运行的科学认识的逐渐深化而不断修订,趋于精确。历法主要有 3 种:阳历(太阳历、公历),以回归年(地球绕太阳运行的周期)为基础制订,其历年的日数平均约等于回归年,历月的日数和历年的月数人为规定。目前世界上通用的公历,以及古埃及历、玛雅历,我国太平天国的天历等,都是阳历。阴历,以朔望月(月亮圆缺盈亏的变化周期)为基本单位制订,其历年比回归年少约 11 日,与四季变化不协,不利农事安排。现仅有伊斯兰教国家和地区还在使用,通称为回历。阴阳历,以朔望月为基本单位,采用置闰月的办法使历年的平均长度接近回归年,使历法符合四季变化的周期。

我国古代使用过 100 多种历法,都属于阴阳历。汉武帝太初元年(公元前 104 年)以前所用历法,原本现均已散佚,据《汉书·艺文志》所载,有黄帝历、颛顼历、夏历、殷历、周历、鲁历 6 种,习称古六历。汉太初元年改历,沿用夏历,直至清末,习称农历。辛亥革命后改用公历(公历始行于西方,故又称西历)。我国传统使用的农历,旧时也称为"阴历",似有与"阳历"对举的意味,其实质是阴阳历。农历也常称为"中历",以示与"西历"相区别。由于存在纪录历日的不同方法,就产生了历日换算问题。

在中历与公历的历年换算时,要注意:中历历年的岁暮常延至公历对应历年的下一岁的岁首。这是由于两种历法确定历月和历日的方法不同所致。公历的岁首是人为确定的,以二十四节气中的冬至(太阳正午高度最低的一天)后 10 天为每年的起点,即元旦(1 月 1 日)。中历以二十四节气中的中气(双数)依次为 12 个月的标志,即以含有雨水的正月作为 1 月,冬至则在 11 月。这样就产生了上述现象。在具体换算历年时,常因对此不察而致误。陈垣在 30 年代编《中西回史日历》时已举例指出:宋陆九渊卒于绍熙三年十二月十四日,绍熙三年为 1192 年,但其十二月十四日已在 1193 年的 1 月 18 日。其卒年当为 1193 年而常误为 1192 年。明施闰章生于万历四十六年十一月二十一日，万历四十六年为 1618 年，而其十一月二十一日已为 1619 年 1 月 6 日。其生年当为 1619 年而常误作 1618 年。又，近人梁实秋生于清光绪二十八年十二月初八，光绪二十八年为 1902 年，而十二月初八已为 1903 年 1 月 6 日。其生年当为 1903 年，而常误为 1902 年。以上 3 例在近年出版的辞书中仍多沿误，其他类似的误差更多。足见这一问题应予重视而实际上经常忽视，实有反复强调的必要。

（二）纪时法

我国古代的纪时，干支法是其中最重要的一种。干支是天干和地支的总称。天干由 10 个符号组成，依次为甲、乙、丙、丁、戊、己、庚、辛、壬、癸；地支由 12 个符号组成，依次为子、丑、寅、卯、辰、巳、午、未、申、酉、戌、亥。天干与地支依次相配，以六十为一周期，周而复始，循环不息。通常称为六十甲子，如下表：

甲子 1	乙丑 2	丙寅 3	丁卯 4	戊辰 5	己巳 6	庚午 7	辛未 8	壬申 9	癸酉 10
甲戌 11	乙亥 12	丙子 13	丁丑 14	戊寅 15	己卯 16	庚辰 17	辛巳 18	壬午 19	癸未 20
甲申 21	乙酉 22	丙戌 23	丁亥 24	戊子 25	己丑 26	庚寅 27	辛卯 28	壬辰 29	癸巳 30
甲午 31	乙未 32	丙申 33	丁酉 34	戊戌 35	己亥 36	庚子 37	辛丑 38	壬寅 39	癸卯 40
甲辰 41	乙巳 42	丙午 43	丁未 44	戊申 45	己酉 46	庚戌 47	辛亥 48	壬子 49	癸丑 50
甲寅 51	乙卯 52	丙辰 53	丁巳 54	戊午 55	己未 56	庚申 57	辛酉 58	壬戌 59	癸亥 60

古人以此作为符号顺序用来纪年、纪月、纪日。我国历法以干支为纪时的基本方法,此外还使用或配合使用其他方法。

1. 纪年

我国使用干支纪年,一般认为始自东汉建武三十年(54),延续至今从未间断。在此之前使用过岁星纪年法和太岁纪年法。

岁星纪年法 岁星就是木星。先秦的天文观察家发现木星由西向东,12年绕行一周天。于是把周天分为12等分,称为十二次。十二次的次名由西向东依次为星纪、玄枵、娵訾、降娄、大梁、实沈、鹑首、鹑火、鹑尾、寿星、大火、析木。木星每年行经一个星次,就用该次名纪年。如"岁在鹑火"、"岁在玄枵"即是。岁星纪年法最初从公元前4世纪开始,多见于《左传》、《国语》等先秦史料。

太岁纪年法 春秋初叶以前,古人认为北辰是决定季节的星象。所以习惯以北斗方向确定季节,将黄道附近一周天十二等分,自东向西依次为子、丑、寅、卯、辰、巳、午、未、申、酉、戌、亥,称十二辰。而岁星纪年法的十二次按日月五星由西向东等分,在实际应用中很不方便。于是,天文家就虚拟一个与岁星运行方向相反的"太岁",从寅开始,依十二辰运行,并别取十二个太岁年名。据《尔雅·释天》所载,其名自寅开始,依次为:摄提格、单阏、执徐、大荒落、敦牂、协洽、涒滩、作噩、阉茂、大渊献、困敦、赤奋若,通称为岁阴。屈原在《离骚》中记述自己的生日:"摄提贞于孟陬兮,惟庚寅吾以降";西汉贾谊《鵩鸟赋》"单阏之岁兮,四月孟夏"等都属于太岁纪年法。

西汉年间,汉武帝刘彻元封七年(公元前104年)改元,由历学家另取阏逢、旃蒙、柔兆、强圉、著雍、屠维、上章、重光、玄黓、昭阳十个名称为"岁阳",依次与"岁阴"相配,组成周而复始的60个年名,用以纪年。岁阳与十干、岁阴与十二辰的对应,以及岁阳与岁阴配伍的具体情况如下表:

岁 阳 表

干	尔雅·释天	史记·历书	干	尔雅·释天	史记·历书
甲	阏逢	焉逢	己	屠维	祝犁
乙	旃蒙	端蒙	庚	上章	商横
丙	柔兆	游兆	辛	重光	昭阳
丁	强圉	彊梧	壬	玄黓	横艾
戊	著雍	徒维	癸	昭阳	尚章

岁 阴 表(太岁年名)

支	尔雅·释天	史记·天官书	支	尔雅·释天	史记·天官书
子	困敦	同	午	敦牂	同
丑	赤奋若	同	未	协洽	同
寅	摄提格	同	申	涒滩	同
卯	单阏	同	酉	作噩	同
辰	执徐	同	戌	阉茂	淹茂
巳	大荒落	同	亥	大渊献	同

岁阳岁阴配合纪年表(附注相当的干支及序数)

阏逢困敦 1. 甲子	旃蒙赤奋若 2. 乙丑	柔兆摄提格 3. 丙寅	强圉单阏 4. 丁卯
著雍执徐 5. 戊辰	屠维大荒落 6. 己巳	上章敦牂 7. 庚午	重光协洽 8. 辛未
玄黓涒滩 9. 壬申	昭阳作噩 10. 癸酉	阏逢阉茂 11. 甲戌	旃蒙大渊献 12. 乙亥
柔兆困敦 13. 丙子	强圉赤奋若 14. 丁丑	著雍摄提格 15. 戊寅	屠维单阏 16. 己卯
上章执徐 17. 庚辰	重光大荒落 18. 辛巳	玄黓敦牂 19. 壬午	昭阳协洽 20. 癸未
阏逢涒滩 21. 甲申	旃蒙作噩 22. 乙酉	柔兆阉茂 23. 丙戌	强圉大渊献 24. 丁亥
著雍困敦 25. 戊子	屠维赤奋若 26. 己丑	上章摄提格 27. 庚寅	重光单阏 28. 辛卯

(续表)

玄黓执徐 29. 壬辰	昭阳大荒落 30. 癸巳	阏逢敦牂 31. 甲午	旃蒙协洽 32. 乙未
柔兆涒滩 33. 丙申	强圉作噩 34. 丁酉	著雍阉茂 35. 戊戌	屠维大渊献 36. 己亥
上章困敦 37. 庚子	重光赤奋若 38. 辛丑	玄黓摄提格 39. 壬寅	昭阳单阏 40. 癸卯
阏逢执徐 41. 甲辰	旃蒙大荒落 42. 乙巳	柔兆敦牂 43. 丙午	强圉协洽 44. 丁未
著雍涒滩 45. 戊申	屠维作噩 46. 己酉	上章阉茂 47. 庚戌	重光大渊献 48. 辛亥
玄黓困敦 49. 壬子	昭阳赤奋若 50. 癸丑	阏逢摄提格 51. 甲寅	旃蒙单阏 52. 乙卯
柔兆执徐 53. 丙辰	强圉大荒落 54. 丁巳	著雍敦牂 55. 戊午	屠维协洽 56. 己未
上章涒滩 57. 庚申	重光作噩 58. 辛酉	玄黓阉茂 59. 壬戌	昭阳大渊献 60. 癸亥

实际上,岁星绕天一周的准确时间是11.8622年,每年移动的范围略微超过一个星次。用岁星纪年法纪年,并不能反映逐年的实际天象。东汉建武元年开始废置不用,改行干支纪年。干支纪年法实与岁星运行无关,但是岁星纪年法中用岁阳岁阴配伍纪年的周期与干支配伍的周期完全一致,有对应关系。后代文史学家出于仿古,往往在文章中以当时的干支推出并套用岁阳岁阴的特殊年名来纪年。如清代著名学者、诗人朱彝尊就好用此法。其《曝书亭集》中的"古今诗"系年编定,用岁星纪年法纪年,从卷二"旃蒙作噩"编至卷二十三"屠维赤奋若"。经查表知"旃蒙作噩"为乙酉年,"屠维赤奋若"为己丑年。知朱彝尊的生卒为1629~1709年,经检年表,得此乙酉为1645年,己丑为1709年。在其他史料中见有此类岁阳岁阴的特殊年名,也先要据上表查出对应干支,方可求得所指的公元纪元。

干支纪年以60年为周期循环,光知干支尚无法确定其具体年份。所以，干支纪年之外，古代还使用王位纪年和年号纪年。

王位纪年法 按王公即位的年次纪年，如周宣王元年，秦始皇四年等。王位纪年法约从西周（公元前 840 年）开始，至汉景帝（公元前 141 年）止。

年号纪年法 年号是帝王在位时用来纪年的名号。一般认为，建立年号用以纪年始自汉武帝建元元年（前 140），沿用至清末，甚至还影响了邻近的朝鲜、日本和越南等国。我国历史上年号的使用情况很复杂。有的帝王在位期间多次改元，如汉武帝在位 54 年，共用 11 个年号；唐高宗在位 35 年使用 14 个年号。有的年号被使用多次，如"建武"，就有汉光武帝、晋惠帝、晋元帝、南朝齐明帝 4 帝使用过。明清两代，基本上是一帝一个年号，故史料常以年号来称谓皇帝，如永乐、万历、康熙、乾隆、光绪等。自西汉至清末的 2000 多年间，共使用过 800 多个年号。

年号纪年是我国古代文史家习用的传统纪年方法。李崇智的《中国历代年号考》（中华书局 1981 年版）对年号纪年的有关史料作了较系统的整理。全书汇录中国历代帝王、农民起义、地方割据政权和少数民族政权的年号 800 余条，依使用情况分列为 1200 多条。各年号著录朝代国号、帝王姓名、年号的公元起讫年份、使用年数、元年的干支等。凡年中改元或终止者，注明中历月份。附有"年号索引"。对了解查考历代年号的使用情况很有帮助。

与年号配合纪年的，还有帝王的庙号和谥号。

庙号是帝王死后，在太庙立室奉祀时特立的称号。一般开国之君称"祖"，如高祖（唐高祖李渊）、太祖（宋太祖赵匡胤）、世祖（元世祖忽必烈），继位者称"宗"，如太宗（唐太宗李世民）、真宗（宋真宗赵恒）等。

谥号是封建时代在人死后按其生前的行为所赠予的总结评价性称号，西周以后逐渐实行。帝王的谥号由朝廷礼官议定。如"文帝"、"武帝"、"殇帝"等。

一般来讲,配合年号用于纪年的,汉至隋代用谥号,唐至元代用庙号。

2. 纪月

古人纪月通常以序数一至十二为记。春秋战国时代把十二个月与十二辰对应起来,称为月建。夏历以冬至所在之月配"子",其余各月依次顺推。后配以天干,成为干支纪月法,但只作为辅助的方法。

历月与四季变化关系密切,所以古人又常用有关月份的气候和物候特征作为别称来纪月。古人作诗撰文,往往喜欢使用这些别称。如南朝江淹《陶徵君潜田居》:"但愿桑麻成,蚕月得纺绩";唐骆宾王《代女道士王灵妃赠道士李荣》:"凤楼迢递绝尘埃,莺时物色正徘徊";刘希夷《孤松篇》:"蚕月桑叶青,莺时柳花白"中的蚕月、莺时都是三月的别称。类似例子在文学作品甚多,解决的途径有二:一是通过诗文的注释,二是利用语词辞典。现将主要的历月,包括四季的异称列表如下,帮助熟悉并方便查考:

月季异称表

季次	别　名	月次	别　　名	备　注
春	青春　青阳 芳春　阳春 阳中　艳阳 三春　九春	一月	正月　孟春　寅月　陬月 杨月　太簇　泰月　早春 端月　征月　初月　嘉月 春王　孟阳　三之月　三微月　开岁　发岁　献岁　肇岁　芳岁　华岁　新正	正月十五为上元日
		二月	仲春　卯月　如月　杏月 夹钟　大壮　四之月　仲阳 令月　竹秋　丽月　酣月 花月	二月初一为中和日
		三月	季春　辰月　寎月　桃月 姑洗　夬月　暮春　蚕月 末春　樱笋时　莺时　杪春 桃浪　雩风　桐月	

(续表)

季次	别　名	月次	别　　名				备　注
夏	朱夏　朱明 长嬴　昊天 三夏　九夏	四月	孟夏 中吕 槐夏 纯阳 麦序	巳月 清和 麦月 乏月 正阳	余月 麦秋 梅月 阴月	槐月 仲月 初夏 麦候	四月初八日为 浴佛日
		五月	仲夏 蕤宾 小刑	午月 端月 郁蒸	皋月 蒲月 鸣蜩	榴月 恶月 天中	五月初五为端 午节
		六月	季夏 林钟 精阳 暑月	未月 伏月 溽暑	且月 暮夏 徂暑	荷月 焦月 季月	六月初六日为 天贶节
秋	商秋　商节 素节　素商 素秋　高商 金天　三秋 九秋	七月	孟秋 巧月 兰秋 上秋	申月 霜月 凉月 瓜月	相月 兰月 瓜时 新秋	夷则 肇秋 初秋 早秋	七月十五日为 中元节
		八月	仲秋 南吕 中秋	酉月 获月 正秋	壮月 仲商 桂秋	桂月 竹小春	八月十五日为 中秋节
		九月	季秋 无射 季商 朽月	戌月 杪秋 穷秋 凉秋	玄月 暮秋 霜序	菊月 暮商 青女月	九月初九日为 重阳
冬	玄英　安宁 三冬　九冬	十月	孟冬 应钟 上冬	亥月 小阳春 开冬	阳月 正阴 初冬	良月 小春	十月十五日为 下元节
		十一月	仲冬 黄钟	子月 葭月	辜月 龙潜月	畅月	
		十二月	季冬 大吕 冰月 残冬	丑月 腊月 严月 星回节	涂月 暮冬 除月	嘉平 杪冬 穷节	岁终之日为 除日

3. 纪日

古代主要以干支纪日。据现存资料考证,干支纪日至迟在春秋鲁隐公三年(前722)二月己巳(《春秋》中所记第一次日食的日期)起,连续至清宣统三年(1911)止,计有2600多年历史。此外还用月相作为特定日子的名称。每月初一叫朔(日月合朔),最后一天为晦,《庄子·逍遥游》:"朝菌不知晦朔"。初三日叫朏(fěi),十五(大月十六日)谓望(满月),近在望后的日子称既望,苏轼《前赤壁赋》:"壬戌之秋,七月既望"。

周一平、沈茶英编著的《岁时纪时辞典》(湖南出版社1991年版),收录中国自古及今流行的关于年、月、日、时的语汇,涉及时令、民风、节俗等,可供查考利用。

以上初步介绍了古代基本的纪时法,以及需在进行年代对照和历日换算之前完成的有关特定纪时名称的对应转换知识。古代的纪时是一个极其复杂的问题,有的情况不宜在这里展开,但又与史料研究有关,如《诗经》中纪月所涉及的春秋历法中的"三正"问题等,可通过下列三种书作深入全面的了解:(1)《中国天文学史》,陈遵妫著。上海人民出版社1981年起出版。其中第三册(1984年版)第6编为历法,第7编为历书。(2)《中国古代天文历法基础知识》,丁緜孙著。天津古籍出版社1989年出版。全书3编:天文,历法,中国古代天文历法简史。对古代天文历法作了较系统的阐述,深入浅出,易于理解。(3)《中国的纪时》,徐莉莉著。武汉大学出版社1990年出版。着重叙述历法的起源、沿革和应用等问题。

二、年代对照和历日换算

年代对照,就是利用历史年表,找出历史上错综复杂的各种纪年之间,以及与公元纪年(公历)的对应关系,使我们得以确定历史事件或人物活动的先后年次,以及与现在的时间距离。年表一般将各种纪年一并列出，逐年对照。查检年代不需换算。常见年表有：

《中国历史年代简表》 文物出版社 1973 年编辑出版，多次重印。分两大部分：(1)年代简表，将公元纪年与干支纪年、帝王年号纪年逐年对照。(2)年号通检，把历代年号按笔画编排，列出所属朝代、使用者和使用年限。该表 64 开本，版面排列简明，携用方便。

《中国历史纪年》 荣孟源编，三联书店 1956 年出版。全书 3 编：历代建元谱、历代纪年表、年号通检。《历代建元谱》供查检历代帝王名号及年数。按年代顺序记载汉高帝元年（前 206）至中华人民共和国成立以前历代帝王的谥号、庙号、姓名、世系、即位年、在位年数、卒年、改元次数。标明所用年号。并注明元年干支和公元年份及使用年数。各朝代农民起义及其他性质政权的年号、各兄弟民族政权的年号作为附谱，列于各该朝或同时期某一朝代建元之后。历代帝王的称谓和年号有不同记载者，均一并列出，加以考订说明。《历代纪年表》起自公元前 841 年，止于公元 1949 年，按朝代先后分列 15 个年表，逐年列出公元、干支和年号纪年加以对照。以上谱表中所注改元的月份均为中历，使用时应注意。

同类年表还有《中国历史纪年表》（万国鼎编，商务印书馆 1956 年版，中华书局 1978、1982 年重印）、《中国历史纪年表》（方诗铭编，上海辞书出版社 1980 年版）等，都可解决年代对照方面的查考需求。

在文学史料的整理研究中，有时要涉及与使用年号的亚洲邻国如日本、朝鲜等国的纪年对照问题。如唐白居易的诗很早就以旧钞卷子本形式传入日本。白居易会昌五年（845）在《白氏集后记》中提及"集有五本……其日本、新罗诸国及两京人传写者不在此记"。《白氏文集》在日本漫长的流传过程中，形成了不同的版本系统。考证其首传日本的年代及经过成为两国文学史家关注的事情。日本丸山清子在《源氏物语与白氏文集》一书中,注引日本《文德实录》卷三"仁寿元年九月二十六日"项所记:"散位从四位下藤原朝臣丘守卒。丘守者,从四位下三成之长子也。……五年……出为太宰少贰。因检校大唐人货物,适得元白诗笔,奏上。帝甚耽悦,授五位上。"丸山氏认为所记藤原丘守向天皇进献《元白诗笔》一事发生于仁明天皇承和五年,是《白氏文集》传入日本见于官修史书的最早记载。其中仁寿元年,承和五年为日本的年号纪年,需与公历和中历进行对照。这类问题可查:

《中国日本朝鲜越南四国历史年代对照表》 山西省图书馆1979年编印。逐年对照列出公元前660年(日本神武天皇元年,即日、朝、越三国中最早的纪年)至公元1918年(近代史结束)间公元、干支和四国的年号纪年。后附年号索引,各年号注明始用年代,可供由年号查检公元,并据此从正表中了解其与其他三国年号的对应关系。其正表格式如下:

公元	干支	中　国	日　本	朝　鲜 (新罗)	越南
835	乙卯	唐文宗李昂 大和九年	仁明天皇 承和二年	兴德王秀宗 行唐年号	唐朝统治
836	丙辰	开成元年	三年	僖康王悌隆 行唐年号	
837	丁巳	二年	四年	々	
838	戊午	三年	五年	闵哀王金明 行唐年号	
839	己未	四年	六年	神武王祐征 文圣王庆膺 行唐年号	
840	庚申	五年	七年	々	
841	辛酉	唐武宗李炎 会昌元年	八年	々	

(续表)

公元	干支	中 国	日 本	朝 鲜 (新罗)	越南
842	壬戌	二年	九年	々	唐朝统治
843	癸亥	三年	十年	々	
844	甲子	四年	十一年	々	
845	乙丑	五年	十二年	々	
846	丙寅	六年	十三年	々	
847	丁卯	唐宣宗李忱 大中元年	十四年	々	
848	戊辰	二年	嘉祥元年	々	
849	己巳	三年	二年	々	
850	庚午	四年	文德天皇 嘉祥三年	々	
851	辛未	五年	仁寿元年	々	
852	壬申	六年	二年	々	
853	癸酉	七年	三年	々	
854	甲戌	八年	齐衡元年	々	
855	乙亥	九年	二年	々	
856	丙子	十年	三年	々	

据此可查得上述日本仁寿元年为公元851年,相当于我国唐宣宗大中五年;承和五年为公元838年,相当于我国唐文宗开成三年。说明据日本《文德实录》记载,白居易的诗至迟在唐文宗开成三年,即《白氏长庆集》编成(824)后10余年已传入日本。

年表基本上只能解决年代对照问题,对于中历年尾下跨公历次年年初的具体情况,一般反映不出来。所以,遇到历月历日的换算,要利用历表。历表除了年代对照外,还有不同历法月、日的对照,可直接查考或据以换算。我国现代编制严密的逐日对照的历表,起于陈垣的《中西回史日历》(1926)。此后陆续有郑鹤声《近世中西史日对照表》(1927)、薛仲三等《两千年中西历日对照表》(1940)等数种出版。除郑表外,陈、薛二书查检时需掌握其较繁的使用方法,给利用带来不便。综合诸家历表之长,使用方便的是:

《中国史历日和中西历日对照表》 方诗铭、方小芬编著,上海辞书出版社1987年版。全书分上编、下编和附编。上编记公元前历日,自西周共和元年至西汉哀帝元寿二年,附"西汉高祖元年至武帝元封六年殷历推算历表"。下编记公元后历日,自西汉平帝元始元年至中华民国三十八年(1949),"太平天国历日表"附在"清历日表"后。附编为殷盘庚十五年(公元前1384)至周厉王三十七年(前842)的殷、西周历日表、1949~2000年历日表。各编按年编排。每年12格,每格代表一个月;每格内列出三行,为该月三旬的第一日(1日、11日、21日),每行标明月、日、干支;公元后的历日表增加阳历月、日,成为中西历日对照。以宋仁宗景祐三年为例:

宋仁宗景祐三年、辽兴宗重熙五年丙子(1036~1037)

一・一　　庚辰1.31	二・一　　庚戌3.1	三・一　　庚辰3.31	四・一　　己酉4.29
一・十一　庚寅2.10	二・十一　庚申3.11	三・十一　庚寅4.10	四・十一　己未5.9
一・二十一　庚子2.20	二・二十一　庚午3.21	三・二十一　庚子4.20	四・二十一　己巳5.19
五・一　　戊寅5.28	六・一　　戊申6.27	七・一　　丁丑7.26	八・一　　丙午8.24
五・十一　戊子6.7	六・十一　戊午7.7	七・十一　丁亥8.5	八・十一　丙辰9.3
五・二十一　戊戌6.17	六・二十一　戊辰7.17	七・二十一　丁酉8.15	八・二十一　丙寅9.13
九・一　　丙申9.23	十・一　　乙巳10.22	十一・一　　乙亥11.21	十二・一　　乙巳12.21
九・十一　丙戌10.3	十・十一　乙卯11.1	十一・十一　乙酉12.1	十二・十一　乙卯12.31
九・二十一　丙申10.13	十・二十一　乙丑11.11	十一・二十一　乙未12.11	十二・二十一　乙丑1.10

这种以中历月日和干支为主排列,与阳历月日对照的表格式编排简单明了。对于在文学史料研究中常见的干支纪时,很容易依此书推算出中历月日及相当的阳历月日,有关中历与阳历的月日换算也很方便。如宋苏轼的生年,很多工具书象姜亮夫的《历代

人物年里碑传综表》、杨殿珣的《中国历代年谱总录》、王德毅等的《宋人传记资料索引》等均作1036年，《辞海》等作1037年。据宋代何抡《眉阳三苏先生年谱》、施宿《东坡先生年谱》载，苏轼生于景祐三年冬十二月十九日。查上表，得景祐三年十二月十一日为公元1036年12月31日，则十二月十九日已在1037年1月8日，苏轼生年应为1037年。

该书在制表中充分吸收了前人的成果，征引了刘羲叟《长历》、汪曰桢《历代长术辑要》、罗振玉《纪元以来朔闰考》、陈垣《中西回史日历》、《二十史朔闰表》、薛仲三等《两千年中西历对照表》、董作宾《中国年历总谱》、(法)黄伯禄《中西年月通考》等书，各家推算异同及失误之处均予注明。

不足之处是，该书在公元前的历日表中仅列中历月、日和干支，没有列出阳历月、日进行对照。所以换算公元前的中西历日要利用：

《中国先秦史历表》 张培瑜编制，齐鲁书社1987年版。全书主要包括两部分：(1)冬至合朔时日表(公元前1500～前105年)，(2)史日朔闰表(公元前722～前105年)。冬至合朔时日表根据现代天文方法计算编成，表中列出每年冬至日的干支，每月合朔的西历年月日时分和干支。如：

冬至合朔时日表

前	冬至	冬至月	二月	三月	四月	五月	六月	七月	八月	九月	十月	十一月	十二月	十三月
341 显 28	庚辰	12 6 庚申 03 07	1 4 己丑 13 35	2 2 戊午 23 29	3 3 戊子 09 54	4 1 丁巳 21 00	5 1 丁亥 09 12	5 30 丙辰 22 45	6 29 丙戌 13 26	7 29 丙辰 05 05	8 27 乙酉 21 12	9 26 乙卯 13 07	10 26 乙酉 04 09	11 24 甲寅 17 35

(续表)

前	冬至	冬至月	二月	三月	四月	五月	六月	七月	八月	九月	十月	十一月	十二月	十三月
340 显 29	乙酉	12 24 甲申 05 16	1 22 癸丑 15 31	2 21 癸未 00 50	3 22 壬子 09 48	4 20 辛巳 18 56	5 20 辛亥 04 48	6 18 庚辰 16 06	7 18 庚戌 05 35	8 16 己卯 21 31	9 15 己酉 15 23	10 15 己卯 09 23	11 14 己酉 02 28	
339 显 30	庚寅	12 13 戊寅 17 35	1 12 戊申 06 25	2 10 丁丑 17 12	3 12 丁未 02 24	4 10 丙子 10 23	5 9 乙巳 17 51	6 8 乙亥 01 46	7 7 甲辰 11 24	8 5 癸酉 23 45	9 4 癸卯 15 11	10 4 癸酉 09 10	11 3 癸卯 04 13	

表中左边第一直行为公元前的年数,加注王位纪年。第二直行为该年冬至日干支。表中最上横"冬至月"、"二月"等为中历月份。冬至月指冬至日所在月份,二月指冬至后一月,依次下推。在每个年份的横列内各月合朔数值分三项:上列公历月日,中列纪日干支,下列合朔时分。具体查考方法如:浦江清曾在《屈原生年月日的推算问题》一文中,修正了郭沫若的推算方法和结果,得出屈原生于公元前339年、周显王三十年正月十四日庚寅。我们可通过此表进行复核并与西历对照。查上表,夏历正月在冬至月后的第2个月,即表中的三月。查对应合朔数值为2 10/丁丑/17 12,表明该月初一日干支为丁丑,对应西历月日为2月10日,日月合朔时刻为17时12分。据六十甲子顺序可推知十四日干支正为庚寅,对应西历月日为2月23日。即浦江清推算屈原生年的西历时间为公元前339年2月23日。

人民教育出版社1990年出版徐锡祺的《新编中国三千年历日检索表》,同时列出中国、日本、朝鲜和越南纪年,可互查中历、西历和回历月日,并附有国内少数民族政权纪年等。

三、文学史料中的地名记载

文学史料中的地名记载,与其他专科史料中的情况相比,要显得复杂。除了确定指称类型之外,在文学作品中往往存在非确定指称的情况。

确定指称类型就是指文学史料中的地名,确指某时某地。如李白《峨眉山月歌》:"夜发清溪向三峡,思君不见下渝州";杜甫《闻官军收河南河北》;"即从巴峡穿巫峡,便下襄阳向洛阳"中的三峡、渝州、巴峡、洛阳等就属此类。凡此类地名检索问题,都属于古今地名对照性质,主要在于了解其地理位置、建置沿革及今地所在的简要情况,一般可通过地名辞典等工具书得到解决。

非确定指称类的情况比较复杂,其基本特点是所记地名与历史存在并非完全对应,作家主要利用该地名所蕴含的历史人文因素来抒发自己的胸臆。汉初文帝时,太中大夫贾谊左迁长沙王傅,过湘水,撰《吊屈原赋》;宋苏轼因乌台诗案被贬黄州,到任的第三年,出游城西北长江边的赤鼻矶,写下了著名的前、后《赤壁赋》和《念奴娇·赤壁怀古》词。这里,湘水泛指屈原的自沉地点,而三国赤壁大战的旧址当在湖北蒲圻县的长江南岸。显然,贾谊和苏轼是借地同名,缅怀古人,以行抒发己情之实。在这类非确定指称用法中,地名本身的地理上的意义已被降至次要的地位,仅仅成为曾经在那里活动的人或发生的事的一种象征或喻体被运用。非确定指称性质的地名记载,较多地出现在咏怀、怀古一类的诗文作品中,如果把它们当作确定指称的地名,可能对诗文作出错误的解释,甚至把研究引入歧途。对于这种地名记载,关键在于弄清其历史的、文化的背景。检索视野自然也应从地名辞典扩展到有关地理考证、文学掌故、风土笔记之类的专题史料中。当然,其检索的基本出发点,或者说是切入点始终是地名。

四、地名辞典和地图的利用

地名辞典是检索地名的最基本的工具书,其编纂始于清道光年间李兆洛所编的《历代地理志韵编今释》(有四部备要本)。《历代地理志韵编今释》20卷,编录14部正史地理志中所载历代郡、县、镇、堡之地名,释以清代所在之处。由于其索取范围囿于史志,不仅缺漏甚多,在建置沿革上亦常致误。所录地名止限郡县镇堡名,反映面过窄。20世纪30年代开始出版在以上两个方面有较大改进的地名辞典,主要有:

《中国古今地名大辞典》 臧励龢等编,商务印书馆1931年初版。1959年重印。香港分馆1982年重印。收录远古至民国的地名4万余条,古时地名注明沿革,当今地名略述概况。书中收录了相当数量的山水、名胜古迹和寺观亭园等,对《历代地理志韵编》中的错误有所订正。但收录范围主要仍在正史地理志,对史志以外的地学名著,各省通志中所载地名,仅"凡所得见,亦资采辑",漏录者不少。全书采用1927～1929年通行的行政区域地名,现今使用须与当前的地名工具书对照。台湾商务印书馆1966年影印时,由陈正祥续补台湾省地名约3000条。

《中国历史地名大辞典》 刘钧仁原编,(日)盐英哲改编,日本凌云书房1980年版,6卷。全书以刘钧仁未问世的原稿为基础,参照刘氏的《中国地名大辞典》、陈正样的《台湾地名辞典》(台北敷明产业地理研究所1960年版)、严地的《汉语拼音中国地名手册》(北京测绘出版社1977年版)等改编而成。共收录中国地名12万个以上。正文为中文,重要地名加有日文眉注。另附《中国分省地图(1918～1944)一册。

《中国历史地名辞典》 复旦大学历史地理研究所本书编委会编,魏嵩山主编。江西教育出版社1986年版。收录历史地名2.1万条,包括县级以上政区、山川岛屿、关津驿站、宫观园囿、寺庙陵墓等。释文包括建置沿革及今地所在，吸收反映了近年来地名研究考释的成果。1995年，广东教育出版社出版魏嵩山主编《中国历史地名大辞典》，收录历史地名9万条。

《中国历史地名大辞典》 中国社会科学院历史研究所史地研究室编纂，史为乐主编，中国社会科学出版社2005年出版。全书收录历史地名六万余。

《中国古今地名大词典》（全三册） 戴均良等主编，上海辞书出版社2005年版。这是我国建国以来编纂的规模较大的古今地名工具书，内分古地名（复旦大学历史地理研究中心编写）、旧地名（1912年以后设立后又撤销的地名，中国地图出版社编写）、今地名（2004年6月以前存在的自然和人文地名，由各省民政厅和有关大学地理系编写），收入条目6万余条，1000多万字。

《中华人民共和国地名大辞典》（全5卷） 本书编纂委员会编，商务印书馆1998～2002年出版。1982年，经国务院批准，由中国地名委员会、教育部、国家出版局共同组织编纂《中华人民共和国地名词典》，每个省、自治区、直辖市一卷，由商务印书馆出版。1992年底，32个分卷的编纂工作已大部分完成。1993年，本书根据民政部和新闻出版署的联合决定，在《中华人民共和国地名词典》32个分卷编纂工作基础上，经过修改、补充、完善，重新编纂而成。全书收录地名18万条，约3000万字，是我国有史以来规模最大的一部地名工具书。

以上综合性辞典在收录和释义上各有短长，可配合使用。对于较多在文学史料中出现的山川名胜、文化遗迹以及西域边地等，综合性地名辞典在收录或释义方面难以满足查考需要，应借助于收录较全或带有考订性质的专科地名辞典。

《中国名胜词典》 国家文物事业管理局主编，上海辞书出版社1981年版。收录全国名胜古迹4600余处，包括重点文物保护单位、各地风景游览胜地、历代宫殿寺庙、亭台楼阁和塔桥墓碑等。

所录原则上以现存者为限,已堙没废圮者只酌收其中在历史上特别著名的,以备查考。1997年,上海辞书出版社出版修订第二版。同类辞典还有李文芳编著的《中国名胜索引》(中国旅游出版社1987年版),收录全国名胜5000多处,亦可参考。

《中国古典诗词地名辞典》 魏嵩山主编,江西教育出版社1989年版。收录见于古典诗词中的地名1.8万余条,包括部分名胜及建筑物。神话传说地名不收。释文简单,一般仅含两项:指明今地所在,列出古人有关诗题,间引诗句。可解决一般文学阅读中的地名对照问题。

《中国上古国名地名辞汇及索引》 潘英编,台北明文书局1986年版。收录上古国名396条,包括部落、氏族名;上古地名1189条,包括山、水、宫殿、祖庙、城门、高台等。按条目笔画编排,略加注释,标明出处。所录系从《春秋》、《左传》、《国语》、《尚书》、《古本竹书纪年》、《诗经》、《论语》、《逸周书》、《周礼》中辑出。

《西域地名》(增订本) 冯承钧原编,陆峻岭增订,中华书局1980年版。收录中国古籍中有关西域(包括中国新疆和从中亚细亚向西到地中海、向南到印度洋的广大地区)的地名920条。条目用罗马字译写,加以简要的引证考释。正文按罗马字母顺序排列,后附汉名笔画索引。1955年初版。台北华世出版社1976年据以影印。增订本删去一些不恰当的条目,新增唐、元两代的地名。增订时注意吸取了近年来中外学者的研究成果,可补《中国古今地名大辞典》的阙误。

《古代南海地名汇释》 陈佳荣等编著,中华书局1986年版。全书包括两部分:(1)见于中国史籍记载的南海古地名,由陈佳荣、谢方辑释,注明出处;(2)见于国外史著中记载的南海古地名,由陆峻岭辑释汉译。

地图也是一种查考历代疆域和古今地名的常见工具。它按一定的比例,用投影的方法,将地表事物标绘于平面上,在反映山脉水系的走向、地名的区域方位和地名之间的间距等方面,具有文字叙述无法达到的直观效果。对于我们考定作家的活动踪迹和游历路线尤有帮助。清末杨守敬所编《历代舆地图》是我国古代地理沿革图中最完备的一种,含"历代舆地沿革险要图"71幅,"历代舆地图"(春秋至明代)44幅。各图标有纵横坐标,朱墨套印,1906年刊印。台湾联经出版事业公司1975年影印时,增入"大清一统图",并配套出版了乔衍琯主编的《历代舆地图索引》(1981)。

重要而常见的地图有:

《中国历史地图集》 谭其骧主编,地图出版社1982~1987年出版,1996年重印。全书在中国地图学社1975年内部发行本的基础上修改增补而成,分为8个分册:(1)原始社会、夏、商、西周、春秋战国时期;(2)秦、西汉、东汉时期;(3)三国、西晋时期;(4)东晋十六国、南北朝时期;(5)隋、唐、五代十国时期;(6)宋、辽、金时期;(7)元、明时期;(8)清时期。共含图304幅,标示地名约7万个,较完整地反映了我国1840年以前各个历史时期的政区设置和部族分布的基本概貌。各图的重要地名采用古今对照的标示方法,今图的行政区划以1980年的建置为准。彩色套印。各分册首列该册所绘各个时期地图的编例,凡无考的历史地名列表附于各有关时期的图幅之后。各册均编附地名索引,限收古地名,注明历史时期、图幅页码及在图中的坐标。

《中华人民共和国地图集》 地图出版社1979年编制出版,精装8开本。全书由专题图30幅、省(区)图31幅、城市图14幅(含42个城市)等3类图组及文字说明组成。标示地名3万余个,行政区划资料截至1979年底。国家测绘局测绘科学研究所地名研究室据该图集编成《中国地名录——中华人民共和国地图集地名索引》(地图出版社1983年版),索取其中"中国地形"幅及省区图幅中的地名3.2万余条,按汉语拼音音序排列,行政区划资料截至1982年底。

五、历代地理史料及其检索

历代地理史料是编录地名辞典的资料来源,当我们发现地名辞典漏录或释文不清、失当时,检索的目光必然会转而投向各种地理史料。我国历代地理史料主要集中于以下三大系列:一是正史地理志及各种补志,二是历代地理总志与地方志,三是其他地学专著。

(一) 正史地理志

《汉书·地理志》是我国正史地理史之祖,采用以疆域政区为纲的撰述体制,改变了以前地理著作以自然山川地形为主体的传统写法。《汉书·地理志》除记载汉代的疆域政区建置外,对汉以前古籍中的地名,用汉地进行注释,使后人得以了解其确切位置。汉以后的正史中,15部有地理志(包括郡国志、州郡志、地形志、职方考),其基本体例沿用《汉书地理志》,具体反映了各自时代的疆域政区情况。这15种正史地理志是:《后汉书·郡国志》5卷,《晋书·地理志》2卷,《宋书·州郡志》4卷,《南齐书·州郡志》2卷,《魏书·地形志》3卷,《隋书·地理志》3卷,《旧唐书·地理志》4卷,《新唐书·地理志》8卷,《旧五代史·郡县志》1卷,《新五代史·职方考》1卷,《宋史·地理志》6卷,《辽史·地理志》5卷,《金史·地理志》3卷,《元史·地理志》6卷,《明史·地理志》7卷。此外有《清史稿·地理志》28卷。20世纪末,安徽教育出版社陆续出版谭其骧主编的《正史地理志汇释丛刊》,已见周振鹤著《汉书地理志汇释》(2006年版),张修桂著《辽史地理志汇释》(2002年版),钱林书著《续汉书郡国志汇释》(1999年版),胡阿祥著《宋书州郡志汇释》(2006年版),郭黎安著《宋史地理志汇释》(2003年版),吴松弟著《两唐书地理志汇释》(2002年版)等。

清人对历代地理志作过补撰及考释工作。补撰的主要有:刘文淇《楚汉诸侯疆域志》3卷,谢锺英《三国疆域表》2卷,洪亮吉《东晋疆域志》4卷和《十六国疆域志》16卷,洪齮孙《补梁疆域志》4

卷,近人臧励龢《补陈疆域志》4卷等,以上诸书及有关地理志的考释性著作,都收入《二十五史补编》(中华书局1986年版),查阅方便。王仲荦有《北周地理志》(中华书局1980年版),可补《周书》无地志及补志之缺。

检索正史地理志以及散见于正史中的地理资料,可利用正在陆续编辑出版的正史地名索引,已出版的有《史记地名索引》(嵇超等编,中华书局1990年版),《汉书地名索引》(陈家麟等编,中华书局1990年版),《后汉书地名索引》(王天良编,中华书局1988年版),《三国志地名索引》(王天良编,中华书局1980年版)。这套索引以中华书局二十四史点校本为底本,将各史中出现的所有地名,包括国名、邑名,州、郡、属国、县,以及县级以下地名;山川、湖泊、津梁、宫苑、亭台、陵观等一一索出,按四角号码编排。查阅方便。

(二)历代地理总志与地方志

地理总志遵循正史地理志以一朝疆域为范围,以州郡府县为纲的体例,详建置沿革,述山川形势,记风俗物产,其内容可补正史地理志处甚多。就编纂者而言,有官修、私撰两种;在时间上,自唐至清赓续不断。是徵考历代地学的主要史料来源。

《元和郡县图志》 唐李吉甫撰,贺次君点校。中华书局1983年版。全2册。全书原本40卷,有图。成书于唐宪宗元和八年(813),故名。图于南宋时亡佚,正文今本缺卷19、20、23、24、35、36等6卷。全书以唐初全国一级行政区划——十道为纲,结合安史之乱后形成的一级行政兼军事区划四十七镇(藩镇),详述所属各府、州、县之区域、沿革、形势、古迹、物产等,内容较两《唐志》更丰富详赡。是我国现存最早的地理总志。撰者李吉甫两度出任宰相,得阅国家秘籍文献、地方文牍案卷,所记备受后人推重。中华点校本附编地名索引。

《太平寰宇记》 北宋乐史撰,金陵书局光绪间刊本,台湾文海出版社1980年影印本。全书以"寰宇一统"为记述范围,依雍熙四年(987)的疆域政区,分十三道叙述全国的府州,始于东京(开封),环写四方,终于四夷,尤详于唐末五代以来邦国割据、更名易地的情况。上承《元和郡县图志》,对唐宋间由统一走向分裂,再由分裂复归统一的社会政治及地理变迁作了详细记载。原书200卷,流传到清代已缺失8卷:第4、第113~119卷。清末杨守敬在日本枫山官库发现宋残本,得第113~118卷(第114卷缺湘乡以下5县),刻入《古逸丛书》。台北文海本据嘉庆八年(1803)南昌万廷兰刻本影印,另将《古逸丛书》的补阙本附印于后。同时配套出版王恢所编《太平寰宇记索引》。中华书局2007年出版王文楚等点校本,全9册(第9册为索引),刊入《中国古代地理总志丛刊》。

《元丰九域志》 宋王存等奉敕撰。王文楚、魏嵩山点校。中华书局1984年版。10卷。成书于宋神宗元丰三年(1080),是一部反映北宋中期地理情况和行政区划的官修地理总志。因其记载过于简略,宋绍圣四年(1097)黄裳另辑《新定九域志》,新增"古迹"一门。中华本将"古迹"部分全部录出作为附录,并编有地名索引。

《舆地纪胜》 南宋王象之撰。台北文海出版社1963年影印本。天津古籍出版社1987年线装影印本。200卷。这是一部以记载沿革形胜为主体的南宋地理总志,以南宋十六路版图为范围,依嘉定、宝庆间的建置,取当时166府、州、军、监为纲,各为一卷。每卷各分府(州)沿革、县沿革、风俗形胜、景物、古迹、官吏、人物、碑记、仙释、诗、四六等目。其中咏赞地方风土的"诗"和"四六"两目将形胜与诗文联系起来,是王氏独创,故清人称道该书"上可作考证地理之资,下可为登临题咏之助。"中华书局1992年影印本。四川大学出版社2005年出版李勇先校点本,全10册。

《元一统志》 元孛兰肹等奉敕撰,赵万里校辑。中华书局

1966年版。全称《大元大一统志》，1300卷。原书于明代散佚。赵万里以《元史·地理志》为纲，据元刊残卷及《永乐大典》、《明一统志》等书引文，厘订校辑，得10卷。

《明一统志》 明李贤等奉敕撰。四库全书本。日本汲古书院1978年出版和刻本。90卷。成书于明英宗天顺五年(1461)。全书以两京南北直隶、十三布政司、外夷为序，按州、府分卷。书成众手，颇多舛讹，但保存了不少明代重要的原始资料。

《嘉庆重修一统志》 清穆彰阿主修。四部丛刊续编本据清史馆藏进呈写本影印。中华书局1986年影印，全35册（第35册为索引），刊入《中国古代地理总志丛刊》。560卷。是书历康熙、雍正、乾隆、嘉庆、道光五朝，诏撰递修3次，于道光二十二年(1842)成书。因第3次修订始于嘉庆间，增补的材料以嘉庆二十五年(1820)为下限，故名。全书以行省为纲，依府、直隶州（厅）分卷。各卷大致首列图、表，继分疆域、分野、建置沿革、形势、风俗、城池、学校、户口、田赋、税课、职官、山川、古迹、关隘、津梁、堤堰、陵墓、祠庙、寺观、名宦、人物、流寓、列女、仙释、土产等目。在历代地理总志中以内容丰富、体例严密、考证精详雄居首位。四部丛刊本、中华本均附有四角号码索引。

明末清初学者顾祖禹尽毕生精力撰成**《读史方舆纪要》**（有国学基本丛书本，中华书局1955年重印），内容分为4部分：(1)历代州域形势(1～9卷)，依次载唐虞三代至明末的行政区划和沿革。(2)分省方舆纪要(10～123卷)，叙述明末政区15行省的形势、方域、沿革、山川等。(3)川渎(124～129卷)，采录《禹贡》以下历代地志关于江、河、川、海的记载。(4)分野(第130卷)，记载《春秋》以来历代史志关于星宿分野之说。末附《舆图要览》4卷。是书重点考订古今郡县变迁及山川险要战守利害，为古今沿革地理巨著。所记取材于二十一史及百余种地方志，载地名之齐全，考沿革之精审，胜过前此各地理总志，于查考地名沿革颇多帮助，故一并介绍于此。日人青山定雄曾索取前两部分中的地名2.6万个，编成《读史方舆纪要索引：中国历代地名要览》（日本东方文化学院研究所1933年初版，东京省心书房1974年再版）。在编录中，凡历代羁縻州及满洲、蒙古、新疆、青海等边域地名，《纪要》所载方位不明确者，青山氏均参考《史学杂志》、《东洋学报》等刊物上所载晚近学者的研究成果予以纠补。中华书局2005年出版贺次君、施和金点校本，全12册，辑入《中国古代地理总志丛刊》。

中华书局1980年起出版《**中国古代地理总志丛刊**》，上述各志均将收入，整理出版，并编地名索引。历代地理总志记载了李唐以来历代重要的地理沿革大势。从编纂上，它们大多依各类地方史料，根据反映全国地理概貌的要求进行取舍，虽然篇幅较大，如《嘉庆重修一统志》达560卷之巨，但对某些地方的地理细节难免仍有弃舍或记载过简之处。从文学史料研究对地理资料检索的要求考虑，历代文学家或隐居，或游踪所及，往往是一些不显眼的乡村僻地，求其详情当在总志之外他索于有关的地方志。

我国现存1949年以前编纂的各类方志，据《中国地方志联合目录》（中华书局1985年版，详见本章第一节该目介绍）记载有8200多种。利用方志查考地名及其概况，可先查此目了解某地有何方志及藏于何处。近30年来，国内出版了数套大型方志丛书，如《天一阁藏明代地方志选刊》（上海古籍出版社1982～1983年影印，32开精装68册，收书107种）、《天一阁藏明代方志选刊续编》（上海书店1991年起影印）、《宋元方志丛刊》（中华书局1990年16开精装影印本8册，收现存宋元方志41种）、《中国省志汇编》（台北华文书局1967～1969年影印）、《中国方志丛书》（台湾成文出版公司1967年起影印，收清代以来所修方志1300余种，不含省志）、《中国地方志集成》（上海书店、江苏古籍出版社和巴蜀书社1991年起联合影印，拟收入现存约9000种方志中的3000余种，分省汇辑）等。

此外，要注意利用《古今图书集成》中的《方舆汇编》。《方舆汇编》凡2144卷，含坤舆、职方、山川、边裔四典。坤舆典140卷，分为坤舆总部、土、泥、石、砂、汞、矾、黄、灰尘、水、冰、泉、温泉、井、舆图、建都、留都、关隘、市肆、陵寝、冢墓等21部。职方典1544卷，以京畿、盛京等16省为纲，下按府分为223部。山川典324卷401部，记名山283座、江河湖泉115体。边裔典140卷，记载周边少数民族政权及其他邻近国家的情况。《汇编》对与文学作品有密切关系的山川、名胜、古迹作了比地理志和前代类书更为缜密的编排处理。凡处一地者，皆记于职方典中各府州县下；凡横亘连跨数十州县的名山大川，则各自别立一部，载入山川典，与名山大川相关的泉溪岩洞、寺观古迹等皆类属其下。中华书局和巴蜀书社影印《古今图书集成》时，配套出版《索引》，查阅更便。

日本学者平冈武夫曾在50年代主编过一套综合性中国断代史料索引——唐代研究指南，从组成历史的三要素：时间、地点、人物着眼，将现存有关唐代的主要史料加以整理排比，现已由上海古籍出版社影印出版。其中有关地理方面的内容，国内尚无同类索引，可资利用。

《唐代的行政地理》 平冈武夫、市原亨吉编。上海古籍出版社1989年出版。全书选择《唐六典》、《通典》、《贞元十道录》、《元和郡县志》、《旧唐书》、《唐会要》、《太平寰宇记》、《新唐书》等8种唐代或北宋初中期的典籍，索取其中所记载的全部唐代府州郡县名，编成索引表格，并对应列出清李兆洛《历代地理志韵编今释》中的今地名，以反映地理沿革情况。全书分为两大部分。(1)正表。以府州郡县为纲，列出各自在上述8种典籍中的卷次页码及顺序号。(2)府州郡县索引。将正表中的府州郡县按四角号码的顺序编排，分别注出各自在正表中的顺序号，使用时，根据地名的四角号码从府州郡县索引中索取其在8种典籍中的出处。书前有平冈武夫的一篇长序，对8种典籍的版本、索引的编排使用，以及编制中的部分校勘情况作了详细说明,使用时要先行阅读。

(三) 其他地学专著

古今还存有不少地学专著,对山水形势、名胜古迹的兴废、都城的建置沿革作专题记述。这类著作的共同特点是把地理环境与人的活动结合起来进行描述,对历代作家立足于名山胜迹和繁华都城的活动和写作有较多的反映。主要有两大类型:(1)以自然地貌为主体,包括山经水志、地理游记,如《山海经》(袁珂校注本,上海古籍出版社1980年版)、北魏郦道元的《水经注》(王国维校本,上海人民出版社1984年版)及唐玄奘的《大唐西域记》(季羡林等校注本,中华书局1985年版)等。(2)以城市建筑和人文景观的沿革为主体,如北魏杨衒之的《洛阳伽蓝记》(范祥雍校注本,上海古籍出版社1978年版)、宋孟元老的《东京梦华录》(邓之诚注本,中华书局1982年版)、清徐松的《唐两京城坊考》(方严点校本,中华书局1985年版)等。近年来,中华书局的《中国古代都城资料选刊》、江苏古籍出版社的《江苏地方文献丛书》、浙江人民出版社的《杭州掌故丛书》、北京古籍出版社的《北京风土景物丛书》等,都有计划地对这类著作进行了点校整理。其他重要的地理丛书还有:

《汉唐地理书钞》 清王谟辑,中华书局1961年影印。辑录汉唐间70种古地理书的佚文。各书首列佚文,后加按语,说明该书历代书目的著录及辑录情况。清陈运溶辑有湖南省境内的古地志66种,曾刊入《麓山精舍丛书》,也一并附印于后。为检查古地理书提供了方便。

《小方壶斋舆地丛钞》 清王锡祺辑,上海著易堂1891～1897年排印本,杭州古旧书店1985年影印。集录清代地理著作1400余种,包括地理总论、各省形势、旅行纪程、山水游记、风土物产等,大都为撰者所亲历。

《中国历史地理文献辑刊》 李勇先主编,上海交通大学出版社 2009 年版。全书 10 编:《禹贡集成》、《尚书禹贡篇集成》、《诗礼春秋四书尔雅地理文献集成》、《通鉴类地理文献集成》、《政书类地理文献集成》、《目录类地理文献集成》、《辑佚类地理文献集成》、《类书类地理文献集成》、《山海经穆天子传集成》、《子史杂集类地理文献集成》,70 册,影印出版。对中国传统文献中史部地理类以外的地理文献进行全面收集和整理,将古代分散的地理文献分门别类地汇集在一起,为中国历史地理学研究构建了一个完备的基础文献库,为人们充分利用这些资料进行研究提供了极大的方便。较全面地著录此类地学著作的专题目录有:

《中国旅游文献书目选编》 金玉满等编,中国旅游出版社 1986 年版。收录古今记载山川、文物、名胜古迹的典籍图书近 2000 种(其中线装书 800 种),按现在的省市自治区行政区划编排,内容跨省区的编入综合类。附有书名笔画索引。本目所收各书的时间下限为 1984 年 12 月。

六、地名考释、专题地理研究资料及其检索

清代以来,不少学者对历代地理史料,尤其是部分沿革模糊、记载错误的问题进行了大量研究考订工作。他们有的运用自然科学的理论和方法,卓有成效地澄清了一些长期以来纠缠不清的问题。这些研究成果,有的已被吸收到地名辞典中去,有的尚未被集中吸收。在检索地理资料时,应充分注意并重视这类资料。

清人对历代正史地理志的考订和注释性著作,主要的已收入《二十五史补编》。分散在别集中的具体的地名考释文章已汇编为:

《清人文集地理类汇编》 谭其骧主编,浙江人民出版社 1986～1990 年出版。全 7 册。据王重民等所编《清代文集篇目分类索引·地理类》篇目,删去部分明显不属于地理内容或无实际意

义的文章编辑而成。清人有关地理的重要的考释性文字及主要地理风土类专著的序跋大致收录其中。

现代学者关于历史地名考释及专题研究著作很多，重要的有钱穆的《史记地名考》(香港龙门书局 1968 年版，台北三民书局 1984 年版)、岑仲勉的《汉书西域传地里校释》(中华书局 1981 年版)、方国瑜的《中国西南历史地理考释》(中华书局 1987 年版)等。其中有关文学方面的内容比较集中的有：

《西域历史地理》　苏北海著，新疆大学出版社 1988 年版。全书重点论述我国西域历史上的疆域变迁，对唐代边塞诗歌中经常出现的地名，如轮台、阴山、剑河、雪海、交河等作了专门的详细考证，利用古代史料的记载，现代科学技术所提供的新方法和新成果进行研究论证，指出了现行诗歌笺注中的一些错误。

大量考释和专题研究的成果以论文的形式散见于报刊之中，需利用书目索引进行专题检索，如：

《中国历史地理学论著索引》　杜瑜、朱玲玲编，书目文献出版社 1986 年版。收录 1900～1980 年间国内(包括台湾省和香港地区)发表出版的中国历史地理学论著 2 万多篇(种)，其中论文 1.7 万余篇，著作近 3000 种。并附录日本学者的论文 3000 余篇，著作 500 余种。是收录较全的专科目录。

陕西师范大学的《中国历史地理论丛》(史念海主编，季刊)编载有"国内历史地理论著索引"(年度)，时间上基本与杜目衔接，可利用。叶晓军编有《中国都城历史图录》(全 4 册，兰州大学出版社 1986～1987 年版)，收录夏代至 1949 年历代都城的有关图片，包括城市平面图、考古发掘实测图、古文献图、建筑复原图、都城内外主要出土文物照片、现存遗址等。第 4 册有"中国都城研究文献索引"，收录近现代人的有关论著，与正文的图片和说明文字构成一个有关都城研究的资料体系，对查检都城研究资料很有帮助。

第四节 与作家、作品有关的历史背景资料的检索

文学与历史密不可分。文学研究在把握作家的生平行踪和思想发展脉络,考释作品的内容主旨方面,都需要查阅大量与之相关的、确凿可信的历史背景资料,才可能予以正确论断。这种相关的历史背景资料,我们大致把它分为历史事件和典章制度两大部分。

一、历史事件的检索

辞典、大事年表、各体史书都可供检索历史事件。从检索角度讲,三者除了在记载上的详略之别外,其检索点也各不相同。辞典以条目形式反映历史事件,其检索点在事件的名目;大事年表以时间顺序记载历史事件,其检索点在事件的起始时间。如发生在宋神宗元丰二年(1079)的"乌台诗案",《中国历史大辞典·宋史》以"乌台诗案"立目,沈起炜的《中国历史大事年表》则在1079年栏下予以记载。我国传统史书主要有纪传体、编年体和纪事本末体三种体裁,各有特点(参阅第二编第三章)。据此,我们的基本检索思路是:就具体历史事件的已知要素,选择专科辞典或大事年表进行初检;若所载不详,可据初检所得的事件要素——时间、人物、名目,进一步从各体史书中复检和扩检。同时,要科学对待传统史书对历史事件的记载,随时注意从近现代学者的研究考订成果和考古发掘的实物史料中获取新的有价值的观点和材料。

1. 辞典、大事年表的利用

《中国历史大辞典》 本书编纂委员会编,郑天挺等主编,上海辞书出版社1983年起陆续出版。全书14卷:先秦史、秦汉史、魏晋南北朝史、隋唐五代史、宋史、辽夏金元史、明史、清史(上、下)、民族史、历史地理、思想史、史学史、科技史。收录的历史事件以有

习称的为准，此外还收录有关职官、典章制度方面的条目。先分卷出版，最后编印合订本。1994年起进行汇编，先对各分卷内容进行修订，并对原各卷交叉重复的条目作整理合并。汇编本共收词目67154条，2000年上海辞书出版社出版，上下两卷。

《中国近代史词典》 陈旭麓等主编，上海辞书出版社1982年出版。收录中国近代史(1840～1919)上的历史人物、历史事件、典章制度、报刊论著等有关词目3000余条。

《中国现代史词典》 李盛平主编，中国国际广播出版社1987年版。收录中国现代史(1919～1986年底)上比较重要的历史人物、历史事件、政治运动、党派团体、法律制度、文件报刊等方面的词目3200余条。吉林文史出版社1988年出版王金铻等主编的《中国现代史词典》，收录中国现代史(1919～1949)上的历史事件、政党团体、典章制度等有关词目3300多条。

综合性辞典如《辞海》(1989年版)，也有很多有关历史事件的条目。辞典收录历史事件，大多以历史上有公认的习称为标准；而且仅入选比较著名的，在反映范围方面远不及大事年表宽广。

《中外历史年表》(公元前4500～公元1918年) 翦伯赞主编，齐思和等合编。三联书店1958年版，中华书局1961年新1版，1985年重印。2002年修订本。按年编录国内外大事，每年分中国和外国两部分。重点记述有关生产力发展、经济政治制度、阶级斗争、重大科学发现、著名人物生卒年等。台北华世出版社曾以其中的中国部分为底本重排，题名《中国历史大事年表》，1986年出版。

《中国历史大事编年》 张习孔、田珏主编，北京出版社1987～1989年出版。全书5卷。第1卷：远古至东汉，第2卷：魏晋南北朝至隋唐，第3卷：五代十国、宋辽夏金，第4卷：元明，第5卷：清至民国(1918)。编年按月排比史事，重大历史事件自为标题，并扼要叙出原委，一般史事只作条目记叙，不立标题。史迹眉目清楚。在史实考辨方面注意反映近现代研究成果及考古发现，在内容上注意显示文化史方面的史实。

《新编中国历史大事年表》(古代)　詹子庆、曲晓范主编,作家出版社2008年出版。全书记事起自原始社会、文明起源,截止1911年清朝灭亡。夏商周年表依据2000年公布的《夏商周断代工程1996～2000年阶段成果报告(简本)》。从公元前221年秦皇嬴政统一中国以后,按年标注公元、干支、王朝年号、月份,系以历史大事。记载大事撷取了近二十多年来学术研究成果中具备年代标识的史事、人物新证,以及出土文献和考古的新发现。

《战国史料编年辑证》　杨宽著,上海人民出版社2001年出版。全书按年编辑史料,上接《左传》之终,即周贞定王元年(公元前468年),下迄秦之统一,即秦王政二十六年(公元前221年),凡248年。采用史料除传世文献外,还包括新出土的竹木简牍、帛书,以及纪年或年代可考的铜器铭文、刻辞及石刻。卷首冠有《引论》上下篇,上篇《战国史料之鉴别》,下篇《列国纪年之考订》。《考订》对《史记·六国年表》所载列国纪年的错乱加以勘比订正,并编成《列国纪年订正表》,附录书后。

《中国文学史大事年表》　吴文治著,黄山书社1993年出版,全3册。全书上起春秋战国,下迄"五四",按年月编次2600多年间中国文学史上的纷繁大事。正文分为时事纪要和文学史事两栏,时事纪要栏提供简要的社会、政治背景,文学史事栏详列文学家重要事迹、主要作品系年、朝廷对文学的重要措举、文学家交往、文学交流、文坛大事等。共涉及有文学史事记载的人物4000余人,重要作家一般在其卒年作归纳评价。书前编有"姓名检目",标示在正文中出现的页码,为从人物入手查史事提供方便。

《中国近现代史大事记》(1840～1980)　马洪林等编,知识出版社1982年版。所记内容涉及政治、军事、经济、文化和外交等各个领域,但较简略。

《中华民国大事记》(1905～1949)　李新总主编,中国文史出版社1997年出版。本书根据中国社科院近代史研究所中华民国史研究室编《中华民国史资料丛稿·大事记》修订而成，所记始自1905年8月20日同盟会成立，终于1949年9月30日中华民国历史时期结束。

《中国文化史年表》 虞云国、周育民等编著，上海辞书出版社1990年版。该年表编年起自上古，迄至1949年，编录内容包括思想学术、政治法律、文学艺术、语言文字、教育科举、新闻出版、宗教神话等，广泛涉及中国文化史上有关的制度法令、事件运动、人物流派、著述作品以及文化传播交流等。附有人名索引。叶志衡著《战国学术文化编年（公元前475—公元前221）》（浙江大学出版社2007年版），郭墨兰、李梅训编著《齐鲁历史文化大事编年（史前考古学时代—清代）》（山东文艺出版社2004年版）等亦可参考。

以上大事记、大事年表，除《中国文学史大事年表》、《中国文化史年表》外，大都没有索引，无法从人物或事件入手进行检索。这是目前大事记编纂上的不足。

本世纪初，文学编年史著作不断出现，已经形成较为完整的系列，为我们了解检索历代文学史实提供了极大的方便。

《中国文学编年史》 陈文新总主编，湖南人民出版社2006年版。本书以编年形式演述中国文学发展历程，凡18卷，分别为：周秦、汉魏、两晋南北朝、隋唐五代（三卷）、宋辽金（三卷）、元代、明前期、明中期、明末清初、清前中期（二卷）、晚清、现代、当代。编年的重点包括七个方面：1.重要文化政策；2.对文学发展有显著影响的文化生活（如结社、讲学、重大文化工程的进展、相关艺术活动等）；3.作家交往（唱和、社团活动等）；4.作家生平事迹；5.重要作品的创作、出版和评论；6.争鸣（团体之间、个人之间在重要问题上的论辩等）；7.其他。各卷均附人名索引。

断代者则有《秦汉文学编年史》，刘跃进著，商务印书馆2006年版；《南北朝文学编年史》，曹道衡、刘跃进著，人民文学出版社

2000年版;《唐五代文学编年史》(初盛唐、中唐、晚唐、五代四卷),傅璇琮主编,辽海出版社1998年版;《宋代文学编年史》(全四册),曾枣庄、吴洪泽编撰,凤凰出版社2010年版;《元代文学编年史》,杨镰著,山西教育出版社2005年版;分体者则有《明清传奇编年史稿》,程华平编著,齐鲁书社2008年版;《17世纪中国通俗小说编年史》,李忠明著,安徽大学出版社2003年版。

另据全国社会科学规划办公室介绍,武汉大学於可训教授主持的国家社会科学基金项目《中国现当代文学编年史》已经完成,最终成果为专著《中国现代文学编年史》(1912~1949)和《中国当代文学编年史》(1949~2000)。编年所录的文学史实,包括文学思潮、理论批评、创作现象、社团流派、文学交往、文学会议、作家生平行止、作品发表出版和文学报刊的沿革变迁,以及与文学有关的重要政治、经济、军事和社会文化活动等背景材料。所征引的文献注明出处,以便检索。

陈文新、何坤翁、赵伯陶主编的《明代科举与文学编年》(武汉大学出版社2009年版)以编年的形式展现明代科举与文学的发展历程,也可参考。

2. 各体史书的利用

有关各体史书的基本知识和重要史书举要,第二编第三章已介绍。这里主要介绍各种相关的史学工具书,重点在关键词索引,并举要介绍数种现代学者新编的各体史书。

前燕京引得编纂处编有《史记及注释综合引得》(1947年版)、《汉书及补注综合引得》(1940年版)、《后汉书及注释综合引得》(1949年版)、《三国志及裴注综合引得》(1938年版),上海古籍出版社1988年影印。这4种索引编录史书正文和注释中的关键词(重要人名、地名、书名、事项名等),可用来查找史书中记载的事件。正文采用"中国字庋撷法"编码编排,上海古籍出版社影印本增编四角号码及汉语拼音两种检字表,注出"中国字庋撷法"的编码，给使用带来方便。

香港中文大学崇基书院远东学术研究所也曾出版一套黄福銮编制的前四史索引：《史记索引》(1963年版)、《汉书索引》(1966年版)、《后汉书索引》(1971年版)、《三国志索引》(香港现代教育研究社1973年版)，台湾大通书局1973~1986年影印。这4种索引索取书中的名词、重要事项及词句，分部类编。使用时应先了解其分类情况，判断欲查事件当属何类。

上述两种前四史的索引，前者以光绪间上海五洲同文书局石印本、后者以四部丛刊和四部备要本为底本，所标出处的页码与今通行的中华书局点校本不合。中国历史文献研究会组织编著《二十五史专书辞典丛书》，收录各史中的人名、地名、历史事件、名物典制、文学艺术等专用名词和术语。每条词目给予简明通俗的诠解，并注明其在中华版各史中的原文页码。书中编有"词目首字索引"，方便查检。首部《史记辞典》共收录1.6万余条词目，仓修良主编，山东教育出版社1991年出版。迄今已出版《三国志辞典》(1992)，《后汉书辞典》(1994)，《汉书辞典》(1996)，《两五代史辞典》(1998)，《北朝五史辞典》(2000)，《晋书辞典》(2001)，《元史辞典》(2002)，《两唐书辞典》(2004)，《南朝五史辞典》(2005)，《清史稿辞典》(2008)等。这套辞典实际上具有关键词索引的功能，因其所注出处以中华书局点校本为底本，将给利用二十四史提供新的方便的检索途径。

二十四史中，唯《史记》是记载黄帝以来史事的通史，但所记详今略古，春秋战国以前的漫长历史仅以五帝、夏、殷三本纪简叙带过。20世纪末在河南安阳发现的大量殷商甲骨，上面多刻有古文字，习称甲骨卜辞，为研究殷商时代的历史提供了珍贵的史料。台北艺文印书馆1989年出版了台湾学者严一萍据甲骨卜辞撰著的《殷商史记》20卷，全3册。仿纪传体例，分为本纪、祀谱、闰谱、朔谱、月谱、旬谱、日谱、夕谱等8部。补录4卷：殷商天文志、兵志、刑法志、妇好列传。附有甲骨原件图片。经严氏的系统整理描述，殷商历史清晰可寻，对查找殷商时代的文化史事，探究我国散文的源流大有帮助。孙淼的《夏商史稿》(文物出版社1987年版)也是同类型著作。上海人民出版社组织出版中国断代史系列，其中王玉哲著《中华远古史》(2000年版)，胡厚宣、胡振宇著《殷商史》(2003年版)，杨宽著《西周史》(2003年版)，顾德融、朱顺龙著《春秋史》(2001年版)和杨宽著《战国史》(2000年版)均可参考。

现代学者撰著的各体史书和编辑的大型史料丛书还有：

《清史编年》 中国人民大学清史研究所编。中国人民大学出版社1985～2000年出版。全书10卷，编年记录清代历朝大事。取材依据各类官书，参用档案、方志、文集、笔记、谱牒、传记、稗史等。

明清以来，我国文学史上较多出现以中西关系，尤其以反对帝国主义列强侵略为题材的作品，较全面地了解中西关系大势是从事近代文学研究的重要基础之一。鸦片战争以后中西关系在大事年表和近代史书中得到较多的反映。鸦片战争前的中西关系史事可利用萧致治、杨卫东编**《鸦片战争前中西关系纪事》**(湖北人民出版社1986年版)查找。该书采用纪事本末的形式，将1517年葡萄牙殖民者来华，到1840年鸦片战争爆发共300多年间有关中西交往的主要事件，列作142题，详述始末，并各附以参考书目。

《中华民国史》 李新等主编，中华书局1981～2002年出版。全书3编。第一编为中华民国创立时期(1905～1911)和南京临时政府时期(1912.1～1912.3)；第二编北洋政府时期(1912～1928)；第三编国民党政府时期(1927～1949)。广泛取材于当时的报刊书籍、历史档案、研究论著等。

《中国现代史大事纪事本末》(1919～1949) 王维礼主编。288题，黑龙江人民出版社1987年版。

《近代中国史料丛刊》 沈云龙主编，台北文海出版社1966年起陆续影印出版。已印行三编2000多种，包括政治官报、大臣奏议、外交档案、函牍手札、名臣专集、学人日记、新闻汇录、回忆录、专题研究著作、史料笔记等。以记载近代史事为主要内容的笔记杂著类史料占有很大比重,很多是稿本或未刊本。

《近代稗海》 荣孟源、章伯锋等主编,四川人民出版社、巴蜀书社1985~1989年出版14辑,收录鸦片战争至1949年间有关中国政治、经济、军事、文化各方面的史料近百种,包括笔记、日记、书札、档案等。新式标点。每辑含一种或数种内容相近的史料,每种史料有按语说明其来源、版本、内容要点和著者简况等。

我国1949年以来,由中国共产党、人民政府、中国人民解放军、各级政协、各民主党派、县级以上群众团体、文化机关、学术团体,以及大专院校所属编修和研究中国史志机构,曾编印了大量以简报、信息、动态、文史资料选辑等为名的内部连续出版物,刊载了大量以现代史为主的新史志资料,多系档案、作者三亲(亲历、亲见、亲闻)或调访当事人所得的珍贵史料。李永璞主编的《中国史志类内部书刊名录(1949~1988)》(山东人民出版社1989年版),对这批内部连续出版物进行了系统的介绍著录。共收录5900余种,正文按编印单位所属行政区划系列编排,附录书刊题名索引。

3. 有关史实考订研究成果的检索利用

了解有关史实考订研究成果有多种途径,如可通过史学论著索引、报刊论文索引进行检索。这里主要介绍集中反映这类成果的综述性专著和动态性刊物。

《中国史问题讨论及其观点》(1976.10~1980.6) 梁友尧等编写,山西人民出版社1984年版。全书分6大问题75个专题,每个专题后附1976.10~1980.12期间全国报刊上发表的有关本专题的学术论文目录。

《中国古代史研究概述》 《中国史研究》编辑部编,江苏古籍出版社1987年版。按时代分专题综述。

《建国以来中国近代史若干问题讨论举要》 苏双碧主编,齐鲁书社1985年版。汇集有关近代中国历史上几个主要事件的研究论争材料。

《中国近代史争鸣录》(1949～1985)　中国人民解放军南京政治学院历史系编,江苏教育出版社1987～1988年版。分历史事件篇、历史人物篇,各单行出版。综述1949～1985年间国内(包括港台)发表出版的论文(2000余篇)、专著(150多种)中的不同学术观点,注明出处。

《中国近代史实正误》　郭汉民主编,湖南人民出版社1989年版。全书分为3部分:(1)概述建国以来中国近代史实考辨成果,(2)中国近代史实、史料、史籍考辨文选,(3)中国近代史实考辨目录索引(1949～1987)。

《二十世纪中国文史考据文录》(上下册)　傅杰编,云南人民出版社2001年出版。全书选录20世纪中国学者的文史考据论文160余篇,体现了20世纪中国文史考据的主要成果。各篇均简介作者并标注出处。

《史学情报》　中国史学会《中国历史学年鉴》编辑部编。季刊。常设栏目:文摘、国内外书讯、国内外动态(包括考古、文物、资料新发现等)、书目、索引等。

《中国史研究动态》　中国社会科学院历史研究所主办,陈高华主编。中国社会科学出版社出版。月刊。

二、典章制度的检索

典章制度是指古代在社会政治、经济、文化等各方面制订的法规章程,在维系封建统治秩序方面发挥着重要作用。典章制度名目繁多,诸如礼乐兵刑、官爵秩禄、食货漕运、田赋贡税、科举学校、天文律令等。历朝统治者为巩固自己的政权,对典章制度总是大体承袭局部更改,数千年来形成了一个庞大的体系。我国古代纪传体史书中的"书"、"志"和典志体史籍,如"十通"、会要、会典等,集中记载历代典章制度因袭沿革的具体情况。地方志中的有关类目,如"职官"、"刑律"、"选举"、"田赋"等提供地区性典章制度的资料。纪传体史书和地方志的基本情况和利用方法见前介绍,这里着重讲典志体史籍和有关专题研究论著的利用。

1."十通"的利用

"十通"是指十部在时间上前后衔接、体例上彼此因袭的典志体史籍,细分有三个系列:《通典》、《续通典》、《清朝通典》;《通志》、《续通志》、《清朝通志》;《文献通考》、《续文献通考》、《清朝文献通考》、《清朝续文献通考》。"十通"内容浩博,详尽反映了我国4千多年来的典章制度情况,有商务印书馆1935~1937年精装汇刊影印本。台北新兴书局1959年、浙江古籍出版社1989年、中华书局1985年起均据商务本影印。"十通"各自的记载内容、类目、卷次等具体情况如下:

《通典》200卷　唐杜佑撰。记载上古至唐天宝年间典章制度的沿革(肃宗、代宗时事,注内间有附载)。全书原分8典:食货、选举、职官、礼、乐、兵刑、州郡、边防,清代汇刻时,为求与《续通典》、《清朝通典》的门类一致,将"兵刑"典析为"兵"、"刑"二门。杜佑以开元末刘秩所纂《政典》35卷为蓝本,增采经史、文集和朝臣疏中有关典章制度的材料,参以《大唐开元礼》编就此书,资料丰富,记唐代典制尤详。中华书局1988年出版王文锦等点校本。

《续通典》150卷　清嵇璜等奉敕撰修。所记史事自唐肃宗至德元年(756)至明崇祯末年(1644),体例和门类同《通典》。成书于乾隆中叶。

《清朝通典》100卷　清嵇璜等奉敕撰修。记清初至乾隆中叶的典章制度。体例用《续通典》,细目据清制略作更改。

《通志》200卷　宋郑樵撰。实是一部记载上古至唐代历史的纪传体通史,与《通典》有所不同。分本纪、年谱(世谱与年表)、略、世家、列传5部分。其中"略"是典志体,专记上古至唐代的典制沿革,是全书的精华,有 20 目:氏族、六书、七音、天文、地理、都邑、礼、谥、器服、乐、职官、选举、刑法、食货、艺文、校雠、图谱、金石、灾祥、昆虫草木。二十略中,除礼、职官、选举、刑法和食货五略系据前代典章编成外,其余十五略都发挥了自己独到的见解。二十略有单行本名《通志略》,52 卷。有世界书局本、台湾商务印书馆1968 年影印本。

《续通志》640 卷　清嵇璜等奉敕撰修。体例同《通志》,但略去世家、年谱两部分。所记史事:二十略上起五代,下迄明末,纪传则自唐初至元末。乾隆中叶成书。

《清朝通志》126 卷　清嵇璜等奉敕撰修。仅有二十略,记清初至乾隆五十年(1785)间的典章制度。

《文献通考》348 卷　元马端临撰。记载上古至宋宁宗嘉定末年的政治、经济、文化等方面的典制沿革,分 24 考:田赋、钱币、户口、职役、征榷、市籴、土贡、国用、选举、学校、职官、郊社、宗庙、王礼、乐、兵、刑、经籍、帝系、封建、象纬、物异、舆地、四裔,全书以《通典》为蓝本,将其"八典"扩充析为 19 考,新增经籍、帝系、封建、象纬和物异 5 考。取材广泛,所载以宋代典制最详。

《续文献通考》250 卷　清乾隆间官修。记宋宁宗嘉定年间至明崇祯末年的典章制度。体例同《文献通考》,唯由 24 考增为 26 考,新增的"群祀"、"群庙"两考系从"郊祀"、"宗庙"两考中析出。又,明王圻曾编《续文献通考》254 卷,凡 30 考,较《文献通考》增加节义、谥法、六书、道统、氏族、方外 6 门,记南宋宁宗嘉定末年至明神宗万历初年的典章制度,详于明朝典制,入清被列为禁书。现有现代出版社 1988 年影印本,全 6 册。

《清朝文献通考》300 卷　清乾隆间官修。记清初至乾隆典制。体例同《续文献通考》,细目据清制稍有删改。

《清朝续文献通考》400 卷　清末刘锦藻编撰。记载清乾隆五十一年(1786)至宣统三年(1911)的典章制度。体例同

《清朝文献通考》，门类增加外交、邮传、实业、宪政四考，合为30考。

《十通》卷帙浩繁，共有2600余卷，且其中大半内容相互重复，直接查检比较困难。商务印书馆1937年汇印本配套出版《十通索引》、台湾学者杨家骆主编有《十通分类总纂》，都在一定程度上简化了检索和利用的繁复。

《十通索引》全书分为两部分：第一部分是"四角号码索引"，系析出《十通》中的关键词语按首字的四角号码编成，具有主题索引的性质。第二部分是"分类详细目录"，分为通典、通志、通考3编，分别将三通典、三通志和四通考中的细目析出，综合编排，以概示同类史料在各书中的分布。

《十通分类总纂》 杨家骆主编。台北鼎文书局1975年出版。清人汪锺霖曾取前九通，删汰繁复，融会贯通，酌定22类2000余细目，成《九通分类总纂》240卷。以通典为本，不足以通志、通考补充，各门类记事以年为序，无重复之繁，有贯通之便。各条材料均标明出于何"通"。22门类为：赋贡、钱币、户口、职役、征榷、市籴、国用、选举、学校、职官、礼、乐、兵、刑、艺文、帝系、封建、氏族、天文、祥异、舆地、四裔。台北艺文印书馆1974年据上海文澜书局1902年本影印。杨氏以此书为基础，取刘锦藻《清朝续文献通考》26考分列于22类之中，其所增外交、邮传、实业、宪政4考另排于22类之后，成26类。全书共30册，第一册为全书检读记，包括九通分类总纂、十通分类总纂与原十通的卷数、类名对照表等。

2. 会要、会典的利用

会要是以事类为中心，记载一代典章制度的史籍，这种史体始见于唐德宗时苏冕所著《会要》40卷。会典由会要发展而来，性质相同而编例不一，会典以一代职官制度为纲，是以官统事、以事隶官的政事记载。台北世界书局1956～1960年出版中华学术名著丛书历代会要系列,上海古籍出版社1977年起组织出版《历代会要丛书》。现将历代会要、会典及相同性质的典籍,按所记时代先后,简介如下。

《春秋会要》4卷　清姚彦渠撰。中华书局1955年版。分世系、后夫人妃和吉、凶、军、宾、嘉五礼等7门,取材于春秋三传及《礼记》、《国语》诸书,征引注明出处。

《七国考》14卷　明董说撰。中华书局1956年点校本。记战国时七国的典制,分14门:职官、食货、都邑、宫室、国名、群礼、音乐、器服、杂记、丧制、兵制、刑法、灾异、琐征。主要取材于《史记》、《战国策》及诸子杂说,征引不甚谨严。台北世界书局本与《春秋会要》合刊。

《秦会要订补》(修订本)　清孙楷著,徐复订补。26卷。中华书局1959年标点本。分14门:世系、礼、乐、舆服、学校、历数、职官、选举、民政、食货、兵、刑法、方域、四裔,汇辑《左传》、《战国策》、《史记》、《汉书》、《竹书纪年》及《吕氏春秋》、《论衡》、《盐铁论》等书中有关秦代典制的记载。引证注明出处。

《西汉会要》70卷　宋徐天麟撰。中华书局1955年版,上海古籍出版社1977年版。分15门:帝系、礼、乐、舆服、学校、运历、祥异、职官、选举、民政、食货、兵、刑法、方域、蕃夷,有细目367目。主要取材于《汉书》。

《东汉会要》40卷　宋徐天麟撰。中华书局1955年版。上海古籍出版社1978年校点本。体例同《西汉会要》,分15门,将学校、运历、祥异改为文学、历数、封建。有384细目。主要取材于《后汉书》,间附按语或杂引他人论说。

《三国会要》22卷　清杨晨撰。中华书局1956年标点本。分15门:帝系、历法、天文、五行、方域、职官、礼、乐、学校、选举、兵、刑、食货、庶政、四夷,共98细目。书前列有引用书目150余种。

《晋会要》56卷　近人汪兆镛撰,书目文献出版社1990年据稿本影印。分帝系、礼、乐、兵、刑、食货、选举、职官、封建、民事、文学、经籍、金石、术数、舆地、四裔、大事等 17 门 329 类。全书取材丰富，广泛吸收了清代学者的研究成果。另有近人林瑞翰等撰《晋会要》，载台湾大学历史学系学报 1976 年 4 期。分 20 篇：帝系、后妃、礼乐、运历、舆服、政事、崇儒、选举、职官、食货、刑法、兵略、瑞异、门阀、识鉴、艺文、道释、方域、蕃夷、偏霸。

《南朝会要》 清朱盘铭撰。包括《宋会要》、《齐会要》、《梁会要》、《陈会要》4 部，上海古籍出版社 1984～1986 年分别据未刊手稿本整理点校出版。主要取材于正史。

《唐会要》100 卷 宋王溥撰。中华书局 1955 年版。分 541 目归纳记载唐代典制及史事，不立门类。内容近于《通典》的唐代部分而更为详备。全书系王溥在唐苏冕撰《会要》40 卷、杨绍复等撰《续会要》40 卷的基础上续补而成，书中保存唐代史料十分丰富，有许多两《唐书》所失载的史实。

《五代会要》30 卷 宋王溥撰。中华书局 1956 年版。上海古籍出版社 1978 年校点本。分 279 目。主要取材于五代历朝实录。

《宋会要辑稿》 清徐松辑。中华书局 1957 年据北平图书馆 30 年代影印本复印。分帝系、后妃、乐、礼、舆服、仪制、瑞异、运历、崇儒、职官、选举、食货、刑法、兵、方域、蕃夷、道释等 17 类。原稿系徐松从《永乐大典》辑出，排比校勘未完而徐氏去世。辑稿最后为嘉业堂刘承幹所得，刘氏延聘刘富曾等整理，修成清稿。北平图书馆 30 年代影印经刘富曾剪裁删并的徐松原辑稿。被刘富曾当作复文删落的辑文已被发现，经陈智超整理，已由全国图书馆文献缩微复制中心 1988 年影印出版，题名《宋会要辑稿补编》。两书合璧，基本恢复徐松辑稿全貌。王云海著有《宋会要辑稿考校》(上海古籍出版社 1986 年版)，主要包括：(1)《宋会要辑稿》校补。以中华书局影印本《永乐大典》中标明《宋会要》的 107 篇文字为据进行校补。(2)考论《永乐大典》本《宋会要》增入书籍及《辑稿》重出篇幅的成因。(3)《辑稿》篇目索引。中华本卷首目录仅列册、类、页码,无标题,不便检索。该索引补出各门标题,并注明各门类所记的起讫时间、页码等。

《明会要》80卷　清龙文彬撰。中华书局1956年版。分15门:帝系、礼、乐、舆服、学校、运历、职官、选举、民政、食货、兵、刑、祥异、方域、外蕃。取材于《明史》及其他有关书籍约200余种,征引注明出处。

上海古籍出版社1977年起组织出版《历代会要丛书》,除上述各种外,还组织新编,已见《战国会要》(杨宽等主编,2005年版),《辽会要》(陈辽等主编,2009年版)。

《大明会典》228卷　明代官修。商务印书馆万有文库本,台北新文丰出版社1977年影印本,江苏广陵古籍刻印社1989年影印本。本书明弘治间始修,正德嘉庆间续修,万历时重修本228卷。以吏、户、礼、兵、刑、工六部为纲,详述其掌故及事例。六部前置宗人府,后列诸文职和诸武职,以反映职守之沿革。

《大清会典》　清代官修。商务印书馆万有文库本,台北中文出版社1963年影印本。清代仿《大明会典》体例,在康熙、雍正、乾隆、嘉庆、光绪年间5次纂修,取材从清初至光绪二十二年(1896)止。光绪重修本有"会典"100卷、"事例"(各部门逐年沿革损益的具体情况)1220卷、图270卷。图凡330幅,分礼、乐、冠服、舆卫、武备、天文和舆地七门,每图均作解说。是研究清代行政制度、政府组织及部门职掌的重要史料。

《大唐六典》　唐玄宗时官修,李林甫等注。原书30卷,现存15卷残卷,中华书局1985年据南宋绍兴四年(1134)温州原刻本影印(《古逸丛书三编》本)。中华书局1992年出版陈仲夫点校本。"六典"之称来自《周礼》,原指太宰掌建邦之六典,即治典、教典、礼典、政典、刑典、事典。后历代王朝的中央官制,大体不外六种。全书讲述唐代三师、三公、三省、九寺、五监、十二卫等职官编制、职司和品秩等,是研究唐代职官制度的第一手资料。日人中谷英雄有《大唐六典职官索引》(1959年自刊本)。

《大元圣政国朝典章》 元代官修。古籍出版社1957年影印本,北京中国书店1982年影印本。本书简称《元典章》,记载元世祖至英宗五朝典制。分前集(80卷)、新集(不分卷)。前集10类:诏令、圣政、朝纲、台纲、吏部、户部、礼部、兵部、刑部、工部。新集8类:国典、朝纲和六部。今通行本据光绪间沈家本刻本影印,后陈垣据故宫发现的元刻本,校正沈刻本脱误多达1.2万条余,辑成《元典章校补释例》(后易名《校勘学释例》)。古籍出版社本将二书合印。

《六典通考》 200卷 清阎镇珩撰。江苏广陵古籍刻印社1986年影印本,线装60册。分28考:设官、爵命、禄制、官政、邦计、膳饮、奄寺、医政、民政、教典、宾兴、委积、荒政、市政、礼制、乐制、礼器、司天、建国、兵制、军礼、王政、职方、刑典、兵礼、都邑、工政、沟洫。记周初至明末的典制沿革,是会典一类书中最晚成的一种,集合《周礼》至《明会要》中的精华,系统分明,贯通古今,方便稽考。唯取材不够丰富,且不注出处。

《北周六典》 10卷 今人王仲荦著。中华书局1979年版。分30门:总叙、创革、三老、三公三孤、四辅、大丞相、天官府、地官府、春官府、夏官府、秋官府、冬官府、六官余录、军器监营作监、同州司会东京六府、都监中外诸军府、行军元师行军总管、东宫官属、封爵、勋官、散官、戎号、内命妇、外命妇、总管府、州牧刺史、京尹郡守、县令、大使、命品。全书以职官志的体例编写,容纳了北周一代的典制,有会要的作用。书后编有"北周六典事类索引",以会要体的类目帝系、五礼、舆服、音乐、历算、学校、著述、职官、选举、封爵、民政、食货、部曲、刑、兵、朝聘、佛道为纲,注出其细目与正文内容的对应关系,以发挥会要的作用。

《太平天国典制通考》 简又文著。香港简氏猛进书屋1958

年版。1982年影印。分15考：天号、官职、礼仪、墨印、宫室、科举、天历、乡治、田政、泉币、食货、外事、女位、军纪、宗教。

现代学者对古代典制进行了系统的研究，撰述出版了多种史著，如吕思勉的《中国制度史》（上海教育出版社1985年版）、左言东的《中国政治制度史》（增订本，浙江古籍出版社1986年版）、张晋藩等的《中国政治制度史》（中国政治大学出版社1987年版）。断代专题如商衍鎏的《清代科举考试述录》（三联书店1983年版）、王德昭的《清代科举制度研究》（中华书局1984年版）、黄留珠的《秦汉仕进制度》（西北大学出版社1985年版）等，都可参考利用。

3. 职官表的利用

职官制度是历代典制的重要组成部分，职官史料在上述《十通》、会要、会典诸书中都可查获。这里介绍以具体反映职官设置沿革为主要内容的职官表和职官年表，表格的形式具有清晰明了的特点，可方便查考。

《历代职官表》72卷　清乾隆间官修。上海古籍出版社1989年据武英殿本拼缩影印。全书按清代所设职官排成67表，每表均依职位等级横列若干项，由三代至明直分18栏，清代职官居首栏，次列历代相同或相近的职官，以反映历代相承的职官沿革情况。表后有释文，分"国朝官制"，叙述清代官制设置情况；"历代建置"，罗列有关文献，考订历代官制的建置沿革。取材于《三礼》等儒家经典、各史职官志，及政书、类书、笔记、文集等，基本上囊括了记叙古代官制的主要史料。上海古籍出版社影印本附编有"官名索引"，使用称便。

清黄本骥据官修72卷本《历代职官表》进行重编，保留原书表格，简化释文中的"国朝官制"部分，全删"历代建置"所引文献，缩为6卷，仍名《历代职官表》。中华书局上海编辑所1965年整理标点出版，上海古籍出版社1980年重印。表后有瞿蜕园的《历代职官简释》，书末附《历代职官表及简释综合索引》。

《清代职官年表》 钱实甫编著。中华书局1980年版。精装4册。全书据顺治至光绪九朝实录和宣统政记的记载,将清代职官排成49表,详细反映了清季重要职官建置,职掌和变化的情形。部分变化情况复杂的职官,另制"概况"、"简图"附于相应年表之后,作进一步说明。书末附有人名录、别号索引、谥号索引、籍贯索引等。

《辛亥以后十七年职官年表》(1912~1928) 刘寿林编。中华书局1966年版。全书包括3部分:(1)中央之部,含18表;(2)地方之部,含28表;(3)国会议员之部,含12表,反映南京临时政府、北洋军阀政府、护国政府、护法政府、广州政府、武汉政府的职官制度。

《国民政府职官年表》(1925~1949) 张朋园等编著。台北中央研究院近代史研究所史料丛刊1987年本。记国民政府职官建置沿革情况。

反映清代以前的职官表和职官年表及有关职官史料还有:清孙星衍等辑《汉官六种》(中华书局1990年周天游点校本),宋孙逢吉《职官分纪》(中华书局1988年影印本),严耕望《唐仆尚丞郎表》(中华书局1986年版),宋徐自明撰、今人王瑞来校补《宋宰辅编年录校补》(中华书局1986年版)、吴廷燮的《唐方镇年表》、《北宋经抚年表、南宋制抚年表》、《明督抚年表》(中华书局1980~1984年版)等;专题研究论著有安作璋等《秦汉官制史稿》(齐鲁书社1985年版)等。

台湾新文化出版社1978年出版了苏振申总编校的《中国历史图说》,分先史时代、殷商、西周、春秋战国、秦汉、魏晋南北朝、隋唐五代、宋代、辽金元、明代、清代、现代等12个分册,以重要实物图片和文字说明,对中国历史作了提纲挈领的形象反映。各册附有大事年表。全书很重视文化方面的发展情况,对重要的作家、文学事件作有较系统的图说。有各种珍贵的作家画像、文集书影、以及与文学家有关的人文景观照片等,对文学研究具有重要参考价值。

《中华文化通志》 本书编委会编,上海人民出版社1998年出版。这是一部典志体的文化通史,由十典百志构成,气势恢宏。十典分别为:历代文化沿革典,地域文化典,民族文化典,制度文化典,教化与礼仪典,学术典,科学技术典,艺文典,宗教与民俗典,中外文化交流典。每典十"志",如历代文化沿革典下分中华文化起源志,商周文化志,春秋战国文化志,秦汉文化志,魏晋南北朝文化志,隋唐五代文化志,宋辽夏金元文化志,明代文化志,清代文化志,现代文化志等十志;地域文化典:秦陇文化志,中原文化志,齐鲁文化志,燕赵文化志,荆楚文化志,吴越文化志,巴蜀文化志,闽台文化志,晋文化志,岭南文化志;制度文化典:宗族志,土地赋役志,工商制度志,社会阶层等级制度志,中央职官志,地方行政制度志,选举志,社团志,法律志,兵制志;教化与礼仪典:社会理想志,德育志,智育志,体育志,美育志,学校志,礼仪志,家范志,交谊志,政德志;学术典:经学志、诸子学志、哲学志、史学志、语言文字学志、政治学志、经济学志、法学志、教育学志和军事学志;艺文典:艺文理论志、诗词曲志、散文小说志、戏曲志、美术志、乐舞志、曲艺杂技志、新闻志、典籍志、景观志。全书在结构和内容上,都为读者提供了了解和检索我国典章制度的方便途径,尤其是20世纪的内容,更是《十通》等典志体史书无法提供的。

第四章 数字化文献及其利用

20世纪80年代以来,互联网的飞速发展和计算机的空前普及,极大地影响了现代社会的发展。其中文献资料的数字化,在很大程度上改变了人类千百年来在雕版文化时代和印刷文化时代形成的文献阅读和利用的方式。

近30年来,我国文献数字化的进展迅速,硕果累累。数字化涉及文献的种类之多,范围之广,令人难以想象。利用数字化文献呼之即来,挥之即去的便利,令人难以忘怀。原来因时间、地域而形成的借阅障碍被有效突破,之前因卷帙浩繁而造成的检索难题被轻松化解。所以,在网络时代,每一位文史研究者都应该具有使用数字化文献的意识和技能。

本章主要介绍数字化文献的基本类型、分布及其重要成果,检索技能不在讨论之列。

第一节 数字化文献的类型和分布

一、数据库及其类型

数据库又叫机读数据库,有时也叫文档。它是书目及与文献有关数据的机读记录的有组织的集合,是存放和处理数据的场所。

数据库由编制机构经过资料收集、标引加工、输入计算机、存贮和组织在磁、光介质(磁带、磁盘、光盘等)上,并利用计算机从多方面向人们提供或产生各种数据。它最主要的特点是把用户(应用程序)一个个都加以隔离,从而一举解决了数据的共享性、独立性和最小冗余性,实现大堆数据的集中管理,提高了数据的利用率。它同传统的印刷品把各种信息组成一份份文件、一册册图书相仿,但它是一次输入,反复使用;一家输入,多家使用,便于计算机处理和电讯传递,因而能够实现多方面的利用。原始数据一经输入后,就可通过计算机实现编辑、排版、印刷、定题服务、联机检索、更新管理等自动处理。通俗地说,数据库就是计算机化的书目索引、文摘、辞书、资料汇编等。

数据库有不同的类型,同时具有相应不同的用途:

1. 目录数据库(又称书目数据库),主要提供图书、论文的线索,就是数字化的书目、索引、文摘。如中国国家图书馆等单位研制的《中国国家书目光盘》、上海图书馆研制的《中文社科报刊篇名数据库》等。

2. 事实数据库,提供人物生平、机构状况等基本事实,如中国科技信息研究所研制的《中国科研机构数据库》(CSI)、中国国家图书馆编制的《中国学·汉学家资源库》等。

3. 数值数据库,提供统计资料、数据等,如国家物价局信息中心的《农产品集市贸易价格行情数据库》,美国预测公司的《世界经济统计数据》等。

4. 全文数据库,提供文献的原文。严格意义上的全文数据库,可以进行全文检索。如中国社会科学院文学研究所的《全唐诗》数据库、北京鲁迅博物馆的《鲁迅全集》数据库、北京书同文数字化技术有限公司的《四部丛刊》数据库等。

目前我国数据库以目录数据库和全文数据库居多。

从出版形式区分,数据库主要有两大类:

1. 光盘型

光盘是一种利用激光技术将信息写入和读出的高密度存储器,属光学载体。从早期的 CD-ROM,到 DVD,其单片存储(文字)已经从数亿达到十多亿的海量。计算机需要安装有光盘驱动器,才能读取光盘数据。光盘之前曾使用软磁盘,属磁性载体,因其容量仅有 70 余万汉字,现在基本上为光盘所替代。

2. 网络型

光盘数据库安放在网络服务器上,就成为网络型数据库。一般往往是光盘型经过扩展增容升级或组合成为网络型。网络型数据库需要计算机上网,方能从中读取相关数据。

目前,一些大型文献资料如丛书、资料汇编等,往往三种出版形式同时面世。如古籍善本丛书《四部丛刊》,1984 年上海书店影印出版印刷文本,2001 年北京书同文数字化技术有限公司完成出版光盘性数据库,2005 年该数据库升级为网络版,目前已经完成网络 2009 版的增补工作。我们可以根据自己的需要和具备的条件,选择合适的类型。

二、数据库的分布

所谓数据库的分布,有两层意思。一是指其内含数字化文献的内容在整个文献体系中的位置,二是指这些数据库的网络地址,通过什么途径可以进入利用。

我国文献数字化的进程,开始于古典文献,逐渐扩大到现代图书、期刊、特种文献等。古典文献中,重要典籍如《十三经》、《二十四史》、《全唐诗》、《全宋诗》等,著名丛书如《四库全书》、《四部丛刊》等,专题文献如敦煌文献、甲骨文献、金文文献、简牍文献、金石文献等,都已经数字化,或尚在进行中。许多重要古籍甚至被研制成多个数据库。现代期刊是数字化的另一个重点,有中国期刊网、方正数字期刊等多个大型网络型全文数据库。

我国文献数字化工程目前尚处于政府、各地方机构和民间三方多头或合作投资建设的阶段,而以政府投资建设为主导,建设重点则是大型网络型数据库。所以,国家公共图书馆、高校图书馆和数字公司的数字平台是大型网络型数据库的主要发布场所。

1. 公共图书馆数字平台。以中国国家图书馆·国家数字图书馆为例。在中国国家图书馆网站首页,点击资源列表——数字资源导航——中文数据库。在中文数据库页面,列出包括国家馆外购的 55 个中文大数据库以及自建的特色资源库,并按类型划分为十种:电子图书、全文期刊、电子报纸、学位/会议论文、专利/标准、数值事实、索引文摘、工具类、音视频和特色资源,对每个数据库从资源名称、收录年限、资源介绍、访问方式四个角度进行了介绍。

2. 高等学校图书馆数字平台。我国各高校图书馆数字平台都具有丰富的数据库资源,一是来自外购,一是来自中国高等教育文献保障系统(China Academic Library & Information System,简称 CALIS)。CALIS 是经国务院批准的我国高等教育"211 工程"总体规划中二个公共服务体系之一,其宗旨是建设以中国高等教育数字图书馆为核心的教育文献联合保障体系。系统的子项目建设包括联合目录、引进数据库、高校学位论文、专题特色数据库、重点学科导航库、虚拟参考咨询、教学参考信息等 7 项。2001 年一期建设通过国家验收,目前正在续建之中。二期建设已将"中英文图书数字化国际合作计划"(简称 CADAL)列为本系统建设的重要组成部分,项目名称定为"中国高等教育文献保障体系——中国高等教育数字化图书馆(China Academic Digital Library & Information System,简称 CADLIS)",由 CALIS 和 CADAL 两个专题项目组成。

3. 数字公司的数字平台。北京书同文数字化技术有限公司、北京爱如生数字化技术研究中心、北京国学时代文化传播有限公司和北京时代瀚堂科技有限公司等是我国知名的数字化科技公司,多年来各自研究开发大量高质量的数据库。这些数据库的相关信息都发布在各自网站的首页,为使用者提供详细的导航。

第二节 主要数据库及网站举例

我国大型的书目数据库和全文数据库大多为网络型,既有各自的网址,也频频出现在其他购买了使用权的单位或机构的数字平台中。本节依据使用频率和数据库资源的丰富程度,选择数据库和网站举例,相关的介绍大都取自各自网页发布的说明文字或使用手册。

一、数据库举例

四库全书 《四库全书》全文光盘数据库由香港迪志文化出版社有限公司开发研制、上海人民出版社1999年出版。数据库据文渊阁本《四库全书》制作,包括两个不同的版本:"原文及标题检索版(共167张光盘)"和"原文及全文检索版(共183张光盘)",在保持原书图像的基础上,同时提供书目检索及全文检索,并具备检索内容的统计、编辑、整理及输出等功能。

四部丛刊 北京书同文数字化技术有限公司2001年研制。光盘版分为单机版和网络版,均为全球版,可在中(简、繁)、日、英、韩等多种语言视窗平台上运行,并可以升级换代。其主界面切分为左右两个对话框,左边一栏是分类浏览栏,分初编、续编、三编,等于是目录。这是电子书籍所特有的"折叠式"目录,可以逐级打开。右边对话框最上一栏包括检索、工具、设置、帮助四大功能键。下面一栏是用不同符号表示的具体操作键,中间的大片空当主要用于按页显示正文和检索结果。对话框右下角还有三个显示切换键,可以实现原书图像、文本页面及检索结果的任意切换显示。

古今图书集成　　广西金海湾电子音像出版社、广西师范大学出版社1999年出版《古今图书集成》系列光盘。研制者利用电子扫描、高压解缩等现代数字技术，把原书约80万页的图书原貌存储在27张光盘中，并配有《索引》光盘一张。该索引数据库共包含38个子数据库，近37万条记录，共约1200万字。每个数据库有多种选项，可以进行模糊检索，而且命中率远较印刷本索引为高。

　　二十五史　　台湾版：二十五史检索系统是台湾中央研究院历史语言研究所（史语所）与计算中心合作开发的古籍资料库，创建于1984年，以台湾鼎文公司翻印的大陆中华书局点校本（台湾称为"新校本"）录入底本。系统的检索范围包括二十五史中的本纪、列传、志、表，乃至校勘记的全部内容。检索结果与大陆通行的中华书局标点本页码完全一致，并能通过文件的内码转换储存，以简体中文的方式在检索者的电脑中进行编辑修改和打印输出。大陆版：（一）南开大学组合数学研究中心与天津永川软件技术有限公司联合开发的简体横排二十五史全文检索系统，具有查询、阅读和网络运行三大功能，并部分弥补了史语所二十五史的遗漏与错误。（二）由商务印书馆国际有限公司推出（中国广澳开发集团研制）的《百衲本二十四史》光盘数据库，以20世纪30年代商务印书馆《百衲本二十四史》为底本，依原貌以高点阵图形方式收存原书版片达132340页，并在前四史中配以全部人名、地名、书名的数据库，其他各史配以全部人名的数据库。人名包括：姓名、字号、室名、封号、谥号和昵称等；并区分同姓名者。

　　全唐诗　　（一）商务印书馆版（北京灵珂精艺电子技术有限公司制作）：以清代扬州诗局本《全唐诗》为底本，用结构性数据库语言进行规划整理。具有数项重要功能：用户既可以通过卷数，按诗人人名、诗篇篇名、诗歌体裁进行检索，也可以按其它多种条件进行检索。同时提供全文检索方式。（二）北京大学版：由北京大学中文系李铎博士主持。该数据库主体部分由《全唐诗》及《全唐诗补编》组成,辅助项有《乐府诗集》、《玉台新咏》、《文选》组成,完成宋前全部诗歌的数据建设。参考类由重要唐代史料《新唐书》、《唐才子传》、《唐才子传》、《历代诗话》、《唐诗纪事》等资料组成,共1700万字。本检索系统由两个版面组成,一个是浏览界面,它提供以原书为序浏览,浏览内容只限于《全唐诗》。另一界面是检索界面,为本系统的核心,可以检索全部资料。其中主体部分提供除全文检索功能外,另加"诗题检索"、"作者检索"、"体裁检索"、"音韵检索"五大功能。参考类部分主要提供全文检索。

汉语大词典 《汉语大词典》光盘 1.0 版,1998 年由商务印书馆推出,将《汉语大词典》十二卷印刷本的主要内容浓缩于一张光盘上,其先进的检索功能,将汉语字词间千丝万缕的关系,条目分明地列举出来,全面提供有关汉字形、音、义、源、用法等知识,是汉语学习、汉语研究、语言教学、文字创作的最佳辅助工具。光盘收入了《汉语大词典》印刷本的主要内容:29920 个单字,346000 条复词,23669 条成语,511000 项字、词解释,29920 张字信息表(光盘新增项目),每表含 13 项汉字信息。10368 张关联字表(光盘新增项目),提供 7 项关联信息。

中国出版年鉴(1980～2000) 《中国出版年鉴》创刊于 1980 年,截至 2000 年,共计 21 年,20 册(其中 1990～1991 年度合一册),逐年反映图书出版情况与出版界大事。光盘数据库由北京"金报兴图"信息工程技术公司研制,中国出版年鉴出版社出版。将 20 册《年鉴》近 4000 万字的资料压缩在一张光盘之中。读者可以点击"分类检索"与"专题检索"的菜单进行浏览,也可以选择标题、作者、正文等检索范围,在"检索内容"框内输入检索词进行检索。该系统还提供"词频"统计功能,读者可以设定词频,以便控制所检文献切题程度。

台湾中研院汉籍电子文献——翰典全文检索系统:http://hanji.sinica.edu.tw/index.html

台湾中研院汉籍电子文献(旧称汉籍全文数据库)是迄今最具规模、数据整理最严谨的中文古籍全文数据库之一,汇集了二十五史、阮刻十三经、超过 2000 万字的台湾史料、1000 万字的大正藏以及其他典籍,总字数达一亿三千四百万,并以每年至少 1000 万字的速率持续增长。1999 年开始,包括二十五史、十三经、台湾方志、台湾档案及台湾文献,合计约 7000 万字的数据提供免费使用。目前,数据库提供免费使用的数据量已达 60% 以上。

国学宝典:http://www.gxbd.com

北京国学时代文化传播股份有限公司研制。《国学宝典》是一套以古籍文献为主要内容的全文检索数据库系统,适用于家用计算机和便携式计算机。系统包含 3.5 亿字的中国典籍文本数据,具有全文逐字及高级智能检索、字频统计、生成卡片、输出文件、浏览等功能。系统以 UCDOS 为平台,可在各种中英文 WINDOWS95(97、98)下使用。自带专用字库,完全兼容国标字库(6763 个汉字),具有开放性和可扩充性,基本解决了我国古籍文献中汉字显示和打印问题。

《国学宝典》自 1999 年推出 V1.0 单机版以来,经过 6 年的不断补充升级和完善,至 2003 年 12 月推出局域网版,2005 年 02 月正式推出互联网版。网络版具有检索速度快、功能强、维护升级容易等特点。

龙语翰堂典籍数据库:http://www.hytung.cn/Default.aspx

北京时代瀚堂科技有限公司研制。龙语瀚堂典籍数据库是一个专门基于四字节汉字处理的古籍处理系统。其本身自带了汉字研究所必须用到的《说文解字》、《康熙字典》等字书类数据库。所有内容都是因为在此之前由于四字节处理技术瓶颈未被突破而无法在计算机平台上实现数字化的内容。除此之外还有大量的碑文、金石拓片、石刻,并同时尝试蒙文、藏文、梵文等其他民族语言和文化的整理。《龙语瀚堂典籍数据库》目前已经建成并开通试用的子库有"字书类数据库"、"殷周金文库"、"中国古印、古钱库"、"小学类数据库"、"十三经注疏",在建的数据库有"金文文献库"、"古籍核心期刊库"、"简帛库"、"甲骨文库"、"音韵库"、"台湾国学数据库"、"考古学、文字学书目库"、"中国古文字库"、"中国古籍库"等。此外还有大量的碑文、金石拓片、石刻在整理中,对蒙文、藏文、梵文等其他民族语言和文化也在尝试整理。

台湾中央研究院历史语言研究所简帛金石资料库:http://saturn.ihp.sinica.edu.tw/~wenwu/search.htm

简帛金石资料库收集了大陆、台湾和日本的40余种资料,包括已经整理出版的先秦至魏晋的简牍、帛书、碑刻、官印、镜铭等,还收录了相关的书目、索引等,总字数达300多万字,既包括《睡虎地秦墓竹简》、《居延汉简甲乙编》等资料著述较为集中的大型报告,也包括了近年来散见于各种文物考古刊物中有关新出土的张家山汉简、尹湾汉简的部分释文,还有大陆学者难得一见的《两汉镜铭集录》等内容。向公众全部开放。目前资料库仍处在建设阶段。

国际汉学资源机构录数据库:http://ccs.ncl.edu.tw/topic_05.html

数据库收录有600多个国际汉学机构的相关数据,其界定的汉学范畴,包括传统中国文、史、哲学研究、台湾研究、现代中国政治经济研究、中国艺术戏曲研究、乃至佛教研究、西藏、蒙古及少数民族之研究等。数据内容除单位名称、地址、联络方式及网站等基本数据外,尚包含其成立宗旨、活动内容、研究计划、馆藏重点及出版刊物等详细资料之介绍。本数据库以中英文双语呈现。查询方式概分为:(一)以关键词查询;(二)勾选特定字段查询。由台湾汉学研究中心编制。

全国图书馆文献缩微复制中心：www.swzx.nlc.gov.cn

截至 2009 年底，缩微中心共抢救各类珍稀濒危文献典籍和报刊 100392 种，其中古籍善本 31871 种，报纸 2771 种，期刊 15230 种，民国时期图书 60520 种，编辑出版影印书籍 200 余种。网站首页提供点击下载资料：报纸目录、期刊目录、影印书目录、专题目录。可视为书目数据库。

指针网：www.zhizhen.com

这是一个提供书目信息的专门性网站，使用者可以通过全部字段、书名、作者三个检索项查找图书。显示的大部分图书提供试读，显示版权、前言、目录和正文页（若干页）等。信息随时更新。可视为书目数据库。

二、网站举例

中国国家图书馆·中国国家数字图书馆：www.nlc.gov.cn

中国国家图书馆网站首页，点击资源列表——数字资源导航——中文数据库。中文数据库页面显示：包括国家馆外购的 55 个中文大数据库以及自建的特色资源库，并按类型划分为十种：电子图书、全文期刊、电子报纸、学位/会议论文、专利/标准、数值事实、索引文摘、工具类、音视频和特色资源，对每个数据库从资源名称、收录年限、资源介绍、访问方式四个角度进行了介绍。包括中国基本古籍库，中国丛书库（精选 300 部最具文献价值和版本价值的综合类、辑佚类、专门类及地域类丛书，从中采录历代典籍 1 万种，总计全文超过 15 亿字，影像 1000 多万页），中国方志库（共收录汉魏至民国历代地方志类著作 1 万种。总计全文超过 20 亿字，影像超过 1 千万页），历代石刻史料汇编（全文检索版，录有 1.7 万余篇石刻文献，并附有历代金石学家撰写的考释文字，总计 1500 万字），中国工具书资源全文数据库（方正阿帕比）（收录国内各大出版社出版的工具书资源 2000 余种，不仅能对工具书条目内容进行全文检索,也可对图片进行检索和引用),中国类书库(收录魏晋以来直至清末民初的类书近 800 部,总计全文约 8 亿字,影像约 300 万页),中国谱牒库(目前收录宋元明清年谱 1124 种,每种皆据善本制成,保留原书所有信息,包括图、表、标记在内,逐页对照原版影像),馆藏地方志数字化资源库(以国家图书馆独具特色的馆藏之一地方志文献为基础加工编纂的清代(含清代)以前的方志资源)(互联网公开访问资源),民国中文期刊数字化资源库(以馆藏民国期刊的缩微胶片数字化资料为基础建设的数据库,预计将在三年内完成近 600 万拍缩微胶片的数字转换,现可提供 4350 种期刊电子影像的全文浏览)(互联网公开访问资源),民国图书数字化资源库(首批推出民国图书 8172 种,全文影像 8884 册。2009 年更新民国图书 2825 种,2010 年更新民国图书 4031 种)(互联网公开访问资源)馆藏石刻拓片数字化资源库(以国家图书馆所藏历代甲骨、青铜器、石刻等类拓片 23 万余件为基础建设的数据库,内容涉及历史、地理、政治、经济、军事、民族、民俗、文学、艺术、科技、建筑等方面,现有元数据 23000 余条,影像 29000 余幅。)(互联网公开访问资源),海外中国学导航(包括英、日、俄、法、西、中等不同文种、不同国家的 300 多个中国学网站的介绍)(互联网公开访问资源),馆藏中文图书数字化资源库(包含图书 17 多万种,涉及各个学科,可以在线阅读)(互联网公开访问资源),馆藏博士论文与博士后研究报告数字化资源库(全文影像数据库。以书目数据、篇名数据、数字对象为内容,提供博士论文全文前 24 页的展示浏览。2009 年更新博士论文 19186 种,2010 年更新博士论文 61956 种,现提供近 19 万种博士论文的展示浏览)(互联网公开访问资源)等。

  在中国国家图书馆首页导航栏点击"古籍",在"在线数据库"栏目列出包括中华古籍善本国际联合书目系统,东京大学东洋文化研究所汉籍全文影像数据库和中国古籍善本书目联合导航系统等等重要在线数据库。

中国古籍善本书目联合导航系统　这是一个古籍善本联合书目数据库,分为古籍分类导航(经史子集丛),古籍藏地导航(国内27个省、市、区)和版刻朝代导航(宋元明清),快速提供善本的分类、收藏和版本信息。

中华古籍善本国际联合书目系统　中华古籍善本国际联合书目系统是由中文善本书国际联合目录项目发展而来的新数据库。中文善本书国际联合目录项目20世纪90年代初由美国研究图书馆组织(Research Libraries Group or RLG)建立,至90年代末,该目录数据库著录了北美图书馆的几乎全部藏书以及中国图书馆的部分藏书,数据达到2万多条。随接,将已著录古籍中约百分之七十五的首页书影进行了数字化扫描,并与数据库中的对应著录链接。2009年项目中心由美国普林斯顿转移至中国国家图书馆,以原数据库为基础建立一个新数据库对外发布,由中国国家图书馆进行管理与维护。通过该书目数据库可以了解到中文古籍善本的存藏状况,尤其是海外的收藏情况。系统将不断更新数据。

东京大学东洋文化研究所汉籍全文影像数据库　东京大学东洋文化研究所创办于1941年,创办近七十年来陆续积累了不少中国古籍。其中包括东方文化学院东京研究所的旧藏以及大木幹一、长泽规矩也、仓石武四郎等各具特色的个人收藏。2002年,研究所开始建立古籍全文影像数据库,在互联网上免费提供开放性服务。2009年11月,东洋文化研究所与中国国家图书馆签署合作意向书,将所藏中文古籍4000余种,以数字化方式无偿提供给中国国家图书馆,在国图网站上面向读者提供服务。

哈佛燕京图书馆藏中文善本特藏资源库　哈佛大学哈佛燕京图书馆藏中文善本古籍特藏,以其质量之高、数量之大著称于世。中国国家图书馆与美国哈佛大学图书馆协议共同开发这批资源,将在6年时间内,完成中文善本古籍4210种51889卷的数字化拍照。首批发布的中文古籍善本及齐如山专藏共 204 种。该系统可按照书名、著者、出版信息、分类等多维度进行检索和分类浏览,书目信息为中英文对照,更方便海外读者使用,同时提供全部书影的阅览。其余数字化成果将在中国国家图书馆网站上陆续更新。

以上三个中国古籍网络化数据库的开通,是我国促成海外中华典籍的数字化回归努力的成果。2011 年,国家古籍保护中心将把重点放在日本、美国和欧洲的相关单位的合作上,努力促成更多海外古籍以数字化形式回归。

中国高等教育文献保障系统(CALIS):http://project.calis.edu.cn/calisnew/

CALIS 开发建设了若干子项目数据库:联机合作编目系统、特色文献数据库应用系统、CALIS 联机公共检索(OPAC)系统、馆际互借与文献传递系统、通用全文数据库应用系统、通用数据库管理系统等,形成了较为完整的 CALIS 文献信息资源服务网络。其中联合目录数据库包含了 124 所成员馆的 160 余万条书目记录, 600 余万条馆藏记录;由 80 个成员馆共建的高校学位论文数据库完成 42 万条文摘记录;由 24 个"211 工程"高校分头承建的 25 个重点学科专题特色数据库,至今统计约有 280 万条记录以上(包括题录、文摘);由 48 个"211 工程"高校分头承建的重点学科网上资源导航数据库收录了超过 6 万个网站的包括 217 个重点学科的重要学术网站。高校教学参考信息管理与服务系统,采用最新技术成果,将各校教学信息以及经过各校教师精选的教学参考书数字化,建设基本覆盖我国高等教育文理工医农林重点学科的教学需要、技术领先、解决版权问题的"教学参考信息库"与"教学参考书全文数据库",提供师生在网上检索和浏览阅读。有 52 所大学图书馆成员参建。

"十一五"期间,国家继续支持"中国高等教育文献保障系统"公共服务体系二期建设,并将"中英文图书数字化国际合作计划"

(简称 CADAL)列入该公共服务体系建设的重要组成部分,项目名称定为"中国高等教育文献保障体系——中国高等教育数字化图书馆(China Academic Digital Library & Information System,简称 CADLIS)",由 CALIS 和 CADAL 两个专题项目组成。

高等学校中英文图书数字化国际合作计划(CADAL):www.cadal.zju.edu.cn/Index.action

CADAL 项目是全球数字图书馆(Universal Digital Library)项目的组成之一。同时,CADAL 项目和中国高等教育文献保障系统(CALIS)一起,组成了中国高等教育数字化图书馆(CADLIS)的基本框架。项目由国家投资建设,同时得到"中美百万册书数字图书馆合作计划"(China-US Million Book Digital Library Project)美国合作方投入的相当于 1 千万美元的软硬件系统支持,因而项目的英文名称确定为 China-America Digital Academic Library,简称 CADAL。

CADAL 项目目前正以每月 3~4 万册的速度增长。所选择的中文数字化内容包括在中国重点高等院校和中国科学院收藏的珍贵古籍、民国时期出版图书、现代学术著作文库、博士硕士学位论文及其他特色文献资源,英文数字化内容包括美国大学图书馆核心馆藏、技术报告等进入公共领域的图书资料。2006 年 11 月 1 日,CADAL 项目门户网站在浙江大学正式开通运行。该项目已完成 40 余万册图书资料的数字化工作。

中国知网: http://www.edu.cnki.net

中国知网上集合了大量专题数据库,名为中国知识资源总库。它是国家"十一五"重大出版工程,文献总量 7242 万篇。文献类型包括:学术期刊、博士学位论文、优秀硕士学位论文、工具书、重要会议论文、年鉴、专著、报纸、专利、标准、科技成果、知识元、哈佛商业评论数据库、古籍等;还可与德国 Springer 公司期刊库等外文资源统一检索。其中包括:中国期刊全文数据库,中国学术期刊网络出版总库，中国期刊全文数据库（世纪期刊），中国博士学位论文全文数据库，中国博士学位论文全文数据库（新版），中国优秀硕士学位论文全文数据库，中国优秀硕士学位论文全文数据库（新版），中国工具书网络出版总库，维普中文科技期刊数据库，人大复印资料全文数据库，龙源期刊网，全国报刊索引数据库，万方数字化期刊等。

国学网：www.guoxue.com

北京国学时代文化传播有限公司、首都师范大学电子文献研究所、首都师范大学中国诗歌研究中心合办，设有国学宝典、国学论坛、国学司南、国学咨讯、国学人物、国学书苑、国学投稿、国学入门、国学专题、国学产品、国学图库、学术期刊和海外汉学等栏目，提供大量有关学术资源信息。其中国学产品提供有关数据库导航。中国历代基本典籍库是公司与商务印书馆联合推出的一套大型古代文献数据库系列光盘，包括"先秦两汉魏晋南北朝卷"、"隋唐五代卷"、"宋元辽金卷"、"明清卷"四辑，共收入三千多部（六亿多汉字）中国古代重要的典籍文献，每部文献写有详细的内容提要。所有数据进行数字化处理，精加校对，并辅以先进的检索引擎。

爱如生：www.er07.com

北京爱如生数字化技术研究中心是中国颇具规模的古籍数字化专业公司。成立于1998年，依靠北京大学、清华大学、中国科学院和中国社会科学院的雄厚学术力量，设有1个研究院、1个开发中心、2个制作基地。先后研发了80种兼具学术性和实用性的风格多样的古籍数字化产品，包括大型数据库、系列数据库、数字图书和数字工具等。其网站上有数据库导航，列有综合性大型数据库：（中国基本古籍库、中国近代报刊库等），专门性大型数据库，全文检索版数字丛书，原文影像版数字古典，专业性系列数据库（国学要籍系列、断代史料系列、别集丛编系列、通俗大观系列、诸书集成系列,地方文献系列等),微型数据库,数字工具。其中代表性产品有被列为国家重点项目的"中国基本古籍库"等。

《中国基本古籍库》(全文网络版)

《中国基本古籍库》是综合性大型古籍数据库,共收录自先秦至民国历代典籍及各学科基本文献1万种、16万余卷,选用版本12500个、20万余卷。每种典籍均制成数码全文,并附所据版本及其它重要版本之原版影像。合计全文17亿字、影像1千万页,数据总量约320G。其收录范围涵盖全部中国历史与文化,是世界目前最大的中文数字出版物,也是中国有史以来最大的历代典籍总汇。

台湾汉学研究中心:http://ccs.ncl.edu.tw/ccs/ccs.asp

台湾汉学研究中心网站上设有专题数据库导航,列有汉学中心出版品全文资料库、汉学研究中心典藏书刊目录资料库、汉学研究中心典藏大陆期刊篇目索引书刊目录资料库、经学研究论著目录资料库、两汉诸子研究论著目录资料库、魏晋玄学研究论著目录资料库、敦煌学研究论著目录资料库、明人文集联合目录、外文期刊汉学论著目次资料库、跨资料库检索等数据库,可直接点击进入,亦可不通过研究中心网站直接点击进入。下面介绍其中几种数据库:

敦煌学研究论著目录数据库:http://ccs.ncl.edu.tw/topic3.html

由汉学研究中心委请中正大学中文系郑阿财教授、朱凤玉教授主持编辑工作。数据库内容系根据汉学研究中心2000年版《敦煌学研究论著目录》(1908~1997)纸本数据汇整而成。数据库提供下列检索方式:(1)全文检索;(2)类目浏览;(3)关键词查询;(4)作者、书/篇名、期刊/论集名索引浏览。

典藏国际汉学博士论文摘要数据库:http://ccs.ncl.edu.tw/topic_01.html

系统以汉学研究中心典藏的海外汉学博士论文为主,搜藏国家包括美国、加拿大、英国、荷兰等,至今总计约有 9000 种,皆为国外大学从事汉学研究的博士论文。数据库提供下列检索方式:(1)全文检索;(2)论文题目/作者、毕业学校、学位名称、主题分类等索引浏览。

明人文集联合目录及篇目索引数据库:http://ccs.ncl.edu.tw/topic_02.html

数据库整合台湾地区收藏单位,包括故宫博物院图书馆、台湾大学图书馆、中研院傅斯年图书馆、国家图书馆及汉学研究中心所藏明人文集,提供下列检索方式:(1)全文检索;(2)文集书名、作者、版本及馆藏地等索引浏览。

两汉诸子研究论著目录数据库:http://ccs.ncl.edu.tw/topic_2.html

数据库据汉学研究中心 1998 年及 2003 年出版的《两汉诸子研究论著目录》(1912~1996)、(1997~2001)印刷文本汇整而成。数据库提供下列检索方式:(1)全文检索;(2)类目浏览;(3)关键词查询;(4)作者、书/篇名、期刊/论集名索引浏览。

第五章 史料检索的拓展性原则

史料检索,说到底就是选择沟通需求与史料之间联系的便捷途径。史料的整体性积累与检索的单主题需求,决定了这种选择并非只是一个非此即彼的简单过程。

工具书在需求与史料这一多元的社会交流体系中发挥着联系环节的重要作用,它以多种形式提供由需求通向史料的便捷途径。但是,从总体上考察,工具书发挥联系环节的作用是有局限性的,提供检索的便捷途径也是有相对性的。这是因为:一方面工具书的产生主要受史料积累速度和人们需求倾向的影响和制约,一般总落后于实际的检索需求,缺乏及时性;另一方面在一定的社会经济环境和文化氛围中,具有良好检索功能的工具书不一定能迅速形成完整的系列。所以,工具书体系对史料整体的覆盖率是有限的。无法适应所有的检索课题。有的课题在检索过程中,会发现远比估计的要复杂得多,需经过多次路标转换才能达到目的;有的甚至没有相关工具书提供途径以待选择,需要直接通过对史料的分析判断,寻找出相对便捷的途径。

史料检索从具体课题来讲,往往带有很强的专指性和偶然性。在某些情况下,工具书失去或减弱了它的导引作用。检索课题的多样性、复杂性和工具书体系的不完备,都召唤建立积极的、多向的开拓型检索机制。具体要求检索者在掌握史料学基本理论的基础上,运用发散型的思维方式,超越工具书的范围,同时广泛地从各种史料中寻求彼此联系,开拓检索途径。本章主要分析探讨开拓型检索机制的问题。

第一节　史料编纂与检索系统的建立

检索系统有广狭二义:狭义的,单指工具书体系;广义的,泛指各体史料所体现的便检因素而构成的系统,它的建立经历了漫长的发展时期。史料的积累和人们检索意识的日渐强烈,使史料在编纂上较多考虑便检的因素。除了专门用于检索的工具书类型外,考虑便检的因素在史料编纂中日益受到重视。考察和了解史料编纂在检索系统建立和健全的过程中的作用,将有助于拓宽进行史料检索的视野,提高有效率。

一、史料编纂与检索需求的相互适应和相互促进

史料积累,从数量上讲,随时间的延伸呈线性的增长态势,而反映在内容上,则显现为多层面交叉和跨时空关联的复杂轨迹。具体说,某位文学家的生平史料,可能出现在他所参与的历史事件的叙述中,或与之交往的亲朋好友的笔记、回忆中,以及后代景仰者、研究者的总结和表彰性文字中。所记内容存在不同层面上的交叉,也显示了同一主题的前后关联。同时,这些内容或为专题史料,或为其他专题中的组成部分。同一主题史料存在多层面的交叉和在其他多主题中互见的情况,说明了史料在内容上的整体性(综合性)积累的特点。这给检索(搜集、查阅)史料的单主题需求造成和带来了难以辨识和析取的困难。这一对在史料产生积累和检索利用之间的矛盾,成为检索系统得以逐步建立的深层动力。

我国古代没有工具书的概念,学者们最初往往以史料体裁的创

新,来适应和满足因史料积累和不同角度阅读利用所产生的便捷要求。《史记·十二诸侯年表序》记载:"铎椒为楚威王傅,为王不能尽观《春秋》,采取成败,卒四十章,为《铎氏微》。"《春秋》是先秦各诸侯国编年史的通称。因当时史事往往前后绵延数年,牵连多国,读史者一时难以从多种编年史中观览始末,即司马迁所说"不能尽观"。所以铎椒将分书于《春秋》中关于一事的记载分类采录出来,使其首尾完整,得见成败,便观始末。这就是运用抄书改编的方法,按新的利用(阅读)要求对史料进行重新组合排列。司马迁称这种编纂方法为"采",刘向在《别录》中称之为"抄撮"[①]。这种改编后的史体,金德建认为就是纪事本末体[②]。一种新史体的产生,有着多种因素,而便检就是其中之一。新史体问世后,又常常预示一种新的查阅利用史料的方法诞生。纪传体、编年体、纪事本末体史书的并存,从不同的角度去适应人们对历史事件和人物活动的不同查检需求。

史料编纂与检索需求互相适应和互相促进的结果,刺激了史料类型的不断创新。一方面产生了以便检为主要目的的工具书,如从编年体史书便于按年月查阅史事,再创新简略为按年月检索史事的工具书——大事记、大事年表。另一方面促使史料编纂更多地考虑便于检索的因素,不断出现各种将分散的史料按某一主题或宗旨汇辑起来的大型汇纂性史料。史料中符合检索意义上的有序性成分逐渐加大了,标志着检索系统的建立和发展。

二、以经验为主导的检索方法的特征及其局限

检索系统的建立,提供了进行科学检索的基础;而真正要发挥

[①] 唐孔颖达《春秋左传正义》注引刘向《别录》所论《左传》传授系统云:"左丘明授曾申,申授吴起,起授其子期,期授楚人铎椒,铎椒作抄撮八卷,授虞卿,虞卿作抄撮九卷,授荀卿,卿授张苍。"

[②] 《铎氏微》今佚。金德建此论见于所著《论〈铎氏微〉、〈虞氏春秋〉为纪事本末体裁》,载《司马迁所见书考》,上海人民出版社1963年版。

其作用,关键在于对它的认识、重视和使用。考察我国在漫长的封建时代,文人学士搜集和查考史料,主要依赖以经验为主导的方法。支持我们得出这一结论的是古代没有总结产生科学的检索方法。

所谓以经验为主导的方法,就是依靠自己涉猎群书,熟记于心而形成的经验和学识,直接从史料中查索所需。宋代女词人李清照在《金石录后序》中有这样一段叙述:"余性偶强记,每饭罢,坐归来堂,烹茶,指堆积书史,言某事在某书、某卷、第几页、第几行,以中否角胜负,为饮茶先后。"在古文献中,类似苦读强记的记载很多。利用这种通过反复的阅读强记的方式获得的经验,确实能在一定的史料范围内进行有效的查检。古代的史料积累整理速度相对比较缓慢,而流通又处于半封闭状态,即缺乏系统的目录揭示和公开的借阅制度,一般文士的接触面和阅读量都相对受到限制。即使如此,这种以经验为主导的方法的局限性也是很明显的。有一个著名的例子很能说明这一问题:清代学者阎若璩在《潜丘札记》卷二记道,康熙二十三年(1684)初夏一次夜饮间,徐乾学求教古语"使功不如使过"之所出。阎氏忆及宋代陈傅良的时论有"使功不如使过"之题,但不知出自何书。15年后,读《唐书·李靖传》,有"帝谓左右曰:'使功不如使过,靖果然!'"以为出处即此。不料5年后,读《后汉书·独行(列)传》,有"索卢放谏更始使者勿斩太守,曰:'夫使功者不如使过'"之语,方确知所出。阎氏因叹曰:"学问之无穷,而人尤不可以无年也。"其实,早在数百年前,北宋中期编录的政事历史性类书《重广会史》卷四十一中就有"使功不如使过"的门目,下列出自《后汉书·索卢放传》至《新唐书·郑从谠传》等数则援引此语的例子,本末具详。若使当年徐、阎二人查阅此书,不但出典一索即得,还能尽得引例①。索查出典,阎氏

---

① 《重广会史》100卷,日本育德财团1928年据尊经阁藏宋刊孤本影印,所撰解题论及此事。另有中华书局1986年重印本。

不求之类书,独赖于自己的经验和阅读,结果积 20 年读书之功,仅知出典,有关引例尚未全部了然。古人在引据他人文字时,常发生张冠李戴或源流错位的问题,可见不善于利用便捷的检索方法及时查检核实原文的情况很普遍。阎氏之叹,从某种意义上讲,正深刻地道出了以经验的方法查检史料的局限性,以及推广科学的检索方法的迫切性。

旧时学者终日矻矻于实学研究,视熟读、心记为正途,出口成章、信手拈来为真学问,耻于问津那些方便检查的纂辑比次之书。《四库全书总目》曾对我国首创、独步世界的类书下过这样的断语:"此体一兴,而操觚者易于检寻,注书者利于剽窃,转辗裨贩,实学荒废。"把查检类书与读书治学对立起来,偏言弊端,不及其善,正代表了这方面的正统观点。再者,我国学术上有一种注重实践,相信经验的传统。王国维曾经就中西文化学术上的特点作过比较分析,指出:与西方人长于思辨、抽象的特质不同,中国人讲究实际、通俗,所长在于实践方面,于理论以具体的知识为满足,多不作深入探讨总结。故有辩论而无名学,有文学而无文法[①]。就工具书而言,虽《尔雅》早在西汉初年已编就,但历代训诂之书一般都无凡例说明编例,对语词辞书的性质、释词原则和具体方法,缺少理论上的总结探讨。在这历史文化背景下,古代学者往往满足于自己的查检方法,缺乏对检索本身的规律、检索的质量等进行探索追究的兴趣。清代目录学家章学诚曾提出编制索引、方便查检的主张。他在《校雠通义·校雠条理》中论道:"校雠之先,宜尽取四库之藏,中外之籍,择其中之人名地号、官阶书目,凡一切有名可治,有数可稽者,略仿《佩文韵府》之例,悉编为韵,乃于本韵之下,注明原书出处及先后篇第,自一见再见以至数千百,皆详注之,藏之馆中,以为

---

① 见《论新学语之输入》一文,载《王国维遗书》第 5 册(上海古籍书店 1983 年版)。

群书之总类。至校书之时,遇有疑似之处,即名而求其编韵,因韵而检其本书,参互错综,即可得其至是。此则渊博之儒,穷毕生年力,而不可究殚者,今即中才校勘,而坐收于几席之间,非校雠之良法欤?"① 章氏此论,是对"索引"的检索功能的生动的理论阐述,具有很大的现实意义和启示作用。但当时章学诚位卑言微,是无法改变传统的。

近代以来,西学东渐,在学术交流和开放的时代氛围中,学者们治学的视野被大大拓宽,综合研究渐成趋势;印刷技术发达,报刊兴起,史料积累速度远非过去所比;图书馆体系逐步建成,全部图书资料面向读者,一时图书资料如大潮般向读者涌来,旧时与以经验为主导的查检方法相适应的史料格局被打破,失去平衡。应知应读史料的数量大大超出了人的接受能力,经验查检法陷入了难以应付的窘迫境地。这一情况,导致了总结提出科学的检索方法,以工具书为主体,辅以个人阅读所得经验的检索思想被普遍接受。

第二节 检索中的思维定势与拓展原则

自古至今,人们在阅读或研究中,不断产生问题、解决问题。在这种需要借助查阅史料才能得以完成的反复运动中,有意无意之间,对如何查检形成了一套习惯的做法。尤其在目前,随着工具书品种和数量的不断丰富和迅速增加,一般检索问题足以在其中获得便捷的途径,更容易形成单纯依赖于自己熟悉的工具书的检索思维方式。这种习惯性的思维方式,常常不为人意识并重视,而实际上却无形中束缚着人们的检索实践,影响检索时的视野和能动性,如何认识并改变这种现象,是很值得研究的问题。

---

① 见《文史通义校注·校雠通义》第984页,中华书局1985年版。

一、思维定势及其对检索的影响

思维定势是指人们从事某项活动的一种预先准备的心理状态,它驱使主体(大脑)按照习惯了的、比较固定的思路去选择和确定解决问题的方案,保证思维过程沿着某种预定的轨迹运行。人们的思维定势受制于由自己先前形成的知识、经验、习惯等,由于这些知识、经验和习惯等都存在相对的局限性,所以思维定势并不是总能有效地帮助选择可行的方案保证新问题的顺利解决。一旦按照固定的思路无法选定方案或选定方案受挫时,思维定势就表现出消极的影响,使大脑的思维活动陷入困境,延滞问题的解决。当人们在处理一些似是而非的问题时,由于受已有知识和经验的束缚,思维总无法摆脱旧有框框的影响,表现出消极的思维定势。下面这个经常被引用的例子很能说明此类问题:当许多人被问及"怎样将鸡蛋直立于桌面"时,束手无策。因为根据以往的知识和经验,鸡蛋不具备直立所需的重心平衡的必要条件。唯有一人,径直将鸡蛋用力往桌上一放,随着蛋壳下端的破碎,鸡蛋平稳地站立起来。此人灵活地调整自己的思路,摆脱束缚,把思考重点放在如何创造重心平衡的条件上。积极的思维能促使乍看难以解决的问题得到解决。

思维定势在史料检索中往往很容易表现出对思维活动的消极影响。这是因为通常的检索指导,大都以介绍具体工具书为主体,把工具书与具体问题直接挂钩对应。这种指导是必要的,掌握这种基本的对应关系是顺利从事检索的基础,而且一般的事实性检索都可通过找到这种关系得以解决。问题在于史料的整体性积累与工具书的有限提示之间的不平衡状况,需要在普遍意义上对检索方法和检索途径进行抽象概括,寻找问题与工具书之间的对应关系只是其中的一种。经常在检索时专注于寻找这种对应关系并形成固定倾向后,就会表现出消极的思维定势,检索思路受到限制,变得狭窄、被动,缺乏广泛的适应性,一旦寻找关系落空,就无法有效地进行后继活动。如明吴讷《文章辨体序说》(人民文学出版社1962年版)中有这样一段话:"古文类集今行世者。惟梁昭明《文选》六十卷、东莱《宋文鉴》一百五十卷、西山前后《文章正宗》四十四卷、苏伯修《元文类》七十卷为备。"有学生欲知文中提到的"西山"的本名。按问题与工具书的对应关系,从别名查本名,自然利用别名索引。查陈德芸的《古今人物别名索引》,著录别名为"西山"者,自宋至明有8名。确定其中何人为《文章正宗》的编者,若按思维定势,仍从别名、姓名入手查核,势必要花费很多时间。如果能灵活地调整思路,改以书名为检索点进行检索,查《四库全书总目》,一索即得《文章正宗》的编者为宋代的真德秀(西山)。这一例子正典型地说明了检索思路能及时打破思维定势束缚的重要意义。

要避免思维定势的消极影响,就必须保证在确定检索方案时有足够的途径和方法可供选择。做到这一点,关键在于对检索途径和方法有正确的认识,不要一讲检索,就局限于工具书的范围,要力求从总体上把握整个检索系统(广义),确立拓展性的检索原则。当遇到综合性检索课题时,能在首选检索点落空后,持续地向其上下、前后、左右拓展,始终保持思维活动积极寻求方案的态势,直至达到目的。

二、检索的拓展性原则

在阅读或研究中产生的问题和需要了解的情况是多种多样的,提出检索的拓展性原则,正是为了有效地适应各种检索需求,使史料检索具有四方通达的实际功效。

所谓拓展性原则,就是指从总体上把史料检索看成是一个复杂的过程,检索时充分放开思路,灵活地分析一切可能利用的因素,找出达到目的的途径。任何把检索视为简单的过程,而将其束缚于某种固定的模式或方法之中的认识和做法,都与拓展性原则相违背。这样做,会在不知不觉之中人为地窒息检索的生命力,导致检索课题的落空。

要在具体检索中有效地施行拓展性原则,其基础是对广义的检索系统,至少是复盖与自己治学相关的史料的那一部分,有系统深入的认识。具体来讲,要建立两种观点:

其一,把工具书作为一个相互关联的体系加以认识和利用的观点。建立工具书的体系观点,目的在于强调和重视各种各类工具书之间在检索功能上的互补性问题。工具书的互补性有两种情况:平行互补和衔接互补。平行互补是指同类或相关工具书在可检内容上反映出来的互补作用。编纂工具书的宗旨,在于在规定的范围内求全、求准,但在实际取材和对学科领域的认识上总存在一定的差异。这就是形成平行互补的编纂上的原因。具体检索时,当一种工具书检索落空后,不妨另选同类或相关的工具书一试。衔接互补是指多种或某种工具书在内容上或时间上反映出来的互补作用。强调衔接互补的目的在于提醒检索时充分注意工具书的系列性和完整性。系列性是指由多种工具书构成对某一领域或主题的有关史料的完整覆盖,如断代史学论文索引系列、断代人物传记资料索引系列;完整性是指某种工具书在收录时间上的延续和积累,如《中国古典文学研究论文索引》(中华书局版)、《中国哲学史论文索引》)(中华书局版),均按收录时间分段连续出版。

其二,重视从编纂特点上认识掌握各种类型史料的检索作用的观点。史料,撇开其层位价值,单就检索意义来讲,大致可分为:辑录编订型资料书、研究性论著、核心期刊及一般史料等4大类。辑录编订型资料书包括别集、总集,各种研究资料汇编、论文选等。从检索角度讲,辑录编订型资料书具有收录齐全或相对齐全、类集史料主题明确等特点,并直接提供原始资料,其中有的资料是无法通过工具书查获的。如有关作家作品的研究资料集,是广泛搜集散见于各种史料中的有关内容汇辑而成的,其搜集发掘的广度和深度一般都要超过相关的工具书。目前,很多辑录编订型资料书在发挥着工具书所无法起的作用。研究性论著包括各种专科史和专题研究著作,这些著作中大都蕴含有丰富的专题性史料和研究信息,既主题明确,又具有搜集较备并经过考订的特点,可提供不少检索上的便利。核心期刊是指在某一学科领域内具有权威性和代表性的学术性刊物,一般以发表该学科中比较重要的论文,具有学术专指性强,反映及时等特点,是进行专题研究资料的搜集和检索的重要途径。

总之,检索的拓展性原则,要求从整体上对工具书体系和各体史料的检索作用有基本的了解,对本学科以及相关学科的工具书群和史料的检索意义、作用必须熟悉掌握,努力达到运用自如的程度。

三、工具书的次生功能

工具书都是按照一定的目的和意图编纂的,这种目的意图构成工具书的主体功能。但是,主体功能之外,工具书还或明或隐地存在其他方面的检索功能,姑称之为次生功能。工具书的次生功能有两种表现形式,一种是在编纂时考虑到结构的完整、内容的齐备而特意增加的,主要是指工具书的附录,如人名辞典、人物传记资料索引的字号索引,专科辞典中的各种大事记等。中国科学院图书馆1985年编印《社会科学工具书附录综录》(中文部分),从1902～1984年间出版的614种工具书(包括部分港台版工具书)中,选出4200余种附录,分类编排,同时注出来源工具书的基本情况。另一种情况是体现主体功能的结构本身同时蕴含着次生功能,如解题书目中的作者小传、部分参考工具书条目附注的参考文献等。利用这类次生功能,要求对各种工具书的编例有详细深入的了解。

工具书的次生功能具有很大的检索潜力。要善于发现,充分利用。

第三节　个人积累对检索的积极意义

个人积累,是指个人根据自己学习和研究上的需要,在平时阅读书籍报刊时,有目的地摘录有关的信息资料,逐步积累形成具有检索功能的资料系统的行为过程。个人积累是史料检索机制中的重要环节,其积极意义在于能直接提供与自己研究相关的史料或有关信息、线索,内容上既新又对口,形成对现有工具书检索功能不足的必要补充。

进行个人积累,首先要注意培养自己的情报意识,做到能随时敏锐地发现与自己学习研究有关的,或有重要参考价值的资料信息。情报意识是在不断阅读、不断发现的过程中逐步培养起来的。保持一定的阅读量和阅读层次,重视有关史料学理论知识和专业知识的储备更新,有助于加强情报意识和提高个人积累的质量。

个人积累的内容,主要立足于各人学习和研究的需求,除了具体的学术信息、研究动态,以及重大的史料发现、重要史料的整理和出版情况外,还应十分重视刊物登载和书籍附录的专题目录索引的记录和积累。这类目录索引的特点在于具有很强的专指性,它们大都是在现有的大型综合性目录索引中有关部类的基础上,根据专门性研究课题的需要,辑录增补而成,能适应专题研究的史料检索需求。如《建安文学论稿》(张可礼著,山东教育出版社1986年版)附录《建安文学研究论著》(1905～1985)、《文心雕龙学刊》第三辑(1986)附录《文心雕龙研究论文索引》(1907～1983)、《中国现代诗论40家》(潘颂德著,重庆出版社1991年版)附录《中国现代新诗研究专著目录》等。有的提供国外汉学研究的信息动态,如《文学研究动态》1982年第六、七期连载尹慧珉编《西方研究中国文学论著索引》(英文部分,1976～1981)、《戏曲研究》第二十辑(文化艺术出版社1986年版)刊载孙玫辑译的《国外研究中国戏曲的英语文献索引》(1925~1984,该刊第二十七辑发表香港何贵初的补录)、《古籍整理与研究》第四期(中华书局1989年版)刊载斯砚编译的《日本文部省1966~1985年对中国古籍整理与研究拨款项目总汇》等。刊物发表或书籍附录的目录索引,目前尚无专门目录,综合性目录中也不设专类予以集中揭示,所以要靠个人积累的途径加以著录。著录时,应注意有关的补录、续录,以保证目录索引的准确和尽可能完整。

个人积累的主要形式有题录、提要和摘录三种。题录只是抄录有关图书论文资料的题目、著者、出处,但需注明内容的学科归属,以便编排。提要是在题录的基础上,再用简洁的语言概括资料的主要内容。摘录是在题录的基础上,把原文中重要的片断摘抄下来,以便引用。

题录、提要和摘录通常都做成卡片的形式。卡片具有方便灵活的优点,便于携带随记和编排组合,缺点是单位记录容量小。用笔记本积累,适应作篇幅较长的摘录,阅读方便,但不能灵活编排,需要另编分类目录,或关键词索引。积累卡片的编排,可根据通行的分类法,如《中国图书资料分类法》、《全国报刊索引》的分类法等。专题资料卡片,可参考相关工具书的分类方法,如中国文学,可参考《中国大百科全书·中国文学卷》卷首所列的分类词目表分类编排。也可以根据自己的条件和需要自行设计分类方法,但要考虑到体系的科学性,并能适应长期的积累。

在当下网络时代,很多资料检索和积累工作已经转由计算机来承担完成。个人的资料积累也可以通过在计算机上设置文件夹来进行,具体过程同上,只不过用文字输入来替代人工抄写。

个人积累既是一个不断积累的过程,也是一个不断使用的过程,积累的内容要经常翻阅、分析,并进行适当的调整和必要的淘汰。

还应该看到,个人积累同时又是一种史料工作的实践活动。

建成一个高质量的、具有充沛活力的个人资料积累系统,将极大地提高个人的史料工作的能力,为工作和研究打下坚实的基础,为发展提供有力的后劲。

第四编
鉴别方法论

搜集发掘到的文学史料,只是供我们研究的一堆原料。如果不加鉴别整理,史料再多也无助于认识和说明文学历史,相反,有时会引起混乱。郭沫若在《古代研究的自我批判》中说:

> 无论作任何研究,材料的鉴别是最必要的基础阶段。材料不够固然大成问题,而材料的真伪或时代性如未规定清楚,那比缺乏材料还要更加危险。因为材料缺乏,顶多得不出结论而已,而材料不正确便会得出错误的结论。这样的结论比没有更要有害。

鉴别整理任务完成得如何,常常是决定史料有无实际的使用价值、衡量史料工作者具有怎样的功力、判断这项工作达到何等学术水平的主要依据。

文学史料主要以各种图书的形式存在,按照刘国钧先生所说:"图书是以传布知识为目的而用文字或图画记录于一定形式的材料上的著作物。"根据这一界义,我国在印刷术发明以前,古籍的流传历史已经十分久远。根据所用材料不同,出现了龟册、金文、简牍、缣帛和石版等形态。这些不同形态的"图书"本身,随着时间的推移,也会造成讹误。雕版印刷出现以后的宋代有了"版本"之称,它包括抄本、雕版本和活字排版本等等。文学史料的鉴别主要是版本的鉴别。鉴别的内容包括鉴别版本的时代、考订版本源流、辨其真赝、识其优劣;也包括对其所载内容真伪详略的考查、历史价值的评判等。既鉴别其形式特征,也就是外层鉴别;又考识其内容差异,即内层鉴别。究其实,这是传统考据学的主要内容。

第一章　文学史料鉴别的意义

文学研究工作者无论是研究中国古代文学还是现代文学,都感受到这样的痛苦:即手中掌握的一些文学史料真伪难分、时代混沌,不能作为真正的科学研究的素材。从而痛感到文学史料鉴别的迫切性和重要性,然而,文学史料鉴别的重要意义并不是所有的研究者都能认识到的。事实上,不加鉴别地滥用文学史料已经而且正在影响着文学研究的科学性。因此,有必要强调一下文学史料鉴别的意义。下面,我们从现存文学史料复杂的状况、翔实可靠的文学史料对阅读和科研的重要性等方面谈谈这个问题。

第一节　我国现存书籍的复杂状况

文学史料的鉴别整理任务,首先是基于我国现存书籍复杂的历史现状提出来的。我国古代和现代文学书籍浩如烟海,然真伪杂糅指不胜屈,伪劣俗本层见叠出。今略举数端。

伪书　我国古代典籍,经过秦火燔焚、兵燹战乱、鼠咬虫蚀、水淹火烧等数不清的天灾人祸,失传者甚多,这就使伪书的出现有了可乘之机。造伪书者,古今代有其人,原因大致有二:或为托古借名以售私,或为弋名邀赏以获利。先说第一种原因。托古旨在借重古人之名,来提高自己著作的身价,不致湮没,或径以证实自己一派的学说,有的甚至作为诛伐异己的手段。《淮南子·修务篇》云:

> 世俗之人,多尊古而贱今,故为道者必托之于神农、黄帝而后能入说。乱世暗主,高远其所从来,因而贵之。为学者蔽于论而尊其所闻,相与危坐而称之,正领而诵之,此见是非之分不明。

这就是世俗喜欢托古的思想根源。如战国诸子百家为了推行其学说,都借古圣先贤以自重,这时托名古圣先贤所撰的书籍大量出现。《汉书·艺文志》中《神农》20篇,是"六国时,诸子疾时怠于农业,道耕农事,托之神农"的,而第22篇《力牧》实为"六国时所作,托之力牧。力牧,黄帝相"。另有托名为伊尹的《伊尹说》、托名黄帝的《素问》等。明胡应麟《四部正讹》中就指出"余读秦汉古书,核其伪几十七焉",其实非独秦汉古籍如此,后世古籍之伪者也举不胜举,只是将托古大量改为冒名,冒的都是名人。

> 名人之作,赝品很多,名气愈大,假得愈厉害。因为一部伪书,既卖钱,甚至可作官,利之所在,人争趋之,伪书就层出不穷了。(梁启超《古书真伪及其时代》)

《晋书·曹志传》记载了曹冏托名曹植作《六代论》的事实:

> 武帝(司马炎)尝阅《六代论》,问志(曹植子)曰:"是卿先王所作邪?"志对曰:"先王有手所作目录,请归寻按。"还奏曰:"按录无此。"帝曰:"谁作?"志曰:"以臣所闻,是臣族父冏所作。以先王文高名著,欲令书传于后,是以假托。"帝曰:"古来

亦多有是。"顾谓公卿曰:"父子证明,足以为审。自今以后,可无复疑。"

题名为宋苏轼所撰的《物类相感志》,《四库提要》称:"旧本题东坡先生撰,然苏轼不闻有此书。又题僧赞宁编次,……赞宁为宋初人,轼为熙宁、元祐间人,岂有轼著此书而赞宁编次之理。"也有嫁名专为诬贤的,唐人为谤书法家欧阳询,撰《补江总白猿传》,托总为名,对欧阳询进行人身攻击。唐牛、李之争时,李德裕门人韦瓘嫁名牛僧孺撰《周秦行记》,以此诬僧孺。有的人嫁名为的是避嫌。如五代和凝作《香奁集》,费了不少心血,惟集中情语甚多,和凝作宰相后,怕失体面,遂嫁名韩偓。凡此种种,不一而足。为弋名邀赏而作伪书者,也是代不乏人。如性好夸耀的明代杨慎,为了炫示博雅,伪造了《汉杂事秘辛》;明姚士麟为了炫耀其收藏宏富,辑录《太平广记》中的唐人小说为《角力记》,托名唐调露子。为邀赏货利而造伪书的情况,每每出现在统治者下诏求书之时。如汉武帝下诏广求秘籍,就有人伪造《尚书·泰誓》;汉成帝使陈农求遗书于天下,就有东莱张霸造了一部102篇的《尚书》;隋开皇三年秘书监牛弘表请搜访异本,就有刘炫献其伪造的《连山易》和《鲁史记》。当然,现存的大量伪书中,还有很多伪书并非如上述诸类有意作伪的,而是因时代久远,在流传过程中为后人误断或臆断,致使张冠李戴。如东汉袁康撰《越绝书》,记吴越相为兴亡之事,作者以四句隐语标出自己姓"袁"名"康":"以去为姓,得衣乃成,厥名有米,覆之以庚。"后人不察,误断为春秋时曾出过越国的孔门弟子子贡作。明宋濂仿《左传》而作《燕书》40篇,于跋尾明言取郑人"误书举烛"之意,然凌藻泉不察,以为秦汉之文,辑刻于《史记评抄》之篇首。伪书中有许多是因时代久远,不得主名,后人未加深考,推测臆断所致。或因书中多述其人行事和言论而附益之,如《启颜录》因多述隋侯白之行事,而侯白以滑稽多智著称于世,故以侯白为著者之名,而不察侯白乃隋时人,死于隋高祖朝,书中杂有许多唐人时事。同样,汉武帝的智囊人物东方朔,性格诙谐,言词敏捷,滑稽多智,见多识广,被称为一代"智圣",于是成为箭垛式的人物,"后世好事者"集撰而成的著作如《神异经》、《海内十洲记》等书,都假托东方朔之名流传。又如被称作"古代语怪之祖"的《山海经》,书中多春秋战国地名,但因《列子》曾有"大禹行而见之,伯益知而名之,夷坚闻而志之"之语,故附益为大禹、伯益之作。

伪装书 指因政治原因而不得不采用改换书名、封面、目录、序言、标题等办法伪装后出版的书刊。这类书与上述伪书有质的区别,是形式伪而内容非伪之书。如本世纪20年代末,为了对付国民党政府的文化专制政策,一些马列主义经典著作和革命书刊,就以伪装的面孔在国统区秘密流传。如1929年党在上海出版的《党的生活》,伪装为《南寿仙翁》;《共产国际纲领》译本伪装为《人口粮食问题》;1928年上海总工会印行的《上海工人特刊》,封面配有各种唱本风格的书画,书名伪装为《春花秋月》、《西厢记》、《冬天的故事》、《佛祖求道记》、《好姊妹》等,与书中内容风马牛不相及。

伪窜书 伪窜书指真中杂伪的古书。或因流传中的散乱混杂,后人误编或附入;或因无识贪多,编集时考核不精而滥改;或因后人增补续作。如宋苏轼的作品受到宋人喜爱,据陆游《老学庵笔记》载,当时有"苏文生,吃菜羹;苏文熟,吃羊肉"的民谣,故宋时编刻的诗文集就很多。然由于文人学士旁采滥收,集中的赝作也就很多,元李冶《敬斋古今黈》卷五考宋版《东坡大全集》云:

> 《东坡大全文集》所载《渔樵闲话》凡十一事,其言论颇涉粗浅。恐非坡笔。纵是坡笔,决其少作。然独《记怅鬼》一说,为能曲尽小人之所为,虽百世不可废也。又载《艾子杂说》凡四十一事,虽俱俳优俚俗之语,而所托讽大有切中于时病者,却应真出坡手。又坡集中有《诗评》两卷,引据丛杂,殊可鄙

笑。盖中间既有坡说,而复有后人论坡者,一切以坡语概之。

可见真伪杂糅。事实上,集中不仅杂苏辙、苏过的作品,而且阑入《渔樵闲话》之类粗俗文字,诗话题跋中还混入了"后人论坡者"。同样,编于南宋的《东坡外集》中,因编者贪多炫博,采真及滥,也误收了许多他人之作,如孔平仲的《题女娲山》,苏洵的《老翁井》,乃至欧阳修、晏殊,甚至李白的作品。历史上才气大的名人集中混入的赝品都很多。有的名人文集,初编时系本人或亲属所为。后人在增补时,将他人之作误收入编,造成伪窜。如唐杜牧的文集,初有其外甥裴延翰手编 20 卷《樊川文集》,是可靠的。宋人广事搜集,编成《樊川外集》、《樊川别集》,清人编《全唐诗》又广采逸诗,将许多上述集子外的诗编入杜牧诗集中。冯集梧注《樊川诗集》又增编了《樊川诗补逸》。1962 年中华书局上海编辑所排印冯集梧《樊川诗集注》时,又据《全唐诗》增加了《樊川集遗收诗补录》。这些《樊川文集》以外的以及历代诗话、诗歌选本中题名杜牧的诗,有许多是李白、张籍、王建、张祜、赵嘏、李商隐、许浑等人的作品。如《樊川集遗收诗补录》共收诗 56 首,清编《全唐诗》中指出与许浑集互见者有 6 首,而今人吴在庆考出多达 52 首诗与许浑集中重出。(吴在庆:《杜牧疑伪诗考辨》,《中华文史论丛》1985 年第 1 辑)这些互见诗,有些在杜、许两集中诗题不同。而这些互见诗,"十八九是许浑诗"。这类互见诗在唐人诗集中为数很多。佟培基仅就《全唐诗》盛唐部分作家重出诗略作甄辨,发现:《全唐诗》编崔国辅诗仅 1 卷 41 首,有 2 首与三家重出;编卢象诗 1 卷 27 首,有 9 首分别与三家重出;《全唐诗》卷 129 存丘为诗 13 首,有 4 首与四家重出;编祖咏诗 1 卷 36 首,有 6 首与四家重出;编李颀诗 3 卷 124 首,其中有 7 首与盛、中、晚唐七家重出;编綦毋潜诗 26 首,其中有 7 首与五家重出;《全唐诗》卷 136 至 139 编储光羲诗 4 卷 227 首,其中有 4 首与四家重出;《全唐诗》中仅收存王谌诗 6 首,就有 1 首与他人重出;《全唐诗》卷146编陶翰诗1卷17首,与他人重出者有3首(见佟培基:《盛唐诗重出甄辨》,载《古籍整理与研究》第5期)。重出舛误于此略见一斑。司马迁写作《史记》后,据《史通·古今正史篇》载,续作者有18人之多,其中除褚少孙所续,标明"褚先生曰"数字,其余17人的手笔,已无法辨认。

伪本　残本　伪本是专指伪造的版本,即原书非伪,版本有假。伪本的出现大抵与书坊谋利有关,制造伪本的手法大约有下述几种:或通过挖改描补、撕去原书序跋等手段,将较晚的刻本冒充早期刻本;或加盖伪章,企图冒充原书曾经为某著名人物收藏的"珍本";或采用改头换面手段,把一般书籍易名为罕见书名;或专为迎合一些人的嗜好搞偷梁换柱的伎俩。阿英在《版本小言》中讲到过这样的情况:

> 字体可以模仿,前一代的版子可以后一代印,缺笔可以作假,人名可以借托,内容也并非不能作弊。而且两代过渡期间,刻板的风气上没有多大的变化,尤难以分清。看序文上的年月,是不见得可靠的。(《阿英文集》)

他在《海上买书记》中就讲述了这样一件受骗买了伪本的事:

> 在北平文奎堂的书目上,看见《潇碧堂集续集》,买了一元邮票寄去,要求文奎堂把书寄给上海和他们有来往的书店。两星期快乐的梦,被击得粉碎,原来竟是骗人的。那里有什么《潇碧堂集续集》? 这是一部印刻极劣的明版书,大约是当时的翻印本,《续集》云者,实是《瓶花斋集》的易名。徒然做了两星期以上的没有报酬的梦。(同上)

明刻本明胡广等辑的《书传大全》,盖上了伪刻的"至元己卯仲春泉

州府儒学刻印"木印,以冒充元刻。俞平伯《读〈红楼梦〉随笔·谈吴藏本(一)》中谈到:

> 现存舒元炜序本《红楼梦》抄本,原书八十回,残失第41~80,仅存第1~40回,经后人从目录叶中撕去其41~79的回目,又用原来第80回的回目代替了第40回的回目,以充全书。

今无锡市图藏一批"伪本",为旧时作伪者投合某一嗜爱搜集有关无锡"地方文献"的收藏者而伪造的。如把明正德间刻本明宋濂的《宋学士文集》,改为"无锡张筹"著的《新刊梁溪(梁溪系无锡别称)张太史文集》等,甚为拙劣。

残本书是和内容全的足本相对而言的。书之残缺,原因很多,有书贾为谋利删削而致的,有出于政治原因被删削的,有因历史原因而致残的。在我国的版刻史上,朱明一朝,坊刻滥恶,叶德辉曾感叹万分地说过:"昔人所谓刻一书而书亡者,明人固不得辞其咎矣。"郎瑛《七修类稿》指出:

> 闽专以货利为计,但遇各省所刻好书,闻价高,即便翻刻。卷数目录相同,而於篇中多所减去,使人不知,故一部止货半部之价,人争购之。近徽州刻《山海经》,亦效闽之书坊,只为省工本耳。

明胡应麟《少室山房笔丛》卷41也曾说:

> 余二十年前所见《水浒传》本,尚极足寻味。十数载来,为闽中坊贾刊落,止录事实,中间游词余韵,神情寄寓处,一概删之,遂几不堪覆瓿。复数十年,无原本印证,此书将永废矣。

这种书在某种意义上说也就成为残本。封建统治者为消灭所谓异端思想，加强思想统治，大肆禁毁、删改图书，清代达到顶峰，致使许多书籍遭删削之厄运。清之禁毁删改原书，肇自康熙而盛于《四库全书》修书之时。清人忌讳之深、改易原书之无理，触目惊心。乾隆四十一年十一月十七日有上谕可资说明：

> 又彼时（明末）直臣如杨涟、左光斗、李应升、周宗建、缪昌期、赵南星、倪元璐等所有书籍，并当以此类推，即有一二语伤触本朝，本属各为其主，亦止须酌改一二语。……
>
> 又若汇选各家诗文，内有钱谦益、屈大均所作，自当削去。……或明人所刻类书，其边塞、兵防等门，所有触碍字样，固不可存，然祇须削去数卷或削去数篇，或改定字句，亦不必因一二卷帙，遂废全部。他如南宋人书之斥金、明初人书之斥元，其悖于义理者，自当从改。

可见，清之删削古书，祸及宋、辽、金、元、明、清之书，故顾颉刚先生曾愤愤然说："我常觉得影印《四库全书》是一件极蠢笨的举动，徒然使得世界上平添了许多错误的书，实非今日学术界所应许可，除非别无传本而只见于《四库》的书，没有办法，只得用它。"（顾颉刚《四部正讹序》，载《古籍考辨丛刊》第1集）

残本的出现也有历史原因。如诗文别集，往往在流传过程中出现残缺亡佚，有的诗文别集全为后人重辑，属辑佚本，这种辑佚书实际上就是残本。如唐杜荀鹤的诗集，北宋、南宋均有刻本，今已全佚。今存《唐风集》为明毛晋汲古阁本，多为律诗，远非足本。不过一般说来残本是较足本而言的，在没有足本的情况下，这类本子就径称辑本了。有的诗文别集，作者生前自编而成，后又有续作，当时未加编入，后人重编时加上续作，是为足本。如唐诗人皮日休自编成集的《皮子文薮》，并不包括他的全部诗文，1981年中华书局的重校刊行本就增加了许多篇目。现代文学也一样，如萧红的《马伯乐》，1941年1月大时代书局出版，这是萧红自己设计的封面，但只是个未完稿，后收入了《萧红选集》。1981年9月，黑龙江人民出版社将萧红当年发表在香港出版的《时代批评》半月刊上的续篇九章收入原书，遂为《马伯乐》的足本。上述这类据作者自编的诗文集刻印的本子，虽内容不全，但学术价值很高，在校勘上更是弥足珍贵。有些本子在流传中致残，如现存十余种《红楼梦》八十回脂评本中，《脂砚斋重评石头记》甲戌本仅残存十六回，己卯本、庚辰本亦均为残本。相对来说，篇目较全、校订较精的是俞平伯先生校订的《红楼梦八十回校本》。但这种残本亦富校勘价值。

劣俗本 这是指脱文讹字多、改窜删易多，给读者造成危害的本子。这种劣俗本的出现，原因也是很多的。大体分主客观两大原因。由于传写抄刻，校勘不精，造成文字错乱、句子讹倒，以致文句不通、文意错误，这种劣俗本古今都有。笔者在校注传为唐陆广微的《吴地记》时，发现此书世无善本。虽有版本多种，如明万历《古今逸史》吴琯校本、明天启《盐邑志林》本、清《学津讨原》本、清道光曹溶编《学海类编》本、同治江苏书局本等，然缺佚讹脱处却大同小异。如"海盐县"条，《学津讨原》本原文为：

> 海盐县在郡东南二百二十里，地名殷水，水名福见。秦始皇二十六年置。陷为柘湖。又改为武原县，陷为当湖。隆安五年，改东武洲，移在故邑上。咸康七年，改御越，复号海盐县。陈贞明元年，割属盐官。广德七年，隶归嘉兴。景龙二年重置。光天二年废。……县西有会稽山，是陆华兄弟寻金牛之处。

此条讹误有：句子倒乙处："咸康"以下十二字应移在"隆安"前；年号讹处："广德"为"武德"之误、"景龙"为"景云"之误、"光天"为"先天"之误；有地名谬误处；"会稽山"是"会骸山"之误。

刻印现代书籍时，由于排印、校对人员工作粗疏，也会出现错讹众多的劣本。1943年9月，冰心的《关于女人》初版，错讹极多，这一点，冰心在《关于女人再版自序》中这样说：

> 第一版《关于女人》，我实在无法送人，错字太多了，而且错得使人啼笑皆非。例如"喜欢过许多女人"，变成"孝敬过许多女人"，"男人在共营生活上……是更偷懒"，变成"……是更愉快"，至于"我"变成"你"，"你"变成"他"，更是指不胜屈。

以上这些可以说刻印者并非有意制造劣俗本，只是工作欠认真，还有一种情况是出于各种目的有意制造古书的错讹，以致失却古籍真面，这类情况必须引起我们足够的重视。

有为宣扬自己的学术观点而以意改书者。如宋儒治学，大都黜文辞而尚节气，舍训诂而言理性，以己意附会古书，甚至臆改原书文句。如南宋鲍彪为《战国策》作注，补正脱误，并时出己见论说，曾四易其稿。但他任意变动了原书分章次第，甚至率意改字，颇失原本面貌。文人无知少学而又好作聪明，率意轻改古书者，宋代较为普遍。《东坡志林》指出："近世人轻以意改书，鄙浅之人，好恶多同，从而和之者众，遂使古书日就讹舛，深可忿疾。"宋人好评诗，亦好改诗，改动前人诗句之事司空见惯。《苕溪渔隐丛话》前集卷3："杜子美云：'白鸥没浩荡，万里谁能驯。'盖灭没于烟波之间耳。而宋敏求谓予云：鸥不解没。改为波字。"元、明时代更甚，一些读书人不肯为旧贯之仍，分并皆由自选。"甚至《说文》而搀入《五音韵谱》·《通典》而搀入宋人议论，《夷坚志》而搀入唐人事迹，与元书迥不相谋"（见《道古堂集·欣托斋藏书记》）。清顾广圻在《文苑英华辨证跋》

中说："余性素好铅椠,从事稍久,始悟书籍之讹,实由于校,据其所知,改所不知。通人类然,流俗无论矣。"又在《跋蔡中郎集》中说:"天圣癸亥欧静辑本十卷,六十四篇;今为六卷,九十二篇,全属嘉靖时俞宪、乔世宁所改,明代人往往少学而好妄作,宜其无足据也。"顾乃校勘大家,所言凿凿。顾亭林《日知录》载,山东人刻《金石录》,于李易安《后序》绍兴二年玄黓岁壮月朔,不知"壮月"出于《尔雅》,八月为壮月,而改为"牡丹"。显然因无知而谬解。

也有刻工怠工渎职,有意错刻者。宋王明清《投辖录》曾载过这样一件事:"近岁淮西路漕司下诸州分开《圣惠方》,而舒州刊匠以佐食钱不以时得,不胜忿躁,凡用药物,故意令误,不如本方。"刻药方尚且如此,刻文学书籍则更常见了。

上述情况说明,我国现存图书版本的情况十分复杂,有伪书、伪装书、伪窜书,亦有伪本、残本、劣俗本,读书必须重视选择和识别版本,也就成为历史给人们提出的严肃课题。

第二节 科学研究的基础和前提

文学史料的鉴别,是文学研究的基础和前提,这一点,钱玄同先生在《论今古文经学及辨伪丛书》一文中说过一句精警之语,即辨伪乃"研究一切国故之第一步"。研究工作的科学性,首先是应该建立在文学史料的准确性可靠性的基础之上。否则,无论是研究文学发展史、作家的思想艺术发展情况,都会出现种种谬误,研究者本人也会蒙受不同损失。

伪书伪作如果不加鉴别,中国文学史上各类文学作品的产生、发展、演变的历史就会发生混乱。如综观中国诗歌史,古典诗歌的早期形式都产生于民间。文人五言诗也不例外。从民间歌谣到文人写作,从东汉班固"质木无文"的五言诗《咏史》,到东汉末桓、灵之际秦嘉的《留郡赠妇诗》,语言整齐排偶,感情真挚,文人学习五言诗的技巧才渐趋成熟。被载入《昭明文选》中的十九首五言抒情诗,已被誉为"惊心动魄,一字千金"、"五言之冠冕",《玉台新咏》却把其中八首题为西汉景帝时代的枚乘所作。汉文人五言诗是在学习汉乐府民歌的基础上逐渐成熟的。而在民歌中,现存汉乐府民歌西汉时代的仅有《铙歌十八曲》,全为杂言,已自成一格,而成熟的汉乐府五言体民歌都产生于东汉时代。西汉成熟的乐府五言民歌都没有出现,何以能出现象《古诗十九首》那样成熟的文人五言诗呢?所以从文人五言诗的兴起和发展以及有关历史事实综合考察,《古诗十九首》的作者只能是东汉末年人,而不可能是西汉初的枚乘。

要正确评价诗文作家的思想品质、创作风格、各个历史阶段的思想情况,必须据有该作家的翔实资料,尤其要注意该作家诗文别集中的赝作,也要注意该作家诗文集的初版本及修订本的差异,否则就会导致评价失当、立论失误的结果,严重影响科学研究的科学性。

宋代女词人朱淑真的词集中窜入了一首《元夕·生查子》词,其中有"月上柳梢头,人约黄昏后"语,明毛晋称白璧微瑕,而杨慎则据此说朱淑真有桑中濮上行为。清纪晓岚为之辨诬,指出此词乃宋欧阳修所作,收在欧《庐陵集》第131卷中。这首《生查子》词,《词的》还误题为李清照词。《瀛奎律髓》卷16白居易《正月十五夜月》,方回注云:"如李易安'月上柳梢头',则词意邪僻矣。"方回也误此词为清照所作,并论之为"邪僻"。这种根据伪窜之作遽断词人的品行,当然不可能得出正确的结论。

明代遗民黄宗羲抵死不肯屈节满洲人,可在他的别集《黄黎洲集》中的《郑成功传》中却有称满清为"圣朝"、满兵为"大兵"等恭维话,与其思想、身份大相径庭,据此论定他的思想,必成大错。

如果据内容不全的版本评论作者思想,也自然偏颇不确。如要根据《聊斋志异》研究蒲松龄的世界观,就不能据铸雪斋抄本和青柯亭初刻本,这两本不仅篇目不全,内容删改的地方也较多。张友鹤所辑会校、会注、会评本,曾用各种重要版本会校,得文491篇,连同附录9篇,较通行本增补了近70篇,又汇集清代吕湛恩、何垠两家注以及王士禛等人的评语,资料完备,固然是科研所据的较理想本子。但今天看来,光据此还不够。1962年在山东淄博市周村发现的《聊斋志异廿四卷抄本》,比其他刻本多出了一些篇章,而这些篇章是思想内容较为深刻的相当有分量的作品,里面有反映蒲松龄民族思想的重要内容,是研究蒲松龄思想的新的宝贵资料。

由于历史的原因,现代作家的作品往往不断出现一些新版本。现代文学的研究,必须十分重视这一现象。如果要探求某一位作家思想艺术发展的轨迹,应准确地把握此作家在每一历史时期发表的作品的真实面貌,就必须寻求该历史时期作品的原刻本,而不是后来经过润色增删之后的翻刻本。如要论证郭沫若《女神》时代的思想,就只有依据《女神》的初版本,即1921年本,而不是1928年本或更晚的改动本。严家炎谈到过他的教训:"五十年代我写文章谈论《女神》时,依据《沫若文集》,肯定了作者'五四'时期就歌颂马克思、恩格斯、列宁。六十年代初,在编写文学史过程中查阅、对照《女神》的初版和后来的几种版本,才弄清楚《匪徒颂》一诗原先只提到列宁,对马克思、恩格斯的赞颂是作者在《女神》一九二八年版本才修改加上的。"(《从历史实际出发,还事物本来面目》,载《中国现代文学研究丛刊》,1980年第4期)这个问题目前已引起现代文学研究工作者的注意。黄淳浩在《人文杂志》载文也指出了这个问题,"读书不择版本,把经过增删了的版本作为研究对象,把作者已改变了的观点和提法当成原来的观点加以引用,并把自己的观点建立在这些改变了的说法的基础上,从而造成文章立论的失误。这类问题曾出现于1978年郭沫若逝世后的大量悼念文章中,甚至还出现在1983年、1984年出版的有关论述郭老创作和前期思想

的专著中。"(《现代文学研究需要注意版本》,《人文杂志》1986年第2期)

不识书籍之真伪、不择书籍之版本,已经使古今学者吃了不少苦头,徒费了许多学者的精力,这种教训,实在太多了。学术史上梅本《古文尚书》即为显例。秦博士伏生在西汉时所传的《今文尚书》和孔安国传本《古文尚书》均在西晋永嘉之乱中亡佚。东晋时,豫章太守梅赜献出《古文尚书》58篇,其中包括伏生《今文尚书》28篇,此书演为33篇,多25篇,并有所谓孔安国自序。以伪杂真,有本有据,造作手法极为巧妙。此书一出,学者们不识真伪,自隋至唐,绝大多数学者都确信为汉代孔安国的真古文传本。唐初孔颖达奉唐太宗之命修《五经正义》,于《尚书》独采梅本,由当时政府颁布发行,并刻入《唐石经》,宋代把《孔传》和《正义》合刻成《尚书注疏》,明清时汇刻在《十三经注疏》中,流传一千余年。欺世历经几朝,自宋代开始疑辨,至清初阎若璩才判定其伪。在这1000多年中,无数学者为这25篇伪古文考证注释,不知花费了多少精力。

有的书作伪手段并不高明,但率意轻信者依然花费了许多不必要的精力。如明代大藏书家丰坊为"弋世学之美名,矜独得之秘传"而托名伪造的《子贡诗传》、《申培诗说》,本来掇拾浅陋,谬误百出,罅漏比比,然而,张之平刻之成都,李本宁刻之白下;凌蒙初为《传诗嫡冢》,姚允恭为《传说合参》;何镗收之《汉魏丛书》,毛晋收之《津逮秘书》等等。这么多人为之劳作,使这两部伪书迷惑后人达一个世纪之久,人力财力之费可以想见。

学者之间的争讼,有的仅仅是不辨伪窜,如上文谈及的朱淑真作风问题的争讼。有的实际上是版本之争。朱金顺在《试说新文学研究与朴学之关系》中谈到了这个问题,指出:有的因为各自依据的版本不同,对同一个作品、同一个问题的理解和评价发生分歧,从而争执不下。并举例说,如对曹禺《雷雨》中有无宿命论观点的争论。实质上,认为没有宿命论观点的论者,依据的往往是解放后的修改本,或者他们就没有阅读该剧的初版本,如果他们读读《雷雨》的原本,特别是看看它的《序幕》和《尾声》,看看作者初版本的《序》,也许争论就没有了。因为作者宿命论思想,是表现得相当明显的。谭桂林也指出过,李诃在《田汉前期的话剧创作》一文中对刘绶松的观点进行驳难时,征引的《咖啡店之一夜》剧本时,是将改订本作了初版本,依据修改本去批驳别人依据初版本作出的论断,当然徒费笔墨了。(谭桂林《田汉戏剧研究;希望在审美向自身的回归》,山东师大学报增刊《现代作家研究述评》)

有的文学史料,因一字之别,致使文意龃龉难解,这时应从版本上找原因,否则也会枉费力气。郎瑛《七修类稿》中指出宋本将苏东坡《跋和靖诗集》中两句诗,刻错一字。原诗为"诗如东野不言寒,书似西台差少骨",宋本将"西台"刻为"西施",其意大谬。"西台",即南唐李建中,善书法。东坡诗意是言林和靖的诗如唐之孟东野,但无东野之"寒",林和靖的书法象南唐李建中,但差点骨力,"西施"与书法无涉。笔者在考察为东汉赵晔的《吴越春秋》作过音注的南宋徐天祜情况时,也遇到过同类问题。检余嘉锡《四库提要辨证·吴越春秋》,介绍天祜时据《宝庆续会稽志》和《宋诗纪事》云其为"嘉定三年进士",而天祜在元大德十年(1306)才给《吴越春秋》音注,相距达百年之久,显然不合情理。笔者查阅了《宋诗纪事》,才知道天祜及进士第的时间是"景定三年(1262),《四库提要辨证》将"景"误刊成"嘉"了。

离开了对文学史料的审慎鉴别,科学研究的艺术宫殿就失去了坚实的基石,当然就容易动摇和崩塌了。

第三节 谨慎择本事半功倍

不加选择地从各种书籍版本中摘取文学史料,进行学术研究,已经使研究者们吃了不少苦头,所以,读书必须选择好版本,不读少读误本,不仅可使我们的研究工作得到翔实的史料依据,而且研究少走弯路,事半功倍,故谨慎择本,详加鉴别,也是"读书之第一义"(清姚际恒《古今伪书考·序》)。前人曾记载了一些人读误本,闹笑话的典型例子。如宋时笔记《石林燕语》和《老学庵笔记》等曾记载这样一件事:宋教官误读麻沙本《周易》,书中把"坤为釜"中的"釜"字脱两点变成"金"字,教官误信,并为生徒出《易》义题曰:"乾为金,坤亦为金,何也?'考试生徒无法下笔,持监本而问之,教官只好引咎谢之。《俨山外集》记某医师读误本古方,将"餳"字(古"糖"字,亦作餹)误为"锡"字,嘱求药者入煎汤药。《颜氏家训·勉学篇》载某江南权贵,读误本《蜀都赋》注解"蹲鸱,芋也",将"芋"误作"羊"字,认为"蹲鸱"即羊肉。人馈其羊肉,权贵附庸风雅,作书答云:"损惠蹲鸱",举朝惊骇。这些例子已是人们熟知的笑料了。

那么,选择怎样的版本来读,才能获得比较翔实的材料呢?实践告诉我们如下六字:选精、择足、求旧。

选精,即选择精校精注本。张之洞《书目答问·略例》云:"读书不知要领,劳而无功;知某书宜读,而不得精校精注本,事倍功半。"校勘之学至清乾嘉而极精,凡乾嘉学者精校精注者,皆为错讹较少的好本子。如清顾广圻校勘、秦恩复刻的《骆丞集》10卷、考异1卷,是自明以来唐骆宾王诗文集中最完备精审的版本;清王琦汇解的《李长吉歌诗》4卷,外集1卷;《王右丞集》赵殿成注本等都是该诗集中的好本子。精校精注本中,尤其要注意选择当代学者的新注本、新辑本、增订本。这些本子,往往能集原有成果之大成,他们以较好的本子为底本,参校其他重要的本子,订其异同谬误,择善而从,学者读此一本,无异遍读各本。如想读顾亭林诗,如果选择复旦大学教授王蘧常辑注、吴丕绩标校的《顾亭林诗集汇注》(上海古籍出版社版),就等于同时看了数十种版本。此本是以传录潘耒手钞本为底本,汇校所据本子是:(1)潘耒初刻本;(2)幽光阁铅椠本;(3)翁同龢秘本;(4)孙诒让托名荀氏校本;(5)孙氏别校本;(6)吴犀校本;(7)曹氏校本;(8)汪辟疆校本;(9)冒广生批本;(10)陈氏校注稿本。汇注则以徐嘉顾诗笺注本为基础,同时,本书还附有顾氏年谱十种。阅此一本,等于毕览众本,确为事半功倍。阅读辑本,则新辑本往往优于旧辑本。如梁宗懔撰作的《荆楚岁时记》,原有四种旧辑本传世:明万历时两种:陈继儒《宝颜堂秘籍》本,辑48条;何允中《广汉魏丛书》本,36条;涵芬楼明抄本《说郛》,仅采辑8则;清末陈运溶辑《麓山精合丛书》本,仅据《艺文类聚》、《初学记》、《太平御览》辑得。四种辑本内容遗漏多,体例与原书不合,离原本面貌距离甚大。后来出现三种新辑本:1985年谭麟译注本;1986年姜彦稚新辑校本和1987年宋金龙校注本,引书多,内容较明清辑本丰富,附录资料翔实,后三种辑本各有所长,然均优于明清旧辑本。

择足,即选择不残不缺版本。如《徐霞客游记》,应选1980年上海古籍出版社出版的本子,此本是以季会明钞本和乾隆本为底本,参校徐建极钞本及其他多种钞本、印本整理点校而成的,并绘有39幅徐霞客旅行路线图。是目前《徐霞客游记》版本中内容最完备的一种。季会明抄本和徐建极抄本久已失传,此次复得。原乾隆本已被后来的整理者作过删削。此本据两钞本补入了被删削的内容。季钞本为《游记》的原始钞本,于霞客旅途生活的记述远比乾隆刻本详细、具体,叙事曲折有致。保存了大量原始材料,无论是霞客对山川源流的考察,还是对岩溶地貌的记述,乃至对明末西南地区经济生活、社会情况的记载,特别是关于霞客思想精神面貌的反映,都远较乾隆本丰富、翔实,展示了《徐霞客游记》原本面貌。当然,并不是回目多、内容多就是好本子。如《儒林外史》有五十五回本、五十六回本、六十回本,事实上比较可靠的好本子倒是五十五回本。因为,"尝有人排列全书人物作'幽榜',谓神宗以水旱偏灾,流民载道,冀'旌沉抑之人才'以祈福利,乃并赐进士及第,并遣礼官就国子监祭之;又割裂作者文集中骈语,襞积之以造诏表,统为一回缀于末:故一本有五十六回。又有人自作四回,事既不伦,语复猥陋,而亦杂入五十六回本中,印行于世:故一本又有六十回。"(《金和跋》)说得很清楚,多出的回目均系后人增益,属伪窜。当然也有足本反倒不如删节本的。比如《尔雅》郝注本,有两种版本:一种是学海堂的《经解》本,刻于道光六年至九年,为删节本,出自王念孙之手;另一种版本是咸丰六年胡瑶刻本和同治四年(1865)郝氏家刻本,前有宋翔风序,即所谓足本。后来排印的多据足本,但实际上不如删节本好,王念孙精音韵、训诂、校勘,删节本经他之手校订,删削了许多错误的内容,故比足本精要,错误少。

求旧,即求旧抄旧刻原刻本。旧抄旧刻往往比较接近原书貌。如相传为隋侯白撰的《启颜录》,后世有多种辑本,有北宋《太平广记》本、南宋《类说》本、明《广滑稽》本等,各辑本所辑篇目不一,体例或以人标目,或以类相从,与原本面貌相去甚远。后来发现的敦煌唐写本《启颜录》残卷,体例是以类相从,并以时代先后序次,无疑,这种体例最接近原本面貌。一般来说,原刻本优于翻刻本,错误的机会少。如《四库全书总目》,武英殿刻本要优于浙江绅士在杭州翻刻的本子(浙本)。

当然,人们对文学史料的鉴别工作的意义的认识是多方面的,上述所论及的远非全部。

第二章　中国古代版本源流

鉴别、考订文学史料,先要从认识它入手。我国历代浩瀚的文学典籍,其外部形式发生了许多变化。古籍版本,源远流长,它在各个历史时期留下了不同的痕迹,各地区也有不同的地方特征。认识古籍版本,就要熟悉它的流变的历史,特别是雕版印本的历史。这是鉴别文学史料的基本功。

第一节　中国古籍版本类别及其名称

学术界一般认为,公元 1911 年前的图书均称古籍。因此,古籍版本是泛指我国近代辛亥革命之前的一切图书的本子。这些本子,是通过抄、印两种方式流传于后世的。由于编纂、抄印、装帧方式的不同,出现了不同的版本类别和名称。了解版本类别和名称,对辨识古籍特征,考证真伪优劣,都有重要作用。

一、按出版时代分

唐写本、刻本　唐时由写经手在黄麻纸上缮写的经卷或抄写的曲子词、变文等说唱文学的写本,统称之为唐写本。多卷轴装。故别称唐卷子本。敦煌莫高窟曾发现 2 万余卷唐写本。唐代雕版印刷的书籍,称唐刻本或唐刊本,此时刻本以佛经为主,也有少许文人诗集刻本,如《白氏长庆集》等,今佚。

五代刻本 亦称五代刊本。始于后唐长兴三年(632)。校刻精审,今已罕见。今仅存几种敦煌残本,如现藏法国巴黎图书馆的《唐韵》、《切韵》二书及1924年杭州雷峰塔倒塌时发现的《陀罗尼经》等。

宋刻本 亦称宋刊本。宋代雕版印刷事业已臻鼎盛,刻书范围广,地点多,并有官刻本、家刻本、坊刻本之别。刻印精良,多存古书原貌,讹误较少,为历代藏书家珍视。

辽刻本 亦称辽刊本。辽书禁甚严,故罕有传本,今有宋太宗至道三年,即辽圣宗统和十五年(997)幽州僧行均刻《龙龛手镜》传本、《大藏经》及《蒙求》等传世。

金刻本 亦称金刊本。金刻中心地区仅平水一处,在今山西境内。私人书坊刻本甚多,多经史文集,如《周礼注》、《萧闲老人明秀集注》等。

元刻本 亦称元刊本,系元代刊刻之书籍。元代刻书,须先经中书省审查,由兴文署掌握;地方刻书,由书院负责。和宋代一样,有官刻、家刻、坊刻之别。刻本传世较多,也颇多精良之本。元代已发明创造了木活字本和套印本。

明刻本 亦称明刊本,明代刊刻的书籍。明代刻书,以吴、越、闽、皖为刊刻中心,而以吴刻为精、越刻居中、闽刻最下。官刻、坊刻、家刻均有。明后期雕印艺术发展很大,在版画和套印上有突出成就。

清刻本 亦称清刊本,清代刊刻的书籍。清乾隆、嘉庆之时所刻之书校雠精审,世称精刊本。

各代刻本有时径以建元称之,如宋绍兴刻本、元大德刊本、明万历刻本、清乾隆刻本等。

二、按出版单位分

官刻本 或称官府本。泛指由官府负责雕版印行的书籍。最早的官刻本为后唐明宗长兴三年刻的《九经》。宋元明清各代中央及地方官府刻书，或专设，或兼作。官刻本一般以其机关名称称之。中央机关刻本包括国子监本、秘书省本、兴文署本、经厂本、内府本、殿本、太医局本等；地方机关刻本，包括藩府本、府学本、各路儒学刻本、郡庠本、州军学本、县学本、县斋本及各地书院本、官书局刻本等。一般都雕镂精审，善本比例很大。

国子监刻本 简称监本，由国子监负责刊刻的书籍，属历代官刻本的一种。有五代长兴监本、五代蜀监本、北宋监本、南宋监本、明南监本、明北监本等。

经厂本 明代官刻本的一种。明代内府刻书，始于明成祖朱棣，由司礼监（明初十二监中地位最高，为第一署）领其事，刻印少量经史读本。迁都北京后，司礼监扩充机构，下设汉经厂、番经厂、道经厂，掌内廷刻印书籍。汉经厂专刻本国四部书籍，番经厂刻佛经类，道经厂刻道藏。后人把这三类经厂刊刻的书籍，称作经厂本。

殿本 清武英殿刻本的简称，也称殿版、内府本，因刻书机构设在武英殿而名，清初殿本不过是明末经厂本的延续，掌管人虽由宦官转向词臣，但仍用同一类工匠，格式大同小异。武英殿刻书始自康熙，后清代历朝官本均由此处承刻。乾隆间刻书最多，凡康熙至乾隆十二年(1747)之间的殿本，其写刻、校勘、墨色、纸张皆极精良，书品宽大。嘉庆后刻书数量渐减。所刻书多卷帙巨大者。如《全唐文》1000卷、《全唐诗》900卷、《佩文斋咏物诗选》482卷等。

内府刻本 明清两朝宫廷内部刊印的书的统称。如明之司礼监刻本，清武英殿刻本等。清初，对私人刻书控制极严，一般均由官府经办。凡敕纂及御定之书，皆由内廷刊行。另由内廷专职人员抄写的书，如秘阁抄本、明内府抄本、清四库馆抄本等，与内府刻本泛称为内府本。

地方官府刻本 指历代地方行政官署刻印的书。如宋公使库本、漕司刻本、茶盐司刻本、转运司刻本、临安府刻本、元建康路刻本等，凡以历代地方行政建置为称的，如路、道、省、州、郡、府、县刻本均是。

宋公使库本 宋代地方官刻书的一种。由公使库负责刊刻的书籍。公使库类似"招待所"，以其积余经费刻书。库内设印书局，专管刻书。宋时有苏州、吉州、明州、沅州、舒州、抚州、台州、信州、泉州、鄂州等10个公使库，每一公使库，都要刻几种书。以抚州公使库刻印的《礼记郑注》最著名。

藩府本 专指明代藩王府刻本。《古今书刻》中记有弋阳王府等十五府的名称。《书林清话》中又补录了宁藩、潞藩等十三个藩府及其堂名。所刻之书，大多利用朝廷所赐宋元旧椠作为底本翻刻，故每多善本。

书院本 由书院刻印的书籍。书院是我国古代特有的一种教育组织和学术研究机构。书院富藏书，并有"掌刊辑古今之经籍"的职责。南宋以来，书院刻本屡见不鲜。元时地方刻书多由书院领其事，全国书院多至120个。书院山长多为著名学者，又有学田作为刻书经费，所刻书为地方官刻本中最好的。明代尤其是清代书院刻书更盛。顾亭林曾说书院刻书有三善：山长（书院主管）无所事，勤于校雠；不惜费而工精；板不储官而易印行。校雠、经费、易于通行皆备，故其刻本颇精。如宋婺州泽丽书院本，元江西广信书院刻本和杭州西湖书院刻本，明庐山白鹿洞书院刻本和大梁书院刻本，清南菁书院刻本、诂经精舍刻本、广雅书院刻本等。

地方官学刻本 地方政府所属各级学校的刻本，又称作儒学刻本、郡庠刻本、泮宫刻本、府学本、州学本、县学本等。

直省刻本 由直省负责刊刻的书籍，属明代官刻本的一种。直省所刻以苏州府最多，淮安府次之。

官书局刻本 专指清同、光时代各省书局刻本，简称局本。清同治年间（1862～1874），在江宁创立金陵官书局，之后，江西、浙江、福建、广东、广西、湖南、湖北等省的官书局也相继建立。故刻本有金陵书局刻本、浙江书局刻本、湖南思贤书局刻本、江西书局刻本等等。

坊刻本 各代各地区凡以私人经营的商业性书坊刻印的书，统称作坊刻本，别称书坊本。包括五代的书肆、北宋的书林、书堂、南宋的书棚、书铺以及近代的书店、书局等。如宋"临安府棚北睦亲坊南陈茗书籍铺"刻本、元建安"余氏勤有堂"刻本、明"书林刘龙田"刻本、"金陵书坊唐对溪"刻本、"金台书铺汪谅"刻本等。有些坊刻本题名同私刻本一样，亦以斋、室、堂、居相称，不可贸然判断。著名者有宋建安余氏万卷堂刻本、元刘氏翠岩精舍刻本、叶氏广勤堂刻本、明金陵唐氏富春堂刻本、陈大来继志斋刻本、清席氏扫叶山房刻本、陶氏五柳居刻本等。早期书坊的书贾，为了尽快赢利，校勘不精；后来书局竭力聚集人才，加强编纂，校勘日趋精善，有取代官府之势。

书棚本 原专指南宋杭州陈道人的陈宅书籍铺所刻之书。此铺地处临安府棚北大街睦亲坊南，故名。刻书以精丽工整著称。当时临安府太庙前尹家书铺刻印之书，亦称书棚本，流传较少。

私刻本、抄本 或称家刻本、家抄本、家塾本、私塾本，指私人抄刻的、非商业性的书。有以出版者姓名相称的版本，如宋黄善夫刻本、周必大本、吴勉学本、许槤本、段成子本、闻人铨本、年羹尧本、阮元本等；有以出版者姓氏及室名相称的版本。如廖莹中世彩堂本、元范氏岁寒堂本、明袁褧嘉趣堂本、清顾嗣立秀野堂本、明范氏天一阁抄本、邢氏淡生堂抄本、毛晋汲古阁抄本、清鲍廷博知不足斋抄本、缪氏艺风堂抄本等等。

龙爪本 宋代四川广都费氏刻《资治通鉴》，世称龙爪本。龙爪本系用坚韧而富有弹性的槐树的园艺变种"龙爪槐"所刻，龙爪槐又称"蟠槐"，因名。虽以用料命名，实属私刻之一种。

闵刻本 明代私刻本的一种。指明季吴兴乌程人闵氏刻印的套色本,其中以闵齐伋所刻最著称。闵齐伋家采用朱墨和五色套版印书。所刻书字体方正、纸色洁白、行疏幅广,甚为悦目。所刻以群经、诸子、史抄、文抄、总集、别集为主。

毛刻本、汲古阁本 明代常熟汲古阁主人毛晋、毛扆父子所刻之书。毛氏自明万历末年至清顺治初年的40多年中,校刻书籍多达600余种,暑历代私家刻书之首。其书雕印精审、校勘详确,纸张为江西特制,凡原版初印本皆被视为善本。

三、按刻书地区分

江南本 江南地区刊刻之书的统称。包括金陵刻本、苏州刻本、无锡刻本等。

浙刻本 简称浙本,浙江刻印的书。包括杭州刻本、吴兴刻本、衢州刻本、明州刻本、婺州本、台州本等。

婺州本 浙本之一种。婺州即今之浙江金华市。所刻之书,字体瘦劲,别具风格,故称。

蜀刻本 简称蜀本,泛指在四川刻印之书。蜀中刻书之地主要在成都和眉山。蜀刻本字体稍大,又称蜀大字本。包括成都刻本、眉山刻本等。

闽刻本 简称闽本,宋代福建刻印的书籍。包括建宁本、建阳本(麻沙本)等。

建刻本 南宋时对福建建宁府(今建瓯县)和建阳县所刻印的书之统称,或分称之为建宁本、建阳本,或简称为建本。今已罕见。

麻沙本 福建省建阳县麻沙坊所刻印的书籍。麻沙坊刻本,大盛于宋,元、明两代两次被火,书版化为灰烬,正德、嘉靖年间(1506~1566)又渐兴起。麻沙版软易刻,印纸多竹纸,刻书多,不仅销行全国,且远及日本、朝鲜,然校勘粗疏,讹脱层出不穷,避讳不严。故在时人心目中信誉不高。

另有北方大名刻本、汴梁刻本、燕京刻本、平水刻本以及江西、广东刻本、徽刻(包括歙刻本)等各地区刻本之名称。

有一类刻本是按国别类命名的。如：

高丽本 朝鲜古称高丽,朝鲜国所刻之汉文书籍,古称高丽本或朝鲜本。刻印精湛,书品宽大,字多软体写刻,采用洁白坚韧的皮纸,清晰悦目。

日本本 指日本国所刻的汉文书籍,亦称东洋本。印工精巧,美浓纸洁白细薄,近似朝鲜本,但字体和本子的装订则逊于朝鲜本,有的行间还注以平、片假名。

越南本 越南所刻印的汉文书籍。越南刻印技术自中国传入,故与我国书籍款式相同。今传入我国的多相当于清道、咸年间的刻本。

四、按刻写编纂特点及内容分

稿本 作者已经写定尚未付刻或发排的底稿,是书籍的原始形态。稿本是校雠最可靠的依据。

手稿本 著书人亲手书写的稿本,也称手定稿本。如解放后发现的蒲松龄的半部手定稿本《聊斋志异》,清代洪亮吉手写的《卷施阁近诗》等即是。

写刻本 写刻上版之书,称写刻本,多出名家手笔。著名的有宋苏轼写刻的《陶诗》、明夫容馆钱世杰写、章芝刻的《楚辞章句》、清郑板桥自书的《板桥集》等。一般写刻本都把书写人的姓名刻在版口、框外或卷尾,或见于序跋题识。

清稿本 将改定的稿本请他人或作者自己誊清校对以后的稿本称清稿本。作者亲自写的清稿本也称手定清稿本。要求字迹清晰易辨,字词无差错。古代名人清稿本,一般须加著者印记为凭,否则除有的可凭笔迹考证外,其余只能看作传抄本。

抄本 凡由手写而非版印的书籍称作抄本。抄本中字迹工整的称写本;字迹工整而精致的称精抄本或精写本;年代不详的抄本称作旧抄本或旧写本。字体或楷或行,写字材料有丝织品、纸、竹片。抄本目的,或为珍藏,或为自学,或为牟利,宜加鉴别。今唐写本极为罕见,宋元抄本也极名贵,明抄本相对流传较多。但抄本一般均无复本,流传极少。古代名人抄本融文物性、学术性、艺术性于一体,更加珍贵。

影写本 藏书家摹写宋元时代旧版书籍,字体点画、行款格式与原书无异,这类写本称作影写本。

影宋抄本 照宋版书籍影写的本子。藏书家如遇罕见的宋刻本,选名写手用优质纸墨照式影抄,效果几与宋刻无异。这类影宋抄本位置仅次于宋版而居元版之前。明汲古阁毛氏影宋抄本最为著名。

乌丝栏抄本 在纸面或绢面上画的界格称"栏",用墨画界格称"乌丝栏",以之写书称作乌丝栏抄本,亦称黑格抄本;用朱砂或朱墨画界格称"朱丝栏",以之写书称作朱丝栏抄本,或称红格抄本。明嘉靖后始用蓝格印纸抄书,称蓝格抄本。

初印本、后印本 木版雕成后初次印刷的书称初印本。其墨色浓重、字迹清晰、边框完整,为藏书家所重。印刷久了,墨色暗淡、字迹模糊、边框不整,称后印本。既指同一版次、印时前后不同的书籍而言,也有指不同版次,以第一版为初印本,二版以后为后印本。

初印红本、初印蓝本 一般书籍在雕版初次完成后,照例先用红色或蓝色印若干部,印成红色的称作初印红本,印成蓝色的称作初印蓝本。

套印本 通称套版。指印刷分两次或多次上版,用不同的颜色加以区分而印成的书,如首次刷黑印正文,第二次套红印评语、圈点,这样印成的书即谓两色套印的朱墨本。有朱、墨、蓝三色本,有朱、墨、蓝、黄四色本,朱、墨、黛、紫、黄五色本和朱、墨、紫、蓝、绿、黄六色本等。

红印本、蓝印本 称不用墨色,而用红色或蓝色印刷的书籍。

原刻本 凡按稿本初次雕印的书籍,称作原刻本或原刊本。原刻本因迹近原稿,如详加校审,可确保质量,向为藏书家所重。

重刻本 凡按原本照样翻刻的书籍,称作重刻本或重刊本。

翻刻本 亦称复刻本,即按照原本复刻的书籍。如据宋版翻刻的称复宋本,元代据宋版翻刻的称元翻宋刻本,明代据宋版翻刻的称明翻宋刻本,据元版翻刻的称复元本,明据元版翻刻的称明翻元刻本。

修补本 以修补版印出的书,称柞修补本。修补版的版心、版框与字体,因修补时代与工匠不同,常有很大差异,很难做到完美如初。

递修本 指历经各朝代递次修补之书。书版在印刷之后,往往残缺,每次印刷书版多须修补。如果书版历经宋、元、明三个朝代递次修补,又称作"三朝本"。

精刊本 字体工整,并经精校精审后雕印之书,称作精刊本。由著名书法家或名人写的写刻本亦属精刊本。

校本 用不同版本的同一种书或有关资料精心校勘过并在被校书上作了记录的本子称作校本。书本上署校雠人姓名或加盖印记的又称某氏校本。加上批语的称某氏批校本。刊本或写本,皆须精心校勘。有的未刻之前已经精校,已刻之后再行精校;抄本则先精校底本,抄后又汇集别本精校。经精校的书籍,价值就大大提高了。

过校本 凡抄录前人或他人对同书校语的书籍,称作过校本或录校本、过录校本和度校本。过校之书,因所录校语不止一家,丹黄纷披,分辨费力,故名人校书,以原校为佳,过校则次之。

注本 凡书除正文外,另加注释,称作注本或注释本。经一人注释,则冠上注释人姓名,称某氏注本。

批点本 指经识者批评或标点过的书,或称评本和评点本。如将批点人姓名一并记在书上,则称某氏批点本。

过评本 指抄录前人或他人对同书批语的书籍,或称过录评本和录评本。

邋遢本 指用字迹模糊漫漶、边框极不整齐的版片印的书籍。南宋绍兴间四川眉山所刻七史,到元代,大部分版片已模糊漫漶,所印成的书往往称之,因七史版面均半页9行,故又称"九行邋遢本"。

配本 如一部书残缺不全,用其他不同书版配合而成为一部完整的书,也指用同版本或不同版本之零种书,使一部残缺不全书配套成完整的书。因此类书虽完整而版式不同,故名。

丛书本 汇集多种著作,按一定的原则、体例编辑,冠以总名的书,名为丛书。凡收入丛书的各种书,在版本学上叫丛书本。

单刻本 针对丛书本而言,同一种书,既刻入丛书中,而另外还有刻本,谓之单刻本。单刻本与丛书本版式、字体往往不同,有时内容也不尽相同。

附刻本 指附刻于某书之后,而两书作者不同、内容迥异的书。

抽印本 从某书中抽出若干卷单印成册,从某丛书中抽出一种或数种书单印成册,均称抽印本。

删节本 指因原书浩繁或文字冗长,仅节取其中某一重要部分或节录其内容,重印之书。如宋吕祖谦《十七史详节》、宋魏了翁《五经要义》等书。

订正本 后印本对先印本书中的舛讹处进行更正后印的书,称作订正本或修订本。

增订本 书经多次刊印,后印本内容较先印本有所增加,称作增订本。

百衲本 僧人所穿用许多方块布头补缀的僧袍称"衲",补缀过多形容为"百衲"。在书版中,用零散不全的各种版片,凑成一部完整的书,称作百衲本。集合许多卷数不同的版本凑成的一部书,亦名百衲本。

辑佚本 简称辑本。原书已散失,后世又搜罗他书中援引的此书佚文,重新编辑,加以印行,称辑佚本。一般来说,辑佚书内容少于原书,其面貌也与原书不同。

合订本 两种以上不同性质内容的书合订在一起,又无丛书名称者,称为合订本。按期续印的书或每隔一定时期的连续性杂志汇订在一起,也称作合订本。

善本、俗本、劣本 宋人认为精加雠校之书称善本,反之则为俗、劣本。明清两代著名学者,对善本的界说大体同于宋代又更趋合理。如清张之洞在《輏轩语》中说:"善本非纸白版新之谓,谓其为前辈通人用古刻数本,精校细勘付刊,不讹不阙之本也。""善本之义有三:一、足本(无阙卷、未删削);二、精本(精校、精注);三、旧本(旧刻、旧抄)。"钱塘丁氏《善本书室藏书志》中对善本界义也列出了四点:旧刻、精本、旧抄、旧校。然关于善本的理解,作为文物价值之善本和作为校勘之善本,亦稍有不同。

孤本 指海内外仅有的书。如为善本之孤本,则价值极高。

罕传本 知其名未见其书,或很少传于后世,为世人罕见者,或原以为是孤本的书,后又发现副本,这类书籍称作罕传本。

足本、残本 篇章册页、插图绣像完整印存的书,称为足本,反之,则称作残本。

通行本 指雕刻平常、装帧简易、售价低廉、流通普遍之书,以此称别于精刻本与写刻本。其义与后来的普及本雷同。

五、按版式特征、制版方法及装帧特点分

大字本 用大字刻印之书。宋代刻书多用大字,其版框、纸幅

高大,通常半页在十行以内,每行十六、七字左右。元代也有大字本。

小字本 用小字刻印之书,与大字本相对而言。宋元版书小字较罕见,很受珍视。宋元版的小字本,行紧字密,半页14行左右,每行25字左右。

拓本 拓下来的碑刻、铜器等文物的形状和上面文字、图像的纸本,称作拓本,用墨色拓印,称墨拓本;用朱色拓印,称朱拓本;最初拓印的,称初拓本;白宣纸蘸浓墨重拓,光可鉴人,称乌金拓;白宣纸蘸墨轻拓,如淡云笼月,称蝉翼拓。初拓本字迹清朗,墨色匀净,保持原来的精神面貌,为人们器重。

活字本 以胶泥或木料、铜、铁、锡、瓷、瓢等作材料刻铸成方块字,每块刻一字,印前照稿本排版,印毕即可拆除,再印可以重排,用这种版所印的书,称作活字本。发明活字印刷的是北宋庆历年间(1041～1048)布衣毕昇。活字版印书,印毕即行拆毁,古人不知制纸型,故流传不多,深受人们的重视。

聚珍本 即活字本。清高宗乾隆皇帝认为活字本名称不雅,改称聚珍版,以聚珍版所印之书称聚珍本。清武英殿用这种聚珍版印的书称武英殿聚珍本;以仿宋体聚珍版印的书,称聚珍仿宋本。后来浙、赣、闽的布政使衙门,按聚珍版翻刻不少书,是雕版而非活字,故通称为外聚本,而将武英殿活字本称为内聚本。武英殿共刻大小活字253500个,印书148种左右。

铜版印本 用铜版印的书籍之统称。我国古时的铜版制法已失传,新法铜版印刷术有雕刻铜版、照像铜版和电镀铜版三种。

铅印本 用铅活字排版印刷的书籍。

影印本 采取照相影印办法复制的书籍,一名照相石印本。将原书逐页照像,用所照的玻璃版晒印在黄胶纸上,再把黄胶纸上的像落到石板上,然后用普通石印方法印行,所印本与原件逼肖无二。

石印本 指用石材制版印的书。方法是以胶性药墨把原稿写在特制的药纸上,稍干,将药纸复铺于石面,揭去药纸,用水拂拭,趁水未干,滚上油墨。石面因有水不沾墨,字画之处则尽沾油墨,铺纸平压印制成书。

珂㻋版印本 亦称玻璃版印本,照相平版印版之一。先用硫酸钠溶液涂于毛玻璃上,用水洗之,干后再涂以珂㻋丁和重铬酸钾混合液,使其同照像干版密接,经日光硒后,影像即留在玻璃版上。印时,先以水浸玻璃版,拂去湿气,再用胶棒滚上颜色。所印之书与原件分毫不差。

巾箱本 书的版式很小,因而本子也很小,称作巾箱本。"巾箱"之称,见于汉晋,本指装头巾或书卷用的小箱子。版型特小之书,言其可装在巾箱中,故名。宋代方有巾箱本之称。南宋时的书籍大都有巾箱本。宁宗嘉定间(1208~1224)焚毁小版,后又盛行,元明罕见,至清代又有巾箱本。清之巾箱本,长(工部尺)一寸八分,宽一寸一分,既可放在头巾箱中,也可放在手巾箱中。

袖珍本 指版式很小可藏之于怀袖中的书籍。清乾隆年间(1736~1795),因制版所剩小木块颇多,为免浪费,仿古人巾箱本刻制了袖珍版。

毛装本 指新刻印后草订而未裁切之书。

梵笑本 又称经折装、折子装。采用梵笑(同策)装的装帧样式的书籍。多属佛教经藏。单面书写,为折叠形式,长幅连接不断,加以折叠,最后将其它一端悉行粘稳,因形同奏折,又称"折子本"。

蝴蝶装本 亦称蝶装,为宋书籍装帧的主要形式。《明史·艺文志》:"书皆倒折,四周外向,此即蝴蝶装也。"叶德辉《书林清话》云:"蝴蝶装者不用线钉,但以糊粘书背夹以坚硬护面,以版心向内,单口向外,揭之若蝴蝶翼。"

包背装本 将书页的正面正折,版心向外,页的边(亦称"脑")的一边为书背，在右边打眼，用绵性的纸捻订住。左边没有切口，只是上下裁切，右边裁齐以后装背。书外用书衣绕背包装，因名之曰包背装。形式与现代平装书相似。此装帧形式始于元代，盛于明代，清初仍颇为风行。明代11095册的巨著《永乐大典》即用包背装。书高1尺7寸，宽1尺，以黄绫为书衣，硬面宣纸，朱丝栏，每半页8行，每行大字15，小字30，朱笔句读。清《四库全书》也是包背装。

旋风装 也称旋风叶或旋风叶卷子，其装帧形式是以一长条纸作底，首叶因单面书写，全裱于卷端，自次叶起把右侧无字的空白地方鳞次相错地向左粘裱在前页下面的卷底上。展卷时形似龙鳞，故称龙鳞装，收卷时形似旋风，故名。一说与经折装相似，用一张大纸（比折子宽一倍）对折起来，一半粘在书的前面，一半粘在书的后面。也就是用一张正封面，从上到下，连书背都连串起来。使用时从头到尾循环翻阅，其翻飞的状态，宛如旋风。

线装 装订方法与包背装大致相同，折页版心向外，书页右边先打眼加纸捻，而后再打孔穿双根丝线订成一册，前后各加书衣，而不是用整幅书衣前后包裹的。线装盛行于明末清初，有清一代大都是线装。

有关中国古籍的版本知识，另可参考陈国庆《古籍版本浅说》（辽宁人民出版社1957年藏）、毛春翔《古书版本常谈》（上海人民出版社1977年版）、魏隐儒等《古籍版本鉴定丛谈》（印刷工业出版社1984年版）、瞿冕良《中国古籍版刻辞典》（苏州大学出版社2009年版）等。

第二节 雕版印刷术之先驱及兴起

印鉴和石版搥拓，是我国版刻印刷的先驱。早在先秦，我国就出现了古印。秦汉古印为数已很多，说明了我国钤印技术历史之悠久。在古代钤印中，除了用母范铸成之外，有一大部分是用人工刻成的阳纹印鉴,这已与雕版技术原理一致,尤其是木刻印鉴,用刀镌刻,与雕版技术更是毫无二致。这种木质印鉴,据《印章概述》,1925年日本人在朝鲜发掘汉墓时曾发现过一枚,上刻"五官橼王盱印"六字,据同时出土的漆盘所署年款可知,印鉴为东汉明帝刘庄永平十二年(69)以前制成的。印鉴技术给雕版印刷术以直接的启示。

秦刻石和东汉熹平石经都是凹下去的阴文。后来为了流布方便,人们发明了捶拓的方法,就是将纸用水透湿后,铺在碑文上,打平,等水干后,再用一个棉花心的布包蘸了墨,在纸上轻轻地捶下一遍,揭下来,便成了黑底白字的拓本了。后来人们从这种方法获得了启示,创造了更方便的捶拓法,即在版面上刻上凸出而反写的字(阳文),用墨刷在版上,再将纸铺在上面,用干刷子刷过,揭下来,印出的便是白纸黑字的读物了。所以从事物发展的过程来看,印章、刻石、捶拓,无疑是雕版印刷的先驱。

雕版印本的历史应溯源于何时。目前理论界仍所持纷纭,见仁见智:有持始于东汉说者,晋成帝咸和年间者,六朝者,北齐以前者,隋朝者,唐朝者,五代者,宋者,凡七说。张秀民在《中国印刷术的发明及其影响》(人民出版社1938年版)一书中说:

> 以上七种说法:汉朝说、东晋说、六朝说太早,北宋说又太晚,都不能成立。旧时流行的五代说,已为事实推翻。近年盛行的隋朝说,因为误解文献,延昌印品又不可信,所以也有问题。剩下来的只有唐朝说了。而唐朝约有三百年,其中又有种种不同的说法,到底哪一说比较可信呢?殊有考核之必要。

据张秀民考证,"中国雕版印刷术大概起源于七世纪初年",即唐太宗贞观十年(636)左右,后来张秀民在《中国印刷史》(上海人民出版社1989年版)一书中,又对"贞观十年说"作了进一步的论证。

又有一些学者根据范晔《后汉书·党锢传》所载"灵帝诏刊章捕俭等"句及《后汉书·张俭传》的"于是刊章讨捕"的记载,考证了"刊章"即刊印捕人的榜文,和元王幼学在《资治通鉴纲目集览》中所注的"刊章,即印行之文,如今板榜"一致,从而认为中国雕版印刷术起源于东汉后期。

但时至今日,尚未发现唐前雕版印刷书籍。也就是说没有具备版本学意义的版本实物出现。

迄今发现最早的唐木版刻本是《无垢净光大陀罗尼经》。厚桑皮纸,卷轴形式,轴心为竹制,两端涂以光漆。经文长630厘米,阔6厘米,印刷部分宽5.3厘米。经考,经文是由12块木版印成后,将纸张粘连而成长卷的。此经是1966年10月14日在韩国东部庆州佛国寺内一座名叫释迦塔的石塔内发现的。经文的中文翻译为出身于中亚细亚的僧侣弥陀山,他于公元680~704年居住在唐王朝首都长安,正值武则天自称神皇时期。卷中已使用武氏创制的"制字"4个。而石塔建于公元751年,故此印制品下限可断至751年,上限可断自公元690年武则天称帝改制到704年之间,比清光绪二十五年在敦煌发现的印刷品——唐咸通九年(868)刻的《金刚经》早一个多世纪。据张秀民考证,这卷印本佛经可能是八世纪初唐代长安印本。

从文献资料和实物资料来看,我国在六世纪末叶的隋代,已有雕版印刷的萌芽,到唐代,刻版印书事业已渐为普及,技术已进展到精美纯熟的阶段。据李致忠《历代刻书考述·唐代刻书考略》(巴蜀书社1989年版)载,唐代印过如下书籍:

1. 贞观十年(636)内府刻印长孙皇后著《女则》(见明邵经邦《弘简录》卷46)。

2. 贞观十九年(645)后玄奘雕印普贤像(见唐末冯贽《云仙散录》卷5)。

3. 武则天时(684～705)刻印《妙法莲华经》,我国吐鲁番出土,黄麻纸,每行 19 字。现藏日本(见日本长泽规矩也《和漢書の印刷とその歷史》)。

4. 孙毓修《中国雕版源流考》说唐玄宗开元间(713～741)雕印杂报,每叶 13 行,每行 15 字,字大如钱,有边线界栏,无中缝,犹具唐人写本款式,作蝴蝶装。墨印漫漶,不甚可辨。湖北江陵杨姓家藏有 7 张。

5. 至德二载(757)以后,成都卞家雕印《陀罗尼经咒》。1944 年成都市内唐墓中出土。中为佛像,四周环刻梵文咒语。首行镌"唐成都府成都县龙池坊卞家印卖咒本"。今藏中国历史博物馆。

6. 至德二载(757)以后,雕印汉文《陀罗尼经咒》。1974 年夏天,陕西在挖水库时,于唐墓中出土。此经咒中间是彩绘佛像,四周是环刻的汉文咒语。出土时尚有墓志一通,后丢失,故无法断定此经雕印的下限时间。今藏陕西省博物馆。

7. 明嘉靖本《白氏长庆集》卷 51 载,长庆四年(825)刻《白氏长庆集》。

8. 《刘梦得集》卷 16 有一篇《谢赐历日表》,表文中称"赐臣贞元十七年(801)新历一轴。"赐给群臣的历书,当为刻印。

9. 《全唐文》卷 624 冯宿《请禁印时宪书疏》载,大和九年(835)以前剑南东川、西川及淮南道皆以印版历日鬻于市。每岁司天台来奏颁下新历,其印历已满天下云。

10. 宋王谠《唐语林》卷 7 说,乾符年间(874～879)四川雕印历书。

11. 乾符四年(877)雕印具注历。此件原出于敦煌莫高窟,现存大英博物馆。此件框高 24.8 厘米,全长 96 厘米,四周镌印双栏,有图有文。麻纸印造,卷子装。岁首正月稍有残破,其余完整无损。

12. 中和二年(882)成都樊赏家雕印具注历日。此件出于敦煌莫高窟,现藏大英图书馆,仅存残片。目下凡存雕印文字 4 行,题写文字1行。

13. 唐司空图《司空表圣集》卷9载,会昌元年(841)以前东都敬爱寺讲律僧惠确化募雕刻律疏。

14. 唐范摅《云溪友议》卷下称大中年间(847~859)雁门人纥干臬在江右雕印几千本道家书籍《刘宏传》。

15. 日本僧宗睿新书写请求法门等目录(《大藏惊二》)称成通六年(865)他回国时,带去经卷、日历等书130部,其中包括剑南西川刻印的韵书《唐韵》和字书《玉篇》。

16. 咸通九年(868),王玠雕印《金刚经》,用七张纸粘成1卷,高一英尺,全长16英尺,完整无缺。卷首《佛说法图》,释迦牟尼佛在孤独园,坐莲花座上,对长志须菩提说法的扉画,妙相庄严,刻镂精美,线条细而有力,是一幅成熟的作品,已具宋代版画规模。经文字体,浑厚劲拔,卷末有"咸通九年四月十五日王玠为二亲敬造普施"题字一行。发现于敦煌千佛寺,清末被英人斯坦因盗去,现藏英国伦敦博物院。

17. 公元九世纪雕印《故圆鉴大师二十四孝押座文》,此件原出敦煌莫高窟,现藏大英图书馆东方部。全长150厘米,凡55行。麻纸印造,无边栏界行。英、日合编《中国早期版画》一书,定此为唐印本。

18. 西川过家雕印《金刚般若波罗密经》,国家图书馆、大英图书馆所藏敦煌遗书中,有天祐元年、二年、三年写本《金刚经》,其上均有"西川过家真印本"字样。

19. 唐柳玭《柳氏家训序》说中和三年(883)成都雕印阴阳杂记、占梦、相宅、九宫五纬、字书、小学等许多杂书。

可见,当时已有文人诗集刻印于世,据唐诗人元稹长庆四年(824)为白居易《长庆集》作序中说:

《白氏长庆集》者,太原人白居易之所作。……至于缮写模勒,炫卖于市井,或持之以交酒茗者,处处皆是。扬越间多作书模勒乐天及余诗,卖于市肆之中也。

"模勒"二字,一般都认为是刊刻。据此可知,元稹及白居易诗文在九世纪初,即在江浙雕版印行了,只是未流传至今。

以上唐印本中官刻仅处于萌芽阶段,大部分书籍出于坊刻,是为满足平民日常生活需要而兴盛起来的,大多用以雕版佛像、佛经、道家书、日历、韵书、字书及占梦、相宅之书。

五代十国时期,我国的雕版印刷进入了一个新阶段。五代刻书始于前蜀乾德五年(923)昙域和尚刻印的贯休《禅月集》。

后唐明宗时宰相冯道因见市间流行者多为市民阶层常见的日历和一些通俗读物及佛教经文,没有士大夫们所需经书,因于"长兴三年(932)二月辛未中书奏请依《石经》文字刻《九经》印版,从之"(见《旧五代史·后唐·明宗纪》)。自长兴三年开始据开成石经刊刻,直至后周广顺三年(953)六月,《九经》始成。世称《五代监本九经》,同时刻有《五经文字》、《九经字样》各二部。后两年(955)又奉敕校刻《经典释文》。

私人自写自刻也肇于五代。《新五代史·和凝传》称:"凝好饰车服,为文章以多为富。有集百余卷,尝自镂版以行于世,识者多非之。"

毋昭裔做后蜀宰相,在奏请雕印九经的同时,"又令门人句中正、孙逢吉书《文选》、《初学记》、《白氏六帖》,刻版行之"。

五代之雕版印刷品,唯史书雕印不见记载外,已遍及儒家经典、释道作品、类书、小说乃至文学总集和别集等。

然由于时代久远,又兼战乱频仍,五代所刻之书,流传甚少,至南宋已不多见,今可得见之五代版本,仅下面几种:

1. 清光绪季年,敦煌发现的《唐韵》、《切韵》二书,皆细书小版,现藏巴黎图书馆。

2. 后晋天福年间刻《金刚经》及《观世音菩萨像》、《地藏菩萨像》、《贤劫千佛像》、《大圣毗沙门天王像》、《千臂千眼观音像》等,均藏法国巴黎图书馆。

3. 1924年8月27日,杭州雷峰塔倒塌,发现吴越国王钱俶刻的《一切如来必秘全身舍利宝箧印陀罗尼经》,经卷长7尺6寸,高2寸5分,卷端题目:"天下兵马大元帅吴越国王钱俶造,此经八万四千卷,舍入西关砖塔,永充供养。"经文共271行,每行10字,皮纸印,墨色淡无香气。刻于北宋开宝八年(975),而其时钱氏犹未纳土,可视作五代刊物。

4. 1917年在吴兴天宁寺经幢里发现的《宝箧印经》,刊于后周显德三年(956)。

以上可见,五代刻书流传至今者,除了二部韵书以外,也均为佛经及图像,其他经、史、子、集已失传。

第三节 雕版印刷之黄金时代——两宋

两宋时期是我国雕版印书的黄金时代。官、私、坊三大刻书系统正式形成,也就出现了三个层次、三种类型的版本。刻书行业遍布全国各地,尤以浙江、四川、福建三省最盛,成为宋代的三大刻书中心。浙本、蜀本、建本最负盛名,传世最多。宋版书成了我国古代文化之瑰宝。

宋代官刻本,中央所刻以国子监刻本为主,分别称北监本和南监本。宋统一中国后,国子监就开始刻书,开始时承继五代刻书业,用《长兴监本九经》旧版重印,后来才重新校定刊印了十三经义疏和前四史、《晋书》、南北朝七史、《隋书》、《唐书》及《说文》、《玉篇》、《广韵》等小学字书,此外配合朝政变革又刻印了王安石《三经新义》、司马光《资治通鉴》等,以及《老子道德真经》、《庄子南华真经》、《列子冲虚真经》,以适应统治者崇佞道教的需要。另外为武科选士和算学科士所用,又刻了一些兵书和十种算书,还据秘阁内府藏本校刊了许多古医书。北宋国子监虽设在京师汴梁,但所印之书大多数在物质条件和技术力量占全国第一流水平和地位的杭州雕印。北宋自汴梁陷落以后，有不少书铺也由汴梁搬到杭州，故南宋初印的书，有的仍沿用北宋招牌，并特地标明由东京某地搬来。有一部分在杭州刻印的书，到南宋初年也经过了补版重印。今天我们所看到的北宋版主要是这类书。现存主要有三部：

(1) 百衲本二十四史中的《汉书》，称北宋景祐年间刻，南宋初补版。

(2) 百衲本二十四史中的《后汉书》。

(3)《史记》，也有南宋补版，现台湾印的二十四史，即包括这部《史记》。

以上三部书都是半页10行，有刻工姓名。

福建福州刻印的两部《大藏经》，一部是北宋中期元丰年间刻，称为《福州藏》（又称《鼓山大藏》、《东禅寺藏》）；一部是北宋末年（宋徽宗时）开始到南宋初年（宋定宗时）刻印完，就地保存在福州，今天残存一部分。日本保存的《福州藏》比中国还多些。

1967年，在浙江瑞安县仙岩的慧光寺佛塔里，发现了一部北宋初刻的《大悲心陀罗尼经》经册卷尾识有"明道二年(1033)十二月日太中大夫尚书兵部侍郎致仕上柱国赐紫金鱼袋胡则印施"两行文字，书法隽秀，镌梓精美，墨印清晰，是为宋版佳品。

宋朝南渡后，"监中不自刻书，悉令临安府及他州郡刻之，此即南宋监本也"（王国维《两浙古刊本考》）。如《唐书》、《五代史》、《周易程氏传》、《周易义海撮要》、《礼部韵略》、《唐书纠谬》、《五代史纂误》、《资治通鉴》、《昌黎先生集》等。

官刻范围较广，然以儒家经典为主，并刻了释、道藏和著名的四部大类书：《太平御览》、《太平广记》、《文苑英华》和《册府元龟》。

宋代蜀刻本多大字疏行，字体多颜体。世称"蜀大字本"，眉山七史即是其代表作。另有据监本翻刻过的《周礼》、《礼记》、《春秋》、《孟子》、《史记》、《三国志》等经史要籍。在传世的宋代蜀刻本中，最有影响和代表性的是唐名家诗文集。版本分两个系统：一是半页 11 行；一是半页 12 行。蜀刻唐六十家集在书名、卷次、文字等方面多异于他处本，是具有重要校勘价值的版本。

宋代闽本，泛指福建刻本。闽刻以建阳地区刻本、麻沙刻本为最多，建刻以坊刻为主。传世的宋代建本大多为书坊刻本。书坊刻书以贩卖为主，所刻品类全、数量多、影响大。特点是面向大众，以通俗读物为多，如各种酬世大全、医卜星相、农工杂技等应用性较强的书籍以及话本小说、杂唱变文等通俗文学书籍。还刻印广大知识分子需要的学习参考书。建本十分善于吸收监本、浙本等长处，加以改编，并自编了许多新书，老书也采用新方法编印。如《史记》，南宋始把《集解》、《索隐》并在一起刻。"建阳、麻沙版本书籍行四方者，无远不至"（朱熹《嘉禾县学藏书记》），今天我们能看到的最早版本是南宋初年的，所以宋代建本就意味着南宋本。如建宁黄三八郎书铺刻《韩非》、《重修广韵》；建宁陈三八郎书铺刻《贾谊新书》；建安江仲达群玉堂刻《二十先生回澜文鉴》；其中最著名的是建安余仁仲的万卷堂，传世的有绍熙二年（1191）余氏所刻汉何休《春秋公羊经传解诂》、《尚书精义》、《古列女传》等。书坊刻书既快又多，除少数书坊外，如余氏万卷堂、勤有堂，大多错误多，质量差，为宋版书中最劣者。明谢肇淛《五杂俎》云："闽建阳有书坊，出书最多，而板纸俱最滥恶，盖徒以射利计，非以传世也。"建阳、麻沙多产竹子、榕树，竹易造纸，榕树木质松软，易于雕版，然竹纸脆薄，榕板疏松，故所印书籍字迹漫漶，粗制滥造，且校雠粗疏，甚至有意删落字句。

宋代的私家刻本不以营利为目的，而求书寿命长，所以往往选择优秀的善本为底本，校订精细，质量为世推重。所刻之书往往以某某家塾、某堂、某斋、某宅、某府等为标记。所刻之书，除翻刻经文外，大量刻印文人诗文集。如陆子遹刻其父陆游的《渭南文集》50 卷，极为精工；廖莹中世彩堂刻《昌黎先生集》40 卷和《河东先生集)44卷;周必大刻欧阳修《欧阳文忠公集》153卷,附录5卷;汪伯彦刻梅尧臣《宛陵先生文集》60卷;王抚干宅刻宋王灼《颐堂先生文集》5卷;刘仲吉宅刻宋黄庭坚《类编增广黄先生大全文集》50卷;陈仁玉刻宋赵抃《赵清献公文集》16卷;吕乔年刻宋吕祖谦《东莱吕太史文集》15卷、别集16卷、外集5卷、附录3卷、附录拾遗1卷;黄汝嘉刻宋吕本中《东莱先生诗集》20卷、外集3卷等(以上材料据魏隐儒《中国古籍印刷史》)刻工大多为刻版良工,故刻印精湛,校勘也较精细,为世所重。

宋版书在明末即以叶论价。汲古阁主人毛晋"惟嗜卷轴,榜于门口:有以宋刻本至者,门内主人计叶酬钱,每叶出二百;有以旧抄本至者,每页出四十"(《汲古阁主人小传》)。至清嘉、道之世,价益高。黄尧圃《书跋》云:"闻无锡浦姓书估,持残宋本《孟东野集》,索值,每页原银二两。"抗战前浙江图书馆收购宋刻《名臣碑传琬琰集》,是建本,宋刻最下之本,而每叶价也达银元五枚。

与两宋先后并存的北方有辽、金、蒙古和西夏等国,也都刻过书,但传世极少。

辽刻之书,传本极少,版本实物更是罕见。契丹书禁甚严,"有将书传入中国者,法皆死。"所传幽州僧行均的《龙龛手镜》,成书于契丹重熙二年,但辽刻重熙原本早已失传,今传本为宋本。1974年山西省应县佛宫寺内发现一批辽代文物,其中有61件雕刻印刷品,包括刻经47件、刻书与杂刻8件、刻印佛图16件。刻经中包括《契丹藏》经卷12卷和其他单刻佛经经卷35卷。刻书与杂刻中,有唐李翰编撰的《蒙求》上中下3卷,附释音。是《蒙求》版本中最早的一个刻印本。辽刻本《蒙求》残存七叶半,每叶20行,每行16字。此是目前世间仅存的辽刻书籍。

西夏用汉文刻印的书籍,传世极罕,用西夏文刻印的《大藏经》,也仅有残篇传世。

金人无禁书出国之律,故金刻本流传于世的比辽刻的多。金刻的中心地区止有平水县一处。平水官刻本极少，大多是书坊和私家刻本。坊刻多民间需要的医书、类书和说唱诸宫调等。私刻多经、史、文集。平水书坊著称于世的有晦明轩张宅，刻有《经史证类大观本草》、《丹渊集》、《拾遗》等；中和轩王宅刻《道德宝章》、《新刊韵略》、《滏水文集》等。今可见的传世坊刻本有《刘知远诸宫调》12则。《中国版刻图录》收入的《萧闲老人明秀集注》，为金代平水私家刻本的代表，现藏国家图书馆。金刻佛教《大藏经》，简称《金藏》，是金代规模最大、影响最广的一部雕版印刷品。今存有4种印本共5367卷。金刻道藏全称《大金玄都宝藏》，简称《金道藏》，今版籍俱焚。金刻版本价值几同宋刻一等。

蒙古时期刻印的书，主要有平阳晦明轩刻《重修政和经史证类备用本草》、邓州析城郑氏家塾《析城郑氏家塾重校三礼图集注》、北京赵衍刻唐李贺《歌诗编》等及道藏《玄都宝藏》。道藏已几近灭迹。

辽金时期，由于战乱频仍，文化事业趋于衰落，雕版印刷事业渐趋低潮，不可与两宋时期同日而语。

第四节 元明清的雕版印刷事业

一度衰落的雕版印刷事业，在元朝初年逐步得到了恢复和发展。官刻、坊刻、家刻三大刻书系统重新振兴起来。

元代官刻本。元人攻克南宋都城临安后，将太学生及秘书监所藏图书、版片掠走北还，同时也掳去不少刻字艺工。元统一中国后，元世祖为笼络汉族文士，即拨款雕印汉文图书。"元人刻书，并由中书省牒下诸路刊行"，(《天禄琳琅书目》)"元人刻书，必经中书省看过，下所司，乃许刻印"(明陆容《菽园杂记》)。故元官刻本出于各行省及各路，也称路刻本或路学刻本、儒学刻本。元代官刻本大多属浙本范围。兴文署刻本在中央机关刻本中最为著名，如至元二十七年刻的《胡三省注资治通鉴》。元代路学刻本有较充足的经济保证,在元刻中校刻俱精。最著者有大德九路本《十七史》。地方刻书中以书院刻本最有影响。书院刻书始于宋,盛于元。元时有120所书院都曾刻书流传。最著者首推杭州西湖书院的《文献通考》和《国朝文类》。元马端临的《文献通考》,西湖书院初刊于泰定元年(1324),至元元年(1335),江浙等处儒学提举余谦命西湖书院山长方员和马端临女婿杨元率学者校补订正,并于至元五年(1339)付梓。刻本书体优美,行款疏朗,雕印俱精,世称"元本中的代表作"。大德二年(1299)铅山广信书院所刻辛弃疾《稼轩长短句》12卷,字画圆润秀丽,亦甚佳。顾炎武《日知录》是这样评价书院本的:"宋元刻书皆在书院,山长主之,通儒订之,学者则互相易而传布之。故书院之刻有三善焉:山长无事则勤于校雠,一也;不惜费而工精,二也;不贮官而易印行,三也。"然元书院因受政府重视,故冒牌的书院本也多。

元代坊刻传世者最多。承南宋遗风,福建建宁府书坊最多。坊刻最著者有建安崇化镇余志安勤有堂,现存14种刻本;叶日增和叶景逵的广勤堂,现存9种;刘锦文日新堂,亦称日新书堂,现存17种。另有麻沙镇刘氏南涧书堂、虞平斋务本堂、郑天泽宗文堂等书坊。

元代家刻本著名者有岳氏荆溪家塾本和东平丁思敬刻曾巩《元丰类稿》、茶陵陈仁子刻《增补六臣注》、平水进德斋曹氏刻元好问《中州集》(附《中州乐府》)、吉安王常刻《王荆公诗笺注》等。

清叶德辉《书林清话》卷七云:"宋本以下,元本次之。然元本源出于宋,故有宋刻善本已亡,而幸元本犹存,胜于宋刻者。"今传世宋版书已不多见,故元刊本亦至为可贵,讲求版本的藏书家们,经常"宋元"并称。

明代刻书事业比前代更加发展和普及。其刻书大致可分前、中、后三个时期:

前期:自洪武至正德。犹承元时风气,有时刻本很难与元刊区别。"其时天下惟王府官司及建宁书坊乃有刻版,其流布于人间者,不过《四书》、《五经》、《通鉴》、性理之书,他书即有刻,非好古之家不能蓄。"(转引自严佐之《古籍版本学概论》53页,华东师大出版社,1989年版)

中期:指正德、嘉靖、万历时期。由于资本主义经济萌芽的逐步活跃,市民意识的逐渐发生,古典小说的发达和工艺美术书籍的逐渐增多,此时期的刻书事业空前繁荣,刻书重心从官府转入私家,刻书中心转向新的经济发达地区。学术领域也发生了变化,知识分子不满因袭前代的科举文化。正德时,李梦阳、何景明提倡多看书,认为光看四书不能解决问题,产生了前后七子的复古运动,反映到刻书事业上,也形成了复古风气,出现仿宋本。

后期:指万历后四十七年左右。此时政治危机四伏,国贫民弱,刻书业总的来说呈颓退之势,唯少数家刻异军突起。

明官刻本,包括南北监本、经厂本和藩府刻本等。明代南北两京的国子监内,都刻印经史。南京国子监补刻印本中影响较大的是《二十一史》和《十三经》。北监大多翻刻南监印本,统一了南监本因历朝递修而造成的版式混乱,并对字迹漫漶处作了些许修订,但校勘不精,舛伪甚多,版本文字反不如南监本。另有《明道藏》刻本。司礼监是皇室内府官署,领内府刻书,为明初设置的十二监之一,地位最高,设有经厂掌刻印之职,故司礼监刻本又称经厂本或内府本。汉经厂专刻本国四部书籍、番经厂刻佛经一类书籍、道经厂刻道藏,主要供宫内书房读书之用。经厂刻本因经费充裕,纸版均佳,多系大本大字,书品较好,形式美观,装潢讲究,异于一般刻本。但因督理刻书的太监大都不通文墨,刻书不重视校勘,舛错多,故一向不为藏书家看重。明诸王刻印的藩府刻本,既有丰富的藏书又有充足的资金,诸王及门人亦不乏好诗礼文者,故所刻不乏善本佳椠,在明官刻本中堪称上流。传世之刻本有两类很有价值:

一是据王府藏宋元旧椠的翻刻本,二是关于戏曲乐律、法帖棋谱、炼丹养生一类的书。

明代家刻本甚为风行,且以精刻为多。其中文学书籍刻本,较著者有吴县袁褧嘉趣堂《六臣注文选》、苏州徐时泰东雅堂《韩昌黎集》、郭云鹏济美堂《柳宗元集》、洪楩的《清平山堂话本》及《雨窗集》、《欹枕集》等,皆为精加校刊,名工翻雕之本,堪与宋本媲美。明徽州吴、程、汪诸姓也甚为著名,刻书质量高。主要刻印迎合市民胃口的文艺图书和实用读物。精刻了许多传奇小说话本,如《牡丹亭》、《四声猿》等;日用百科全书,如《徽郡释义经书士民便考杂字》、《商程一览》等;启蒙小品,如《名贤集》、《千字文》等;家谱,如《窦山公家仪》等。嘉靖间闽中许宗鲁的宜静书屋刻本,复古风气甚盛,爱用古体字刻书,很有特色,如所刻《吕氏春秋》,纯用古体。

明私家刻本万历后最著者为常熟毛晋的汲古阁刻本。清钱曾《读书敏求记》说:"启、祯年间,汲古之书走天下。"毛晋刻书讲究版本,他家藏八万多卷书,多善本、珍本,以此为底本刻印,并聘请学者校勘,故汲古阁刻本校刊精良、技术优秀,是明末刻本中的精华。当然也存在着一些错误不足之处,为清人所指出。

明坊刻本内容广,通俗易懂,价格便宜,然质量最差,即有佳者,亦属罕有。

明刊本,就地方而言,苏浙皖闽为刊刻中心地,明胡应麟《少室山房笔丛》卷4评述对各地刻本之优劣,他说:"余所见当今刻本,苏常为上,金陵次之,杭又次之。近湖刻、歙刻骤精,遂与苏常争价。蜀本行世甚寡,闽本最下。"又云:"其精,吴为最;其多,闽为最;越皆次之。其直重,吴为最;其直轻,闽为最;越皆次之。"

但从版刻史上看,明刻声誉不佳,甚至有人说"明人不知书"。原因之一是校勘不精,往往少学而妄改;之二是刻书喜改头换面,节删易名,臆改卷第,添设条目,昔人称刻一书而亡者,即指此类;

之三是伪书多，作伪手法五花八门。当然坊刻本更为粗略，错误层见叠出。

清代三百年间刻书业发展两起两落。清初顺治时期（1644～1661）是低谷，刻书沿袭明制，范围狭窄，刻印精良；从康熙亲政历经雍正、乾隆到嘉庆（1662～1820）为鼎盛期。道、咸乱世刻书业再度衰败，同、光中兴重掀高潮。

清代中央刻书大本营在武英殿，称殿本。刻书范围很广，包括经学、小学、天文、数学、乐律、文学、艺术、目录学、金石等门类的学术著作，不仅供内宫使用收藏或颁赐臣辅，还准予发买翻刻，故殿本成为清刻本中最多见的一种。殿刻由懂行的馆阁词臣负责校刊，且在刻划和套印技术上取得了空前的成就，故版本质量很高。其弊端是因统治者以政治干预校订，往往任意审改古书文字，以致失却其真。康熙年间，曹寅在扬州设局所刻书，以精详的校勘文字成为清代官刻本中的典范，也称"康版"。曹寅刻书，从召集校刊人员、商酌凡例、访觅写工、书写笔迹到刊刻选纸、印刷装潢、进呈御览，道道工序，皆事必躬亲。康版字迹秀丽匀称，纸白板新，色彩悦目，是我国雕版史上别具一格的艺术精品。

清末同、光之世，武英殿两度失火，殿宇版籍俱成灰烬。此时的官刻本是地方官刻本，称"局本"，所刻皆传统国学著作，余则以地方文献为重点。今通行本《二十四史》中有所谓"五局合刻本"，即由江宁、苏州、扬州、杭州、武昌五个书局合刻而成。官书局刻书较多覆刻翻印清内府、武英殿刻本；汇编选辑了一批古籍，并刊印了一批当代人的学术著作。时至今日，清代局刻本乃是最常见的一种古籍版本。各地官书局刻本质量优劣不一，良莠不齐。金陵书局、浙江书局、广雅书局校刻讲究版本，雠校审慎，为世所重。另有粤东书局、湖南书局、湖北崇文书局、淮南书局、四川成都书局、云南书局等都刻印了较为实用质量也较好的书籍。而山东、山西、贵州等书局刻本，无论数量还是质量都较差。

清代的雕刻书籍最有价值的是校勘学家的精校精刻家刻本。清代学者整理古书成绩巨大,由私家精校精注以后,再付雕版的书籍,可与宋元旧版相埒。这主要是乾嘉时期的考据家的刻本。清丁丙《善本书室藏书志》云:"校勘之学至乾嘉而极精,出仁和卢抱经、吴县黄丕烈、阳湖孙星衍之手者,尤校雠精审,朱墨烂然,为艺林至宝,补脱文、订误字,有功于后学不浅。"乾、嘉两朝许多考据家、校勘家耗一生精力从事铅椠,他们校刻的书籍成为后世公认的精校本,成为私家刻本之一种。张之洞《书目答问》曾列举了何焯、惠栋、全祖望、钱大昕、戴震、王念孙、顾广圻等三十一人后说:"诸家校刻(书),并是善本,是正文字,皆可依据。戴、卢、丁、顾为最。"卢文弨的《抱经堂丛书》、黄丕烈的《士礼居丛书》、鲍廷博的《知不足斋丛书》、孙星衍的《岱南阁丛书》、《平津馆丛书》、戴震的《水经注》、段玉裁的《说文解字注》等,皆极有名。所以,张之洞《輶轩语》谈到"读书宜求善本"便说:"初学购书,但看序跋是本朝校刻,卷尾附有校勘记,而密行细字,写刻精工者,即佳。"不为过誉。

清代家刻善本有两种类型:一类是大学问家自己付印或由亲朋出资代刻者,如顾炎武的《天下郡国利病书》、《日知录》,黄宗羲的《明儒学案》等;还有一类是请名手工楷书的写刻本,如侯官名书法家林佶手写汪琬撰《尧峰文钞》、陈廷敬撰《午亭文编》、王士祯撰的《古夫于亭稿》和《渔洋精华录》,被书林和藏书家誉为"林氏四写"。

清末书坊刻书,占清末刻本的多数。北京、南京、苏州、扬州是书坊集中之地。名著者有拜石山房、蜚英馆、鸿宝斋、点石斋、竹简斋、扫叶山房等。席氏扫叶山房,从明后一直发展至清末,刻印的经、史、子、集及笔记小说,通俗读本等等各类书籍达数百种之多。自西洋现代印刷法传入中国后,一些私人书店、书局也纷纷采用排印、石印等法出版古籍。清代书坊刻本也存在着坊刻的一些通病,如印书多省工省料,技术粗陋等。

鸦片战争以后,我国的出版界普遍采用了新的印刷技术,逐步代替了雕版印刷术。

第三章　古籍版本的鉴别方法

鉴别古籍版本是一门专门学问，它既是一项实践性、经验性较强的技术工作，又是一项科学性极强的研究考证工作。其鉴别方法，大体凭感性经验先行识别，再核之以历史的记载，考之以图书本身内容，然后综合起来，对原书版本的属性作出适当的判断。

第一节　表征辨识

每一个时代都有其特定的社会习俗和文化风尚，这些也深刻影响到该时代的刻书事业，各个时代的图书版本因此呈现出不同的风格特点。版本鉴赏家们往往凭这些不同的表征特点来鉴别其时代，判定其价值。他们能"眼别真赝，心知古今，闽本蜀本一不得欺，宋椠元椠，见而即识"。阿英曾讲到这样的情况，上海的大藏书家们大都聘有版本的顾问，"一书到手，他可以告诉你这是什么时候的刻本，多见少见，原刻翻刻，有无他种好的或者坏的刻本，卷数是否完全，以及价值几何等等"，"他们各人的肚皮里有一部书目，甚至记到全书有若干卷、若干页，页多少行，行多少字，不假思索的讲给你听，他们有你从任何'书目'上找不到的知识"（《阿英文集·

版本小言》)。这种知识是版本鉴赏家们在长期的工作实践中积累起来的感性经验,也就是古人所说的"观风望气"、"鼻嗅手摸",通过感官直接鉴别,这种方法,今天仍是鉴别古籍版本的重要手段。我国现存版本主要分手写的抄本和印刷的印本两大类,而印本是古籍版本的主要类型,我国雕版印本书之物质形态即版式结构和整书结构,具有相对的稳定性,因而呈现出时代特性,据各朝各地的版刻特点来鉴别版本,是版本鉴赏家们的拿手本领。

为了便于说明这个问题,我们必须先熟悉一下古籍各个部位特定的名称及含义。

版面 又称框郭,即指一块版所占的面积。

版口 亦称版心、书口,简称口。指古籍印页版面的中心。古籍先将文字印于纸的一面,再在中间折齐而成前后两个半页,中间折叠的直缝称作"口"。折线空白无黑线的称白口;有时刻上一道黑线的称黑口。粗黑线称大黑口,细黑线称小黑口。刻有文字的称为花口。上面刻鱼尾、页数、字数及刻工姓名。

天头、地脚 天头指印页版框上栏以上的空白处;地脚指版框下栏以下的空白处。一般天头宽于地脚,可在上面批校古籍。

鱼尾 版心离上下边栏四分之一的地方,作象鱼尾之形的图案。图案为▼之形的称黑鱼尾;为▽之形的称白鱼尾。鱼尾内刻有花样的叫花鱼尾,线形的叫线鱼尾。在版心的上端,而两角,向下者叫上鱼尾;在版心的下端,而两角或向上或向下者叫下鱼尾,亦称倒鱼尾;在上端、下端或上下两端有两个鱼尾的叫双鱼尾。版本家常凭着鱼尾黑白上下单双之分,以鉴定其刻本年代。

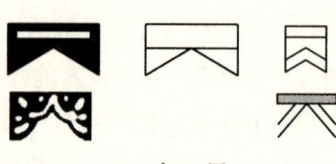

鱼　尾

象鼻 简称鼻。版口上下两端的界格之称。比喻似象的鼻子垂在胸前。象鼻有线称黑口,无线称白口。

书耳 又称耳子、耳格,简称耳。宋版书中书页边栏外左上角或右上角刻印的一长方小方格,内略记有书中篇名,见于经传者最多,相当于后之边题。

行格 直者为行或称界,唐人称为"边准",宋人叫"解行",加横则为格。书版四周之线称为"栏"或"匡部"。栏分"单栏"及"双栏":单栏为一粗线,双栏为内细外粗之双线,也称"文武线"。双栏又分左右双栏和四周双栏,红印者为朱丝栏,墨印者为乌丝栏。抄本无栏的,称为素纸抄本。

目 即目录,指书之纲目。

书皮 或称护封、书衣,也有称书壳的,即今之封面。书衣上加绫绢签条,并题有书名字或加盖印章。古今藏书家十分讲究书衣质料和颜色。

书名页 古籍称为封面页或内封面,即今称之扉页,题本书名称。

护页 亦称为副页,书名页与书皮之间的空白页,亦称"赘页",盖从简册书籍之"赘简"发展而来。

牌记 或称书牌子、木记、墨记或木牌墨记,因四周一般都围有墨线,亦称墨围。系出版者记录出版事项的图记。宋版书常刻在书名页的背面,记载着刊行年月、地点和刊行人,相当于现代书的版权页(版权始自宋)。元明刻书亦有置于书的卷末或序文、目录、凡例之后的。文字长短不一。形式多样,常见者为一个长方墨框或在框内再加两条直线分割,也有用荷叶、莲花、流云、如意、盘龙等各种形状装饰的。

行款 别称行格,指书中正文版面的行数和字数。通常以半页(叶)为计量标准。著录时,写记作"每半叶×行,行×字",或径称"×行,行×字"。若各行字数不等,则取其最少和最多数记之,另注"不等",或用"至"字,或以"——"号连接之。不同时期、不同刻工所刻之书行款不一。

墨钉 也称墨等、等字,是缺字待补留下来刻的黑色方块,即用一个和文字大小相似的四方黑块,以示缺文,并表示校勘正确的时候,需另行补刊。亦有在墨钉之上加刻阴文的,称为墨盖子。

以上这些是版本专家们对版本各部位名称的术语,那么,版本家们一般是根据版本的哪些具体形态来鉴别其时代及优劣的呢?胡应麟《少室山房笔丛》卷4中谈到了古人区别书本价值的七个具体的方面:

> 视其本、视其刻、视其纸、视其装、视其刷、视其缓急、视其有无。本,视其抄刻;抄,视其讹正;刻,视其精粗;纸,视其美恶;装,视其工拙;印,视其初终;缓急,视其时,又视其用;远近,视其代,又视其方。合此七者,参伍而错综之,天下之书之直之等定矣。

版本专家们主要从古籍的版式行款、写刻之字体、墨色刀法、印刷用纸、装帧样式等方面来进行版本识别的。下面,我们分头从这几方面来具体地作一分析。

一、版式行款

根据各时代、各地区古籍版本的不同版式来鉴别版本,这是一种最常见的方法。

唐五代刻本流传甚少,前文已经提及,而今发现的文学史料主要是敦煌莫高窟石室的卷子本。纸面常划有直线和边栏,卷末常有书写人题记和姓氏。

宋刻本的版式,有较为鲜明的地方特色。宋浙本版框多左右双边,上下单边,四周双边的较少;版心多白口,有上鱼尾,上下双鱼尾较少；大部分在版心中缝下端刻有刻工姓名（南宋末陈家书铺刻本所记刻工较少，甚至没有），而且大都全刻，有的省去中间一个字），有的仅写名字，不写姓。今所见浙本已无刻工名字，乃是因版心损坏之故。

宋闽刻本早期刻本多左右双边，早期是白口，中期开始变细黑口，后期渐变为四周双边，粗黑口；版心多双鱼尾，在边线外左上角有的刻有"耳子"，"耳"上有篇名。

宋蜀本大致与浙本相同。版心大多是白口，左右双边，没有耳子。然在版心中缝下端多有刻工姓名。版面疏朗，行款分两个系统，一是半页十一行，一是半页十二行。

元刻版式初期仿宋，字大行疏，单边，多黑口（官刻多小黑口，坊刻多大黑口，也有少许白口，如《玉海》），舒服、醒目；中期以后，行窄字密，由左右双边渐趋四周双边。目录和篇名上常刻有鱼尾，单鱼尾或双鱼尾，而建本又多花鱼尾；有些书还有书耳。版心多用草书刊刻刻工姓名、字数、卷页数；元末竖栏比中期更窄。

元代官刻本大都属浙本范围，面儿和宋本差不多，许多人借此把元本作宋本，尤需详加识别。

明代二百余年，版刻图书风格，前后有些变化。

明初：成化、弘治上溯至洪武，犹承元时风气，版式以"经厂本"为典范，版心开始多黑口，后逐渐由部分细黑口变成了粗黑口，成化后转变为白口，到弘治、正德时白口居多。

明中叶（1506～1572）：指正德、嘉靖、隆庆三朝。黑口本已绝无仅有，一般都是白口。一切都极力摹仿宋本，照式翻刻，连版心中所刻每页的大小字数、刊工姓名等都一一照刻，而且仿刻之精，几可乱真，后人常误以宋本目之。

晚明：指万历后四十七年左右，版式仍以白口为多，黑口为少，单栏双栏两样都有。书名刻在鱼尾上，鱼尾下则刻卷数，这种情况由嘉靖上至正德只偶尔为之，再往上，绝对不见。万历后，在卷首著者署名的次行,往往刻上"明×××校"一行。除建阳坊刻本还保留书牌子外,从万历开始,以内封面代替了书牌,一般分三行:中间一行大字刻书名,右行顶格刻×××著或×××鉴定,左行下方刻×××堂藏版之类。汲古阁毛家影钞本的特点在书钞本下有"绿君亭"三字样,有时在书半截处有"毛氏正本"四字方印。

清刻版式白口较多,黑口较少,一般为左右双栏,也有四周单栏或双栏,但较少。书前有封面的多,每作三行,中间一行是书名,字略大,右行刻编著者,左行刻刻家或藏版者,有的把雕刻年月横刻在栏线外,也有的在封面页反面雕印刻版地址、牌记和刊版年月。这对鉴别清版时代十分方便。

古籍书叶版面的行数和字数称行款,在诸家藏书目录中,在著明刻本朝代时,也往往有古籍行款的记录,如"每叶×行,行×字",或"每半叶×行,行×字",一本书有多种刻本,各家刻本,行款字数并不一致,这对于鉴别刻本的版本系统、区别刻本的朝代也是一个证据。版本鉴别专家往往熟记各时代版本行款。要熟悉版本行款,除了多接触、多实践以外,还可参考下列两本书:1.清江标的《宋元本书目行格表》,书中详记了宋元刻本的行格和字数。有光绪二十三年(1897)湘潭刘氏刻本,1914年上海文瑞楼石印本。2.中国书店裴子英辑的《宋元行格表》。

二、字体

版刻之道,首重书法。所有版刻的字体异同衍变,都无不受流行书体的影响(当然也受时代经济条件的制约、雕印技术发展规律的支配)。故鉴别版本,字体很重要。字体受刻书地区的影响,也受经济条件的制约。一般来说,汴梁、燕京、平水、大名等北方刻本的字体,往往笔画硬朗,气息质朴,有似北人的粗犷豪放之性格,而江南刻本字体风格,往往纤巧秀丽,犹如水乡中人的性情。官刻本和私刻本大都能多费金,故字体工整漂亮些,坊刻则以营利为目的,贪多求快,字体恶劣粗俗的就比较多。各个时代的写刻本,其字体是有一定规律特点可循的。

唐五代刻本字体和唐人写经相近,比较古拙,书法浑厚稳健,甚为工整,带有"北魏体"的味道。

宋代刻本都由"善书之士"誊写上版的,故字体不同。宋早期刻书,多用欧阳询体。唐欧阳询,字信本,字学王羲之,刚劲遒逸,笔法谨严,开创了"欧体"。其字秀丽瘦劲,字形略呈长方形,上下长,左右短,转折笔画轻细有角。时人评其书法,间架波磔,浓纤得中,而又充满,无跛踦肥胜之病。

后来渐流行"颜体",即唐颜真卿体,其字丰肥雄伟而不笨拙,间架开阔,庄严端正,有骨有肉,钩小无尖,拐弯时不停笔,顺写而下,故转角呈圆形。南宋以后,"柳体"字日趋增多。"柳体"即晚唐柳公权体,柳字学欧、颜,但吸取了欧体的方和颜体的圆,成为方圆兼有的形体。柳字比颜体瘦,骨力清劲,落笔重,中间略细。横轻直重,转角有笔锋。

但各地字体也不同。浙本,从北宋末到整个南宋全用欧体,只是早期笔道较丰肥,晚期如书棚本等笔道劲瘦一些。江苏、安徽、江西等地也多数为欧体。建本多用柳体,起落顿笔,结构方正,字划严谨不苟。早期较瘦劲,横笔直笔一样粗细。中期以后,则横笔细,直笔粗,转瘦为肥,而小注则横笔、直笔一样粗细。而其中麻沙本的字画起笔、止笔,都带有棱角,又与他处刻字不同。蜀本是颜柳混合,颜体字划肥劲朴厚,结构架势雄伟,撇捺都长而尖,字大如钱,与浙、建本不同。

清黄丕烈称宋刻《史载之方》之板刻:"字画斩方,神气肃穆。"说好的宋版书,其字带有欧、柳笔法、欧、虞神味。

金刻据说字体是欧、颜混合。但从现存金刻本看,却近于柳体字。字画结构瘦峭有神,起落顿笔,折笔有棱角,横轻直重,结构抗肩,又颇似魏碑中的《张猛龙墓志铭》体。

宋版书的字体是后世各种印刷字体的源泉。元初人刻书承袭南宋风气，字体圆活。后则摹仿赵孟頫体。孟頫字子昂，本宋朝宗室，出仕元朝的翰林学士承旨。其字仿"二王"一派的丰韵而又加以变化，笔划圆润秀丽，结构端正谨严。当时士大夫竞学赵书，官私刻本皆摹赵体。因其字秀媚柔软，普通称为"元体字"，也叫"软体"。天历前是字体颇似赵手笔，神韵俱在；天历后则貌合神离，至正年间书写，起落顿笔有四锋，有时还用行草上版，虽无板滞拘泥之弊，但究属苟且草率而不够严肃。

元刻本各地用字亦不相同。浙本流行赵体，建本则仍用颜体，不过较南宋建本字瘦一些，更圆劲一些。元平水本亦用颜体。

元刻本多简体字，这也是鉴别元版书的显著特点。南宋末刻本已有简体字，元时更流行，坊肆简体字用得更普遍；小说中简体字或俗字最多。如驴、厅、处、无、庞、双、盐、隐、气、礼等。坊刻文人集子也多此类情况。如：1975年在江西宋墓出土的《邵尧夫先生诗全集》，刻字粗率，且一味趋简，用俗字，如"迁"作"迁"，"辨"作"斗"，"觉"作"竟"，"学"作"孛"，因疑此书为宋之坊刻本。（胡迎建《新发现的宋刻本邵尧夫诗集》，见《古籍研究》，1988年1期）

明初洪武至正德，多用手写上版的软体字，个别人刻书虽有颜、柳、欧三家余味，但仍以赵体字为主。

明中叶，自正德始，随着文学上的复古运动，刻书风格全面复古，复刻或新刻本都极力仿南宋浙本，改用欧体，但异于南宋浙本的书写体欧体，字体采用了整齐的方体，僵硬呆滞，劣者犹如枯柴，很不美观。嘉靖起字体为横平竖直、横细竖粗、撇捺直挺的长方形字体。个别的嘉靖本字体除方板整齐外，还用古体字，即把小篆楷写。凡旧刻本中用这种古体字的，可以断定为明嘉靖朝刻本。钱泳《履园丛话》云："有明中叶，写书匠改为方笔，非颜非欧，已不成字。"

从万历起，字形变长，笔画板滞，衍变成机械式图案，字体横细直粗，颇类颜体字，称为长宋体。天启、崇祯年间，字体又一变为狭长的横轻直重的字样，气派更小，益觉拙笨，俗称匠体，即后世称之宋体字，进而发展成为现代的印刷体，千本一面，个性殆于消失，然规范化的字体却有利于提高刊刻写版的效率，所以成为雕版印刷所采用的主要字体。晚明杭州地区出现了一种新的方体字，它不像万历字体那么肥，而变为更长更瘦。

明家刻本中，有的字形很特殊，如关中许宗鲁家刻本，复古成癖，爱用异体字，字体僵硬，真如斩钉截铁，粗野之极。

清顺治时期，刻字字体仍沿袭明末，字形方长，横细直粗，撇捺落笔尖劲开展，和明刻字体很难区别。以后，在明仿宋体基础上，从字形、笔画间变幻出"肥宋"、"瘦宋"、"小宋"、"方宋"、"扁宋"等多种风采不一的字体。

清康熙、雍正、乾隆、嘉庆时期刻版变化很大。康、乾酷爱书法，楷书不精者将应试不第。康熙中期，江南金陵苏常一带私家刻本始用柔美秀丽的写体字刻书，写体字又称软体字，康熙软体字即后世所誉称之"康版"。曹寅扬州诗局刻本为"康版"之典型，参用唐欧阳询、元赵孟頫的字体精写上版，一笔不苟，镌刻的笔迹十分秀丽匀称。这期间，大江南北，竞以精楷刻书，蔚为一时的风气。有些学者在刻印他的著作时，还喜自己书写上板，如郑板桥手写的《板桥集》，字体美，刻印精，成为可供欣赏临摹的书法艺术品。雍、乾刻本字体稍逊前期，盛行两种刻字字体，一是软体字，即写体。有一些名家手书的印本，著名的有前面提及的"林氏四写"。一般的软体字刻本，字形工整而拘谨，非颜、柳、欧、赵之体，书法笔意渐消，被称为"馆阁体"。另一种硬字体，也叫仿宋体，横轻直重，撇长而精，捺拙而肥，右折横笔亦肥而粗，与明正德、嘉靖间的仿宋体已迥异。道光前刻的比较秀美，道光后字体呆板且字行密集如涂鸦。晚期的局本，为了节约纸张，又出现了扁体仿宋字。

三、用纸

历代刻版印书，其用纸的质料、颜色、帘纹皆各不相同，所以谛审纸质，向来是版本专家们鉴别版本的常法之一。

唐五代写、刻用纸，多用麻纸和藤纸，用蜀郡益州麻纸多，藤纸少，只有吴越王钱氏印书才用。麻纸分生、熟两种，熟的比生的富有光泽。生麻纸染以黄蘗，称为硬黄。唐五代的佛经、佛像和留存的唐人写经本多为硬黄。

宋刻用纸，品类繁多。印书以黄白麻纸为最多。白麻纸正面洁白光滑，背面略显粗糙，很细很薄，质地坚韧，耐久性很强。黄麻纸，色略黄，有的比白麻纸略厚，其性能与白麻相仿佛，只是看起来更粗糙一些。也有桑皮纸和罗纹纸，不过较少见，各地刻书用纸也各不相同。北宋汴梁本和南宋浙本、蜀本主要用白麻纸，南宋时的闽本则主要用黄麻纸和竹纸，质量不如浙本和蜀本佳。宋时用公文纸背印书的也不少，皮纸两面一样光洁，亦用来正反印刷。

金刻用纸以白麻纸、黄麻纸为主。

元刻主要用黄麻纸，白麻竹纸次之。黄麻纸质地较粗糙，竹纸比宋纸稍黑，色黑褐，硬、厚，不透明。也有少数用蚕纸和罗纹纸、公文纸印书的。皮纸极薄而粗黄，也有少数极好的。

明刻用纸，苦竹斋主《书林谈屑》说得较详："明刻用纸，亦分黄白两类。白纸复分白棉与白皮。白棉纸色纯白，质坚而厚，表面不如开化之光滑。白皮纸白中微带灰黄，颇似米色，不如白棉之细密，高处照之，尝见较粗之纤维，盘结于帘纹间。黄纸复分黄棉与竹纸。黄棉与白棉略同，而色带灰黄。竹纸则类多脆薄易碎，故藏书家购求明版，必以白纸为贵。又有所谓黑棉纸者，余所见明冯天驭所刻《文献通考》及嘉靖刻薛应旂《四书人物考》两书用之，其色灰白，似经熏染。盖明人喜翻刻宋元旧椠，书法版式，一仍其旧，黠估即将纸色熏染，冒充旧刻出售，非精于鉴别者，不易辨识也。"

以地方用纸而论其质,胡应麟《少室山房笔丛》卷4云:"凡印书,永丰绵纸上,常山柬纸次之,顺昌书纸又次之,福建竹纸为下。绵贵其白且坚,柬贵其润且厚,顺昌坚不如绵,厚不如柬,直以价廉取称。闽中纸短窄黧脆,刻又舛讹,品最下而直最廉。""燕中自有一种纸,理粗庞、质拥肿而最弱,久则鱼烂,尤在顺昌下,惟燕中刷书则用之。"

以时间分,初明用纸,官刻和家刻本主要用黄、白棉纸,色白质细而柔,纤维多,韧性强,少数用黄白麻纸、竹纸、罗纹纸、毛边纸、毛太纸则用得更少些。隆庆后,用棉纸印书就大为减少了。明中叶多用黄、白麻纸、竹纸。明之竹纸,帘纹只一指宽,与宋元竹纸全不相同。晚明白棉纸几近绝迹,多用易脆易破的竹纸,间有用毛边、毛太纸者。唯陕西刻书大多还用棉纸。

清代印书用纸的品种更多。开化纸(南方称桃花纸),因其产地在浙江开化县而得名,色白而坚韧细密,表面光滑,属高档印纸。顺、康、雍、乾内府刻书和武英殿刻书多用开化纸。康熙殿版《御制诗文集》和《性理精义》等书即用此纸。嘉庆道光后,开化纸质量较前降低,数量也大减,除少数家刻本偶然用之外,大多不用开化纸。嘉道间殿版书多用开化榜纸,这种纸,较之开化,质松而稍厚,纸质稍黑。清末民国初较考究的印本多采用棉连纸,属宣纸的一种。清末民初印刷金石、考古、印谱、书画册等往往采用吸水性极强的玉版宣纸。乾隆以后一大部分是用毛边纸印的。据《常昭合志稿》载:"天下购善本书者,必望走隐湖毛氏(晋),所用纸,岁从江西特造之,厚者曰'毛边',薄者曰'毛太',至今犹存,其名不绝。"乾隆以后印书有一大部分是用毛边纸印的。同、光期间,用毛太纸印书的也多,但总趋势是纸质日下,书坊印书多用粉连纸。玉版宣纸、棉连纸颜色都洁白,竹纸、毛边纸、毛太纸等颜色较黄。

长期接触古籍的人,根据纸的厚薄、颜色及质量韧脆等,心中就大致有个数了。

四、刀法墨色

各时代刻本的刀法墨色各具特色，也可以此作为鉴别版本时代的辅助条件。

版本学家张元济甚至认为，"审别宋版，只看刀法"。宋官私刻工，刀法精致认真，所刻之字不失原书手笔神气。宋本用墨，据明高濂《燕闲清赏笺》所说是："用墨稀薄，虽着水湿燥无漂迹，开卷一种书香，自生异味。"孙从添《藏书纪要》也说南北宋刻本"墨气香淡，纸色苍润，展卷便有惊人之处。所谓墨香纸润，秀雅古劲，宋刻之妙尽之矣"。

金刻本墨色刀法与宋本无多大区别。

元刻本墨色不太讲究，用墨秽浊，开卷了无臭味。刻书刀法也显无力。也有"书法楷手，俱极古雅，麻纸浓墨，摹印精工"的刻本，如《范文正公事迹》一书，墨如点漆，堪与宋刻本水平相埒。

明本墨色，早期和中期尚可，然万历后，多用煤烟和以面粉以代墨汁，这样成本低，价格廉，然这种代用墨水，却极易脱落，弄得东掉一个字、一行字，西掉一段文字，书叶上要么一团黑，要么字迹模模糊糊一大片，弄成大花脸，丑恶异常，见之令人生厌。万历徽版书，也有墨色极精者。如《淮南鸿烈解》、《程幼博墨苑》、《方于鲁墨谱》之类，墨色青纯，颇可爱。

清刻本在道光以后，已盛行颜色套印，有朱墨套印、三色套印、四色套印甚至五色、六色套印，色彩斑斓，娱目怡情。

五、装帧形式

时代不同、地区不同，刻本的装帧形式也大不相同，所以书籍不同的装帧形式也可作为推断版本的依据。不过，由于时代久远，今存古籍版本大多数都进行过整理重订，失去了原来的装帧初貌。

所以，从古籍装帧形式来鉴别古籍时代，今已失去了主要意义，只可作为辅助依据。

我国古籍经历了简策、卷轴和册叶三大形态。六朝至隋唐（公元四世纪初至十世纪初）古籍的装帧形式主要是卷轴装、旋风装与经折装，现存的文学史料主要是唐敦煌卷子本。五代至宋（公元十世纪初至十三世纪下半叶），开始用蝴蝶装。宋代书籍有部分旋风装，但主要是蝴蝶装。均属卷轴范畴。南宋时出现了包背装。元刻本以包背装为主，少量是蝴蝶装。佛经多用经折装。明代在嘉靖前，也多包背装，万历以后，多为线装。清代大都是线装书。包背装和线装属册叶形态。

六、借助书影图谱识别版本

以上所说的鉴别版本方法，均来自实践经验的积累。但也可以借助书影图谱来熟悉宋元明本的版式、字体、行款等，对鉴别版本有一定的辅助作用。这方面，主要可利用下述各书：

1.《**留真谱**》 杨守敬编，1901年刻初编12卷，1917年刻二编8卷，宜都杨氏刻本。将旧本书每种选印一、二页，用木板复刻印刷。

2.《**铁琴铜剑楼宋金元本书影**》，附识语1卷 瞿启甲编，1922年常熟瞿氏影印本。影印瞿氏铁琴铜剑楼藏本。是用石印或珂㼈版、铜版等印出来的，故称之为"书影"。北京图书馆出版社2003年影印本。

3.《**明代版本图录初编**》，12卷 潘承弼、顾廷龙合编，用铜版缩小影印，开明书店1941年影印本。上海书店1996年影印出版。

4.《**中国版刻图录**》 北京图书馆编印，八大册，文物出版社1961年增订版。收宋金元明清刻本、活字本、套印本、插图本等的书影，以宋元本、活字本等书影最精、最完备，明清本则以稀见入选。

5.《**盋山书影**》 前南京国学图书馆1929年影印原丁氏善本

书室藏本。北京图书馆出版社 2003 年影印本。

6.《静嘉堂善本书影》 日本静嘉堂文库影印原陆氏皕宋楼藏本；

7.《涉园所见宋版书影》 陶湘影印杨氏海源阁、李氏木樨轩、傅氏藏园等藏本。江苏广陵古籍刻印社 1998 年印本。北京图书馆出版社 2003 年影印出版。

8.《善本书影》 上海图书馆影印，除了宋元明本外，还收了若干著名的抄本、稿本、批校本的书影。

9.《文学山房明刻集锦初编》 江静澜编，1953 年苏州文学山房发行。此书是收集残明本的零页原件汇成。上述书影的缺点是原本的纸张、墨色无从表达，这种集旧本残页而汇成的书，可弥补这一缺憾。

10.《静嘉堂文库宋元版图录》 静嘉堂文库编，东京汲古书院 1992 年版。

11.《日本九州大学文学部书库明版图录》 周彦文著，文史哲出版社 1996 年版。

12.《珍稀古籍书影丛刊》 徐蜀主编，北京图书馆出版社 2003 年版。从已经正式出版的近百种古籍书影中，首先甄选出十余种底本图版尤为清晰的综合类书影，重新制版印刷。分为六册装订：(1)《铁琴铜剑楼善本书影》。(2)《盋山书影》。(3)《涉园所见宋版书影》、《文禄堂书影》、《宋元书式》。(4)《嘉业堂善本书影》(刘承幹，收宋、元本书影 162 种)、《故宫善本书影》(包括三种：《故宫善本书影初编》，收书影 85 种；《故宫善本书影》，收书影 30 种；《重整内阁大库残本书影》，收书影 38 种)。(5)《留真谱》(6)《访书馀录》([日]和田维四郎编，日本大正七年(一九一八)东京精艺出版合资会社印行。中国著名学者兼收藏家郑振铎先生所藏。此书是编者从日本正仓院、内府、社寺、图书馆及缙绅所藏书中精编而成)。

13.《**国立中央图书馆金元本图录**》 台湾中央图书馆编,台北:国立编译馆中华丛书审委员会1961年版。

14.《**国立故宫博物院宋本图录**》 台湾故宫博物院编,台北故宫博物院1977年版。

15.《**国立故宫博物院藏沈氏研易楼善本图录**》 台湾故宫博物院编辑委员会编,台北故宫博物院1986年版。

16.《**宋版书特展目录**》 台湾故宫博物院编辑委员会编,台北故宫博物院1986年版。

17.《**宋元版刻图释**》 陈坚、马文大撰辑,学苑出版社2000年版。本书广搜海内外各大藏书机构的宋、辽、西夏、金、元善本书影,辑入宋代版本书影660余种,辽、西夏、金版本书影55种,元代版本书影370余种,按其时代、刊刻机构等排列,每种版本并附以简要释文,著录版式,考镜源流,书前有宋、元版刻述略,书后附有宋元版画99种,130幅。

18.《**明代版刻图释**》 周心慧,学苑出版社2000年版。本书汇录明代版刻书籍书影1000余幅,明刊版画200余幅,按其刊行时代、地域或版刻流派排列。每种版本皆有简要释文,释文重在溯源,以介绍版刻特色,考察版本源流。

19.《**明代版刻图典**》 赵前编著,文物出版社2008年版。分为内府、官刻、藩府刻、私刻、坊刻、活字印本、版画套印七个方面,全面遴选明刻明印精品近500幅。

20.《**明代闵凌刻套印本图录**》 王荣国、王筱雯、王清原主编广陵书社2006年版。

21.《**清代内府刻书图录**》 翁连溪编著,北京出版社2004年版。本书由三部分组成:图录部分共收录清代内府刻书书影三百余幅;总论部分对清代内府刻书的特点做了全面的评介;总目部分共收录清代内府刻书七百余种。

22.《**清代版本图录**》 黄永年,贾二强撰集,浙江人民出版社

1997年版。计收书三百五十种,其中经部五十二种,史部七十一种,子部四十六种,集部一百四十二种,丛书三十九种。

23.《清代版刻一隅》 黄裳著,齐鲁书社1992年版,复旦大学出版社2005年出版增订本。采用一图一文方式,说明多从雕刻精粗着眼。稍及书籍内容、书林掌故等,偶加评议。

24.《西谛藏书善本图录(附西谛书目)》 国家图书馆古籍馆编,中华书局2009年版。一九五八年郑振铎先生率中国文化代表团出国访问途中因飞机失事殉难后,家人遵其生前意愿将藏书捐赠国家,北京图书馆设立"西谛专藏",并编制《西谛书目》,收录古籍七千七百四十种。值郑振铎先生诞辰一百一十周年之际,国家图书馆特编纂本书,以彰显郑振铎先生的成就与功绩。本书精选西谛藏书中有代表性的古籍一百四十九种,附录书影约三百六十幅,彩色精印。

25.《北京大学图书馆藏善本书录》(中英文) 张玉范、沈乃文主编,北京大学出版社1998年版。本书作为校庆百周年的献礼,从130种馆藏精品中选出,大部分是李盛铎木樨轩当年的藏书。分为宋元刻本、明刻本、抄本、稿本、校本、古代日本本、朝鲜本、活字本、套印本、绘本五部分。释文着重从书籍形态、特点、价值等方面介绍。

26.《上海图书馆藏宋本图录》 上海图书馆编,上海古籍出版社2010年版。上海图书馆所藏宋本书不少,属于国家一级文物者即二百馀部,本书萃选其中60种反映宋代刻本面貌的孤本秘笈的图录。收集有《长短经》九卷、《注东坡先生诗》四十二卷、《宛陵先生文集》六十卷等。按浙江、江苏、安徽、江西、福建、四川诸刊刻地区编排。对每书皆撰写详细说明,并录高清图片多幅。

27.《中国国家图书馆古籍珍品图录》 任继愈主编,北京图书馆出版社1999年版。为纪念中国国家图书馆(原北京图书馆)建馆90周年而编辑的善本珍品集。选择400余种古籍珍品编成,分古籍善本、甲骨金石、中外舆图、少数民族文献四部,每部类下按年代顺序编排,各幅图版从形态、特点、价值等方面给予提要介绍。

28.《中国古籍稿钞校本图录》 王世伟、陈先行主编,上海书店出版社 2000 年版。分稿本、钞本、校本三类,类各一册。稿本收书 109 种,钞本收书 153 种,校本收书 113 种,每种采图版一至三幅不等,绝大部分据原版拍摄彩印。释文对版本形制、特征作必要描述。收书以上海图书馆藏品为主,采自馆外者皆于释文中注明来源。

29.《中国古旧书刊拍卖图录》 姜寻编,北京图书馆出版社 2002 年版。收录北京海王村拍卖有限公司(中国书店)和上海国际商品拍卖有限公司(博古斋)自 1995 至 2001 年历次上市拍卖的(小拍)所有古旧书刊及各类文献。姜寻还编有《中国拍卖古籍文献目录》,上海书店出版社 2001 年版;《中国古籍文献拍卖图录》全 4 册,北京图书馆出版社 2003 年版;《中国古籍文献拍卖图录年鉴 2003》,中华书局 2004 年版;《中国古籍文献拍卖图录年鉴 2004》,中华书局 2006 年版等。

30.《历代珍稀版本经眼图录》 吴希贤辑汇,中国书店出版社 2003 年版。系吴希贤先生在古书文物清理小组工作期间,历时十数年,从亲手整理的二百三十多万册古籍中,精心挑选出世所罕见的历代珍稀版本,将其中特点突出、有代表性的书页加以复印,并保存至今。

31.《中国活字本图录·清代民国卷》 宫晓卫、李国庆编,齐鲁书社 2010 年版。以著名藏书家周叔弢先生旧藏的一批活字本古籍为基础,补充了天津图书馆藏活字本古籍,共计收录活字本 720 馀种。每种一般选用"卷端"一个图版,凡刊有牌记或能反映版刻情况的封面也予以选录。书前冠以张秀民《清代的木活字》一文。

32.《中国国家图书馆古籍藏书印选编》 全十卷。孙学雷、董光和主编,国家图书馆分馆普通古籍组编,线装书局 2004 年版。该书将书影与藏书印完美地结合起来。书影是选择某些版本的一二页,加以原大彩印。全书按照四库分类法编排,正文包括书影、书目信息、印章释文三部分内容。全书遴选1843种书,2671页书影,约6000方印章。

33.《宋元书刻牌记图录》 林申清编著,北京图书馆出版社1999年版。分官刻、家刻、坊刻三类收宋元书刻牌记百馀幅。

34.《清代版刻牌记图录》 全14卷,国家图书馆古籍组编,学苑出版社2006年出版。收录古籍二千馀种,每一种书选择其中一至二幅牌记图像,一幅卷端或总目图像,共计有四千幅左右图像。每一幅牌记图像都是原大影印,经过精心挑选,具有代表性和较高价值。全书按照牌记的时间顺序编排,后附书名索引和出版者索引。

多看上述书影和一些旧本影印本,以及近些年出版较多的拍卖图录,也能逐渐培养鉴别版本的能力。

第二节 历史复核

版本的形式特点固然是一代刻版风气的反映,但刻版风气并非随着王朝的交替而顿起变化的。在两朝交替时的刻本,如宋末元初、元末明初、明末清初的刻本,从形式上就很难区别。所以,鉴别版本不能光着眼于书的外在物质形态,而应与书的内容、学术源流和版刻源流等结合起来考察,这样,才能真正搞好古籍版本的鉴定工作。前一节提到的那些大藏书家的顾问,一般都为旧书店的老板,这些人有版本方面的丰富的实践经验,但正如阿英讲的,"他们虽懂得版本,却不懂得学问、书的内容好坏。"(《阿英文集·版本小言》)这是他们的致命弱点。我们重视直接经验,但经验并不能完全代替科学。因而,鉴别版本,还得结合科学手段,那就是进行历史的复核和内容的考查。

依据图书本身留存的文字记载和有关此书的历史记录,考查版本的时代,称之为历史复核。历史复核主要依据下述内容:

一、根据图书本身留存的文字记载

图书本身往往有牌记、书名叶、序跋、书口题刻、书名冠词及刻工姓名等文字记录,这些文字记录了原书刊刻资料,故也就成为我们识别古籍版本的最为直接的有用资料。

牌记 牌记,上文已略作介绍。牌记的内容和形式各刻本并不一致,有的只是简短的楷书文字标记。如仅署刻书地点及书肆名字,宋刻《续幽怪录》在目录叶后刻的牌记是"临安府太庙前尹家书籍铺刊"一行 12 字。如前所述,尹家书铺是南宋最著名的书坊之一,故据此牌记可知其为宋刻。有的则不仅有刻者地点堂名,还明确指出刊本刻版的绝对年代,有的有绘刻插图,牌记中还详记绘刻人姓名。如《三国志传通俗演义》,在修髯子引后刻有牌记曰"万历辛卯季冬吉望刻于万卷楼",确切地指出了这刊本是明万历十九年(1591)刻于金陵的。插图左右的题句,记有绘刻人"上元泉水王希尧写"、"白下魏少峰刻"。有的牌记还写上版本特点。如明本《春秋繁露》的牌记为:"正德丙子季夏锡山兰雪堂华坚允刚活字铜板校正印行"23 字。据此可知此本是明正德十一年(1516)无锡华坚兰雪堂铜活字印本,一目了然。有的刻本牌记更长,如有一《抱朴子》刻本牌记长达 75 字、5 行:

> 旧日东京大相国寺东荣六郎家见寄
> 居临安府中瓦南街东开印输经史书
> 籍铺今将京师旧本抱朴子内篇校正
> 刊行的无一字差讹请四方收书好事
> 君子幸赐藻鉴绍兴壬申岁六月旦日

详列版本来源、刻书年月、刻书者所居地址的变迁等。有的牌记中甚至还刻有印本号数。

书名叶综记 书名叶亦称为"封面"或"封内大题",即指在全书之前书衣之内题有书名的叶子。形式大致两种:一种占半叶篇幅,放在全书之前书衣之后,相当于现今期刊"封二"的位置。书名叶上往往刻着书名、著者、刊刻年代、刻印者等文字。另一种占一整叶篇幅,常置于全书前书衣后所附的白纸后。这样的书名叶,常常在两个半叶上均有题刻,前半叶摹刻名人为本书所题的书名、著者、卷数以及题字者的署名等,后半叶则刻上此书刊刻年月和刊刻者等。有些古籍的书名叶还刻有有关原书版本系统的资料。

书名叶上的记载是鉴别的可靠的直接依据,但由于年代久远,宋元本书籍中的书名叶已大部损毁,留至今日可见的已是凤毛麟角,十分可贵,如《元刊全相平话五种》今存的书名叶,不仅刻有书名和副书名"全相武王伐纣平话——吕望兴国";而且还有刊刻地和刊刻者的字样:"建安虞氏新刊",并刻有武王伐纣途中,伯夷、叔齐谏武王的版画。明刻本中书名叶保存得比元刊多,晚明时刻本保留得更多些。保存得最多的古籍书名叶,是清刻本。这当然是历史造成的。

序跋 序,是在古书正文前的文章。跋,也作"后序"、"后记",在书末。古籍的序跋往往介绍作者生平、学术成就、原书的内容、特点、评述,也有关于原书的刻印、流传、版本来源等情况的记述,所以成为考察古籍版刻年代的重要材料。

如明万历丙申书林熊清波刊本《通俗演义三国全传》中有《重刊杭州考正三国志传序》云:

> 《三国志》一书,创自陈寿,厥后司马文正公修《通鉴》,以曹魏嗣汉为正统,以蜀、吴为僭国,是非颇谬。迨紫阳朱夫子出,作《通鉴纲目》,继《春秋》绝笔,始进蜀汉为正统,吴、魏为僭国,于人心正而天道明,则昭烈绍汉之意,始暴白于天下矣。然国之有志,不可汩没,罗贯中氏又编为通俗演义,使之明白

易晓,而愚夫俗士,亦庶几知所讲读焉。但传刻既远未免无讹;本堂敦请明贤,重加考正,刻传天下,盖亦与人为善之心也。收书君子,其尚识之。

序文除讲了此书思想内容外,又将传刻本子情况作了交代。说明此重刻本前还有"传刻既远"的古本。

有的序跋还可查知具体的付印时间、印次。如清康熙三十二年(1673)青门草堂刻本《邵子湘全集》,其重印本在全书之末附刻有李超琼的跋,跋文中记述了此书原刻版保存在著者邵长蘅的后人邵孝渊处,前曾在同治丁卯(1867)印行过一百部,现又印一百部等等,序末题年月"光绪丙申(1896)夏五",据此可知此书原版是康熙三十二年刻本,这个印本却是光绪二十二年的重印本。

当然,古籍序跋内容并不完全如前所说的那样完备。有的很简短,有的并不明确记载雕版、刻印情况。有的翻刻本把原序跋一并印上,即使原序跋有关于版刻时间的明确记载,也不能说明这个重刻本情况,但它的价值还是有的,起码提供了原刻本刻印情况和重刻本的版本源流。如果重刻本又有新的覆刻序跋,这又足资参考了。

书口题刻 书口上下空白处,多用以记录刊刻年代和刊刻单位等内容。如明本《锦绣万花谷》的书口上方刻有:"弘治岁在阏逢摄提格"一行,书口下方印着"会通馆活字铜板印"字样,刊刻的时间及版本情况都作了明确交代。明清内府递修本的补刻页书口上也多题刻补版年代,以示区别。

书名冠词 古籍书名中的朝代名之前,如系本朝所刻,往往冠以"皇"、"圣"、"大"等尊称,如"圣宋"、"皇元"、"大明"、"皇清"、"国朝"等,明清两代多以"昭代"冠于书名之上,清代通行"钦定"。异代刻本则不书此等尊称,改朝换代后刻印的书往往直书某朝某代。据戴南海称浙江宁波天一阁有一部《元诗》,原鉴定为"元刻本",后专家们根据"本朝人不会直呼本朝,往往是后一朝人加上去的"通例,怀疑它不是元刻本,而是明刻本(《版本学概论》)。

刻工姓名 古籍刻本在版心下方往往附刻刻工姓名或本版字数。宋刻本刻工姓名很多,有的每卷皆载有刻工名;元刻较少;明初刻本更少,而明嘉靖、万历年间刊本刻工则又逐渐增多,但万历后,刻版非出于良工之手,多不标出姓名,清刻本中刻工姓名则更少。宋元明的名刻工都是有案可查的,有的版本学家列出了刻工的表,足资参证:

日本著名版本学家长泽规矩也编、邓衍林译的《宋元刊本刻工表初稿》,分《宋刊本刻工名表初稿》和《元刊本刻工名表初稿》,见录于《书志学》,后来又见载于《图书馆学季刊》。浙江省图书馆古籍部的何槐昌,集为《宋元明刻工表》。

王肇文《**古籍宋元刊工姓名索引**》一书,从369种宋元善本书中辑得刊工4500人。全书分两部分:第一部分以刊工标目,按四角号码排列,下注刊工经手刊刻的书籍以及版本等;第二部分以书名标目,依经、史、子、集四部分类编排,书名下标注刊刻者姓名、版本特点、收藏者等。该书由上海古籍出版社于1990年出版。

鉴别版本的专家们对宋元明的名刻工都很熟悉。如明代刻工名家非常多,但因为明刻以吴中刻本为最精,后起之秀为徽州、吴兴,所以所称的明代名刻工,实际上主要指吴、徽名刻工。如苏州李氏刻工,就是明代苏州地区刻字工人的一个大族;苏州袁氏刻工,也是明代嘉靖至万历间苏州一刻字工人家族,另有苏州章氏刻工、吴州吴趋坊陆氏刻工、苏州、无锡何氏刻工均为明代刻工世家。歙县黄氏刻工,是明代徽州地区刻字版画工人最多的家族。吴著名写刻能手章仕、吴曜、杨凤、吴时用、黄周贤、黄金贤等人,所刻书籍,与宋刻无异。徽州名刻工黄秀野、黄应泰、黄应瑞、黄应光、黄鳞、黄一楷、黄一彬、黄应祖、汪忠信、汪文宦、汪士珩、黄子立等,往往属同宗同族,有的是父子兄弟相继,是写刻世家。

根据刻工姓名，有时能看出刻本雕版的源流。如日本帝国图书馆藏本宋刊大字本《东坡集》，日本学者仓田淳之助录存该书中缝处保留的刻工姓名，有周文、吴从、叶永、刘章、陈琮、佘祐、阮才、吴中、吴志、刘允、裴荣、余复、游先、范从、裴中、魏全、江左、蔡青、吴山、高显、张太、吴政、范仲、丘成、吴智、邓仁、黄文、黄昂、张宗、蔡方、范谦、张永、刘清、罗本、陈迁、阮正、丘文、陈全、陈石等，刻工中有20人与北京图书馆藏宋刊大字本《东坡集》相同，可证明这两部《东坡集》应该是同一雕版的不同印本。（见刘尚荣《苏轼著作版本论丛》）

二、根据图书在流布中的文字印章

古籍图书在流传过程中，有的曾被著名的学者、历史人物、藏书家所过目或收藏，他们在书上留下了一些批校、题跋，或盖上印章，其中含有可以说明本刻书内容的特点、版本质量或具有文献历史意义的材料，可以作为版本鉴别的辅助材料。

批校题跋 历代藏书名家得到好书以后，往往喜欢在卷首或卷尾、前后扉页用朱墨笔作题跋批校，记载说明本书内容和版本特点、刻本时代、考证此书与其它异本的关系，或详记得书经过，成为鉴别版本的有力佐证。

明清两代有许多著名的藏书家、校勘学家或大学问家，都曾对古籍作过批校题跋。明代有叶盛、吴宽、杨循吉、杨仪、钱谷父子、姚舜咨、叶恭焕、吴岫、丘集、朱谋垏、谢肇淛、赵宧光；赵琦美、文震孟；清代有毛扆、钱谦益、冯舒、陆贻典、叶树廉及何焯、吴骞、周春、张燕昌、王筠、劳格、劳权、丁晏、吴船山、何绍基、翁方纲、杨守敬、顾千里、黄丕烈、王国维等人，尤以顾千里与黄丕烈的题跋识语为后世所宝。黄丕烈是清中叶苏州著名藏书家、校勘学家，他一生共批校了700多种古籍并写了题跋。这些题跋说明该书的来龙去脉，介绍作者的情况，指出版本时代、特点，区别版本的优劣，学术和史料价值都很高。顾千里也是苏州著名的学识渊博的校勘家，为孙星衍、秦恩复、张敦仁等藏书家校刻古籍数百种,写下了大量批校序跋,谈他所校古籍的版本。古旧书行业曾流传"顾批黄跋"之说。

下面迻录黄丕烈《芦川词跋》一则,以窥其貌:

> 前年,元妙观西有骨董铺某收得宋版《芦川词》及残宋本《礼记》,欲归余,而为他姓豪夺以去。既,物主因曾许余,故假《芦川词》一阅,谓毕余读未见书之愿。然余见之,而欲得之愿益深。屡托亲友之与他姓熟识者往商之,卒不果,亦遂置之矣。今夏,从友人易得旧抄本《芦川词》,行款与宋版同,因重忆宋版,思得一校,余愿粗了。复托蒋丈砚香,请假之。竟以书来,喜甚。取对两书而喜愈甚。盖旧抄本系影宋,每页板心有功甫二字者,其字形之欹斜,笔画之残缺,纤悉不讹,可谓神似。而中有补抄一十八翻,不特无功甫字样,且行款间有移易,无论字形笔画也。因倩善书者影宋补全,撤旧抄非影宋者附于后,以存其旧。再,旧抄本有何义门先生跋,谓此是钱功甫旧传本。义门但见功甫字样,故以钱功甫当之。岂知功甫亦宋版原有,岂系传录人所记耶?惟是宋版款式,向无记人名字于卷第下方者,即有书写刊刻人姓氏,皆刻于板心最下处,此仅见,故义门不计及此。此功甫二字,或当时刊诸家词以此作记耶?《芦川词》作者姓张名元干,字仲宗,功甫或其别一字耶?俟博考之。(按:黄丕烈在另一跋语中已考知张功甫为姜白石同时之词人)此书宋版余虽未得,得此影抄本,又得宋版影抄旧所缺叶,并一一手补其蠹蚀痕。宋版而外,此为近真之本。昔人买王得羊,庶几似之。他姓虽豪夺于前,而仍慨借于后,余始惎之,终德之,不敢没其惠。藏此书宋版者为北街九如堂陈竹庵云。嘉庆庚午七月立秋后一日,黄氏仲子丕烈识於求古居。陈氏于去冬负逋数万,毁家以偿,凡而器用财贿偿之不足,一切书画古骨亦举而偿人,未识此宋本犹在否也。复

翁记,丙子闰夏。

　　昨岁陈竹庵介友人以此书宋刻示余,索值百番,且诡言余曾许过朱提五十金,余以一笑谢之。己卯秋,复翁又记。

　　宋刻本《芦川词》卷上首页有藏书人家旧印,原截去其半,钉入线缝中,兹摹诸影抄首页上故印文不全。其联珠小方印未损,或当日一人所钤,惜无从考其人。宋本每叶纸背大半有字迹,盖宋时废纸多值钱也。此词用废纸刷印,审是册籍,偶阅之,知是宋时收粮档案,故有更几石、需几石,下注秀才进士官户等字。又有县丞提举乡司等字,户籍官衔,略可考见,粳糯省文,皆从便易,虽无关典实,聊记于此,以见宋刻宋印古书源流多有如是者。纸角截残,印文模糊,不可辨识矣。古色古香,不徒在本书楮墨间也。复翁记。①

黄氏之跋文将旧抄之来历、旧抄款式、校补情况、纸张等一一记清,并详述宋本《芦川词》的来龙去脉,其间还记述自己未得宋本之失望及获得宋本之欢欣心情。通观全文,完全像一篇记事性散文。

　　下面再看看顾千里的一则校书记。《景宋本虚斋乐府校记》云:

　　右依汲古毛氏抄本改正,此亦影写者,但每有不审耳。如上卷[夜飞鹊]云:"竹枕练衾",《玉篇》系部已收"练"字,《集韵》曰:练,縩属。后汉祢衡著练巾。《类篇》同于六书,假借亦用"疎"字。此作"练",误矣,他皆准是。其下卷[摸鱼儿]当于"长堤路"句换头起义。又[荔支香近]当云:"凉馆薰风远"以押韵。毛本讹与此无异,则似宋椠已如是者也。嘉庆丁巳七月十九日,顾广圻为尧圃校于王洗马巷士礼居。(《影刊宋金

---

① 见吴昌绶、陶湘辑刊《景刊宋元明本词》第 210 页,上海古籍出版社 1989 年版。

元明本词》)

顾千里将所据校本的版本及其讹误情况作了记载,给人们提供了极好的版本材料。

藏书印章 是藏书家钤印在藏本上的印章,内容大致有四:(1)藏家姓名、字号及斋室堂名,表示本书的所有权;(2)记录了本书曾经某人校读、鉴定;(3)版本章。直接反映藏书家的鉴定意见。如汲古阁毛晋有专用于宋版书的椭圆形朱文印"宋本"及朱文印"神品"、朱文小方印"甲"等;(4)藏书铭语。如吴中一些藏书印记说:"百计寻书志亦迂,爱护不异隋侯珠","寒可无衣,饥可无食,至于书不可一日失","如不才,敢弃置,是非人,犬豕类"等。

据上述藏书印章可找出版本的藏弆流传过程,如根据藏章上的姓名斋室堂名,搞清这部书的流传源流,再确定此书时代的下限。

如南宋建安万卷堂家塾刻本《百家注分类东坡诗集》,书中有"庆元路提学副使邵晒理书籍关防"朱文长印。按《续文献通考》,元时设儒学提举副司,管祭祀诸职,兼有收掌书籍之责,邵氏当元代人。另有"濮阳李廷相双桧堂书画私印"朱文长印,李氏为明弘治进士,累官户部尚书兼太子宾客,赠太子太保谥文敏。又有"拜经楼吴氏藏书"、"兔牀真赏之章"朱文长印。清人吴骞,字槎客,号兔牀,拜经楼为吴氏藏书楼,他是清乾隆时著名藏书家,所藏之书后又为清代藏书家陆心源收藏。通过收藏印记,我们了解了此书历宋元明清四朝的藏弆源流。

了解了流传源流,还可按藏书人的情况初步了解该书的价值。因为藏书家的情况不同,有的是以收藏宏富著名的,有的是以校勘精核见誉的。

当然,印章可以有假。鉴别印章的真假,另有精深的学问。大抵先得从了解掌握各个时代印章的风格着手,以与藏书印章反映的时代风格相印证。如明初印章上篆文字是"锤头式",篆文每个字的停笔处都比原笔划略粗,明中后期这类风格的篆文印章就消失了。明中后期以文彭、何震为代表的"徽派",清代中后期篆刻流派有皖派、浙派、赵派、黟山派和吴派等。掌握熟悉各种风格流派的特点、流传时间、流行地区等,再以篆字的写法、所用印泥、盖章位置等方面综合考核,也能得到鉴别版本时代的佐证材料。

三、借助传统目录学

利用历代书目著录及版本目录的记载,我们可以发掘该本的祖本,知道它的来源与发展过程,现存各种版本的情况,也可了解该本在此书版本系统中的地位,如果书目著录上没有,我们可以比较一下,该本在内容和版刻特点上与历史上所记载的各本究竟有何异同?从而作出适当、准确的辨识。

我们尤其应该重视的是版本目录,即记载一种古籍有哪些版本,那个善、那个不善,其间有什么渊源递嬗关系等。这个问题,早在西汉后期的刘向父子校勘整理官书时就已开始注意了,宋代开始在书目中著录版本。但时至今日,对明以前的人们所见到的版本,包括稀见的宋本、元本,明以来的大量刻本,以及活字本、抄本、稿本、批校本等作大量收集研究,是开始于明后期的藏书家们,特别是清代以来的藏书家。他们的研究成果主要在版本目录里反映出来,大体分四类:

1. 标注版本的藏书简目。如:

清初钱谦益《绛云楼书目》

钱曾《述古堂书目》

季振宜的《季沧苇书目》

清中叶孙星衍《孙氏祠堂书目》

民国傅增湘《双鉴楼善本书目》

新中国成立后编印的《北京图书馆善本书目》、《上海图书馆善本书目》、《中国古籍善本书目》等。

2. 为古籍撰写的题跋专集

前文已述及，名家的批校题跋对鉴别版本甚有价值，这些题跋常被后人编成专集问世，查检很为便利，择其著者介绍如下：

(1) 钱曾**《读书敏求记》**4 卷。1984 年书目文献出版社重新整理出版。

钱曾为清初藏书家，"见闻既博，辨别尤精"，为版本目录之学的鸿才高手。他自《述古堂书目》、《也是园书目》中选其珍贵的宋元精本 634 种，亲手题识，考订宋元精刻善本的篇目完缺、授受源流、刻工同异，从古籍版式、行款、字体、刻工，以及纸、墨的颜色，判断其雕印的年代，从祖本、子本、原版、修版，定版本的价值，颇有见地。各书题记文字繁简不等，援引了丰富的资料，颇为学者所重。清学者阮福重刻此书时说："遵王此书述著作之源流，究缮刻工同异，留心搜讨不遗余力，于目录中洵为佳著。"后人多据以考证宋元之版本。管庭芬、章钰著**《钱遵王读书敏求记校证》**4 卷，以诸家批注与钱曾原注相比较，使此书更加完备，上海古籍出版社 2007 年出版点校本。

(2) 黄丕烈撰，缪荃孙、章钰、吴昌绶辑**《荛圃藏书题识》**10 卷。

由《士礼居藏书题跋记》(潘祖荫辑，书目文献出版社 1989 年出版周少川点校本)、《续记》、《再续记》3 书及新得篇目重编而成，凡 622 篇，收书 319 种。附《刻书题识》1 卷。各书题记以版本为主，首先标示宋本、宋刻本、影宋钞本、影宋精本、金刻本、残蜀大字本、残元本、影元本、明刻本、明活字本、校明钞本、毛钞本、校钞本、校旧钞本、校本等字样；其次说明版本流传概况、书品大小、版式优劣、行款字数、校勘情况。金陵书局 1919 年刊印。今人王大隆又辑有《荛圃藏书题识续录》4 卷、《再续录》3 卷，收录 190 余篇。上海远东出版社 1999 年出版屠友祥校注本。

(3) 傅增湘**《藏园群书题记》**14 卷。

初集8卷收载162篇题跋,续集6卷收148篇题跋,凡310篇。台北广文书局1967年影印江安傅氏铅印本。叙述古籍目录、版式、行款、卷帙等,并从附加按语表达撰者对书籍钞刻流传的分析,兼评版本校勘得失,有的还兼及所题跋的旧本和其他版本的关系,并比较其优劣。有的题后还附有校勘记。上海古籍出版社1989年出版傅熹年点校本,最佳。

(4) 杨绍和**《楹书隅录》**9卷。

杨绍和是山东聊城杨以增之子,杨氏有海源阁,绍和杂抄其父所藏部分旧本书的前人题跋并略记得书经过。全书著录宋元珍本近300种。书有解题,考核诸书异同,检校彼此得失,详载行款、题跋和收藏印记,是近代重要目录学著作之一。有1894年家刻本,中华书局1990年据1921年董康补刻本影印,收入《清人书目题跋丛刊》。国家图书馆出版社2009年出版《周叔弢批注楹书隅录》。

(5) 彭元瑞**《知圣道斋读书跋尾》**2卷。

辑录其读书跋文113篇,大多为探究版本、揭示流传、辨订谬误之类。有光绪六年(1880)式训堂丛书本,1924年文学山房丛书本。辽宁教育出版社2001年出版点校本。

(6) 瞿中溶**《古泉山馆题跋》**1卷。

又名《古泉山馆宋元板书序录》。有1910年《藕香零拾》丛书本,江苏广陵古籍刻印社1982年重印本。考订明清两代翻刻宋板书的情况,所论以清刻居多,收录42篇题跋,系残稿。

(7) 顾广圻**《思适斋集》**18卷,中华书局2007年出版王欣夫辑《顾千里集》。

收录顾氏帮助他人校刻古籍所写的札记、序跋,其中语及所校之版本。有道光二十九年(1849)刻本。其后,王大隆又辑《思适斋书跋》4卷,蒋祖诒等辑《思适斋集外书跋辑存》1卷。上海古籍出版社2007年出版标点本《思适斋书跋》。

3. 题跋和书目合一的藏书志

(1) 张金吾**《爱日精庐藏书志》**36卷、**《续志》**4卷　有道光七年(1827)家刻本。中华书局1990年影印本,入《清人书目题跋丛刊》。张金吾是清中叶著名藏书家,他选择了藏书中的金、元旧椠及钞本之有关实学而世鲜传本者,著其版式、录其序跋,于文之常见者,只举其题目。还大量辑录各家文集、《经义考》、《小学考》、《全唐文》以外的有关序跋和名人识语。并就原书加以考证、校勘,各为解题,宋元本著录尤详。对《四库全书》纂修后所出之书,或《四库》未列之书,略加解题,以识流别。共著录善本书765部。

(2) 耿文光**《万卷精华楼藏书记》**146卷。

全书以《四库全书总目》分四部45类,自谓所收皆善本。每书著录书名、卷数、作者、版本与解题。解题先以个人意见说明书的内容提要,然后全录、节录或摘录原书序跋,并采辑书中重要语录和有关评论,间附考证。有山西人民出版社1980年影印《山右丛书》本。北京图书馆出版社1997年影印本。

(3) 陆心源**《皕宋楼藏书志》**120卷。

全书仿张金吾《爱日精庐藏书志》体例,著录罕见的宋元刻本及旧抄本600余种。常见书则概不登载。各书注明撰者姓字别号、时代爵里,详记版刻者、版刻年代、行款,间录藏书人及其印记。解题摘录前人评述及原书各种序跋。有光绪八年(1882)家刻本。中华书局1990年影印本,入《清人书目题跋丛刊》。

(4) 丁丙**《善本书室藏书志》**40卷,附录1卷。

著录作者八千卷楼所藏宋元刊本、精抄精校本、稿本及其它善本书2000余种,或详记流传经过,比较版刻优劣等,不涉及书中之内容。有1901年家刻本。中华书局1990年影印本,入《清人书目题跋丛刊》。

(5) 钱泰吉**《曝书杂记》**3卷。

钱氏将家藏善本,精加校勘,详记撰人生平、成书始末、雕刻源流、学术渊源等,兼及藏书、读书之法。然后条理成文,汇成是书,凡百余则。有丛书集成排印本。

(6) 陈树杓《带经堂书目》4卷。

此书是为福建闽县人陈征芝所藏而编。陈氏所藏多影宋钞本，系黄丕烈旧藏，曾经周星诒、陆心源批订，所言多系版本及授受源流。所录各书均注明刊本，间录序跋。清末邓实据原稿本刊入《风雨楼丛书》。

(7) 杨守敬《日本访书志》16卷。

杨氏自光绪六年至十年间，随何如璋、黎庶昌出使日本，致力于搜集购求交换中国古籍，得书3万余卷。择取其中国内久佚之秘本，与诸家著录有异同及罕见之本，编成是目。凡录237种，所收有宋椠本、影宋本、元刻本、古钞本、日本刻本、朝鲜刻本、活字本。一书有两种以上珍本者分别立目。每书详记版式、行款字数、各家所作序跋，考其版本流传原委，罕见者更详录姓氏，间载爵里，日古抄本和翻刻本，则记述日本藏书家题记。有光绪二十三年(1897)邻苏园自刊本。1901年辑入《晦明轩稿》。今人王重民撰《日本访书志补遗》，复录得提要46种。有中华图书馆协会1930年排印本。

(8) 叶德辉《郋园读书志》16卷。

叶德辉，清光绪十八年进士，字焕彬，又号郋园，一生致力于古书的收藏和校勘，每得一书，必题一跋，或论内容之得失，或辨版本之异同，此书是他收藏的各书题跋汇编。依经、史、子、集四部编次。第11至14卷是《乾嘉诗坛点将录征目》，系其为所收集的乾嘉以来诗集撰写的提要。书中也传录了不少缪荃孙的题跋。有1928年上海澹园铅印本。上海古籍出版社2010年出版杨洪升点校本。

(9)《天禄琳琅书目》。

反映清代乾嘉时宫中藏书的官修书目。分前后编，前编10卷，收宋以来善本429部：宋版71，金版1，影宋抄本20，元版85，明版252。是编有《四库全书》本。后编20卷,收善本663部,收宋、辽、金、元、明及影宋抄本、明抄本(间有伪本)。收入《书目续编》,台湾广文书局1968年影印。前后编均依版本时代编排,同时代者再按经史子集分类序次。每书详载版刻年月、收藏家时代、爵里、题识、印记及授受之源流,藏印的文字及印章样式等。原有题跋者,亦予附录。条分缕析,极为详备。上海古籍出版社2007年出版徐德明标点本前后编。今人施廷镛、张允亨以现今实存书编为《天禄琳琅查存书目》、《天禄琳琅现存书目》。

(10) 郑振铎《劫中得书记》。

所得各书皆著录撰人、卷册、刊本,尤留意版本流传和得书经过,初集89篇,复集60篇汇为《续记》。三联书店1983年将是书编入《西谛书话》。上海古籍出版社2006年据古典文学出版社1956年版影印。广西师范大学出版社2010年新版。

题跋集和藏书志还有很多,如吴骞的《拜经楼藏书题跋记》、缪荃孙的《艺风堂藏书记》、孙星衍的《平津馆鉴藏书籍记》、陈宗彝的《廉石居藏书记》、何焯的《义门读书记》、李慈铭的《越缦堂读书记》、王大隆的《思礼斋书跋》、罗振玉的《雪堂校刊群书叙录》、张元济的《涉园序跋集录》、叶景葵的《卷庵书跋》等。

还有一类藏书家所记的经眼录,即将他见到过的宋元珍籍,详细著录。如清代莫友芝的《宋元旧本书经眼录》,近代傅增湘的《藏园群书经眼录》等。傅增湘对其所见到的书籍,详记版式、行款、刻工,并考其版刻地点时代等。《藏园群书经眼录》卷13记其于己巳年(1929)十一月曾见过宋孝宗时苏轼全集刊本,作观书记录于下:

> 版心高七寸七分,宽五寸八分。半叶十行,每行二十字,白口,左右双栏。版心上鱼尾下记"东坡集第×",次记叶数。下记刊工姓名,有王政、王璋、朱富、朱贵、李政、李忠、李证、李询、李时、李宪、李师正、李师顺、周彦、周宣、沈禧、洪坦、宋圭、

宋昌、陈用、陈兴、陈昌、陈绍先、徐高、高彦、卓允、许昌、叶青、黄常、蔡中等人。前有乾道九年御制序，半叶八行，行十六字。分卷次第与别本同。按：此本行款版式与余所见宋刊数本皆不同，审其结体方整，雅近率更，自是南渡以后浙杭风度。陈氏《直斋书录解题》述《东坡集》刊版有杭本、蜀本、吉本之别，此断为杭本无疑。此书现藏日本内阁文库。

此外，还有综合性的版本目录，在每种古籍下详记传世的各种版本。有的还间或注明以何本为善，有的书目录原书序跋及藏书印记，或书目作者自己撰著提要，考核该书版本源流等。如莫有芝《邵亭知见传本书目》、《增订四库简明目录标注》、《贩书偶记》、《中国善本书提要》等，对鉴别版本也有很大帮助。本书第三编第三章已作介绍，此不赘述。

四、根据讳字考核

避讳是中国历史上封建制度之一。什么叫避讳呢？陈垣《史讳举例序》云：

> 民国以前，凡文字上不得直书当代君主或所尊之名，必须用其它方法以避之，是之谓避讳。

避讳的方法是，凡遇到当代君主或所尊之名中的字，采用代字、原字缺笔、拆写、留空、改变读音等法加以回避，这种改变了原形的字就称"讳字"。由于各代版本在避讳问题上制度宽严不同，有的朝代不避讳，有的坊刻本也不避讳；更重要的是各朝代避讳的字样不同，因此，讳字成为时代的标志。利用讳字，可以解释古文书之滞疑，可以辨别古文书之真伪及时代，是我们鉴别版本的重要手段。王伯祥在《庋椟偶识·历代讳字谱》中说：

避讳之故迹,乃大有裨于治史。凡地名之变迁还故,人名之前后异称,书板图籍刻印之远近,法书名画流传之年代,举赖讳改之字以辨析先后,审订真赝。而校勘旧籍,误正史实,尤必依以折衷,庶得导滞释疑而取信。

根据文献记载,我国避讳制度早在周代已有了。《左传·桓公》六年载:"周人以讳事神,名终将讳之。"然古人是"讳名不讳姓,姓所同也,名所独也"(《孟子·尽心下》)。这也成了古代避讳的通例。但古代的避讳是很宽的,《礼记·曲礼上》:"不讳嫌名;二名不偏讳;《诗》《书》不讳;临文不讳。"不必避和尊亲之名同音的,有两字立名的,不必都避读,读《诗》、《书》时不必讳,写作时照正体写,也不必讳。

秦汉时代的书籍文献中已通行避讳,如秦始皇名政,所以文献中讳"正",改为"端"。《史记·秦楚之际月表》中称"正月"为"端月"即为其例。汉高祖名邦,当时文献中也改"邦"为"国"。

唐代避讳之风极盛,不过只严于避本朝皇帝及皇帝父祖之名的本字,对与这些本字同音或读音近似的字(即所谓"嫌名"),避之尚不太严。如唐高祖名李渊,"渊"字则避之,或改为"泉",或改为"深"。高祖之祖父李虎,故避"虎"字,改为"兽"、"武"、"豹"或为"彪"。高祖之父叫李昺,所以"昺"、"炳"、"丙"、"秉"皆改为"景"字,已有避嫌名的情况。唐太宗叫李世民,故唐文献中避"世"、"民"二字,"世"改为"代",或将从"世"之字改为从"云",如"葉"改为"菜",或改从"曳";"民"改为"人",或为"甿";从"民"之字改从"氏",如改"昏"为"昏"等。钱大昕在《十驾斋养新录·石经避讳改字》中举例说:

唐石经《毛诗》,"浘浘其羽"、"桑者浘浘兮"、"无然浘浘"、

"是緎也"、"俾氏忧洩",避世旁。"旺剌时也"、"旺之莹莹",《旺》六章,避民旁。

　　唐武则天统治期间自造文字,据《宣和书谱》卷1载19字,并云:"考其出新意,持臆说,增减前人笔画,自我作古为十九字。"董作宾、王恒根据各书所载字体集录、各书及碑志所录比勘厘正得出结论:武则天改字数目为13文:照、星、年、臣、人、君、载、初、证、圣、授、月、日;借用4文:天、地、正、国;凡17文,写法略有不同。(董作宾、王恒余著:《唐武后改字考》,见台北"中央"研究院《历史语言研究所集刊》第三十四下册)武则天制字在全国推广使用,当时的写刻本中当然也必须使用这些特殊的文字,所以,我们可以据以鉴定这一特殊时期的版本,主要是这时期的唐写本。这些特殊字实际上又成为这一时期的讳字了。

　　宋代避讳制度十分严格,不仅要避皇帝列祖列宗的名讳,对于"嫌名"的避忌也极严。而且名讳有二字者,都得避。比如宋太祖名讳匡胤,"匡胤"二字都得避讳,同音字也得避之。"匡"改为正,或辅、规、纠、光、廉等,"匡国军"改定军,匡城县改鹤丘。胤改为裔,胤山县改平蜀。也避"筐"、"引"等同音字。太祖始祖名玄朗,所以,玄改为元,或为真,玄鸟改为乳鸟,玄武县改中江;朗改为明,郎山县改确山。太祖祖父名敬,所以改敬为恭、严、钦,或为景;兼讳嫌名惊、擎、镜等,镜改为鉴,或为照。敬州改梅州,王居敬这个人名改为王居安。太祖之父名弘殷,所以弘改为洪,殷改为商,或汤,弘农县改恒农,殷城改商城,钱弘俶这个人名改为钱俶,赵文度原名赵弘,避讳而改。宋代皇帝名讳一直避至宋理宗,宋末度宗、恭宗的名已不避。宋人经籍中,遇轩辕二字也缺笔避讳,因为宋以轩辕为其远祖。宋刻本中讳字最多的是浙本官刻,蜀本次之,建本再次之。

　　辽和金诸帝避讳不严,但这些帝名也兼有汉名,受赵宋影响,凡汉名,也有避讳之例,但辽似乎不避嫌名。如辽太祖汉名亿,所以,宋庆历三年贺国主生辰使丁亿,更名意,辽太宗汉名德光,改晋天雄军节度范延光为范廷广,改光禄大夫为崇禄。辽道宗汉名洪基,宋明道元年贺国母生辰,使王德基,《辽史》作王德本。金太祖汉名旻,宋绍兴十二年,入岷州为西和州。金帝避嫌名,如金宣宗汉名珣,改郇国为管国,梁询谊改名持胜。金的避讳比辽严。

元代避讳,定制只限于全用帝王名字者,且元代帝名汉字皆为译音,没有汉名,故元刻本中无讳字。

明代早期避讳制度尚疏,至万历后渐严,尤其是明末几个皇帝兴起了避讳皇帝嫌名的旧习。如明熹宗名由校,"校"作"较","由"有时缺末笔,校勘作"挍勘";明毅宗名由检,"检"作"简"。

清代顺治时尚不避讳,自康熙时始避讳,雍正、乾隆时,避讳之律最为严厉。如清乾隆四十二年对江西举人"王锡侯"《字贯》案的所谓"上谕"中说:

> 阅其进到之书(即王锡侯所著《字贯》)……竟将圣祖、世宗庙讳及朕御名字祥开列,深堪发指。此实大逆不法……罪不容诛,即应照大逆律问拟。

雍正名胤禛,胤以允字代,《明史》中的张佳允、申佳允、堵允锡,进士题名碑本作胤,王士禛改为王士正。乾隆名弘历,以"宏历"字代,改明弘治年号为宏治,改时宪历为时宪书等。道、咸之后,国力日衰,避讳之例渐懈。

清太平天国时期也杜撰、使用了一些特殊的字,太平天国明令公布的有 21 个,改字的有 54 个,这些字也成为这一特定时期特定范围内的避讳字,可以据以鉴定这一特殊时期的版本。

根据历代的皇帝名讳,可鉴别版本具体的刊刻时代,这种方法,是极为常用的。如宋代避讳极严,各朝皇帝名及其同音字(嫌名)均需避讳。坊刻本偶有疏失未讳者,那也是极为罕见的例外。如国家图书馆所藏的大字宋刊本《东坡集》40卷,正文中遇宋帝空一格,避宋讳慇(宋太祖之父名讳弘殷)、匡(宋太祖名讳匡胤)、筐(宋太祖嫌名)、徵(宋仁宗名讳祯之嫌名)、让(宋英宗之父允让名讳)、树(宋英宗名讳曙之嫌名)、桓、完(宋钦宗名讳桓及嫌名)、构、购、媾、彀(宋高宗名讳构及嫌名)、慎(宋孝宗名讳眘之嫌名)等字,皆缺笔,所避宋帝名讳自太祖至孝宗时,故前人定此本为"宋孝宗时刊本",当为确论。又如宋刻集注本《东坡前集》,对北宋诸帝嫌名避讳甚严,从宋太祖之祖父讳至宋钦宗,讳字划一无例外。对南宋高宗赵构名,也大都避讳缺笔,只有个别例外(亦坊刻本中常例),而对宋孝宗赵眘嫌名"慎"字则不讳,由此断定,此本应是北宋末年编定,南宋初高宗朝刊行,至迟应在宋孝宗前问世。

在根据讳字考核版本时,若能利用避讳一类的工具书,可达到事半功倍的目的。

《历代讳名考》 鲍邱刘桐村(锡信)著,清乾隆刻本。全书分类罗列,凡十二类:星神、岁时、谥号("封号'坿)、礼乐("器服"坿)、宫室、官制、地理("避年号改地名"坿)、姓氏、人名(并补遗,"名号"坿)、书籍、鸟兽、草木。后附"避家讳",每类皆分溯史源,简明切要。

《史讳举例》 陈垣著。8卷.全书仿俞曲园的《古书疑义举例》,分82例,第一、"避讳所用之方法"(四例),第二、"避讳之种类'(十七例),第三、"避讳改史实"(七例)、第四、"因避讳而生之讹异"(十四例),第五、"避讳学应注意之事项"(十一例),第六、"不讲避讳学之贻误"(七例),第七、"避讳学之利用"(十一例),第八、"历朝讳例"(十一例)。条例精严,集避讳学之大成。有1933年励耘书屋精刻本。1962年中华书局新版排印本。

《帝王庙谥年讳谱》1卷(附刊《历代帝王年表》末) 陆费墀编著。

《避讳录》5卷　黄本骥著。卷1载清朝避讳字样,卷2至卷4记叙周武王至明庄烈帝(崇祯)之历朝国讳,卷5为家讳。卷首载有《避讳录补正》。惟资料未注出处,考证有疏误。有三长物斋丛书本。

《廿二史讳略》1卷　周榘编著。谬误较多,且考订不详,不注出处。有啸园丛书本。

《历代讳字谱》2卷　张惟骧编著,编韵列字,收采尤广。有小双寂庵丛书本。

《经史避名汇录》46卷　清周广业编撰。全书以综览历代讳事为主旨,陈垣《史讳举例序》称其"集避讳史料之大成"。台北明文书局1986年据适园抄本影印,有嘉庆十四年吴骞考跋。

《历代避讳字汇典》　王彦坤编著,中州古籍出版社1997年版,中华书局2009年版。广泛参考了前人成果,是一部集大成的避讳工具书。

讲到避讳事实及有关避讳考证的书自宋以来也已不少,著名者有:宋洪迈《容斋三笔》(卷11有《帝王讳名》条)、宋王楙《野客丛书》、宋王观国《学林》、宋周密《齐东野语》、清顾炎武《日知录》、清钱大昕《十驾斋养新录》(卷11有《避讳改郡县名》,简约总结了历代因避讳而更改地名的事例)、清赵翼《陔余丛考》、清王鸣盛《十七史商榷》、清王昶《金石萃编》、清杭世骏《订讹类编》(卷3列《历朝避讳字宜改正》条)等书,均可资参考。

第三节　内容考查

鉴别古籍版本,固然可凭长期积累的经验直接从该书的版式、纸墨、行款、字体、刻工、装帧等特点识别版本的年代,或通过对原书所有的序跋、牌记、题识、藏章等文字记载,并辅之以书目著录和有关文献资料来帮助考查、识别。但由于年代久远,不少古籍已不具备或不完全具备上述可资考查的条件。在这种情况下，必须细心考查原书的内容，从古籍的内部取证，这是一种十分严密谨慎的科学鉴别方法。古籍中许多内容带有较为鲜明的时代特征，我们可借此推断版本的时代。大体有以下几种方法途径。

根据书中引用的文献的时代来考查，这是常见的鉴别方法。王孟白在《关于陶集校勘问题》一文中提到李公焕《笺注陶渊明集》是宋刊本还是元刊本的鉴别问题。《四部丛刊》影印李本，自称其底本为宋刊本；近人认为李本是"元翻宋本之佳者"（见贵池刘氏玉海堂影刻《笺注陶渊明集》跋语）。考其内容，李本已经引用南宋汤汉《陶靖节诗注》中注文和评语，并称汤汉为汤文清公。汤本成书时间，据自序，则为淳祐初年，其时距宋朝之亡，不足四十年。李本中还引用了刘克庄《后村诗话》中对陶诗的评论。据林希逸、刘希仁为《后村先生大全集》撰写的两篇序言，以及林希逸在刘克庄去世后撰写的《行状》，《后村诗话》写成于南宋咸淳年间，其时距宋朝之亡，已不足十年。由此可知，李公焕应为宋末人，《笺注陶渊明集》肯定得成书于《后村诗话》之后，即宋咸淳以后。至付刻问世之时，最早也得到元初了。据此鉴定，李本当属元刊本，而非宋代刊本。鲁迅先生也曾据古籍引文鉴别过版本。京师图书馆藏的汉焦赣《易林注》残本 8 卷，"恒"字"构"字都因避讳而缺笔，且纸质、墨色、字体都似宋本，装帧也是蝶装，所以清缪荃孙鉴定为"宋刊本"。鲁迅先生细察书中所载内容，却引用了元代人阴时夫的《韵府群玉》文字，故否定了原本作为宋刊本的结论，这是据内容鉴别版本的又一实例。（见《华盖集续编·关于三藏取经记等》）

根据古籍中述及的历史事件鉴别版本，也十分有效。两个朝代交替时的刻本，版刻形式，往往相似，很难判断，而借助书中论及的历史事件，有时就很容易断定。戴南海曾举明李盘撰的《李小有诗纪》为例，很有说服力。此书版刻风貌与天启、崇祯间苏州一带刻本近似，加上作序之张明弼、陈际泰皆明末名人，故一般目录皆著录其为明刻本。然书中《归金陵》诗提到了金陵之乱,另一首《登燕矶》又谈到了"触目兴亡"之事,而在书中《姚永言感赋》中,又有"姚永言至,执手相哭失声,谭申酉年事,欷歔欲绝,因共商避地之策"的题识,"申酉年事"显然指的是崇祯甲申明覆亡之事和南明弘光乙酉年覆亡之事,故此本应改定为清初刻本才合乎历史事实。(见《版本学概论》)

根据古籍中运用的语言文字的时代特征考察版本时代,也是常见方法。中国文字是历史文化的产物,一定的历史时期有一定的语言反映它所属的特定时代,尤其是一定时代增造的新文字和出现的特殊称谓,更具有鲜明的时代特征。如"邱"字,一般认为是清雍正三年(1725)出现的新字(一曰"邱"并非雍正三年后的新造字,见《咬文嚼字》1997年12期),雍正皇帝颁发诏谕,为避孔丘名讳,凡是姓"丘"的人,必须在'丘"字的右旁加上"耳朵"成为"邱"。若遇到避孔丘讳时,改"丘"为"邱",那这刻本肯定不会是雍正以前的。如清刻《吴地记》将苏州"虎丘山"写为"武邱山"。可知此刻本定是清雍正后刊本。

我国历代行政区划范围不一,地理称谓的定名不同,州郡的分合和改名也不同。有的古籍在再版时,往往亦改变原名,易以时称,这样,我们就可以利用地名考订版本的历史年代,如杭州在南宋王朝南迁后改名临安,如果宋版书中有"临安"字样,则可断定其为南宋刻本。

在我国历史上,有一些特定的历史时代曾使用过特有的一些职官称谓。因此,有时可根据刻书者的特定的官职来判定其版刻时代。如学官名称,宋始置教授、教谕,宋前无此学官名。一些官称如"走马承受"、"勾当公事",只在宋时使用,时代特色更鲜明。有些职官称谓曾于某一时间使用过,如"巡抚御史"之称,在明朝和清康熙前使用过,康熙以后就不用了。当然,刻书者的官衔恰好是这些特有称谓的并不多见,还得辅以别的一些条件,才能较为正确地判断版刻时间。

如泉州本《王状元集诸家注分类东坡先生诗》,目录最后一叶末行落款标明为"泉州提举市舶司东吴阿老书籍铺印"。清人杨继振(字幼云)旧藏。泉州是宋朝中外贸易的最大商港之一,北宋官府在泉州设置市舶司。杨继振题识就此官职的置废及复置,对本书出版时间作过如下考辨:

> 《宋史·职官志》:提举市舶司掌蕃货、海舶、征榷、贸易之事,以来远人,通远物。元祐初诏福建路于泉州置司;大观初复置浙、广、建三路市舶提举官;逮建炎罢之,隶于转运,未几复置。乾道初以臣僚建言置两浙提举,归转运,广、建仍之。书末有"泉州提举市舶司东吴阿老书籍铺印"一行,此书成于宋末,则此提举司必建炎以后之所复置,至吴阿老云云,亦足见此书为闽肆之所复刻,与吴兔牀所收建本似相吻合。

通过对提举市舶司置废情况的考辨,考出此书为闽中坊肆所复刻。(转引自刘尚荣《苏轼著作版本论丛》)

根据内容鉴别版刻时代,需要做大量的考证工作,这个问题还将在后文详细论说。

第四章　中国现代文学书籍版本的鉴别

自"五四"新文学运动至 1949 年中华人民共和国成立,这 30 年间,是我国现代文学产生和发展的时期。这一历史时期,由于政治的、经济的、思想的原因,使中国现代文学史料呈现出与古代不同的一些复杂情况。

第一节　现代文学书籍版本的新面貌与新问题

19 世纪,西方印刷技术大量传入我国。"五四"以后,我国已广泛采用现代印刷技术,成为图书、报刊、印刷出版的主要方法。印刷方式的不同,使现代文学书籍的版本在名称、款式、装帧等方面与古籍有诸多不同。

中国古籍大多为木版雕印,称木版书,少数为各种材料做成的活字版书,而现代文学书籍多为铅字排版印刷而成的铅印本,也称排印本。

古籍的装订样式以线装为主体,今天也常见。而现代文学出版物,则多为平装本,一些部头大的书则用装潢考究的精装。平装本一般都是三边切光的,但当时有不少现代文学出版物三面都带"毛",页与页相连,在书的"天"、"地"及四周,多留空白,用这种别具情趣的装帧方法装帧的书籍，称为毛边书。毛边的位置也有变化，有毛边在书口和书根、书顶染上红色或蓝色的，称朱顶或蓝顶，也有两边带"毛"的。据唐弢《"拙的美"——漫谈毛边书之类》一文考订，最早的毛边书，毛在书根不在书顶，后来在鲁迅先生提倡下，才将"毛"移到书顶的。所以毛边书是现代文学书籍版本的一个特殊标志。

现代文学书籍的行款、版式和古代书籍也不尽相同。古籍是直排，现代文学书籍除继续采用直排式外，横排日渐兴起，（四十年代初就有横排书）。古代书籍外面称书衣。里面有名人题字的称封面。现代文学书籍称里面一页为扉页，也称内封、里封。扉页上一般印着书名、著者、译者、插图者及出版处等，是识别版本的重要根据。

现代文学书籍都有正式的版权页，上面明示书名、著译者、出版时间、出版印刷者和发行者，并明码标价，有的还有印数和版次，这些内容，对识别版本极为有用。但关于该书版次的记载，应该注意这样一个情况：同一本书，常常有几个书店出版，版权页上所记，只标示该书店出版的版次，不懂得这些，往往会判断失误。同时，解放前出版的现代文学书籍的版次计算方法与解放后的不同，解放前的版次数，实际指的印刷次数，一般不反映重排、增订的情况。解放后版次的记录法比较科学：一书出版，称第一版、第一次印刷，如用原纸型重印，称为第二次印刷，依此类推；如经重排、增删、则称第二版，而印刷次数则为积累数。

现代文学书籍由于多为铅字排印，故字号大小和字体较固定。开本多为16开、32开、24开、48开、64开等，比较划一。

现代文学书籍版本在面貌上与古籍版本有许多不同，在内容等方面也具有鲜明的时代特征。

版次多、各版印数少，这是现代文学许多大家著作的比较普遍的现象。如《鲁迅全集》，从1938年8月第一版至1981年8月最新版本出版,43年间,两次重编,10次再版,共出了十一版;加上《全集》的另两种形式;《鲁迅三十年集》(共出4版)、《鲁迅全集》单行本(印行10余次),合计有20多版。(参《鲁迅著作版本丛谈·鲁迅全集的几种版本》)其他名家的集子也是这样。再版的次数不仅多,而且时间挨得很近,有的往往一年里再版几次。如文化生活出版社出版的曹禺的《雷雨》,自1936年1月至1938年9月间,两年多时间连续印刷13版。创造社出版的郭沫若的《落叶》,自1926年4月至1927年9月,仅1年零5个月。出了6版。(以上参唐弢等《鲁迅著作版本丛谈》、朱金顺《新文学资料引论》)印刷次数虽多,每次印刷数量却不多。有些书已成为新文学领域的稀有珍品。这类书大体有下面几种。一是带有纪念性质的精印本,印刷数量极少。如瞿秋白牺牲以后,鲁迅以诸夏怀霜社名义,编印了上下卷《海上述林》,鲁迅在介绍中说:"全书六百七十余页。玻璃版插画九幅。仅印五百部,佳纸精装,内一百部皮脊麻皮面,金顶,每本实价三元五角;四百部全绒面,蓝顶,每本实价二元五角……"(《鲁迅全集·集外集拾遗》)。二是诗人自己精印的书籍。如臧克家的《烙印》,1933年出版的初版,黑色封面,书名用红方骑背,36开狭长本,用木造纸精印。三是为保存文献和供研究需要的印本。如印于1951年3月鲁迅先生逝世十五周年以前的《鲁迅日记》第一个影印本,选用上等夹贡纸,以橡皮版精印,天地开阔舒如,字迹清晰明朗;丝线装订,每年1本,每8本合装一只锦缎函套,全部共3函24本,棕色绢封,古朴雅致。这一版只印了1050部。冯雪峰在《〈鲁迅日记〉影印说明》中明确指出其出版目的:"我们影印出版这部日记,完全为的保存文献和供研究上的需要。"四是一些作者的签名本或作者自编的号码本。我国现代文学出版界,曾采用过签名本的方法,印数极少,售价很高,书牌上有编号,有的书编号号码为作者亲笔填写。如丁玲的《母亲》,曾出版作者签名本一百册(赵家璧《丁玲的〈母亲〉是怎样出版的?》)。冯至的《十四行诗》,初版于1942年5月,版权页上印着:"本书初版用上等重纸印三十册,号码一至三十,为非卖品,用浏阳纸印二百册,号码一至二百。"(引自朱金顺《新文学资料引论》)上述这类印数极少的书籍版本,早已成为现代文学版本中的珍本秘籍,弥足珍贵。一书多版现象,是版本研究中至关重要的问题,必须引起我们足够的重视。

一书多版带来的问题是:新的版本多,异文多。这是现代文学书籍版本中的一个非常突出的问题。黄淳浩曾这样说过:"我们研究现代作家,不仅可以从该作家不同时期的不同著作去探索他的思想变化,还应该从他在不同时期出版的同一著作的不同版本去发现他的思想的变化。"(《现代文学研究要注意版本》,载《人文杂志》1986.2)主要是因为在现代文学书籍的出版史上,同一部书在不同时期所出的版本,往往有思想内容及艺术上的改动,这些增删的地方往往带有时代的痕迹,也留下了作家思想发展的轨迹。

制造新版本的原因,既有来自社会历史、现代文学本身的原因。也有作家们内心深处的原因。

来自社会历史的原因也很复杂。解放前的现代文学出版物被删削改版,大多是受到当局检查机关的查禁,出于无奈而改版出版的。如茅盾的《子夜》,出版不久,即被查禁,后经书店交涉,归入"应行删改"一类,检查官的批语是:"二十万言长篇创作,描写帝国主义者以重量资本操纵我国金融之情形。p.97至p.124讽刺本党,应删去。十五章描写工潮,应删改。"所以重印本就删掉了农村暴动和工厂罢工的文字。

茅盾的《春蚕》也有受过这类"斧削""酷刑"的版本。而且被删之处,中国的检查官是不许留空白的,必须接起来,读者看不见检查删削的痕迹。(见鲁迅《准风月谈·前记》)

解放后,由于某种原因。某些出版社在再版现代文学书籍时,删改旧版的情况也有。例如重印鲁迅作品时,出版社删去了提到托洛斯基的某些词句。人民文学出版社1963年3月出版《郑振铎文集》第 2 卷时,其中《山中杂记》的《前记》、《海燕》的《阿剌伯人》、《欧行日记》的《六月一日》和《六月十五日》,都被删去了认为不妥的字句。

现代文学新版本的制造者,以作者自己为最多。作家们出于各种原因不断地改动着自己已经出版过的作品,有的甚至改到面目全非的地步,这样众多的新版本,显然会增添学术研究的难度。

首先是出于作家的"自我清算"的要求。现代作家都经历过坎坷的心路历程,他们在生活和斗争实践中,不斯刷新"旧我",因此,每到一定的历史时期,当他们重新审视自己的旧作时,总有一种强烈的不可抑制的修改冲动。

巴金同志曾和《文汇报》记者谈过,《家》这部书他先后改过八次。他说:"作家写东西又不是学生的考试卷子,写出来后不能改。作家经过生活,有些事情过去不了解的,现在了解得比较充分了,就有责任说出来。为什么不能改?为什么不让我进步?"(叶中敏《巴金谈写作与生活》,载香港《大公报》1984 年 10 月 27 日)

1928 年出版《沫若诗集》时,诗人出于"作一自我清算"的要求,对几年前所写的《女神》、《星空》中的一些诗篇作了改动。如重写《凤凰涅槃》的后半部分,将原来的 160 多行诗句压缩为 40 多行,对《巨炮的教训》、《匪徒颂》等诗篇中某些诗句作了实质性的修改,使作品的面目和内容发生重大变化,成为新的版本。

在新中国成立以后的 50 年代、60 年代初,随着新旧社会的变化和历次政治运动的开展。许多作家的思想观念发生了很大的变化,这时,修改重印旧作成为一种风气。

郭沫若的著作,包括诗歌、小说、历史剧和文论等,在重印时都有程度不同的修改。有的作品通过增删、改写。某些观点都作了改动,成为内容观点与原作迥异的新版本。如郭沫若的《文艺论集》,收集了他 1920 年至 1925 年间的有关文艺论文。迄今有 4 个版本,初版本出版时间是 1925 年 12 月,第 4 个版本是:1959 年的

《沫若文集》第十卷本。试将这两个版本中的部分文字作一比较：

如初版本中有这样一段文字：

等待罢！等待罢！青年文艺家哟！

山额夫人的"节产论"虽然不能直接利用到文艺上来，但是自然的时期是不可不等待的！

尼采为什么说内养不充的人不能待，也不能急？笛卡尔为甚么要赞美怠情？你们可以加一番绰有余裕的思索了。

这段文字，《沫若文集》本改为如下内容：

当然，我们画一幅画不一定都要十二年，写一部剧本也要不到六十年的岁月，但总得有一定时期才能成熟。

列宁说；"宁可少些，总要好些。"这是值得我们服膺的。当然如果又多又好，我们也加倍欢迎。但拿一个人来说，这样恐怕终归是例外吧？

有一个办法：用集体的力量来搞，或许可以做到。

青年艺术家哟，我们集合起来吧！众擎易举，众志成城，让我们互相帮助，共同勉励吧。

成功不必在我，协助不可后人。植物嫁接可发出好花好果，既美且多，艺术嫁接必不能例外。

让我们互相栽培，相互哺育，鼓动着永恒的春天到来！

两段文字一比较，我们不仅发现，原本中的"山额夫人"换成了"列宁"，"尼采"、"笛卡尔"没了影，而且，作者在《文集》本的编辑中，融进了1958年"大跃进"时代的某些思想认识。

有些作家在编集出版自己的文集时，也进行了篇目的增删，致使不同的版本，所收文章的编排和登载的文章多寡也有所不同。

就以上述郭沫若的《文艺论集》为例,此书4个版本,初版共收文章、书信31篇,分上下2卷出版;1929年5月的订正本改变了上下2卷的编排方法。把全书辑为六个部分,并将其中《论诗》的三封书信一分为二,还新加了1925年写的《文学的本质》和《论节奏》两文,使全书文章增至34篇;1930年6月的改版本把初版中原有的《中国文化之传统精神》、《伟大的精神生活者王阳明》、《国家的与超国家的》三篇文章和《论诗》三札中的第二、三两札删去了,原因是"有些议论太乖谬"(改版本《跋尾》),而将余下的29篇文章和序,再加一简短的《跋尾》,将全书辑为三个部分和一个附录;1959年《沫若文集》本恢复了初版本《论诗》三札的原貌,保留了订正本以来增加的《文学的本质》和《论节奏》两篇文章,删去了《中国文化之传统精神》和《国家的与超国家的》两篇文章,并把初版本序言单独列篇,置于各篇之首,又在卷前新加了一个《前记》。

有些作家虽然认识到已发表的作品,是历史资料,不可大加删改,但在重印时,仍作了程度不同的改动。如老作家老舍曾在1945年郑重表示过"我对已发表过的作品是不愿再加修改的"(《我怎样写〈骆驼祥子〉》,载《青年知识》第1卷第2期)但在50年代重印《骆驼样子》的时候,还是先后两次作了大的删节,60年代初重印《离婚》时,也作了删改。我们可从钱钟书先生在《〈人·兽·鬼〉和〈写在人生边上〉重印本序》中,看到这些作家的心态:"我硬了头皮,重看这两本书,控制着手笔,只修改大量字句。它们多少已演变为历史性的资料了,不容许我痛删畅添或压根儿改写。但它们总算属于我的名下,我还保存一点主权,不妨零星枝节地削补。"(《人·兽·鬼》,福建人民出版社1983年7月出版)

有的作家在重印旧作时要认真修改,完全是因为嫌原作的白话文字的幼稚和粗糙,更为了使当代的人们更易看懂,所以只改文字,不改原作内容。这方面,叶圣陶就是个代表。四川人民出版社1983年出版的《叶圣陶散文·甲集》,共收解放前的散文210篇,作者篇篇都对一些今天读起来有些疙瘩、不顺当、不舒服的文字作了修改。他的儿子叶至善说:"我父亲有个习惯,旧作品编成集子之前,他都要作一番整理,把别扭的句子顺一顺,把冷僻的词儿换掉,对早期的作品尤其不肯马虎。他说他在学校里读的是文言,写的也是文言。'五四'前后提倡写白话文,写出来的其实是四不像:文言的成分还相当多;又搀杂些外国腔;是从当时那些生硬的翻译文字学来的;再加上些旧小说中的古代口语和别地方人不能懂的苏州方言。这样的文字不整理一遍,叫人怎么看得下去呢?……只改语言而不变动原来的意思。父亲说,如果变动了意思,那就不是原来的文章了。"(叶至善《编后絮语》,收入《中国现代作家选集·叶圣陶》,三联书店香港分店,1983年版)

由上可知,现代文学书籍的版本问题显得十分纷繁和复杂。

盗版书的泛滥使已经相当复杂的版本问题搞得越发混乱。"五四"以后的文学作品,存在着商品化倾向。许多文人靠卖文为生,但作家的著作权和出版者的经济效益都没有严格的法律保障,书商为牟利私自印盗版。这些盗版书,不仅纸张差、错误多,粗制滥造,而且任意变乱旧章、删削、乱加题目、张冠李戴、窜入他人之作等,不一而足。从版本学上看,这是最无价值可言的版本,但成为现代文学书籍版本的怪胎存在着,而且正在扰乱人们的视线。据向东考证,在解放前20多年中,全国数十家出版社出版了老舍的著作,其间就真伪掺杂。一些内部和公开编制的老舍著作书目,收录了不少伪书,书目文献出版社1982年出版的《中国现代作家著译书目》中,就收录了不少非老舍的各种文学作品。老舍解放前出版的13种长篇小说,除《惶惑》、《偷生》两部幸免外,其余11种都出现过盗版图书。(向东《老舍被冒名、盗版图书初探》,《社会科学战线》1988年1月)仅首都图书馆收藏的冒名顶替和盗版的老舍著作就有38种图书、66种版本。(向东《老舍被冒名、盗版图书辨析》,《中国现代文学研究丛刊》,1984年第3期)

不仅老舍作品遭此厄运,几乎所有名家的作品都遭受过类似的厄运。唐弢曾亲眼看到过署名蒋光慈的五种盗版书。(见《翻版书》,收入《晦庵书话》,三联书店1980年版)

这些盗版书,往往割裂篇名,张冠李戴。如1931年北京爱丽书店出版的《一个浪漫女性》,署名蒋光慈著,内收四篇小说,第一篇《一个浪漫女性》,腰斩了《冲出云围的月亮》,原为该书的第一节到第五节;《情书一束》是黄羽萍《红色的爱》的改名;《洪水》是洪灵菲《在洪流中》的改名;《捉蟋蟀》是杨村人《小三子的故事》的改名。四篇小说三篇是他人之作,仅有一篇是蒋光慈的,且是被"零割"了的。

盗版书为减少成本,挖改删削,以残充全,是惯用伎俩。如文化生活出版社初版于1935年12月的鲁彦的《雀鼠集》,收入6篇短篇小说,40年代国风书店出版时,抽掉了《枪》一篇。40年代,奉天振兴排印局发行《月牙儿》,收入老舍5篇短篇小说,其中《月牙儿》一篇,就是大量删节内容后印入的。

这类盗版书,目前在港台仍然存在。叶子铭在《访美所见几种茅盾作品的盗版书》一文中谈到,他在访美中见到的署名茅盾的《朝露》,实际是他的《一个女性》,《青春的梦》即《自杀》、《小城春秋》即《小巫》,都是被改头换面的盗版书。(见《茅盾漫评》,百花文艺出版社1983年6月版)

一书多名的情况,是古代文学书籍中常见的现象。尤其是小说,古人往往任意改变书名。今人杜信孚曾辑得《同书异名通检》一部,达4000余则,可见异名之多。现代文学书籍一书多名的现象更为常见,情况更为复杂。以出于政治原因者居多。

反动当局压迫、摧残革命文学。在阶级矛盾和民族矛盾十分尖锐的现代中国,许多作家投身革命运动,以文学为武器,抨击现实,唤起民众,被国民党审查机关斫削毁版,致使与原本面目全非,如鲁迅的《二心集》,收入鲁迅1930年与1931年间的杂文38篇另序文一篇。其中有《对于左翼作家联盟的意见》、《中国无产阶级革命文学和前驱的血》、《黑暗中国的文艺界的现状》、《上海文艺之一瞥》、《"民族主义文学"的任务和使命》等著名论文及与瞿秋白讨论翻译问题的《关于翻译的通信》，鲁迅自己也曾称《二心集》中的杂文是"比较锋利"的。1932年10月，《二心集》由上海合众书店初版，连出三版以后，被国民党当局查禁。后来经书店与审查机关交涉，此书被当局斫掉《序言》和22篇正文，仅留16篇，改名《拾零集》，于1934年10月上海合众书店初版，书店在封底左上角印了"本书审查证审字五百五十九号"一行字，作了暗示。此书成为薄薄的57页的小册子。（参《鲁迅著作版本丛谈》）

　　作家和出版者抵制反动当局禁毁革命书籍，改换书名重印也是一种斗争手段。如巴金小说《萌芽》，现代书局初版于1933年8月；1934年，作者重写了结尾，并改换了几个重要人物的姓名，改名《煤》，开明书店出版，广告登出后被禁止发行；作者自费印行，又改名《雪》；1939年2月，用现代书局版的纸型，托名新生出版社印过，有的改名为《朝阳》，有的题名为《萌芽》。鲁迅的《伪自由书》遭禁后，改名《不三不四集》重版。郭沫若的自传《我的童年》，先后改用过《我的幼年》、《幼年时代》、《童年时代》等书名。

　　为了掩护某些革命书籍出版，用一些牛头不对马嘴的书名。作为原书的保护色和障眼法。这种书有人称之为"伪装书"，这是革命时期的一种"特产"。也有一些挂羊头卖狗肉的书，并非为了政治上的"掩护"，也许有别的原因。如阿英在《城隍庙的书市》一文中提醒人们要注意："如果有一本书名字对你很生疏，著作人的名字很熟习，你不要放过它。这一类的书，大概是别有道理的。外面标着郭沫若著的《文学评论》（是印成的），里面会是一本另一个人作的《新兴文学概论》。外面是黄炎植的《文学杰作选》，里面会是一部张若英的《现代文学读本》。外面是蒋光慈的什么女性的日记，里面会是一册绝不是蒋光慈著的恋爱小说。外面是一个很腐朽的名字,里面会是一部要你'雪夜闭门'读的书……"

有的书名的变易是出于其他原因。如良友公司 1939 年出版过何其芳的《还乡日记》,因部分原稿已丢失于战乱,书名系误印。后来,工作社 1943 年 2 月再版印行,是订正补足的本子,书名为《还乡记》;文化生活出版社 1949 年 1 月出版的"文学丛刊"第 8 集中,此书改名为《还乡杂记》。

乱用书名盗版印行,是书贾牟利的惯用手段,务必注意识别。如黄羽萍《红色的爱》改为《情书一束》;洪灵菲的《在洪流中》改名《洪水》;杨村人的《小三子的故事》,改为《捉蟋蟀》;蒋光慈的《鸭绿江上》改名为《碎了的心与寻爱》等,举不胜举。

现代文学书籍的作者署名比古代书籍要复杂得多,有作者真名、化名,有假名、借名,也有冒名。

现代文学作家发表作品时除了用原名外,大量地用笔名和化名,而且笔名、化名并不固定,一个作家往往有几个甚至几十个上百个笔名。徐迺翔等编写的《中国现代文学作者笔名录》一书,共收现代文学作者 6000 余人,笔名 3 万余个。据高信《鲁迅笔名探索》一书,鲁迅用过的笔名有 100 多个,诸如神飞、小孩子、夏剑生、宴之敖者、褚冠瘦叟、华约瑟、它音、旅沪一记者等,有中国古代神话中的人名、外国人名、英文字母等,皆顺手拈来使用。

在文网森严的中国现代,为了躲过稽查者的眼睛,作者不得不借他人之名发表。如瞿秋白有 10 多篇杂文借鲁迅笔名发表,后来又由鲁迅先生亲自将这些文章收入《南腔北调集》、《伪自由书》、《准风月谈》中,1956 年和 1981 年版的《鲁迅全集》,在收入这些杂文时,都在注释中作了说明。

现代作家也有署上与自己关系比较亲密的人之名发表文章。如鲁迅和周作人兄弟两人曾一度将自己的作品署上对方的名字发表。周作人在《关于鲁迅》一文中谈到,"五四"时期,鲁迅"所作随感录大抵署名'唐俟',我也有几篇是用这个署名的。都登在《新青年》上,后来这些随感编入《热风》,我的几篇也收入在内,特别是三十七八、四十二三皆是"。(载《宇宙风》29 期,1936 年 11 月 16 日)1958 年 5 月 20 日,周作人在致曹聚仁的信中还提到此事。"鲁迅著作中,有些虽是他生前编订者,其中夹杂有不少我的文章,当时《新青年》的随感录中多有鲁迅的名字(唐俟),其实却是我做的,如尊作二一二页所引,引用 LeBon 一节,乃是《随感录》三十八中的一段,全文是我写的。其实是在文笔上略有不同,不过旁人一时觉察不出来。"(《周曹通信集》),鲁迅有时还署上周建人的名字发表他的作品。

盗版书的冒名更是司空见惯,张冠李戴也十分普遍。如 1930 年上海爱丽书店初版的《一个女性与自杀》一书,收了五个短篇:《一个女性》、《自杀》、《创造》、《昙》、《诗与散文》,署名蒋光慈,实则为茅盾的小说。

第二节 现代文学书籍版本的鉴别

如前所述,中国现代文学书籍版本问题甚为复杂,而不加鉴别滥用文学史料的现象已经和正在影响现代文学研究的科学性。因此,对现代文学书籍的版本,必须严格鉴别和核实。鉴别和核实的方法很多,并无固定程式,下面谈一般常见之法。

一、根据现代文学书籍的版权页辨。由于现代文学书籍有正式的版权页,所以,版权页成为我们识别现代文学书籍的重要依据。版权页有的印在最末一页,有的印在扉页的背面。如臧克家的《挂红》,版权叶印在扉页的背面:

版权所有

著作者 臧克家
发行人 黄洛峰

发行所　　上海四川北路北仁智里一六七号读书出版社
重庆民生路七三号
分发行所　重庆三联书店
各地联营书店
一九四七年六月初版(S)
基本定价每册国币七元五角

有作者、发行人、发行所、出版时间、定价。扉页正面印有书名、出版社。

我们利用版权页主要解决如下几个问题：一是找出该书的初版本、初版时间，二是了解该书版本源流，多少版次，有无增订、删节等情况，三是知道该书出版的册数。

有的版权页上标明了初版和该书版次、出版的册数。如1948年，东北解放区翻印的《鲁迅全集》20卷本，版权页上都有"鲁迅全集"四个字，一部为竖排六行：

中华民国三十七年九月十五日印造
编纂者　鲁迅先生纪念委员会
出版者　光华书店
发行者　光华书店
印刷厂　东北铁路印刷厂
东北版初版发行三千五百部

下面还有横排的"1938年6月15日上海初版每部贰拾卷"。指出了此部书的最初版本和本印本出版时间、印数、本印本版本性质等。从中也可以知道，现代文学书籍并不都在一个书店出版，此本是"东北版初版"。有的版权页上还注明增删字样，我们不仅可以借此了解版次，而且可以知道该书的新版本的情况。

在鉴定版本版次时，版权页或扉页上的印数不可小视，因为现代文学的版本，如果每一版印数都标示，数字是累加计算的。如该书第一版印1～3000册，再版时又印2000册，标示的时候就写3001～5000册，第三版如又印3000，标示的就写5001～8000册，即使不是同一书店出版，标数时也是累计的。根据标示数的连续性，可以考订出该版本的版次。王锡荣在为纪念鲁迅诞生一百周年而举办的《鲁迅著作版本展览》会上，看到一本《呐喊》的第3版，扉页上印的出版时间和款式与原记载不一样。但他没有看到第二本第3版，无法比较，这本印数是"四千五百一至七千五百本"，他是根据印数来作如下鉴定的：

  此书第一版1923年8月出版，四个月后出第二版，这次我们看到，第四版是1926年5月，扉页标明印数为"七千五百一至一万五百本"（印了三千册），第五版是1926年8月出版，印数是"一万五百一至一万一千五百本"（印一千册），这几版的印数，都紧挨着，证明上述这个版本是第三版。（王锡荣《呐喊各版过眼录》，载《鲁迅著作版本丛谈》）

上述所记的版权页是详细、明确的，如果现代文学书籍都有这样的版权页，那么，版本也就用不着鉴别了。事实证明，大量的现代文学书籍的版权页，版次标记十分混乱，只作参考。尤其应注意的是，许多书店在版权页上所记的所谓"初版"，实际上并不是该书的初版，而是仅指此书在该书店的初版。如肖红的《呼兰河传》，上海环星书店版的版权页上印着中华民国三十六年六月初版；1941年五月，重庆的上海杂志公司初版；1942年，桂林的河山出版社初版。三家出版社同在版权页上标明"初版"，实际上都只记本书店的初版，并没有顾及该书的最初版本。有的印本并不注明该版本过去的归属，却在本书店首次印行标示了"再版"字样，造成了另一种混乱。

如鲁迅先生以三闲书屋名义印行的译本《毁灭》，版权页上写：

> 一九三一年十月再版，第二次印刷
> 1001～2000

如按一般惯例，人们会以为三闲书屋曾出过初版本，这是再版本。但事实上此书初版是大江书铺本，三闲版是用大江版的纸型印的，所以对于三闲书屋来说，仅为初版，而非再版。（以上两例转引自朱金顺《新文学资料引论》）

如果发现图书的版权页上所印的内容，藏头露尾，或无编者，或无出版时间等情况，则应该首先考虑到该书是否为盗版本的问题了。

考证版次、版本年代，版权页上的记载虽是重要依据，但并不是唯一的依据，还必须广罗众本、排列比较，并附以其他条件才能确定。

二、根据作者所写的有关文字记载辨。现代文学作家在书稿出版前后，往往留下若干有关的文字材料，这些文字材料成为我们辨别该书出版时间的较为可靠的第一层位的材料，这些文字记载大体有下面几类：

书籍上的作者序跋。作家们在出版或再版自己作品的时候，往往写有序跋，说明出版情况，该书内容特点等。

如鲁迅在出版《二心集》时写的《序言》，首先谈到"这里是一九三〇年与三一年两年间的杂文的结集"，然后谈到这些杂文的背景情况。最后将收入本集中的"译文"及"几封来信"作了交代。落款是"一九三二年四月三十日之夜，编讫并记"，时间说得甚是明白。序言写于1932年上半年，我们可以预测，如无意外，出版的时间不会离此太远，一查，《二心集》初版于1932年10月，上海合众书店出版。

作者本人的日记。鲁迅就记有详细日记，诸如书籍编讫时间、书店出版消息、样书收讫情况以及他本人将样书送人情况等均有记载，以此为线索，就能找到该书从编集、校勘、出版甚至销售、再版的一条明晰的线索。如鲁迅的《南腔北调集》的出版情况，据《鲁迅日记》1934年3月1日"校《南腔北调集》起"，1934年3月16日"夜校《南腔北调集》讫"。这是此书校样出来以后，鲁迅先生校对的时间。

《鲁迅日记》：1934年3月30日记载"得同文书局信。并书五十本"。可知此书以同文书局名义正式出版了，鲁迅得到样书五十本。

在收到样书的第二天，即1934年3月31日《日记》写道："以《南腔北调》分寄相识者"。如再查一下鲁迅书信，可见他当天写给台静农的信，信上说："日内当寄书五本。其一本奉览，余四本希便中转交霁野、维钧、天行、沈观为荷"云云，送给具体的什么人都写得清清楚楚。

又查1934年6月17日《鲁迅日记》："午后得北平翻印本《南腔北调集》一本，似静农寄来。"

至此，我们对《南腔北调集》出版情况及北京在短期内翻印的情况已知大略，如果再结合当时《申报》上的有关出版介绍、鲁迅的其他信件等材料，那么此书的出版情况就一目了然了。

又如赵景深考辨那本据称是有鲁迅亲笔题跋的《绿野仙踪》书时，第一条证据就是在《鲁迅日记》中找不到购买所谓鲁迅曾作过题跋的那本《绿野仙踪》的记载。（见陈梦熊《鱼目混珠，难逃法眼》，《载中国现代文学研究丛刊》，1988年1期）

作家本人的创作自述、创作回顾，有的已辑成专书，如胡絜青编《老舍生平与创作自述》（人民文学出版社，1982年4月版）、卓如编《记事珠》（人民文学出版社，1982年1月）等。老舍一生著作极丰,作者本人对自己出版的书大都有所记载。向东曾据作家本人的记载辨析老舍被冒名、盗版的图书。如老舍在《习作二十年》一文中写过:"我也写杂文,更无足取,所以除了已经绝版的一本《幽默诗文集》,我没有汇印我的杂文","而且永远不拟汇印"。事实也是如此。但向东发现,由长春启智书店、上海时代书局等七个出版机构出版发行了署名老舍的各种杂文集,名目繁多,由此判断,这些书全部为冒名或盗版。(见向东《老舍被冒名、盗版图书辨析》,载《中国现代文学研究丛刊》1984年3期)

三、根据作者行迹辨。考察作者行迹,可以从侧面了解作者的创作背景、与他人交往,对辨析作品的写作时代、初版时间也不无帮助。

如曹禺的《原野》初版时间,原有两种说法:一种是1936年1月,见解放后所有的文章、文学史、词典;一种是1937年。见解放前李南卓(见1938年载《文艺阵地》1卷5期《评曹禺的〈原野〉》)、杨晦(见载《青年文艺》第1卷4期及《文艺与社会》《曹禺论》)等人的文章。究竟哪种说法比较合理呢?据亲见曹禺写作此剧的郑秀回忆:《原野》创作于曹禺到南京剧校任教之初,当时住在国民党的"第一模范监狱"斜对面,曹禺常见到犯人做苦工时被折磨的惨状,也常听到犯人痛苦的惨叫声,充满了恐怖景象。正是这种写作环境,强有力地影响了《原野》的气氛。再顺此考察曹禺到南京剧校任教的时间,曹禺是1936年暑假才离开天津市河北女子师范学院到南京剧校任教的,1937年8月便离开南京了。那么可知,《原野》的创作时间必定只能在1936年秋天以后,故"1936年1月"初版《原野》根本不可能成立。事实上,曹禺此剧"是三、四个月内完成的",1937年4月开始在广州出版的《文丛》月刊上连载,在《文丛》连载之后,方于1937年8月由文化生活出版社初版。(见王兴平《曹禺剧本写作和发表时间考辨》,载《中国现代文学研究丛刊》,1982年2期)

辨析版本的真伪也可从作者行踪中找到根据。如署名老舍的剧作,出版地点高度集中在上海和东北两地。考老舍行迹,老舍去过上海两次,一次是从英国回国,在上海居住不到20天;一次是辞去齐大教职后,要"尝尝职业作家的滋味",在上海停留不足一个月。在此前后,老舍虽与赵家璧等人有过书信往来,他的作品也曾由商务、晨光、良友、人间书屋等出版单位出版过,但并未与一些出版商人有过联系。从这种情况出发,向东等发现了16种、22种版本的老舍著作冒名、盗版本。老舍解放前并未涉足过东北,尤其日伪时期,可那时大连、沈阳、长春等地出版商人冒名、盗版的老舍著作有18种,版本达30种之多。(见向东《老舍被冒名、盗版图书辨析》)

四、根据作品内容特征辨。作家在创作实践中,形成了各自不同的创作个性,体现在作品的思想、艺术特色乃至行文风格、文字习惯等方面。

比如1928年,《创造月刊》二卷一期上,发表了署名为杜荃的文章:《文艺战线上的封建余孽——批评鲁迅的〈我的态度气量和年纪〉》,杜荃是谁?单演义、鲁歌、史索、王锦厚等人写出了详尽的考证文章,证明这位"杜荃'就是郭沫若。其中,文章内容及风格是持论的重要论据。从内容看,文中许多论点,都可以从郭沫若的文章中摘引出来;从文章风格看,也是郭沫若的。如好用"发端"开篇,行文中好批字,结尾处用外文注写作时间、地点,以及一些习惯用词,均是郭沫若的文风。

赵景深对伪称鲁迅题跋的辨析时,也采用类似的方法,为了说明问题,迻录有关内容如下:

假冒的鲁迅题跋文字:

按《绿野仙踪》一书,叙冷于冰温于玉事,寓意虽近荒唐,但笔法清新,结构细致,为小说家所推许。余于《小说旧闻钞》

书中曾屡屡提及。此部系道光年间青文堂梓板,舍云林阁本外,余所见允推此本为最佳,于前年八月间偶得于旧京天坛旧书摊上,诚幸事也。

鲁迅

赵景深先生对这段文字辨析如下:

> 文字稚弱,不类鲁迅老到的作风,且"温如玉"误写作"温于玉",鲁迅不会如此疏忽大意。如"为小说家所推许",简直不通。什么叫做"小说家"呢?是说创作者么?还是说小说史家或小说评论家呢?鲁迅不会这样称呼的。"此部"也无此写法,一般只作"此书","旧书推"是"摊"字之误,非"堆"字之误。评论此书为"笔法清新,结构细致"也不通。结构只能"细密",不能"细致",描写刻划可以说"细致"。并且,评语八字也不恰当。"余于《小说旧闻钞》曾屡屡道及"更显为有心作伪以取信。《小说旧闻钞》是辑录他人所著,鲁迅怎么会在此书中"屡屡道及"呢?他决不会将别人著作冒充自己作品的。书贾作伪,以图高价出售,实在可恨!……"诚幸事也",太嫩,也不象鲁迅口气。道光年间的版本,无甚希奇,有什么值得庆幸的呢!(见陈梦熊《鱼目混珠,难逃法眼——记赵景深先生对伪称鲁迅题跋文字所作的考辨》,载《中国现代文学研究丛刊》1988年1期)

论证凿凿,无可辩驳。鲁迅先生写文章,行文用字有他自己的特点,如预作豫。採作采、蝴蝶作胡蝶、痲痺作麻痹、金钢石作金刚石、澈底作徹底、伶俐作怜悧、诅咒作诅呪等,习惯用语有将和平写作平和,介绍写作绍介等。(参唐弢《关于〈鲁迅全集〉的校对》,《短长书》,南国出版社1947年4月出版)这类带有特色的文字,成为我们识别鲁迅行文的一个标志。我国文字发展向来和图书史有密切联系,现代文学书籍亦是如此,有些新字的产生,新词的使用也有时代特色,可藉此作为辨别图书年代的标志。如在"五四"初期的白话文中,第三人称代词不分性别或物称,都用"他",稍后才有人用"伊"作为女性第三人称代词,称物则仍用"他",更后才有"他"、"她"、"牠'(即"它")之分。鲁迅曾说过,"她"和"它"字是刘半农创造的,先生还曾誉为是刘半农打的一个大仗。尽管对刘半农"首创"说存有争议,但这些字确实在 1920 年前后才出现。

可见,作品中的用字既有个人特色,又见出时代特色,自然可以用来作为鉴别作品的作者和年代了。

如果两人文章内容相近、文字习惯也接近,笔名互用,如鲁迅和周作人的有些文章,那只能从各人的不同文风上辨。周作人早期散文,大都是思想性和战斗性比较强烈的"得罪人得罪社会"的文章,他和鲁迅混用笔名的文章都是这一类小品文。周作人自己也说,"其实是在文笔上略有不同,不过旁人一时觉察不出来"(《周曹通信集》),这种旁人一时觉察不出来的文笔,确实得下一番比较鉴别的功夫。当前已有人在作这方面的比较研究,如李景彬的《鲁迅和周作人的散文创作比较观》(载《江汉论坛》,1982 年 8 期)等,这无疑是有价值的研究工作。

在鉴别冒名等作品的时候,我们也不能忽视现代作家名、字、号的研究。如前所述,现代作家在名、字、号外,还有各种笔名,而且根据场合的不同、对方与自己关系的不同等情况,现代作家在自称和称呼别人时各有不同的用法,同一个人在不同的文章中往往用不同的名字。有些作家使用笔名是有些小掌故的,弄清笔名小掌故,对鉴别署名的真假确有不小帮助。如鲁迅的《南腔北调集》出版以后,1934 年 5 月 6 日出版的《社会新闻》上,有个署名"思的"家伙写了一篇《鲁迅愿作汉奸》的谤文,说此书是向日本输送情报的,"所获稿费几及万元",鲁迅从 5 月 20 日开始使用"公汗"笔名向叭儿狗们进行回击。据徐诗荃解释,这笔名系取"叭云汉奸"四字之半组合而成的,即以"叭"字之"八"与"云"字之"厶"组成"公"字,以"汉"字之"氵"与"奸"字之"干"组成"汗"字。(见《新文学史料》1979年第4期)又如宁波人邱九,曾以"芸生"的笔名写了一首政治讽刺诗,题为《汉奸的供状》,鲁迅曾在《辱骂和恐吓决不是战斗》一文中作过批判,1938年阿英在《关于瞿秋白的文学遗著》一文中,误将此文说成是秋白所写。如果知道"芸生"笔名的来历,恐怕就不会弄错了。邱九为什么署名"芸生"呢?当时有一位年轻女学生,常参加左翼外围文艺团体活动,左翼文化界中有许多人追求她。瞿秋白知道此事后,就笑话这些人是"芸芸众生",此语在这些人中传开了,邱九就摘取二字用作笔名。(见朱正《鲁迅回忆录正误》)

第五章　古籍伪书的辨别

伪书,是指造假的书,如某书称某人某时所写,实际上某书非某人某时所写,而是他人他时所写,或者所称的"某书"早已亡佚,此书为他人他时假托。我们这章所说的辨伪,就是要辨出某书实为某人某时所写,即辨出书籍的真作者和书籍本身产生的时代,以及真书中附益的篇章和文字这个问题,现代文学书籍中的盗版书,亦大量存在,但这些书籍所历时空较短,可资辨证的资料尚丰富,前文亦已有所论列,此不赘述。本章主要论述古籍的辨伪问题,众所周知,我国古籍真伪杂糅现象甚为严重,明胡应麟在《四部正讹》中曾说:"余读秦汉古书,核其伪几十七焉。"其实并非秦汉古书如此,后世古籍之伪者也是层见迭出的。清末张之洞在《輶轩语》中甚至说:"一分真伪,而古书去其半。"可见伪书之多。姚际恒把辨伪奉为"读书之第一义"(《古今伪书考序》),钱玄同则将辨伪置于"研究一切国故之第一步"(《论今古文经学及辨伪丛书》,载《古史辨》第 1 册)。治学者必须掌握辨伪的基本方法,识别书籍的价值,有所别择去取。即使本人一时难于进行这项工作,亦应注意利用前人的辨伪成果。

第一节　辨伪的态度和方法

前人在辨识古籍真伪的研究中,固然取得了卓越的成果,然而,不断出土的竹简帛书这些实物材料,对前人有关古籍真伪的研究成果起了针砭作用。人们发现,许多被前人判定为"伪"或"半伪"的书籍实际上并非伪书。这个情况引起我们深思,重新审视前人辨伪工作的得与失,从而在继承前人辨伪成果的时候,也能吸取其教训。郑良树曾总结出先贤在古籍真伪的研究上有两个值得重视的缺点:态度和方法。(参见《古籍真伪考辨的过去与未来》,载《文献》1990 年 2 期)可谓卓见。

辨伪态度是辨伪研究的前提。据笔者所见,前人辨别伪书之误,固然有其方法问题,但大多却因态度不正确所致。郑良树指出,有些学者感情用事、成见太深、主观太强,以"每辨必伪"、"逢书必假"为一逞快之事.因而主张态度要平实,忌偏激(同上)。所言有理。笔者认为,尊重客观事实、摒弃功利目的,应该是我们从事辨别伪书工作的基本态度和出发点。

挟功利目的而从事辨伪,势必背离实事求是的原则,造成错判。表现在:

怀挟着"圣人"的成见作为辨伪标准,其论迂阔,其判必误。如宋王柏的《诗疑》,认为《诗经》既为圣人孔子删定的经书,就不应该有歌唱爱情的"淫诗"在里面,这些"淫诗"当为汉人误收,故主张把其中三十二篇"淫奔之诗"统统删掉,否则它们将玷污圣经。事实上,这些所谓"淫诗",是周代各地老百姓歌唱的民歌,并没有什么圣人之道;在孔子时代,这《诗三百》也不是什么神圣的经书,那时也并没有所谓"防隔内外,禁止淫佚,男女絜诚"的道德教条,男女青年大可以自由地歌唱这些言情之作。故王柏之辨,是为卫道而辨。明开国功臣宋濂的《诸子辨》,成见也很深。他是用善恶功过的信条来论定古书真伪的,正如顾颉刚在序中所说:"他简直是董仲舒请罢百家的口气,他恨不使庄子受孟子的教诲,恨不强葛洪改学六艺,恨不把《公孙龙子》烧毁了。"

出于门户之见而辨伪,囿于成见,持论必带感情色彩,因而失却公允之态。如汉代今文家出于政治上的利禄之念、学术上的门户之见,全盘否定西汉发现的古文经传。无独有偶,清代中叶公羊派最具影响力的刘逢禄,著《左氏春秋考证》一书,对《左传》作了全面否定,认为此书为汉刘歆所伪造或为后人所附益。

为革新政治而辨伪,出于革命功利目的,容易出现"六经注我"的现象。如康有为为了"维新变法"的需要,提倡"孔教",在他著的《新学伪经考》中,力排古文经,认为"刘歆伪撰古经,由于总校书之任,故得托名中书,恣其窜乱",是刘歆为配合王莽夺权依托,甚至认为用以写经的古文字乃至钟鼎彝器上的文字也都是刘歆所伪造。在全盘否定古文经的同时,又竭力主张今文"六经"皆为孔子所作,将今文经作为维新的护身符。出于同一目的,他对古文《论语》也大施指摘。

重义理而轻实证,轻蔑古书,主观臆断,轻加伪名,率意辨伪。这种情况宋儒表现较普遍。宋司马光在《论风俗劄子》中谈到了当时学术界流行的一种不良的辨伪风气:

> 新进后生,口传耳剽,读《易》未识卦爻,已谓《十翼》非孔子之言;读《礼》未知篇数,已谓《周官》为战国之书;读《诗》未尽《周南》、《召南》,已谓毛、郑为章句之学;读《春秋》未知十二公,已谓《三传》可束之高阁。

不尊重古书,先入为主,用这样的态度来辨伪,自然无客观标准了。

所以,辨别伪书的工作必先端正思想,门户之见、实用主义等都是辨伪工作者的障眼物。

关于辨伪的具体方法,先儒确实留下了许多可贵的经验,足资后人借鉴。其中最著者有明胡应麟的《四部正讹》下中提出的考核伪书的八条方法和梁启超《中国历史研究法》第五章第二节中提出的辨识伪书的十二条公例。分别缕述如下。

《四部正讹》考核伪书八法:

1."核之《七略》,以观其源。"即检查一下最早的目录书《七略》,看著录了没有,以此考察著录的源头。

2."核之群志,以观其绪。"即审阅历代史传中的《经籍志》或《艺文志》,研究这部书什么时候见于史志著录,以考其流传的线索。

3."核之并世之言,以观其称。"即从作者同时人的写作中,检查有无谈到或称引这部书的地方。

4."核之异世之言,以观其述。"即从后世人的著作中,检查有无发挥或引申这部书的言论。

5."核之文,以观其体。"即从文体上,检查是否和作者所处的时代文风笔调相合。

6."核之事,以观其时。"即从书中记载的内容上,检查是否与作者所处的时代的事实相符合。

7."核之撰者,以观其托。"即检查该书所标示的作者姓名,是否出于托古。

8."核之传者,以观其人。"即考核检查一下首先传播这部古书的是何等样人物。

梁启超的辨伪十二条公例:

1."其书前代从未著录,或绝无人征引而忽然出现者,十有九皆伪。"

2."其书虽前代有著录,然久经散佚,乃忽有一异本突出,篇数及内容等与旧本完全不同者,十有九皆伪。"

3."其书不问有无旧本,但今本来历不明者,即不可轻信。"

4."其书流传之绪,从他方面可以考见,而因以证明今本题某人旧撰为不确者。"

5."真书原本,经前人称引,确有佐证,而今本与之歧异者,则今本必伪。"

6.其书题某人撰,而书中所载事迹在本人后者,则其书或全伪或一部分伪。"

7."其书虽真,然一部分经后人窜乱之迹,既确凿有据,则对于其书之全体,须慎加鉴别。"

8."书中所言。确与事实相反者,则其书必伪。"

9."两书同载一事,绝对矛盾者,则必有一伪,或两俱伪。"

10."各时代之文体,盖有天然界画,多读书者自能知之。故后人伪作之书,有不必从字句求枝叶之反证,但一望文体,即能断其伪者。"

11."各时代之社会状态,吾侪据各方面之资料,总可以推见崖略。若某书中所言其时代之状态,与情理相去悬绝者,即可断为伪。"

12."各时代之思想,其进化阶段,自有一定。若某书中所表现之思想,与其时代不相衔接者,即可断为伪。"

梁启超在《古书真伪及其年代》一书中,所谈到的辨伪方法更加详密。

胡、梁辨伪法一直被辨伪工作者视为圭臬。但伪书情况各别,所辨方法也必须灵活,墨守所谓公例,硬套所谓法则,也会犯教条主义的错误,因为前人辨伪的"公例",未必都那么科学。如因有人断言"战国前无私人著述",故认为《孙子兵法》一定非孙武自著;因有"各时代之文体,盖有天然界画"之公例,《尉缭子》"文气不古",故必为伪作。而据这些公例所判的所谓"伪书",恰恰被出土竹简本《孙子兵法》和《尉缭子》证明不伪。

综合前人辨伪经验和今人的研究成果,我们可以这样说,辨伪之法分两大类,一为思想方法;一为实施方法。在实施方法中,又分外部取证法、内部取证法和实物印证法三种。

思想方法上,树立辩证的全面的考察问题的观点,克服片面的形而上学的方法论,使辨伪方法尽量趋于科学。摘取古书中若干文字、若干篇章,即断定全书为伪书,这种以偏概全的弊病,是辨伪工作者特别容易犯的毛病。彭林在考辨《周礼》的真伪及成书年代的时候,对上述传统辨伪方法进行了反思。认为历代学者在研究辨识《周礼》真伪的时候,往往不能从总体上把握全书的思想体系,而抓住书中某些局部的内容。如通过考证《周礼》中的部分职官或若干制度而立论;万斯大《周官辨非》,取其与典籍牴牾者 55 则而辨之;郭沫若《周官质疑》举其与金文不合者 19 项以质之,所论虽精,但由于缺乏贯通全书的证据,仍然不能推翻所谓周公之典的说法,因为人们仍可认为,晚出的内容可以为后人所窜入,如此而已。彭林的博士学位论文《〈周礼〉的主体思想与成书年代》(提要载《文献》1990 年 2 期)一文,把《周礼》所反映的治民思想、治官思想、理财思想,以及笼罩于六官体系之上的神学思想等,作为全书的主体思想来研究,分析了其中的思想属性与相互关系,揭示了它的时代特征。文章详尽地分析了全书,认为书中包容了阴阳五行、儒、法等三种彼此不相杂、主从分明、各有所用的思想。阴阳五行思想主要用于构建官制体系和王国格局;儒家思想贯穿了治民治国,是全书最根本的思想;法家思想主要用于治官和理财。三者相辅相成,共同构成了《周礼》的主体思想。这三种思想的高度综合,不要说周公时代的西周,就是战国时代都未曾有过,而只有西汉以后的儒生才会具有这样思想体系的格局。因而得出了此书是西汉之初的儒生,总结周秦以来为政得失,参以己见而写成的。不管这结论是否可成定论,但这种研究方法,确实是一种值得提倡的比较全面辨证的方法。郑良树也认为:"未来古籍真伪研究应该以个别篇章为

研究对象,摆脱以一篇概全书的弊病,才能在方法上达到严密的境地。"(《古籍真伪考辨的过去与未来》)

辨伪的实施方法中,运用外部取证法极为常见。所谓外部取证,即不从本书而从他书或其他方面去广罗证据以辨别伪书的取证方法。常见的大体有下面几个方面:从目录及旧志的著录传授上辨识、从同时代或后代人的作品中称引的佚文上去辨识、从署名的作者及传播刻书的人物的生平考察中辨识等。

在我国古代的书目中或旧志中,对该时代的作家的著作大都有详细的著录。如果世传某人所著之书,在目录著录中没有,那么大体可断定此书为伪作。如秦以前所存古籍,可以《汉书·艺文志》的著录为主要依据;隋代藏书,可以《隋书·经籍志》为主要依据;唐宋公私藏书,可查考《旧唐书·经籍志》、《崇文总目》、《新唐书·艺文志》、《郡斋读书志》、《遂初堂书目》、《直斋书录解题》等。如《汉书·艺文志》上载《易》有十三家,而无子夏作传者。可梁阮氏的《七录》上出现了《子夏易传》6卷,可知这子夏《易传》为伪书。相反,有的书曾见著录于《汉书·艺文志》,但此后亡佚,不见《隋书·经籍志》和新旧《唐志》,至宋代的书目中或更后一些的书目中却又突然出现了,那么这部新冒出的久已亡佚的书就至为可疑了。如马端临《文献通考》辨识《连山易》和《归藏易》时说:

《连山》、《归藏》及夏商之《易》,本在《周易》之前,然《归藏》《汉志》无之,《连山》《隋志》无之。盖二书至晋、隋间始出。而《连山》出于刘炫之伪作,《北史》明言之,度《归藏》之书,亦此类耳!

古人所作传记,特别是地方志中的传记、碑铭之类.对人物的生平事迹、重要著述都有详细记载,因此,通过查核史传旧志中作者著作的著录,也是考辨古籍真伪的重要途径。如古代笑话专集

《启颜录》一书,见载后晋刘昫等《旧唐书·经籍志》,题"隋侯白"撰。又见北宋欧阳修等撰修的《新唐书·艺文志》,也题"隋侯白撰",而不见载于《隋书·经籍志》,殊可疑。又查《隋书》中的侯白本传,著录了侯白所著书《旌异记》15卷,只字未提侯白还有什么《启颜录》。我们知道,《隋书》纪传部分的撰稿人魏徵、颜师古、孔颖达等人都是隋末唐初人。而隋之侯白,死于隋高祖朝。隋高祖杨坚灭陈统一全国在公元589年,卒年为公元604年,由此可知,侯白当死于公元589年至公元604年之间,和参加过隋末农民起义的魏徵等应属同时代人,《隋书》所记侯白事,实际上是时人记时事。传中记侯白著的《旌异记》15卷行于世,是足可征信的,没有提到另有《启颜录》一书,故基本可断定侯白没有著《启颜录》。

如果后人说某书出现于某时,而那时的人却并未见过某书,或者当时人确有过称引,但与现存文章不同,那么这本书就有可能是伪书。如汉马融怀疑汉武帝时发现的一篇周初的文章叫《尚书·泰誓》篇是伪文时,重要的较有说服力的理由就是古书中所引《泰誓》都不曾见于这一篇里。如《春秋》引《泰誓》曰:"民之所欲天必从之。"《孟子》引《泰誓》曰:"我武惟扬,侵之于疆,则取于残,我伐用张,于汤有光。"《国语》引《泰誓》曰:"朕梦协朕卜,袭于休祥,戎商必克。"《孙卿》引《泰誓》曰:"独夫受。"《礼记)引《泰誓》曰:"予克受,非予武,惟朕文考无罪,受克予,非朕文考有罪,惟予小子无良。"等,以上《泰誓》逸文,今皆不见此篇。而《春秋》、《孟子》、《礼记》等书都是孔子修订过或孔子以后的书,如果原来周初的《尚书》百篇中有现今这篇《泰誓》,那么这些书所引的《泰誓》之文就应该在里头。证明战国时存在过一篇《泰誓》,而西汉时发现的《泰誓》是伪造的。

从某书的传刻情况着手核查,也是辨识伪书的有效方法。如晚明出现的所谓子贡《诗传》和申培《诗说》。先是嘉靖中庐陵中丞郭相奎(字子京、号青螺)家忽出藏本《诗传》,说是得之于香山黄佐，而黄佐所得又为晋虞喜于秘阁石本传摹。此后才有人刊刻于世，有人以为这二书才是《诗经》之嫡传，其他反都成了虚妄不可信的了。清毛奇龄撰《〈诗传〉〈诗说〉驳义》，首从此本传刻情况辩驳：

> 向来从无此书，至明嘉靖中，庐陵中丞郭相奎家忽出藏本见示，去得之黄文裕秘阁石本，然究不知当时所为石本者何如也。第见相奎家所传本，则摹古篆书，而附以楷体今文，用作音注。嗣此，则张元平司马刻于贵竹，专用楷体无篆文，而李本宁宗伯则复合刘篆文、楷体于白下，且加子夏《小序》于其端共刻之，名曰《二贤言诗》，而于是《诗传》、《诗说》一入之《百家名书》，再入之《汉魏丛书》，而二书之名遂相沿不可去矣。

接着考察了所托的作者子贡、申培的著述情况。揭示其作伪依据之不可靠。如考之子贡，毛氏云：

> 按从来说《诗》不及子贡，即古今艺文志目亦从无子贡《诗传》，徒以《论语》有"赐也始可与言诗已矣"一语，遂造为此书，其识趣弇陋即此可见。

接着又考察了申培，《汉书·儒林传》云"言诗于鲁则申培公"，《汉书·艺文志》云："汉兴，鲁申公为诗训。"而《传》也云"申公独以《诗经》为训，故以教无传言，第有口授无传文也"，申公说诗并无传文。退一步讲，《隋书·经籍志》载："鲁诗亡于西晋。"就是说，即使申公有传文，也在西晋时亡佚了，如何又能出现于晚明？

又结合其他方面证据，得出"老学究授生徒市门日烦，苦无所自娱，乃作此欺世焉"的结论。

事实上，作伪者明末丰坊是个"博学工文，兼通书法而性狂诞"（《明史》本传）的人，才高性诡，玩世不恭，作伪书以玩世，这就是丰坊作伪的目的。

　　从古籍本身的内容特征上找出辨识此书真面目的证据,这就是人们常常采用的内证法。内证法涉及的范围很广,如从本书书名、书内人物称谓、地名、朝代名、典章制度、历史事实、思想特征以及文章风格等方面都可作为取证的内容。

　　书名、人物称谓及行文说话的语气,往往可以透露出某些时代特色,故可以据此辨别该书的时代及真伪。

　　如孔子时代,《诗》、《书》、《礼》、《乐》、《春秋》、《易》称为六艺,汉代的时候,这"六艺"中除了《乐》因有音无书外其他五种皆尊之为"经",儒家著作之称为经书。始自汉代,后来出了一部称为孔子弟子曾参所作的书,其名曰《孝经》,既为曾参所作,书名在汉前应为《孝》,但先秦典籍中从未有过称《孝》的书出现,也不见战国人称引。其书一出现于世,便定名为《孝经》,只能是汉人或汉后人伪作(一曰其名取《孝经》卷三《三才章》中的"夫孝,天之经也"之意,实难信从)。

　　古书中的人物称谓很讲究,如人物往往自称名,称他人字或号,称已卒之人谥号。如称谓名号犯皇帝名号之讳,还得避讳改字等。这些都给我们留下了辨识书籍真伪的某些证据。

　　如前面提到的《启颜录》,如果真是侯白自己写的(书中确实记了侯白"一己之言行"),那么文中叙名,都径称"侯白",而不单称名"白",这有违古人习惯。古人自称己名以示谦虚,但并不连呼己姓。他人称侯白,按古人惯例,应称其字"君素"。然从书中称谓看,明显是后人追述的口气。如"侯白捷辨"条:

　　　　越公杨素戏弄侯白云:"山东人多仁义,借一而得两。"侯白问曰:"公若为得知?"素曰:"有人从其借弓,乃云'揭刀去',岂非借一而得两?"

文中称谓不仅称"侯白"不合古礼,且侯白称本朝越国公杨素讳名,更违常礼了。避讳之制前文已论及,利用避讳知识来辨识书之伪真,是颇具说服力的。如《吴越春秋》一书,有人怀疑它不是汉人赵晔所撰,而为魏晋人伪托,但考书中内容,却有避汉帝讳的显例:书中写楚乐师扈子为楚作的《穷劫之曲》,词中有一句曰:"严王何罪国几绝。""严王",指楚庄王,不称"庄王"称"严王",正是汉人避汉明帝"刘庄"讳之惯例,可证为汉人手笔痕迹。

又如谥号,是人死亡后加上的尊称,一般布衣除了特殊情况(如陶渊明死后,友人私谥靖节),没有谥号,所以谥号成为天子诸侯死后的尊称,司马相如卒于汉武帝刘彻之前,可是传为司马相如写的《长门赋》中,却称"孝武皇帝陈后",相如怎么能知道刘彻死后的谥号为"武"呢?显然为后人所作。

我国古代有些朝代还有一些特异的称谓,这种特异称谓成为该时代的标志。如宋代宫中称呼异于别朝:宋太祖称杜太后为娘娘(见《铁围山丛谈》)、高宗称徽宗为爹爹,称韦太后为大姐姐,太后称帝为哥,内禅后称孝宗为大哥等(见《四朝闻见录》)。

有的文章从直接的称谓上虽然看不出第三者的特点,但从语意中显示出来的口气上看得出非本人自谓。如《楚辞·九章》中的《惜往日》和《悲回风》两篇,是否是屈原所作的呢?看看《惜往日》几句辞:"何贞臣之无罪兮,被离谤而见尤……临沅湘之玄渊兮,遂自忍而沉流,卒没身而绝名兮,惜壅君之不昭。"这里,"贞臣"和"壅君"等辞不似屈原口气,"遂自忍"和"卒没身"中,"遂"和"卒"都是完成词,说明屈原已经自沉于沅湘之玄渊了,这种文句,显然出于他人手笔。

又如《悲回风》中的一些文句:"骤谏君而不听兮,任重石之何益?"不仅从中可看出后人追述屈原的口气,而且还是诗作者责备屈原自杀没有好处的语意,显然是后人吊唁屈原之辞,决非屈原自称。

据此。《九章》中的《惜往日》、《悲回风》很可能不是屈原所作。

从本书所载事实、名物、典章制度上去检查，也成为辨识古书真伪的重要手段。

书中所载历史事件与文句，只有后人征引前人，绝无前人征引后人之道理，这种常识性公例，是前人辨识古书真伪普遍采用的方法。如郭象在对《庄子》《外篇》和《杂篇》的怀疑时，北齐颜之推《颜氏家训·书证篇》中，都列举了不少古籍中所谓的作者和书中所载内容发生矛盾的现象；谓"《世本》左丘明所书，而有燕王喜、汉高祖"，"《列仙传》刘向所造，而赞云：'七十四人出佛经'"等。左丘明为孔子时代人，怎能在文章中写到战国燕王甚至汉朝开国皇帝刘邦呢？刘向西汉人，怎么会从六朝时才传到中国本土的佛经中找出七十四人，写出一部什么《列仙传》？显然《列仙传》之出，为汉后人。同样的道理，被称为"小说之最古者"的《山海经》，传为大禹时的伯益所作，可是书中却载有汉代长沙、成都等郡县的名称，可见决非伯益所作了。

《楚辞》中有一篇《卜居》，旧以为屈原所作，而文中提到了"将哫訾栗斯喔咿儒儿以事妇人乎"，意思说楚王一味讨好后宫女子，荒淫误政。文中讲的是"屈原既放，三年不得复见"，那么，此文应是屈原作于放逐以后。考之史实，屈原在怀王时代只被疏，而非放。怀王疏远屈原以后，还曾派他出使过齐国。而女宠擅政之事，如果说有过，那只能指怀王时的郑袖乱政之事。屈原被流放，是顷襄王之时，那时的屈原已成为执政者的眼中钉，似乎已无卜居之必要了，且终襄王之世，历史上并无女宠擅政之事。如按《卜居》所云，显然与当时事实不合。以上事实，是前人怀疑《卜居》一篇非屈原所作的重要依据。

书中所述名物制度，有的也可昭示出时代来。如《启颜录》中有一则"侯白过村"。有"主人将筝及琵琶、尺八与白令作音乐"句，其中提到的"尺八"是一种吹奏乐器，始见于唐。《旧唐书·吕才传》载:"唐吕才制尺八,共十二枚。"这是尺八的最早出处。吕才死于公元665年,这"尺八"之名,显然不是死于公元604年前的侯白所能知道的。至少可断定,这则文字决非侯白所作。又如《亢仓子》书中有"衰世以文章取士"之称。考亢仓子其人,是战国时庄子的朋友。庄子之时,"文章"一词的含义一般指称错杂的色彩或花纹。古以青与赤相配合为文,赤与白相配合为章。《庄子·胠箧》篇中所称"灭文章,散五采"即指此义。汉代"文章"则指文辞或泛指独立成篇的文字。至于"以文章取士",那只能是科举制度开始以后的事了,所以《亢仓子》应为科举制度开始之后伪造的书。

从文中记载的思想特征上可考见时代思想特征,再核之以所署的作者的思想,便可发现问题。如被称为屈原所作的《楚辞·渔父》一文,流露出严重的道家思想意识,如果真是屈原所作,屈原也就会隐居山林决不会自沉汨罗了,这种矛盾的思想情况,说明文章不是出于屈原之手,而是出于具有道家思想的人物之手。笔者在考察《吴越春秋》的成书年代和作者的时候,也涉及这类问题。有人认为《吴越春秋》是伪书,"不出于后汉赵晔之手,而为汉晋间人讲述古史并附会民间传说的一种说部"。(说见今人陈中凡《论吴越春秋为汉晋间说部及其在艺术上的成就》,载《文学遗产增刊》第七辑)考《吴越春秋》一书中,出现了懂得鬼神妖道、知天识地、占时卜日的人物伍子胥、范蠡、文种等以及许多神话怪说,谶纬迷信思想充斥全书。再看汉代特别是作者赵晔所处的东汉时代思想。两汉最高统治者都醉心于长生不老之术,对符命谶纬等一套迷信把戏津津乐道。东汉时代,今文经学者把本经阴阳五行化,成了谶纬神学。今文经学家善为灾异因果、谶纬妖妄之说,他们在推演经义的时候,杂以"文不雅训,缙绅先生难言之"的许多神话怪说。书中吴越主要谋臣都是精于谶纬占卜的人,这正是汉代今文经学者的"特技",而书中出现的辰日生克之占和象天法地、相人形貌等术,又都为汉时数术的基本内容。书中占卜术语也为东汉人所习用。

如以干支纪年、日,以支纪月、时,东汉才有;一日分十二时辰,并以十二辰配十二月、十二生肖相属说,开始于汉人;干支相生克、十二神之名及刑德之说,也均见于东汉之书。可见《吴越春秋》镌刻着汉代特别是东汉的时代思想烙印。但与东汉会稽人赵晔的思想行事是否相合呢?考赵晔其人,据《后汉书》本传,他潜心 20 年的经学《韩诗》,正是汉时立为官学的今文经学,他是《韩诗》博士官薛汉的再传弟子。据《后汉书·儒林传》,薛汉"尤善说灾异谶纬",他于建武初立为博士后,就"受诏校定图谶",赵晔之师杜抚,是薛汉"最知名"的弟子。汉时经师都标榜"笃守师法",汉五经博士都是当时谨守师法的专家。赵晔从师,20 年如一日,"抚嘉其精力,尽以其道授之"(虞预《会稽典录》)。由此可推论,赵晔亦精于谶纬妖妄之学。所以《吴越春秋》中出现的灾异谶纬之说,正是赵晔所撰的极好佐证。准此,今本《吴越春秋》非伪。

从书中文体、文章风格上去检查是否和作者所处的时代文风笔调相合。胡应麟考核伪书八法之五即说:"核之文,以观其体";梁启超的辨伪十二条公例之十说得更斩钉截铁:"各时代之文体,盖有天然界画,多读书者自能知之。故后人伪作之书,有不必从字句求枝叶之反证,但一望文体,即能断其伪者。"这里所说的各代文体之"天然界画"未免过于武断了,但根据某种文体的发生发展历史,确可成为判断伪书伪文的参考依据。如前人及今人在考辨文人五言诗并非产生在西汉的枚乘和李陵的时候,其重要依据是从文人五言诗的发展史来考察的。在我国诗歌发展史上,文人成熟的五言诗产生在东汉末年,不可能在西汉初年。故《玉台新咏》所说的所谓枚乘、李陵五言诗是不能成立的了。

笔者也曾据《吴越春秋》的语言风格断其为东汉人作,而非魏晋间人作。《吴越春秋》中,人物言志抒情之语,已迭见骈词俪语,且韵散相间。如计硕论春种秋藏之理,要离责让菑邱䜣之语,范蠡论物极必反之言,均为骈偶之句。写勾践精工雕饰神木以献吴王,更一气连用十句四字句,呈现出明显的骈俪化趋向,但较之刻意求工的六朝骈文,仍显得古朴自然,故畛域还是清楚的。东汉散文,无论是班固的《汉书》传赞,还是王符、崔寔、仲长统之文,都已趋骈俪化,《吴越春秋》这种文风,正可体现东汉散文的特色。

又如今本《列子》中,有许多先秦时代不可能有的词汇和语法,这就是说,从汉语史的角度,也能作为辨识伪书的一个方面,今人杨伯峻作了很好的尝试。他写了《从汉语史的角度来鉴定中国古籍写作年代的一个实例——列子著作年代考》(见《列子集释》),即从汉语史的角度来辨识《列子》一书的时代真伪的,可参看。早在40年前,当伪造的所谓唐代文书《坎曼尔诗笺》轰动文坛时,历史学家张政烺就指出其伪,理由是:文书中有二十世纪五十年代中期才推行的简化字、文书中的那种字体不会出现在明代万历年间以前、有些词语如"东家"根本不是唐代所能有的。萧之兴《关于〈坎曼尔诗笺〉年代的疑问》中又指出"飨"被认为是"饟"的简化字,但"饟"字出现相当晚。杨镰又发现了诗笺中"诗坛"这个词语非唐朝元和间人所能有等,从汉语发展史这个角度,发现《坎曼尔诗笺》之伪迹,再结合实地综合调查。揭开了伪诗之谜,原来竟是新疆维吾尔自治区博物馆的两个人在六十年代初伪造的(见杨镰《〈坎曼尔诗笺〉辨伪》,载《文学评论》,1991年3期)。

实物印证法,指利用出土的甲骨、青铜器,竹简帛书等实物辨识古籍。殷墟卜辞的大批出土,经过考古工作者的研究,初步证实了殷代是我国最早的有文字记载的时期,从而考定尧舜禹等人的所谓著作都是伪书。殷周以来青铜器的出土和研究也可作为古籍考辨的旁证,特别是近年大批古墓中出土的竹简、帛书,是判断古籍真伪的最有权威性的资料。这些出土的竹简帛书,抄写时代很早,往往最接近先秦古籍,而且抄书时间又大多在著录古籍的官私目录之前,它们的存在,往往成为证明一些长期以来被斥为伪书的古籍非伪的铁证。

《孙子兵法》,《汉志》载有"吴孙子"(即孙武兵法)和"齐孙子"(即孙膑兵法)两种,然孙膑兵法世无传本,故长期以来学者对《孙子兵法》这部被译成多种外文为世界很多国家学者所重视的著作产生了疑义:一说现在传本《孙子兵法》乃孙武原作、孙膑完成的;一说孙武原无其人;一说今传本《孙子兵法》乃汉代曹操根据前人的著作整理编订而成的,等等。但 1972 年 4 月间,山东银雀山西汉前期汉墓发现了大批竹简,同时发见了《孙子兵法》和《孙膑兵法》两种。据初步校勘,汉墓《孙子兵法》竹简残文和原传本有不同的字、词、句 100 多处,并保存了《孙子》佚文四篇和《孙子见吴王》一篇,证明孙武确有其人,《孙子兵法》不伪。《尉缭子》一书,曾被许多学者疑为后人伪托的古书。宋陈振孙《直斋书录解题》称:"《尉缭子》,未知果当时本书否?"明宋濂称:"则固后人依仿而托之者也。"姚鼐说:"尉缭之书,不能论兵形势,反杂商鞅刑名之说,盖后人杂取苟以成书而已。"姚际恒辨曰:"其伪昭然"。(《古今伪书考》)几乎众口一词。可 1972 年,山东省临沂银雀山汉墓中出土《尉缭子》竹简三十六枚,有与今本《尉缭子》相合者六篇,即《兵谈》、《攻权》、《守权》、《将理》、《原官》及《兵令》。虽简式和抄写字体、书格不完全相同,但《尉缭子》一书非伪已可显见。何法周从这些竹简得到启示。写成了《尉缭子初探》一文,列举五个证据,证明此书"应视为梁惠王时期的尉缭的著述"(见《文物》,1977 年 2 期)问题至此得以澄清。

《文子》一书,《汉书·艺文志》载有《文子》九篇,然班固疑之曰:"老子弟子,与孔子并时,而称周平王问,似依托者也。"此后,唐柳宗元也辨之曰:"考其书。盖驳书也。其浑而类者少,窃取他书以合之者多;凡孟、管辈数家皆见剽窃,晓然而出其类;其意绪文辞,又与相抵而不合。不知人之增益之欤?或者众为聚敛以成其书欤?"(《增广注释音辨·唐柳先生集》卷之四,《辨文子》)明胡应麟赞同柳说。姚际恒认为属"真书中杂以伪者",梁启超却干脆说:

"《文子》完全剽窃《淮南子》。"(《古书真伪及其年代》)。然 1973 年,考古工作者在河北定县八角廊汉墓发现竹简有《文子》部分章节与佚文。已整理出与今本相同的文字六章,简文的情况与《汉书》所说完全相同,证明此书不伪。而且通过校勘,发现了因《汉书·艺文志》班固的注文中对此书提出了怀疑,今本已经后人改窜,痕迹很显著,如凡简文中的文子,今传本都改成了老子,并从答问的先生变成了提问的学生。平王被取消,新添了一个老子,等等。所以简文《文子》的出土,使《文子》得以部分地恢复其本来面目。《文子》佚文部分,大半是对天道、仁、义、功、德和教化的阐发(见《文物》1981 年 7 期《定县 40 号汉墓出土竹简简介》)。这部简文《文子》的发现,又了结了一个学术界长期争论不休的悬案。

又如《鹖冠子》,《汉志》载一篇,《隋志》作三卷,然自从唐柳宗元作《辨鹖冠子》后,学者们多以为是伪书。直到湖南长沙马王堆三号汉墓帛书出土,发现《鹖冠子》不少语句同帛书相合,才为这部书平了反,认识到它确为先秦旧籍。

竹简帛书的出土,使一些权威性的辨伪结论发生了动摇。最典型的是对《孔子家语》的辨识。《汉书·艺文志》载有《孔子家语》二十七篇,但至唐颜师古已疑原书已佚,"非今所有《家语》"。《隋书·经籍志》录王肃注《家语》二十一卷,唐宋以后著录为王肃《家语》十卷;王柏说,四十四篇之《家语》乃王肃自取《左传》、《国语》、荀、孟二载记割裂织成之。孔衍之序。亦王肃自为也(见《经义考》)。崔述亦说《家语》一书,本后人所伪撰,其文皆采之于他书,而增损改易以饰之(见《洙泗考信录》)。自此,王肃伪撰《孔子家语》已成定论,且认为伪撰之目的是为了假托圣言以与郑玄争胜。1973 年,河北定县汉墓出土的竹简中有战国时的《儒家者言》,其中涉及《孔子家语》的内容有十章之多,只是分章不相同,也有较大的文字差别。这个发现,使历来认为伪书的《孔子家语》不能再轻断为伪书了,大有重新探讨之必要。

实物证据还有出土的罕见的古代刊本,以及在民间发现的作者手稿、遗文遗篇等。如 1975 年,在江西星子县横塘乡出土了一座宋墓,墓中发现了两部邵尧夫诗集,早出今传明本数百年,并多出今本 49 首诗。宋刻本的发现,不仅在辨识其诗作真伪上有极大价值,对研究版本、校勘等也极有价值。又如 1948 年在东北西丰发现的蒲松龄《聊斋志异》半部手稿本等。这些都是考辨古籍及其篇章文字真伪的最富权威的资料。

除了上述这些具体方法外,也要注意吸收前人的研究成果,人们已经注意汇集这些成果,供我们参考之用,下面不妨介绍几种:

近人张心澂整理汇集了前人写过的一些辨伪专著和论文摘要,间附按语,阐明己见,著成**《伪书通考》**一书。此书 1939 年由商务印书馆初版,1957 年修订再版,上海书店出版社 1998 年影印本。修订版考辨历代图书 1104 部。每书标题加注有"伪"、"疑伪"、"非伪"等字样。全书分经史子集及道藏、佛藏 6 类,重点在经、子两部。书前总论对伪书的产生、辨伪的规律、方法等有扼要的说明。资料很丰富。但因编者未及见新出土文物材料,亦有失考之处。是目前一部常见的辨伪工具书。

顾颉刚辑有辨伪丛书**《古籍考辨丛刊》**第一集(中华书局 1955 年版,社会科学文献出版社 2009 年版),分三类汇编十种辨伪著作。(1)通论:《唐人辨伪集语》、宋朱熹《辨伪书语》、明胡应麟《四部正讹》、清姚际恒的《古今伪书考》;(2)经学:宋王柏《诗疑》、《书序辨》,清刘逢禄《左氏春秋考证》;(3)子学:《论语辨》,宋高似孙《子略》,明宋濂《诸子辨》,是一部有关辨伪的重要参考书。第二集分二类,通论五种,收欧阳修、叶适、袁枚、崔述、俞樾考辨古籍语;经学五种,收宋郑樵《诗辨妄》、宋程大昌《诗论》、清邵懿辰《礼经通论》、清万斯大《周官辨非》、清方苞《周官辨》。社会科学文献出版社 2009 年版。

今人郑良树在古籍辨伪方面取得了令人瞩目的成就。他撰写了古籍考辨论著《古籍辨伪学》。台湾学生书局1986年版。全书分九章：第一章，辨伪学的成立及其研究范围；第二章，意义及其学术地位；第三、四两章，源流；第五章，方法；第六章，方法的检讨；第七章，示例；第八章，新趋势，即辨伪学的四个新趋势：态度平实、方法严密、论断谨慎、论证完备；第九章，专著简介。书末附录有真伪问题之古籍一览表。是辨伪学方面的一部系统的理论专著。郑良树又编《续伪书通考》（台湾学生书局1984年版），是张心澂《伪书通考》的续书，体例亦同。凡散见于学报、学术期刊的辨伪论文、新刊古籍涉及辨伪之序跋等悉为编入。全书共考辨古书125种。代序总结了清代以来辨伪学的成就，揭示了近30年来辨伪学的新趋势。

有关辨伪学的著述还有杨绪敏《中国辨伪学史》，天津人民出版社1999年版，2007年修订版。司马朝军《文献辨伪学研究》，武汉大学出版社2008年版等。

第二节　伪书的利用价值

在我国学术史上，无数严肃的学者为鉴别古籍的真伪化去了许多宝贵的时间和精力，一批又一批的伪书被鉴别出来了，这固然是学术界之幸事。但先贤们对辨伪的目的却不甚了了，他们往往只辨真伪，不论得失，将揭示古籍伪妄作为终极目的。伪书一经辨出，便即弃之，甚至焚毁也不足惜。传统辨伪的这种弊端，使得许多伪书因不受重视而亡佚了，这是我们当代古籍考辨工作者必须记取的历史教训。

伪书，都是一定历史文化的积淀遗存，伪书的出现，有历史的、社会的、政治的、自然的、个人的等等复杂因素，我们辨别伪书，是要对这些复杂因素进行细致的分析，识伪存真。伪中取真，从中获取真正的科学研究的素材。事实告诉我们，不同性质、不同程度的伪书都有着各自不同的利用价值，毫无利用价值的伪书并不多。下面就伪书的利用价值略作分析：

一、科学价值

在我国浩如烟海的古籍中，有一种托古传世之作或本无书名作者名，后人妄加猜测所造成的伪书，也就是非有意作伪之书，只要略加辨识，就能考出书作的成书年代。因为这一类书往往不像有意作伪的书有许多迷惑人们视线的烟雾，而在内容上很容易透露其时代性。这类所谓"伪书"，往往具有重大的科学价值。

如《黄帝内经》，包括《素问》和《灵枢》两部分，托名黄帝，实际上成书于公元前3世纪前后，即春秋战国至秦汉间，是许多医人的经验总结。书中较完整地总结了脏腑经络学说，奠定了我国医学学术理论体系的基础，是我国现存的一部最早的最完整的古医学经典。

托名周秦越人即神医扁鹊的另一部医学经典《难经》，是我国最早的解释古医经的理论专著，对我国中医理论的发展产生了深远的影响。

我国现存最早的药物学专著《本草》，也是托名神农氏的"伪书"，实际上此书成于多代多人之手，黄云眉认为蔡邕、吴普、陶宏景等人都对此书有所增补修改。尽管如此，它本身的价值丝毫不受影响。事实上，不仅《本草》与先秦《诗经》、《山海经》中所载药物一脉相承，而且唐代《新修本草》、宋《开宝本草》、《嘉祐本草》、《大观本草》，直至明代李时珍《本草纲目》都是在它的基础上发展起来的，它奠定了我国本草学发展的基础，在祖国的医学史上，具有重要的科学和历史价值。

《周髀算经》和《九章算术》都曾托名周姬旦。《周髀算经》为我国最早的天文算学著作，书中最早提出了数学中的勾股定理。在载列与太阳的周年运动有关的计算时，使用了相当分数乘除和开方等法，为我国数学前驱；《九章算术》则从实际问题出发建立数学命题，并建立了以算筹为计算工具的数学体系，在分数理论、开方法、盈不足解法、比例分配、线性方程组解法、正负数加减法则及勾股数学方面取得了世界领先地位。两书都是我国数学史上的重要著作，具有重大学术价值。

《尚书·禹贡》，儒家附会为大禹时的作品，实成书于周秦之际。是我国古代留传至今的最早的地理文献，也是我国早期土壤学和水利工程学的重要文献，是一部完整的、系统的原始自然地理和政治经济地理的说明书，为后世地志所祖述。

以上数例可以看出。如果因书伪而不予重视，这些有价值的优秀文化遗产就得不到利用，这将是一个多么巨大的损失。

二、史料价值

伪书固然不能作为伪托时代的史料。但伪造者也不会全凭虚构，造伪时必有所据所本之原始材料，这原始材料如赖此伪书而传至今日，就成为我们所需的古籍珍贵佚文了。而且伪书一旦考证出了造伪的人和时代，作为研究伪作时代的史料，这个伪书就不"伪"了。我们可以从伪书中取得如下的真史料：

一是保存了已佚古籍的佚文片段、某一学派的后学之说。

如果某书已佚，后出之同名伪作，往往并非完全凭空臆造，而要依据一定的原始材料，且既依托何人，必然尽量多方寻搜其佚文以求取信，这样，这伪书中也就保存了已佚之原书的某些佚文。

今本《列子》早被判为伪书，原来《汉书·艺文志》所著录的《列子》八篇早已亡佚。然经历代学者们考证发现，今本《列子》中有部分章节正是先秦《列子》的佚卷，因此它并非全盘伪造，而是伪中杂真。宋人黄震、明人宋濂、清人姚际恒、姚鼐都有觉察。如姚际恒《古今伪书考》称："然意战国时本有其书，或《庄子》之徒依托为之者；但自无多，其余尽后人所附益也。"今人严北溟、严捷以《天瑞篇》为例，认为此篇首章"有生不生，有化不化……不生者疑独，不化者往复"一段中，"疑独"之"疑"为"毣"的传抄之误。晋张湛不识这"毣"，传《诗经》的毛亨也不识此字。《毛传》出于西汉，可见"毣"字在当时已鲜为人知。由此似可判断上面一章应为先秦佚文。此章之下"谷神不死"一段，抄自《老子》六章；再下"有太易，有太初"一段，抄自《易纬乾凿度》；"清轻者上为天"一段，抄自《淮南子·泰族训》；后面"种有几，若蛙为鹑"则抄自《庄子·至乐篇》，皆有所出，然一旦缀合，便自成体系，表达了《列子》独特的自然天道观。故得出伪造《列子》者是以先秦的《列子》佚文为纲，兼采众家，从事再创作的结论。（见《〈列子〉真伪及其思想价值平议》。载《中华文史论丛》1985年2期）

又如战国时，曾流传《管子》原本十八篇。唐张守节《正义》引《七略》："《管子》十八篇，在法家。"虽然并非管仲自著，却是战国时齐稷下学宫佚名的法家学者作品汇编，以继承和发扬春秋时管仲遗说为传统。《商君书·君臣》篇中有所引用，《韩非子》书中亦一再引用其中警句。今《管子》原本失传，但今传本《管子》七十六篇中包括《管子》原本面貌，只是因增添了许多篇章，重加编排，原本目次打乱了。今分《经言》、《外言》、《内言》、《短语》、《区言》、《杂篇》、《管子解》、《轻重》等八组。其中《经言》八篇（《牧民》、《权修》、《形势》、《乘马》、《立政》、《版法》、《七法》、《幼官》）、《外言》中的六篇（《八观》、《法禁》、《重令》、《法法》、《兵法》、《五辅》）、《区言》中四篇（《明法》、《任法》、《正世》、《治国》）凡十八篇即《管子》原本（胡家聪《管子》原本考，载《文史》13辑）。

今传本《列子》还保存了不少先秦佚书的片断，如柳宗元指出的"其《杨朱》、《力命》，疑其杨子书"（《辨列子》），又如鹖子之言四段。不见于今本伪《鹖子》书，有人认为可能是古《鹖子》的残遗。这些佚文，虽然不多，然吉光片羽，弥足珍贵。

先秦子书，大多为杂志体，非一人一时所作，如今本《庄子》现存三十三篇，分《内篇》（七）、《外篇》（十五）、《杂篇》（十一）三个部分。一般学者认为《内篇》是庄子自著，《外篇》、《杂篇》出于庄子门人后学之手。今天，我们认识庄子的思想及其写作特点，不是光凭《内篇》（七），而是从三个部分的整体来认识的。庄子后学的思想赖此得存。而《孟子》则很为不幸了，《汉书·艺文志》说"孟子十一篇"，因赵岐作《孟子章句》时定其中四篇为《外书》，即《性善辨》、《文说》、《孝经》、《为政》，"其文不能宏深，不与内篇相似。似非《孟子》真本，后世依仿而托也"（赵岐《孟子题辞》）。因此删去，不予作注，使四篇《外书》逐渐亡佚，使我们不能更多地从孟子后学那里了解孟子思想。

当然，对先秦某些子书还得先做一些去伪存真的工作才能利用，后世增添的内容并不能保证都为其后学之说。如今本《管子》中掺入了一些道家作品，如《宙合》、《枢言》、《心术》（上下）、《白心》、《内业》等，汉人往往将道法合流的黄老学说作品看成道家之作，故《汉志》把《管子》列入道家。因此在研究以管仲为代表的法家思想的时候，必须把这些道家作品排除出去。

二是留下了伪作时代的丰富史料，包括伪造者本人的思想体系、所处时代的思想风貌特征、风俗习惯等资料。

伪书之称伪，主要因为年代错乱，作者不真实，但其所写的内容必然反映作者的时代。《列子》是伪书，说明它不能代表先秦的思想，但它却完全可代表作伪时代即魏晋时代的思想；魏晋时期人们逐渐形成了一种新的世界观和人生观，它的理论形态就是魏晋玄学，内涵十分复杂，这是一种思辨的哲学，对宇宙、人生和人类自身的思维都进行了纯哲学的思考。《列子》一书，虽然杂纂诸家，代先人立言，故没有直接采用当时流行的许多新范畴，但书中没有回避当时有关本末、有无、名教、自然等问题的论争，反映了魏晋时代的思想特征。伪作者从世界本体的角度，从万物生成的角度和物种进化的角度，论证了世界的物质统一性，并阐述了物质与运动不可分、时空无限与有限的统一等精彩论点，体现了伪作者本人朴素的唯物论和辩证法思想，代表了魏晋哲学的新成就。《列子》抛弃了王弼以无为本的精神实体，同时又吸取了王弼关于体用、本末、动静等问题上的辩证法思想，得出接近元气本体论的"道"、"气"、"几"实体，直接继承了东汉张衡、王符的元气自然论，成为东汉王充的元气自然论到中唐柳宗元的元气本体论的转化的中介。《列子》为研究魏晋的哲学思想、研究我国哲学的逻辑发展提供了必不可少的资料。（说参严北溟、严捷《〈列子〉真伪及其思想价值平议》）

三、文学价值

伪书中有许多是文学作品。有的虽然本身并非文学作品，但在结构布局上、行文风格上给文学创作以极大影响。或者书中蕴藏着丰富的文学史料。

如以为大禹、伯益所作的《山海经》，实为战国时书。经秦、汉人增删而成。明胡应麟称之为"古今语怪之祖"，清纪昀谓之"小说之最古者尔'，鲁迅称云"古之巫书"。此书确实是我国志怪小说之鼻祖，它是我国最早的一部零星无系统的神话的粗略结集。在我国小说发展史上占有一席之地。

托名汉代东方朔的志怪小说《海内十洲记》，实为六朝人所伪托。记述了汉武帝与东方朔问答海内十洲神仙所居及怪异之物，皆诡诞不经之说。然其文词丰蔚，有助于文章，唐代的时候其词就多为人们所乐用。

托名西汉刘向的《列仙传》，可能为东汉或魏晋方士所作。所记赤松子、玄俗共七十一位仙家事迹，后人又续补了羡门高、刘安、老莱子等人事迹。这些仙家故事，被后代文人演为小说戏剧。

前面谈到的《列子》，文学剪裁功夫极为高妙，文气简劲宏妙。柳宗元激赏之，认为"其文辞类《庄子》，而尤质厚'，姚际恒虽然力捧《列子》"出《庄子》右"的说法，但也承认"《列》之叙事，简净有法，最名作家耳'。且《列子》一书,载有大量的寓言故事。如著名的"杞人忧天"、"愚公移山"、"夸父追日"、"两小儿辨日"、"薛谭学讴"、"韩娥善歌"、"高山流水"、"田夫献曝"等等。这些寓言神话色彩较浓,故事情节完整、篇幅较长、人物性格鲜明,在创作手法上很有特色,是成熟的寓言故事,其中有些可能就是先秦流传下来的神话传说和民间故事。这些大可作为文学创作之借鉴。

通过上述的简单分析,我们可以这样说,伪书虽伪,然伪中有真。辨伪者要合理地利用这些材料,使真者伪者各得其用。

中国文学史料学

下卷

潘树广 涂小马 黄镇伟 主编

华东师范大学出版社

华东师范大学出版社六点分社　策划

本书由苏州大学"211工程"建设经费资助出版

第六章　文学史料内容的考证

考,是考察;证,是证明,古人也统称之为考据、考核。前一章我们论述了判断古籍的作者和古籍产生的年代是否确切可靠,那是为了辨别书籍之真赝,是判定资料真实性的第一步,这项工作也是以考证为基础的。甄别文学史料内容的真伪,即考订书中所载事实的可靠性(亦称之为内层批判、内容鉴别),这个工作比辨别伪书更深入了一步,也更为艰难。这就是本章要论述的课题。

诚如前文所说,伪书中有真史料,然真书中实在也有假史料,这是本章要讨论的重点。

在科学研究的实践中,越来越多的学者已经感到,对文学的史料,决不能轻率地使用。所以,为了确保史料的可靠性和准确性,必须从理论上和实践上对内容考证问题进行认真的探讨。

第一节　哪些史料必须考证

无论是古代文学还是现代文学史料。都存在真假掺杂的问题。考察其表现形态,大致有以下几个方面,这也就是我们进行考证的重点。

一是后人编纂前人著作时,出于种种原因误收入内的别人别派作品。如《管子》中掺杂的后世道家作品,《墨子》中掺杂的《亲士》、《修身》、《所染》等儒家作品,如不进行考证,去除其中的伪篇。就无法研究该派的思想体系,就谈不上辨章学术、考镜源流。又如李白、苏轼集中滥收的他人之作,如果不予考证剔除,势必影响对这些作家作品的正确评价。这个问题,前文已有论列,此不赘述。

二是出于各种目的,歪曲改窜的史料。这种现象古已有之,所谓"成则为王,败则为寇",每当新王朝建立之时,统治者为树立自己的权威,在夸大拔高自身形象的同时,总要故意压低对方,进行恶意宣传,制造假史料。早在春秋末期,孔子的弟子子贡就洞察了这一点,他看出了周王朝歪曲了被征服的商王朝的历史,曾不无感慨地说:"纣王不善不如是之甚也!是以君子恶居下流,天下之恶皆归焉。"(见《论语·子张》)孟子虽然以儒家思想原则为标准,但确也看出了周王朝宣传自己的武功太过分,超越了实际,才说:"尽信《书》不如无《书》,吾于《武成》,取二三策而已矣!"(《孟子·尽心下》)《武成》是《书》即《尚书》篇名,叙周武王伐纣时事,言商纣士兵如何被武王杀得血流飘杵。(此原篇亡于东汉初,今存者是伪篇,与孟子原意不合)据郭沫若等当代学者考证,商纣实际上是个对中华民族有过很大贡献的人,他打平东夷,中华民族才能向东南部发展。且仪态美好,身材魁梧,力大能搏虎,并非一无是处。

为了罗织某人罪名而改窜史料。致使面目全非,这种反历史主义的现象,导致了不少假文学史料的出现.这在现代文学史料中也十分普遍。如为了批判现代文学作家肖军而编的《肖军思想批判》,有不少是改窜历史编造出来的假史料。例如说他反苏,是因他主编的《文化报》上登了一篇并非他写的《来而不往非礼也》的文章,讽刺了白俄分子;说肖军反对土改,是因为他曾描写过一个地主分子如何反对土改,文学作品中地主的话变成了作者肖军的话了。

又如冯雪峰30年代是最早写文章批评所谓"自由人"胡秋原

的,文章还可查到,可1957年以后,有些人把他说成胡秋原攻击"左联"的后台。冯雪峰明明写了两篇文章批评"第三种人"苏汶,有的现代文学史家却说冯"采取了和苏汶一流人一样的立场,说了苏汶一流人心里所早想说的话"等。实用主义导致了一些人凭感情好恶去编造历史。这种人笔下的历史,确实成了可以任人打扮的小姑娘,任人雕刻的大理石。

三是出于门户之见,逞口而谈的古事。战国秦汉之际,百家争鸣,诸子大都放言无惮,他们往往召请历史亡灵为自己服务,并把自己的意见乱套在古人头上。诸子们称引的古事,实在不可遽信。韩非子就已强烈地感到了这一点。他在《显学》篇中诘问:

> 孔子、墨子俱道尧、舜,而取舍不同,皆自谓真尧、舜,尧、舜不复生,将谁使定儒墨之诚乎?

司马迁作《史记》,也感到"百家言不雅驯",费了一番别择功夫。《庄子》中称引的大量古人古事,大抵皆寓言,这是《庄子》书中明明白白写了的,后人也大多清楚。故其书中之真人也大都为假事,如孔子在《庄子》一书中,有时候是温文尔雅的学者,诲人不倦的长者,有时却惶惶然若丧家之犬。如《盗跖》篇中,盗跖一面吃着人肝,一面大骂孔子摇唇鼓舌。这显而易见的假事,却被"四人帮"作为所谓"农民起义领袖"大骂"孔老二"的钢鞭材料一用再用,成为历史笑料。

四是囿于某种思想原因,曲解或妄测虚增的文学史料。如汉代齐、鲁、韩、毛四家诗,把《诗》三百篇中大量的优美的民间抒情诗,解释成这篇美后妃,那篇刺某王。甚至城隅幽会的爱情诗也说成女史彤管的大法,背谬特甚,完全失去了原样。武则天时的刘知几在他的《史通·外篇·疑古》篇中,对《论语》中孔子所说的"泰伯可谓至德也已!三以天下让,民无得而称焉"这句话,提出了质疑:

> 案《吕氏春秋》(浦起龙《史通通释》以为"当是《吴越春秋》")所载云云,斯则太王钟爱厥孙,将立其父。太伯年居长嫡,地实妨贤。向若强颜苟视,怀疑不去,大则类卫伋之诛,小则同楚建之逐,虽欲勿让,君亲其立诸?且大王之殂,太伯来赴,季历承考遗命,推让厥昆。太伯以形质已残,有辞获免。原夫毁兹玉体,从彼被发者,本以外绝嫌疑,内释猜忌,譬雄鸡自断其尾,用获免于人牺者焉。又按春秋晋士蒍见申生之将废也。曰:如吴太伯犹有令名。斯则太伯、申生,事如一体。直以出处有异,故成败不同。若夫子之论太伯也,必美其因病成妍,转祸为福,斯则当矣。如云可谓至德者,无乃谬为其誉乎?

太伯奔吴,避祸也,不得已而为之,何来"至德"!

谬为其誉之事现代文学中也有。如《裴彖飞诗论》一文,是周作人口译、鲁迅笔述的。全文译好以后投给《河南杂志》,后来因杂志停刊,所以此文只刊登了上半篇。有些现代文学研究者不察其事,不仅一直将此作为鲁迅一人的译著,有的人还臆测该文所以没有译完,原因是鲁迅以他"敏锐的眼光",看到了原文的资产阶级立场,因而中断了翻译工作。无视事实,盲目迷信,任意揣测拔高,怎能不谬?

五是作者本人及其亲朋回忆的、他人记载的史料中的可疑部分。作家回忆本人之事也有误记漏记情况,很难无条件地信以为真。如茅盾在《我走过的道路》中,关于他自己和平民女学关系的回忆,就有不少处误记,据艾扬考证有如下六个问题所忆不确:

(1) 茅盾何时到平民女学教课的问题。茅盾说是1921年底,但平民女学的招生广告写明该校"定期民国十二年(1922)二月十六日开学";

(2) 他教英文的学生人数问题,茅盾说只有六个人。实际上有十几个人；

（3）茅盾教课的内容。茅盾说："不教文法等等,只拿英文的短篇小说来讲解。"他的学生们回忆说他是"教高级班英文文法和会话的"；

（4）沈泽民到平民女学教课的时间问题,茅盾说,"泽民入党以后也在那里讲过课",事实上泽民在入党以前就去了；

（5）平民女学的主课是什么。茅盾说"主课是妇女运动"。实际上平民女学并未专设一课叫"妇女运动",只是每周有两小时的"演说"课；

（6）平民女学是否办过夜校的问题。茅盾说："平民女学的学生不多,就想办法吸收青年女工办夜校,这不是正式的,除了教识字,就讲资本家如何剥削工人,工人如何要团结等等。平民女学原来的学生也有做了夜校的老师的。"事实上,平民女学未曾办过夜校,只分初级班和高级班,高级班的学生也有兼做初级班国文老师的,由于老师们工作忙,上课时间有时安排在晚上罢了。（见《茅盾资料二则》,载《现代文学研究丛刊》1984年第1期）

也有借回忆录沽名钓誉的。龚明德在《令人忧心的"伪"史料》一文中就提到了有些作家在回忆个人历史的时候。"为自己编造历史,甚至篡改历史"（见《人民日报》1988年3月11日）,这种由本人杜撰出来的伪史料,容易被人们所忽视,更易造成混乱。

亲人及友人的回忆当然误差就更难以避免了。他们的回忆内容,有不少是自己目睹的,本人即当事人,但也有不少是来自"耳闻"。例如关于鲁迅的回忆录。写这些回忆文章的都是鲁迅的亲属或与鲁迅有过直接交往的人,如许广平、陈梦韶、陆万美、陈沂等人,但他们的回忆中也出现了许多谬误,朱正对此作了系统的考订辨误工作,写了一本《鲁迅回忆录正误》。

亲朋的回忆中,也有为亲者讳、贤者讳的地方。朱金顺在《新

文学资料引论》举过这样一个例子:

瞿秋白1935年在狱中写给陈炎冰三首词,1939年其手稿影印件发表在阿英主编的《文献》第6期上,1950年,李霁野发表了《瞿秋白先生给我的印象》一文(载《文艺学习》第6期),文中引用了上述三词中一句词"枉抛心力作英雄"。文章发表后,臧克家即致函《人民日报》,说:"这些诗词对于这样一个烈士的死是多么不相称!它们对于他简直是一个大讽刺,一个大辱骂!这些东西决不可能出自一个革命烈士的笔下,它是敌人埋伏的暗箭,向一个他死后的敌人射击。"杨之华给《人民日报》的信说:"臧克家同志所提意见,我认为很对。""现在有些爱护他的朋友还在继续发表被修改的作品,正是上了敌人的大当。"两人明知词作非伪,仍坚持词作被敌人修改之说,显然出于为亲者讳,为贤者讳。

他人的一些回忆纪念等文章提到的史实,出现的差错会比亲朋的更多些。即使是精于资料考证的名家也难免有失误。如前文提到的关于"芸生"的笔名考证,阿英在《瞿秋白的文学遗著》一文中,以为"芸生"是瞿秋白的笔名,《汉奸的供状》是瞿秋白所作,因此文有错误倾向,鲁迅著文《辱骂和恐吓决不是战斗》进行了批评。"文革"中,有人趁机作为攻击瞿秋白的一颗重磅炮弹,甚至将说了真话的同志也株连了进去。

由上可知,由各种人包括本人回忆的材料也都需经过验证后才能放心地引用。

六是书虽真而作者的名字是假的,用假的化名、笔名,或笔名本非假而失考。如小说《金瓶梅》的作者。仅署"兰陵笑笑生",成了四百年来的悬案。《文艺战线上的关门主义》,作者"科特","科特"又是谁的化名?《文艺战线上的封建余孽》,署名"杜荃'。杜荃又是谁?这些人名都成了需要考证的内容。还有在诗文中出现的人物,因作者往往不直书其名,而用代称,故亦成为考证的对象。

第二节　参验事实以甄别真伪

梁启超在归纳清乾嘉学派治学方法的时候,谈到了"虚己"这一法,"虚己"即考证问题前,应该首先空明其心.决不许有一毫先入之见存在,惟取客观的资料,为极忠实的研究。(《清代学术概论》)这是治学方法,也是一种治学态度。如果有先入之见,那么考证就变成了假考证,就如前文提到的现代文学史中写到的肖军、冯雪峰的问题。人们常说,偏见比无知离真理更远,事实也说明了这一点,无知只是不懂历史,偏见却在改窜历史。因此,考证伪说,首先要有科学的实事求是的态度。其次要有"无征不信"的精神。

注重言之有据,信而有征,实事求是,是考证工作必须遵循的基本原则。要做到这一点,搜集占有原始材料,是最重要的一环。许多伪史料的出现是由于作者本人没有看到原始材料,而是转引别人的错误材料所致,这样,往往因一人之误,以讹传讹,相因致误。

如中国现代散文史上的名篇、朱自清的《背影》一文的写作年代,长期以来学术界信从了1927年这一误说。这一误说皆因袭了季镇淮编著的《朱自清先生年谱》之误。这份年谱编著较早,而且具有权威性,且是代表《朱自清全集》编委会所撰的,后来又收在《朱自清文集》之中,广泛流传于海内外,为学术界所重,并广为引用。而事实上,这文章写在1925年10月,发表在1925年11月22日出版的《文学周报》上。(见朱金顺《〈背影〉的写作年代及其他》,载《中国现代文学研究丛刊》,1988年第1期)

我们重视原始材料,因为原始材料可以将历史事件的本来面目揭示得清清楚楚,是揭露伪史料的最权威的铁证。

如上文提到的肖军的所谓骂前苏联是赤色帝国主义、咒骂土改等罪名,背在身上竟有32年之久,事实上,只要去翻一下1948

年东北出的《文化报》和《生活报》上的原始材料,沉冤即可大白。所谓肖军骂前苏联是"赤色帝国主义",是由他主编的《文化报》第53期上一篇题叫《三周年"八·一五"和第六次"全代大会"》的社评引起的,时在1948年8月15日,文中有如下一段话:

> 如果说,第一个"八·一五"是标志了中国人民战败了四十年来侵略我们最凶恶的外来的敌人之———日本帝国主义者,那么今年的"八·一五"就是标志着中国人民在共产党领导下,就要战胜我们内在的最凶残的"人民公敌"——蒋介石和他底匪帮——决定性的契机。同时地将是各色帝国主义者——首先是美帝国主义——最后从中国土地上撤回他们血爪的时日;同时也就是几千年困扰着我们以及我们祖先的封建势力末日到来的一天。

就因为文中用了"各色帝国主义"一词,个别神经过敏的"左派"就硬加给肖军一顶"反苏"帽子。由此可知,歌颂苏联的文章是如何变成了"反苏"罪证的。同样,所谓咒骂土改的帽子,也是根据经过节录的《文化报》在1948年元旦发表的《新年献词》,但如果从头到尾读一读这篇文章,就可知道:原来所谓咒骂土改的话是文中一个老秀才自述时的语言,文中说他原先对共产党如何看不惯,如何站在反动立场上看土改,作品中的老秀才袒露的自己的错误言论。被视为作者对现实的反动攻击,自然是天大的冤枉。(见严家炎《从历史实际出发,还事物本来面目》,《中国现代文学研究丛刊》1980年4期)

严家炎还谈到近期出版的有些现代文学史,编写者不看原始材料,或主观臆测,或人云亦云,以讹传讹,造成某些本来不该发生的知识错误或判断错误。并列举了不少例子,诸如张冠李戴、创作时代错讹、出版时间舛误等,深入论证了切实掌握原始材料的重要性。

　　档案史料应为原始材料的重要方面，它往往忠实地记录了当时的历史内容。如现代文学研究中，关于"剧协"即中华全国戏剧界抗敌协会成立时间，向来众说纷纭：一说成立于"文协"（即中华全国文艺界抗敌协会，1938年3月27日在汉口成立）前，一说成立于"文协"之后，一说与"文协"同时成立。邵煜从当时的档案中查到了"剧协"的史料，确考了"剧协"成立时间是1937年12月31日上午9时，地点是汉口光明大戏院。他查阅的档案是在"剧协"成立后，分别向汉口特别市党部、军事委员会第六部武汉办事处、湖北省政府呈报鉴核备案和呈件以及湖北省政府的批复。呈件中将"剧协"的筹备情况，正式成立的时间地点、推选的理事以及第一次理事会议互选的常务理事名单等一一写上了，这确是"剧协"成立情况的真实记录，最有力的第一层位的史料。（见邵煜《"剧协"成立时间考》，载《中国现代文学研究丛刊》1984年第3期）

　　有些历史内容，已无法找到原始材料，但是若能广搜旁征，钩沉拾遗，认真核实，也有可能恢复历史事件的真实面貌。

　　如吴恩裕在考证《废艺斋集稿》抄本是否为曹雪芹佚著时，旁征博引。因为完好的《集稿》流落在国外，此系1944年在北平抄摹的副本，所以他首先作了调查，证明《集稿》的抄录实有其事的人证：在日本，1944年向金田氏借《集稿》，主持抄录的北平国立艺术专门学校的日籍教雕塑的教授高见嘉十在日本证明实有其人其事；在中国的人证，吴恩裕曾亲自访问了抄摹的当事人。有了人证后，他又从新发现《集稿》其他各册残文的内容和思想都证明《废艺斋集稿》是曹雪芹的著作，他根据六个方面的旁证材料，证明《集稿》之不伪：第一，南京现存曹寅、曹颙、曹頫任织造时所用织机的发现，证明近获《集稿》中讲编织的一册的残文是曹雪芹之作；第二，《集稿》中有一册菜谱，原名"斯园膏脂摘录"，曹雪芹能写这样一册菜谱并不奇怪，因为其祖曹寅写过《糖霜谱》一卷，他本人写过

《居常饮馔录》一书。且"斯园膏脂"即"思源膏脂",用意乃是教给那些贫废无告的人们学到一种谋生的手艺,也要那些"饫甘餍肥"之辈知道他们是在吃"民脂民膏",应饮水思源,这正是曹雪芹的思想;第三,吴恩裕得到了曹雪芹论绘画应取法自然以及论光与绘画的关系残文,这部分残文是属于画扇部分的,是《集稿》原八册中的一部分;第四,曹雪芹讲刻图章的一册题名为"蔽苶馆鉴印章金石集","蔽苶"即"弼废"之谐音,意即帮助有残疾的人。这和曹雪芹两个图章"燕市酒徒"和"画外人甄"的文字所表示的内涵一致,符合曹雪芹思想情况;第五,1978年吴恩裕发现了曹雪芹在香山住时,他的徒弟关德荣和关德成给他所塑像的彩照照片,《集稿》中有讲脱胎、泥塑一册的小序残文,得知关德荣为曹雪芹塑像七次才成功,小序中保存了曹雪芹对关德荣第四和第七次塑像的评语,与此塑像照片情况吻合,足证小序中的话是针对塑像说的,故讲脱胎一册,绝对不疑;第六,关于园林的一册。和《红楼梦》中描写的建筑和绘大观园图等相合。从以上旁证,吴恩裕认为《废艺斋集稿》应该是这位多才多艺的《红楼梦》作者的辑撰之作。旁证材料甚为丰富,论证又颇周详,既有活证,又有物证,应该说是具有说服力的。(见《论〈废艺斋集稿〉的真伪》,载《中华文史论丛》1979年第4期)

旁证材料必须搜罗得越多越好,通过众多的,有时还多有抵牾的史料的相互参照和反复核实,就有可能揭开事情的真相,或者纠正原有的谬说,这都能帮助读者更好地认识历史。当然,旁证材料并不是原始材料,至亲好友的回忆乃至本人的记忆,都会有差错,所以要多方查核,精细分析。

第三节　知人衡文和署名的考证

文学中的伪史料情况是多种多样的,考证的方法也并不划一,本节讨论以下两种情况:一是已知作者真名,其别集中作品大多是真的,但掺杂一些他人之作;二是书真而作者署名是假的,或干脆是佚名,这二类情况不同,考证方法也不尽相同。

第一种情况,因为知道了作者之真名。所以考证者主要围绕作者取得各种证据。如作者所处时代的思想特征、艺术风貌、作者的生平行迹、作者的思想、艺术风格等。

历史上一些文学大家的别集中如果掺入了思想艺术粗俗不堪的作品,这类伪作比较容易被人注意,也较容易辨识。因为托名大作家的伪作虽多,而一个大作家总有别具一格的创作特色,这就容易将他自己和其他作家的作品区别开来。比如遣词特征,许多诗人对某些词有特殊喜好,经常使用,在其诗作中使用频率极高。如韦应物诗喜用"绿"字,多达数以百计;许浑诗喜用"水"字,因此而得"许浑千首湿"的评语。这就是人们所称的特征词。当然还有独特的诗风、意趣。但这些都只能作为考证时的佐证,并不能据以得出结论。困难较大的是所处时代相同、两人交往甚密,诗文风格亦相近,但作品互混。这种互见诗文的考证,大都先考诸两人记载该诗的集子,如果其中一人的诗集早就收有此诗,而另一诗人集子中,此诗是后来编入的,那就不大可靠。

如《〈樊川集〉遗收诗补录》共收诗56首,与许浑诗重出者却多至52首。考《补录》是1962年中华书局上海编辑所据《全唐诗》增加的,而《全唐诗》中的杜牧诗,大量采集了《樊川文集》、《樊川外集》和《樊川别集》中未收的逸诗。宋末刘克庄《后村诗话》中曾提到杜牧有《续别集》诗3卷,并说"十八九是许浑诗",因《外集》、《别集》中仅一首与许诗重,可见《续别集》乃杜牧逸诗之源。在刘克庄之前,晁公武《郡斋读书志》、陈振孙《直斋书录解题》、郑樵《通志·艺文略》均未著录《续别集》,说明《续别集》出现在宋末。年辈长于刘克庄的计有功撰《唐诗纪事》,所称引的杜牧诗只见于《樊川文集》、《樊川外集》,而无一首见《补录》者,则可证明杂入杜牧诗中的这些诗肯定是许浑诗无疑。

不是同代人的诗词也常相混,亦可据收录此诗词的集子的先后辨析。如王学初校注李清照集时,附录中有《误题李清照撰之作品》,计有词全篇 27 首、断句 2 则。如《菩萨蛮·闺情》一首:"绿云鬓上飞金雀。愁眉翠敛春烟薄。香阁掩芙蓉。画屏山几重。窗寒天欲暑。犹结同心苣。啼粉污罗衣。问郎归几时?"此词早就见录于后蜀卫尉少卿赵崇祚编集的词总集《花间集》卷四,乃五代时牛峤所作。直到后来的《续草堂诗馀》才误题李清照撰,《古今词统》、《林下词选》信从之。

同时人的诗作相混,除了查收录之先后,更常见的辨析方法是谨慎地考索每首重出诗,从诗作反映的作者行踪、习尚等判断该诗之所出。

如吴在庆在考证《秋晚怀茅山石涵村舍》这首杜牧和许浑诗集中重出诗的作者时,就采用这个方法。诗中云:"十亩山田近石涵,村居风俗旧曾谙。……云暖采茶来岭北,月明沽酒过溪南。"可见作者曾到过茅山,熟悉那里的风俗。本诗中又有"陵阳秋尽多归思"句,从诗意看,"归思"者,乃怀茅山思归也,可见作者家应在茅山一带。据《新唐书·地理志》五,江西道润州丹徒县有茅山,许浑是润州丹阳人,唐时以京口为丹阳郡。又《旧唐书》地理上,润州下有"丹徒,汉县,属会稽郡。春秋吴朱方之邑也",许浑有《下第归朱方寄刘三复》诗,可见许浑曾归丹徒,他与茅山石涵村关系密切,怀念茅山思归是很自然的。许浑还有《茅山赠梁尊师》、《游茅山》、《赠茅山高拾遗》、《祗命许昌自郊居移就公馆秋日寄茅山高拾遗》等与茅山有关的诗作。再考之杜牧,其家乡在京兆,即今之西安,与茅山无关,他的行踪与茅山也毫无关系,所以可以证明,这首《秋晚怀茅山石涵村舍》诗肯定是许浑所作而不可能出于杜牧之手。用同样的考证方法,吴在庆认为《樊川别集》中的绝大多数诗的内容、地点、风格情调等均非杜牧诗所应有,故这些诗疑伪,不可据以论杜牧。(说见《杜牧疑伪诗考辨》,载《中华文史论丛》1985 年第

1辑）

我国古代文人重视避家讳，遇到尊亲之名讳往往避之，这种情况汉已有之。司马迁因父亲名"谈"，故改"谈"为"同"，赵谈改为赵同。晋王羲之祖尚书郎讳正，故羲之每书正月，或作一月，或作初月，其它正字皆以政字代之。宋司马光父亲名持，每与韩持国书，改"持"为"重"，取其义相近。宋苏氏讳"序"，故东坡为人作序，或改用叙字。根据文人避家讳这一点，亦可作为考索某人诗文的佐证。

第二种情况是作者真实姓名妁考证，主要从所署假名及其书、其文的内容寻搜证据。

有的研究者先考索作者假名的内涵，再加以印证。如熊德基考证清初著名弹词《天雨花》的作者为明末奇女子刘淑英时，先考证了《天雨花》弹词的《自叙》署名"梁溪陶贞怀"，梁溪是无锡城外一条著名的小河，故无锡别名梁溪。刘淑英为江西安福人，但其父刘铎和她丈夫的父亲王振奇都属"东林党"人，东林书院在无锡，籍贯署为梁溪，是为了暗示作者为东林党的后裔。又，她本名淑，贞、淑义相近，隐寓真名"淑"于"贞"字，"陶"，即陶冶，刘淑英夫死守节而又忠贞不屈于清，故她署"梁溪陶贞怀"，即含有继承东林党人的精神、陶冶自己坚贞不贰的美德之意。而《天雨花》中的女主角又取名"左仪贞"，"仪"字含有效法、向往之意。也暗示"仪贞"即取法于"陶贞怀"。如此推演化名，自有一定道理。（见《〈天雨花〉作者为明末奇女子刘淑英考》，载《中华文史论丛》1979年第4辑）

署名前的籍贯一般研究者都较重视。如在考证《金瓶梅》的作者为谁的时候，人们往往将注意力首先移向"兰陵笑笑生"的署名，到古兰陵去找作者。国际《金瓶梅》第二届学术讨论会于1992年6月于枣庄市峄城，即古兰陵召开，也露出了国内外多数专家认为《金瓶梅》作者当是古兰陵人的端倪。

考证《金瓶梅》的作者,是《金瓶梅》研究专家们倾注了大量心血的课题。有名有姓的各种说法已提出 30 多人。目前还是众说纷纭,论争不休。各种说法都采用了多种考证方法,试举二例:

洪城、董明发表在《文教资料》1991 年第 1 期上的《〈金瓶梅〉作者特征与王寀》一文,采用的考证方法是,"立足它本,开掘它的深层信息,辅以历史、地理、文学、心理等科学的考证"。认为这是探索作者身世,解开作者之谜的最现实、最方便、最有效的途径。

实际上,他们是着重挖掘埋藏在《金瓶梅》书中的有关作者的大量信息,是以找内证为主,他们的文章从以下几方面取得了内证:(1)作者籍贯应是冀南。从书中使用的语言属北方语言着手,结合作品中显示的信息,认为作者应是河北区域内的人;(2)作者熟悉明代北京。他熟悉北京地名、风俗和食品、北京俗谚、北京衙署的制度,从事的是外交工作,说明作者在朝廷做官,故熟悉官场、熟悉北京;(3)作者熟悉徐州、熟悉运河;(4)作者熟悉下层生活,未必是大名士;(5)作者的年代特征等。以上五点皆从书内取证,又以此一一与他们认为的作者王寀作印证。

《枣庄日报》编发的许志强的考证文章《〈金瓶梅〉作者贾梦龙》。主要围绕论证的作者贾梦龙展开,根据贾所处的时代、个人经历、创作的诗词作品等方面与《金瓶梅》中的这些问题一一核准,从而确定论点。文章从十个方面证明《金瓶梅〉的作者是贾梦龙:(1)其生卒年代与《金瓶梅》成书时间、时代特点完全吻合;(2)其经历与《金瓶梅》涉及的地域及语言完全吻合;(3)其诗词的曲牌及有关词句在《金瓶梅》中可以找到;(4)其思想心态与《金瓶梅》写作的思想心态一致;(5)其号曰天柱山,与《金瓶梅》自序"欣欣子"同出于《汉武帝内传》一典;(6)其对儒释道三教的浓厚兴趣与深刻见解与《金瓶梅》作者极熟悉佛道教完全一致;(7)其《永怡堂词稿》中的写作内容有许多地方与《金瓶梅》中的内容一致;(8)《词稿》中的永怡堂词与《金瓶梅》王冠词极其一致；(9)《词稿》中的"刘伶坟"与《金瓶梅》中的用典相同；(10)直接提到《金瓶梅》中的人物姓名地址如"金莲"、"秋菊"、"平康巷"等。

许志强考证采用的这种方法是逆向推论法。

古代诗文中，还有许多以行第、别称、官职、谥号等相称的人物，这些人物的本名，也是古典文学史料研究家们考证的对象。这些人名往往出现在诗题、诗序、诗句之中。在这方面，自清迄今，考证成果卓著。以唐代人物的考证为例，考证专著就不少，如清代有徐松的《登科记考》、赵钺、劳格的《唐尚书省郎官石柱题名考》、劳格的《唐御史台精舍题名考》、沈炳震的《新唐书宰相世系表订讹》，近现代有岑仲勉的《唐人行第录》、《郎官石柱题名新考订》、《元和姓纂四校记》等人名考订专著，当代学者考订成果有严耕望的《唐仆尚承郎表》、傅璇琮的《唐代诗人丛考》、谭优学的《唐诗人行年考》、《唐诗人行年考续编》、郁贤皓的《唐刺史考》、吴汝煜、胡可先的《〈全唐诗〉人名考》等，这些专著不仅考出了大量唐诗人物本名，而且也考证了许多史实，有的还指出了诗中的错讹。如《〈全唐诗〉人名考》中，在考出诗中人物本名以后，发现了不少原诗诗题中的人物题名错讹，如张九龄《和黄门卢侍御咏竹》，诗中，"侍御"为"侍郎"之误；张说《节义太子杨妃挽歌二首》中，考出了"节义"为"节愍"之误等。（见《〈全唐诗〉人名考》傅璇琮序；江苏教育出版社1990年8月版）其考证的方法主要核之新旧《唐书》所载，以及该人物与诗人的其他唱酬之作。如赵冬曦《陪张燕公登南楼》，考出张燕公为张说。《旧唐书》卷97、《新唐书》卷125有传。《旧传》："及(萧)至忠等伏诛，征拜中书令，封燕国公，赐实封二百户。""俄而为姚崇所构，出为相州刺史，仍充河北道按察使。俄又坐事左转岳州刺史。"又查《太平寰宇记拾遗》卷1《岳州巴陵县》："岳阳楼，唐开元四年张说自中书令为岳州刺史，常与文士登此，有诗百余篇，列于楼壁。"此诗即张说在岳州登楼时，赵冬曦陪同之作。下面列出赵与张说的其他诗作,或奉答,或陪同。凡奉答之作,另列张说原唱。

　　需要考证的文学史料远不止这些,其方法也视情况而异,并无定式。上述只是一些常见的情况和例证。

第七章 校勘在文学史料鉴别中的运用

校勘学是我国史料学中十分发达的一个门类,至清代乾嘉年间,已发展为一门严密的学科,成为我国传统的重要学问之一。关于校勘学上的许多重要内容,我们将在第七编"编纂方法论"中详细论列,本章主要探讨校勘学在文学史料鉴别中的特殊功能。校勘原是一种校正传抄刻板的错误、力求还原书之本来面目的技术性工作,在文学史料鉴别中,我们运用校勘大致要做以下几个工作:用校勘法辨明版本源流、校出各本异同、识别优劣、辨别版本真伪、纠正讹误等,这些正是我们鉴别文学史料所必须掌握的基本事实依据。下面,我们分别论述这几个问题。

第一节 用校勘法辨明版本源流

前文已谈到,各个时期的版本。不仅刻版风格、印刷方法各不相同,而且内容的增删情况也不尽同。同一部书,在流传过程中,又分为多种本子。如《韦苏州集》,原集为宋嘉祐元年(1056)太原王钦臣编次,分15类,然已久佚。世传通行本两种,一为明弘治九年(1496)陇州刘玘刻本;一为康熙中项絪翻宋本。后之刻本皆源于此。所以,要了解版本源流,最重要的是掌握该书的"源",即不同传本的祖本,这是校勘的基础。

古籍祖本的发掘,必须参考作者本传、历代各家书目著录,弄清该书抄刻情况以及存佚情况,掌握今传本之最早版本。如唐王维的集子,《旧唐书·王维传》有如下记载:

> 代宗时,缙(按:维之弟)为宰相。代宗好文,常谓缙曰:"卿之伯氏,天宝中诗名冠代,朕尝于诸王座闻其乐章。今有多少文集,卿可进来。"缙曰:"臣兄开元中诗百千余篇,天宝事后,十不存一。比于中外亲故间相与编缀,都得四百余篇。"翌日上之,帝优诏褒赏。

又检王缙《进王右丞集表》云:

> 臣缙言,中使王承华奉宣进止,令臣进亡兄故尚书右丞维文章……臣近搜求,尚虑零落,诗笔共成十卷,今且随表奉进。

由以上作者本传中的原始材料可考知,王维的诗文集,是由其弟王缙首先编成,10卷,凡400余篇。此后,《崇文总目》、《新唐书·艺文志》、《郡斋读书志》等均著录"《王维文集》十卷",与王缙所编同。陈振孙《直斋书录解题》开始著录宋刻本,云:

> 《王右丞集》十卷。……建昌本与蜀本次序皆不同,大抵蜀刻唐六十家集多异于他处本,而此集编次尤无伦。

可知宋时已有建昌本与蜀本两种序次不同的版本。核之今传本,建昌本已不可得见,有宋蜀刻本。另有南宋麻沙本世传,据顾广圻考证以为渊源于建昌本;今人陈铁民认为源于宋蜀本,刊刻时,又参照过别的本子。宋椠两种成为王维诗文集之最早祖本。元明须溪本系统皆源于麻沙本。而明清时期又出现了几种不同于宋椠的本子，皆属汇采众长的综合性校本：明顾起经的《类笺唐王右丞诗集》、明凌濛初刊朱墨二色套印本《王摩诘诗集》、清赵殿成《王右丞集笺注》本、《全唐诗》本《王维诗》四卷本及《全唐文》本《王维文》四卷本等（以上参陈铁民《〈王维集〉版本考》，见《古籍整理与研究》第5期）。这样，《王维集》的版本系统一目了然，其祖本也清楚了。在这种情况下。如拿到一本王维诗文集，就可与上述诸本对勘，从文字内容、编排等方面校出此本之源，再参考刻板风格、印刷方法等外在形式，就可比较正确地鉴别该版本的时代。陈铁民在考证南宋麻沙本渊源和宋蜀本版刻时代时就使用了校勘法。南宋麻沙本原本存日本静嘉堂文库，国内尚存此本之影抄本。宋蜀本宋讳"殷"、"贞"、"敬"等缺笔而"穀"、"苟"等不缺，刻本讳宋初太祖及仁宗嫌名而不避南宋高宗讳，又版式同北宋蜀刻《李太白集》、《骆宾王集》，可知此本乃北宋开雕。用北宋蜀刻十卷本和影抄南宋麻沙十卷本对勘，发现：麻沙本卷一篇目、序次全同宋蜀本，唯削去王涯之诗。卷二、三、四篇目、序次全同宋蜀本卷四、五、六。卷五篇目、序次同宋蜀本卷九，唯此本多《送沈子福归江东》一首，又附载的同咏崔兴宗《留别》，麻沙本误作王维《留别崔兴宗》。卷六篇目、序次同宋蜀本卷十，唯卷末增录了《达奚侍郎夫人冠氏挽歌二首》及《恭懿太子挽歌五首》。卷七、八、九篇目、序次全同宋蜀本卷三、二、七。卷十篇目、序次同宋蜀本卷八，唯无《唐故京兆尹长山公韩府君墓志铭》一文。据此判断：麻沙本实源于宋蜀本，是以宋蜀本为底本又作了如下更动：(1)宋蜀本诗文混编，诗不分体，麻沙本则按照先诗后文的原则调整了各卷的序次；(2)补录了八首诗；(3)删除了王涯的作品。校勘中还发现两种本子文字上也有不少异处，所以估计麻沙本在刊刻时。曾经参照过别的本子。这样，麻沙本的渊源找到了，且发现了此本在校勘上具有宋蜀本不可替代的价值。

在鉴别古籍版本渊源时，校勘所用书是十分灵活的。可以用已知时代的同书名版本校．也可与已知版刻时代的他书比勘。以宋刊《东坡和陶诗》为例，此书元、明以来见诸记载的主要有四本，其中三本已失传，仅有一本传世，见诸缪荃孙《清学部图书馆善本书目》集部别集类著录。刘尚荣将此本与上海图书馆收藏的原嘉业堂旧藏黄州刊本《东坡后集》及台湾收藏的《东坡奏议》比勘，行款版式完全一样，三书刻工姓名大量相同，讳字情况亦大致相同．通过比勘可知。宋刊《东坡和陶诗》与宋黄州刊本《东坡后集》和《东坡奏议》应为同时同地同人镂板，即完整的黄州刊本《东坡七集》，因七集皆可单行，后世分散流传，以至今天一书而分藏数地。

古人避君讳，有些书也避本人尊亲之"家讳"，有时也能据之得知原书的版本渊源，即使残本也可找到其源。最明显的例子是1959年中国历史博物馆购得的《脂砚斋重评石头记》残本的版本考证。此残本存第五十六至第五十八回三个整回，第五十五回和第五十九回两个残回，与现藏国家图书馆的清乾隆"己卯冬月凡四阅评过"的《脂砚斋重评石头记》残本比勘，此残本回目内容恰恰与国家图书馆藏本中残失的部分内容相合，纸墨字迹相同。两残本中除了避康熙讳"玄"外，还都避"祥"和"晓"字。据吴恩裕、冯其庸两位专家深入研究，"晓"、"祥"是清朝两代怡亲王家讳；康熙帝第十三子允祥封怡亲王，允祥死后，其第七子弘晓袭封怡亲王。现存清代记录怡亲王府藏书的《怡府书目》，原抄本中"玄"、"弘"、"晓"、"祥"也都缺笔避讳。比勘结果发现中国历史博物馆购得的残本《脂砚斋重评石头记》正是国图藏本中原来在多年以前残失的一部分，它们都是清乾隆间怡亲王府的原抄本。

要弄清现代文学书籍的版本的源流，校勘法也是至关重要的。校勘的最好校本是该书的初版本。用初版本校核他本，弄清该书的修改本、增订本的情况。如鲁迅的《中国小说史略》，由北京大学第一院新潮社初版，上册于1923年12月、下册于1924年6月出版,是为初版本,1931年9月,北新书局出版《中国小说史略》的订正本,鲁迅据日本博士盐谷节山在日本发现的新材料和研究的新成果,修订了第十四、十五和第二十一等三篇;1935年6月印行的《中国小说史略》,是经鲁迅再次修改过的本子,这次修改是鲁迅生前的最后一次,故称为最后修订本,《鲁迅全集》中的《中国小说史略》即为此本。了解了该书版本的这种变迁脉络,拿到一本《中国小说史略》后,与上述三种本子一校,就可知手中本子属于哪一种版本系统了。

由于现代文学版权页上标示的"初版",往往是表示此书在该出版社的初版,所以识别初版本不可仅版权页。而必须核之其他记载。现代文学书籍初版本的详细情况,往往在作者的日记、书信等文字中有所记载,除此之外,当时的发行广告也可参照。如1937年7月12日,上海《申报》第三版上登了《鲁迅书简》影印本的发行广告,内云:

> 本书业已出版,……书分三种本子:甲种铜版纸印,皮脊布面,金口加纸函;乙种海月笺印,双丝线装,外加布函,均实价四元;丙种米色道林纸印,布脊纸面,实价一元八角……。

书的款式装帧记得很详细,极便核准。通过校勘方法,也很容易识别一些同书异名的著作。如把1937年5月良友图书印刷公司初版的鲁彦的《野火》,和中兴出版社1948年10月初版的《愤怒的乡村》一对校,就可发现两书原来是同一本书,后者是前者的改名重版本。所以校勘还是正本清源的妙方。

第二节 用对校法校异同、辨优劣

对校法是比较各本文字乃至情节异同的唯一方法。如果以一书的初版本做底本,汇校该书其他各种版本,就能展现出该书发展、修改的历史面貌。如果是现代文学书籍,我们还可借助不同的异文,了解作者思想发展的脉络。如曹禺的《雷雨》,印行次数极多,内容变动较多的有三种本子:一种是1936年7月文化生活出版社的初版本,这是最可靠的原始本子,保留了历史的真实面貌。一种是1951年8月开明书店出版的《曹禺选集》本。用原版本与这个版本比勘,就可发现内容改动极大,几近重写,其修改的异文,对我们了解曹禺的创作思想极为重要。但后来作者发觉这样修改不妥,又改了回去,于是又有了1957年6月中国戏剧出版社的版本,基本恢复了原版模样。

一些后出的翻印本,改动了字句,却并不说明,有的虽然说了些稍加改动的话,但如果不进行校勘,我们也很难确知改在何处。而有些文字异文,涉及到观点问题,并非无足轻重.如1930年3月出版的《拓荒者》第1卷第3期上关于"左联"理论纲领的报道,有"我们的艺术是反封建阶级的、反资产阶级的,又反对'稳固社会地位'的小资产阶级的倾向"等语句。陈早春将《拓荒者》上的这个关于"左联"理论纲领的报道,与随后发表在《萌芽月刊》、《大众文艺》、《沙仑》等刊物上所载的理论纲领比勘,发现"稳固"改为"失掉",另外还有好几处明显的变动。通过这样的校勘,陈早春认为,"看来这些不同,不仅仅是排校上的问题,而有在《拓荒者》首次发表之后再经修改的迹象,这些修改,有的是文字上的润饰,有的则涉及到观点"(见《中国左翼作家联盟文件选编》的《编选说明》,载《新文学史料》1980年第1期)。

古籍版本抄刻年代久远,异文更多。但如不经过校勘,人们是难以觉察的,特别是一些脍炙人口的千古名句、名诗,似乎已约定俗成。一般人们也相信这些名句、名诗,就是作者本来的写作原貌。其实不然,试举陶渊明诗集为例。陶渊明诗文集的流传和整理过程,漫长而曲折,用各种陶集一校,就可发现,异文很多。宋

《蔡宽夫诗话》曾说:"渊明集世既多本,校之不胜其异,有一字而数十不同者,不可概举。"陶渊明《饮酒》诗中有一句"悠然见南山"的千古佳句,实际上还有一种"悠然望南山"的版本存在。而且唐代中期以前的类书及选本所载陶诗此句均作"望",白居易效渊明诗有"时倾一樽酒,坐望东南山"之句。显然脱化于陶诗。可证作"见"实乃后出。而以"见"代"望",是北宋前期。苏轼《东坡题跋》极赞"见"字之妙:

"采菊东篱下,悠然见南山",因采菊而见山,境与意合,此句最有妙处。近岁俗本皆作"望南山",则此一篇神气都索然矣。

此论一出,影响极大,世间遂以"见"字为陶诗原作。实际上苏轼以真为俗,以俗为真(说见王孟白《关于陶集校勘问题》,载《古籍点校疑误汇录》)。

人们熟知的李白《静夜思》,孩童皆可背诵,其诗曰:

床前明月光,疑是地上霜。
举头望明月,低头思故乡。

但如果用明万历以前的各种唐诗选本一一对勘,我们发现原诗是这样的:

床前看月光,疑是地上霜。
举头望山月,低头思故乡。

"明"作"看"、作"山","看"字《广韵》平声。明万历以后的版本则如今本。明李攀龙的《唐诗广选》首作"明"字,清《唐诗三百首》承之,一直沿讹至今，成为人所共知的"定本"。今传本元范德机的《木天禁语》引用此诗时为"明"，据考是明末清初人所改。

古籍版本问题，往往涉及到文学史研究中的许多重大问题。例如古典小说《水浒传》，版本众多，内容各异，但内容出入最大的是简本和繁本两大版本系统。繁简本的递嬗过程如何，始终是《水浒传》研究中悬而未决的疑难课题。两种系统的版本究竟有何不同。就得用校勘方法将异文排出，这是研究的先决条件。何心的《水浒研究》一书中，在讨论简本和繁本的不同时，就把简本中最有研究价值的百十五回本与繁本中的百回本、百二十回本对勘，将其中不同之处排列出来。如回数不同、回目不同、众英雄名号的不同、情节的不同、文词的不同等。

通过校勘列出了异文，提供研究者以确凿的依据，研究者可藉此作各种各样的研究，其中，通过异文比较版本的优劣，则是常见的方法。就以《水浒传》的简本和繁本为例。两种版本的优劣，完全可通过异文比较而得出结论。这里笔者借用欧阳健《水浒新议》（重庆出版社1983年版）中将简本和繁本比勘的证据。欧阳健在比勘中发现了如下四个问题；(1)简本存在繁本所没有的不能容许的知识性的错误；(2)简本存在许多繁本所没有的情节上的漏洞，(3)简本同繁本相比，人物性格有许多不统一之处；(4)简本的文句有许多不完整之处。根据这四方面的例证，我们完全可以判断简本劣于繁本，明代胡应麟当时见过这两种本子，他将自己的感受写在《少室山房笔丛》卷41《庄岳委谈》下中：

> 余二十年前所见《水浒传》本，尚极足寻味。十数载来，为闽中坊贾刊落，止录事实，中间游词余韵、神情寄寓处，一概删之，遂几不堪覆瓿。

胡应麟认为"极足寻味"的即繁本，而"几不堪覆瓿"者即坊贾们粗制滥造的简本。

从上面例子可知,从文学史料的角度(区别于文物角度)看,比较版本优劣的主要因素是内容而不是形式外观。王欣夫(名大隆,以字行)在《文献学讲义》中曾说:

> 评定版本的优劣,不可只凭耳食,也不可过信古人,必须亲自动手,从实践中得出结论,才是可靠的。

这里说的"实践",就是黄丕烈在《校旧钞本〈衍极〉跋》中说的"凡书不可不细校一通"。上述所说的是不同版本系统的书籍对校辨优劣,其实同一版本系统的书籍也常用此法:各本互校,排列出异文,然后比较文字优劣。一般来说,版本中以文字舛讹、衍阙、脱倒较少者为优,反之则劣。诗文别集则一般以篇目全、文字错讹少者为优。当然,伪作必须辨别剔除,因为许多作者特别是名家的诗文集子往往越编越多,里面难免鱼龙混杂。

第三节 用校勘法辨别真伪、纠正谬误

使用校勘的方法辨别版本真伪,这是前人早已使用过的方法。早在西汉成帝的时候,东莱张霸曾伪造了一部102篇的《古文尚书》,献给汉成帝。刘向用宫中所藏的古本《尚书》校之,当时就辨明其伪。

用校勘法辨识伪作最重要的是选择好底本。底本务必选校核精善的善本,以此为标准底本,校核他本。真伪就容易识别了。

古代文学诗文集的校勘,向来十分重视旧刻旧抄,因为这些本子最接近原貌,宋元旧椠之所以宝重,原因也在于此。以古抄刻本为底本,经名家精校过的本子更加珍贵。如金代元好问的词集,传世者主要有3卷本、5卷本和明钱塘凌云翰1卷本三个系

统。其中3卷本最善,各本皆以明弘治壬子高丽晋州本为祖本,而此祖本是元好问词传世之最古刻本,是理想的校勘底本。3卷本中,朱孝臧《彊村丛书》本最为精善。朱氏是近代著名词家,校词成就最著,他辑校的《彊村丛书》,其校雠之精审,为同类的其他汇刊丛刻所不及。所以更是理想的校勘底本。用这两个版本核校其他二种本子,凌选1卷本所选精粹,无出其外。用之校核5卷本,可知其收罗虽富,然则芜杂窜乱之处,触目皆是,有他人之作羼入。卢文弨有《遗山乐府》5卷本之《题辞》,其中有如下考校辨伪之语:

> 其中《春垣秋草》一首,注见《辛稼轩集》,疑有他人之作,误阑入焉者矣。第二卷中附闲闲公赵秉文《促拍丑奴儿》一首,余因疑第一卷《满庭芳》前首亦闲闲公作也。以其词推之,所赋是十月牡丹,次首题云"同座主闲闲公赋",则前首为赵作明甚。既不著其题,又不别其人,疑皆转写脱去。①

有了精善的标准本,窜入的他人之作就很容易被识别出来。

现代文学研究成果中的史料谬误,大多可以通过校核原始材料予以更正。比如1930年3月2日"左联"成立大会的出席者名单,50年代出版的几种现代文学史上,将当天并没有到会的蒋光慈、郁达夫乃至远在日本的郭沫若、茅盾等人也作为当天的出席者了。其实只要将出席者名单与《拓荒者》第1卷第3期上的报道认真核对一下,史料伪误就可以避免了。现代文学书籍的初版本固然重要,但因为许多现代文学诗文集出于作者手编,再版时,文字和篇幅均有变动,所以我们在选择校勘所用底本时,必须了解此书初版时的篇目、增订本篇目和作者生前最后修定本的篇目。如果

---

① 见王文锦点校《抱经堂文集》第99页,中华书局1990年版。

文集出于他人手编,务必选取核校精确的本子作为校勘底本。用这种本子去校核托名的作品,伪作必然暴露无遗。如大成书局出版的《老舍幽默集》,经过向东认真校核,发现所收 36 篇杂文全为他人作品,竟无一篇是老舍自己的作品。要了解伪窜入书的真实作者,也得通过校核,大体从同时代的其他作者作品中去查核。比如唐弢校核了署名蒋光慈作的《夜话》一书,发现了许多他人之作,又经一一查核,证实这些他人之作原来是莞尔、平方、楼建南、微尘、征农等人的作品。

认真的校勘还可使大量改头换面的盗版书还其真面目。

有些被误收入他人集子的作品,最终被辨别出来,是通过校勘,但必须考出误收作品的作者后,方能找到合适的校勘底本。要找到误收作品的作者无疑是大海捞针,但有时却也能"得来全不费功夫"。如 1985 年第 10 期《读书》上刊载郭剑冬的短文《误收唐人诗》,说的是广东人民出版社《广东地方文献丛书》中的《苏曼殊诗笺注》一书,误收了唐代女诗人鱼玄机的一首诗。他的发现是从该诗诗序错误标点引起的。诗作名《和三姊妹韵》,系年 1916。序:"因次、光威、哀韵姊妹三人,少孤而始妍,乃有此作,精粹难传!虽谢家联雪,何以加之?有客自京师来者,示予,次韵。"标点误把"因次"作人名,三姊妹的名字"光、威、哀"又点破了,故郭剑冬产生了疑窦。读书有心,也就容易发现问题。后来郭剑冬看到上海古籍出版社的《唐女诗人集三种》时,发现有鱼玄机诗,诗题为:"光威哀姊妹三人少孤而始妍乃有是作精粹难传虽谢家联雪何以加之有客自京师来者示予因次其韵"。并附有光威哀三姊妹联句。才豁然释疑。原来《苏曼殊诗笺注》将一千多年前唐代人的诗作认为是苏曼殊 1916 年的作品了。这种情况,粗枝大叶的读书人是很难发现的,说"不费功夫"是假。

精审的校勘可以辨真伪,也可以纠谬误。有不少古籍版本,传世的并无善本,讹误甚多,而且讹误之处,又颇为一致,显然是祖本讹误以后，后出之书皆不事校雠，致使以讹传讹。在这种情况下，单单以同书各本互校，就难以纠正讹误，必须参以有关的其他书籍。如笔者所校注的《吴地记》就属于这种类型。笔者除参校各本外，并参以类书所引，间或亦以地理总志如《元和郡县志》《太平寰宇记》《读史方舆纪要》等所引参稽考核，并据旧史以印证，方志所记可与此书相互参证者，亦用以辨别今传本之错讹。如"蛇门"条："蛇门南面，有陆无水。春申君造以御越军。"蛇门为伍子胥所造，此言春申君造。显误。因参以《吴郡志》引《吴地记》曰："春申君尝进蛇门以御越军。"疑"造"乃"进"字之误；又"嘉兴县"条："黄龙三年，嘉禾野生，改禾兴县。"原本"黄龙"误作"景龙"，依《三国志·吴书》改，"禾兴县"误作"嘉禾县"，亦依《三国志·吴书》改。

有的初版本并无错讹，却被后人错断，后之刻本不加校雠。一味承讹，或更增其讹。如果认真校勘，这类错讹即可纠正。隋文昭《〈儿女英雄传〉标点辨误》一文（见《天津师大学报》1986年第5期）曾举了这样一个例子，原书中有如下一段文字：

> 那和尚生得浓眉大眼，赤红脸，糟鼻子，一嘴巴子硬触触胡子，腿儿脖子上带着两三道血口子，看那样子象是抓伤的一般。

这里"腿儿脖子"连称显然于理不通。用聚珍初版本一校勘。"腿儿"原是"查儿"之误。聚珍初版白文无标点，"胡子"二字适值行末，回行开头则为"查儿脖子"云云。南京市1932年版的上海亚东图书馆本始在"胡子"下逗断。而"查"乃"茬"之借字，"胡子茬儿"指胡子剃去后重新长出来的短胡子，当然应在"茬儿"下逗，只是后之各本不去校核，皆沿"亚东"本之讹，今本又将"查"讹为"腿"，益发令人费解了。

有的本子，因文中脱掉了比较关键的字，影响了文义的理解，致使产生伪误,如果多找些参校本校勘,补上脱字,就能文通字顺、也可纠正伪误了。某出版社出版的《文言短文选读》中《李寄》一文有如下一段话:

> 将乐县李诞,家有六女,无男。其小名寄,应募欲行。父母不听。寄曰:"父母无相,惟生六女,无有一男,虽有如无……"

这里"无相"不通,选注者望文生义,注为"没福气","相"成了"福相"。用《太平广记》2122页(中华书局1961年版)引《法苑珠林》本子一校,原文脱了两字,作"父母无相留!今惟生六女,无有一男"云云,可见讹误源于校雠之疏漏。

第五编
文学史料分论(上)

本编论述中国古代文学和近代文学史料。

绵延数千年的中国文学史料,面广量大,种类繁富。为了系统而有重点地评介,本编的章节安排,采用依时序次和专题集纳相结合的方式。第一章先追溯中国文学史料滚滚巨流的源头——先秦文学史料。第二至第七章分述历代诗文总集、别集、诗文评论资料和词、散曲、小说、戏曲曲艺史料。自第八章起,依次论述敦煌文学史料、民间文学史料和民族文学史料。

各类文学史料版本众多,本编着重介绍主要的版本,尤其是近数十年来整理出版的校点本、笺注本、影印本。有关的参考资料、工具书和研究论著亦择要介绍。

第一章 先秦文学史料

先秦文学是中国文学的幼年时期。当时出现的文学样式比较突出的是神话、诗歌和散文,但里面包孕了许多后来才出现的文学样式的因素,故后世有"文体备于战国"之说。由于当时文学本身尚未发展到独立的阶段,所以有许多重要文学史料往往蕴藏在非文学著述中。

有关先秦文学的史料,我们择其要者,分神话、诗歌、散文论述如下。

第一节 神　话

神话(Myth)的涵义有广狭之分。狭义的神话指远古人民表现对自然及文化现象的理解与想象的故事。具有幻想性、故事性和原始性。广义的神话则包括某些传说、后代神话等。

保存神话资料最丰富的书当推**《山海经》**,该书对原始社会前期就有零碎记录。但它主要记叙的,是从母系社会到父系社会这一过渡时期人们幻想的反映,也有部分奴隶社会时期的神话。所载神话不仅数量多,而且比较原始,在神话学、宗教学等方面均有重要价值。清代有吴任臣《山海经广注》(乾隆五十一年(1786)金阎书业堂刻本)、汪绂《山海经存》(杭州古籍书店1984年影印本、光绪二十一年(1895)抚立雪斋原本石印本)、毕沅《山海经新校证》(乾隆四十六年刻本)、郝懿行《山海经笺疏》(嘉庆十四年(1834)仪征阮氏琅环山馆刻本)等。上海交通大学出版社2009年出版李勇先主编《山海经 穆天子传集成》,影印了大量古代相关的重要著作。从神话学角度进行研究的,则有袁珂《山海经校注》(上海古籍出版社1980年版,1984年重印,附索引)、《山海经校释》(上海古籍出版社1985年版)。中国社会科学出版社2004年出版郭郛《山海经注证》,广西师范大学出版社2007年出版马昌仪《古本山海经图说(增订珍藏本)》等。研究著作很多,主要有:湖北人民出版社2004年出版叶舒宪等著《山海经的文化寻踪——"想象地理学"与东西文化碰触》、商务印书馆2006年出版刘宗迪《失落的天书〈山海经〉与古代华夏世界观》、上海社会科学院出版社2007年出版张春生《〈山海经〉研究》等。另有《山海经通检》(巴黎大学北平汉学研究所1984年版)、《山海经逐字索引》(刘殿爵、陈方正主编,商务印书馆(香港)有限公司1994年出版),可供查索。

人们每每与《山海经》对举的是**《穆天子传》**一书。虽然它只不过是采用一些神话材料而写就的一部神话性质的历史小说,但法国学者雷米·马迪厄认为其中有48项神话母题(见李清安《马迪厄〈穆天子传译注与考证〉》,载《读书》1984年第6期)。《穆天子传》的校注本较多,以檀萃《注疏》(乾隆间石渠阁刊本)、郝懿行《补注》(光绪三十四年(1908)潜庐精刊本)、刘师培《补释》(收入《刘申叔先生遗书》)、华东师范大学出版社1994年出版王贻梁、陈建敏《穆天子传汇校集释》为佳。台湾阳明山庄1971年出版卫挺生《穆天子传今考》。另有《穆天子传逐字索引》(刘殿爵、陈方正主编,商务印书馆(香港)有限公司1994年出版),可供查索。

在先秦采用神话材料创作文学作品的,还有《诗经》和《楚辞》,而以《楚辞》中的神话为多,尤其是屈原《天问》一篇,运用的神话材料更多。《天问》的校注本和研究专著不少，如闻一多《天问疏证》（三联书店1980年版）、游国恩《天问纂义》（中华书局1982年版）、林庚《天问论笺》（人民文学出版社1983年版）、孙作云《天问研究》（中华书局1989年版、河南大学出版社2008年版）、何新《宇宙之问:〈天问〉新考》（中国民主法制出版社2008年版）、高秋凤著《〈天问〉研究》（台湾花木兰文化出版社2008年版）。当代学者萧兵有《楚辞研究》系列论著，包括《楚辞新探》（天津古籍出版社1988年版）、《楚辞与神话》（江苏古籍出版社1987年版）、《楚辞文化》（中国社会科学出版社1990年版）、《中国文化的精英:太阳英雄神话比较研究》（上海文艺出版社1989年版）等，对《楚辞》的神话因素进行了系统的挖掘和整理，取得了可喜的成果。

先秦的一些史书和诸子著作中也保留了部分神话资料，如《尚书》、《周书》、《左传》、《国语》、《管子》、《韩非子》、《孟子》、《荀子》、《墨子》、《晏子春秋》、《庄子》、《吕氏春秋》、《淮南子》（最后两本书分别成于秦和汉初，但保存先秦神话较多）等。

我国神话比较分散零碎，据报道，袁珂正在从事《中国神话资料汇编》的编纂工作。在《汇编》未出版前，可以利用袁珂、周明编的《中国神话资料萃编》（四川省社会科学院出版社1985年版）和刘城淮的《中国上古神话》（上海文艺出版社1988年版）。前书所采资料大多录自清以前各种文献，基本上以人物为中心、历史为肩架，按故事发展的顺序安排资料内容。书末附索引，便于使用。后书按神话的发展阶段分为自然性神话、自然社会性神话、社会性神话三大类，大类之下又按作品内容分小类。对每一神话大致分提要、正文、注释、译文、说明等部分，网罗较富。

研究神话，尚有袁珂编的《中国神话传说辞典》（上海辞书出版社1985年）、《中国古代神话》（商务印书馆1959年版，多次增订，已印行十余次，1984年增订再版时易名《中国神话传说》）、李剑平主编《中国神话人物辞典》（陕西人民出版社1998年版）、《神话论文集》(上海古籍出版社 1982 年版)、《中国神话史》(上海文艺出版社 1988 年版、重庆出版社 2007 年出版插图珍藏本)，茅盾有《神话研究》(百花文艺出版社 1981 年版)，宗力、刘群编《中国民间诸神》(河北人民出版社 1986 年版)，黄石《神话研究》(上海文艺出版社 1988 年据开明书店 1927 年版影印)、吴天明《中国神话研究》(中央编译出版社 2003 年出版)、叶舒宪《中国神话哲学》(陕西人民出版社 2004 年出版)、潜明兹《中国神话学》(上海人民出版社 2008 年出版)等可资参考。

第二节 诗 歌

先秦的诗歌大致可以分成三大块：古歌辞谣谚、《诗经》(包括逸诗)、《楚辞》。古歌辞谣谚在本编第九章"民间文学史料"中论述，这里主要谈《诗经》和《楚辞》。

一、《诗经》

《诗经》是经过长时间的收集和整理，成于众手的我国现存最早的一部诗歌总集，它收集了从西周初年(公元前 11 世纪)到春秋中叶(公元前 6 世纪)大约 500 年间的诗歌 305 篇(另有《南陔》、《白华》、《华黍》、《由庚》、《崇丘》、《由仪》6 篇有声无辞的"笙诗"尚不计在内)。在孔子时代，它被称为"诗"或"诗三百"。至汉代，《诗》才被朝廷正式奉为经典，称为《诗经》，并沿用至今。

秦火以后，汉时保存研究《诗经》的有四家，即鲁人申培的鲁诗、齐人辕固的齐诗、燕人韩婴的韩诗、赵人毛亨毛苌的《毛诗故训传》。前三家是用汉代通行的隶书写成定本的，属今文经学，汉武帝时立于学官，魏晋后逐渐亡佚，仅存《韩诗外传》(中华书局 1980 年出版许维遹集释本)。王先谦《诗三家义集疏》(中华书局 1987 年版)辑录三家遗说较为完备。现今传世的《诗经》即东汉时立于学官的《毛诗》,属古文经学。

《诗经》的内容,按作品性质和乐调的不同,分为"风"、"雅"、"颂"三类。"风"指"国风",即各国土乐,包括周南、召南、邶、鄘、卫、王、郑、齐、魏、唐、秦、陈、桧、曹、豳共15"国风"160篇,多为人民口头诗歌创作,以抒写关于恋爱、婚姻、家庭生活的诗最多,也不乏揭露统治者丑行的讽刺诗,以及反映劳动人民劳动生产、反徭役、反剥削和压迫的诗歌,为《诗经》中的精华。"雅"共105篇,分"大雅"31篇、"小雅"74篇。"大雅"是西周的作品,大都叙述周的祖先的重要史迹和武功,其中保存了我国最早的一些史诗。"小雅"大都为周室衰微后的政治讽喻诗,出于贵族文人之手,有揭露和讽刺黑暗现实的成分,其余属歌谣,表现了对国家命运的关心和对人民的同情,是《诗经》的重要部分。《颂》40篇,包括《周颂》31篇、《鲁颂》4篇、《商颂》5篇,《周颂》中有的诗描写了大规模农业劳动的情况,反映了周初的繁盛,《鲁颂》和《商颂》是春秋时代鲁国和宋国的宗庙乐歌,文学价值虽不甚高,但有一定的史料价值。

《诗经》的形式基本是四言诗,但又常常突破四言的格局,使用一字句至九字句的格式,错综变化、灵活自由,成为后代各种诗体的滥觞。《诗经》的赋、比、兴的表现手法,善用章句的重叠表达思想感情等,使其在艺术上取得了高度成就。

《诗经》内容、艺术上的成就,使其成为中国乃至世界文化史上的丰碑。可以说,中国古代诗人都在不同程度上受到了《诗经》的熏陶。

因为《诗经》在文化史上的崇高地位,对《诗经》的研究自孔子发轫以后,至汉代兴盛,其后绵延不绝,成为历代学术之大宗,研究著作当不下千种。因为《诗经》是"经",所以封建社会大多把它当经学著作研究。然而《诗经》毕竟是诗,把《诗经》当文学研究者也不乏其人。在《诗经》研究史上,经学和文学作为两条分列的线索,在历史平面上时而水乳交融,时而泾渭分明,在历史纵轴上或携手并肩,或分道扬镳。这纵横交错的演进,构成了《诗经》研究史的轮廓。研究《诗经》的著作按其主要内容大体可以分为五类:《诗经》考据学、《诗经》义理学、《诗经》文学研究、《诗经》研究史、《诗经》工具书。今选择重要研究著作分类缕述如下。

1.《诗经》考据学 即对《诗经》文字、音韵、字义及所涉及的历史、地理、名物、制度的考释辨证。说诗欲明大义,不可不先通训诂。而对作品背景、作品所涉风俗习惯、器物服饰、礼仪制度,以及版本、异文、校勘的考证,都是对作品进行系统科学研究的基础。这些方面,前人、时贤为我们留下了可喜的研究成果,荦荦大者如:清段玉裁《诗经小学》、陈乔枞《毛诗郑笺改字说》、明陈第《毛诗古诗考》(中华书局1988年点校本)、清顾炎武《诗本音》、孔广森《诗声类》、汉郑玄《毛诗传笺》(清《十三经注疏》本)、清胡承珙《毛诗后笺》、马瑞辰《毛诗传笺通释》(中华书局1989年点校本)、陈奂《诗毛氏传疏》(中国书店1984年据漱芳斋1851年刻本影印)、牟庭《诗切》(齐鲁书社1983年据抄本影印)、现代闻一多《诗经通义》(《闻一多全集》本,未刊行之手稿藏北图)、今人于省吾《泽螺居诗经新证》(中华书局1982年版、2009年重版)、晋陆玑《毛诗草木鸟兽虫鱼疏》(《丛书集成初编》本)、清陈大章《诗传名物集览》(《四库全书》本)、汉郑玄《诗谱》(《郑氏佚书》本)、清朱右曾《诗地理徵》、包世荣《毛诗礼征》(《木犀轩丛书》本)等。

以上未注版本者,均有《皇清经解》或《续皇清经解本》。

2.《诗经》义理学 即阐发《诗经》思想内容和艺术特征以及结合《诗经》对于社会政治、历史、思想、文化所作的广泛议论和批评。"五四"以前,已有不少学者注意到《诗经》的文学性研究,但用辩证唯物主义和历史唯物主义的观点系统探讨《诗经》文学性的专著则在"五四"以后。故此前论《诗经》者,放在"义理学"中论列。名著有:

唐孔颖达等《毛诗正义》(《十三经注疏》本),宋欧阳修《毛诗本义》(《通志堂经解》本)、王安石《诗义》(中华书局1982年出版《诗义钩沉》)、王质《诗总闻》(《丛书集成初编》本)、朱熹《诗集传》(中华书局上海编辑所1958年版,上海古籍出版社1980年新1版)、严粲《诗缉》(《四库全书》本),清姚际恒《诗经通论》(中华书局1958年出版顾颉刚标点本、台湾"中央"研究院中国文哲研究所1994年《姚际恒著作集》本)、崔述《读风偶识》(上海古籍出版社1983年出版顾颉刚编订《崔东壁遗书》本)、魏源《诗古微》(中华书局1990年点校本)、方玉润《诗经原始》(中华书局1986年点校本)、林光义《诗经通解》(衣好轩1929年排印本)、刘毓庆等《诗义稽考》(学苑出版社2006年版)等。

以上所谓考据学、义理学之分仅就其主要内容说,实则考据中有义理,义理中有考据,难作泾渭之分。

3.《诗经》文学研究　传统学者把《诗经》当作经学研究,"五四"以来涌现出一大批以新观点、新方法,把《诗经》作为文学作品研究的专著,如:

俞平伯《读诗札记》(人文书店1983年版)、高亨《诗经今注》(上海古籍出版社1980年版)、陈子展《诗经直解》(复旦大学出版社1983年版)、程俊英《诗经译注》(上海古籍出版社1985年版)等。

4.《诗经》研究史　即在一定思想观点的指导下,对《诗经》研究历史的回顾和总结。"五四"以前《诗经》研究史被纳入经学研究史中,"五四"以后,随着《诗经》本来面目的恢复,出现了反映《诗经》各方面研究、尤其是文学研究历史的专著,如夏传才《诗经研究史概要》(中州书画社1982年版、清华大学出版社2007年增注本)、赵沛霖《诗经研究反思》(天津教育出版社1989年版)、洪湛侯《诗经学史》(中华书局2002年版)、赵沛霖《现代学术文化思潮与诗经研究　二十世纪诗经研究史》(学苑出版社2006年版)等。

5.《诗经》工具书　即有关《诗经》研究的辞典、目录、索引等。

有向熹《诗经词典》（四川人民出版社1986年版、1997年再版）、庄穆主编《诗经综合辞典》（远方出版社1999年版），郑振铎《关于诗经研究的重要书籍介绍》（原载《小说月报》14卷3号，1923年出版，后收入《中国文学论集》、《中国文学研究》）、赵沛霖《诗经研究书目》、《诗经研究论文分类目录索引》（俱附《诗经研究反思》之末）、寇淑慧《二十世纪诗经研究文献目录》（学苑出版社2001年版）、吴用彤《诗经索引》（据《诗经》英译本编制，原西德汉堡1975年出版）、陈宏天、吕岚《诗经索引》（吸收1934年哈佛燕学社引得编纂处《毛诗引得》长处编成，书目文献出版社1984年版）、何志华、朱国藩《先秦两汉典籍引〈诗经〉资料汇编》（香港中文大学出版社2004年版）等。

今传的《诗经》并非足本，先秦古籍所引的"诗"句，有些是今本《诗经》305篇之外的，前人称之为"逸诗"，但这些诗是否都是原《诗经》所收而后散佚的，尚难断定。"逸诗"总数不多，散见于《国语》、《礼记》、《穆天子传》、《左传》、《孟子》、《周书》等先秦古籍中。清代郝懿行有《诗经拾遗》1卷，收入《郝氏遗书》。《先秦汉魏晋南北朝诗》（中华书局1983年重版）"逸诗"部分，辑录较为完备。

二、《楚辞》

"楚辞"的名称最早见于西汉前期，指战国时期兴起于楚国的一种诗歌样式，又称"辞"或"辞赋"。楚辞的主要作家是屈原，因屈原《离骚》是楚辞中的代表作，故后人又以"骚"代指"楚辞"。《楚辞》则是西汉末年刘向辑录屈原、宋玉及汉人模拟作品为一编的诗歌总集。

楚辞渊源于中国江淮流域楚地的歌谣，具有"书楚语、作楚声、记楚地、名楚物"（黄伯思《校定楚辞序》）的特征，又受着《诗经》的某些影响。《楚辞》是继《诗经》之后，对中国文学、文化具有深远影响的一部诗歌总集，在中国诗史上占有非常重要的地位。《诗》、

《骚》并称，分别成为中国古典诗歌现实主义、浪漫主义的两大源头。特别是《楚辞》中屈原的作品，以其博大邃远的思想、热烈奔放的情感、奇诡丰富的想象、绚烂瑰丽的文采、精巧深刻的描绘、宛转和谐的韵律、比兴寄托的手法等，体现了内容与形式的完美统一。对后代的赋体、骈文、五七言诗的形成，产生了深远的影响。

刘向在前人的基础上，辑成《楚辞》16篇，包括屈原的《离骚》、《九歌》、《天问》、《九章》、《远游》、《卜居》、《渔父》、《招魂》和宋玉的《九辩》、景差的《大招》、贾谊的《惜誓》、淮南小山的《招隐士》、东方朔的《七谏》、严忌的《哀时命》、王褒的《九怀》、刘向的《九叹》。东汉王逸作《楚辞章句》时，又附己作《九思》于卷末而成17卷。其中《远游》、《卜居》、《渔父》三篇。是否屈原作品，尚有争论。《招魂》也有屈原作、宋玉作二说，但近世学者多主屈原。

历代《楚辞》研究之作汗牛充栋、林林总总。即专著而论，已不下数百种，今就其要籍按其主要内容约可分为四类：

1. 《楚辞》考据学　即对《楚辞》章句、字音、字义、文字异同，乃至所涉及的历史、地理、名物等的考释辨证。如东汉王逸《楚辞章句》(《丛书集成》本)、隋释道骞《楚辞音》(有敦煌旧抄残卷，藏法国巴黎图书馆)、宋洪兴祖《楚辞补注》(中华书局1983年点校本)、朱熹《楚辞辨证》(附《楚辞集注》后)、清戴震《屈原赋注》(有黄山书社1994年版《戴震全书》本、清华大学出版社1992年版《戴震全集》本、中华书局1999年点校本)、蒋骥《山带阁注楚辞》，附《楚辞余论》《楚辞说韵》(中华书局1958年版)、胡文英《屈骚指掌》(北京中国书店1978年据清乾隆五十一年(1786)富艺堂刊本影印、台湾新文丰出版公司1986年《楚辞汇编》本)、近代马其昶《屈赋微》(民国初年北京铅印单行本、台湾新文丰出版公司1986年《楚辞汇编》本)、现代闻一多《楚辞校补》《离骚解诂》《天问释天》(三文俱收入《闻一多全集》，三联书店1982年版)、刘永济《屈赋通笺》附《笺屈余义》(人民文学出版社1961年版、中华书局2010年版)、姜亮夫

《重订屈原赋校注》(天津古籍出版社1987年版、云南人民出版社2002年《姜亮夫全集》本)、朱季海《楚辞解故》(中华书局1963年版,上海古籍出版社1980年新1版、台湾新文丰出版公司1986年《楚辞汇编》本)、汤炳正《楚辞类稿》(巴蜀书社1988年版)、于省吾《泽螺居楚辞新证》(载《社会科学战线》1979年3、4期;又附《泽螺居诗经新证》末,中华书局1982年版、2009年新版)等。

2.《楚辞》义理学　即略陈或详说每篇每章乃至每句的大义理论、艺术特征以及结合《楚辞》对社会政治、历史、思想、文化等所作的广泛议论和批评。《楚辞》义理家最为庞杂,而显者少,举其大者如:朱熹《楚辞集注》(上海古籍出版社1979年出版铅印本)、清王夫之《楚辞通释》(中华书局1959年出版断句排印本)、林云铭《楚辞灯》4卷(清康熙三十六年(1697)刊本)、刘梦鹏《屈子章句》7卷(清乾隆五十四年(1789)蓉青堂刊本,嘉庆刊本)、黄寿祺等《楚辞全译》(贵州人民出版社1984年版)、马茂元《楚辞注释》(湖北人民出版社1984年版)、陈子展《楚辞直解》(江苏古籍出版社1988年版)。

熔考据、义理为一炉,集历代旧注为一家,别出已见者,当推游国恩《楚辞注疏长编》,全书分《离骚》、《天问》、《九歌》、《九章》、《招魂》五编,已出《离骚纂义》、《天问纂义》(中华书局分别于1980、1982年出版,中华书局2008年出版《游国恩楚辞论著集》)。另有黄灵庚《楚辞章句疏证》(中华书局2007年版)。

3.《楚辞》研究史　对《楚辞》研究的历史进行回顾和总结的著作。如:黄中模《现代楚辞批评史》(湖北教育出版社1990年版),着重回顾现代对《楚辞》研究的历史;黄中模《屈原问题论争史稿》,则偏于《楚辞》著作权和屈原有关问题论争的历史。另有李中华、朱炳祥《楚辞学史》(武汉出版社1996年版)、李大明《汉楚辞学史(增订本)》(中国社会科学出版社、华龄出版社2005年版)等。

4.《楚辞》资料、工具书　即有关《楚辞》研究的辞典、丛书、书目、索引等。如:姜亮夫《楚辞通故》(齐鲁书社1985年版),全书分十部,部下分类,凡56类,类下列字词,书末附笔画索引。本书集前人训释之大成而别出己义,实为一部大型《楚辞》词典。今天所编有关《楚辞》研究的专门丛书主要有:马茂元主编的《楚辞研究集成》(湖北人民出版社1984～1986年版)收书5种:《楚辞注释》、《楚辞要籍解题》、《楚辞评论资料选》、《楚辞研究论文选》、《楚辞资料海外编》。台湾杜松柏主编的《楚辞汇编》(新文丰出版公司1986年版),分10册收录了明清名著13种,近人著作10种:《楚辞述注》、《屈原赋证辨》;《楚辞听直》;《楚辞疏》;《屈子章句》、《楚辞札记》;《屈辞精义》、《屈骚指掌》;《楚辞新注求确》、《楚辞新注》;《楚辞释》、《屈赋微》、《楚辞拾遗》;《楚辞解故》、《离骚正义》、《楚辞考异》、《离骚补注》;《离骚辨》、《屈原》、《楚辞大义述》、《读骚大例》;《楚辞论文集》、《楚辞研究》。崔富章主编《楚辞学文库》(湖北教育出版社2003年版),分为4卷:楚辞集校集释、楚辞评论集览、楚辞著作提要、楚辞学通典。吴平,回达强主编《楚辞文献集成》(广陵书社2008年版)30册,分注释、音义、评论、考证、图谱、札记六大类汇编1949年以前历代有关《楚辞》著作150种。书目如:姜亮夫《楚辞书目五种》(中华书局上海编辑所1961年版,另有《补逸》载入姜亮夫《楚辞学论文集》),崔富章《楚辞书目五种续编》(上海古籍出版社1993年版),饶宗颐《楚辞书录》(香港《选堂丛书》本),洪湛侯等《楚辞要籍解题》(湖北人民出版社、1984年版),白铭《二十世纪楚辞研究文献目录》(学苑出版社2008年版),日人竹治贞夫编的《楚辞索引》(日本德岛大学1970年订正版;台北中文出版社1972年初版,1979年再版)、周秉高《新编楚辞索引》(内蒙古大学出版社1999年版)、香港中文大学中国文化研究所《楚辞逐字索引》(商务印书馆2000年版)。

以上仅就专著而言,单篇论文举不胜举。有几种论文集为《楚辞》研究专家多年的心血结晶,胜解颇多,如:游国恩《楚辞论文集》

(古典文学出版社1957年版)、姜亮夫《楚辞学论文集》(上海古籍出版社1984年版)、蒋天枢《楚辞论文集》(陕西人民出版社1982年版)、汤炳正《屈赋新探》(齐鲁书社1984年版)、孙作云《〈楚辞〉研究》(河南大学出版社2003年《孙作云文集》本)、朱碧莲《还芝斋读楚辞》(上海古籍出版社2008年版)等。也有就某一专题编就的论文集，如黄中模编《中日学者屈原问题论争集》(山东教育出版社1990年版)等。

第三节 散　　文

我国散文历史悠远，商代的甲骨文，西周的金文，以及《周易》中的卦爻辞可以说是初期散文的代表，其特点是内容驳杂零乱，多为零散的句子，衔接成章的不多。而周、秦时期出现的大批历史散文和诸子散文名著，大多具有浓厚的文学色彩，对后世产生了巨大的影响。这里介绍历史散文和诸子散文的几部较重要的著作。

一、历史散文

《尚书》是中国散文正式形成的标志。《尚书》因年代久远，几经聚散，真伪杂糅，自汉代始又有今古文之争。汉初，存秦博士伏生所传《今文尚书》29篇。东晋元帝时，梅赜献伪《古文尚书》(以及孔安国《尚书传》)，比《今文尚书》多出25篇，又从《今文尚书》中多分出5篇，而当时今文本中的《泰誓》已佚，故伪古文与今文共58篇。清阎若璩著《尚书古文疏证》(上海古籍出版社1987年据乾隆十年(1745)年刻本影印，并据别本补足；2010年出版点校本)透辟地论证了《古文尚书》是伪书。历代注释研究《尚书》的著作很多，显者如：唐孔颖达《尚书正义》(《十三经注疏》本，上海古籍出版社2007年点校出版)、宋蔡沈《书集传》(凤凰出版社2010年出版点校本)、清孙星衍《尚书今古文注疏》(中华书局1986年出版点校本,2004年2版),顾颉刚、刘起釪《尚书校释译论》(中华书局 2005年出版)等。顾颉刚《尚书通检》(书目文献出版社 1982 年据燕京大学 1936 年版影印,上海古籍出版社 1990 年影印)为逐字索引,查检方便。另有刘殿爵、陈方正主编《尚书逐字索引》(商务印书馆(香港)有限公司 1995 年出版)。

《春秋》是我国现存第一部编年体史书,虽记事谨严,对史学发展影响很大,但文学意味不强。《春秋》被奉为"经",为"经"作解释的书叫"传",战国时为《春秋》作传者有三家,即齐人公羊高的《春秋公羊传》、鲁人穀梁赤的《春秋穀梁传》,传为鲁左丘明作的《春秋左传》。前两书偏重说理而略于记事,文学价值不大,《左传》则熔历史真实性、思想倾向的鲜明性、语言的形象性为一炉。它与记言为主的国别体史书《国语》、《战国策》,同是先秦历史散文的优秀代表(关于《左传》、《国语》、《战国策》的重要注本,第二编第三章已作介绍)。

别具一格的《晏子春秋》,是专门记载春秋时齐国晏婴言行的散文作品。其中有许多结构完整、主题鲜明的小故事。《四库全书总目》认为此书"虽无传记之名,实传记之祖",故编列史部传记类。近人吴则虞有《晏子春秋集释》(中华书局 1962 年版),较为详备。骈宇骞的《晏子春秋校释》(书目文献出版社 1988 年版),充分利用银雀山汉墓竹简,校与释均多前人未及之处。刘殿爵、陈方正主编《晏子春秋逐字索引》(商务印书馆(香港)有限公司 1993 年出版)。

二、诸子散文

如果说历史散文偏重于记述,那么,为宣传诸子学说服务、具有复杂哲学思想的诸子散文则偏于论说。春秋末年,"士"代表不同阶级,不同阶层的利益,针对当时的社会变革,提出各自的主张,在思想文化界形成了百家争鸣的局面。班固《汉书·艺文志》将诸子分为儒、道、阴阳、法、名、墨、纵横、杂、农、小说十家,各家著述繁博,由此也可见出论说文在此期间的迅猛发展。这里我们只选择诸子中文学性较强的著作略予介绍。

语录体散文**《论语》**的出现,显示了中国散文内容和风格的重大变化。有关《论语》的研究著作较重要的有:三国魏何晏《论语集解》、宋邢昺《论语注疏》(俱收入《十三经注疏》),朱熹《论语集注》(收入《四书章句集注》),清刘宝楠《论语正义》(中华书局1990年版),近人杨树达《论语疏证》(科学出版社1955年版),杨伯峻《论语译注》(中华书局1962出版,多次重印),安作璋主编《论语辞典》(上海古籍出版社2004年版),黄怀信等《论语汇校集释》(上海古籍出版社2008年版),李泽厚《论语今读》(三联书店2008年版),李零《丧家狗:我读〈论语〉》(山西人民出版社2008年版)。另有刘殿爵、陈方正主编《论语逐字索引》(商务印书馆(香港)有限公司1995年版)、幺峻洲《论语索引》(齐鲁书社2005年版)。

此期的语录体散文还有**《老子》**。《马王堆汉墓帛书·老子》是文物出版社1976年据现存最古本影印的。晋王弼有《老子道德经注》(中华书局2008年出版楼宇烈校释本),清毕沅有《老子道德经考异》(《经训堂丛书》),今人朱谦之有《老子校释》(中华书局1984年版)、高明有《帛书老子校注》(中华书局1996年版)。还有任继愈《老子新译》(上海古籍出版社1985年修订版)张松如《老子说解》(齐鲁书社1987年版)、陈鼓应《老子注译及评介》(中华书局1984年版)、丁四新《〈郭店楚竹书〈老子〉校注〉》(武汉大学出版社2010年版)等都是研究《老子》较重要的著作。刘殿爵、陈方正主编《老子逐字索引〈道藏〉王弼〈注〉本、河上公〈注〉本、河上公〈注〉》(商务印书馆(香港)有限公司1996年出版)。

《墨子》的散文虽不重文采,但逻辑性强,很有说服力。孙诒让《墨子閒诂》(中华书局2001年点校本),近人谭戒甫《墨辨发微》(中华书局1964年版),吴毓江《墨子校注》(中华书局2006年版),

王焕镳《墨子集诂》(上海古籍出版社2006年版)较精审。任继愈主编《墨子大全》,分三编共100册收录战国至2002年有关墨子研究的重要著作210种,有很多珍稀版本,北京图书馆出版社2002～2004年出版。香港中文大学中国文化研究所《墨子逐字索引》(商务印书馆2001年版)。

《**孟子**》颇富文采,尤以气胜。其重要注本有:东汉赵岐、宋孙奭《孟子注疏》(收入《十三经注疏》)、朱熹《孟子集注》(上海古籍出版社1987年版)、清焦循《孟子正义》(中华书局1987年出版点校本)、杨伯峻《孟子译注》(中华书局1981年版)等。刘殿爵、陈方正《孟子逐字索引》(商务印书馆(香港)有限公司1995年版)、幺峻洲《孟子索引》(齐鲁书社2009年版)。

《**庄子**》的文学性很强,历代大作家几乎无不受其熏陶。《庄子》注本也很多,现当代以钟泰《庄子发微》(上海古籍出版社1988年版)、陈鼓应《庄子今注今译》(中华书局1983年版)、朱季海《庄子故言》(中华书局1987年版)、王叔岷《庄子校诠》(中华书局2007年版)较佳。另有香港中文大学中国文化研究所《庄子逐字索引》(商务印书馆2000年版)、单演义《庄子索引》(西北大学出版社2009年版)。

战国后期的《**荀子**》、《**韩非子**》标志着先秦论说文体的完全成熟。《荀子》注本以王先谦《荀子集解》(中华书局1988年点校本)取材最为宏富,注释较详备。另有王天海《荀子校释》(上海古籍出版社2005年版)、张觉《荀子校注》(岳麓书社2006年版)、刘殿爵、陈方正主编《荀子逐字索引》(商务印书馆(香港)有限公司1996年出版)等。《韩非子》则以陈奇猷《韩非子集释》(中华书局1958年版,上海人民出版社1974年重版)、邵增桦《韩非子今注今译》(台湾商务印书馆1983年版)、张觉《韩非子校疏》(上海古籍出版社2010年版)较好。周钟灵主编的《韩非子索引》(中华书局1982年版)为逐字索引,另有香港中文大学中国文化研究所《韩非子逐字索引》(商务印书馆2000年版)。

《吕氏春秋》有意识地吸收了各家的长处,成为先秦散文的结穴。注本有:许维遹《吕氏春秋集释》(中华书局2009年点校本),张双棣等《吕氏春秋译注》(吉林文史出版社1986年版),陈奇猷《吕氏春秋新校释》(上海古籍出版社2002年版),王利器《吕氏春秋注疏》(巴蜀书社2002年版)等。另有张双棣《吕氏春秋索引》(山东教育出版社2002年版),刘殿爵《吕氏春秋逐字索引》(台湾商务印书馆股份有限公司1996年版)。

《诸子集成》和《新编诸子集成》是重要的子书丛书。《诸子集成》收录重要的周秦至汉魏六朝的诸子原著或后人注释著作凡26家28种,世界书局1935年排印出版,中华书局多次重印。

《新编诸子集成》是中华书局1982年起陆续出版的收录先秦至唐五代书及后人有关研究著作的丛书。第一辑所收与旧本《诸子集成》略同,只增加了近几十年特别是建国以后一些学者整理子书的新成果。第一辑子目如下(截止2010年已出版者):

  论语集释 程树德
  孟子正义 [清]焦 循
  四书章句集注 [宋]朱 熹
  荀子集解 [清]王先谦
  墨子闲诂 [清]孙诒让
  墨子校注 吴毓江
  墨辨发微 谭戒甫
  墨子城守各篇简注 岑仲勉
  老子道德经注 [魏]王 弼
  老子校释 朱谦之
  帛书老子校注 高 明
  庄子集释 [清]郭庆藩
  庄子集解 [清]王先谦

庄子集解内篇补正　刘　武
列子集释　杨伯峻
管子校注　黎翔凤
管子轻重篇新诠　马非百
商君书锥指　蒋礼鸿
韩非子集解　[清]王先慎
公孙龙子悬解　王　琯
公孙龙子形名发微　谭戒甫
十一家注孙子校理(增订本)　[魏]曹操等
吕氏春秋集释　杨　宽、沈延国
晏子春秋集释　吴则虞
孙膑兵法校理　张震泽
新语校注　王利器
新书校注　阎振益、钟　夏
淮南鸿烈集解　刘文典
淮南子集释　何　宁
盐铁论校注　王利器
春秋繁露义证　[清]苏　舆
法言义疏　汪荣宝
太玄经集注　[宋]司马光
白虎通疏证　[清]陈　立
潜夫论笺校正　[清]汪继培
论衡校释　黄　晖
抱朴子内篇校释　王　明
抱朴子外篇校释　杨明照
颜氏家训集解　王利器
文子疏义　王利器
刘子校释　傅亚庶

吕氏春秋集释　许维遹

《新编诸子集成续编》拟收第一辑以外的子书,截止2010年底,已经出版的有梁启雄《韩子浅解》、《荀子简释》,[汉]桓谭《新辑本桓谭新论》,许富宏《鬼谷子集校集注》,马宗霍《论衡校读笺识》,钟启鹏《鹖子校理》,[汉]应劭撰、王利器校注《风俗通义校注》,王利器《吕氏春秋疏证》等。

在先秦诸子百家的著作中,有不少借助寓言论说辩驳。如《战国策》、《孟子》、《庄子》、《韩非子》、《吕氏春秋》等书即保存了不少寓言作品。寓言的具体情况见本编第六章第一节和第九章第二节的介绍。

第二章 历代诗文总集

总集是传统图书分类法中一个类目的名称,指汇集多人诗文而成之书,与别集(个人诗文集)对称。

《隋书·经籍志》认为晋代挚虞的《文章流别集》是我国最早的总集。清人章学诚则认为,《汉书·艺文志·诗赋略》著录的"杂赋",是"后世总集之体"。① 事实上,《诗经》、《楚辞》都是我国早期的总集。只不过旧时将《诗经》划归经部,将《楚辞》列入集部中独立的一类,《汉书·艺文志》著录的"杂赋"以及挚虞的《文章流别集》又已亡佚,因而梁代的《文选》便位居现存集部总集类图书之首。

总集可依其收录面分为选集与全集两大类。选集的编纂,旨在去芜存精,推荐佳作,如《文选》;全集的编纂,旨在网罗散佚,保存文献,如《全唐诗》。总集能帮助我们了解一定历史时期、一定地区或作家群的诗文创作情况,能为辑佚、校勘提供丰富的材料,又为查找历代诗文提供了方便。

---

① 见《校雠通义》卷三《汉志诗赋》。章学诚将《汉志·诗赋略》著录的"屈原赋之属"、"陆贾赋之属"、"荀卿赋之属"与"杂赋"作了比较,认为"三种之赋,人自为篇,后世别集之体也;杂赋一种,不列专名而类叙为篇,后世总集之体也"。

现存历代诗文总集一千数百种。本章分通代、断代、地方三大系列,选介重要总集数十种。

第一节 通代诗文总集

通代诗文总集,有诗文兼收者,有专收诗或专收文者。

一、诗文兼收的通代总集

梁代萧统主持编纂的《文选》30卷,是现存最早的一部诗文兼收的通代总集。选录先秦至梁初130余家的作品700余篇(当时在世作家的作品不收),分为38类。它的内容、体例,以及在文学史料学上的地位,本书第一编四章三节已作介绍。《文选》的注本,影响最大者有二:(1)唐代显庆年间李善注本,60卷,偏重注释语典与事典,兼及训诂音释,其学术价值向为世人重视。现存完整的刊本有南宋尤袤刻本。清人胡克家将尤刻本校勘重刻,并著《考异》10卷附后,学界称善,流传甚广。中华书局1977年将胡刻李善注本缩小影印,附胡刻本与尤刻本异文对照表、著者索引、篇目索引,1983年第3次印刷。又有上海古籍出版社1986年校点本,以胡刻为底本整理。研究《文选》李善注的著作很多,近人高步瀛(1873~1940)的《文选李注义疏》对李注逐卷疏证,是集大成之作,可惜仅完成8卷,曾由原北平文化学社排印,中华书局1985年出版校点本。(2)唐代开元间,吕延祚嫌李善注不注重疏通文义,便召集吕延济、刘良、张铣、吕向、李周翰五人重新作注,世称"五臣注"。这个注本的学术价值不及李善注,但疏通字句,间有可取,亦便于阅读。大约在北宋末,有人将李注与五臣注合刻,世称"六臣注"。商务印书馆曾将涵芬楼藏宋刊《六臣注文选》60卷影印,收入《四部丛刊》初编。中华书局1987年重新影印《四部丛刊》本,传播之功不可没,但中华书局对原本明显的错误不作任何说明,实为憾事。明显错误如:卷首目录张景阳杂诗"一首"乃"十首"之误;目录中出现两个"第五十八卷",前者实应为"第五十七卷"。

现存六臣注本较李善注本多出乐府《君子行》一篇,两本所选作品的次第亦略有不同。据清代以来学者们的考证,自六臣注本流行,造成李善注和五臣注的羼乱,亦使李注本原帙流传日稀。一般认为,今天见到的李善注本,多是从六臣注本中辑出,只能说是大体恢复李注本的原貌。具有重要文献价值的注本,还有唐写本《文选集注》残卷,撰者姓名已不可考。书中所引,除李善注、六臣注外,还有今已散佚之《文选钞》、《音决》和陆善经注,合计九家注。《文选集注》残卷今在日本,京都大学文学部有全部残卷的影印本。

有关《文选》的专著和工具书主要有:骆鸿凯(1892~1955)《文选学》,中华书局1936年初版,1989年再版(再版本据著者在湖南大学任教时的讲义对"附编"作了补充)。林陪明《文选学讲义 昭明文选研究》(台湾文史哲出版社1986年版),穆克宏《昭明文选研究》(人民文学出版社1998年版),傅刚《〈昭明文选〉研究》(中国社会科学出版社2000年版),汪习波《隋唐文选学研究》(上海古籍出版社2005年版),郭宝军《宋代文选学研究》(中国社会科学出版社2010年版)、王书才《〈昭明文选〉研究发展史》(学习出版社2007年版),王书才《明清文选学述评》(上海古籍出版社2008年版),王立群《现代文选学史》(中国社会科学出版社2003年版)。原燕京大学引得编纂处编《文选注引书引得》,该处1935年版,台北成文出版社1966年影印。日本斯波六郎等编《文选索引》,京都大学人文科学研究所1959年版,上海古籍出版社1997年影印。书前有长篇论文《文选各种版本的研究》。京都中文出版社1971年再版,略去书前论文。台湾正中书局影印1971年再版本。俞绍初、许逸民主编《中外学者文选学论著索引》,中华书局1998年版。

南江涛选编民国时期一些重要学术刊物及报纸上关于《昭明文选》的论文成《文选学研究》,国家图书馆出版社2010年出版。

北宋李昉等人奉诏编的《**文苑英华**》1000卷,是在《文选》影响下产生的大型总集。所选诗文,起于梁代,与《文选》衔接;下讫晚唐五代。体例仿《文选》。收录近2200人的作品近2万篇,其中唐代作品约占十分之九。历来治唐代文学者,视为辑佚、校勘的资料宝库。但此书编得较粗糙,宋人彭叔夏有《文苑英华辨证》10卷,清人劳格有《辨证拾遗》,是使用《文苑英华》时必须参考的。中华书局1966年影印宋刊配明本《文苑英华》,附彭叔夏《辨证》和劳格《拾遗》,并编有作者姓名索引,姓名下列出所收作品篇题。1982年重印。北京图书馆出版社2006年据傅增湘《文苑英华》校勘记稿誊清本影印出版《文苑英华校记》。凌朝栋著有《文苑英华研究》,上海古籍出版社2005年版。

梁代的《文选》和北宋的《文苑英华》,代表了诗文总集中偏重文采的一派。到了南宋,理学盛行,道学思想也渗透到总集的编选中。真德秀(1178~1235)编的《文章正宗》,代表了诗文总集中偏重义理的一派,"总集遂判两途"(《四库全书总目提要》集部总集类序)。

《**文章正宗**》正集24卷,续集20卷。正集分辞命、议论、叙事、诗歌4类,选《左传》、《国语》至唐代之作。续集皆北宋之文,无辞命、诗歌二类,而议论类部分文章又有目无文,盖未完成之本。真德秀自言其选录标准:"以明义理切世用为主,其体本乎古,其指近乎经者,然后取焉,否则辞虽工而不录。"难怪顾炎武批评他"以理为宗,不得诗人之趣"(《日知录》卷三《孔子删诗》)。真德秀将《左传》、《国语》选入总集,倒是个创举,为后来一些选本所仿效。《文章正宗》有宋、元、明刊本,《四库全书》本。《四库总目》著录"《文章正宗》二十卷《续集》二十卷",误,文渊阁本实为正集24卷,续集20卷。

二、专收诗的通代总集

与诗文兼收的通代总集相比,专收诗的通代总集数量多得多。

在现存诗歌总集中，徐陵编于梁朝的《**玉台新咏**》是继《诗经》、《楚辞》之后最古的一部，收汉代至梁代在世诗人的作品（详本书第一编四章三节）。清康熙间吴兆宜有《玉台新咏笺注》，纪容舒有《玉台新咏考异》（或以为实系纪容舒之子纪昀所撰）。中华书局 1985 年整理出版吴注《玉台新咏笺注》，由穆克宏点校。点校本对正文和注文都作了大量校正，书末附各种版本的序跋。刘跃进有《玉台新咏研究》，中华书局 2000 年出版。颜智英《〈昭明文选〉与〈玉台新咏〉之比较研究》，台湾花木兰文化出版社 2008 年出版。

南宋郭茂倩编纂的《**乐府诗集**》100 卷，是搜罗乐府诗最完备的总集。辑录汉魏至唐五代乐府歌辞，兼及先秦歌谣。分 12 大类：郊庙歌辞、燕射歌辞、鼓吹曲辞、横吹曲辞、相和歌辞、清商曲辞、舞曲歌辞、琴曲歌辞、杂曲歌辞、近代曲辞、杂歌谣辞、新乐府辞。各大类有总序，每曲有题解，考订各种曲调及歌辞的起源和发展，征引浩博。所引古籍，有些今已散佚（如《伎录》、《古今乐录》等），赖以保存一部分，对研究文学史、音乐史有重要参考价值。其编排方式，每题先列古辞，后列文人拟作，便于研究者考察民间文学对文人创作的影响。1955 年，文学古籍刊行社曾影印宋本《乐府诗集》（原本有些残缺，已由旧收藏者用元刊本或旧钞本补上）。1979 年，中华书局出版校点本。由乔象钟、陈友琴等校点，余冠英审定全稿并补充许多校记。附作者索引（作者后系以所作诗歌篇名）和篇名索引。吴相洲主编《乐府诗集分类研究》丛书，北京大学出版社 2009 年版，包括王福利《郊庙燕射歌辞研究》、韩宁《鼓吹横吹曲辞研究》、王传飞《相和歌辞研究》、曾智安《清商曲辞研究》、梁海燕《舞曲歌辞研究》、周仕慧《琴曲歌辞研究》、向回《杂曲歌辞与杂歌谣辞研究》、袁绣柏、曾智安《近代曲辞研究》、张煜《新乐府辞研究》。

网罗唐以前诗歌的规模较大的总集，还有《古诗纪》、《全汉三国晋南北朝诗》和《先秦汉魏晋南北朝诗》。

《古诗纪》156 卷　原名《诗纪》，明冯惟讷编，收先秦至隋朝诗。前集 10 卷，收汉以前歌谣、逸诗，铭、赞之类亦收载。正集 130 卷，收汉至隋诗。外集 4 卷，收古小说及笔记中所传仙鬼之诗。别集 12 卷，选录前人对古诗的评论。此书编成后，甄敬刻于陕西，校刻不精。后吴琯校订重刊。有《四库全书》本（据吴本录入）。清人冯舒有《诗纪匡谬》，亦收入《四库全书》。

《全汉三国晋南北朝诗》54 卷　近人丁福保(1874～1952)编，是汉至隋诗歌的全集。此书在《古诗纪》、《诗纪匡谬》的基础上加工而成，但它和《古诗纪》一样，没有注明各诗辑自何书，且录诗不从先秦开始，故不能取代《古诗纪》。此书初印于 1916 年，中华书局 1959 年将原书断句重排，改正了明显的错字。蔡金重《全汉三国晋南北朝诗作者引得》，哈佛燕京学社 1941 年出版。

《先秦汉魏晋南北朝诗》135 卷　逯钦立(1910～1973)辑校。此书是《全唐诗》的前接部分，分代编次。除《诗经》、《楚辞》外，凡先秦至隋各代诗歌、谣谚一概收录，并详细注明出处及版本异文。与上述《古诗纪》、《全汉三国晋南北朝诗》相比，本书搜罗更全，校订更精，体例更善。中华书局 1983 年出版。日本早稻田大学中国诗文研究会编有《先秦汉魏晋南北朝诗作者索引》，东方书店 1984 年版。常振国、绛云编有《先秦汉魏晋南北朝诗作者篇目索引》，中华书局 1988 年版。

选录汉魏六朝至明初千余年诗歌的大型通代总集**《诗渊》**，有重要文献价值。现残存稿本 25 册，近 3,00 万字，藏于北京图书馆善本部。此书约编于明初，编者姓名已不可考，曾见录于明杨士奇等《文渊阁书目》和叶盛《菉竹堂书目》，历经季振宜等藏书家收藏，未见刻本流传。收作品约 5 万篇，唐前作品较少，唐、宋、元三代作品较多，尤以宋诗最多，并有唐至明初词作近千首。全书按作品内容分类，分天、地、人等若干部，部下分门，门下再细分类目。残本所收作品，约有十之二三不见于以往刊印的古籍，邓广铭、唐圭璋、王仲闻、孔凡礼等学者曾从中辑得许多散佚诗词。书目文献出版社 1985~1987 年分 6 册影印精装。刘卓英主编《诗渊索引》，书目文献出版社 1993 年版。

三、专收文的通代总集

专收文（包括赋）的大型通代总集，以《**全上古三代秦汉三国六朝文**》最著名。此书 746 卷，清严可均校辑，是《全唐文》的前接部分。收上古至隋代单篇文章（断章残句亦广为搜罗），作者近 3500 人，分代编次，所收文章，均详注出处。严氏草创此书于嘉庆十三年（1808），完稿于道光中，在世时未及将书稿誊清（原稿本今藏上海图书馆），至光绪间始由王毓藻等人校刊印行。中华书局 1958 年将光绪刻本断句影印，精装 4 册，对原书明显的错字，在天头注以简明校记。1965 年重印此书时，增编《全上古三代秦汉三国六朝文篇名目录及作者索引》，精装 1 册。又有 1986 年重印本。河北教育出版社 1997 年出版标点本。商务印书馆 1999 年出版横排标点本。此书为查考唐以前单篇文章提供了极大的方便，但也存在错收、漏收、重出等问题。陈垣《中国佛教史籍概论》中"历代三宝记"、"续高僧传"、"广弘明集"诸条，钱钟书《管锥篇》中"全上古三代秦汉三国六朝文"部分，对此均有论及。

规模较大的通代文总集，还有近人吴曾祺编的《**涵芬楼古今文钞**》（商务印书馆 1911 年版，线装 100 册），选上古至清代同治光绪间各体文章近 9000 篇，按文体分类编排；张相编的《**古今文综**》（中华书局 1915 年版，线装 40 册），选秦汉至清末民初各体文章 2300 余篇，亦按文体分类编排。

清代学者还编纂了一些专收某类文体的通代总集，如：

《**历代赋汇**》184 卷　清陈元龙等奉康熙帝命辑，收周末至明代之赋近 4000 篇。正集 140 卷，录有关经济学问之作，分 30 类，外集 20 卷，录缘情抒怀之作，分 8 类；又逸句两卷，补遗 22 卷。有扬州诗局本，《四库全书》本，上海书店、江苏古籍出版社1989年影印本（以清光绪间双梧书屋俞樾校本为底本）。凤凰出版社2004年据俞樾校本影印，书前冠以程章灿《赋学文献综论》，书末附《辞赋研究论著索引》，并附本书作者篇名索引。

《骈体文钞》31卷　清李兆洛（1769～1841）编。选文上起先秦，下迄隋代。分上、中、下三编。上编18卷，收铭刻、颂、策对、奏事等庙堂之作、奏进之篇；中编8卷，收书、论、序、碑记等指事述意之作；下编5卷，收设辞、笺牍、杂文等缘怀寄兴之作。李兆洛主张"骈散合一"，注意骈偶与散行文章的相互影响，沿流溯源。因此，本书所选文章有些并非严格意义的骈文，但它们对骈文有重要影响。此书编于嘉庆末，有道光间合河康氏刊本，《四部备要》排印谭献手批本等，上海古籍出版社2001年出版殷海国、殷海安点校本。

《骈文类纂》46卷　近代王先谦（1842～1917）编。选文上起先秦，下迄清末。分论说、序跋、表奏、书启、赠序、诏令、檄移、传状、碑志、杂记、箴铭、颂赞、哀吊、杂文、辞赋15大类。卷首有序目，略述各类文章特色，评论前人创作。有光绪二十八年（1902）思贤书局刊本，浙江古籍出版社据以缩印。

第二节　唐宋诗文总集

收录唐宋诗文的断代总集的编纂，唐宋时期的学者文人已取得不少成绩（见第一编五章一节）。清代学者网罗散佚，编出了《全唐诗》、《全唐文》等要籍，为保存文献作出重要贡献。但清人编的唐代诗文全集并不全，舛误也不少；至于宋代的诗文全集，清人未能编就。当前，对唐宋诗文全集的补正、新编工作已有可喜的进展。本节对重要的唐宋诗文选集、全集作一简要介绍。

《唐文粹》100卷　北宋姚铉（967～1020）编。选编唐代诗文，分体编排。计收文、赋千余篇,诗近千首。姚铉推崇古体,故不收四六文和五七言近体诗。他的编选原则,虽有一定的片面性,但这是一部成书较早的唐代诗文总集,编者所见均是唐代至北宋初古本,故向为学者重视,作为辑佚、校勘的重要依据。通行者,有《四部丛刊》(第二次印本)影印明嘉靖甲申徐氏刻本,附校记(据宋本校)。另有《四库全书》本、吉林人民出版社 1998 年出版任继愈主编《中华传世文选》本。

《全唐诗》900 卷　清康熙后期彭定求、杨中讷等 10 人奉敕编校,曹寅负责校阅刊刻。收唐五代诗 48900 余首,有传作者 1893 人,无考作者 353 人,合计 2246 人(联句、零句、鬼怪诗诸卷作者未计入内)。略依时代先后编排,系以作者小传,间附校注。唐五代词缀于书末。这部大型总集,是在明代胡震亨《唐音统签》和清初季振宜《唐诗》的基础上拾遗补阙而成,并做了一定的考订工作,其规模位居我国现存古典诗歌总集之首。但由于编校仓促(不足两年),搜寻欠周,存在漏收、误收、重出、小传小注舛误、编次不当等问题。本书有康熙四十六年(1707)扬州诗局刻本,12 函 120 册(上海古籍出版社 1986 年缩印为精装 2 册,内附日本上毛河世宁《全唐诗逸》3 卷)。中华书局 1960 年出版校点本,精装 12 册。以扬州诗局本为底本,改正了一些明显错误,附《全唐诗逸》,并附作者索引。1979 年重印,平装 25 册,不附索引。海南出版社 2000 年影印出版藏于故宫博物院的《全唐诗季振宜写本》。

中华书局 1982 年出版《全唐诗外编》(全 2 册),是《全唐诗》的补遗。包括:(1)王重民《补全唐诗》、《敦煌唐人诗集残卷》,(2)孙望《全唐诗补逸》,(3)童养年《全唐诗续补遗》。共收诗 2000 余首,其中有 290 首左右因失考而与《全唐诗》复出。另,王重民有《补全唐诗拾遗》遗稿,系刘修业(王重民夫人)发现,刊载于《中华文史论丛》1981 年第 4 辑,其中有 52 首为《全唐诗外编》未收。中华书局 1992 年出版陈尚君《全唐诗补编》。

中华书局于1999年出版《全唐诗(增订本)》,据60年代的点校本而改正讹误,并在全书后列入陈尚君《全唐诗补编》,将以前的繁体竖排改为简体横排。

张忱石编有《全唐诗作者索引》(中华书局1983年版),编录范围包括《全唐诗》和《全唐诗外编。史成编有《全唐诗索引》,分作者索引与篇名索引两大部分。上海古籍出版社1990年版。编录范围限于该社影印出版的扬州诗局本《全唐诗》附(《全唐诗逸》),不包括《全唐诗外编》。杨玉芬、柳过云有《全唐诗作者索引》增订简体横排本,中华书局2000年出版。

日本平冈武夫等编有《唐代的诗篇》(唐代研究指南11~12),日本京都大学1964~1965年版,同朋舍1977年重印,又有上海古籍出版社1991年影印本。这是唐五代诗的篇目索引,编录《全唐诗》、《全唐诗逸》、《文苑英华》、《唐文粹》、《唐诗纪事》、《乐府诗集》、《四部丛刊》所收唐人别集以及其他重要总集、别集、史书中的唐五代诗,计49475篇,逸句1334则。可供查考:某诗见于哪几种书的几卷几页。附"唐代诗歌标题中的人名索引",有助于查考诗人间的交游。平冈武夫等又编有《唐代的诗人》(唐代研究指南4),系人名索引性质。

河南大学唐诗研究室编有《全唐诗重篇索引》(河南大学出版社1985年版)。这是为揭示《全唐诗》中重出诗篇而编的索引,并附有《关于(全唐诗)重出作品的类型、原因及辑录方法》。

上文已提到:康熙间官修的《全唐诗》存在不少问题,有重新整理之必要。最早提出较全面的改编方案的是李嘉言,他在1956年12月9日《光明日报》发表《改编全唐诗草案》。1957年,王仲闻、汪绍楹等学者相继在《光明日报》发表补充意见。80年代,关于改编《全唐诗》的问题重新提上议事日程,我国学者做了不少工作,傅璇琮《关于(全唐诗)的改编》(载《文学遗产》1989年4期)论之甚详。目前,《全唐五代诗》的编纂工作正在进行。

《全唐文》1000卷 清嘉庆间董诰等奉敕编。以清内府所藏旧钞《唐文》160册为蓝本,并从总集、类书、丛书、子史诸书及金石碑板中博采唐五代文章编成。计收唐五代文18400余篇,作者3000余人。体例仿《全唐诗》。同治间,陆心源编成《唐文拾遗》72卷、《续拾》16卷,补《全唐文》之阙。中华书局1983年影印清内府刊本《全唐文》,附《唐文拾遗》、《续拾》,一并断句。又于1985年配套出版《全唐文篇名目录及作者索引》(马绪传编)。另有冯秉文主编《全唐文篇目分类索引》(中华书局2001年出版),陈尚君有《唐五代文作者索引》(中华书局2010年版)。对《全唐文》进行补遗的有:吴钢主编《全唐文补遗》,三秦出版社2005年版;陈尚君辑校《全唐文补编》,中华书局2005年版。孙映逵主持点校《全唐文》,陕西教育出版社2002年出版。周绍良主编《全唐文新编》,囊括了近200年来对《全唐文》遗文的搜集和整理成果,吉林文史出版社2000年出版。

《全唐文》的总纂官陈鸿墀在编书过程中,采辑有关唐代文章的资料,撰成《全唐文纪事》122卷,分为80门,引书达581种。同治间刊行。中华书局上海编辑所1959年出版断句排印本,上海古籍出版社1987年校订重印。此书可与《全唐文》参看。

日本平冈武夫等编有《唐代的散文作品》(唐代研究指南10),日本京都大学1960年版,同朋舍1977年重印,又有上海古籍出版社1989年影印本。这是唐五代散文的篇目索引,编录《全唐文》、《唐文拾遗》、《唐文续拾》、《文苑英华》、《唐文粹》、《唐大诏令集》、《四部丛刊》所收唐人别集、其他有关书籍中的唐五代散文,计22896篇。附"唐代散文标题中的人名索引"。平冈武夫等又编有《唐代的散文作家》(唐代研究指南3),是人名索引性质。

《全唐文》存在漏收、误收、校勘不精等问题。1990年6月,中国大陆和港台地区60余名学者组成《新编全唐五代文》编委会(霍松林任主编),计划对《全唐文》进行全面校正,并补充大量新发现的金石资料等①。

《全五代诗》100卷 清李调元(1734～1803)编。网罗五代十国诗歌,凡唐人入五代或五代入宋者均采入。全书按朝代国别编次,有作者小传,并有少量笺注。此书收入李调元所辑大型丛书《函海》中。乾隆《函海》本所收《全五代诗》为90卷;道光《函海》本补刻10卷(增荆南齐己诗9卷,北汉诗1卷),共100卷,又补遗1卷。又有《丛书集成初编》本,黄山书社1991年据光绪七年(1881)本影印,巴蜀书社1992年出版何光清点校本。

《宋文鉴》150卷目录3卷 南宋吕祖谦(1137～1181)编选。原名《皇朝文鉴》,明人改现名。选录北宋诗文,分为61卷,体例略依《文选》。录200余人之作,计收赋80余篇,各体诗1000余篇,文1400余篇。此书宋、元、明、清均有刻本,《四部丛刊》影印铁琴铜剑楼藏宋刊本较通行,又有吉林人民出版社1998年出版任继愈主编《中华传世文选》本。

《南宋文范》70卷外编4卷作者考2卷 清庄仲方(1780～1857)编选。选南宋诗文,体例略依《宋文鉴》,分为55类。选文以说理为主,选诗只录古体。有道光十七年(1837)活字本,光绪十四年(1888)江苏书局本,又有吉林人民出版社1998年出版任继愈主编《中华传世文选》本。

《宋诗钞》 清吴之振(1640～1717)、吕留良(1629～1683)等编选。此书为针对诗坛"尊唐抑宋"而编,旨在阐扬宋诗之长处。黄宗羲等亦参与编选。只编成初集106卷,康熙十年(1671)刊印时,目录列诗人100家,其中16家有目无诗,实收84家。有诗人小传,并予品评考证。商务印书馆1914年影印康熙十年(1671)刻本。管庭芬、蒋光煦有《宋诗钞补》,补初集所缺16家,其余各家亦多所增益。商务印书馆1915年排印《宋诗钞补》(据别下斋旧藏

---

① 见《古籍整理出版情况简报》228期(1990年7月)。

本)。三联书店 1988 年据商务印书馆 1914、1915 年本缩印《宋诗钞》及补。1986 年,中华书局将《宋诗钞》初集和《宋诗钞补》合为一部,校点出版,全 4 册。

傅璇琮等主编,北京大学古文献研究所编**《全宋诗》**72 册,北京大学出版社 1991～1998 年版。收诗人 8900 馀家,诗作 20 馀万首(参阅第七编第四章)。许红霞主编《全宋诗 1～72 册作者索引》,北京大学出版社 1999 年版。订补的有:张如安《〈全宋诗〉订补稿》(群言出版社 2005 年版)、陈新等《〈全宋诗〉订补》(大象出版社 2005 年版)。

曾枣庄、刘琳主编,四川大学古籍研究所编的**《全宋文》**,是一部包含两宋 320 年间所有现存单篇散文、骈文、诗词以外的韵文的大型断代总集,涉及宋代作家 9000 多位,每一作者之文按文体分类编排,分辞赋、诏令、奏议、公牍、书启、赠序、序跋、论说、杂记、箴铭、颂赞、传状、碑志、哀祭、祈谢等 15 个大类,共 360 册。文章注明出处,间有校记。各册有作者及篇名目录。上海辞书出版社、安徽教育出版社 2006 年联合出版。书末附有《作家字号综合索引》。

第三节　辽金元诗文总集

辽代诗文流传至今者不多。迄今为止,搜罗辽代诗文最完备的是今人陈述辑校的**《全辽文》**13 卷。陈述系辽金史专家,1914 年生。他因补注《辽史》而广泛搜集辽代诗文。在清末缪荃孙辑《辽文存》、王仁俊辑《辽文萃》、民初黄任恒辑《辽文补录》、30 年代罗福颐辑《辽文续拾》等书的基础上,校订补充,编为《辽文汇》,1953 年由中国科学院印行。其后,陈述陆续辑得近 30 年间新发现的文献,编为《辽文汇》续编。1982 年,中华书局将《辽文汇》及其《续编》合为一书出版,即《全辽文》。计收诗文 800 余篇,略依作者生卒先后编次。书末附碑刻图版多页。此书编成后新发现的辽代文献(如山西应县木塔发现的辽刻本),有待补入。

汇辑金代诗、文的总集,主要有《全金诗》、《金文最》。

《全金诗》74卷　清郭元釪编。康熙五十年(1711)清圣祖制序刊行,又名《御定全金诗增补中州集》。金代元好问编有金诗总集《中州集》10卷(见第一编五章二节),旨在以诗存史。《全金诗》是在《中州集》的基础上增补而成,计收作者358人,诗5544首。有扬州诗局本,《四库全书》本。南开大学出版社1995年出版薛瑞兆、郭明志编《全金诗》,在郭元釪的基础上广搜博采,收作者534人,完整诗作12066首,另有大量残章断句。补正性成果有王庆生《读新编〈全金诗〉》(《古籍整理出版情况简报》总第326期,1998年1月)、刘达科《新编〈全金诗〉补正》(《元好问及辽金文学研究》,中国国际广播出版社1998年版)和郝全梅《〈全金诗〉指误》(《文献研究》第1辑,北京图书馆出版社1999年版)等。

《金文最》120卷　清张金吾(1787～1829)编。书名"最",乃汇聚之义。张氏按全集的要求搜罗金代文章,工作始于嘉庆十五年(1810),编定于道光二年(1822),收各类文章约1800篇(不收诗词),按文体分为42类编排,间附考证。此书在张氏卒后50余年方由粤雅堂刻印(光绪八年刊)。光绪二十一年(1895),苏州书局重刻此书,将120卷删并为60卷,凡原编之文见于《金文雅》(庄仲方编成于道光二十一年)者,删去原文,仅存其目,并注原卷数于题下。此本不佳。中华书局以粤雅堂本为底本校点,1990年出版,附作者篇目索引。

中华书局上海编辑所曾于1958～1959年整理出版《中州集》(金元好问编)、《谷音》(元杜本编)和《河汾诸老诗集》(元人房祺编),分别列为"金元总集"之一、之二、之三。

阎凤梧主编**《全辽金诗》**,山西古籍出版社1999年版。网罗散失、细大不捐,虽断句零章,亦加撷拾,力求齐全。全书收录作者716家,诗作8299题、11662首,残篇398则。书末附《作者索引》。

阎凤梧主编《**全辽金文**》，山西古籍出版社 2002 年版。本书汇辑辽、金二代文章，务求广搜博取，不仅收录完整的作品，残篇断章也酌加摭拾。旨在反映其文章创作的全貌。共收录 786 位作者的文章 3356 篇。每一位作者之下均有小传，文后有校勘记。本书对所收作品皆选择善本、足本为底本，同时参校以其他价值较高的本子，如辽代部分以中华书局点校本《全辽文》参校，金代部分则以粤雅堂本《金文最》参校。书末附《作者索引》。

有关金代文献的汇辑整理，尽管已做了不少工作，但至今尚无汇录现存全部金代文献的集大成的巨编。位于女真族发祥地的黑龙江人民出版社有鉴于此，约请四川大学古籍整理研究所编纂《**全金文献**》。这套书分正编和副编。正编网罗现存金人全部著述，包括经史子集专书及集外佚篇，兼有丛书、总集的性质；副编为丛书，收录宋代至清代学者研究金史的著作，包括金代史、史料笔记、考证等。计划于 1997 年编纂完成，由黑龙江人民出版社一次性出版。川大古籍所还计划把整理研究工作的成果编为《全金文献研究资料丛刊》，包括《全金书录》、《金人传记资料索引》、《全金诗文词曲纪事》、《金代文学史》等①。

元代诗文的总集，主要有《元文类》、《元诗选》、《全元文》。

《元文类》70 卷目录 3 卷　元苏天爵（1294～1352）编选。原名《国朝文类》。选录元初至延祐诗文，分为 43 类。其中诗 8 卷，计 300 余首；文 62 卷，计 530 余篇。作者 162 人。有《四部丛刊》影印元至正二年（1342）西湖书院刊本，《国学基本丛书》本。1958 年，商务印书馆用《国学基本丛书》纸型重印，精装 3 册。

《元诗选》　清康熙间顾嗣立编选。分初集、二集、三集，各集

---

① 祝尚书《四川大学古籍研究所与黑龙江人民出版社签订编纂出版〈全金文献〉的协议》，《古籍整理出版情况简报》241 期（1991 年 4 月）。又见《文汇读书周报》1991 年 7 月 6 日报道。

再按天干分为10集(其中"三集"无丁集),甲集至壬集收有专集者之诗(其中壬集收方外、闺秀诗),存原集之名,系以小传,兼评其诗;癸集收无专集者之散篇,但顾氏仅编其目,未及完成。故初、二、三集实无癸集。初集刊于康熙三十三年(1694),二集刊于康熙四十一年(1702),三集刊于康熙五十九年(1720),共计收录340家。其后,顾氏门人席守朴及其子席世臣,完成癸集的编印。现存的癸集,是席世臣的曾孙席威在光绪十四年(1888)重新刊印的,所收作者达2300余人。中华书局1987年出版《元诗选》初集(全3册)、二集(全2册)、三集(1册)点校本。2001年出版癸集。2002年出版钱熙彦编次《元诗选补遗》,后附《元诗选作者索引》。

李修生主编**《全元文》**,凤凰出版社1999~2004年出版。共1880卷,分为60册。收集元代3200余作者用汉文撰写的文章35000多篇,包括了除诗、词、曲、谣谚、小说以外的一切散文、骈文、辞赋等。所收作家的时间范围,前承金和南宋,后与明代相接,由金、宋入元的文学家和由元入明的文学家,其主要活动在元代的,亦作为元人收录。另有《全元文索引》,凤凰出版社2005年版。

第四节 明清诗文总集

搜罗明代诗文较富的总集,主要有《明文衡》、《列朝诗集》、《明诗综》、《明文海》等。

《明文衡》100卷目录2卷 明程敏政(约1445~1499)编选,原名《皇朝文衡》。选明初至弘治时辞赋、乐府、散文等,分38类编排。所选以文为主,不录古体、近体诗。其中传状碑志有30余卷,史料价值较高。此书部分文章有目无文,《四部丛刊初编书录》云:"此书程氏先具目录,未及成书。身后其犹子得手写之目,遍访海内藏书家,依目分编,始克成书。求之不得者,于目下注缺字。随有所得,辄刻附于后,不复类入。卷九十九至一百两卷,皆补缺之文。"有《四部丛刊》影印明嘉靖刊本,《四库全书》本。又有吉林人民出版社1998年出版任继愈主编《中华传世文选》本。

《列朝诗集》81卷　清钱谦益(1582～1664)编。选录元末明初至明崇祯间近2000家诗作,分为乾、甲、乙、丙、丁、闰六集编次。其中乾集收录皇帝与诸王之诗,闰集收录高僧、道士、闺秀之诗。钱氏有意模仿元好问《中州集》,以保存文献为编选目的。以诗系人,并撰小传简介其生平,品评其诗作。成书于顺治九年(1652),有神州国光社排印线装本。上海三联书店1989年据顺治九年(1652)毛氏汲古阁刊本影印。中华书局2007年出版许逸民点校本。钱氏之族孙钱陆灿曾抽出其中的小传,编为《列传诗集小传》10卷单独刊行。古典文学出版社1957年标点出版《小传》,参考绛云楼刊《列朝诗集》略有补正,附编人名索引。中华书局1959年订正再版。上海古籍出版社1984年新1版,2008年第2版。

《明诗综》100卷　清朱彝尊(1629～1709)编选。录存明初作者至明末遗民3400余人的诗歌。首卷录帝王之诗,第2～82卷按时代先后编次诗家之作,第83～99卷录宫掖、宗室、闺门、僧道、土司、神鬼等诗,末卷录民间杂歌谣辞。编者于诗人名下系以小传,小传后附以诗话,然后编列诗作,井然有序。朱氏自述其编选意图为"取国史之义,俾览者可以明夫得失之故"。选诗除注意反映各流派特点外,还重视有关社会状况、朝政得失之作。一些不著名作者的有现实意义之作,赖以流传。如明万历时吴县学生钦叔阳作《税官谣》,反映苏州织工葛成领导的反税监斗争,朱氏录入三首(见卷63),并撰诗话150余字说明本事。本书有康熙四十四年(1705)六峰阁刊本,乾隆中刊本,《四库全书》本,中华书局2007年出版点校本,末附《作者索引》。又,清人对《明诗综》中的诗话十分重视,辑出单行,成《静志居诗话》24卷,有嘉庆二十四年(1819)姚氏扶荔山房刊本,人民文学出版社1990年出版黄君坦点校本。

《明诗综》搜罗明代诗歌相当丰富,但因惧触犯清廷,对明末殉节之士和遗民之诗入选不多；即使入选，亦多限于含而不露之作。为此，要注意利用《天启崇祯两朝遗诗》、《明遗民诗》。

《天启崇祯两朝遗诗》10卷　清初陈济生撰。寻存天启、崇祯两朝遗诗，亦有崇祯以后者。编选原则"以人为重，人以节义为主"（凡例），附诗人小传。成书于顺治十二年（1655），刊版后遭禁，流传绝少，且有残缺异同。1958年，中华书局据上海市历史文献图书馆藏陈乃乾抄补本、上海图书馆藏常熟赵氏旧山楼本择善配补影印，精装三册。目录列691人，其中诗传俱全者100人，有诗无传者186人，有传无诗者84人，诗传俱缺者321人。附今人陈乃乾撰《启祯两朝遗诗考》。

《明遗民诗》16卷　清康熙时卓尔堪辑。选录明遗民500余人的诗歌近3000首，附卓尔堪《近青堂诗集》。编者在此书凡例中说明其选诗标准："人与诗并重，然人更重于诗；其有以人传诗者，诗不过数首，虽有微瑕，亦所必录。"对所选诗人的爵里、经历，或详或略予以介绍。此书于乾隆时两度被列入禁毁书目，流传甚少。中华书局上海编辑所1961年将此书整理断句排印，全二册。潘承玉有《清初诗坛：卓尔堪与〈遗民诗〉研究》，中华书局2004年版。

有史以来第一部网罗明代诗歌的全集——**《全明诗》**，已于1990年由上海古籍出版社出版第一册，1993年出版第二册，次年出版第三册。这套大型全集预计超过100册，由复旦大学古籍整理研究所、北京大学古文献研究所、南京师范大学古文献整理研究所、浙江大学中文系协作编纂，章培恒等主编。

专收明代散文的总集，以清代黄宗羲的**《明文海》**规模最大。此书482卷（原缺481～482卷），收作者近1000人，选文约4300篇。按文体分为28大类，各类再分子目。这是黄氏晚年未定之本（一说原书有600卷，现存者为后人删剩），卷帙浩繁，从未刊行，仅有少量抄本流传。现存抄本主要有三：原涵芬楼藏本（今藏国家图书馆）、《四库全书》本、浙江图书馆藏本。三本卷次大体相同，但所收文章互有出入。1987年,中华书局以涵芬楼藏抄本为底本影印,并据文津阁四库本、浙图藏本补阙,全5册。计划编制人名索引,另行出版。中华全国图书馆文献缩微复制中心2000年影印出版《〈明文海〉文渊阁本抽毁余稿》。

钱伯城等主编,上海古籍出版社和复旦大学共同编纂**《全明文》**,计划分装300册,上海古籍出版社已于1992、1994年分别出版第一、二册。

编选清代诗歌的总集,有《清诗别裁集》、《湖海诗传》、《国朝正雅集》、《清诗铎》、《晚晴簃诗汇》等。

沈德潜(1673~1769)编的**《清诗别裁集》**(原名《国朝诗别裁集》)32卷,选录清初至乾隆间990余人的诗作3000余首。沈氏抱着"发潜阐幽"的宗旨,对那些"无名位者",亦求其佳作并"志其生平",录存了清代前期的重要诗歌和诗人资料(中华书局1975年影印乾隆二十五年教忠堂本,上海古籍出版社1984年出版袁世硕点校本)。王炜《〈清诗别裁集〉研究》,上海古籍出版社2010年版。嘉庆年间,沈德潜的门人王昶(1725~1806)编**《湖海诗传》**46卷,选600余名诗人的作品,以作者科第为次,起于康熙五十一年(1712),迄于嘉庆八年(1803),诗人名下系以小传、诗话。所选诗人,多为王昶交游所及者。此书录存了清代中期部分诗人的重要作品和传略资料(有嘉庆间刊本,商务印书馆1958年重印《国学基本丛书》本)。咸丰间,符葆森又编成**《国朝正雅集》**100卷(有咸丰六年刊巾箱本),起乾隆丙辰鸿博科,迄咸丰朝,选清代中后期2000余人的诗歌,实是沈德潜《国朝诗别裁集》的续编。以上三部互有联系的清诗总集所录诗人,若去其重复,可得3000人左右。

《清诗铎》(原名《国朝诗铎》)是以选录反映时政、民情的诗篇为主的总集,26卷,清张应昌(1790~1874)编选。选诗起自清初(包括明遗民),下迄同治年间,附编者自己的作品。共911家,诗2000余首,按题材内容分类编次,以事标类,以类统诗。所选不限于名家,有些是名不见经传的诗人。卷首有"诗人名氏爵里著作目",略依时代先后排列,为研究清诗提供了一些重要线索。1960年,中华书局据同治八年(1869)永康应氏秀芝堂原刻本断句排印,附作者索引。1983年用旧纸型重印,对其中的错字和断句错误进行挖改。

迄今为止,规模最大的清诗总集是《晚晴簃诗汇》。

《晚晴簃诗汇》200卷　近人徐世昌(1855~1939)等编。徐世昌是光绪进士,后依附北洋军阀,1918年由段祺瑞的"安福国会"选为大总统。曾结晚晴簃诗社,作诗唱和,并命金兆蕃等人编选清诗总集。原名《清诗汇》,后改今名。收录明末遗民诗人至民国初年已卒诗人6100余家的诗歌27000余首。体例主要仿《明诗综》。首列清朝皇帝皇子亲王之作,次列明遗民诗,并以从祀诸儒如孙奇逢、王夫之、顾炎武、黄宗羲等人别为一卷冠其前。其他作者以科甲次第为序;无科甲可依者以时代先后为序。最后分列闺秀、释道以及所谓"属国"作者。编选宗旨是"荟萃众长","因诗存人,因人存诗,二例并用,而搜逸阐幽,尤所加意"(凡例)。作者小传后所附诗话,多出自徐氏幕僚门客之手,也有徐氏亲撰者。本书成于众手,选诗标准不一,有些作品缺乏代表性。但有清一代著名诗人的重要作品大体入选,并保存了一些不知名诗人的历史资料和稀见的作品,对清诗研究有较高的参考价值。本书于1929年由退耕堂刊行,附作者姓氏韵编。有中国书店1989年影印本,北京出版社1996年影印本更名《清诗汇》。中华书局1990年闻石点校本,后附作者人名及字号四角号码索引。华东师范大学出版社2009年出版《晚晴簃诗话》,系辑录《晚晴簃诗汇》中列传、诗话而成。

选录清文的总集,有《湖海文传》、《八旗文经》、《清骈体正宗》、《清文汇》等。

《湖海文传》75卷　清王昶编选。王氏有《湖海诗传》,前已介绍。《文传》选康熙中叶至乾隆朝100余家700余篇文章,按文体分类编排。有道光丁酉(1837)刊本,上海古籍出版社2002年版

《续修四库全书》影印本。**《八旗文经》**56卷,清宗室盛昱编选(附杨钟羲《作者考》3卷《叙录》1卷),选录满洲、蒙古、汉军八旗人所作古文辞赋,计197家,650篇,保存一些罕见的资料。有光绪辛丑(1901)武昌刊本,马甫生等标校本(辽宁古籍出版社1988年版)、于景祥校点本(辽海出版社2008年版)。**《清骈体正宗》**(即《国朝骈体正宗》)12卷,补编1卷,清曾燠选编,选清初至嘉庆前40余家骈文170余篇,有嘉庆丙寅(1806)赏雨茅屋刊本,上海古籍出版社2002年版《续修四库全书》影印本。晚清张鸣珂编有**《国朝骈体正宗续编》**8卷,有寒松阁自刊本,上海古籍出版社2002年版《续修四库全书》影印本。

上述几种清文总集,或选某一时期、某一方面人物之作,或选某一体裁的文章,规模都不算大。不拘一格地网罗清代散文的大型总集,当推《清文汇》最重要。

《清文汇》200卷 清末沈粹芬、黄人、王文濡等编选。原名《国朝文汇》。分为甲前、甲、乙、丙、丁5集。甲前集收明遗民文,甲集收顺治、康熙、雍正三朝文,乙集收乾隆、嘉庆两朝文,丙集收道光、咸丰两朝文,丁集收同治、光绪两朝文。共收作者1356人,文章1万余篇。以"不名一家,不拘一格"、"不以人废言"为编选宗旨,对所选文章作必要的校正。作者名下简注字号、爵里、著作。辑印工作始于光绪三十四年(1908),完成于宣统元年(1909),上海国学扶轮社1909年石印,北京出版社1996年影印本。

《清文海》 南开大学古籍与文化研究所编,国家图书馆出版社2010年版,106册。收入清代作者1576人,文章18383篇,清代较为重要的文学家、思想家、政治家之要文佳作,大抵网罗其中。在择取文章时,注意以下几个方面:重视作品的学术性,重视文章具有的某种特异资料性,重视文学性,注意择取纪实之文,兼及各种不同层次之作者。末册为篇名索引和作者索引。

第五节　近代诗文总集

近代诗文,指 1840 年鸦片战争至 1919 年"五四"运动前夕产生的诗文,即清代道光中至民国初的诗文。上一节评介的清代诗文总集,有些已收录了一部分近代诗文,如《晚晴簃诗汇》、《清文汇》等。本节介绍专门收录近代诗文的总集。

《近代诗钞》　近人陈衍(1856～1937)编选,录存咸丰初至民国初的诗,"无论已刻未刻之诗,但就见闻所及甄录之"(凡例),计 370 家,人各为卷,姓名下载字号、爵里、集名,部分诗人缀以陈衍《石遗室诗话》。按诗人的科第编次,无科名者按其师友辈行为次。本书对保存近代诗歌和诗人资料起了重要作用。但编者往往以"同光体"诗派的观点选诗,加之见闻有限,采录尚欠全面。商务印书馆 1923 年排印,线装两函共 24 册。又 1935 年出版报纸本,全 3 册,删了郑孝胥的诗。按:《石遗室诗话》在 1913 年前后连载于《庸言》、《东方杂志》,1929 年结集出版 32 卷本,1935 年又出版《续编》6 卷;《诗话》32 卷本及《续编》所论及的作家作品,有些未收入《近代诗钞》。故可将《石遗室诗话》与《近代诗钞》参看。钱仲联先生早年作诗曾为陈衍所激赏,与陈氏为忘年交。有感于陈书之不足,而别为《近代诗钞》,选 100 家,其中 31 家为陈氏所未选,其他入选作家所选之诗多有不同。江苏古籍出版社 1993 年版。

专选近代诗歌的总集,还有孙雄编选的《道、咸、同、光四朝诗史一斑录》、吴闿生编选的《晚清四十家诗钞》等。专选近代散文的总集如:

《新古文辞类纂》(稿本)　近人蒋瑞藻(1891～1929)编。蒋氏致力于文学史料的搜集、考证,有《小说考证》、《小说枝谈》(实兼考小说戏曲)等。本书仿清乾隆时姚鼐编《古文辞类纂》之体例,选清末民初 90 家文章 1000 余篇,分类编排。中华书局 1922 年石印稿本,线装布套1函24册。所选作者多系编者同时人或师友,保存了一些重要的近代文献。如此书选录近代作家蒋智由(1866～1929)文章10余篇,当代学者即据以考定蒋氏生年。

《晚清文选》 郑振铎(1898～1958)编选。收林则徐至陈天华共129家的散文480篇,分3卷。选录能体现反帝爱国、革新图强思想的文章,编成于1937年,同年由上海生活书店出版,中国社会科学出版社2002年出版。

阿英(1900～1977)编的丛书**《中国近代反侵略文学集》**,也收了不少近代诗文,但不限于诗文。这套丛书的初稿完成于1937年,原名《近百年国难文学大系》,解放前曾出版过一部分,解放后增补整理,重新出版,包括5种书:

《鸦片战争文学集》,古籍出版社1957年版,全二册。分诗歌、小说、戏曲、散文四大部分,冠以《关于鸦片战争的文学》一文。

《中法战争文学集》,中华书局1957年版。分诗词、小说、散文三大部分,冠以《关于中法战争的文学》一文。

《甲午中日战争文学集》,中华书局1958年版。分诗词、小说、战纪、散文四大部分,冠以《关于甲午中日战争的文学》一文。

《庚子事变文学集》,中华书局1959年版,全二册。分诗词、小说、说唱、散文四大部分,冠以《关于庚子事变的文学》一文。

《反美华工禁约文学集》,中华书局1960年版,分诗歌、小说、戏曲、事略、散文五大部分(补编有讲唱等),冠以《关于反美华工禁约的文学》一文。

阿英还编有丛书**《晚清文学丛钞》**,旨在提供完整系统的资料,而取材尽可能与《中国近代反侵略文学集》不重复。中华书局1960～1961年已出版小说戏曲研究卷、说唱文学卷、传奇杂剧卷、小说卷、俄罗斯文学译文卷、域外文学译文卷。原计划还出版诗词卷、散文与杂文卷等,但未见。

由魏绍昌总主编、吴组缃等专家主持编纂的**《中国近代文学大系》,上海书店1990～1996年出版。这套大型丛书,约计2000万字,包括12专集,30卷,分别是文学理论集2卷,小说集7卷,散文集4卷,诗词集2卷,戏剧集2卷,笔记文学集2卷,俗文学2卷,民间文学集1卷,书信日记集2卷,少数民族文学集1卷,翻译文学集3卷,史料索引集2卷。各集都由主编撰写"导言"和作品介绍,各卷有作家肖像和书影插页。所选作品以初版本为依据。

第六节 地方诗文总集

地方诗文总集,或称郡邑类总集,在各类总集中占有相当大的比重。据不完全统计,现存宋元至民国初编纂的地方诗文总集约300余种,有专收诗者,有专收文者,有诗文兼收者。如屈大均编的《广东文选》,兼收文、赋、诗、词。但从总体看,地方总集以专收诗者居多。

地方总集收录作品的地域范围,有相当于一个省的,如《广东文选》《江苏诗征》;有以府、郡为范围的,如《四明清诗略》《国朝杭郡诗辑》;有以一县为范围的,如《海虞诗苑》。

如果按地方总集收录作品的时限来分类,又可分为通代与断代两大类。

通代类地方总集,收录某地历代作品。如清代乾嘉间曾燠编辑的《江西诗征》94卷附刻1卷补遗1卷(嘉庆九年赏雨茅屋刊,上海古籍出版社2002年版《续修四库全书》影印本),收录江西一带自晋代至清代诗人的作品。

断代类地方总集,收录某地某代的作品。如清代嘉庆间阮元编辑的《两浙𬨎轩录》,专收清代两浙诗歌。

地方总集的编者,多数是在本地土生土长的文人学者,或是在该地任职的官员。他们熟知该地情况,且有一种特殊的感情。他们细大不捐地网罗、发掘本地诗文,包括一些未刊稿本,因此,有相当数量的诗文不见于全国性总集,却见载于地方总集。地方总集对所收诸家多系以小传,其中不少中小作家的传记资料不见于他书记载。

现仅以浙江为例,说明地方总集的规模和特点。

清代嘉庆年间,阮元督学浙江时编《**两浙輶轩录**》40卷,收录两浙自清初至乾隆的诗作,作者达3000余人;后阮元又编《补遗》10卷,收1000余人的诗作(嘉庆间刊,光绪间浙江书局重刊)。阮元遵循"因人存诗,因诗存人"的编选宗旨,又说:"诸大家宏篇巨集行世已久者,略采数篇,以备一家;其有未刻遗稿者,转多录之,以防散佚。"他对中小作家、未刊稿本尤为注意,保存一地文学文献的意图十分明确。到光绪年间,潘衍桐又编刊《**两浙輶轩续录**》54卷补遗6卷(光绪十七年浙江书局刊)。潘氏对"名家巨集"只是"略采精华",而对于"才丰遇啬"、"身名俱晦"之士,则"甄录从宽",编辑宗旨一遵阮氏,计收5000余人的诗作。阮、潘两书,录存浙江自清初至清末诗人与诗作的数量相当可观,均有上海古籍出版社2002年版《续修四库全书》影印本。

阮元为各诗人撰写的小传,先是简要记其字号、籍贯、科名、任职、诗文集名等,然后摘录志乘、传状、序跋、诗话等有关资料,采撷颇广。例如《两浙輶轩录》卷一,在王庭名下,先记述:"字言远,号迈人,嘉兴人,顺治己丑进士,广州知府,累官山西布政使,著《秋闲》、《三仕》、《二西》、《漫余》诸草。"然后引录《池北偶谈》、《曝书亭集》、《檇李诗系》、《梅里诗辑》、《定香亭笔谈》等书的记载。有些诗人,文献记载不多,则小传极为简短,不强求平衡。阮元为使读者"便于检阅",还编了《姓氏韵编》刊于卷首。联系阮元《经籍纂诂》、《四库未收书提要》、《畴人传》、《两浙金石志》等书的编纂,可以看出他是一个很有学术头脑的编纂家。

浙江地方总集,还有以府郡为收录范围的,如《四明清诗略》、《国朝杭郡诗辑》。

《四明清诗略》35卷续稿8卷姓氏韵编1卷,清末民初董沛等辑,收清初至宣统宁波府诗人2194家(民国间上海中华书局古宋字排印本)。《国朝杭郡诗辑》32卷、续辑46卷、三辑100卷,清嘉庆至光绪间吴颢、吴振棫、丁申等辑,共收清初至同光间杭郡诗人7900余家(同治至光绪间刊本,江苏广陵古籍刻印社1989年重印);清代浙江有11府1厅,仅宁波、杭州两地府一级的诗歌总集,就收录清诗人万余家。由此可见,地方总集为我们保存了何等丰富的作家作品资料。

地方诗文总集数量众多,尤以明清两代编刊最多,不胜枚举。了解现存地方诗文总集,可查阅《中国丛书综录》(集部总集类郡邑之属)、《贩书偶记》正续编(集部总集类地方文、地方诗)以及各地图书馆的馆藏目录。

第三章 历代诗文别集及有关资料

别集,即个人作品综合集。《隋书·经籍志》:"别集之名,盖汉东京之所创也。"认为东汉已有别集之名。但从现存文献考察,正式将别集定为图书分类名称,始于南朝梁代阮孝绪的《七录》。学术界一般认为,东汉已有别集之实,而南朝始有别集之名。编辑个人文集渐成风气,是在东汉末至南北朝时期。现今流传的西汉作家的别集(如贾谊、司马相如的集子),乃后人从诸书中辑录而成。

别集是研究该集作者的第一层位的史料,在文学史研究中具有极其重要的地位(详见第二编第一章第一节)。本章以时代为序,以作家姓名为目,分节介绍历代重要别集及有关参考资料。一个作家的诗文集往往有多种版本,——罗列则流于繁琐,本章仅介绍其中价值较高或通行易得者,尤其注意介绍近数十年来影印的善本和重新整理的校点本、笺注本。

王民信主编的《中国历代诗文别集联合目录》(台北国学文献馆1981~1985年出版14辑),著录汉代至清代诗文别集,以著者为目,以卒年先后为序。著者名下列举其别集名称及各种版本。若有传记、墓志铭、年谱者,附列于后。这是查考历代诗文别集的重要书目。此外,各时代的别集也大多有相应的目录可查,如:《汉魏六朝百三家集题辞注》、《唐集叙录》、《现存宋人别集版本目录》、

《清人文集别录》、《清人别集总目》、《清人诗文集总目提要》《中国近代作家传记暨著述要目》等;重要作家亦有专门目录如《杜集书录》、《杜集书目提要》等。本章将在有关部分予以介绍。

第一节 汉至南北朝时期

汉至南北朝时期作家的诗文集,历经唐宋而散佚甚多。明代学者作了大量搜辑工作,如:冯惟讷辑《古诗纪》,张燮辑《七十二家集》,梅鼎祚辑《文纪》,张溥辑《汉魏六朝百三家集》(即《汉魏六朝百三名家集》)。其中《汉魏六朝百三家集》搜罗较全,且通行易得。有明末刊本,光绪间刊本,民国间刊本,江苏广陵古籍刻印社 1990年影印本。

《汉魏六朝百三家集》辑录西汉贾谊至隋代薛道衡 103 家诗文,既是总集,又是丛书。张溥又为各家撰写题辞(分载于每集卷首),评述作者的生平与创作。今人殷孟伦将这些题辞抽出,予以校勘和注释,汇为一书,题为《汉魏六朝百三家集题辞注》(人民文学出版社 1960 年第 1 版,1981 年第 3 次印刷)。殷孟伦的注释极为详博,尤其注意揭示文献出处,各篇注文往往超出题辞原文三四倍。张溥的题辞连同殷孟伦的注释,是研究汉魏六朝作家诗文集的重要参考资料,并可作为书目使用。

《汉魏六朝百三家集》存在一定的错漏(《四库全书总目提要》论之颇详),使用时可与严可均辑《全上古三代秦汉三国六朝文》、逯钦立《先秦汉魏晋南北朝诗》参看,并注意利用现当代学者的校订成果。

以下选介汉至南北朝时期近 30 名作家的别集及有关参考资料。

贾 谊(前 200~前 168) 《汉书·艺文志·诸子略》著录贾谊文 58 篇,《诗赋略》著录贾谊赋 7 篇。其文即《新书》,又称《贾子》,

在流传中虽有散佚、错乱,但绝大部分传世,基本可信。其赋现存 5 篇,其中《惜誓》篇,东汉王逸曾对作者问题生疑。明末张溥辑有《贾长沙集》1 卷,收入《汉魏六朝百三家集》。上海人民出版社 1976 年出版校点本《贾谊集》,包括《新书》56 篇(以清卢文弨抱经堂本为底本),疏 7 篇(录自《汉书》、《通典》),赋 5 篇(录自《楚辞》、《文选》、《古文苑》)。中州古籍出版社 1989 年出版《贾谊集校注》,吴云等校注。人民文学出版社 1996 年出版王洲明、徐超《贾谊集校注》。中华书局 2000 年出版阎振益、钟夏《新书校注》。清人汪中有《贾谊年表》,见其所著《述学·内篇》(有《四部丛刊》本、《四部备要》本、江苏古籍出版社 2003 年出版《汪中全集》本)。王耕心有《贾子年谱》,见其所著《贾子次诂》(光绪间刊本)。

晁 错(前 200?~前 154) 《汉书·艺文志·诸子略》著录"晁错三十一篇",多数已亡佚。清马国翰辑有《晁氏新书》1 卷,收入《玉函山房辑佚书》。上海人民出版社 1976 年出版《晁错集注释》。

枚 乘(?~前 140?) 《汉书·艺文志·诗赋略》著录"枚乘赋九篇",今存三篇。其中《七发》见于《文选》,《柳赋》见于《西京杂记》,《梁王兔园赋》见于《古文苑》。后两篇或疑为伪作。《隋书·经籍志》谓原有枚乘集 2 卷,已亡佚。清人丁晏辑有《枚叔集》1 卷,有《楚州丛书第一集》本(冒广生 1921 年辑刊)。中华书局 1959 年出版《七发》单行本,余冠英译,萧平注。

司马相如(前 179~前 117) 《汉书·艺文志·诗赋略》著录"司马相如赋二十九篇",现存六篇。其中《史记·司马相如列传》载有《子虚赋》、《哀(秦)二世赋》、《大人赋》三篇;《文选》分《子虚赋》下篇为《上林赋》,又有《长门赋》;《古文苑》载有《美人赋》。其中《长门赋》有学者认为是伪作。《隋书·经籍志》著录司马相如集 1 卷,已佚。张溥辑有《司马文园集》1 卷,收入《汉魏六朝百三家集》。丁福保辑有《司马长卿集》2 卷,收入《汉魏六朝名家集初刻》。另有《司马相如集校注》(上海古籍出版社 1993 年出版金国永校注本，人民文学出版社1996年出版朱一清、孙以昭校注本，巴蜀书社2000年出版李孝中校注本）。踪凡《司马相如资料汇编》，中华书局2008年版。

扬　雄（前53～18）　《隋书·经籍志》、《旧唐书·经籍志》、《新唐书·艺文志》均著录扬雄集5卷，此书约于晚唐五代亡佚。宋人有辑本不只一种，亦已佚。明万历中，郑朴取《太玄》、《法言》、《方言》及类书所引《蜀王本纪》等，与诸文、赋合编为6卷，附逸篇之目。《四库全书》所收《扬子云集》6卷，即此本。但《四库全书总目提要》论扬雄集，谬误甚多，余嘉锡《四库提要辨证》驳之极详，可参看。另有明天启崇祯间张燮辑刊《扬侍郎集》5卷（收入《七十二家集》），明末张溥辑刊《扬侍郎集》1卷（收入《汉魏六朝百三家集》），近人丁福保辑《扬子云集》4卷（收入《汉魏六朝名家集初刻》）。上海古籍出版社1993年出版张震泽《扬雄集校注》，巴蜀书社2000年出版郑文《扬雄文集笺注》。董作宾有《方言家扬雄年谱》，载《国立中山大学语言历史研究所周刊》85～87期合刊（1929年版）。汤炳正有《扬子云年谱》，载《论学》1937年4～7期。王青《扬雄评传》（南京大学出版社2000年版）。

张　衡（78～139）　《隋书·经籍志》著录《张衡集》11卷，并注："梁十二卷，又一本十四卷"。历代渐有散佚。明张溥辑有《张河间集》2卷，收入《汉魏六朝百三家集》。今人张震泽有《张衡诗文集校注》（上海古籍出版社1986年版，2009年新版）。校注本以《全上古三代秦汉三国六朝文》、《先秦汉魏晋南北朝诗》所收张衡诗文为基础，参校他书，录存诗文38篇（包括残篇、残句、存疑）。此本从文学角度整理，故不收《灵宪》等天文学专著。附《张衡年表》（参考孙文青《张衡年谱》）。孙文青的《张衡年谱》1935年由商务印书馆初版，1956年修订再版。王渭清有《张衡诗文研究》（中国社会科学出版社2010年版）。

蔡　邕（132～192）　《后汉书》本传谓其著诗赋碑铭等凡104

篇。原有集,《隋书·经籍志》著录12卷,并注:"梁有二十卷,录一卷。"《宋史·艺文志》著录"蔡邕集十卷"。可见原集散佚已久,今传者为后人所辑。重要刊本有明正德十年(1515)兰雪堂华氏活字本《蔡中郎文集》10卷外传1卷(《四部丛刊》影印),清咸丰初杨氏海源阁校刻《蔡中郎集》10卷外集4卷(有《四部备要》排印本)等。海源阁本所据底本为黄丕烈、顾广圻合校的明万历徐子器翻刻北宋欧静刻本(即所谓"徐刻欧本"),又经高均儒校补,向称善本。其后,许瀚(1797~1866)又以汉碑校汉文之法,重校海源阁本,疏证补遗达900馀条。齐鲁书社1985年出版《杨刻蔡中郎集校勘记》,即许瀚所作校语的辑录,可补海源阁本之不足。邓安生编《蔡邕集编年校注》(河北教育出版社2002年版)。王昶编有蔡邕年表,见《金石萃编》,又附见于海源阁本《蔡中郎集》。高长山有《蔡邕评传》,中华书局2009年版。

蔡　琰(蔡邕女,生卒年不详)　现存作品有《悲愤诗》两篇(一为五言,一为骚体,均载《后汉书》本传)和《胡笳十八拍》(始见于朱熹《楚辞集注·后语》)。其中骚体《悲愤诗》所述情节与蔡琰生平颇有不符之处,学者多以为伪托。《胡笳十八拍》的真伪亦有争议。中华书局1959年出版《胡笳十八拍》,李廉注,包括《胡笳十八拍》和两篇《悲愤诗》(前者据郭沫若校订本排印,后者据影宋绍兴本《后汉书》排印)。中华书局1959年出版《〈胡笳十八拍〉讨论集》,收论文29篇,分3类:肯定《胡笳十八拍》为蔡琰所作的论文为一类,持相反意见者为另一类,不属于上述两方面但与《胡笳十八拍》有关的论文为第三类。

曹　操(155~220)　据清人姚振宗《三国艺文志》考证,曹操著录有《魏武帝集》30卷录1卷。《兵书》13卷等10余种,多已散佚。明末张溥辑有《魏武帝集》1卷,收入《汉魏六朝百三家集》。近人丁福保辑有《魏武帝集》4卷(收入《汉魏六朝名家集初刻》),所收作品略多于张辑。中华书局1959年出版《曹操集》(又有

1962年、1974年印本），系以丁福保辑本为底本整理、补充、校点，附《曹操年表》（江耦编）、《曹操著作考》（据姚振宗《三国艺文志》节录）李裕民有《〈曹操集〉补遗，载《文史》第8辑（中华书局1980年版）。中华书局1979年出版《曹操集译注》（安徽亳县《曹操集》译注小组译注，1983年重印）。中州古籍出版社1986年出版夏传才《曹操集校注》。刘殿爵、陈方正、何志华主编《曹操集逐字索引》，香港中文大学出版社2000年版。

曹　丕（187～226）　《隋书·经籍志》著录"《魏文帝集》十卷"，并注："梁二十三卷。"又著录其《典论》5卷，《列异传》3卷，收入《汉魏六朝百三家集》。近人丁福保辑有《魏文帝集》6卷，收入《汉魏六朝名家集初刻》。近人黄节有《魏武帝魏文帝诗注》（附魏明帝曹叡诗），人民文学出版社1958年据北京大学原印本校正出版。魏宏灿有《曹丕集校注》，安徽大学出版社2009年版。宋战利有《魏文帝曹丕传论》，河南大学出版社2009年版。

曹　植（192～232）　诗文集最早由曹植亲自编次，已佚。《隋书·经籍志》著录其《列女传颂》1卷，《陈思王曹植集》30卷，《画赞》5卷，合计36卷。今本10卷，系宋人所辑。铁琴铜剑楼藏南宋宁宗时刊本，计有赋44篇，诗、乐府74篇，其他文体92篇，合计210篇。通行本有：《续古逸丛书》影印宋本《曹子建集》10卷；《四部丛刊》影印双鉴楼藏明活字本；清代丁晏纂《曹集铨评》（附《魏陈思王年谱》），叶菊生校订，文学古籍刊行社1957年版，正文10卷，附逸文1卷，搜辑较完备。近人黄节有《曹子建诗注》，人民文学出版社1957年据兼葭楼丛书本校正排印，中华书局2008年重版。今人赵幼文有《曹植集校注》（人民文学出版社1984年版），以丁晏本为底本，参校各本，略依作品创作先后分为建安、黄初、太和三卷，时间难以考定者另列，附《逸文》、《曹植年表》等。俞绍初有《曹植年谱》，载《郑州大学学报》1963年3期。黄德晟《曹植纪事》，香港天马图书有限公司2001年版。崔积宝《曹植研究》，黑龙江教育出版社 2003 年版。刘殿爵、陈方正、何志华主编《曹植集逐字索引》，香港中文大学出版社 2001 年版。

以上曹操、曹丕、曹植，文学史上称"三曹"。河北师院中文系编有《三曹资料汇编》（中华书局 1981 年版），辑录魏晋至清末评论"三曹"的资料。曹氏父子三人各为一卷，并附有总论建安文学一卷，分论建安七子一卷。各卷以立说的时代先后为序。吉林文史出版社 1997 年出版傅亚庶《三曹诗文全集译注》。张可礼有《三曹年谱》，齐鲁书社 1983 年版。黄昌年《三曹文学评述》，吉林大学出版社 2006 年版，吴怀东《三曹与魏晋文学研究》，安徽文艺出版社 2011 年版。

建安七子 孔融（153～208）、陈琳（？～217）、王粲（177～217）、徐幹（170～217）、阮瑀（约 165～212）、应玚（？～217）。刘桢（？～217），文学史上称为建安七子"。"七子"并称，始见于曹丕《典论·论文》，在当时。已有很大影响。据《隋书·经籍志》等书目记载，七子原均有集，后渐散佚。明清两代，均有学者致力于七子诗文的辑佚并汇刻为丛书，如明代杨德周辑《汇刻建安七子集》（但无孔融而有曹植），清代杨逢辰辑《建安七子集》等。今人俞绍初辑校《建安七子集》（中华书局 1989 年版），郁贤皓、张采民《建安七子诗笺注》（巴蜀书社 1990 年版）。

《建安七子集》共七卷，七子人各一卷。一卷之中，按诗、赋、文分类编排（其中孔融无赋）。每类之篇目，大体依丁福保《汉魏六朝名家集初刻》序次。参照各种版本校勘、补逸，异文一概出校。书后附《建安七子佚文存目考》、《建安七子杂著汇编》、《建安七子著作考》、《建安七子年谱》。此书基本搜罗了现存七子的全部诗文、杂著。

《建安七子诗笺注》共七卷，人各一卷。以明冯惟讷《古诗纪》（四库全书本）为底本，据别本校补。有详细注释，并采集前人评论系于各篇注释之后，汇辑有关作者传记和著作的资料附于各卷之末。书后附录《建安七子诗资料选录》（辑录历代学者总评七子诗的资料)、《建安七子年表》。

综合研究建安七子的著述有：韩格平《建安七子诗文集校注译析》(吉林文史出版社1991年版)，韩格平《建安七子综论》(东北师范大学出版社1998年版)，江建俊《建安七子学述》(台湾文史哲出版社1982年版)，王鹏廷《建安七子研究》(北京大学出版社2004年版)等。

此外，有为七子中个人诗文辑集单行者，如孙至诚的《孔北海集评注》(商务印书馆1935年版，录文不录诗)，俞绍初校点的《王粲集》(中华书局1980年版)，吴云、唐绍忠的《王粲集注》(中州书画社1984年版)。

诸葛亮(181~234)　晋初陈寿曾辑集诸葛亮著作进呈，《隋书·经籍志》著录诸葛亮集25卷及其他著作。后渐散佚，明清两代均有辑本。今人段熙仲、闻旭初编校的《诸葛亮集》较完备。此集据清人张澍编《诸葛忠武侯文集》4卷《附录》2卷《诸葛故事》5卷整理校点，卷首附《诸葛亮著作考》(录自姚振宗《三国艺文志》)。中华书局1960年初版，1974年用原纸型重印，改正了一些错字和标点。李伯勋有《诸葛亮集笺论》，陕西人民出版社1997年版，张连科、管淑珍有《诸葛亮集校注》，天津古籍出版社2008年版。明清两代为诸葛亮编年谱者甚多，兹不详列。今人古直有《诸葛忠武侯年谱》1卷(1929年排印，收入《层冰草堂丛书》。王瑞功有《诸葛亮志》，山东人民出版社2009年版。

阮　籍(210~263)　《隋书·经籍志》著录阮籍集10卷(并注："梁十三卷，录一卷。")，已佚，今传各本皆后人所辑。重要刊本有：明嘉靖二十二年(1543)陈德文序刻《阮嗣宗集》2卷，上卷文，下卷诗；咀天启崇祯间张燮辑刊《阮步兵集》5卷(收入《七十二家集》)；明末张溥辑刊《阮步兵集》1卷(收入《汉魏六朝百三家集》)等。上海古籍出版社1978年出版《阮籍集》，李志钧等校点，以陈德文本为底本，校以它本及总集、类书。陈伯君(1895~1969)有《阮籍集校注》

（中华书局1987年版），不专据一本为底本，而是广取各本互校。上卷为赋与散文，下卷为诗。逐篇校勘、注释，引证繁富，并附《阮籍集主要版本序跋》、《阮籍年表》等。但此校注本脱稿于60年代，对辑佚新成果未及吸收。四言诗只收见于类书的三首半，中华书局出版时增入其余10首(据逯钦立《先秦汉魏晋南北朝诗》)。黄节有《阮步兵咏怀诗注》，人民文学出版社1957年据原印本校印，1984年重印，中华书局2008年重版。另有郭光《阮籍集校注》(中州古籍出版社1991年版)，邱镇京《阮籍咏怀诗研究》(台湾文津出版社1994年版)，靳极苍《阮籍咏怀诗详解》(山西古籍出版社1999年版)，(美)吴伏生今译(英)哈蒂尔(Hartill, G.)、(美)吴伏生英译《阮籍咏怀诗》(中华书局2005年版)，叶嘉莹《叶嘉莹说阮籍咏怀诗》(中华书局2007年版)。董众有《阮步兵年谱》，载《东北丛镌》第3期(1930年版)；朱偰有《阮籍年谱》，载《东方杂志》41卷11期(1945年版)。韩传达《阮籍评传》，北京大学出版社1997年版。

嵇　康(224～263)　《隋书·经籍志》著录嵇康集13卷，并注："梁十五卷，录一卷。"至宋代仅存10卷。宋本今已不存。现存最早刊本为明嘉靖间黄省曾辑刻的10卷本(《四部丛刊》影印)，另有明吴宽丛书堂钞校本、明张溥辑本等。鲁迅有《嵇康集》辑校本10卷，系1913年从吴宽本钞出，用黄省曾等刻本以及类书、古注校勘，1924年校订完成，文学古籍刊行社1956年影印其校正稿本。戴明扬在30年代编有《嵇康集校注》，以黄省曾本为底本，校以吴宽本、鲁迅校本等，注释颇详，人民文学出版社1962年版。但戴氏所引鲁迅校本，系1938年版《鲁迅全集》本，与1956年影印之校正稿本颇有出入。殷翔、郭全芝有《嵇康集注》，黄山书社1986年版，1989年重印。夏明钊有《嵇康集译注》，黑龙江人民出版社1989年版。刘汝霖有《大文学家嵇叔夜年谱》，载《益世报·国学周刊》(1929年12月7～15日)。另有庄万寿《嵇康研究及年谱》(台湾学生书局1990年版)，童强《嵇康评传》(南京大学出版社

2005年版)、皮元珍《嵇康论》(湖南人民出版社2000年版)等。

陆　机(261~303)　原集约近50卷,散佚甚多。南宋晁公武《郡斋读书志》著录陆机集仅10卷。庆元六年(1200),徐民瞻将陆机与其弟云所作诗文合刻为《晋二俊文集》,其中《陆士衡集》10卷,即晁公武著录本。宋刊本已佚。今存明陆元大翻宋本(《四部丛刊》影印)、知不足斋所藏影宋钞本(经卢文弨等校勘,今藏北京图书馆)等。中华书局1982年出版《陆机集》,金涛声点校,以《四部丛刊》影印陆元大本为底本,校以影宋钞本,并以总集、类书等参校,仍作10卷(赋4卷、诗3卷、杂著1卷、文2卷)。另辑有佚文作为补遗(赋、诗、文各1卷),卷首有《平复帖》真迹插页。王永顺主编《陆机文集》,与《陆云文集》合刊,上海社会科学院出版社2000年出版。刘运好《陆士衡文集校注》,凤凰出版社2007年版。陆诗注本,主要有郝立权的《陆士衡诗注》(人民文学出版社1958年版)。姜亮夫有《陆平原年谱》(古典文学出版社1957年版)。俞士玲《陆机陆云年谱》(人民文学出版社2009年版)。李晓风《陆机论》,中州古籍出版社2007年版。

陆　云(262~303)　《隋书经籍志》著录陆云集12卷,已佚。南宋徐民瞻将陆机、陆云兄弟诗文合刻为《晋二俊文集》,其中《陆士龙文集》10卷。北京图书馆藏宋庆元六年(1200)华亭县学刻《陆士龙文集》10卷(北京图书馆出版社2004年据以影印),为现存陆云集最早刻本,中华书局1987年影印(《古逸丛书三编》)。另有明陆元大翻宋本(《四部丛刊》影印)、明汪士贤辑刊《汉魏诸名家集》本、《四库全书》本等。中华书局1988年出版《陆云集》,黄葵以华亭县学刻本为底本校点。刘运好有《陆士龙文集校注》,凤凰出版社2010年版。林芬芳有《陆云及其作品研究》,台湾文津出版社1997年版。

陶渊明(365?~427)　梁代萧统搜集陶氏诗文并撰序作传,成《陶渊明集》8卷,其中陶氏诗文实7卷,余为序、目、诔、传。这是最早也是最可靠的本子。北齐阳休之羼入《五孝传》、《四八目》（即《圣贤群辅录》），合序目为 10 卷。阳本在隋末佚去序目，为 9 卷本。北宋宋庠又重新编刊《陶潜集》10 卷，为陶集最早刊本。以上各本已佚。传世的重要刊本有：曾集宋绍熙三年（1192）诗文两册本（有清光绪影刻本）、汲古阁藏宋刊 10 卷本（有清代影刻本）、明焦竑藏南宋刊 8 卷本（有焦氏翻刻本）等。最早的陶诗注本为南宋汤汉的《陶靖节诗注》。最早为陶氏诗文系统作注的注本是宋末元初李公焕《笺注陶渊明集》10 卷（有《四部丛刊》影印本），为世所重。清陶澍集注《靖节先生集》10 卷，在校勘、集注、汇评诸方面颇见功力，并撰年谱考异 2 卷，有《四部备要》本，文学古籍刊行社1956 年断句排印。近现代重要校本、注本有古直《陶靖节诗笺》4 卷（中华书局 1935 年排印《层冰堂五种》本系定本）、王瑶编注《陶渊明集》（人民文学出版社 1956 年版，1990 年重印）、逯钦立校注《陶渊明集》（中华书局 1979 年版）等。逯钦立校注本以李公焕本为底本，校以曾集本等，删除《五孝传》、《四八目》等伪作，仍编诗文 7 卷，力求恢复旧集面目，并附《陶渊明事迹诗文系年》等。王孟白《陶渊明诗文校笺》（黑龙江人民出版社 1985 年版）亦分 7 卷，对逯本有所匡正。郭绍虞有《陶集考辨》，载《照隅室古典文学论集》（上海古籍出版社 1984 年版）。另有袁行霈《陶渊明集笺注》（中华书局 2003 年版）、龚斌《陶渊明集校笺》（上海古籍出版社 2004 年版）、杨勇《陶渊明集校笺》（上海古籍出版社 2007 年版）、王叔岷《陶渊明诗笺证稿》（中华书局 2007 年版）、孟二冬《陶渊明集译注及研究》（昆仑出版社 2008 年版）等。中华书局 1965 年出版《古典文学研究资料汇编·陶渊明卷》上下编（北京大学、北京师范大学编），是先前出版的《陶渊明研究资料汇编》和《陶渊明诗文汇评》的合印本，搜罗宏富。陶渊明年谱有 10 余种，中华书局 1986 年出版《陶渊明年谱》（年谱丛刊），许逸民校辑，收宋人、清人所编年谱 7 种，以及梁启超、古直所编二谱，并辑有陶渊明史传资料，朱自清等人研究陶渊明生平事迹的文章。邓安生编《陶渊明年谱》,天津古籍出版社1991年版。另,中华书局1961年出版《陶渊明讨论集》(《文学遗产》编辑部编),陕西人民出版社1981年出版《陶渊明论稿》(吴云著),湖南人民出版社1981年出版《陶渊明论集》(钟优民著)。袁行霈有《陶渊明研究》,北京大学出版社2009年版。

谢灵运(385~433) 原有集20卷,约于南宋散佚。今流传者为明人所辑,主要刊本有:明焦竑万历十一年(1583)序刊《谢康乐集》4卷,万历天启间汪士贤辑刊《汉魏诸名家集》本(4卷),天启崇祯间张燮辑刊《七十二家集》本(8卷),张溥辑刊《汉魏六朝百三家集》本(2卷)等。丁福保1911年排印《谢康乐集》5卷(收入《汉魏六朝名家集初刻》)。重要注本有黄节《谢康乐诗注》(人民文学出版社1958年据清华大学讲义本校订出版),顾绍柏《谢灵运集校注》(中州古籍出版社1988年版)等。顾本搜罗较备,注释较详,书后附《谢灵运生平事迹及作品系年》、《谢氏家族成员简介》、《〈隋书〉等古籍中所著录的灵运著作及所纂总集》等。李运富编注《谢灵运集》(岳麓书社1999年版),金午江、金向银有《谢灵运山居赋诗文考释》(中国文史出版社2009年版)。郝昺衡有《谢灵运年谱》,载《华东师范大学学报〈人文科学〉》1957年第3期。另有马晓坤《趣闲而思远 文化视野中的陶渊明谢灵运诗境研究》(浙江大学出版社2005年版)、李雁《谢灵运研究》(人民文学出版社2005年版)等。刘殿爵、陈方正、何志华主编《谢灵运集逐字索引》,香港中文大学出版社1999年版。广西师范大学出版社2001年出版黄世中主编《谢灵运研究丛书》,第一辑五种,包括宋红《天地一客儿——谢灵运传》和《日韩谢灵运研究论文选编》、陈祖美编选《谢灵运年谱汇编》、葛晓音编选《谢灵运研究论集》、黄世中编选《谢灵运在永嘉温州》。

鲍 照(约414~466) 鲍照在宋明帝时被乱兵所杀,遗文零落,南宋时虞炎始编次成集,10卷。《隋书·经籍志》著录鲍集10

卷,并注曰:"梁六卷"。现存重要版本有;明毛扆校宋本《鲍氏集》10卷(《四部丛刊》影印),明嘉靖间薛应旂刊《鲍氏集》8卷(收入《六朝诗集》),万历天启间汪士贤刊《鲍明远集》10卷(收入《汉魏诸名家集》),张溥刊《鲍参军集》2卷(收入《汉魏六朝百三家集》)等。今人钱仲联在钱振伦、黄节注本的基础上,增补为《鲍参军集注》6卷(上海古籍出版社1980年修订版),附鲍令晖(鲍照之妹)诗注,并有钱仲联编《鲍照年表》。丁福林有《鲍照年谱》,上海古籍出版社2004年版。另有殷雪征《鲍照研究》(中国文联出版社2001年版)、苏瑞隆《鲍照诗文研究》(中华书局2006年版)、丁福林《鲍照研究》(凤凰出版社2009年版)等。

谢　朓(464～499)　《隋书·经籍志》著录谢朓集12卷、逸集1卷。宋时存10卷。宋楼炤知宣州时,只取谢集前5卷赋与诗刊行,不采后5卷应用之文。《四库全书》所录《谢宣城集》5卷,即据内府所藏南宋绍兴二十八年(1158)楼炤刻本,有炤序。通行者,有《四部丛刊》影印明初钞本《谢宣城诗集》5卷,亦源出楼炤本。明清刻本甚多,清吴骞仿宋刊本校勘较精,收入《拜经楼丛书》,《四部备要》据以排印。近人郝立权有《谢宣城诗注》(1936年印),附集说考证。曹融南有《谢宣城集校注》(上海古籍出版社1991年版)。伍叔傥有《谢朓年谱》,载《小说月报》17卷号外(1927年版)。魏耕原有《谢朓诗论》,中国社会科学出版社2004年版。刘殿爵、陈方正、何志华主编《谢朓集逐字索引》,香港中文大学出版社1999年版。

江　淹(444～505)　原有集,据《自序》称凡10卷。然该序作于35岁时,所说10卷不包括后期之作。《梁书》本传谓其著述有前后集,《旧唐书·经籍志》、《新唐书·艺文志》均著录前后集各10卷,盖后集已佚。现存重要版本有:《四部丛刊》影印密韵楼藏明翻宋本《江文通集》10卷附校勘记1卷,明万历天启间汪士贤刻《汉魏诸名家集》本,天启崇祯间张燮刻《七十二家集》本,张溥刻

《汉魏六朝百三家集》本,《四库全书》本等。中华书局1984年出版《江文通集汇注》,明万历二十六年(1598)胡之骥汇注完稿,今人李长路、赵威点校,并增辑胡注本未收的江淹佚文。俞绍初、张亚新有《江淹集校注》,中州古籍出版社1994年版。吴丕绩有《江淹年谱》,商务印书馆1938年版。丁福林有《江淹年谱》,凤凰出版社2007年版。刘殿爵、陈方正、何志华主编《江淹集逐字索引》,香港中文大学出版社2001年版。萧合姿《江淹及其作品研究》,台湾文津出版社2000年版。

刘　峻(462～521)　《隋书·经籍志》著录刘孝标集6卷,已散佚。明张溥辑有《刘户曹集》1卷(收入《汉魏六朝百三家集》),阮元声辑有《刘孝标集》2卷附录1卷(收入《刘沈合集》,明崇祯六年刊)。今人罗国威有《刘孝标集校注》(上海古籍出版社1988年版),辑得文12篇、诗4首。学苑出版社2003年出版修订本。

何　逊(约480～约520)　原有集8卷,由同时人王僧孺编集。唐宋时已有散佚。现存最早刻本为明正德十二年(1517)张纮刊《何水部集》1卷(《四库全书》所录即此本)。另有明嘉靖间薛应旂刊《何水部集》2卷(收入《六朝诗集》,仅收诗),天启崇祯间张燮刊《何记室集》3卷附录1卷(收入《七十二家集》),明末张溥刊《何记室集》1卷(收入《汉魏六朝百三家集》)等。中华书局1980年出版《何逊集》校点本,补辑了上述各本失收的佚诗。另有李伯齐《何逊集校注》(齐鲁书社1989年版,中华书局2010年修订本)。刘畅等《何逊集注·阴铿集注》(天津古籍出版社1989年版)。

萧　统(501～531)　《梁书》本传称萧统有集20卷,《隋书·经籍志》同。《宋史·艺文志》著录仅5卷,已非原貌。现存版本主要有:明嘉靖三十四年(1555)杨慎等校刻《梁昭明太子文集》5卷,源于宋本,有《四部丛刊》影印本;明叶绍泰刊《昭明太子集》6卷,《四库全书》所录即据此本。另有:明张燮刊5卷本附录1卷(收入

《七十二家集》),张溥刊 1 卷本(收入《汉魏六朝百三家集》),清光绪间盛氏刊 5 卷本附补遗 1 卷(收入《常州先哲遗书》)。俞绍初有《昭明太子集校注》,中州古籍出版社 2001 年版。胡宗楙有《昭明太子年谱》1 卷附录 1 卷(胡氏梦选楼 1932 年刊)。周贞亮有《梁昭明太子萧统年谱》,台湾商务印书馆 1981 年版。刘殿爵、陈方正、何志华主编《梁昭明太子萧统集逐字索引》,香港中文大学出版社 2001 年版。

徐　陵(507～583)　其集至唐初存 30 卷,已佚,今本乃后人所辑。主要刊本有:明屠隆(万历进士)刊《徐孝穆集》10 卷(有《四部丛刊》影印本),明末张溥刊《徐仆射集》1 卷(收入《汉魏六朝百三家集》)等。清吴兆宜有《徐孝穆集笺注》6 卷,仅完成前 5 卷,徐文炳续笺卷 6。有《四库全书》本,《四部备要》本。许逸民有《徐陵集校笺》,中华书局 2008 年版。牛夕编有《徐陵年谱》,载《清华周刊》38 卷 2 期(1932 年版)。刘殿爵、陈方正、何志华主编《徐陵集逐字索引》,香港中文大学出版社 2000 年版。

庾　信(513～581)　其集最早由北周滕王宇文逌编定,20 卷,收其在西魏、北周之作,散佚已久。今本皆后人搜辑遗文重编。重要版本有:明屠隆(万历进士)刊《庾子山集》16 卷(有《四部丛刊》影印本)、天启初张燮刊《庾开府集》16 卷,天启中汪士贤刊《庾开府集》12 卷等。单取庾信诗歌编集者,有明正德十六年(1521)朱承爵(存余堂)刊《庾开府诗集》4 卷,嘉靖间朱曰藩刊《庾开府诗集》6 卷等。庾集注本主要有清人吴兆宜《庾开府集笺注》10 卷,倪璠《庾子山集注》16 卷,后者较详备,并附倪编《庾子山年谱》。吴、倪均康熙时人,两种注本均收入《四库全书》。中华书局 1980 年整理出版倪璠注本,许逸民校点,并增辑庾信佚作。1985 年重印。以《庾信研究》命名的书有三种:林怡著,人民文学出版社 2000 年版;徐宝余著,学林出版社 2003 年版;吉定著,上海古籍出版社 2008 年版。

第二节 唐五代时期

唐五代诗文别集数量众多。从《全唐诗》、《全唐文》所载各家集子,可见其大概面貌。专门著录唐人别集的版本目录,有万曼(1903～1971)的《唐集叙录》(中华书局1980年版)。此书著录有传本的唐人诗集、文集、诗文合集108家,对著者、书名、卷数、成书年代、编次体例、编辑者、刊刻者、版本源流、收藏情况等都作了较详细的介绍。广泛征引历代书目著录、前人考证成果,并注意反映文物考古的新收获。但此书成书较早,对70年代以来发现的新版本和新的校点本、笺注本未及反映。

以下选介唐五代时期近40位作家的别集及有关参考资料。

王 绩(585～644) 原有集5卷,由友人吕才编次。但元明以来流传者,多为经过删节的2卷本或3卷本,如:明万历抄本《东皋子集》3卷(《四部丛刊续编》影印)、明崇祯刊本《东皋子集》3卷(《四库全书》据此著录)、清孙星衍刊《王无功集》3卷补遗2卷(收入沇州刊本《岱南阁丛书》)。5卷本长期以来似存若亡。今人韩理洲辗转访得三种清抄《王无功文集》5卷本,与其余诸刻、敦煌写卷、有关总集校勘,成《王无功文集五卷本会校》(上海古籍出版社1987年版),较完备。王国安有《王绩诗注》,上海古籍出版社1981年版。康金声、夏连保有《王绩集编年校注》,山西人民出版社1992年版。张锡厚有《王绩研究》,台湾新文丰出版公司1995年版。

王梵志(初唐,生卒不详) 原有集,散佚已久,1900年在敦煌藏经洞发现王梵志诗写本,刘复、郑振铎等有辑本。今人张锡厚有《王梵志诗校辑》6卷(中华书局1983年版),从28种敦煌写本及唐宋诗话、笔记小说中散见的佚诗辑成,并经校释。共得诗336首(附录的梵志体禅诗12首未计在内),附研究资料多种,书末有《王梵志诗语辞索引》。这是搜辑较完备的本子,但苏联所藏敦煌卷子中的王梵志诗尚未收全。参见本编第八章第三节。

王　勃(约650～约676)　杨炯《王子安集序》称王集20卷,《旧唐书》本传、《崇文总目》、《郡斋读书志》、《宋史·艺文志》称王集30卷,均已佚。明嘉靖间张逊业刊《王勃集》,仅存诗赋两卷。明崇祯间张燮以张逊业本为基础,增辑为《王子安集》16卷附录1卷(《四部丛刊》影印),其中赋2卷,诗1卷,文13卷,系旧时较完备之本。清同治间,蒋清翊撰《王子安集注》20卷(光绪间刊行,上海古籍出版社1995年出版汪贤度点校本),为较通行之注本。杨守敬曾在日本辑得王勃佚文,其后罗振玉又辑有《王子安集佚文》(收入1923年刊《永丰乡人杂著·续编》),较杨辑为多。另日本京都大学文学部1923年影印唐钞本第一集有《王勃集残》2卷(存第二十九至三十)。今人聂文郁有《王勃诗解》,青海人民出版社1980年版,附《王勃年谱》。何林天有《重订新校王子安集》,山西人民出版社1990年版。刘汝霖有《王子安年谱》,载《师大月刊》第2期(1933年版);阎崇璩有《王勃年谱》,载《师大学刊》2集(1943年版);闻一多有《王勃年谱》(初唐四杰合谱本)。

杨　炯(650～693后)　原有集30卷,又有20卷本,均佚。传世重要版本为明万历间童琨辑刊《盈川集》10卷附录1卷(《四部丛刊》影印),崇祯间张燮重辑为13卷。另有《四库全书》本(据童珮本著录)。中华书局1981年出版《杨炯集》,徐明霞以《四部丛刊》影印童本为底本校点,补遗文4篇,与《卢照邻集》合印,附傅璇琮编《卢照邻杨炯简谱》。聂文郁有《杨炯诗解》,青海人民出版社2000年出版。闻一多有《杨炯年谱》(初唐四杰合谱本),傅璇琮有《杨炯考》,载《唐代诗人丛考》(中华书局1980年初版,1981年再版)。

卢照邻(约630～680后)　《旧唐书》本传谓其集20卷,《直斋书录解题》著录10卷,均佚。今本为后人所辑。有明张燮辑刊《幽忧子集》7卷附录1卷(《四部丛刊》影印。中华书局1981年出版《卢照邻集》,徐明霞以《四部丛刊》影印张本为底本校点,补辑诗4首、文2篇,与《杨炯集》合印,附傅璇琮编《卢照邻杨炯简谱》。黑龙江人民出版社1989年出版《卢照邻集编年笺注》,任国绪笺注。祝尚书有《卢照邻集笺注》,上海古籍出版社1994年版。李云逸有《卢照邻集校注》,中华书局1998年版。闻一多有《卢照邻年谱》(初唐四杰合谱本)。

骆宾王(约626~684后) 其集最早为唐代郗云卿编辑,10卷。现今流传的重要版本有:中华书局1973年影印清嘉庆秦恩复重雕宋蜀本《骆宾王文集》10卷,附顾广圻《骆宾王文集考异》1卷,线装2册;中华书局1987年影印《骆宾王文集》10卷(南宋初小字蜀刻本存五卷,另五卷毛抄),线装2册,收入《续古逸丛书三编》;《四部丛刊》影印明刊本《骆宾王文集》10卷。重要注本有清陈熙晋撰《骆临海集笺注》10卷,中华书局上海编辑所1961年校勘排印,上海古籍出版社1985年订正重印。骆祥发有《骆宾王诗评注》,北京出版社1989年版。闻一多有《骆宾王年谱》(初唐四杰合谱本)。骆祥发有《骆宾王简谱》,载《浙江师范学院学报》(社科)1984年2期。浙江省古代文学学会编《骆宾王研究论文集》,杭州大学出版社1993年版。栾贵明等编《全唐诗索引 王勃杨炯卢照邻骆宾王卷》,为逐字索引,中华书局1992年版。

陈子昂(约659~约700) 其集系陈卒后,其友卢藏用所编,10卷。现存最早刊本为明弘治间杨春重编、杨澄校正的《陈伯玉前集》5卷《后集》5卷(《四部丛刊》影印)。中华书局上海编辑所1960年出版《陈子昂集》,徐鹏以《四部丛刊》影印本为底本校点,辑补诗文10余篇,附王运熙《陈子昂和他的作品》、罗庸《陈子昂年谱》。彭庆生有《陈子昂诗注》,四川人民出版社1981年版,附其所编《陈子昂年谱》。岑仲勉有《陈子昂及其文集之事迹》,载《辅仁学志》14卷1、2期合刊(1946年版)。韩理洲有《陈子昂评传》(西北大学出版社1987年版)、《陈子昂研究》(上海古籍出版社1988年版)。徐文茂有《陈子昂论考》,上海古籍出版社2002年版。栾贵明等编《全唐诗索引 陈子昂张说卷》,为逐字索引,现代出版社1994年版。

张九龄(678~740) 《直斋书录解题》著录《曲江集》20卷,谓有曲江本、蜀本之别。曲江本有北宋元祐中邓开序,自言得其文于张九龄十世孙而刊之,卷末附行状、神道碑等,而蜀本无之。今所传各本,未见宋刻。明代成化间,邱濬得《曲江集》于馆阁群书中,手自抄录,韶州知府苏铧刊行之,遂成尔后通行各本之祖本。《四部丛刊》影印南海潘氏藏明成化刊本《唐丞相曲江张先生文集》20卷附录1卷。广东人民出版社1986年出版校注本《曲江集》,刘斯翰校注。上海古籍出版社2008年出版熊飞《张九龄集校注》。何格恩有《张九龄年谱》、《年谱拾遗》、《张曲江著述考(附年谱补正)》,先后载于《岭南学报》4卷1期、2期(1935年版),6卷1期(1937年版)。又有李世亮撰《张九龄年谱》,载《韶关师专学报》1982年1期。熊飞《张九龄年谱新编》,香港教育出版社2005年版。顾建国有《张九龄年谱》(中国社会科学出版社2005年版)、《张九龄研究》(中华书局2007年版)。栾贵明等编《全唐诗索引 张九龄卷》,为逐字索引,现代出版社1995年版。

孟浩然(约689~约740) 唐天宝四年(745)王士源编次孟诗,得218首。宋元明均有刻本,宋本大致保持原貌,元明刻本所收诗数超出王士源本渐次增多,多为后人窜入。今存宋蜀刻本《孟浩然诗集》3卷,收诗210首,外有张子容2首,王维1首,王迥1首,与王本最为接近,上海古籍出版社1982年影印。另有《四部丛刊》影印明刊本《孟浩然集》4卷,收诗263首。又有《四部备要》本。游信利有《孟浩然集笺注》,台湾学生书局1979年版,附《孟浩然疑年录》等多种资料。李景白有《孟浩然诗集校注》,巴蜀书社1988年版。徐鹏有《孟浩然集校注》,人民文学出版社1990年版。

佟培基有《孟浩然诗集笺注》，上海古籍出版社2000年版。谭优学有《孟浩然行止考实》（附《孟浩然生平简表》），收入《唐诗人行年考》（四川人民出版社1981年版）。刘文刚有《孟浩然年谱》，人民文学出版社1995年版。王辉斌有《孟浩然研究》（甘肃人民出版社2002年出版）以及《孟浩然大辞典》（黄山书社2008年版）。陈抗等编有《全唐诗索引 孟浩然卷》，系逐字索引，中华书局1992年版。

王 维（约701～761） 王缙（王维弟）编次其集10卷。现存重要版本有：上海古籍出版社1982年影印蜀刻本《王摩诘文集》10卷，卷1、4、5、6、9、10为诗，卷2、3、7、8为文。《四部丛刊》影印元刊《须溪先生校本唐王右丞集》6卷（须溪，南宋刘辰翁号）。重要注本为清赵殿成撰《王右丞集笺注》28卷（附赵编《右丞年谱》），中华书局上海编辑所1961年据乾隆原刻本校订断句排印，卷首有王运熙《王维和他的诗》，卷末附叶葱奇《校后记》，上海古籍出版社1984年重印。陈铁民有《王维集校注》，中华书局1997年版。杨文生《王维诗集笺注》，四川人民出版社2003年版。陈贻焮有《王维简要年表》，附于《王维生平事迹初探》（收入《唐诗论丛》，湖南人民出版社1980年版）。陈铁民有《王维年谱》，载《文史》16辑（中华书局1982年版）。张清华《王维年谱》，学林出版社1988年版。另有陈铁民《王维新论》（北京师范学院出版社1990年版）、王志清《纵横论王维（修订本）》（齐鲁书社2008年版）等。陈抗等编有《全唐诗索引 王维卷》，系逐字索引，中华书局1992年版。

李 白（701～762） 唐人所编李白集，有魏颢编《李翰林集》2卷和李阳冰编《草堂集》10卷等，均已佚。北宋前期，乐史重辑《李翰林集》20卷别集10卷；北宋中期，宋敏求又予以增订、分类，成30卷。曾巩在宋氏30卷本的基础上，于每类中考定诸诗先后次序，在部分诗题下注明作者游踪，元丰中由晏知止刻于苏州，是为《李太白文集》30卷，世称"苏本"。其后又有根据"苏本"翻刻的宋蜀本。宋蜀本现存两部,一是残本,国家图书馆藏,称"宋甲本";另一部日本东京静嘉堂藏,称"宋乙本"。巴蜀书社1987年影印"宋乙本"。过去通行的清代缪曰芑刻本,就是据宋蜀本复刻的。

注李白集,有宋代杨齐贤,元代萧士赟,明代胡震亨、朱谏,清代王琦等。其中王琦注本较完备,有《四部备要》本。中华书局1977年出版《李太白全集》,即据王琦注本标点排印(但补入三篇所谓李白佚文,实系误收,1981年重版时已抽去),附王琦编《李太白年谱》。今人瞿蜕园、朱金城有《李白集校注》(上海古籍出版社1980年版),以王琦注本为底本,参校各本,有详细校记、注释和评笺。安旗主编的《李白全集编年注释》1990年由巴蜀书社出版,2000年新版。詹锳主编的《李白全集校注汇释集评》,百花文艺出版社1996出版。日本大野实之助有《李太白诗歌全解》,早稻田大学出版部1980年版。胡振龙有《李白诗古注本研究》,陕西人民出版社2006年版。

李白年谱,除王琦所编外,还有:近人黄锡珪《李太白年谱(附李太白编年诗集目录)》(作家出版社1958年版),詹锳《李白诗文系年》(作家出版社1958年版,人民文学出版社1984年新1版),王伯祥《增订李太白年谱》(四川人民出版社1981年版),安旗、薛天纬《李白年谱》(齐鲁书社1982年版)等。今人研究、考订李白的著作,有詹锳《李白诗论丛》(作家出版社1957年版,人民文学出版社1984年新1版),王运熙等《李白研究》(作家出版社1962年版),金涛声、朱文彩编《李白资料汇编》,中华书局2007年版。郁贤皓《李白与唐代文史考论》(南京师范大学出版社2008年版)等。中华书局1964年编辑出版《李白研究论文集》,附论文索引。日本花房英树编有《李白歌诗索引》(京都大学人文科学研究所1957年版,同朋舍1977年重印,上海古籍出版社1991年影印),除将字词编为索引外,还有"各本编次表"等表,指明李白各篇诗文在各种版本中的卷页以及见于什么总集,并注明辨伪方面的问题。

杜　甫(712～770)　《旧唐书》本传、《新唐书·艺文志》均谓杜甫有集60卷，但早已散佚。北宋编辑杜集者甚多，其中以王洙编次、王琪等校订并刻印的《杜工部集》20卷最重要。此本嘉祐四年(1059)刻于苏州，是宋代所刻第一部完整的杜集，后世各种杜集的编订均以此本为基础。但王琪原刻本今已不存，今仅存南宋翻刻本。张元济1957年将现存宋本残卷及毛、钱两家影宋钞本相配影印，题名为《宋本杜工部集》，收入商务印书馆《续古逸丛书》。杜诗注本极多，有"千家注杜"之称，今略举数种重要而通行者：(1)宋郭知达编《新刊校定集注杜诗》36卷，即《九家集注杜诗》，"九家"是：王洙、宋祁、王安石、黄庭坚、薛梦符、杜田、鲍彪、师尹、赵彦材，中华书局1982年影印南宋曾噩覆刻本。(2)宋鲁訔编、蔡梦弼会笺《杜工部草堂诗笺》，有《古逸丛书》影印宋麻沙本，《丛书集成初编》本。(3)宋无名氏编《分门集注杜工部诗》25卷，这是分类会注本。王国维说："杜诗须读编年本，分类本最可恨。"但此书宋椠尚存，毕竟可贵，故《四部丛刊》据宋本影印。(4)明王嗣奭《杜臆》10卷，中华书局上海编辑所1962年据稿本影印，1963年校点排印。(5)清钱谦益《钱注杜诗》20卷，重在以史证诗。中华书局上海编辑所1958年据康熙静思堂原刊本断句排印，上海古籍出版社1979年订正重印。彭毅有《钱牧斋笺注杜诗补》，台湾精印书馆1964年版。(6)清仇兆鳌《杜诗详注》25卷附编2卷，这是集成性的注本，康熙以前各家注释大体汇集其中。中华书局1979年整理排印，1985年重印。清施鸿保有《读杜诗说》(中华书局上海编辑所1962年用手稿校订排印，1964年重印)，主要对《杜诗详注》进行辨正。(7)清杨伦《杜诗镜铨》20卷附张溍《杜工部文集注解》2卷，四川人民出版社1957年重印成都志古堂刻本，中华书局上海编辑所1962年排印本。郭绍虞说此书"以精简著称"。(8)清浦起龙《读杜心解》6卷，中华书局1961年用雍正间浦氏宁我斋自刊本校点排印，1981年第3次印刷。

今人著作主要有：萧涤非《杜甫研究》（山东人民出版社1959年修订版，上卷为论述，下卷为作品选注。后上下卷析为两书，分别由人民文学出版社、齐鲁书社出版。黑龙江教育出版社2006年出版《萧涤非杜甫研究全集》）、冯至《杜甫传》（人民文学出版社1980年增订版）、傅庚生《杜甫诗论》（古典文学出版社1956年版）、《杜诗散绎》（陕西人民出版社1979年修订版）、《杜诗析疑》（陕西人民出版社1979年版）、朱东润《杜甫叙论》（人民文学出版社1981年版）、陈贻焮《杜甫评传》（3卷，上海古籍出版社1982～1988年版，北京大学出版社2003年新版）、王士菁《杜诗便览》（四川文艺出版社1987年版）、叶嘉莹《杜甫秋兴八首集说》（河北教育出版社2000年版）等。

杜甫年谱有30余种，不详列。四川省文史研究馆编写的《杜甫年谱》（四川人民出版社1981年第2版）内容较详。陈冠明、孙愫婷有《杜甫亲眷交游行年考》，上海古籍出版社2006年版。

中华书局1962～1963年编辑出版《杜甫研究论文集》1～3辑，选载"五四"至1962年发表的论文，并附论文索引。该局于1964年出版《古典文学研究资料汇编·杜甫卷》上编中的"唐宋之部"（华文轩编），1982年重印，搜罗宏富，但后续部分未见出版。

周采泉有《杜集书录》，85万字，上海古籍出版社1986年版。郑庆笃等有《杜集书目提要》，31万字，齐鲁书社1986年版。这两部书都是著录历代杜集版本（现存及已佚）、研究考订专著和单篇论文的专题目录，前者详于古籍版本的著录和序跋辑录，后者兼及外文译著。又，栾贵明等编有《全唐诗索引 杜甫卷》，系逐字索引，天津古籍出版社1997年版。

高　适（约701～765）　原有集20卷，《直斋书录解题》仅著录10卷。《四库全书》据影宋钞本著录《高常侍集》10卷，其中诗8卷，文2卷。《四部丛刊》影印明活字本《高常侍集》8卷，无文2卷。敦煌唐写本唐诗残卷中，有高适诗，其中有部分系传世刊本中未收之佚诗。今人刘开扬有《高适诗集编年笺注》,以明活字本为底本,并据《唐诗选》残卷、《高适诗集》残卷、《文苑英华》、《全唐诗》等校勘、补遗,附刘开扬编《高适年谱》。中华书局1981年版,1984年重印。孙钦善有《高适集校注》,收高适现存诗、赋、文,编年校注,附孙钦善《高适年谱》、高适集版本考等,上海古籍出版社1984年版。佘正松有《高适诗文注评》,中华书局2009年版。周勋初有《高适年谱》,上海古籍出版社1980年版。佘正松《高适研究》,中华书局2008年版。蔡振念有《高适研究》,台湾花木兰文化出版社2008年版。陈抗等编有《全唐诗索引 高适卷》,系逐字索引,中华书局1994年版。

岑 参(约715~770) 其集最早由杜确根据岑参之子收藏的遗文编次,8卷。但《新唐书·艺文志》、《郡斋读书志》著录10卷,《直斋书录解题》著录8卷。盖宋代已有不同的刊本。宋刊10卷本、8卷本今已不传。现存较好的版本是明正德间熊相刊于济南的《岑嘉州诗》7卷,《四部丛刊》第二次印本即据此影印。今人陈铁民、侯忠义有《岑参集校注》(上海古籍出版社1981年版,2004年修订版),改变原集序次,按时间先后重加排比。分5卷,卷1至卷4为编年诗,卷5为未编年诗及赋、文、铭。附《岑嘉州年谱》、《岑嘉州诗版本源流考》等。刘开扬有《岑参诗集编年笺注》,巴蜀书社1995年版。廖立《岑参事迹著作考》,中州古籍出版社1997年版。史墨卿《岑参研究》,台湾商务印书馆1985年版。陈抗等编有《全唐诗索引 高适卷》,系逐字索引,中华书局1992年版。

元 结(719~772) 著述甚多,其中有自辑《文编》10卷,已佚。今本为后人摭拾散佚而成。版本较多,卷数、内容有异同。重要版本有《四部丛刊》影印明正德间湛若水校、郭勋刻《元次山集》10卷附拾遗及补,清淮南黄氏刊本《元次山集》12卷(末2卷为拾遗、拾遗补)。今人孙望有《元次山集》校本(中华书局上海编辑所1960年版),以《四部丛刊》影明本为底本,校以其他版本及总集,共10卷,前3卷为诗,其余为文。诗文篇第各依写作年代先后为次,已非诸本之旧。附录有关元结著作之主要著录及记载,《元结事迹简谱》等。聂文郁《元结诗解》,陕西人民出版社1984年版。孙望另有《元次山年谱》单行本,古典文学出版社1957年版,中华书局1962年版。李建昆有《元次山之生平及其文学》,台湾商务印书馆1986年版。

韦应物(737~792或793) 《韦苏州集》10卷,宋王钦臣于嘉祐元年(1056)校定之本为今传韦集的母本。通行本有:《四部丛刊》影印明嘉靖间华云江州刊本《韦江州集》10卷附录1卷(韦应物曾官江州、苏州刺史,诗集以此取名)、《四库全书》本《韦苏州集》10卷(据清康熙中项絪翻刻宋本著录)、《四部备要》本(据项氏翻宋本排印)、《万有文库》二集影印明朱墨套印本《韦苏州集》10卷附拾遗总论。韦应物传世散文仅一篇《李璀墓志》,见《千唐志斋藏石》。陶敏、王友胜有《韦应物集校注》,上海古籍出版社1998年出版。孙望《韦应物诗集系年校笺》,中华书局2002年出版。孙望有《韦应物事迹考述》,收入《蜗叟杂稿》(上海古籍出版社1982年版),傅璇琮有《韦应物系年考证》,附录有关韦集版本的参考资料,收入《唐代诗人丛考》。栾贵明等编《全唐诗索引 韦应物卷》,系逐字索引,天津古籍出版社1997年版。

孟　郊(751~814) 北宋宋敏求广罗当时所能见到的各种孟集,重新整理编订为《孟东野集》10卷,成为以后孟集的祖本。有近人陶湘影印士礼居藏宋刊本、汲古阁刊本、《四部丛刊》影印明弘治己未(1499)刊本等。人民文学出版社1959年出版《孟东野诗集》,华忱之校订,附华忱之编辑的孟郊年谱及孟郊遗事,1984年重印,人民文学出版社1995年出版华忱之、喻学才《孟郊诗集校注》。另有韩泉欣《孟郊集校注》(浙江古籍出版社1995年版)、李建昆《孟郊诗集校注》(台湾新文丰出版公司1997年版)、郝世峰《孟郊诗集笺注》(河北教育出版社2002年版)等。尤信雄有《孟郊研究》,台湾文津出版社 1984 年版。施宽文有《孟郊奇险诗风研究》,台湾花木兰文化出版社 2007 年版。戴建业有《孟郊论稿》,上海古籍出版社 2006 年版。栾贵明等编《全唐诗索引 孟郊卷》,系逐字索引,现代出版社 1995 年版。

张　籍(约 767~约 830)　其集先有南唐时张洎所编,钱公辅名之为《木铎集》,12 卷;后有南宋汤中重新编校的《张司业集》8 卷附录 1 卷。今传宋蜀本《张文昌文集》4 卷(商务印书馆 1922 年影印,收入《续古逸丛书》)、明嘉靖万历间刊《张司业集》8 卷(《四部丛刊》影印)等。中华书局上海编辑所 1959 年整理出版《张籍诗集》,以《四部丛刊》影印 8 卷本为底本,用《四库全书》本、《唐诗百名家全集》本、《全唐诗》等校勘增补、书末附张籍《上韩昌黎书》、《上韩昌黎第二书》两文(录自《文苑英华》)。黄山书社 1989 年出版《张籍集注》,李冬生注。李建昆有《张籍诗集校注》,台湾华泰文化事业股份有限公司 2001 年版。卞孝萱有《张籍简谱》,载《安徽史学通讯》1959 年 4、5 期合刊。潘竞翰有《张籍系年考证》,载《安徽师大学报》(社科)1981 年 2 期。焦体检有《张籍研究》,河南大学出版社 2010 年版。栾贵明等编《全唐诗索引 张籍卷》,现代出版社 1994 年版。

王　建(约 767~约 831 后)　其集《新唐书·艺文志》、《郡斋读书志》、《直斋书录解题》均著录 10 卷。《直斋书录解题》另著录《王建宫词》1 卷,并云:"即集中第十卷录出别行。"今传南宋陈解元书棚本《王建诗集》10 卷,明汲古阁刻本《王建诗集》8 卷,清康熙间胡介祉校刊《王司马集》8 卷(《四库全书》据此著录)等。中华书局上海编辑所 1959 年整理出版《王建诗集》10 卷,以陈解元书棚本为底本,参校各本,补录颇多,较完备。尹占华有《王建诗集校注》,巴蜀书社 2006 年版。王宗堂有同名书,中州古籍出版社 2006 年版。谭优学有《王建行年考》,载《西南师范学院学报》(哲社)1983 年 4 期。迟乃鹏《王建研究丛稿》,巴蜀书社 1997 年版。

谢明辉有《王建诗歌研究》，台湾花木兰文化出版社 2008 年版。栾贵明等编《全唐诗索引 王建卷》，现代出版社 1995 年版。

薛　涛（约 770～832）　女诗人，《郡斋读书志》著录其《锦江集》5 卷，《直斋书录解题》著录《薛涛集》1 卷，均佚。现存明万历刊本 1 卷，系后人从《万首唐人绝句》等书中辑成。《四库全书》收有《薛涛李冶诗集》2 卷。今人张篷舟有《薛涛诗笺》，四川人民出版社 1981 年版，又有人民文学出版社 1983 年版。上海古籍出版社 1984 年出版《唐女诗人集三种》，陈文华校注，收李冶、薛涛、鱼玄机三个女诗人的现存诗作，除校勘、注释外，并辑录诗人生平事迹及诗评资料。刘天文有《薛涛诗四家注评说》（巴蜀书社 2004 年版），对陈文华《唐女诗人集三种》、日本辛岛骁《汉诗大系·薛涛诗》、张篷舟《薛涛诗笺》、彭云《薛涛诗校正》四家注评说。苏珊玉有《薛涛及其诗研究》，台湾花木兰文化出版社 2008 年版，董乡哲有《薛涛诗歌意释》，三秦出版社 2009 年版。

韩　愈（768～824）　其集《昌黎先生集》由门人李汉编，40 卷。后宋人又增辑《外集》110 卷。现存重要版本有：(1)南宋魏仲举编刊《五百家注音辨昌黎先生文集》40 卷外集 10 卷，学者称此本为最善，商务印书馆据宋刻本影印；(2)南宋末廖莹中世彩堂刻《昌黎先生集》40 卷外集 10 卷附遗文（有上海蟫隐庐影印海源阁藏宋本），廖氏注文系杂取朱熹《韩文考异》和魏仲举"五百家注"本而成。明代徐时泰东雅堂翻刻廖本（上海古籍出版社 1993 年据以影印），成为旧时通行之本。但廖注颇有疏舛，清康熙时陈景云有《韩集点勘》4 卷正其误。中华书局《四部备要》据东雅堂本校订排印，附陈氏《韩集点勘》。(3)宋末王伯大取朱熹《韩文考异》散入韩集各篇句下，而别采诸家音释附篇末（后坊肆重刊，又散音释入句下），题书名为《朱文公校昌黎先生文集》（正集 40 卷、外集 10 卷、遗文 1 卷），有《四部丛刊》影印元刊本。按：朱熹以宋人方崧卿《韩集举正》为蓝本，重撰《韩文考异》10 卷，系采用陆德明《经典释文》

的体例,不载原集全文。王伯大之本,颇失朱氏《考异》本来面目。上海古籍出版社1981年影印的宋本《昌黎先生集考异》(在山西祁县发现),是现存《考异》一书的最早本子。刘真伦《韩愈集宋元传本研究》,中国社会科学出版社2004年版。

韩集的近、现代校注本主要有:(1)《韩昌黎文集校注》,马其昶(1855～1930)校注,古典文学出版社1957年版。上海古籍出版社1986年出版分段标点重排本(马茂元整理);(2)《韩昌黎诗系年集释》,钱仲联集释,古典文学出版社1957年版,上海古籍出版社1984年出版增订本。(3)《韩集校诠》,童第德校诠,中华书局1986年版。(4)《韩愈全集校注》,屈守元、常思春主编,四川大学出版社1996年版。(5)《韩昌黎文集注释》,闫琦校注,三秦出版社2004年版。

韩愈的年谱,有宋人吕大防、洪兴祖等,以及有清以来林云铭、顾嗣立等所编10余种。其中洪兴祖所编较详,有清人马曰璐辑《宋本韩柳二先生年谱》本。中华书局1991年出版徐敏霞校辑《韩愈年谱》即收有宋人所撰年谱五种、清人撰年谱两种。钱基博有《韩愈志》,商务印书馆1935年初版,1958年出版增订本。张清华有《韩学研究》(江苏教育出版社1998年版),下册为《韩愈年谱汇证》。陈克明有《韩愈年谱及诗文系年》(巴蜀书社1999年版)。

吴文治编有《韩愈资料汇编》,全4册,网罗中唐至"五四"千余年间评述韩愈的资料,中华书局1983年版。陈抗等编《全唐诗索引 韩愈卷》,中华书局1992年版。

柳宗元(773～819) 其集由刘禹锡编次。宋初穆修重新搜求编校,45卷。北宋尚有元符间(1098～1100)京师刊本、晏殊家本等,各本有异同。北宋政和四年(1114),沈晦以穆修45卷本为正,又从诸本中辑得穆修本所无者为外集2卷。南宋淳熙中,韩醇据沈氏之本作注,又搜辑遗佚别为1卷,即所谓"新编外集"。《四库全书》著录的《诂训柳先生文集》45卷、外集2卷、新编外集1卷,即韩醇本。现存较完整的重要版本还有：(1)宋刻蜀本《新刊增广百家详补注唐柳先生文集》45卷，原藏海源阁，今藏中国国家图书馆；(2)《四部丛刊》影印元刊《增广注释音辨唐柳先生文集》43卷别集2卷外集2卷附录1卷(综合宋童宗说注释、张敦颐音辩、潘纬音义为一书)；(3)《四库全书》著录宋刊魏仲举编《五百家注音辨柳先生文集》20卷外集2卷新编外集1卷《龙城录》2卷附录8卷(按：《龙城录》实为宋代王经伪托)；(4)1923年螺隐庐影印宋末廖莹中编刊世彩堂本《河东先生集》45卷外集2卷，中华书局上海编辑所1958年据此本断句排印，1960年重印，又上海人民出版社1974年版；(5)《四部备要》校印明蒋之翘辑注《柳河东全集》45卷外集5卷附遗文及附录。另，中华书局1987年影印南宋乾道元年(1165)湖南零陵刻本《唐柳先生外集》1卷，是柳集存世最早之本，也是国内仅存的宋代湖南刻本。今人吴文治等校点的《柳宗元集》(全4册)，1979年由中华书局出版。此书正集以中国国家图书馆藏宋刻蜀本百家注本为底本，外集以文津阁五百家注本为底本，对校诸家善本，较完备。吴文治有《柳宗元诗文十九种善本异文汇录》，黄山书社2004年版。吴文治又编有《古典文学研究资料汇编·柳宗元卷》，中华书局1964年版，2006年新版。王国安有《柳宗元诗笺释》，上海古籍出版社1993年版，温绍坤有《柳宗元诗歌笺释集评》，中国国际广播出版社1994年版。章士钊有《柳文指要》56卷(中华书局1971年版)，是研究柳文之力作。钱仲联有《柳诗内诠》(载1937年版《学术世界》2卷5期)，诠释柳诗中与佛学有关的部分。

柳宗元年谱，主要有宋人文安礼编《柳先生年谱》(附刊于《五百家注音辨柳先生文集》，又见于中华书局上海编辑所1958年排印本《柳河东集》)，今人施子愉编《柳宗元年谱》(湖北人民出版社1958年版)，吴文治编《柳宗元年谱》(附于《柳宗元评传》，中华书局1962年版)。

另有：柳州市柳宗元学术研究会编《柳宗元研究文献集目》(广西人民出版社 1993 年版)，王浿海、郑向东主编《柳宗元研究 1980～2005》(南海出版公司 2006 年版)，吴文治、谢汉强主编《柳宗元大辞典》(黄山书社 2004 年版)，栾贵明等编《全唐诗索引 柳宗元卷》(现代出版社 1995 年版)等。

刘禹锡(772～842)　刘氏自编其集 40 卷，至宋初存 30 卷。北宋宋敏求搜辑散佚为外集 10 卷。《直斋书录解题》著录《刘宾客集》30 卷，外集 10 卷，来源于此。目前通行的重要版本有：(1)民国初董康用珂罗版影印日本藏宋刊《刘梦得文集》30 卷外集 10 卷，《四部丛刊》又据此本影印；(2)《四部备要》排印刘氏嘉业堂刻本《刘宾客文集》30 卷外集 10 卷(嘉业堂系据朱氏结一庐刊明钞本刻印)；(3)陕西人民出版社 1974 年影印北京图书馆藏明刻本《刘宾客文集》30 卷；(4)上海古籍出版社 1989 年版《刘禹锡集笺证》，全 3 册，瞿蜕园笺证。瞿氏以结一庐本为底本，参校众本，详加笺释考证，附《刘禹锡集传》、《刘禹锡交游录》、《永贞至开成时政记》、《余录》；(5)中华书局 1990 年版《刘禹锡集》，卞孝萱校订。另有：蒋维崧等《刘禹锡诗集编年笺注》(山东大学出版社 1997 年版)，陶敏、陶红雨《刘禹锡全集编年校注》(岳麓书社 2003 年版)，高志忠《刘禹锡诗编年校注》(黑龙江人民出版社 2005 年版)等。卞孝萱又有《刘禹锡年谱》，中华书局上海编辑所 1963 年版；《刘禹锡年谱(增订本)》，载《扬州师范学院学报》1978 年 1～2 期合刊(仅载谱前部分)。栾贵明等编《全唐诗索引 韩愈卷》，中华书局 1992 年版。

白居易(772～846)　白氏在世时，元稹就编次《白氏长庆集》50 卷。其后，白氏又多次编辑自己的文集，最后编成《白氏文集》75 卷。其集于唐末散乱。现存最早的刻本是南宋绍兴年间刊《白氏长庆集》71 卷，有文学古籍刊行社 1955 年影印本。通行的重要版本还有：(1)《四部丛刊》影印日本 1618 年活字翻宋本《白氏文集》71卷（按，第一次影印本卷 31 阙 73 行，重印本据锡山华氏活字本补）。(2)《四部备要》排印清康熙汪立名编刊《白香山诗集》40卷。汪氏赞同宋祁之说，认为白居易文不如诗，故仅将诗歌部分编排、考订、笺注。卷首附汪编《白香山年谱》和宋人陈振孙《白文公年谱》。(3)中华书局 1979 年版《白居易集》，顾学颉校点。以宋绍兴刊 71 卷本为底本，参校宋明清各本，有详细校记。又将前人已拾补的和新近发现的佚诗佚文编为外集 2 卷，附顾编《白居易年谱简编》。1988 年第 3 次印刷。(4)上海古籍出版社 1988 年版《白居易集笺校》，朱金城笺校。以明万历三十四年(1606)马元调重刻《白氏长庆集》71 卷为底本，校以宋绍兴本等重要版本。笺释以人名、地名为主，旁及僻典、史实。附朱金城编《白居易年谱简编》。朱氏曾编《白居易年谱》（上海古籍出版社 1982 年版），《笺校》一书对旧谱的个别失误有所纠正。(5)中华书局 2006 年出版《白居易诗集校注》，谢思炜撰。以文学古籍刊行社 1955 年影印宋绍兴年间刊本为底本，校以其他 39 种版本，以及各种总集，充分汲取前人成果，尤其是朱金城笺校本，于注释外择取历代有关白诗作品评论分析资料中确实关乎题旨理解的代表性意见附于各篇之末。另有外集，辑录集外佚诗。书末附《白居易年谱简编》，对朱金城编《白居易年谱简编》亦有修正。(6)中华书局 2011 年出版《白居易文集校注》，谢思炜撰。谢思炜另著有《白居易集综论》，中国社会科学出版社 1997 年版。

　　陈友琴编有《白居易诗评述汇编》，科学出版社 1958 年版。1962 年改题为《古典文学研究资料汇编·白居易卷》，由中华书局出版。新版除对原有部分进行修订外，并增加"补遗"，删去旧版附录中的《白居易对日本文学的影响》。中国旅游出版社 1983 年出版《白居易家谱》，据称系由白居易 52 代孙白书斋续谱，顾学颉注释并编附《白居易行实系年》。另，王拾遗有《白居易生活系年》，宁夏人民出版社 1981 年版。

陈寅恪有《元白诗笺证稿》，对元稹、白居易的主要作品涉及酌史实作细密考证，素负盛名。此书 1950 年刊行，1955 年与 1959 年两次修订。上海古籍出版社 1978 年新 1 版，三联书店 2001 年新版。栾贵明等编《全唐诗索引 白居易卷》（现代出版社 1994 年版）。

元　稹（779～831）　原有《元氏长庆集》100 卷。至宋时仅存 60 卷。宋人刻本，可考知者有三：一是闽本，宣和甲辰（1124）建安刘麟刻，原版今佚；二是蜀本，今存残本，藏于中国国家图书馆；三是浙本，乾道四年（1168）洪适在绍兴据刘麟本覆刻，今存残本，藏于日本。通行版本主要有：（1）《四部丛刊》影印明嘉靖董氏翻雕宋本《元氏长庆集》60 卷集外文章 1 卷附校记。按，第一次影印本卷 10 阙第 5～6 页，第二次影印时据残宋本补足，并据傅增湘校宋本、绛云楼写本、卢文弨《群书拾补》撰写校记附后。（2）文学古籍刊行社 1956 年影印明弘治元年（1488）杨循吉传抄宋本《元氏长庆集》。（3）影印《四库全书》本（《四库全书》著录明万历间马元调刊《元氏长庆集》60 卷补遗 6 卷）。（4）中华书局 1982 年版《元稹集》，全 2 册，冀勤点校。此书以文学古籍刊行社影印本为底本点校，正集 60 卷，外集 8 卷（前 6 卷据马元调本补遗，后 2 卷系冀勤辑佚），附录碑传、序跋、书录、唐五代诗文酬答与评论。另，冀勤有《元稹佚诗续辑》，载《古籍整理出版情况简报》166 期（中华书局，1986 年 11 月）。杨军《元稹集编年笺注》，三秦出版社于 2002 年出版诗歌卷，2008 年出版散文卷。

陈寅恪有《元白诗笺证稿》，已见前。孙望有《元稹事迹简谱》，见《莺莺传事迹考》（收入《蜗叟杂稿》，上海古籍出版社 1982 年版；又收入《孙望选集》，南京师范大学出版社 2002 年版）。苏仲翔有《元白简谱》，附于《元白诗选》（古典文学出版社 1957 年版）。卞孝萱有《元稹年谱》，齐鲁书社 1980 年版。薛凤生有《元微之年谱》，台湾学生书局 1977 年版。周相录《元稹年谱新编》，上海古籍出版社 2004 年版。吴伟斌有《元稹评传》和《元稹考论》,皆由河南人民出版社 2008 年出版。栾贵明等编《全唐诗索引 元稹卷》,天津古籍出版社 1997 年版。

张　祜(约生于唐德宗贞元之初,生卒年不详)　《新唐书·艺文志》著录《张祜诗》1 卷,但《直斋书录解题》著录《张祜集》10 卷。今存宋蜀刻本《张承吉文集》10 卷,北京图书馆藏,上海古籍出版社 1979 年影印。传世的张祜集,有 2 卷本、5 卷本、6 卷本等。宋蜀刻 10 卷本,收诗 460 余首,较他本为多,文字上亦有胜他本处。江西人民出版社 1983 年出版严寿澄校编的《张祜诗集》,以宋蜀刻 10 卷本为底本,参校各本,附张祜诗评论集录、张祜传记资料、张祜诗集版本考、校勘书目。尹占华《张祜诗集校注》(巴蜀书社 2007 年出版)则后来居上。注重注释地理、人事、掌故、词语出处、古代名物等,附录有关张祜的文献资料以及作者《张祜系年考》。谭优学有《张祜行年考》,见谭著《唐诗人行年考》(四川人民出版社 1981 年版)。

贾　岛(779~843)　《郡斋读书志》、《直斋书录解题》均著录其《长江集》10 卷。今通行本有:(1)《四部丛刊》影印明翻宋本《唐贾浪仙长江集》10 卷;(2)《丛书集成》排印《畿辅丛书》本《长江集》10 卷《阆仙诗附集》1 卷;(3)上海古籍出版社 1983 年出版李嘉言校《长江集新校》,附李编《贾岛年谱》、《关于贾岛年谱的讨论》、《贾岛年谱外纪》、《贾岛交友考》等。河南大学出版社 2008 年新版。陈延杰有《贾岛诗注》,商务印书馆 1937 年版。另有:李建昆《贾岛诗集校注》(里仁书局 1992 年版)、齐文榜《贾岛集校注》(人民文学出版社 2001 年版)、黄鹏《贾岛诗集笺注》(巴蜀书社 2002 年版)等,齐文榜有《贾岛研究》,人民文学出版社 2007 年版,附有《贾岛年谱新编》。

李　贺(790~816)　自编其诗集 4 编(卷),北宋以来流传的集子有 4 卷本和 5 卷本(4 卷加外集 1 卷)。今通行本主要有:(1)

明汲古阁复刻北宋鲍本《歌诗编》4卷集外诗1卷，商务印书馆1916年据以影印。(2)民国间蒋汝藻影刊北宋本《歌诗编》4卷，收入《密韵楼景宋本七种》。(3)商务印书馆1922年影印宋蜀本《李长吉文集》4卷，收入《续古逸丛书》。(4)《四部丛刊》影印"金刊本"(实为蒙古宪宗时刊)《李贺歌诗编》4卷。按，《四部丛刊》第一次影印时无集外诗，第二次影印时据影北宋本补入集外诗1卷。

现传李贺诗注，以南宋吴正子笺注为最古。《四库全书》著录《笺注评点李长吉歌诗》4卷外集1卷，宋吴正子笺注，刘辰翁评点，今有影印本。清人王琦汇辑宋以来各家评、注，即通行的"汇解"本，《四部备要》据以排印。中华书局上海编辑所1959年出版《三家评注李长吉歌诗》，将王琦汇解本断句排印，附以清姚文燮《昌谷集注》、清方世举(扶南)批本《李长吉诗集》。1977年，上海人民出版社用此书为底本标点出版(蒋凡、储大泓校点)，更名为《李贺诗歌集注》；上海古籍出版社1978年校正重印。另，人民文学出版社1959年出版《李贺诗集》，叶葱奇注，1980年重印。尤振中有《李贺集版本考(初稿)》，载《江苏师院学报》(社科版)1979年3期，对李集各种版本论列甚详。刘衍《李贺诗校笺证异》，湖南出版社1990年版。

朱自清有《李贺年谱》及《补记》，王礼锡有《李长吉年谱》，周阆风有《李贺年谱》。以上年谱均收入《李贺研究资料》(陈治国编，北京师范大学出版社1983年版)。钱仲联有《李贺年谱会笺》，收入《梦苕庵专著二种》，中国社会科学出版社1984年版。吴企明编《李贺资料汇编》，中华书局1994年版。张宗福著《李贺研究》，巴蜀书社2009年版。唐文、尤振中等编有《李贺诗索引》(齐鲁书社1984年版)，系逐字索引。栾贵明等编《全唐诗索引 李贺卷》，中华书局1992年版。

许　浑(约791～约858)　原《丁卯集》3卷，世传本为两卷。《直斋书录解题》著录"《丁卯集》二卷"，并说"蜀本又有拾遗二卷"。今存宋蜀本《许用晦文集》2卷,商务印书馆1922年据以影印,收入《续古逸丛书》。重要版本还有:《四部丛刊》影印常熟归氏藏影宋写本《丁卯集》2卷(宋刻旧藏黄丕烈士礼居);福建元刊建本《增广音注唐郢州刺史丁卯诗集》,北京图书馆出版社2005年、福建人民出版社2008年分别据以影印出版;清康熙四十一年(1702)席氏刊《丁卯诗集》2卷续集1卷续补1卷集外遗诗1卷,收入《唐诗百名家全集》。《全唐诗》收许浑诗析为11卷,混入他人之作颇多。台湾中华书局1976年出版《许浑诗校注》,主要据两个宋本整理,删去他人诗作。另有:罗时进《丁卯集笺证》(江西人民出版社1998年版)。李立朴有《许浑研究》,贵州人民出版社1994年版。

杜　牧(803～852)　《樊川文集》为其甥裴延翰编次,20卷,后人增补外集1卷、别集1卷。后人增补者,有些并非杜牧所作。日本藏有宋刻本,清光绪时杨守敬使书手影摹,杨寿昌景苏园据以影刊。通行本有《四部丛刊》影印江南图书馆藏明翻宋刊本《樊川文集》20卷外集1卷别集1卷。上海古籍出版社1978年出版《樊川文集》校点本,陈允吉校点,以《四部丛刊》本为工作本,同景苏园本校对,以《唐文粹》、《文苑英华》等书参校,较完备。杜牧诗注释本,以清人冯集梧《樊川诗集注》4卷别集1卷外集1卷最通行(有《四部备要》本),注释详赡,但只详注正集中的诗歌,别集、外集从略。中华书局上海编辑所1962年标点出版冯集梧注本,附缪钺《杜牧卒年考》、《杜牧诗评述汇编》,颇便使用。但标点本新增的"遗收诗补录",多数为许浑诗。吴在庆《杜牧集系年校注》(中华书局2008年版)为集大成之作,附有《杜牧研究资料》、《杜牧诗文系年目录》。另,缪钺有《杜牧传》(人民文学出版社1977年版)、《杜牧年谱》(人民文学出版社1980年版,河北教育出版社1999年版)。张金海《杜牧资料汇编》,中华书局2006年版。栾贵明等编《全唐诗索引 杜牧卷》,中华书局1992年版。

李商隐(约813～约858) 《新唐书·艺文志》著录"李商隐《樊南甲集》二十卷、《乙集》二十卷、《玉谿生诗》三卷,又赋一卷、文一卷"。其中诗3卷,余皆为文。现将诗、文分述之。

李诗,世传多为3卷本,主要有:钱谦益写校宋本《李商隐诗集》3卷(有上海神州国光社宣统元年影印本)、明崇祯间汲古阁刊《李义山集》3卷(有上海商务印务馆1926年影印本)等。另有明嘉靖蒋氏刊6卷本《李义山诗集》(有《四部丛刊》影印本)。明姜道生刊7卷本《李商隐诗集》(收入《唐三家集》)。历代为李诗作注者颇多,清人冯浩注本晚出,较详备。上海古籍出版社1979年出版的标点本《玉谿生诗笺注》,即冯浩注本,附冯编《玉谿生年谱》。今人注本有叶葱奇的《李商隐诗集疏注》(人民文学出版社1986年版)、王汝弼、聂石樵的《玉谿生诗醇》(齐鲁书社1987年版),刘学锴、余恕诚的《李商隐诗歌集解》(中华书局1989年版),黄世中《类纂李商隐诗笺注疏解》(黄山书社2009年版)等。

李商隐文,已散佚。清初朱鹤龄从诸书中辑成5卷,徐树谷、徐炯再增补之,并予笺注,成《李义山文集笺注》10卷(《四库全书》著录)。后又有冯浩《樊南文集详注》8卷(有《四部备要》本),对徐注颇多订正补充。道光、咸丰间,钱振伦从《全唐文》中辑出徐氏注本未载的李商隐文章203篇,并与其弟振常为之笺注,成《樊南文集补编》12卷,附年谱订误(订冯浩所编年谱之误),有《四部备要》本。上海古籍出版社1988年出版《樊南文集》,系将冯浩《樊南文集详注》和钱氏《樊南文集补编》合为一书。刘学锴,余恕诚有《李商隐文编年校注》,中华书局2002年版。

中华书局上海编辑所1963年出版社近人张采田的《玉谿生年谱会笺》,附:岑仲勉《玉谿生年谱会笺平质》,张采田撰、吴丕绩辑《李义山诗辨正》。杨柳有《李商隐评传》(江苏人民出版社1981年版),刘学锴等编《李商隐资料汇编》(中华书局2001年版),吴调公有《李商隐研究》(上海古籍出版社1982年版,中华书局2010年新版)。刘学锴有

《李商隐诗歌研究》(安徽大学出版社1998年版)。日本早稻田大学中国文学会编有《李商隐诗索引》,系逐字索引,龙溪书社1981年版。栾贵明等编《全唐诗索引 李商隐卷》,中华书局1991年版。

温庭筠(约812～约866) 《新唐书·艺文志》著录其《握兰集》3卷、《金荃集》10卷、《诗集》5卷、《汉南真稿》10卷。后渐散佚,传本为后人所辑。清人钱遵王述古堂有精钞宋本《温庭筠诗集》7卷别集1卷,《四部丛刊》据以影印。上海古籍出版社1980年出版校点本《温飞卿诗集笺注》9卷,明曾益注,清顾予咸补注,清顾嗣立重校。凡注中不署名者,为曾益原注;署"补"字者,为顾予咸补注;署"嗣立案"者,为顾嗣立续注。此校点本辑录温庭筠的词和文作为附录,较完备。刘学锴有《温庭筠全集校注》,后出转精,中华书局2007年版。夏承焘有《温飞卿系年》,见《唐宋词人年谱》(中华书局上海编辑所1961年出版修订本,上海古籍出版社1979年新1版)。顾学颉有《温庭筠行实考略》,载《唐代文学论丛》总第4辑(陕西人民出版社1983年版)。刘学锴有《温庭筠传论》,安徽大学出版社2008年版。成松柳有《温庭筠研究》(湖南人民出版社2005年版)。栾贵明等编《全唐诗索引 温庭筠卷》(现代出版社1994年版)。

孙 樵(生卒年不详,唐大中九年[855]进士) 樵自序称著文200余篇,选其可观者35篇,编为10卷。《新唐书·艺文志》等著录孙樵《经纬集》3卷,《直斋书录解题》著录《孙樵集》10卷。今传宋蜀刻本《孙可之文集》10卷,内35篇,藏北京图书馆。商务印书馆1922年曾影印此本,收入《续古逸丛书》。上海古籍出版社1979年据原大影印,收入《宋蜀刻本唐人集丛刊》。另,《四部丛刊》曾影印明天启间吴馠刊《唐孙樵集》10卷。

罗 隐(833～909) 据《崇文总目》等著录,罗隐著述甚多。传于今者,仅有《甲乙集》、《谗书》、《两同书》,以及后人辑刊的《罗昭谏集》。《甲乙集》10卷,今有《四部丛刊》影印铁琴铜剑楼藏宋陈道人书籍铺本。《谗书》5卷,有清人吴骞《拜经楼丛书》本,又有

《丛书集成》排印本。《罗昭谏集》8卷，清康熙年间张瓒辑刊，《四库全书》著录。《罗昭谏集》包括诗集《甲乙集》和《两同书》等杂著，不包括《谗书》全帙。中华书局1983年出版《罗隐集》。今人雍文华校辑，包括：《甲乙集》、《谗书》、《广陵妖乱志》、《两同书》和杂著，附录《生平传记》、《版本序跋》、《书目著录》、《诸家评述》。其中《广陵妖乱志》，诸书所载撰者各异，雍文华考证认为是罗隐作。潘慧惠有《罗隐集校注》，浙江古籍出版社1995年版。李之亮有《罗隐诗集笺注》，岳麓书社2001年版。汪德振有《罗隐年谱》，商务印书馆1937年版。

皮日休（约834～约883）　《新唐书·艺文志》著录《皮日休集》10卷、《胥台集》7卷、《文薮》10卷、《诗》1卷，多已散佚。今传《文薮》10卷，乃皮日休手自编次。通行本有《四部丛刊》影印湘潭袁氏藏明刊本《皮子文薮》10卷，此外，有日本享和二年（1802）刊本、光绪间合肥李松寿仿宋刊本等。中华书局上海编辑所1959年出版萧涤非校点本，前9卷为文，第10卷是诗。1981年，上海古籍出版社重新出版《皮子文薮》，系萧涤非、郑庆笃重新整理校勘者。据以校勘的善本，比1959年本多出数种。书后附《皮日休诗文》，系辑录《文薮》以外的诗文编成。又附有《皮子文薮的有关序跋》。上海古籍出版社1991年出版申宝昆《皮日休诗文选注》。

陆龟蒙（?～约881）　有《笠泽丛书》，系陆氏自编。此"丛书"系丛脞、细碎之义，内收诗歌杂文。北宋有樊开序刊本（蜀本），7卷，又有朱衮刊本（吴江本），4卷，补遗1卷。南宋时，叶茵将《笠泽丛书》、《松陵集》（收皮日休、陆龟蒙唱和之作）和陆氏散佚之作汇为一书，题《甫里集》，20卷。

元代，陆龟蒙后裔陆德原重刻《笠泽丛书》4卷、补遗1卷。《四库全书》著录者，即此本。清嘉庆间，许楗刻7卷本，附补遗、考异各1卷，校订颇详，世称善本。《甫里集》有《四部丛刊》影印黄丕烈校本《唐甫里先生文集》20卷,附张元济校记,为通行之本。河南大学出版社1996年出版宋景昌、王立群点校《甫里先生文集》。

聂夷中(837～?)　《新唐书·艺文志》著录《聂夷中诗》2卷,《直斋书录解题》著录《聂夷中集》1卷,已佚。《全唐诗》收其诗30余首,其中几首与他人重出。中华书局1959年整理出版《聂夷中诗》(与《杜荀鹤诗》合印),系从《全唐诗》中辑出。山西人民出版社1987年出版《聂夷中诗注析》,任三杰注析。

杜荀鹤(846～904)　宋人著录杜集,或作《杜荀鹤诗集》1卷,或作《唐风集》10卷,或作3卷。明汲古阁刊《唐风集》3卷,有商务印书馆1916年影印本。清康熙间席启寓刊《杜荀鹤文集》3卷,收入《唐诗百名家全集》。民国间刘世珩刊《唐风集》3卷补遗1卷,收入《贵池先哲遗书》。中华书局上海编辑所以贵池刘氏刻本为底本,校以《全唐诗》,1959年标点出版《杜荀鹤诗》(与《聂夷中诗》合印)。1980年,上海古籍出版社影印新发现的宋蜀刻本《杜荀鹤文集》3卷,存诗310余首。巴蜀书社2005年出版胡嗣坤、罗琴《杜荀鹤及其〈唐风集〉研究》。

韦　庄(约836～910)　诗集《浣花集》系其弟韦蔼编于唐昭宗天復三年(903)。《崇文总目》著录20卷,《郡斋读书志》著录5卷,《直斋书录解题》著录1卷。清黄丕烈曾得宋刊10卷本残卷(存4至10卷),后归陆心源皕宋楼。今传本《浣花集》10卷补遗1卷,有《四部丛刊》影印明正德中朱子儋刊本、汲古阁本,清康熙间席启寓《唐诗百名家全集》本等。人民文学出版社1958年整理出版《韦庄集》,向迪琮校订。四川省社会科学院出版社1986年出版李谊《韦庄集校注》,山东教育出版社2002年出版齐涛《韦庄诗词笺注》,上海古籍出版社2002年出版聂安福《韦庄集笺注》。夏承焘有《韦端己年谱》,见《唐宋词人年谱》。任海天有《韦庄研究》,人民文学出版社2005年版。

第三节 两宋时期

据《现存宋人别集版本目录》统计,有别集传世的宋代作者739人(佚名作者不计在内)。其中诗集、文集、诗文(词)合集的作者632人,仅有词集传世的作者107人。

《现存宋人别集版本目录》系四川大学古籍整理研究所编,巴蜀书社1989年版。此目据国内250多家图书馆和日本、美国33家图书馆收藏情况编录。除解放后出版的和通行易得的以外,均注明收藏单位,为我们查找宋人别集提供了丰富的线索。

本节选介两宋时期30余名作家的别集及有关参考资料。词集与词学资料在第五章介绍,本节一般不论及。

柳　开(947~1000)　宋代古文运动先驱者之一。其集由门人张景编次。今传本题《河东先生集》,有明吴氏丛书堂钞本(国家图书馆藏)、清影宋钞本(上海图书馆藏)、乾隆间刻本等。《四库全书》著录《河东集》15卷附录1卷,附录为张景所撰行状。《四部丛刊》影印涵芬楼藏旧钞本《河东先生集》16卷。

王禹偁(954~1001)　王氏自编《小畜集》30卷,计赋2卷,诗11卷,文17卷。有《四部丛刊》影印宋刊配吕无党钞本30卷附札记(这是第二次影印本,第一次影印用经鉏堂钞本不佳)。王禹偁之曾孙王汾搜辑遗文为《小畜外集》20卷,今残存7卷(卷7至13),有《四部丛刊》影印江南图书馆藏影宋写本(第二次影印本补苏颂原序)。今人徐规著《王禹偁事迹著作编年》(中国社会科学出版社1982年版,商务印书馆2003年新版),订正了一些史籍记载之误,并辑得若干散佚诗文。

林　逋(967~1028)　史称其写诗随作随弃,好事者往往窃记之。今存《林和靖诗集》4卷,首载宋皇祐五年(1053)梅尧臣序。国家图书馆藏宋刻本残卷(存卷1上)。明清刻本甚多。《四部丛刊》影印双鉴楼藏影写明黑口本《林和靖先生诗集》4卷补1卷。《四部备要》排印本4卷拾遗1卷附录诸家诗话。浙江古籍出版社1986年出版《林和靖诗集》，沈幼征校注。

范仲淹(989~1052)　其集北宋时已编刊。北京图书馆藏贝松刊本《范文正公集》20卷，是唯一存世的北宋刻本，中华书局1985年影印，收入《古逸丛书三编》。南宋刊本今存残本，藏于北京文物局，山东省博物馆。通行本有《四部丛刊》影印明翻元天历本《范文正公集》20卷《别集》4卷《政府奏议》2卷《尺牍》3卷《年谱》1卷《言行拾遗事录》4卷《鄱阳遗事录》1卷又附录13种（《年谱》系宋人楼钥编），又有《万有文库》第2集本。范能浚编《范仲淹全集》，凤凰出版社2004年版。李勇先、王蓉贵校点《范仲淹全集》，四川大学出版社2007年版。为纪念范仲淹诞辰100周年，《苏州文物》1989年第1~2期合刊刊出一组有关范仲淹的史料性文章与图片，其中有江澄波《范仲淹版本源流考》。台湾天一出版社1982年出版《范仲淹传记资料》，中国人民大学出版社2010年出版诸葛忆兵《范仲淹研究》。

梅尧臣(1002~1060)　其集《宛陵集》先由谢景初编，后欧阳修等续为增补。今本60卷，有欧阳修序。现存南宋刊本（残），藏于上海图书馆、日本。又有明正统刊本、万历刊本。清刻本甚多。通行本有《四部丛刊》影印明万历刊本《宛陵先生集》60卷拾遗1卷附录1卷。今人朱东润有《梅尧臣集编年校注》（全3册，上海古籍出版社1980年版，2006年新版），注文为夏敬观遗稿，朱东润补注。书前有《梅尧臣集的版本》等叙论，书后有附录16篇。朱东润又有《梅尧臣诗选》（人民文学出版社1980年版）及《梅尧臣传》（中华书局1979年）。周义敢、周雷编《梅尧臣资料汇编》，中华书局2007年版。

欧阳修(1007~1072)　其文集中《居士集》为欧阳修晚年自编，其余为周必大等辑集、编次。国家图书馆藏宋刻本《欧阳文忠公集》153卷附录5卷。通行本有《四部丛刊》影印元刊本,包括《居士集》50卷,《外集》25卷,《易童子问》3卷,《外制集》3卷,《内制集》8卷,《表奏书启四六集》7卷,《奏议集》18卷,《杂著述》19卷,《集古录跋尾》10卷,《书简》10卷,附录5卷。卷首有《庐陵欧阳文忠公年谱》(宋人胡柯编)。又有《万有文库》第一集本,题《欧阳永叔集》,全18册。商务印书馆1958年重印,精装3册。另有《四部备要》本《欧阳文忠全集》,据乾隆丙寅祠堂本排印。中华书局2001年出版李逸安点校《欧阳修全集》,巴蜀书社2007年出版李之亮《欧阳修集编年笺注》,上海古籍出版社2009年出版洪本健《欧阳修诗文集校笺》。欧阳修的年谱,除上述胡柯所编者外,还有清人华孳亨《增订欧阳文忠公年谱》(收入《昭代丛书》,道光间刊本),杨希闵的《欧阳文忠公年谱》(收入《十五家年谱丛书》,光绪间刊,扬州古籍书店1958年重印)。刘德清有《欧阳修纪年录》,上海古籍出版社2006年版。洪本健编《欧阳修资料汇编》,中华书局2009年版。

苏舜钦(1008～1048)　其集原十五卷,欧阳修编次。集名《沧浪集》,或作《苏学士集》。今本16卷,盖后人续入。通行本为《四部丛刊》影印清康熙间白华书屋刊本《苏学士文集》16卷,前8卷诗,后8卷文,附何焯校语。又有《四部备要》本,不附校语。中华书局上海编辑所1961年出版《苏舜钦集》,沈文倬校点,用康熙间宋荦校定、徐惇复刊印的16卷本(《四部丛刊》即据此影印)为底本,采各本互校,并附拾遗、传记、诗话、年谱(沈文倬编)、序跋、题识。上海古籍出版社1981年新1版。重庆出版社1989年出版《苏舜钦诗诠注》,杨重华诠注。巴蜀书社1991年出版傅平骧、胡问陶《苏舜钦集编年校注》,中华书局2008年出版周义敢、周雷《苏舜钦资料汇编》。

苏　洵(1009～1066)　欧阳修、曾巩均称苏洵有集20卷;《郡斋读书志》、《直斋书录解题》均著录苏洵《嘉祐集》15卷;《通志·

艺文略》著录《老苏集》5卷,又《嘉祐集》30卷;《宋史·艺文志》著录《苏洵集》15卷,《别集》5卷。可见苏洵集在宋时有多种本子流行。今存南宋蜀本《嘉祐集》15卷,中华书局1987年影印,收入《古逸丛书三编》。通行本为《四部丛刊》影印无锡孙氏藏影宋钞本15卷。《四库全书》本为正集15卷,附录2卷。清道光间眉州三苏祠刊《三苏全集》本为20卷。近人罗振常辑《经进三苏文集事略》(上海蟫隐庐刊本)中有《老泉先生文集》12卷、《经进嘉祐文集事略》1卷,有宋人郎晔注,并有罗振常所撰《考异》及所辑《老泉先生文集补遗》2卷。上海古籍出版社1993年出版曾枣庄、金成礼《嘉祐集笺注》,附有《苏洵传记资料》、《苏洵评论资料》、《苏老泉非苏洵号》、《苏洵年表》四种。上海古籍出版社1989年影印《宋人所撰三苏年谱汇刊》(王水照整理),是研究苏洵、苏轼、苏辙生平的重要史料。曾枣庄有《苏洵评传》,四川人民出版社1983年版。台湾文史哲出版社1981年出版谢武雄《苏洵言论及其文学之研究》。

司马光(1019～1086)　自编其集名《传家集》,《直斋书录解题》著录100卷。今存宋绍兴刊本《温国文正公文集》80卷(缺数卷,明卢氏钞补),藏国家图书馆。《四部丛刊》影印者,即此本。其中赋1卷,诗14卷,文65卷。日本内阁文库藏宋刻《增广司马温公全集》116卷本(存95卷),北京大学图书馆藏清钞本《司马温公传家集》100卷(据宋本抄校)。巴蜀书社2009年出版李之亮《司马温公集编年笺注》,四川大学出版社2010年出版李文泽整理《司马光全集》。清顾栋高有《司马温国文正公年谱》,收入《求恕斋丛书》(刘承幹辑刊本》,又有中州古籍出版社1987年点校本,中华书局1990年出版冯惠民整理本。

曾　巩(1019～1083)　据北宋韩维撰曾巩神道碑,知巩有《元丰类稿》50卷,续稿40卷,外集10卷。但续稿和外集于南宋、元季渐佚。《元丰类稿》的宋刻本今仅存残叶。现存最早的刻本是金代刻本《南丰曾子固先生集》34卷,藏于国家图书馆,中华书局

1986年影印，收入《古逸丛书三编》。通行本为《四部丛刊》影印元刊《南丰先生元丰类稿》50卷附录1卷。清康熙间顾崧龄以宋本参校，并从诸书中辑得佚文若干，刊行《南丰先生元丰类稿》50卷集外文2卷续附1卷，较善。中华书局1984年出版《曾巩集》，陈杏珍、晁继周点校，以顾崧龄本为底本，以元刊本为主要校本，参校各本，编录了目前所能搜得的曾巩全部诗文。清人杨希闵有《曾文定公年谱》，收入《十五家年谱丛书》。王焕镳有《曾南丰先生年谱》，商务印书馆1943年版。李震《曾巩年谱》，苏州大学出版社1997年出版。李震另编《曾巩研究资料汇编》，中华书局2009年版。魏王妙樱《曾巩文学与北宋诗文革新运动》，台湾花木兰文化出版社2007年版。

王安石(1021～1086) 其集北宋末薛昂编次，今传龙舒本、临川本两个版本系统，均为100卷，但篇目与次序有所不同。（1）龙舒本，即南宋时刻于龙舒者，中华书局上海编辑所1962年用江安傅氏从食旧德斋原藏南宋龙舒本摄存玻璃片影印，缺卷以北京图书馆藏日本宫内省图书寮藏本照片补足，书名《王文公文集》，线装16册。又，上海人民出版社1974年用龙舒本为底本，参校明应氏刻本等几个本子，整理出版校点本。（2）临川本，指南宋绍兴间詹大和刻本。《四部丛刊》影印的明嘉靖抚州刊本《临川先生文集》，即源出临川本。中华书局上海编辑所以明抚州覆宋绍兴詹大和本为底本，参校众本，校语附每卷之末。另将陆心源、朱孝臧、唐圭璋及日人岛田翰所辑王氏诗文词佚篇附于全书之后。1959年版。李之亮有《王荆公文集笺注》，巴蜀书社2005年版。

王诗注本，以南宋李壁《王荆文公诗笺注》最著名。有张元济1922年影印元大德本，上海古籍出版社1993年影印朝鲜活字本，中华书局上海编辑所1958年校点本。李之亮对李壁注补笺，成《王荆公诗注补笺》，巴蜀书社2002年版。另，中华书局上海编辑所1959年整理出版《王荆公诗文沈氏注》，沈氏即清代乾嘉学派的沈钦韩。此书包括两部分:《王荆公诗集李壁注勘误补正》4卷,《王荆公文集注》8卷。1962年重印。王安石年谱、评传主要有:宋詹大和《王荆文公年谱》,附刻于元大德刊本《王荆文公诗笺注》;清顾栋高《王荆国文公年谱》,收入刘承幹辑《求恕斋丛书》;清蔡上翔《王荆公年谱考略》(有中华书局上海编辑所1959年排印本,附杨希闵《年谱推论》、《熙丰知遇录》各1卷);中华书局1994年出版裴汝诚点校《王安石年谱三种》,即将詹、顾、蔡三种年谱合刊。梁启超《王安石评传》(世界书局1936年版);邓广铭《王安石(修订本)》(人民出版社1979年版,河北教育出版社2005年《邓广铭全集》本);李德身《王安石诗文系年》(陕西教育出版社1987年版)。高克勤有《王安石与北宋文学研究》,复旦大学出版社2006年版。

王　　令(1032～1059)　诗文集《广陵集》由其外孙吴说编次,《直斋书录解题》著录20卷。长期以钞本流传。近人刘承幹刻《广陵先生文集》20卷拾遗1卷补遗1卷附录1卷(收入《嘉业堂丛书》)。上海古籍出版社1980年出版《王令集》,沈文倬校点。以刘氏嘉业堂刊本为底本,校以孙诒让玉海楼藏明钞本、《四库全书》本等。附沈文倬所辑"诗话"及其所编《王令年谱》等。

苏　　轼(1037～1101)　苏轼的诗集、文集,在宋代便以多种方式结集、刊行。明成化四年(1468)程宗刻的"东坡七集",是具有全集规模的诗文集合刊本,包括:(1)《东坡集》40卷,(2)《后集》20卷;(3)《奏议》15卷,(4)《内制集》10卷附《乐语》1卷,(5)《外制集》3卷,(6)《应诏集》10卷,(7)《续集》12卷。附宋人王宗稷撰《年谱》1卷。清末缪荃孙以此本为底本校勘补阙,附有校记,于1908～1909年刊行,世称善本。《四部备要》据缪荃孙校本排印,为旧时通行本。

今人孔凡礼点校的《苏轼诗集》(全8册,中华书局1982年版,1987年重印)和《苏轼文集》(全6册,中华书局1986年版,1990年重印)是迄今为止搜罗苏轼诗、文最全的集子。《苏轼诗集》以清人王文诰《苏文忠公诗编注集成》45卷本为底本,用10余种宋、元善本及有参考价值的明清刻本为主要校本,并从诸书中辑得苏轼佚诗20余首附于卷末,又附苏轼诗集篇目索引。《苏轼文集》以明末茅维刊《东坡先生全集》本为底本,以多种宋、明刻本和金石碑帖等文献资料汇校,附佚文汇编和苏轼文集篇目索引。

苏诗的注释,《书目答问》说"宋施元之注最有名,查慎行补注亦善,冯(应榴)、王(文诰)、翁(方纲)三注更详备",又说"冯详事实,王兼论诗"。《施注苏诗》(宋施元之注,清邵长蘅等补,冯景续注)有康熙间宋荦刊本,《四库全书》著录。查慎行的《东坡先生编年诗补注》,有康熙间、乾隆间刊本。冯应榴的《苏文忠诗合注》,有乾隆间刊本、光绪间眉山三苏祠刊本,上海古籍出版社2001年出版黄任轲、朱怀春校点《苏轼诗集合注》本。王文诰的《苏文忠公诗编注集成》,有嘉庆间、光绪间刊本,巴蜀书社1985年用嘉庆刊本影印。翁方纲《苏诗补注》,有乾隆间刊《苏斋丛书》本,《丛书集成初编》本。

苏轼文最早的一个注本,是宋人郎晔注释的《经进东坡文集事略》60卷。郎晔拣选苏文近500篇,并为之作注,于宋光宗绍熙三年(1191)表进。前人认为考核甚精,可与施氏诗注相颉颃。有《四部丛刊》影印宋刊本,阙卷以明成化本补。1957年,文学古籍刊行社用《四部丛刊》影印本与他本互校断句排印。

傅成、穆俦标点《苏轼全集》,上海古籍出版社2000年版。上海古籍出版社1984年出版《苏轼选集》,王水照选注,内附国内久佚的南宋施宿(施元之之子)撰《东坡先生年谱》。该社1989年影印《宋人所撰三苏年谱汇刊》(王水照整理)。曾枣庄有《苏轼评传》,四川人民出版社1981年版。

苏　辙(1039～1112)　其集《栾城集》50卷、《栾城后集》24卷、《栾城三集》10卷、《栾城应诏集》12卷,共96卷,系苏辙手自编定。单行的苏辙诗文集的宋本,国内现存3种,均为残本。通行本为《四部丛刊》影印明活字本(《栾城集》及二集、三集)影印影宋钞本《栾城应诏集》。新校点本有两种：上海古籍出版社 1987 年出版《栾城集》(全 3 册)，曾枣庄、马德富校点，以明代清梦轩本为底本，参校各本，包括《栾城集》、《后集》、《三集》、《应诏集》，并有拾遗。书后附：制词谥议、年表本传(年表为宋人孙汝听撰)、诸家评咏、序跋提要。中华书局 1990 年出版陈宏天、高秀芳点校《苏辙集》(全 4 册)，亦以明清梦轩本为底本，有补佚，附序跋提要、孙汝听《苏颖滨年表》、今人刘尚荣撰《苏辙佚著辑考》，并有《苏辙集篇目索引》。上海古籍出版社 1989 年影印《宋人所撰三苏年谱汇刊》。曾枣庄有《苏辙年谱》，陕西人民出版社 1986 年版。孔凡礼《苏辙年谱》，学苑出版社 2001 年版。

黄庭坚(1045～1105)　其集为《豫章集》，又名《山谷集》，有内集(庭坚手定，其甥洪炎编次)、外集(李彤编次)、别集(庭坚从孙黄𦫵编次)等。世传本书名、卷目有异同。今存宋乾道刊本《类编增广黄先生大全文集》50 卷，北京大学图书馆藏。《四库全书》著录《山谷内集》30 卷《外集》14 卷《别集》20 卷《词》1 卷《简尺》2 卷《年谱》3 卷(年谱系黄𦫵撰)，为较全之本。《四部丛刊》影印沈氏藏宋刊本《豫章黄先生文集》30 卷，即《内集》，卷 1 赋，卷 2～12 诗，卷 13～30 文。《四部备要》据影宋本排印《山谷内集注》20 卷《外集注》17 卷《别集注》2 卷。《内集》是诗，宋人任渊注，编年起自元丰元年(1078)，时庭坚 34 岁。《外集》首列赋，次列诗，诗编年，宋人史容注，编年起自嘉祐六年(1061)，时庭坚 17 岁。《别集》是诗，不编年，宋人史季温(史容之孙)注。按：《丛书集成初编》本《山谷诗注》附外集补 4 卷、别集补 1 卷，清谢启昆辑。又：《四部丛刊续编》影印元刊本《山谷外集诗注》(史容注)14 卷，与上述 17 卷本编次不同。上海古籍出版社 2003 年出版黄宝华点校《山谷诗集注》，中华书局 2003 年出版刘尚荣校点《黄庭坚诗集注》，均系以光绪年间陈三立覆宋刊《山谷诗注》为底本。四川大学出版社 2001 年出版刘琳、李勇先、王蓉贵点校《黄庭坚全集》。今人傅璇琮编有《古典文学研究资料汇编·黄庭坚与江西诗派卷》，中华书局1978年版。分上下卷，上卷为黄庭坚，下卷为江西诗派。黄庭坚的年谱，除上述宋人黄䜭所编者外，尚有清人杨希闵编《黄文节公年谱》（收入《十五家年谱丛书》）、今人龙榆生编《山谷先生年谱简编》（附于中华书局1957年版《豫章黄先生词》）。郑永晓有《黄庭坚年谱新编》，社会科学文献出版社1997年版。北京大学出版社2003年出版钱志熙《黄庭坚诗学体系研究》。

秦　观（1049～1100）　《直斋书录解题》著录其《淮海集》40卷《后集》6卷《长短句》3卷。今存宋刊本，国家图书馆、日本内阁文库藏。通行本为《四部丛刊》影印明嘉靖张綖刊小字本，卷数与《直斋书录解题》著录同。上海古籍出版社1994年出版徐培均《淮海集笺注》，人民文学出版社2001年出版周义敢、程自信、周雷《秦观集编年校注》。清秦瀛编、秦清锡重订《淮海先生年谱》，附刊于同治间秦氏家塾本《淮海集》。今人龙榆生编《淮海先生年谱简编》，附于《淮海居士长短句》（中华书局1957年版）。周义敢、周雷《秦观资料汇编》，中华书局2001年出版。

晁补之（1053～1110）　其集《鸡肋集》，补之于元祐间始编并定名，其弟子绍兴间辑补、编定。《直斋书录解题》著录70卷。有《四部丛刊》影印明崇祯间翻宋刊本《济北晁先生鸡肋集》70卷。周义敢、周雷《晁补之资料汇编》，中华书局2005年出版。

陈师道（1053～1102）　师道卒后，其子以遗稿授魏衍，衍编次为《后山集》。据《直斋书录解题》著录，宋代已有蜀本、四明本、临川本流传，各本编次有所不同。现存者，以宋蜀刻大字本《后山居士文集》20卷为最早，前6卷诗，后14卷文，现藏国家图书馆。上海古籍出版社1982年据以影印，线装6册；又于1984年出版影印平装本2册。此书原缺第6卷第24页，影印本据宋刻《后山诗注》补录。传世者还有明弘治间马暾刻本30卷，清雍正间赵氏校刊本

24卷。赵本凡诗8卷、文9卷、《谈丛》4卷、《诗话》《理究》《长短句》各1卷。《四库全书》著录者,即赵本。专取陈师道诗作注者,有宋人任渊《后山诗注》12卷。北京图书馆藏宋刻本,通行者为《四部丛刊》影印双鉴楼藏高丽活字本。近人冒广生有《后山诗注补笺》12卷《逸诗笺》2卷,商务印书馆1936年版,中华书局1995年出版昌怀辛整理本。陈兆鼎有《陈后山年谱》,载《江苏省立国学图书馆第十年刊》(1937年版)。郑骞《陈后山年谱》,台湾联经出版事业公司1984年版。另有:范月妖《陈师道及其诗研究》(台湾文史哲出版社1988年版)、杨玉华《陈与义·陈师道研究》(巴蜀书社2006年版)。

张　耒(1054～1114)　其集在宋代流传多种本子:《柯山集》10卷,《柯山张文潜集》30卷(一作《张龙阁集》,汪藻编次),《张右史集》70卷(张表臣编次),《谯郡先生集》100卷等等。宋代刊本或钞本已佚。现存明清刊(钞)本书名、卷数亦多有不同,主要有:《宛丘先生文集》76卷(明小草斋钞本仅存残本,清康熙间吕无隐钞本完整),《张右史文集》65卷(明万历间赵琦美钞本),《张右史文集》60卷(原涵芳楼藏旧钞本,《四部丛刊》据以影印),《柯山集》50卷(有《四库全书》本,但《四库全书总目提要》著录时误作《宛邱集》76卷。又有武英殿聚珍本、广雅书局本、1929年田氏重刊本等),《张文潜文集》13卷(明嘉靖间郝氏刊)。中华书局1990年出版《张耒集》(全2册),李逸安等点校。此本以搜罗诗文较全并附有年谱的1929年田氏重刊本为底本,参校各本,并辑得散佚诗文附后。附录有:《张文潜先生年谱》(近人邵祖寿撰)、传记资料、序跋题记。书后有《张耒集篇目索引》。周义敢、周雷编《张耒资料汇编》,中华书局2003年版。林美君有《张耒及其诗文研究》,台湾花木兰文化出版社2007年版。韩文奇有《张耒及其诗歌创作研究》,兰州大学出版社2007年版。

陈与义(1090～1138)　其集《简斋集》,南宋初周葵编次,《郡斋读书志》著录20卷,《直斋书录解题》著录10卷。原刊本已佚。《四库全书》本《简斋集》16卷,卷1为赋及杂文,卷2～15为诗,卷16为词。南宋胡穉为陈诗作注,书成于绍熙初,其时距陈之卒仅50年。有《四部丛刊》影印原铁琴铜剑楼藏宋刊本《增广笺注简斋诗集》30卷附《无住词》。又《四部丛刊》影印元人钞本《简斋诗外集》1卷(收诗52首、文3篇,皆胡注本所无)。中华书局1982年出版《陈与义集》(全2册),吴书荫、金德厚点校。此书以夏敬观手校江宁蒋氏湖上草堂影宋刻胡穉笺注本(附《无住词》)为底本,并附《外集》。上海古籍出版社1990年出版《陈与义集校笺》,白敦仁校笺,补正胡穉旧注。《外集》原无注,白敦仁新注。白敦仁另有《陈与义年谱》,中华书局1983年版。吴淑钿有《陈与义诗歌研究》,台湾文津出版社1993年版。

张元幹(1091～1160后) 《芦川归来集》,由元幹之孙钦臣辑刊于南宋嘉定己卯(1219)。原本散佚已久,有抄本流传,已不全。乾隆时,四库馆臣从《永乐大典》中辑出元幹之作,与钞本互校,删其重复,补其残缺,编为10卷附录1卷。上海古籍出版社1982年出版《芦川归来集》标点本,此本系以远碧楼刘氏据《四库全书》抄录的本子为底本,参考其他抄本和双照楼影宋本《芦川词》等整理而成。前4卷是诗,卷5～7是词,卷8～10是文。其实,《四库全书》本并没有把《永乐大典》所引元幹之作全部辑入,上海古籍本亦未作进一步的辑佚。栾贵明据《永乐大典》残卷又辑得上海古籍本失收的诗文7条(见《四库辑本别集拾遗》下册656～658页)。王兆鹏有《张元幹年谱》,南京出版社1989年版。

陆　游(1125～1210) 游自编《剑南诗稿》20卷,刊于严州,诗止于淳熙丁未(1187)。其幼子子遹复刻《续稿》67卷,收诗自淳熙戊申(1188)至嘉定己巳(1209)。其长子子虡汇总前后稿编为85卷。宋刻陆游诗今仅存残卷。明末清初汲古阁刊《陆放翁全集》,内有《剑南诗稿》85卷和毛晋所辑《放翁逸稿》两卷(上卷为赋、文、词，下卷为诗，并有毛扆续添的逸诗）。上海古籍出版社1985年出版钱仲联《剑南诗稿校注》（全8册），此书以汲古阁本为底本，参校各本，并据各种文献辑补汲古阁本失收的佚诗多首，附陆游年表、传记资料、版本著录、题跋、篇目索引。这是陆游现存9000多首诗的第一部全注本。

陆游文，有游自编《渭南文集》50卷，今存南宋嘉定间陆子遹溧阳刊本（缺卷3、4、11、12）。通行本有《四部丛刊》影印明弘治间华氏活字本（华氏据嘉定溧阳本印行）。又《四部丛刊续编》影印明钞本《陆氏南唐书》，附元人戚光《音释》与近人张元济校勘记。

陆游的诗文合集，有上文提及的汲古阁本，包括：《渭南文集》50卷、《放翁逸稿》2卷、《剑南诗稿》85卷、《南唐书》18卷附音释1卷（戚光音释）、《家世旧闻》1卷、《斋居纪事》1卷。中华书局1976年出版《陆游集》标点本（全5册），也是诗文合集，并附孔凡礼《陆游佚著辑存》（原载《文史》第3辑，收入此书时作了订补）。另，孔凡礼、齐治平编有《古典文学研究资料汇编·陆游卷》，中华书局1962年版。

清代著名学者赵翼、钱大昕均编有陆游年谱。今人于北山有《陆游年谱》，中华书局上海编辑所1961年版。欧小牧亦有《陆游年谱》，人民文学出版社1981年重印，天地出版社1998年出版补正本。欧明俊有《陆游研究》，上海三联书店2007年版，邹志方《陆游研究》，人民出版社2008年版。

范成大（1126～1193）　其集自编，《直斋书录解题》著录《石湖集》136卷。已佚。今传明弘治间铜活字本《石湖居士集》34卷、清康熙间顾嗣立刊《石湖居士诗集》34卷、《四部丛刊》影印爱汝堂刊本等。中华书局上海编辑所1962年出版《范石湖集》校点本，其中诗集部分以顾嗣立刊本为底本，词集部分以《知不足斋丛书》本《石湖词》为底本，书末附清人沈钦韩《范石湖诗集注》。上海古籍出版社1982年新1版。另，孔凡礼辑有《范成大佚著辑存》，包括散文、诗、词，中华书局1983年版。孔凡礼有《范成大年谱》，齐鲁书社1985年版。于北山有《范成大年谱》，上海古籍出版社1987年版。湛之编有《古典文学研究资料汇编·杨万里范成大卷》，中华书局1964年版。张剑霞有《范成大研究》，台湾学生书局1985年版。

杨万里(1127～1206) 诗文集《诚斋集》133卷，其子长孺于嘉定元年(1208)编定刊行，包括《江湖集》、《荆溪集》、《西归集》等多种小集(其中若干小集在杨万里生前已刊行过，有宋刊本流传至今)。宋端平初罗茂良校订重刊本133卷目录4卷，今藏日本宫内厅书陵部。通行本有《四部丛刊》影印影宋钞本《诚斋集》133卷。又有《四库全书》本等。江西人民出版社2006年出版王琦珍《杨万里诗文集》点校本。辛更儒有《杨万里集笺校》，中华书局2007年版。邹树荣有《杨文节公年谱》，收入《南昌邹氏一粟园丛书》(1922年排印本)。夏敬观有《杨诚斋年谱》，附于《杨诚斋诗》(商务印书馆1940年版)。于北山有《杨万里年谱》，上海古籍出版社2006年版。萧东海《杨万里年谱》，上海三联书店2007年版。湛之编有《古典文学研究资料汇编·杨万里范成大卷》，已见前。

朱　熹(1130～1200) 《直斋书录解题·别集类》著录《晦庵集》100卷《紫阳年谱》3卷(年谱系朱熹门人李方子撰)。现存宋宁宗时浙江刻本《晦庵先生文集》100卷目录2卷，宋咸淳间建安书院刻元明递修本《晦庵先生朱文公文集》100卷目录2卷续集11卷别集10卷，又有明嘉靖间刊本、清康熙间刊本等。通行本为《四部丛刊》影印明嘉靖刊本，正集100卷、续集11卷、别集10卷、目录2卷。朱杰人、严佐之、刘永翔主编《朱子全书》，全27册，上海古籍出版社、安徽教育出版社于2002年联合出版。华东师范大学出版社2010年出版《朱子全书外编》，系朱熹生前编选的他人著作。华东师范大学出版社于2010年还出版了《朱子著述宋刻集成》，16开线装37函共286册。朱熹年谱除上述李方子所撰外，尚有二三十种之多。清人王懋竑撰《朱子年谱》较通行，有单行本，又收入《粤雅堂丛书》、《丛书集成初编》，中华书局1998年出版何忠礼点校本。束景南有《朱熹年谱长编》，华东师范大学出版社2001年版。日本佐藤仁编有《晦庵先生朱文公文集人名索引》（日本中文出版社1977年版），东京大学朱子研究会编有《朱子文集固有名词索引》（日本东丰书店1980年版）。莫砺锋有《朱熹文学研究》，南京大学出版社2000年出版。束景南另有《朱熹研究》，人民出版社2008年版。

张孝祥（1132～1170）　其集在宋代已有数种刊本。《直斋书录解题》著录《于湖集》40卷。今通行本为《四部丛刊》影印宋刊本《于湖居士文集》40卷附录1卷，包括诗、文、词。上海古籍出版社1980年出版《于湖居士文集》，徐鹏校点。以《四部丛刊》影印宋刊本为底本，校以宋本《于湖先生长短句》等。彭国忠校点《张孝祥诗文集》，黄山书社2001年版。毕寿颐有《张于湖先生年谱》，载《无锡国专校友会集刊第一集》（1931年版）。宛敏灏有《张孝祥年谱》，载《安徽史学通讯》1959年4～5期合刊，又载《词学》第2、3辑（华东师范大学出版社1983、1985年版）。韩酉山有《张孝祥年谱》，安徽人民出版社1993年版。宛新彬编《张孝祥资料汇编》，中华书局2002年版。另有：黄佩玉《张孝祥研究》，三联书店（香港）有限公司1993年版。陈宏铭《张孝祥研究（附年谱）》，台湾花木兰文化出版社2008年版。

辛弃疾（1140～1207）　其词集历代流传甚广（见本编第五章），而诗文集于明中叶后失传。清嘉庆间法式善、辛启泰有辑本，但颇有漏收误收者。今人邓广铭在前人辑佚的基础上增补、校订、考证，于1939年编成《辛稼轩诗文钞存》，1947年由商务印书馆出版。后又重新修订，1957年由古典文学出版社出版。孔凡礼有《辛稼轩诗词补辑》，载《文史》第9辑（中华书局1980年版）。徐汉明《新校编辛弃疾全集》，湖北人民出版社2007年版。邓广铭有《辛稼轩年谱》，商务印书馆1947年初版，古典文学出版社1957年出版修订本，上海古籍出版社 1979 年新 1 版。蔡义江、蔡国黄《辛弃疾年谱》，齐鲁书社 1987 年版。辛更儒《辛弃疾资料汇编》，中华书局 2004 年版。辛更儒《辛弃疾研究》，人民出版社 2008 年版。辛更儒《辛弃疾研究丛稿》，研究出版社 2009 年版。

陈　亮（1143～1194）　原有诗文集《龙川集》40 卷，已散佚，至明代仅存 30 卷。通行本为《丛书集成初编》据《金华丛书》本排印《龙川文集》30 卷又卷首 1 卷附录 1 卷辨讹考异 2 卷（辨讹考异系清人胡凤丹撰）。中华书局 1974 年出版校点本《陈亮集》，以清同治退补斋本为底本，参考明成化本等校勘。书后附录：叶适、辛弃疾有关诗文、陈亮传记资料、有关序跋。中华书局 1987 年出版增订本。童振福有《陈亮年谱》，商务印书馆 1936 年版。颜虚心有《陈龙川年谱》，商务印书馆 1940 年版。

叶　适（1150～1223）　《直斋书录解题》著录其《水心集》28 卷拾遗 1 卷别集 16 卷。已散佚。明正统间黎谅搜辑叶适诗文，重编为《水心先生文集》29 卷，《四库全书》著录者即此本。又有《四部丛刊》影印黎谅本。清人孙衣言辑刊的《永嘉丛书》，有《水心文集》29 卷补遗 1 卷、《水心先生别集》16 卷。中华书局 1961 年出版《叶适集》，刘公纯等校点。将《文集》和《别集》合编，把《文集》中与《别集》重复的文章正文删除，保存目录，并注明见《别集》某卷、本书某页。叶适另有《习学记言序目》50 卷，是读书札记，中华书局 1977 年整理出版。周梦江有《叶适年谱》，浙江古籍出版社 2006 年版。周梦江、陈凡男有《叶适研究》，人民出版社 2008 年版。

刘　过（1154～1206）　现存明嘉靖间王朝用刻《龙洲道人诗集》15 卷，清李氏《函海》刻本《龙洲集》10 卷等。《四库全书》收录《龙洲集》14 卷附录 1 卷，附录为宋以来诸人所题诗文。上海古籍出版社 1978 年出版《龙洲集》校点本；收诗、词、文共 12 卷。诗以邵晋涵校本（过录本）为底本。词以蟫隐庐丛书本《刘龙洲词》为底本，文以萧作梅刊本为底本。

刘克庄(1187～1269) 刘生前曾自编文集,继而有后集、续集、新集,后人汇编为 200 卷。现存宋刻《后村居士集》50 卷目录 2 卷。《四部丛刊》影印赐砚堂钞本《后村先生大全集》196 卷,包括诗、赋、文、诗话、长短句、附录。张荃有《刘后村先生年谱》,载《之江学报》1 卷 3 期(1934 年版)。程章灿有《刘克庄年谱》,贵州人民出版社 1993 年版。另有:景红录《刘克庄诗歌研究》(上海古籍出版社 2007 年版)、王锡九《刘克庄诗学研究》(黄山书社 2007 年版)、王述尧《刘克庄与南宋后期文学研究》(东方出版中心 2008 年版)等。

文天祥(1236～1283) 诗文甚富,散佚亦多。元代元贞、大德间,其乡人搜访遗作,编为前集 32 卷,后集 7 卷,明初散佚。现存最早刻本为明景泰六年(1455)韩雍、陈价刻《文山先生集》17 卷别集 6 卷附录 3 卷。另有明嘉靖三十一年(1552)鄢氏刊《文山先生文集》28 卷本、嘉靖三十九年(1560)张氏刊 20 卷本、《四部丛刊》影印明万历胡氏刊 20 卷本等。陈延杰有《文文山诗注》,商务印书馆 1939 年版。江西人民出版社 1987 年出版《文天祥全集》,熊飞等校点,以嘉靖张氏刊本为底本,参校各本,搜罗较备,并附熊飞《文天祥年谱辑略》等。杨德恩《文天祥年谱》,商务印书馆 1939 年版。刘文源编《文天祥研究资料集》,中国社会科学出版社 1991 年版。俞兆鹏、俞晖《文天祥研究》,人民出版社 2008 年版。

汪元量(1241～1317 后) 《千顷堂书目》著录其《湖山类稿》13 卷又《汪水云诗》4 卷、《水云词》2 卷。已散佚。清乾隆间,鲍廷博将《水云集》1 卷与刘辰翁所选《湖山类稿》5 卷合刻,两本所收之诗多有重复。《四库全书》所收者,即鲍刻本。王献唐有《双行精舍校汪水云集》(《王献堂遗书》),齐鲁书社 1984 年版。中华书局 1984 年出版《增订湖山类稿》,孔凡礼辑校。此书以汪森辑本《湖山类稿》、抄本《湖山外稿》为底本,校以他本,并从《诗渊》、《永乐大典》残卷中辑得散佚诗、词,重新编为 5 卷,附汪元量研究资料汇辑、事迹纪年,著述略考。胡才甫有《汪元量集校注》,浙江古籍出版社1999年版。黄丽月有《汪元量诗史研究》,台湾文津出版社2000年版。陈建华有《汪元量与其诗词研究》,台湾秀威资讯科技股份有限公司2003年版。

林景熙(1242～1310) 原有散文集《白石稿》10卷、诗集《白石樵唱》6卷。元代章祖程为其诗集笺注,流传后世,而文集散佚。明天顺间,史洪将章氏所注诗集并为3卷,又搜辑景熙散文编为2卷,合为《霁山先生文集》5卷。其后明清刻本、钞本多源于此。中华书局1960年出版断句排印本《霁山集》,包括诗集《白石樵唱》3卷和文集《白石稿》2卷。用清刻《知不足斋丛书》本为底本,以他本校补。诗的部分附元人章氏注。陈增杰有《林景熙诗集校注》,浙江古籍出版社1995年版。

第四节 金 元 时 期

辽代诗文别集,无完整流传至今者。现存零星诗文,已基本收入今人陈述所辑《全辽文》中。金代诗文别集传世者亦不多,元代诗文别集传世者则有300种左右。今人周清澍编有《元人文集版本目录》,包括诗文集、文集、诗集,以作者时代先后为序排列。所收版本以见存于各图书馆者为主,酌录《四库简明目录标注》著录的版本而现今收藏不明者①。

本节选介金元两朝10余名作家的别集及有关参考资料。

赵秉文(1159～1232) 今存《滏水文集》20卷。有《四部丛刊》影印汲古阁精钞本《闲闲老人滏水文集》20卷。清光绪五年(1879)刊《畿辅丛书》本有补遗1卷附录1卷。光绪二十九年

---

① 景安《三十年来的元代史籍整理》,《古籍整理出版情况简报》168期(1986年12月)。

(1903)吴重憙刊本附札记2卷、附录1卷,收入《石莲庵汇刻九金人集》。民国间孙德谦辑《金源七家文集补遗》(稿本),其中有《滏水集补遗》1卷,今藏上海图书馆。王树柟有《闲闲老人年谱》2卷,收入《陶庐丛刻》(光绪、民国间刊)。王庆生《金代文学家年谱》(凤凰出版社2005年版)第五卷即为赵秉文年谱。

王若虚(1174～1243)　今存《滹南遗老集》45卷。通行本有《四部丛刊》影印旧钞本46卷,前33卷为辩论经史之作,卷34～37为文辨,卷28～40为诗话,卷41～45为诗文,卷46系续补之诗(据《中州集》补入)。又有《畿辅丛书》本、《石莲庵汇刻九金人集》本等。孙德谦辑有《滹南遗老集补遗》1卷,收入《金源七家文集补遗》(稿本),今藏上海图书馆。胡传志、李定乾有《滹南遗老集校注》,辽海出版社2006年版。王庆生《金代文学家年谱》(凤凰出版社2005年版)第十卷中有王若虚年谱。

元好问(1190～1257)　诗文集40卷。有《四部丛刊》影印明弘治刊本《遗山先生文集》40卷附录1卷。清光绪七年(1881)读书山房刊《元遗山先生全集》,除诗文集外,尚有《新乐府》4卷、《续夷坚志》4卷,清人凌廷堪、翁方纲、施国祁所撰元遗山年谱3种,以及《元遗山先生集考证》3卷(赵培因撰)等。今人姚奠中主持整理《元好问全集》,以读书山房本为底本,参校众本,删去凌、翁、施所撰年谱,附印清人李光廷和今人缪钺所撰年谱。山西人民出版社1990年版,山西古籍出版社2004年出版李正民增订本。遗山诗注本,有施国祁《元遗山诗集笺注》14卷附年谱、附录、补载,人民文学出版社1958年据道光初蒋氏瑞松堂原刻本排印。狄宝心有《元好问诗编年校注》,中华书局2011年版。狄宝心另有《元好问年谱新编》,中国文联出版社2000年版。

以上为金人诗文别集。

耶律楚材(1190～1244)　其诗文集最早由宗仲亨编成于公元1233年,收耶律楚材1233年以前的作品,9卷。后又有人补辑其

1233~1236年之作，5卷。前后合计14卷，即今通行之本。1236年以后所作诗文，今已散佚。中华书局1986年出版《湛然居士文集》，谢方点校。以《四部丛刊》影印无锡孙氏藏影元写本（14卷）为底本，以《渐西村舍汇刊》本互校，附王国维《耶律文正公年谱》、《年谱余记》。刘晓《耶律楚材评传》，南京大学出版社2001年版。

戴表元（1244~1310） 其集《剡源集》，明初宋濂曾序而刻之，28卷。嘉靖间周仪辑刊本为30卷。万历间，戴表元后裔戴洞重刊30卷。《四部丛刊》影印的《剡源戴先生文集》，即据戴洞本。清道光二十年（1840）郁松年刊本附札记1卷，收入《宜稼堂丛书》。光绪间孙锵校刻本附佚诗6卷佚文2卷。缪荃孙辑《剡源集逸文》1卷，撰《剡源集校》1卷，均收入《艺风堂读书志》。吉林文史出版社2008年出版李军、辛梦霞点校《戴表元集》。孙蒻侯有《戴剡源年谱》，商务印书馆1936年版。刘飞《戴表元及其文学研究》，安徽大学出版社2008年版。

刘　因（1249~1293） 曾自订《丁亥诗集》5卷，卒后门人故友搜罗其散佚诗文，编为30卷，元至正中刊行。《四库全书》著录的30卷本（其中附录2卷），即源于此本。另有22卷本。《四部丛刊》影印元至顺刊《静修先生文集》，即22卷本。商聚德《刘因评传》（南京大学出版社1996年版）附《刘因年谱》。王素美有《刘因的理学思想与文学》，人民出版社2005年版。

赵孟頫（1254~1322） 元至元间沈氏刊《松雪斋文集》10卷外集1卷，《四部丛刊》据以影印。浙江古籍出版社1986年出版《赵孟頫集》，任道斌点校。据元至元沈氏刊本和康熙间曹培廉刊本（后者多《续集》1卷）整理，并增辑散佚诗文。西泠印社2010年出版黄天美点校《松雪斋集》。岑其《赵孟頫研究》，西泠印社出版社2006年版。李铸晋《鹊华秋色——赵孟頫的生平与画艺》，三联书店2008年版。

虞　集（1272~1348） 诗文集《道园学古录》50卷，系其幼子及门人编次，包括《在朝稿》20卷、《应制稿》6卷、《归田稿》18卷、《方外稿》6卷。有《四部丛刊》影印明景泰间重刊本、《四库全书》本。另有《道园遗稿》6卷，系虞集之从孙编次，以补《学古录》之遗，刊于元至正十四年（1345）。有《四库全书》本。清道光间，孙澍辑刊《虞文靖公道园全集》，诗8卷、诗遗稿8卷、文44卷，收入《古棠书屋丛书》。天津古籍出版社2007年出版王颋点校《虞集全集》。清人翁方纲编有《虞文靖公年谱》1卷，附于翁刻《虞文靖公诗集》。罗鹭《虞集年谱》，凤凰出版社2010年版。

揭傒斯（1274～1344） 其诗文集由门人编次。《千顷堂书目》著录《揭文安公集》50卷，并注："全集今轶不完，杨士奇《文籍志》云缺十三卷。"今传本主要有《四库全书》本14卷、《四部丛刊》本14卷补遗1卷、民国间胡思敬辑刊《豫章丛书》本。《豫章丛书》本包括《揭文安公诗集》8卷《续集》1卷《文集》9卷《补遗》1卷并附胡思敬撰校勘记1卷。上海古籍出版社1985年出版《揭傒斯全集》，李梦生标校。以《豫章丛书》本为底本，参校众本，并辑有《揭傒斯全集辑遗》，书末附传记、赠答题咏、序跋著录、评论佚事。张函《揭傒斯事迹系年》，载《书法研究》总第136期，上海书画出版社2007年版。

王　冕（1287～1359） 诗集《竹斋集》3卷，冕子王周辑，《续集》（诗文）1卷及附录1卷，冕女孙之子骆居敬辑。《四库全书》著录者，即此本。又有清嘉庆间刊本和光绪间徐氏刊本《竹斋诗集》4卷，后者收入《邵武徐氏丛书》。1917年浙江图书馆补刊本附文一篇。浙江古籍出版社1999年出版寿勤泽点校《王冕集》。

杨维桢（1296～1370） 诗文集《东维子文集》30卷附录1卷，其中文28卷、诗2卷，附录为当时投赠之作。有《四库全书》本、《四部丛刊》影印鸣野山房钞本。《四部丛刊》第二次影印时增附傅增湘校补1卷。又有诗集《铁崖古乐府》10卷《乐府补》6卷，维桢门人吴复编于元至正六年（1346），有《四库全书》本。《四部丛刊》

影印明成化间刊本《铁崖先生古乐府》10卷。另《复古诗集》6卷，维桢门人章琬编于至正二十四年(1364)，所收古乐府与《铁崖乐府》有数十首重复，但文字稍有异同，有《四库全书》本、《四部丛刊》影印明成化间刊本。清人楼卜瀍有《铁崖古乐府注》26卷，包括《铁崖乐府注》10卷、《铁崖咏史注》8卷、《铁崖逸编注》8卷。邹志方点校《杨维桢诗集》，浙江古籍出版社2010年新版。孙小力《杨维桢年谱》，复旦大学出版社1997年版。楚默《杨维桢研究》，上海三联书店2010年版《楚默文集续集》本。刘美华《杨维桢诗学研究》，台湾文史哲出版社1983年版。黄仁生有《杨维桢与元末明初文学思潮》，东方出版中心2005年版。

倪　瓒(1301～1374)　《倪云林先生诗集》6卷《杂著》1卷，明蹇曦编集，天顺四年(1460)刊行。有《四部丛刊》影印天顺刊本。明万历间，倪氏后裔又汇编诗文集《清閟阁集》15卷刊行。世传12卷，系清康熙间曹培廉重新编刊，计诗8卷、杂文2卷、外纪2卷。有《四库全书》本。又有清光绪间盛氏《常州先哲遗书》本《清閟阁全集》12卷。今人温肇桐有《倪云林先生年表》，见《元季四大画家》(世界书局1945年版)。黄苗子有《倪云林年表》，载《中华文史论丛》第3辑(1963年版)。黄苗子、郝家林《倪瓒年谱》，人民美术出版社2009年版。吴长鹏《倪瓒研究》，台湾"国立"编译馆1998年版。楚默《倪云林研究》，上海三联书店2008年版《楚默文集》本。

萨都剌(约1305～约1355)　《千顷堂书目》著录《萨天锡诗集》2卷又《雁门集》6卷。今通行《四部丛刊》影印明弘治刊本《萨天锡前后集》。又有汲古阁刊《元人十种诗》本《萨天锡诗集》3卷《集外诗》1卷，《四库全书》据以著录。商务印书馆1926年影印汲古阁本。台湾学生书局1970年影印明晋安谢氏小草斋钞本《萨天锡诗集》。清嘉庆间，萨都剌裔孙萨龙光编注、刊行《雁门集》14卷，系编年本，搜罗较完备。今人殷孟伦、朱广祁校点萨龙光本，上海古籍出版社1982年版。山西古籍出版社1993年出版李佩伦校订《永和本萨天锡逸诗》,其所据版本为日本北朝后圆融院天皇永和丙辰年(1376)刻本,有《雁门集》外佚诗88首。杨光辉有《萨都剌生平及著作实证研究》,高等教育出版社2005年版。

第五节　明　清　时　期

明清两代诗文别集数量极大。明人别集,仅据《千顷堂书目》著录者,即有5000余家。清人别集,仅据《贩书偶记》、《贩书偶记续编》和《中国丛书综录》著录,去其重复,亦有5000余家①。事实上,不见于上述书目著录的明清别集,尚有许多。例如,笔者曾与同事以函询、亲访等方式调查公私收藏的清人诗文集未刊稿本与抄本,陆续编辑《清人诗文集未刊稿本抄本知见目》②,其中就有不少别集是上述书目未著录者。(清)章钰等编、武作成补编《清史稿艺文志及补编》、郭霭春《清史稿艺文志拾遗》、王绍曾《清史稿艺文志拾遗》等书中所收清人别集尤夥。

现存明清两代别集的数量,迄今尚无精确统计。专门著录现存明人文集的版本目录,有日本山根幸夫编的《增订日本现存明人文集目录》(东京女子大学东洋史研究室1978年版),著录明代近2000人的文集,版本达数千。较为全面反映我国现存明人文集的版本目录,当推崔建英辑订《明别集版本志》,中华书局2006年版,收录明人别集3600馀种。专门著录清人文集的目录主要有:(1)陈乃乾《清代文集经眼目录》(附于中华书局1959年版《清代碑传文通检》),著录陈氏抗战前后阅读过的清人文集1153种。(2)张

---

① 潘树广《清代诗文别集目录述略》,《明清诗文研究丛刊》第1辑(1982年版)。
② 《清人诗文集未刊稿本抄本知见目》的选目,先后在《明清诗文研究丛刊》第2辑(1982年版)和《明清诗文研究资料集》第1辑(上海古籍出版社1986年版)刊出。

舜徽《清人文集别录》(中华书局1963年版,1980年重印),系张氏从他阅读过的1100余家清人文集中,选出600家撰写叙录汇编而成。(3)王重民、杨殿珣等编《清代文集篇目分类索引》(中华书局1965年重印),附《所收文集目录》和《所收文集提要》,计收清代学者(少数由明入清或由清入民国)别集428种,总集12种。(4)日本西村元照编《日本现存清人文集目录》,京都东洋史研究会1972年版。(5)李灵年、杨忠主编《清人别集总目》(安徽教育出版社2000年版),共著录近两万名作家所撰约四万部诗文集。(6)柯愈春的《清人诗文集总目提要》(北京古籍出版社2002年版)收录清代有诗文别集传世的作者19700余家,别集4万余种,其中有些与《清人别集总目》并未重复。

以上提及的明清别集目录,都可以为查考明清别集提供重要线索。

本节选介明清40余名作家的别集及有关参考资料。

宋　濂(1310~1381)　《宋学士文集》75卷,宋濂手定,有《四部丛刊》影印明正德张氏刊本。清嘉庆间,严荣编刊《宋文宪公全集》53卷,卷首4卷,搜罗宋濂诗文较全,有《四部备要》本。罗月霞主编《宋濂全集》,浙江古籍出版社1999年版。清人朱兴悌、戴殿江编有《宋文宪公年谱》,孙锵增补,见孙氏1916年刊《宋文宪公全集》。徐永明《元代至明初婺州作家群研究》(中国社会科学出版社2005年版)中有《宋濂年谱》,另附《宋濂九首集外诗》。

刘　基(1311~1375)　其诗文杂著若干集,本各自为书。明成化中,有汇刻本《诚意伯文集》20卷。又有正德刻本、嘉靖刻本、隆庆刻本。《四部丛刊》影印的隆庆刻本较完备。房立中主编《刘伯温全书》,学苑出版社1996年版。浙江古籍出版社1999年出版林家骊点校《刘基集》。王馨一有《刘伯温年谱》,商务印书馆1936年版。郝兆矩有《增订刘伯温年谱》,中州古籍出版社1990年版。杨讷《刘基事迹考述》,北京图书馆出版社2004年版。周松芳《自

负一代文宗 刘基研究》，广东人民出版社 2006 年版。

高　启(1336～1374)　启有诗集多种，诗 2000 余首，后自选定为《缶鸣集》12 卷，收诗 900 余首，永乐间刊行。景泰间，徐庸掇拾遗佚增广之，编刊《高太史大全集》18 卷，所收皆诗，有《四部丛刊》影印本。高启的散文集名《凫藻集》，5 卷，有正统间刊本，附词集《扣舷集》。《四部丛刊》影印正统本，清人金檀辑注《高青丘诗集注》18 卷附年谱、补遗及《扣舷集》1 卷《凫藻集》5 卷，雍正间刊行，是诗文词全集，有《四部备要》排印本。上海古籍出版社 1986 年出版《高青丘集》校点本，以雍正金檀刊本为底本，校以多种高启诗文集，并辑有传记、评论等资料附后。

李东阳(1447～1516)　其集原名《怀麓堂稿》，东阳逝世前不久自编。门生熊桂付梓时，更名《怀麓堂集》。诗文 90 卷(诗前稿 20 卷、文前稿 30 卷、诗后稿 10 卷、文后稿 30 卷)，杂记 10 卷。明正德间初刻，又有清康熙刻本。嘉庆八年(1803)刻本书名为《怀麓堂全集》，附年谱。岳麓书社 1984～1985 年出版《李东阳集》全 3 卷(册)，周寅宾校点。以嘉庆八年陇下学易堂刊《怀麓堂全集》为底本，校以他本，序次略作调整。第 1 卷(册)全为诗歌(包括《杂记》中的《诗歌》)，并辑佚诗附后；第 2 卷(册)为《文前稿》及《杂记》中的《诗话》；第 3 卷(册)为《文后稿》及《杂记》中的其他散文，附法式善辑、唐仲冕增补的《明李文正公年谱》等。书末有李申编《人名索引》。整理别集附编人名索引极有用，亦较少见。钱振民辑校《李东阳续集》，岳麓书社 1997 年版。钱振民又有《李东阳年谱》，复旦大学出版社 1995 年版。薛泉《李东阳研究：以政治心态、文学思想为核心》，湖南人民出版社 2007 年版。

李梦阳(1473～1530)　《空同集》66 卷，收赋、诗、文，明嘉靖间其甥曹嘉刊行。又有 63 卷本。明万历间，李三才专取李梦阳、何景明诗，合刊为《李何二先生诗集》，其中《李崆峒先生诗集》33 卷。清光绪三十三年(1907)严氏辑刊《明四子诗集》，内《空同诗集》34卷。台湾伟文图书出版社有限公司1976年影印台湾大学图书馆藏《空同先生集》入《明代论著丛刊》。

吴承恩(约1500～约1582)　吴氏除创作小说外,尚有不少诗文。卒后诗文散佚,后人辑为《射阳先生存稿》4卷,明万历间刊行。1930年,故宫博物院据原刻排印。今人刘修业以1930年排印本为底本,用有关文献辑校,编成《吴承恩诗文集》,附《吴承恩年谱》(刘修业撰)等,1958年由古典文学出版社出版,1959年转由中华书局上海编辑所出版。上海古籍出版社1991年出版刘怀玉《吴承恩诗文集笺校》。苏兴有《吴承恩年谱》,人民文学出版社1980年版。

李开先(1502～1568)　诗文集《闲居集》12卷,有明嘉靖间刊本。今人路工辑校《李开先集》,全3册,第1～2册为《闲居集》,第3册为戏曲和杂著,附路工撰《李开先的生平及其著作》,1959年由中华书局上海编辑所出版。文化艺术出版社2004年出版卜键《李开先全集》。李永祥有《李开先年谱》,黄河出版社2002年版。

归有光(1506～1571)　其集在明代有20卷本、32卷本,互有异同。清康熙间,归庄、归玠等整理、补充,刊行《震川先生集》30卷《别集》10卷。有《四部丛刊》影印康熙刻本。又有嘉庆元年(1796)玉钥楼刻本。上海古籍出版社1981年出版《震川先生集》,周本淳校点。以《四部丛刊》影印本为底本,校以玉钥堂本。张传元、余梅年有《归震川年谱》,商务印书馆1936年版。沈新林《归有光评传·年谱》,安徽文艺出版社2000年版。贝京《归有光研究》,商务印书馆2008年版。

徐　渭(1521～1593)　所著《文长集》、《阙篇》、《樱桃馆集》,即《徐文长三集》,有明万历刊本。天启间,张汝霖等辑徐渭遗文为《徐文长逸稿》,台湾伟文图书出版社有限公司1977年影印"中央"图书馆藏《徐文长逸稿》入《明代论著丛刊》。民国间沈氏据旧藏钞本排印《徐文长佚草》。中华书局1983年以《三集》、《逸稿》、《佚草》为基础整理出版《徐渭集》,并从有关总集和真迹中补辑佚作,搜罗徐渭诗文、戏曲较备。徐朔方有《徐渭年谱》,收入浙江古籍出版社1993年版《晚明曲家年谱 第2卷》。付琼《徐渭散文研究》,上海古籍出版社2007年版。

王世贞(1526～1590) 自编刊《弇州山人四部稿》174卷,分赋部、诗部、文部、说部。另有《续稿》207卷,只有赋、诗、文三部,崇祯中其孙刊行。《四部稿》和《续稿》有《四库全书》本。据《千顷堂书目》,尚有《弇州再续稿》11卷。《四库全书》又收王世贞《读书后》8卷(此书原本4卷,收《四部稿》、《续稿》未载之文。后吴江许恭又采《四部稿》、《续稿》中题跋之文,编为4卷,合并为8卷重刻)。王世贞另有《弇山堂别集》100卷,名为"别集",实是历史著述,中华书局1986年出版魏连科点校本。钱大昕有《弇州山人年谱》,收入《潜研堂全书》。王瑞国有《琅琊凤麟两公(王世贞、王世懋)年谱》,收入《东仓书库丛刻初编》(光绪间太仓缪氏刊)。黄文如有《弇州先生文学年表》,载《文学年报》第4期(1938年版)。徐朔方有《王世贞年谱》,收入浙江古籍出版社1993年版《晚明曲家年谱 第1卷》。郑利华有《王世贞年谱》(复旦大学出版社1993年版)和《王世贞研究》(学林出版社2002年版)。孙学堂有《崇古理念的淡退 王世贞与十六世纪文学思想》,天津古籍出版社2004年版。

李 贽(1527～1602) 李氏著述甚富,但累遭禁毁。现存明刊本《李温陵集》20卷,其中有《焚书》、《藏书》、《说书》中的文章,并有诗歌。中华书局1961年整理出版《焚书》6卷,1959年整理出版《续焚书》5卷、《藏书》68卷、《续藏书》27卷,1974年整理出版《初潭集》30卷。张建业主编《李贽文集》,全7册,社会科学文献出版社2000年版。张建业主编《李贽全集注》,全26册,社会科学文献出版社2010年版。容肇祖有《李贽年谱》,三联书店1957年版。日本铃木虎雄有《李卓吾年谱》,朱维之译,收入《李贽研究参考资料》第1辑（福建人民出版社1975年版）。林海权《李贽年谱考略》福建人民出版社1992年初版，2005年2版。左东岭《李贽与晚明文学思想》，天津人民出版社1997年出版，人民文学出版社2010年再版。

袁宗道(1560～1600)　诗文集《白苏斋类集》，现存明刻22卷本。今人钱伯城据原刘氏嘉业堂藏本（台湾伟文图书公司影印）标点，不作校勘，1989年由上海古籍出版社出版。台湾伟文图书出版社有限公司1976年影印"中央"图书馆藏《白苏斋类集》入《明代论著丛刊》。湖北人民出版社2003年出版孟祥荣《袁宗道集笺校》。清人葛万里有《三袁（宗道、宏道、中道）先生年表》1卷，收入《葛万里杂著》。

袁宏道(1568～1610)　诗文集《袁中郎全集》，现存明崇祯间刊40卷本。台湾伟文图书出版社有限公司1976年影印"中央"图书馆藏《袁中郎全集》入《明代论著丛刊》。钱伯城以崇祯间佩兰居本为底本，校以多种版本，重新编为55卷，附诗文辑佚、传记、评论、版本著录、序跋，1981年由上海古籍出版社出版。李健章《〈袁宏道集笺校〉志疑》，湖北人民出版社1994年版。葛万里有《三袁先生年表》，已见前。任维焜有《袁中郎师友考》，载《师大国学丛刊》1卷2期（1931年版）；又有《袁中郎评传》，载《师大月刊》1卷2期（1933年版）。任访秋有《袁中郎研究》，由论述与年谱两大部分构成，上海古籍出版社1984年版。何宗美《袁宏道诗文系年考订》，上海古籍出版社2007年版。朱传誉主编《袁宏道传记资料》，台湾天一出版社1982年版。

袁中道(1570～1623)　诗文集《珂雪斋集》，现存明万历刊《前集》24卷外集15卷。台湾伟文图书出版社有限公司1976年影印"中央"图书馆藏《珂雪斋前集》、《珂雪斋近集》入《明代论著丛刊》。上海古籍出版社1989年出版《珂雪斋集》，钱伯城据多种版本点校，并附中道之子袁祈年的诗集。葛万里有《三袁先生年表》，已见前。

钟　惺(1574～1624)　诗文集《隐秀轩集》,有天启间刊本,按"千字文"(天、地、玄、黄、宇、宙、洪、荒……)编为 33 集。台湾伟文图书出版社有限公司 1976 年影印"中央"图书馆藏《隐秀轩诗集》入《明代论著丛刊》。岳麓书社 1988 年出版《隐秀轩文》(明清小品选刊),仅是其中文集部分,由张国光点校。另,张静庐 1935～1936 年辑刊的《中国文学珍本丛书·第一辑》中,有《钟伯敬合集》,即《隐秀轩集》。上海古籍出版社 1992 年出版李先耕、崔重庆点校《隐秀轩集》。陈广宏有《钟惺年谱》,复旦大学出版社 1993 年版。李先耕有《钟惺著述考》,黑龙江大学出版社 2008 年版。

谭元春(1586～1637)　明崇祯间,苏州张泽将元春诗文合刊为《谭友夏合集》23 卷,并有评语。计《岳归堂新诗》5 卷、《鹄湾文草》9 卷、《岳归堂已刻诗选》9 卷。台湾伟文图书出版社有限公司 1976 年影印"中央"图书馆藏《谭友夏合集》入《明代论著丛刊》。又有《中国文学珍本丛书·第一集》本。岳麓书社 1988 年出版《鹄湾文草》(明清小品选刊),张国光以崇祯本为底本点校。上海古籍出版社 1998 年出版陈杏珍点校《谭元春集》。陈广宏有《谭元春年谱》,载复旦大学中国古代文学研究中心编《中国文学研究》第 7 辑,香港国际学术文化信息出版公司 2005 年版。

张　岱(1597～约 1679)　诗文集《娜嬛文集》,岱自编。有光绪间刊 6 卷本、4 卷本,《中国文学珍本丛书·第一集》本,岳麓书社 1985 年点校本。张岱又有《西湖梦寻》5 卷、《陶庵梦忆》8 卷等。上海古籍出版社 1991 年出版夏咸淳点校《张岱诗文集》。胡益明有《张岱研究》(安徽教育出版社 2004 年版),书后附张岱编年事辑。张则桐《张岱探稿》,凤凰出版社 2009 年版。

朱之瑜(1600～1682)　朱之瑜(舜水)于明亡后抗清失败流亡日本等地,晚年在日本讲学 20 余年。中国书店 1991 年出版《朱舜水全集》,录文 29 卷。今人朱谦之据中、日各种版本点校《朱舜水集》,附有关文献资料,1981年由中华书局出版,1984年、1990年重印。徐兴庆有《新订朱舜水集补遗》,台湾大学出版中心2004年版。梁启超有《朱舜水年谱》,收入《饮冰室合集》。李苏平有《朱之瑜评传》,南京大学出版社1998年版。

祁彪佳(1602～1645)　其诗文由山阴杜氏兄弟在清道光十五年(1835)编为《祁忠惠公遗集》10卷刊行,后附亲属作品。中华书局上海编辑所1960年据杜氏刊本整理圈点排印,书名为《祁彪佳集》。书目文献出版社1991年影印出版《祁彪佳文稿》,北京图书馆出版社2008年重印。另,绍兴县修志会1937年排印其日记《祁忠敏公日记》,杭州古旧书店1982年据以影印。《日记》前有《祁忠敏公年谱》(明王思任编,清梁廷枏等补编)。钱亚新有《浙江三祁藏书和学术研究》,江苏省图书馆学会1981年印行。

陈子龙(1608～1647)　子龙著述甚富,死难后诸作散佚甚多。清嘉庆间,王昶搜辑其遗著,刊行《陈忠裕公全集》30卷,并卷首1卷(录《明史》本传等),年谱3卷(陈子龙自编、王沄续编),卷末1卷(录诸家评论等)。此集所收,计赋、骚2卷,诗17卷,词曲1卷,文10卷。后发现了《安雅堂稿》14卷,大部分为《全集》未收之作。宣统元年(1909),上海时中书局铅印《陈卧子先生安雅堂稿》15卷(其中增入《史论》1卷)。台湾伟文图书出版社有限公司1977年影印"中央"图书馆藏《安雅堂稿》入《明代论著丛刊》。辽宁教育出版社2003年出版孙启治点校《安雅堂稿》。上海古籍出版社1983年出版《陈子龙诗集》,施蛰存、马祖熙标校,系以王昶所辑《全集》中的诗词曲为基础整理而成,附陈子龙自编年谱。华东师范大学出版社1988年影印出版《陈子龙文集》,上海文献丛书编委会编,系将《全集》中诗词曲以外各文,以及上海图书馆藏陈子龙的《诗问略》、《兵垣奏议》、《安雅堂稿》合编而成。陈子龙又有《湘真阁稿》,辽宁教育出版社2001年出版方云点校本。

张煌言(1620～1664)　煌言死难后,诗文遭禁,长期仅有抄本流传。清末始有刊本,各本卷数不一。广陵书社 2006 年据《四明丛书》本影印《张苍水集》。中华书局上海编辑所 1959 年整理出版《张苍水集》,用黄节校订本(1909 年刊)为底本,参校章太炎本(1901 年排印)、《四明丛书》本(1934 年刊),附全祖望所撰年谱及赵之谦所撰年谱。1960 年重印,1985 年上海古籍出版社新 1 版。宁波出版社 2002 年出版《张苍水全集》点校本。另冯励青有《张煌言年谱》,重庆独立出版社 1942 年版。

夏完淳(1631~1647) 其诗文集,以清嘉庆间王昶等辑刊的《夏节愍全集》10 卷补遗 2 卷首末各 1 卷较为完备。中华书局上海编辑所 1959 年整理出版《夏完淳集》,以王昶本为底本,校以他本及总集中所收夏完淳诗文。附《夏允彝完淳父子史传事迹辑存》等资料。上海古籍出版社 1991 年出版白坚《夏完淳集笺校》。上海古籍出版社 1997 年出版王学曾《大哀赋注释》。

钱谦益(1582~1664) 《初学集》110 卷,收钱氏在明时所作诗文,由钱氏手自编定,门人瞿式耜刊于明崇祯十六年(1643),有《四部丛刊》影印本。《有学集》50 卷,收入清前后所作诗文,亦钱氏手自编定,无锡邹氏刊于康熙三年(1664),有《四部丛刊》影印本(第二次影印本附校补 2 卷,佳)。清钱曾有《牧斋初学集诗注》20 卷《有学集诗注》14 卷,春晖堂刊。宣统间,邃汉斋铅印《牧斋全集》163 卷,包括《初学集》110 卷,《有学集》50 卷,《补集》2 卷,《投笔集》1 卷(其中《初学集》《有学集》所作诗有钱曾注)。1910 年,邓氏风雨楼假虞山庞氏藏旧钞本校刊《钱牧斋投笔集笺注》2 卷(钱曾注)。上海古籍出版社 1985 年、1996 年分别出版钱仲联点校《牧斋初学集》、《牧斋有学集》钱曾笺注本。2003 年加上钱仲联先生整理的《牧斋杂著》,成《钱牧斋全集》出版。2007 年复将《牧斋杂著》别行,方便读者购买。《牧斋杂著》包括《投笔集》、《苦海集》、《牧斋晚年家乘文》、《钱牧斋先生尺牍》、《牧斋有学集文钞补遗》、《有学集文集补遗》、《牧斋外集》、《牧斋集补》、《牧斋集再补》。附录收金鹤冲《钱牧斋先生年谱》等。线装书局 2007 年出版方良《钱谦益年谱》。另有：裴世俊《钱谦益诗歌研究》（宁夏人民出版社 1991 年版）、孙之梅《钱谦益与明末清初文学》（齐鲁书社 1996 年初版，山东大学出版社 2010 年增订版）、丁功宜《钱谦益文学思想研究》（上海古籍出版社 2006 年版）、杨连民《钱谦益诗学研究》（社会科学文献出版社 2007 年版）等。

吴伟业（1609～1672） 清康熙间，顾湄等编刻《梅村集》40 卷，《四库全书》据以著录。清末，董康得旧钞吴氏《家藏稿》60 卷，较旧刻多诗文词百数十篇，并有诗话（但若干诗文旧刻本有而此本无）。董康整理为《梅村家藏稿》58 卷补 1 卷附年谱 4 卷，所补 1 卷，为旧刻本有而此本无之诗文。年谱为清人顾师轼编。董康整理之本，于宣统三年（1911）刊行，《四部丛刊》影印，系旧时通行定本。上海古籍出版社 1990 年出版《吴梅村全集》，李学颖集评标校。此书将吴氏诗文词、戏曲合为一集，并辑录各家评语，附年谱及佚文。吴诗注本主要有：(1)《吴诗集览》20 卷附《吴诗谈薮.》、《吴诗补注》，清靳荣藩辑注，有《四部备要》本。(2)《吴梅村诗笺注》18 卷，清吴翌凤笺注，有嘉庆间刊本，上海大达图书供应社 1935 年铅印本。(3)《吴梅村先生编年诗集》12 卷《诗余》1 卷《诗话》1 卷《诗词补钞》1 卷，清程穆衡原笺，清杨学沆补注，1929 年排印本，收入《太昆先哲遗书》；又上海古籍出版社 1983 年据保蕴楼旧抄本影印。(4)《吴梅村诗补笺》，钱仲联笺，收入《梦苕庵专著二种》（中国社会科学出版社 1984 年版）。梅村词则有陈继龙《吴梅村词笺注》（上海古籍出版社 2008 年版）。马导源有《吴梅村年谱》（商务印书馆 1935 年版）。日人铃木虎雄有《吴梅村年谱》，收入《高濑博士还历纪念支那学论丛》（日本 1931 年版）。冯其庸、叶君远有《吴梅村年谱》（江苏古籍出版社 1990 年初版，文化艺术出版社 2007 年再版）。另有：叶君远《吴伟业与娄东诗传》（吉林人民出版社 2000 年版）、徐江《吴梅村研究》（首都师范大学出版社 2001

年版)、叶君远《清代诗坛第一家 吴梅村研究》(中华书局 2002 年版)、黄锦珠《吴梅村叙事诗研究》(台湾花木兰文化出版社 2008 年版)等。

黄宗羲(1610～1695)　其集《南雷文案》等,有康熙间刻本,《四部丛刊》据原刻影印,包括《南雷文案》10 卷外集 1 卷、《吾悔集》(一名《续文案》)4 卷、《撰杖集》(一名《南雷文案三刻》)1 卷、《子刘子行状》2 卷、《南雷诗历》3 卷,附其子黄百家《学箕初稿》2 卷。宗羲晚年删补改定《南雷文定》,有《粤雅堂丛书》本、《四部备要》本等。后又刊存 4 卷,名《南雷文约》,有《梨洲遗著汇刊》本。中华书局 1959 年出版《黄梨洲文集》(陈乃乾编)和《黄梨洲诗集》(戚焕埙、闻旭初整理)。浙江古籍出版社 2005 年出版沈善洪主持点校的《黄宗羲全集》。清人黄炳垕有《黄梨洲先生年谱》3 卷,收入《梨洲遗著汇刊》(宣统间上海时中书局印行),又有中华书局 1993 年出版王政尧点校本。谢国桢有《黄梨洲学谱》,商务印书馆 1932 年初版,1956 年修订重印。徐定宝主编《黄宗羲年谱》,华东师范大学出版社 1995 年版。吴光《黄宗羲著作汇考》,台湾学生书局 1990 年版。季学原、章亦平主编《黄宗羲研究资料索引》,浙江古籍出版社 1993 年版。

归　庄(1613～1673)　庄系归有光曾孙,其诗文散佚颇多。后人所辑各本,收录不全,互有重复。中华书局上海编辑所 1962 年据各本辑校排印《归庄集》,包括诗 1 卷,曲 1 卷,文 8 卷,共 10 卷。附清人赵经达撰《归玄恭先生年谱》及传略、题赠、序跋。又,该所曾于 1959 年影印《归庄手写诗稿》,线装 2 册,系据在苏州发现的归庄手写诗稿残本影印。

顾炎武(1613～1682)　顾氏卒后,门人潘耒编刻《亭林诗集》5 卷《文集》6 卷,《四部丛刊》据原刻影印,并附孙毓修校补 1 卷。按,钞本《蒋山佣诗集》(炎武曾自署蒋山佣)字句与刻本有许多不同,且多诗十数首,孙毓修据钞本作校补 1 卷。又,《亭林余集》1

卷,系编集时门人所删,乾隆中彭绍升得抄本刻之;光绪中合肥蒯氏重刻,比彭刻多1篇。亦有《四部丛刊》影印本。中华书局1959年整理排印《顾亭林诗文集》,1983年重版,较完备。清人徐嘉有《顾亭林先生诗笺注》17卷,光绪间刊,附《顾亭林先生诗谱》。上海古籍出版社1984年出版《顾亭林诗集汇注》,王蘧常辑注,吴丕绩标校。在徐注本的基础上,补注甚详。顾氏年谱,重要者有:清人张穆《顾亭林先生年谱》(嘉业堂丛书本附缪荃孙校补,较他本为善);清人吴映奎等编、钱邦彦校补《顾亭林先生年谱》(《四部丛刊》三编《天下郡国利病书》附)。今人谢国桢有《顾宁人先生学谱》,商务印书馆1930年版,1933、1935年再版。周可真《顾炎武年谱》,苏州大学出版社1998年版。

吴嘉纪(1618～1684)　其集《陋轩诗》,最早有康熙初周亮工赖古堂本,但收诗仅到康熙初。其后辑补、重刻者颇多。道光间泰州夏氏刻《陋轩诗》12卷《续》2卷,较完备。上海古籍出版社1980年出版《吴嘉纪诗笺校》,杨积庆笺校。此本以夏氏刻本为底本,用他本校对、辑补,附吴嘉纪手札,序赞辑佚,事迹辑存,吴嘉纪年表等。搜罗较全,但删去数首"封建意识特别浓厚"的诗,似无必要。黄桂兰《吴嘉纪〈陋轩诗〉之研究》,台湾文史哲出版社1995年版。

王夫之(1619～1692)　王氏著述极富,后人辑为《船山遗书》。《四部丛刊》影印其中的文集10卷,诗词和诗话等18卷,合为《薑斋诗文集》28卷。中华书局1962年整理出版《王船山诗文集》,分《文集》、《诗集》、《诗余》三大部分,并有附录。又,《船山遗书》有道光本、同治本、光绪补刻本、1933年上海太平洋书店排印本。太平洋书店本所辑较前完备,但排印较粗疏。岳麓书社1996出版《船山全书》,全16册,按经、史、子、集分类编排。刘毓崧有《王船山先生年谱》2卷(光绪十二年江南书局刊本)。王之春有《船山公年谱》前后编(光绪十九年刊),对刘谱有所补正。1974年,衡阳市博物馆用光绪十九年原木刻板重印。1989年,中华书局整理出版

《王夫之年谱》，汪茂和据王之春所撰年谱点校。另有：杨松年《王夫之诗论研究》（台湾文史哲出版社1986年版）、萧驰《抒情传统与中国思想 王夫之诗学发微》（上海古籍出版社2003年版）、崔海峰《王夫之诗学范畴论》（中国社会科学出版社2006年版）等。

陈维崧（1625～1682）　《陈迦陵文集》54卷，包括《文集》6卷，《俪体文集》10卷，《湖海楼诗集》8卷，《迦陵词》30卷，康熙间患立堂刊本，《四部丛刊》据以影印。又有乾隆间刊本，卷次有所不同。清人程师恭注释《陈检讨四六》20卷，有康熙间刻本，《四库全书》本。广陵书社2006年出版钟振振主编《清名家诗丛刊初集》中收《陈维崧诗》。上海古籍出版社2010年出版陈振鹏标点、李学颖校补《陈维崧集》。陆勇强《陈维崧年谱》，中国社会科学出版社2006年版，马祖熙《陈维崧年谱》，上海古籍出版社2007年版。

朱彝尊（1629～1709）　朱氏晚年手自删定其各体作品为《曝书亭集》80卷，康熙间刊，附刻彝尊之子昆田《笛渔小稿》10卷。《四部丛刊》据初印本影印。另有《腾笑集》8卷，编刻于《曝书亭集》之前，其中不少作品《曝书亭集》未收或收录时作了删改。上海古籍出版社1979年影印康熙刻本《腾笑集》。清冯登府等辑《曝书亭集外稿》8卷，有嘉庆、道光刻本。杨谦有《曝书亭集诗注》22卷年谱1卷，乾隆间刊。江浩然有《曝书亭诗笺注》12卷，乾隆己卯（1759）刊。孙银槎有《曝书亭集笺注》23卷，嘉庆五年（1800）刊。另有：朱则杰《朱彝尊研究》（浙江古籍出版社1993年版）、李瑞卿《朱彝尊文学思想研究》（京华出版社2007年版）等。

王士禛（1634～1711）　王氏著述甚富，有《渔洋诗集》、《渔洋文略》、《蚕尾集》、《南海集》、《雍益集》等。晚年自选其诗为《渔洋山人精华录》10卷，康熙间林佶写刊，《四部丛刊》据以影印。雍正间，惠栋撰《渔洋山人精华录训纂》10卷，卷分上下，附王士禛自撰年谱（中华书局1992年出版孙言诚点校本）。金荣有《渔洋山人精华录笺注》12卷补注1卷，附金荣等编《渔阳山人年谱》。金荣对惠栋注颇多吸收。惠栋又有《精华录笺注辩讹》批评金注。惠、金两家注最早有雍正、乾隆间刊本。《四部备要》排印惠栋注本。金荣笺注有石印通行本。齐鲁书社1992年出版点校本惠栋、金荣《渔洋精华录集注》。上海古籍出版社1999年出版李毓芙、牟通、李茂萧整理《渔洋精华录集释》，综合惠栋、金荣二书，加以标点、校勘、题解、集注、集评。齐鲁书社2007年出版袁世硕主持整理《王士禛全集》。伊丕聪有《王渔洋先生年谱》，山东大学出版社1989年版。蒋寅《王渔洋事迹征略》，人民文学出版社2001年版。蒋寅《王渔洋与康熙诗坛》，中国社会科学出版社2001年版。另有：黄河《王士禛与清初诗歌思想》（天津人民出版社2002年版）、王利民《王士禛诗歌研究》（中华书局2007年版）、孙纪文《王士禛诗学研究》（宁夏人民出版社2008年版）等。

蒲松龄（1640～1715） 蒲氏除《聊斋志异》外，尚有不少诗文、俚曲等。今人路大荒搜罗蒲氏《聊斋志异》以外的著述，整理为《蒲松龄集》，包括聊斋文集、诗集、词集、杂著、戏、俚曲集等，附路大荒编《蒲柳泉先生年谱》，1962年由中华书局上海编辑所出版，1963年修订重版。其后，蒲氏遗著不断被发现，盛伟整理为《聊斋佚文辑注》（齐鲁书社1986年版），补《蒲松龄集》之未备。学林出版社1998年出版盛伟编《蒲松龄全集》，收集最为齐全。全三册，第一册为《聊斋志异》，第二册为文集、诗集、词集、赋集，第三册为杂著、戏曲、俚曲、《草木传》，并附《蒲松龄年谱》、《蒲氏世系表》。齐鲁书社1980年出版路大荒的《蒲松龄年谱》，同年又出版《蒲松龄研究集刊》第1辑。袁世硕有《蒲松龄事迹著述新考》，齐鲁书社1988年版。袁世硕主编《蒲松龄志》，山东人民出版社2009年新版。

查慎行（1650～1727） 《敬业堂集》50卷《续集》6卷。凡56卷，其中诗54卷，词2卷。正、续集先后刊于康熙、乾隆时。《四部丛刊》据原刻本影印。张元济辑有《敬业堂集补遗》1卷，收入《涵芬楼秘笈》。上海古籍出版社1986年出版《敬业堂诗集》，全3册，周劭以《四部丛刊》本为底本校点,附清人陈敬璋编《查他山先生年谱》。中华书局1992年出版汪茂和点校本陈敬璋《查继佐年谱》。

戴名世(1653~1713)　名世在康熙时死于文字狱,《南山集》禁毁。其集在清中叶后才重新有刊本、抄本流传,但版本状况颇杂乱。今人王树民以光绪张氏校印本为基础,集各本之优点,重新编次为15卷,名《戴名世集》,附清人所编年谱,1986年由中华书局出版。中华书局2002年出版王树民等编校《戴名世遗文集》。(法)戴廷杰(Pierre-Henri Durand)著《戴名世年谱》,中华书局2004年版。另有:徐文博、石钟扬《戴名世论稿》(黄山书社1985年版)、何冠彪《戴名世研究》(台湾稻乡出版社1988年版)等。

方　苞(1668~1749)　清咸丰中戴钧衡编刊《方望溪先生全集》18卷《集外文》10卷《补遗》2卷《年谱》2卷(年谱为苏惇元编),较前出诸本完备,《四部丛刊》据以影印。清人孙葆田辑有《望溪文集补遗》1卷,收入《孙氏山渊阁丛刊》(光绪间刊)。近人刘声木辑有《望溪文集再续补遗》4卷《三续补遗》3卷,收入《直介堂丛刻》。上海古籍出版社1983年出版《方苞集》,刘季高以《四部丛刊》本为底本校点,附录苏惇元辑《方苞年谱》。徐天祥、陈蕾点校《方望溪遗集》,黄山书社1990年版。许福吉有《义法与经世　方苞及其文学研究》,学林出版社2001年版。

郑　燮(1693~1765)　其集有郑氏自刻本。中华书局上海编辑所1962年出版《郑板桥集》,分六辑。家书、诗钞、词钞、小唱、题画五辑据郑氏自刻本排印,补遗一辑收郑氏集外作品。附郑板桥年表。上海古籍出版社1979年修订重版,增补新搜集到的十则题画诗文。齐鲁书社1985年出版《郑板桥全集》,卞孝萱编辑、校点,分《板桥集》、《板桥集外诗文》、《板桥研究资料》三大部分,较上海古籍版详备。卞孝萱1985年附记云:"本书编成后,又收集到一些郑板桥的作品和资料,拟再版时补入。"山西人民出版社1988年出版《郑板桥外集》,郑炳纯整理。吉林文史出版社1987年出版《郑板桥集详注》，王锡荣注。文物出版社 1987 年出版李一氓编《郑板桥判牍》，巴蜀书社 1997 年出版吴可校点《郑板桥文集》，线装书局 2003 年出版田原书《郑板桥集外诗抄》。周积寅、王凤珠有《郑板桥年谱》，山东美术出版社 1991 年版。党明放有《郑板桥年谱》，首都师范大学出版社 2009 年版。另有：王建生《郑板桥研究（增订本）》(台湾文津出版社 1999 年版)、卞孝萱《郑板桥丛考》(辽海出版社 2004 年版)等。

刘大櫆(1697～1779)　其集《海峰文集》、《诗集》，生前即有刻本。同治间徐宗亮编校本较备。今人吴孟复以徐本为底本校点，题《刘大櫆集》，1990 年由上海古籍出版社出版。凡 16 卷，前 10 卷为文，后 6 卷为诗。附吴孟复编《刘海峰简谱》等。

吴敬梓(1701～1754)　其集《文木山房集》4 卷（赋 1 卷、诗 2 卷、词 1 卷），有上海亚东图书馆 1931 年铅印线装本，附其子吴烺之作，并附胡适编《吴敬梓年谱》。春明出版社 1955 年用亚东馆纸型重印，1957 年转由古典文学出版社出版，附新发现的《金陵景物图诗》等佚作 20 余首。范宁编有《吴敬梓集外诗》(科学出版社 1958 年版)，其中《金陵景物图诗》23 首及《题雅雨山人出塞图》1 首，系据墨迹影印。李汉秋点校《吴敬梓吴烺诗文合集》，黄山书社 1993 年版。李汉秋辑校《吴敬梓诗文集》，人民文学出版社 2002 年版。何泽翰有《胡适吴敬梓年谱纠误》，收入《儒林外史人物本事考略》(古典文学出版社 1957 年版)。孟醒仁有《吴敬梓年谱》，安徽人民出版社 1981 年版。陈汝衡有《吴敬梓传》，上海文艺出版社 1981 年版。陈美林有《吴敬梓研究》，上海古籍出版社 1984 年版，南京师范大学出版社 2006 年新版。

袁　枚(1716～1798)　《小仓山房诗集》、《文集》，乾隆间刊。《四部备要》据原刻本排印《小仓山房诗文集》82 卷，计诗集 37 卷，补遗 2 卷，文集 24 卷，续文集 11 卷，外集 8 卷。石韫玉有《袁文笺正》16 卷《补注》1 卷，嘉庆间刊。邹树荣有《袁文笺正补正》1 卷，收入《南昌邹氏一粟园丛书》（1922年排印）。上海古籍出版社1988年出版《小仓山房诗文集》，周本淳据多种乾、嘉刻本校点。王英志主编《袁枚全集》，江苏古籍出版社1993年版。王英志《袁枚评传》（南京大学出版社2002年版）后附（清）王濬师编纂、王英志校注《随园先生年谱》。杨鸿烈有《袁枚评传》，商务印书馆1927年初版，多次重印。另有：简有仪《袁枚研究》（台湾文史哲出版社1988年版）、王英志《袁枚暨性灵派诗传》（吉林人民出版社2000年版）、石玲《袁枚诗论》（齐鲁书社2003年版）等。

戴　震(1723~1777)　乾隆间，曲阜孔继涵编刻《戴氏遗书》，其中有《东原文集》10卷。其后，经韵楼于乾隆五十七年(1792)刊行《戴东原集》12卷《札记》1卷附年谱（年谱为段玉裁撰），对孔氏刊本有增补。《四部丛刊》据以影印。上海古籍出版社1980年出版《戴震集》，汤志钧校点。分上下两编，上编为《戴东原集》（以经韵楼本为底本，并将该本刊落各文辑附于后）；下编为《孟子字义疏证》等学术著作。附段玉裁《戴东原先生年谱》等参考资料。中华书局1980年出版《戴震文集》，赵玉新点校。清华大学出版社1991年开始出版点校整理的《戴震全集》，讫1999年出版6册。黄山书社1994~1997年出版杨应芹、诸伟奇主编《戴震全书》全7册，2010年出版修订本。2008年出版杨应芹编《东原文集(增编)》，收录了经韵楼本比孔继涵本多出的26篇文章。余英时有《论戴震与章学诚 清代中期学术思想史研究》，三联书店2005年版。蔡锦芳有《戴震生平与作品考论》，广西师范大学出版社2006年版。

姚　鼐(1732~1815)　清嘉庆辛酉(1801)，姚氏掌教钟山书院，学者汇录其诗文，刻《惜抱轩文集》16卷《诗集》10卷（《四部丛刊》据原刊本影印）。后又刊行《文后集》10卷，《诗后集》1卷。同治五年(1866)省心阁刊《惜抱轩全集》88卷，所收诗文又有增补，并有《左传补注》等专著。此外，有道光三年(1823)刊《惜抱轩尺牍》8卷，咸丰间杨以增辑入《海源阁丛书》。光绪间徐宗亮刻《惜抱轩遗书》，收《庄子章义》5卷附录1卷，《惜抱轩书录》4卷，《惜抱轩先生尺牍补编》2卷。上海古籍出版社1992年出版刘季高点校《惜抱轩诗文集》。清人郑福照有《姚惜抱先生年谱》，同治间刊。王达敏有《姚鼐与乾嘉学派》，学苑出版社2007年版。

汪　中(1745～1794)　有《述学内外篇》4卷《补遗》1卷《别录》1卷《春秋述义》1卷，《四部丛刊》据汪氏精刊本影印。又有《汪容甫遗诗》5卷《补遗》1卷《附录》1卷，《四部丛刊》据汪氏刊本影印。今人古直有《汪容甫文笺》，系从《述学》中选录名作15篇，予以校笺，1988年由人民文学出版社出版。广陵书社2005年出版田汉云点校《新编汪中集》，收录汪氏著作十种。书后附汪喜孙（汪中之子）《容甫先生年谱》1卷。

洪亮吉(1746～1809)　其诗文集《卷施阁文》甲集10卷乙集8卷、《诗集》20卷《附鲒轩诗》8卷、《更生斋文》甲集4卷乙集4卷、《诗集》8卷《诗余》2卷《年谱》1卷，有乾隆六十年(1795)至嘉庆间贵阳刊本，收入《北江全集》，《四部丛刊》影印。《年谱》系吕培等撰。道光间刊《续刻北江遗书》，收《拟两晋南北史乐府》2卷、《附鲒轩外集唐宋小乐府》1卷等。光绪间授经堂重刊《洪北江全集》，除上述诗文外，又增《卷施阁文》甲集续1卷，补遗1卷，乙集续编1卷，《更生斋文》续集2卷《诗》续集10卷等。中华书局2001年出版刘德权点校《洪亮吉集》。周康燮主编《洪亮吉年谱》，崇文书店1973年版。陈金陵《洪亮吉评传》，中国人民大学出版社1995年版。

恽　敬(1757～1817)　《大云山房文稿初集》4卷《二集》4卷《言事》2卷，刻于嘉庆间。同治间，恽敬之孙念孙重刊，并增《补编》1卷。《四部丛刊》据同治刊本影印。

张问陶(1764～1814)　《船山诗草》20卷，嘉庆间刊。《补遗》6卷，道光间刊。李岑、江海清有《船山诗注》20卷，同治间刊。中华书局1986年整理出版《船山诗草》，全2册，附录有关张氏轶事的资料。清人蔡坤有《张船山先生年谱》,抄本,北京图书馆藏。王世芬有《张船山先生年谱》,1923年刊。何国定有《张问陶年谱》(初稿),刊于《重庆师范学院学报》(社科)1981年2期。胡传淮有《张问陶年谱》,巴蜀书社2000年版,2005年2版。温秀珍有《张问陶及其论诗诗研究》,中国文联出版社2007年版。胡传淮主编《张问陶研究文集》,中央文献出版社2009年版。

第六节 近 代

自1840年鸦片战争至"五四"运动前夕,诗文作家、作品为数不少,刊行形式多样。这一时期的诗文别集,尚缺乏全面、系统的著录。郑云波、魏云卿在1964年编成《中国近代作家传记暨著述要目(初编)》(徐州师范学院铅印),虽收录欠齐全,但有筚路蓝缕之功。此目收录230余名作家的著述(不限于诗文创作),至今仍有重要参考价值。

本节选介近代20余名作家的别集及有关参考资料。

张维屏(1780～1859) 有《张南山全集》,道光至咸丰间陆续刊行,包括《松心文钞》10卷、《松心诗集》22卷、《听松庐骈体文钞》4卷等著述10余种。其中《花甲闲谈》16卷(1839年刊),系年谱性质。另金菁茅有《张南山先生年谱撮略》1卷(清刊本),编至道光二十九年(1849)止。陈宪猷等标点《张南山全集》,广东高等教育出版社1994年版。

林则徐(1785～1850) 有《云左山房诗钞》8卷《诗余》1卷,光绪十二年(1886)福州家刻本。另有《林文忠公遗集》,光绪初三山林氏刊,收《林文忠公政书》等4种,不包括《诗钞》。中华书局1962年起陆续出版《林则徐集》,分奏稿、公牍、日记、信札、诗钞、文钞六大部分,其中《奏稿》3册、《公牍》1册、《日记》1册已出。海峡文艺出版社2002年出版《林则徐全集》全10册。林氏年谱有数种,来新夏编《林则徐年谱》(上海人民出版社1981年版,南开大学出版社1997年出版《新编》本)后出,吸收了前人的研究成果。

龚自珍(1792~1841) 龚氏诗文集,以王佩诤校订的《龚自珍全集》(中华书局上海编辑所1959年版)最为完备。此书据龚氏自刻本、吴刻本、朱刻本、风雨楼本、娟镜楼本及海内诸家旧藏佚文整理排印。附吴昌绶编《定庵先生年谱》。中华书局1980年出版刘逸生《龚自珍己亥杂诗注》。浙江古籍出版社1995年出版刘逸生、周锡馥注《龚自珍编年诗注》。樊克政有《龚自珍年谱考略》,商务印书馆2004年版。朱杰勤有《龚定庵研究》商务印书馆1940年版,1947年再版。管林、钟贤培有《龚自珍研究》,人民文学出版社1984年版。孙文光、王世芸有《龚自珍研究资料集》,黄山书社1984年版。

魏　源(1794~1857) 诗集有《古微堂诗集》10卷,同治庚午(1870)刊。文集有《古微堂集》10卷,光绪四年(1878)淮南书局刊;又有黄象离1909年增补重编本,题《魏默深文集》,国学扶轮社印行。中华书局1979年出版《魏源集》,以1909年印《文集》和1870年印《诗集》为基础整理。排印过程中得到魏源的未刊信稿和诗稿3件,作为补录。1983年重印。岳麓书社2004年出版《魏源全集》全20册。王家俭有《魏源年谱》,台湾"中央"研究院近代史研究所1967年版。黄丽镛《魏源年谱》,湖南人民出版社1985年版。李瑚有《魏源诗文系年》,中华书局1979年版。又有《魏源研究》,朝华出版社2002年版,2008年新版。湖南大学出版社2009年出版夏剑钦、熊焰《魏源研究著作述要》。

林昌彝(1803~?) 有《衣谳山房诗集》8卷《集外诗》1卷《赋钞》1卷,同治间广州刊;《小石渠阁文集》5卷《补遗》1卷,光绪间福州刊。上海古籍出版社1989年整理出版《林昌彝诗文集》,王镇远、林虞生标点。林淑贞有《诗话别乡与新调:晚清林昌彝诗论抉微》,台湾花木兰文化出版社2008年版。

姚燮(1805～1864) 有《大梅山馆集》,道光至咸丰间姚氏刊,包括《复庄诗问》34卷、《疏影楼词》5卷、《复庄骈俪文榷》8卷《二编》8卷。姚氏著述宏富,详见赵杏根《姚燮著述考》(载《中华文史论丛》1985年2辑)。上海古籍出版社1988年出版《复庄诗问》,周劭标点。

郑珍(1806～1864) 郑珍生前自编《巢经巢诗钞》9卷,咸丰间家刻。光绪以来,高培谷、陈夔龙等人先后搜罗郑氏诗文,编为《巢经巢文集》6卷《诗集》9卷《诗后集》4卷《遗诗》1卷《附录》1卷。《四部备要》据以排印,并增附近人卢前校刊《逸诗》1卷。另,1940年贵州省政府排印并据清刊板汇印《巢经巢全集》,收郑珍诗文、专著,并有赵恺撰《郑子尹先生年谱》1卷。贵州人民出版社1992年出版杨元桢《郑珍巢经巢诗集校注》。巴蜀书社1996年出版白敦仁《巢经巢诗钞笺注》。三秦出版社2002年出版龙先绪《巢经巢诗钞注释》。贵州人民出版社1994年出版王锳等点校《郑珍集·文集》。凌惕安有《郑珍年谱》8卷,商务印书馆1941年版。巴蜀书社1989年出版黄万机《郑珍评传》,后附《郑珍年谱简编》。

贝青乔(1810～1863) 《半行庵诗存稿》8卷题辞1卷,同治五年(1866)刊。《咄咄吟》2卷,有1914年刘氏嘉业堂刊本。《苗俗记》1卷,收入《小方壶斋舆地丛钞》第八帙(光绪间刊)。

王闿运(1832～1916) 《湘绮楼文集》8卷、《湘绮楼诗集》14卷,均刊于光绪间,又收入《湘绮楼全书》。《全书》刊印于光绪、宣统间,所收除《文集》、《诗集》外,尚有专著10余种。岳麓书社1996年出版马积高主持点校《湘绮楼诗文集》,2008年重版收入《湖湘文库》。商务印书馆1927年排印《湘绮楼日记》,共32册,记事自同治八年(1869)至民国五年(1916),岳麓书社1997年出版马积高主持点校本。王代功(闿运之子)有《王湘绮年谱》6卷,1923年长沙刊。周柳燕《王闿运的生平与文学创作》,湖南大学出版社2010年版。

樊增祥(1846～1931) 作诗极多，并有词与骈文。作品收入《樊山集》，光绪十九年(1893)渭南县署刊；又有《续集》，光绪二十八年(1902)西安臬署刊。上海古籍出版社2004年出版点校本《樊樊山诗集》。

黄遵宪(1848～1905) 《日本杂事诗》2卷，最早由同文馆印于光绪五年(1879)，多次重版，并有修改，光绪二十四年(1898)长沙富文堂刊本为定本。晚年编定《人境庐诗草》11卷。1911年初印于日本，1931年黄遵宪之孙校正重印。《诗草》不收《日本杂事诗》。钱仲联有《人境庐诗草笺注》，商务印书馆1936年初版。古典文学出版社1957年出版修订本。卷首有钱仲联撰《黄公度先生年谱》，卷末附《诗话》。其后，又重新修订，改用新式标点，附《日本杂事诗》，1981年由上海古籍出版社出版。北京大学中文系近代诗研究小组编有《人境庐集外诗辑》，中华书局1960年版。共辑诗260余首，大部分系黄氏晚年删定的《人境庐诗草》未收者，少数是定稿时改动较大的诗篇的初稿。钱仲联又辑有《人境庐杂文钞》，载于《文献》第7、8辑(1981年版)。钟叔河有《日本杂事诗广注》，湖南人民出版社1981年版。日本早稻田大学1968年出版《黄遵宪与日本友人笔谈遗稿》，实藤惠秀、郑子瑜辑录整理。天津人民出版社2003年出版吴振清、徐勇、王家祥编校整理《黄遵宪集》，中华书局2005年出版陈铮编《黄遵宪全集》。另有：张堂《黄遵宪及其诗研究》(台湾文史哲出版社1991年版)、杨站军《中国古典诗歌变革的困境：黄遵宪诗歌研究》(河南人民出版社2009年版)、施吉瑞《人境庐内 黄遵宪其人其诗考》(上海古籍出版社2010年版)等。

陈三立(1852～1937) 《散原精舍诗》2卷《续集》3卷，宣统二年(1910)上海商务印书馆铅字排印。后又有《别集》印行。另有《散原精舍文集》17卷，中华书局1949年排印。上海古籍出版社2003年出版李开军点校《散原精舍诗文集》。江西人民出版社

2007年出版潘益民、李开军、刘经富辑注《散原精舍诗文集补编》。马卫中、董俊珏《陈三立年谱》，苏州大学出版社2010年版。

严　复(1853～1921)　有《严几道文钞》、《瘉野堂诗集》等。中华书局1986年整理出版《严复集》，全5册，王栻主编。全书分为诗文、书信、按语、著译、日记等类及附录，其中有些著述未曾发表过。孙应祥、皮后锋编《〈严复集〉补编》，福建人民出版社2004年版。严璩有《先府君年谱》，民国间铅印。王蘧常有《严几道年谱》，商务印书馆1936年版。孙应祥《严复年谱》，福建人民出版社2003年版。罗耀九主编《严复年谱新编》，鹭江出版社2004年版。牛仰山、孙鸿霓编《严复研究资料》，海峡文艺出版社1990年版。

陈　衍(1856～1937)　有《石遗室诗集》6卷《补遗》1卷《续集》3卷，《石遗室文集》12卷《续集》1卷《三集》1卷，《朱丝词》2卷等，收入《石遗室丛书》(光绪至民国间刊)。福建人民出版社1999年出版钱仲联编校《陈衍诗论合集》，2001年出版陈步编《陈石遗集》。陈声暨编、王真续编《石遗先生年谱》7卷，编至75岁止。民国间刊。后王真又续编《年谱》第8卷，1960年油印。陈槻《诗人陈衍传略》，林森县文教基金会1999年印行。周薇《传统诗学的转型 陈衍人文主义诗学研究》，上海三联书店2006年版。

康有为(1858～1927)　《南海诗集》4卷，梁启超手写，有光绪末宣统间影印本。后扩编为《康南海先生诗集》15卷，崔斯哲手写，商务印书馆影印。又有《康南海文集》8卷，有1915年和1917年石印本。康氏著述宏富，上海古籍出版社1987年起陆续出版姜义华等编校《康有为全集》(至1992年出至3集)。上海人民出版社1996年出版《万木草堂诗集——康有为遗稿》，中国人民大学出版社2007年出版姜义华、张荣华编校《康有为全集》，全12册。康有为有自订《年谱》，编至1898年(此谱收入《中国近代史资料丛刊·戊戌变法》)。康文佩编《南海康先生年谱续编》，有台北文海出版社1972年影印本。人民文学出版社1958年出版《康有为诗文选》,附《康有为年谱简编》。

李　详(1858~1931)　有《学制斋骈文》2卷,1915年蒋氏铅印本。另有《诗录》和专著多种。江苏古籍出版社1989年出版《李审言文集》,全2册,李稚甫等编校。

刘光第(1859~1898)　《衷圣斋诗文集》,包括《衷圣斋诗集》(又名《介白堂诗集》)2卷,《衷圣斋文集》1卷附传记1卷,有光绪末刊本,民国初排印本。张元济1917年辑印《戊戌六君子遗集》,收《介白堂诗集》2卷。中华书局1986年整理出版《刘光第集》,分文、函、诗三类,其中有些系首次发表。附《刘光第年谱简编》。王文等编《杨锐刘光第研究》,巴蜀书社1989年出版。刘海声有《刘光第年谱》,载于《富顺文史资料选辑》17~20辑。

丘逢甲(1864~1912)　有诗集《柏庄诗草》、《岭云海日楼诗钞》等。《柏庄诗草》为离台湾内渡前的作品,原以为毁于战火,1979年始发现。《岭云海日楼诗钞》12卷,系其弟从丘逢甲遗稿中选录并编年,1913年粤东编译公司铅印。1936年中山大学出版《诗钞》13卷,系将原书第5卷析为2卷,又另辑《选外集》1卷。上海古籍出版社1983年出版标点本,系以中山大学本为底本。安徽人民出版社1984年出版《岭云海日楼诗抄》(增订本),附《选外集》、《选外集补遗》、《柏庄诗草》及其他诗作,并附旧版序跋、年谱等,较完备。另,逢甲之子丘琮曾据《诗钞》12卷本选编《仓海先生丘公逢甲诗选》,增入《离台诗》等,并附丘琮所编《仓海先生丘公逢甲年谱》,1935年由商务印书馆出版。丘晨波、黄志萍、李尚行等编《丘逢甲文集》,花城出版社1994年版。广东丘逢甲研究会编《丘逢甲集》,岳麓书社2001年版。另有:丘铸昌《丘逢甲交往录》(华中师范大学出版社2004年版),吴宏聪、张磊主编《丘逢甲研究》(广东人民出版社1986年版),吴宏聪、李鸿生主编《丘逢甲研究1984年至1996年专集》(广东人民出版社1997年版)等。

谭嗣同(1865~1898)　《东海褰冥氏三十以前旧学四种》,光绪二十三年(1897)刊于金陵，收诗文及杂著共4种：《寥天一阁文》2卷，《莽苍苍斋诗》2卷，《远遗堂集外文初编》1卷《续编》1卷，《石菊影庐笔识》2卷，均系谭氏30岁以前之作。张元济1917年辑印《戊戌六君子遗集》，收谭氏诗文，增诗集补遗1卷。三联书店1954年出版《谭嗣同全集》，所收较解放前出版的各种谭集丰富，但仍有不少遗漏。中华书局1981年出版《谭嗣同全集(增订本)》，蔡尚思、方行编，较完备。李一飞编注《谭嗣同诗全编》，北京出版社1998年版。杨廷福有《谭嗣同年谱》，人民出版社1957年版。政协长沙市委员会文史资料研究委员会、政协浏阳县委员会文史资料研究委员会等合编《谭嗣同研究资料汇编》，1988年印行。贾维《谭嗣同与晚清士人交往研究》，湖南大学出版社2004年版。贾维《谭嗣同研究著作述要》湖南大学出版社2010年版。

章炳麟(1869～1936) 章氏著述收入《章氏丛书》(1917～1919年浙江图书馆刊)、《章氏丛书续编》(1933年北平刊)。《章氏丛书》中的《太炎文录初编》2卷《别录》3卷《补编》1卷是诗文集。章氏去世后，章氏国学讲习会编印《太炎文录续编》。上海人民出版社1982年起陆续整理出版《章太炎全集》，其中第4、5册为《太炎文录初编》《别录》《补编》和《续编》。马勇编《章太炎书信集》，河北人民出版社2003年版。章氏有自订年谱，上海书店1986年影印。汤志钧有《章太炎活动年表》，附于《章太炎政论选集》(中华书局1977年版)后。汤志钧又有《章太炎年谱长编》，中华书局1979年版。谢樱宁有《章太炎年谱摭遗》，中国社会科学出版社1987年版。姚奠中、董国炎有《章太炎学术年谱》，山西古籍出版社1996年版。

梁启超(1873～1929) 梁氏著述，最初由何擎一辑为《饮冰室文集》，光绪二十八年(1902)上海广智书局出版。此后，各种增补本甚多。1936～1937年，中华书局出版林志钧所编《饮冰室合集》，全40册。前16册为《饮冰室文集》，收各类文章和诗词；后

24册为《饮冰室专集》，以收专著为主。中华书局1989年影印林编《饮冰室合集》，将原40册合为12册，前5册为《文集》，后7册为《专集》。林编本较前出各本搜罗丰富，但还有不少散见的梁氏著述未悉数辑入。北京大学出版社2005年出版夏晓虹辑《〈饮冰室合集〉集外文》。汪松涛编注《梁启超诗词全注》，广东高等教育出版社1998年版。北京出版社1999年出版《梁启超全集》，全10册。丁文江、赵丰田有《梁启超年谱长编》（修订本），上海人民出版社1983年版，2009年新版。

陈天华（1875～1905）　《陈天华集》，民智书局1928年版。湖南人民出版社1958年版，1982年再版。刘晴波、彭国兴编校《陈天华集》，2008年出版饶怀民补订本。迟云飞有《关于陈天华几件史实的考订和纠误》，载《近代史研究》1984年5期。

秋　瑾（1875～1907）　秋瑾作品集有多种版本：王芷馥编《秋瑾诗词》（1907年刊）、王绍基编《秋瑾遗集》（1929年刊）、王灿芝编《秋瑾女侠遗集（附小侠诗文草）》（1929年刊）等等。中华书局上海编辑所参考前出各集，补充新发现的秋瑾作品，于1960年重新整理出版《秋瑾集》，1962年修订再版。上海古籍出版社1979年新1版。中华书局上海编辑所1958年出版《秋瑾史迹》，影印秋瑾的手迹、遗影等。吉林文史出版社2003年出版郭长海、郭君兮辑注《秋瑾全集笺注》。周芾棠等辑有《秋瑾史料》，湖南人民出版社1981年版。郭延礼有《秋瑾年谱》，齐鲁书社1983年版。陈象恭有《秋瑾年谱及传记资料》，中华书局1983年版。郭延礼编《秋瑾研究资料》，山东教育出版社1987年版。王去病、陈德和主编《秋瑾年表》，华文出版社1990年版。

王国维（1877～1927）　其著述收入《海宁王忠悫公遗书》（一名《观堂遗书》），1927年海宁王氏排印、石印。所收除著述外，并有王国维所辑唐五代、宋词。1940年商务印书馆（长沙）石印《海宁王静安先生遗书》，不收1927年本《遗书》中王国维所辑唐宋词，其余所收亦略有不同。上海古籍书店1983年影印商务印书馆长沙石印本,书名为《王国维遗书》。另,中华书局以长沙石印本《遗书》所收《观堂集林(附:别集)》为底本,删去其中的诗词杂文2卷,校勘、断句,于1959年出版,1984年重印。王国维的著述,未收入两大《遗书》者甚多。中华书局委托华东师范大学重新编辑《王国维全集》,吴泽主编。《全集》分类编辑,陆续出版,其中《书信》集已于1984年出版。浙江教育出版社、广东教育出版社2009年联合出版《王国维全集》,全20册。赵万里有《王静安先生年谱》,载《国学论丛》第1卷第3号(1928年版)。另有:孙敦恒《王国维年谱新编》(中国文史出版社1991年版),陈鸿祥《王国维年谱》(齐鲁书社1991年版),袁英光、刘寅生《王国维年谱长编》(天津人民出版社1996年版)等。

宁调元(1883～1913)　宁调元就义后,其诗文、专著由刘谦等搜集。经柳亚子整理,编为《太一遗书》,1915～1916年排印。但这个本子没有收入宁调元清末民初发表在报刊上的许多作品。湖南人民出版社1988年出版、2008年新版《宁调元集》,杨天石等编。此书将《太一遗书》全部编入,并辑录大量佚文,附录宁调元的传记资料和在武汉被捕的案卷。

苏曼殊(1884～1918)　苏氏诗文、小说、译作,版本甚多。柳亚子、柳无忌所辑《苏曼殊全集》,搜罗较备,有北京市中国书店1985年影印本(据北新书局本影印)。刘斯奋有《苏曼殊诗笺注》,广东人民出版社1981年版。马以君《燕子龛诗笺注》,四川人民出版社1983年版。裴效维有《苏曼殊小说诗歌集》,中国社会科学出版社1982年版。柳亚子研究苏曼殊的著述颇多,柳无忌编为《苏曼殊研究》(上海人民出版社1987年版,系《柳亚子文集》中的一种)。李蔚著《苏曼殊评传》,社会科学文献出版社1990年版。

柳亚子(1887～1958)　有《磨剑室诗集》、《词集》、《文集》。其女柳无非、柳无垢选编《柳亚子诗词选》,1959年由人民文学出版社出版。上海人民出版社1983年起陆续分册出版《柳亚子文集》，已出：《南社纪略》、《磨剑室诗词集》、《书信辑录》、《自传·年谱·日记》、《苏曼殊研究》、《磨剑室文录》、《南明史纲·史料》。郭长海、金菊贞编《柳亚子文集补编》，社会科学文献出版社2004年版。柳无忌编《柳亚子年谱》，中国社会科学出版社1983年版。陈一飞、马巧根主编《柳亚子早期活动纪实1907～1925》，档案出版社1991年版。邵迎武《柳亚子诗歌新探》，中国人民大学出版社1996年版。

第四章　历代诗文评论资料

"诗文评"是传统图书分类体系中一个类目的名称，所收之书，属于今天所说的"文学理论批评"的范畴。但传统分类体系中的"诗文评"，只收录《文心雕龙》等总论性著作，以及诗话、文话等，不收词话、曲话（词话、曲话入"词曲类"）。本章大体按传统的分类并略作变通，介绍综合性的诗文评论著作、诗话、文话及有关的资料书、工具书；词学资料与小说戏曲论著资料则分别在第五、六、七章介绍。

第一节　诗文评论资料概说

先秦两汉时期，文学与经史诸子尚无明确的界限。有关文学理论批评的资料，散见于《论语》、《孟子》、《庄子》、《荀子》、《韩非子》、《史记》、《论衡》、《汉书》等书中。如王充《论衡》中的《佚文》、《对作》、《自纪》等编，论及作品的教育作用、内容与形式等问题（刘盼遂有《论衡集解》，中华书局1959年重印；中华书局1979年版；蒋祖怡有《王充卷》，中州书画社1983年版，黄晖《论衡校释》，中华书局1990年版；郑绍昌标点、张宗祥校注《论衡校注》，上海古籍出版社2010年版）。但《论衡》毕竟是学术思想著作，以上提及的几篇,还不是文学专论。

三国两晋时期,随着文学创作的发展和文学观念的逐渐明确,出现了文学专论。如曹丕的《典论·论文》、陆机的《文赋》(张少康有《文赋集释》,上海古籍出版社1984年版;张怀瑾有《文赋译注》,北京出版社1984年版)。

南北朝时期,出现了对后世产生巨大影响的文学理论批评专书——《文心雕龙》和《诗品》。

齐梁间刘勰的**《文心雕龙》**,是我国现存最早的系统阐述文学理论的专书。全书10卷,分上下两编,各25篇。上编前5篇《原道》等系导论性质,阐述作者的基本文学思想。第6至25篇分述各种文体的特征与源流演变,可视为后世分体文学史之鼻祖。下编25篇,末篇《序志》是全书序言,其余各篇论述文学创作与批评的原则、方法,文学与时代的关系,以及文学鉴赏等问题。此书现存最早写本为敦煌唐写本残卷(北京图书馆藏照片)。见于记载的最早注本为辛处信《文心雕龙注》10卷(《宋史·艺文志》),已佚。现存最早刊本为元至正十五年(1355)本,上海图书馆藏,上海古籍出版社1984年据以影印。今人王利器以元至正刊本、唐写本残卷、明弘治刊本等20余种版本校勘,成《文心雕龙校证》(上海古籍出版社1980年版),是较好的校本。重要注本有清乾隆间黄叔琳辑注、纪昀评本(有《四部备要》本),范文澜《文心雕龙注》(开明书店1936年初版,人民文学出版社1958年校订重版,多次重印),杨明照《文心雕龙校注》(古典文学出版社1958年版)、《文心雕龙校注拾遗》(上海古籍出版社1982年版),周振甫《文心雕龙注释》(人民文学出版社1981年版),詹锳《文心雕龙义证》(上海古籍出版社1989年版),吴林伯《〈文心雕龙〉义疏》(武汉大学出版社2002年版)等。朱迎平有《文心雕龙索引》(上海古籍出版社1987年版)。戚良德编《文心雕龙学分类索引(1907～2005)》(上海古籍出版社2005年版)。

齐梁间钟嵘的**《诗品》**,是诗论专著,又名《诗评》,全书3卷,论述汉至梁代诗人122名,专论五言诗。将诗人分为上中下三品,每品之中略以诗人所处时代为序。对列为上品和中品的诗人,往往先指出源出何人,然后评论。卷首有总序(有些版本将序析为三,分置上中下卷之首)。本书传本有全本和节本两大类。全本现存最早刊本为元延祐庚申(1320)圆沙书院刊宋人类书《山堂先生群书考索》本(今藏北京大学图书馆)、明正德元年(1506)退翁书院钞本、正德十二年(1517)刊《顾氏文房小说》本等。节本首见于《陈学士吟窗杂录》,现有明钞本和明刊本流传。重要注本有近人陈延杰1925年撰《诗品注》(人民文学出版社1961年出版订补本),许文雨《钟嵘诗品讲疏》(成都古籍书店1983年影印),今人吕德申《钟嵘诗品校释》(北京大学出版社1986年初版,2000年二版)、张伯伟《钟嵘诗品研究》(南京大学出版社1999年版)、王叔岷《钟嵘诗品笺证稿》(中华书局2007年版)、曹旭《诗品笺注》(人民文学出版社2009年版)等。

钟嵘的《诗品》,在内容与形式、现实与创作、五言诗的形成与发展等问题上,阐述了一些有价值的见解。虽然,它对某些诗人的品评和继承关系的辨析,有不尽妥当之处,但它是我国第一部系统的诗论专著,开后世诗话之先河。

自唐宋至近代,文学理论批评专书不断涌现,散见于各家文集中的文论单篇更是不可胜数,此不一一列举。

著录历代文艺理论专书与单篇文章的目录,主要有山东大学中文系古代文艺理论史编写组编的《中国古代文艺理论资料目录汇编》(齐鲁书社1981年版)。此书将先秦至清末民初与文艺理论有关的专著和单篇文章的目录分6大部分编排:(1)文论、诗论、小说评论,(2)乐论,(3)画论,(4)戏曲理论,(5)书法理论,(6)篆刻理论。各部分均按著者时代先后编列,少数年代不明者附于该时期末。此书收录范围较宽,大部分资料注明出处或出版情况,提供了重要线索。但部分资料未注出处,全书无总索引,是其缺点。

郭绍虞主编的《中国历代文论选》，精选历代文学理论批评著作。中华书局上海编辑所 1962～1963 年初版，全 3 册，选录先秦至清末之作，略依作者时代先后编次。所选正文有注释与说明；每篇正文之后，附录若干与之有关的文章（但无注）。全书最后附总目索引，以作者为纲，以时代为序，将入选各篇（包括正文和附录）系于作者名下，颇便检索。此书于 1979～1980 年修订再版（上海古籍出版社版），增加近代部分，共 4 卷（册），体例与初版基本相同，但书末无总目索引。4 卷本供教学与科研参考，另有 1 卷本，选文比 4 卷本少得多，供高校中文系作教材用。黄霖、蒋凡主编《中国历代文论选新编》，上海教育出版社 2007 年版。

舒芜等编的《中国近代文论选》（人民文学出版社 1959 年初版，1983 年第 3 次印刷），选录鸦片战争前夜至"五四"运动前夜作家论文学的诗文 240 余篇。所选诗文，均注明出处，但无注释。

第二节　历　代　诗　话

诗话，是用随笔体写成的诗学著述。其内容，或评论诗歌、诗人、诗派，或记录诗人的言论、轶事，或论说诗歌创作的原则、方法。

中国文学史上第一部正式以"诗话"命名的诗学著述，是北宋欧阳修的《诗话》（后人称《六一诗话》）。在欧阳修以前，已产生过一些类似诗话的著述，如南朝钟嵘《诗品》，唐代释皎然《诗式》、司空图《二十四诗品》、孟棨《本事诗》等。所以，清人何文焕、近人丁福保编辑诗话丛书，把这类著述也收进去了。丛书编者从广义上理解诗话，所以收录范围较宽。若从严格意义上说，"诗话之称，当始于欧阳修；诗话之体，也创自欧阳修。"（郭绍虞《宋诗话辑佚·序》）

诗话在中国文学理论批评著述中，占有相当大的比重，有重要的理论价值与史料价值。但诗话（包括原作与他人纂辑者）大多篇幅不大,也比较分散。诗话丛书的编印,为学人查检历代诗话提供了方便。现介绍几种重要的诗话丛书,并列出子目。凡子目中有新印单行本、笺注本者,择要括注于后,以利寻检。

《历代诗话》 清何文焕辑。成书于乾隆三十五年(1770)。汇刻钟嵘《诗品》至宋元明诗话共计27种,附何氏自撰《历代诗话考索》。有乾隆间刊本,中华书局1981年校点本(后者附人名索引)。子目如下:

1.《诗品》 [梁]钟　嵘(有多种注本,详上文)。

2.《诗式》 [唐]释皎然 (台湾文史哲出版社1984年出版许清云《皎然诗式辑校新编》。齐鲁书社1986年出版李壮鹰《诗式校注》,人民文学出版社2003年新版)

3.《二十四诗品》 [唐]司空图 (山东人民出版社1962年出版《司空图〈诗品〉解说二种》,包括清人孙联奎《诗品臆说》和杨廷芝《二十四诗品浅解》,齐鲁书社1980年重印。人民文学出版社1963年出版郭绍虞《诗品集解》。武汉大学出版社1993年出版刘禹昌《司空图〈诗品〉义证及其他》)。

4.《全唐诗话》 [宋]尤　袤

5.《六一诗话》 [宋]欧阳修 (人民文学出版社1962年出版校点本,凤凰出版社2009年出版黄进德批注本)

6.《温公续诗话》 [宋]司马光

7.《中山诗话》 [宋]刘　攽

8.《后山诗话》 [宋]陈师道

9.《临汉隐居诗话》 [宋]魏泰 (巴蜀书社2001年出版陈应鸾《临汉隐居诗话校注》)

10.《竹坡诗话》 [宋]周紫芝

11.《紫微诗话》 [宋]吕本中

12.《彦周诗话》 [宋]许　顗

13.《石林诗话》 [宋]叶梦得 (又名《叶先生诗话》,中华书

局上海编辑所1958年据元刊本影印,线装)

14.《唐子西文录》 [宋]唐　庚

15.《珊瑚钩诗话》 [宋]张表臣

16.《韵语阳秋》 [宋]葛立方 （上海古籍出版社1979年据宋刊本影印,线装;又1984年平装本）

17.《二老堂诗话》 [宋]周必大

18.《白石道人诗说》 [宋]姜　夔 （人民文学出版社1962年出版《白石诗说》校点本）

19.《沧浪诗话》 [宋]严　羽 （人民文学出版社1961年出版郭绍虞《沧浪诗话校释》）

20.《山房随笔》 [元]蒋子正

21.《诗法家数》 [元]杨　载

22.《木天禁语》 [元]范　梈

23.《诗学禁脔》 [元]范　梈

24.《谈艺录》 [明]徐祯卿

25.《艺圃撷余》 [明]王世懋

26.《存余堂诗话》 [明]朱承爵

27.《夷白斋诗话》 [明]顾元庆

28.《历代诗话考索》 [清]何文焕

《历代诗话续编》 丁福保辑。收29种。1916年丁氏排印本,中华书局1983年校点本(后者附人名索引)。子目如下:

1.《本事诗》 [唐]孟棨 （古典文学出版社1957年出版校点本,附聂奉先《续本事诗》;1959年转由中华书局上海编辑所出版。上海古籍出版社1991年出版李学颖标点本）

2.乐府古题要解 [唐]吴　兢

3.《诗人主客图》 [唐]张　为

4.《风骚旨格》 [唐]释齐己

5.《观林诗话》 [宋]吴　聿

6.《诚斋诗话》 [宋]杨万里

7.《庚溪诗话》 [宋]陈岩肖

8.《杜工部草堂诗话》 [宋]蔡梦弼

9.《优古堂诗话》 [宋]吴　开

10.《艇斋诗话》 [宋]曾季狸

11.《藏海诗话》 [宋]吴　可

12.《碧溪诗话》 [宋]黄　彻 （人民文学出版社1986年出版汤新祥校注本）

13.《对床夜语》 [宋]范晞文

14.《岁寒堂诗话》 [宋]张戒 （四川大学出版社1990年出版陈应鸾《岁寒堂诗话笺注》，巴蜀书社2000年出版陈应鸾《岁寒堂诗话校笺》）

15.《江西诗派小序》 [宋]刘克庄

16.《娱书堂诗话》 [宋]赵与虤

17.《滹南诗话》 [金]王若虚 （人民文学出版社1962年出版校点本）

18.《梅磵诗话》 [元]韦居安

19.《吴礼部诗话》 [元]吴师道

20.《诗谱》 [元]陈绎曾

21.《升庵诗话》 [明]杨　慎 （上海古籍出版社1987年出版王仲镛《升庵诗话笺证》，四川人民出版社1990年出版杨文生《杨慎诗话校笺》。中华书局2008年出版王大厚《升庵诗话新笺证》）

22.《艺苑卮言》 [明]王世贞 （齐鲁书社1992年出版罗仲鼎《艺苑卮言校注》）

23.《国雅品》 [明]顾起纶

24.《四溟诗话》 [明]谢　榛 （原名《诗家直说》。人民文学出版社1961年出版《四溟诗话》校点本；齐鲁书社1987年出版李庆立等《诗家直说笺注》）

25.《归田诗话》 [明]瞿　佑

26.《逸老堂诗话》 [明]俞　弁

27.《南濠诗话》 [明]都　穆

28.《怀麓堂诗话》 [明]李东阳 （人民文学出版社2009年出版李庆立《怀麓堂诗话校释》）

29.《诗镜总论》 [明]陆时雍

《清诗话》 丁福保辑。收清人诗话43种，并附明王兆云《挥麈诗话》，以补《历代诗话续编》之遗。1927年丁氏排印。中华书局上海编辑所1963年出版校点本，删去明人《挥麈诗话》。校点本有郭绍虞所撰前言，论及诗话的渊源流别，并对所收43种书一一作提要式介绍。上海古籍出版社1978年修订重版。子目如下：

1.《薑斋诗话》 王夫之 （人民文学出版社1961年出版校点本）

2.《答万季野诗问》 吴　乔

3.《钝吟杂录》 冯　班

4.《江西诗社宗派图录》 张泰来

5.《梅村诗话》 吴伟业

6.《寒厅诗话》 顾嗣立

7.《茗香诗论》 宋大樽

8.《律诗定体》 王士禛

9.《然镫记闻》 王士禛口授　何世璂述

10.《师友诗传录》 王士禛、张笃庆、张实居答　郎廷槐问

11.《师友诗传续录》 王士禛答　刘大勤问

12.《渔洋诗话》 王士禛 （张宗柟汇纂王士禛的诗论为《带经堂诗话》，人民文学出版社1963年出版校点本）

13.《王文简古诗平仄论》 题王士禛定　翁方纲收入《小石帆亭著录》

14.《赵秋谷所传声调谱》 翁方纲

15.《五言诗平仄举隅》 翁方纲

16.《七言诗平仄举隅》 翁方纲

17.《七言诗三昧举隅》 翁方纲

18.《谈龙录》 赵执信 (人民文学出版社1981年出版校点本,与翁方纲《石洲诗话》合印;齐鲁书社1987年出版赵蔚芝等《谈龙录注释》)

19.《声调谱》 赵执信

20.《声调谱拾遗》 翟 翚

21.《蠖斋诗话》 施闰章

22.《漫堂说诗》 宋 荦

23.《而庵诗话》 徐 增

24.《诗学纂闻》 汪师韩

25.《莲坡诗话》 查为仁

26.《说诗晬语》 沈德潜 (人民文学出版社1979年出版霍松林校注本)

27.《原诗》 叶 燮 (人民文学出版社1979年出版霍松林校注本)

28.《全唐诗话续编》 孙 涛辑

29.《一瓢诗话》 薛 雪 (人民文学出版社1979年出版杜维沫校注本)

30.《拜经楼诗话》 吴 骞

31.《唐音审体》 钱良择

32.《辽诗话》 周 春辑

33.《秋窗随笔》 马 位

34.《野鸿诗的》 黄子云

35.《履园谭诗》 钱 泳

36.《说诗菅蒯》 吴雷发

37.《秋星阁诗话》 李 沂

38.《贞一斋诗说》 李重华

39.《汉诗总说》 费锡璜

40.《山静居诗话》 方　薰

41.《岘佣说诗》 施补华

42.《消寒诗话》 秦朝釪

43.《续诗品》 袁　枚 （人民文学出版社1963年出版郭绍虞《续诗品注》，浙江古籍出版社1989年出版王英志《续诗品注评》，上海书店出版社1993年出版刘衍文、刘永翔《袁枚续诗品详注》）

《清诗话续编》 郭绍虞编选，富寿荪校点。上海古籍出版社1983年版。选辑清人诗话34种：

1.《诗辨坻》 毛先舒

2.《春酒堂诗话》 周　容

3.《抱真堂诗话》 宋徵璧

4.《诗筏》 贺贻孙

5.《载酒园诗话》 贺　裳

6.《围炉诗话》 吴　乔

7.《古欢堂杂著》 田　雯

8.《诗义固说》 庞　垲

9.《西圃诗说》 田同之

10.《兰丛诗话》 方世举

11.《絸斋诗谈》 张谦宜

12.《小澥草堂杂论诗》 牟愿相

13.《龙性堂诗话》 叶矫然

14.《剑谿说诗》 乔　亿

15.《瓯北诗话》 赵　翼 （人民文学出版社1963年出版校点本，凤凰出版社2009年出版马亚中、杨年丰批注本）

16.《诗学源流考》 鲁九皋

17.《石洲诗话》 翁方纲 （人民文学出版社1981年校点本，与赵执信《谈龙录》合印）

18.《雨村诗话》 李调元 （重庆出版社1989年出版吴熙贵《李调元诗话评注》，巴蜀书社2006年出版詹杭伦、沈时蓉《雨村诗话校正》）

19.《读雪山房唐诗序例》 管世铭

20.《葚原诗说》 冒春荣

21.《静居绪言》 阙 名

22.《国朝诗话》 杨际昌

23.《石园诗话》 余成教

24.《老生常谈》 延君寿

25.《小清华园诗谈》 王寿昌

26.《三家诗话》 尚 镕

27.《辍锻录》 方南堂

28.《退庵随笔》 梁章钜

29.《养一斋诗话》（附《李杜诗话》） 潘德舆 （香港新天出版社1993年出版《养一斋诗话笺注》，中华书局2010年出版朱德慈辑校《养一斋诗话》）

30.《竹林答问》 陈 仅

31.《白华山人诗说》 厉 志

32.《问花楼诗话》 陆 蓥

33.《筱园诗话》 朱庭珍

34.《诗概》 刘熙载 （《诗概》为《艺概》中的一卷。贵州人民出版社1986年出版王气中《艺概笺注》，中华书局2009年出版袁津琥《艺概注稿》）

此外，台北新文丰出版公司1987年出版杜松柏主编的**《清诗话访佚初编》**，精装10册，收徐釚辑《本事诗》、郭麐《灵芬馆诗话》、吴嵩梁《石溪舫诗话》、舒位《瓶水斋诗话》、余成教《石园诗话》、沈涛《匏庐诗话》、马星翼《东泉诗话》、谢堃《春草堂诗话》、梁九图《十二石山斋诗话》、林昌彝《射鹰楼诗话》、李慈铭《越缦堂诗话》、平步青《眠云舸酿说》、王蕴章《然脂馀韵》、沈善宝《名媛诗话》、梁章钜《雁山诗话》、戴璐《吴兴诗话》、陈廷敬《杜律诗话》、吴绍滎纂订《声调谱说》、李汝襄集《广声调谱》、梅成栋《吟斋笔存》共计20种。

《中国诗话珍本丛书》 蔡镇楚主编,北京图书馆出版社2004年出版,精选上起宋代下迄民国的诗话珍本66种加以影印出版,分22册。

  第一册 六一诗话(宋·欧阳修撰) 唐宋分门名贤诗话(宋·佚名撰辑) 玉壶诗话(宋·释文莹撰) 风月堂诗话(宋·朱弁撰) 西清诗话(宋·蔡絛撰) 诗谳(宋·周紫芝撰) 吴氏诗话(宋·吴子良撰) 容斋诗话(宋·洪迈撰) 北山诗话(宋·佚名撰)

  第二册 诗林广记(宋·蔡正孙撰)

  第三册 新编四六宝苑群公妙语(宋·祝穆撰) 东坡诗话录(元·陈秀明编) 诗法正论(元·傅若金撰) 南溪笔录群贤诗话(元·佚名撰) 余冬诗话(明·何孟春撰) 梦蕉诗话(明·游潜撰)

  第四册 名贤诗评(明·俞允文撰)

  第五册至第八册 诗话类编(明·王昌会编)

  第九册 菊坡丛话(明·单宇撰)

  第十册 名家诗法(明·黄省曾撰) 冰川诗式(明·梁桥撰) 诗薮(一)(明·胡应麟撰)

  第十一册 诗薮(二)(明·胡应麟撰)

  第十二册 艺薮谈宗(明·周子文编) 雪涛小书(明·江盈科撰) 闺秀诗评(明·江盈科撰)

  第十三册 豫章诗话(明·郭子章撰) 佘山诗话(明·陈继儒撰) 作诗体要(明·杨良弼撰) 诗法要标(明·吴默 王樨辑) 龙性堂诗话续集(清·叶矫然撰)

  第十四册 古今诗廛(清·方起英撰 张希杰增订)

第十五册　杜律诗话(清·陈廷敬撰　[日本]松冈玄达句读)　榕城诗话(清·杭世骏撰)春秋诗话(清·劳孝舆撰)　古今诗话探奇(清·蒋鸣珂编)　蒲褐山房诗话(清·王昶撰)　拜经楼诗话续编(清·吴骞撰)

第十六册　梧门诗话(清·法式善撰)　八旗诗话(清·法式善撰)　瓶水斋诗话(清·舒位撰)

第十七册　十二石山斋诗话(清·梁九图撰)

第十八册　雁荡诗话(清·梁章钜撰)　石园诗话(清·余成教撰)　匏庐诗话(清·沈涛撰)　名媛诗话(清·沈善宝撰)　越缦堂诗话(清·李慈铭撰　蒋瑞藻辑)

第十九册　东泉诗话(清·马星翼撰)　藻川堂谭艺(清·邓绎撰)

第二十册　不敢居诗话(清·佚名撰)

第二十一册　浴泉诗话(清·于春霑撰)　春草堂诗话(清·谢堃撰)　射鹰楼诗话(清·林昌彝撰)

第二十二册　然脂余韵(清·王蕴章撰)　诗家正法眼藏(清·刘子芬撰)　青楼诗话(清·雷瑨撰)　桃花源诗话(清·吕光锡撰)　小招隐馆谈艺录初编(清·王礼培撰)

作为《中国诗话珍本丛书》的姊妹编，蔡镇楚还主编了《域外诗话珍本丛书》，全二十册,北京图书馆出版社 2006 年版。精选影印古代朝鲜、韩国、日本学者有关中国古典诗学、诗人、诗作的诗话撰著珍本 88 种,是此类文献在国内的首次披露。全书分为日本卷与朝韩卷。日本卷共收诗话 48 种,其中大部分用中文书写,余者为日文或中日文对照,内容偏重于诗论及有关诗体、诗格、诗法、诗眼、诗韵、诗病诸方面的评说;朝韩卷收诗话 40 种,均用中文书写,内容多为对古代朝鲜——韩国的汉诗、汉诗人、汉诗历史的记述与评说。

在清代产生了不少以女性创作的诗歌为评说对象的诗话,汇集其书的有王英志主编**《清代闺秀诗话丛刊》**,凤凰出版社2010年版,收录:陈维崧《妇人集》,袁枚《袁枚闺秀诗话》,梁章钜《闽川闺秀诗话》,丁芸《闽川闺秀诗话续编》,沈善宝《名媛诗话》,王蕴章《燃脂余韵》,雷瑨、雷瑊《闺秀诗话》,雷瑨《青楼诗话》,雷瑨、雷瑊《闺秀词话》,陈芸《小黛轩论诗诗》,苕溪生《闺秀诗话》,施淑仪《清代闺阁诗人徵略》,金燕《香奁诗话》,淮山棣华园主人《闺秀诗评》等十四种相关著作,还附录江盈科《闺秀诗评》,钱谦益《列朝诗集·闰集》闺秀诗人小传,法式善《梧门诗话》卷十五、十六两卷,蔡殿齐《国朝闺阁诗钞》序、小传、诗集目录,光铁夫《安徽名媛诗词徵略》序、题诗、题词、小传,胡文楷《历代妇女著作考》序、跋选等六种。

  断代收录诗话的著作较多,除上面述及的《清诗话》、《清诗话续编》、《清诗话访佚初编》之外,还有:吴文治主编**《宋诗话全编》**,凤凰出版社1998年版,全10册。共收录宋代诗话562家,其中原已单独成书的有170余种,另有近400家诗话辑自他书。 吴文治主编**《辽金元诗话全编》**凤凰出版社2006年版,全4册,收录辽诗话21家、金诗话154家、元诗话245家,总计420家,吴文治主编**《明诗话全编》**,江苏古籍出版社1997年版,全10册。编纂明代诗话七百二十二家,其中原已单独成书的时代诗话一百二十余种。以上三书入编的诗话,均为白文,辑录部分均逐条注明出处。周维德集校**《全明诗话》**,齐鲁书社2005年版。收单独成书的诗话91种,其中不见于《明诗话全编》的共有12种。该书由作者在90年代初即已独力完成,原本收书123种,并对每种诗话写了校勘记,出版时删除了32种以及所有的校勘记,使"集校"没有着落。张健辑校**《珍本明诗话五种》**,北京大学出版社2008年版。其中雷燮《南谷诗话》、季汝虞《古今诗话》、浮白斋主人《诗话》俱是孤本,庋藏海外,为各种诗话丛编所未收,为第一次整理;朱奠培《松石轩诗评》虽有点校本,但所据为残本,本书所据乃是成化刊全本;谢肇淛

《小草斋诗话》五卷，明刊本仅存三卷，且藏在海外，此前整理本均未能据以校勘，本书则据明刊本及日本钞本整理。张寅彭《**民国诗话丛编**》，上海书店出版社 2002 年版，全 6 册。民国诗学著作，有说旧体诗与说新诗之别，本丛书仿丁福保《清诗话》之例，辑出较著者及流传校罕见者 37 种。张伯伟编校《**稀见本宋人诗话四种**》，江苏古籍出版社 2002 年出版。收日本五山版释惠洪《冷斋夜话》十卷（另附：日僧无著道忠《冷斋夜话考》一卷，日本宽文版释惠洪《天厨禁脔》三卷），明钞本蔡絛《西清诗话》三卷，朝鲜版《唐宋分门名贤诗话》二十卷，明钞本佚名《北山诗话》一卷。

也有汇录一地的诗话著作的丛书，如贾文昭主编《**皖人诗话八种**》，黄山书社 1995 年版。收录皖籍学者的八部诗话：宋人朱弁的《风月堂诗话》，清人黄生的《诗麈》、《载酒园诗话评》，清人余楍的《白岳庵诗话》，清人赵知希的《泾川诗话》，清人张燮承的《小沧浪诗话》，近人方廷楷的《习静斋诗话》以及近人李家孚的《合肥诗话》。

也有以某一作家为对象的诗话丛书，如张忠纲编注《**杜甫诗话六种校注**》，齐鲁书社 2002 年出版。包括宋方深道辑《诸家老杜诗评》、宋蔡梦弼集录《杜工部草堂诗话》、清刘凤诰撰《杜工部诗话》、清潘德舆撰《养一斋李杜诗话》、近人蒋瑞藻辑《续杜工部诗话》以及张忠纲编注《新编渔洋杜诗话》。书后附录了翁方纲《王文简古诗平仄论》及作者《渔洋论杜》一文（原载《文学评论》1987 年第 4 期）。6 种诗话共收录诸家评论杜诗之语近 900 条，也有对断代或通代诗话辑佚的，如：

《**宋诗话辑佚**》 郭绍虞辑。燕京学社初版于 1937 年，中华书局 1980 年出版修订本，1987 年重印。分上下卷。上卷收虽有传本然而不全者，属"补辑"，计 8 种；下卷收完全散佚仅见著录，或未见著录仅见称引者，系"全辑"，计 24 种。另有 3 种，并非纯粹论诗专著，作为附辑。所辑诗话，注明出处，间附按语。

《宋人诗话外编》 程毅中主编。国际文化出版公司1996年版。辑录一百部宋人笔记中的诗话。

《魏晋南北朝诗话》 萧华荣编,齐鲁书社1986年出版。

《六朝诗话钩沉》 张明高、郁沅编。中国广播电视出版社1997年版。

《南北朝诗话校释》 钟仕伦辑校,中华书局2008年版。辑自《永乐大典》卷八〇七诗话四十九,共151条,涉及的诗人有119人。

《全辽诗话》 蒋祖怡、张涤云整理。岳麓书社1992年版。本书包括对清人周春《增订全辽诗话》的校点、笺注,及整理者《新补辽诗话》,在补遗、纠谬、考订上做了大量工作,征引书目达436种。

近四五十年整理出版的诗话单行本,除上文已括注者外,重要的还有:

《诗话总龟》 北宋阮阅编。人民文学出版社1987年出版周本淳校点本。

《苕溪渔隐丛话》 南宋胡仔编。人民文学出版社1962年出版廖德明校点本。

《诗人玉屑》 南宋魏庆之编。古典文学出版社1958年出版王仲闻校点本,中华书局上海编辑所1961年校订重印,上海古籍出版社1978年新1版。

以上《诗话总龟》、《苕溪渔隐丛话》、《诗人玉屑》三书,都是辑录各家诗话成一书的汇编,对保存诗学史料起了重要作用。本书第一编第五章第一节曾予介绍。

《竹庄诗话》 宋何汶撰,中华书局1984年出版常振国、绛云点校本。

《后村诗话》 宋刘克庄撰,中华书局1983年出版王秀梅点校本。

《诗薮》 明胡应麟撰。中华书局上海编辑所1958年出版校点本。上海古籍出版社1979年出版王国安校点本。

《唐音癸签》 明胡震亨撰。古典文学出版社1957年出版校点本,上海古籍出版社1981年校订重印,周本淳校点。

《诗源辨体》 明许学夷撰。人民文学出版社1987年出版杜维沫点校本。

《历代诗话》 清吴景旭撰。依次评论《诗经》、《楚辞》至明代诗歌。中华书局上海编辑所1958年出版校点本。

《静志居诗话》 清朱彝尊撰。人民文学出版社1990年出版姚祖恩、黄君坦点校本。

《五代诗话》 清王士禛原编,郑方坤删补。书目文献出版社1989年出版李珍华点校本,人民文学出版社1990出版戴鸿森校点本。

《文木山房诗话笺证》 清吴敬梓撰,周延良笺证。齐鲁书社2002年版。

《随园诗话》 清袁枚撰。人民文学出版社1960年出版末坎校点本。

《蒲褐山房诗话新编》 清王昶撰,周维德辑校。齐鲁书社1988年版。

《北江诗话》 清洪亮吉撰,人民文学出版社1983年出版陈迩冬点校本。

《梧门诗话》 清法式善撰,许征整理。新疆大学出版社2006年版。凤凰出版社2005年出版张寅彭、强迪艺编校《梧门诗话合校》。

《昭昧詹言》 清方东树撰。人民文学出版社1961年出版汪绍楹校点本。

《全闽诗话》 清郑方坤编。福建人民出版社2006年出版陈节、刘大治点校本。

《射鹰楼诗话》《海天琴思录》《海天琴思续录》 清末林昌彝撰。上海古籍出版社1988年出版王镇远等校点本。

《雪桥诗话》 近代杨钟羲撰。共4集，40卷。北京古籍出版社1989～1993年陆续出版校点本。

《饮冰室诗话》 近代梁启超撰。人民文学出版社1959年出版舒芜点校本。

《石遗室诗话》 近代陈衍撰。人民文学出版社2004年出版郑朝宗、石文英点校本。

以下介绍研究诗话的几种专书。

《宋诗话考》 郭绍虞撰，中华书局1979年版。分3卷，上卷考述宋人诗话之尚存者；中卷考述部分流传，或本无其书而由他人纂辑而成者；下卷考述有其名而无其书，或知其目而佚其文，或有佚文而未及辑者。共计考述诗话139种。

《清诗话考》 蒋寅著。中华书局2004年版。

《中国诗话史》 蔡镇楚著，湖南文艺出版社1988年版，2001年新版。

《诗话学》 蔡镇楚著，湖南教育出版社1990年版。

《诗话概说》 刘德重、张寅彭著，中华书局1990年版。

《清代诗话研究》 张健著，台湾五南图书出版有限公司1993年版。

《朝鲜古典诗话研究》 任范松、金东勋著。延边大学出版社1995年版。

《中国诗话辞典》 蒋祖怡、陈志椿主编，王英志等副主编。北京出版社1996年版。

《五朝诗话概说：宋辽金元明》 吴文治著，黄山书社2002年版。

《比较诗话学》 蔡镇楚、龙宿莽著，北京图书馆出版社2006年版。

《清代诗话东传略论稿》 张伯伟著，中华书局2007年版。

《日本诗话的中国情结》 谭雯著,中国社会科学出版社 2007 年版。

《中国古诗话批评论纲》 张一平著,中国社会科学出版社 2008 年版。

第三节　历代诗纪事、文话及其他

一、历代诗纪事

本书第一编第五章论述唐宋的史料学时,曾谈到"诗纪事"这类撰述体式的诞生及其基本特点,这里不复述。现将"诗纪事"系列书籍简介如下。

《唐诗纪事》81 卷　南宋计有功撰。收录诗人 1150 家。有中华书局上海编辑所 1965 年校点本,附人名索引。上海古籍出版社 1987 年用原纸型重印,对其中错误作了少量挖改。巴蜀书社 1989 年出版今人王仲镛《唐诗纪事校笺》,中华书局 2007 年新版。

《宋诗纪事》100 卷　清厉鹗撰。收录诗人 3812 家。有上海古籍出版社 1983 年标点本。清陆心源有《宋诗纪事补遗》100 卷、《小传补正》4 卷,增补诗人约 3000 家,有光绪间刊本,山西古籍出版社 1997 年出版徐旭、李志国点校本。另有清罗以智《宋诗纪事补遗》,未完成,稿本藏南京图书馆。今人孔凡礼有《宋诗纪事续补》,北京大学出版社 1988 年版。辽宁人民出版社、辽海出版社 2003 年联合出版钱钟书《宋诗纪事补正》,三联书店 2005 年出版钱钟书《宋诗纪事补订(手稿影印本)》。

《辽诗纪事》12 卷　近代陈衍撰。收录诗人 80 家,商务印书馆 1936 年排印。

《金诗纪事》16 卷　近代陈衍撰。收录诗人近 200 家,商务印书馆 1936 年排印。上海古籍出版社 2003 年出版王庆生增订本。

《元诗纪事》45 卷　近代陈衍撰。收录诗人 800 余家。此书编成于《辽诗纪事》、《金诗纪事》之前。有石遗室初刊本24卷,后重新编定为45卷,商务印书馆1921年排印本。上海古籍出版社1987年出版李梦生校点本,附人名字号索引。

《明诗纪事》187卷　清末陈田撰。收录诗人约4000家。有绪至宣统间陈氏听诗斋刊本,《万有文库》第二集排印本。上海古籍出版社1993年出版李梦生等点校本。

《清诗纪事初编》8卷　邓之诚撰。前编录明遗民,甲至丁编按地域分卷,共收录清初80年(顺治、康熙朝)诗人600家。中华书局上海编辑所1965年初版,上海古籍出版社1984年用旧纸型重印,订正了部分舛误,并编列人名索引附后。

《清诗纪事》　钱仲联主编。首列明遗民,后列顺治至宣统10朝诗人,共计6000余家。江苏古籍出版社1987～1989年出版,全22册。凤凰出版社2004年据以缩小影印,书后附录《有关〈清诗纪事〉研究与评论文献》、《勘误》、《作者人名索引》。

二、历代文话

与诗话相比,文话没有那么繁富。民国间周钟游辑印的《文学津梁》(上海有正书局1916年石印),是一套以收录文话为主的丛书,旧时较流行。收书12种,子目如下:

1.《文章缘起》　[梁]任　昉

2.《文则》　[宋]陈　骙　(人民文学出版社1962年将《文则》与李耆卿《文章精义》合为一册校点出版,刘明晖校点。书目文献出版社1988年出版刘彦成《文则注译》。)

3.《文章精义》　[宋]李耆卿

4.《修辞鉴衡》　[元]王　构　(中华书局上海编辑所1958年将元刊《修辞鉴衡》上下卷影印出版线装本。此书上卷论诗,下卷论文。《文学津梁》只收其下卷。魏王妙樱《王构〈修辞鉴衡〉研究》,台湾花木兰文化出版社2009年版。)

5.《文说》 [元]陈绎曾

6.《文章薪火》 [清]方以智

7.《伯子论文》 [清]魏际瑞

8.《日录论文》 [清]魏　禧

9.《退庵论文》 [清]梁章钜

10.《初月楼古文绪论》 [清]吴德旋述 [清]吕璜录 （人民文学出版社1959年出版范先渊校点本）

11.《文概》 [清]刘熙载 （《文概》是《艺概》的第一卷。上海古籍出版社1978年排印《艺概》，王国安标点。贵州人民出版社1986年出版王气中《艺概笺注》。中华书局2009年出版袁津琥《艺概注稿》。）

12.《论文集要》 [清]薛福成辑

较重要的文话还有：

《文章辨体序说》 明吴纳撰。人民文学出版社1962年出版于北山点校本。与《文体明辨序说》合刊。

《文体明辨序说》 明徐师曾撰。人民文学出版社1962年出版点校本。

《汉魏六朝百三家集题辞注》 明张溥撰，殷孟伦注。人民文学出版社1960年版。中华书局2007年新版。

《论文偶记》 清刘大櫆撰。人民文学出版社1959年出版范先渊校点本，与吴德旋《初月楼古文绪论》、林纾《春觉斋论文》合印。

《春觉斋论文》 近代林纾撰。人民文学出版社1959年出版范先渊校点本。

《论文杂记》 近代刘师培撰。人民文学出版社1959年出版简夷之校点本，与刘氏《中国中古文学史》合印。

复旦大学出版社2007年出版王水照主编**《历代文话》**全10册。收录宋以来直至民国时期（1919）的文评专书和论著，共计一百四十三种。所收内容主要以论古文为主,亦酌情选取论评骈文、时文之集成性著作,按著者生卒年之先后排列。各书均撰提要,介绍著者简历、该书内容和主要版本情况。

北京图书馆出版社 2006 年出版王冠辑《赋话广聚》全 6 册。选择较好的版本予以影印。

以上介绍了古代、近代的诗文评论资料。要注意的是,诗文评论资料不全是以单行本或丛书的形式出现;有些资料和后人的研究成果,是发表在报刊上的。为迅速查得这类资料,须利用索引。以下列举常用的几种:

《中国古典文学研究论文索引》(1905～1979) 北京师院中文系 1981 年编印。

《中国古典文学研究论文索引》(1949～1980) 中山大学中文系编,广西人民出版社 1984 年版。

《中国古典文学研究论文索引》 中国社会科学院文学研究所等编,中华书局陆续出版。已出 1949～1966 年本,1966～1979 年本,1980～1981 年本,1982～1983 年本。

以上三种索引,书名完全相同,编者、出版者不同,收录时限有所不同。但有一共同点:名为"古典文学",实际上都涉及近代文学。至于专收近代文学研究论文资料的索引,主要有:

《中国近代文学总论和诗文研究论文、资料索引》(1919～1949) 牛仰山编,附载于《近代文学史料》(中国社会科学出版社 1985 年版)。

《中国近代文学研究论文资料索引》(1949～1979) 附载于《中国近代文学论文集》(中国社会科学出版社 1982 年版)。

《香港中国古典文学研究论文目录 1950～2000》 邝健行、吴淑钿编,上海古籍出版社 2005 年版。

第五章 历代词集、词学资料与散曲

词,是唐五代兴起的一种配合音乐歌唱的新体诗歌。散曲,是对词进行革新,在宋、金民谣俚歌及外来的音乐基础上,在当时已很发达的说唱艺术的影响下逐渐形成的一种诗歌样式。因为曲是承词之后产生的,所以有时被称为"词余"、或"余音",这与词承诗之后产生而被称为"诗余"取义正相同。鉴于词与散曲关系较密,故本章一并介绍。

第一节 词总集与丛书

词在唐五代时,一般称为"曲"、"曲子"、"曲子词"、"歌词"等,后来才称为"词",又称"近体乐府"、"诗余"、"长短句"等,也有名词集为"歌曲"、"琴趣"、"乐章"的。词至中唐以后渐多文人创作,晚唐五代趋于繁荣,极盛于宋,凋敝于元明,至清代重振。在词的发展史上,词向来被正统文人视为"小道"、"艳科"而受到轻视,但"满园春色关不住",词以其俊美的词句、铿锵的韵律、多彩的风神丰富了我国文学宝库。据现存资料初步统计,我国历代词人达 1 万余(不含佚名者),历代词总量几近 25 万首。本书评介重要的词总集(包括选集、全集)和丛书。

一、词选集

唐宋词集中，以选集问世最早。现存最早的词选集是《云谣集》，历代词选集当不下数百种，只是有些已经亡佚了，现存的词选集从编排方式来说，大致可分为3种：(1)以人编次，如《花间集》、《绝妙好词》等；(2)以调编次，如《阳春白雪》、《乐府雅词拾遗》等；(3)以类编次，如《草堂诗余》、明董逢元《唐词纪》等。也有专辑某一题材或类型的选集，如南宋黄大舆《梅苑》、明周履靖《唐宋元明酒词》。重要的选集，往往为词开宗立派，影响甚巨。历代重要的词选集有：

《云谣集》 有敦煌石窟唐人写卷本和后人整理本，详见本编第八章"敦煌文学史料"第二节。

《花间集》 后蜀赵崇祚编。有三种南宋刻本传世，并为多种丛书收入。开明书店1935年出版李冰若《花间集评注》(人民文学出版社1993年重排本，河北教育出版社1999年重排本)；商务印书馆1938年增订4版华连圃《花间集注》，中州书社1983年修订重印；人民文学出版社1958年出版李一氓《花间集校》，1981年再版。华夏出版社1998年出版于翠玲注本。河北大学出版社2006年出版明汤显祖评，刘崇德、徐文武的点校本。

《尊前集》 宋阙名编。江西人民出版社1984年出版蒋哲伦据《彊村丛书》本增校本，并附题温庭筠的《金奁集》。华夏出版社1998年出版于翠玲注本。

《乐府雅词》3卷拾遗2卷 南宋曾慥编。是现存宋人选编宋词的最早词选集。传世最精善之本为清季曹元忠跋本，存朱祖谋、徐乃昌过录本2种。辽宁教育出版社1997年出版陆三强校点本，陆氏并有《〈乐府雅词〉版本述备》，见《古籍整理出版情况简报》第227期(1990年6月)。

《花庵词选》20卷 南宋黄昇编。前10卷为《唐宋诸贤绝妙词选》，后 10 卷为《中兴以来绝妙词选》，附自填词 38 首。所选各词，系以小传，间附评语，此为前人选本所无，《四部丛刊》据明翻宋本影印，中华书局上海编辑所 1958 年据以断句排印出版。辽宁教育出版社 1997 年出版王雪玲、周晓微的点校本。上海古籍出版社 2007 年出版蒋哲伦导读、云山辑评的标点本。

《草堂诗余》4 卷　南宋何士伟编。全称《增修笺注妙选群英草堂诗余》，选录唐五代及宋词 367 首，以宋词为主，向与《花间集》并称，被视为填词典范，有元至正刻本，明洪武二十五年(1392)遵正书堂据刻。中华书局上海编辑所 1958 年据吴昌绶双照楼《景刊宋金元明本词》影印本断句排印。河北大学出版社 2006 年出版刘崇德、徐文武点校的《明刊草堂诗余二种》。

《阳春白雪》8 卷外集 1 卷　南宋赵闻礼编。收录《草堂诗余》所遗及编者同时人之作。该书为后人发现甚晚，清嘉庆十五年(1810)秦恩复始覆刻元钞本入《词学丛书》。清道光十年(1830)瞿氏清吟阁刻本，附瞿世英《考异》1 卷。上海古籍出版社 1993 年出版葛渭君点校本。吉林人民出版社 1999 年出版黄季鸿点校本。中国文学出版社 2000 年出版张翠兰编定本。

《绝妙好词》7 卷　南宋周密编。收南宋词家 132 人，注重清丽婉约词作。本书发现较晚，有康熙二十四年(1759)柯崇朴小幔亭据钱曾秘藏抄本刻印本。清查为仁、厉鹗有《绝妙好词笺》，北京文学古籍刊行社 1956 年出版黄叔明校本；又有《四部备要》本，别附《续抄》1 卷、《续抄补录》1 卷，中华书局 1957 年用《四部备要》纸型重印。三秦出版社 1993 年出版秦环明、萧鹏《绝妙好词注析》。上海古籍出版社 2000 年出版邓乔彬等撰《绝妙好词译注》。辽宁教育出版社 2001 年出版张丽娟校点本(附《绝妙好词今辑》和郑文焯《绝妙好词校录》)。岳麓书社 2004 年出版廖承良校注本。凤凰出版社 2008 年出版刘扬忠、苏利海注评本。

《中州乐府》1 卷　金元好问编。是金代唯一传世的词选集，附于《中州集》后,收词家 36 人,词 124 首。吴昌绶《景刊宋金元明本词》据元至大刻本影印。另有《彊村丛书》本、《四部丛刊》本等。中国广播电视出版社 1990 年出版赵兴勤等人的笺注本。

《乐府补题》1 卷　元阙名编,内容为借咏物以抒宋末遗民身世之概,虽仅 37 首,然多不见他书载录。清初朱彝尊借本书倡导咏物之风,与浙西词派的兴盛关系甚巨。有《百家词》本、《知不足斋丛书》本、《彊村丛书》本等。香港杜诺书堂 1975 年出版黄兆显《〈乐府补题〉研究及笺注》。

明词可称道者少,传于今的词选集有:杨慎《词林万选》、陈耀文《花草粹编》、卓人月《古今词统》等。

清代词学大振,反映各派观点的词选,如雨后春笋,层出不穷;也有博采众家,选择精良的词选,较著者如:

《词综》36 卷　朱彝尊、汪森编选。选辑唐、五代、宋、金、元诸家词,网罗颇富,校勘欠精;推宗白石,忽视苏、辛。有康熙三十年(1691)裘杼楼刊本,中华书局 1975 年据裘杼楼本影印。又有上海古籍出版社 1978 年出版李庆甲校点本,广州出版社 1996 年出版魏中林、王景霓笺注本,上海古籍出版社 1999 年出版孟斐点校本。林葆恒辑有《词综补遗》,上海古籍出版社 2005 年出版张璋整理本。续《词综》的则有:王昶《明词综》12 卷(《四部备要》本、辽宁教育出版社 1997 年出版王兆鹏点校本)、王昶《国朝词综》48 卷(金匮浦氏光绪二十八年[1902]重修本)、王绍成编《国朝词综二集》8 卷(《四部备要》本),黄燮清《国朝词综续编》24 卷(同治癸酉[1873]刊本)。丁绍仪《国朝词综补》58 卷,续编 18 卷(光绪九年[1883]刻本。中华书局 1986 年出版校点本,改名《清词综补》),今人林葆恒有《补国朝词综补》(上海图书馆藏清稿一部)。北京图书馆出版社 2006 年将《国朝词综》、《国朝词综续编》、《国朝词综补》三书影印合刊,题名《清词综》出版。

《瑶华集》22 卷　蒋景祁选编。录清初词家 507 人,词 2467

首,以调编次。集后附《名家词话》、沈谦《词韵略》各1卷。本书选择不拘泥门户,博采众家。中华书局1982年据康熙二十五年(1686)天藜阁刻本缩印,附《词人姓名、词牌笔画索引》。

《词选》2卷 张惠言选编于嘉庆二年(1797),选录唐、五代、宋词44家,116首。旨在挽救"浙派"词风流弊。有清嘉庆二年刻本。道光十年(1830)刊本与董毅《续词选》2卷、郑善长《附录》1卷合刊,中华书局1957年据以影印。江西人民出版社1984年出版《词选》校点本。姜亮夫有《词选》、《续词选》笺注本,上海北新书局1933、1934年分别出版。华夏出版社1999年出版李军注本。

清代较有名的词选还有:徐树敏、钱岳《众香词》6卷(北图藏康熙二十九年[1690]锦树堂刊本,上海大东书局1933年影印康熙刻本)、沈辰垣等《历代诗余》(上海书店1985年据康熙四十六年[1707]内府刻本影印)、顾贞观、纳兰性德《今词初集》2卷(光绪二十三年[1897]无锡张莹刻本)、周济《宋四家词选》(上海古典文学出版社1958年据清同治十二年[1873]滂喜斋刊本排印)等。

近代著名的词选有:谭献**《箧中词》**6卷、续4卷(光绪八年[1882]刊本;《半厂丛书》本;浙江古籍出版社1996年出版罗仲鼎点校本,题为《清词一千首:箧中词》。)叶恭绰继编《广箧中词》4卷,(《遐庵丛书》本),梁令娴《艺蘅馆词选》4卷、附录1卷、补遗1卷(广东人民出版社1981年出版刘逸生校点本)等。

二、词丛书

第一部大型词丛书**《百家词》**于南宋宁宗嘉定年间刊行问世,收《南唐二主词》至郭应祥《笑笑词集》,凡97家,128卷。惜已散佚,但其目录尚能在《直斋书录解题》中看到。据文献记载,南宋的书坊汇刊丛刻蔚然成风,词集也不例外。可考的丛书还有钱塘陈氏书棚刊本《典雅词》,明文渊阁藏一部,30册,后散失。清劳权校抄得10种10卷,现藏北图。南宋中叶闽中书肆刻本《琴趣外篇》,虽不知其部帙如何,但现今所知属于《琴趣外篇》丛刻的词集,就有9种。

词的创作至明代虽趋于衰微,但在词的辑佚汇刻方面作出了贡献。现传吴讷于明正统六年(1441)辑的**《百家词》**,一名《唐宋名贤百家词》,又名《四朝名贤词》,自《花间集》至郭应祥《笑笑词》,共收百家,现存90家。所收《稼轩词》丁集、《静春词》等,皆为他处所不见,文献价值甚高。天津古籍出版社1989年据天津图书馆藏明抄本影印出版。商务印书馆1940年排印出版林大椿点校本,所用底本即天津图书馆藏明抄本,但文字与原钞本不尽相同,天津市古籍书店1992年据以影印。

明末毛晋辑有**《宋六十名家词》**,一名《宋名家词》。分6集,自晏殊《珠玉词》至卢炳《烘堂词》共61家,每集后附跋语。排列不依作者时代先后,时得时刻,有较多名家词未入。本书校勘疏略,错误较多,补遗词多不可信。刊行后,毛扆等又勤加勘校(校本藏国家图书馆),纠正了不少错误。本书有明崇祯毛氏汲古阁刻本,光绪十四年(1888)重刊本。上海古籍出版社1989年根据博古斋影印明汲古阁刻本剪贴制版,重加影印,并附朱居易《宋六十名家词勘误》一卷、索引。清彭元瑞编《汲古阁未刻词二十六种》,可补其未备,有清光绪抄本。

明人编辑的较重要的词丛集还有:毛晋《词苑英华》,存汲古阁原刻本,乾隆十七年(1752)洪振珂据以重刊。另有《宋元名家词钞》,共抄录70种词集,大半为《宋六十名家词》所未收,有明抄本藏国家图书馆。

清人辑清以前词为丛集的数量不少,但多以稿本或抄本行世,流传甚稀,刻印而又较著的有侯文灿**《十名家词集》**,收南唐李璟、李煜、冯延巳3人,宋张先、贺铸、葛郯、吴敬、赵以夫5人,元赵孟頫、萨都剌、张埜3人,共11人的词集,有康熙二十八年(1689)侯氏原刻本,嘉庆间阮元辑《宛委别藏》本。

清词数量之巨前所未有,现存清初顺治、康熙词就达5万余首,词人逾2100。今天能看到如此之多的清初词是与曾王孙、聂先合纂的《百名家词钞》分不开的。该书110卷,以顺康间各家专集为底本选定,人各一卷,每卷10余首至数十首不等。各卷首列词目,简介作者,末附各家评语数则。凡词集未刊或刊后湮灭者,赖此以传。本书有康熙二十三年(1864)前后绿荫堂刻本,盖因随到随梓,故历来著录家数不一,《四库全书总目》著录为30家,《中国丛书综录》著录为100家,赵尊岳家藏本为110家,为现存最足本。

康熙初,孙默辑《国朝名家诗余》39卷,收吴伟业、龚鼎孳、陈世祥、陈维崧、董以宁、董俞、梁清标、宋琬、曹尔堪、王士禄、尤侗、黄永、陆求可、邹祇谟、彭孙遹、王士禛共16家,故又名《十六家词》,有康熙初留松阁刻本。《四库全书》抽毁龚鼎孳《香严词》,改名《十五家词》。

清代中期选本增多,而丛刻较少。

近代是汇刻词集的鼎盛时期,概括起来有以下5个特点:(1)词丛集刻本较多,不下四五十种;(2)版本选择佳,校勘精审(详下);(3)既有总括唐、宋、金、元、明各代的词集,也有专收清人的词集,重视近世资料的搜集;(4)出现了较多地域性词丛集,如吴重熹《吴氏石莲庵刻山左人词》、《安徽清代名家词第一集》,董康《广川词录》,吴虞《蜀十五家词》等。(5)出现了专门的女词人总集。

近代开大规模汇刻词集之风的是王鹏运,他于光绪十四年(1888)自刻《四印斋所刻词》62卷,选收南唐词人1家、宋16家,金、元各1家,另收《词林正韵》1种、词选3种、词话1种,凡24种。光绪十九年(1893)又校刻《宋元三十一家词》,收宋词24家、元词7家。王刻二种校勘精审,且多据宋元珍籍,为学界所重。上海古籍出版社1989年据光绪中王氏家塾刻本影印出版《四印斋所刻词》,附全书词名索引。

江标继王氏之踵辑《宋元名家词》17卷，收宋代10家、元代5家，虽可补毛晋《宋名家词》之缺，然校勘不精。有清光绪二十一年(1895)湖南思贤书局刊本，国家图书馆藏傅增湘校本。

为了保存宋、元、明各代刻本面目，吴昌绶于1911～1917年影刻出版《**景刊宋元本词**》61卷，收别集13种、总集4种，凡17种。1917～1923年，陶湘又继之影刻《**景宋金元明本词**》71卷，补编9卷。正编收别集21种、总集2种，凡23种；补编收宋元明词各1种，另有陶湘《叙录》一卷。中华书局于1961年将吴、陶影刊本合为一书影印，名《景刊宋金元明本词》。中国书店于1981年将吴、陶辑43种(含陶氏补编3种)、陶湘《景汲古阁钞宋金词七种》合为一篇，影印出版，名《景刊宋金元明本词五十种》。

近代辑刻词集最多的丛书是朱祖谋的《**彊村丛书**》，该书260卷，汇刻唐宋金元词总集5种，另辑唐词别集温庭筠《金奁集》(实收4家词)1种，词别集收宋112家、金5家、元50家(含朝鲜李齐贤《益斋长短句》)，每集后多附有朱氏校记。本书以网罗稀见善本为主，每种均注明版本来源，前人已刻善本则不收。有归安朱氏1922年三校刊本，江苏广陵古籍刻印社1979～1980年据以影印，上海书店与江苏广陵古籍刻印社1989年据重印本缩印，上海古籍出版社1989年据夏敬观、汪东手批本缩印，并附《彊村遗书》。

赵万里的《**校辑宋金元人词**》73卷，辑词别集65家，其中宋56家、金2家、元7家，另有宋元词总集2种、宋人词话3种。附《宋金元名家词补遗》1卷。本书有51种词集不为其他丛书所收。如已为毛晋、王鹏运、江标、朱祖谋、吴昌绶刻本所收者，则补各刊本之佚词附于诸条之后。书中间附编者按语，多鞭辟入里。本书校辑之精审，又胜前人。有前中央研究院历史语言研究所1931年排印本。

刘毓盘辑《唐五代宋辽金元名家词》60卷，收词集60种、90家，北京大学出版社1925年排印本。是书不甚佳。

可补王鹏运、朱祖谋、赵万里各丛集之遗漏的有周泳先辑《唐宋金元词钩沉》48卷,本书据文澜阁藏《四库全书》宋元人集部等著作,辑得《四印斋所刻词》、《景刊宋金元明本词》、《彊村丛书》、《校辑宋金元人词》未收的词别集31家,其中宋27家、金4家,另有宋元词总集4种、词话一种、补遗一种。有商务印书馆1937年印本。

徐乃昌辑《小檀栾室汇刻闺秀词》是第一部专门收载女词人的大型词丛集。本书112卷,分10集,每集10家,共收100家102种词集,其中明代3家、清代94家、民国3家。书末附录《闺秀词钞》16卷补遗1卷。许多女作家的词集赖本书以传,其功甚巨。有清光绪二十一年至二十二年(1895~1896)南陵徐氏刊本。附录为宣统元年(1909)刊。

陈乃乾辑《清名家词》134卷,收录清初李雯至近代王国维100家134种专集,每种1卷,以作者生卒年代先后编次,首为小传,再为原刻《序言》1至数篇,词加标点,间附校记。全书末附卢前《饮虹簃论清词百家》。有开明书店1937年排印本,上海书店1982年据以影印,分10册装订。本书所据虽多非足本,未收佚词,校勘不甚精审,且任意删除原刻题辞、评语以及序跋,但搜罗广、选择精,清代词宗硕匠,大致齐备。

《清词珍本丛刊》 张宏生编选,本书收录清代词作别集、总集珍贵稿本、抄本、刻本共220种,许多版本中保留了评点、批语,为清词研究重要资料。凤凰出版社2007年出版。今列其子目于下,以便与词别集清代近代部分相参看:

梦香词　汪观著

半舫词　汪价著

豹陵集诗余　梁云构著

豹陵二集诗余　梁云构著

梅村词　吴伟业著

静惕堂词　曹溶著
自课堂诗余　程康庄著
含影词　陈世祥著
休园诗馀　郑侠如著
二乡亭词　宋琬著
香严词　龚鼎孳著(以上第一册11种)
吾丘诗馀　徐籀著
月湄词　陆求可著
南溪词　曹尔堪著
百末词　尤侗著
溪南词　黄永著
直木斋诗馀　任绳隗著(以上第二册6种)
芙蓉集诗馀　宗元鼎著
青城词　魏学渠著
棠村词　梁清标著
扶荔词　丁澎著
闻和草词集　潘书馨著
蓝珍词　董汉策著
董词　董汉策著
董词二集　董汉策著
碧江诗馀　杨在浦著(以上第三册9种)
水晶词　沈三曾著
秋水词　严绳孙著
秋水轩词　严绳孙著
隐居放言词话　夏基著
毛翰林词　毛奇龄著
乌丝词　陈维崧著
丽农词　邹祗谟著

炊闻词　王士禄著
蓉渡词　董以宁著（以上第四册9种）
东斋词略　魏允札著
江湖载洒集　朱彝尊著
茶烟阁体物集　朱彝尊著
静志堂诗馀　朱彝尊著
凝香集　陈祥裔著
玉凫词　董俞著（以上第五册6种）
亦山草堂遗词　陈维崧著
苍梧词　董元恺著
延露词　彭孙遹著
紫云词　丁炜著
含烟阁词　堵霞著（以上第六册5种）
云亭词　仲恒著
半山园词　罗文颉著（以上第七册2种）
绳庵词　傅燮詷著
珂雪词　曹贞吉著
衍波词　王士禛著
浣花词　查容著
南耕词　曹亮武著
耒边词　李符著（以上第八册6种）
聊斋词　蒲松龄著
梨庄词　周在浚著
绮霞词　金烺著
洪崖词　沈朝初著
岸舫词　宋俊著
罗裙草　高不骞著
枕左堂词　孙致弥著

巢青阁集诗馀　陆进著(以上第九册 8 种)
临野堂诗馀　钮琇著
搨花亭词稿　李继燕著
岁寒咏物词　王一元著
披云阁词　汪灏著
蕊楼词　郑熙绩著
清怀词草　徐长龄著
雨窗诗馀　陆令贻著
秋屏词钞　吴贯勉著
南堂词　施世纶著
楝亭词　曹寅著
此木轩直寄词　焦袁熙著
海鸥小谱　赵执信著
式馨堂诗馀偶存　鲁之裕著(以上第十册 13 种)
小红词集　朱经著
四鸣集诗馀　张宗祯著
红萼词　孔传铎著
炊香词　孔传铎著
耦渔词　邹天嘉著
容居堂词钞　周稚廉著
玲珑帘词　吴焯著
清涛词　孔传鋕著(以上第十一册 8 种)
蝶庵词　孔传鋕著
梯仙阁馀课诗馀　陆凤池著
瘦吟楼词　沈时栋著
翠羽词　曹士勋著
香草词　何晴山著
䇿斋诗馀　查元偁著

塞外词　张锦著
春巢诗馀　何承燕著
竹邻遗稿　金式玉著
玉壶山房词选　改琦著
白石山房诗馀　陈沆著
青箱书屋词　王留福著
临啸阁词　朱骏声著
思秋吟馆词集　秦巘著
蕉露词　杨烜著(以上第十二册15种)
泼墨轩词　戴鉴著
清湘瑶瑟谱　朱紫贵著
听泉馆词　程应权著
传研堂诗馀　张鸿基著
东海渔歌　顾春著
梅笙词　庄士彦著
黛香馆词钞　华长卿著
铁箫词　陆㙄著
疏影楼词　姚燮著
疏影楼词续钞　姚燮著
苦海航　姚燮著(以上第十三册11种)
深柳堂词　廉兆纶著
荔雨轩诗馀　华翼伦著
荔香词钞　陈良玉著
抱山楼词录　张炳堃著
水云楼词　蒋春霖著
小园诗馀　徐小园著
听雨芭蕉馆词稿　金黄钟著
剑花龛诗馀　陈祺龄著

煮石山房词钞　江临泰著
小玲珑词舫　钱瑗著
十丈烟萝馆词钞　钱治谦著
见真吾斋诗馀　徐大镛著
兰村诗馀　李长棻著
小酉山房倚声　徐德元著
赌棋山庄词　谢章铤著
夕阳红半楼诗词剩稿　蒋坦著
蕉心阁词　周继煦著（以上第十四册17种）
安蔬斋词　黄恩绶著
墨花轩诗馀　张葆谦著
耕馀诗馀　王源著
冰瓯馆词钞　张丙炎著
箫云仙馆诗馀偶存　刘凤纪著
箫心词　刘凤纪著
秋雅词　蒋日豫著
中白词　庄械著
荔湾渔笛　黄丙堃著
秦镜汉砚斋诗馀　杨夔著
剑虹龛词存　边保枢著
味雪龛词稿　濮文昶著
碧桃仙馆词　赵我佩著
新竹庐词稿　夏溎著
紫石词钞　项瓆著
蕉雪山房诗馀　张宝玙著
洹村词　袁心武著（以上第十五册17种）
梅隐词　万立钱著
小忽雷室诗馀　姚庆恩著

次咸词　赵次咸著
弹绿女子词稿　濮文绮著
芙蓉秋水词　王蜕著
亦云词　佘一鳌著（以上第十六册6种）
翠芝山房诗馀　于光褒著
清闻堂词　俞星垣著
瓣香阁词　刘清韵著
秋瘦阁词钞　唐韫贞著
藤花馆诗馀　陈克常著
蔗畦词　金石著
醉凫词　王继香著
听枫词　陈钟岳著（以上第十七册8种）
望江南百调　惺庵居士著
荔墙词　汪曰桢著
竹勿斋词钞　左绍佐著
花信楼词存　洪炳文著
吴庆坻词　吴庆坻著
清霞室落叶词稿　桂霖著
鸡肋词　唐嘉禾著
惜馀芳馆词稿　朱怀新著
病眉楼词　朱冠瀛著
白雨斋词存　陈廷焯著
双翠轩词稿　卓孝复著
瑶情词　邓濂著
三蕉词　陈得善著
南乡子词　陈得善著
绿薏词　陈得善著
虚斋词　陈荣昌著

三桐村词　陈荣昌著（以上第十八册 17 种）
朱青长词集　朱青长著
竹帘词　王树藩著（以上第十九册 2 种）
疏帘淡月屋词草　英瑞著
倚盾鼻词草　包荣翰著
醉眠芳草诗馀　包荣翰著
顽叟词钞　贾霈周著
驾辨顾词　沈修著
清声阁诗馀　吕凤著
馀园词稿　陆文键著
拜梅书屋词钞　周焌圻著
方泽山词稿　方尔咸著
大厂词稿　易孺著
双清池馆诗馀　易孺著
适斋诗馀　盛孚泰著（以上第二十册 12 种）
菉猗室京俗词　姚华著
金谿词　魏繇著
北海渔唱　王寅著
石琴词　肤道人著
径北草堂词稿　管晏著
蛰庵诗馀　唐景垚著
瘦眉词　张素著
醒愁词　陆沈子著
郁园未定草诗馀　胡道文著
莐庵遗翰　余肇湘著
守白词　许之衡著
杨庄词录　杨庄著
晓珠词　吕碧城著（以上第二十一册 13 种）

下里巴人　彭俊生著

香草词　梦花散人著

炙砚词　宋梅著

耐园诗馀　鲁俾侯著

二恬诗馀　袁兰著

过江集诗馀　翟禾夫著

碧窗词　魏熊著

秋水轩倡和词　曹尔堪等著

支机集　蒋平阶等著

今词初集　顾贞观等辑（以上第二十二册10种）

词覯　傅燮詷辑

梅里词绪　薛廷文辑

梅里词选　薛廷文辑

梅里词辑　沈爱莲辑

词轨辅录　杨希闵辑（以上第二十三册5种）

国朝词鹄　张远霖辑

思读误书室钞校五家词　翁之润辑

惆怅词前集　无名氏辑

词略　无名氏辑（以上第二十四册4种）

三、词全集

汇编词全集的工作，在近代就受到重视，如孙德谦编《全金词》、林大椿编《唐五代词》等，虽多所遗漏，但草创之功不可没。前人（尤其近代学者）汇刻词集之举，为现当代学者整理汇编词全集打下了基础。自1940年唐圭璋《全宋词》出版以来，目前已出版或正在编辑中的词全集囊括了唐宋金元明清（含近代）各代，在近人汇刻词丛集的基础上又前进了一大步。现将重要的词全集简介如下（依所收词作之时代为序）：

《全唐五代词》 张璋、黄畲编。收录唐五代词2500余首,有名可查之作者170余家。分8卷,卷1至3为唐词,按作者时代先后编排;卷4至6为五代词,先标国名,再以作者时代先后排列;卷7敦煌词;卷8无名氏词及仙鬼词。体例基本与《全宋词》相同,唯出校文,于每首词后间列笺评,更便读者。书后附录引用书目、唐五代词互见表、本编末收入各调备查表、作者索引。上海古籍出版社1986年版。是书出版后,即以体例不纯、讹缺时见、难以信据为学术界所诟病,中华书局1999年出版曾昭岷、曹济平、王兆鹏、刘尊明《全唐五代词》,分正、副编,正编收录确定为曲子词的作品1961首,副编收录难以断定诗词属性的作品和前人误以为词的诗作共848首,成为目前收词最为完备,考校最为精审的唐五代词总集。

《全宋词》 唐圭璋编。收录宋代词人1330余家、词作2万余首。依时代先后为序,编录诸家词作。词人名下,多附小传。所录词作皆以善本、足本为据,并详加校勘、考订,间附案语,辑录之词均注出处。书前有引用书目,书末附作者索引。商务印书馆1940年出版线装本后,编者又重新整理,并经王仲闻补订加工,由中华书局1965年出版。嗣后编者又作修补订正,写成《订补续记》,附于中华书局1979年版《全宋词》之末。孔凡礼从明钞本《诗渊》及其他文献中辑录遗佚,成《全宋词补辑》,收录作家140余人(其中41人已见《全宋词》),词作430余首,中华书局1981年版。中华书局1999年将《全宋词》改版重印,改繁体竖排为简体横排,改正错讹,将《订补附记》、《订补续记》移入相应位置,书末附《全宋词补辑》。

《全金元词》 唐圭璋编。收录金元词人282家,词作7293首。其中金词人70家,词3572首;元词人212家,词3721首。体例仍《全宋词》,中华书局1979年版。2000年重印时,在书后附有唐先生的女儿唐棣棣、女婿卢德宏撰写的《订补附记》。

《全明词》 饶宗颐初纂,张璋总纂。共收词家1390馀人,词作约 2 万首。中华书局 2004 年分 6 册出版。该书问世后,学界指出错讹缺漏甚多,周明初、叶晔即有《全明词补编》2 册问世,浙江大学出版社 2007 年出版。

《全清词》 程千帆等编。计划分五卷:顺康卷、雍乾卷、嘉道卷、咸同卷、光宣卷。中华书局 2002 年出齐顺康卷 20 册,收录词家 2100 家,词作 5 万多首。《顺康卷》出版后,张宏生又进行补遗,成《全清词顺康卷补编》4 册,补得词人 457 家,词作 11000 馀首,南京大学出版社 2008 年出版。

第二节 词别集及有关资料

词别集,指作家个人的词集。其流传大致有三种情况:(1)单行词集。词虽在北宋已形成一种独立的文体,但似乎尚未被普遍承认为"正统"文学,故当时一般不把词收入文集而在集外单行。单行词集往往容易散佚,或虽有传本,因年代久远,常与原貌有出入。(2)文集中的词集。南宋时,词作一般收入文集;南宋人编刻北宋人的词集,也往往采用同样的办法。但也有收入文集的词,又另出单刊本,且内容不尽相同。(3)丛书中的词集,上一节已论及。现以时代为序,选介历代作家词别集及年谱等资料(但该作家的年谱若在本编第三章已介绍,则本节不重复著录)。

一、唐五代

唐五代有姓名可查考的词作者共 170 余家,词 2500 余首,词集(含原无词集或词集早佚,后人辑刊而成者)20 余种,现简介数家。

温庭筠(约 812～约 866) 有《握兰集》3 卷、《金荃集》10 卷。今存《金荃词》1 卷,刊入《唐五代二十一家词辑》,又有《唐五代宋辽金元名家词集》本。上海古籍出版社 1988 年出版曾昭岷《温韦冯词新校》。中国书店2003年出版张红《温庭筠词新释辑评》。上海古籍出版社2010年出版聂安福导读《温庭筠词集》(与《韦庄词集》合刊)。夏承焘有《温飞卿系年》,见《唐宋词人年谱》(上海古籍出版社1979年出版修订本)。

韦　庄(约836～910)　韦词向无专集,《全唐诗》自《花间集》、《尊前集》、《草堂诗余》等辑录54首。王国维辑得《浣花词》1卷,入《唐五代二十一家词辑》。人民文学出版社1958年出版向迪琮校订《浣花词集》。上海古籍出版社1988年出版《温韦冯词新校》。注本有:胡鸣盛《韦庄词注》,莲丰草堂1923年石印本;刘金诚《韦庄词校注》,中国社会科学出版社1981年版。李谊《韦庄集校注》,四川社会科学出版社1986年版。山东教育出版社2002年出版齐涛《韦庄诗词笺注》。上海古籍出版社2002年出版聂安福《韦庄集笺注》。上海古籍出版社2010年出版聂安福导读《韦庄词集》(与《温庭筠词集》合刊)。夏承焘有《韦端己年谱》,见《唐宋词人年谱》。

冯延巳(903～960)　据《直斋书录解题》,其词集于宋时有元丰中高邮崔公度本,名《阳春录》,后散佚。宋嘉祐时陈世修辑得120首,名《阳春集》。冯氏为五代词人存词最多者,然其中杂有他人作品。有康熙二十八年(1689)侯文灿《十名家词集》本,又有陈秋帆《阳春集笺》,上海南京书店1933年刻入《词学丛刊》。上海古籍出版社1988年出版《温韦冯词新校》。夏承焘有《冯正中年谱》,见《唐宋词人年谱》。

李　煜(937～978)　词集宋本已佚,今有明万历三十六年(1608)吕远墨华斋刊本、《十名家词集》本,清宣统元年(1909)沈宗畸《晨风阁丛书》王国维校补南词本。人民文学出版社1957年出版宋无名氏辑、王仲闻校订的《南唐二主词校订》。笺注本甚多,较好的有詹安泰《李璟李煜词》,人民文学出版社1958年出版。唐圭璋《南唐二主词汇笺》,正中书局1966年版。有关李煜及其词作的研究资料还有：唐文德《李后主词创作艺术的研究》，台湾光启出版社1975年版；文学遗产编辑部编《李煜讨论集》，作家出版社1957年版；夏承焘编有《南唐二主年谱》（李璟、李煜），见《唐宋词人年谱》；高兰、孟祥鲁编《李后主评传》，附诗词辑注，齐鲁书社1985年版；杨军《南唐后主李煜传》，吉林人民出版社2010年版，等等。

唐人的词集还有：李白《李太白词》1卷，《蜀十五家词本》；易静《兵要望江南》1卷抄本；藏国图；皇甫松《檀栾子词》1卷及韩偓《香奁词》1卷均入《唐五代二十一家词辑》。

五代时，后晋和凝《红叶稿词》，前蜀牛峤《牛给事词》、薛昭蕴《薛侍郎词》、尹鹗《尹参卿词》、李珣《琼瑶集》、张泌《张舍人词》、毛文锡《毛司徒词》、魏承班《魏太尉词》，后蜀顾敻《顾太尉词》、鹿虔扆《鹿太保词》、阎选《阎处士词》、毛熙震《毛秘书词》、牛希济《牛中丞词》、欧阳炯《欧阳平章词》，荆南孙光宪《孙中丞词》等，均为1卷，王国维辑入《唐五代二十一家词辑》，有《海宁王忠悫公遗集》本。

二、宋代

词至宋代，蔚为大观，词作家达1300余人，词作2万余首，流传的词集几近300家，择其要者简述如下（各家词集均为多种丛书收列，叙述版本时不一一罗列）：

张　先（990～1078）　词集名《张子野词》又名《子野词》，1卷，有明吴讷《百家词本》，清《十五家词集》本。鲍氏《知不足斋丛书》本为2卷，补遗2卷。朱祖谋辑《湖州词征》收《张先词》2卷。江苏广陵古籍刻印社1984年出版线装本《张子野词》。又：收入《四库全书》者，名《安陆集》，1卷，附录1卷。浙江古籍出版社1996年出版吴熊和、沈松勤校注《张先集编年校注》，书末附事迹补正、传记资料、序跋评论等。夏承焘有《张子野年谱》，见《唐宋词人年谱》。

晏　殊(991～1055)　有《珠玉集》(又名《珠玉词》)1卷,有《宋六十名家词》本,明吴讷《百家词》本,南京图书馆藏明抄本,国家图书馆藏清抱经斋抄本。咸丰三年(1852)晏端书刊《珠玉词钞》1卷、《补钞》1卷,录词137首,然不尽可信。中国书店2003年出版刘扬忠编著《晏殊词新释辑评》。上海古籍出版社2008年出版张草纫《二晏词笺注》。夏承焘有《二晏年谱》,见《唐宋词人年谱》。

柳　永(约987～约1053)　据《文献通考》,其词原有《乐章集》9卷,后散佚不全。其集又名《柳公乐章》、《柳屯田乐府》。清光绪二十七年(1901)吴重熹石莲庵汇刻《山左人词》本作1卷,逸词1卷。《宋六十名家词》本合为1卷,讹误较多,较好的是《彊村丛书》本。又国图藏明抄本,赵琦美校并跋,周叔弢校。国图藏清劳巽卿抄校本,3卷,续添曲子1卷。中州古籍出版社1991年出版姚学贤、龙建国校注《柳永词详注及集评》。中国书店2005年出版顾之京、姚守梅、耿小博编著《晏殊词新释辑评》。中华书局1997年出版薛瑞生《乐章集校注》修订版。上海古籍出版社1998年出版日人宇野直人《柳永论稿 词的源流与创新》。三秦出版社2008年出版薛瑞生《柳永别传 柳永生平事迹证稿》。

欧阳修(1007～1072)　原有词集《平山集》传世,此本今佚。今存有南宋庆元二年(1196)吉州本《欧阳文忠公集》卷131～133《近体乐府》3卷,南图藏宋刊残本《醉翁琴趣外篇》。北京文学古籍刊行社1955年印行《六一词》1卷,附补抄及校勘记。中华书局1986年出版黄畲《欧阳修词笺注》。中国书店2001年出版邱少华《欧阳修词新释辑评》。巴蜀书社2007年出版横海、李之亮《欧阳修集编年笺注》。上海古籍出版社2006年出版刘德清《欧阳修纪年录》。中华书局2009年出版洪本健《欧阳修资料汇编》。

晏几道(约1040～约1112)　其词初号《乐府补亡》,后改名《小山集》,或名《小山词》,1卷,为作者手自编定。有《四库全书》本,清晏端书刻《二晏词抄》本。上海光华书局1929年出版《欣赏丛书》，内收郑文焯校正，贺扬灵校1卷本。上海商务印书馆1947年出版王焕猷《小山词笺》。台湾文津出版社1981年出版李明娜《小山词校笺注》。中国书店2007年出版王双启《晏几道词新释辑评》。夏承焘有《二晏年谱》，见《唐宋词人年谱》。学林出版社1991年出版吴林抒、万斌生《二晏研究论集》。吉林人民出版社1999年出版陶尔夫、杨庆辰《晏欧词传》。南开大学出版社2010年出版唐红卫《二晏研究》。

苏　轼(1037～1101)　东坡词版本颇多。今有南宋绍兴二十一年(1151)曾慥编刻《东坡词》2卷，拾遗1卷，明吴讷《百家词》收。元延祐七年(1320)叶曾云间南阜草堂刻本，王鹏运据以刻入《四印斋所刻词》，北京古典文学出版社、中华书局上海编辑所分别于1957年、1959年据以影印，上海古籍出版社1979年出版陈允吉点校本。笺注本有商务印书馆1936年出版(1958年重印)的龙沐勋《东坡乐府笺》3卷，据朱彊村本作笺，并录宋代傅干注；上海古籍出版社2009年出版朱怀春点校本。台北华正书局1980年出版曹树铭《东坡词编年校注及其研究》。华中师范大学出版社1990年出版石声淮、唐玲玲《东坡乐府编年笺注》。三秦出版社1998年出版薛瑞生《东坡词编年笺证》。中华书局2002年版、2007年新版邹同庆、王宗棠《苏轼词编年校注》。中国书店2007年出版朱靖华等《苏轼词新释辑评》。中华书局1998年出版孔凡礼《苏轼年谱》。

黄庭坚(1045～11105)　《宋史·艺文志》载黄庭坚"乐府二卷"，今佚。南宋闽刻《山谷琴趣外篇》3卷本，陶湘《续景刊宋金元明本词》、《四部丛刊》三编均据以影印。《四库全书》采用毛晋刻本收《山谷词》1卷。国图藏明弘治刻嘉靖修《豫章黄先生词》1卷。中华书局1958年出版龙榆生校点《苏门四学士词》(包括黄庭坚、秦观、晁补之《晁氏琴趣外篇》、张耒《柯山词》)。台湾文史哲出版社1973年出版李居取《苏门四学士词研究》。四川大学出版社

2001年出版刘琳等校点《黄庭坚全集》，上海古籍出版社2001年出版马兴荣、祝振玉校注《山谷词》，附有年谱、传记序跋和评论资料，2011年新版。社会科学文献出版社1997年出版郑永晓《黄庭坚年谱新编》。

秦　观(1049～1100)　有《淮海居士长短句》3卷，北图藏宋乾道刻绍熙修本(下卷有残缺)。又有香港据日本内阁文库藏宋乾道高邮郡学刊本影印本。校点笺注本有：中华书局1958年版龙榆生校点《苏门四学士词》，四川人民出版社1984年出版杨世明《淮海词笺注》，上海古籍出版社1985年出版徐培均校注《淮海居士长短句》。中州古籍出版社1988年出版张璋、黄畬校笺《秦观词集》。人民文学出版社2001年出版周义敢等《秦观集编年校注》。中国书店2003年出版徐培均、罗立刚《秦观词新释辑评》。中华书局2002年出版徐培均著《秦少游年谱长编》。

贺　铸(1052～1125)　《直斋书录解题》著录其词《东山寓声乐府》3卷。今存残宋本《东山词》上卷，《十名家词集》、《四印斋所刻词》、《景刊宋元明本词四十种》、《彊村丛书》均据以影印，后者并收入《贺方回词》2卷，《东山词补》2卷。北图藏赵氏星凤阁抄本2卷，与《阳春集》同订一册。上海古籍出版社1989年出版钟振振校注《东山词》。

周邦彦(1057～1121)　《清真词》在宋绍兴间已刻行，今可考者，宋刻11种。其时词集或名《清真集》、《清真长短句》、《清真诗余》，又名《美成长短句》、《片玉词》等。今有宋刊、元刊、明刊及多种抄本行世。江苏广陵古籍刻印社1980年影印出版《片玉集集注》2卷，补遗1卷。中华书局1981年出版吴则虞校点《清真集》，后附《版本考辨》。江西人民出版社1983年出版蒋哲伦编校《周邦彦集》，包括诗、文、词。齐鲁书社1985年影印出版《乔大壮手批周邦彦片玉集》。三联书店香港分店1985年出版罗忼烈《周邦彦清真集笺》。陈思有《清真居士年谱》(附郑文焯校记)，收入金毓黻辑

《辽海丛书》。香港九龙学津书店1980年出版韦金满《周邦彦词研究》。广东人民出版社1990年出版钱鸿瑛《周邦彦研究》。中国书店2006年出版王强《周邦彦词新释辑评》。中华书局2002年出版孙虹《清真集校注》。上海古籍出版社2008年出版罗忼烈《清真集笺注》。三秦出版社2006年出版薛瑞生《周邦彦别传 周邦彦生平事迹证稿》。

朱敦儒(1081～?)　词集原名《太平樵唱》(据张端义《贵耳集》),又作《朱敦儒词》(据《宋史·艺文志》),3卷。今传本《樵歌》3卷,有《百名家词》本,《四部丛刊》影印明毕氏活字本,《津逮秘书》本、四印斋本、《彊村丛书》本等。北新书店1927年出版章依萍校点本,文学古籍刊行社1958年出版龙元亮校点本。贵州人民出版社1985年出版沙灵娜《樵歌注》。上海古籍出版社1998年出版邓子勉校注《樵歌》。

李清照(1084～1155)　其词集《直斋书录解题》著录为《漱玉集》1卷,注云:"别本作五卷",《宋史·艺文志》著录《漱玉词》6卷,黄昇《花庵词选》作3卷,俱佚。今传本《漱玉词》1卷,毛晋汲古阁用明洪武三年(1370)钞本刊刻。清光绪十五年(1889)四印斋刊俞正燮辑本1卷,补遗1卷,附录1卷。人民文学出版社1979年出版王学初《李清照集校注》,是李清照词、诗、文的结集,其中收词57首,书末附事迹编年、著作考等。齐鲁书社1981年版、1987年重印黄墨谷《重辑李清照集》,中收《漱玉词》3卷,并录存其诗文,附年谱及历代评论,中华书局2009年再版。台北文海印刷公司1980年出版何广棪《李易安集系年校笺》。上海古籍出版社2002年出版徐培均《李清照集笺注》。中国书店2003年出版陈祖美《李清照词新释辑评》。济南出版社2005年出版徐培均《李清照全集评注》。有关李清照的研究著作还有:王延梯《李清照评传》,陕西人民出版社1982年版;褚斌杰等编《李清照资料汇编》,中华书局1984年版;《李清照研究论文集》,附索引,中华书局1984年版;王瑶《李清照研究论稿》，内蒙古人民出版社1987年版；季啸风主编《李清照研究：〈台港及海外中文报刊资料专辑〉特辑》，书目文献出版社1987年版；等等。

张元幹（1091～1160后）　有《芦川词》，《直斋书录解题》著录为1卷，《宋史·艺文志》作2卷。今传2卷本有《百家词》本、《景刊宋金元明本词》本，江阴缪氏1912年覆宋刻本。1卷本有《宋六十名家词》本，为《四库全书》所据，又有《四部备要》本。《百家词》本不分卷。上海古籍出版社1978年出版《芦川归来集》校点本，内收词2卷，180余首。曹济平校注《芦川词》，上海古籍出版社1991年出版。黄佩玉《张元幹研究》，三联书店香港分店、广东人民出版社1986年版。齐鲁书社1993年出版曹济平《张元幹词研究》。王兆鹏《张元幹年谱》，南京出版社1989年版。

陆　游（1125～1210）　宋本《渭南居士文集》中收词2卷，130首，《景刊宋元明本词四十种》据以影刻，《宋六十名家词》录《放翁词》1卷，依调分列，与原集微异。中华书局1976年版《陆游集》中也收词作。上海古籍出版社1981年出版夏承焘、吴熊和《放翁词编年笺注》。中国书店2001年出版王双启《陆游词新释辑评》。上海古籍出版社2006年出版于北山《陆游年谱》。

张孝祥（1132～1170）　其词集在宋有多种刊本，今存宋本两种：一种附于宋本《于湖居士文集》卷31至卷34，名《乐府》，收词182首，后刊入《景刊宋金元明本词四十种》。（按，上海古籍出版社1980年出版徐鹏校点《于湖居士文集》）。一种为宋乾道间刊《于湖居士长短句》5卷，又拾遗1卷，也收入《景刊宋金元明本词四十种》。又有《宋六十名家词》本《于湖词》3卷。黄山书社1993年出版宛敏灏《张孝祥词笺校》，2010年中华书局修订出版。安徽人民出版社1993年出版韩酉山《张孝祥年谱》。中华书局2006年出版宛新彬《张孝祥研究资料》。

辛弃疾（1140～1207）　辛词传世版本有两个系统：一为4卷

本，名《稼轩词》，分甲、乙、丙、丁集，有《百家词》本，收词427首，商务印书馆据汲古阁景宋钞本影印本，《四库全书》用汲古阁刊本。一为12卷本，名《稼轩长短句》，有元大德刊本，今藏北图，收词572首。四印斋本、古典文学出版社1957年影印本、中华书局上海编辑所1959年影印本均据此本，上海书画社1974年据大德本及四印斋翻刻元本刻印出版。清辛启泰自《永乐大典》辑《补遗》1卷，收入《四部备要》。校笺本有：上海人民出版社1975年版陈允吉校点本；曼殊室1929年刊梁启超、梁启勋《稼轩词疏证》6卷，中国书店1980年据以影印；上海古典文学出版社1957年出版邓广铭《稼轩词编年笺注》8卷，中华书局1993年增订本最完善。中国书店2006年出版朱德才等《辛弃疾词新释辑评》。台湾文津出版社1980年出版陈满铭《稼轩词研究》。齐鲁书社1990年出版刘扬忠《辛弃疾词心探微》。中华书局2004年出版辛更儒《辛弃疾资料汇编》。三联书店2007年出版邓广铭《辛弃疾传 辛稼轩年谱》。

陈　亮(1143～1194)　《直斋书录解题》著录其文集40卷，外集4卷，并注云："外集皆长短句"。《宋史·艺文志》作"《陈亮外集词》4卷"。今传1卷本，名《龙川词》，有《百家词》本、《宋元名家词》本，《四库全书》有毛刻本等，四印斋刊《龙川词补》1卷。中华书局上海编辑所1961年出版夏承焘校笺、牟家宽注《龙川词校笺》，上海古籍出版社1982年再版。人民文学出版社1980年出版姜书阁《陈亮龙川词笺注》，详引陈亮的政论奏疏等各种文章与词句互证，俾以深切了解词人的思想与创作意图。商务印书馆1936年出版童振福《陈亮年谱》。

刘　过(1154～1206)　《直斋书录解题》著录《刘改之词》1卷。今传《龙洲词》，《百家词》所收为2卷本，《彊村丛书》本2卷、补遗1卷附校记1卷。1卷本有蟫隐庐1923年据沈愚刻本增补、罗振常校本，《四库全书》本。上海古籍出版社1978年出版杨明《龙洲集》校点本，内收词集。书末附有关刘过生平，作品资料。江西人民出版社1999年出版马兴荣《龙洲词校笺》。

姜　夔(约1155~1221)　词集名《白石道人歌曲》,又名《白石词》、《白石道人词》。刻本可考者有10余种。传世版本有:《彊村丛书》用江炳炎旧抄本校刻本,6卷,补遗1卷。《知不足斋丛书》本、《四部丛刊》本、《丛书集成初编》本等均为4卷、别集1卷。又有人民文学出版社1959年版夏承焘《白石诗词集》校勘本,该书收诗、诗说、歌曲3种,都是根据最早最好的本子校辑而成,另有词17首,都旁注当时的工尺谱,此为现在仅存的宋词乐谱。疏证笺评本有陈思《白石道人词疏证》(收入《辽海丛书》),上海商务印书馆1929年版陈柱《白石道人词笺评》。夏承焘有《姜白石词编年笺校》,中华书局上海编辑所1958年版,1961年再版,再版本颇多增补,包括词论、词笺、辑传、版本考、行实考等。广东人民出版社1983年出版夏承焘校、吴无闻注释《姜白石词校注》。台湾学生书局1998年出版黄兆汉《姜白石词评注》。中国书店2001年出版刘乃昌《姜夔词新释辑评》。中华书局2009年出版陈书良《姜白石词笺注》。夏承焘有《姜白石系年》,见《唐宋词人年谱》。

史达祖　南宋词人,生卒不详。词作旧与周、姜并称,词集《梅溪词》1卷,有《宋六十名家词》本,《四印斋所刻词》本,上海古籍出版社1988年出版雷履平、罗焕章校注本。天津人民出版社1994年出版王步高《梅溪词校注》。

刘克庄(1187~1269)　词集名《后村长短句》,又名《后村别调》、《后村词》等。有《百家词》本,《景刊宋金元明本词》本,为2卷。又有《宋六十名家词》本,为1卷。《彊村丛书》本作5卷,南图藏康熙抄本,5卷,补遗1卷。上海古籍出版社1980年出版钱仲联《后村词笺注》,收词264首。中国书店2001年出版欧阳代发、王兆鹏《刘克庄词新释辑评》。贵州人民出版社1993年出版程章灿《刘克庄年谱》。

吴文英(约1200~约1260)　词集名《梦窗稿》,又名《梦窗词集》。在宋时有两种版本：一是尹焕序本，见《中兴以来绝妙词选》卷10；一是旧刊《六十家词》本，见《词源》卷下。今有4卷本和1卷本传世。4卷本如《四明丛书》本、《四库全书》用毛刻本；1卷本有《彊村丛书》本、国图藏明抄本等。朱孝臧有四校定本《梦窗词集》1卷，刻入《彊村遗书》。江苏广陵古籍刊行社1980年据明万历张廷璋藏本《梦窗词萃》影印出版。笺注者有：朱孝臧《梦窗词集小笺》，收入《彊村丛书》。上海人文印书馆1933年版杨铁夫《梦窗词选笺释》，附补笺、事迹考。抱香室1936年排印出版杨铁夫《梦窗词全集笺释》。广东人民出版社1992年出版杨铁夫笺，陈邦炎、张奇慧校点《吴梦窗词笺释》。又有夏承焘《梦窗词集后笺》，见《唐宋词论丛》(古典文学出版社1956年出版，中华书局上海编辑所1962年增订版)。中国书店2007年出版赵慧文、徐育民《吴文英词新释辑评》。田玉琪有《徘徊于七宝楼台——吴文英词研究》，中华书局2004年出版。钱鸿瑛有《梦窗词研究》，上海古籍出版社2005年版。周茜著《映梦窗 零乱碧：吴文英及其词研究》，广东教育出版社2006年出版。夏承焘有《吴梦窗系年》，见《唐宋词人年谱》。中华书局2006年出版马志嘉、章心绰《吴文英资料汇编》。

刘辰翁(1232～1297) 有《须溪集》100卷，其子刘将孙编，明时佚。《四库全书》自《永乐大典》辑得10卷，末3卷为词。《彊村丛书》本《须溪词》据钱唐丁氏善本书室藏旧抄本，与《四库》本参校，得词347首。江西人民出版社1987年出版段大林点校《刘辰翁集》，卷8～10为词。上海古籍出版社1998年出版吴企明校注《须溪词》。

周　密(1232～1298) 有词集《蘋洲渔笛谱》2卷，又名《草窗词》，盖出于作者宋季手定。有《百家词》本，《知不足斋丛书》本。吴氏石莲庵《山左人词》本为2卷，补遗2卷。上虞罗氏影宋刊《草窗韵语》6卷本，乌程蒋氏密韵楼覆刻宋本6卷。乾隆二十五年

(1760)扬州汪恂新安刻《蘋洲渔笛谱笺》2卷本。清江昱为《蘋洲渔笛谱》作考证,将题中人、地、岁月,及本事、轶事、词话、倡和之作疏附词后,并辑见于《草窗词》及其他书者为"集外词"1卷,有《彊村丛书》本、《四部备要》本。夏承焘有《周草窗年谱》,附《草窗著述考》、《乐府补题考》,见《唐宋词人年谱》。文化艺术出版社1999年出版朱德才主编《增订注释李清照姜夔周密词》。齐鲁书社1993年出版金启华、萧鹏《周密及其词研究》。

王沂孙(？～1291前)　词集《花外集》,又名《碧山乐府》,1卷。《知不足斋丛书》本收词65首,王鹏运据以校订,收入《四印斋所刻词》。又有《百家词》本、名《玉笥山人集》。上海古籍出版社1988年出版吴则虞笺注《花外集》。广东人民出版社1995年出版詹安泰《王沂孙词笺注》。文化艺术出版社1999年出版朱德才主编《增订注释王沂孙张炎词》。中国书店2006年出版高献红《王沂孙词新释辑评》。南海出版公司2007年出版史克振《王沂孙词笺注》。南京出版社1991年出版王筱芸《碧山词研究》。

蒋　捷(？～?)　词集《竹山词》,今传最早为黄丕烈藏元人抄本,藏台北"国家图书馆",《彊村丛书》本即据此本校刊。上海古籍出版社1988年出版黄明点校本《竹山词》。中华书局2010年出版杨景龙《蒋捷词校注》。

张　炎(1248～1320?)　词集原名《玉田集》,又名《玉田词》,《百家词》中收2卷本。今《山中白云词》源出陶宗仪抄本,清初朱彝尊录自钱庸亭,厘为8卷,康熙中钱塘龚翔麟刊刻,雍正四年(1726)曹炳曾重刻。乾隆十八年(1753)江昱为作疏证,收入《彊村丛书》。又8卷,附录1卷,逸事1卷,有《榆园丛刻》本。中华书局1983年出版吴则虞校辑《山中白云词》,附有补遗及传记、序录、词话、版本述略等。辽宁教育出版社2001年出版葛渭君、王晓红校辑《山中白云词》。杨海明有《张炎词研究》,全面论述张炎生平、词学渊源、艺术趣味等,齐鲁书社1989年版。

三、辽金元明

辽词传世者似只有萧观音《回心院词》，保留在王鼎的《焚椒录》(有人疑为伪书)中，又有《津逮秘书》本、《宝颜堂秘笈》本。

据现存资料统计，金代词人约 70 余家，传世词作 3500 余首，词集近 30 家。元代词人约 110 余家，词作 3700 余首，词集 70 余家。以上统计包括收藏于《道藏》中的大量金元道士词。明代词创作趋于式微，可称道者不多。今选介金、元、明十八家。

吴　激(1090～1142)　吴氏为金代词坛盟主。清龚显曾《金史艺文志补录》载其"《东山集》十卷，并《乐府》"。其集已佚，今有赵万里《校辑宋金元人词》本《东山乐府》1 卷。《全金元词》录其词 10 首。

蔡松年(1107～1159)　其词与吴激齐名，时号"吴蔡体"。有词集《明秀集》(又名《萧闲老人明秀集》)传世。金魏道明《萧闲老人明秀集注》6 卷，惜已缺卷 4 至 6，有《四印斋所刻词》本，收词 72 首。《石莲庵汇刻九金人集》另增补遗 1 卷。清孙德谦辑《明秀集补遗》1 卷，收入《金源七家文集补遗》。《全金元词》收蔡作 84 首。

元好问(1190～1257)　词为金朝一代之冠，足与两宋词家并比。《遗山乐府》有《百家词》1 卷本，《宛委别藏》5 卷本。词集又名《遗山先生新乐府》，有《殷礼在斯堂丛书》5 卷本，《石莲庵汇刻九金人集》本别增补遗 1 卷。《元遗山先生全集》中也录《新乐府》4 卷。《景刊宋金元明本词》据明弘治高丽晋州刊本影印 3 卷本，《彊村丛书》据以校印，并附《校记》1 卷。中国展望出版社 1987 年出版贺新辉《元好问诗词集》辑注本。山西古籍出版社 2001 年出版马现诚等选注《元好问词注析》。凤凰出版社 2006 年出版赵永源《遗山乐府校注》。中国妇女出版社 1990 年出版贺新辉《元好问诗词研究》。郝树侯、杨国勇有《元好问传》，山西人民出版社 1990 年版。学苑出版社 2008 年出版孔凡礼《元好问资料汇编》。

白　朴(1226～1306后)　主要生活在元代,以戏曲而掩其词名。其词颇有佳制,今传《天籁集》2卷。有《四库全书》本、《四印斋所刻词》本,清康熙四十九年(1710)杨希洛精刊本、《石莲庵汇刻九金人集》本别增《摭遗》1卷。孙德谦辑《天籁集补遗》1卷,有《金源七家文集补遗》本。

刘　因(1249～1293)　有词集1卷传世,《百家词》本名《静修词》,《景刊宋金元明本词四十种》本名《静修先生文集乐府》,《四印斋所刻词》、《彊村丛书》所录作《樵庵词》,《彊村丛书》又录《樵庵乐府》1卷。南京大学出版社1996年出版商聚德《刘因评传》。

赵孟頫(1254～1322)　词集《松雪词》1卷,又名《松雪斋词》。有《百家词》、《十名家词集》、《宋元名家词》等丛书本。元刊本《松雪斋文集》中收《乐府》1卷,《景刊宋金元明本词四十种》据以刊入。又有浙江古籍出版社1986年版任道斌《赵孟頫集》校点本,西泠印社出版社2010年出版黄天美点校《松雪斋集》。河南人民出版社1984年出版任道斌《赵孟頫系年》。

张　雨(1277～1348)　有《贞居词》1卷传世。版本较多,有《西泠词萃》本。通行的《彊村丛书》本、《四部备要》本别附补遗1卷。

张　翥(1287～1368)　元末最负盛名的词人,有《蜕岩词》2卷。版本如《百家词》本、《四库全书》本等,《彊村丛书》本较好,附《校记》1卷。

萨都剌(约1305～约1355)　词作虽少而影响颇大。《宋元名家词》中收其词集《雁门集》1卷,《十名家词集》、《粟香室丛书》中录《天锡词》1卷。上海古籍出版社1982年出版殷孟伦等《雁门集》校点本,内附《诗余》,收词14首。高等教育出版社2005年出版杨光辉《萨都剌生平及其著作实证研究》。

邵亨贞(1309～1401)　《蚁术词选》4卷,有《宛委别藏》本、《四印斋所刻词》本,《景刊宋金元明本词四十种》附收。又有光绪十七年(1891)况氏刻本。台湾故宫博物院藏清嘉庆间阮元进呈旧钞本。

刘　基(1311～1375)　有《写情集》,振绮堂嘉靖中重刊《诚意伯文集》20卷中17、18即是,又有《四库全书》本。《景刊宋金元明本词四十种》附有《写情集》4卷。浙江古籍出版社1999年出版林家骊点校《刘基集》。北京图书馆出版社2004年出版杨讷《刘基事迹考述》。

杨　基(1326～?)　《眉庵词》1卷。有《晨风阁丛书》本。又载于《眉庵集》(有明成化刊本、《四库全书》本)。巴蜀书社2005年出版杨世明、杨隽校点《眉庵集》。

高　启(1336～1374)　有词《扣舷集》1卷,见附于《四部丛刊》本《高太史凫藻集》和《四部备要》本《青邱高季迪先生诗集》后。又有清金檀辑注《青邱高季迪先生扣舷集》,不分卷,复旦大学图书馆藏旧钞本。上海古籍出版社1985年出版金檀辑注《高青丘集》。

瞿　佑(1341～1427)　词集名《香台集》,3卷。北图藏明钞本。《惜阴堂丛书》收其《乐府遗音》。浙江古籍出版社2010年出版乔光辉《瞿佑全集校注》。

杨　慎(1488～1559)　《升庵长短句》3卷,有明万历《升庵集》本、四库全书本。四川人民出版社1980年出版王文才辑校《杨慎词曲集》。南京大学出版社1998年出版丰家骅《杨慎评传》。

陈子龙(1608～1647)　其词今见存于《幽兰草》中为1卷,又《棣萼香词》(又名《棣萼轩唱和诗余》)存其《湘真阁存稿》1卷。其弟子王沄将上述两种集子中的作品及集外零篇辑存于《焚余草》中,王昶又据以编入《陈忠裕公全集》。上海古籍出版社1983年出版施蛰存、马祖熙标校《陈子龙诗集》,卷十八为词。

夏完淳(1631～1647)　今存词41首,《惜阴堂丛书》收其《夏内史词》1卷。又见录于中华书局上海编辑所1959年版《夏完淳集》。上海古籍出版社1991年出版白坚《夏完淳集笺校》。

金　堡(1614～1680)　皈依佛门后改名性因,字澹归,以字行。广东韶州丹霞寺僧古理、古习等编其文集为《遍行堂集》,卷

42至44录词,有乾隆五年(1740)重刊本。古止等编《续集》16卷,附《诗余》,有国学扶轮社1911年排印本。两种共收词468首。广东旅游出版社2008年出版段晓华点校《遍行堂集》。

四、清代

《全清词》正在编纂中,据预测,清词总量将超出20万首,词人万余家,词集2000余种。限于篇幅,此仅选介10家。

吴伟业(1609~1672) 有《梅村词》,又称《梅村诗余》,版本甚多,《清名家词》收辑较为完备。另有光绪十六年(1890)湖北官书处刊本,宣统二年(1910)扫叶山房石印本等。笺注本有:清抄本《吴梅村先生诗集笺注》12卷附录《诗余笺注》1卷,今藏国图。光绪间独醒庵精钞本《吴梅村诗笺》附《诗余》1卷,藏中国科学院图书馆。广东人民出版社1985年出版李少雍据10余种版本校编的《梅村词》,附行状、年谱、辑评等,收入夏承焘主编《天风阁丛书》。上海古籍出版社2008年出版陈继龙《吴梅村词笺注》。江苏古籍出版社1990年出版冯其庸、叶君远《吴梅村年谱》,文化艺术出版社2007年再版时做了增补修订。

王夫之(1619~1692) 其词有《鼓棹初集》、《鼓棹二集》、《潇湘怨词》、《愚鼓词》四种,均入《惜阴堂丛书》。后人将词收入《船山遗书》。中华书局1962年自《遗书》中搜辑诗、文、词而成《王船山诗文集》。岳麓书社2004年出版彭靖《王船山词编年笺注》。

陈维崧(1625~1682) 陈氏曾亲自删定他早期作品为《倚声初集》。大约在康熙七年(1668)又编订《乌丝词》4卷,有《国朝名家诗余》本。在晚年又编定《迦陵词》,南开大学图书馆藏一康熙年间手抄稿本三色评点《迦陵词》手稿,南开大学出版社2009年据以影印出版。江晓敏撰《手稿本〈迦陵词〉校读记》,载《古籍整理出版情况简报》166期(1986年11月),又《四部丛刊》录《迦陵词全集》30卷,《四部备要》录《湖海楼词集》30卷。共存词1629首。岳麓书社1992年出版钱仲联编《清八大名家词集》本。台湾里仁书局2005年出版苏淑芬《湖海楼词研究》。台湾花木兰文化出版社2008年出版王翠芳《陈维崧〈湖海楼词〉研究》。中国社会科学出版社2006年出版陆勇强《陈维崧年谱》。上海古籍出版社2007年出版马祖熙《陈维崧年谱》。

朱彝尊(1629～1709) 其词集附于《曝书亭集》中，原本共7卷，自定为《江湖载酒集》3卷、《静志居琴趣》1卷、《茶烟阁体物集》2卷、《蕃锦集》1卷。《曝书亭集》有康熙四十七年(1708)刻本、《四部丛刊》本等。嘉庆十九年(1814)校经顾刊李富孙《曝书亭集词注》。光绪丙申(1890)常熟翁氏刊翁之润辑《曝书亭词拾遗》3卷《志异》1卷，光绪二十九年(1903)长沙叶德辉刊《曝书亭删余词·校勘记》。吴肃森据各本编校为《曝书亭词》，收词654首，附本传、墓志、年谱、集评等，广东人民出版社1987年出版。台湾文史哲出版社1986年出版苏淑芬《朱彝尊之词与词学》。

屈大均(1630～1696) 有《道援堂词》，又称《骚屑》。屈氏诗文词集曾遭禁毁，流传各本颇多参差，亟待整编。如：屈氏门人陈阿平编《翁山诗外》，卷16至18为词，有康熙刻本(原缺卷18)；康熙间研露斋刊徐肇元选编《翁山诗集》8卷《词》1卷；道光间刊《道援堂诗集》12卷《词》1卷等。人民文学出版社1996年出版欧初、王贵忱主编《屈大均全集》。中山大学出版社2000年出版陈永正主编《屈大均诗词编年笺校》。广东人民出版社2006年出版邬庆时《屈大均年谱》。

纳兰性德(1655～1685) 其词集生前刻印过三次：《侧帽词》、《弹指词·侧帽词》合刊本、《饮水词》，其本已难见到。今有康熙三十年(1691)徐乾学主持编印的《通志堂集》，上海古籍出版社1979年据以影印，包括赋1卷，诗、词、文、《渌水亭杂识》各4卷，杂文1卷，附录2卷。国图藏康熙三十年张纯修刻《饮水诗词集》。古典文学出版社1955年据《榆园丛刻》本排印出版《纳兰词》。重庆正中书局1937年出版李勖《饮水词笺》，1943年三版，附《饮水词人年谱》。广东人民出版社1984年出版冯统编校《饮水词》，后附本传、墓志、年谱等。共存词348首。广东人民出版社1983年出版黄天骥《纳兰性德和他的词》。中国书店2001年出版张草纫《纳兰性德词新释辑评》。上海古籍出版社2003年出版张草纫《纳兰词笺注》。中华书局2005年出版赵秀亭、冯统一笺《饮水词笺校》。长江文艺出版社2011年出版何灏《纳兰性德词传》。张任政有《纳兰性德年谱》，载《国立北京大学国学季刊》二卷四号（1930年版）。

厉　鹗（1692～1752）　《樊榭山房词》，有《琴画楼词钞》本，1卷。《樊榭山房集》中收词2卷，又《秋林琴雅》4卷、《续词》1卷、补1卷。有乾隆间刊本、《四库全书》本、光绪甲申（1884）钱塘汪氏振绮堂刊全集本、《四部丛刊》本等。上海古籍出版社1992年出版陈九思点校《樊榭山房集》。

张惠言（1761～1802）　《茗柯词》1卷，附于《茗柯文编》后，有《四部备要》本，嘉道间刊《张皋文笺易诠全集》本。嘉庆二年（1797）刊《茗柯立山词》1卷。上海古籍出版社1984年出版黄立新《茗柯文编》校点本，附《茗柯词》46首。吉林人民出版社1999年出版赵伯陶《张惠言暨常州派词传》。常州武进区政协学习与文史委员会常州市武进区炎黄文化研究会2003年编印《常州词派的宗师张惠言》（武进文史资料第25辑）。

周　济（1781～1839）　《味隽斋词》，有道光癸未（1823）刻本，又有《存审轩词》2卷，收入《求志堂存稿汇编》。

项廷纪（1798～1835）　《忆云词》4卷《删存》1卷，有光绪己亥（1899）思贤书局刊本，又有《榆园丛刻》本、《丛书集成初编》本。华东师范大学出版社2009年出版黄曙辉点校《忆云词》。

五、近代

近代词是中国词史上的一个重要阶段，作者亦多。仅据叶恭绰《全清词钞》统计,道光以后词人就有1300余家,占全书收录词人总数的五分之二强。现选介数家。

蒋春霖(1818～1868) 《水云楼词》2卷,作者手定,有曼陀罗华阁精刻本。《水云楼词》2卷《续集》1卷有湖南思贤书局重刊本,吴中丁氏适存庐刻本等。汉文正楷印书局1933年印行《水云楼词全集》,有正书局也于民国间铅印《水云楼诗词稿合本》。齐鲁书社1986年出版冯其庸《水云楼诗词辑校》,与《蒋鹿潭年谱考略》合刊,后附词话。台湾黎明文化公司1989年出版周梦庄《水云楼词疏证》。辽宁师范大学出版社2008年出版刘勇刚《水云楼词研究》。南京大学出版社1997年出版黄嫣梨《蒋春霖评传》。

谭　献(1832～1901) 《复堂词》,或附于《箧中词》(有《半厂丛书》本)后,为1卷;或收于《复堂类集》(《半厂丛书》本)中,为3卷。两种版本收词不尽相同,又有《清名家词》本,共存词104阕。华东师范大学出版社2010年出版黄曙辉点校《复堂词》。

王鹏运(1848～1904) 有词集9种。王氏以未中进士为恨,故其词集独缺甲稿。生前手自编定家刻的有丙稿《味梨集》、丁稿《鹜翁集》、戊稿《蜩知集》、庚稿《庚子秋词》、《春蛰吟》5种。乙稿《袖墨词》有《薇省同声集》本,《虫秋集》有家刻本,己稿《校梦龛集》有《粤西词四种》本,辛稿《南潜集》,不详有何版本。王氏将9种词集删定统编为《半塘定稿》2卷,朱祖谋以其"刊落泰甚"又从后4种词集选出50余首词编为《半塘剩稿》1卷,与《定稿》合刊,有光绪三十二年(1906)小放下庵刻本。广西民族出版社1984年出版刘映华《王鹏运词选注》,注词232首。漓江出版社1991年出版谭志峰《王鹏运及其词》。漓江出版社1996年出版张正吾等编《王鹏运研究资料》。

文廷式(1856～1904) 《云起轩词钞》1卷,在文氏卒后,由徐乃昌于光绪三十三年(1907)校刻,刊入《怀豳杂俎》,陈乃乾1936年据以汇入《清名家词》。后江宁王氏娱生轩影印家藏手稿本,与徐本颇有不同。抗日期间,龙榆生据手稿本勘定《重校集评云起轩词》1卷,附《补遗》1卷、《文芸阁词话》1卷,于1942年发表于《同声月刊》2卷12期,该刊同时连载钱仲联《文芸阁先生年谱》。钱仲联后来简编为《文廷式年谱》,载《中华文史论丛》1982年第4辑。中华书局1993年出版汪叔子编《文廷式集》。

郑文焯(1856~1918) 有《瘦碧词》2卷(光绪十四年[1888]大鹤山房刻本)、《冷红词》4卷(光绪二十年[1894]耦园刻本)、《比竹余音》4卷(光绪二十八年[1902]吴兴沈氏刻本)、《苕雅余集》1卷,后合而自删存为《樵风乐府》9卷,吴昌绶将上述各种并文氏所撰《词源斠律》等合刊为《大鹤山房全书》。

朱祖谋(1857~1931) 词集流传版本不一,分卷与存词多寡亦异,亟待整理。版本有:《彊村词》4卷,前集1卷、别集1卷,光绪乙巳(1905)刊本;《彊村乐府》1卷,1918年孙德谦辑刊《鹜音集》本;《彊村语业》1卷,《清名家词》本;《彊村语业》2卷,1924年讬鹍楼刊本;《彊村语业》3卷,《清季四家词》本;《彊村语业》3卷、《弃稿》1卷、《剩稿》2卷、《集外词》1卷,1933年刊《彊村遗书》本。

况周颐(1859~1926) 有词集9种:《存悔词》、《新莺词》、《薇省同声》、《锦钱词》、《菱景词》、《玉梅后词》、《才云词》、《夕樱词》、《菊梦词》。合刊为《第一生修梅花馆词》,有光绪间刻本。后作者自行删定为《蕙风词》,有赵尊岳1925年刻本,存词123首。巴蜀书社2006年出版俞润生《蕙风词话 蕙风词笺注》。上海古籍出版社2009年出版郑炜明《况周颐先生年谱》。

王国维(1877~1927) 有自定稿《观堂长短句》1卷,存词23阕,《彊村丛书·沧海遗音集》本;《人间词》(又名《苕华词》)1卷,初刊布于《教育世界》杂志,后收入《海宁王静安先生遗书》。1933年陈乃文辑《静安词》111首,同年沈启无编订《人间词及人间词话》。湖南人民出版社1984年出版萧艾《王国维诗词笺校》,收词115首。广东人民出版社1990年出版刘逸生主编《王国维词注》。

中山大学出版社2000年出版陈永正《王国维诗词全编校注》。中国书店2006年出版叶嘉莹、安易《王国维词新释辑评》。安徽教育出版社2006年出版祖保泉《王国维词解说》。天津人民出版社1996年出版袁英光、刘寅生《王国维年谱长编(1877～1927)》。

近代较重要的词家还有张景祁、庄棫、冯煦、陈廷焯、赵熙、夏敬观、吴梅、黄遵宪、秋瑾、柳亚子和南社诸词人等，不一一介绍。

第三节 词　　话

最早的词话都是载于笔记和诗话著作之中。现知最早的词话专著是宋代杨绘的《时贤本事曲子集》，惜已散佚，幸有辑本传世。现存最完整的第一部词话专著是南宋王灼《碧鸡漫志》。词话专著起于晚宋，元明踵事增华，至清代，作者辈出，盛极一时。

唐圭璋编校的**《词话丛编》**，1934年初印时，搜罗宋至近代词话60种，中华书局1986年再版时增加了25种。该编不收杂论诗词之作，词律、词谱、词韵及词乐之书亦未收入。所收有精校本、注释本及前所未刊之作，通行本则经编者校勘增补。现将其子目列下，凡另有单行本者，括注于后。

1.《时贤本事曲子集》1卷　［宋］杨　绘

2.《古今词话》1卷　［宋］杨　湜

3.《复雅歌词》1卷　［宋］鲖阳居士

4.《碧鸡漫志》5卷　［宋］王　灼　（古典文学出版社1957年校点本，上海古籍出版社1988年据中华书局上海编辑所1958年新1版标点本纸型重印，与《羯鼓录》等合刊。）

5.《能改斋词话》2卷　［宋］吴　曾　（即《能改斋漫录》卷17、18乐府，《能改斋漫录》有中华书局上海编辑所1960年排印本，上海古籍出版社1979年新1版，1984年重印。）

6.《苕溪渔隐词话》2卷　［宋］胡　仔　（即《苕溪渔隐丛话》

前集卷 59 后集卷 39 乐府,《丛话》有人民文学出版社 1962 年版校点本)。

7.《拙轩词话》1 卷　[宋]张　侃

8.《魏庆之词话》1 卷　[宋]魏庆之　(据《诗人玉屑》,有古典文学出版社 1958 年校点本,1959 年转由中华书局上海编辑所出版,上海古籍出版社 1978 年重印。)

9.《浩然斋词话》1 卷　[宋]周　密

10.《词源》2 卷　[宋]张　炎　(人民文学出版社 1963 年出版夏承焘《词源注》,中国书店 1985 年据原金陵大学中国文化研究所排印蔡桢《词源疏证》本影印。浙江古籍出版社 1990 年出版吴平山《词源解笺》。)

11.《乐府指迷》1 卷　[宋]沈义父　(人民文学出版社 1963 年出版蔡嵩云《乐府指迷笺释》。)

12.《吴礼部词话》1 卷　[元]吴师道。

13.《词旨》1 卷　[元]陆辅之撰　[清]胡元仪原释

14.《渚山堂词话》3 卷　[明]陈　霆　(人民文学出版社 1960 年出版王幼安校点本)

15.《艺苑卮言》1 卷　[明]王世贞　(齐鲁书社 1992 年出版罗仲鼎《艺苑卮言校注》。)

16.《爰园词话》1 卷　[明]俞　彦

17.《词品》6 卷拾遗 1 卷　[明]杨　慎　(人民文学出版社 1960 年出版王幼安校点本,与《渚山堂词话》合刊。北方文艺出版社 2000 年出版陈颖杰校释《词品》。上海古籍出版社 2009 年出版岳淑珍导读《词品》。)

18.《窥词管见》1 卷　[清]李　渔

19.《西河词话》2 卷　[清]毛奇龄

20.《古今词论》1 卷　[清]王又华

21.《七颂堂词绎》1 卷　[清]刘体仁

22.《填词杂说》1卷　[清]沈　谦

23.《远志斋词衷》1卷　[清]邹祗谟

24.《花草蒙拾》1卷　[清]王士禛

25.《皱水轩词筌》1卷　[清]贺　裳

26.《金粟词话》1卷　[清]彭孙遹

27.《古今词话》8卷　[清]沈　雄　(上海古籍出版社2009年出版孙克强等校注导读本)

28.《历代词话》10卷　[清]王弈清

29.《词洁辑评》　[清]先著程洪撰　胡念贻辑

30.《雨村词话》4卷　[清]李调元

31.《西圃词说》1卷　[清]田同之

32.《铜鼓书堂词话》1卷　[清]查　礼

33.《雕菰楼词话》1卷　[清]焦　循

34.《灵芬馆词话》2卷　[清]郭　麐

35.《词综偶评》1卷　[清]许昂霄

36.《戏鸥居词话》1卷　[清]毛大瀛辑

37.《张惠言论词》　[清]张惠言

38.《介存斋论词杂著》1卷　[清]周　济　(人民文学出版社1959年出版卡坎校点本)

39.《宋四家词选目录序论》　[清]周　济

40.《片玉山房词话》1卷　[清]孙兆淮撰香甫辑

41.《词苑萃编》24卷　[清]冯金伯辑

42.《本事词》2卷　[清]叶申芗　(古典文学出版社1957年校点本,与《本事诗》合刊,中华书局上海编辑所1959年新1版)

43.《莲子居词话》4卷　[清]吴衡照

44.《乐府余论》1卷　[清]宋翔凤

45.《填词浅说》1卷　[清]谢元淮

46.《双砚斋词话》1卷　[清]邓廷桢

47.《问花楼词话》1 卷 〔清〕陆 鎣

48.《词迳》1 卷 〔清〕孙麟趾

49.《听秋声馆词话》20 卷 〔清〕丁绍仪

50.《憩园词话》6 卷 〔清〕杜文澜

51.《雨华庵词话》1 卷 〔清〕钱裴仲

52.《蓼园词评》 〔清〕黄 氏

53.《左庵词话》2 卷 〔清〕李 佳

54.《南亭词话》1 卷 〔清〕李宝嘉

55.《词学集成》8 卷 〔清〕江顺诒辑

56.《赌棋山庄词话》12 卷续词话 5 卷 〔清〕谢章铤

57.《蒿庵论词》1 卷 〔清〕冯 煦 （人民文学出版社 1959 年出版忄坎校点本,与《介存斋论词杂著》等合刊。）

58.《菌阁琐谈》1 卷 〔清〕沈曾植

59.《芬陀利室词话》3 卷 〔清〕蒋敦复

60.《词概》1 卷 〔清〕刘熙载 （据《艺概》,上海古籍出版社 1984 年出版标点本;贵州人民出版社 1986 年出版王气中《艺概笺注》。中华书局 2009 年出版袁津琥《艺概注稿》。）

61.《词坛丛话》1 卷 〔清〕陈廷焯

62.《白雨斋词话》8 卷 〔清〕陈廷焯 （人民文学出版社 1959 年出版杜未末校点本,齐鲁书社 1983 年出版屈兴国《白雨斋词话足本校注》。人民文学出版社 2006 年出版杜维沫校点本。上海古籍出版社 2009 年出版彭玉平导读本。）

63.《复堂词话》1 卷 〔清〕谭 献 （人民文学出版社 1959 年出版忄坎校点本,与《介存斋论词杂著》等合刊。）

64.《岁寒居词话》1 卷 〔清〕胡薇元

65.《论词随笔》1 卷 〔清〕沈祥龙

66.《词徵》6 卷 〔清〕张德瀛

67.《裒碧斋词话》2 卷 〔清〕陈 锐

68.《词论》1卷 [清]张祥龄

69.《近词丛话》1卷 徐珂 （据《清稗类钞》，中华书局1984～1986年出版《类钞》标点本共13册）

70.《人间词话》2卷 王国维 （人民文学出版社1960年出版王幼安校订本，与《蕙风词话》合刊；齐鲁书社1981年出版滕咸惠《新注》本；四川人民出版社1981年出版勒德峻笺证、蒲菁补笺本；成都古籍书店1983年出版许文雨《讲疏》本，与《钟嵘诗品讲疏》合刊。书目文献出版社1983年出版姚柯夫《〈人间词话〉及评论汇编》。新世纪以来出版的校注本非常多，比较重要的有：中华书局2003年出版徐调孚《校注人间词话》、北岳文艺出版社2004年出版周锡山编校《人间词话汇编汇校汇评》、浙江文艺出版社2006年出版滕咸惠《人间词话新注》、岳麓书社2008年出版施议对《人间词话译注》、中华书局2011年出版彭玉平《人间词话疏证》等。）

71.《湘绮楼评词》 王闿运评

72.《饮冰室评词》 梁启超评 （据《艺蘅馆词选》，广东人民出版社1981年出版刘逸生校点本）

73.《大鹤山人词话》 郑文焯撰 龙沐勋辑 （南开大学出版社2009年出版孙克强整理本）

74.《近代词人轶事》 张尔田辑

75.《彊村老人评词》 朱祖谋撰 龙沐勋辑

76.《蕙风词话》5卷 续词话2卷 况周颐 （人民文学出版社1960年出版王幼安校订本）

77.《玉栖述雅》 况周颐

78.《词说》1卷 蒋兆兰

79.《卧庐词话》1卷 周曾锦

80.《小三吾亭词话》5卷 冒广生

81.《忍古楼词话》 夏敬观

82.《海绡翁说词稿》1卷 陈洵

83.《粤词雅》1卷　潘飞声

84.《柯亭词论》1卷　蔡嵩云

85.《声执》2卷　陈匪石　(金陵书画社1983年版《宋词举》附录)

中华书局1991年出版李复波《词话丛编索引》,对于利用《词话丛编》非常方便。朱崇才继其师之后编成**《词话丛编续编》**,人民文学出版社2010年出版,全五册。收录《词话丛编》未收词话32种:

1.《诗话总龟·乐府》3卷　[宋]阮　阅

2.《草堂诗余别录》2卷　[明]张　綖

3.《蓉渡词话》1卷　[清]董以宁

4.《荫绿轩词证》1卷　[清]徐喈凤

5.《词辩坻》1卷　[清]毛先舒

6.《锦瑟词话》1卷　[清]曹尔堪等

7.《珂雪词话》3卷　[清]曹　禾等

8.《词论》1卷　[清]张星耀

9.《词苑丛谈》12卷　[清]徐　釚　(上海古籍出版社1981年出版唐圭璋校注本,人民文学出版社1988年版王百里《词苑丛谈校笺》)

10.《瑶华集词话》3卷　[清]蒋景祁等

11.《名家词钞评》3卷　[清]聂　先

12.《浣雪词话》1卷　[清]佚　名

13.《词林纪事》22卷　[清]张宗橚　(古典文学出版社1957年用上海杂志公司纸型校订重印,22卷附录3卷,附四角号码人名索引;1959年转由中华书局上海编辑所出版。)

14.《海棠秋馆词话》1卷　[清]裘廷桢

15.《纯常子词话》1卷　[清]文廷式

16.《绝妙好词旁证》1卷校录1卷　[清]文廷式

17.《忏庵词话》1卷　[清]沈泽棠
18.《历代词人考略》57卷存37卷　况周颐
19.《闺秀词话》4卷　雷瑨、雷瑊
20.《竹雨绿窗词话》1卷　碧痕
21.《天问庐词话》1卷　舍我
22.《病倩词话》1卷　陈巢南
23.《悧簃词话》2卷　闻野鹤
24.《织馀琐述》2卷　题况卜娱
25.《花随人圣庵词话》1卷　黄濬
26.《词谰》1卷　宣雨苍
27.《长兴词话》1卷　温匋
28.《清词雨屑》12卷　郭则沄
29.《曼殊室词话》4卷　梁启勋
30.《片玉集批语》1卷　乔大壮
31.《驼庵词话》9卷　顾随
32.《梦桐词话》4卷　唐圭璋

解放后整理出版的词话及相关研究著作还有：

《宋词纪事》　唐圭璋编著，上海古籍出版社1982年版。

《历代词论新编》　龚兆吉编，北京师范大学出版社1984年版。

《唐宋人词话》　孙克强编，河南文艺出版社1999年出版。收录五代至清末论者关于唐五代两宋词人215家评论资料，所录资料采自词话、诗话、曲话；序、跋；词集、词选批注评语；笔记、书札；书录、总目提要；史传；论词诗、论词词；词韵、词谱、词律；评词专论。

《宋元词话》　施蛰存、陈如江辑录。上海书店出版社1999年出版。收录散见于宋元各种笔记、诗话、野史、琐谈等书中之词评、词论、词本事和词坛琐事。凡词论专著及文集、词集、词选中有关文献概不辑录。其意在补《词话丛编》之未备。

《历代词话》《历代词话续编》　张璋等编纂，大象出版社

2002、2005年出版，前书汇编历代词话120馀编，续编收历代词话118篇，上起唐宋，下迄建国前。所辑词话，以讲词学理论、体制、风格、流派、品评、作法为主，对格律、音韵、考辨、版本诸方面之论述，亦适当兼顾；凡具有词话性质之诗文，亦酌情选录。对某些篇幅过大之著作，或选其部分章节，或辑其部分要点，而不全文收录；对重新整理编纂之词话，因与各种词话原作重复较多，为节省篇幅计，则未收录；对同一作者内容有较大重复之词话，则舍其后期重新整理之通行本，而收其不常见之早期著作，以便对照研究，了解其词学思想发展之渊源及脉络；收录了一批"谈词话"之作，对词话发展史之研究提供了许多见解及资料；收录了一批"论词绝句"。

《宋金元词话全编》 邓子勉编，凤凰出版社2008年出版。编者立意将宋金元人著作中凡谈及词的哪怕片言只语全部网罗汇集。共得宋人词话439家，金人词话6家，元人词话144家。

研究词话的著作有：

《诗话和词话》 张葆全撰，上海古籍出版社1983年版。

《词话十论》 刘庆云选编，岳麓书社1990年版。

《词话史》 朱崇才著，中华书局2006年版。

《清词话考述》 谭新红著，武汉大学出版社2009年版。

第四节 词乐、词韵、词谱及其他

词本是合乐而歌的，惜古乐已失传。历代学者曾努力发掘文献资料对词乐进行研究。唐崔令钦《教坊记》（中华书局上海编辑所1964年出版任半塘笺订本）载燕乐曲名324个，是考证词乐之源的重要材料。此外，唐代南卓《羯鼓录》、段安节《乐府杂录》、宋人王灼《碧鸡漫志》（上海古籍出版社1988年将上述三书合刊标点本重印），以及沈括《梦溪笔谈》（上海古籍出版社1987年出版胡道静校证本）、赵令畤《侯鲭录》、张炎《词源》等书中，都有关于乐的重要资料。宋元明各代均未中辍对词乐的研究，清人则将重点放在《词源》及姜夔为他的自度曲注明的旁谱上。近现代拓宽了词乐研究的领域，如香港大学1958年出版的《词乐丛刊》收载了重要的研究成果。80年代出版的专门论述词与音乐关系的著作有：刘尧民《词与音乐》（云南人民出版社1982年版）、施议对《词与音乐关系研究》（中国社会科学出版社1985年版，中华书局2008年再版）、邱琼荪《燕乐探微》（上海古籍出版社1989年版）等。

由于词和音乐有着极其密切的关系，从而产生了严格的声律和种种形式上的特点。每个词调都具备"调有定句，句有定字，字有定声"的固定形式，故前人把作词称为"倚声填词"或"按谱填词"。到了南宋，词渐渐脱离音乐而成为独立的文学体裁，词家大都选取前人词作为范例，依其字句声韵填之，词的音律化遂变为词的诗律化，已非原来"按谱填词"的意义。今天所谓的词韵、词律都是就词的文字格式而言。词韵，指词的用韵规则；词律（又名词谱），即词的格律，是为给填词作依据，而将词调的名称体式汇集在一起。基本特征有：字数一定；讲究平仄；句式参差不齐；押韵的位置各个词调不同；对仗可以灵活掌握。

词韵比诗韵宽，因其可以互相通转，又可以四声通协和借协方音。最早的词韵著作当为宋朱敦儒所作《应制词韵》16条，外列入声部四部，惜已失传。清代词韵专书较多，以戈载的《词林广韵》（上海古籍出版社1981年据清道光元年翠薇花馆本影印）最为精审，但未注意到方音在词韵中的广泛使用。近人黄徵《词林韵准》，依韵汇编唐五代宋金元人倚声之作，中华书局1991年出版影印本。张保先、王珍编《词林新韵》（中国国际广播出版社1989年出版）以"十三辙"韵部系统为据编成，可适用诗、词、曲的写作，较简明。中华书局2006年出版赵京战《诗词韵律合编》。潘慧斌撰有《宋词用韵研究》，陕西人民教育出版社2009年版。

词谱（词律）之作始于明张綖《诗余图谱》（汲古阁刊本），程明善《啸余谱》（明万历二十三年刻本）赖以邠《填词图谱》（中国书店1984年据木石居校本影印《词学全书》本）是明清之间最为通行的词谱，清万树对此两书很不满意，因自著《词律》（上海古籍出版社1984年据光绪二年［1876］本影印）以纠其弊。然考订偶疏，间有脱误，徐本立作《词律拾遗》8卷、杜文澜作《补遗》1卷（二书皆附影印本《词律》后）、沈茂章作《万氏词律订误例》（载《词学季刊》第3卷第4号，上海书店1985年影印本）以订其失。康熙五十四年（1715）王奕清等奉敕编定《钦定词谱》40卷（中国书店1979年据康熙内府刻本影印），较《词律》完备。清人秦巘《词系》手稿改正订补了《词律》不少缺失，收词调1029个，词体2200余种。该书在上世纪即受夏承焘、任二北、龙榆生、赵叔雍等人关注，却始终未见到全本，北京师范大学出版社2010年出版邓魁英、刘永泰整理点校本。清代较重要的词谱还有：舒梦兰《白香词谱》（谢朝徵为作笺，广东人民出版社1981年出版柳淇校订本，中华书局1982年出版顾学颉校订本）、叶申芗《天籁轩词谱》（扫叶山房1925年石印本）、谢元淮《碎金词谱》（道光二十三年初刻本）等。近代以来有关词律的著作达数十种，而以龙榆生《唐宋词格律》（上海古籍出版社1978年版）、王力《汉语诗律学》（第三章共12节论词律。新知识出版社1958年第1版，上海教育出版社1962年新1版，1979年再版）等较好。适宜初学的有王力《诗词格律》（中华书局1962年版，1977年再版）、陈明源《常用词牌详介》（人民日报出版社1987年出版）、吴藕汀、吴小汀《词调名辞典》（上海书店出版社2005年版）、羊基广《词牌格律》（巴蜀书社2008年版）等。

有关词学研究的书目、索引较重要的有：《词学论著书目》，黄文吉主编，台北文津出版社1993年版。收录1912～1992年中国大陆、台湾、香港和新加坡、韩国、日本、前苏联、欧美等地出版和发表的词学研究成果，共收著作2500余种、论文10200余篇。《词学论著总目》，林玫仪主编，台北中央研究院中国文哲研究所筹备处

1995年版。收录1901～1992年中国大陆、台湾、香港和新加坡、韩国、日本、美国、加拿大、法国、俄罗斯、德国、意大利、瑞士等地出版和发表的词学研究成果24989项。书末附《鉴赏类书籍选析词作索引》、《1901年以来重要词学丛刊目录》、《1901年以来三大词学期刊总目》、《本书所收论著作者索引》等。《二十世纪全国报刊词学论文索引》,杜海华编,北京图书馆出版社2007年版。汇集1905～2000年间国内期刊、报纸上发表的有关词学论文10106条。

第五节 散　　曲

散曲原指分散的单只曲词,是相对于有故事情节,有角色扮演的剧曲说的。因为凡剧曲皆有科白,而散曲则无科白,又因为散曲是清唱的,多以弦索乐器伴奏,而不以锣鼓等大型乐器伴奏,所以散曲又叫清曲或清唱。元明时期,也有沿袭对合乐文学体裁的称呼,把散曲称为乐府或词的,如张可久的《小山乐府》、郭勋的《雍熙乐府》、冯惟敏的《海浮山堂词稿》等。

散曲分小令、套数两种形式。

小令又叫"叶儿"(燕南芝庵《唱论》:"时兴小令称叶儿"),是散曲中最早产生的体制。一般来说,小令是一种短小单只的曲子,相当于一首单调的令词(词中的小令往往有上、下阕,即双调;曲中的小令却只是单只),但也有"带过曲"、"重头小令"等别体。套数又称套曲、散套或大令,是由若干只曲子按一定规则联组而成的作品,最便于描写或叙述繁复的内容,短者只有三四调,长者竟达三四十调之多。

曲有南北之分。北曲流行于金、元及明初之际,多为中州音调,以遒劲为主;南曲流行于元末明初,声调以婉转为主。衬字在北曲中多,南曲中少。北曲伴奏乐器以弦索为主,南曲以鼓板、萧管为主。

散曲在元代蔚为兴盛,迄明清不衰,留下的作品及论著繁多。现择其要者略加介绍。

一、散曲别集

元代散曲作家,今可考知者约有 220 余人,所存小令有 3800 余首、套数 450 余套。

因为曲被视为小道,加上文献的亡佚,所以散曲单行传世的集子较少,大多是后人据各种选本及其他文献辑集而成,且大都收入丛书中。元代散曲作家有别集流传至今的,仅有张养浩、乔吉、张可久、汤式四人。张养浩《云庄休居自适小乐府》1 卷,又名《云庄乐府》,明成化刊本,孔德图书馆石印本。乔吉《乔梦符小令》1 卷,明李开先辑,隆庆元年(1567)刊本;乔吉又有《文湖州集词》1 卷,明无名氏辑,丁丙藏明蓝格抄本,何梦华藏清抄本。张可久《张小山北曲联乐府》3 卷,外集 1 卷,汲古阁钞本,又影写元刊本《苏隄渔唱》1 卷,附录 1 卷,清道光时刊本;《小山乐府》,天一阁旧藏明影元钞本;《张小山小令》,明李开先编,明嘉靖刊本。汤式《笔花集》,明钞本。

后人也有将元代散曲作家作品汇辑成集的,如李修生辑笺的《卢疏斋集辑存》(北京师范大学出版社 1984 年版)、胥惠民等辑注的《贯云石作品辑注》(新疆人民出版社 1986 年版)等,都尽可能地将作家的诗、文、词、曲网罗全面。

明代散曲作家、作品,据《全明散曲》,收录了 406 家 10606 首小令、2064 篇套数。流传下来的散曲别集较多,有:朱有燉《诚斋乐府》,宣德九年(1434)刊本。常伦《写情集》2 卷,正德刊本。康海《沜东乐府》2 卷,补遗 1 卷,嘉靖三年(1524)刊本。王九思《碧山乐府》1 卷,嘉靖十二年刊本。王磐《王西楼先生乐府》1 卷,嘉靖三年刊本。杨慎《陶情乐府》4 卷,嘉靖三十年刊本;徐渭编订《杨升庵夫人词曲》5 卷,嘉靖刊本。李开先、王九思《南曲次韵》1 卷,嘉靖三十年刊本。冯惟敏《海浮山堂词稿》4卷，嘉靖四十五年刊本，上海古籍出版社1981年出版据郑振铎旧藏抄本标点排印本。刘效祖《词脔》1卷，康熙九年(1670)刊本。金銮《萧爽斋乐府》1卷，万历刊本，董绥经刊本。唐寅《六如曲集》，万历何大成刊本。杨循吉《南峰乐府》1卷。1937年北京文禄堂据明刊本影印。梁辰鱼《江东白苎》4卷，嘉靖刊本，董绥经刊本，暖红室刊本。沈自晋《鞠通乐府》3卷，明刊本，吴江敦厚堂1928年刻本。施绍莘《花影集》5卷；崇祯刊本，清初刊本。朱应辰《淮海新声》1卷，清末刊本。尚有其他，不一一列举。

清代的散曲，据《全清散曲》统计，包括由明入清和由清入民国的作家，共有作者342家，小令3214首，套数1166篇。清代散曲的高产作家有陆楣、王庆澜、孔广林等人。陆楣《鹊亭乐府》4卷，常湖孙氏雪映庐抄本。王庆澜《菱江集杂曲》4卷，乾隆间刊本。孔广林《温经楼游戏翰墨》21卷，嘉庆壬申(1812)手稿本，前7卷为传奇、杂剧，第8～20卷及续录1卷，均为散曲。近代曲家中以戏曲研究家身份创作散曲者不少，如：王季烈、吴梅、卢前等。

二、散曲总集与丛书

现存最早的散曲总集当是元杨朝英编选的《乐府新编阳春白雪》(简称《阳春白雪》)，在元代就有几种不同的版本。流传至今的最重要的版本有两种：一为10卷本(刻本)，清末徐乃昌据元刊本影印；一为9卷本，隋树森据以校订，中华书局1957年版，书名为《新校九卷本阳春白雪》。9卷本比10卷本收曲多。现存元人所编散曲选本除《阳春白雪外》，还有三种，即杨朝英《朝野新声太平乐计》(文学古籍刊行社1955年出版卢前校订本；中华书局1958年出版隋树森校订本，1987年重印)、无名氏《黎园按试乐府新声》(中华书局1958年出版隋树森校订本)、无名氏《类聚名贤乐府群玉》(专收小令，上海古籍出版社1983年出版隋树森校订本。)

明人编较重要的散曲总集有：无名氏《盛世新声》12卷（文学古籍刊行社1955年据明正德十二年[1517]刊本影印）、张禄《词林摘艳》10卷（文学古籍刊行社1955年据明嘉靖四年[1525]刊本影印）、无名氏《乐府群珠》（商务印书馆1955年据明抄本排印，卢前校订）、郭勋《雍熙乐府》20卷（《四部丛刊》影明嘉靖本）、陈所闻《南北宫词纪》10卷（中华书局上海编辑所1959年出版赵景深校订本；1961年出版吴晓铃《校补》，除校正赵书外，增加了《北宫词纪外集》3卷）等。

清人不甚重视曲词，选本罕见。

现当代编散曲总集较多，如陈乃乾《元人小令集》（古典文学出版社1958年版、中华书局上海编辑所1962年修订版）、顾佛影选注《元明散曲》（春明出版社1957年版）、刘永济《元人散曲选》（上海古籍出版社1981年版）、王季思等《元人散曲详注》（北京出版社1981年版）等凡十数种，而以《全元散曲》、《全明散曲》、《全清散曲》较完备。《全元散曲》系隋树森编，中华书局1964年版，1981、1990年重印。陈加有《〈全元散曲〉补遗》，载《文献》第2辑（1980年版）。《全明散曲》，谢伯阳编，齐鲁书社1994年出版。收作者406人（无名氏不计）、小令10606首、套数2064篇。《全清散曲》系凌景埏、谢伯阳编，齐鲁书社1985年版，收作者342人、小令3214首、套数1166篇。2006年增补版增收曲家78人、小令327首、套数53篇。并对原版的错误加以修订。以上三种全集均系以作家小传，对作品详加校勘，注明出处，附以索引。体例颇善。

散曲丛书已经或正在出版的有10余种，比较重要的有：

《散曲丛刊》 任中敏编，共收散曲著作15种，其中元人选本2种，元人专集4种，明人专集5种，清人总集1种，任中敏专著3种；《作词十法疏证》、《散曲概论》、《曲谐》。编者对各书撰有提要，按谱断句，校订讹谬，间附序跋或诸家评论，于原书版本、体例及作者生平、艺术表现多所考述。有1930年上海中华书局排印本。

《饮虹簃所刻曲》 卢前编,收书60种,计元人曲韵1种,元人散曲集15种,明人(含由明入清者)散曲集44种,间附卢前校记或跋。其中所辑明人散曲非常重要。有金陵卢氏1936年刊本。

《散曲聚珍》 上海古籍出版社发起编辑。辑集了元、明28位主要曲家的全部作品,盒装每套20册。本丛书所录反映了元明时期散曲创作概貌,其中大部分作品为建国以来初次刊行。上海古籍出版社1989～1990年版。

《元明散曲集刊》 上海古籍出版社发起编辑,延请专家、学者校勘、注释。计划收入44位作家的散曲集,元、明各22人。已于1988年出版陆邦枢校注的《薛昂夫赵善庆散曲集》。1990年出版李汉秋等校注的《关汉卿散曲集》、1991年出版俞忠鑫校注的《甜斋乐府》。

三、历代散曲曲谱、曲论与曲目

曲谱著作较多。既适于填散曲,又宜于填剧曲的曲谱有:《中州乐府音韵类编》《北词广正谱》《中原音韵》《太和正音谱》等。至于专门的散曲曲谱则有:卢前《广中原音韵小令定格》(中华书局1937年出版),本书专论南北散曲小令作法,可与任讷《作词十法疏证》(《散曲丛刊》本)相参看;唐圭璋《元人小令格律》(上海古籍出版社1981年版)则专收北曲小令谱,书末附周德清《中原音韵》;瘦丁《南曲小令格律》,教育科学出版社2008年版。

曲论有任中敏《散曲概论》(《散曲丛刊》本),系统论述散曲的体例、特点、作法、流派和发展。另有隋树森《元人散曲论丛》(齐鲁书社1986年版),共收论文16篇,包括概论、序、前言、校读记、新发现之材料、曲家作品、提要等。民族出版社2000年出版程炳达、王卫民《中国历代曲论释评》。中国社会科学出版社2010年出版李克和《明清曲论个案研究》。

元、清曲目可参考《全元散曲》《全明散曲》《全清散曲》前的

"引用书目"。罗锦堂《中国散曲史》(台湾中国文化大学出版部1983年版)书末附《散曲总目汇编》,分7部分收录总集2种、元曲选集29种、明曲选集42种、元朝专集28种、明朝专集143种、清朝曲集20种、评论及研究20种,共284种。虽不甚全面,但所录有明一代散曲书目较富,可参考。《中国曲学大辞典》,齐森华主编,浙江教育出版社1997年版,书后附《二十世纪曲学研究书目》,收录1910～1994年出版的有关中国曲学的研究论著、资料汇编。

传统意义的"曲",包括戏曲、散曲。旧时的曲谱、曲论等多涉及戏曲,因此,有关戏曲的曲谱、论著,可参看本编第七章。

第六章 小说史料

"小说"一词,最早见于《庄子·外物》:"饰小说以干县令,其于大达亦远矣。"这里将小说视为琐屑浅薄的言谈,显见含有鄙视之意,与后人所谓的小说概念涵义不同。西汉桓谭《新论》曰:"小说家合丛残小语,近取譬论,以作短书,治身理家,有可观之辞。"虽云"短书",但是,与后人的小说概念已有所接近。到了东汉班固著《汉书》,列《艺文志》,于九流十家之末,著录了15种小说家书,凡1380篇。然而,这些作品在六朝时多已散佚。其中《青史子》在梁时尚存,到隋代亦佚,今则惟于类书中可见一二遗文,无以考见其全貌了。鲁迅云:"据班固注,则诸书大抵或托古人,或记古事,托人者似子而浅薄,记事者近史而悠谬者也。"[①]今人目见之所谓汉人小说,不仅大多不具有小说性质,而且除少数作品如《燕丹子》可能为汉人所撰,经后人修改而流传至今外,他则多为魏晋南北朝人伪作。因此,根据目前掌握的史料,中国古代小说之正式出土萌芽,至早应在东汉后期,远较传统诗文为晚。然而,探其渊源,却可以上溯至远古时期。

据见存史料,两千年来的小说作品,包括文言白话、长篇短制,

---

① 《中国小说史料》第一篇《史家对于小说之著录及论述》。

知见者或达四千馀种,可谓浩如烟海,难以观缕,构成了中国文学史料的重要组成部分。依据中国古代小说发展演变的实际情况,我们可以将之大致划分为七个阶段:孕育期、萌芽期、成长期或壮大期、全面成熟期、鼎盛期、衰微期、转化期。本章即依次对这七个阶段的小说史料予以论述。

第一节 孕育期与萌芽期的小说史料

自上古至东汉前期,可以视为中国古代小说的孕育期。在此时期内,虽然"小说"一词已经出现,亦屡屡为人提及,但真正文体意义上的小说作品并未诞生。《汉书·艺文志》云:"小说家者流,盖出于稗官,街谈巷语,道听途说者之所造也。孔子曰:'虽小道,必有可观者焉,致远恐泥,是以君子弗为也。'然亦弗灭也。闾里小知者之所及,亦使缀而不忘,如或一言可采,此亦刍荛狂夫之议也。"①这段话虽然认为小说不登大雅之堂,但是却告诉我们,中国古代小说正是首先酝酿于传闻轶事,孕育于民间文学的沃土之中。其中,神话传说、寓言故事和史传文学与后代小说关系密不可分,是这一时期最为重要的小说研究史料。

上古神话传说,亦可认为是中国古代小说最原始的史料。但是,中国古代神话传说并无专集,而是散见于各种古籍中,如先秦时的《左传》、《国语》、《尚书》、《楚辞》、《庄子》、《吕氏春秋》、《山海经》以及西汉时的《淮南子》等书,均收有不少神话传说资料,其中以《山海经》与《淮南子》为最,向为古代小说研究者所重视。

《山海经》相传为禹、益所撰,今人多认为约成书于战国初至秦汉间,乃楚、蜀人所作,至西汉才由刘秀(歆)校核编定。今见《山海

---

① 《论语·子张》:"子夏曰:'虽小道,必有可观者焉,致远恐泥,是以君子不为。'"

经》全书18篇，凡三万一千馀言，含《五藏山经》五篇，《海外经》四篇，《海内经》四篇，《大荒经》四篇，又《海内经》一篇，《汉书·艺文志》著录时未计入后二者，作13篇。此书记述古代地理、物产、神话、巫术、原始宗教以及有关古史、医药、民俗、民族等多方面的内容，范围颇广。刘秀《上山海经表》云："内别五方之山，外分八方之海，纪其珍宝奇物，异方之所生，水土草木禽兽昆虫麟凤之所止，祯祥之所隐，及四海之外，绝域之国，殊类之人。"《山海经》中保存的神话传说材料尤多，如刑天持干戚而舞，精卫填海、西王母故事，蚩尤与黄帝大战于涿鹿之野，夸父逐日，羿射十日，鲧、禹治水，以及殷、周民族起源与始祖降生的故事等，不仅数量多，而且情节较为完整，堪称保存中国古代神话传说书籍之渊薮。① 此书有多家注本或译本，今人袁珂校注本，颇为精审，上海古籍出版社于1980年出版。后经修补增订，成《山海经校译》，由巴蜀书社于1993年出版，但无注释。袁珂尚有《古神话选释》，1979年由人民文学出版社印行。中华书局《四部备要》收有清郝懿行《山海经笺疏》十八卷，1985年，巴蜀书社据以影印。

与《山海经》同为古代小说孕育期重要史料的还有西汉淮南王刘安及其门客编撰的**《淮南子》**。此书初名《鸿烈》，西汉刘向校定时，题为《淮南》，《隋书·经籍志》著录时，改为今名。据《汉书·刘安传》称，全书含"《内书》二十一篇，《外书》甚众，又有《中篇》八卷，言神仙黄白之术"。《外书》、《中篇》久佚，见存淮南子即《内书》21篇。《汉书·艺文志》将《淮南子》列入杂家，然全书所述，"旨近老子，澹泊无为，蹈虚守静"②，可见，此书是汉初黄老思想弥漫影响的产物。由于《淮南子》成于众手，因而材料来源庞杂，难于一一考索，然而其中不乏古代神话传说史料，如后羿射日，嫦娥奔月，夏

---

① 有关中国古代神话史料可参看本编第一章第一节的介绍。
② 汉·高诱《淮南鸿烈解序》。

禹治水,共工大战颛顼,仓颉作书等,与《山海经》可互为参证,而女娲补天故事,则仅见于此书,弥足珍贵。这些作品,素为古小说研究者所重视。东汉高诱曾注此书,今存。汉许慎所注,则有辑本。清人庄逵吉校勘本,以其精善而甚为通行。近人刘文典的《淮南鸿烈集解》21卷,集高、许旧注,并吸收清人研究成果,资料丰富,有1924年商务印书馆印本、1989年中华书局点校本等。1997年,北京大学出版社出版了张双棣校释本。

除了《山海经》、《淮南子》及先秦典籍诸书外,汉魏六朝人的一些杂著中亦收有零星的神话传说材料,有些原著虽已亡佚,但在《艺文类聚》、《太平御览》等类书及后人的其他著作中,间有保存,可供查检利用。上古神话传说,以神、怪或超乎常人的英雄为故事中枢,情节虽然简单,但想象奇特瑰丽,理想色彩浓郁,既自然、质朴,又富于浪漫主义精神,对于后代文学尤其是小说,不仅提供了大量创作题材,而且积累了艺术表现技巧,孕育并直接开启了魏晋志怪类小说的萌生。20世纪以来,作为古代小说乃至整个古代文学源头之一的神话传说,其文学史料价值日益为人重视,一些学者做了不少辑释工作,如今人袁珂、周明的《中国神话资料萃编》(四川省社会科学院出版社1985年出版),搜罗神话传说史料甚富,且所录材料,未加删节,颇为可信。

寓言故事,作为一种上古时代的文学作品,也为古代小说的孕育提供了丰富的养料。《庄子·寓言》云:"寓言十九。"这里所谓的寓言,亦是指一些小故事。先秦百家争鸣,各树一帜,在论辩中,常常"譬称以明之"①,利用寓言故事阐申己见,驳斥论敌。先秦诸子书,尤其是《孟子》、《庄子》、《韩非子》、《吕氏春秋》等著作中,采用了大量寓言故事。在《战国策》等史著中,记述纵横家论辩说辞,亦时见寓言故事。而西汉时刘向著《说苑》、《新序》,以及大致为晋时

---

① 《荀子·非相》。

人采择先秦诸子及其他杂著编成的《列子》一书,亦保存了不少先秦寓言故事。这些著作多有今人点校本,出版甚多,获得颇易。

寓言故事在先秦诸子书和史传中,虽然仅是附庸,未有正式文体地位,且篇幅短小,并非小说,但是,将之独立出来,予以抽绎,可以看到,它为后代小说创作提供了许多艺术经验,有的还成了六朝乃至历代小说作品题材的直接来源。寓言故事善于摄取生活中的矛盾现象,描绘其形象,将其展现在读者面前,故而具有一定的典型意义以及讽刺力量。而且,由于寓言故事多为作者有意虚造,因而构思巧妙,很多作品采用拟人手法,赋予动植物或其他物品以人的性格和语言,形象生动,寓意深刻。"揠苗助长"(《孟子·公孙丑上》)、"鲲鹏变化"(《庄子·逍遥游》)、"守株待兔"(《韩非子·五蠹》)、"郑人买履"(《韩非子·外储说左上》)、"南辕北辙"(《战国策·魏策》)、"齐人攫金"(《吕氏春秋·去宥》)、"叶公好龙"(《新序·杂事》)等,都是人们耳熟能详的优秀寓言故事。后代小说受先秦寓言故事影响极深,我们从后世讽刺小说中可以看到对寓言故事讽刺艺术的继承和发展,而寓言故事的虚构手法以及状物、叙事、写人和夸张、拟人等创作经验,亦为后代其他小说所吸收。因此,在研究古代小说艺术发展史时,对于先秦寓言故事必须予以充分的重视。

如上所说,中国古代神话传说与寓言故事,还不是一种独立的文体与文学样式,但是,作为中国古代早期叙事文学创作,具有不可忽视的重大意义,对后代小说发展产生了深远而巨大的影响。无论魏晋小说之志怪志人,与先秦神话传说和寓言故事均有着直接的联系。即如后代小说,清人李汝珍的《镜花缘》,就多所利用《山海经》的材料。甚至后代戏曲也从中撷取题材,加以改编创作,如明人孙仁孺即据"齐人有一妻一妾"创作了长达40出的讽刺传奇《东郭记》。至于在后代诗文创作中,神话传说和寓言故事作为典故运用的例子,更是难以枚举。

在古代小说孕育过程中，先秦、两汉的史传文学亦起着极为重要的作用。《左传》、《国语》、《战国策》和《史记》、《汉书》等，既是历史著作，又是富于文学价值的珍籍。这些著作是中国古代叙事文学发达的重要标志，尤其是一些人物传记，与后代小说的问世更是关系密切。史传文学有两个特点，一是叙事的完整性与连贯性，一是人物形象的个性化和典型性。在《左传》、《史记》等著作中，描写战争极为擅长，如僖公二十七年至二十八年的"晋楚城濮之战"，写晋国破曹伐卫，激怒齐秦，以孤立楚国，最后大败楚师。这场战争历时两年，涉及十数个诸侯国，规模宏大，波澜起伏，《左传》的叙述不仅完整具体，而且曲折生动，颇为细腻。这类描写自然对后代历史著作影响积极，而且对明清时长篇小说尤其是历史演义作品启发很大。史传文学在人物形象刻画方面的成就，也为后代小说塑造人物提供了宝贵的经验。如《史记》中的不少篇章，善于以一个人物的生平事迹为线索，展开情节，让人物在事件矛盾的冲突中表现自己的性格。而且，不少传记还借助细节描写，逼真地将人物思想性格展现出来。《史记》中的《高祖本记》、《项羽本记》、《陈涉世家》、《李将军列传》、《魏其武安侯列传》和《汉书》中的《苏武传》、《陈咸传》等章，均是这方面的优秀代表，文学价值很高。因此，这些作品对后代小说影响最大的，就在于叙事、人物形象刻画的巨大成就。对于这类孕育期的中国古代小说史料，历来是学者们所高度注意和经常提及并利用的。到了汉代，除了《史记》、《汉书》等正史外，还有一些野史如西汉刘向的《列女传》，东汉赵晔的《吴越春秋》和袁康的《越绝书》等，亦颇值得重视。中国古代史著，或多或少均存有虚构成分，这对于史学或嫌不足，而于文学则具有审美价值。《吴越春秋》、《越绝书》之类作品，想象与虚构色彩尤浓，在内容及文体上更接近后世所谓的小说。至于《燕丹子》之类的作品，则将之视作古小说的雏形，亦未尝不可。

在古代小说尚处于孕育期时，对古代小说形成有深远影响的，尚有先秦、两汉时的乐舞戏谑艺人——古优。关于优人的记载,在《国语》《新序》《史记》等书中可以找到。古优以乐舞说笑为业,对后世戏曲曲艺影响深广,但是其讲故事、说笑话,以作讽谏,表现手法为后代说话艺人继承下来,自然也对小说艺术的发展产生影响,催生了中国早期白话小说——话本。在这方面,王国维、任半塘、冯沅君、胡士莹、程毅中等学者均作过精深研究。这也是中国小说史料的一个分支,值得重视和参考。

如上所述,在这一时期,虽然尚未产生真正文体意义上的小说作品,但是,却是古代小说出土前必不可少的准备阶段。如果没有先秦两汉时期的文化与文学的孕育,古代小说的问世是不可想象的。因此,对孕育期有关小说渊源史料进行搜集、整理及研究,是探讨与把握中国小说早期发展轨迹所不可忽视的重要工作。

经过长期的孕育,中国古代小说到东汉后期,终于破土而出。从此,中国小说史上出现了一个划时代的变迁,自此时至唐诗史上所谓的盛唐时期,中国古代小说发展进入了第二阶段——萌芽期。从东汉后期开始,一大批文言短篇小说相继问世,形成了一个繁盛的局面。这一时期的小说,鲁迅将其分为志怪与志人两大类,而以《搜神记》和《世说新语》分别作为这两类作品的代表。

《搜神记》今本20卷,晋干宝著,历代多有刊本,今人汪绍楹辑本,由中华书局于1979年出版,颇为精善。此书在魏晋志怪类小说中,最称白眉。据干宝《搜神记·序》说,他编著此书是为了"明神道之不诬"。小说所记,或抄自旧籍,或取诸史著,亦有采自当时民间传说,内容涉及儒家思想、方术、巫术、道教、神怪等,虽然作者自以为所记皆为实事,不杂虚妄,但含有显然荒诞不经之事,有的作品亦曲折反映了社会矛盾,富于幻想,在艺术上有其特色。这类小说,在汉魏两晋南北朝时期,为数甚多,如托名汉班固撰的《汉武帝故事》《汉武帝内传》,题晋张华撰的《博物志》十卷,托名晋陶潜撰的《搜神后记》十卷,题晋王嘉撰的《拾遗记》十卷,宋刘义庆撰的

《幽明录》30卷，宋东阳无疑撰的《齐谐记》七卷，齐王琰撰的《冥祥记》十卷，北齐颜之推撰的《冤魂志》(又名《还魂志》)三卷等，都是值得重视的作品。这些书存者多收入丛书，不难寻觅，散佚者在《太平广记》等书中或有遗文可供搜寻，后人亦有辑本，如鲁迅《古小说钩沉》(见1973年人民文学出版社《鲁迅全集》第七集)中就辑录了不少志怪佚作。

志怪作品作为中国古代小说萌芽期的产物，篇幅大多短小，故事情节简略。然而，也有一些作品已达到了相当高的艺术水准，如《搜神记》中的"干将莫邪"、"韩凭夫妇"、"吴王小女"、"李寄杀蛇"，《搜神后记》中的"白水素女"，《列异传》中的"宗定伯(一作'宋定伯')捉鬼"(亦见《搜神记》)等，不仅揭露了统治者的残暴，歌颂人民的反抗和智慧，讴歌真挚美好的爱情，憎爱分明，有很高的思想意义，而且还能注意人物形象的塑造与性格的刻画，形成了独特的艺术风格。自此，志怪一类，在中国小说史上长期存在并发展，不仅直接影响到唐代传奇的产生，还为宋元以后的文言短篇小说以及戏曲提供了题材来源和创作经验。

六朝志人作品的代表作是宋刘义庆及其门客所著的《世说新语》。此书历代刊本极多，1962年中华书局影印宋绍兴八年刻本，三卷，是一个较好的本子，明嘉靖袁耿嘉趣堂翻刻南宋陆游刻本，清道光周氏纷欣阁重刻袁本。清王先谦有思贤精舍刊本，1982年上海古籍出版社影印。后人对此书极为重视，校注者甚众。如今人余嘉锡有《世说新语笺疏》，注重考案史实，中华书局于1983年梓行；徐震堮有《世说新语校笺》，校勘精审，笺注详悉，1984年亦由中华书局出版。此外，王利器校订的《世说新语》，以日影宋本为底本，校以他本九种，1956年由文学古籍刊行社出版，亦值得重视。此外，尚有其他校注本多种，如刘盼遂《世说新语校笺》，发表于1928年《国学论丛》第1卷第4号，今收入北师大《刘盼遂文集》(2002年北京师范大学出版社出版)。沈剑知《世说新语校笺》，载于钱仲联先生主编之《学海》月刊,共刊 6 期,不全。杨勇《世说新语校笺》,有 2005 年中华书局出版再修订本。刘义庆之《世说新语》,记录人物轶事,每则篇幅不长,少者仅十数言,故事情节亦嫌简略,但有时寥寥数字,画龙点睛,却能使人物形象跃然纸上,颇具艺术魅力。南朝梁刘孝标为之作注,引用古籍四百多种,大大丰富了此书的史料,不少已佚古书赖此而保存了一些遗文。《世说新语》依内容而分为"德行"、"言语"、"政事"、"文学"、"方正"、"任诞"等 36 门,大略记载了汉末至东晋名士文人的遗闻轶事,于当时望族如王、谢、顾、郗等阀阅世家人物的清谈玄虚、狂放任诞生活,描述尤为详细生动,被鲁迅称为"差不多就可以看做一部名士底教科书"[1]。《世说新语》以写人为主,且著者又力求如实记载,因此,富于现实生活气息和认识价值,与《搜神记》形成鲜明的风格对比。这类志人作品,在汉末六朝亦甚风行,出现的作品也颇夥,如三国魏邯郸淳撰的《笑林》,东晋葛洪撰的《西京杂记》、裴启撰的《语林》、郭澄之撰的《郭子》,梁沈约撰的《俗说》、殷芸撰的《小说》等。这些作品,虽大多散佚,但多有后人辑本,可资利用,如殷芸《小说》,就有鲁迅《古小说钩沉》和余嘉锡《殷芸小说辑证》等辑本。今人周楞伽辑注的《殷芸小说》,由上海古籍出版社于 1984 年作为《中国古典小说研究资料丛书》之一种出版,凡十卷,是迄今较为完善的本子。

六朝志人作品对后世小说发展影响很大。如果说志怪作品为后代神怪小说创作开了先河,那么,志人作品则可视为中国古代描绘世态人情小说的滥觞。《世说新语》问世后,摹拟之作,代不乏见,如唐有王方庆《续世说新语》,宋有王说《唐语林》、孔平仲《续世说》,明有何良俊《何氏语林》、李绍文《明世说新语》,清有王晫《今世说》、吴肃公《明语林》、李清《女世说》,直至民国,易

---

[1] 《中国小说的历史的变迁》。

宗夔还撰有《新世说》等，这些作品大都已梓行问世，不难获得。此外，后世的小说戏曲也从志人作品中提取素材，改编创作，颇多收益。

总之，从先秦经两汉、魏晋以迄南北朝，中国古代小说从无到有，经历了一段漫长的路程。自从魏晋志怪、志人作品问世后，中国古代小说史料顿时丰富起来，呈现出繁荣景象。尽管这一时期的小说还很稚嫩，但毕竟已经产生，为中国古代文学增添了一个全新的品类，改变和丰富了中国文学的样式结构。后代学者对它的重视，亦随着中国文学以及文化的发展与进步而得以加深。近今人抛弃了传统的文学偏见，在汉魏六朝小说史料搜集与研究上做了不少工作。如鲁迅辑有《古小说钩沉》，后编入《鲁迅全集》，多次印行，其中有不少相关史料，经鲁迅的精心搜集、整理，为治中国古小说者提供了很大的便利。吴曾祺曾编有《旧小说》，凡六集20册，1914年商务印书馆初版，首集即为汉魏六朝部分，商务印书馆于1957年用该馆《万有文库》纸型予以重新出版（仅印四集，至宋代小说为止），也是一部颇为重要的古小说选本，对于古小说研究者颇多帮助。徐震堮的《汉魏六朝小说选》，1955年由春明出版社出版后，又多次修订重印，也不失为较好一个的选注本。近年来，有一些研究者注重于这方面的搜集、整理和研究工作，如李剑国有《唐前志怪小说辑释》，1986年由上海古籍出版社出版，此书不仅精选志怪佳作，而且辨析源流，材料丰富，足资研究者考镜，在同类选注本中有其特色。成柏泉的《古代文言短篇小说选注初集》，1983年由上海古籍出版社出版，二集则于次年印行。这些，均标志着古小说资料整理研究工作达到了一个新的水平。然而，由于中国古籍简牍盈积，浩如烟海，加之不少早已失传的古小说，尚有大量佚文散见于各种类书、政书以及其他杂著中，需要学者花大力气加以搜集、整理，以期发掘更多的史料，为古小说发展轨迹的寻绎以及思想艺术的探讨提供更多的依据与对象。

第二节　成长期的小说史料

中国古代小说进入隋唐以后,开始逐步地摆脱稚嫩状态,日渐成长壮大起来。从盛唐以降至元末约六百馀年间,不仅文言短篇小说呈现出百花争艳的局面,而且白话短篇小说亦随着说话艺术的发展和成熟崛起于说部之林。中国古代小说正处于不断成长并逐步走向全面成熟的阶段,小说史料亦更为丰富多彩。这一时期,可称之为中国古代小说的成长期。

隋末唐初以来,古代小说的发展日渐呈现出质的变化。王度的《古镜记》以及无名氏的《补江总白猿传》和张鷟的《游仙窟》,向为小说史家认为是中国古代小说由志怪向传奇转化发展的代表作。这三篇作品,虽然尚未完全摆脱志怪牢笼,但在叙次之委纡,结构之完整,情节之曲折,人物之生动诸方面,显见有了可喜的新气象。2010年,中华书局将李时人、詹绪左的《游仙窟校注》,作为《古本小说丛刊》之一种,采用繁体竖排,予以出版。此外,陈珏有《初唐传奇文钩沉》一书,于2005年由上海古籍出版社出版,此书对唐代早期传奇文《游仙窟》、《古镜记》、《补江总白猿传》作详细考证,搜罗各种史料颇多,值得参考。

明人胡应麟云:"唐人乃作意好奇,假小说以寄笔端。"[①]由于唐人小说观较之六朝人有了根本性的不同,如同鲁迅所说,唐人是"有意为小说"[②],因此,唐代的文言短篇小说不仅数量众多,而且出现了不少情节波澜起伏,构思精致巧妙,富于想像力和生活气息的佳作,如《南柯太守传》(李公佐)、《枕中记》(沈既济)、《莺莺传》(元稹)、《长恨歌传》(陈鸿)、《霍小玉传》(蒋防)、《李娃传》(白行

[①]　《少室山房笔丛》卷三六《二酉缀遗·中》。
[②]　《中国小说史略》第八篇《唐之传奇文(上)》。

简)、《柳毅传》(李朝威)等,传诵至今,人所熟知,向被治小说史者视为经典之作。降至北宋初年,传奇的创作仍为人们所热衷,作品尤多,而且编纂了一部大型的文言短篇小说总集《太平广记》。

《太平广记》乃宋太宗命李昉等人监修,成书于太平兴国三年(978),太平兴国六年(981)雕版印行。此书杂采汉魏至宋初间各种野史、笔记、小说、传记等五百馀种,都五百卷,目录十卷。全书按内容编排,分为55部,92大类,150多个子目。此书所引书籍,今已大半散佚,赖此而得以保存遗文。这部文言短篇小说总集,辑存了大量的古小说史料,可谓功德无量。但是,当时宋廷统治者囿于传统偏见,认为此书并非是后学所急需,颁行不久即把书板搁置,因此不像《太平御览》那样受到官方青睐并广为流布。然而,据宋人晁公武《郡斋读书志》、尤袤《遂初堂书目》等记载,在两宋时,此书在民间犹见流传。而南宋罗烨《醉翁谈录·小说开辟》云,说话艺人"幼习《太平广记》",则亦证明当时民间对此书的重视。宋元时的话本、杂剧、诸宫调以及明清时的小说、戏曲,从《太平广记》撷取了大量的创作与改编素材,因此,后人将之誉为"古小说的林薮"[①]。此书见存较早的完整刻本为明嘉靖间谈恺校刻本。明清间多有刊刻与钞校者,以清陈鱣校本(依宋残本校明刻本)、明沈氏野竹斋钞本、明许自昌刻本、清黄晟刻本等较为著名。1959年,人民文学出版社曾出版了汪绍楹点校本,此本于1961年由中华书局再版,曾多次印行。1982年,中华书局出版了《太平广记索引》,此索引据1961年中华书局版《太平广记》编制,分引书索引与篇目索引两部分,为读者带来很大便利。此外,1934年哈佛燕京学社编印的《太平广记篇目及引书引得》,亦可利用。

南宋人曾慥所编文言短篇小说集,名为**《类说》**。此书凡60卷,分为二集,摘录了汉晋以来二百馀种笔记、小说等有关内容汇

[①] 鲁迅《中国小说的历史的变迁》。

编而成，亦是研究宋前小说的重要史料，历来亦为古小说研究者所重视。1955年和1956年，文学古籍刊行社曾据明天启刊本影印，分别发行了精装本和线装本。元代立国年限较短，文言短篇小说创作在总体上要逊于前代，但如虞伯生的《娇红记》等，还是值得注意的佳作。后人对元人说部也做了搜集与整理的工作，产生了一些作品汇编和总集，如无名氏的《异闻总录》、陶宗仪的《说郛》等。元末明初人陶宗仪编纂**《说郛》**一百卷，采辑汉魏至宋元的各类笔记小说以及经、史、诸子、诗话、文论，保存了不少有价值的小说史料。此书后30卷已佚，明人郁文博予以补齐，后又有明人陶珽增为120卷，陶挺复修《说郛续》46卷。近人张宗祥据六种《说郛》明钞本校订重辑为一百卷，商务印书馆1927年出版了涵芬楼排印本。上海古籍出版社1988年将涵芬楼百卷本、明刻120卷本及《说郛续》46卷汇集影印，定名为《说郛三种》，附书目索引，为目前最完备的本子。

中唐以后，文言短篇小说在数量上空前增多，并出现了不少专集，如牛僧孺的《玄怪录》、李復言的《续玄怪录》、袁郊的《甘泽谣》、皇甫枚的《三水小牍》、裴铏的《传奇》、薛用弱的《集异记》、段成式的《酉阳杂俎》等。宋人的文言短篇小说集为数亦不少，如刘斧的《青琐高议》、洪迈的《夷坚志》、赵与时的《宾退录》等，均含有传奇、笔记或志怪类作品。这些作品集，如唐人所作，虽有亡佚，但存世者多可见于《太平广记》；宋人编撰者，则多有刻本行世，近世亦屡有重印。如《玄怪录》、《续玄怪录》有《古小说丛刊》本（中华书局1982年版），《集异记》有涵芬楼影明《顾氏文房小说》本和1982年中华书局排印本，《甘泽谣》与《酉阳杂俎》有《津逮秘书》本，后者尚有1981年中华书局点校本，《三水小牍》有中华书局上海编辑所1958年点校本，《夷坚志》有《笔记小说大观》本及1981年中华书局点校本，《青琐高议》、《宾退录》等则有1983年上海古籍出版社《宋元笔记丛书》本；因此，搜寻尚不困难。

现代学者在唐宋文言短篇小说的辑佚、编集等方面亦做了很多有价值的工作。鲁迅于1920年代从唐宋以来大量类书、笔记、野史等旧籍中，辑佚钩沉，编成《唐宋传奇集》一书，做了开创性的工作。此书极受古代小说史家欢迎，多次印行。汪辟疆亦曾校录《唐人小说》一书，取材以明万历间许自昌刻《太平广记》为主，用《道藏》、《文苑英华》及涵芬楼影旧本唐人专集小说校补，印行于1929年，后由古典文学出版社和中华书局上海编辑所多次出版。张友鹤的《唐宋传奇选》于1964年由人民文学出版社出版，此书选录了39篇唐宋传奇小说，以鲁迅《唐宋传奇集》与汪辟疆《唐人小说》及人民文学出版社《太平广记》为底本，校以善本，是一个较好的选注本，为学界所重视。此外，在1950年代，上海文化出版社曾出版由吕蘋、罗奋、王荣初、崔巍、刘耀林等分别选译的《唐宋传奇选》一至六辑。近年来，学界尤致力于这方面的工作，如成柏泉的《古代文言短篇小说选注二集》，选择宋、元、明、清文言短篇小说佳品，加以说明与注释，1984年由上海古籍出版社出版。今人王汝涛辑集唐人小说，汇为《全唐小说》，全书凡四册，分为"传奇"、"志怪"、"杂录"、"辑佚"、"疑似"五部分，搜罗颇广，于1993年由山东文艺出版社出版，为首部全唐小说总集。又，李时人选编有《全唐五代小说》，由何满子审定，全书正编一百卷，外编25卷，裒集唐人传奇文和敦煌俗讲叙事文，颇为丰富，由陕西人民出版社于1998年出版。

这一时期，除了文言短篇之外，白话短篇小说亦已诞生，成为说部新军。古代白话短篇小说是随着说话艺术的形成和发展而产生的，至晚始于唐代，然而详情已难考知。敦煌讲经文和变文的发现，给小说史研究提供了新的史料。敦煌石室遗书，学者一般认为大多由唐人所作。尤其是变文，韵散相间，或有全用韵文或全用散文者，有些作品如《伍子胥变文》等在形式上已接近话本，可据此考证和寻绎六朝以来说话艺术的发展轨迹。今人王重民等人辑有

《敦煌变文集》,其中不乏早期话本作品,1957年人民文学出版社出版,1984年重印,是研究早期话本极为重要的史料。

宋代说话大盛,瓦舍勾栏遍布城乡,艺人作场,赖此为生,人所喜闻乐见,深受欢迎。关于当时说话艺术,在宋元人的有关笔记杂著中多有记载,如罗烨《醉翁谈录》、孟元老《东京梦华录》、吴自牧《梦粱录》、周密《武林旧事》、灌园(一作灌圃)耐得翁《都城纪胜》以及夏庭芝《青楼集》等书,均描述了宋元说话艺术的各类情况,为治小说史者所关注。1982年中华书局出版了邓之诚的《东京梦华录注》,同年中国商业出版社也出版了《东京梦华录》、《梦粱录》、《都城纪胜》、《西湖老人繁胜录》、《武林旧事》的合刊本,便于利用。《东京梦华录》尚有伊永文笺注本,于2006年由中华书局出版。《青楼集》则有中国戏剧出版社1959年《中国古典戏曲论著集成》本,后该社于1990年出版了笺注本。

说话艺人讲唱表演时所用的底本或记录本,称为"话本",亦叫做"话文"或"话",即是今人所谓的早期白话小说——话本。宋人称说话艺术有四家,然今人能够确定者则为小说、讲经、讲史三家,亦与小说关系最为密切。宋元短篇话本一般称为"小说",如《新编小说快嘴李翠莲记》,而讲史话本则称作"平话",如《三国志平话》。现存的宋元话本已不多,而且很难一一指明其产生的具体年代。

近人缪荃孙于1915年刊印了一部话本集**《京本通俗小说》**,凡七卷七篇。据缪氏称,这七篇话本"的是影元人写本"[①]。学界或以为此书七篇话本乃缪氏抽自冯梦龙《三言》予以印行,然尚不能完全推翻缪氏之说,因此,一般认为这七篇短篇白话小说为宋人所作。1950年代,古典文学出版社与中华书局上海编辑所曾分别据缪氏影刻本予以排印出版。1987年,文学古籍刊行社又将缪氏影刻本重新影印。此外,重要的宋元话本史料尚有明嘉靖间洪楩编

---

① 《京本通俗小说·跋》。

刻的《清平山堂话本》(《六十家小说》)[①]，已残缺，见存凡29篇[②]，内含不少宋元旧本，有文学古籍刊行社1956年影明刻本与上海古典文学出版社1957年排印本，并多次重印。明末冯梦龙编集《三言》，其中也有不少宋元旧作，但多经编者修订润色。日本内阁文库藏有古代话本单行本四册，1940年代，王古鲁予以摄回，加以校注，题名**《熊龙峰四种小说》**，在国内梓行，1958年古典文学出版社又据以排印。此书含四种小说话本，其中《张生彩鸾灯传》、《苏长公章台柳传》二种，人们认为可能也是宋元人旧作。傅惜华于1955年选注了《宋元话本集》一书，选入作品18篇，由四联出版社出版。吴晓铃等校注的《话本选》于1959年由人民文学出版社出版，注释精审，是一部很好的话本选本，后多次重印。中华书局上海编辑所在1960年曾编选出版了《话本选注》（上、下），其中亦有一些是宋元人的作品。这些话本作品及其选集是我们考察和研究宋元说话中"小说"一类的宝贵史料。

宋元说话艺术中讲史与讲经二类，见存的作品主要有《梁公九谏》、《全相平话五种》、《五代史平话》以及《大唐三藏取经诗话》、《大宋宣和遗事》等。这些作品有宋元时刊本。**《全相平话五种》**含《武王伐纣平话》(《吕望兴周》)、《七国春秋平话后集》(《乐毅图齐》)、《秦并六国平话》(《秦始皇传》)、《前汉书平话续集》(《吕后斩韩信》)、《三国志平话》，是中国小说史上最为重要的讲史话本，对于后代的历史演义类作品影响极大，不仅为之提供了加工与再创作的雏形，而且积累了创作的经验。《全相平话五种》有元至治间刊本，商务印书馆涵芬楼与日本仓石武四郎分别有影印本，上海古

[①] 清顾修《汇刻书目初编著录》，题"六家小说"，目下著录《雨窗集》、《长灯集》、《随航集》、《欹(欹)枕集》、《解闲集》、《醒梦集》各十集。

[②] 《清平山堂话本》今之通行本含话本27篇。阿英尝发现话本《翡翠轩》、《梅杏争春》二种，郑振铎认为亦属《清平山堂话本》。见阿英《小说闲谈》之《记嘉靖本悲翠轩及梅杏争春——新发现的清平山堂话本二种》。

典文学出版社与中华书局上海编辑所也出版过排印本,为治小说史者提供了便利。**《大唐三藏取经诗话》**是西游故事的早期作品,在《西游记》的成书史上占有极重要的地位。此书有宋刊本,为日本三浦所藏,1916年罗振玉曾据以影印;文学古籍刊行社于1955年据罗氏影印本加以放大重印,并附以日本德富苏峰藏大字本残本;1925年商务印书馆予以排印;1950年代时,古典文学出版社与中华书局上海编辑所亦多次出版排印本。又有无名氏**《大宋宣和遗事》**,学界一般认为是南宋说话底本,全书似杂采诸书而成,基本以文言写就,然而其中有关水泊梁山的故事,则易以白话,是《水浒传》成书前极为重要的小说史料。此书有明金陵王氏洛川校刊本,分元、亨、利、贞四集,又有分为二集者。1915年商务印书馆曾排印出版,古典文学出版社于1950年代又一再重新印行。而文学古籍刊行社于1990年代也曾予影印,各种丛书亦多有收录,流布甚广。

1990年,上海古籍出版社出版了丁锡根点校的**《宋元平话集》**,收录《梁公九谏》、《五代史平话》、《宣和遗事》、《武王伐纣平话》、《七国春秋平话后集》、《秦并六国平话》、《前汉书平话续集》、《三国志平话》凡八种平话,并附以有关研究资料,为学者所重视。这些长篇讲史、说经类话本的出版,不仅为学术界研究宋元小说提供了珍贵史料,而且也是帮助学者探寻古代章回小说形成与发展的重要依据。

鲁迅曾经将唐人传奇和宋元说话艺术的繁荣以及话本作品的出现,称为小说史上一大变迁[①]。尽管见存的唐人传奇以及宋元话本的数量并不是很多,质量也见参差高下,尚不足以反映中国古代小说成长期的全貌,但我们从中已大体可以看到,中国古代小说正处于不断成长并稳步走向成熟的阶段,值得深入研究。而学界

---

① 参见《中国小说的历史的变迁》。

在研究史料的搜集整理上也有可喜成果,如程国赋编有**《隋唐五代小说研究资料》**,于 2005 年由上海古籍出版社出版。此书分上、下两编,上编为"总论",下编为"作家作品论",所收作家作品,除隋至五代外,亦有部分自北齐入隋和由五代入宋者,书后附录有《二十世纪隋唐五代小说研究专著、论文目录》。海内外学者已经利用现有小说史料,对唐宋元小说史做了不少研究工作,取得了一定的成就。但是,这还不能满足研究者的需要,我们必须进一步花力气爬罗剔抉,搜集整理,为小说史研究提供更多的史料。

第三节 成熟期的小说史料

经过隋唐五代及宋元时期的发展,至元末明初,中国古代小说终于正式步入了成熟期。在前一阶段,虽然中国古代小说已经出现了文言与白话两种样式,显示出强大的生命力与发展潜力,但还不能说已经全面成熟,因为它们还没有产生和形成古代小说应该具有的各种体裁。文言短篇小说可以说已趋于成熟,白话短篇小说虽未摆脱讲唱文学的樊篱,但亦迅速成长,而讲史话本则尚不足以视为成熟的长篇说部。总的说来,中国古代小说直到元末明初,才开始逐步呈现全面成熟的气象,其标志是各种体裁的小说作品,无论长篇短制,还是白话文言,均以焕然一新的面目出现于说部之林,洋洋大观,一派繁盛局面。

元末明初人罗贯中所撰的**《三国演义》**是中国小说史上最早的一部长篇小说。此书敷演魏、蜀、吴三国争雄、一统于晋的历史故事,是作者罗贯中在晋陈寿《三国志》以来的大量野史、笔记、传说故事、讲唱文学和戏剧文学基础上,经过加工、整理和再创作而成。此书见存最早版本为《三国志通俗演义》,24 卷,每卷十则,凡 240 则,书前有明弘治七年甲寅(1494)金华蒋大器序及嘉靖元年壬午(1522)修髯子小引,这个本子一般称为嘉靖大字本,国家图书馆藏有足本,上海图书馆亦有嘉靖壬午刻本。1974年与1975年人民文学出版社曾据上海图书馆藏嘉靖本予以影印,分别出版了线装本和平装本,1980年上海古籍出版社亦出版过嘉靖本的排印本,各地出版社亦多有梓行,流布甚广。长期以来,学界知有嘉靖本,仅指此壬午刻本。但是,20世纪30年代戴望舒在西班牙又发现了另一个嘉靖间刊本,书名题《三国志通俗演义史传》,有嘉靖二十七年戊申(1548)锺陵元峰子序。此本藏于西班牙马德里近郊爱斯高里亚尔修道院,1936年,戴望舒访书欧洲时目睹原书,撰文予以披露。后又有中外学者相继前往查阅,但未引起学界足够关注。1995年,日人井上泰山访书西班牙,在爱斯高里亚尔修道院将此书摄影,携归日本,后由关西大学出版部于1997年至1998年分上下两册梓行,全书每页上半面为原书书影,下半面则为此书影之排印文字,忠于原书,不加标点。此书在《三国演义》的流传史及版本研究上有着重要的史料价值,但由于未公开发售,印数较少,故海内得见不易。继嘉靖间刻本后,《三国志通俗演义》的旧刊本主要有:明万历十九年辛卯(1591)金陵周曰校刊本,明夏振宇刊本,明万历二十年壬辰(1592)余氏双峰堂刊本,明郑以桢刊本,明万历间余象斗刊本、书林熊清波刊本、闽书林郑世荣刊本,明万历三十八年庚戌(1610)杨起元刊本,明万历间笈邮斋刊本,明闽书林刘龙田刊本、杨美生刊本,以及题钟伯敬批评的明刊本等。后来,万历间题李卓吾批评《三国志演义》,併240则为120回,人们遂多以此为底本加以刊刻,明代有建阳吴观明刊本,吴郡宝翰楼刊本等20馀种,清代亦有吴郡黎光楼楠槐堂刊本,遗香堂刊本,两衡堂刊本等多种本子。这一系统的本子,在回目、标点、插图、校勘、评注以及文字增删上均做了一些工作。到了清康熙间,毛纶、毛宗岗父子仿金圣叹评改《水浒传》,对《三国演义》在回目、情节、文字等方面做了增删、修订、润色的工作,学界称为毛评本,自此,毛评本《三国演义》成了三百多年间最为通行的本子,人民文学出版社、商务印书馆、中华书局、作家出版社以及一些地方出版社曾多次出版,大量发行。1986年,北京大学出版社出版《三国演义会评本》,集各本评点于一本,展卷在手,明清间人的各类评点文字尽数收揽,省却了搜捡之劳,是一个受人欢迎的好本子。有关《三国国演义》的研究论文集,60多年来,多有问世,其中由《社会科学丛刊》编辑部与四川省社会科学院文学研究所合作编辑、四川省社会科学出版社1983年出版的《三国演义论文集》,值得重视。朱一玄、刘毓忱的《三国演义资料汇编》搜集有关史料,极为丰富,1983年由百花文艺出版社出版。

作为讲史小说,《三国演义》自然是代表作,而且后代无有能望其项背者。由于《三国演义》的影响,明清两代历史演义小说大量产生,以致出现了总揽中国历史的《二十四史演义》。这是中国小说发展史上的一个颇为有趣的现象。

大致与《三国演义》同时问世的**《水浒传》**,题为施耐庵、罗贯中编撰。此书写北宋末年宋江等108人聚义水泊梁山劫富济贫、惩凶扶善的豪侠故事。与《三国演义》的成书形式相类似,《水浒传》亦是依据前代史籍、笔记、传说、说话、杂剧等关于梁山英雄的故事,由作者整理、加工而写定的。明高儒《百川书志》卷六记载此书为一百卷,或即为一百回。见存最早刻本为明嘉靖间刊《忠义水浒传》本,仅存第八卷第51回至第55回。明代《水浒传》刊本众多,文字、回数、内容互有出入,一般分为文繁事简本(繁本)与文简事繁本(简本)。属于繁本系统的主要有:嘉靖刊本,万历间刻天都外臣序本,容与堂刻本(据天都外臣本为底本),李玄伯藏明刻本,芥子园本,题钟伯敬评本等;属于简本系统的主要有:明双峰堂刊本,清德聚堂刊本,明雄飞馆《英雄谱》本等。这些刊本中,繁本文字精细,有征辽、征方腊等情节,为一百回本。而简本则插入征田虎、王庆事,回数为115回至140回不等,然描述较之繁本稍嫌简略粗糙。另有《李卓吾评忠义水浒全传一百二十回》本,有明袁无涯刊本(北京图书馆藏)、郁郁堂本(南京图书馆藏)、宝翰楼本(日本宫内图书寮藏)。郑振铎校勘《水浒全传》120回本,校订精善,是较好的本子。容与堂本曾由中华书局上海编辑所于1966年影印出版线装本,1975年上海人民出版社又据以翻印。至于各类排印本,人民文学出版社、中华书局、商务印书馆、广益书局及各地出版社均大量印行。在众多的印本中,清人金圣叹评本是一个值得提及的本子。金圣叹将《水浒传》称为第五才子书,并假称得贯华堂古本,改写首回为"楔子",并删去第71回后半回及此后的部分,成70回,加上伪撰的施耐庵序言,并逐回评点,予以梓行。这个70回本被称为金评本《水浒传》,三百多年来风靡天下,最为流行,中华书局于1975年将此书予以影印。1981年,北京大学出版社出版了《水浒传会评本》,以金评本《水浒传》为主要底本,汇辑金圣叹《第五才子书施耐庵水浒传》以及容与堂刻本《李卓吾先生批评忠义水浒传》、袁无涯刻本《出像评点忠义水浒全传》、芥子园刻本《忠义水浒传》、醉耕堂刻本《评论出像水浒传》、双峰堂刻本《水浒志传评林》等六个本子的评语。作为小说史研究以及小说批评的史料,此会评本颇受学界欢迎。关于《水浒传》研究的论文及论文集,1949年后亦不断出现,1957年作家出版社编辑出版的《水浒研究论文集》,可作为这方面成果的一个代表。1975年中华书局出版了马蹄疾的《水浒资料汇编》,1981年百花文艺出版社出版了朱一玄、刘毓忱的《水浒传资料汇编》,是目前《水浒传》研究的重要史料。上海古籍出版社1986年出版的马蹄疾的《水浒书录》,是对《水浒传》版本与研究著述的汇总。1955年作家出版社出版的余嘉锡的《宋江三十六人考实》,则从史学角度出发研究《水浒传》,有史料价值。日本香坂顺一编《水浒全传语汇索引》,1973年由日本采华书林出版,为研究《水浒传》语汇提供方便。

《水浒传》是明代小说英雄传奇作品的代表作,后代续书以及摹拟之作很多,如清陈忱有《水浒后传》、俞万春有《荡寇志》等,但皆无以超越此书。

明中叶的《西游记》则是唐以来关于玄奘法师西行取经故事的集大成之作,也是明代神怪小说最杰出的作品。初唐陈玄奘西行取经,本身就具有很大的传奇性。后玄奘口述西行见闻,由门徒辩机笔录成《大唐西域记》一书,其弟子慧立、彦琮又撰《大唐大慈恩寺三藏法师传》,玄奘取经经历日益广为人知,受人敬佩。于是,在唐代民间即已盛传取经事。宋金元以来,说话、院本、杂剧中将此作为重要题材,予以敷演,故事情节亦更为丰富。宋代则有讲经话本《大唐三藏法师取经诗话》。明《永乐大典》卷一三一三九"送"韵"梦"字条,有一段题为"魏征梦斩泾河龙"的文字,标明出自《西游记》。此外,古代朝鲜汉语教材《朴通事谚解》中有八处提到或引用《唐三藏西游记》平话。小说作者正是在这些材料的基础上,写定《西游记》一书的。全书一百回。见存的本子,最早者为明万历间金陵世德堂刊本,署华阳洞天主人校,日本日光山慈眼堂与中国国家图书馆均有收藏。尚有明万历间杨闽斋刊本等,藏于日本内阁文库等处。另有题李卓吾批评的本子,有明泰昌、天启间刊本和金陵大业堂重刊本,在日本、法国等地图书馆有藏,中国国家图书馆亦藏有泰昌、天启间刊本。在中国国家图书馆还藏有明万历间刘莲台刊《鼎锲全像唐三藏西游释厄传》十卷本。此书清代刊本众多,主要有康熙丙子(1696)刊《西游真诠》本,清初原刻《西游证道书》本,乾隆间晋省书业公记藏板《新说西游记》本,嘉庆二十四年(1819)湖南护国庵刊《西游原旨》本,道光己亥(1839)眉山何氏德馨堂刊《通易西游正旨》本以及含晶子评注的《西游记评注》本等。以上各本,在文字上稍有不同,如世德堂本系统的本子,保留了较多淮河流域方言,在描写方面也较精细生动,而清刻本则有所改动与删节。世德堂本无唐僧出身的描写,后来的《西游证道书》补出了江流儿一节文字,然此节文字是否为原作所有,学界意见尚不一致。《西游记》的今刊本很多,人民文学出版社、作家出版社以及各地出版社均大量印行，其中以人民文学出版社于 1980 年出版的本子较便利用，此本以世德堂本为底本整理，参校以六种清刻本以及李卓吾评本，并附以一些语辞简释，甚为通行。而江流儿故事一节，则作为"附录"，置于第九回与第十回之间，方便读者与研究者阅读利用，颇为妥当。作家出版社 1957 年编辑出版了《西游记研究论文集》，江苏古籍出版社 1984 年出版了江苏省社会科学院文学研究所编辑的《西游记研究——首届〈西游记〉学术讨论会论文集》。1983 年，中州书画社出版了朱一玄、刘毓忱的《西游记资料汇编》，刘荫柏的《西游记研究资料》亦于 1990 年由上海古籍出版社出版。

《西游记》对于后代小说的影响很大，神怪小说作为中国古代小说的一大分类而风行于世，《西游记》功不可没。明人许仲琳的《封神演义》敷演西周历史，实际上多是刻画描述神魔情节，是一部较好的神怪小说，有清四雪草堂刊本，人民文学出版社与作家出版社等多次印行，影响颇大。清人董说的《西游补》是《西游记》续书中的佼佼者，文学古籍刊行社、上海古籍出版社等均予以出版。明人杨致和的《西游记》，余象斗的《南游记》和《北游记》，吴元泰的《东游记》，合称《四游全集》或《四游全传》，亦颇为人重视，有上海古籍出版社 1986 年印本。这些都是研究《西游记》的影响以及古代神怪小说发展、演变轨迹所必不可少的史料。

在明代长篇说部中，**《金瓶梅》**的出现标志着中国章回小说的最终成熟。从《三国演义》、《水浒传》到《金瓶梅》，大约经过了二百年的历史，中国古代小说无论长篇短制，还是文言白话，各种体裁、内容，百花争艳，全面繁荣。署名兰陵笑笑生的《金瓶梅》，更是在题材上独辟蹊径，在描写上忠于生活现实，开创了中国小说史上的一个新时代。此书围绕西门庆及其妻妾的生活史，为我们描绘了一幅晚明社会的《清明上河图》，堪称近古社会市民生活的一部百科全书。此书一百回，其版本主要有两个系统，一为万历本（词话本),一为崇祯本。《金瓶梅》见存最早刊本为明万历间刻的《金瓶梅词话》,最为接近原著。此本于1930年代发现于山西,以为海内孤本,后在北京以古佚小说刊行会名义影印百部。抗战烽火起后,北平大量文物南运,原藏北平图书馆的词话本亦在其中,后被送至美国国会图书馆寄存,直至1970年代,才归至台北,现藏台北故宫博物院。然而,日本有《金瓶梅词话》同类刻本二部,分别藏于日光山轮王寺慈眼堂和德山毛利氏栖息堂,二者仅第五回末叶异版。1963年,日本大安株式会社影印慈眼堂藏本,将栖息堂藏本第五回末叶书影附于慈眼堂藏本第五回后。1957年,文学古籍刊行社曾以古佚小说刊行会影印本重新影印出版,线装21册,其中一册为崇祯本所有木刻插图。1987年,该社又将此影印本加以放大重印。原影印本所缺之第52回第七、第八两叶乃据崇祯本补足,今则易以日本所藏同类版本之文字。明季词话本问世后,坊间见有利可图,乃纷纷刊行,遂有评改本出现,见存最早者为天启、崇祯间《新刻绣像批评金瓶梅》,称崇祯本。清康熙间铜山人张竹坡批评《金瓶梅》,即以此为底本。张竹坡批评本一出,各本偃息,世间乃只知张评本,词话本逐渐鲜为人知。张竹坡批评本与词话本文本主要不同之处在于回目的修订以及小说前十回内容的安排上,稍有改写。此外,张评本对于词话本中的诗词、骈语等亦有删节,但主要内容基本上没有变更。清代刊张评本甚多,以康熙乙亥(1695)皋鹤堂批评第一奇书本最早且最为完备,向为治《金瓶梅》者所重视。近人对《金瓶梅。》十分关注,刊本亦多。1930年代,郑振铎与施蛰存均曾标点删节过的词话本,分别由上海生活书店与上海杂志公司出版。此外,尚有不少其他的排印本,多为词话本系统,亦多有删节。1960年代后,港台书林亦出版过一些词话本。近年来,大陆学者对《金瓶梅》的研究兴趣日益浓厚,为适应需要,人民文学出版社于1985年首先排印出版词话本,删去其中相关猥亵文字19174字。1987年,齐鲁书社亦排印出版了张竹坡批评第一奇书《金瓶梅》删节本,次年又排印出版了《金瓶梅续书三种》(《续金瓶梅》、《金屋梦》、《隔帘花影》:前二者实为一书,均为60回;后者为缩写本,48回)。接着,北京大学出版社又影印出版了该校图书馆珍藏的崇祯本,线装4函36册,还影印出版了《续金瓶梅》三种,亦为线装。齐鲁书社之崇祯本《金瓶梅》,乃据日本所藏善本排印,亦于1989年问世,印制精美,且无删节。自此,学界难以一睹的崇祯本遂走出了禁锢之中。浙江古籍出版社出版《李渔全集》,其中亦收有题回道人(或谓即李渔)作评的《新刻绣像金瓶梅》(实为清刻本,并非崇祯刊本)。这样,几种重要的《金瓶梅》本子,均已出版,足资《金瓶梅》研究者所利用。而1980年代以来,大陆及台港等地出版社出版了多种《金瓶梅》的会校会评本。有关《金瓶梅》的研究资料汇编,种类颇多:1985年南开大学出版社出版了朱一玄的《金瓶梅资料汇编》,同年北京大学出版社出版了侯忠义、王汝梅的《金瓶梅资料汇编》,1986年黄山书社出版了方铭的《金瓶梅资料汇录》,1987年中华书局出版了黄霖的《金瓶梅资料汇编》,又有周钧韬《金瓶梅资料续编》,于1991年由北京大学出版社出版,收集1919年至1949年间有关金瓶梅研究资料。1986年,辽宁人民出版社印行了胡文彬的《金瓶梅书录》。

在《金瓶梅》各种本子中,以张评本最为多见,各地多有收藏。并且,还有蒙、越南、朝鲜、日及西语等各国译文,可见《金瓶梅》在世界小说史上之影响与地位。其续书或仿作除上述《续金瓶梅》三种外,尚有《玉娇李》、《玉娇梨》等,各本在旧时的刊本亦极多,各地图书馆多有收藏。

除了长篇说部外,明代的短篇白话小说亦极盛。正如隋唐宋元时,中国古代小说基本上处于成长期,而唐人传奇则显示出文言短篇说部已臻成熟一样,明代说部在总体上说是处于全面成熟之时,但短篇白话小说已提前进入了鼎盛时期,其标志则是《三言》、《二拍》的诞生。元代以降,由于戏曲的勃起与盛行,说话艺术逐渐式微，话本创作自然也处于一蹶不振的境地。但是，无暇去瓦舍勾栏听说话的观众，并没有降低对话本的热情。为了适应这一需要，坊间遂对宋元话本予以加工、编辑，甚至模拟话本形式进行创作，刊行了大量的白话短篇小说，鲁迅称之为"拟话本"①。《三言》、《二拍》就是拟话本最杰出的代表作。

《三言》指明季冯梦龙编集的三部短篇白话小说集：《喻世明言》（一称《古今小说》）、《警世通言》、《醒世恒言》。《三言》每部40卷，每卷一篇小说，凡120篇，约110万言。这三部书中收有流传下来的宋元话本，如据《碾玉观音》改编的《崔待诏生死冤家》，还有大量的明人拟作，如《杜十娘怒沉百宝箱》等，其中有的作品或即出自冯梦龙之手。但是，由于冯梦龙在编集时，对所收作品大多作了整理、加工乃至改编，加上宋元话本史料的匮乏，因此，现在已很难从这120篇小说中，一一精确甄别哪些为宋元人旧作，哪些是明人拟作。不过，这并不妨碍今人对它的鉴赏与研究。《三言》初刊于明末，有金陵兼善堂刊本等。但是，在海内《古今小说》本已久佚，日本内阁文库藏有一部明刊足本，为天许斋本，此外，日本尊经阁亦藏有明刊足本。1940年代，王古鲁赴日，曾摄回此书照片，由商务印书馆校勘、排印，于1947年出版，为该馆《世界文库》丛书之一种。1955年，文学古籍刊行社予以校订重印，为线装七册。人民文学出版社则于1958年出版了由许政扬据文学古籍刊行社本校注的排印本，是一个较好的本子。《警世通言》传本有二：一为兼善堂本，40卷，见藏日本，商务印书馆有《世界文库》本，即据此本之传抄本排印；一为三桂堂本，39卷。人民文学出版社1957年出版的严敦易校注本，其底本即为《世界文库》本，并校以三桂堂本。《醒世恒言》有明叶敬池刻本和衍庆堂刻本，前者有《世界文库》本，

---

① 参见《中国小说史略》第十三篇《宋元之拟话本》及第二十一篇《明之拟宋市人小说及后来选本》。

人民文学出版社于1957年据《世界文库》本排印,由顾学颉校注,其中第22卷《金海陵纵欲亡身》因过于淫秽被删除。以上各本均有很大利用价值,并多次刊行。1986年,上海古籍出版社又将《三言》据善本影印,出版了精装本与线装本,则更使研究者得睹这三部小说的原貌,对研治《三言》提供了第一层位的史料,得到学界的好评。1993年,江苏古籍出版社出版魏同贤主编的《冯梦龙全集》;2007年,凤凰出版社重印。

由于《三言》的刊行,晚明时掀起了一个拟话本创作的高潮,出现了大批白话短篇小说,其中凌濛初的**《二拍》**是最有影响性的作品。《二拍》即《初刻拍案惊奇》与《二刻拍案惊奇》,乃凌濛初应书坊主人之请而作,是较早出现的文人独力创作的拟话本专集。《二拍》每部各40卷,每卷一篇,因其中《二刻》之卷二十三与《初刻》之卷二十三重复,且《二刻》末卷为杂剧,故二书实凡78篇。这二部小说集在思想内容范围上较之《三言》更为扩大,描写亦颇精细、生动,与《三言》同为白话短篇小说的创作已达鼎盛时期的标志,研究者莫不予以极大注意。然而,《二拍》足本,在海内亦久已亡佚,无以得见。《初刻拍案惊奇》最早由尚友堂刊刻于明崇祯元年(1628),现在日本日光山轮王寺慈眼堂法库藏有一部足本,为天下孤本;另有39卷本,亦系孤本,藏于日本广岛大学。此外,明清二代刊本极多;有覆尚友堂本、消闲居本、松鹤斋本、同文堂本等,但后4卷皆佚,无一足本。《二刻拍案惊奇》亦由尚友堂刊刻于明崇祯五年(1632),此足本国内亦佚,北京图书馆所藏,缺第13卷至第30卷及第40卷,而日本内阁文库则藏有尚友堂原刻足本。1941年,王古鲁访书日本,在轮王寺发现《初刻拍案惊奇》原刻足本,摄回几张书影,在国内介绍。后在日本内阁文库抄回《二刻拍案惊奇》原刊本,予以标点、注释,于1957年由上海古典文学出版社出版,而该社于同年出版的《初刻拍案惊奇》王古鲁注本,仍以覆尚友堂本与消闲居本为底本校印。直到1979年至1980年间,章培恒赴日本神户大学任教，在日本同行的帮助下，分别从轮王寺及内阁文库摄回《二拍》的尚友堂原刻足本，加以标点、整理，于1982年和1983年由上海古籍出版社分别出版了标校本，并保留了王古鲁的注释；1985年还出版了影印本。这样，《二拍》原刻之全貌在湮没了三百多年后，终于重见天日。2010年，凤凰出版社出版了魏同贤、安平秋主编的《凌濛初全集》。

《三言》、《二拍》的研究资料有谭正璧的《三言两拍资料》，搜罗数百种书中的有关资料，颇为丰富，1980年由上海古籍出版社出版，深得学界欢迎。

《型世言》是最近20余年来发现的重要拟话本集。此书长期湮没无闻，不见踪影。王重民《中国善本书提要·集部·总集类》著录《皇明十六名家小品》，记此书明崇祯刊本附有征文启事两叶，有拟刻书名，内有"刊《型世言二集》[征海内异闻]"文字。王重民云："所谓《型世言二集》者，后似刻为《二刻拍案惊奇》。"其实，《二刻拍案惊奇》与《型世言》无涉，因此，王重民所说《二刻拍案惊奇》或为《别本二刻拍案惊奇》。明末杭州书坊峥霄馆尝刻印大量书籍，《型世言》即为其中一种。此言拟刻《型世言二集》，则一集或应已问世，但学界未见有《型世言》及《型世言二集》行世，唯见有《型世奇观》以及题西湖道人的《幻影》（亦称《三刻拍案惊奇》）、《别本二刻拍案惊奇》流布，所收作品为30篇不等，而诸书实即一书，只有篇幅多寡或间有篇目异同而已。1987年，陈庆浩在韩国汉城大学藏书楼奎章阁发现《型世言》，撰者明末陆人龙。《型世言》全书四十回，而上述《幻影》等即为《型世言》之节选本。1992年，台湾中央研究院中国文哲研究所将此书影印，学者始得窥这部湮没近四个世纪的拟话本集，为小说研究增添了珍贵史料。此书在影印本面世后，大陆出版社多有排印出版，获得颇易。

在《三言》、《二拍》风靡说部之林的明代末年，坊间书贾为牟利计，刊行了大量选本。其中抱瓮老人编选的**《今古奇观》**则是这类选本中颇有价值与影响的一种。此书从《三言》、《二拍》中选取了40篇作品,为清代以来流布最广的白话短篇小说选本,在《三言》、《二拍》的足本长期亡佚的情况下,《今古奇观》是学者极为重视的拟话本史料,至今犹有利用价值。此书有明刊本,现通行者为1957年人民文学出版社出版的顾学颉校注本。今人选本,除前述《话本选》外,尚有路工编《明清平话小说选》(第一集),由古典文学出版社1958年出版;胡士莹选注《古代白话短篇小说选》,由中国青年出版社1956年出版,1962年修订再版;中华书局上海编辑所编的《古代白话短篇小说选》于1960年由该所出版。以上各本所选,大多为明清拟话本。1983年,上海古籍出版社出版的何满子的《古代白话短篇小说选注》,除少量宋元旧作外,多为明清人的拟话本,注释精当,并有选注者评论,是一部较好的选注本。

在明末,还有不少作家学步《三言》、《二拍》,创作了不少拟话本专集,见存除稍早的周清源《西湖二集》外,还有天然痴叟的《石点头》、东鲁古狂生的《醉醒石》等,形成了一个拟话本创作的繁盛局面。这些作品,今多有印本,不难寻觅。

文言短篇小说,在宋代已见衰微,经过有元一代,不见振兴。然而,当中国古代小说步入全面成熟阶段后,文言短篇小说的创作一改沉闷局面,产生了令人可喜的变化,《剪灯新话》首先自张一军,标志着文言短篇小说中兴期的到来。

明初著名文人瞿佑的**《剪灯新话》**,今通行本四卷,有附录一卷,凡五卷22篇。《剪灯新话》已摆脱唐宋传奇的某些束缚,着重于描写世俗生活,反映民生疾苦以及男女爱情,叙次委婉,情节曲折,别具一种风貌。但是,此书问世不久,即遭禁止,至嘉靖后复有流布,但已非全璧。近代董康诵芬室尝据日本藏古本予以影刻,是为足本。此外,还有清乾隆刊本与同治刊本,1936年生活书店有《世界文库》本。1957年,古典文学出版社出版周夷(周楞伽)校注本,除《剪灯新话》外,还包括李昌祺的《剪灯馀话》和邵景瞻的《觅灯因话》二种，1981年，上海古籍出版社重印。

《剪灯馀话》与《觅灯因话》均是摹拟《剪灯新话》之作。《剪灯馀话》今通行本为五卷21篇，在明代亦遭禁止，今见足本亦为诵芬室影刻的日本藏古本，1931年上海华通书局排印出版，与《剪灯新话》合刊，为诵芬室《剪灯丛话》本。《觅灯因话》今通行本凡二卷八篇。这二种书均有周楞伽校注本，且附以有关研究资料，是便于利用的较好本子。

明代文人创作与编集文言短篇小说的热情很高，除上述《剪灯新话》三种外，自洪武年间以迄明季，各类作品大量问世，不胜枚举，其中有专集，亦有总集。如陶辅有《桑榆漫志》、《花影集》二种，宋懋澄有《九籥集》，冯梦龙有《古今谭概》、《情史》，赵弼有《效颦集》等。这些集子，多有今印本。如宋懋澄《九籥集》含文言短篇小说40多篇，1984年中国社会科学出版社出版了王利器辑校本。冯梦龙**《古今谭概》**有明叶昆池刊本，文学古籍刊行社曾于1955年影印；《情史》24卷，分为"情贞"、"情缘"等24大类，凡九百馀则故事，有1984年、1986年岳麓书社点校本与1986年春风文艺出版社印本。明人所编文言短篇小说总集则有《古今说海》、《五朝小说大观》以及《顾氏文房小说》等。陆楫编**《古今说海》**，分"说选"、"说渊"、"说略"、"说纂"四部分，142卷，其中有传奇小说64种，各类笔记71种。此书所辑，除明代作品外，亦有大量前人之作，见存刊本主要有嘉靖间陆氏俨山书院本，清道光间邵氏酉山堂本，1915年上海进步书局石印本等，排印本则有清末上海集成图书公司本以及中华书局本。**《五朝小说大观》**辑录历代文言短篇小说，按魏晋、唐人百家、宋人百家、明人百家分类，通行者有上海扫叶书房1926年印本。明人顾元庆编辑的**《顾氏文房小说》**是一部颇为重要的文言短篇小说总集。顾氏颇具文学眼光，所选多为富于文学性的作品，因此，很受学界欢迎。1925年，商务印书馆据涵芬楼所藏明刻本予以影印，最为通行。以上诸书的作品，虽并非皆为明人所作,但是也反映了明代文言短篇说创作、整理的成就,是古代小说研究中不可或缺的史料。今人对此颇多关注,亦有选注本问世,除前述成柏泉《中国古代文言短篇小说选注》本外,1981年湖南人民出版社出版的《明清文言短篇小说选》也是较好的选注本。

综观这一时期的小说史料,有这么几个特点:一是体裁的完备与作品的丰富。各种体裁、各种内容的作品均已成熟,并大量涌现,产生了一流名著。一是除了各类专集外,纯文学的小说总集亦大为增多,而且质量提高,非前代所能比拟。明代的小说家进一步远离了非文学的功利性,小说观开始有了突破性的革新,从而引发了小说家搜集以及编著各类小说史料的热情,造成了一个兴盛的局面。一是出现了具有相当审美水平的评点本。中国古代小说评点,早在宋末就已产生,如有方回评点的唐宋人说部,坊间刻以射利,士林亦靡然成风[①]。明代书估亦好刻评点本说部,但真正有文学鉴赏和批评价值的则始自题李卓吾评点的《水浒传》等书。这一风气,在明末盛行,此后几乎所有的长篇说部皆有评点,成为中国小说史上的一个独特现象,也为中国古代小说研究增添了宝贵的文学理论批评史料。

第四节　鼎盛期的小说史料

中国古代小说在明中期全面成熟后,就开始向鼎盛期迈步。不过,正如中国古代小说的成熟经历了一个较长的过程,并且文言白话、短制长篇的成熟互有先后一样,中国古代小说的鼎盛局面,也不是一朝一夕形成的,而是有一个逐步演进的过程。

晚明时在说部独擅胜场的《金瓶梅》和《三言》、《二拍》,不仅标志着中国古代小说的全面成熟,而且还宣告了白话短篇小说已臻

---

① 参见叶德辉《书林清话》。

鼎盛。这种现象同时也是古代中国人小说观产生了突破性革新的可喜表现，并且获得社会——作者与读者——的认可。从此，中国古代小说的发展走上了一条更为深刻地反映与剖析现实社会生活的崭新大道。在这种小说观的指导下，明末清初产生了大批描写世俗生活和所谓的才子佳人的小说作品。

大约问世于明季的《醒世姻缘传》是一部长达百万言凡一百回的白话小说，后人或谓乃清初蒲松龄所撰。这部小说以明英宗正统年间至宪宗成化年间为背景，写一个两世恶姻缘的故事。小说以家庭琐事为描写对象，在婚姻爱情、道德伦理等问题上作形象描述，刻画人情世态，间杂因果报应，颇具认识价值。从小说艺术发展的角度看，此书显然是沿着《金瓶梅》所开辟的新途径的一个实践成果。现存清代同德堂刊本是此书的较早本子，有清同治间翻刻本，题"重订明朝姻缘全传"，署"西周生辑著"、"然藜子校定"。此外，尚有各种木刻本、石印本及铅印本。1980年，齐鲁书社出版了此书的点校本，有删节。上海古籍出版社亦于1981年出版了删节过的点校本。此书印行颇多，2002年中华书局出版的点校本，是一个较好的本子。

在此一阶段，有一部长篇说部值得人们注意，即诞生于清雍正年间的《姑妄言》。此书作者曹去晶（自署"三韩曹去晶"），辽东人，生平不详。《姑妄言》全书二十四册一百回，然海内久佚。1940年代初，周越然尝见此书残钞本三回，撰文予以介绍，并由上海优生学会排印出版，标明为"海内孤本"。然此书全钞本在19世纪中叶被俄人购得，携归俄罗斯，后辗转藏于今俄罗斯国家图书馆，未引起人们注意，而中国学界则无以目睹全书，因而也未能进行研究。1960年代，俄罗斯中国学家李福清发现此书，向学界作了较为详细的介绍。1997年，法国国家科学研究中心与台湾大英百科股份有限公司合作出版中国古代小说丛书《思无邪汇宝》，将《姑妄言》钞本作了标校，予以收入，排印出版，此书全貌遂大白于天下,为中国古代小说研究增添了难得的珍贵史料。此后大陆出版社也多有梓行,但以全书猥亵文字过多,故所印多为删节本。

春风文艺出版社1981年起陆续出版的《明末清初小说选刊》,是有关明末清初小说史料的一套颇具价值的丛书。这套丛书以大连图书馆所藏的明末清初小说的孤本、善本为主,兼采其他图书馆存藏的孤本、善本,选取海内尚未出版过或虽曾出版但版本不同者,加以校点出版。该社所指的明末清初,其断限始自《金瓶梅》问世,迄于《红楼梦》诞生,亦即明万历间到清乾隆间,正是中国古代小说从全面成熟逐步走向鼎盛的时期。而这一时期大量涌现的以家庭社会日常生活为题材的作品,为我们提供了寻绎中国小说从成熟发展到鼎盛轨迹的丰富史料,具有极为重要的意义。由于以往的小说史研究大都集中于有数的几部名著,而对整个小说史发展过程中丰富多彩的各种史料多所忽视,因此,在出版方面也产生了名著随处可得,而二三流作品难以寻觅的现象,使研究工作的进一步深入遇到很大困难。这套《明末清初小说选刊》的出版,在这一时期小说史料的整理出版方面,一定意义上填补了一个空白,受到学界的欢迎。

在以往的古代小说研究中,学界对于明末清初小说多持忽视态度,迄今尚未引起足够的重视。我们认为,这不利于全面认识与把握中国古代小说史的轨迹,更难以解释何以在清代雍乾时期,中国古代小说的巅峰之作——《儒林外史》与《红楼梦》横空出世,正式标志着中国古代小说鼎盛局面的到来。

《儒林外史》是清代第一部最有价值的长篇小说,作者为全椒(今安徽全椒)人吴敬梓(1701～1754)。敬梓字敏轩,号粒民,自号秦淮寓客,晚年自号文木老人,人称文木先生,中年后客居南京,终生未仕。《儒林外史》是使他名垂文学史册的代表作品。这部小说结构颇为独特,诚如鲁迅所说:"全书无主干,仅驱使各种人物,行列而来,事与其来俱起,亦与其去俱迄,虽云长篇,颇同短制;但如集诸碎锦,合为帖子,虽非巨幅,而时见珍异,因亦娱心,使人刮目矣。"①全书以明代社会世态人情为背景,以儒林丑态为主要刻画对象,揭露与鞭挞了古代科举制度的种种弊端与罪恶,并塑造了几个唾弃功名利禄,热衷匡时济世或独善其身的贤人、纯儒的正面形象。这部小说运用讽刺手法,达到了炉火纯青的地步,不仅开创了中国古代讽刺小说的新路,而且三百年来,没有别部作品能出其右,在中国小说史上有极高的地位。《儒林外史》见存最早刊本为清嘉庆八年(1803)卧闲草堂本,凡56回。此外尚有清同治十三年(1874)齐省堂增订活字字本,亦为56回。清光绪十四年(1888)增补齐省堂本,凡60回,为石印本。民国以来,商务印书馆、广益书局及1949年后作家出版社、人民文学出版社等多次排印或影印,流行甚广。据清人记载,《儒林外史》尚有50回本和55回本,但均未见。关于《儒林外史》究竟是多少回的问题,学术界争论不休,意见纷歧,迄无定论。目前通行本为1977年人民文学出版社梓行的校点本,为55回,1984年重印,附入第56回。1984年,上海古籍出版社出版了李汉秋的《儒林外史会校会评本》,集各本评点于一帙,学者称便。近年来,有人细心地把有关资料汇辑起来,供研究者参考利用。1984年,上海古籍出版社出版李汉秋编辑的《儒林外史研究资料》,便是很有价值的一部资料汇编。朱一玄、刘毓忱编辑的《儒林外史资料汇编》,亦于1998年由南开大学出版社出版。何泽翰所著《儒林外史人物本事考略》,1957年由古典文学出版社出版,1985年上海古籍出版社修订再版。作家出版社于1955年编辑出版了《儒林外史研究论集》,安徽人民出版社1982年出版《儒林外史研究论文集》。

差不多与《儒林外史》同时问世的长篇小说**《歧路灯》**,凡108

---

① 《中国小说史略》第二十三篇《清之讽刺小说》。

回,亦是值得重视的一部章回小说。作者李绿园(1707~1790),名海观,字孔堂,宝丰(今河南宝丰)人,曾当过知县一类的小官,舟车海内20馀年,社会生活阅历丰富。这部小说亦以明代社会为背景,展现了一幅明清社会城市生活的生动画面。小说说教气息较为浓厚,但反映社会生活颇为真实,人物形象亦有个性,有较高的认识和审美价值,是一部描写世态人情的好作品。然而书成后,仅在河南乡村以钞本形式流传,世间知见者甚少。直至1924年,洛阳清义堂方予以石印,为105回。三年后,冯友兰、冯沅君兄妹将《歧路灯》前26回加以校勘标点,由北京朴社铅印出版,但无下文,影响仍然甚微。因此,自鲁迅以来,各种文学史、小说史专著中,鲜有提及此书者。上世纪70年代初,豫人栾星着手搜集资料,对《歧路灯》进行全面整理,经过十年寒暑,1980年中州书画社出版了栾氏校勘、注释的108回本《歧路灯》,在大陆、台港澳地区及海外引起了很大反响。同时栾星还将李绿园有关资料编著成《歧路灯研究资料》,分"李绿园传"、"李绿园诗文辑佚"、"歧路灯旧闻钞"3部分,1982年由中州书画社出版,为研究者提供了宝贵资料。

紧接着《儒林外史》、《歧路灯》而横空出世的伟大巨著《红楼梦》,将中国古代小说的发展推向高峰。这部杰作的作者曹雪芹(1715?~1763?),名霑,字梦阮,号芹圃、芹溪居士,出身世代簪缨之家,曾祖、祖父、父辈三代世袭江宁织造,为皇家亲信。学界一般认为曹家原籍是辽阳(今辽宁辽阳),为正白旗内务府包衣(满语奴仆之意)。自康熙朝起,曹家已成显宦,其祖父曹寅颇具文化修养,有《楝亭集》行世,尝奉旨主持刊刻《全唐诗》。至雍正朝,曹家先后遭受抄家、削职诸祸变,败落下来,一蹶不振。曹雪芹少年时曾生活于钟鸣鼎食的富贵家庭之中,而成年后则穷困潦倒,甚至时或陷于"举家食粥酒常赊"(清敦敏诗)的困窘境地,晚景凄凉。《红楼梦》即作者在穷厄贫困之中,费十年精力,五易其稿才创作而成的。

作者自谓是"字字看来都是血,十年辛苦不寻常"①。

《红楼梦》以贾宝玉、林黛玉、薛宝钗的恋爱故事为主要线索,着重描写贾、史、王、薛四大家族尤其是贾家荣、宁二府的兴亡盛衰。全书结构完整,布局严谨,叙次井然,刻画人物真实可信,描绘事件生动细致,波澜起伏,摇曳多姿,确是中国古代说部中罕见的珍品。遗憾的是,由于贫病交加,曹雪芹未能写完全书,便弃世长辞。后由乾嘉间人高鹗修补,全书成120回,始为全璧。世间流行了两个半世纪的《红楼梦》,高鹗之功亦不可没。且所修补之书尚能维持前80回风格,有的章节如黛玉归天还写得相当动人,非后来一般续貂者所可企及。

《红楼梦》的版本甚多,主要分为钞本与刊本二种。钞本多以《石头记》书名行世,刊本则多用《红楼梦》一名,此外,尚有用《金玉缘》、《大观琐录》等名刊刻流布者。已知各种钞本如次:清乾隆甲戌(1754)脂砚斋重评本,学界称甲戌本,残存16回,有1962年中华书局上海编辑所影印本、1985年上海古籍出版社影印本;乾隆己卯(1759)冬月脂砚斋四阅评本,称己卯本,残存41回又两个半回,有1980年上海古籍出版社影印本;乾隆庚辰(1760)脂砚斋重评秋月定本,称庚辰本,凡78回,为见存最早的较为完整的抄本,有1974年人民文学出版社影印本;乾隆甲辰(1784)菊月梦觉主人评本,称甲辰本,80回;蒙古王府本,120回,有1988年书目文献出版社影印本;有正书局石印戚蓼生序本,其底本亦为抄本,称有正本或戚序本,80回,有1973年人民文学出版社影印本、1976年台湾学生书局翻印本等,此本尚有南京图书馆藏本,与有正石印本稍有异文,称戚宁本,残存40回;郑振铎藏本,残存二回,有书目文献出版社1991年影印本;乾隆间钞《红楼梦稿》本,称梦稿本,120回,有1984年上海古籍出版社影印本;靖应鹍藏本,78回,1959年

---

① 《红楼梦》第一回《甄士隐梦幻识通灵　贾雨村风尘怀闺秀》。

出现于南京,不久即佚;前苏联科学院东方学研究所列宁格勒(今俄罗斯圣彼得堡)分所藏本,称列藏本,78回。以上钞本,除靖应鹍藏本不知下落外,馀则均存。尤其是在1986年,中华书局与前苏联科学院东方学研究所列宁格勒分所共同合作影印出版了列藏本,这样,已知的《红楼梦》各种钞本之重要者皆已公诸世人,获得甚易,为学界所庆幸。其印刷本中重要者则有:乾隆辛亥(1791)程伟元初排木活字高鹗补订本,称程甲本,120回;乾隆壬子(1792)程伟元再次排木活字本,称程乙本,120回。此程高本出,《红楼梦》更为风靡天下,家喻户晓。这两个本子均有传本,其中程乙本60馀年来更是多次印行,随处可得。清代刊本,尚有藤花榭本,本衙藏板本,王雪香评本及妙复轩评本等。自民国以来迄于今,商务印书馆、人民文学出版社等亦多有印行。1982年,人民文学出版社出版了中国艺术研究院《红楼梦》研究所校注的《红楼梦》120回,此书前80回的底本为庚辰本,原书所缺第64回与第67回,配以程甲本,后40回底本则为程甲本,注凡二千馀条,20万言。这个注本以恢复原著面貌为宗旨,所注对读者有所帮助。人民文学出版社1957年出版的校注本,则以程乙本为底本,校点颇细致,注释亦多精当,是较好的本子,1959年与1972年两次重印,影响甚广。1988年,上海古籍出版社出版的王希廉、张新之、姚燮三家评本(底本为程甲本),亦值得重视。1977年,台湾广文书局影印《新镌全部绣像红楼梦》,为程伟元排印本,定名为"程丙本"。学者或认为,此为程甲本、程乙本二种的旧版拼凑本。在上海曾发现一新本,亦定名为"程丙本"。对此,专家正在进一步探讨中。1987年,文化艺术出版社出版冯其庸主编的《脂砚斋重评石头记会校》,亦是脂本系统的本子。北京师范大学图书馆馆藏有手抄本《脂砚斋重评石头记》,学者或以为乃又一庚辰本,北京图书馆出版社2004年影印出版,题《北京师范大学藏脂砚斋重评石头记》。总之,《红楼梦》一书,历代书坊及出版社大量印行,版本之多,流布之广,在中国小说史料学上可谓罕见。

《红楼梦》自问世之日起,即伴有脂砚斋、畸笏叟等人的评语,故各钞本均称脂评本。由于人们对这部小说表现出异乎寻常的热情,以致研究者日众,形成了一门专门学问——红学。如今,红学已成为海内外不少学人共同耕耘的艺苑。为了给研究者提供更多的史料,一些学者专家潜心从事研究资料的搜集、整理工作。1959年,中华书局出版一粟的《红楼梦书录》;1980年,吉林文史出版社出版胡文彬的《红楼梦叙录》:此二书均辑录了有关《红楼梦》各种版本、研究书目以及其他有关戏曲、小说和著述的书目。而一粟的《古典文学研究资料汇编——〈红楼梦〉卷》(1963年中华书局版)、朱一玄的《红楼梦资料汇编》(1985年南开大学出版社版)则是《红楼梦》及其作者的有关资料的汇总,大大便利了研究者的工作。此外,由于脂评在《红楼梦》研究中的重要价值,加之其凌乱散杂于各本之中,并互有异同,情况繁杂,利用不便,于是有的学者专门将脂评辑出整理,以供研究者查用。俞平伯首先做了这项工作,于1954年由上海文艺联合出版社出版了《脂砚斋红楼梦辑评》一书,筚路蓝缕,功不可没。此后,有人继续做这种细心的工作。1986年,朱一玄的《红楼梦脂评校录》由齐鲁书社出版,陈庆浩的《新编石头记脂砚斋评语辑校》(增订本)亦于1987年由中国友谊出版公司出版。这两部脂评辑录网罗了现今所可见到的全部脂评,精心校勘梳理,汇编成册,对治红学者贡献颇巨。郑红枫与郑庆山亦有《红楼梦脂评辑校》,于2006年由北京图书馆出版社出版。文津出版社于1987年出版了老葵(朱咏葵)精缮的《石头记》汇释本,在资料辑存方面亦颇有贡献。在《红楼梦》的有关资料与续书方面,1985年起,春风文艺出版社开始出版《红楼续书选》。1988年起,北京大学出版社也出版了《红楼梦资料丛书·续书》凡15种。至于研究论文集,1970年代人民文学出版社出版的《红楼梦研究参考资料选辑》值得重视。书目文献出版社于1983年出版的《〈红楼梦〉研究论文资料索引》则帮助研究者查阅各类研究论文资料。1980年,上海古籍出版社出版了郭豫适的《红楼梦研究小史稿》,翌年又出版了《红楼梦研究小史续稿》。韩进廉的《红学史稿》亦于1981年由河北人民出版社出版。2006年,中国电力出版社出版了孙玉明的《日本红学史稿》,对日本学者的红学成果作了评介和论述。2008年,上海世纪出版集团(上海人民出版社)出版了陈维昭所著的《红学通史》(上下册)。最新面世的一部红学史著是李广柏的《红学史》,于2010年由广东教育出版社出版。有关《红楼梦》的大量版本、研究资料及论著等在解放后出版的情况,朱一玄等编的《古典小说戏曲书目》(1991年吉林文史出版社版)中有详细的编辑介绍。而郭豫适编选的《红楼梦研究文选》于1988年由华东师大出版社出版。胡文彬与周雷编选的《台湾红学论文选》、《香港红学论文选》于1981年和1982年由百花文艺出版社出版,《海外红学论集》则于1982年由上海古籍出版社梓行。2006年,人民文学出版社出版了吕启祥、林东海编纂的《红楼梦研究稀见资料汇编》(增订本,上下),书后附有《红楼梦研究稀见数据汇编未收论文索引》。上述论文选及其他研究资料均反映了红学研究成果,足资参考。

《红楼梦》代表了中国古代白话小说的最高成就,而清初问世的**《聊斋志异》**则将文言小说创作推向高峰。可以说,这两部巨著共同构建了中国古代小说鼎盛时期的黄金宝殿。《聊斋志异》的作者蒲松龄(1640~1715),字留仙,一字剑臣,号柳泉,淄川(今山东淄博)蒲家庄人。蒲松龄出身于弃儒经商的市民家庭,到他长大时,家道已经中落。他爱好文言小说的创作,于《聊斋自志》中曾说:"才非干宝,雅爱搜神;情类黄州,喜人谈鬼。闻则命笔,遂以成编。久之,四方同人,又以邮筒相寄,因而物以好聚,所积益夥。"正是在这巨大的创作热情支配下,他撰成了这一部寄寓对社会现实愤懑之情的杰出文言短篇小说集《聊斋志异》。

《聊斋志异》批判鞭挞旧时社会的黑暗政治和种种腐朽现象，尤其是对官场吏治的腐败丑恶作了无情的抨击。由于蒲松龄深受科举制度之害，因此《聊斋志异》中的不少作品从考官、考生两个方面，对以八股时文取士的科举制度所作的批判，更是入木三分。同时，小说对于青年男女违背传统礼教，反抗黑暗势力，大胆追求婚姻自主和真诚爱情也给予热情肯定和由衷赞颂。这部小说谈狐说鬼，以传奇笔法志怪，继承了汉魏以来短篇文言小说艺术的优良传统，所取得的成就不仅媲美甚或超过了中国小说史上为人艳称的唐人传奇及明代短篇文言小说，而且四个世纪以来，一直保持着这个领域的最高地位，不愧为中国古代小说鼎盛期的标志之一。

《聊斋志异》问世后，即有钞本传世，但大都已佚。清乾隆十六年(1751)铸雪斋钞本，是现存较早的一种。此本是历城张希杰据济南朱氏殿春亭钞本过录，而殿春亭本又是清雍正元年(1723)据蒲松龄原稿本钞录的，殿春亭本久已亡佚，蒲氏原稿本虽于1950年代初在东北发现，然仅存半部，因此，《铸雪斋钞本聊斋志异》亦弥足珍贵。此本1974年曾由上海人民出版社影印出版，1979年上海古籍出版社又据以排印出版。见存蒲氏原稿本上半部，凡四卷237篇，1955年由文学古籍刊行社影印出版。1962年，山东淄博市周村区发现了一个24卷的钞本，1979年由齐鲁书社影印出版，1981年该社又出版了这个钞本的排印本，后多次重印。《聊斋志异》的刻本，见存最早的为乾隆三十一年(1766)鲍廷博青柯亭本(刻者为赵起杲，故亦称赵本)，此为通行本，16卷431篇。此本出后，历代评注本、石印本、铅印本，多据作底本。《聊斋志异》的评注本很多，如清人吕湛思、何垠、何守奇、但明伦、冯镇峦等，皆有评注本。1978年，上海古籍出版社校正重印张友鹤的《聊斋志异会校会注会评本》。这个本子利用了见存《聊斋志异》的稿本、钞本、评注本、刻本等14种本子，精心校勘、辑录，收入小说491篇，汇辑清代各家大量评语，不仅是目前最为完备的一个本子，而且富于资料价值,诚为治《聊斋志异》者取资之渊薮。此外,各家出版社出版的《聊斋志异》亦是难以计数。在研究资料的辑集方面,朱一玄的《聊斋志异资料汇编》将散见于各书的有关资料排比编辑,汇成一编,1985年由中州古籍出版社出版,深受研究者欢迎。

在《聊斋志异》的影响下,短篇文言小说的创作在这个时期也掀起了一个高潮,涌现出不少作品集,其中纪昀的**《阅微草堂笔记》**与袁枚的《子不语》是较为突出的两部。《阅微草堂笔记》的作者纪昀,为清乾隆时著名学者,曾主持《四库全书》的编集工作,并撰写、审定《四库全书总目》。纪昀创作小说的旨趣与蒲松龄大相径庭,走六朝志怪一路,因此,《阅微草堂笔记》不仅情节内容较为简略,且多说教意味,但其中有些作品尚见较高的艺术性,在当时颇著影响。《阅微草堂笔记》凡24卷,分《滦阳消夏录》(六卷)、《如是我闻》(四卷)、《槐西杂志》(四卷)、《姑妄听之》(四卷)、《滦阳续录》(六卷),自乾隆五十四年(1789)至嘉庆三年(1798)陆续写成,于嘉庆五年(1800)由纪昀门人盛时彦合刊印行。此书历代刻本、排印本亦较多,上海古籍出版社1980年排印本是目前最易得到的本子。**《子不语》**是清初性灵派大诗人袁枚的志怪小说集,这部作品后改名为《新齐谐》,凡24卷,尚有《续子不语》十卷。由于作者唯志怪是务,所记大都为荒诞无稽之事,多因果报应之说,且篇幅过于短小,缺乏文采,因此,虽然作者欲使此书与《聊斋志异》、《阅微草堂笔记》鼎足而三,但终究未能跻身于大家之林。此书有清乾隆五十三年(1788)随园刻本,其后刻本、石印本很多。1985年,岳麓书社出版朱纯的校点本。其《续子不语》一书,亦有随园刻本等多种本子,亦有朱纯校点本,岳麓书社于1986年出版。

短篇白话小说在明末已达鼎盛,随后渐现式微之态,因此,在这一时期,并未取得显赫的成就。然而,由于作家的努力,也出现了一些新的成果,值得提及的是清初戏曲家、小说家及戏曲理论家李渔的作品。李渔创作的拟话本集有**《无声戏》**(亦名《连城璧》)和

《十二楼》(全名《笠翁觉世名言十二楼》或《觉世名言绣像十二楼》)二种,此外,他还著有长篇小说《合锦回文传》。李渔所作拟话本,在体制上有所突破,一些作品已不是单纯的短篇小说,而且分成数回,少则三回,多则六回,已如中篇。这两部拟话本集多写男女恋情,对传统礼教间有否定,且情节奇特,构思新颖,文笔流畅,语言生动,是当时同类小说中的上乘之作。《无声戏》为18篇,佚二篇,存16篇,大连图书馆有藏;《十二楼》凡12篇,在清初曾刊刻多次,民国间上海亚东图书馆还出版过排印本,其全貌犹存。1983年,浙江人民出版社出版《李笠翁小说十五种》,选取《无声戏》八篇、《十二楼》七篇。1986年,人民文学出版社出版《十二楼》校点本。1992年,浙江古籍出版社的《李渔全集》20卷,其中包括李渔创作及评点过的小说作品。在这一时期的拟话本小说中,艾衲居士的**《豆棚闲话》**亦是较有名的一种,此书凡有古今小说12则,有乾隆六十年(1795)与嘉庆十年(1805)刊本。1983年,上海古籍出版社出版标点本,列入《中国古典小说研究资料丛书》。1984年,人民文学出版社加以校点,作为《中国小说史料丛书》之一种出版。清初张潮还辑印了一部文言短篇小说集**《虞初新志》**,其中多有清人作品,艺术水平亦多上乘,素为小说史家所重视,有1986年上海书店影印1935年开明书店本,1954年文学古籍刊行社和1985年河北人民出版社也均印行了此书。

中国古代小说从成熟走向鼎盛,大约经过了明末清初一百多年的历程。这期间,先后问世了《聊斋志异》、《儒林外史》和《红楼梦》三部里程碑式的杰作,以及围绕着这三部巨著的大量文言、白话作品,众星拱月,造成了一个令人艳羡的繁盛局面。这一时期的小说史料,给人的印象首先是作品的题材与成熟期迥异其趣,其主流已不再是帝王将相、英雄豪杰或神仙妖魔,而是现实生活中的普通人和事。如果说,《金瓶梅》和《三言》、《二拍》所写的市井生活,是对《三国演义》、《水浒传》、《西游记》等的挑战,那么《儒林外史》、

《红楼梦》则宣告现实的人世生活已支配了小说的主要创作领域。不仅《红楼梦》中的少男少女具有普通人的思想与感情,即如是《聊斋志异》中的狐鬼亦通人性,而且像《说岳全传》等英雄传奇小说,亦更接近现实生活了。其次,中国古代小说艺术至此时已臻完善。《聊斋志异》是中国古代文言小说艺术的巅峰;《儒林外史》的讽刺艺术,一直影响到今人的创作;至于《红楼梦》的伟大艺术成就,更是为海内外学人与读者所一致公认。即使拟话本的创作,如李渔的《十二楼》,也出现了可喜的革新现象。此外,值得重视的是,由于作品的取材与创作手法的革新,作品的思想内容更贴近生活,因此,也就更富于时代特征。如果说《金瓶梅》对旧时代的黑暗腐朽现象主要是暴露批判的话,那么《红楼梦》则在批判的同耐,还提出了关于美好人生与未来生活的理想,表现了进步作家和当时人民对于人生社会幸福的执着追求,所以鲁迅盛赞"自有《红楼梦》出来以后,传统的思想和写法都打破了"。① 还有,由于当今学者于这一时期小说的特别重视,《红楼梦》等作品研究的国际化,在作家生平思想、作品艺术、版本源流等方面探讨的逐步深入,因此,关于这一时期小说的各种版本、资料汇编亦大量何世。此外,不仅名著易得,而且过去不大为人重视的二三流的作品也纷纷印行,有助于研究者进一步开拓视野与研究领域。

第五节 衰微期与变革、过渡期的小说史料

从 18 世纪末至 19 世纪中叶,中国古代小说领域虽然涌现了不少作家作品,但再也没有取得足以令人自豪的辉煌成就,这标志着中国古代小说在经历了鼎盛期以后,随即进入了衰微期与变革、过渡期。

---

① 《中国小说的历史的变迁》。

在中国古代小说史上有一个颇为突出和奇特的现象,即一部名作问世后,就会有大量的续作或仿作出现。这里也有两种情况:一是原作未写完,后人予以修补以成全璧,如高鹗之《红楼梦》后40回;一是原作本为全帙,但后人或不满其结局,或有感而发做别样文章,如陈忱之《水浒后传》,董说之《西游补》。出现这种情况的原因已引起了一些专家学者的注意,但迄今尚未有人作出令人信服的解释。不管怎样,这类续作作为中国小说史料的一个重要组成部分,还是应该予以应有的重视。这类作品,近年来陆续出版,如春风文艺出版社的《红楼续书选》,为研究者提供了一些史料。但是,总的说来,对这类作品还需要花力气加以整理,公诸同好,以利研究工作的进一步深入。

明代的"四大奇书"等杰构在各自的题材开掘和艺术创新方面,已作出了巨大的贡献,以至后代的同类作品多无以逾越其高峰。在描写历史的演义小说方面,明末清初的**《东周列国志》**是比较成功的一部作品,敷演春秋时列国争雄的历史,虚构成分尤多,颇有可观之处。此书版本较多,人民文学出版社1979年出版的排印本,最为易得。在描写英雄传奇的小说方面,除了明代的《杨家府演义》等书外,清初钱彩、金丰所著的**《说岳全传》**最为有名,写抗金英雄岳飞的事迹,在旧时民间影响极广,1979年上海古籍出版社出版的新一版,是此书目前较好的通行本子。在描写神仙妖魔的作品方面,除《西游记》外,清初以来罕见佳作。至于描写人情世态的小说,虽层出不穷,然传世名作则是寥寥。这种情况说明,在中国古代小说达到鼎盛期的时候,其发展趋向中的衰微迹象亦已经显出端倪。

但是,至清乾隆后期,中国古代小说虽然步入了衰微期,有些小说还是表现出一定的特色和认识价值,当然其艺术成就远不能与《儒林外史》、《红楼梦》等巨著相比。清乾隆间李百川所著**《绿野仙踪》**一百回,写明代嘉靖年间冷于冰求仙得道的事迹,其中有的章节揭露了当时严嵩父子及其党羽贪赃枉法、专权祸国的罪行,有力地揭露了史治黑暗、官场倾轧险恶等现实。1985年,内蒙古人民出版社出版的《中国小说研究资料丛书》,即含有《绿野仙踪》,但由于疏忽,书前两篇序言因错简而颠倒错接,读者须注意分辨。乾隆间由夏敬渠创作的**《野叟曝言》**150回,写理学家文素臣的故事。全书一百几十万言,事既繁冗,又杂凑各类学问入小说,成为小说创作中一个令人注意的现象,从中亦可见当时一些文人的创作心理及小说观。这部小说有清光绪壬午(1882)申报馆排印本,其他出版社历年也多有出版。在文言小说方面,成书予清嘉庆初年的**《蟫史》**20卷,写福建书生桑觸生的奇遇。其中关于平定少数民族叛乱之事,有作者屠绅自身的经历。这部小说情节古怪离奇,人物形象模糊,时见败笔,难以称道。但是,在中国小说史上,以文言创作长篇小说,此书是罕见的一部。上海申报馆曾排印此书,在晚清流布,近现代出版社亦时有梓行。

问世于19世纪初的**《镜花缘》**,是中国古代小说衰微期中最值得关注的一部长篇小说。《镜花缘》的作者李汝珍(1763~1830),字松石,直隶大兴(今北京大兴)人,富于才学,曾任海州板浦场盐课大使,又在河南当过县丞,他创作的长篇小说《镜花缘》,凡一百回,大体可分为两个部分:第一部分自第一回至第50回,写众花神为武则天寒天著花,遭天谴而谪为人间一百个女子,为首者托生为唐敖之女小山,唐敖落第后泛舟出海,遍游各国,唐小山出海寻父,得天书一卷;后50回为第二部分,写唐小山回国后,恰逢女试,众被谪女子悉数计偕,一举登科,春风得意,后尽欢而散,重入仙山。这部小说的第一部分写唐敖等出游,多采用自《山海经》以来的古代神话传说,颇为奇特;后半部分着重介绍古代各色游艺,皮其才学。小说讽刺、批判了旧时代中的多种丑陋、罪恶现象,其中如"两面国""无肠国"等等的描写,讥弹、鞭挞了黑暗社会,甚为生动与深刻。而对"君子国"的描写,又寄寓了作者的社会理想。然而作者好炫耀才学,尤其是在小说的后半部分,有27回写到了书画琴棋、医卜韵算以及酒令、灯谜、双陆、马吊、斗草、投壶等,而且作者擅长考据之学,将之搬入小说创作,以致作品学术研究气味浓厚。这些,显然是不符合小说艺术创作规律的,自然也使这部小说的思想艺术受到一定的局限,以致无以跻身于一流作品之林。这也表现了在这一时期,中国古代小说的衰微迹象已经越来越明显。《镜花缘》的版本,见存者分歧较少,人民文学出版社1981年重印了1955年印本,这个本子是以马廉藏"原刊初印本"为底本加以校点印行的,并且加了一些注释,简明扼要,颇便读者,是目前最为通行的较好本子。

除了以上的小说外,中国古代小说发展到这一时期,其题材的变化,则是令人重视的一个现象,其中公案侠义类小说便是突出的例证。公案小说,于宋人说话艺术中即是一个大类,到清中叶,公案与侠义渐渐合流。这类小说的问世,从一个方面揭示出挣扎在社会黑暗中受苦民众渴望正义、公道的良好愿望。此类小说在明代即为人喜爱,各种作品亦屡有问世,如《龙图公案》、《皇明诸司公案》、《郭青螺新民公案》、《海刚峰公案》等,流行甚广,影响颇大。

清代的公案侠义小说与明代的公案侠义小说在题材方面是基本一致的,主要是描写清官与侠义之士主持公道、除暴安良的正义之举。大约成书于乾嘉之际的**《施公案》**,原名《施案奇闻》,又名《百断奇观》。这部长达97回的小说,是中国古代小说发展到衰微期后,公案与侠义题材合流作品的肇始。小说写清康熙间江都知县施仕伦审案的故事,穿插了绿林侠士黄天霸等人的活动。《施公案》有嘉庆三年(1798)序本,刊于道光四年(1824),1982年北京宝文堂书店重新出版了此书,列入《传统戏曲曲艺研究参考丛书》。另有无名氏的**《绿牡丹全传》**,又名《四望亭全传》,以唐代武则天朝为背景,叙述江湖侠女吴碧莲与将门之子路宏勋,在翦除武周佞臣的斗争中,相识相恋,几经磨折,终成眷属的故事。此书有道光十八年(1838)刊本,1985年浙江古籍出版社出版排印本。晚清问世的、据著名说书艺人石玉昆演出笔录而成的《龙图公案》(即**《包公案》**,又名《龙图耳录》),讲述宋代名臣包拯及手下侠士的故事,全书120回,情节生动,血肉丰满,较之《三侠五义》更具神韵。小说有谢兰斋藏本,汪原放标点本。1981年上海古籍出版社将之作为《中国古典小说研究资料丛书》之一种出版。在这类小说中,《荡寇志》、《儿女英雄传》及《三侠五义》是影响较大的三部。

《荡寇志》问世于清道光年间,于咸丰元年(1851)刊行流布。小说作者俞万春,不满《水浒传》之结局,撰此一书。书坊或借《水浒传》以扩大此书影响,故刊刻时名为《结水浒传》。全书70回,结子一回。小说写陈希真、陈丽卿父女在高俅父子逼迫下,落草为寇,攻打梁山,以为赎罪之计。后来,又随同张叔夜杀了水浒一百单八将。作者显然对梁山义军怀有仇恨,并且对当时全国人民对清廷的反抗深怀恐惧。小说的问世,迎合了清廷镇压人民反抗的需要。但是,全书文字精炼流畅,在人物刻画上,技巧较高,陈丽卿等人物形象个性鲜明突出,颇具艺术魅力。此书有同治十年(1871)刊本,1981年人民文学出版社出版的《中国小说史料丛书》,收入此书,上下两册,是便于利用的较好本子。

《儿女英雄传》的作者文康,满族镶红旗人。他创作的这部小说,原稿53回,但后面13回蠹蚀不清,笔墨拿陋,人或疑为赓膺,故刊落而成40回。此书成于道光二十九年(1849)以后,又名《金玉缘》、《正法眼藏五十三参》及《侠女奇缘》等。小说写女侠何玉凤(十三妹)之父为大将军纪献唐所害,十三妹奉母避难去云山。其间南河知县安海之子安骥亦遭难,被十三妹救脱,便与作伐,同另一被救女子张金凤成亲。后因纪献唐伏诛,十三妹也嫁给了安骥,造成了一夫二妻大团圆的结局。这部小说比较成功地塑造了智勇双全的十三妹的豪爽性格和嫉恶如仇的侠义品质,同时在一定程度上也揭示了清代官场的黑暗以及科举制度的弊端,具有一定的认识意义与审美价值。此书有光绪四年(1878)北京聚珍堂活字本,上海亚东图书馆排印本。目前,最为易得与便于利用的是人民文学出版社的《中国小说史料丛书》本,于1983年出版。

《三侠五义》在旧时代影响颇广,这部小说是以说书艺人石玉昆演出的《包公案》的说唱本为底本改编的,全书120回,有清光绪五年(1879)北京聚珍堂活字本,后由俞樾修改,成《七侠五义》一书。小说的前半部主要写包拯在侠客义士的辅佐下审案平冤、除暴安良,后半部则写七侠与五鼠之间的矛盾纠葛。小说中的侠士,武艺超群,神出鬼没,为主持公道正义大显身手,但主要的是为皇朝、官府效力。由于小说中人物众多又面目各异,情节纷繁又条理清晰,运用口语纯熟,故事性强,颇能吸引读者,在同时代说部中崭露头角,大受欢迎。后来续作也极多,如《小五义》、《续小五义》等直至24集,可见影响之深远。武侠小说这一流脉,迄今仍有大量读者,从中也可找到一些缘由。这部小说除光绪刊本外,1956年上海文化出版社有排印本,此外,中华书局、广东人民出版社、上海古籍出版社、安徽人民出版社、山东人民出版社等均出版过排印本。1980年,北京宝文堂书店出版的《七侠五义》(《传统戏曲曲艺研究参考资料丛书》)是比较好的本子。

中国古代小说经过这一时期,由鼎盛走向衰微,已经基本完成了其历史使命。在这种情况下,如果再在衰微的路上走下去,那势必会进入死胡同而消亡。但是,作为反映社会现实与生活有效、深刻的文学样式之一的小说,必然会追随社会生活的规律与趋势,进行变革,以适应新的社会的需要。虽然自1840年鸦片战争以来,中国社会已由近古进入了近代,但是,小说的发展仍然是衰微期的延续。到了19世纪末期,这种局面终于有了转机,中国小说也由衰微期进入了变革期,表现出新的面貌,这种转化在小说的思想内容与艺术形式上都得到了体现,而以前者更为明显。

西方列强的入侵,加速了中国传统社会体制的崩溃。西方文化在促使中国都市的近代化，改变中国人的生活方式上，也产生了相当的作用，同时也造成了一种畸形的都市生活与都市文化。在描写、反映这类生活的作品中，《海上花列传》是较为著名的一种。这部小说的作者韩邦庆(1856～1894)，华亭(今上海市松江县)人。韩邦庆曾任《申报》馆编辑，长期生活在十里洋场，对日益殖民地化的上海较为熟悉。**《海上花列传》**以 19 世纪末上海滩为背景，写一些妓女因迫于生计，无力还债，无奈走上承欢卖笑、以肉体换取金钱度日的道路。小说对妓女赵二宝由红极一时到为流氓无赖殴打的悲剧命运作了较为细致的描述，比较真实地刻画了一些妓女的苦痛生活，从而亦反映出当时官僚、买办、恶少、地主、富商等剥削者、寄生虫横行半殖民地社会的都市租界面貌，具有相当高的认识价值。而且，韩邦庆以吴语来写小说中人物的对话，平淡自然。作为中国小说史上第一部吴语小说，《海上花列传》具有较为特殊的地位。这部小说凡 64 回，曾以《青楼宝鉴》、《海上青楼奇缘》、《海上花》等名称印行，有上海亚东图书馆印本。1982 年，人民文学出版社出版了此书，列入《中国小说史料丛书》。

描写妓女的小说，在《海上花列传》问世之前，就已在书林泛滥。刊行于道光二十九年(1849)的**《品花宝鉴》**60 回，作者是常州(今江苏常州)人陈森，写年轻公子梅子玉和男伶杜琴言的同性恋，对达官贵人、王孙公子玩弄优伶的不堪行为作了津津有味的描绘。成书于咸丰八年(1858)，至光绪年间才开始流行的**《花月痕》**，为侯官(今福建侯官)人魏子安所作，写才子韦痴珠(作者设想的自己穷困潦倒时的影子)和韩荷生(作者设想的自己飞黄腾达时的影子)狎妓的故事。这部小说是中国小说史上第一部以妓女为主要描写对象的长篇小说，也是狭邪小说的代表作，在艺术上有一定的可取之处。作品凡 52 回，有光绪十四年(1889)刊本，1934 年大连图书馆供应社印本，1935 年世界书局印本。1981 年与 1982 年，福建人民出版社与人民文学出版社分别出版了此书。这类小说在当时为数颇夥,但其所写为才子佳人,书中背景、人物、事件,仍是充满了旧时代士大夫与传统文人的情调,没有鲜明的时代特色,因此,并不能归入中国小说变革期。而以《海上花列传》为代表的清季狭邪小说,虽然题材与《品花宝鉴》、《花月痕》近似,但其主题显然表现出泰西文化东渐的色彩,反映出新的时代特征,因此,也标志着中国小说正式进入了由近代向现代小说过渡的时期。

在这一时期,最能反映社会现实,具有强烈的批判性和教育意义的小说,是以李宝嘉的《官场现形记》、吴沃尧的《二十年目睹之怪现状》、刘鹗的《老残游记》及曾朴的《孽海花》为代表的世态人情小说,鲁迅称之为"谴责小说"。①

李宝嘉(1867~1906)字伯元,号南亭亭长,武进(今江苏武进)人,出身于封建仕宦之家。他受过良好的传统教育,工诗赋,擅长八股制艺,为诸生,但屡试不第,失意之中,对清末社会日益不满。1895年左右到上海,受到变法改良主义思想的影响。1896年,创办《指南报》,后又连续主办《游戏报》、《繁华报》。自1901年起,他开始创作小说。《官场现形记》是他的代表作。这部小说60回,写于1901年至1905年,原定写成十编,每编12回,但至第五编未完,他即因病而逝,由朋友补齐后面的极少部分。小说写当时形形色色的官僚衙役,无论军机大臣,还是州县杂佐,都是爱财如命的贪官污吏,官场等于商场,官吏如同市侩,在他们的统治下,从朝廷到地方,一片乌烟瘴气。清末社会及官场贿赂成风的情景,得到了淋漓尽致的揭露。此外,小说对于清末统治者对西方列强屈膝投降、丧权辱国的卑劣罪行,作了无情的揭露与鞭挞;对西方列强在中国土地上飞扬跋扈、横行霸道的侵略行径,也表示了极大愤慨。这部小说触及了晚清社会统治者与贫苦人民、西方列强与中华民族的尖锐矛盾,认识价值很高,并且继承了《儒林外史》的讽刺艺

---

① 见《中国小说史略》第二十八篇《清末之谴责小说》。

术,具有较高的艺术感染力。只是由于作品的有些描写夸张过分,显得"辞气浮露,笔无藏锋"①,这其实也是晚清谴责小说的通病。《官场现行记》有光绪二十九年(1903)《繁华报》馆铅印本,此外,他种版本众多。现在的通行本子,为张友鹤校注的排印本,于1957年由人民文学出版社出版,1979年及1982年重印。当时,仿效《官场现行记》的小说极多,据不完全统计,不下数十种,成一时之风气。李宝嘉的作品,除了《官场现形记》外,尚有《文明小史》60回,成于光绪二十九年至三十一年(1903～1905)间,写朝廷与地方官吏假维新而招摇撞骗的丑恶现实。此书最初发表于《绣像小说》半月刊,今有1959年中华书局上海编辑所印本,1982年上海古籍出版社予以重印。《活地狱》43回,未完,写于光绪二十九年至三十二年(1903～1906)间,写清季官府衙门内的种种罪恶勾当,有1959年中华书局上海编辑所印本。另外,他在晚年还撰有吴语小说《海上鸿雪记》20回(未完),写半殖民地城市上海的黑暗现实,有《繁华报》馆刊本。《中国现在记》12回(未完),揭露"维新"后官场的依然故我面貌,1904年6月12日起在《时报》连载,后上海古籍出版社等有印行。李宝嘉创作丰富,作品众多,是晚清第一小说大家,因此,研究晚清小说的学者对之都很重视。今人魏绍昌辑有《李伯元研究资料》。这部关于李宝嘉及其创作的研究资料汇编,其中第一辑传略部分收李氏生平资料11篇;第二辑至第九辑收录对李氏所著长篇小说、弹词、戏曲、笔记、诗歌等介绍与评论文字以及介绍作者主编的《游戏报》、《繁华报》及《绣像小说》的事迹,还有李宝嘉作品的辨伪考证;第十辑为李氏助手茂苑惜秋生(欧阳钜渠)的专辑。此外,阿英《晚清文学丛钞》亦收录有李宝嘉小说多种,有中华书局1960年印本。

吴沃尧(1866～1910)字茧人,后改字趼人,南海(今广东南海)

---

① 见《中国小说史略》第二十八篇《清末之谴责小说》。

人,家居佛山镇,因自号"我佛山人"。他出身于破落的封建官僚家庭,贫困潦倒。20 馀岁时,从广东赴上海谋生,曾在江南制造局任抄写员,同时常为报纸撰小品文,曾游日,但不久即归国。1904年,吴沃尧来到汉口,在美国人办的《楚报》馆任主笔,但在反美华工禁约运动兴起时,他毅然辞职,返回沪上。1906 年,创办《月月小说》杂志。1907 年,主持广志小学。1910 年,客死于上海。吴沃尧与李宝嘉的经历与创作情况相似,作为同时代人,他亦接受了改良主义思想,痛感国家、民族的深重灾难与危机。他的小说创作全面地表现了他的政治思想观点。《二十年目睹之怪现状》是其力作。这部小说凡 108 回,自 1903 年开始撰写,连载于《新小说》,至 1909 年完成。《二十年目睹之怪现状》以"九死一生"这个改良派人物的商业活动事迹贯穿全书,组织了近二百个故事及众多人物,描述自 1884 年中法战争后到 20 世纪初 20 多年间作者所亲闻目睹的中国官场、商场及洋场这个鬼蜮世界中的种种怪现状。小说涉及了清朝统治体制彻底崩溃瓦解前夕的各种黑暗、腐朽现实,将揭露与批判的矛头主要集中于官场,对于朝廷政治、军事、外交等诸方面痛加抨击与鞭挞。在小说中,营私舞弊的贪官污吏,衣冠禽兽的伪君子,屈膝投降的卖国贼,以及奸商、流氓、赌棍、买办、讼师、道士、江湖骗子、人口贩子等等的丑恶嘴脸,无所遁形,照出了清末社会的真实现状。由于作品以"九死一生"为主角,因此,这部小说在结构上较之《官场现形记》为紧凑有序,其缺点则在于暴露有馀而剖析不足,有时夸张过分,有失真实。小说有《月月小说》连载本及 1950 年广益书局、1954 年通俗文艺出版社、1956 年上海文化出版社印本。1959 年人民文学出版社出版张友鹤校注本,多次重印。吴趼人创作宏富,他尚有《九命奇冤》36 回,1923 年发表于《新小说》,是据嘉庆间《警富新书》改编,写雍正年间一件九条人命被害、后得昭雪的大案,是真实的事件,颇为动人,有 1956 年上海文化出版社印本及 1981 年上海古籍出版社重印本。《痛史》27

回,未完,发表于 1903 年。此书写南宋皇朝昏庸偏安,贾似道误国,文天祥忠贞爱国的故事。1938 年风雨书屋出版了石印本,1956 年与 1981 年,上海文化出版社与福建人民出版社亦分别出版排印本。《恨海》十回,发表于 1905 年,写北京一官宦之家在八国联军入侵、义和团运动兴起间的遭遇,着重描写两对青年男女的悲欢离合。这是晚清言情小说的开创之作,对后来的鸳鸯蝴蝶派小说很有影响。小说有 1955 年通俗文艺出版社印本。1956 年与 1985 年,上海文化出版社与中州古籍出版社亦先后出版了此书。此外,吴沃尧还撰有《上海游骖录》、《新石头记》。《发财秘诀》、《立宪万岁》、《劫馀灰》、《瞎骗奇闻》等小说。1984 年,花城出版社出版了《我佛山人短篇小说集》,收录了 12 种短篇小说,亦可资利用。为了便于研究者对吴沃尧及其文学创作的研究,魏绍昌编辑了《吴趼人研究资料》一书,分为传记与作品两部分,搜罗颇富,1980 年由上海古籍出版社出版。而阿英《晚清文学丛钞》也收有吴沃尧多种小说。

刘 鹗(1857～1909) 字铁云,丹徒(今江苏丹徒)人,出身于仕宦之家。刘鹗崇拜西学,对于数学、医学、水利学等,都有研究,当过医生与商人。他曾先后为河南巡抚吴大澂、山东巡抚张曜的幕宾。因参与治黄河有功,被荐至总理衙门以知府任用,后当买办。1908 年他私售仓粟赈灾,被充军至新疆,病死在西域。刘鹗亦是一改良主义者,他的《老残游记》便是他一部鼓吹改良的作品。这部小说原署洪都百炼生著,于 1903 年开始在《绣像小说》半月刊连载,至 13 回中断。后又在天津《日日新闻》发表。两地发表,共计初编 20 回,二编九回。1906 年,正式出版了初编 20 回的单行本,1935 年,二编前六回亦出版了单行本。这部小说以晚清朝廷统治摇摇欲坠的社会现实为背景,描写仁政与暴政的尖锐对立,宣扬好皇帝及清官政治,企图修补清廷统治之残局。因此,小说贬斥了义和团及资产阶级革命派,美化清廷。但是,小说在揭露暴政的描写方面，极具批判性，认识价值很高，而且，晚清小说艺术上较为粗率的弊端，在这部小说中却有所纠正。《老残游记》以老残为主人公，全书结构严谨，描述委婉生动，人物形象亦具有个性，有血有肉。鲁迅赞誉此书"叙景状物，时有可观"①。然其二编则大为逊色，鲜有可观者。此书有亚东图书馆本、良友复兴图书印刷公司本。今通行本为1957年人民文学出版社印本，有戴鸿森注，1979年与1982年重印。关于刘鹗的研究资料，学界亦颇重视。1962年中华书局上海编辑所出版魏绍昌的《老残游记资料》，1985年四川人民出版社出版刘德隆等编的《刘鹗及〈老残游记〉资料》，为学者提供了丰富的史料，尤其是刘德隆等人为刘鹗后代，所辑资料尤富。

曾　朴（1872～1935）　字孟朴，常熟（今江苏常熟）人。曾朴出身于封建官僚之家，19岁中举，后捐内阁中书舍人。1895年，他入同文馆习学法文，曾翻译过雨果等人的作品，表现出对小说创作的兴趣。在戊戌百日维新前，他与谭嗣同、林旭等人有过往来，接受改良主义影响。1900年以后，他办过教育，也曾经商。1904年创办《小说林》书社，出版小说及翻译作品。1907年创办《小说林》杂志。不久，成为张謇等人组织的预备立宪公会的中坚。曾朴对孙中山的革命党亦有同情，几遭朝廷逮捕。1909年，在两江总督处当幕僚。辛亥革命后，任江苏省议员、省财政厅长等职。1927年，在上海开"真美善"书店，办《真美善》杂志。他的著名小说《孽海花》，自1903年开始创作，一直至1930年才写毕。《孽海花》的创作始于金天翮。金天翮（1874～1947），又名金一，字松岑，吴江（今江苏吴江）人，以"爱自由者"为笔名，于1903年开始创作《孽海花》，写成前六回，旋即交与曾朴，由曾朴以"东亚病夫"笔名续写。1903年，《孽海花》第一回、

---

① 《中国小说史略》第二十八篇《清末之谴责小说》。

第二回刊于日本发行的《江苏杂志》；1905年，《小说林》书社在日本出版初集十回与二集十回，1907年，《小说林》杂志在上海陆续发表第21回至第25回。1916年，上海望云山房出版三集第21回至第24回。1927年，《真美善》杂志又陆续发表修改后的第21回至第、25回及新写的第26回至第35回，直至1930年4月完成全书。同时，真美善书店又于1928年出版了修改后的初集（一至十回）和二集《11至20回》，1931年又出版了三集（21至30回），后又合成一册重印。这部小说以金雯青与傅彩云的故事为线索，描写了晚清官僚文人的遗闻轶事，涉及政治、军事、外交、文化等领域，较为深刻地反映了同治初年至光绪间的社会政治与文化思想状况。小说对于晚清社会的腐朽痛加揭露与无情讽刺，矛头上指两宫太后，下及僧侣市侩，淋漓尽致，形象生动。由于作者尝出入上层，洞悉内幕，因此，所写人物，维妙维肖。作者的描写技巧极高，不仅人物形象鲜活，而且语言也很精美，结构在同时说部中亦堪称白眉。鲁迅誉之为"结构工巧，文采斐然"①。由于这部小说为人所重视，因此，在当时即有学者研究。中华书局上海编辑所1959年出版了《孽海花》，1962年增订再版。增订本收入第31回至第35回作为附录，最便使用。1962年，中华书局上海编辑所还出版了魏绍昌的《孽海花资料》，并于1982年经过增订，由上海古籍出版社再次印行。

除了"四大谴责小说"外，这一时期还产生了大量的鼓吹资产阶级革命的小说，在这类小说中，以陈天华的《狮子吼》和黄小配的《洪秀全演义》等最为著名，反映了资产阶级革命派与保皇派、立宪派的斗争。

陈天华（1875～1905） 字星台，号思黄，又号过庭，新化（今湖南新化）人。1903年，至日本留学，次年与黄兴等人组织兴华会，

---

① 《中国小说史略》第二十八篇《清末之谴责小说》。

1905年参与发起同盟会。同年,为抗议日本政府取缔中国留学生,蹈海自尽。陈天华的小说《狮子吼》,1903年发表于《民报》,仅8回,未及写完。这部中篇小说猛烈抨击了清皇朝的卖国行径,揭露了统治者的荒淫无耻。小说设想了一个资产阶级共和民主政体,作为作者自己的理想国。这部小说在当时颇著影响。而陈天华的《猛回头》,以通俗的歌咏形式,鼓吹反帝反封建思想,激情昂扬。另一资产阶级小说家黄小配(1873～1913),又名世仲,自署黄帝苗裔,番禺(今广东番禺)人,曾为同盟会报纸《中国时报》主编。辛亥后,任广东革命军副团长,1913年为陈炯明杀害。《洪秀全演义》四集54回,未写完。这部小说描述了太平天国起义的过程,塑造了一批英雄形象。书中写太平天国的某些政治措施与西方列强暗合,或许不符历史事实,但是,对资产阶级革命的宣传却很有鼓动作用。《洪秀全演义》有上海文盛书局印本;1981年,江苏人民出版社、长江文艺出版社、上海古籍出版社分别予以印行,1982年广东人民出版社、1984年人民文学出版社亦分别出版。黄小配的《大马扁》,是一部讽刺康有为等人倡导变法的作品,小说将戊戌变法诸君子写成无赖式的小丑,夸张失实,但有的场面描写尚称生动。此书与当时署名蘧园的《负曝闲谈》30回,是同类作品。《负曝闲谈》描写亦有失实之弊,有1957年上海文化出版社印本和1959年中华书局上海编辑所印本及1985年上海古籍出版社印本。黄小配尚有《袁世凯演义》(又名《宦海升沉录》)22回,1909年由香港《实报》馆印行,写袁世凯的宦途生涯,反映了清季政界及朝廷现实。另有《廿载繁华梦》40回,亦写当时社会之畸形怪状,有一定的认识价值。

晚清小说数量众多,据阿英《晚清小说史》说,至少在千种以上,而且范围很广,举凡社会概貌,庚子事变,工商业竞争,买办行业,反华工禁约,立宪运动,种族革命,妇女解放,反对迷信,官僚生活,以及讲史、公案、才子佳人等,无所不包,时代色彩浓烈。阿英辑《晚清文学丛钞》，有小说四卷，收录各类小说20馀种，中华书局1960年与1961年分别出版，1980年与1982年重印，是重要的小说史料。

综观中国小说衰微期与变革过渡期的史料，可以发现有这么几个特点：一、在衰微期，中国小说不仅在题材的别择与开掘上，为传统所囿，而且在艺术形式的运用上，也显得陈旧落后。小说家未能开辟新的蹊径，即使是传统题材与类型的人情、讲史、公案等作品，亦开掘不深，缺乏力度，小说的发展几乎已走到尽头。而到了清末，由于社会的激烈变化，小说界革命的鼓吹，作家干预生活、介入社会的责任感与使命感空前增强，因此，小说的题材五花八门，触及到社会生活的各个角落，给人以耳目一新之感。在艺术形式上，亦吸取了西方小说的叙述技巧，有所革新与变化。二、中国小说进入衰微期后，作家的才气明显逊于前人，加上囿于传统思想与理念而缺少变革精神，作品的进步性亦大为减弱，甚至出现了一些与时代发展变化不符的小说，客观上起了为清廷统治服务的作用。而在变革过渡期，由于资产阶级改良派与革命党人的影响，以及西学东渐，成一时风气，小说作品思想活跃，多进步思潮的传播，逐步摆脱落后思想的牢笼，向现代迈进。三、由于衰微期的中国小说，不仅思想艺术方面显得停滞不前，罕有创新，没有产生一流佳作，而且传世者亦不多，因此，学界对此不很重视，其史料的发掘、整理、流布也显冷寂。而变革过渡期的小说，直接开启现代小说之路径，与现代小说关系亲近，且作品众多，佳作亦不乏见，影响甚大，因而学界研究兴趣浓厚，在小说史料的搜集、整理、出版方面做了大量工作，见存史料不仅丰富，且多易得。总之，中国小说经过清中叶后的衰微期，发展到清季的变革过渡期，终于完成了从近古向现代的转化或过渡，也为中国古代、近代小说作了一个很热闹、很体面的总结。这在小说史料的整理研究工作上，也有所反映。

第六节　小说丛刊、目录、辞书及其他

1980年代以来,研究中国古代小说成办学界的一个热点,从而推动了古代小说丛刊的编辑以及小说目录、辞书及其他有关资料的出版。

小说丛书,在明清时即有编集。《顾氏文房小说》即是著名的一种小说丛书。此书为明人顾元庆所编,收六朝以来小说笔记40种,有1925年商务印书馆涵芬楼影印本。近今人所编小说丛书,以《笔记小说大观》最为著名。**《笔记小说大观》**是一部大型文言小说丛书,收录自晋至清笔记、小说作品220余种,有1920年代上海进步书局石印本。1983年,扬州广陵古籍刻印社将进步书局本《笔记小说大观》进行校勘,补漏订误,重新印行。此书在大陆和台湾等地,各家出版社多有出版,但目次等多有异同。上海古籍出版社编辑的**《笔记小说大观》**分"汉魏六朝"、"唐五代"、"宋元"、"明代"、"清代"五个部分,选择有价值的历代笔记、小说,加以校点,于1999年起分批出版,至2007年出齐,是目前较好的一部大型历代笔记、小说丛书。

小说丛刊编集有关小说,成套印行流布,数量多,有系统,于研究者极有帮助。除上述《笔记小说大观》外,大陆及台港的一些出版社对此还做了很多工作,成绩斐然。人民文学出版社编辑的**《中国小说史料丛书》**,中华书局编辑的《中华版古典小说宝库》等,多年来不断出版了大量作品,影响颇大,为广大读者和学者所欢迎。中华书局编辑出版的历代**《史料丛刊》**,所收笔记、小说甚富,也是学者研究时经常利用的史料。1980年,台湾河洛图书出版公司开始出版**《白话中国古典小说大系》**,凡一百种,除《山海经》等少数几种为文言作品外,其余皆是通俗说部,包括《三国演义》、《金瓶梅》及《三言》、《二拍》等长短篇作品,精装60册。所收各书前皆有提

要，后有附录。前文提及春风文艺出版社于1981年开始编辑出版《明末清初小说选刊》，该社还于1994年起，分别出版了两部大型小说丛书《中国古代珍稀本小说》和《中国近代珍稀本小说》，为读者与研究者提供了便利。1987年，台湾天一出版社出版了《明清善本小说丛刊初编》，这套丛书选择明清小说善本，加以影印，其中不乏罕见珍本。中华书局亦于1987年开始影印**《古本小说丛刊》**，1988年出版第一辑全五册，印制精美，对研究者拓宽研究领域极有帮助，后又陆续编辑出版。在某一类型的小说丛书方面，有辽沈书社、齐鲁书社、巴蜀书社、吉林文史出版社四家联合编辑出版的《中国神怪小说大系》。这套丛书计划分十卷凡2500万言，1989年开始出书。江苏古籍出版社亦不甘人后，出版《中国话本大系》，计划收书一百种左右，亦已陆续出书。此外，上海古籍出版社亦出版**《古本小说集成》**，计划收宋至清白话小说五百馀种，其中有传世孤本三百种许，已陆续印行问世。1997年，法国国家科学研究中心与台湾大英百科股份有限公司合作出版**《思无邪汇宝》**，收录明清时各种带有色情文字之小说，含长篇短制，有影印，亦有排印，都45种，另有附录二册，收作品十种，其中不乏罕见珍籍如上文论及之《姑妄言》。总之，各家出版社竞相出版小说丛书，虽然所收难免有重复之书，但对于研究者来说，在第一层位史料的获取上，提供了多种选择，无疑是有极大帮助的。

小说目录是小说研究的门径，历来为研究者所重视。自宋元以来，各类公私书目，虽无专门的小说书目，但其中著录小说这亦不乏见，如明人晁瑮《宝文堂书目》等。这类书目，今大多已有印本，如书目文献出版社于1994年出版的《明代书目题跋丛刊（上下册）》，由冯惠民、李万健等编选，就是其中的一种值得重视和利用的古代书目。迄今已经出版的今人所编纂的小说目录或相关书籍，重要的不下数十种。1981年，中华书局出版的程毅中《古小说简目》，是近年最早问世的古代文言小说目录。同年，北京大学出版社出版了袁行霈、侯忠义的《中国文言小说书目》,收书凡二千馀种,所收虽未必皆为小说,但数量至多,足资参考。至于白话小说书目,则以1933年北平图书馆印行的孙楷第著《**中国通俗小说书目**》为最早,此书收录颇富,出版后深受学者好评和欢迎,多次重版,1982年人民文学出版社新一版为目前最好的本子。孙楷第还编有《**日本东京所见小说书目**》(附《**大连图书馆所见小说书目**》),1932年亦由北平图书馆印行,后经编者修订,1958年人民文学出版社出版,1981年重印。1989年,欧阳健和萧相恺撰《〈**中国通俗小说书目〉补编**》,发表于是年《文献》一期,对孙楷第书目有所补正。1982年,书目文献出版社出版了柳存仁的《**伦敦所见中国小说书目提要**》,收书134部,多为通俗说部,为学者提供了中国古代小说在泰西收藏情况的详细史料。20多年前问世的一部大型小说书目,则是江苏省社会科学院文学研究所主持编撰的《**中国通俗小说总目提要**》。此书目收录历代通俗小说近二千部,并撰有较为详细的提要,是目前搜罗较广且较为完备的通俗说部书目,1989年由中国文联出版公司出版,在学术界引起较大反响。1996年,齐鲁书社出版宁稼雨《中国文言小说总目提要》。2004年,山西教育出版社出版石昌渝主编的《**中国古代小说总目**》。2005年,由朱一玄主编的《**中国古代小说总目提要**》由人民文学出版社出版。这些书目的编撰出版,不仅反映了当前小说研究领域的不断扩大,也从客观上勾勒了中国古代小说的概貌,在小说史料学上具有重要的意义。在这里,值得论及的是李剑国的《**唐五代志怪传奇叙录**》和《**宋代志怪传奇叙录**》,前者于1993年由南开大学出版社出版,后者于1997年亦由南开大学出版社出版。这两部书,著录唐五代及两宋志怪传奇作品,考镜源流,史料丰富,颇有利用价值。

小说辞书作为一种专门工具书,为小说研究者提供诠释疑难问题的便利,同时也包孕着重要的史料。陆澹安的《**小说词语汇释**》是近半个世纪来第一部小说辞书,收录词语八千馀条,附辑不必注释的成语二千馀条,资料丰富,1964年由中华书局上海编辑所出版,1979年上海古籍出版社出版新一版。大陆近年来兴起的辞典热,也推动了小说辞书的编纂,无论综合性的小说辞典,还是某一小说的专门辞典,均有编纂问世。如《红楼梦》的辞书,重要的就有周汝昌主编的《红楼梦辞典》(广东人民出版社1987年版)、冯其庸等主编的《红楼梦大辞典》(文化艺术出版社1990年版)以及杨为珍等主编的《〈红楼梦〉辞典》(山东文艺出版社1986年版)等。1991年天津古籍出版社出版朱一玄主编的《聊斋志异辞典》,诠释语辞,所用资料颇为丰富。1990年北京出版社出版秦亢宗主编的《中国小说辞典》和1990年现代出版社出版周振甫等主编的《中外小说大辞典》,则均是有关小说的综合性辞书,后者还兼容了外国小说。台湾联经出版事业公司于1985年曾出版了田宗尧的《中国古典小说用语辞典》,收词目较陆澹安所编者为多。1980年代以来,小说辞书编撰与出版之多,也成了此一时期古代小说研究的一大特点。

小说资料汇编于小说研究极有帮助。朱一玄编著的中国古代小说资料汇编自成系列,除在本章的第三、四两节已有评介的《三国演义资料汇编》等书外,还有专题资料汇编如《古典小说版本资料选编(外三种)》(山西人民出版社1986年版)、《明清小说资料选编》(齐鲁书社1990年版)等,前者主要含《三国演义》、《水浒传》、《西游记》、《金瓶梅》、《聊斋志异》、《儒林外史》、《红楼梦》等七种名著的版本资料,后者则选录了明初到清末的281种小说的研究资料。南开大学出版社于2001年起,将《三国演义资料汇编》、《水浒传资料汇编》、《西游记资料汇编》、《金瓶梅资料汇编》、《聊斋志异资料汇编》、《儒林外史资料汇编》、《红楼梦资料汇编》七书,合为**《中国古典小说名著资料丛刊》**,陆续印行,历时两年,至2002年全部问世。2006年,南开大学出版社又重新出版了经由修订的**《明清小说资料选编》(上下册)**。这样,朱一玄的古代小说系列史料书之精华部分,有了更为精审可靠的本子,学者的获得和使用也更为便利。

在小说研究史料的搜集与整理、编辑上,自民国初年以来,就有学者不辞辛劳,进行这方面的编选工作。蒋瑞藻的《小说考证》是近百年来最早问世的一部古代小说研究史料书(兼及戏曲,体例颇乱),于 1915 年由商务印书馆出版,1957 年及次年,古典文学出版社据商务印书馆纸型重印《小说考证》及《小说枝谈》,1983 年上古籍出版社用中华书局上海编辑所本重加标校出版。鲁迅有《小说旧闻钞》,1952 年,人民文学出版社据《鲁迅全集》纸版重印。孔令镜的《中国小说史料》于 1956 年经过修订,由古典文学出版社出版,以上诸书,都具有很高的史料价值,迄今犹是学者研究中国古代小说不可或缺的重要参考书,多家出版社屡有重印。

1949 年后,在大陆地区,学者在小说研究史料工作上取得的成就也非常令人欣喜。除前文论及的各种小说资料汇编外,还编选、出版了一些专门的小说史料和小说理论批评史料书。1958 年,作家出版社出版的王利器辑录**《元明清三代禁毁小说戏曲史料》**,就是一部专门提供元明清三代统治者对小说戏曲采用各种方式,桁架摧残和金禁毁的史料书,对读者探讨当时小说生存和发展的真实原因及具体境况有很大的帮助。1960 年。中华书局印行了阿英的**《晚清文学丛钞·小说戏曲研究卷》**,所辑大都是有关晚清小说戏曲方面的文论,共分五卷。此年,长江文艺出版社出版了曾祖荫、黄清泉、周伟民、王先霈编注的《中国历代小说序跋选注》。春风文艺出版社在 1983 年亦出版了一部《明清小说序跋选》。同一年,江西人民出版社出版了黄霖、韩同文编纂的《中国历代小说论著选》。1985 年初,由赵国璋、谈凤梁、李灵年、顾复生、吴锦汇辑的《王伯沆红楼梦批语汇录》由江苏古籍出版社出版。1996 年,丁锡根的《中国历代小说序跋集》由人民文学出版社出版。此类史料书,历年来不仅编集甚多,且大量印行,不胜枚举。此外,中国古代小说批评以评点为主，明清之际的小说平评点家尤为贡献巨大，如金圣叹，可谓明清小说批评第一大家。2008年，陆林编纂的《金圣叹全集》由凤凰出版社出版；2011年，周锡山所编的《金圣叹全集》由万卷出版公司出版：对古代小说批评及金圣叹研究颇多帮助。

中国古代小说走过了两千馀年的发展史，虽屡遭鄙视甚或禁毁，但是，经由历代小说家的努力创作，仍然顽强地生长发达，为后人留下了难以计数的大小作品。本章所述，仅是沧海一粟，很难反映中国小说史料的全貌。这是我们珍贵的文化和文学遗产，需要后人好好珍惜和认真研究。而小说史料的搜集、整理、编纂的第一步也是必不可少的重要工作。在这方面，我们还有很多事要做。努力发掘和发现新的作品，精心整理和编纂，为中国古代小说研究贡献更多史料，是小说史料学家的艰巨和光荣任务。

第七章 戏曲曲艺史料

在中国古代文学史料中,戏曲曲艺史料亦缤纷多彩、丰盛繁富,尤其是戏曲史料,更是林林总总,叹为观止。自元末钟嗣成《录鬼簿》起,至民国初年王国维《曲录》,约有十馀种重要曲目著录了二千馀种戏曲作品。今人庄一拂集其大成,著《古典戏曲存目汇考》,广搜博采,凡知见之戏曲作品,无论存佚,一一著录,计凡收作品 4750 馀种,含戏文 320 馀种,杂剧 1830 馀种,传奇 2590 馀种。中国古代戏曲创作之盛,作品之多,洋洋大观,令人目不暇接,为中国古代文学艺术园苑增添了不可多得的奇葩异卉,极大地丰富了古代文学艺术宝库。

第一节 起源期与形成期的戏曲史料

戏曲,是中国古代文学四个主要样式——诗歌、散文、小说、戏曲中最晚形成,并且成熟也较晚的一种。然而,当古希腊古典时期的悲剧对和喜剧在宗教祭典的催化下成熟并风靡剧坛之时,中国古代戏曲的原始因子也在先秦时乐神祭祖的歌舞中悄悄地孕育着。因此,中国古代戏曲的起源期是在上古社会,而其史料也必须从先秦典籍及后世有关上古文化与文学艺术的记载中去搜寻。

在先秦的典籍中，有关戏曲曲艺的史料记载并不很多，而且也非常零碎。然而我们从先秦及后世的有关记载中，爬罗剔抉，还是可以发现一些有关中国戏曲起源期的史料。

先秦儒家倡言"六艺"，其一为"乐"，因而，在儒家经典中也保存了有关中国戏曲最初萌芽的记录——音乐歌舞的史料。"六经"之一的《书经》有《尧典》一篇，其中写道"帝曰：夔！命女典乐，教胄子：直而温，宽而栗，刚而无虐，简而无傲。诗言志，歌永言，声依永，律和声，八音克谐，无相夺伦，神人以和。夔曰：于！予击石拊石，百兽率舞。"诗、乐、舞三者合为一体，瑞然显示强烈的功利色彩，但这同时无疑又具有表演的意义。有关音乐、歌舞的记载，在《左传》中《襄公二十九年》等，《诗经》中十五国风及小、大雅的有关篇章，《论语》里的有关论述，以及《礼记·乐记》、《周礼》等著作中，均可看到。如果我们对这些早期戏曲曲艺史料作细致考察，是可以对上古歌舞音乐文化的情况有一个粗略了解的。要寻找这些史料，可利用清人阮元主持校勘刊印的《十三经注疏》等先秦儒家典籍。

除了在先秦儒家经籍中可以找到有关中国戏曲萌芽的史料外，先秦其他子书中，亦有相关的记载。在《吕氏春秋》的《古乐》篇中，如"葛天氏之乐"、"帝尧立，乃命质为乐"等史料，为学者所常用。此外，《墨子》、《荀子》、《庄子》、《韩非子》等书中也有一些零星的史料。

在先秦诗歌中，保存上古时代戏曲萌芽或因素史料最多的应推《楚辞》。《楚辞》中的《九歌》、《招魂》等，向为治中国古代戏曲史者所重视。《楚辞》中有关篇章的描述，为我们展现了当时南方社会祭祀仪式中的歌舞音乐活动情况，有乐队，有歌舞演员，虽然还不能确切地知道其是否有演述故事的情况，但其中无疑包含有戏曲艺术的因子。

先秦史书除了《春秋三传》外，在《国语》等书中亦有一些古代戏曲的史料。如《国语·郑语》及《晋语》等中，最早记录了有关古优的材料。优，是西周末年出现的供贵族声色娱乐的专业艺人，能歌善舞，滑稽调戏，多才多艺。他们是中国古代最早的专业演员，对中国古代戏曲的形成有着极大的意义。在《史记》中，也可以找到这一类史料。如著名的"优孟衣冠"的故事即见于《史记·滑稽列传》。

关于中国古代戏曲的起源，历来众说纷纭。近人王国维认为起源于上古以歌舞乐鬼神的巫觋，这类材料在《楚辞》中保存较多。此说见于王国维《宋元戏曲考》，商务印书馆曾易名**《宋元戏曲史》**出版。《史记·滑稽列传》所载"优孟衣冠"则被人们作为中国古代戏曲起源于古优的证据。清人纳兰性德于《渌水亭杂识》中提出，南朝时宫中乐舞乃中国戏曲的起始。《渌水亭杂识》有清道光间刻《昭代丛书》本及《笔记小说大观》本等。今人孙楷第认为周代傩礼中用于驱疫的所谓方相氏，是后代傀儡戏的来源，而中国戏曲之表演，又是模仿傀儡戏而来，这一说法见其所著《傀儡戏考原》，有1953年上杂出版社印本。而许地山曾在《小说月报》第17卷号外《中国文学研究》上发表一文，题为《梵剧体例及其在汉剧上底点点滴滴》，认为印度梵剧给予了中国戏曲的内容与形式极大影响。总之，这些探求中国戏曲的起源的说法，依据各自的材料进行考察而来。而这些材料，都是中国古代戏曲起源与形成期的珍贵史料。

中国古代戏曲的萌芽，到了汉代，已有了一些成长。汉代经济繁荣，文化发达，在娱乐方面亦远较前代重视。民间仍有祭神乐鬼的种种仪式，歌舞表演继续发展。宫中统治者日趋奢糜，各类娱乐活动颇为活跃。与后代戏曲形成有密切关系的角抵（一作角觚）之戏，在当时甚为流行。这类史料在《史记·货殖列传》、《滑稽列传》、《李斯列传》以及西汉张衡《西京赋》等作品中，多有见载，易于获得。《史记·滑稽列传》中记优孟妆扮孙叔敖以讽谏楚庄王，表现了优孟非同一般的高超表演才能。而传为晋代葛洪撰的《西京杂记》卷上所载的《东海黄公》一则,更是具体描述了一个汉代角抵戏的生动场面,有故事,有人物,初具演剧艺术的因素。《西京杂记》通行本有《四部丛刊》本,六卷;《抱经堂丛书》本,为二卷。民间角抵,形式多样,内容丰富,张衡《西京赋》中所描写的角抵(带有竞技性质)与歌舞、优相结合,总称之为"百戏"。可以看出,当时民间艺术进入宫内,已演化成较大规模的文娱形式了。这类史料在一些出土文物中亦可找到,如1964年于济南市北郊无影山西汉墓出土的"西汉百戏陶俑",为汉代百戏表演艺术的形象作品;四川博物馆藏有"汉代百戏画像砖"、"汉代架舞百戏画像砖";1974年山东临沂金雀山九号墓出土的彩绘帛画"西汉帛画角抵图"等等:这些出土实物,不仅具有极高的文物价值,也是古代戏曲研究者必须利用的珍贵实物史料。

在民间的"散乐"与宫内的"正乐"(或称"雅乐")互为融合的基础上,至汉代时,由于中外交通的发展,传入中土的一些境外艺术也对中国文化和戏曲艺术发生影响。《史记·大宛列传》、《后汉书·西南夷传》等对此均有记载。而南北人民由于战乱等原因而互为迁徙,互相交流,于歌舞娱乐亦有推动和发展。南朝梁宗懔《荆楚岁时记》(有商务印书馆《说郛》本、《四部备要》本、新辑本如山西人民出版社1987年宋金龙辑注本等)卷上不仅记载了这类史料,还保存了当时东南沿海与海外异域文化艺术交流的情况。此外,在宋郭茂倩《乐府诗集》中亦可找到有关两晋南北朝时歌舞表演承袭汉代角抵戏以及南方荆楚傩舞的史料。在两汉至南北朝时期,优亦有发展。《三国志·许慈传》和《太平御览》卷五六九引《赵书》以及《北齐书·尉景传》等书中,有关优的材料颇多,对研究后代参军戏的形成,有十分重要的价值。

隋代以后,歌舞音乐继续发展,《隋书·音乐志》详细记载了当时民间散乐流入宫内表演的情况。唐杜佑《通典》中亦保存了隋代洛阳所谓九部乐的材料。唐代建国以后,音乐歌舞更是大为兴盛,带故事性的歌舞表演引人注目。尤其是唐玄宗李隆基，酷嗜音乐歌舞，创建梨园，亲加教正。此时《拨头》、《踏摇娘》等民间歌舞已成为专业演员的节目，艺术进步，情节性加强。而且，在乐曲等方面亦有所研究，对后代戏曲宫调的形成有直接影响。唐崔令钦《教坊记》、段安节《乐府杂录》（二书均收入《中国古典戏曲论著集成》）是这方面史料的专书。另外，唐人如张祜、杜甫等的有关诗歌中亦有描述。参军戏一般认为起自三国，到唐开元时很为兴盛。从《资治通鉴·唐记二十八》所记一则参军戏演出内容看，当时的参军戏表演亦较复杂，人物、语言等已较生动。

总之，自上古的宗教音乐歌舞，经过巫觋、古优的表演，发展到两汉民间、宫禁娱乐形式角抵百戏，到了魏晋南北朝的各种演出艺术的融合汇通，至唐中叶（诗歌史上所谓的盛唐），中国戏曲从起源到萌芽，走过了漫长的道路，已经形成。

唐代中叶是中国戏曲史上的一个重要时期。唐开元、天宝年间，唐明皇李隆基喜爱歌舞、音乐及戏弄，对推动中国戏曲的发展起了重要作用。今人任半塘《唐戏弄》认为，戏曲至唐代已经形成。**《唐戏弄》**于1984年由上海古籍出版社出版，为一部专门理论著作，始纂于1955年，论述唐代戏剧，兼及五代，于汉晋与元明亦间或论及。全书上、下二册，不仅论述周密，且资料翔实丰富，可为治中国古代戏曲史者省却不少翻检之劳。可以说，唐代是中国古代戏曲形成后颇为兴盛的一个时期。可惜由于史料的匮乏，主要是剧本、剧目等散佚无传，因此极难勾勒其当时盛况。但是，在唐宋笔记杂著以及一些史书中尚可找到较为重要的零星史料。

除了上述的崔令钦《教坊记》、段安节《乐府杂录》外，唐人赵璘《因话录》、李绰《尚书故实》、孙棨《北里志》、阙名《玉泉子》和宋人钱易《南部新书》等书中，有唐代寺庙中音乐、歌舞、百戏杂伎及戏曲演出的史料。《因话录》六卷，或作三卷，有1957年中华书局校点本；《尚书故实》一卷，有商务印书馆《丛书集成初编》本；《北里志》一卷,有商务印书馆《丛书集成》本,1957年古典文学出版社校点本;《玉泉子》一卷,有1958年中华书局校点本。以上诸书,均不难获得。在唐人牛僧孺《玄怪录》以及韦绚《刘宾客嘉话录》中,记载了中唐扬州地方市民娱乐生活及弄傀儡的情况,唐人范摅《云溪友议》卷下有关于弄"陆参军"的戏剧班子的演出史料以及演员的从艺、传艺等记载,宋孙光宪《北梦琐言》也有记录唐代倡优演出的史料。《玄怪录》有1982年中华书局点校本,《刘宾客嘉话录》有《顾氏文房小说本》、商务印书馆《丛书集成》本,《云溪友议》有《笔记小说大观》本、商务印书馆《四部丛刊》本、1957年上海古典文学出版社排印本,《北梦琐言》有商务印书馆《丛书集成》本、1960年中华书局校点本、1981年上海古籍出版社点校本。此外,在新旧《唐书》、新旧《五代史》等史籍中,也有一些有关当时戏曲以及伶人的材料。如宋人欧阳修《新五代史·伶官传序》即是一篇记录后唐伶人在政治上活动的重要文章。综上所述,在唐宋人的笔记、杂著及史著中,有关唐五代戏曲的零碎史料为数不少,需要我们去搜寻、甄别、整理、编辑。这个工作远未完成,还有待于文学史料工作者的继续努力。

至于宋金戏曲,现存史料较为丰富,我们从这些史料中可以看出,宋金戏曲不仅盛行全社会,而且较之唐代大有发展。

南宋时有五部为中国戏曲史家所重视的笔记杂著:《东京梦华录》、《都城纪胜》、《西湖老人繁胜录》、《梦粱录》与《武林旧事》。**《东京梦华录》**为孟元老所著,为南宋人忆及北宋京师汴梁(今河南开封)昔日繁华景象,以寄寓无限感慨。此书通行本凡十卷,记载汴京城垣、河道、宫殿、官署、府第、寺观以及巷陌、店肆、节物、时好等,资料丰富翔实。所记皆为著者耳闻目睹,较真实可信。尤其是其中卷五、卷七中,记录了当时瓦肆勾栏和皇家演剧等戏曲曲艺史料,生动具体,极为珍贵。此书历代刊本较多,有元刻本、明弘治癸亥(1503)重刻本、日本静嘉文库本、1956年古典文学出版社印本、1982年商业出版社排印本。1959年商务印书馆出版的邓之诚的《东京梦华录注》，引用书目达148种，提供了大量可与原书相印证的参考资料。1982年中华书局再版，作为《中国古代都城资料选刊》之一流布。伊永文笺注本，有2006年中华书局印本。**《都城纪胜》**一卷，作者为灌圃（一作灌园）耐得翁，生卒不详。此书与《西湖老人繁胜录》《梦粱录》《武林旧事》一样，都是记载南宋京城临安（今浙江杭州）风土人情的著作。《都城纪胜》记载当时杭城市井、诸行、酒肆、茶坊、瓦舍众伎以至三教外地，分14门。其记载瓦舍众伎、社会、闲人等诸门中，有不少戏曲曲艺史料，诚为可贵。此书有《武林掌故丛编》本、1982年商业出版社排印本等。《说郛》本为节本，易名《古杭梦游录》，宛委山堂《说郛》本收于卷六十八，商务印书馆《说郛》本收于卷三。**《西湖老人繁胜录》**作者不详。此书久佚，今通行本系从明类书《永乐大典》辑得，为一卷。书中记杭州市民文化生活及游艺活动，颇具史料价值。其"瓦市"等记载，对当时杭州城中瓦肆勾栏的演出情况以及艺人姓名等，搜罗甚多，于戏曲曲艺研究极为重要。此书有商务印书馆《涵芬楼秘笈》本、1982年商业出版社排印本等。**《梦粱录》**凡20卷，作者为吴自牧。吴氏是杭州人，所记乃身历其境之事，虽属追忆，然仍为翔确可信之史料。此书记述当时杭城的风俗、艺文、城市建置、物产等，详尽清晰，其卷十九记"瓦舍"、"社会"、"闲人"，卷二十记"娱乐"、"百戏伎艺"、"角觝"、"小说讲经史"等，为研究中国古代戏曲曲艺史的重要资料，每为学者引用。此书历代刊本亦较多，重要者有《知不足斋丛书》本、《学津讨原》本、《武林掌故丛编》本、《笔记小说大观》本、《丛书集成》本以及1982年商业出版社排印本。**《武林旧事》**凡十卷，作者周密为宋末著名文学家，此书为其入元后追忆南宋临安旧事而作，除皇家、官署、湖山胜迹等外，其中卷一记"舞队"，卷二记"社会"、"迎新"，卷四记"乾淳教坊乐部"，卷五记"瓦子勾栏"、"诸色伎艺人"，卷十记"官本杂剧段数"等，可谓戏曲曲艺史料的一个宝藏。尤其是卷十之"官本杂剧段数"，不啻是南宋杭城演出的戏曲剧目表，从中可以窥见当时之戏曲演出盛况，极具参考价值。此书有1981年西湖书社单行本、1982年商业出版社排印本。《宝颜堂秘笈》本为六卷后集五卷，《知不足斋丛书》本、《武林掌故丛编》本、《笔记小说大观》本均为十卷，附录一卷。周密著述宏富，其杂著《癸辛杂识》、《齐东野语》(以上均有中华书局排印本)等，亦记有零星戏曲史料。

宋金为我国古代戏曲成熟的重要时期，其官本杂剧与院本等创作与演出十分丰富与活跃。如上述周密《武林旧事》卷十"官本杂剧段数"，所记虽并非全为戏曲作品，亦不是当时戏曲作品的全目，但数目已达二百多种，足以令人惊叹。然而遗憾的是，当时丰富多采的杂剧、院本却没有能留传至今，以致今人研究宋元戏曲，无法掌握很多第一层位的资料并对之作直接的探讨。但是，当时戏曲的另一种形式——南戏，却有几个剧本以及一些剧曲流传下来，弥足珍贵。

南戏亦称戏文，源于浙江永嘉(今浙江温州一带)，故亦称永嘉杂剧、温州杂剧。近年新发现宋末元初人刘壎《水云村稿·词人吴用章传》，内提及"永嘉戏曲"，因此，学者亦称之为"永嘉戏曲"。据明祝允明《猥谈》、徐渭《南词叙录》等书记载，南戏至晚在北南宋之交时即已产生。其最早的剧本如《赵贞女》、《王魁》等，亦久佚不传。但是，1920年代，叶恭绰游欧，在英国伦敦一小古玩肆中购得官修类书《永乐大典》卷一三九九一，卷内收有戏文三种：《小孙屠》、《宦门子弟错立身》、《张协状元》。这三种戏文，经专家考订，认为是宋人作品，为早期南戏剧本，引起了学术界的极大注意。此书一直放于天津某银行保险库中，抗日战争胜利后，遂不知下落，而流传于世的仅几种钞本及据钞本翻印的通行本，古今小品书籍印行会的排印本即是此种翻印本。《永乐大典》卷一三九六五至一三九九一凡27卷，共收戏文33种，但除了卷一三九九一外，馀均佚(内有元人戏文，尚有别本流传)，因此，对于宋代南戏研究来说，这三种戏文实在是不可多得的宝贵史料。1979年,中华书局出版了钱南扬的校注本,名《永乐大典戏文三种校注》,并考证三种戏文的成书年代先后,列《张协状元》为首,次为《错立身》与《小孙屠》。钱氏校注本对这三种戏文认真比勘,详加校注,用力殊劬,引用书目达355种,给研究者提供了极大便利。除了《永乐大典戏文三种校注》外,钱南扬于1950年代曾搜集宋元戏文佚作,在原作《宋元南戏百一录》的基础上,成**《宋元戏文辑佚》**一书,由古典文学出版社于1956年出版。此书从《汇纂元谱南曲九宫正始》等曲谱以及曲选中,广为搜罗,共辑得120馀种宋元戏文的大量佚曲,亦是研究南戏的重要资料。此外,赵景深有《宋元戏文本事》,由北新书局出版;陆侃如、冯沅君有《南戏拾遗》,由燕京大学出版:均为研究宋代戏文的有用史料和参考书。

  元前戏曲,见存传本极少,这不能不说是一个极大的缺憾。因此,对于研究者来说,不仅少数的几个见存剧本与遗曲极可宝贵,而且散见于史籍、杂著、笔记、诗歌、小说中的有关资料,都是十分重要的研究依据。由于资料零散,而古籍又浩如烟海,给搜寻检讨造成很大困难。所以,我们对于各类有关古籍,其中重要者如各种史著(如《史记》至《宋史》)、政书(如《通典》《通志》《文献通考》)、类书(如《太平御览》)、笔记(如《老学庵笔记》)、杂著(如《能改斋漫录》)、小说(如《搜神记》《太平广记》)、戏曲史料及理论著作(如《教坊记》《醉翁谈录》《南词叙录》)、佛家经籍(如《五灯会元》)、方志(如《宋元四明六志》)等,必须下力气去翻阅搜寻,以期获得更多的史料,帮助我们进一步深入研究中国古代戏曲自萌芽至形成、成熟这一重要阶段的发展轨迹。

第二节　鼎盛第一期的戏曲史料

  元代以来,戏曲作品传世者极为丰富,与元前的情况形成鲜明对照。故而有的研究者认为中国古代戏曲真正形成于宋而成熟于元(如王国维《宋元戏曲史》即持此种观点)。然而,这仅是依据现存剧本及一些零散资料而作出的结论。剧本不传,但并不等于无剧,亦不等于一定幼稚。元前戏曲,据现存史料,至晚在唐代已形成,至宋金而大盛。但是,同时也无可否认,发展至元代,中国戏曲确实取得了前所未有的成就。无论从剧本的流传、内容的丰富、形式的日趋完善以及优秀作家和杰出演员的涌现等方面来看,较之前代,硕果累累,令人耳目一新。因此,将元初至明初这一阶段称之为中国戏曲史上的一个鼎盛期也未尝不可。

元代为北杂剧称雄的朝代。现存元杂剧约有160馀种。明万历间,臧懋循以其所藏杂剧秘本,参稽内府诸善本,辑成《元曲选》一书。此书收录元杂剧一百种(其中含由元入明作者的杂剧),故又称《元人百种曲》。臧懋循(1550~1620)字晋叔,号顾渚,长兴(今浙江长兴)人,精通音律,酷嗜杂剧。据其《元曲选序》称,他曾借得御戏监杂剧二百种,用以参校家藏秘本,始成《元曲选》一书。《元曲选》分为甲、乙、丙、丁、戊、己、庚、辛、壬、癸十集,每集十卷,每卷一剧,分别于万历四十三年(1615)、四十四年(1616)刊行。经他校订的这些杂剧,科白齐全,文字通顺,且于每折杂剧之后,附有"音释",便于阅读。世界书局曾于1936年出版《元曲选》铅印本。中华书局《四部备要》本亦排印了此书。1955年,文学古籍刊行社用世界书局纸型校正重印,1959年转由中华书局出版,1979年再次校订重印。今人隋树森在《元曲选》外,又广为搜罗,将《元曲选》未收录的元代杂剧及部分元末明初人杂剧凡62种,辑成**《元曲选外编》**,中华书局1959年出版,书末附《现存全部元人杂剧目录》,1980年重印。《元曲选》与《元曲选外编》作为重要的杂剧史料,大陆和台湾两地多家出版社都曾有梓行,广为流布。可以说,现存元人杂剧,大致已包括在这两部书中,为研究者提供了很大的方便。

元人杂剧的早期刊本,当推**《元刊杂剧三十种》**最为重要。此书为见存唯一的元人杂剧集的元代刊本,辑者佚名,其中有14种为仅见于此书的孤本,16种有明刻本或明钞本。这些剧本大多有曲辞而无宾白,或宾白极简单,显然保存了元杂剧剧本的早期面貌,与《元曲选》校定本迥异。1958年,商务印书馆出版《古本戏曲丛刊》四集,收入此书,从此,《元刊杂剧三十种》的影印本公诸世人。1980年,中华书局出版了徐沁君的《新校元刊杂剧三十种》,此书以《古本戏曲丛刊》影元本为底本,用中国书店影印日本覆刻本以及属于元刊本系统的后代刊本为校本,用明刻、明钞本为参校本,认真校订,列出校记,间有简单注释。

元人杂剧的选集及辑佚等书,亦较多。邵曾祺编选《元人杂剧》一书,收录元人杂剧12种,每种收一折,每折附有作者小传、剧情概要、剧本说明及简明注释,1955年由春明出版社出版。赵景深辑录的《元人杂剧钩沉》,搜集了古籍中的元曲佚文,1935年初版时名《元人杂剧辑逸》,1955年加以校补,易为今名,由古典文学出版社于1956年出版,中华书局上海编辑所于1959年再版。顾学颉选注的《元人杂剧选》,收元人杂剧15种,加以注释,于1956年由作家出版社出版,1957年与1958年人民文学出版社加以重印,收入《中国古典文学读本丛书》;人民文学出版社又于1978年重印新版,署名"顾肇仓选注",增加注释百馀条,较善。王季思等亦有《元杂剧选注》,1980年北京出版社出版。近年来,又出版了一些选注本,如李春祥的《元代包公戏曲选注》,收入了元代杂剧中的包公戏八种,由中州书画社于1983年收入《中国古典戏曲丛书》出版。胡忌的《元代戏曲选注》则由上海古籍出版社作为《中国古典文学作品选读》丛书的一种,于1983年出版。

元代杂剧作家辈出,其中不乏名家。历代研究元代戏曲,学者尤致力于"元曲四大家":关汉卿、白朴、马致远、郑光祖。这四人的作品亦大量出版,是元代杂剧中最令人注目的第一层位的史料。

关汉卿 号已斋叟(或作一斋),大都(今北京)人,生平不详。

他是元代前期最为杰出的杂剧作家,据有关古籍记载,他一生作了 60 多种杂剧,并且在思想性与艺术性上达到了极高的水平,可谓作品宏富,成就突出,向为学者及海内外人士景仰,上世纪 50 年代曾被推作世界文化名人。关汉卿的作品,一般认为见存传本有 18 种:《窦娥冤》、《望江亭》、《救风尘》、《鲁斋郎》、《蝴蝶梦》、《金线池》、《谢天香》、《玉镜台》、《单鞭夺槊》、《单刀会》、《绯衣梦》、《五侯宴》、《哭存孝》、《裴度还带》、《陈母教子》、《拜月亭》、《调风月》、《西蜀梦》,其中《鲁斋郎》、《单鞭夺槊》、《五侯宴》、《裴度还带》、《陈母教子》等五剧,人或疑非关汉卿所作。此外,可考知剧目尚有《柳丝亭》、《哭香囊》等 45 种。由于关汉卿在元代杂剧史乃至中国戏曲史、中国文学史、世界文学史上的崇高地位,他的作品为学者整理研究,大量出版。除了元明清三代戏曲选集、总集如《元刊杂剧三十种》、《元曲选》以及明王骥德《古杂剧》、明赵琦美《脉望馆钞校本古今杂剧》中均有收录外,今人出版者尤为众多。1958 年,中国戏曲出版社出版了吴晓铃等编校的《关汉卿戏曲集》,收录了关汉卿的杂剧及散曲作品。人民文学出版社编辑部编的《关汉卿戏曲选》亦于 1958 年由该社出版。1963 年,张友鸾、顾肇仓选注的《关汉卿杂剧选》,由人民文学出版社作为《文学小丛书》的一种出版。1976 年,北京大学中文系《关汉卿戏剧集》编校组编成《关汉卿戏剧集》一书,收录《窦娥冤》等作品 18 种,由人民文学出版社出版,在十年动乱期间,这实为难能可贵的事。1988 年,广东高等教育出版社出版了吴国钦校注的《关汉卿全集》。此书收录了关汉卿见存杂剧 18 种,散曲小令 57 首,套数 13 篇,并有附录《有关关汉卿生平及评论资料摘编》。同年,河北教育出版社出版了王学奇、吴振清、王静竹校注的《关汉卿全集校注》。此书收录杂剧与吴国钦校注本同,但另外收录了《唐明皇哭香囊》、《风流孔目春衫记》、《孟良盗骨》三剧的残曲,散曲有小令 62 首,套数 13 篇,残曲二首,书后有附录二:吴晓铃《关汉卿杂剧全目》、常林炎《关汉卿故里考察记》。这两部校注本所收较为完备,校注亦各有心得,书后附录颇具参考价值。中华书局2006年出版蓝立萱校注《汇校详注关汉卿集》。在研究资料方面,李汉秋、袁有芬编的《关汉卿研究资料》一书,亦于1988年由上海古籍出版社出版。这部资料汇编按内容性质分为总论、现存杂剧、已佚杂剧、散曲、歧见汇录五编,前四编主要辑"五四"以前资料,第五编则包括今人的不同见解。全书各编每一项目内的资料,大致按时代先后排列。书后附有《关汉卿研究论著索引》、《台港论著索引》、《关汉卿杂剧外文译本》、《有关外文论著索引》四种索引,颇便使用。

白　朴(1226～13077)　字太素,号兰谷,原名恒,字仁甫,隩州(今山西曲沃)人。他是"元曲四大家"中唯一生平事迹比较清晰的作家。白朴不仅创作了15种杂剧(或谓《李克用箭射双雕》亦为白朴所作,则为16种),而且工诗词与散曲。其杂剧见存有《梧桐雨》、《墙头马上》、《东墙记》三种,另有《流红叶》、《箭射双雕》二剧的残折。白朴杂剧前人刻本甚多,于元明清三代多有刊行。今人王文才广为搜罗,成《白朴戏曲集校注》一书,较为完善。此书辑录了白朴见存的全部杂剧(含残折),并收录其散曲40篇,均加以注释,对异文择善而从,列出校记,有附录四种:《白朴杂剧全目提要》、《白朴戏曲评论汇编》、白朴词集《天籁集编年》与《白朴年谱》。这样,一书在手,不仅白朴的所有见存作品均可查阅,而且有关白朴研究的资料亦大致展卷可得。此书1984年由人民文学出版社出版。

马致远　号东篱,大都(今北京)人,生平不详。他是元代前期的优秀杂剧作家,共写有杂剧15种,见存七种:《汉宫秋》、《岳阳楼》、《青衫泪》、《荐福碑》、《任风子》、《陈抟高卧》与《黄粱梦》(与李时中、花李郎、红字李二合作),尚有《桃源泪》一剧第4折的残曲存世。其中以《汉宫秋》、《陈抟高卧》最受人重视与好评。其作品在元明清三代亦屡被各种刊本、钞本和排印本的戏曲集选录,尤以《元曲选》及《元曲选外编》最为易得。马致远又是元代第一散曲大家,今人任中敏辑有《东篱乐府》一卷,收有小令104首,套数17篇。此外,人或认为南戏《牧羊记》及《负心记》、《姻缘记》(后二种与人合作,已佚)亦为马致远所作。

在"元曲四大家"中,**郑光祖**字德辉,襄陵(今山西汾阳)人,寓居杭州并卒于西湖之畔,是元代后期作家,生平不详。郑光祖有杂剧18种,流传至今的有八种:《倩女离魂》、《王粲登楼》、《㑇梅香》、《周公摄政》、《虎牢关》、《伊尹耕莘》、《智勇定齐》、《老君堂》(后三种人或疑非郑光祖所作),此外尚有《月夜闻筝》一剧的残曲传世。其中《倩女离魂》一剧,今人将之与关汉卿的《拜月亭》、王实甫的《西厢记》、白朴的《墙头马上》合称为"元代四大爱情剧",颇负盛名。郑光祖上述杂剧在旧时,亦广为流传,为元明清三代各种刊本、钞本戏曲集收录。

"元曲四大家"由王国维《宋元戏曲史》排为"关、白、马、郑",当以关汉卿成就最高,堪称白眉。其四人作品,传布极广,有的剧作还为英、法、日等国翻译出版,远播海外,促进了中外文学与文化的交流。

元代前期杂剧作家中,王实甫是一位杰出的大家。**王实甫**,名德信,大都(今北京)人,生平不详。他一生作有杂剧13种,然见存传世的仅有《西厢记》、《丽春堂》、《破窑记》(人或疑此剧非王实甫所作)三种及《贩茶船》、《芙蓉亭》二剧的残曲。其中《西厢记》一剧五本20折(明清间有人认为第五本为关汉卿所续),打破了元杂剧一本四折的框架,且以其进步的思想性与优美的艺术成就,成为元人杂剧爱情剧中成就最高者。此剧在中国戏曲史上的地位甚高,历代文人学者对之极为重视。见存版本均为明清刊本,不下一百种(1978年,北京中国书店发现《新编校正西厢记》残页三叶,分本[卷]而不分折。据其刻工、版式、字体等考证,人或认为近于《元刊杂剧三十种》,为元末明初刻本),其中重要者有:明弘治十一年(1498)金台岳家刊本(此本为见存最早完整刊本),明徐士范、王骥德、凌濛初诸家评本,清金圣叹评改本等。今人王季思于《西厢记》

用力颇多,其校注的《西厢记》一书,影响甚广。此书于1944年以《西厢五剧注》为名,由浙江龙泉龙吟书屋出版;1949年易名《集评校注西厢记》,增明清间各家评语,由上海开明书店出版(张人和集明毛西河、王骥德、徐复祚、凌濛初及清人金圣叹等诸家评语);1954年,新文艺出版社剔除集评,用《西厢记》书名予以出版。此后,这个不带集评的校注本多次印行:1957年,古典文学出版社予以出版;1958年,中华书局上海编辑所出版新版;1978年,上海古籍出版社重印1958年中华书局上海编辑所版,由校注者作了一些修订,并附有校注者有关王实甫研究的两篇论文。此外,《集评校注西厢记》一书,于1987年亦由上海古籍出版社再次出版,这个本子经校注者作了修订,并刊有校注者《我怎样研究〈西厢记〉(代序)》一文,附有唐元稹《会真记》等唐宋元明人有关《西厢记》成书及王实甫其他作品和影响的材料,尚有《关于〈西厢记〉作者的问题》、《〈西厢记〉的版本和体制》(张人和)等文章。书中的《各家总评》,尤具参考价值。除王季思校注本外,今人校注本尚多。吴晓铃校注的《西厢记》由人民文学出版社于1958年出版;张燕瑾、弥松颐校注的《西厢记新注》,1980年由江西人民出版社出版;祝肇年、蔡运长注释的《西厢记通俗注释》于1983年由云南人民出版社出版。周锡山的《〈西厢记〉注释汇评》,列入2010年上海人民出版社出版计划。至于明清间善本,除《古本戏曲丛刊》有影印外,商务印书馆于1955年曾照明弘治本《新刊奇妙全相注释西厢记》原本大小加以影印,江苏人民出版社亦于1960年影印了《暖红室刻西厢记》,中华书局于1963年影印了《槃薖硕人增改定本西厢记》。清人金圣叹曾删改《西厢记》为四本16折,并加以评点,世称金评本《西厢记》。金圣叹批改本在有清一代直至民国,影响很大,在《西厢记》流传史及批评史上有着不容忽视的地位。1985年,傅晓航校点的金圣叹批评本《贯华堂第六才子书西厢记》,由甘肃人民出版社出版。江苏古籍出版社于1985年出版的《金圣叹全集》(三)中,亦含有金评本《西厢记》。1988年上海古籍出版社出版了张国光校注的《金圣叹批本西厢记》，除了前四本16折外，第五本的四折亦加以收录（其中第一、第三两折亦有注释），书前有金圣叹《序》二篇及《读第六才子书西厢记法》，书后附录有《重刻绘像第六才子书序》（吕世镛）、《金圣叹先生传》（廖燕）、《金人瑞》（蔡丐因）等各种材料16种。此外，清人潘廷章评本《西来意》（《西厢记》，一名《梦觉关》），有清康熙间潘氏渚山堂刊本，所持观点或与金圣叹相左，值得重视。今人蒋星煜致力于《西厢记》研究，其《明刊本西厢记研究》一书，对《西厢记》明代刊本作了细致而精密的考察，多有心得，可供参考，此书于1982年由中国戏剧出版社出版。周锡山亦有《现存明刊〈西厢记〉综述》，2007年由上海古籍出版社出版。

元代杂剧作家有姓名可考者达二百馀人，除上述关、白、马、郑四大家与王实甫外，尚有不少名家，创作了颇为可观的优秀剧作。在这些作家中，纪君祥是值得注意的一位。他是大都（今北京）人，生平不详，所作杂剧有六种，见存仅《赵氏孤儿》一种。此剧是悲壮历史剧，艺术水准很高，早在18世纪即远传西欧。元代"水浒戏"是杂剧创作中一个重要题材，见传剧目有20馀种，有剧本流传的尚有六种：康进之的《李逵负荆》、高文秀的《双献功》（一名《双献头》）、李文蔚的《燕青博鱼》、李致远的《还牢末》，以及无名氏的《三虎下山》和《黄花峪》。这六种"水浒戏"塑造梁山英雄形象，歌颂受压迫者反抗恶势力，与小说《水浒传》内容互有异同，不仅在戏曲史上有相当地位，而且也是研究《水浒传》成书的重要史料。真定（今河北正定）人尚仲贤，生平不详，所作杂剧11种，今存三种：《三夺槊》、《柳毅传书》、《气英布》，此外尚有三种杂剧的残曲。尚仲贤以《柳毅传书》一剧著名。东平（今山东东平）人李好古，生平不详，作杂剧三种，仅存《张生煮海》一种，此剧与《柳毅传书》被誉为元人杂剧神话剧中的双璧。元代的"包公戏"很多，仅无名氏所作即达30多种，反映了人民对黑暗社会的批判与对光明、正义的向往。绛州

(今山东新绛)人李潜夫,生平不详,所作有《灰阑记》一剧,叙包公明断冤狱的故事。无名氏的《陈州粜米》写包公陈州赈灾,不畏权贵,为民做主,镇压奸佞横暴,颇为动人。在反映少数民族军旅生活的剧作中,女真人李直夫的《虎头牌》叙金国元帅山寿马执法严明,不徇私情之事,生动活泼,有较浓的民族色彩。元代杂剧中除了"水浒戏"以外,尚有大量的"三国戏"、"西游戏"等,对中国章回小说的最后成熟起了很大的作用。以上这些作家的剧作,在《古本戏曲丛刊》中均可找到影印的善本。至于元代"水浒戏",则还有傅惜华等辑《水浒戏曲集》(第一集)本,此书1959年由古典文学出版社出版,上海古籍出版社1985年重印。

杂剧而外,元代南戏也有长足的进步。文学史上习惯于称作"宋元南戏"。实际上,早期南戏在体制等形式上,较之见存元末明初南戏剧本,还有一定距离。见存的元末明初的南戏剧本,与明代传奇,可谓有直接的血缘关系,是中国戏曲鼎盛第一期的又一标志,也是鼎盛第二期的先声。

《琵琶记》向被学人誉为"南戏之祖"[①]。作者**高明**(?~1359),字则诚,号菜根道人,瑞安(今浙江温州瑞安)人,世称东嘉先生。在元末社会动荡的岁月中,他隐居于浙江宁波南乡的栎社,闭门谢客,专心创作,成《琵琶记》一剧,此外尚有诗文《柔克斋集》20卷(已散佚,仅存50多篇)。《琵琶记》据早期南戏《赵贞女》故事创作,叙蔡伯喈、赵五娘的婚姻故事,反映了一定的社会现实。作品结构严谨,人物形象鲜明,情节生动曲折,颇能感人,六百多年来,影响很广。此剧除了《古本戏曲丛刊》一集有影印本外,尚有明毛晋汲古阁《六十种曲》本。文学古籍刊行社1954年曾出版过明陈继儒释义本;1958年,中华书局将此剧《六十种曲》本重印;1960

---

① 明·徐渭《南词叙录·宋元旧篇》:"《赵贞女蔡二郎》,即旧篇蔡伯喈背亲弃妇,为暴雷震死,亦里俗妄作也,实为戏文之首。"

年,中华书局上海编辑所出版钱南扬校注本,是一个较好的本子;1980年,江苏广陵古籍刻印社影印刘世珩《暖红室汇刻琵琶记》,线装八册;1980年,上海古籍出版社出版钱南扬《元本琵琶记校注》,1985年重印。

元末明初南戏,有所谓"荆、刘、拜、杀"四大传奇之说。"荆"即《荆钗记》,题元柯丹邱作,写王十朋、钱玉莲悲欢离合之情。此剧有《古本戏曲丛刊》本、《六十种曲》本(题明朱权撰)。此外,中山大学中文系五五级明清传奇校勘小组曾加以整理校注,由中华书局上海编辑所于1959年出版,是目前较为易得与较便利用的本子。"刘"即《白兔记》,全名《刘知远白兔记》,阙名撰,写刘知远发迹变泰的故事。1959年,中华书局上海编辑所出版了校注本,此本由中山大学中文系五五级明清传奇校勘小组据《古本戏曲丛刊》影印本与《六十种曲》本整理校勘而成。1967年,上海嘉定县出土一批词话,附《白兔记》戏文一种,已于1969年由文物出版社影印出版。"拜"即《拜月亭记》,亦名《幽闺记》,今通行写定本为元末施惠撰,写蒋世隆与王瑞兰的爱情故事。1959年,中山大学中文系五五级明清传奇校勘小组对此剧进行了校点,由中华书局上海编辑所出版。"杀"即《杀狗记》,题明徐畛撰,据元人萧德祥杂剧《杀狗劝夫》改编而成。中山大学中文系五五级明清传奇校勘小组以《六十种曲》本为底本,校以《古本戏曲丛刊》影汲古阁本,参考《集成曲谱》,整理校点,由中华书局上海编辑所1960年出版。"四大传奇"在戏曲史上颇有影响,后人整理出版较多。1988年,江苏古籍出版社出版俞为民的校注本,书名《宋元四大戏文读本》。此书所收四剧,均以毛氏汲古阁本为底本,分别校以影钞本、李卓吾评本、富春堂本、成化本、世德堂本、《南曲九宫正始》所引曲文等。

元至明初,是杂剧的鼎盛期,而南戏亦在逐步发展壮大。明初以降,杂剧日渐衰落,戏文却日益显示出旺盛的生命力。因此,在中国戏曲史的鼎盛第一期中,戏曲史料以杂剧为主,但也不可忽视南戏的存在。杂剧南戏,相互影响,至明代,终于形成了所谓的南杂剧与传奇,迎来了中国戏曲史上的又一个黄金时期——鼎盛第二期。

第三节　鼎盛第二期的戏曲史料

中国古代戏曲经历了元至明初的鼎盛第一期后,度过了一个低谷阶段,然后又逐步走向鼎盛。也就是说,中国古代戏曲的鼎盛第二期不是紧接着鼎盛第一期后到来。为了叙述的方便,我们将明初到清初称为中国古代戏曲的鼎盛第二期,其标志则是明汤显祖《牡丹亭》及清初洪昇《长生殿》与孔尚任《桃花扇》的问世。其他戏曲作家作品等史料,也在这一节加以评介。

明初犹是北杂剧的天下。尽管元代后期以来,杂剧逐渐衰落,但作家作品仍然不断涌现产生,因而杂剧史料还是十分丰富。一些由元入明的杂剧作家,创作了不少较为可取的作品。小说家罗贯中的《风云会》,写赵宋皇朝君臣的故事。此剧有《古本戏曲丛刊》影印本、《元人杂剧选》本等。金陵(今南京)人谷子敬著有三种,存《城南柳》一种,写吕洞宾故事,有《元曲选》本等。在这类作家作品中,刘兑的《娇红记》是较为著名的一种。此剧据文言短篇小说《娇红记》改编而成,写申纯与王娇娘的爱情故事。小说原为悲剧,但刘兑杂剧则以金童玉女下凡,相爱人间,成婚后双双升天为结局。此剧有明宣德间金陵积德堂刊本,分卷上、卷下二卷,每卷四折,凡八折,上、下卷各有一楔子,《古本戏曲丛刊》有影印本。此外,杨讷的《西游记》亦是影响较广的一种。杨讷本名暹,字景贤,后改名讷,号汝斋,是元末明初蒙古族作家。他著有杂剧18种,今存《西游记》与《刘行首》(后人或疑非杨讷所作)。有关西游故事的杂剧,元人吴昌龄有《唐三藏西天取经》。杨讷之作是较为优秀的一种。此剧六本24出,是一部大型杂剧,有明刊本,《古本戏曲丛刊》尝据以影印，另有《元曲选外编》本，较为通行。传为著有《录鬼簿续编》的贾仲明（一作贾仲名）亦撰写了杂剧16种，见存六种：《裴度还带》、《玉梳记》（或作《对玉梳》）、《菩萨蛮》（或作《萧淑兰》）、《玉壶春》、《度金玉女》（或作《金安寿》）、《升仙梦》，均有《古本戏曲丛刊》影印本。

除了由元入明的作家外，稍后一些时期，在剧坛影响颇大的有明皇室成员朱权、朱有燉等人。朱权（1378～1448），别号丹丘先生，明太祖朱元璋第十七子，主要成就在戏曲理论著作，杂剧今传二种：《大罗天》、《私奔相如》，均有《古本戏曲丛刊》影印本。朱有燉虽然身为宗室子弟，然酷嗜词曲，著作杂剧31种，均流行至今。朱有燉的杂剧与散曲（有《诚斋乐府》）在当时影响颇大，传唱很广。其杂剧题材广泛，于乐户、妓女生活的描写较为出色。朱有燉多数作品曲辞本色，音律和谐，关目结构较活跃，并且不纯用北曲，还有角色分别演唱的情况，显示出北杂剧逐渐与南杂剧糅合的趋势。朱有燉的所有杂剧作品均有明宣德间原刊本，《古本戏曲丛刊》有影印本。此外明人钞本与刊本亦较多。吴梅《奢摩他室曲丛》亦收有多种，有1928年商务印书馆影印本。周贻白《明人杂剧选》选有四种，有人民文学出版社1958年印本。

朱有燉杂剧的思想性自然不高，表明明初以来杂剧创作的衰落。但是，稍后一些的王九思与康海二人，却以他们的作品为明前期杂剧带来了一些生气。王九思（1468～1551），字敬夫，鄠县（今陕西户县）人，其《杜甫游春》一剧，有感而发，尚能动人。王九思还有院本《中山狼》亦存。康海（1475～1541），字德涵，武功（今陕西武功）人，他撰写了《中山狼》一剧，最为著名。此外，康还有《王兰卿》一剧，亦存。王、康二人均为明"前七子"成员，诗文俱佳，均郁郁不得志，因而借词曲以抒心中愤懑，在旧时代颇有影响。他们的作品均有明刻本，《古代戏曲丛刊》据以影印。

然而，总的说来，明代杂剧直至明中期以后，才随着整个剧坛的繁荣而形成一个新局面,与传奇一起迎来中国古代戏曲鼎盛第二期的到来。明嘉靖以后,南北合套或仅用南曲的所谓"南杂剧"形成,涌现了徐渭、冯惟敏、徐复祚、王衡、孟称舜等著名作家,产生了一批优秀作品。

徐 渭(1521～1593) 字文长,山阴(今浙江绍兴)人,明代著名诗文家,工书画,擅长词曲,所作《四声猿》杂剧,为南杂剧的代表作,名驰天下。《四声猿》为四个短剧,凡十出。《狂鼓史》(一出),写祢衡阴司击鼓骂曹事;《玉禅师》(二出),写玉通和尚二世轮回事;《雌木兰》(二出),写木兰替父从军事;《女状元》(五出),写黄崇嘏女扮男装考中状元,辞凰得凤的故事。这四个剧本充满反抗意识,且语言俊爽尖锐,情节曲折,富于艺术感染力。《四声猿》有明万历戊子(1588)龙峰徐氏原刻本、明孟称舜《酹江集》本、明崇祯间澂道人评本等多种明刻本,《古本戏曲丛刊》有影印本。此外,徐渭尚有《歌代啸》一剧(人或疑非徐渭所作),此剧有精钞本。1984年,上海古籍出版社出版了《四声猿》校注本,附有《歌代啸》一剧。此书除收录徐渭上述五个剧本外,尚附有《作者传记》、《〈四声猿〉故事渊源》、《〈四声猿〉序跋》、《各家评〈四声猿〉》、《关于〈歌代啸〉》等五种材料,为研究徐渭及其戏曲创作提供了很大便利。

冯惟敏是明中期著名散曲家,其杂剧有《僧尼共犯》、《不伏老》二种,以前者称翘楚。《僧尼共犯》写小僧明进与小尼惠朗的恋爱故事,不仅富于反抗精神,且充满喜剧意味。冯惟敏的二剧,均有明刻本,《古本戏曲丛刊》据以影印。徐复祚见存作品《一文钱》也是一个喜剧,讽刺悭吝财主,淋漓尽致。除《一文钱》外,徐复祚尚有杂剧《梧桐雨》、《闹中华》二种,均佚,传奇有《霄光记》(一名《霄光剑》)、《红梨记》、《投梭记》、《题塔记》,存前三种。以上见存作品均有《古本戏曲丛刊》影印本、《盛明杂剧》本、《六十种曲》本等。王衡著有《长安街》、《真傀儡》、《郁轮袍》、《再生缘》、《裴湛和合》等五种,后一种敷演宋仁宗朝宰相杜衍致仕后的一个生活场面,后者写骗子王推假冒王维之名招摇撞骗之事。王衡剧作以喜剧居多,嘻笑怒骂,时见不平之气。上述诸剧有《盛明杂剧》本、《古本戏曲丛刊》影印本等。孟称舜著有杂剧《死里逃生》、《红颜年少》、《英雄成败》、《桃花人面》、《花前一笑》、《眼儿媚》等六种,均传于世,其中《桃花人面》据唐崔护谒浆故事创作,尤为脍炙人口。杂剧而外,孟称舜还作有《二胥记》、《贞文记》、《二乔记》、《娇红记》、《赤伏符》等五种传奇,亦有传本,以《娇红记》最为人称道。他的作品有《盛明杂剧》本、《古本戏曲丛刊》本等。孟称舜还编有《古今名剧合选》,收入元明杂剧56种(含己作四种),依作品风格豪放或婉丽,分为《酹江集》和《柳枝集》,并加以评点。又曾校刊《录鬼簿》。清代杂剧作家作品亦很多,并时见佳作,如洪昇的《四婵娟》等。但总的论来,杂剧的黄金期已过,虽经由南杂剧的中兴,但终究不成气势。尽管直至民国时吴梅还曾创作杂剧《白团扇》、《轩亭秋》(仅见楔子)、《无价宝》,但已成绝响,无有继者。因此,代表中国古代戏曲鼎盛第二期的主要成就的当是明中后期至清初的传奇创作。

明清传奇主要是指当时用南曲演唱的戏曲作品,与宋元南戏有直接的渊源关系。自元末明初"四大传奇"及《琵琶记》以来,传奇创作逐步发展,显示出旺盛的生命力。

明代前期的传奇创作,见存作品有120多种,但少有佳作,成就不高,有些作品道德说教气息浓厚,严重损害了剧作的艺术性。如景泰间大学士邱睿的《五伦全备记》、《投笔记》,成化间诸生邵灿的《香囊记》、沈受先的《商辂三元记》、《冯京三元记》等,均是这类作品,《古本戏曲丛刊》有影印本。较好的则有苏复之的《金印记》,亦有《古本戏曲丛刊》影印万历刊本。此外,姚茂良的《双忠记》、《精忠记》,沈采的《千金记》,王济的《连环记》,阙名的《古城记》等,亦是这一时期较为有名的作品,《古本戏曲丛刊》据明刻本或传钞本予以影印。其中《精忠记》于1959年中华书局上海编辑所出版了点校本,由中山大学中文系五五级明清传奇校勘小组整理。此外,1975年,在广东潮安县的一座古墓中发现明宣德六年(1431)《刘希必金钗记》戏文钞本一本,经刘念慈整理校注,定名为《宣德写本金钗记》,由广东人民出版社1985年排印出版。该社1985年还出版了《明本潮州戏文五种》一书,集明代潮州戏文五种:《宣德写本刘希必金钗记》、《嘉靖写本蔡伯喈》、《嘉靖刻本荔镜记》、《万历刻本荔枝记》、《万历刻本金花女》。此书所收前二种为国内出土本,后三种为海外收藏本。这些戏文的出版流布,为研究明前期传奇创作提供了必不可少的史料。而真正给传奇曲坛带来生气的,当推李开先的《宝剑记》、梁辰鱼的《浣纱记》与传为王世贞的《鸣凤记》。

李开先(1501~1560) 字伯华,章丘(今山东章丘)人,所著传奇有《宝剑记》、《登坛记》与《断发记》三种,《登坛记》已佚,《断发记》有明万历间世德堂刊本。《宝剑记》写林冲故事,有些场次如《夜奔》等颇为精采,传唱不衰。此剧有《古本戏曲丛刊》影明嘉靖刊本。文化艺术出版社2004年出版卜键笺校《李开先全集》。

梁辰鱼(1519~1591) 字伯龙,昆山(今江苏昆山)人,著名戏曲家。他的昆曲传奇《浣纱记》写西施、范蠡悲欢离合的遭遇,风靡天下。昆山腔是一种古老的戏曲声腔,明清间人以为远在唐明皇时代即已产生。但在明代中叶以前,昆腔主要用于清唱。至明中叶,寓居太仓(今江苏太仓)的新建(今属江西南昌)人魏良辅等一批吴中曲家对昆腔进行了全面改革,形成昆山腔新声。王永健的《中国戏剧文学的瑰宝明清传奇》(1989年江苏教育出版社印本)对此作了详细的考辨,可供参考。梁辰鱼的《浣纱记》既据昆山腔新声填写,成为当时最为擅场的佳作,后人或以为这个传奇奠定了昆山腔在明代戏曲音乐的宝座。此后历代刻本较多,有明万历间金陵富春堂刊本、继志斋刊本、金陵文林阁刊本、明末汲古阁刊本、汤显祖评本、李卓吾评本、清乾隆间内府钞本。《古本戏曲丛刊》有影印本。1959年,中山大学中文系五五级明清传奇校勘小组对

《浣纱记》进行了整理,由中华书局上海编辑所出版。上海古籍出版社 1998 年出版吴书荫编集校点《梁辰鱼集》。

王世贞(1526～1590) 字子美,明"后七子"领袖,相传其(一说其门人)撰写了《鸣凤记》一剧,以刺权相严嵩,是中国古代戏曲史上第一部以时事入戏的大型传奇。此剧有明万历间汤显祖评本、李卓吾评本、汲古阁《六十种曲》本。《古本戏曲丛刊》据汲古阁本影印。1959 年,中华书局上海编辑所出版了中山大学中文系五五级明清传奇校勘小组的点评本。

汤显祖(1550～1616) 字义仍,号若士、海若,自号清远道人,临川(今江西抚州)人,明代第一戏曲大家。汤显祖一生创作颇丰,除戏曲作品外,尚有诗文集(中华书局上海编辑所整理出版,1982 年上海古籍出版社重印)。汤显祖的戏剧作品计有:《紫箫记》,后改编成《紫钗记》,事本唐人蒋防文言小说《霍小玉传》,叙李益与霍小玉悲欢离合的爱情故事;《还魂记》,亦名《牡丹亭记》、《牡丹亭还魂记》,曾改名《丹青记》,故事直接本之明代白话短篇小说《杜丽娘慕色还魂》,叙杜丽娘为情生而死、死而生的故事,是汤显祖传奇中最杰出的作品,也是中国戏曲史上优秀的爱情剧之一;《南柯记》,据唐人李公佐文言小说《南柯太守传》改编,叙淳于棼入大槐安国事;《邯郸记》,据唐人沈既济文言小说《枕中记》改编,叙卢生黄粱一梦事。以上诸剧,舍《紫箫记》而外,其馀四种,戏曲史上称为《玉茗堂四梦》或《临川四梦》。汤显祖的剧作,历代传本极多,其主要者有:明万历间玉茗堂刊本、汲古阁《六十种曲》本等。尤以《牡丹亭》一剧,四百年来,常演不衰,刻本不下十数种,除玉茗堂刊本、汲古阁本外,尚有明万历间文林阁刊本、石林居士刊本、明泰昌间朱墨刊本、明天启间会稽张氏著坛校刊本、蒲水斋校刊本、柳浪馆刊本、明崇祯间沈际飞刊本、清初竹林堂《玉茗堂四种》本、民国初年暖红室《汇刻传奇》本。《古本戏曲丛刊》曾根据明泰昌本予以影印。钱南扬曾经校点了汤显祖的五种戏剧作品,均以《六十种曲》

本为底本。1962年，中华书局上海编辑所出版了《汤显祖集》，其一、二册为诗文集，由徐朔方笺校，三、四册为戏文集，即钱南扬校点本。这个本子，1973年，上海人民出版社出版了新一版。1982年，上海古籍出版社予以重印，其三、四两册名《汤显祖戏曲集》，以《玉茗堂四梦》为主，附录《紫箫记》，收入《中国古典文学丛书》。

半个多世纪来，汤显祖剧作的单行本亦大量出版。《南柯记》与《邯郸记》二剧，均有中山大学中文系五五级明清传奇校勘小组的校点本，中华书局上海编辑所1960年出版。《南柯记》尚有钱南扬校注本，1981年由人民文学出版社出版。钱南扬还校注了《紫钗记》，1982年由人民文学出版社出版。这个本子附有《紫箫记》及蒋防《霍小玉传》。《牡丹亭》刊本最多。1954年，文学古籍出版社据暖红室本，校以冰丝馆原本，予以排印出版。而徐朔方、杨笑梅的校注本，于今最为通行。这个本子于1958年由古典文学出版社出版，1959年中华书局上海编辑所出版新一版，1978年上海古籍出版社又予以出版。1963年，人民文学出版社曾将此本收入《中国古典文学读本丛书》，并多次重印。书后附有作者年表、版本说明和校记，是一个较好的本子。

汤显祖在中国戏曲史乃至中国文学史上有着崇高的地位，历代研究亦颇多成果。关于其生平思想方面的著作，徐朔方有《汤显祖年谱》一书，1958年由中华书局出版，1980年上海古籍出版社出版了修订本。黄芝岗亦曾撰有《汤显祖年谱》，连载于《戏曲研究》。龚重谟等人的《汤显祖传》与黄文锡等人的《汤显祖传》，亦于1986年分别由江西人民出版社和中国戏剧出版社出版。其剧作在海外的译本亦颇多。有英、法、德、日等文本。《汤显祖研究资料汇编》由毛效同编纂成书，辑录了大量史料，对研究汤显祖其人其作帮助很大，由上海古籍出版社于1986年出版。1987年，上海古籍出版社还出版了徐扶明的《牡丹亭研究资料考释》，对研究者亦颇具参考价值。

由于汤显祖的杰出成就与巨大影响，后人将以他为代表的一批戏曲家称为"临川派",以讲究文采意趣为主,其中坚人物有吴炳、孟称舜等。与"临川派"相对立的,则是以沈璟为代表的"吴江派",以强调语言本色,严守音律为宗旨。**沈璟**(1553～1610)字伯英,号宁庵,吴江(今江苏吴江)人,明代后期著名戏曲家,在戏曲创作与戏曲理论方面均有相当的贡献。沈璟著有戏曲19种,合称《属玉堂传奇》:《十孝记》(佚)、《分相记》(佚)、《分钱记》(佚)、《四异记》(佚)、《合衫记》(佚)、《同梦记》(佚)、《奇节记》(佚)、《红蕖记》、《珠串记》、《桃符记》、《埋剑记》、《结发记》(佚)、《博笑记》、《义侠记》、《新钗记》(佚)、《坠钗记》、《鸳衾记》(佚)、《双鱼记》、《凿井记》(佚)。以上诸剧,《同梦记》系《牡丹亭》改本,《新钗记》系《紫钗记》改本,沈璟自撰者凡17种,多散佚,见存者除《坠钗记》以外,均有《古本戏曲丛刊》本,《坠钗记》有清顺治七年钞本。沈璟在戏曲理论上的成就较之戏曲创作为高,他著有《南九宫十三调曲谱》、《遵制正吴编》、《论词六则》、《唱曲当知》等,以《南九宫十三调曲谱》最为重要,为后代曲家奉为填词圭臬。他尚编有《南词韵选》一书传世。吴江派的中坚有吕天成、王骥德等人,但戏曲创作成就均不高,在戏曲理论方面却有大可称道的贡献。关于沈璟的研究,在1939年的第5期《文学年报》上,发表了凌敬言的《词隐先生年谱及其著述》。《中华文史论丛》1985年第三期发表徐朔方的《沈璟年谱》,李真瑜的《沈璟年谱》亦载于1986年中国展望出版社出版的《中国古代戏曲论集》。

在中国戏曲史上出现流派,互相争论,共同提高,是一个绝大的进步,也是中国古代戏曲鼎盛第二期的最大特点之一。自此,明末清初的戏曲作家大多糅合临川、吴江二家之长,创作了大量优秀作品,而以洪昇的《长生殿》与孔尚任的《桃花扇》最为杰出,"南洪北孔",盛名传播宇内。

洪　昇(1645～1704)　字昉思,号稗畦,又号南屏樵者,钱塘(今浙江杭州)人。他精通音律,一生未仕。所作戏曲有杂剧《四婵娟》、《天涯泪》、《青衫湿》、《节孝坊》,后三种已佚,《四婵娟》有《清人杂剧二集》本;传奇有《回文锦》、《沉香亭》、《长虹桥》、《回龙记》、《舞霓裳》、《闹高塘》、《锦绣图》、《长生殿》,除《长生殿》之外,余者均佚。洪昇早年撰有《沉香亭》,后改为《舞霓裳》,最后定名为《长生殿》,敷演唐明皇与杨贵妃的故事。此剧一出,京师轰动,菊部争相上演。《长生殿》的刻本主要有:清康熙四十三年(1704)稗畦堂初刻原本,这个本子在1954年和1955年,分别由人民文学出版社与文学古籍刊行社两次影印;清光绪十六年(1890)文瑞楼刊本,较为通行;暖红室重刻本。1958年,人民文学出版社出版了徐朔方校注的《长生殿》,1983年出版第二版,这个本子目前最便使用,也最为易得。洪昇的诗文集《稗畦集》、《稗畦续集》、《啸月集》等,亦于1957年由古典文学出版社出版。关于洪昇的生平思想与交游,章培恒的《洪昇年谱》知人论世,是很重要的著作,此书于1979年由上海古籍出版社出版,给研究者提供了丰富的史料。《长生殿》尚有英、法、日等文字的全译本或选译本出版,传播海外。

孔尚任(1648~1718) 字聘之,号东塘,别号岸堂,曲阜(今山东曲阜)人。孔尚任身为孔子第六十四代孙,曾受清廷优宠,然他酷嗜词曲,创作《桃花扇》一剧,终于致祸。除了《桃花扇》,他还与朋友顾彩合作写了《小忽雷》传奇。他的诗文杂记等,历代亦多有刊本。其别集《湖海集》于1957年由古典文学出版社据清康熙初刻本排印出版;中国社会科学院文学研究所《中国文学资料丛刊》第二种有《孔尚任诗》(汪蔚林辑校),于1958年由科学出版社出版;1962年,中华书局出版了汪蔚林编的《孔尚任诗文集》三册八卷,收入其诗文词曲,附有《孔尚任著作目录》,较为完备。其《小忽雷》一剧,有清康熙钞本,味经书屋校刻本,暖红室《汇刻传奇》本。1986年中州古籍出版社出版了一个校注本,此本书后附有《大忽雷》杂剧残文,人或疑此剧亦为孔尚任所作,故存此待考。孔尚任所作,以《桃花扇》最负盛名,刊本较多,有清康熙四十七年(1708)

刻本、兰雪堂刊本、西园本、暖红室刊本、梁启超注本等。1954年文学古籍刊行社曾用中华书局纸型予以印行。1958年人民文学出版社出版了王季思等人的校注本，1959年重印，收入《中国古典文学读本丛书》，这个本子曾多次印行，1980年重印时略作修正。1979年，江苏广陵古籍刻印社曾据贵池刘氏暖红室《汇刻传奇》本校定重刻了《增图校正桃花扇》，线装六册。研究孔尚任与《桃花扇》者亦颇多，其中袁世硕的《孔尚任年谱》，考订作者生平，附交游考，于学者研究孔尚任与《桃花扇》均有帮助，此书于1962年由山东人民出版社出版，1987年经修订后，由齐鲁书社再版。1934年4月，《岭南学报》第三卷第二期刊登容肇祖的《孔尚任年谱》，后有民国二十三年（1934）铅印本，亦值得注意。刘叶秋著有《孔尚任诗和桃花扇》一书，叙孔尚任生平，评选孔尚任诗歌，介绍《桃花扇》并予以注释，于1982年由中州书画社出版。20世纪以来，英、法、德、日等国亦先后有《桃花扇》全译本或选译本出版。

　　明代曲坛作家众多，作品甚富。生活年代较洪昇与孔尚任为早的徐霖，著有传奇七种，均佚，人或谓《绣襦记》亦为徐霖所作，甚著名，有明万历间刊本、明末毛晋汲古阁刊本、暖红室刊本，《古本戏曲丛刊》据明末朱墨套印本影印，此剧人多属之于薛近兖名下。李日华有《南西厢记》一剧，有明刻本，《古本戏曲丛刊》据以影印。陆采著有传奇五种，见存《明珠记》、《南西厢》、《怀香记》三种，以《明珠记》为佳，有明刻本多种，《古本戏曲丛刊》据明汲古阁本影印。张凤翼有传奇七种，以《红拂记》、《祝发记》二剧称名于世，以上二种均有明刻本，《古本戏曲丛刊》据以影印。屠隆为万历间著名文学家，著有《彩毫记》、《昙花记》、《修女记》传奇三种，均存，有明刻本，《古本戏曲丛刊》予以影印。在明末曲坛，周朝俊的《红梅记》一剧，颇可重视。此剧写贾似道、李慧娘事，影响较大，有明代刻本多种，《古本戏曲丛刊》据玉茗堂本影印；1985年，上海古籍出版社出版了一个校注本，收入《古代戏曲丛书》，颇便使用。陈与效是明末写历史剧的名家,有传奇四种,均存,尚有杂剧五种,见存三种。其杂剧《文姬入塞》、《昭君出塞》一直为人称道,均有《盛明杂剧》本。其传奇以《灵宝刀》为著名,写林冲故事,有明万历海昌陈氏原刊本,《古本戏曲丛刊》据以影印。汪廷讷杂剧、传奇兼擅,所作以《狮吼记》为有名,乃一喜剧故事,有明刊本,《古本戏曲丛刊》据汲古阁《六十种曲》本影印。在众多爱情剧中,以高濂的《玉簪记》受人好评,此剧写女道士陈妙常与书生潘必正恋爱故事,情节曲折,颇为感人,有多种明刊本,《古本戏曲丛刊》据明万历间继志斋本影印,1956年,黄裳校注了此剧,由古典文学出版社出版,中山大学中文系五六级明清传奇校勘小组亦曾予以整理,由中华书局上海编辑所于1959年出版。吴世美的《惊鸿记》是明末写唐明皇、杨贵妃故事中较好的一种,有明刻本,《古本戏曲丛刊》曾予以影印。明代"水浒戏",除明初朱有燉杂剧外,许自昌的《水浒记》传奇擅场一时,有明清刻本多种,《古本戏曲丛刊》影印了汲古阁《六十种曲》本。在讽刺剧作家中,孙钟龄(字仁孺)堪称作手。他有传奇《东郭记》、《醉乡记》二种,合刻称《白雪楼二种》,前者以《孟子·离娄下》"齐人有一妻一妾"敷演成戏,有明万历间白雪楼原刊本等,《古本戏曲丛刊》影印了原刊本,中山大学中文系五五级明清传奇校勘小组的整理本,于1959年由中华书局上海编辑所出版。《醉乡记》则有明崇祯间刊本,《古本戏曲丛刊》亦据以影印。明末作家多关心时事,所作多有政治寄寓。李梅实的《精忠旗》演岳飞事,慷慨激昂,有明墨憨斋刊本,《古本戏曲丛刊》有影印本。

明末菊坛影响较大的,尚有阮大铖、吴炳、袁于令等人。**阮大铖**(1587~1646),字集之,号石巢,怀宁(今安徽怀宁)人,乃南明奸臣,后变节降清,然词曲甚佳,人或目之为"玉茗堂派"作家。他著有《井中盟》、《牟尼合》、《老门生》、《忠孝环》、《春灯谜》、《桃花笑》、《狮子赚》、《翠鹏图》、《赐恩环》、《燕子笺》、《双金榜》传奇11种,存《牟尼合》、《春灯谜》、《燕子笺》、《双金榜》四种,人称《石巢四种》,

以《燕子笺》最富艺术性,传诵至今。《石巢四种》均有明刻本和武进董氏诵芬室《重刊石巢四种》本,《古本戏曲丛刊》影印的是明刻本。黄山书社1993年出版徐凌云等点校《阮大铖戏曲四种》。1986年,上海古籍出版社出版了《燕子笺》校注本,收入《古代戏曲丛书》,1987年,黑龙江人民出版社亦出版了《燕子笺》点校本,收有明刊本插图18幅。吴炳(?～1647),字可先,号石渠,又号粲花主人,宜兴(今江苏宜兴)人,他与阮大铖相反,在清兵南下被俘后,绝食殉国。吴炳著有传奇《西园记》、《情邮记》、《画中人》、《绿牡丹》、《疗妒羹》五种,合称《粲花斋五种》,或称《粲花别墅五种》,以《绿牡丹》称佳,均有明刻本、暖红室刊本、《奢摩他室曲丛》本,《古本戏曲丛刊》据明刻本影印。1987年江苏广陵古籍刻印社出版《暖红室汇刻粲花斋五种》线装本,颇精。1985年,上海古籍出版社出版了《绿牡丹》校注本。袁于令(1592～1674),号韫玉,吴县(今江苏吴县)人,著有传奇九种,今存《西楼记》、《鹔鹴裘》二种,均有明末刻本,《古本戏曲丛刊》据以影印。袁于令尚著有杂剧《双莺梦》(有《盛明杂剧》本)、小说《隋史遗文》(有排印本)等。此外,由明入清的大诗人吴伟业,亦著有杂剧《通天台》、《临春阁》与传奇《秣陵春三种》,有暖红室刊本,《秣陵春》有《古本戏曲丛刊》本,江苏广陵古籍刻印社曾刻印《暖红室汇刻传奇通天台临春阁秣陵春》,线装4册,题名《暖红室汇刻传奇梅村乐府三种》,于1984年出版。李渔是清初著名文学家,于小说、戏曲、曲论等方面均有成就。所作戏曲有《比目鱼》、《玉搔头》、《巧团圆》、《奈何天》、《风筝误》、《凰求凤》、《意中缘》、《慎鸾交》、《蜃中楼》、《怜香伴》凡十种,合称《笠翁十种曲》,均有清初刊本,岳麓书社曾于1985年出版了《李笠翁喜剧选》,收入《风筝误》、《蜃中楼》、《奈何天》三种。浙江古籍出版社于1992年出版《李渔全集》,将李渔所著悉数收入,其中第三卷为《闲情偶寄》,第四、第五两卷为《笠翁传奇》。

在明清鼎革之际的菊坛上,以李玉为代表的"吴县派"(或称"苏州派"）作家是极可重视的。**李玉**约生于明万历中期，卒于清康熙初年，字玄玉，号苏门啸侣。他一生创作宏富，有传奇约40余种，今存19种，以《清忠谱》和《一捧雪》、《人兽关》、《永团圆》、《占花魁》（后四种合称"一人永占"）五种最为著名，此外，他还与人合作，修订《北词广正谱》18卷。李玉在当时颇负盛名，所作传奇见存者多有明崇祯间刊本，亦有清初刻本或钞本，《古本戏曲丛刊》亦有影印本。《清忠谱》一剧写明末苏州人民与东林党人反抗阉党的斗争，是一部时事剧，极有影响。此剧有清顺治间刊本，《古本戏曲丛刊》影印收录。中山大学中文系五五级明清传奇校勘小组曾予以整理，于1959年由中华书局上海编辑所出版。1982年，中州书画社又出版了一个校注本，收入《中国古代戏曲丛书》。上海古籍出版社2004年出版陈古虞等点校《李玉戏曲集》。在"苏州派"作家中，朱睦，字素臣，亦是以为较有成就的剧作家。朱素臣所作传奇20种，今存九种，以《十五贯》最为流传。《十五贯》据明人拟话本改编而成，写况钟平反熊氏兄弟冤案事，三百多年来一直上演在舞台上。此剧有钞本，《古本戏曲丛刊》据以影印。1983年，上海古籍出版社出版了《十五贯校注》本，收入《古代戏曲丛书》，最便使用。由于《十五贯》一剧曾经发生的较大影响，引起学人注意和研究兴趣，路工、傅惜华编写了《十五贯戏曲资料汇编》一书，由作家出版社于1957年出版，学者称便。朱佐朝与朱睦为兄弟，所作尤富，约有传奇35种，今存15种，均为钞本，多有《古本戏曲丛刊》影印本。

　　通观这一时期的作家作品，可谓百花齐放，名家辈出，掉鞅曲坛。汤显祖、洪昇、孔尚任及其剧作标志着中国古代戏曲又一鼎盛期的到来，与同时代的其他作家作品，一起丰富了古代戏曲史料宝库。"南洪北孔"以及《长生殿》与《桃花扇》在菊部的崛起，标志着中国古代戏曲鼎盛第二期的最终到来。从汤显祖到"南洪北孔"，传奇创作名家名作各领风骚，而其他作家作品亦推波助澜，掀起了一个戏曲文学创作的高潮，为中国古代戏曲文学宝库增添了丰富的史料。

第四节 转变期的戏曲史料

传奇至《长生殿》、《桃花扇》,其文学剧本的创作,已发展到了顶峰,随之即走向衰落。而在这一时期,地方戏曲却在逐步发展,至清中叶,终于形成了所谓的"花部"、"雅部"相对峙的局面。"花部"指的是以弋阳腔、梆子腔、二簧调等为主的地方剧种,"雅部"是指主要以昆曲形式演出的杂剧与传奇。从名称的判定上,尽管仍然看出当时文人对地方剧种的轻视,但是"花部"以新的思想与艺术形式显示了旺盛的生命力,逐步地登上剧坛而取得盟主的地位。

在清中叶,杂剧、传奇创作仍有一定数量的作家作品。雍乾间作家杨潮观在当时颇有名声。他在四川做官时,找到了据说是卓文君梳妆台旧址,筑吟风阁,撰杂剧四卷,题名为《吟风阁杂剧》。此书凡32出,每出一剧,内容大都为四川历史人物与民间传说。《吟风阁杂剧》有清乾隆甲申(1764)刊本、清嘉庆重印本。1964年中华书局上海编辑所出版了胡士莹校注的《吟风阁杂剧》,1983年上海古籍出版社重印。又有乾隆间作家蒋士铨,写有杂剧九种,皆传世,以《四弦秋》、《西江祝嘏》为有名,有《藏园九种曲》本与他种清刻本;传奇七种,亦均存,以《冬青树》、《临川梦》为出色,亦有《藏园九种曲》本与他种清刻本,《冬青树》与《临川梦》尚分别有上海古籍出版社1988年与1989年印本。上饶师专中文系历代作家研究室曾编了一部《蒋士铨研究资料集》,由江西人民出版社于1985年出版。又有张坚,著有传奇《梦中缘》、《梅花簪》、《怀沙记》、《玉狮坠》,合称《玉燕堂四种曲》,有乾隆间刊本。沈起凤著有传奇30馀种,今存《报恩猿》、《才人福》、《文星榜》、《伏虎韬》四种,有古香林刊本。唐英著有传奇、杂剧17种,均存,合称《古柏堂传奇》,有《古柏堂传奇》本、《古柏堂五种》本等,1987年上海古籍出版社出版了校点本《古柏堂戏曲集》。在这里,方成培的《雷峰塔传奇》是值得一提的好作品。此剧据民间神话传说白蛇与许宣的故事改编而成,清代戏曲选集《缀白裘》中有此剧的选出。乾嘉间人舒位亦是一位有名的作者,他写有《圆圆曲》、《琵琶赚》、《列子御风》、《桃花人面》、《瓶笙馆修箫谱》五种作品,前四种均佚。《瓶笙馆修箫谱》包括杂剧四种,其中《卓女当垆》叙卓文君、司马相如故事,最为人称道。此剧有清刻本。无名氏的《挡马》、《借靴》、《尼姑思凡》等,亦是脍炙人口的短戏或折子戏。《挡马》叙北宋杨门女将八姐故事,《借靴》讽刺一悭吝人的心态,二剧均有清刻本,亦收入《缀白裘》,至今犹在昆曲舞台上演出。《尼姑思凡》有《劝善金科》本。明郑之珍有《目连救母劝善戏文》一百出,清人张照扩编为二百出的大型剧作《劝善金科》,宣扬佛家思想,《尼姑思凡》为其中的一出,叙小尼姑决心摆脱佛门禁欲主义桎梏的思想与行为。《劝善金科》有《古本戏曲丛刊》影印本。《思凡》一出在《缀白裘》中亦有收录。

满清皇朝内廷有"南府"(道光时易名"昇平署"),专掌戏曲演出以承应帝王后妃。内廷演剧多大戏,内容亦多为历史故事、神话传说,歌功颂德,点缀昇平。佚名的《封神天榜》叙商周故事,《楚汉春秋》叙项羽、刘邦事,周祥钰等人的《鼎峙春秋》,亦是此类剧目。以上诸剧每部十本,共为240出,亦是大型作品,均有清刻本或钞本,《古本戏曲丛刊》九集据以影印。张照是当时有名作家,除上述《劝善金科》外,他还作有《升平宝筏》十本240出,写"西游"故事。佚名的《盛世鸿图》,存前部12段96出,后部六卷70出,《铁骑阵》15段103出,《如意宝册》十本142出。王廷章有《昭代箫韶》十本240出,周祥钰还有《忠义璇图》十本240出,均是歌颂帝王将相、宣扬传统伦理道德的作品,《古本戏曲丛刊》九集都据清刻本予以影印。晚清作家亦有杂剧、传奇作品,如古越嬴宗季女有《六月霜》,叙秋瑾义烈,洪炳文有《警黄钟》,叙抗清志士故事,但成就均不高,有阿英《晚清文学丛钞·传奇杂剧卷》本。吴梅是近代曲学大师,作有杂剧《白团扇》、《湘真阁》及传奇《风洞山》等11种,均存。《风洞山》写明末爱国将领瞿式耜抗清故事,有阿英《晚清文学丛钞·传奇杂剧卷》本。但是,纵观清中叶以来的传奇、杂剧创作,可以发现,"雅部"已是日暮途穷,其让位于"花部"是势所必然之事。

"花部"在清初即开始迅速发展,至乾隆五十五年(1790)至嘉庆八年(1803)间,安徽戏班三庆、春台、四喜、和春先后入京献艺,轰动一时,这就是中国近世戏曲史上有名的"四大徽班"进京。自此以后,徽调与秦腔等逐步相融合,形成了一个新的全国性大剧种——京剧。京剧与其他南北地方剧种一起,通过艺人与作家的努力,创作、改编了大量剧目,在近世中国戏曲史上留下了宝贵的文学史料。

无名氏的《清风亭》是一个著名社会悲剧,又名《天雷报》,表彰仁爱、鞭挞负义,掖善惩恶,在川剧、徽剧、湘剧、汉剧、滇剧、晋剧、秦腔、豫剧、京剧中均有演出,其折子戏有1926年《戏本》本。无名氏的《斩黄袍》写赵匡胤、陶三春等人故事,生动活泼。《失空斩》据《三国演义》改编,叙诸葛亮失街亭、设空城计与斩马谡之事,是著名的京剧剧目。无名氏的《庆顶珠》,又名《打渔杀家》、《讨渔税》,故事据清人陈忱《水浒后传》第九回、第十回两回情节改编,叙萧恩父女反抗渔霸压迫剥削的英勇斗争,此剧有京调义顺和班的演出本。

京剧与各类地方戏剧目不可胜数,见传剧本大多为戏班演出本。晚清以来,学者与世人均重视剧本创作,多有编集,各类戏考,亦大量出版,但搜集颇为困难。清末李世忠编京剧剧本集《梨园集成》,兼及昆剧,收剧本48种,多全本,有光绪六年(1880)刊本。《戏考》为近人王大错编,收京剧(包括部分梆子戏、昆剧)剧本单出近六百出,大多为传统老戏,并附有故事提要、考证与评论,于1915年初版出书。中国戏曲研究院1953年起开始编辑《京剧丛刊》,至1955年6月止,由新文艺出版社出版了32集,1955年9

月起,由中国戏曲出版社继续出版至50集。此书收录传统剧目,含部分昆剧剧本,为目前较完整的京剧选本集。1958年,北京宝文堂书店编辑出版了《京剧大观》,凡六集,均为传统剧目及改编、创作的剧本。北京市戏曲指导委员会于1957年起,开始搜集传统京剧演出本,加以整理、编辑,成《京剧汇编》一书,由北京出版社分集出版,每集收录数种。后由北京戏曲研究所编辑,至1964年已出版106集,颇受各界人士的欢迎。后因"文化大革命"起而中断。"文革"结束后,又继续这一工作,由北京出版社陆续予以出版。这些剧本,颇多传统剧目,收集起来,目的是为了保存资料,以供京剧研究与创作的参考。在有关近代戏曲尤其是京、昆剧剧目及艺人、表演等研究资料方面,亦有不少著作。清末苕水狂生的《海上梨园新历史》,凡四卷,为上海名伶列传,有1910年上海小说进步社刊本。民国间王梦生的《梨园佳话》,介绍清末民初北京的戏曲活动,有1915年商务印书馆印本。周剑云主编的《鞠部丛刊》,为诗文集,评论京剧剧目和表演,兼及昆曲、曲艺、话剧,有1918年交通印书馆印本。1926年大东书局出版的《鞠部丛谭》,其第一部"燕尘菊影录"记录清末民初北京舞台上京剧、昆剧及秦腔演员三百馀人的经历与艺术成就,颇具参考价值。周明泰的《道咸以来梨园系年小录》,辑录清嘉庆十八年(1813)至1932年间北京戏曲界史料,按年排列,于京剧史的研究有一定参考价值,有1932年几里居刊本。又如,张次溪编的《清代燕都梨园史料》一书极可重视,此书分正续二编,正编收录了八种资料,续编收录13种资料,均为清代北京戏曲演出、团体、艺人的史料,且大都为钞本或孤本,尤可宝贵,于京剧史的研究是不可或缺的。此书于1937年由北平松筠阁书店排印,但无标点,阅读不便。1988年,中国戏剧出版社对此书加以标点,正式出版。

中国古代戏曲至清末,杂剧已少有人问津,昆曲虽犹演出,但远不如京剧为盛,而各种地方戏剧却蒸蒸日上,逐步发展、完善。

中国古代戏曲发展至民国,已完成了向现代戏曲的转变。这一转变的标志不仅是西洋话剧及其他歌舞剧的输入(在中国古代亦有科白类的话剧及歌舞戏,但与现代话剧与歌舞剧毕竟不同),主要是在于从清代发展而来的各剧种在剧本创作、舞台艺术等方面的进步。尽管京、昆剧等剧种演出的大部分仍为传统剧目,但在唱腔、身段等演唱、表演方面,为了适应观众的需要,较之前代,大为完善,发展到了一个新的台阶,与话剧、歌剧、舞剧等一起创造了现代戏剧的繁荣局面。

第五节　剧本丛刊、论著集、目录、辞书及其他

中国古代戏曲作品如林,史料纷繁,洋洋大观,堪称宝藏。近百馀年来,通俗文学地位提高,日益受人重视,善本戏曲丛刊、戏曲论著集成以及目录、辞书等工具书的编纂出版,成绩斐然。了解这方面的成果,有助于提高查找戏曲史料的效率。

《古本戏曲丛刊》是迄今规模最大的古代戏曲丛书。此书由《古本戏曲丛刊》编辑委员会编辑(郑振铎主编,现由吴晓铃主编),专门搜集古代戏曲的善本、珍本,予以影印,以供研究者目睹稀见剧本。郑振铎在《古本戏曲丛刊初集・序》中说:"初集收《西厢记》及元、明两代戏文、传奇 100 种;二集收明代传奇 100 种;三集收明、清之际传奇 100 种。此皆拟目已定。四、五集以下,则收清人传奇,或更将继之以六、七、八集,收元、明、清三代杂剧,并及曲选、曲谱、曲目、曲话等有关著作。若有余力,当更搜集若干重要的地方古剧,编成一、二集印出。期之三、四年,当可有一千种以上的古代戏曲,供给我们作为研究之资,或更可作为'推陈出新'的一助。"1954 年,由文学古籍刊行社开始出版第一集,至今已有一、二、三、四、五、九集等六集出版。第一集含一百多种元明杂剧、戏文、传奇,如《西厢记》就有三个不同版本同时影印收入。第二集于 1955

年出版，包括一百馀种明人传奇。第三集于1957年出版，收入一百馀种明人传奇。第四集于1958年改由商务印书馆出版，这一集将《元刊杂剧三十种》（元佚名辑）、《古杂剧》（明王骥德辑）、《脉望馆钞校本古今杂剧》（明赵琦美辑）、《古名家杂剧》（明陈与郊辑）、《杂剧选》（明息机子辑）、《阳春奏三种》（明黄正位辑）、《元明杂剧四种》（明佚名辑）、《新镌古今名剧柳枝集》与《新镌古今名剧酹江集》（明孟称舜辑）这九种元明人的杂剧总集成套影印。郑振铎于1958年10月因飞机失事，不幸罹难，《古本戏曲丛刊》编辑工作遂暂时停顿。1961年，由中国科学院文学研究所吴晓铃接任主持《古本戏曲丛刊》编纂事，决定先选印较易结集的《鼎峙春秋》、《劝善金科》等宫廷大戏，为第九集。十年动乱期间，《古本戏曲丛刊》的编纂，亦实际上处于中止状态，不再进行。1982年，中国社会科学院文学研究所重建《古本戏曲丛刊》编辑委员会，辑印之事才得以继续。第九集于1964年由中华书局上海编辑所出版，选录十部清内廷的大戏：《封神天榜》、《楚汉春秋》、《鼎峙春秋》、《升平宝筏》、《劝善金科》、《盛世鸿图》、《铁骑阵》、《昭代箫韶》、《如意宝册》、《忠义璇图》，可见满清皇朝内廷戏曲演出及创作情况。第五集于1985至1986年由上海古籍出版社出版，收明清传奇85种。这套大型丛书，目前仍在继续编辑，陆续出版。

中国戏剧出版社于1958年编辑多种元明杂剧剧本集：（一）《元明杂剧》，明佚名辑。此书原为明万历间刻《古名家杂剧》与《新续名家杂剧》残本，凡收元明杂剧27种，1929年南京图书馆有影印本，中国戏剧出版社据以重印。（二）《孤本元明杂剧》，涵芬楼辑，系从脉望馆钞校古今杂剧242种中选录144种孤本、善本，1941年由商务印书馆排印出版，中国戏剧出版社用原纸型重印。（三）《盛明杂剧》一、二集，明人沈泰辑，共收明代杂剧60种，诵芬室先后于1918年、1925年翻刻，中国戏剧出版社据诵芬室本影印。（四）《杂剧三集》，即《杂剧新编》，清邹式金继沈泰而辑，收明末清初杂剧34种,诵芬室1941年翻刻,有中国戏剧出版社影印本。

1990年代,人民文学出版社出版了由王季思主编的《**全元戏曲**》。此书收入杂剧作品时限,大致自元世祖中统元年(1260)至顺帝至正二十八年(1368)百馀年间,包括跨越金元、宋元之作家之所作,即如残缺不全的元刊本残折残曲,一并收入,而元明之际无名氏之作,除可确认其非元人所作外,亦均予收录。至于南戏,则自《永乐大典戏文三种》,至明人改订本,凡《南词叙录》、《永乐大典·戏文目》有著录者,所存作品,无一遗漏,皆予收录。《全元戏曲》全书凡12卷,含杂剧八卷,南戏四卷。编排次序,先杂剧,后南戏。杂剧作者署名沿用《录鬼簿》、《元曲选》旧例,所收作品剧名以所用底本为据。所收作家生平有考者,均撰有小传。作品各剧之前列"剧目说明",每折、每出之后,均附"校记"。《全元戏曲》收罗全面,校点精审,是目前有元一代戏曲最为完备的大型总集。唯全书仅有卷首之总目,每卷有目录,然书末不见有任何作家作品索引,不免为一小小遗憾。

在传奇总集中,明末毛晋的《**六十种曲**》(内含北杂剧《西厢记》一种)最负盛名。毛晋为著名藏书家,有汲古阁,所刻书遍天下,多珍善精本。《六十种曲》有明末汲古阁刻本。1935年,开明书店予以排印出版,流传更广。此本由胡墨林断句,叶圣陶、徐调孚校订。1955年由文学古籍刊行社重新出版,1958年转由中华书局梓行,1982年重印。2001年,吉林人民出版社出版黄竹三、冯俊杰主编的《六十种曲评注》,即以汲古阁本为底本,加以标点注释,并在书后附以作家评传和作品历代序跋等研究资料,颇便利用。

明末菰芦钓叟编的昆腔剧本集《**醉怡情**》(全名《新刻出像点校时尚昆腔杂曲醉怡情》,凡八卷,选收《琵琶记》等元明杂剧、传奇作,尚有单出166出,多为当时舞台上流行之剧目,有明崇祯间原刻本与清乾隆间翻刻本。《**缀白裘**》是一部元明清三代戏曲作品选集，所收多为单出。此书最早由醒斋编选，题郁冈樵隐辑，古积金山人采薪，收元明杂剧、传奇40种，有清康熙时刊本，后由清人玩花主人编辑、清人钱德苍续编成《缀白裘》（新编）。此书凡分12集（编）48集（卷），收剧凡89种494出。清乾隆二十八年至三十九年（1763～1774）陆续编成后，由钱德苍在苏州的书坊宝仁堂刊行。钱氏宝仁堂本一出，他本即废，可见其影响之大。《缀白裘》中所选，多为精采折子戏，其中尚有清代早期演出本，于戏曲创作与演出史研究颇有价值。上海亚东图书馆曾予以排印，1955年，中华书局即用亚东馆旧纸型重印出版，为研究者提供了方便。此外，明无名氏辑《盛世新声》（有1955年文学古籍刊行社影明正德刊本）、明张禄辑《词林摘艳》（有1955年文学古籍刊行社影明嘉靖刊本）、明郭勋辑《雍熙乐府》（有商务印书馆《四部丛刊》本）、明胡文焕辑《群音类选》（有1980年中华书局影明刊本）等，亦收有元明杂剧、传奇的单折或曲文。

此外，一些出版社亦编有戏曲丛书，如上海古籍出版社有《古代戏曲丛书》，中州书画社（中州古籍出版社）有《中国古代戏曲丛书》，华夏出版社有《中国古代戏曲经典丛书》等，出版大量古代戏曲，为读者和研究者提高便利。2010年，得到国家古籍整理出版资助，黄山书社计划出版《南戏大典》和计划出版《昆戏集存·甲编》。

与中国古代小说批评史料不同的是，古代戏曲批评史料多以论著形式行世，其数量之多，学术水准之高，令人瞩目，是中国文学批评宝库中的重要部分，亦是研治中国古代戏曲者不可或缺的重要史料。

《中国古典戏曲论著集成》十集，中国戏曲研究院编辑，中国戏剧出版社1959～1960年出版，1980年重印。此书收录了中国古代戏曲论著中48种重要著作，跨越唐、宋、元、明、清五朝。第一集含《教坊记》（唐崔令钦）、《乐府杂录》（唐段安节）、《碧鸡漫志》（宋王灼)、《唱论》(元燕南芝庵)、《中原音韵》(元周德清)五种;第二集含《青楼记》(元夏庭芝)、《录鬼簿》(元钟嗣成)、《录鬼簿续编》(明无名氏)三种;第三集含三种,均为明人所著,是《太和正音谱》(朱权)、《南词叙录》(徐渭)、《词谑》(李开先);第四集七种,亦是明人著作,为《曲论》(何良俊)、《曲藻》(王世贞)、《曲律》(王骥德)、《顾曲杂言》(沈德符)、《曲论》(徐复祚)、《谭曲杂札》(凌濛初)、《衡曲麈谭》(张琦);第五集三种,亦为明人所作,为《曲律》(魏良辅)、《絃索辨讹》(沈宠绥)、《度曲须知》(沈宠绥);第六集四种又附录一种,为《远山堂曲品》(明祁彪佳)、《远山堂剧品》(明祁彪佳)、《曲名》(明吕天成)、《新传奇品》(清高奕),附录《古人传奇总目》(清无名氏);第七集以下均为清人著述,凡收九种,为《闲情偶寄》(李渔)、《制曲枝语》(黄周星)、《南曲八声客问》(毛先舒)、《看山阁集闲笔》(黄图珌)、《乐府传声》(徐大椿)、《传奇汇考标目》(佚名)、《笠阁批评旧戏目》(笠阁渔翁)、《重订曲海总目》(黄文旸)、《也是园藏书古今杂剧目录》(黄丕烈);第八集五种,为《雨村曲话》(李调元)、《剧说》(焦循)、《花部农谭》(焦循)、《曲话》(梁廷楠);第九集七种,为《梨园原》(黄旛绰)、《顾误录》(王德晖、徐沅澂)、《艺概》(刘熙载)、《曲目新编》(支丰宜)、《小栖霞说稗》(平步青)、《词余丛话》(杨恩寿)、《续词余丛话》(杨恩寿);第十集为姚燮的《今乐考证》。这套古代戏曲论著集成,给古代戏曲史及批评史的研究所提供的史料,可谓丰富多彩,实为学者案头必备之书。

黄山书社出版于2009年开始出版俞为民、孙蓉蓉编集的**《历代曲话汇编——新编中国古典戏曲论著集成》**,共计七百万字,分15册。全书以人立目,收录曲论家376位,其中曲话专著175部(含辑录),单篇评论七百馀篇,分为唐宋元编、明代编、清代编及近代编凡四编。此书收集的曲论、曲谱颇为宏富,搜罗之广,超乎前代同类著作,为研究者提供了很大的便利。

一些重要的古代戏曲论著与史料书,还多有单行本或校注本。

1957年，古典文学出版社出版的《中国文学参考资料小丛书》第一辑，收入了唐人崔令钦等人的《教坊记》、《北里志》、《青楼集》三种，合为一册，中华书局上海编辑所于1959年又予出版。《教坊记笺订》为任半塘笺订，附有任半塘所作《唐代音乐文艺研究发凡》、《教坊记笺订弁言》、《崔氏世次及仕履考略》、《教坊记版本考略》和其他参考资料六种，1962年中华书局上海编辑所出版。唐人南卓等人著的《羯鼓录》、《乐府录》和宋人王灼著的《碧鸡漫志》，亦收入古典文学出版社《中国文学参考资料小丛书》第一辑，于1957年出版。《东京梦华录》为重要著作，出版颇多，此书与《都城纪胜》、《西湖老人繁胜录》、《梦粱录》、《武林旧事》均受人重视，有商业出版社1982年合印本等。《录鬼簿》亦曾多次出版，1960年中华书局上海编辑所据北京图书馆（今国家图书馆）藏本影印，附有《续录鬼簿》；1957年，古典文学出版社出版了《录鬼簿》（外四种），附佚名《续录鬼簿》、朱权《太和正音谱》、吕天成《曲品》、高奕《传奇品》四种，中华书局上海编辑所于1959年重印，上海古籍出版社于1978年出版新一版。1957年，文学古籍刊行社还出版了《录鬼簿新校注》。王骥德《曲律》是戏曲批评名著，湖南人民出版社于1983年出版了校注本，便于使用。1955年，上海出版公司出版了《远山堂明曲品剧品校录》，由黄裳校勘笺注。清人李斗的《扬州画舫录》为清代南方戏曲活动的重要史料著作，1960年，中华书局予以出版，后又有重印本。焦循的《剧说》在1957年由古典文学出版社出版排印本，收入《中国文学参考资料小丛书》第二辑。

在戏曲曲谱等方面，除上文所述《历代曲话汇编——新编中国古典戏曲论著集成》外，历年来，各出版社也有大量印行。如古典文学出版社于1958年影印出版清王正祥的《新定十二律昆腔谱》，其底本为暖红室《汇刻传奇》本，于昆腔研究有一定参考价值。此外，明沈自晋据其叔沈璟《南九宫十三调曲谱》修订补充，成《广辑词隐先生增定南九宫词谱》，简称《南词新谱》，有1985年北京中国书店影印嘉靖刻本；明末清初李玉编《北词广正谱》，有北京大学影印本；清庄亲王允禄奉乾隆帝命主持编纂《九宫大成南北词宫谱》，简称《九宫大成谱》，凡 82 卷，含南曲的引、正曲、集曲，北曲的只曲共 2094 个曲牌，连同变体共 4466 个曲调，尚有北曲套曲 185 套，南北合套 36 套，其中收唐宋诗词、诸宫调、元曲、元明散曲以及明清传奇曲调较为详备，为研究南北曲音乐极为丰富的资料，有乾隆内府朱墨套印本；清叶堂编《纳书楹曲谱》，有乾隆间原刻本与道光间补刻本；清殷溎深编《六也曲谱》，有 1922 年朝记书庄刊本；清末王锡纯等编《遏云阁曲谱》，有清光绪十九年（1893）刊本，1973 年中华书局据以影印。1982 年由中国戏剧出版社出版的《乐府传声译注》，于古代戏曲音乐、演唱等研究亦很有帮助。

各类戏曲书目，亦为我们提供了大量的史料线索，真可谓是学问之门径。

今人庄一拂的《**古典戏曲存目汇考**》是迄今最为完备的中国古代戏曲剧目总汇，收录戏文 320 馀种，杂剧 1830 馀种，传奇 2590 馀种，凡 4750 馀种，异名别题，统摄于正目，较之清人姚燮《今乐考证》与王国维《曲录》增加 2600 馀种，书后附有近代戏曲目、征引资料举要、索引。1982 年由上海古籍出版社出版。今人傅惜华致力于古代戏曲剧目编纂，曾编写了《**元代杂剧全目**》、《**明代杂剧全目**》、《**明代传奇全目**》、《**清代杂剧全目**》等书，为中国戏曲研究院编入《中国戏曲史资料丛刊·中国古典戏曲总录》。1957 年与 1958 年，作家出版社先后出版了《元代杂剧全目》与《明代杂剧全目》，1959 年与 1981 年，人民文学出版社分别出版了《明代传奇全目》与《清代杂剧全目》。元人杂剧书目，尚有徐调甫的《现存元人杂剧书录》，1955 年由上海文艺联合出版社出版，1957 年古典文学出版社再版，署名徐调孚。邵曾祺的《元明北杂剧总目考略》，著录元人及明嘉靖前作家作品，详加考释，颇多心得。此书由中州古籍出版社收入《中国古代戏曲理论丛书》，于 1985 年出版。清人黄文旸之

《曲海总目》久佚，仅见于清李斗《扬州画舫录》，有 1984 年扬州广陵古籍刻印社印本和中华书局 2007 年印本。近人董康曾得清无名氏《乐府考略》残钞本四函，并参考了盛氏愚斋藏本及《传奇汇考》，加以整理、排比，辑成**《曲海总目提要》**一书，凡 46 卷，著录元明清三代戏曲 684 种，注明作者（或附简历）、简述剧情、考证故事源流，于 1928 年由上海亚东书局出版，1959 年人民文学出版社修订再版，书后还附有笔画索引，是目前最好的本子。北婴的**《曲海总目提要补编》**是为了匡正《曲海总目提要》的遗漏讹误而作的（初刊于 1936 年），体例同《曲海总目提要》，其中补入《曲海总目提要》未收者 72 篇，修正《提要》错误 249 处，书后附有《曲海总目提要》及《补编》的索引，1959 年人民文学出版社出版。梁淑安等编有《中国近代传奇杂剧简目》，连载于 1981 年《文献》总第六、第七辑，著录 1849 年至 1919 年间传奇杂剧作品 80 馀家，凡二百馀种。陶君起的**《京剧剧目初探》**由上海文化出版社于 1957 年出版，中国戏剧出版社 1963 年出版增订本，1980 年订正重印（1982 年台北明文书局据以重印时，易名《平剧剧目初探》）。此书分甲乙两编，甲编收录传统京剧剧目，乙编收录了 1961 年 6 月底前新编剧目，计凡 1300 馀种，曾白融主编的《京剧剧目辞典》（中国戏剧出版社 1989 年版）收录京剧剧目 5300 馀条，京剧传统剧目基本收录在内，1949～1984 年间新编或改编的剧目，亦尽量酌情收入，并附参考书目录等。阿英的《晚清戏曲小说目》，则含有清末戏曲的丰富史料，1954 年由上海文艺联合出版社印行。此外，阿英尚有《雷峰塔传奇叙录》（及其他）一书，收传奇叙录八篇，《剧艺日札》一篇，是一部主要关于考证《雷峰塔传奇》版本异同、结构沿革的专著，1953 年由上杂出版社出版。郭英德**《明清传奇叙录》**于 1997 年由河北教育出版社出版，此书分上、下二册，收录颇富，考论亦有创获。以上各类戏曲书目，均应重视，于古代戏曲研究，极有价值。倪莉有《中国古代戏曲目录研究综述》，于 2010 年由知识产权出版社出版,所述颇详,可资参考。

由于中国古代戏曲中的词汇与现代有一定的距离,有必要加以解释说明,于是各类有关戏曲的专门辞书亦大量出现。

《戏曲词语汇释》为陆澹安所编,主要对宋金元人的院本杂剧中有关词语予以诠释,1981年上海古籍出版社出版。在此前,张相有《诗词曲语辞汇释》,标目537条,附目600余条,1953年中华书局出版,1955年再版,多次重印;王锳有《诗词曲语辞例释》,补张相《诗词曲语辞汇释》之未备,考释颇精详,1980年由中华书局出版,1986年又出版了增订本,收词条240个。徐嘉瑞的《金元戏曲方言考》,是搜集、注释金元戏曲中方言的第一部专著,收方言语辞600余个,以曲释曲,1948年商务印书馆出版,1956年修订重版。朱居易的《元曲俗语方言例释》亦是此类工具书,收元人杂剧中的语辞100余条,于1957年由商务印书馆出版。目前规模较大的一部解释元曲语辞的工具书是顾学颉、王学奇编写的《元曲释词》,此书凡四册,从元代杂剧、散曲中采集各类语辞三千余条,附目二千余条,一一考释,材料丰富翔实,中国社会科学出版社1983年开始分册出版,现已全部问世。由张庚、陶钝等合作主持编写的《中国大百科全书·戏曲曲艺》卷,亦是一部颇具参考价值的工具书,1983年由中国大百科全书出版社出版。上海艺术研究所与中国戏剧家协会上海分会编写的《中国戏曲曲艺辞典》,是一部中型戏曲曲艺专门辞书,收辞目5636条,分为九个门类,1981年由上海辞书出版社出版。此类书近二十余年来,各地编辑出版甚多。

在这里还应该提及其他一些资料性和考据性著作。除了上文曾列举的孙楷第《傀儡戏考原》(1959年上杂出版社出版)等书外,还有一些值得注意的著作,如胡忌的《宋金杂剧考》(1957年古典文学出版社出版)、李啸仓的《宋元伎艺杂考》(1953年上杂出版社出版)、孙楷第的《也是园古今杂剧考》(1953年上杂出版社出版)、冯沅君的《古剧说汇》(1956年作家出版社出版)、孙楷第的《元曲家考略》(1981年上海古籍出版社出版)、谭正璧的《元曲六大家传略》(上海文艺联合出版社于1955年出版)和《话本与古剧》(重订本,1985年上海古籍出版社出版)、欧阳予倩的《中国戏曲研究资料初辑》(1957年中国戏剧出版社出版)、傅惜华的《古典戏曲声乐论著丛编》(1957年人民音乐出版社出版)、王利器的《元明清三代禁毁小说戏曲史料》(1981年上海古籍出版社出版,增订本)、赵景深等的《元明清三代曲家传略》(1987年上海古籍出版社出版)、周贻白的《戏曲演唱论著辑释》(1962年中国戏剧出版社出版)、阿英的《晚清文学丛钞·小说戏曲研究卷》(1960年中华书局出版)等等。这些著作,多引录丰富史料,颇具价值。1989年,齐鲁书社出版了蔡毅的《中国古代戏曲序跋集汇编》,分甲(曲论曲律)、乙(曲选)、丙(戏文)、丁(杂剧)、戊(传奇)五编,附录为"近代作品"等。1987年,湖南文艺出版社出版的《中国历代剧论选注》,收文凡138篇。这些戏曲理论史料,亦值得重视。

中国古代戏曲总集或丛刊,是研究古代戏曲的第一层位的史料;前人论著,则可提供各类资料以及研究成果;戏曲目录,是戏曲研究登堂入室的门径;辞书则为我们释疑解惑。由于中国古代戏曲史料极为丰富,目前所知见者尚不全面,因此,有待于研究者继续努力搜寻和整理,推动研究工作的深入。

第六节 曲 艺 史 料

曲艺是各种说唱艺术的总称。中国曲艺由古代民间的口头文学和歌唱艺术发展演变而成,丰富多彩,体现着古代中国人的文化心理,于中国文学研究极为重要。

中国古代至近代的曲艺史料,大致可分为先秦汉魏六朝、隋唐五代宋金元、明清三个阶段。

先秦汉魏六朝,是中国曲艺史上的第一个阶段,曲艺从无到有，逐步发展。远在上古时代，人们即已创造出说唱故事的艺术形式，是古代曲艺的起源。这一阶段的曲艺史料，尤其是先秦两汉时期，与戏曲史料紧密结合在一起，难以区分。如在诸子散文、历史散文、诗歌和杂著中，均有关于戏曲及曲艺的史料，这在本章的第一节中已有介绍和论述。

值得指出的是，在先秦两汉时期，乐师、古优及其活动的有关史料，与后代曲艺的关系较之戏曲更为直接。上海古籍出版社于1985年出版了卢文晖辑注的《师旷》一书，此书虽名为"古小说辑佚"，但辑注者从《逸周书》、《左传》、《汲冢琐语》、《史记》、《说苑》以及《初学记》、《郁离子》等书中搜集了大量有关春秋时晋国主乐大师师旷的事迹，于研究先秦音乐艺术及古代曲艺起源极富参考价值。在《三国志·魏志·王粲传》裴松之注引《魏略》中，记载了曹植诵俳优小说数千言的故事，亦可知后代的说话艺术至晚在汉末即已产生并且具有一定规模，广受人们喜爱与欢迎。1979年扬州邗江湖场一号西汉木椁墓中，出土木质说书俑二件，可见汉代说话艺术的发达。此类木俑、陶俑历年屡有出土，足以证明讲唱艺术之为古代中国人喜闻乐见。有的学者还认为战国时荀子的《成相篇》是古代近似说唱艺术的作品，亦可看作古代曲艺萌芽时的史料。此外，先秦民歌及汉乐府亦对曲艺形成有相当的影响。

六朝与隋朝时期，俳优小说等曲艺得到进一步发展。在《启颜录》中，有隋代侯白说笑话的史料[1]。《隋书·陆爽传》称侯白"好为俳谐杂说，人多爱狎之，所在之处，观者如市"。可以说，没有六朝时期说话艺术的发展和成熟，是不可能产生侯白这样的为广大观众喜爱的说话艺术家的。同时，由于佛教的兴盛，寺院佛经宣讲活动的开展，对后代变文等的产生是有重要影响的。可以说，说话艺术与寺院佛经宣讲是互有影响，对古代曲艺之形成和发展有着

---

[1] 参见曹林娣、李泉辑注《启颜录》，上海古籍出版社1990年出版。

不容忽视的巨大作用。有关这一方面的史料,由于缺乏专著,不成系统,亟有搜集、梳理的必要。

六朝以降,以迄金元,是中国古代曲艺的全盛期。六朝的寺院讲经,发展成"转变"这样一种说唱艺术,其底本即为变文,多为宣传佛教教义、佛家故事,但亦有关于历史题材的作品以及民间传说。尤为可贵的是,还有讲述当代故事之作。在敦煌发现的变文卷子,为研究这种曲艺作品提供了丰富的资料。

说话艺术是古代曲艺的一个大类,史料亦多。在唐宋的大量笔记、杂著中,对说话艺术均有记载,这在本编"小说史料"章的第二节中已有叙述,兹不赘述。百馀年来,据专家研究,认为在《敦煌变文集》中的《庐山远公话》、《韩擒虎画本》、《叶净能诗》等,只说不唱,不是变文,而是话本,则唐代及唐前说话艺术,亦有了重要的研究资料。

敦煌石室所发现的说唱艺术底本中,除了变文与话本外,还有俗赋、词文等曲艺作品。俗赋如《晏子赋》、《孔子项讬相问书》、《茶酒论》、《韩朋赋》等,在《敦煌变文集》中收录。词文如《季布骂阵词文》,凡十个写本,亦收入《敦煌变文集》,题为《捉季布传文》。**《敦煌变文集》**为王重民等人所编,搜集敦煌石室遗书,有1957年人民文学出版社印本,多有重印。另有**《敦煌愿文集》**,黄徵、吴伟编集、校注,1995年由岳麓书社出版。愿文为敦煌石室所见宗教民俗文献,或亦有可吟唱者,与曲艺亦不无关系,治中国古代戏曲者或亦应予以重视。

宋金元的曲艺继承唐五代传统,日益丰富多彩,呈现出一派全盛景象。关于说话艺术,主要已在"小说史料"章中予以叙述,这里不再重复。所要提及的是胡士莹的《话本小说概论》,虽为论著,但资料颇为丰富,于说话艺术研究颇多帮助,有1980年中华书局印本。于敦煌变文和愿文,学者对《敦煌变文集》和《敦煌愿文集》,亦有补遗。

宋元时的鼓子词、诸宫调等,则是曲艺史料的重要组成部分。鼓子词在北宋很流行,然见存作品仅一篇,载于宋赵令畤《侯鲭录》,题为《元微之崔莺莺商调蝶恋花词》,说唱唐元稹《莺莺传》故事。《侯鲭录》有明刊本、《笔记小说大观》本、《丛书集成》本。与鼓子词仅用某宫调中一个曲子或仅在一个宫调中选曲演唱不同,诸宫调则采用不同宫调的曲子组成单元以演唱故事。诸宫调的文本史料较多,见存者有《刘知远诸宫调》、《西厢记诸宫调》、《天宝遗事诸宫调》三种。《刘知远诸宫调》为残本,撰者佚名,有文物出版社1958年印线装本。《西厢记诸宫调》为金董解元作,最为有名,历代刊本亦多,见存较早刻本有明嘉靖三十六年(1557)张羽序《古本董解元西厢记》本,凡八卷,1957年古典文学出版社予以影印;1963年,中华书局上海编辑所影印了燕山松溪风逸人刻本,题名为《明嘉靖本董解元西厢记》;1984年,上海古籍出版社亦影印了《古本董解元西厢记》,平装一册;1955年,文学古籍刊行社曾据《六幻西厢》本影印了《西厢记诸宫调》;1962年,人民文学出版社出版了凌景埏校注本(以六幻本为底本),后多次重印。1982年,甘肃人民出版社出版了朱平楚的《西厢记诸宫调注释》。此外,历代刊本尚有明代的黄嘉惠校本,汤显祖评朱墨本,清末暖红室本等。**《天宝遗事诸宫调》**为元人王伯成所作,然此书自清乾隆后即散佚,后代学者如郑振铎、任讷、赵景深、冯沅君等人均做过辑佚工作,未见发表。1986年,天津古籍出版社出版了朱禧辑佚本,为研究者提供了方便。这见存的三种诸宫调,于1987年由甘肃人民出版社全部排印出版,名《全诸宫调》,为朱平楚辑录,对学界很有帮助。

在宋金元丰富多样的曲艺形式中,尚有唱赚、合生、商谜、像生、涯词、陶真等门类。当时这些艺术形式,于城市乡村甚为活跃,只惜无底本流传,仅在《东京梦华录》、《西湖老人繁胜录》、《都城纪胜》、《梦粱录》、《武林旧事》以及其他一些杂著、诗文中有一些记载。明人田汝成有《西湖游览志》24卷和《西湖游览志馀》26卷,其中有当时陶真等曲艺记载,值得重视,有明嘉靖刻本和万历间商惟翻刻本,浙江人民出版社、上海古籍出版社、中华书局等皆有出版。至于道情、莲花落等曲艺史料,则更是零星罕见,有待于搜集整理。

古代曲艺发展到明清,进一步丰富并发生转化,流传下来的史料尤其是作品也较前代为多,并且出现了长篇巨著。

宝卷是源自佛教讲经宣传的一种说唱艺术,明清间流传较广,至今尚可见到六百多种,多为明清间刊本。1961年,中华书局上海编辑所出版了李世瑜编录的《宝卷综录》,收唐代到民国初年作品凡653种,版本1487种,著录项目有:名称、卷数、年代、版本、收藏者及出处。黄山书社2005年出版濮文起主编《民间宝卷》全20册,收录明初至民国的宝卷357种。弹词是明清间盛行的一种曲艺形式,或以为自陶真发展而来。弹词作品较多,胡士莹编《弹词宝卷书目》(增订本,有上海古籍出版社1984年印本)收弹词四百馀种,宝卷250馀种。学者可利用上述书目导引,查寻相关作品。著名的弹词作品如明杨慎的《廿一史弹词》,有张三异注,见存者为清乾隆间刻本,1938年中华书局出版《廿一史弹词注》。佚名的《珍珠塔》,有清乾隆四十六年(1781)刊本等清刊本20多种,可见受人欢迎与重视。听雨楼主人编的《杨乃武奇案》及《后集》,分别有清末上海海左书局与上海书局石印本。

1950年代以来,一些说唱故事集陆续整理出版,对于古代曲艺的研究提供了史料的便利。路工编的《孟姜女万里寻夫集》,收录了历代关于孟姜女故事的作品,其中有弹词《孟姜女万里寻夫全传》等,此书于1955年由上海出版公司出版后,曾多次重印。傅惜华编的《白蛇传集》,亦有多种清人《白蛇传》、《雷峰塔》弹词,1955年由上海出版公司出版,1958年中华书局上海编辑所出版新一版。1955年,上海出版公司还出版了路工编的《梁祝故事说唱集》、杜颖陶编的《董永沉香合集》,这两部书中均含有弹词等曲艺作品,为学者所重视,曾多次重印。杜颖陶还编有《岳飞故事戏曲说唱集》,收入戏曲及八角鼓、子弟书等曲艺作品凡14种,于1957年由古典文学出版社出版。此书与《梁祝故事说唱集》均于1985年由上海古籍出版社出版了修订本。而周静书主编的《梁祝文化大观》四册,含《曲艺小说卷》一册,1999年由中华书局出版。在说唱集中,傅惜华编的《西厢记说唱集》亦是一种重要的古代曲艺史料,1955年上海出版公司出版,后多次重印。此外,1983年上海古籍出版社还出版了关德栋等编的《聊斋志异说唱集》。1985年,春风文艺出版社出版了胡文彬编的《红楼梦说唱集》,同年还出版了胡文彬编的《红楼梦子弟书》。关于子弟书,关德栋等编有《子弟书丛钞》,于1985年由上海古籍出版社出版。

在弹词方面,有几部大书值得一提。清陶贞怀的**《天雨花》**,长达30回,凡90万字许,写明末东林党及阉党之争;清邱心如的**《笔生花》**,写姜德华、文少霞的故事;清陈端生的**《再生缘》**,写孟丽君与皇甫少华的故事。这三部大书,由中州古籍出版社收入《中国古典文学讲唱丛书》,分别于1982年和1984年出版了点校本。《再生缘》还有1981年中国曲艺出版社出版的秦纪文演出本。这些史料的出版,对明清以来弹词研究极有裨益,深受学界重视。

词话、鼓词亦是明代的一种重要曲艺。1967年,上海嘉定出土明成化间刊词话16种附《白兔记》传奇一种,藏于上海博物馆,1979年文物出版社影印出版,中州古籍出版社亦有排印本行世。此外,明万历、天启间刊印的《大唐秦王词话》,郑振铎认为"实即鼓词"①。明人鼓词作品则以贾凫西的《木皮散人鼓词》为代表,此书现有关德栋等校注本,1982年由齐鲁书社出版。1957年,古典文学出版社曾出版了赵景深编的《鼓词选》,1959年中华书局上海编辑所出版新一版,亦是重要史料。在这里,还应提及1984年由上海古籍出版社出版的《昇平署岔曲》(外二种),此书原有1935年北

---

① 《中国俗文学史》第十三章《鼓词与子弟书》。

平故宫博物院文献馆排印本，为研究清代岔曲及宫内曲艺演出提供了必需的史料。

晚清的曲艺史料，则以阿英编的《**晚清文学丛钞·说唱文学卷**》最为重要与易得。此书所收主要是时调、歌谣、弹词与地方戏，1960年中华书局出版。在这里，需要特别提及车王府曲本。清代北京蒙古车臣汗王府所收藏的戏曲、曲艺钞本甚富，其中戏曲和曲艺的钞本凡1400馀种，2100馀册。顾颉刚曾编订《蒙古车王府曲本分类目录》。这批曲本现藏北京大学图书馆。广州中山大学语言历史研究所和首都图书馆曾将这部分曲本录制副本。1920年代的北京孔德学校亦购得一批车王府曲本，计230种，2300馀册，现藏首都图书馆。两批曲本共1600馀种，4400馀册。其中曲艺部分包括子弟书297种，鼓词39种，杂曲533种，共869种。作者大多佚名。子弟书等曲种的作品中颇多讲唱当时北京社会生活、风土人情的内容。1956年，中国曲艺研究会曾组织人员整理了鼓词《西游记》，题名《说唱西游记》。傅惜华在编订《子弟书总目》及《北京传统曲艺总录》时，亦著录了现存车王府曲本中全部曲艺作品。北平孔德学校购得的清蒙古车王府散出的戏曲及曲艺唱本，经顾颉刚整理，总其名为《蒙古车王府曲本》。孔德学校后来又购得车王府手抄本曲本，主要为鼓词及杂曲，计219种，2560册，这些曲本后分别收藏于北京大学图书馆与首都图书馆。车王府曲本的散出，引起了专家学者的注意。据统计，其中戏曲部分有860种许，子弟书2797种，鼓词38种，杂曲539种（篇），大多为明清两代作品。现在，人民文学出版社整理出版《**车王府曲本**》，如1990年已出版鼓词《刘公案》等，为戏曲曲艺研究提供了珍贵史料。

关于古代曲艺书目及其它资料书，除了上述《宝卷综录》、《弹词宝卷书目》等以外，尚有一些著作应予以重视利用。傅惜华编的《北京传统曲艺总录》，收录元代以来至1949年北京地区传统曲艺题100余种数千余条，1962年由中华书局上海编辑所出版。傅惜华还编有《子弟书总目》，收录了子弟书一千多种，注明作者、回数、出处及收藏者，于1954年由上海文艺联合出版社出版，1957年古典文学出版社出版新一版。谭正璧、谭寻父女编著的《弹词叙录》与《评弹通考》，则是明清以来弹词研究的重要资料书，于1981年和1985年分别由上海古籍出版社与中国曲艺出版社出版。齐森华等编有《**中国曲学大辞典**》，于1997年由浙江教育出版社出版。这部大辞典收词目多达9670馀条，内容包涵中国戏曲、散曲、曲艺、民间小曲等与曲学有关的诸领域，所收词目按曲学、曲源、曲种、曲家、曲派、曲目、曲集、曲律、曲伎、曲论等分类编排。这是目前内容和收目较为丰富和实用的一部戏曲曲艺工具书。

整理，尚要提及的是一些研究论著，如1953年上杂出版社出版的叶德均的《宋元明讲唱文学》、1956年作家出版社出版的孙楷第的《俗讲、说话与白话小说》、1958年中华书局出版的关德栋的《曲艺论集》等。这类著作，也能给读者提供很多有价值的史料或史料线索，研究者理应重视和充分利用。

中国曲艺源远流长，曲种丰富。但由于旧时对曲艺史料的搜集、整理不够重视，致使史料散佚很多。20世纪以来，经过学者的努力，虽然已经搜集、整理、编纂和出版了一批曲艺史料书、工具书，但还不能满足学界研究的需要，大量史料尚有待于进一步的搜集和研究。

中国古代戏曲曲艺史料的发掘与整理，已经取得了可喜的成就。本章所论述的戏曲曲艺史料，仅是一鳞半爪。学界对一些名家名作倾注大量精力，进行史料的搜集、整理与研究，但对地方戏曲曲艺史料的搜寻和研究，似嫌不足。杂剧院本，北曲舒雅宏壮，吴歈楚艳，南音凄婉妩媚，皆是中国古代戏曲曲艺的重要组成部分。史料工作者任重道远。随着新的史料的不断发现，以及对现已知见史料的研究深入，我们还有很多工作要做。尚须作更多的努力。

第八章 敦煌文学史料

19世纪末至20世纪初,我国文化史上有四大辉煌的史料发现:殷墟甲骨、汉晋木简、敦煌遗书、内阁大库档案。敦煌文学主要是指敦煌遗书中的文学作品,它的发现,为我国的文学史研究提供了极其珍贵的史料。

第一节 敦煌遗书和敦煌文学

敦煌,位于我国甘肃西部的沙漠之中,原为少数民族的游牧地区,汉武帝时始置郡归属汉王朝,并逐渐发展成为我国与西域各国交通的枢纽,"丝绸之路"上的重镇。西汉末年,印度佛教就是经敦煌传入内地的。敦煌县城东南约40里处,有一河流,河西是绵延3里多的悬崖峭壁,高达17米,与鸣沙山相接。据唐人记载,前秦建元初(366年左右),有个名叫乐僔的僧徒云游至此,忽见山上有金光,状如千佛,遂架空镌岩,营建佛龛。一说据唐张议潮《莫高窟记》记载,西晋敦煌人索靖曾在敦煌题壁仙岩寺。索靖死于公元303年,则敦煌石窟的开凿年代当更早,郭锋推测约在公元3世纪70年代末至80年代初(见《敦煌莫高窟究竟创建于何时》,载甘肃《社会科学》1987年第6期)。自此而后,历代佛教徒竞相在这峭壁断岩上开凿佛窟，在里面绘饰彩塑佛像和壁画。现存石窟共496个，这就是闻名世界的莫高窟，俗称千佛洞。敦煌遗书就发现于莫高窟第17窟（此系指敦煌文物研究所的洞窟编号，有的文章说163号洞窟是指伯希和编号，151号洞窟是指张大千编号）的密封石室中，故又称敦煌石室遗书，或鸣沙石室遗书。

1900年（一说1899年）5月26日，莫高窟当家道士王圆箓在冲水疏通石窟甬道积沙时，偶然发现第17窟壁隙透光，似内藏什物，破壁见一石室，堆放经卷文书数万卷，并法器、绢物等古物多种。这些遗书以佛经最多，余有四部古籍、书启文书等。从文字分，有汉文、藏文、梵文等。大都是六朝和唐人的写本，少量是印本，抄刻于晋末至宋初之间。这一文化瑰宝的学术研究价值，远远超过汉晋时孔壁、汲冢所出。然发现者王道士愚昧无知，懵然不知其为何物。时处风雨飘摇中的清政府又不肯拨款加以保护，反于1904年3月下令将石室依旧封闭，致使遗书数年后被觊觎已久的国际文化掠夺者劫走异国，酿成我国文化史上不可挽回的巨大损失。

1907年5月间，英籍匈牙利人斯坦因至敦煌，以厚利诱使王道士擅开藏经室，劫走经卷文书写本近万卷，其中首尾完整者3000余卷，并5大箱绢画及其他艺术品。1908年7月，法国人伯希和踵至敦煌，劫走写本6000余卷，并部分画卷。1909年，清廷学部才电令陕甘总督将劫余遗书等解运进京。途中及至京后又经大小官僚的盗窃，最后入藏于京师图书馆时仅8000余卷，且多残缺不全的佛经，遗书中的精华已被劫盗一空。当时解运时，早为王道士贮藏于木桶中的部分经卷未曾起运，致使1911年和1914年，日本橘瑞超、吉川小一郎和斯坦因又先后窜至敦煌，劫掠各数百卷写本。1914～1915年间，俄国鄂（奥）登堡率领俄国第二次突厥斯坦探察队在敦煌也掠取万余卷敦煌写本。

敦煌遗书自发现后，十余年间，由于国际列强的染指劫掠，大量流失国外。现在敦煌遗书除部分机构和个人零星收藏外,主要收藏于中国国家图书馆、英国伦敦不列颠博物院、法国巴黎国家图书馆、前苏联列宁格勒亚洲民族研究所。

敦煌遗书的发现,在国际上形成了学术研究的新潮流——敦煌学。敦煌文学是敦煌学研究中的重要组成部分,以对汉文写本中的俗文学作品的搜集整理为展开研究之标志。

1909年,伯希和携带所劫敦煌遗书回国后,从法国寄给罗振玉数种敦煌写本的照片,中有《云谣集杂曲子》。1920年,王国维发表《敦煌发见唐朝之通俗诗及通俗小说》(《东方杂志》17卷8号,1920;收入《敦煌变文论文录》,上海古籍出版社1982年版),首次发表《秦妇吟》残卷,及《云谣集杂曲子》中"西江月"、"凤归云"、"天仙子"数首,《唐太宗入冥记》、《季布歌》、《孝子董永》等,大致已论及敦煌遗书中敦煌文学的种类,揭开了敦煌文学研究的帷幕。1924年,罗振玉辑印《敦煌零拾》(东方学会1924年印本),辑录《秦妇吟》、《云谣集杂曲子》(前半部分)、俚曲、小曲3种(《叹五更》1首、《十二时》2首,抄于天成二年[927]),《季布歌》、佛曲3种(《降魔变》、《维摩诘经变》及《欢喜国王缘》之残卷)、句道兴的《搜神记》等,是辑录敦煌文学作品的最早刊本。1925年刘复据巴黎所藏敦煌汉文写本辑成《敦煌掇琐》3辑(中央研究院历史研究所1925年印本,中国科学院考古研究所1957年重补本),其上辑为文学类,收变文及诗文、歌辞46篇,均依写本原样描录。1936年许国霖将北京图书馆所藏变文12种辑成《敦煌杂录》(上海商务本)。同时,王重民、向达等先后赴伦敦、巴黎阅读所藏敦煌卷子,陆续在国内报刊发表有关的通俗文学作品。1929年郑振铎发表《敦煌的俗文学》(《小说月报》20卷3号,系《中国文学史——中世卷》第三章),首次论定"敦煌俗文学"的范围、内涵,大致包括通俗的叙事诗(如《孝子董永》、《季布歌》)、民间杂曲(如《叹五更》、《十二时》)、杂曲子(如《凤归云》、《天仙子》等)、小说(如《唐太宗入冥记》、《秋胡小说》等),以及变文、俗文。20世纪30~40年代,关于敦煌文学的整理研究大都集中于通俗性的范畴,形成"敦煌俗文学"之称。

随着新的文献资料不断被整理发现,以及研究工作的深入,探讨敦煌文学的内涵开始得到重视。张锡厚在所著《敦煌文学》(上海古籍出版社1980年版)中对此作出较为系统的概述,认为敦煌文学主要指来自民间的文学作品,包括部分文人作品,主要有歌辞、诗歌、变文、话本小说、俗赋、词文等各种体裁。稍后,张鸿勋进一步明确指出敦煌文学作品并非全部归属敦煌文学,他把敦煌文学作品分为诗文、俚曲小调、曲子词、小说、讲唱文学,复把诗文分为3类:敦煌地区作者的诗文、流行在敦煌并仅见于敦煌遗书的文人诗文、流行在敦煌而又见于他书的文人诗文,认为第3类不属敦煌文学范围,故将敦煌文学表述为"是指保存在敦煌遗书内,唐五代时期在敦煌地区流行、表现普通人的生活、思想、愿望与要求,而且是采用群众喜闻乐见的民间通俗艺术形式,以诗文、曲子词、俚曲小调、讲唱故事(变文、词文、话本、故事赋及讲经文等)为主体的文学作品,以及少数长期失传、仅在敦煌遗书中发现的某些文人的文学作品。"(《试论敦煌文学的范围、性质及特点》,载甘肃《社会科学》1983年第2期)这一表述强调了敦煌文学内容的通俗性和区域性。周绍良亦同意那些尚在流传而并非仅见于敦煌遗书中的中原文学作品,如《文选》之类,不应归列敦煌文学之内。另外又依《文选》之例,提出有些具有文学意味的表、疏、书、启、箴、颂、碑文、铭文等,应归属其中(《"敦煌文学"的内涵》,载《文史知识》1988年第8期)。有关敦煌文学的性质、范围问题的探讨仍在继续。

从史料学的角度审视,敦煌遗书之所以使国际学术界产生巨大震动,引起学术研究的新潮流,不但是因为它提供了大量今日鲜为人知的古文献,而且因为这些都是六朝、隋唐时的古写本,即使是现今尚另有传本者,亦具有极高的校勘和研究价值。敦煌文学之所以见重于中国文学研究者,其原因也是包括上述两个方面的。从目前看,以敦煌写本《文选》、及见于《全唐诗》的唐人诗歌的研究十分活跃,成果累累,显示了敦煌文学研究不断深入的发展趋势。本章所论,本着史料学的研究范畴,包括敦煌遗书中的所有文学作品。

敦煌文学的发现,曾使文学史家惊喜若狂,文学史上长期以来无法解答的一些疑点涣然冰释。其重要意义具体可归纳为3点:(1)解释了文学发展史上几种文学样式产生、演变的源流问题。如敦煌歌辞的存在,在汉魏六朝乐府与宋词之间架起了承前启后的桥梁,圆满地解答了宋词的起源问题。敦煌变文的大量发现,使人们终于确切地了解宋代以来话本、宝卷、弹词等通俗文学样式的来龙去脉。(2)大大丰富了我国文学作品的宝库,这又包含两层意思:首先是大量通俗文学作品使唐代民间文学大放异彩,其次是部分久佚的文人作品,给《全唐诗》、《全唐文》等增添了新的成员。(3)提供了现存文人作品尤其是唐人作品的重要校勘材料。敦煌文学多系唐人抄本,逼近写作时代,存真度高。杨雄曾据敦煌写本伯2567、伯2552所存李白诗44首,校今本李白诗,结果是:今本阙者,可据写本补;今本误者,可据写本勘正;今本写本俱通者,多以写本为胜(《敦煌写本李白诗刍议》,载《敦煌研究》1986年第1期)。

敦煌遗书的搜集、整理和刊印工作,几十年来取得了很大成绩。从整体上看,敦煌遗书大都已将原卷摄成缩微胶片,然后结集出版。主要有:

《敦煌宝藏》 黄永武主编,台北新文丰出版公司1981~1986年版。全140册。全书主要汇印伦敦、巴黎和北京等地所藏敦煌卷子(以汉文写本、刊本为主)的缩微胶片约20万张,按收藏地及原编号为序编列,是目前收录敦煌卷子较完备的文献合集。(原)列宁格勒的藏品不在收录之列。台北法鼓文化事业股份有限公

1996年出版释禅睿编著的《〈敦煌宝藏〉遗书索引》，包括题名和笔画两部分。

《英藏敦煌文献(汉文佛经以外部分)》 中国社会科学院历史所、中国敦煌吐鲁番学会敦煌古文献编辑委员会、英国国家图书馆、伦敦大学亚非学院等编。四川人民出版社1990~1995年版。全书14卷(册)，7000余张照片，系从原藏于英国国家博物馆今藏于英国国家图书馆、伦敦英国印度事务部图书馆、英国国家博物馆所藏约1.5万件敦煌文书中，选择佛经以外的汉文文书2900余件重新拍摄，编辑而成。其中包括诗歌、变文、话本、小说、曲子词、俗赋、词文、因缘等多种体裁的珍贵文学文献。所录文书都加以定名，其中300余件文书系首次公布。照片的清晰度较旧胶卷为高。2009年出版第15卷《英藏汉文佛经以外敦煌文献目录索引》，书后附录《拼合索引》，包括：(1)可与英藏文献拼合的法藏敦煌文献；(2)可与英藏文献拼合的俄藏敦煌文献；(3)可与英藏文献拼合的中国所藏敦煌文献等。

《俄藏敦煌文献》 俄罗斯科学院东方研究所圣彼得堡分所、俄罗斯科学出版社东方文学部、上海古籍出版社合编，孟列夫(俄)、钱伯城(中)主编，上海古籍出版社、俄罗斯科学出版社东方文学部1992~2001年出版。本书全称《俄罗斯科学院东方研究所圣彼得堡分所藏敦煌文献》，其主体是俄罗斯地理学会派遣的以奥登堡为首的第二次中亚考察队于1914~1915年在敦煌搜集的中国古代文献资料，总数近2万号，包括佛经、道经、经史子集四部书及大批官私文书。其中文学部分有可与英藏敦煌藏品联缀合璧的著名变文，有《诗经》、《史记》、《老子》、《庄子》等传统古籍，以及唐大历六年抄《王梵志诗》、出六臣注外的《文选》等，至为珍贵。全书共17册，按俄藏敦煌文献的编号顺序刊布全部图版。

《法藏敦煌西域文献》 上海古籍出版社、法国国家图书馆编，上海古籍出版社1995~2005年出版，全34册。收录法国国家图书馆馆藏由伯希和在甘肃敦煌莫高窟收集的全部文献，以及在新疆库车等地收集的全部文献，凡约 1 万余件（其中伯希和汉文文献编号 Pel. chin2001～6040，实存 2747 号）。

以上两书是上海古籍出版社组织出版的《**敦煌吐鲁番文献集成**》中的主体部分。《集成》是一部敦煌、吐鲁番等地区出现的各种文字资料和艺术资料总汇式的专类文献丛书，已经出版还有：《上海博物馆藏敦煌吐鲁番文献》（全 2 册，1993）、《北京大学图书馆藏敦煌文献》（全 2 册，1995）、《天津市艺术博物馆藏敦煌文献》（全 7 册，1997～1998）、《上海图书馆藏敦煌吐鲁番文献》（全 4 册，1999）等。

《**国家图书馆藏敦煌遗书**》，国家图书馆编，任继愈主编，北京图书馆出版社 2005 年起影印出版。全书对馆藏敦煌遗书一一重新拍摄，统一编目，至 2010 年已经出版第 133 册，编号至 BD14800。

《**敦煌经部文献合集**》（全 11 册）　张涌泉主编，中华书局 2008 年出版。敦煌文献包含多达六万件左右的古代写本、刻本，20 世纪 90 年代，国内敦煌学界开始了《敦煌文献合集》的编撰工作，就是将敦煌文献（汉文翻译佛经以外部分）按传统的四部分类法整理编排。整理工作包括定名、题解、录文、校勘等项，以使敦煌文献成为像标点本二十四史那样的"定本"，成为各个学科都可以使用的材料。本书为该跨世纪项目的第一个成果，分为"群经类"、"小学类"两大部分，书后附录"敦煌经部文献卷号索引"。

就敦煌文学来讲，除上述的原卷影印本外，还出版了相当数量的校勘本、选注本和研究专著等。现分敦煌歌辞、敦煌讲唱文学、敦煌诗歌 3 大部分作具体介绍。

第二节　敦　煌　歌　辞

敦煌歌辞是指敦煌遗书中唐五代时期在民间产生发展起来的

杂言曲辞。它托于民间曲调,倚声定辞,合乐应歌;齐言、杂言并行,而以长短句为主,已具有一定的体式格律,是唐五代兴起的新诗体——词。由于词体的孕育、确立、发展,在唐五代三百余年间呈现了一个缓慢的历史过程,在初、盛唐的初创时期,以民间创作流行为主,一般称为曲、曲子。中唐以后,文人开始从事长短句曲辞的创作,又出现词、曲子词之称。本文将这些作品作为一个文学史料的整体来对待,故统称之为敦煌歌辞。

具体地说,敦煌歌辞是唐代燕乐的歌辞。燕乐是隋唐新兴的音乐,其曲调主要来源于隋唐以来的民间小曲、部分西域曲调及少量的乐府清商曲调。唐代燕乐有曲子、大曲之分,故曲辞也可称曲子、大曲或杂曲。在敦煌歌辞写本中有38处明确题有"曲子"字样,并标出曲名即是明证。唐开元、天宝年间崔令钦的《教坊记》,记录了当时流行的曲名278种,附大曲46种,是唐代燕乐曲调最丰富的著录,其中不少与后来的词调同名。这些曲调的前身多为民间小调,从《教坊记》所载曲名中可推测到这一点。当日初创之曲调,多属原声始辞,即内容与调名相关。如《教坊记》中[舍麦子]、[推碓子]当反映农民的劳动生活,[渔父引]、[拨棹子]系源于渔民的生活,[怨黄河]、[怨胡天]、[送征衣]当与军旅戍边生活和征妇情思有关。这说明早在开元、天宝前,民间已有曲辞流行。据任二北(中敏)考订,敦煌歌辞中已探清曲名的有69种,其中见于《教坊记》记载的有45种之多;再据敦煌写本的抄写时间的下限在宋初,确切证明其是绝迹已久的唐五代合乐应歌的曲词。

现已发现的敦煌歌辞,大多是盛唐时的民间作品,少数是中唐以后的文人词,故其主流是民间性的。作者除少数文人外,多不可考。这正反映当时燕乐和填词的发达兴盛,民间乐工歌伎、社会各阶层人士都参与创作的盛况。其内容有"边客游子之呻吟,忠臣义士之壮语,隐君子之怡情悦志,少年学子之热望与失望,以及佛子之赞颂,医生之歌诀"(王重民《敦煌曲子词集·叙录》)等,深刻广泛地反映了唐五代的社会生活。从现存敦煌歌辞看,虽其用韵及字数、句数尚不严格,甚至单调、双调也比较自由,遣词不事华藻,质俚不雅,但已形成相当完备的体制,其中有令词、慢曲、只曲、联章、杂曲、大曲等,既反映了词体在创立时期的早期形态,又具备了宋代词体发展的全部基础。它们的发现为词体起源于隋唐民间燕乐歌辞提供了直接的证据,是词史研究的宝贵史料。

敦煌歌辞的首次发现,曾引起了一场名实之争,其界说至今尚未统一。

1920年王国维在《敦煌发现唐朝之通俗诗及通俗小说》一文中,发表了抄于《春秋后语》卷纸背后的两首[西江月]、一首[菩萨蛮],径称为唐人词,并相较以温庭筠、韦庄的词作,指出其"语颇质俚,殆皆当时歌唱脚本"的特点。1929年林大椿辑《唐五代词》,未收敦煌歌辞,时罗振玉《敦煌零拾》已出版,是林氏不以其为唐五代词。1933年赵尊岳跋《云谣集杂曲子》,称为"小曲"、"曲子"。1936年傅惜华在《敦煌唐人写本曲子记》一文中,记日本桥川所得《杨柳枝》、《鱼歌子》、《南歌子》等写本情况,称为"唐曲子"。1938年郑振铎在《中国俗文学史》中,收《云谣集》列入"唐代民间歌辞"一类的"词"目内,而对其他敦煌歌辞,或以为"民歌"、或算作"小曲"、或称为"俚曲",概念甚为混乱。至1940年王重民编订《敦煌曲子词集》,始明确提出敦煌歌辞有词、曲子之分。1954年任二北撰《敦煌曲初探》,强调唐五代342年间的歌辞唯"曲子"、"大曲"二体。两家尖锐对立,名实之争始起。

王重民在《敦煌曲子词集叙录》中指出:

《云谣集》称所选为"杂曲子",余除伯3271、斯6537两卷外,亦莫不称所选为"曲子"。是今所谓词,古原称曲子。按曲子源出乐府,郭茂倩称曲子所由脱变之乐府为"杂曲歌辞",或"近代曲辞",伯3271、斯6537两卷,正与此相似。原卷调名下均著"词"字(《乐府诗集》亦然),是五七言乐府原称词(即"辞"字),或称曲,而长短句则称曲子也。特曲子既成为文士摛藻之一体,久而久之,遂称自所造作为词,目俗制为曲子,于是词高而曲子卑矣。遂又统称古曲子为词。故次伯 3271、斯 6537 为一卷(下卷),以示曲子渊源所自。

王重民把敦煌歌辞分为词、曲子两类,并断言词为曲子渊源所自,词高而曲子卑。此说的关键在于强调摛藻而忽视倚声,排斥民间主声而不讲究摛藻的歌辞,实际上否认词体源于唐曲辞,把唐五代的杂言歌辞统统划入词体的范围,遂引起任二北的坚决反对。

任二北一贯强调敦煌歌辞为"曲",或"歌辞",反对把唐代歌辞称为词的所谓"唐词意识"。指出唐五代文献中所见"词",包括五代末期出现的"曲子词"在内,都是"辞"的省体,非指赵宋词业之"词"。认为敦煌歌辞的主流是民间性,称其为"曲子";其含义的主导部分是音乐性、艺术性、民间性、历史性,若改称唐词,仅表示词章性较曲子为强而已①。

孙其芳对王、任二氏的争论,认为没有什么意义,既指责王说前后混乱,为想当然之词;亦批评任氏不承认敦煌歌辞为词是难以成立的。他解释道:"曲子谓曲调,词谓曲调的唱词。将词称为曲子,是以曲调统括唱词而言,单称词则仅指曲调的唱词而言。词与曲子之名,只是因人随意称谓,并无高下之分。"(《敦煌词研究述评》,载甘肃《社会科学 1987 年第 6 期)其实孙氏忽略了任氏所说的历史性,亦即词的源流问题。王重民说曲子源于词,而词出于乐府,就把词与曲子的历史关系说颠倒了。故任氏必欲坚称敦煌歌辞为"曲子";以澄清"曲源词流"的历史性。若在词体的起源问题上承认唐曲辞的历史地位,在名称上叫敦煌词也并无不可。事实

---

① 见任二北《关于唐曲子问题商榷》,载《文学遗产》1980 年第 2 期。

上现在论词的著作,都明言唐词。

对敦煌歌辞的整理研究,是从20世纪20年代开始的。据《中国敦煌吐鲁番学会研究通讯》1986年第2期报道,杜琪编有《敦煌曲子词研究汇录》,把历来有关的研究成果选编成集。《文学评论》1999年第4期发表刘尊明《二十世纪敦煌曲子词整理研究的回顾与反思》一文,对过去百年的整理研究情况进行系统的回顾梳理。20世纪的研究工作,主要集中在对敦煌歌辞写卷的搜集、整理、校勘和刊印上,已出版了多部总集、选注本及研究性专著。现分别介绍如下:

《云谣集》 我国现存最早的词集。敦煌写本仅存其中"杂曲子"一体,原题30首。任二北认为其他已佚文体或以声诗,或为大曲。现已发现两个抄本:伯希和劫得本(伯2838),原题《云谣集曲子》,存后半部分14首,现藏巴黎。斯坦因劫得本(斯1441),原题《云谣集杂曲子》,存前半部分18首,现藏伦敦。又,罗振玉1924年据伯希和邮赠本印入《敦煌零拾》者,亦是前半部分18首,与伦敦藏本同而文字相异颇多,但今巴黎所藏敦煌写本中又无此本。有的学者据此认为罗本即伦敦藏本,文字相异系罗氏校改所致。任二北则认为罗氏所据伯希和赠本当是现藏巴黎、伦敦之外的第3种写本。《云谣集》系五代梁唐间抄本,内容既有征妇怨辞,亦有艳情软语。其著作及选辑时代,主重民认为在唐末,龙沐勋则从曲词中表现的情绪多与盛唐诗人之闺怨、从军行等题相契合,认为是盛唐开元、天宝间作品。后之研究者,或从王说,或从龙说。1924年罗振玉印《敦煌零拾》,首次印入伯希和所赠的前半部分18首。同年朱孝臧刻《彊村丛书补编》,收董康所得伦敦藏本18首。1930年刘复得巴黎藏本14首,刊入《敦煌掇琐》。1932年龙沐勋始校巴黎、伦敦藏本为30首,合原题之数,刊入《彊村遗书》。此后校本日多,敦煌歌辞的总集也都收辑此集。这些本子都是据巴黎、伦敦藏本校录排印,唯任二北坚认《云谣集》已有3种抄本,故其《敦煌歌辞总编》本是将罗本同校的。另外，台湾潘重规的校本在编集上具有特色。

《敦煌云谣集新书》 潘重规编著，台湾石门图书公司1977年据潘氏手写本影印。著者据巴黎、伦敦藏卷原本，手录全文，凡简字、讹字、别字、俗字均描录不苟，各在其下附注正字。对部分词语作有详细校订考释。特别于书末附《云谣集》原卷影本，尤便学者。要比较系统、全面地了解《云谣集》的研究情况，可参考陈人之、颜廷亮编选的《〈云谣集〉研究汇录》(上海古籍出版社1998年版)。

《敦煌曲子词集》 王重民辑，商务印书馆1950年初版，1956年再版。这是我国最早编订的敦煌词总集。在此前，已发现曲子词写本32卷，其中伯希和劫本17卷，斯坦因劫本11卷，罗振玉藏本3卷，日本桥川氏藏本1卷，共录曲子词213首(内13首残)。经互相校补，去除重复，得161首(内7首残)，1956年再版时补入1首。据王重民考证，32卷残卷中含12种旧选本，编选时代皆与《花间集》相前后，惜未见著录，其书题已不可考。本书收录以词、曲子词为限，对敦煌歌辞中如源于六朝的民间曲调、反映民间生活的曲辞等未予著录。附录有诸家题写的敦煌曲辞跋文。

《敦煌曲校录》 任二北编，上海文艺联合出版社1955年版。全书收录敦煌曲545首，比王本多出383首，所增部分，除《五更转》2篇和《十二月·相思》外，均系从佛经中辑出的内容为说佛劝善的民间歌词，扩大了对敦煌曲的搜集范围。但也有学者认为其中所收如[好住娘]、[归去来]、[十二时]、[百岁篇]、[十恩德]诸名是否为词调尚存问题。编者坚决反对"唐词意识"，故收敦煌曲分为普通杂曲、定格联章和大曲3类，突出其与乐曲的关系。所收各篇都尽量考定写作时代。校录中尤重视曲词中的西北方音问题。编者自述此录宗旨是"不在保存唐写卷之原有面貌，而在追求作者之原有辞句，其因依据未允，或揣摩失当，反去原作为远者，势所难免。"任二北另有《敦煌曲初探》(上海文艺联合出版社1954年版)，着重理论探讨,针对"唐词意识",强调提出隋唐五代歌辞之本位在"曲子"与"大曲",不在"词"。并全面考订敦煌曲的写作时代,认为敦煌曲可考订时代者有 248 首。虽有的考订难免失之武断,但这种系统的考订把敦煌曲的研究推向了新高潮。两书应相辅使用。

《敦煌曲》 饶宗颐、[法]戴密微(D. P. Demieville, 1894～1978)合编,法国国家科学院出版社 1971 年版。封面法文书名为《AIRS DE TOVENHOUANG》,副标题"rextes à Chanter des Vi-iix Siécles"(8 至 10 世纪唱本)。是《巴黎国家图书馆藏敦煌资料丛书》的第二种。全书分序论、曲子选译、法国国家图书馆藏卷描述、中文法文词语索引 4 大部分,用中法两种文字撰述。序论(中文)分引论、本编两部分,"引论"系对敦煌曲的若干理论问题的阐述。"本编"选录敦煌曲 318 首,包括各写卷的影印图版、模本及经校理的录文。"曲子选译"由戴氏转译 193 首敦煌曲为法文。末附"敦煌曲系年"、"敦煌曲韵谱"等。饶氏 1980 年又发表《〈敦煌曲〉订补》一文,载《中央研究院历史语言研究所集刊》51 卷 1 期。

《敦煌歌辞总编》 任半塘(二北)编著,上海古籍出版社 1987 年版。该书是在《敦煌曲校录》的基础上酝酿 20 多年不断增订而成。凡写作于唐五代 342 年间,在敦煌发现的一切有音乐性的歌辞写本均在搜辑之列。共从 240 件敦煌写卷中辑得敦煌歌辞 1300 余首,其中包括前苏联藏 1456 号王梵志[回波乐]6 首、[隐去来]2 首,以及周绍良从自庄严龛藏敦煌写卷《维摩诘经》卷背辑得的 13 首只曲等,是敦煌歌辞迄今最丰富的结集。全书强调歌辞的音乐性,除卷一专载《云谣集杂曲子》,卷二至卷七,按歌辞体制由简而繁的发展,分为只曲、普通联章、重句联章、定格联章、长篇定格联章及大曲等 6 体。每辞校语中综引前此诸家的校勘及考订、论述之辞,详加评议,自申己说,合歌辞与理论于一编,于敦煌歌辞研究为用甚大。附载"敦煌歌辞研究年表(1901～1984)"及"论敦煌词曲所见之禅宗与净土宗"、"唐五代西北方音与敦煌文献研究"、"大足石刻父母恩重经变像与敦煌音乐文学的关系"等论文数篇。

张璋等编《全唐五代词》(上海古籍出版社1987年版)有《敦煌词》1卷,系从《敦煌曲子词集》、《敦煌曲校录》、《敦煌曲》中辑得,录自《敦煌曲校录》者尤多。所辑严格按照词体要求,据有文献记载的词调辑录,凡无词体根据者,一般不录。

以上各种敦煌歌辞的总集或选集,尤其是《敦煌歌辞总编》,为进一步研究敦煌歌辞提供了极为丰富的史料。但对于敦煌歌辞的搜集整理工作远没有完成。仅就前苏联所藏的上万卷敦煌写本,其中的歌辞,除[长安辞]、[还京乐]、[回波乐]外,其他都未外传。据已出版的前苏联《亚洲民族研究所敦煌汉文写本解说目录》第一、二册所载,已有歌辞存在的端倪,而这二册目录仅及其所藏的六分之一。2001年,随着《俄藏敦煌文献》的影印出版,敦煌歌词的搜集整理和研究将出现新的高潮。此外,在已公布的敦煌卷子中尚有歌辞佚卷存在,有待逐一访求复查。由于敦煌歌辞往往抄于佛经的卷背,或卷面的空白处,故查阅搜集有相当的难度。可以说,在今后相当时期内,敦煌歌辞的搜集、校勘整理仍是一项十分重要的工作。

最后谈谈敦煌歌辞与音乐、舞蹈的关系及有关史料。敦煌曲辞中的一部分是可以边唱边舞的,但现存的敦煌曲辞都有辞无曲,不附曲谱;而敦煌曲谱又都不附歌辞,这对进一步探讨三者的关系造成相当困难。近年来,对敦煌曲谱的研究有了较大进展,对原卷的整理、考释、破译都取得很大成绩。

敦煌曲谱主要是指标目为《工尺谱》(伯3803)的敦煌甲谱、记录琵琶20个弦柱名的残卷(伯3539)的敦煌乙谱、记录《浣溪沙》谱字的断简(伯3719)的敦煌丙谱。甲谱有25首曲谱,凡9调:[倾杯乐]、[西江月]、[心事子]、[伊州]、[水鼓子]、[急胡相向]、[长沙女引]、[撒金砂]、[营富],均无歌辞。其中除[长沙女引]、[营富]两调外,都见于《教坊记》著录。敦煌舞谱主要指伯3501,

斯5643,共载[遐方远]、[南歌子]、[南乡子]、[双燕子]、[浣溪沙]、[凤归云]等6谱,这些舞谱又都是曲调。饶宗颐指出:丙谱《浣溪沙》之下记有"慢二急三、慢三急三,"而舞谱(伯3501)内《浣溪沙》文中记有:"《浣溪沙》拍:常令三拍……前,急三,中心舞。后,急三,中心据、打。"认为"乐谱上的急、慢,和舞谱上的急、慢,应该有连带关系。"(《敦煌琵琶谱〈浣溪沙〉残谱研究》,《中国音乐》1985年1期)。以上敦煌原卷及研究情况可参考:

庄壮《敦煌石窟音乐》(甘肃人民出版社1984年版)。该书是一部关于敦煌石窟的音乐史料专著。全书四部分,其中第三部分"敦煌卷子中的音乐记载",列举了目前已知的琴谱、音乐部、乐谱、敦煌曲谱(伯3808)、舞谱和敦煌歌辞等方面的有关内容,对敦煌曲谱的介绍尤为详细,并在敦煌歌辞中找到9首与伯3808中同名的歌词。全书附有图片55张。其中伯3539一张是迄今国内已发表的最完整的"敦煌琵琶二十谱字"的原卷图片。另有9张"敦煌曲谱二十五首"(伯3808)的图片,亦比日人林谦三《敦煌琵琶谱的解读研究》(潘怀素译,上海音乐出版社1957年版)所附的图片清晰得多。但漏介了《浣溪沙》残卷(伯3719),该残谱国内曾发表过摹录本,但有错误。《音乐艺术》1985年3期发表了饶宗颐提供的《浣溪沙》残谱照片,附有摹写本。

舞谱伯3501的残卷最早刊入1925年出版的《敦煌掇琐》,此后半个世纪中,对它的研究只是结合史籍材料,对其中某些词语和一、二有关问题作些探索,尚未从分析舞谱结构、今义等角度作全面、系统的研究。柴剑虹着力对舞谱进行整理分析,第一次明确提出敦煌舞谱的结构为谱名、序词、字组3部分。他对伯3501、斯5643的整理成果反映在《敦煌舞谱的整理与分析》一文中(载《敦煌研究》1987年4期,1988年1期)。同时柴剑虹在补辑敦煌曲子词时还发现斯7111卷背有三首半《曲子别仙子》词,其序词部分为"拍段慢三急三、慢二急三",与伯3507、斯5643各谱序词类似,但序词后抄的不是舞谱字组,而是《别仙子》词。这一发现说明,舞谱的序词、字组应与曲谱、词作结合起来研究,探求它们之间的关系。这三首半《别仙子》曲子,张锡厚从《敦煌宝藏》中校录,已作为跋文,补入《敦煌歌辞总编》。李正宇 1986 年于敦煌遗书《书仪》残卷(斯 5613)中发现了题识后梁开平三年(909)的《南歌子》舞谱残卷,其整理分析成果见《敦煌遗书中发现题年〈南歌子〉舞谱》一文(载《敦煌研究》1986 年第 4 期)。叶栋向 1988 年中国敦煌吐鲁番学术讨论会提交了论文《敦煌歌辞的音乐初探》,以敦煌遗书中保存的 11 首敦煌曲,配上同名的敦煌歌辞,来探讨歌辞与音乐的关系。这种将曲与辞作为一个整体来加以研究探讨的方法,打开了敦煌歌辞研究的新局面。

第三节 敦 煌 诗 歌

敦煌遗书中保存的诗歌作品,据目前粗略统计,约有 3000 首,①除了唐以前的诗歌(文)总集,如《诗经》、《文选》、《玉台新咏》等残卷外,绝大多数见于唐人写本(最迟为北宋初年抄本),可知其为唐五代人作品。按作者类型区分,大约有敦煌民间作品、敦煌诗人作品、释氏佛徒作品及中原诗人作品等 4 类。所有诗作很大一部分不见于《全唐诗》,即使见于《全唐诗》亦具有很高的史料价值。

敦煌诗歌的搜集、整理、研究,开始于 1920 年对韦庄《秦妇吟》的整理介绍。此后半个世纪以来,搜集整理研究的成果,大致集中在:《秦妇吟》、王梵志诗、辑补《全唐诗》、校勘价值研究等方面。现依次介绍如下:

---

① 据《1988 年敦煌吐鲁番学术讨论会纪要》,文载《中国敦煌鲁番学会研究通讯》1988 年第 2 期。

一、《秦妇吟》

韦庄的《秦妇吟》过去只见于五代宋初孙光宪《北梦琐言》卷六中所记"内库烧为锦绣灰,天街踏尽公卿骨"两句,全诗不载《浣花集》,世无传本。敦煌遗书中先后发现了9个写本:甲、斯5476,乙、斯692,丙、斯5477,丁、伯2700,戊、伯3381,己、伯3780,庚、伯3953,辛、伯3910,壬、原李盛铎藏本。

1908年,法国伯希和劫走敦煌写本回国,携带部分准备装裱的卷子来北京。罗振玉闻知往观,将当时所见所闻,撰成《莫高窟石室秘录》(载《东方杂志》第6卷11、12期,1909年)一文,内称有《秦人吟》写卷,实即《秦妇吟》。这是我国学者首知有此写本。1912年日本汉学家狩野直善博士游历欧洲考察敦煌写本,从斯坦因处录得写本若干种携归,其中有《秦妇吟》残本。后经王国维迻录,发表于《敦煌发现唐朝之通俗诗及通俗小说》(《东方杂志》)17卷8期,1920年)一文中。这是敦煌写本《秦妇吟》首次公开发表。1924年伯希和将巴黎图书馆藏天复五年(905)张龟抄本(伯3381)和伦敦博物馆藏贞明五年(919)安友盛抄本(斯692)两个足本写寄罗振玉、王国维。罗振玉将两个写本互校后印入《敦煌零拾》,王国维据此两本,及从狩野直善处迻录的残本(斯5476),略加校勘,举出各本异同,发表于北京大学《国学季刊》1卷4号(1924年)。1926年英国小翟理斯据5种写本(即甲、乙、丙、丁、戊5本)校定,发表于法国的《通报》(1880年创刊,是有关东亚语言、地理、人种学和艺术文献的专刊,伯希和曾任主编)24卷4、5合刊,1927年张荫麟译载于《燕京学报》第1期。嗣后,先后有郝立权、黄仲琴、周云青、陈寅恪进行整理校注。1947年,刘修业据小翟理斯的各种写本,加上王重民发现的伯3780,伯3953,重加校定,成《秦妇吟校勘读记》(《学原》1卷7期),王重民《补全唐诗》收入此诗时,节取了刘文的校记。柴剑虹在查阅伦敦藏卷的缩微胶片时,又发现一个新写本斯5834,此残卷刘铭恕《斯坦因劫经录》中定为不知名残诗,存13行。经柴剑虹考证,此残卷与伯2700原系同一写卷,在当时遭盗时被撕割为二。这一发现,为《秦妇吟》的校勘提供了新材料。今人李谊的《韦庄集校注》除收录此诗外,还将其发现以来的有关题跋材料附录于后。台湾学者潘重规据《秦妇吟》各种写本,考定异义,写成《敦煌写本〈秦妇吟〉新书》一文(《敦煌学》第8辑,1984年),文中博采众长,斟酌诸说。要全面了解近60年来关于《秦妇吟》的整理研究情况,可参考《〈秦妇吟〉研究汇录》(颜廷亮、赵以武辑,上海古籍出版社1990年版)。该书汇录了半个多世纪以来学者们对《秦妇吟》的不同看法和评价,主要可分为校勘注释和分析评论两大类,并刊有9种敦煌写本《秦妇吟》卷真迹,计47幅照片。附录"《秦妇吟》研究论著选目"。

二、王梵志诗

王梵志是主要活动于初唐的民间诗人,以创作五言白话诗为主,诗作在民间盛传,有"梵志体"之称。但流传下来的极少,《全唐诗》不载,仅有20余首在唐宋诗话笔记中被征引。敦煌遗书中发现了王梵志诗的多种写本,使我们能看到失传900多年的王诗全貌,为唐代通俗诗歌的研究提供了珍贵史料。

敦煌王梵志诗写本的整理工作开始于刘复。1925年刘复将巴黎藏伯希和所劫的3种王梵志诗写本(伯3418、3211、2718)印入《敦煌掇琐》,其中伯2718原题《王梵志诗一卷》,其他两个写本无题,刘复统题为《白话五言诗》而未明言为王梵志诗。郑振铎1935年复以伯2718为底本,参校伯3266,成《王梵志诗一卷》,后附伯2914残卷6首,辑自其他文献的11首。文载《世界文库》第5集。孙望据刘复及郑振铎辑本,得王梵志诗110首,辑入《全唐诗外编》(中华书局1982年版)。

赵和平、邓文宽在《敦煌写本王梵志诗校注》(《北京大学学报》

1980年第5、6期)一文中,对伯3211、伯3418重加校注,并在前人研究的基础上,论定这两个残卷均为王梵志诗卷。

张锡厚有《王梵志诗校辑》(中华书局1983年版,详见本编第三章第二节。)

法国当代敦煌学研究的重要代表,原法国科学院院士戴密微生前长期从事关于王梵志的敦煌写本研究,有包括译注的专著《王梵志诗附太公家教》(巴黎,1982年版),其中的引言部分已由廖伯元、朱凤玉译成中文,载《敦煌学》第9辑(台北中国文化大学中国文化研究所敦煌学会1985年编辑出版)。

朱凤玉有《王梵志诗研究》(台北学生书局1987年版)。著者是台北中国文化大学的敦煌学博士研究生,本书是他的毕业论文。全二册。上册为绪论篇、研究篇。绪论篇叙述王诗发现经过、敦煌王诗写本叙录。研究篇探究王梵志的时代生平、敦煌写本王梵志诗集考及王诗的思想、内容、特色、与后世文学的关系。下册为校注篇,据30种王梵志诗写卷互校,辑录得328首,并作注释。辑校中参考了前此中外学者的辑校成果。

以前学者们对王梵志诗的研究,大都限于斯坦因、伯希和劫藏的原卷,而沙俄时代所劫敦煌遗书中王梵志诗的情况一直不详。1963年前苏联出版了《亚洲民族研究所敦煌特藏汉文写本解说目录》(第一册),其中公布了编号列1456号写卷的题记"大历六年(771)五月□日抄王梵志诗一百一十首,沙门法忍写之记"。原卷仅存3叶,107行,每行26字,计有诗44首,附图展示了原卷末尾部分。张锡厚据此整理得残诗7首,辑入《王梵志诗校辑》。1987年台湾学者陈庆浩在《法忍抄本残卷王梵志诗初校》一文中,首次公布了该残卷1~107行的全部内容。朱凤玉在论文《敦煌写卷斯4277号残卷校释》的后记中指出斯4277残卷与列藏列1456系同一写卷的两个部分(陈、朱二文同载《敦煌学》12辑,1987年)。张锡厚据以上诸家资料,对斯4277与列藏列1456王梵志诗残卷进行整理研究,成《整理〈王梵志诗集〉的新发现》(载《敦煌学辑刊》1987年第2期),文中发表了斯4277、列1456《王梵志诗110首》残卷校本。项楚有《列1456号王梵志诗残卷补校》(载《中华文史论丛》1989年第1期,)全文以陈庆浩校本为基础进行补校,并对其中的王梵志《回波乐》歌辞作了分析探讨,进一步申述论证他先前提出的论断:"全部'王梵志诗'决不是一人之作,也不是一时之作,而是在相当长的时期内,许多无名白话诗人作品的结集。"上海古籍出版社1991年出版项楚的《王梵志诗校注》,此书较系统地反映了他对王梵志诗的研究成果。上海古籍出版社1991年还出版了项楚的《敦煌文学丛考》,汇录了他历年研究敦煌文学的24篇论文。

张锡厚辑有《王梵志诗研究汇录》(上海古籍出版社1990年版),全书3编:前编为敦煌写本王梵志诗原卷真迹,凡29种107幅;后编是论文汇录,收辑1927～1984年国内发表的有关论文18篇;附编包括"敦煌写本王梵志诗著录汇编"和"王梵志诗研究论著简目"两部分。

三、辑补《全唐诗》

王重民1935年曾计划编《敦煌诗集》,后改名《补全唐诗》。他把敦煌遗书中的诗歌残卷与《全唐诗》逐一查对考定,录出不见于《全唐诗》的作品成集,1954年编成初稿。原计划编三卷:卷一为有作者姓氏的作品,辑得50人共104首;卷二为失载作者姓氏的作品,凡残诗集依集编次,凡选诗(即单篇的)依诗编次;卷三为敦煌诗人作品。其中第一卷1962年定稿,发表于《中华文史论丛》1963年第3辑,题名《补全唐诗》。后两卷基本完成初稿,其中据伯2555初步整理的佚名诗59首,马云奇等诗13首,曾请王尧校阅。王重民逝世后,王尧将整理稿题名《敦煌唐人诗集残卷》,以舒学笔名发表于《文物资料丛刊》第1辑(1977年版)。以上两部分均收入《全唐诗外编》(中华书局1982年版)。其后,刘修业整理王重民的敦煌残卷诗集遗稿,发现有卷一漏编的有作者姓氏的诗,有残诗集、单篇诗和敦煌诗人作品,系原计划编入卷二、三者。经刘修业整理编次,将《敦煌唐人诗集残卷》部分一并辑入,析为三卷:卷一残诗集(《补全唐诗》漏编者),凡41首;卷二佚名诗,62首;卷三敦煌诗人作品,24首。题名《〈补全唐诗〉拾遗》,发表于《中华文史论丛》1981年第14辑。

关于《敦煌唐人诗集残卷》(伯2555),自1977年刊布以来,研究论文较多,主要集中在校勘、作者、创作时间等方面。如台湾学者潘重规1979年发表了《敦煌唐人陷蕃诗集残卷校录》(台北《幼狮学志》15卷4期)。系统对此残卷进行研究的有高嵩的《敦煌唐人诗集残卷考释》(宁夏人民出版社1982年版)。该书系作者对照原卷胶片逐一核校,并去实地考察后撰成,分残卷注释、作品系年、字句补正、作者生平、文学价值、地名考略、押解路线图说及史实考略等章节。

1983年柴剑虹在整理伯2555写卷时,发现王重民刊布的72首诗并非写卷的主要内容。该写卷分为6个部分(伯2555_1—伯2555_6),其主要部分是第一部分(伯2555_1),系一中间无断裂的长卷,正面抄唐人诗156首,文两篇,背面抄诗32首。其中只有16首诗见于《全唐诗》,一篇文见于《全唐文》。柴剑虹据此认为该写卷应定名《唐人诗文选集残卷》,并作《敦煌唐人诗文选集残卷补录》(《文学遗产》1983年4期)。吴企明进一步指出伯2555写卷是唐代边塞诗(文)选集的残卷(见《苏州大学学报》1985年2期)。

王重民先生当年计划编纂《敦煌诗集》的宏愿,已由下列两书实现:

《敦煌诗集残卷辑考》 徐俊纂辑,中华书局2000年版。本书分为《敦煌诗集残卷辑考》和《敦煌遗书诗歌散录》两编,前者辑录考证敦煌遗书中残存的诗集、诗钞写本,后者辑录考证敦煌遗书中僧俗杂写中的零散诗篇。

《全敦煌诗》(全20册)　　张锡厚主编,作家出版社2006年出版。本书为敦煌诗歌的汇编汇校本,辑录范围为敦煌遗书、敦煌莫高窟发现的诗歌作品,包括俗诗、歌诀、曲词、诗偈和颂赞等,凡属变文、讲经文、词文等讲唱文学内的诗词、韵语及宗教经典内偈语则不予收录。全书按所录诗歌体裁分为诗歌、曲词和偈赞三编。书末附编敦煌遗书卷号索引、作者及相关人名索引和篇名及首句索引。

张锡厚据40种敦煌赋集(不包括见于《文选》的赋作),经整理得20篇,其中文人作品15篇,大都是唐人总集别集没有收录的,可补《全唐文》之缺。[①]张锡厚的整理研究成果《敦煌赋汇》1996年由江苏古籍出版社出版,甘肃人民出版社1994年出版伏俊连的《敦煌赋校注》。

四、校勘价值研究

敦煌遗书中发现的唐诗写卷,除不少可增补《全唐诗》外,尚有相当数量的今存诗作,如李白、王昌龄、高适、白居易等人的作品。在诗人诗集的校勘、研究中,这些写卷发挥了重要作用,并有不少研究成果具体情况可通过下节介绍的敦煌学研究论著目录了解。这里仅介绍一种专著——黄永武的《敦煌的唐诗》(台湾洪范书店1987年版)。此书偏重敦煌唐诗残卷中今存诗篇的校勘价值的研究。以敦煌写卷为主,取有关诸家多种传世版本相对勘,并作分析鉴赏。全书分8题:敦煌所见李白诗43首的价值,敦煌所见王昌龄诗7首的价值,敦煌所见孟浩然诗12首的价值,敦煌所见伯2567号卷子中李昂、荆冬倩、丘为、陶翰、常建诗的价值,敦煌所见白居易诗20首的价值,敦煌伯2555号卷子中27首今存唐诗的价

[①]　张锡厚《略论〈敦煌赋集〉及其选录标准》,载《敦煌学术辑刊》1986年第1期;张锡厚《关于整理〈敦煌赋集〉的几个问题》,载《敦煌学辑刊》1987年第1期。

值,敦煌所见刘希夷诗4首的价值,敦煌伯3619号卷子中41首唐诗的价值。所作校勘分析侧重于:(1)校正今本中字义龃龉的错误,(2)改正今本制度不合的疏误,(3)检视今本音律失检的缘由,(4)辨别诗篇真伪等。书中8题曾有数题在刊物上单独发表。

第四节 敦煌讲唱文学

敦煌讲唱文学是指唐代寺院俗讲僧徒和民间艺人说唱佛教故事、中国古代历史故事、民间传说时所用的底本,大多用接近口语的通俗文字写成,有说有唱,散韵相间,一般具有首尾完整的情节。用这种底本进行的说唱,在寺院由僧人进行的叫"俗讲",在街头闹市或变场由艺人进行的,一般称作"转变"。这种有说有唱的伎艺形式在当时深受人民大众的喜爱,十分盛行。这种讲唱伎艺形式的底本——讲唱文学作品,是宋元以来的话本、宝卷、弹词等文体的渊源所自。郑振铎称其是联结古代和近世文学的"连锁"(《中国俗文学史》),王庆菽也同样认为它是"唐代以前和唐代以后的新生文学的一种桥梁"。[①] 据文献记载,宋真宗赵恒在位期间(998~1022)曾明令禁止僧人"俗讲",这种讲唱文学遂自北宋初的文坛上销声敛迹,湮没无闻达800余年之久。后世文史学家每每在追溯宋元话本、宝卷、弹词等通俗文学样式的源头时,总有点困惑不解;叙述也难免捉襟见肘。直到敦煌石窟发现讲唱文学作品,这一问题才得到较圆满的解决。

敦煌讲唱文学写卷,现已发现近200种(包括部分复本),大部分是残本,首尾完整的不多。据统计,其中有60余个抄卷、40余种作品有原抄标题,约有变、变文、讲经文、缘起、因缘、赋、话本、词文、押座文等不同名称。但往往有前题与后题不同。甲卷与乙卷

[①] 王庆菽《试谈"变文"的产生和影响》,载《新建设》1957年第3期。

相异的现象。如伯 3645 号写卷的前题为《前汉刘家太子传》,而后题却是《刘家太子变》。又如《丑女缘起》已发现 5 种写本,甲卷(斯 4511)后题作《金刚丑女因缘》,乙卷(伯 3048)前题《丑女缘起》,丙卷(斯 2114)前题《丑女金刚缘》。这种异称现象,目前既没有足够的例证加以说明,历史文献中也鲜有相关记载可作佐证。这给我们为敦煌讲唱文学作进一步的分体定称,以探究唐代讲唱伎艺的体制、形式、规模等情况带来很大困难。所以,20 世纪 20 年代以来,对敦煌讲唱文学的整理研究,除校录刊布原卷内容外,主要集中在定称、探讨体制及溯源分类等问题上。下面分原卷的校录刊布,定称、溯源及分类研究两部分介绍。

一、原卷的校录刊布

敦煌讲唱文学的校录刊布,始于日本汉学家狩野直喜(1868~1947)和王国维、罗振玉等人。

1914 年,狩野直喜博士赴欧洲追踪考察被斯坦因、伯希和及沙俄所劫中国敦煌和西域文献,以相当精力关注其中的俗文学资料。1916 年他将斯坦因、伯希和劫卷中的俗文学材料,写成《中国俗文学史研究的材料》一文,在京都帝国大学人文科学学报《艺文》第 7 卷 1、2 期连载(有汪馥泉译文,载《中国文学研究译丛》,上海北新书局 1930 年版)。文中辑录了《秋胡故事》、《孝子董永故事》、《伍子胥故事》等残本,并指出:"治中国俗文学而仅言元明清三代戏曲小说者甚多,然从敦煌文书的这些残本察看,可以断言,中国俗文学之萌芽,已显现于唐末五代,至宋而渐推广,至元更获一大发展。"王国维发表于 1920 年的论文《敦煌发现唐朝之通俗诗及通俗小说》中刊布的讲唱文学材料,基本上是由狩野直喜提供的。

1924 年罗振玉辑印《敦煌零拾》,收《季布歌》、《降魔变》、《维摩诘经变》、《欢喜国王缘》等 4 种残卷。同年又辑《沙洲文录补遗》(自刊),收《孝子董永传》等 3 种残卷。

此后,敦煌讲唱文学的整理刊布工作在更大的范围内展开,计有刘复《敦煌掇琐》(中央研究院历史语言研究所1925年版)上辑收变文等46种,许国霖《敦煌杂录》(上海商务印书馆1936年版)收《目连变》等12种,向达《敦煌丛钞》(《北平图书馆馆刊》5卷6号[1931]、6卷2号[1932]连载)收变文8种,《世界文库》第9、10、11集发表郑振铎校录的变文数种,卢前《敦煌文钞》(正中书局1948年版)收《晏子赋》、《韩朋赋》等6种。至50年代,这种零星的校录刊布工作才开始转入汇编总集性的集子,主要有:

《敦煌变文汇录》 周绍良辑,上海出版公司1954年版。汇辑编者所见变文36篇,其中佛经故事变文24篇,说唱历史传说或民间故事12篇。每篇题后有编者按语,简述原卷藏所及编号,间有内容考订。书前叙言对变文的内容、结构和起源作了分析探讨。

《敦煌变文集》 王重民、王庆菽、向达、周一良、启功、曾毅公编,人民文学出版社1957年初版,1984年重印。本书据当时发现的187个讲唱文学写卷,编录校订成78篇作品,是迄今收录较丰富的敦煌讲唱文学总集。全书8卷,按作品内容分为历史故事和佛教故事两大类,各3卷。第7卷为押座文及《季布诗咏》。第8卷收录《搜神记》、《孝子传》等含有变文原始资料的作品。附曾毅公辑《敦煌变文论文目录》。北京大学出版社1989年出版周绍良等编《敦煌变文集补编》,收录变文15篇,其中新发表9篇,补充校录6篇。附俗字对照表及所录各篇的原卷照片176幅。《敦煌变文集》所录作品,从体制上讲并非全是变文,校勘、旁注的失误也较多。岳麓书社1990年出版郭在贻等著《敦煌变文集校议》,校正近万条。项楚的《敦煌变文选注》(巴蜀书社1989年版)在校释俗语词汇方面也多创见精义,解决了变文研究中的一些疑难问题。

《敦煌变文集新书》 潘重规编校,台北中国文化大学中文研究所1984年版,全2册。该书在《敦煌变文集》的基础上增订而成。以《敦煌变文集》所收78种变文为底本,原书校记全部保留。

增订工作主要是：(1)编次上的订正。编者认为唐代俗讲的发展应是讲经文→经变(演绎佛经故事的变文)→史传变文的过程，并按这一发展顺序编次。(2)订正原书错误、脱漏、失校之处。凡新校者均冠以"规校"二字。(3)新增8篇变文；前苏联列宁格勒藏《押座文》1篇和讲经文4篇——《双恩记》、《维摩碎金》、《维摩讲经文》、《十吉祥讲经文》；台北中央图书馆藏《盂兰盆讲经文》；日本龙谷大学藏《悉达太子修道因缘》；新发现的《秋吟一本》。

《敦煌变文校注》 黄征、张涌泉校注，中华书局1997年版。本书是《敦煌变文集》的汇校本和增辑本，共收录敦煌变文写本86种(《敦煌变文集》收录76种，剔除其中非变文的《下女夫词》、《秋吟》、《搜神记》和《孝子传》等4种，增辑俄罗斯、台湾、日本等地所藏敦煌变文写本，凡增12种)。姜亮夫先生在序中这样评价其特点："重核之于变文写本原卷，匡纠原编之失者；且荟萃各家新校新说，复出己意加以按断；注释部分，重在俗字、俗语词之诠解，以俗治俗，胜义纷纶。"书后附录：(1)本书所引变文补校论著目录，(2)敦煌变文语词索引。较全面地反映了迄今对敦煌讲唱文学的整理校录的成果。

以上各种均系校录本。台湾杨家骆主编的**《敦煌变文》**(台北世界书局1961年版)，是将当时可能找到的变文原卷或照片用珂罗版影印汇编而成，以存原貌，供研究者参考使用。

前苏联所藏敦煌遗书的编目和刊布工作进展十分缓慢，其中文学作品的情况一直不详。近20多年间，前苏联学者陆续刊布了部分敦煌文学的原卷及其研究成果，主要有：

《莲花经变文》 П. Н. 孟西科夫译著，莫斯科科学出版社1984年版。该书收有敦煌写本《妙法莲花经讲经文》4种：伯2305、伯2133、列365(该写本正、背两面书写，首尾残缺，内容无法衔接，故算作两种各自独立的写本)。其中伯2305、伯2133已见于《敦煌变文集》，列365现藏前苏联列宁格勒东方研究所。由于前苏编《亚洲民族研究所藏敦煌汉文写本解说目录》已出版的第1～2卷未著录列365号,故该写本罕为人知,系第一次刊布。全书包括论文、译文(有校记及词语考释)、原卷影印件三大部分。徐芹据该书所附列365号影印件进行整理校录,成《苏藏〈莲花经变文〉校录》,分正面抄本和反面抄本两部分,载《中国敦煌吐鲁番学会研究通讯》1986年第3期。孟西科夫原著论文部分的标题为《中国文学古文献〈莲花经变文〉》,共9部分。第1部分是"引言,原卷手稿的鉴定",有徐东琴中译本,载《中国敦煌吐鲁番学会研究通讯》1988年第1期。

其他如60～70年代刊布的《双恩记》、《维摩碎金》、《维摩经讲经文》等说唱佛经故事5种,已收入潘重规《敦煌变文集新书》和周绍良、白化文选编的《敦煌变文论文录》(上海古籍出版社1982年版),这里不一一介绍。

综观半个多世纪敦煌讲唱文学的整理研究情况,很大一部分集中在校释上。敦煌遗书基本上是以写本形式保存下来的,其间存在着大量不同于现代的语言特点,包括俗字、方言俗语、佛教专门术语等,给整理校录带来很大困难。几乎每一种敦煌文学的整理成果问世,都在学术界引起争相补正其校释方面舛误的热潮,尤以《敦煌变文集》为甚,其中文字校录方面的错误经指出的已达数千处。目前在校释敦煌文学作品时可以参考的工具书主要有:

《敦煌变文字义通释》 蒋礼鸿著,中华书局1959年初版,上海古籍出版社1988年增订4版。全书分6篇:释称谓,释容体,释名物,释事为,释情貌,释虚字。后附四角号码索引。例词主要取自《敦煌变文集》,采取纵横通释法,即归并相同出现的词语作比较疏解,解释时不仅综合同时代的语言材料,还上溯汉魏、下检宋元以至现代方言的语言材料。其适用范围实已超出变文一体的限制。

敦煌俗字是见于敦煌遗书,且在当时社会上很流行的手写异体字,流行时限主要在南北朝、隋唐五代、宋初,反映了中古文字的实际使用状况,亦涉及到敦煌文献的整理研究。台湾学者潘重规1981年应邀在日本九州大学作《敦煌卷子俗写文字与俗文学之研究》(全文载九州大学中国文学会主编的《中国文学论集》第10号)的学术报告,强调不通晓敦煌俗文字,几乎就读不通敦煌的俗文学,并初步总结了敦煌俗写文字的规律,举出数百个俗字加以辨识。潘重规早在1978年就主编有《敦煌俗字谱》(台湾石门图书公司1978年版),但取材限于台湾所藏敦煌写本,收字有限。

《敦煌俗字典》 黄征著,上海教育出版社2005年版。全书收录敦煌莫高窟藏经洞出土写本文献异体俗字,包括英国、法国、俄罗斯、日本等国所藏敦煌文献和国内所藏敦煌文献,反映了敦煌俗字的总貌。注音以现代汉语拼音方案为标准,引证材料所列书证,皆取之于敦煌文献写卷真迹,并标注出处和相应编号。该字典所收俗字按序编定,同一字的各种俗体归列一起,对一些重要俗字加以考证。书中还注意对俗字的形体、兴废等问题概括出前人未论及的规律。

二、溯源、定称及分类研究

敦煌讲唱文学作品发现以来,对其名称、源流的确定经历了一个较长的探讨过程。

罗振玉1924年辑印《敦煌零拾》,收录了3个国内收藏的讲唱文学残卷,因首尾残缺,不识其体,遂定为"佛曲"。

刘复1925年辑《敦煌掇琐》,所收17个讲唱文学残卷大多归入小说类。

直至1929年,郑振铎在《敦煌的俗文学》(《小说月报》20卷3号)一文中,首次采用"变文"的名称,但仅指写卷有原题"变文"者,如《目连救母变文》等,并非概称全部敦煌讲唱文学。同年,向达撰《论唐代佛曲》(载《小说月报》20卷10号),进一步论证"变文"是完全不同于佛曲的新文体。

在此后的研究中,"变文"逐渐被作为敦煌讲唱文学的总称而普遍使用。但是有关"变"字的涵义、"变文"的渊源问题始终是研究探讨的两个重大争论点,至今尚未统一意见。主要代表性观点有本土说、外来说两种。

本土说者,从中国古代文化传统中寻找绵远的历史依据,从汉语释义的立场出发,指出"变"就是非常之义,带有"故事"的意思。变文由说白、唱词两大部分组成,其中相对更重要的唱词部分主要由六言、七言、三三七句体的俗曲组成,而它们主要是从中国古代民间歌谣发展而成的,因而论定"变文的起源没有直接受到、或在体裁上竟完全没有受到印度文学的影响"。持此论者,以孙楷第,尤以王重民的《敦煌变文研究》为代表。王文原系早年在北京大学的报告,后经刘修业整理,刊载于《中华文史论丛》1981年第2期,后又收入著者的《敦煌遗书论文集》(中华书局1984年版)。《敦煌变文论文录》据报告稿收录,两者文字稍有不同。程毅中《关于变文的几点探索》(载《文学遗产》增刊第10辑,1963年版)所持观点基本与王文相同。

外来说者,认为"变"字是从梵语转译而来,"变文"则是指变更佛经本文为俗讲的意思。确认变文韵散相兼的文体是印度传来的,即印度佛教译经文学的体裁。此说以关德栋的《谈"变文"》(《觉群周报》1卷1~9、11期,1946)为代表。胡适在《白话文学史》(新月书店1928年版)中专设两章叙论"佛教的翻译文学",在总结译经文学对中国文学的影响时曾指出:"印度的文学往往注重形式上的布局与结构。……往往带着小说或戏曲的形式。……这种悬空结构的文学体裁,都是古中国没有的;他们的输入,与后代弹词、平话、小说、戏剧的发达都有直接或间接的关系,佛经的散文与偈体夹杂并用,这也与后来的文学体裁有关系。"胡氏此论,可说是最早表示了"变文"外来说的观点。后来傅芸子等人在论述变文与佛教文学的渊源关系时,基本沿用了胡适的论点。还有的研究者认为"变文"这种由散文、韵文合成的讲唱文学体裁的产生,是中国民族传统文化形式与西域、印度外来文化交流、吸收、结合而嬗变的结果。此说以王庆菽的《试谈"变文"的产生和影响》(《新建设》1957年第2期)为代表。王庆菽长期从事敦煌讲唱文学的研究,研究成果已汇编为《敦煌文学论文集》(吉林大学出版社1987年版)。

要全面了解20世纪20年代初至70年代末我国研究敦煌讲唱文学的概况,可参考:

《敦煌变文论文录》 周绍良、白化文编,上海古籍出版社1982年版。台北明文书局1985年影印。收录论文57篇,其中通论性的26篇,专论31篇,基本包括了1920～1979年底国内(主要是大陆)变文研究的重要成果。附录前苏联所藏佛经故事类作品校订5种及押座文1篇,均为《敦煌变文集》未收录的。1979年以后的论文,可参看中国敦煌吐鲁番学会语言文学分会编选的《敦煌语言文学研究》(北京大学出版社1988年版),杭州大学古籍研究所、浙江省敦煌研究会与中国敦煌吐鲁番学会语言文学分会合编的《敦煌语言文学论文集》(浙江古籍出版社1988年版)。

以上各书基本上未收台湾学者的研究成果。潘重规主编的《敦煌变文论辑》(台北石门图书公司1981年版)则主要收录台湾学者的论文。台湾学者罗宗涛有专著《敦煌讲经变文研究》(台北文史哲出版社1972年版),包括7编,:绪论、题材考、用韵考、语体考、仪式考、时代考、余论。其中"用韵考"曾由众人出版社1969年出版单行本。

在敦煌讲唱文学的研究中,"变文"能否作为总称使用是一个重要的课题,实际上涉及对敦煌讲唱文学的分类问题。王重民等人所编的《敦煌变文集》虽将变文作为总称使用,但编者之一的向达在引言中还是很谨慎地指出:"唐代寺院中所盛行的说唱体作品,乃是俗讲的话本。变文云云,只是话本的一种名称而已。"

1963年周绍良在《谈唐代民间文学》(《新建设》1963年第1

期)中首次明确提出:敦煌讲唱文学应具体分为变文、俗讲文、词文、诗话、话本和赋6类。1985年,周绍良在《唐代变文及其他》(《文史知识》1985年第12期、1986年第1期连载)一文中又将俗讲文进一步细析为讲经文、因缘(缘起)、押座文(解座文)3体。该文作为代序,收入《敦煌文学作品选》(中华书局1987年版)。

张鸿勋在《敦煌讲唱文学的体制及类型初探——兼谈几部文学史的有关提法》(《文学遗产》1982年第2期,收入《敦煌俗文学研究》,甘肃教育出版社2002年版)一文中,据敦煌写卷中的原有标名,印证唐代文献的记载及作品本身在体制上的特点,将讲唱文学分为词文、故事赋、话本、变文、讲经文等5类,并对各类作品的源流、体制、内容、表演形式分别作了探究,列表归纳如下:

项目类别		词文	故事赋	话本	变文	讲经文
源流	渊源	先秦以来叙事民歌	汉代以来民间俳谐杂赋	民间讲故事	① 先秦以来民间说唱故事 ② 六朝以来俗讲	六朝佛教"唱导"、"转读"制。
	影响	宋元以来诗赞系讲唱,如词话。	金院本,章回演义小说	宋元话本,明清章回演义小说。		宋元以后诗赞系乐曲系讲唱,如词话、诸宫调、宝卷等。
体制	句式	七言	四、六言,散句	散句		① 散说以散句为主;或四六句。② 唱词以七言、五言为主,兼杂言。
	韵式	① 一韵到底;② 少部分转韵;③ 偶句用韵,极少部分押奇偶句韵。	隔句押韵,转若干韵。	无韵		① 散说若为骈体,则押韵。② 唱词偶句用韵为主,部分押头韵、间韵、交叉韵、暗韵等。③ 唱词转韵。

（续表）

项目类别		词文	故事赋	话本	变文	讲经文
体制	语言	口语			①口语。②骈体。	
体制	结构	直演故事	①直演故事；②开篇为序或说明，中间主体主客问答，结尾为议论。	直演故事	①讲经文，部分变文前有押座文。②讲经文，结束后有解座文。③讲经文引原经文。④分卷。⑤变文配合插图。	
内容	题材	历史传说，民间故事。		历史人物、宗教故事、名妓名医故事。	①佛本生、本行故事。②民间传说。③英雄故事。④历史故事。	佛教大乘经典
内容	风格	刚健、清新、朴实，民间文学气息。		神异色彩		宗教说理，少文采。
表演	性质	纯韵文唱本	韵诵体	纯散说	散韵组合，说唱兼行。	
表演	伎艺			说话	转变	俗讲
表演	场所			私家府第、斋筵、宫廷。	变场、街头、闹市、宫廷。	寺院、宫廷。
表演	人员	词人		说话人	僧徒、女艺人	俗讲僧：都讲、法师、梵呗、维那等。

考释敦煌讲唱文学作品创作时间,对研究其产生、发展、演变的历史过程具有重要意义。由于现存敦煌原卷大都残缺,又缺乏相应的文献记载,这种考释基本上依据原卷所存的题跋纪年、作品中所述史事与史书参酌,推测得出,具有相当的弹性。主要的考释成果有:

《敦煌变文论述》 邱镇京撰,台湾商务印书馆1970年版。书中"变文著作时代之推测"一节,对22种讲唱文学作品的创作时间作出初步考释。张鸿勋有《敦煌讲唱作品年代考三种》(《兰州学刊》1985年第4期),所考为《孔子项讬相问书》、《燕子赋》、《韩擒虎话本》。曲金良有《敦煌写本变文、讲经文作品创作时间汇考——兼及转变及俗讲问题》(《敦煌学辑刊》1987年第1~2期连载)。

《敦煌讲唱文学写本研究》 (日)荒见泰史著,中华书局2010年版。全书主要探讨变文散韵相兼的讲唱文体的演变过程。附录有《日本学者敦煌变文及其有关研究论文目录》(1916~2006)和佛传故事变文写本对照表。

第五节 敦 煌 目 录

敦煌石室发现的写卷内容没有完整的系统,据方广锠论证,这些写卷是当时被清理的残破无用的经典,所以多单卷残部碎篇废纸①。而闭锁在石室900年中又受到自然侵蚀,加之多方劫盗,人为撕割,零乱残缺现象十分严重。要充分利用敦煌遗书这一文化宝藏进行各学科研究,首先必须有一个扎实的史料整理基础,这就是对敦煌遗书的整理编目,其成果是敦煌遗书目录。从敦煌遗书发现至今已历半个多世纪。各国学者在这一时期内取得了敦煌学研究的重大进展,包括整理刊布敦煌遗书,出版研究专著,将这些

---

① 见方广锠《敦煌藏经洞封闭原因之我见》,载《中国社会科学》1991年第5期。

研究出版信息汇编起来就是敦煌学研究论著目录。以上两种目录可指导治敦煌学者利用敦煌遗书原卷，了解研究状况。

一、敦煌遗书目录

敦煌遗书中，以汉文文献占的比重最大，内容也最丰富，整理编目工作也以汉文文献为主。敦煌汉文文献主要收藏于中国国家图书馆、英国伦敦博物馆、法国巴黎国家图书馆和前苏联列宁格勒亚洲民族研究所，敦煌汉文文献目录主要是指这四大馆的馆藏目录。现逐一简介如下：

《**敦煌劫余录**》 陈垣校录，前中央研究院历史语言研究所1931年排印本。台北新文丰出版公司1985年影印，刊入《敦煌丛刊初集》。这是世界上第一部公开出版的敦煌汉文文献分类目录著录原北平图书馆藏敦煌劫余汉文文献8679号。1910年敦煌藏经洞劫余残卷移藏京师图书馆时，曾有一份用"千字文"加数字编成的财产账。此目即在这财产账的基础上，初步按佛藏经别种次分类编排，但每卷仍给流水号而未用分类号。著录略依赵明诚《金石录》体例，包括原号、卷子起讫、纸数、行数、品次、附记诸项。

1981年，北京图书馆善本组编印了《敦煌劫余录续编》（胶印），著录陈录出版后陆续入藏的敦煌遗书1065件。著录项目比照陈录，唯编排以题名笔画顺序为次，加给带"新"字的4位流水号，但与陈录不相衔接。至此，北京图书馆尚有一、二千件敦煌遗书未予编目公布。

《**敦煌遗书总目索引**》 商务印书馆（北京）1962年编印。中华书局1983年补订重印。台北新文丰出版公司1985年影印，刊入《敦煌丛刊初集》。这是最早编印的敦煌汉文遗书总目，包括总目、索引、附录三大部分。总目部分有：(1)北京、英国、法国三大图书馆的馆藏目录。(2)19种敦煌遗书的散藏目录及专科目录，主要是中国和日本的。索引是为总目配套编录的，系将总目中三大图书馆目录和19种散录所著录的卷子,按题名字头笔画顺序编排而成。附录包括:(1)《博物馆藏敦煌卷子分类总目》(即英人翟理斯编《大英博物馆藏敦煌汉文写本解题目录》的精华部分);(2)《博物馆藏敦煌卷子笔画检查目录》;(3)《斯坦因编号和博物馆新编号对照表》。全书的主体总目中三大图书馆目录的具体情况如下:

①《北京图书馆藏敦煌遗书简目》,据《敦煌劫余录》编成,即删去《劫余录》的提要,恢复原京师图书馆编财产账流水号,旁注《劫余录》页码。

②《斯坦因劫经录》,刘铭恕编。据中国科学院购得伦敦博物馆所藏敦煌遗书原卷缩微胶卷编成。采用胶卷流水号,共著录1~6980号。著录使用了题记、本文、说明3种提要方式,以表达原卷的内容和特征,其中较重视对四部古籍及有关历史文献、经济科技史料的提示。

③《伯希和劫经录》,王重民编。据法国巴黎国家图书馆藏原卷编成,著录2000~5579号(2000号前系伯希和为藏文写本留下的号码)。伯希和原自编有2000~3511号,4500~4521号草目。王重民补编了3512~4099号(4100~4499号分入藏文部),4522~5043号(5044~5522号阙),新编5523~5579号。伯希和旧目著录不全面或不正确处均加以补充改正。若干重要卷子写有提要。

《敦煌遗书总目索引新编》 敦煌研究院编,施萍婷主撰稿,邰惠莉助编,中华书局2000年版。本书是《敦煌遗书总目索引》商务本和中华再版本的新编本。著录包括序号、名称、题记、本文、说明等项。较原目,新编增加了许多条目,在标题后加了"首题"、"原题"、"首尾俱全"等标志,仍未能收录俄藏、日藏、各国散藏和中国散藏的部分。

《总目索引》在出版后的几十年间,治敦煌学者得其指引,受益不少。但由于编录时的历史原因,还存在不少问题。后出的同类目录对其起增补作用的主要是：

《敦煌遗书最新目录》 黄永武编,台北新文丰出版公司 1986 年版。该目据各国发行的敦煌卷子缩微胶卷编成,与《敦煌宝藏》(见本章第一节介绍)配套。分伦敦、北京、巴黎、(原)列宁格勒所藏敦煌汉文卷子目录及敦煌遗书散录等 5 个部分。

(1)《英伦所藏敦煌汉文卷子目录》,著录斯 0001～7599 号,较刘铭恕《斯坦因劫经录》多 620 号断片编号。另有碎片新编号 1～197 号和木刻 1016 号,均为刘目所无。所录各号仅有题名,不作提要。

(2)《北平所藏敦煌汉文卷子目录》,据《敦煌劫余录》序列,著录北 0001～8732 号。仅录题名。

(3)《巴黎所藏敦煌汉文卷子目录》,著录伯 2001～6038 号,较王重民《伯希和劫经录》多 400 余个编号。仅录题名。

(4)《列宁格勒所藏敦煌卷子目录》,著录列 0001～2954 号,系据前苏联孟西科夫主编《亚洲民族研究所藏敦煌汉文写本解说目录》第 1～2 卷翻译而成。仅译出题名,不及提要。

(5)《敦煌遗书散录》,包括 16 种目录,前 14 种即系《敦煌遗书总目索引》中"散录"部分的前 14 种,略有增改。后 2 种与《敦煌宝藏》第 136 册、第 138～140 册题名相配。

黄氏此目虽仅列流水号题名,无任何提要说明,但补正《敦煌遗书总目索引》者很多,充分体现了编者在主持编集《敦煌宝藏》时对敦煌汉文遗书的题名及内容考订新编的成果。由于该目是与《敦煌宝藏》相配套的,所以虽仅列题名,仍可据序号从《敦煌宝藏》中查看原卷。

伦敦、巴黎、列宁格勒 1957 年以来也先后出版了各自所藏敦煌汉文遗书的目录,其中的提要说明,反映了编者考订研究的成果,各有其参考价值。尤其是列宁格勒藏本的原卷尚未公布于世,其目录更显得重要。三地的自编目录分别是：

《大英博物馆藏敦煌汉文写本解题目录》 翟理斯（L. Giles，1875～1958）编，大英博物馆董事会1957年版。台北新文丰出版公司1985年影印，刊入《敦煌丛刊初集》。分佛教文献、道教文献、摩尼教文献、世俗文书和印刷文书五大部分著录了斯坦因所劫8102件敦煌汉文写卷。

《巴黎国家图书馆藏敦煌汉文写本注记目录》 法国巴黎国家图书馆1970年编辑出版第一卷。法国国立科研中心第438联合组（即敦煌文献研究组）编写第三卷，法国辛格尔——波利尼亚基金会1983年版。两卷分别著录伯2001～2500号，伯3001～3500号。著录体例略同翟目，而加注与各写卷有关的论文专著目录。第二卷据报道已于1973年基本编就。

《亚洲民族研究所藏敦煌汉文写本解说目录》 Л. Н. 孟西科夫主编。莫斯科东方文献出版社1963年出版第一卷。莫斯科科学出版社1967年出版第二卷。台北新文丰出版公司1985年影印，刊入《敦煌丛刊初集》。两卷分别著录1～1707号，1708～2954号，约占所藏总量的六分之一。其中第二卷所录与第一卷有少量重复。姬增录曾将第一卷的"前言"，舒朋将第一卷的"经济文书"部分译成中文，载《中国敦煌吐鲁番学会研究通讯》1984年第3期，可借以了解其体制。该目录目前已有中文全译本：《俄藏敦煌汉文写卷叙录》，袁席箴、陈华平译，上海古籍出版社1999年版。

《中国散藏敦煌文献分类目录》 申国美编，北京图书馆出版社2007年版。全书根据国内公开出版的有关图版、图册和目录编制而成，共收录国内34个单位和机构所藏敦煌文献2556号。书后后"中国散藏敦煌文献研究论著目录"等6种附录。

白化文、杨宝玉著有《敦煌学目录初探》（河北人民出版社1989年版），对以上目录有比较系统的研究阐述，可参考。

敦煌遗书中文学类文献的专科目录，现仅见一种：

《敦煌出土文学文献分类目录》（附解说） ［日］金冈照光编，

日本东洋文库1971年版。该目录据斯坦因、伯希和劫卷的影印件整理而成，共分类著录355件文学文献。著录较为细密，包括（1）原卷的内容、形式、出典、字体、推定年代依据及以往目录记载情况和异同。（2）与原卷接合或内容上相关的其他文献的编号。（3）有关原卷的国内外研究论著（包括整理本）、照片等目录、出处。（4）原卷记载的识语、跋文、纪年、署名等。李宁平、孙亚英将其前半部分译成中文，于《社会科学》（甘肃）1983年第4期起连载。

与敦煌文学研究关系较密切的还有提要目录：

《敦煌古籍叙录》 王重民编著，商务印书馆1958年初版，中华书局1979年新1版。台北木铎出版社1981年影印本。这是一部关于敦煌遗书中经、史、子、集四部书的提要目录。著者1934年后曾在巴黎、伦敦阅读敦煌古籍卷子，当时将卷子的起讫及内容记出并加考订，撰成题记。巴黎部分的题记曾辑成《巴黎敦煌残卷叙录》第一、二辑，北平图书馆1936、1941年印行。伦敦部分的题记没有汇成专书，仅在报刊发表若干内容。另外，1909～1917年间，王国维、罗振玉、刘师培、赵万里、陈寅恪诸先生对敦煌四部书写有不少题记。1935年后报刊又发表了不少有关论文。《叙录》即汇编以上材料而成。全书按四部分类编排，各书著录原藏号码、各种影印本、排印本。其中集部收录《楚辞音》、《王梵志诗》等33种38题。

台湾新文丰出版公司1986年出版黄永武的**《敦煌古籍叙录新编》**，全18册，其中第15～18册为集部。该书完全按王书原编次序编成，所谓新编，除影印王书所有题录外，新增两项内容：（1）每种古籍后配以敦煌原卷的影印件，使叙录与原卷可相互对照，并据原卷更正王书题记的一些舛误。（2）补录王书出版后中、日学者的有关研究论著目录于相关叙录之后。由于该书增编古籍的原卷影印件，实已具有敦煌古籍丛书的性质。

《敦煌经籍叙录》 许建平著，中华书局2006年版。全书收录敦煌藏经洞中全部儒家经籍写卷,分《周易》、《尚书》、《诗经》、《礼记》、《左传》、《穀梁传》、《论语》、《孝经》、《尔雅》等9卷。叙录包括编号、定名、写卷形态、缀合、图版和研究等项内容,在定名、缀合、断代和辨伪等方面,广泛吸收已有的研究成果,也多反映作者的研究创获。"研究"项列举叙录正文中未曾引用的相关研究论著。

二、敦煌学研究论著目录

敦煌学研究论著目录至 2000 年底已出版多种单行本:

《敦煌学论著目录》 刘进宝编,甘肃人民出版社 1985 年版。收录 1909~1983 年国内(包括台湾和香港地区)各种报刊、研究集刊及个人著作中有关敦煌学的文章、专著。论文、图书分列。其中文学部分分通论、变文、曲词、诗歌、王梵志及诗歌、韦庄及其《秦妇吟》等目。

《中国敦煌吐鲁番学著述资料目录索引》(1909~1984) 卢善焕、师勤编,陕西社会科学院 1985 年印行。分内地、台湾两部分,收录资料 3000 余条,以公开发表者为主。

《敦煌学研究论著目录》 郑阿财、朱凤玉编,台北汉学研究资料及服务中心 1987 年版。收录 1908~1986 年 8 月间中、日学者有关敦煌学研究论文 4000 余篇,专著 500 余部。分目录、总论、历史地理、社会、文学等 12 类编排。其中文学类复分通论、文集、诗歌、曲子词、变文、小说等 8 目。该目录收录较富,但大陆学者的论著漏收较多。2000 年,台北汉学研究中心出版郑阿财、朱凤玉主编的《敦煌学研究论著目录(1908~1997)》,收录 1908 年至 1997 年间用中文和日文发表的敦煌学著作、论文、札记、书评等各种论著的目录,著录达 11650 项,可见收罗之富。全书共分 12 大类:(1)目录,(2)总论,(3)历史地理,(4)社会,(5)法制经济,(6)语言文字,(7)文学,(8)经子典籍,(9)宗教,(10)艺术,(11)科技,(12)综述。其中一个特色,是收录了台湾地区的博硕士论文。同时,编者努力弥补了1987年版的不足,收录1949年以后大陆地区的研究论著极其详备,特别是近二十年来大陆地区层出不穷的敦煌学论著。南华大学敦煌学研究中心编《敦煌学》持续编发敦煌学研究论著目录,其第二十六辑发表郑阿财、蔡忠霖编《敦煌学论著目录(2001～2005)》。

《敦煌学研究论著目录》 邝士元编,台北新文丰出版公司1987年出版。收录1899～1984年间世界各国学者研究敦煌学的研究论文、专著目录6000余条。全书三大部分:(1)分类目录,包括书目、经学、诸子、文学等14大类,(2)著者笔画索引,(3)论著编年索引。书前有编者自序"近百年敦煌学的回顾"。

《英藏法藏敦煌遗书研究按号索引》(全3册) 申国美、李德范编,国家图书馆出版社2009年出版。收录英藏敦煌遗书、法藏敦煌遗书及英国博物馆藏敦煌绢纸书的研究论著共约10万余条,涉及的遗书编号约8000余号。索引中的编号依据《英藏敦煌文献》(四川人民出版社1990～1994年版)和《法藏敦煌西域文献》(上海古籍出版社1994～2005年版)中标注的惯用编号。其中英藏部分包括:英藏敦煌遗书、英藏敦煌藏文遗书、英国国家图书馆藏敦煌刻本文献和英国博物馆藏敦煌绢纸画;法藏部分包括:法藏敦煌遗书和法藏敦煌藏文遗书。

姜亮夫著有《莫高窟年表》(上海古籍出版社1985年版),包括正表和附录两部分。正表起自晋惠帝永熙元年(290)传说莫高窟始建窟寺,至宋太宗至道元年(995),对其间莫高建窟及敦煌写本中有年时可考者,一一编年著录。附录中有《敦煌书目》,著录20世纪初至50年代有关敦煌研究的重要论著。

张鸿勋、周丕显、颜廷亮编有《敦煌文学研究目录索引》(初稿),载《关陇文学论丛·敦煌文学专集》(甘肃人民出版社1983年版)。

除书目索引外,尚可借助集中入藏敦煌学资料的收藏机构,以直接具体地掌握敦煌文学及其相关史料的搜集整理和研究出版情况。如1988年8月,中国敦煌吐鲁番学会与北京图书馆共同创建了"敦煌吐鲁番学资料研究中心"。中心设在北京图书馆分馆,其主要任务是系统搜集、整理、编辑和入藏敦煌吐鲁番学的有关资料,并为读者的阅览、咨询,以及国内外敦煌吐鲁番学的学术交流提供服务。兰州大学建有敦煌资料阅览室。上海辞书出版社1998年出版季羡林主编的《敦煌学大辞典》,全书收录敦煌艺术、敦煌遗书(包括语言文学类)和敦煌学研究等60余门类的词条6925条,引用资料截止于1994年底。附录有"敦煌莫高窟大事年表"、"敦煌学纪年"等。附编有词目笔画和汉语拼音两个索引。亦可利用检索有关敦煌学研究的信息。

以上目录索引主要提供相关的研究信息,有关敦煌学研究论文集则直接提供原文,目前已经出版多种,注意利用。

《中国敦煌学百年文库》 本书编委会编,段文杰、韩效文主编,甘肃文艺出版社1999年出版。这是一部中国学者有关敦煌学研究论文的集成,分为:综述(1～3)、文学(1～5)、语言文字(1～2)、民族(1～4)、宗教(1～4)、石窟保护、科技、艺术(1～4)、考古(1～4)、文献(1～2)、历史(1～2)、地理(1～2)及敦煌学研究论著目录索引等13卷35册。《文库》将百年分为三个时段:1900～1950年,1950～1980年,1980年以后;选文原则为:第一时段全部收录,第二时段大陆学者尽量收齐,港台学者择要收录,第三时段收录有代表性者。其中的《论著目录卷》收录1900年至1999年初敦煌学研究资料(中文)9523篇(种),其中论述8430篇,专著、论文集、专刊、图册1093种。

《敦煌学研究》(全4册) 孙彦、萨仁高娃等选编,国家图书馆出版社2009年版。本书是《民国期刊资料分类汇编》丛书本,收录民国期刊中所见的敦煌学著述,分为综述、书目、语言文字、宗教、经史典籍、文学、艺术、社会经济、科技等类,共收录文章220余篇,涉及民国期刊70余种。基本揭示出民国时期敦煌学研究的面貌。

此外尚有个人或会议论文集,如王重民《敦煌遗书论文集》(中华书局1984年版),《郭在贻敦煌学论集》(江西人民出版社1993年版),(法)谢和耐、苏远鸣等著,耿昇译《法国学者敦煌学论文选萃》(中华书局1993年版),郑阿财《敦煌文献与文学》(台北新文丰出版股份有限公司1993年版),张鸿勋《敦煌俗文学研究》(甘肃教育出版社2002年版)、项楚、郑阿财主编《新世纪敦煌学论集》(巴蜀书社2003年版),国家图书馆善本特藏部敦煌吐鲁番学资料研究中心编《敦煌学国际研讨会论文集》(北京图书馆出版社2005年版),荣新江《辨伪与存真·敦煌学论集》(上海古籍出版社2010年版)等。

第九章 民间文学史料

民间文学是与作家文学相对而言的,主要是指历代文学作品中属于人民大众的集体口头创作的那一部分。数千年来,民间文学与作家文学在平衡发展中,相互影响、相互渗透,但在内容和形式上都仍保持着自己鲜明的特点:反映人民大众的生活、感情和愿望,采用人民大众熟悉的传统创作形式。民间文学为人民大众所喜闻乐见,并在他们中间广泛流传。我国是一个具有悠久历史和辽阔领土的多民族国家,56个民族占世界总人口的四分之一。各民族人民代代相承,创造了丰富多彩的民间文学作品。这些作品是中华民族的文化瑰宝。

民间文学最重要的特征,就是它的口头传承性,所以原苏联学者把民间文学称为"人民口头创作",日本称民间文学为"口承文学"。但是,民间文学也存在书面传承的情况,如古代文献和宗教典籍中就记载有很多民间文学作品。在现代,当民间文学的重大的社会价值和艺术价值日益为人们所认识并重视后,民间文学开始得到有组织有计划的大规模的调查、采录和研究,大量清新可喜的民间文学作品得以用各种民族文字记录出版。本章主要介绍这类经采录整理的书面文学史料。

我国少数民族的民间文学异常丰富,构成少数民族文学的主体。这部分内容将在本编第十章"民族文学史料"中展开,本章侧重介绍汉民族的民间文学史料和包括各民族民间文学的大型综合性史料。

第一节 民间文学史料搜集整理概况

民间文学的范围广泛,形式多样,其传统的形式,主要有:1.民间故事(口头散文作品),包括神话、传说、生活故事、寓言、笑话等;2.民间诗歌(口头韵文作品),包括民歌、民谣、民间长诗、谚语、谜语等;3.民间曲艺(口头说唱文学作品)和民间戏曲,包括评书、鼓词、弹词、相声、快板等。这里主要介绍民间故事和民间诗歌以及有关研究资料,民间曲艺和民间戏曲的主要史料已归入本编第七章"戏曲曲艺史料"中叙述,可参看。

我国古代的民间文学史料有一部分是通过朝廷采录和文人学士的记录保存下来的。早在二、三千年前的周王朝,已经形成了指派专人去民间采风的制度,以使统治者通过采风而得的民间歌谣达到"观风俗,知得失,自考正"(《汉书·艺文志》)的目的,《诗经》中的"十五国风"绝大部分都是民间歌谣。古代学者在学术著述或编撰过程中,因多种原因也记录了不少民间文学作品。比较起来,这些经文字记录下来的作品仅仅是民间文学宝库中的很小一部分,有的还经文人改窜,绝大多数的民间文学作品则是在人民大众中间代代口头流传的。明清两代学者曾对民间文学进行专门的搜集整理,在我国文学史上留下了第一批民间文学专集,如杨慎的《古今谚》、冯梦龙的《山歌》、李调元的《粤风》、杜文澜的《古谣谚》等,流传至今,具有重要的史料价值。

具有较大规模的民间文学作品的搜集整理工作始于20世纪20年代前后(参阅第一编第六章第一节)。新中国成立后,民间文学搜集整理工作出现了两次高潮。第一次高潮是在1958年毛泽东同志亲自倡导全国开展采风运动时期。同年7月,第二次全国民间文学工作者代表大会制定了民间文学工作的"十六字方针",即"全面搜集,重点整理,大力推广,加强研究",指导民间文学搜集出版工作取得迅猛的发展。据统计,截止1966年,"只中国民间文艺研究会主编的各种民间文学丛书、单行本共出了六十多种,《民间文学》刊出了一百多期。只云南一省即搜集少数民族长诗六、七十部,出版二十多部。贵州一省编印'民间文学资料'四十多本"。(段宝林《中国民间文学概论》,北京大学出版社1985年增订本)

第二次高潮出现于20世纪80年代以来,其主要标志是提出和实施中国各民族民间文学作品三套总集的编纂任务。三套民间文学作品总集是指《中国民间故事集成》(钟敬文主编)、《中国歌谣集成》(贾芝主编)、《中国谚语集成》(马学良主编),简称三套集成,或民间文学集成。1981年底,中国民间文艺研究会常务理事扩大会议提出,1982年要着手组织进行大规模有重点的民间文学普查采录工作,并在此基础上编辑民间文学集成。1983年,在中国民间文艺研究会西山工作会议上进一步就此事确定了总主编和副总主编人选。1984年5月,文化部、国家民委、中国民间文艺研究会为此联合签发808号文件《关于编辑出版〈中国民间故事集成〉〈中国歌谣集成〉〈中国谚语集成〉的通知》,普查和编辑工作在全国轰轰烈烈开展起来。通过各地的普查和采录工作,共记录了近10亿字的资料,成功地发掘和抢救了一大批濒临失传的优秀作品,包括各地区、各民族口头流传的民间文学作品,"五四"以来搜集、抄录和发表在出版物上的民间文学作品,少数民族典籍、经卷中的部分民间文学作品,流传在民间的民间文学抄本、坊间印本中的作品。三套集成最后按省、市、自治区分卷,已经全部出齐,共计90余卷,1.1亿字。三套集成的编纂是我国民间文学事业中里程碑式的工程,编成后,将向国内外读者和研究者提供中国各地区、各民族的具有科学性、全面性和代表性的民间口头文学作品,同时也填补了我国文学史上大型民间文学史料集成的空白。

中国民间文艺研究会先后在1984年和1987年提出筹建中国民间文艺民俗博物馆和中国民间文学资料馆。在编纂民间文学集成和为此而进行的全国普查和采录工作中，强调并要求采用现代化科学技术，建立档案，保存原始资料，包括录音、原稿、实物等，为实现上述建馆任务奠造基础。江苏镇江市于1987年率先正式筹建"民间文艺资料库"，1989年起对外开放。该资料库设在镇江市群艺馆内，目前已收藏江苏省各市县的民间文学集成卷本，北京、上海、内蒙、云南、贵州等二十余个省、市、自治区的民间文艺家专集580余本。80万份民间文艺手稿及有关音响、录像资料、民间艺术品等，并编有《白蛇传资料索引（初稿）》（以本库收藏者为限）和《镇江民间文学志》（初稿）等。

1986年，中国民间文艺研究会、广西分会与芬兰文学协会及北欧民俗研究所等共同组织了中国芬兰民间文学联合考察活动，主要目的在于交流有关民间文学搜集和保管经验，包括识别、鉴定民间文学材料，编制民间文学资料的总目录；民间文学资料存档方法和保存的技术，内容的分类和编目等。考察的第一阶段是在南宁召开中国芬兰民间文学搜集保管研讨会，会上提交了论文30余篇，其中有陶阳的《史诗〈玛纳斯〉的调查采录方法》、贾木查的《蒙古族英雄史诗〈江格尔〉资料的搜集保管和出版》、张紫晨的《民间文学的分类学和分类系统》等，论文由中国民间文艺出版社结集出版。这对于建立和形成有关民间文学史料的搜集、保管、利用的科学原则和方法，促进民间文学研究事业的发展具有重要意义。

第二节 民 间 故 事

民间故事是民间文学的一个主要类别，其内容十分宽泛。据《中国民间故事集成》的编选范围，主要是中国各民族民间流传的口头散文作品，包括神话传说、民间生活故事、寓言、笑话等，属于广义范畴。在民间文学研究中通常把民间故事的范围界定为除神话、传说之外的具有幻想色彩或现实性较强的口头散文作品，属于狭义的范畴，神话研究则另为一个相对独立的领域和课题。本节从广义的范畴上进行叙述。

神话实际上是原始社会的关于神的民间故事。由于文字记载较晚和其他原因，汉民族的神话现在仅有部分零星和片断的记录，保存在先秦及稍后的文化典籍中，详细情况参见本编第一章"先秦文学史料"中"神话"一节的介绍。

我国有四大民间传说故事，即孟姜女传说、牛郎织女传说、梁山伯祝英台传说和白蛇传传说，罗永麟有《论中国四大民间故事》（中国民间文艺出版社1986年版），对其进行综合性考察和研究。北京文化艺术出版社2006年出版一套由陶玮选编的名家谈四大传说：戴不凡等著《名家谈白蛇传》，钟敬文等著《名家谈牛郎织女》，顾颉刚等著《名家谈孟姜女哭长城》，钱南扬等著《名家谈梁山伯与祝英台》。丛书选编20世纪30年代至21世纪初学者的相关研究论文，对四大传说的起源流变、发源地、传播路径、故事的文化意蕴和相关的民风民俗进行了系统的考察梳理。

四大民间传说故事从产生到成型，都经历了漫长的演变和艺术典型化过程。一般认为，它们都具有反封建的主题，同时有话本、戏剧、小说、歌谣、诗文、曲艺等多种艺术形式以此为题材加以推衍传布，所以其流传地区极广，影响很大。现代学者对四大民间故事的演变过程进行了综合性探讨研究，广泛搜集各种有关史料，包括大量文献记载和尚流传在民间的材料，努力从纷纭复杂的形态中，描述出它们在流传过程中变化的轨迹。其主要成果有：

一、孟姜女故事的研究。顾颉刚1924年发表的论文《孟姜女故事的转变》拉开了现代孟姜女故事研究的序幕。1928～1929年，国立中山大学历史学研究所相继出版顾颉刚编《孟姜女故事研究集》一、二、三册，汇编了他的论著及师友通讯，反映了在此期间孟姜女故事研究的主要成果。上海古籍出版社1984年出版**《孟姜女故事研究集》**，合刊上述三册外，另收录顾颉刚在这三册之外的有关孟姜女故事的文章和读书笔记，为第四册。中国民间文艺出版社1984年出版《孟姜女故事论文集》，主要收录顾颉刚、钟敬文等学者的有关重要论文，同时介绍了日本学者饭仓照平、前苏联汉学家李福清的研究成果。后附录赵巨渊的《孟姜女故事材料目录》（原载1935年天津《益世报·读书周刊》），该目按历史和地域两大系统，详细记录了各种有关资料。顾颉刚生前曾辑得孟姜女故事资料近百万字，已着手编辑《孟姜女故事资料集》，拟定分类为：甲、文人著录——(1)典籍，(2)诗文，(3)小说；乙、民间流传——(1)传记，(2)歌谣，(3)乐歌（含小调、宗教曲、戏剧3目）；丙、学者考辨。惜全部资料散失于十年动乱中，尚待有志者重辑。中国民间文艺研究会上海分会1985年编印《孟姜女资料选集》，选录故事80则、歌谣50篇。路工编有《孟姜女万里寻夫集》（上海出版公司1955年版，台北明文书局1970年影印），收录《孟姜女寻夫》、《重编孟姜女寻夫哭倒长城贞节全传》等。黄瑞旗著有《孟姜女故事研究》（中国人民大学出版社2003年版），系统梳理历代有关孟姜女的传说、故事，以及整理研究情况。

二、白蛇传故事研究。白蛇传传说在明拟话本《白娘子永镇雷峰塔》中首次出现完整的故事情节，在四大民间传说中最为晚出。傅惜华编有《白蛇传集》（上海出版公司1955年版，台北明文书局1970年影印），收录有关白蛇传的说唱文学作品。江苏省民间文学工作者协会、镇江分会编有《白蛇传》（资料本），收录有关白蛇传说的记录稿和部分文字整理稿、有关白蛇传说的山歌和清曲等记录整理稿等。中国民间文艺研究会浙江分会1982年印行《〈白蛇传〉资料索引》(1949～1982)，浙江古籍出版社1986年出版该会编选的《〈白蛇传〉论文集》，收录论文15篇。潘江东有**《白蛇**

故事研究》(台北学生书局1981年版,全3册),后附《资料汇编》。1984年,在杭州举行了"五四"以来国内第一次"白蛇传传说学术讨论会",会议通过公开征集和实地采风,搜集并掌握了近三百万字资料,计有口头故事、歌谣、说唱、谜语等形式,其中弹词《秘抄白蛇奇传》共32集,160万字,是迄今传世白蛇故事中篇幅最长的作品;福建畲族歌手雷双勋演唱的近二千行畲族长篇叙事诗《白蛇》也较为珍贵。会上,浙江戏剧专家沈祖安提供了白蛇传古本戏曲目录,其中明嘉靖十年(1531)杭州汲古斋刻本《雷峰塔》(南戏)、明嘉靖十一年刻本《白娘子永镇雷峰塔传奇》两种为过去所未见。这两种戏曲古本比话本《白娘子永镇雷峰塔》的编者冯梦龙的生年(1574)要早40多年,为确定白蛇传的最早成型本提供了新的史料依据。江苏文艺出版社2007年出版刘振兴总主编的**《白蛇传文化集粹》**,包括《导文卷》、《论文卷》和《工艺卷》。

三、牛郎织女传说。台湾学生书局1988年出版洪淑苓的《牛郎织女研究》,全书探讨了牛郎织女传说在神话阶段的发展情况,并把董永故事作为牛郎织女传说的主流进行详尽考述,最后论析了有关牛郎织女的民间故事,从神话、传说到民间故事这一发展演进脉络,肯定了民间故事是牛郎织女传说中的精华。杜颖陶编有《董永沉香合集》(上海出版公司1955年版,台北明文书局1970年影印),其上卷为董永集,包括变文、杂剧、传奇、小曲、宝卷、挽歌、弹词、地方戏等。郎净著《董永故事的展演及其文化结构》(上海古籍出版社2005年版)从历史的视角,分雏形、渐变、转型和重铸四个时期展开,揭示官方、民间和士大夫三方在故事流传和演变过程中的不同作用。广西师范大学出版社2008年出版大型资料集**《中国牛郎织女传说》**,叶涛、韩国祥总主编。全书5卷:研究卷(施爱东主编)、民间文学卷(陈泳超主编)、俗文学卷(邱慧莹主编)、图像卷(张从军主编)、沂源卷(叶涛、苏星主编)。《研究卷》选编具有代表性的研究论文,书后附录:(1)牛郎织女传说研究论文索引,(2)

牛郎织女传说研究博士硕士论文目录提要。《沂源卷》是牛郎织女传说在沂河流域地方化流传的调查资料集。

四、梁山伯祝英台传说。梁祝传说的研究,始于民国时期,有周青桦的《梁祝故事研究》(国立北京大学中国民俗学会《民俗丛书》本)和钱南扬编《祝英台故事集》(中山大学民俗学会辑刊《民俗学丛书》本)。路工编有《梁祝故事说唱集》(上海出版公司1955年版,上海古籍出版社1985年重印),共收录明清两代刊印传抄的梁祝故事传奇、民歌、鼓词、木鱼书、弹词等作品14篇。编者另在"写在前面"一文中,对梁祝故事的起源、衍变情况作了概述,并列出部分未入选的作品目录。杜美清有《梁祝故事及其文学研究》,1982年在台北自印。中华书局1999~2000年出版周静书主编的《梁祝文化大观》,全书4卷:故事歌谣卷(收集传说故事92篇,歌谣和诗词36篇)、曲艺小说卷(收录曲艺18种25篇,张恨水、赵清阁的同名小说《梁山伯与祝英台》)、戏剧影视卷(选入戏剧52篇、35个剧种和电影、电视个一篇)、学术论文卷(选录代表性论文60余篇,书后附编"梁祝文化学术论文索引1926~2000)。全书所录,除了历史文献资料外,还依据浙江省民间文艺家协会1985年向全国征集梁祝资料的所得,以及后续征得资料,可以说是汇集了近百年有关梁祝文化的搜集整理、文艺界的改编再创作及学术界不断深入研究的成果。

寓言是一种以生动有趣的小故事来阐发哲理、寄托劝喻或讽刺的民间故事,它以此喻彼,使人联想到更深远的道理,在民间颇为流行。我国古代寓言产生于先秦时期,数量众多的民间寓言经先秦学者不同程度的加工改造,大量保存在诸子散文中。胡怀琛著《中国寓言研究》(商务印书馆1930年版)、陈蒲清的《中国古代寓言史》(湖南教育出版社1983年版)、公木的《先秦寓言概论》(齐鲁书社1984年版)、吴秋林的《中国寓言史》(福建教育出版社1999年版)等,对中国古代寓言发展的情况作了较系统的阐述。

而凝溪的《中国寓言文学史》(云南人民出版社 1992 年版)则侧重从文学性审视寓言的发展史。重要的寓言选本有:公木等选注的《历代寓言选》(中国青年出版社 1983 年版)、王玄武等选注的《中国历代寓言选》(2 册,湖北人民出版社 1982、1983 年版)、陈蒲清等选编的《中国古代寓言选》(湖南人民出版社 1981 年版,1983 年增订版)、刘国正等选注的《寓林折枝》(2 册,北京出版社 1984 年版)等。河南大学出版社 2001 年出版白本松著《先秦寓言史》,书后附白砚整理的《中国古代寓言研究论文索引(1955~1999)》和《先秦寓言专题研究论文索引(1951~1999)》,可参检。

台北远流出版事业股份有限公司 1989 年出版陈庆浩、王秋桂主编的**《中国民间故事全集》**,全 40 册,收集晚近 70 年来海内外出版发表的汉族民间故事(少数民族民间故事以译成汉文者为限),分省编集,是目前规模较大的中国民间故事集。据老彭统计,20 世纪 20 年代以来,国内整理出版了 1000 余种民间故事作品集,其中大量是民间笑话、寓言和童话故事(见《民间文学书目汇要·序》)这里不一一介绍,可根据本章第五节"研究资料与工具书"中的专题书目查检。

天鹰的《中国民间故事初探》(上海文艺出版社 1981 年版)、刘守华的《民间故事的比较研究》(中国民间文艺出版社 1986 年版)、《故事学纲要》(华中师大出版社 1988 年版)和《中国民间故事史》(湖北教育出版社 1999 年版)是关于民间故事学的专著,对民间故事的文本、特征、分类等作了探索性研究阐述,并含有丰富的民间故事史料。其中《中国民间故事史》书后所附参考文献多达 153 种,可参阅。

民间故事具有世界性,世界各民族的民间故事类型存在相同或类似的现象。芬兰民间文艺学家阿尔尼(A·Aarne)1910 年始编、美国学者汤普逊(S·Thompson)增订而成的《民间故事类型索引》,将民间故事情节分类归纳成各种类型,大同小异者归属于同一类型，共设 1～2500 号，每 1 号代表一个故事类型。国际上称为阿尔尼——汤普逊分类法，简称 AT 分类法，为世界各国故事学家所通用。德国汉学家艾伯华（W. Eberhard）曾依据我国 20 世纪 20～30 年代出版的一些民间故事书刊和部分古籍文献，编成《中国民间故事类型》(1937 年德文版)，全书收有类型 300 余个（正格故事类型 275 个，滑稽故事类型 31 个），其分类体系完全不同于 AT 分类法，取用资料多限于沿海一带省份。商务印书馆 1999 年出版由王燕生等译，刘魁立审校的中文译本。美籍中国学者丁乃通 1978 年编成**《中国民间故事类型索引》**（英文版），全书主要根据 20 世纪 20 年代至 60 年代我国出版的各民族民间故事集（包括部分中国古典文学中记载的重要民间故事作品），按 AT 分类法编纂而成。书中共列入 843 个类型和次类型，其中 575 个均为国际性的，268 个中国特有的。全书对研究中国民间故事，沟通中西文化交流，便于国外学者了解中国民间故事都有重要意义。中国民间文艺出版社 1986 年出版郑建成等的中文全译本，后有"参考书目"，列出索引编制所据的民间故事书目。丁乃通另与许丽霞合著《中国民间故事书目提要》（美国旧金山中文资料中心 1975 年版），亦可参考。

第三节　民　间　诗　歌

民间诗歌主要包括民间歌谣和民间长诗。

民间歌谣是人民大众抒情言志的口头诗歌，含民歌、民谣两大类。在古代，一般以合乐为歌，徒歌为谣。《诗·魏风·园有桃》有"心之忧矣，我歌且谣"之句，《毛传》曰："曲合乐曰歌，徒歌为谣。""歌谣"联为一名，据朱自清考证，始自《淮南子·主术训》"古圣王……出言以副情，发号以明旨，陈之以礼乐，风之以歌谣"。民间歌谣现在一般指民歌、民谣、儿歌、童谣，作品多词句简洁，富有生活气息。我国民间歌谣遍及各民族、各地区，内容丰富，种类繁多，在文学发展史上，曾对文人的诗歌创作产生很大影响。钟敬文编有《歌谣论集》(北新书局1927年版)，收录20年代周作人、胡适、刘半农等学者的中国歌谣研究论文40余篇，反映了"五四"新文化运动中关于中国歌谣研究的主要成果。朱自清的《中国歌谣》(作家出版社1957年版，江苏教育出版社1990年《朱自清全集》第6卷本)是文学史上较早的中国歌谣专著，全书原系20年代末在清华大学授课的讲义，计划写10章：歌谣释名，歌谣的起源与发展，歌谣的历史，歌谣的分类，歌谣的结构，歌谣的修辞，歌谣的评价，歌谣研究的面面，歌谣搜集的历史，歌谣叙录。今本仅前6章。后4章未及完成。作者吸收了"五四"以来国内学者的研究成果和国外学者的学说，对中国歌谣的起源、发展、分类及语言技巧等作了系统的综合研究，材料丰富。张紫晨的《歌谣小史》(福建人民出版社1982年版)分15章系统地论述了中国歌谣自上古至1949年以来发展的历史。两书有助于读者从总体上把握民间歌谣的性质、特征、内容和发展。

朱自清曾根据民间文学的口传性的基本特征，把民间歌谣分为古歌谣与近世歌谣。凡见于古书记载而缺乏当今流行的口头资料予以参证者，均为古歌谣；凡当今尚在流传可供采录者，为近世歌谣。这种区分法与我国民间歌谣的搜集整理和分集出版的情况基本相符。

我国古歌谣搜集记载的历史，从《诗经》算起，已有二千多年的历史。在古代典籍中，古歌谣除了部分文学总集，如宋郭茂倩的《乐府诗集》较集中地予以记载外，大量的散见于史部、子部书及通俗文学作品中。明清两代学者开始致力于对当时民间流行的歌谣及散见于各类典籍中的歌谣加以采录和搜集，整理成民间歌谣作品专集，重要并易见的有：

《明清民歌时调集》 明冯梦龙等编。上海古籍出版社1987

年版。全书收录5种集子:明冯梦龙编述的《挂枝儿》10卷、《山歌》10卷、《夹竹桃》1卷,清王廷绍编述的《霓裳续谱》8卷,清华广生编述的《白雪遗音》4卷。各集中所录民歌时调大多保存了民间文学作品的风格,也有的已经文人改窜,并包括部分文人的拟作。这5种集子中华书局上海编辑所1959~1962年曾作为"明清民歌时调丛书",分别出版线装单行本。

《古谣谚》100卷 清杜文澜辑。周绍良校点。中华书局1958年版,1984年重印。全书所录谣谚均辑自上古至明代的经史子集四部典籍,各条都注明出处和有关本事。有凡例17则,详细说明古谣谚的定义、辑录标准和编选原则;第100卷为"集说",辑录古文献中有关谣谚的论说文字80余则,于谣谚研究很有参考价值。全书体例谨严,而朱自清认为"书中材料,全系转录故书,非从口传写录者可比,所以仍未必为真相。"(中国歌谣·歌谣的历史)山西人民出版社1986年出版尚恒元等所编《二十五史谣谚通检》,实际上兼具古谣谚选集性质。

以辑录书面歌谣谚语为主的大型专集还有:

《中国歌谣资料》 中国民间文艺研究会、北京大学中文系瞿秋白文学会编。作家出版社1959年版。全书二集。第一集辑录"五四"以前的歌谣,主要辑自元明以后的笔记、地方志、诗文集、通俗小说、戏曲等。凡《诗经》、《乐府诗集》、《古谣谚》已采录者,不再收编。第二集上下册,辑录"五四"至1949年的歌谣。

《古今俗语集成》 温端政主编,山西人民出版社1989年版。全书6卷,共辑录古今俗语(含歌谣、谚语)3万余条。第一、二卷辑自周秦至清末的经史子集四部典籍,所录与《古谣谚》多有相同。其他各卷分别辑自宋元明清的通俗小说,元杂剧和明代传奇,当代小说以及现当代名家全集、选集等。

《中国近代反帝反封建历史歌谣选》 程英编,中华书局1962年版。共收录鸦片战争至资产阶级民主革命时期的歌谣近600

首。书后附有"引用书刊报纸目录"。

中国社科院文学研究所、中国民间文艺研究会所编的《中国歌谣选》(收录近现代歌谣,上海文艺出版社1978、1980年版)、《中国歌谣集成》(不录叙事诗)、以及各种近现代歌谣集都以采录现时流传的歌谣为主。

民间长诗一般分为史诗和叙事诗两大类。从已经发掘整理的情况看,民间长诗以少数民族的作品居多。汉族的民间叙事长诗大都是建国后发掘整理的,代表作有流传在湖北崇阳一带的《双合莲》(宋祖立等搜集,湖北人民出版社1954年版)和《钟九闹漕》(又名《抗粮传》,孙敬文整理,湖北人民出版社1957年版)。其中最引人注目的是长篇叙事吴歌的不断发现。

吴歌是指主要流行于江、浙、沪一带的吴语民间歌谣,战国时就以"吴吟"、"吴歈"之名见诸记载。它作为一种歌体,始见于南朝乐府,《乐府诗集》中的《吴声歌曲》录有吴歌300多首。此后,直至晚明,冯梦龙才再一次对吴歌进行着力搜集,编成《山歌》等专集。1918年北京大学发起的民歌搜集运动,促使吴歌的搜集采录出现新的高潮。顾颉刚的《吴歌小史》(载《歌谣周刊》2卷第23期,1936)、天鹰的《论吴歌及其他》(上海文艺出版社1985年版)中的《吴歌研究提纲》,对吴歌的搜集采录历史作有详细的叙述。吴歌历史上采集的大都是短歌,建国后不断发掘到长篇叙事诗,至80年代出现高潮。据金煦统计,"比较完整的不下15部,不太完整而有重要线索的不下30部。每首均在千行以上,多者达三、四千行。"(《长篇叙事吴歌的发现与研究》,载《民间文学论坛》1986年第2期)。重要的长篇叙事吴歌专集有:

《江南十大民间叙事诗》 吴歌学会编,姜彬主编。上海文艺出版社1989年版。共收录《白杨村山歌》、《沈七哥》、《五姑娘》、《林氏女望郎》、《薛六郎》、《魏二郎》、《孟姜女》、《小青青》、《刘二姐》、《庄大姐》等10部长篇叙事吴歌。附录有"常用吴方言释例"、

"吴歌曲谱"。

更多的长篇叙事吴歌正在记录整理之中。

民间谚语是一种具有哲理性、知识性和实践性的短谚。有人为了突出民间谚语的文学性，把它定义为是一种"人民口诵的科学的哲理的小诗"。中国民间文艺研究资料室曾主编有《中国谚语资料》(上海文艺出版社1961年版)，全3册，收录谚语4.5万余条，另录歇后语近4000条。中国民间文艺出版社1983年以该书为基础进行增补，新版《中国谚语总汇·汉族卷》，包括《俗谚》、《农谚》两种。《俗谚》共收录4万余条，已出版。新编的《中国谚语集成》是更大规模的谚语总集。

民间谜语的较大型的作品总集有王仿的《中国谜语大全》(上海文艺出版社1981年版)、于洪华的《中国谜语集成》(明天出版社1985年版)。人民日报出版社1991年开始出版高伯瑜等编辑的《中国谜书集成》。全书4册，主要汇集南北朝至1948年间出版传世的谜语书籍近300种。第4册为论述谜理谜艺和谜史的史料专辑。

第四节　民间文学与宗教典籍

宗教与文学的关系是一个十分复杂的问题。在我国，宗教对各民族的文学创作和文学观点都产生有十分广泛的影响。孙昌武的《佛教与中国文学》(上海人民出版社1988年版)、葛兆光的《道教与中国文化》(上海人民出版社1987年版)、丹珠昂奔的《佛教与藏族文学》(中央民族学院出版社1988年版)、方立天的《中国佛教与传统文化》(上海人民出版社1988年版)等著作，对这种影响进行了理论上的探讨和阐述。

宗教为了用通俗的道理宣传教义，扩大影响，常常采用生动活泼的故事、寓言、笑话等形式，富有叙事文学的因素。这些故事，有的充满生活气息,有的直接来自民间。随着宗教本身的传播,它们也在民间长期流传,对民间文学产生深刻的影响。如在汉译《大藏经》中,有不少佛经的内容有佛本生故事——释迦牟尼如来佛生前的故事。这些故事大部分来自印度的民间创作,随佛经传入中国后,在民间长期流传,不知不觉地成为中国民间故事的组成部分。有的学者经过比较研究,指出了佛经故事与中国民间文学作品的相互交叉现象(见马学良、王尧的《再论民族民间文学与宗教的关系》,载《民间文学》1983年第2期)。刘守华根据自己新近采录的300多篇与道教有关的民间故事传说,指出了道教对中国民间叙事文学的影响和渗透(见《中国民间叙事的道教色彩》,载《民间文学》1989年第9期)。

在我国民族宗教典籍中,更是直接保存了大量的民族民间文学作品。如纳西族的《东巴经》,除了宗教内容外,还保存了大量纳西族的神话、传说和诗歌作品。著名的有创世神话史诗《创世纪》(云南人民出版社1978年版)、长篇叙事诗《鲁摆鲁饶》(《云南民族文学资料》本)、歌谣《祭天古歌》(祭天诗篇及民间口诵祭天词,中国民间文艺出版社1988年)等。布依族的《殡王经》、《招魂经》,瑶族的《盘王大歌书》,苗族的口传巫经《吃牛古根》等都同样记载了本民族的民间文学作品。

从史料学的角度出发,宗教典籍与民间文学的这种关系是值得十分重视的,较系统地了解我国各民族宗教典籍的基本情况也是十分必要的。

关于各民族的宗教典籍,可参阅:

《中国各民族宗教与神话大词典》 本书编委会编,蓝鸿恩、王松主编。学苑出版社1990年版。全书共收录全国56个民族的宗教、神话及古文化方面的词目8000余条,按民族分类编排。各民族均有概述性条目,可供通观各民族的宗教与神话概貌。书中对各民族重要的宗教和神话典籍均设立专条,较详细地介绍其基本结构和内容，有的还说明流传及版本情况。对了解掌握民族宗教典籍与文学、尤其是民间文学的关系很有帮助。

关于佛教和道教典籍，《宗教词典》（任继愈主编，上海辞书出版社1981年版）、《中国大百科全书·宗教卷》（中国大百科全书出版社1988年版）、《佛学大辞典》（丁福保编，北京文物出版社1984年新1版）、《道教大辞典》（李叔还编，台北巨流图书公司1979年版）等都有较详的著录。蓝吉富著《佛教史料学》（台北东大图书股份有限公司1997年版）是一部研究佛教文献的专门著作，书中详细介绍了大藏经、印度、中国的佛教史料，以及佛教史料的翻译、版本、非文字史料等。下面主要介绍几种大型宗教典籍丛书：

《中华大藏经》（汉文部分）23000卷 《中华大藏经》编辑局编，任继愈主编。中华书局1984年起出版。拟收佛教典籍4200种，分为三编：第一编收录历代汉文大藏经所收编有千字文编号的典籍，以《赵金藏》为底本，参用《房山云居寺石经》、《资福藏》等8种版本校补；第二编收录历代汉文大藏经入藏而未予千字文编号的典籍；第三编收录藏外典籍及近现代佛教著作。全书220册，是目前收录最齐、版本最好的汉文大藏经。藏文大藏经正在着手编辑。

《正统道藏》5305卷 明张宇初等主持，邵以正校定，明正统十年（1445）刊行。收书1431种。万历三十五年（1556）张国祥辑刊《万历续道藏》，续收道书56种，180卷。正、续《道藏》有北京白云观藏明刊本，商务印书馆1923～1926年据以影印。文物出版社、天津古籍出版社和上海书店1987年重印，精装36册。

《藏外道书》1100卷 巴蜀书社1990～1991年版。清彭定求曾辑刊《道藏辑要》531卷，收书283种，其中110种288卷是明正续《道藏》漏收和明末清初晚出的道书，有巴蜀书社1985年影印本。《藏外道书》则收录了迄今发现的未入明正续《道藏》的全部道书，包括《道藏辑要》的110种，共计650余种。其中有马王堆汉墓帛书道经、敦煌唐本道经，以及散佚民间的手抄本、海外收藏的道教典籍等。

第五节　研究资料与工具书

民间文学的研究资料主要有两大类型，一种是民间文学作品资料，包括采录时的原始记录稿、各种不同异文的汇编本等；另一种是民间文学研究评论资料。

大型民间文学作品资料，大都是建国后出版的内部资料，由各省、自治区民间文艺研究机构编印。主要有：

《贵州省民间文学资料》　贵州省民间文艺研究会 1954 年开始编印，迄今已编印 70 余集，主要记录贵州各民族的民间文学作品。

《云南民族文学资料》　中国作家协会云南分会民族民间文学委员会编印。1956～1966 年编印 18 集，其中有纳西族长诗《鲁摆鲁饶》。1980 年改为《云南少数民族文学资料》，已编印 7 集，其中有《阿銮的故事》等。上述资料大都是原始记录，并汇集不同的异文，对研究与整理工作有重要参考价值。

《广西民间文学资料汇编》　广西民间文学研究会 1959 年起编印，已出《广西民间故事资料》、《壮族民间故事资料》（3 集）、《各族动物故事》等 10 多种。

《青海民族民间文学资料》　青海民间文艺研究会 1979 年起编印，已出近 30 种。

《湖北民间文学资料汇编》　湖北民间文艺研究会、湖北省群众艺术馆 1980 年起编印，已出 10 多集。其中第 5 集为汉族叙事长诗《双合莲》各种版本的汇编本。

《黑龙江民间文学》　黑龙江民间文艺研究会 1981 年起编印，已出 20 余集。

大型民间文学研究评论资料有：

《中国民间文学论文集》（1949～1979）　中国民间文艺研究会

上海分会、上海文艺出版社编。上海文艺出版社1980年版。3册。上册收录民间文学基本理论方面的论文34篇,中册收录论述民歌、史诗、叙事诗及民间歌手方面的论文29篇,下册收录神话传说、民间故事、谚语等方面的研究论文24篇。全书反映了建国以来民间文学研究的重要成果。此外尚有：《民间文学研究论文集》(中国民间文艺研究会浙江分会1982年印行)、《初犁集》(二册,江苏省民间文学工作者协会1983年编印)、《山西民间文学论文选》(郑笃编,北岳文艺出版社1986年版)、《中国民间传说论文集》(中国民间文艺研究会理论研究部编,中国民间文艺出版社1986年版)等。

《二十世纪中国民俗学经典》 钟敬文学术总监,苑利主编,社会科学文献出版社2002年版。收录1901年至2000年百年间中国民俗学研究成果中的主要篇目。附录中国民俗学论著索引(1901～2000),按专题分列各卷之后。共分8卷:传说故事卷,史诗歌谣卷,物质民俗卷,社会民俗卷,神话卷,信仰民俗卷,民俗理论卷,学术史卷。

民间文学刊物能及时和连续刊出重要的作品以及研究评论资料,是重要的研究资料源。这里介绍3种民间文学的核心期刊:

《民间文学》(月刊) 中国民间文艺家协会主办。1955年创刊。是以发表全国各民族民间文学作品为主,兼及评论和外国民间文学作品译文的全国性刊物。截至1991年6月,共刊出257期。其间1966～1978年停刊。

《民间文艺集刊》 中国民间文艺研究会上海分会主办。1981年创刊。原名《民间文艺集刊》,不定期。1986年起定为季刊。主要刊登民间文艺的实地调查材料、外国民间文艺理论译文,以及民间文学的原始记录材料、有关研究动态等。曾集中发表过一批长篇叙事吴歌。

《民间文学论坛》(双月刊) 中国民间文艺研究会主办。1982

年创刊,初为季刊,1985年改为双月刊。是全国性民间文学理论研究刊物,设有神话研究、史诗研究、民间故事研究、民间文学与原始信仰、民间文学与民族文化等栏目。另,中国民间文艺研究会研究部1983年起,将所编《民间文学工作通讯》改为《民间文学研究动态》(内部不定期刊物)主要介绍全国民间文学研究的信息动态等,很有参考价值。

民间文学的工具书,谢灼华在《中国文学目录学》中设有专章,分民间文学、故事笑话、歌谣和说唱文学4类,主要介绍了20世纪80年代以前的有关目录索引。下面侧重介绍20世纪80年代以来出版的几种主要的民间文学目录索引和辞书。

《民间文学书目汇要》 老彭编纂,重庆出版社1988年版。主要收录20世纪初至80年代国内出版的民间文学书籍,近6000种。共4编:上编为民间文学总论书目,中编为民间文学各体理论及作品书目,下编为民间文学期刊刊名目录,附编为相邻学科书目(含民俗学、少数民族文学、文化学、宗教史等7种)。主要收录汉文民间文学书目,兼收根据民间文学改编或再创作作品等。著录范围较宽。古代民间文学书籍只收录已经整理排印者。台湾省和香港地区出版的民间文学书目未予收录。

《中国民间文学论文索引》(1949～1980) 中国社科院文学研究所1981年编印。2册。分马列主义与民间文学、中国作家与民间文学、民间文学总论、民间文学史、民间文学概况、民间歌谣、民间故事、民间曲艺。民间小戏和杂类10类编排。中国民间文艺研究会资料室1980年起编印《民间文学论文、作品、新书目录索引》,逐年编印。

《民间文学研究资料目录索引》(1949～1979) 老彭编,西南师大中文系1980年印行。分类与《民间文学书目汇要》基本一致。西南师大1984年续印老彭主编的《民间文学论文目录索引》(1980～1983)。老彭另准备以上述索引为基础,扩大增补成《民间文学论文全目》，以与《民间文学书目汇要》配套合璧。

《中国各民族神话研究外文论著目录(1839～1900)》 ［俄］李福清编，北京图书馆出版社2007年版。全书收录1893～1900年间各国学者用15种语言（俄、英、法、德、意大利、保加利亚、波兰、匈牙利、日、朝鲜、越南、蒙古、吉尔吉斯、哈萨克、土耳其）发表的有关中国各民族神话的研究成果，包括论著、文章、学位论文和书评，分为中国（汉族）古代神话和少数民族神话两大类编排。卷首冠有李福清撰写的长序《外国研究中国各族神话概况》。书后附编著者索引。

《民间文学词典》 段宝林、祁连休主编。河北教育出版社1988年版。全书共收条目5300余条，正文按汉语拼音音序编排，后附分类目录。内容包括民间文学的基本理论、基本知识，民间文学的调查、搜集和研究，作家与民间文学，以及各体民间文学的理论知识和代表作品，民间文艺学家、民间诗人、歌手等。对民间文学学术活动、报刊等也作了必要的介绍。甘肃人民出版社1989年出版杨亮才主编的《中国民间文艺辞典》，全书近3000条目，大部分属于民间文学的内容，亦可参考。

《中国民间文学大辞典》 姜彬主编，上海文艺出版社1992年出版。分类收录中国民间文学词目6000余条，大类有民间文学理论和名词术语，民间文学作品，民间文艺学家、民间文艺家，民间文学著作，民间文学报刊，民间文学组织，民间文学重要活动。黑龙江人民出版社1996年出版马名超、王彩云主编的《中国民间文学大辞典》，所收词条分为三大部分：一、民间文学术语、作家和歌手，二、民间文学作品分类提要，三、附录。可参阅。

《中国民间文艺学年鉴》 中国民间文艺家协会、中国社会科学院民间文学研究室、华中师范大学文学院编，华中师范大学出版社2003年起分年度出版。这是一部学术性、资料性兼具的学科年鉴，常设类目有"非物质文化遗产保护"专题、总论、神话研究、史诗研究、民间传说、民间故事研究、民间歌谣及叙事长诗研究、民间艺术研究、动态与信息等,其中主体部分,都有研究概述,论文选载和论文摘要,全面反映年度民间文艺学各个领域的发展与成就。已经出版2001年至2007年度本。

第十章 民族文学史料

民族文学,通常专指我国除汉民族以外的少数民族所创造的文学。本章沿用这一习惯指称。

我国有 55 个少数民族,总人口 5580 余万,约占全国人口的 6%,其中蒙古、回、藏、维吾尔、苗、彝、壮、布依、朝鲜、满、侗、瑶、白族等 13 个民族的人口均在 100 万以上。我国少数民族主要聚居于辽阔的边疆地区,分布面积将近全国总面积的 60%。少数民族人民长期生活在这片富饶美丽的土地上,与汉民族共同缔造了我们伟大的祖国,共同创造了中华民族的灿烂文化。

由于历史的原因,民族文学在相当长的时期内没有得到应有的重视。解放后,党和政府大力帮助少数民族发展自己的文化,发掘整理本民族的文学遗产。民族文学在我国文学史研究领域长期默默无闻的现象正在得到迅速的改变。

第一节 民族文学史料概貌

民族文学主要包括民间文学(口头文学)和作家文学(书面文学)两大类。

关于民族文学的界限与范围,目前学术界尚存在不同的意见。

对于民族民间文学,看法比较一致,就是凡在少数民族地区流传的民间口头文学作品,不论其源流、内容和形式如何,都属于民族民间文学。民族作家文学的情况相对复杂一些,一般认为,民族作家文学要符合3个条件:1.作家必须是少数民族出身(籍贯),2.用本民族的文字创作(语言),3.反映本民族的生活(题材)。其中,第2条强调不十分严格。也有的学者只强调第1条,认为在我国历史上民族大融合时期,少数民族出身的作家用汉文创作的作品也应列入民族作家文学的范畴。如元代诗人萨都剌(回族)、散曲作家贯云石(维吾尔族)、清代词人纳兰性德(满族)、小说家蒲松龄(回族)、曹雪芹(满族)等。这些内容已分别列入本编有关各章介绍,本章不再涉及。

我国20世纪30~40年代曾出版过数种题名民族文学的论著,但其民族文学的概念与本章所述的有很大不同。如梁乙真的《中国民族文学史》(重庆三友书店1943年发行),书中所述的民族文学,实际上是指在宋元明清时期国内民族战争和近代反帝国主义侵略斗争中汉族作家表现汉民族精神的文学创作。对此,我们应加以区别。

在民族文学中,民间文学占有特别重要的地位。除了数量和品种上的极大丰富外,民族民间文学在民族文学、乃至民族文化史上的重要性主要体现在两个方面:1.完好地保存和传承了大量的神话、英雄史诗和叙事长诗。这3类作品在汉民族文学中较少存见,因而极大地丰富了中国文学作品的宝库。其中杰出的巨制宏篇,如著名的三大英雄史诗:藏族的《格萨尔王传》、蒙古族的《江格尔》、柯尔克孜族的《玛纳斯》已成为国际性的学术研究课题,形成专学。2.通过代代口承相传至今的民族民间文学,尤其是上述三种类型的作品,保存了大量有关民族的历史、经济、政治、文化和社会生活方面的史料。这些珍贵的史料,对文学研究,对民俗学、社会学等人文学科的研究,都具有重要的价值。

民族文学史料的大规模的搜集、整理和出版，主要开始于建国以后。大量民族民间文学作品陆续被发掘采录，历代民族作家文学作品的搜集整理工作也得到了重视，其中重要的作品都已先后公开出版或内部发行，但也还有相当一部分尚未整理。姚居顺、孟慧英的《新时期民间文学搜集出版史略》(辽宁大学出版社1989年版)对此作了较全面的叙述。新时期编著或修订出版的少数民族文学史，都依据调查而得的翔实的第一手资料，对民族文学的基本情况作了全面系统的阐述，有助于我们从总体上了解和把握民族文学史料的具体内容和分布状况。这些民族文学史著作有多民族的和单民族的两种类型。多民族的主要有：

《中国少数民族文学》 中国社会科学院文学研究所本书编辑组编，毛星主编。湖南人民出版社1983年版。全3册。全书按各少数民族自然分布区域，逐一对50多个少数民族的文学创作进行较全面的分析介绍。其特点是突出作品，容量较大。

《中国少数民族文学史》 马学良等主编，中央民族学院出版社1992年版。全2册。全书系统地阐述了我国少数民族文学自原始社会至社会主义时期的发展，并总结了少数民族文学的发展规律与特点。2001年出版修订本，全3册。

此外，梁庭望、李云忠、赵志忠编著的**《20世纪中国少数民族文学编年史》**(辽宁民族出版社2006年版)为研究者了解少数民族文学发展史提供了新的途径。

单民族的文学史著作有：《纳西族文学史》(云南省民族民间文学丽江调查队编写，云南人民出版社1960年版)、《苗族文学史》(田兵等编著，贵州人民出版社1981年版)、《蒙古族文学简史》(齐木道吉等编著，内蒙古人民出版社1981年版)、《布依族文学史》(王清七等编写，贵州人民出版社1983年版)、《白族文学史》(修订版，张文勋主编，云南人民出版社1983年版)、《壮族文学史》(欧阳若修等编著，广西人民出版社1986年版)、《楚雄彝族文学简史》

(杨继中等编著，中国民间文艺出版社1986年版)、《藏族文学史》(中央民族学院本书编写组编著，四川民族出版社1985年初版，1989年修订版)、《瑶族文学史》(黄书光等编著，广西人民出版社1988年版)、《满族文学史》(赵志辉主编，沈阳出版社1989年版)等。以上各书所论较前述两种多民族文学史著作中的相关部分更为详细深入。

《中国少数民族文学史丛书》 中国社会科学院少数民族文学研究所组织编写，各省、市、区出版社出版。1986年，少数民族文学研究所聘请专家组成由刘魁立任主任委员的丛书编审委员会，负责丛书各卷的审定工作。已经出版有：《赫哲族文学》(徐昌翰，北方文艺出版社1991年)、《鄂伦春族文学》(徐昌翰著，北方文艺出版社1993年)、《羌族文学史》(李明，四川民族出版社1994年)、《拉祜族文学简史》(雷波、刘辉豪著，云南民族出版社1995年)、《阿昌族文学简史》(攸延春著，云南民族出版社1995年)、《基诺族文学简史》(杜玉亭著，云南民族出版社1996年)、《哈尼族文学史》(史军超著，云南民族出版社1998年)、《傈僳族文学简史》(左玉堂著，云南民族出版社1999年)、《佤族文学简史》(郭思九、尚仲豪，云南民族出版社1999年)、《蒙古族文学史》(荣苏赫等主编，内蒙古人民出版社2000年)、《鄂温克族文学》(黄任远著，北方文艺出版社2000年)等。

邓敏文《中国多民族文学史论》(社科文献出版社1995年出版)附有《中国少数民族文学史文学概况总目提要》。陈飞主编《中国文学专史书目提要》(大象出版社2004年版)有"民族文学史"专类。可参阅。

民族文学史料的整理本，一般有本民族文字本和汉文译本两种形式。本章的介绍侧重于汉文译本。关于各民族文字本，建国以后整理出版的，可逐年查阅《全国总书目》。现存历代民族文字的抄本，印本和石刻拓本等有关史料，可查阅以下专题目录：

《全国蒙文古旧图书资料联合目录》（汉、蒙文对照） 八省区蒙古语文工作协作小组办公室编,内蒙古人民出版社1979年版。共著录国内60多所图书馆所藏1949年以前出版或抄写的蒙文图书资料1500种,7000多册。

《全国满文图书资料联合目录》 黄润华、屈六生主编,书目文献出版社1991年版。收录全国22个省市自治区49个单位收藏的满文图书1000多种,石刻拓片690余种。

《藏文典籍目录》（文集类子目） 民族图书馆编,四川民族出版社1984年起出版。藏文版,全3册。著录180余家文集子目,附有相应的汉译。

《藏文典籍要目》（藏文版） 青海人民出版社1985年编辑出版。收录藏族近200位诗人学者有关修辞学、诗学、戏剧学、传记学方面的著作近万部。

《中国蒙古文古籍总目》 本书编委会编,北京图书馆出版社2000年版。全书收录中国180个藏书单位和80个人所藏1949年前中国抄写、刻印之蒙古文文献,分图书经卷、档案资料、金石拓片和期刊报纸四部分,共13155条。每条书目除著录题名、卷数、撰著者、版本、卷册数和藏家外,题名作拉丁转写和汉译,内容有所考证与分析,全面反映中国蒙古文古籍之现存实际面貌和收藏情况。书后编制蒙文题名、拉丁文题名、题名汉译索引。

实物资料可以去**中国少数民族文学馆**查考。该馆建于呼和浩特市内蒙古师范大学盛乐校区,占地面积100余亩,建筑面积5500平方米,2009年9月15日开馆,是我国首个专门研究55个少数民族的作家和少数民族文学的基地。展览大厅展示着蒙古、回、藏、维吾尔等55个少数民族的1420多位少数民族作家的著作、手稿、书信、照片、实物及有关资料。据统计,文学馆已经收集到30多个省、市、自治区(包括香港、澳门特别行政区和台湾地区)55个少数民族的1500多位少数民族作家的著作、手稿、书信、照片、实物及有关资料;收集到藏族的《格萨尔》、蒙古族的《江格尔》、柯尔克孜族的《玛纳斯》等三大史诗的各种版本和翻译本以及有关研究资料等。

第二节 民族民间文学

民族民间文学作品包括神话、传说、民间故事、民歌、英雄史诗、民间叙事长诗、民间谚语和谜语7大类型。建国以后经数次大规模的调查采录,各类作品都大量结集出版,其特点是多采用大型丛书或集成的形式推出。除目前正在陆续编辑出版的民间文学三套集成外,较大型的还有上海文艺出版社的《中国少数民族民间文学丛书·故事大系》,该大系选收各少数民族散文体裁的民间文学作品,包括神话、传说、故事、笑话和寓言等。按民族分编,计划出版56卷,55个少数民族各为1卷,最后一卷为索引和其他研究资料。已出版蒙古族、藏族、维吾尔族、苗族、侗族、白族、满族、哈尼族、土家族等20余卷。中国民间文艺出版社的《中国民间史诗叙事诗丛书》、云南人民出版社的《云南民族民间长诗丛书》、四川民族出版社的《民族民间文学丛书》等也都已经出版了多种作品集。中央民族学院图书馆1979年编印了《中国少数民族民间文学作品目录索引》,对1949～1979年出版的民族民间文学作品作了较全面的揭示。

民族民间文学中,神话、英雄史诗和叙事长诗最引人注目。

少数民族神话除了在各族人民口头流传外,还见于民族宗教经典和民族史志典籍的记载,有散文和韵文两种形式。散文体神话一般作为故事收入各种民间故事集,专题结集的有陶立璠等编选的《中国少数民族神话传说选》(四川民族出版社1985年版)、谷德明的《中国少数民族神话》(全2册,中国民间文艺出版社1987年版)、李子贤的《云南少数民族神话选》(云南人民出版社1990年版)、陶阳等编选的《中国神话》(上海文艺出版社1991年版)等。袁珂编有《中国民族神话词典》(四川省社科院出版社1989年版),收录我国各民族神话传说的有关词目600多条。

韵文体神话大都以史诗的形式出现,内容主要述及开天辟地、人类起源、自然万物起源、民族起源等,所以有创世神话史诗、洪水神话之称。已整理出版的神话史诗有:

彝族:《阿细的先基》(云南人民出版社1978年版)、《梅葛》(云南人民出版社1978年版)、《查姆》(郭思九等整理,云南人民出版社1981年版);阿昌族:《遮帕麻和遮米麻》(兰克等整理,云南人民出版社1983年版);瑶族:《密洛陀》(莎红整理,广西人民出版社1981年版);苗族:《苗族古歌》(贵州省民间文学组整理,田兵编选,贵州人民出版社1979年版)、《苗族史诗》(马学良等译注,中国民间文艺出版社1983年版);侗族:《嘎茫莽道时嘉》(杨保愿翻译整理,中国民间文艺出版社1986年版),等等。

少数民族神话的专题研究论著有:孟慧英的《活态神话:中国少数民族神话研究》(南开大学出版社1990年版)、赵橹的《论白族神话与密教》(中国民间文艺出版社1983年版)、《神话新探——中国少数民族神话学术讨论会论文集》(贵州人民出版社1986年版)、过竹的《苗族神话研究》(广西人民出版社1988年版)等。

英雄史诗是民族民间文学中的一朵奇葩,以篇幅宏大、气势磅礴见称于世。其中最著名的是《格萨尔王传》、《江格尔》和《玛纳斯》,有中国三大英雄史诗之称。潜明兹著《中国少数民族英雄史诗》(天津教育出版社1991年版),主要论述《格萨尔王传》、《江格尔》和《玛纳斯》三大史诗,兼及其他少数民族英雄史诗,如赫哲族"伊玛堪"英雄复仇故事和鄂伦春族"摩苏昆"英雄复仇故事等。

《格萨尔王传》 藏族英雄史诗。约产生于公元11世纪前后。据目前所知,全诗约有100万行,1000余万字,由许多独立的篇章组成,是目前世界上篇幅最长的史诗。全诗通过对部落首领格萨尔一生英雄业绩的描述，再现了当时几十个部落和邦国由割据战争到联合统一的历史发展过程。全部史诗有分章和分部两种本子。分章本浓缩反映史诗若干篇章的情节，分部本是史诗某一篇章或故事的完整叙述。迄今已搜集到的7部内容不同的藏文木刻本，已全部重印。甘肃人民出版社、中国民间文艺出版社等已陆续出版了10多种汉译本，包括分章本和分部本。史诗的重要研究参考资料有：中国社会科学院少数民族文学研究所主编的《格萨尔研究》(不定期丛刊，中国民间文艺出版社出版)、官却才旦的《格萨尔王传词汇注解》(藏文版，甘肃人民出版社1986年版)、土登尼玛主编的《格萨尔词典》(藏汉文对照，四川民族出版社1989年版)等。1994年，内蒙古大学出版社出版降边嘉措的《〈格萨尔〉与藏族文化》，作者论定这部来自民间的英雄史诗在藏族文化史上的地位，充分肯定《格萨尔》艺人在创作、继承和传播这部史诗上的重要作用。2000年，四川人民出版社出版周锡银的《藏族英雄史诗与神歌——格萨尔研究》，收录作者30多篇论文。2002年，甘肃民族出版社出版王兴学的《**〈格萨尔〉学史稿**》，作者运用编年史与专题史相结合的方法，详今略古，对《格萨尔》及其研究史实做了深入系统的总结与归纳。由于正文采取重国内略国外的原则，故书后附编"国外部分《格萨尔》研究论著目录"。

《玛纳斯》 柯尔克孜族英雄史诗。主要流传于中国新疆、前苏联和阿富汗柯尔克孜族人聚居地区。根据我国现在搜集记录的材料，共有8部：《玛纳斯》、《赛麦台依》、《赛依台克》、《凯耐尼木》、《赛依特》、《阿勒斯巴恰·别克巴恰》、《索木毕莱克》、《奇格台依》，共20余万行，主要叙述玛纳斯家族8代英雄的斗争历程。目前柯尔克孜族民间歌手居素甫·玛玛依演唱的8部唱本已全部记录完毕。新疆人民出版社已出版第一部和第二部的柯尔克孜文本，以及第二部的汉文本，新疆民间文艺研究会1982年印行第五部柯尔克孜文本，其余各部也将陆续出版。1994年，新疆人民出版社出版新疆民间文艺家协会编论文集《玛纳斯研究》。内蒙古大学出版社1999年出版郎樱的**《玛纳斯论》**,全书三篇:口承篇、文本篇,比较篇,对《玛纳斯》产生时代、流传历史、美学特征等进行了全面深入的考察研究。此书是在作者《玛纳斯论析》(内蒙古大学出版社1991年版)的基础上增订而成。

《江格尔》 蒙古族英雄史诗。叙述阿鲁宝木巴地方以江格尔为首的勇士同来犯的侵略者进行顽强的斗争,最终取得胜利的故事,主要流传于新疆的阿尔泰山区和额尔齐斯河流域的蒙古族聚居区。史诗约在明代后始用托忒蒙古文字记录下来。内蒙古人民出版社1958年出版13章蒙文本,新疆人民出版社1980年出版15章蒙文本,人民文学出版社1983年出版色道尔吉的15章汉译本。据色道尔吉介绍,近年从新疆阿尔泰蒙古族中又搜集到若干部分章节,肯定15章本尚不完全,有待进一步搜集整理。中国民间文艺研究会新疆分会编有托忒蒙文本《江格尔资料》(1~5),新疆人民出版社1985年版。仁钦道尔吉在所著**《江格尔论》**(方志出版社2007年版)中,追溯并再现了《江格尔》的文化渊源、产生的时代条件、流传历史,对史诗丰富的文本资料和研究成果进行了梳理,并从文学视角分析了史诗的情节、人物形象的塑造和语言技巧。

此外,傣族的《兰嘎西贺》(刁兴平等翻译整理,云南人民出版社1981年版)、《召树屯》(岩叠等翻译整理,作家出版社1959年版)等也都具有高度的艺术表现力,而广泛流传在人民中间。

民族民间叙事长诗已经整理出版的代表作品有:彝族撒尼人的《阿诗玛》(黄铁等整理,人民文学出版社1955年版,中国民间文艺出版社1985年出版马学良等编辑的彝汉对照本)、傣族的《娥并与桑洛》(云南省民族民间文学德宏调查队搜集翻译整理,云南人民出版社1978年2版)、傈僳族的《逃婚调·重逢调·生产调》(云南人民出版社1980年编辑出版)、蒙古族的《嘎达梅林》(陈清漳等整理，上海文艺出版社1979年版）、哈萨克族的《萨里哈与萨曼》（山林等整理，新疆人民出版社1980年版）。重要的民间叙事长诗选集有：四川省民间文艺研究会编的《大凉山彝族民间长诗选》（四川人民出版社1960年版），收入《勒俄特依》、《我的幺表妹》和《妈妈的女儿》三篇长诗；新疆人民出版社1985年编辑出版的《哈萨克民间叙事长诗选》，收入《英雄谢力扎特》、《飞毯的故事》、《阿娜尔与赛吾来别克》和《查姆斯娅》4部；四川民族出版社1985年编选出版的《中国少数民族民间长诗选》，收入傣族的《红宝石》、彝族的《力芝与索布》、羌族的《木吉珠与豌珠》、壮族的《七姑》、裕固族的《黄黛琛》和柯尔克孜族的《玛玛克与绍波克》等6部。我国迄今已整理出版了优秀民族民间叙事长诗百余部，这与各少数民族民间叙事长诗的实际蕴藏量相比，还只是很少的一部分。如云南傣族就有多达550部叙事长诗，目前已搜集到目录或流传本300多部。可见，今后民族民间文学史料的搜集整理出版的任务仍十分繁重。

有关民族民间文学的专题性研究论著有：朱宜初、李子贤主编的《少数民族民间文学概论》（云南人民出版社1983年版），陶立璠的《民族民间文学基础理论》（广西民族出版社1985年版），王堡、雷茂奎主编的《新疆民族民间文学研究》（新疆人民出版社1986年版），中央民族学院少数民族文艺研究所编著的《中国民族民间文学》（中央民族学院出版社1987年版），韦其麟的《壮族民间文学概况》（广西人民出版社1988年版）、毕桪的《哈萨克民间文学概论》（中央民族学院1991年版），佟锦华的《藏族文学研究》（论文集，中国藏学出版社1992年版），欧之德著《彝族哈尼族文学评论集》（云南人民出版社2001年版），赵德光编《阿诗玛研究论文集》（云南民族出版社2002年版），收录20世纪有关《阿诗玛》整理、研究的论文。

中央民族大学出版社2010年出版梁庭望、汪立珍、尹晓琳编著的**《中国民族文学研究60年》**，全书五章，从文学理论、学科建设、资料积累、发展趋势和文学辐射五个方面,对新中国成立以来我国民族文学研究情况作了系统的分析回顾。

第三节　民族作家文学

历代少数民族作家的书面文学创作,从我国现存1911年以前刊行的民族文字图书史料来看,是十分丰富的。除了诗歌、小说外,很多历史名著、人物传记等在民族文学史上占有很重要的地位。如藏族古代作家桑吉贤赞(1452~1507)的《米拉日巴传》(西藏人民出版社1980年王沂暖汉译本),西藏佛教噶举派噶玛支系第九世活佛巴卧·祖拉陈哇(1504~1566)的《贤者喜宴》(又名《洛扎佛教史》,民族出版社1986年藏文版),蒙古族学者,鄂尔多斯部喇嘛罗卜桑丹金(约生活于17世纪后半期至18世纪前半期)的《黄金史》(蒙古编年史,内蒙古人民出版社1983年乔吉校注蒙文本,1984年乔吉汉译本)等。有些哲学或科技著作,通篇采用文学的样式,同样具有文学研究的史料价值。如彝族古籍《宇宙人文论》(约产生于唐朝中叶至北宋末年,民族出版社1984年罗国义等汉译本),通篇采用对话的形式,以五言诗体阐述彝族先民对宇宙和人类的起源的认识,讲解天文历算知识等,富有彝族文学的特色。11世纪中叶回鹘黑汗王朝贵族后裔马赫木德·喀什噶里编纂的大型辞书《突厥语大辞典》(新疆人民出版社1981年起陆续出版新疆社会科学院本书译审小组翻译的维吾尔语和汉语译本),收突厥语词汇近8000条,用阿拉伯语注释。其中很多词条兼用韵、散文举例说明,引用文学作品十分丰富,较广泛地反映了古代维吾尔族人民的文学创作情况,是古代维吾尔族三大文学名著之一。下面择要介绍几种民族作家文学的名著:

《福乐智慧》(回鹘文)　11世纪维吾尔族诗人尤素甫(Yusuf)·哈斯·哈吉甫撰。这是维吾尔族文学史上第一部叙事长诗,全诗采用阿鲁孜诗律,以玛纳斯维体(双行)写成,体裁类似诗剧。正文82章,12000余行,另有2篇序言3个附篇。作品对喀喇汗王朝时代回鹘人社会生活的各个方面作了详尽的描写,融诗情与哲理于一体。原书手稿本迄今尚未发现,流传有3种抄本:维也纳回鹘文本,开罗阿拉伯文本和纳曼干阿拉伯文本,所录诗行数和次序均有所不同。新疆人民出版社1986年影印了这3种抄本。土耳其学者阿拉特曾对以上3种抄本进行校勘,于1947年完成拉丁字母标音的转写本。民族出版社(北京)1984年出版了新疆社会科学院民族文学研究所主编的维吾尔文本,包括拉丁字母标音转写本和现代维吾尔语诗体译本。郝关中等据此本汉译,民族出版社1986年版。喀什维吾尔文出版社1986年出版论文集《历史遗产:浅论〈福乐智慧〉》1~2集。新疆人民出版社2000年出版买买提明·玉素甫选编的《论伟大的学术里程碑〈福乐智慧〉》,是纪念中国维吾尔学者玉素甫·哈斯·哈吉甫诞辰980周年暨《福乐智慧》问世928周年全国学术研讨会的论文选集。

《萨迦格言》 藏族哲理格言诗集。藏族学者、诗人萨班·贡噶坚赞(1182~1251)著。作者是西藏佛教萨迦教派的第四代祖师,精通五明之学。本书约成于13世纪上半叶,以每首七言四句的诗歌形式写成,共457首,分为9章:(1)论学者,(2)论上流人,(3)论愚人,(4)论杂人,(5)论恶行,(6)论本性,(7)论不合理行为,(8)论做事,(9)论佛法。作者善于运用比喻,遣词雅俗并蓄,内容广泛涉及各种社会现象,形式上具有民歌的表达特点,对后世藏族格言诗的创作产生了很大影响。有青海人民出版社1958年王尧译本,选译212首。西藏人民出版社1980年出版次旦多吉等的汉译本,青海民族出版社1981年出版王尧的汉藏文对照本。

《蒙古秘史》 蒙古族史传文学典籍。明代汉译名《元朝秘史》,亦称《元秘史》。成书于1240年,撰者不详。全书以编年体和纪传体相结合的形式,记载自成吉思汗二十二代远祖至太宗十二年共500余年的蒙古史事，凡282节。书中共出现了400多个人物，尤着意刻画了成吉思汗的形象，并保存了很多古代蒙古的小说故事和诗歌作品，对蒙古族的古代文学创作产生深远的影响。原书失传。传世的汉文音译本由明代的火原洁、马沙亦黑据当时的原本音译而成，后收入《永乐大典》。明清以后陆续出现15卷和12卷两种单行刊本。15卷本系清鲍廷博从《永乐大典》中辑出，钱大昕跋，有《连筠簃丛书》本。12卷本为正集10卷、续集2卷，系清顾广圻据元椠旧抄本校定，后刊入《四部丛刊》三编。叶德辉的12卷本与顾本行款全同，有观古堂刊本。内蒙古人民出版社1978年出版道润梯步据叶德辉本译出的《新译简注蒙古秘史》，1981年出版额尔登泰、乌云达赉的《蒙古秘史、》。额尔登泰本系以上3种旧本的合校本，较为精审。方贵龄从《四部丛刊》本为底本，参以叶德辉刊本和鲍廷博写本，编成《元朝秘史通检》(中华书局1986年版)，包括人名、山川地名和种姓名三大部分，并据额尔登泰等的校勘本对通检中的有关款目进行简注。额尔登泰等著有《蒙古秘史词汇选释》(内蒙古人民出版社1981年版)。

《仓央嘉措情歌》 西藏六世达赖仓央嘉措(1683～1707，一说卒年为1746)著。仓央嘉措的情歌采用谐体民歌的形式，抒写对现实生活的理想和人的内心矛盾，大胆突破了宗教对人性的束缚，深受人民喜爱，风靡全藏。曾有一种小型梵夹叶式版本，藏族人常随置怀中，便于在步行或马背上吟诵。仓央嘉措的情歌，一般认为60首左右：于道泉的《第六代达赖喇嘛仓央嘉措情歌》(国立中央研究院历史语言研究所1930年刊本)收62首，王沂暖的《西藏短诗集》(作家出版社1958年版)据木刻版原文收译57首，王沂暖的《仓央嘉措情歌》(藏汉文对照本，青海民族出版社1980年版)收74首。庄晶的《仓央嘉措情歌及秘传》(民族出版社1981年版)则收录多达124首。黄颢、吴碧云编有《仓央嘉措及其情歌研究资料汇编》(西藏人民出版社1982年版)，包括仓央嘉措生平研究资料，

1915年以来出版的仓央嘉措情歌的各种藏文本、英文及汉文译本,仓央嘉措情歌评论资料等。西藏人民出版社2003年编辑出版《六世达赖仓央嘉措情歌及秘史》,但所辑资料并未多出黄、吴的《汇编》。《大理文化》1982年第3期发表了尹明举在云南中旬地区采录的仓央嘉措情歌26首,其中有的已见于《仓央嘉措情歌》中,但多异文,说明仓央嘉措的情歌长期在民间流传,很多已经民歌化了。《西藏研究》2002年第3期发表蓝国华的长篇论文《仓央嘉措写作情歌真伪辨》,基本否定情歌为仓央嘉措所作。可参阅。

清末蒙古族作家尹湛纳希(1837～1892)撰有4部重要的长篇小说:《青史演义》(又名《大元盛世青世演义》,内蒙古人民出版社1957年蒙文本,1985年出版黑勒、丁师浩汉译本),《一层楼》(内蒙古人民出版社1957年蒙文本,1963年出版甲乙木汉译本,1983年第3版对译本作了重要补译和修订),《泣红亭》(内蒙古人民出版社1957年蒙文本,1981年出版曹都、陈定宇汉译本),《红云泪》(内蒙古社会科学院图书馆藏蒙文手抄残本),在开创蒙古族长篇小说的民族形式,丰富和发展蒙古族文学语言方面,具有重大贡献。

贾春光等选编的《民族古籍研究》(民族出版社1987年版),集中了20世纪80年代国内有关介绍、整理、鉴别和评述少数民族古籍的论文20余篇,广泛涉及现存各种民族文字古籍,其中有关民族作家文学史料的信息很多。中国民间文艺出版社1983年起不定期出版中国少数民族文学会编《少数民族文学论集》,中央民族学院出版社1987年出版《民间文学论文选》,其中有很多篇目是有关民族作家文学作品的专题研究论文。《民族文学研究》(双月刊,中国社会科学院民族文学研究所主办)设有少数民族作家作品研究、少数民族文学理论等栏目,及时反映最新研究成果。天津古籍出版社1990年出版吴肃民、莫福山主编的**《中国少数民族文学古籍举要》**,全书收录我国39个民族的358篇文学古籍的叙录。

在理论研究方面,目前已出版的几种探讨民族诗歌的专著是值得重视的。主要有:

《论傣族诗歌》 祜巴勐(属第五等级的僧位,姓名不详)著,岩温扁译。中国民间文艺出版社1981年版。原书系傣泐文抄本,包括两篇论文:(1)《论傣族诗歌》,写于1615年。共10节,对人类语言的形成、傣族诗歌的起源、民族特色,以及与佛教的关系等作了精辟的论述。(2)《谈寨神勐神的由来》,写于1542年。主要以佛教故事阐述傣族祖先的起源等。抄本于云南西双版纳发现后,立即引起学术界的重视。

此外,中央民族学院少数民族文艺研究所文学研究室编的《少数民族诗歌格律》(西藏人民出版社1986年版)、段宝林等编著的《民间诗律》(北京大学出版社1987年版)、布麦阿钮的《论彝诗体例》(康健等译,贵州民族出版社1988年版),均对我国少数民族诗歌的形式、押韵及其他格律作了阐述。

20世纪末21世纪初,我国少数民族文学和文化研究事业呈现繁荣景象,多套大型文献资料汇编问世,对20世纪百年的研究进行历史回顾和总结,也为21世纪的发展打下扎实的基础。

《蒙古学论著索引》 额尔德尼编,辽宁民族出版社1997年版。全书收录1986—1995年在国内汉文报刊、论文集(丛刊)及部分地方资料上发表的蒙古学论文、史料、书评等篇目7288条,专著304种。全部资料上下两编分类编排。下编著作目录分为5类:哲学、宗教,历史、地理,考古、习俗,文化科学,语言文字,文学、艺术。

《维吾尔历史文化研究文献题录》 中国维吾尔历史文化研究会编,吴英、陈好林主编,民族出版社2000年版。全书收录20世纪初至1996年间国内外公开出版物中的有关文献,包括哲学、宗教、社会学、经济、文化、科技、教育、语言文字、文学、艺术、历史、考古、人文地理、历史地理和民俗学等门类。所录资料共约7000篇

（部），分为上下两编，上编为报刊资料，下编为图书文献。书后附编"著者索引"。

《20世纪中国少数民族文学百家评传》 赵志忠主编，辽宁民族出版社2007年出版。全书以20世纪数千名中国少数民族作家为整体，选出104位在中国文学史上有一定影响，在中国少数民族文学史上有一定地位的少数民族作家的评传，总计110万字。入选作家来自满族、哈萨克族、苗族、傣族、纳西族、维吾尔族、朝鲜族、彝族、蒙古族、白族、京族、壮族、侗族、回族、赫哲族、锡伯族、土家族、藏族、东乡族、仫佬族、瑶族、鄂温克族、佤族等23个民族。

《中国少数民族旧期刊集成》（全100册） 徐丽华、李德龙主编，中华书局2006年出版。《集成》收录1949年以前涉及中国少数民族哲学、宗教、军事、经济、文化、语言、文学、艺术、史地、民俗、天文、医学等方面的专门报刊100余种，近10万页，按创刊地分卷编排，包括北京、南京、上海、天津、辽宁、吉林、河北、陕西、内蒙古、甘肃、新疆、青海、湖北、广东、广西、台湾、云南、贵州、四川等十九省区，国外出版或创刊地不明者则并置于"其它"卷中。除为少数民族文化研究提供了第一手原始资料外，也弥补了《全国中文期刊联合目录》和一些报刊工具书著录之不足。

《中国少数民族古籍集成（汉文版）》 国家民委全国少数民族古籍整理研究室编，江措主编，四川民族出版社2001年版。《集成（汉文版）》是国家民委"十五"重点文化项目，新中国第一套系统整理出版的少数民族古籍丛书，共收书二千余种，九千余册，五万余卷，影印分类编辑为16开精装100册。内容涉及中国少数民族的文化、历史、政治、地理、民俗、文学艺术等各个方面，其中包括明清以来的写本、稿本、抄本和民间刻本，并不乏珍本、孤本。该丛书以收录单册少数民族古籍为主，大型丛书中已收录和近期出版过的少数民族古籍基本不录。收书下限原则上截止于1949年。

《中国少数民族古籍总目提要》 国家民委全国少数民族古籍

整理研究室编，中国大百科全书出版社出版。1996年，第二次全国少数民族古籍工作会议确定编纂《中国少数民族古籍总目提要》。2006年，被国家"十一五"文化发展规划纲要确定为重点文化项目。《总目提要》将收录我国55个少数民族以及古代民族文字的现存全部古籍目录和内容的提要，共60余卷，约110册，共收书目30余万条。至2010年，已经出版《羌族卷》、《纳西族卷》、《哈尼族卷》、《白族卷》、《东乡族卷/裕固族卷/保安族卷》、《柯尔克孜族卷》、《土家族卷》、《鄂温克族卷》、《鄂伦春族卷》、《达斡尔族卷》、《毛南族卷/京族卷》、《仫佬族卷》等数十卷。

第六编
文学史料分论(下)

从1917年新文学运动开始,至1949年中华人民共和国成立,是中国文学发展史上的现代阶段,习惯上概称为现代文学三十年。现代文学的三十年,正与中国人民民主革命运动同步始终,紧密相连。它所创造的业绩,具有重大的历史意义,主要表现为:(1)冲破了绵延数千年的封建旧文学的桎梏,在文学内容和语言形式上进行了划时代的革新,成功地使文学走上与人民大众联系在一起的发展道路。(2)从整体上,对波澜壮阔的人民民主革命运动和人民革命解放事业的宏伟进程作了真实的记载和形象的反映。所以,现代文学史料不但对现代文学史的研究,而且对中国现代史的研究也有极其重要的价值。

现代文学三十年中,文学史料难以胜计。历经战乱,这些史料散失很多。新中国成立后,搜集整理和抢救现代文学史料的工作一直在有计划地进行着,取得了许多重要成果。同时,20世纪80年代以来,随着研究的深入发展,现代文学研究领域的历史时限出现下延,如黄修己、刘卫国主编的《中国现代文学研究史》(广东人民出版社2008年版),其学术视野纵向全面梳理了1917~2007年中国现代文学研究的总体进程,横向则涵盖了文学批评与文艺理论研究、作家研究、文体研究、文学史研究与史料研究等专题领域。

缘起20世纪30年代的《中国新文学大系》,其第四、第五辑选辑时间已经下延至2000年。尚有其他大型作品总集、研究资料丛书选辑的资料有时间下延的情况。这里一并作为现代文学的史料予以介绍评述。

本编主要分大型作品总集与研究资料丛书、重要作家文集、传记资料、报刊资料及常用工具书等章节,介绍评述这些章节中涉及的重要成果。同时结合现代文学史料概貌的分析简述,力图对现代文学史料作出整体性反映。

第一章 现代文学史料概貌

现代文学史料极其丰富。编纂整理和出版现代文学史料，一般来讲是根据研究的需要和进展，从各种不同的角度局部进行的。迄今为止，编纂整理的成果，仅仅涉及其中的部分内容。要解决各种课题研究过程中遇到的史料方面的问题，必须熟知现代文学史料的整体概貌。本章主要就现代文学史料的基本内容和主要类型，并结合编订出版的具体情况，描述现代文学史料的整体概貌。

第一节 现代文学史料的基本内容和主要类型

现代中国是一个发生前所未有的、翻天覆地式变化的时代，社会政治、思想、文化都处于激变之中。马克思主义的传播，中国共产党的成立，人民的觉醒，苏联无产阶级革命文学，以及西方各种文艺思潮，都深刻地影响了中国现代文学的发展。中国现代文艺思潮、文学创作等呈现出多姿多彩的发展态势，各种文学思潮相继登台亮相，彼此展开论争。文学创作和文学思潮的这种多元结构，形成了中国现代文学创作在思想内容和艺术风格上的多样性和丰富性。但是，它的发展主流，是革命的、人民大众的文学在斗争中不断发展壮大，革命作家和进步作家的阵营对中国共产党领导下的人民革命解放事业作了充分的宣传和反映。

现代文学史料大致可以分为三大部分:(1)三十年中发表的文学创作和积累的文学运动、文学论争等有关史料。由于现代文学作为一个历史阶段已经结束,这一部分史料虽然面广量大,却已不再增加,整理的任务主要是搜集和发掘。(2)蕴藏在经历三十年文学发展的当事人记忆中而尚未形成文字的有关史料,主要涉及作家生平和文学运动、事件等有关细节。这部分可称为"活"的史料有可能随时因当事人年高去世而湮没,属于亟待抢救之列。(3)研究资料,主要是指建国后现代文学的研究成果(包括研究论著,新编资料集等)。这部分资料,随着现代文学研究的深入发展,正在逐年增长累积。增长的绝对值相当大,需要及时加以编目揭示。从目前的情况看,第一部分史料正在进行各种编目和作品集、专题资料集的选编工作。第二部分史料已经被抢救出不少,正陆续以回忆录、访问记等形式不断发表出版。第三部分史料主要以编纂目录索引、专科年鉴、研究综述和选编论文集等形式予以总结反映。

关于现代文学史料的主要类型,马良春曾经提出过 7 分类的设想:(1)专题性研究史料。包括作家作品研究资料、文学史上某种文学现象的研究资料等。(2)工具性史料。包括书刊编目、年谱(年表)、文学大事记、索引、笔名录、辞典、手册等。(3)叙事性史料。包括各种调查报告、访问记、回忆录等。(4)作品史料。包括作家作品编选(全集、文集、选集)、佚文的搜集、书刊(包括不同版本)的影印和复制等。(5)传记性史料。包括作家传记、日记、书信等。(6)文献史料。包括实物的搜集、各类纪念活动的录音、录像等。(7)考辨性史料。考辨工作渗透在上述各类史料之中,在各种史料工作的基础上可以产生考辨性史料著述①。这种分类基本上

---

① 见马良春《关于建立中国现代文学"史料学"的建议》,载《中国现代文学研究丛刊》1985 年第 1 期。

符合目前现代文学史料编集出版的实际情况。需要稍加说明的是:(1)第二类工具书史料中的年谱(年表),现在通常把年谱目录归入工具书一类,而单行的年谱(年表)本身,一般列入传记史料中。所以工具书类中以举列"传记资料编目"为宜。(2)第六类文献史料的名称不很准确,宜改为实物史料。实物史料的搜集利用正日益受到重视,中国现代文学馆就是以搜集、陈列、保管现代文学的实物史料为主要任务的。

现代文学史料作为一门分支学科,正处在不断建设和发展之中,现代文学史料的分类将在史料编纂的实践中逐步得到完善。

第二节 现代文学史料的编订与出版概况

现代文学三十年中,史料的搜集整理工作已取得初步的进展,《中国新文学大系》(1917~1927)、《鲁迅全集》(1938年第1版)、《中国人民文艺丛书》①等是其中突出的成果。

新中国成立后,1957年4月,夏衍、田汉、欧阳予倩和阳翰笙在1957年第7期《戏剧报》上发表《举办话剧运动五十年纪念及搜集整理话剧运动史资料出版话剧史料集的建议》,主要内容包括:(1)搜集整理现存的资料,并撰写回忆录,(2)编辑出版话剧运动的史料集。并具体提出资料应包括图片、说明书、宣传品、批评文字、剧本、幕表、伪政府的禁令、审查制度文本等。这一建议使当时的戏剧界很快形成史料搜集整理的热潮,其成果就是《中国话剧运动五十年史料集》1~3辑(中国戏剧出版社1958~1963年版,1985年重印)。全书内容包括两个方面:(1)五十年(1907年中国第一

---

① 《中国人民文艺丛书》1948年春夏间由周扬主持编纂,新华书店1949年陆续出版。选编解放区历年来,尤其是1942年延安文艺座谈会以来的各类优秀文艺作品,包括戏剧27种,通讯报告7种,小说16种,诗歌5种,曲艺2种。

个话剧团体春柳社成立至1956年)留存于世的关于话剧运动的重要历史文献、图片;(2)当年投身革命戏剧运动的戏剧工作者的回忆录。与此同时,上海文艺出版社组织编辑出版《中国现代文学史资料丛书》,对现代文学史料进行编选、整理、编目和影印工作。但是,这些刚刚展开的工作,因为历史的原因,很快就停滞了。

全面系统的现代文学史料建设工作直到70年代末到80年代初才开始大规模地展开并取得瞩目的成果。这类成果从整理形式看,大致可分为5大类:(1)编订作品集,包括作家文集和各种大型总集、流派作品选集等。(2)编纂研究资料。如1979年由中国社会科学院文学研究所现代文学研究室发起编纂的《中国现代文学史资料汇编》,是我国现代文学史料编纂史上,首次以现代文学历史的全部进程为反映对象的大规模史料建设工程。(3)从尚健在的现代文学当事人和知情者的记忆中抢救史料。1978年,《新文学史料》就是肩负抢救史料的使命创刊的。(4)影印三十年间出版的书刊。(5)编制目录。《民国时期总书目·文学分册》和《中国现代文学总书目》两种总目已经顺利出版,以文体为著录范围的分类性书目和文艺报刊目录已出版多种(见本编第六章第三节介绍)。

从内容看,20世纪80年代整理编纂的现代文学史料,除作家文集和部分大型资料丛书外,大多集中在反映五四时期的文学革命运动、左联时期的左翼文艺运动和抗日战争时期的抗战文艺运动方面。尤其是抗战文艺运动方面,形成了延安和各解放区、国统区(大后方)、沦陷区等几大政治区域性史料系列,成为目前的编纂热点。解放军文艺史料的编纂也受到了重视,解放军出版社1986~1989年出版了中国人民解放军文艺史料编辑部编选的《中国人民解放军文艺史料选编》,共3卷8册:红军时期卷2册,抗日战争时期卷4册,解放战争时期卷2册。20世纪90年代以来,现代文学史料的整理编纂活动进入新的活跃和繁荣期,尤其是对已经过去的20世纪的现代文学发展和研究历程的总结回顾,有关大型的史料丛书和作品集陆续编纂出版。

系统的史料编纂与文学研究之间有相互促进的作用。刘增杰主编的《中国解放区文学史》（河南大学出版社1988年版）就是在他主持编纂《抗日战争时期延安及各抗日民主根据地文学运动资料》的过程中，萌发编撰意愿、积累资料、最终完成的。上述现代文学史料的编纂热点，相应促进了各类专题史著的撰写和出版。如蓝海的《中国抗战文艺史》（山东文艺出版社1984年版）、朱德发的《中国五四文学史》（山东文艺出版社1986年版）、陈辽等的《中国军事文学史略》（昆仑出版社1987年版）、殷国明的《中国现代文学流派发展史》（广东高等教育出版社1989年版）等。史料编纂与史著撰述同步配套进行的，有王文生主编的《中国现代文论选》（贵州人民出版1982~1984年版，2册）和《中国现代文学理论批评史》（贵州人民出版社1986、1988、1991年版，全3册），黄修己的《中国新文学史编纂史》（北京大学出版社1995年版，2005年第2版）等。

在20世纪80年代以来的现代文学研究中，比较文学、通俗文学和翻译文学研究等是引人注目的课题。贾植芳主编的《中国现代文学的主潮》（复旦大学出版社1990年版），收录了13篇国外学者研究中国现代文学的重要论文，其中多篇涉及中国现代文学与外国文学的关系及城市通俗文学。国内也先后出版曾小逸主编的《走向世界文学：中国现代作家与外国文学》（湖南人民出版社1985年版）、王锦厚的《五四新文学与外国文学》（四川大学出版社1989年版）等。范伯群、朱栋霖主编的《1898~1949年中外文学比较史》（江苏教育出版社1993年版，2007年再版）、范伯群主编的《中国近现代通俗文学史》（江苏教育出版社2000年版，2010年修订新版），谢天振、查明建主编的《中国现代翻译文学史(1898~1949)》（上海外语教育出版社2004年版），孟昭毅、李载道主编的《中国翻译文学史(1897~2003)》（北京大学出版社2005年版）。

杨义主编的《二十世纪中国翻译文学史》(百花文艺出版社2009年版),全6卷:《近代卷》(连燕堂著)、《五四时期卷》(秦弓著)、《三四十年代·英法美卷》(李宪瑜著)、《三四十年代·俄苏卷》(李今著)、《十七年及"文革"卷》(周发祥等著)、《新时期卷》(赵稀方著)等。这些成果既显示了现代文学研究领域的开拓,也提出了史料编纂上的新课题。

为了完善自身的体系和适应研究的需要,现代文学史料的编订与出版工作正在广大史料工作者的辛勤耕耘中持续、深入地进行着。

第二章　大型作品总集与研究资料丛书

早在20世纪30年代,现代文学史料学家阿英就提出了抢救、整理和出版现代文学史料的问题。1933年,他在《中国新文学运动史资料》一书的序言里指出:距1917年新文学运动"不到二十年的现在,想搜集一些当时的文献,也真是大非易事。要想在新近出版的文学史籍里,较活泼充实地看到一些当时的运动史实和文献的片断,同样的是难而又难。较为详尽的新文学运动史,既非简易一时的工作,为着搜集的不易,与夫避免史料的散佚,择其主要的先刊印成册,作为研究的资料,在运动上,它的意义是很重大的。"①几乎同时,上海良友图书公司文艺编辑赵家璧,在主编《良友文学丛书》(47种)后,受日本成套书中有关近代现代文学创作的大套丛书的启发,产生了整理编选"五四"以来文学创作的编辑构想②,在郑伯奇、阿英和郑振铎等人的帮助下,设计了理论、作品、史料三结合的基本框架,确定编选时限为1917～1927。③ 定名为《中国新文学大系》,10集,聘请当时各方面的名家担任各专集

---

① 《中国新文学运动史资料》,上海光明书店1934年版。上海书店1982年影印。
② 见赵家璧《话说〈中国新文学大系〉》,载《新文学史料》1984年第1期。
③ 同上。

主编,并撰写导言。《大系》开创了现代文学史料保存整理的有效途径,确立了现代文学作品总集的基本构架。建国后编纂后四个十年的《大系》,正贯彻了它的编辑构想,在框架结构上是相一致的;直至80年代编辑出版的几种现代文学的大型作品总集或丛书,在编辑思想和结构上,也是受到《大系》影响的。徐鹏绪、李广的《〈中国新文学大系〉研究》(社会科学文献出版社2007年版)分为编纂宗旨研究,编选研究和所涉及的文学运动研究等三编,充分展示了《大系》对新文学总集编纂的影响,可参阅。赵家璧曾计划续编第二个十年、第三个十年,并已着手准备,如第三辑已确定副题为《抗战八年:1937~1945》,包括理论集、小说集、报告文学集、散文集、诗集、史料集各一卷,戏剧集二卷,全八册。这一计划后因时局和其他原因而未实现。建国以来,主要是70年代末以来编纂出版的大型作品总集和研究资料丛书,实现了老一辈现代文学史料学家们的愿望,而在编选规模和范围上又大大超出了他们的设想和计划。下面选择部分重要的总集和丛书,分两节作具体介绍。

第一节 作品总集和作品丛书

大型的现代文学作品总集或丛书,大致可分为四大系列:(1)《中国新文学大系》系列,包括五个十年本和补遗书系等;(2)区域性系列,即以现代政治的、或特定的区域为编选范围的,如《中国抗日战争时期大后方文学书系》、《中国解放区文学书系》等;(3)流派和文体系列,即以文学流派或文体为编选范围和原则的,如《中国现代文学流派创作选丛书》、《中国现代文学创作选集》等。(4)旧本影印系列,即有计划地按原样影印1949年以前出版的现代文学作品,如《中国现代文学史参考资料》、《中国现代文学作品原本选印丛书》、《新文学碑林》等。这四大系列所选录的作品和其他文学史料,有相当一部分是重复的。不过,由于编选的宗旨和目的不同,重复入选在一定程度上反映出该史料的特质和价值。所以在介绍中,尽可能列出已经出版的子目,以供作多途径的查考。

一、《中国新文学大系》系列

《中国新文学大系》(1917～1927)赵家璧(1908～1997)主编,上海良友图书公司1935～1936年版,上海文艺出版社1981～1982年影印。全书10集:

第1集　建设理论集　胡适编选

第2集　文学论争集　郑振铎编选

第3集　小说一集　茅盾编选

第4集　小说二集　鲁迅编选

第5集　小说三集　郑伯奇编选

第6集　散文一集　周作人编选

第7集　散文二集　郁达夫编选

第8集　诗集　朱自清编选

第9集　戏剧集　洪深编选

第10集　史料·索引　阿英编选

全书由蔡元培作总序,编选人作各集导言,论述该一部门的发展历史,兼论入选的作家作品,对我国"五四"以后第一个十年的新文学运动作了全面的总结,兼有文学史的性质。所以,良友图书公司1940年将总序和各集导言汇编成《中国新文学大系导论集》,上海书店1982年影印。

《中国新文学大系》(1927～1937)　上海文艺出版社1984年编辑出版。选录中国新文学运动第二个十年(1927～1937)的文学理论和文学作品。共20集:第1～2集为文学理论集,周扬序;第3～5集为小说集·短篇卷;第6～7集为小说集·中篇卷;第8～9集为小说集·长篇卷,巴金序;第10～11集为散文集,吴组缃序;第12集为杂文集,聂绀弩序;第13集为报告文学集,芦焚序;第

14集为诗集,艾青序;第15~16集为戏剧集,于伶序;第17~18集为电影集,夏衍序;第19~20集为史料·索引。香港文学研究社继1962年翻印《大系》第一个十年本后,于1968年组织编辑了《中国新文学大系续编(1928~1938)》,10集:第1集文学论争,第2~4集小说,第5~7集散文,第8集诗,第9集戏剧,第10集电影。全书由编者从东京、新加坡、香港三地汇集资料编成,而自称为蔡序《大系》的继承者,赵家璧曾对此提出过批评。[①]

《中国新文学大系》(1937~1949) 上海文艺出版社1990年编辑出版。选录中国新文学运动第三个十年(1937~1949)的文学理论和文学作品。共20集:第1~2集为文艺理论卷,王瑶序;第3~5集为短篇小说卷,康濯序;第6~7集为中篇小说卷,沙汀序;第8~9集为长篇小说卷,荒煤、洁泯序;第10~11集为散文卷,柯灵序;第12集为杂文卷,廖沫沙序;第13集为报告文学卷,刘白羽序;第14集为诗卷,臧克家序;第15~17集为戏剧卷,陈白尘序;第18~19集为电影卷,张骏祥序;第20集为史料·索引。

《中国新文学大系》(1949~1976) 上海文艺出版社1997年编辑出版。共20集:第1~2集为文艺理论卷,冯牧主编;第3~5集为长篇小说卷,王蒙主编;第6集为中篇小说卷,王蒙主编;第7~8集为短篇小说卷,王蒙主编;第9~10集为散文卷,袁鹰主编;第11集为杂文卷,罗竹风主编;第12~13集为报告文学卷,徐迟主编;第14集为诗卷,邹荻帆、谢冕主编;第15~16集为戏剧卷,吴祖光主编;第17~18集为电影卷,陈荒煤主编;第19~20集为史料·索引。

《中国新文学大系》(1976~2000) 王蒙、王元化总主编,上海文艺出版社2009年编辑出版。共30集:第1~3集为文艺理论卷,陈思和主编;第4~8集为长篇小说卷,雷达主编;第9~12集

---

① 见赵家璧《话说〈中国新文学大系〉》,载《新文学史料》1984年第1期。

为中篇小说卷,孙颙主编;第13～15集为短篇小说卷,李敬泽主编;第16集为微型小说卷,汪曾培主编;第17～18集为散文卷,吴泰昌主编;第19集为杂文卷,朱铁志主编;第20～21集为纪实文学卷,李辉主编;第22集为诗卷,谢冕主编;第23～24集为儿童文学卷,秦文君主编;第25～26集为戏剧卷,沙叶新主编;第27～28集为电影文学卷,吴贻弓主编;第29～30集为史料·索引,杨扬、郏宗培主编。大系由1500位作家的3000多篇(部)作品所组成,包括这一时期介绍到大陆来的香港、台湾作家的作品。

明天出版社1990～1991年出版孔范今主编的《中国现代文学补遗书系》,收录建国后从未再版过的部分有代表性的现代作家的代表作品,其中很多篇目可补前三辑《中国新文学大系》在收录作品方面的不足。全书4卷14册,包括小说卷8册、诗歌卷2册、散文卷2册和戏剧卷2册。与《补遗书系》在选录内容和规模上大致相同的现代文学作品丛书还有:中国社会科学院文学研究所现代文学研究室编的《中国现代文学创作选集》(人民文学出版社1980～1991年版),包括《中国短篇小说选》(1918～1949),7卷;《中国现代散文选》(1918～1949),7卷;《中国现代独幕话剧选(1918～1949)》,4卷。北京大学、北京师范大学等校中文系编选的《中国现代文学史参考资料》(上海教育出版社1979年版),计5种18册:《文学运动史料选》,5册;《短篇小说选》,4册(附"中国现代中篇小说选目");《新诗选》,3册(附"民歌选");《散文选》,4册;《独幕剧选》,2册(附"中国现代多幕剧选目")。

二、区域性系列

《延安文艺丛书》 金紫光、雷光、苏一平总编辑,湖南人民出版社1984～1987年版。收录时限:1936年党中央进驻陕北至1948年春党中央转移华北后;收录范围:在上述时期,凡在延安及陕甘宁边区生活、学习和工作过的作者,当年所写作、发表、演出、展览和出版的各种优秀文艺作品。全书16卷:第1卷文艺理论,第2~3卷小说,第4卷散文(含杂文),第5卷诗歌(含旧体诗词),第6卷报告文学,第7卷秧歌剧,第8卷歌剧,第9卷话剧,第10卷戏曲(含平剧和地方剧),第11卷音乐,第12卷美术(含工艺美术和书法),第13卷电影、摄影,第14卷舞蹈、曲艺、杂技,第15卷民间文艺、儿童文艺,第16卷文艺史料。文艺史料卷包括:(1)延安文艺运动大事记,(2)延安时期的文艺社团及其组织状况,(3)延安时期文艺刊物状况及其作品目录,(4)延安时期的戏剧演出剧目。

《中国抗日战争时期大后方文学书系》 林默涵总主编,重庆出版社1989年版。中国抗日战争时期的大后方,是指重庆、成都、昆明、贵阳、西安、迪化(今乌鲁木齐)、兰州和沦陷前的上海、武汉、桂林及福建、广东等省的部分地区。《书系》选收1937年7月至1945年8月(个别作品延至1946年5月)期间曾居住过大后方的作家并在大后方发表或出版的作品和文章,抗战爆发后至太平洋战争爆发前,大批作家在香港发表或出版的作品和文章亦予选录。

全书共10编20卷:

第1编 文学运动史料1卷 楼适夷主编
第2编 理论论争2卷 蔡仪主编
第3编 小说(长篇存目)4卷 艾芜主编
第4编 报告文学3卷 碧野主编
第5编 散文杂文2卷 秦牧主编
第6编 诗歌2卷 臧克家主编
第7编 戏剧3卷 曹禺主编
第8编 电影1卷 张骏祥主编
第9编 通俗文学1卷 钟敬文主编
第10编 外国人士作品 1卷 戈宝权主编

所录作品和文章,以选用最初发表或出版的版本为主,部分从后出的集子中选录。编录时,除改正明显的误字外,其余文字均保持原样。与该《书系》相配套,重庆出版社1992出版林默涵总主编的**《中国解放区文学书系》**,9编:(1)文学运动、理论,2册(胡采主编);(2)小说,4册(康濯主编);(3)报告文学,3册(黄钢主编);(4)散文、杂文,2册(雷加主编);(5)诗歌,3册(阮竞章主编);(6)戏剧,4册(胡可主编);(7)民间文学,1册(贾芝主编);(8)说唱文学,1册(贾芝主编);(9)外国人士作品,2册(爱泼斯坦、高粱主编)。

《江苏抗日根据地文艺资料汇编》 江苏省文联资料室1983年编印,马春阳、李真等编。分苏北、苏南两大部分。苏北部分收录自新四军挺进苏北及八路军南下陇海,开辟苏北抗日根据地地区全部解放这段历史时期内,在根据地我党我军所办报刊他出版物刊载的文艺作品及苏北流传并有影响的戏曲歌谣作品。共4编7卷:(1)小说,散文2卷,(2)诗词歌谣1卷,(3)戏曲曲艺2卷,(4)通讯报告2卷。苏南部分未见。

台湾的现代文学是中国现代文学的重要组成部分,以1920年7月《台湾青年》杂志的创刊发行为标志。从1920年至1945年中国抗日战争胜利为其第一阶段,即新文学阶段,时处日本占据台湾50年(1895~1945)的后半期,习称"日据后期的台湾文学"。台湾学者在20世纪70~80年代编纂了数套台湾文学总集,为全面总结研究台湾新文学的历史提供了大量珍贵史料。现介绍其中的三套:

《日据下台湾新文学集》 李南衡主编,台北明潭出版社1979年版。分《明集》(中文集)和《潭集》(日文集)两部分。《明集》共5卷:(1)《赖和先生全集》(见本编第三章第一节"作家文集"中的介绍),(2)(3)《小说选集》,(4)《诗选集》,(5)《文献资料选集》,各卷书前均附有王诗琅的《日据下台湾新文学的生成及发展——代序》。

《光复前台湾文学全集》 台湾远景出版社1979年起出版。全集12卷:第1~8卷小说,钟肇政、叶石涛主编,叶石涛序。各卷题名依次为《一杆秤仔》、《一群失业的人》、《豚》、《薄命》、《牛车》、

《送报伕》、《植有木瓜树的小镇》、《阉鸡》。最后一卷附有《日据时期台湾小说年表》(1895~1945)。第9~12卷新诗,羊子乔、陈千武主编,羊子乔序。各卷题名依次为《乱都之恋》、《广阔的海》、《森林的彼方》和《望乡》。全集共收小说160余篇,新诗近400首。

《中华现代文学大系(台湾 1970~1989)》 余光中总主编,台北九歌出版社1989年出版。全书5卷15册,收录在台湾公开发表且具有代表性的现代文学作品(含评论),包括诗卷2册(张默主编),散文卷4册(张晓风主编),小说卷5册(齐邦媛主编),戏剧卷2册(黄美序主编),评论卷2册(李瑞腾主编),共约600万字。入选作家附有小传并近照,作品则经原作者校核。

三、流派和文体系列

《中国现代文学流派创作选》丛书 人民文学出版社出版。选录"五四"文学革命运动至1949年建国前各种流派的代表作,初步拟选20种。每书前有序文对各流派的思想、艺术特色及其发展和影响等作较全面的介绍阐述。已出版:《荷花淀派作品选》(冯健男编选,1983)、《山药蛋派作品选》(高捷编选,1984)、《新感觉派小说选》(严家炎编选,1985)、《〈七月〉、〈希望〉作品选》(吴子敏编选,2册,1986)、《现代派诗选》(蓝棣之编选,1986)、《象征派诗选》)(孙玉石编选,1986)、《〈语丝〉作品选》(张梁编选,1988)、《京派小说选》(吴福辉编选,1990)、《文学研究会小说选》(李葆琰编选,1991)、《鸳鸯蝴蝶—(礼拜六)派作品选》(范伯群编选,2册,1991)等。另,北京大学出版社1986年出版严家炎编选的《中国现代各流派小说选》,4卷。

《中国报告文学丛书》 本丛书编辑委员会编,黄钢、华山、理由主编。长江文艺出版社1981~1983年版。共3辑19册:第1辑4册,第2辑9册,第3辑6册。第1、2辑收录现代报告文学作品。

《20世纪中国新诗总系》 谢冕总主编,人民文学出版社2009

年出版。全书共 10 卷,作品 8 卷(将 20 世纪的中国新诗发展分为 8 个十年:20~90 年代),理论、史料各一卷。各卷有编选者(依次为谢冕、姜涛、孙玉石、吴晓东、洪子诚、程光炜、王光明、张桃洲、吴思敬、刘福春)撰写的导言,纵述新诗发展历史。2010 年,北京大学出版社出版《百年中国新诗史略:中国新诗总系导言集》。

四、旧本影印系列

《中国现代文学史参考资料》丛书 上海书店 1981 年起影印出版。丛书辑录我国现代文学史上各个时期重要社团、流派和作家的流传较为稀少、史料价值较高的著作,兼及影响较大的作家传记、作品评论集和文学论争集等,依原样影印。原计划选印 100 种,迄今已出版 14 辑 140 种,其中 1~10 辑的子目如下:《尝试集》(胡适)、《蕙的风》(汪静之)、《湖畔》(应修人等)、《春的歌集》(应修人等)、《西滢闲话》(陈源)、《中国新诗坛的昨日今日和明日》(草川未雨)、《新月诗选》(陈梦家编)、《朱湘书信集》(罗念生编)、《太平洋上的歌声》(关露)、《新旧时代》(关露)、《三叶集》(田汉等)、《离婚》(潘汉年)、《小雨点》(陈衡哲)、《中国文艺论战》(李何林编)、《中国近代文学之变迁》(陈子展)、《中国新文坛秘录》(阮无名)、《文艺自由论辩集》(苏汶编)、《民族文艺论文集》(吴原编)、《论鲁迅的杂文》(巴人)、《过去的工作》(知堂)、《走到出版界》(高长虹)、《创造社论》(黄人影)、《徐志摩午谱》(陈从周)、《创作的经验》(鲁迅等)、《中国新文学运动史资料》(张若英编)、《我与文学》(郑振铎等)、《作家论》(茅盾等)、《中国新文学大系导论集》(蔡元培等)、《海上集》(赵景深)、《文坛忆旧》(赵景深)、《我们的七月》(O. M. 编)、《我们的六月》(O. M. 编)、《燕知草》(俞平伯)、《翦拂集》(林语堂)、《知堂文集》(周作文)、《春醪集》(梁遇春)、《泪与笑》(梁遇春)、《半农杂文》(第一册,刘半农)、《半农杂文二集》(刘半农)、《市楼独唱》(柯灵)、《革命文学论文集》(霁楼)、《冲积期化石》(张资平)、《灵凤小品集》(叶灵凤)、《当代中国女作家论》(黄人影)、《大荒集》(林语堂)、《平屋杂文》(夏丏尊)、《边鼓集》(文载道)、《抗战文艺论集》(洛蚀文)、《横眉集》(孔另境)、《知堂乙酉文稿》(周作人)、《红烛》(闻一多)、《踪迹》(朱自清)、《玉君》(杨振声)、《微雨》(李金发)、《旅途》(张闻天)、《公墓》(穆时英)、《中国新文学运动史》(王哲甫)、《中书集》(朱湘)、《善女人品行》(施蛰存)、《传奇》(张爱玲)、《怀乡集》(杜衡)、《巴金的生活和著作》(法国·明兴礼)、《海滨故人》(庐隐)、《桥》(废名)、《梦家诗集》(陈梦家)、《沫沫集》(沈从文)、《西柳集》(吴组缃)、《谈虎集》(周作人)、《谈龙集》(周作人)、《大众语文论集》(宣浩平编)、《二十今人志》(人间世社编)、《四十自述》(胡适)、《流言》(张爱玲)、《郁达夫论》(邹啸编)、《周作人论》(陶明志编)、《郭沫若论》(黄人影)、《诗二十五首》(邵洵美)、《郭沫若归国秘记》(殷尘)、《率真集》(丰子恺)、《醉里》(罗黑芷)、《鬼恋》(徐訏)、《偏见集》(梁实秋)、《手掌集》(辛笛)、《南北极》(穆时英)、《玄武湖之秋》(倪贻德)、《笔端》(曹聚仁)、《冬至集文》(许杰)、《雅舍小品》(梁实秋)、《爱眉小札》(徐志摩)、《锦帆集外》(黄裳)、《星海》(文学研究会编)、《中国新文学的源流》(周作人)、《晞露新收》(缪崇群)、《望舒草》(戴望舒)、《文恩》(曹聚仁)、《死水》(闻一多)、《棘心》(绿漪)、《现阶段的文学论战》(林淙编)、《两栖集》(郑伯奇)、《我的话》(林语堂)。

后 4 辑是社团流派作品专辑,包括:(1)京派文学作品专辑,姜德明主编,10 种:《燕郊集》(俞平伯)、《莫须有先生传》(废名)、《篱下集》(萧乾)、《画梦录》(何其芳)、《画廊集》(李广田)、《鱼目集》(卞之琳)、《一个兵和他的老婆》(李健吾)、《大公报文艺丛刊小说选》(林徽因编)、《孟实文钞》(朱光潜)、《从文小说习作选》(沈从文);(2)现代都市小说专辑,贾植芳主编,10 种:《白金的女体塑像》(穆时英)、《旋涡里外》(杜衡)、《古国的人们》(徐霞村)、《圣处女的感情》(穆时英)、《将军底头》(施蛰存)、《帝国的女儿》(黑婴)、

《红的天使》(叶灵凤)、《都市风景线》(刘呐鸥)、《塔里的女人》(无名氏)、《精神病患者的悲歌》(徐訏);(3)海派小说专辑,魏绍昌主编,10种:《大上海的毁灭》(黄震遐)、《新路》(崔万秋)、《花厅夫人》(林徽音)、《忘情草》(李同愈)、《两间房》(予且)、《结婚十年正续》(苏青)、《前程》(丁谛)、《凤仪园》(施济美)、《绅士淑女园》(东方蝃蝀)、《退职夫人自传》(潘柳黛);(4)创造社作品专辑,倪墨炎主编,10种:《惆怅》(严良才)、《男友》(叶鼎洛)、《灵凤小说集》(叶灵凤)、《东海之滨》(倪贻德)、《招姐》(罗皑岚)、《音乐会小曲》(陶晶孙)、《独清白选集》(王独清)、《苦笑》(周全平)、《爱之焦点》(张资平)、《旅心》(穆木天)。该丛书目前仍在继续出版。

《中国现代文学作品原本选印》丛书　人民文学出版社编印出版。计划选印"五四"迄今新中国成立期间的70种现代文学原著,以文学刨作为主,兼及理论和资料集。已出版:《湖畔·春的歌集》(潘漠华、冯雪峰等)、《新梦·哀中国》(蒋光赤)、《背影》(朱自清)、《卷葹》(冯沅君)、《志摩的诗》(徐志摩)、《孩儿塔》(殷夫)、《草莽集》(朱湘)、《尝试集》(胡适)、《地之子·建塔者》(台静农)、《怂恿·喜讯》(彭家煌)、《作家论》(茅盾等)、《分类白话诗选》(许德邻编)、《海滨故人·归雁》(庐隐)、《财主的儿女们》(路翎)、《花之寺·小哥儿俩·女人》(凌淑华)、《传奇》(张爱玲)等。

《新文学碑林》　人民文学出版社影印出版。主要选择在中国现代文学史上有影响、有地位的作品原集汇编而成,所选作品基本保持原作品初版的原生状态,全面展示了新文学的成果和发展轨迹,为现代文学史的研究和教学提供了一套精良的参考资料,也为广大文学爱好者提供了一套珍贵的文学读本。《新文学碑林》每辑10种,现已出版:

1998年影印:少年漂泊者,蒋光赤;草莽集,朱湘;在黑暗中,丁玲;喜筵之后,某少女,沉樱;小小十年,叶永蓁,缀网劳蛛,落华生;花之寺,凌叔华;湖畔,漠华 雪峰等;空山灵雨,落花生;自己的园地,周作人;红烛、死水,闻一多;柚子,王鲁彦等。

2000年影印:栗子,萧乾;玉君,杨振声;蔚拂集,语堂;踪迹,朱自清;地之子,台静农;二月,柔石;微雨,李金发;昨日之歌,冯至;西滢闲话,陈西滢;巴黎的鳞爪,徐志摩;大堰河、北方,艾青;画梦录,何其芳;南行记,艾芜;春醪集,梁遇春;

2001年影印:乡风与市风、灵山歌,雪峰;憎恨,端木蕻良;南北极,穆时英;王贵和李香香、漳河水,李季、阮章竞;谷,芦焚;画廊集,李广田;速写三篇,张天翼;咀华集,李西渭;呼兰河传,萧红;盈盈集,陈敬容;蛇与塔,聂绀弩;穆旦诗集,穆旦;差半车麦秸,姚雪垠;文学与生活、密云期风习小记,胡风等。

第二节　研究资料丛书

《中国现代文学史资料汇编》　本书编辑委员会编,陈荒煤主编。这是我国第一套较为完整、系统的现代文学史大型资料丛书,由中国社会科学院文学研究所现代文学研究室主持,与全国近百所高等院校和科研单位共同协作编选,各出版社分工出版。分甲、乙、丙三种,现将各种的选题及出版情况介绍如下:

甲种　《中国现代文学运动·论争·社团资料丛书》,以现代文学史上的运动、思潮、论争与社团资料为主,适当包括一些文化方面的内容。在选题上兼顾各种不同思想倾向和不同风格流派的情况,资料强调从最初发表的报刊或书籍中选录,对原文规定除节选者以外,不作任何增删,最后附录有关的资料目录。下面是第一批选题30种的目录,已出版者括注编者和版本:

(1)《"五四"新文化运动和文学革命资料》

(2)《"五四"时期对封建复古派文学的论争资料》

(3)《革命文学的酝酿与早期共产党人的文学主张资料》

(4)《关于"整理国故"和"现代评论派"资料》

(5)《鸳鸯蝴蝶派资料》(芮和师、范伯群等编,福建人民出版社1984年版,2册)

(6)《文学研究会资料》(贾植芳等编,河南人民出版社1985年版,全3册)

(7)《创造社资料》(饶鸿竞等编,福建人民出版社1985年版,2册)

(8)《语丝、新潮等社团和流派资料》

(9)《外来思潮与理论对中国现代文学的影响资料》(一)

(10)《无产阶级革命文学论争资料》

(11)《苏区文艺运动资料》(汪木兰等编,上海文艺出版社1985年版)

(12)《"新月派"资料》

(13)《关于三民主义文艺和民族主义文艺资料汇编》(张大明编,上海文艺出版社1987年版)

(14)《三十年代"文艺自由论辩"资料》(吉明学、孙露茜编,上海文艺出版社1990年版)

(15)《"论语派"资料》

(16)《文艺大众化问题讨论资料》(文振庭编,上海文艺出版社1987年版)

(17)《外来思潮与理论对中国现代文学的影响资料》(二)

(18)《中国左翼作家联盟资料》

(19)《太阳社、中国诗歌会等社团和流派资料》

(20)《"国防文学"与"民族革命战争的大众文学"口号论争资料》

(21)《抗日战争时期延安及各抗日民主根据地文学运动资料》(刘增杰等编,山西人民出版社1983年版,3册,上册为延安和陕甘宁地区卷,中册为晋察冀、晋冀鲁豫和晋绥地区卷,下册为山东和华中地区卷)

(22)《抗日战争时期国民党统治区文学运动资料》

(23)《抗日战争时期国民党统治区文学论争资料》

(24)《抗日战争时期上海"孤岛"文学资料》

(25)《伪"满洲国"文学资料》(上)、《抗日战争时期沦陷区文学资料》(下)

(26)《文学的"民族形式"讨论资料》(徐迺翔编,广西人民出版社1986年版)

(27)《胡风等文学主张资料》

(28)《第三次国内革命战争时期解放区文学资料》

(29)《第三次国内革命战争时期国统区文学资料》

(30)《第一次中华全国文学艺术工作者代表大会资料》。

乙种 《中国现代作家作品研究资料丛书》,主要搜集整理现代文学史上有影响、有代表性(包括不同思想倾向、不同风格流派)的作家作品研究资料,以专集或合集的形式出版。各集一般包括作家传略、作家生平与文学活动、研究评论文章选辑、作家著译目录和研究资料目录等,集名一般题为《××研究资料》。第一批选题170余人,现将已出版者与计划出版者分列于下:

已出版者:丁玲(袁良骏编,天津人民出版社1982年版)、张天翼(沈承宽编,中国社会科学出版社1982年版)、鲁迅(题《六十年来鲁迅研究论文选》,(李宗英、张梦阳编,中国社会科学出版社1982年版,2册)、郁达夫(王自立、陈子善编,天津人民出版社1982年版,2册)、周立波(李华盛、胡光凡编,湖南人民出版社1983年版)、林纾(薛绥之、张俊才编,福建人民出版社1983年版)、茅盾(孙中田、查国华编,中国社会科学出版社1983年版,2册)、蒋光慈(方铭编,宁夏人民出版社1983年版)、王统照(冯光廉、刘增人编,宁夏人民出版社1983年版)、夏衍(会林等编,中国戏剧出版社1983年版,2册)、师陀(刘增杰编,北京出版社1984年版)、王鲁彦(曾华鹏等编,江西人民出版社1984年版)、冰心(范伯群编，北京出版社1984年版)、康濯(李恺玲编，湖南人民出版社1984年版)、刘半农(鲍昌编，天津人民出版社1985年版)、荒煤(严平编，湖南人民出版社1985年版)、马烽、西戎(高捷等编，山西人民出版社1985版)、巴金(李存光编，海峡文艺出版社1985年版，3册)、叶紫(叶雪芬编，湖南人民出版社1985年版)、李广田(李岫编，宁夏人民出版社1985年版)、徐懋庸(王韦编，江西人民出版社1985年版)、陈大悲(韩日新编，中国戏剧出版社1985年版)、老舍(曾广灿等编，北京十月文艺出版社1985年版，2册)、赵树理(黄修己编，北岳文艺出版社1985年版)、沙汀(黄曼君、马光裕编，中国社会科学出版社1986年版)、郭沫若(王训昭等编，中国社会科学院出版社1986年版，3册)、俞平伯(孙玉蓉编，天津人民出版社1986年版)、闻一多(许毓峰等编，北岳文艺出版社1986年版，2册)、刘大白(萧斌如编，天津人民出版社1986年版)、李季(赵明等编，陕西人民出版社1986年版)、张恨水(张占国、魏守忠编，天津人民出版社1986年版)、丁西林(孙庆升编，中国戏剧出版社1986年版)、周作人(张菊香、张铁荣编，天津人民出版社1986年版，2册)、宋之的(宋时编，解放军文艺出版社1987年版)、冯乃超(李伟江编，陕西人民出版社1988年版)、萧乾(鲍霁编，北京十月文艺出版社1988年版)、成仿吾(史若平编，湖南文艺出版社1988年版)、聂绀弩(费万龙编，江西人民出版社1988年版)、柯仲平(刘锦满、王琳编，陕西人民出版社1988年版)、叶圣陶(刘增人、冯光廉编，北京十月文艺出版社1988年版)、徐志摩(邵华强编，陕西人民出版社1988年版)、欧阳予倩(苏关鑫编，中国戏剧出版社1989年版)、胡适(陈金淦编，北京十月文艺出版社1989,年版)罗淑·罗洪(艾以等编，北京十月文艺出版社1990年版)、冯文炳(陈振国编，海峡文艺出版社1991年版)。

计划出版者：瞿秋白、田汉、张资平、郑伯奇、朱自清、郑振铎、许地山、庐隐、冯沅君、陈学昭、许杰、许钦文、蹇先艾、王任叔、熊佛西、洪深、冯雪峰、汪静之、潘漠华、应修人、台静农、冯至、杨晦、陈炜谟、陈翔鹤、林如稷、周瘦鹃、包天笑、沈从文、陈梦家、朱湘、于赓虞、邵洵美、钱杏邨、孟超、洪灵菲、戴万平、阳翰笙、于伶、陈衡哲、凌叔华、谢冰莹、苏雪林、袁昌英、张爱玲、李金发、王独清、戴望舒、杜衡、施蛰存、穆时英、胡也频、柔石、殷夫、沙汀、艾芜、魏金枝、周文、蒋牧良、李劼人、吴组缃、草明、葛琴、曹禺、艾青、臧克家、何其芳、田间、穆木天、杨骚、蒲风、任钧、柳青、王亚平、温流、梁遇春、丰子恺、缪崇群、丽尼、陆蠡、黎烈文、曹聚仁、柯灵、唐弢、周木斋、徐訏、萧军、萧红、罗烽、白朗、舒群、端木蕻良、李辉英、欧阳山、靳以、王西彦、李健吾、陈白尘、吴祖光、高士其、严文井、陈伯吹、力扬、高兰、袁水拍、路翎、绿原、丘东平、邵子南、曹白、秦兆阳、孔厥、袁静、吴伯箫、华山、阮章竞、光未然、张志民、司马文森、黄谷柳，以及《白毛女》(附贺敬之)等新歌剧、《兄妹开荒》等秧歌剧、马健翎及新编历史剧、解放区话剧。

丙种 《中国现代文学书刊资料丛书》，以编制现代文学史上的书籍、期刊和报纸文艺副刊的目录索引为主，适当包括一些其他资料。计划出版10多种，包括《中国现代文学总书目》、《中国现代主要报纸文艺副刊目录索引》、《中国现代文学期刊目录汇编》(唐沅、韩之友等编，天津人民出版社1988年版，2册)、《中国现代文学作者笔名录》(徐迺翔、钦鸿编，湖南文艺出版社1988年版)等。

21世纪初，中国社会科学院文学研究所与知识产权出版社商定合作，成立汇纂工作小组，编辑出版**《中国文学史资料全编》**，包括古代卷、近代卷、现代卷和当代卷，将以往出版的史料著作汇为一编，统一装帧，集中出版。**《中国文学史资料全编·现代卷》**是先行的一种，主要以《中国现代文学史资料汇编》甲、乙、丙3种为基础而有所扩展。2007年11月，汇纂工作小组向著作权人发出《征求〈中国文学史资料全编·现代卷〉版权的一封信》，很快得到了绝大多数编者的授权。为尽快将这套书推向社会，除原版少量排印错误外,重印一律不作任何修改,保留原书原貌,待全部出齐,视市场情况出版修订本。至2010年,《中国文学史资料全编·现代卷》已经重印出版81种,其总目如下:

1.冰心研究资料,范伯群编;2.沙汀研究资料,黄曼君、马光裕编;3.王西彦研究资料,艾以等编;4.草明研究资料,余仁凯编;5.葛琴研究资料,张伟等编;6.荒煤研究资料,严平编;7.绿原研究资料,张如法编;8.李季研究资料,赵明等编;9.郑伯奇研究资料,王延晞、王利编;10.张恨水研究资料,张占国、魏守忠编;11.欧阳予倩研究资料,苏关鑫编;12.王统照研究资料,冯光廉、刘增人编;13.宋之的研究资料,宋时编;14.师陀研究资料,刘增杰编;15.徐懋庸研究资料,王韦编;16.唐弢研究资料,傅小北、杨幼生编;17.丁西林研究资料,孙庆升编;18.夏衍研究资料,会林等编;19.罗淑研究资料,艾以等编;20.罗洪研究资料,艾以等编;21.舒群研究资料,董兴泉编;22.蒋光慈研究资料,方铭编;23.王鲁彦研究资料,曾华鹏、蒋明玳编;24.路翎研究资料,杨义等编;25.郁达夫研究资料,王自立、陈子善编;26.刘大白研究资料,萧斌如编;27.李克异研究资料,李士非等编;28.林纾研究资料,薛绥之、张俊才编;29.赵树理研究资料,黄修已编;30.叶紫研究资料,叶雪芬编;31.冯文炳研究资料,陈振国编;32.叶圣陶研究资料,刘增人、冯光廉编;33.臧克家研究资料,冯光廉、刘增人编;34.李广田研究资料,李岫编;35.钱钟书、杨绛研究资料,田蕙兰等编;36.郭沫若研究资料,王训诏等编;37.俞平伯研究资料,孙玉蓉编;38.六十年来鲁迅研究论文选,李宗英、张梦阳编;39.茅盾研究资料,孙中田、查国华编;40.王礼锡研究资料,潘颂德编;41.周立波研究资料,李华盛、胡光凡编;42.胡适研究资料,陈金淦编;43.张天翼研究资料,沈承宽等编;44.巴金研究资料,李存光编;45.阳翰笙研究资料,潘光武编;46.“两个口号”论争资料选编,中国社会科学院文学研究所现代文学研究室编;47.“革命文学”论争资料选编,中国社会科学院文学研究所现代文学研究室编;48.创造社资料,饶鸿兢等编;49.文学研究会资料,苏兴良等编;50.鸳鸯蝴蝶派文学资料,芮和师等编;51.左联回忆录,中国社会科学院文学研究所《左联回忆录》编辑组编;52.中国现代文学总书目·散文卷,俞元桂等编;53.中国现代文学总书目·诗歌卷,刘福春、徐丽松编;54.中国现代文学总书目·小说卷,甘振虎等编;55.中国现代文学总书目·戏剧卷,萧凌、邵华编;56.中国现代文学总书目·翻译文学卷,贾植芳等编;57.中国现代文学期刊目录汇编,唐沅等编;58.抗日战争时期延安及各抗日民主根据地文学运动资料,刘增杰等编;59.老舍研究资料,曾广灿、吴怀斌编;60.文学的"民族形式"讨论资料,徐廼翔编;61.陈大悲研究资料,韩日新编;62.刘半农研究资料,鲍晶编;63.曹禺研究资料,田本相、胡叔和编;64.成仿吾研究资料,史若平编;65.戴平万研究,饶芃子、黄仲义编;66.丁玲研究资料,袁良骏编;67.冯乃超研究资料,李伟江编;68.柯仲平研究资料,刘锦满、王琳编;69.李辉英研究资料,马蹄疾编;70.梁山丁研究资料,陈隄等编;71.马烽、西戎研究资料,高捷等编;72.邵子南研究资料,陈厚诚编;73.沈从文研究资料,邵华强编;74.司马文森研究资料,杨益群等编;75.闻一多研究资料,许毓峰等编;76.萧乾研究资料,鲍霁等编;77.徐志摩研究资料,邵华强编;78.袁水拍研究资料,韩丽梅编;79.周瘦鹃研究资料,王智毅编;80.苏区文艺运动资料,汪木兰、邓家琪编;81.文艺大众化问题讨论资料,文振庭编。

20世纪80年代以来,还陆续出版了数套较大型的现代文学研究资料丛书,其主要内容与《中国现代文学史资料汇编》的甲种本《中国现代文学运动、论争、社团资料丛书》的某些选题相一致,如有关社团流派、上海"孤岛"时期、国统区抗战文学、解放区文学的资料等,但侧重和范围不同,也是值得重视的。

华东师范大学出版社1985年起陆续出版钱谷融主编的**《中国新文学社团、流派丛书》**,按社团、流派的出现先后,编选其代表作品及有关评论文章。一般每个社团或流派，各编一本作品选和一本评论选。已出版：《新文学的先驱：〈新青年〉、〈新潮〉及其他作品选》(王铁仙编,1985)、《文学研究会评论资料选》(王晓明编选,1986)、《现实主义的初潮：文学研究会作品选》(王晓明选编,1986)、《湖畔诗社评论资料选》(王训昭选编,1986)、《爱的歌声：湖畔诗社作品选》(王训昭编选,1986)、《顺着灵感而创作：弥洒社作品、评论资料选》(陈秀英选编,1990)等。另外,贾植芳主编有《中国现代文学社团流派》(江苏教育出版社1989年版,2卷),选取在中国现代文学史上33个有影响和代表性的社团流派,在掌握充足翔实的史料的基础上,对每一社团或流派的历史渊源、发展脉络、演变过程、思想倾向、文学观点、艺术特色,以及主要成员的文学活动等,作了全景式的反映和阐述,并附录有如成立宣言、社团章程等资料。以史料丰富、扎实见长。陈思和、丁帆主编有**《中国现代文学社团史》**(中国出版集团东方出版中心2006年版),该书是教育部人文社会科学重点研究基地重大项目的研究成果,包括七部研究专著：栾梅健著《民间的文人雅集——南社研究》,许俊雅著《黑暗中的追寻——栎社研究》,陈离著《在"我"与"世界"之间——语丝社研究》,咸立强著《寻找归宿的流浪者——创造社研究》,庄森著《飞扬跋扈为谁雄——作为文学社团的新青年社研究》,石曙萍著《知识分子的岗位与追求——文学研究会研究》,金理著《从兰社到〈现代〉——以施蛰存、戴望舒、杜衡及刘呐鸥为核心的社团研究》。

《中国现代文学资料与研究》丛书 华东师范大学中国现代文学资料与研究中心策划,陈子善、罗岗主编,上海书店出版社2008年起出版。丛书收录包括中国现代文学史上有影响的作家和研究者的佚文汇编、纪念文集、年谱、学术讨论会论文集和研究专著等,旨在提供研究中国现代文学史的新史料。已经出版9种：董之林所著《热风时节：当代中国"十七年"小说史论》,黄裳、小思等著《夏日最后一朵玫瑰——记忆施蛰存》,陈学勇编著《中国儿女——凌淑华佚作·年谱》(收录此前凌淑华著作中未编入的佚文佳作十余篇),黄永玉等著《爱黄裳》,李欧梵、夏志清等著《重读张爱玲》,刘绪源著《解读周作人》,陈从周著《徐志摩:年谱与评述》,林达祖等著《沪上名刊〈论语〉谈往》,周瘦鹃著《礼拜六的晚上》。

上海社会科学院文学研究所编有**《上海"孤岛"文学资料丛书》**,已出版3种:《上海"孤岛"文学回忆录》,中国社会科学出版社1984年版,2册。《上海"孤岛"文学作品选》,上海社会科学院出版社1986年版,3册。上册短篇小说,中册散文、杂文和报告文学,下册诗歌、戏剧和儿童文学。《上海"孤岛"文学报刊编目》,上海社会科学院出版社1986年版。收录上海孤岛时期(1937年11月12日~1941年12月8日)出版发行的报刊文学副刊、文学期刊和丛刊目录,附应国靖的《"孤岛"时期报刊文艺副刊概述》和《"孤岛"时期文学刊物出版概况》两篇专文。

四川教育出版社1988年开始出版**《国统区抗战文学研究丛书》**,已出版:《国统区抗战文学运动史稿》(文天行著,1988年版,附"国统区抗战文学运动纪事"),《文学理论史料选》(苏文光编选,1988年版),《小说研究史料选》(黄俊英编选,1988年版),《诗歌研究史料选》(龙泉明编选,1989年版),《戏剧研究史料选》(单蕭凤编选,1989年版),《大后方的通俗文艺》(杨中著,1990年版),《大后方散文论稿》(伊鸿禄著,1990年版),《战火中的文学沉思》(吴野著,1990年版)等。

四川省社会科学出版社1983年起出版**《抗战文艺丛书》**,已见:《中华全国文艺界抗敌协会史料选编》(文天行等编,1983年版),中华全国文艺界抗敌协会是抗日战争时期中国共产党领导下的文艺界统一战线组织,全书包括5部分:(1)筹备与成立,(2)历届年会,(3)重要活动,(4)对外文电,(5)其他(文天行编的《中华全国文艺界抗敌协会大事记》、王大明的《〈抗战文艺〉全目》和《〈新华日报〉有关"抗协"的资料索引)。《作家战地访问团史料选编》(廖全京等编,1984年版),作家战地访问团是中华全国文艺界抗敌协会组织派遣的,由13位作家组成,1938年6月从重庆出发,历时半年,主要访问了中条山和太行山战场。全书主要选录了参加这次访问的作家的日记和其他史料,包括:(1)13位作家的集体日记《笔游击》,(2)团长王礼锡的日记,(3)白朗的《我们十四个》。《抗战文艺报刊篇目汇编》(王大明等编,1984年版)和《抗战文艺报刊篇目汇编(续一)》(四川省社科院文学研究所抗战文艺研究室编,1986年版)等。重庆出版社1984年出版重庆地区中国抗战文艺研究会等编选的《国统区抗战文艺研究文集》,收录论文26篇。

河北教育出版社1989年起出版田仲济主编的《中国解放区文学研究资料丛书》,已出版晋鲁豫边区卷,包括《冀鲁豫文学史料》(中共冀鲁豫党史工作组文艺组编,1989)、《冀鲁豫文学作品选》(中共冀鲁豫党史工作组文艺组编,1989)、《冀南文学作品选》(刘艺亭等编,1989)。

广西社会科学院和广西艺术研究院共同主编《抗战时期桂林文化运动资料丛书》,已出版4种:《桂林文化城纪事》(潘其旭等编选,漓江出版社1984年版)、《西南剧展》(丘振声等编选,漓江出版社1984年版,2册)、《欧阳予倩与桂剧改革》(丘振声等编选,广西人民出版社1986年版)、《文艺期刊索引》(杨益群等编,广西人民出版社1986年版)。

柯灵主编有《中国现代文学序跋丛书》(1919～1949),搜集整理从"五四"到新中国诞生前30年间现代文学书籍的序跋5000余篇,分散文、小说、戏剧、诗歌、译文、理论以及期刊前言后语等7卷,海南人民出版社1988年起陆续出版。已出版《散文卷》(2册)、《小说卷》(2册)。

最后介绍一些不是丛书但具有重要史料价值的资料集。(1)左联史料《三十年代左翼文艺资料选编》,马良春、张大明编,四川人民出版社1980年版。《左翼文艺运动史料》，陈瘦竹主编，南京大学学报编辑部1980年印行。《左联回忆录》，中国社会科学院文学研究所本书编辑组编，中国社会科学出版社1982年版，2册。全书汇辑"左联"老同志有关左联各方面的回忆录70篇。书后附录有：①三十年代左翼文艺大事记，②关于参加中国左翼作家联盟成立大会的盟员名单，③对《左联成员名单（未定稿）》的回声（《左联成员名单》是据当年左联刊物有关的记载和回忆汇总而成的，《回声》就是200多位老同志对这份名单的答复）。《新文学史料》1980年第1辑刊出"左联成立五十周年纪念特辑"，其中刊载的回忆文章，部分收入上书，但有的资料，如陈早春的《中国左翼作家联盟文件选编》、荣太之的《左联资料索引》等未被选录。《"左联"纪念集》(1930~1990)，中国左翼作家联盟成立大会会址纪念馆、上海鲁迅纪念馆编，百家出版社1990年版。收录40余篇回忆左联的专稿，内容多为《左联回忆录》所未及。如许幸之的《关于"中华艺大"校址和"左联"成立大会会址》，以确凿的史料证明上海左联成立大会会址是在多伦路701弄2号，而不是原来认定的多伦路145号。上海社会科学出版社1988年出版了上海社会科学院文学研究所编著的《三十年代上海的"左联"作家》，2册。30年代中国左翼文艺运动，是以1930年3月2日在上海成立的中国左翼作家联盟为核心的波澜壮阔的革命文学运动，被史家称为中国现代文学史上光辉的一页。该书通过对30年代生活在上海的67位左联盟员的历史生涯的描述，展现了当时政治社会面貌和文坛风云。
(2)文学论争史料《"革命文学"论争资料选》，中国社会科学院文学研究所现代文学研究室编，人民文学出版社1981年版，2册。全书从1927~1929年出版的130余种报刊上的350余篇有关"革命文学"论争的文章中选录了150多篇。全部350多篇文章的编目作为资料附录于后。《"两个口号"论争资料选编》，中国社会科学院文学研究所现代文学研究室编，人民文学出版社1982年版，2

册。第二次国内革命战争后期,以上海为中心的党领导下的革命文艺界,为宣传贯彻党中央建立抗日民族统一战线的方针政策,曾就如何建立文艺界抗日民族统一战线问题展开过一次争论,即"国防文学"与"民族革命战争的大众文学"两个口号的争论。全书从300余种报刊中查到的500篇有关文章中选录了200余篇,500篇文章的编目作为资料附录于后。

第三章 现代作家文集及有关资料

现代作家的文学作品及其他著述的结集,除鲁迅、郭沫若、茅盾等几位大家名"全集"外,很多称之为"文集"。作家文集的编纂有两种情况:一种包括该作家的全部著述文字,属于全集型;另一种仅选录有关文学的著述文字,如文学作品、文学评论等,属选集型。随着现代文学史料搜集整理工作的逐步深入发展,现代作家文集的编纂,无论在内容或编例上,都在不断地趋向齐备和完善,尤以 20 世纪末以来编纂出版者为佳。本章择要介绍 40 余名重要作家的文集,以及数套有影响的大型作家选集丛书,侧重于最新出版者(要了解现代作家作品建国前后结集出版的详细情况,可参考本编第六章第一节"作家著述目录"的介绍)。为使作家的有关史料相对集中,在介绍文集的同时,列出有关研究资料。

第一节 作 家 文 集

鲁 迅(1881~1936) 《鲁迅全集》(增订新版)。人民文学出版社 1981 年版。16 卷:(1)《坟》,《热风》,《呐喊》;(2)《彷徨》,《野草》,《朝花夕拾》,《故事新编》;(3)《华盖集》,《华盖集续编》,《而已集》;(4)《三闲集》,《二心集》,《南腔北调集》;(5)《伪自由书》,《准风月谈》,《花边文学》;(6)《且介亭杂文》,《且介亭杂文二集》,《且介亭杂文末编》;(7)《集外集》,《集外集拾遗》;(8)《集外集拾遗补编》;(9)《中国小说史略》,《汉文学史纲要》;(10)《古籍序跋集》,《译文序跋集》;(11)《两地书》,书信;(12)(13)书信;(14)(15)日记;(16)鲁迅著译年表,全集篇目索引,全集注释索引。该版全集是在1956~1958年版《鲁迅全集》(10卷本)的基础上增订而成的,增补了自1957年以来新发现的全部佚文,增收鲁迅辑录古籍和译文的全部序跋,并补全编入了鲁迅的全部日记。正文据各旧版(或手稿、报刊)全部重行校勘,部分内容作有注释。2005年,人民文学出版社出版最新的18卷本。18卷本以1981年本为基础修订而成,补入迄今搜集到并经确认的佚文佚信,收入《两地书》的鲁迅原信和《答增田涉问信件集录》。对原有注释进行增补和修改。是《鲁迅全集》目前最为齐备的新版本。天津人民出版社2006年出版刘运锋《鲁迅全集补遗》。

鲁迅的手稿,已辑成《鲁迅手稿全集》,由该书编辑委员会编,文物出版社出版。全集包括文稿、书信、日记、辑录校勘的古籍和译文5个部分:书信部分收辑1904~1936年间的书信1388封,1979~1980年版,有线装、平装两种,平装本16开8册。日记部分收辑1912年5月5日至1936年10月18日所写日记,1979~1983年版,有线装、平装两种,平装本16开8册。文稿部分1986年起出版线装本。辑校古籍部分,编入鲁迅20余种辑校古籍手稿,除了1983年已排印出版过的《小说旧闻钞》、《唐宋传奇集》、《嵇康集》等8种外,还包括《范子计然》、《魏朗子》、《志林》、《虞永兴文录》、《谢灵运集》、《柳恽诗》等14种首次公诸于世的辑校本手稿,将陆续出版。北京图书馆2005年影印出版《鲁迅手稿全集》,线装6函60册,包括文稿、书信和日记。另外,上海古籍出版社1986~1993年出版北京鲁迅博物馆、上海鲁迅纪念馆合编的《鲁迅辑校古籍手稿》,6函49册,线装本。

其他有关资料主要有传记资料：《鲁迅生平史料汇编》，薛绥之主编，天津人民出版社1981～1984年版。全5辑：(1)鲁迅在绍兴、南京，(2)鲁迅在日本、杭州，(3)鲁迅在北京、西安，(4)鲁迅在厦门、广州，(5)鲁迅在上海。所辑资料，除了有直接见证意义的原件、图片外，都为回忆访问、调查所得，史料价值较高。《鲁迅年谱》(1881～1935)，李何林主编，人民文学出版社1981～1984年版，全4卷。《鲁迅与我七十年》，周海婴著，南海出版公司2001年版。

学术研究资料：《1913～1983年鲁迅研究学术论著资料汇编》，中国社会科学院文学研究所鲁迅研究室编，中国文联出版公司1986年～1989年版。16开精装，全5卷。1990年配套出版《索引》分册，包括篇名索引、作者索引、分类索引三部分。《鲁迅研究书录》，纪维周等编，书目文献出版社1987年版。收录1926～1983年间有关鲁迅研究的学术专著和一般通俗读物共1400余种，大部分著作有提要、重要著作并列出篇章目录。书后附编书名笔画索引和著者人名索引。《鲁迅研究资料索引》，北京图书馆，中国社会科学院文学研究所编，人民文学出版社1980～1982年版，2册。收录1919～1966年有关鲁迅研究的论著篇目。1986年出版《续编》，续录1977～1981年间的有关篇目，专著作为附录列后。上海鲁迅纪念馆编有《鲁迅著译系年》，上海文艺出版社1981年版。附有鲁迅笔名索引和著译篇名索引。北京鲁迅博物馆鲁迅研究室编有《鲁迅研究资料》(1976年创刊，现为季刊，中国文联出版公司出版)。鲁迅研究学会编有会刊《鲁迅研究》(1980年创刊，中国社会科学出版社出版)，以发表鲁迅思想、著作和生平的研究论文为主，兼及有关鲁迅研究的重要资料、回忆录等。中国人民大学书报资料中心的《复印报刊资料》有《鲁迅研究》专辑(季刊，代号J31)。西北大学主编有《鲁迅研究年刊》，反映国内外鲁迅研究的成果和概貌。1979年正式出版，1990年起与宋庆龄基金会合办，中国和平出版社出版。《中国鲁迅研究的历史与现状》，王富仁著，浙江人民出版社1999年版。《中国鲁迅学通史》，张梦阳著，广东教育出版社2001～2002年版。

《鲁迅大辞典》，人民文学出版社编著，人民文学出版社2009年出版。全书收录辑自鲁迅著作中的辞目9800余条，涉及中外古今人物、书籍、作品、报纸、刊物、社团、流派、机构、国家、民族、地名、历史事件、掌故、名物、古迹、特用词语、鲁迅笔名等，涵盖社会科学、自然科学等各个领域，书后附录纪念附册和鲁迅作品系年表。

《鲁迅大辞典》编纂组编有《鲁迅著作索引五种》（四川人民出版社1980年版），包括人名分册（上、下），神话、传说及文学作品中人物分册，社团分册，事件分册和书刊分册。根据《鲁迅全集》（10卷本，人民文学出版社1956～1958年版），《鲁迅译文集》（人民文学出版社1958年版）中鲁迅所撰序、跋和各种附记，《鲁迅书信集》（2卷，人民文学出版社1976年版），《鲁迅日记》（2卷，人民文学出版社1976年版）编成。

周作人（1885～1967） 《周作人先生文集》，台北里仁书局1982年版，精装22册。岳麓书社1987年起分册出版周作人的著作，计有《苦茶随笔、苦竹杂记、风雨谈》（1987），《自己的园地、两天的书、泽泻集》（1987），《知堂杂诗钞》（1987），《永日集、看云集、夜读抄》（1988），《知堂集外文·〈亦报〉随笔》（1988），《知堂集外文·四九年以后》（1988），《瓜豆集、秉烛谈》（1989），《欧洲文学史、艺术与生活、儿童文学小论、中国新文学的源流》（1989），《谈龙集、谈虎集》（1989）等。各集后都附编索引，编录正文中涉及的书（篇）名、人名等。《周作人自编文集》，止庵编订，河北教育出版社2002年版。共收录了周作人所著诗文别集共36种34册。在校订、编书的同时，编者还为每种文集各写了一篇文章，交代周氏的写作背景、自己的校订概况和所依据的版本等。香港三育图书有限公司1980年出版《知堂回想录》，这是周作人晚年所写的回忆录。湖南人民出版社1982年重排，题《周作人回忆录》。

《周作人日记》(影印本,三册),大象出版社1998年版。本书收入了周作人自清光绪二十四年(1898)正月二十八日开始至1966年8月23日期间68年的全部日记,日记中周作人记录了自己的家庭、生活、求学、创作以及人际交往,社会活动,思想状况,社会世情等方面的内容。

其他研究资料主要有:《周作人年谱》,张菊香主编,南开大学出版社1985年版。附录周作人著译简目和周作人别名笔名录。钱理群有《周作人年谱长编》(天津人民出版社2000年修订版)。《周作人评析》,李景彬著,陕西人民出版社1986年版。《周作人概观》,舒芜著,湖南人民出版社1986年版。《中国的叛徒与隐士:周作人》,倪墨炎著,上海文艺出版社1990年版。《周作人传》,钱理群著,北京十月文艺出版社1990年版。《周作人论》,钱理群著,上海人民出版社1991年。《周作人研究资料》,张菊香、张铁荣编,天津人民出版社1986年版。2册,下册为著译系年,包括(1)周作人著译系年,附在港台、海外报刊上发表的作品目录;(2)著译书目;(3)研究资料目录索引(含港台、海外)等。

欧阳予倩(1889～1962) 《欧阳予倩全集》,凤子主编,上海文艺出版社1990年版。全6卷:1～2卷话剧剧本,第3卷戏曲、歌剧、舞剧剧本,第4卷话剧艺术论文,第5卷歌剧、戏曲、舞蹈艺术论文,第6卷是1928～1958年撰述的回忆自述文章。附年表简编。苏关鑫编有《欧阳予倩研究资料》,中国戏剧出版社1989年版。包括欧阳予倩的传略、年表、著作目录和评论资料目录索引等内容。中国戏剧出版社2005年出版欧阳敬如著《父亲欧阳予倩》。

胡　适(1891～1962) 《胡适作品集》,台湾远流出版公司1989年版,全37册。《胡适选集》,刘绍唐主编,台北文星书店1966年版。分述学、考据、人物、年谱、历史、政论、序言、杂记、日记、书信、诗词、翻译和演说等13个分册。台北"中央研究院"胡适纪念馆1966～1970年出版《胡适手稿》影印本,全10集。《胡适诗存》,胡明编注,人民文学出版社1989年版。收录胡适诗作297首,译诗23首,是迄今海内外搜集最全的胡适诗集。台北商务印书馆1964年出版《胡适之先生诗歌手迹》。《胡适日记》,中国社会科学院近代史研究所中华民国史研究室编,中华书局1985年版。全2册,包括《藏晖室日记》(1910年1月24日至1910年3月23日)、《胡适的日记》(1921年4月27日至1921年11月24日,1922年2月4日至1922年11月23日)、《一九三七年日记》(1月1日至6月21日,7月20日至8月2日,9月7日至10月19日)、《一九四四年日记》(1月3日至12月31日,中间间断甚多)等4部分。《胡适往来书信选》,中国社会科学院近代史研究所中华民国史组编,中华书局1979~1980年版。全3册。《胡适口述自传》,唐德刚译,北京华文出版社1989年版。根据美国哥伦比亚大学"中国口述历史学部"所公布的胡适口述回忆的16次正式录音(英文)以及译者保存并经胡适手订的残稿,综合整理译出。所述内容与胡适的《四十自述》(亚东图书馆1933年版)不相重复。

20世纪90年代后,大陆先后编辑出版了数套胡适文集:

《胡适遗稿及秘藏书信》(全42册),耿云志主编,黄山书社1994年影印出版。本书影印材料全部采自胡适遗存在原北平寓所的档案原件。档案原件包括三个部分:文稿(含日记)、书信和文件。本书辑印文稿和书信两部分,其中文稿部分略依水经注案;一般历史考证;哲学史与文化史;文学与文学史;时记与杂文;讲演;序跋;札记;其他文稿;日记等分类编排。书信部分,凡胡适本人的书信全部收录,有影响的人物、与胡适关系密切的亲属朋友的信件,尽量收录。全部书信按人物编排。

《胡适文集》(全12册),欧阳哲生编,北京大学出版社1998年版。全书收录胡适生前发表的各种著作、文章,并酌情收入部分未刊手稿、遗稿。翻译作品、整理的古典文学作品集、日记未予辑入。凡胡适生前结集和已单行出版者,均保持原貌。未曾结集的发表文章或未刊稿,按内容编成新集,计有:《怀人集》、《序跋集》、《旧诗辑存》、《早年文存》、《胡适学术集外集》、《胡适时论集》和《胡适演讲集》。全书所辑皆保持原貌,不做删改。

《胡适全集》(全44卷),季羡林编,安徽教育出版社2003年版。该书是胡适的著译全集,收录论著、创作、书信、日记、译文、英文著述信函及多种未刊稿。卷1~4,胡适文存1~4集;卷5~6,哲学·专著;卷7~8,哲学·论集;卷9,哲学·宗教;卷10,文学·创作;卷11,文学·专著;卷12,文学·论集;卷13,史学·论集;卷14~17,史学·《水经注》疑案考证;卷18~19,史学·人物传记;卷20,教育语言杂著;卷21~22,时政;卷23~26,书信;卷27~34,日记;卷35~39,英文著述;卷40~41,英文信函;卷42,译文;卷43,胡适生平年表,胡适著译系年;卷44,胡适著译系年。

上海人民出版社1984年出版华东师范大学图书馆编制的《胡适著译系年目录与分类索引》,附录有:(1)胡适著作评论资料索引(1918~1980),(2)胡适西文著作目录,(3)胡适日文著作目录,(4)胡适年表,(5)胡适姓氏、别号、笔名录。安徽教育出版社1995年出版季维龙编《胡适著译系年目录》。

其他研究资料有:《胡适年谱》(曹伯言、季维龙编著,安徽教育出版社1987年版),《胡适年谱》(耿志云编著,四川人民出版社1989年版),《胡适之先生年谱长编初稿》(胡颂平编著,台北联经出版公司1991年版),《胡适评传》(李敖著,台北文星书店1964年版,中国友谊出版公司2000年版),《胡适传》(易竹贤著,湖北人民出版社1987年版),《天地自由——胡适传》(沈卫威著,上海文艺出版社1994年版)。台北天一出版社1979~1985年出版朱传誉主编的《胡适传记资料》,全21册。书中搜集影印了大量港台及海外的有关研究资料,台湾商务印书馆1970年版《胡适著作研究论文集》中的大部分内容被收入,如费海玑的《胡适先生中文遗稿目录》、《胡适手稿第二、三、四集总说》、《胡适手稿第五集要义》等。

北京十月文艺出版社1989年出版陈金淦编《胡适研究资料》。

郭沫若(1892～1978) 《郭沫若全集》，郭沫若著作编辑出版委员会编。全38卷，分历史、考古、文学三编。《历史编》8卷，人民出版社1982～1985年版。《考古编》10卷，科学出版社1982年起出版。《文学编》20卷，1～5卷诗歌，6～8卷戏剧，9～10卷小说、散文，11～14卷自传，15～17卷文艺论著，18～20卷杂文。人民文学出版社1982～1992年版。龚济民《读〈郭沫若全集〉札记》(《载中国现代文学研究丛刊》1986年第1期)，指出并纠正了全集文学编在校勘、注释中的一些疏漏和错误。四川大学出版社1988年出版王锦厚等编的《郭沫若佚文集》(上、下册)，收录郭沫若1906～1949年间的学术性佚文260余篇，包括诗歌、小说、自传、戏剧、文艺思潮等内容。吴奔星等从郭沫若的著作中辑出有关诗歌的重要见解350余条，编成《沫若诗话》(四川人民出版社1984年版)。阎焕东编著有《郭沫若自叙》(山西教育出版社1990年增订本)，从郭沫若著作中辑出有关故乡、家庭和留学生活，文学创作，以及思想转变等方面的自叙，采用自叙和编者评述穿插结合的方法撰写。

其他研究论著和资料集主要有：卜庆华的《郭沫若评传》(湖南文艺出版社1986年修订本)，孙党伯的《郭沫若评传》(人民文学出版社1987年版)，龚济民、方仁念的《郭沫若传》(北京十月文艺出版社1988年版)，阎焕东的《凤凰、女神及其他：郭沫若论》(中国人民大学出版社1990年版)。桑逢康著《郭沫若评传》(中国社会出版社2008年版)，谢保成著《郭沫若评传》(百花洲文艺出版社2010年版)，两部评传各有侧重，前者辑入《中国现当代名家传记丛刊》，书后附"郭沫若创作年表"等；后者辑入《国学大师丛书》，书后附"郭沫若学术行年简表"。龚济民等编著《郭沫若年谱》(天津人民出版社1982～1983年版，全2册)。黄侯兴编著有《郭沫若文学研究管窥)(天津教育出版社1987年版。该书较全面地回顾、分析了迄今有关郭沫若文学研究的情况,并附录有"郭沫若文学研究资料索引选辑")和《郭沫若正传》(江苏文艺出版社2010年版)。

萧斌如、邵华编有《郭沫若著译书目》(上海文艺出版社1989年增订本),编录郭沫若截至1985年出版的著译文字。王训昭等编有《郭沫若研究资料》(中国社会科学出版社1986年版,全3册),汇辑截至1980年有关郭沫若研究的重要资料。中国郭沫若研究学会编有《郭沫若研究》丛刊(文化艺术出版社1985年起出版),主要发表有关郭沫若思想、著作和生平的研究论文,以及郭沫若书简、集外佚文和回忆录等重要史料。已出版8辑。巴蜀书社2010年出版中国郭沫若研究会、郭沫若纪念馆编《郭沫若研究三十年》。

许地山(1894～1941) 《许地山选集》,徐迺翔、徐明旭编选,海峡文艺出版社1985年版。3辑:第1辑小说,第2辑散文、杂文、游记,第3辑诗歌、戏剧、童话及其他。附录许地山年表及其他有关回忆和评论资料。人民文学出版社1982年重印1958年版《许地山选集》,主要选录许地山1921～1941年间的各体文学作品。

周俟松、杜汝淼编有《许地山研究集》,南京大学出版社1989年版。全书共分5部分:(1)家世与生平,(2)许地山论创作,(3)许地山作品评介,(4)《追悼许地山先生纪念特刊》选编及其他悼文、悼词,(5)日记、书信、年表及著作编目。周俟松是许地山的夫人,长期以来从事保存搜集有关许地山的史料和研究资料。书中,周俟松根据许地山的家世材料,指出许地山出生于1894年2月3日,纠正了至今尚在沿误的1893年的生年记载。台北天一出版社1979年出版《许地山传记资料》。南京出版社1989年出版王盛的《许地山评传》,1998年出版王盛的《落花生新探》,书后附录《许地山年谱》。

赖　和(1894～1943) 《赖和先生全集》,李南衡主编,台北明潭出版社1979年版。赖和是台湾新文学的先驱。受"五四"新文学运动的影响,他于1919年自厦门返归台湾,与黄朝琴、张我军一起在台湾掀起新文学运动。此集有6部分,分别收录他的小说、诗、随笔杂文、序文、遗稿及旧体诗词。书前有照片、墓志、手迹等史料。书后附有纪念、评论文章及《赖和先生年表简编》等。作家出版社2006年出版刘洪林著《台湾新文学之父——赖和》。

洪 深(1894～1955) 《洪深文集》,中国戏剧出版社1988年版。4卷:1～2卷话剧剧本,3～4卷戏剧理论和电影方面的论著。附录洪深主要著作类编和生平事略。全书除第4卷中《现代戏剧导论》一文系重排外,其他均按50年代的初版本重印。《中国当代文学研究资料》丛书中有孙青纹编的《洪深专集》(浙江文艺出版社1986年版),全书分4个部分:(1)生平和创作,(2)评论文章选辑,(3)著译系年,(4)评论文章目录索引。中央文献出版社2000年出版韩斌生著《大哉,洪深——洪深评传》,中国戏剧出版社2009年出版古今、杨春忠编著《洪深年谱长编》。

叶圣陶(1894～1988) 《叶圣陶集》,叶至善等编,江苏教育出版社1987年起出版。全集分为文学、教育、语文教育,出版和编辑工作,日记、书信及其他等5个部分25卷。1～10卷为文学部分,包括小说、诗歌、童话、散文及其他创作,文学评论等。11、12卷为教育,13～16卷为语文教学,17～18卷为编辑出版,19～23卷为日记,24～25卷为书集。2004年,江苏教育出版社再版,增加第26卷,为传略和研究资料索引,收录叶至善撰著的《父亲长长的一生》。

有关研究资料有:《叶圣陶传记》,陈辽著,江苏教育出版社1986年版。《叶圣陶年谱》,商金林编,江苏教育出版社1986年版。年谱自1894年编至1984年,各年分事略和著作两部分。编者在定稿时尚陆续发现谱主的佚文,准备另辑《补编》。人民教育出版社2007年出版商金林的《叶圣陶年谱长编》,全4卷。刘增人、冯光廉编有《叶圣陶研究资料》,北京十月文艺出版社1988年版。

张恨水(1895~1967) 《张恨水选集》,安徽文艺出版社 1985 年起编辑出版。已见《金粉世家》、《啼笑因缘》、《雁归来》、《满江红》等。华中师范大学出版社 1997 年出版《张恨水文集》。四川人民出版社 1981 年出版张恨水的《我的写作生涯》,张伍编著有《张恨水自述》(河南人民出版社 2006 年版)和《雪泥印痕:我的父亲张恨水》(团结出版社 2006 年版)。

其他研究资料有:《张恨水研究资料》,张占国、魏守忠编,天津人民出版社 1986 年版。书中收有张恨水年谱、张恨水著作系年、著作(单行本)及评论文章目录索引、笔名笺注等内容。《闲话张恨水》,董康成等著,黄山书社 1987 年版。《张恨水评传》,袁进著,湖南文艺出版社 1988 年版;《文人的黄昏——通俗小说大家张恨水评传》,张毅著,华夏出版社 1991 年版。《张恨水论》,燕世超著,安徽大学出版社 1998 年版。《张恨水新论》,温奉桥著,齐鲁书社 2009 年版。

林语堂(1895~1976) 《林语堂经典名著》,台北金兰文化出版社 1986 年版。全 35 册:京华烟云(长篇小说),吾国吾民(杂文集),生活的艺术,苏东坡传,中国传奇小说,武则天正传(长篇小说),红牡丹(长篇小说),唐人街(长篇小说),爱与讽刺(杂文集),八十自叙,一夕话(杂文集),有不为斋随笔,吾家,待徨飘泊者(翻译长篇小说),论孔子的幽默(杂论集),金圣叹之生理学(杂论集),鲁迅之死(杂文集),老子的智慧(杂论集),朱门(长篇小说),风声鹤唳(长篇小说),奇岛(中篇小说),啼笑皆非(杂文集),抒情小品,杂感小品,论述小品,山水小品,人物小品,励志文集,匿名(中篇小说),赖伯英(中篇小说),逃向自由城(长篇小说),从异教徒到基督徒(传记),林语堂的思想与生活,林语堂的幽默金句,孔子的智慧(杂论集)。中国广播出版社 1990 年出版张明高等编选的《林语堂文选》,2 册。进入 21 世纪以来,大陆同时有两套《林语堂文集》出版:陕西师范大学 2000 年起出版《林语堂文集》,群言出版社出版

《林语堂文集》。据《新华书目报》2009年7月28日报道,群言版"《林语堂文集》共计31卷,经林语堂著作法定继承人林相如亲笔授权,收录了林语堂全部作品,并在其原有版本基础上进行了较大的修正"。

林语堂的次女林太一著有《林语堂传》,台北联经出版公司1989年版。万平近著有《林语堂论》,陕西人民出版社1987年版。北京文津出版社2005年出版王兆胜著《林语堂——两脚踏中西文化》,上海远东出版社2008年出版万平近著《林语堂评传》。台北天一出版社1985年出版《林语堂传记资料》,全5册。收有林语堂用英文写于30年代的自传中译本等资料。

郁达夫(1896~1945) 《郁达夫文集》,陈子善等编辑,花城出版社、三联书店香港分店1982~1984年版。12卷:1~2卷小说,第3卷散文,4~6卷文论,第7卷文论序跋,第8卷政论杂文,第9卷日记书信,第10卷诗词,11~12卷译文及其他。三联书店1990年出版郁风编的《郁达夫海外文集》,收录郁达夫1938年8月至1941年11月在新加坡和香港报刊发表的政论、杂文、散文和文艺杂谈等共222篇,以及他在苏门答腊岛隐姓埋名近4年时所作的15首绝唱诗篇,其中有的系首次在国内发表。按:郁达夫1938年12月28日抵新加坡,出任《星洲日报》副刊编辑,前后历时三年多。王自立、陈子善所编《郁达夫研究资料》(天津人民出版社1983年版)中的著译目录,搜集著录郁达夫这一时期的作品370余篇。王慷鼎、姚梦桐编有《郁达夫南游作品总目初编》,著录作品479篇。《新文学史料》1985年第3期发表了王、姚《〈郁达夫南游作品总目初编〉前言》,综述了海内外学者搜集研究出版郁达夫南游作品的经过情况和作者的新发现。湖南文艺出版社1986年出版陈子善、王自立编的《回忆郁达夫》,收录郁达夫生前友好、研究者的回忆和研究文章70余篇,其中不少是特稿,系首次发表。所录文章与编者所编的《郁达夫研究资料》(天津版)相互补充。编者另编有《郁达夫研究资料》，花城出版社、三联书店香港分店1985年版，2册。与《郁达夫文集》配套。华夏出版社2008年出版《风雨茅庐——郁达夫回忆录》。

《郁达夫全集》，本书编纂委员会编，吴秀明主编，浙江大学出版社2007年版。12卷：小说（2卷）、散文（1卷）、游记自传（1卷）、日记（1卷）、书信（1卷）、诗词（1卷）、杂文（2卷）、文论（2卷）、译文（1卷）。全集在以往郁达夫文集的基础上又增加22篇作品，包括郁达夫后代提供的郁达夫生前未发表的作品。全集的编纂人员在先期完成《郁达夫研究资料索引（1915～2005）》（李杭春等编，浙江大学出版社2006年版）和《中外郁达夫研究文选（上、下）》（李杭春等主编，浙江大学出版社2006年版）的基础上，进行了细致的篇目增补和文字校订工作。三书合一，为郁达夫研究提供了良好的学术空间。

其他研究资料还有：《郁达夫评传》（曾华鹏、范伯群著，百花文艺出版社1983年版），《郁达夫传》（郁云著，福建人民出版社1984年版，附录有"郁家世系表"），《郁达夫新论》（许子东著，浙江文艺出版社1984年增订本），《席卷在最后的黑暗中——郁达夫传》（王观泉著，天津人民出版社1986年版），《郁达夫传：欲将沉醉换悲凉》，袁庆丰编著，中国传媒大学出版社2010年版，《郁达夫正传》，桑逢康著，江苏文艺出版社2010年版。台北天一出版社1979～1985年出版《郁达夫传记资料》，全5册。天津教育出版社1989年出版张恩和的《郁达夫研究综论》。

茅　盾（1896～1981）《茅盾全集》，本书编辑委员会编，人民文学出版社1984～2006年出版。全书40卷，收录茅盾60余年来的各类著述（不包括翻译作品和古籍选注），按文体分类编年：1～9卷长、中、短篇小说，第10卷神话、童话、诗词作品，以及剧本《清明前后》。11～17卷散文作品，按散文集出版时间先后顺序编排，未收集的作品列为集外作品。18～27卷中国文论，包括有关古今中国文学作品的评论及研究文章。第 28 卷中外神话研究文章。第 29～33 卷外国文论,包括有关古今外国文学作品的评论及研究文章。第 34～35 卷回忆录《我走过的道路》。第 36～38 卷书信。第 39～40 卷日记。另有补遗两卷,资料索引一卷。总计 43 卷。孙中田、查国华编有《茅盾研究资料》,中国社会科学出版社 1983 年版。3 册:上册关于茅盾的生平和思想,中册关于茅盾的创作,下册是茅盾的著译系年及其他。《中国当代文学研究资料》丛书中有唐金海等编的《茅盾专集》,2 卷 4 册,福建人民出版社 1983～1985 年版。中国茅盾研究学会编有会刊《茅盾研究》(1984 年创刊,文化艺术出版社出版),主要发表国内外茅盾研究的最新成果和重要资料。已出版 5 辑。第 5 辑有丁茂远的《茅盾集外佚诗学习札记》,发表了作者近年搜集的《茅盾全集》第 10 卷诗词部分失收的 12 首佚诗。

其他研究资料还有:《茅盾研究论文选集》(全国茅盾研究学会编,湖南人民出版社 1983 年版,2 册)、《茅盾研究在国外》(李岫编,书后附有"国外茅盾研究资料要目",湖南人民出版社 1984 年版)、《茅盾年谱》(查国华编,长江文艺出版社 1985 年版)、《茅盾年谱》(万树玉编,浙江文艺出版社 1986 年版)、《茅盾评传》(邵伯周著,四川文艺出版社 1987 年版)等。

徐志摩(1897～1931) 《徐志摩文集》,商务印书馆香港分馆 1983 年版,上海书店 1988 年影印。5 卷:(1)诗集,(2)小说集,(3)(4)散文集,(5)戏剧、书集集。赵家璧 30 年代曾协助陆小曼编辑《志摩全集》,计诗集 1 卷、散文集 4 卷、小说集 1 卷、戏剧集 1 卷、书信集 2 卷、日记集 1 卷。后商务印书馆据此集清样稿重新整理,成诗、文、小说、戏剧和书信 5 集,题名《志摩遗集》,1948 年完成排印清样,但未正式出版。《文集》即据以上旧稿整理编成,遗漏未编入者较多,目前正在进行《补遗》的编辑工作。台湾传记文学出版社 1969 年出版梁实秋、蒋复璁主编的《徐志摩全集》,6 卷。第 1

卷包括梁实秋的《编辑经过》和蒋复璁的《小传》，以及图片、墨迹、函札、未刊稿（20首诗）等，是新排本。第2卷影印诗集4种。第3卷影印文集4种。第4卷影印小说、戏剧、日记（即良友版《爱眉小札》和晨光版《志摩日记》）。第5卷影印3种译本。第6卷收录散见于报刊而未曾编集的诗文，凡诗23首，散文34篇，译文11篇，新排本。

以上两种文集收录徐志摩的书信都较少，晨光曾以商务印书馆《志摩遗集·书信集》的清样为基础，经数年广泛搜集，共得公开发表过的徐志摩书信234封，辑注成《徐志摩书信》，湖南文艺出版社1986年出版。台北联经出版公司1979年出版梁锡华编译的《徐志摩英文书信集》（中英文对照），其中中文部文刊载在《新文学史料》1982年第3期，同时收入晨光的《徐志摩书信》。

天津人民出版社2005年出版韩石山主编的《徐志摩全集》，8卷约250万字，按分类编年的方法排列：第1~3卷为散文，第4卷为诗歌，第5卷为小说、戏剧和日记，第6卷为书信，第7~8卷为翻译作品。第8卷后附有徐志摩"著译系年"和"单本著作目录"。《全集》的编纂历时8年，其间全国有关专家、学者提供了许多未被先前版本收集的徐志摩佚文。

其他研究资料有：《徐志摩年谱》（陈从周著，上海书店1981年影印本）、《新编徐志摩年谱》（曾庆瑞著，中国传媒大学出版社2008年版）、《徐志摩评传》（陆耀东著，陕西人民出版社1986年版）、《徐志摩新传》（梁锡华著，香港万丰出版社出版）、《风流诗人徐志摩》（顾永棣著，四川文艺出版社1988年版）、《徐志摩传》（赵遐秋著，中国人民大学出版社1999年版）。《徐志摩传》，韩石山著，人民文学出版社2010年修订版。《徐志摩传》，宋炳辉著，复旦大学出版社2011年版。台北天一出版社1985年出版朱传誉主编的《徐志摩传记资料》，全5册，主要影印港台报刊文章及专著专章。陕西人民出版社1988年出版邵华强编的《徐志摩研究资料》。

《新文学史料》1981年第4期有一组关于徐志摩的纪念文章,其中赵家璧的《回忆徐志摩和〈志摩全集〉》,陆小曼的《遗文编就答君心——记〈志摩全集〉编排经过》,详细记载了《志摩全集》编纂的前因后果,是我国现代文学史料编纂出版史上的重要资料。

王统照(1897～1957) 《王统照文集》,山东人民出版社1981～1984年版。6卷:1～3卷小说,第4卷诗歌,5～6卷散文、杂文等。卷末附《王统照先生年谱简编》。冯光廉、刘增人编有《王统照研究资料》(宁夏人民出版社1983年版),刘增人著有《王统照论》(山东教育出版社2001年版)和《王统照传》(东方出版社2010年版)。王立鹏著有《王统照的文学道路》(学林出版社1988年版)。

庐　隐(1898～1934) 《庐隐选集》,钱虹编,福建人民出版社1985年版。全2册6辑:(1)论说、杂文,(2)诗、剧本,(3)短篇小说,(4)书信、自传,(5)散文、小品,(6)中长篇小说。钱虹另编有《庐隐集外集》(书目文献出版社1989年版),收录庐隐未曾结集出版的小说、散文、诗歌等作品,其中包括她在《自传》中提到已丢失的《访日游记》、《扶桑印影》,以及处女作《海洋里底一出惨剧》等。所录内容与《庐隐选集》不重。集后附有"庐隐著作系年目录"。河南大学出版社2004年出版五卷本《庐隐作品集》。肖凤著有《庐隐传》(北京师范大学出版社1982年版)和《庐隐评传》(中国社会出版社2008年版)。

朱自清(1898～1948) 《朱自清全集》,朱乔森编,江苏教育出版社1988～1998年出版。收录朱自清毕生的著述文字,包括散文部分(含晚期说理性的散文、杂文、语文教学、读书指导方面的论文,对文学创作、学术论著的评论,少量小说、读书笔记和译文),诗歌部分(含新诗和旧体诗词),学术论著部分和书信日记部分。共12卷:1～4卷散文编,第5卷诗歌编,第6～8卷学术论著编,第9～10日记,第11卷书信,第12卷古典文学教学资料。其中第9卷收1924年7月28日至11月30日、1931年8月22日至12月

31日,以及1932年至1938年全年的日记。第10卷收1939年全年、1940年1月1日至2月22日,1941年2月1日至6月13日、11月9日至12月31日,1942年至1946年全年,以及1947年1月1日至7月26日、8月15日至12月31日和1948年1月1日至8月2日的日记。可见,从1931年8月到1948年8月的17年间,有将近15年的日记是完整的,这是一份十分珍贵的现代文学研究史料。

季镇淮编有《闻朱年谱》(清华大学出版社1986年版)。北京出版社1988年出版张守常编的《最完整的人格—朱自清先生哀念集》,收录朱自清逝世当时俞平伯、吴晗等友好的悼念文章。1948年,《文讯》第9卷第3期有"朱自清先生追念特辑",刊出郭绍虞、郑振铎等人的追念诗文22篇。同年《文潮》第5卷第6期刊出"朱自清先生逝世追悼会"上叶圣陶、顾一樵、胡风、李健吾等11人的发言。这两辑纪念专辑的内容基本上都被收入《哀念集》。台北智燕出版社1978年出版周锦的《朱自清作品评述》和《朱自清研究》。《评述》收录有《朱自清作品系年初稿》、《坊间各种版本朱自清文集评述》8篇文章。《研究》收录有关朱自清的家庭生活、文学活动、学术研究等论文,及传略、年谱、家世等资料,共19篇。北京师范大学出版社1981年出版朱金顺编的《朱自清研究资料》,收录1948年以来纪念和研究朱自清的重要文章30余篇。台北天一出版社1985年出版《朱自清传记资料》。北京十月文艺出版社1991年出版陈孝全的《朱自清传》。北京燕山出版社1995年出版关坤英著《朱自清评传》。光明日报出版社2010年出版姜建、吴为公编著《朱自清年谱》(1996年安徽教育出版社本的修订本)。

郑振铎(1898～1958) 《郑振铎文集》,人民文学出版社1985年起出版。全10卷。第1卷小说,第2卷诗歌,3～4卷散文、杂文,5～7卷古典文学论著,第8卷外国文学论著,第9卷文物、考古和美术论著,第10卷序跋、日记和书信。专著如《插图本中国文学史》《文学大纲》,以及翻译和编校的文学作品未收入。已出版前8卷,其中1~2卷为重印本(初版于1959、1963年)。

《郑振铎全集》,花山文艺出版社1998年出版,全20卷:第一卷小说,第二卷诗歌、散文,第三卷杂文、文学杂论、《汤祷篇》,第四、五卷《中国文学研究》,第六卷中国古典文学文论、《漫步书林》、《劫中的书记》,第七卷《中国俗文学史》,第八、九卷《插图本中国文学史》,第十一~十二卷《文学大纲》,第十三卷儿童文学,第十四卷艺术、考古文论、《近百年古城古墓发掘史》,第十五卷外国文学文论、《俄国文学史略》、《太戈尔传》,第十六卷书信,第十七卷日记、题跋,第十八卷《希腊罗马神话与传说中的恋爱故事》、《希腊神话与英雄传说》,第十九卷《灰色马》、《沙宁》、《俄国短篇小说译丛》,第二十卷《泰戈尔诗选》、《高加索民间故事》、《民俗学浅说》、杂译。郑尔康在《编者的话》中指出:《全集》"几乎囊括了父亲一生的全部著作和译作以及讲学、演讲等记录稿,还有书信及日记等等。"上海古籍出版社1988年出版刘哲民编的《郑振铎先生书信集》,线装3册。

书目文献出版社1988年出版陈福康的《郑振铎年谱》。商务印书馆2010年出版陈福康撰《郑振铎论》(修订版),上海外语教育出版社2009年出版陈福康著《郑振铎传》。海峡文艺出版社1998年出版郑振铎百年诞辰学术研讨会编《郑振铎研究论文集》。上海社会科学出版社2008年出版上海鲁迅纪念馆编《郑振铎纪念集》。

田　汉(1898~1968)　《田汉文集》,中国戏剧出版社1983~1986年版。全16卷:1~7卷话剧、歌剧剧本,8~10卷戏曲剧本,第11卷电影剧本,12~13卷诗歌,14~16卷文艺论著及其他。卷末附田汉著作年表。全国政协文史资料研究委员会编有《田汉:纪念田汉同志诞生八十五周年》专辑,文史资料出版社1985年版。汇辑田汉的挚友、学生和亲属的回忆文章。江苏人民出版社1984年出版柏彬等编的《中国当代文学研究资料·田汉专集》。湖南人民出版社1984年出版何寅泰、李达三的《田汉评传》。中国戏剧出版社1992年出版张向华编《田汉年谱》。

丰子恺(1898～1975) 《丰子恺文集》,丰陈宝等编,浙江文艺出版社、浙江教育出版社1990～1996年联合出版。全书汇集丰子恺毕生文学与艺术方面的主要著作,全7卷,分艺术卷、文学卷:1～4卷为艺术卷,5～7卷为文学卷,第7卷为日记、书信和诗词。丰子恺的第一本散文集《缘缘堂随笔》1931年出版,建国后又先后出版《缘缘堂随笔》(新编本,人民文学出版社1957年版,收1925～1948年间的散文59篇)、《缘缘堂集外遗文》(明川编,香港问学社1979年版,收未曾结集的散文42篇)。浙江文艺出版社1983年出版丰一吟编录的《缘缘堂随笔集》,收录丰子恺1925～1972年间散文104篇,其中31篇是作者1962年自拟《新缘缘堂随笔》的篇目,17篇是从作者未发表的遗稿《缘缘堂续笔》中选出。由于丰子恺在选编《缘缘堂随笔》(1957年人民文学版)时,误注了部分篇目的写作年代,致使后编沿误。这在一定程度上影响了对作家思想和作品的研究。殷琦曾就此查阅集中作品初发的有关报刊,根据文末所注的写作时间,一一列出勘误,整理成《关于〈缘缘堂随笔〉中作品写作年代的查考》,文载《新文学史料》1986年第1期。台湾洪范书店1982年出版杨牧编《丰子恺文选》4卷。

浙江人民出版社1983年出版丰一吟所撰《丰子恺传》,书后附潘文彦编《丰子恺年表》。青岛出版社2005年出版盛兴军著《丰子恺年谱》,东方出版社2009年出版刘英编著《丰子恺的缘缘情愫》(评传)。

瞿秋白(1899～1935) 《瞿秋白文集》,共2编14卷。其中政治理论编8卷,由人民出版社出版。文学编6卷,收录瞿秋白文学艺术方面的全部著译文字,中国社会科学院文学研究所、人民文学出版社现代文学编辑室编,人民文学出版社1985～1988年版。江苏省哲学社会科学工作者联合会等1984年编印了《瞿秋白研究资料》,2册。收录有关瞿秋白的回忆录和评论文章,书后附有瞿秋白笔名别名集录和研究资料索引。瞿秋白的传记已见3种:《瞿秋白传》,王士菁著,四川人民出版社1985年版;《瞿秋白文学评传》,王铁仙著,百花文艺出版社1988年版;《一个人和一个时代——瞿秋白传》,王观泉著,天津人民出版社1989年版。广东人民出版社1983年出版周永祥的《瞿秋白年谱》。江苏人民出版社1993年出版姚守中等编著《瞿秋白年谱长编》。

闻一多(1899～1946) 《闻一多全集》,朱自清、郭沫若等编,三联书店1982年据开明书店1948年版重印。4册:(1)序、事略、神话与诗,(2)古典新义,(3)唐诗杂议、诗与批评、杂文、讲演录和书信,(4)诗选与校笺、跋。教育科学出版社1989年出版孙敦恒编《闻一多集外集》,收录闻一多部分未发表过的手稿,以及《闻一多全集》、《闻一多青少年时代诗文集》(郭道晖等编,云南人民出版社1984年版)和《闻一多书信选集》中未收入的诗文作品等。闻一多的学生、美籍华裔学者许芥昱(1922～1982)著有《闻一多》(美国海尔出版公司1980年版),书中第3章"留学"所述闻一多留美期间的情况,是国内较缺乏的资料。方仁念编《闻一多在美国》(华东师范大学出版社1985年版),除收录许芥昱书中"留学"一章外,还包括闻一多留美时的佚诗7首,梁实秋的《谈闻一多》(原书台湾传记文学出版1967年版),收录时有删节》等内容。

《闻一多全集》,武汉大学闻一多研究室编,孙党伯、袁謇正主编,湖北人民出版社1993年版。全书12卷(册):第1卷诗;第2卷文艺评论,散文、杂文;第3卷神话编、诗经编上;第4卷诗经编下;第5卷楚辞编,乐府诗编;第6～8卷唐诗编;第9卷庄子编;第10卷文学史编,周易编,管子编,璞堂杂业编,语言文字编;第11卷美术;第12卷书信,日记,附录。

其他研究资料有:《闻一多纪念集》,王康等编,三联书店1980年版。收录包括照片、历史资料、纪念诗文和生平事略等内容。《闻一多研究四十年》,季镇淮主编,清华大学出版社1988年版。

全书是全国第三届闻一多研究学术讨论会论文集,并收录闻一多的 8 篇佚文。《闻一多传》,王康著,湖北人民出版社 1979 年版。《闻一多评传》,刘烜著,北京大学出版社 1983 年版。《闻朱年谱》,季镇淮著,清华大学出版社 1986 年版。《闻一多研究资料》,许毓峰等编,北岳文艺出版社 1986 年版,2 册。《闻一多年谱长编》,闻黎明、侯菊坤编,闻立鹏审定,湖北人民出版社 1994 年版。北京图书馆出版社 2000 年出版张巨才、刘殿祥著《闻一多学术思想评传》。北京文津出版社 2005 年出版刘介民著《闻一多——寻觅时空最佳点》(乐黛云主编《跨文化沟通个案研究丛书》本)。

老 舍(1899～1966) 《老舍文集》,人民文学出版社 1980～1991 年版。收录老舍 1925～1966 年间创作活动中除译文、日记以外的各类作品(包括未发表的手稿),按文体和著作时间分卷编次。全 16 卷:1～9 卷小说,10～12 卷戏剧,第 13 卷曲艺、诗作,第 14 卷散文,15～16 卷文艺论文、创作经验谈等。中国戏剧出版社 1982～1985 年出版胡絜青等编的《老舍剧作全集》,4 卷。曾广灿编有《老舍研究纵览》(天津教育出版社 1987 年版),系统分析总结了 1929～1986 年间老舍研究的概况。全书分纵览篇和资料篇两部分,资料篇包括老舍笔名考释,老舍研究专著、资料专著书目,老舍研究散见篇目索引,部分国外老舍研究专著文章目录,老舍著作盗版、冒名书目等。

《老舍全集》(19 卷),人民文学出版社 1999 年出版。与先前所出版的《老舍文集》相比,《全集》新增加了 200 多万字,除了小说、戏剧、戏曲和电影文学剧本,诗歌、散文、杂文新增不少篇目外,工作报告、书信、日记、译文、教材、早期佚文、英文作品等,则首次收入《全集》。《东岳论丛》2002 年第 3 期发表张桂兴的评论《空前的学术价值,无法弥补的遗憾——试论〈老舍全集〉的成就与缺点》,可参见。傅光明的《老舍之死采访实录》(中国广播电视出版社 1999 年版),郑实、傅光明编《太平湖的记忆——老舍之死》(海天出版社2001年版),傅光明《口述历史下的老舍之死》(山东画报出版社2007年版),三书试图还原老舍之死的历史细节。

其他研究资料还有:《老舍写作生涯》(胡絜青编,百花文艺出版社1981年版),《老舍评传》(王惠云等著,花山文艺出版社1985年版),《老舍年谱》(郝长海等编,黄山书社1988年版),《老舍年谱》(甘海岚编撰,书目文献出版社1989年版)。北京十月文艺出版社1985年出版曾广灿等编录的《老舍研究资料》。台北天一出版社1985年出版朱传誉主编的《老舍传记资料》。山东人民出版社1983年出版孟广来等编选的《老舍研究论文选》。山东大学出版社1994年出版王延晞著《老舍论稿》,重庆出版社1999年出版关纪新著《老舍评传》,中国广播电视出版社1999年出版舒乙的《我的思念——关于老舍先生》,天津人民出版社2000年出版舒济、王海波著《老舍与二十世纪》。张桂兴编撰有《老舍著译书目》(中国国际广播出版社2000年版)和《老舍年谱》(修订本,上海文艺出版社2005年版)。

冰　心(1900～1999)　《冰心文集》,上海文艺出版社1982～1991年版。全6卷:1～4卷小说、诗歌、散文等文学作品,第5卷收录1919～1982年间的文艺论文、杂感、评论和序跋等,第6卷汇集冰心1983年以来的各类著述文字。海峡文艺出版社1986年出版卓如编的《冰心著译选集》,3卷,第3卷为译文。《冰心全集》,海峡文艺出版社1995年版。8卷,收录1919年至1994年间的各类作品,按发表出版的时间先后编排。凡曾收入《冰心文集》者,据《文集》排校。附录冰心生平、著作年表简表,以及全集篇目分类和笔画两个索引。

有关研究资料主要有:范伯群、曾华鹏著《冰心评传》(人民文学出版社1983年版),肖凤著《冰心传》(北京十月文艺出版社1987年版)和《冰心评传》(中国社会出版社2006年版),卓如著《冰心传》(上海文艺出版社1990年版)和《冰心年谱》(海峡文艺出版社 1999 年版)。北京出版社 1984 年出版范伯群编《冰心研究资料》。

夏　衍(1900～1995)　《夏衍剧作集》,会林、绍武编,中国戏剧出版社 1984～1986 年版,3 卷。收录夏衍的多幕剧 12 部,独幕剧 7 部,翻译剧 5 部。《夏衍电影剧作集》,中国电影出版社 1985 年版。《夏衍杂文随笔录》,三联书店 1980 年版。《懒寻旧梦录》,三联书店 1985 年版。这是一部夏衍晚年追忆自己前半生(从童年至全国解放)经历的回忆录。

《夏衍全集》,周巍峙主编,浙江文艺出版社 2005 年出版。全集 16 卷:戏剧剧本卷(2 卷),戏剧评论(1 卷),电影剧本(2 卷),电影评论(2 卷),文学(2 卷),新闻时评(2 卷),译著(3 卷),回忆录(1 卷),书信日记(1 卷)。《书信日记》收录书信(近 400 封)、日记和生平年表、著述年表、笔名等有关资料。书信大部分是改革开放以来夏衍与友人的生活和思想交流,日记部分收录留存至今的 1925 年求学日本,1946 年赴新加坡,1949 年北行,1950 年三次赴京,1951 年出访苏联、民主德国,1966 年"四清",1967 年初春笔记以及"文革"等九个时期的日记、笔记。

会林、绍武合作编有 3 部夏衍研究专著和资料集:《夏衍传》,中国戏剧出版社 1985 年版;《夏衍戏剧研究资料》,中国戏剧出版社 1980 年版,2 册;《夏衍研究资料》(与陈坚合编),中国戏剧出版社 1983 年版。陆荣椿著有《夏衍评传》(山东教育出版社 1997 年版)。北京十月文艺出版社 1998 年出版陈坚、陈抗著《夏衍传》,浙江人民出版社 2005 年出版陈坚、张艳梅著《世纪行吟——夏衍传》。《中国当代文学研究资料》丛书中有巫岭芳编录的《夏衍专集》(浙江文艺出版社 1990 年版),2 册。

蒋光慈(1901～1931)　《蒋光慈文集》,秦家琪、王继权编,上海文艺出版社 1982～1988 年版。4 卷:1～3 卷为曾结集单行的中短篇小说、诗歌、日记和通讯等,第 4 卷收录散篇作品和文艺杂论、政论等。附录蒋光慈著译系年目录等。方铭编有《蒋光慈研究资料》(宁夏人民出版社1983年版),吴腾凰著有《蒋光慈传》(安徽人民出版社1982年版)。

张我军(1902～1955) 《张我军文集》,张光直编,台北纯文学出版社1975年版。张我军是台湾新文学的开拓者之一,曾在北京大学等校受到"五四"文学革命的洗礼。主要著作有新诗集《乱都之恋》(1925年在台北自费印行,辽宁大学出版社1987年重印)、短篇小说《买彩票》、《白太太的哀史》、《诱惑》,以及若干散文、论文和随笔等,均编入《文集》。张光直编有《张我军全集》(台海出版社2000年版)和《近观张我军》(台海出版社2002年版)。作家出版社2006年出版田建民著《张我军评传》。

梁实秋(1903～1987) 《梁实秋散文》,刘天华、维辛编选,中国广播电视出版社1989年版,4册。全书在梁实秋各时期结集出版的散文、杂文和小品文集的基础上编选,仅剔除其中少量篇目,并保留原集名,按原集初版时间为序编排。后附"梁实秋先生年表"。《梁实秋论文学》,台北时报文化出版公司1978年版,4辑。《梁实秋自选集》,台北黎明文化事业公司1975年版。《梁实秋文集》(15卷),本书编辑委员会编,鹭江出版社2002年出版。这是国内第一部比较完整地汇编梁实秋著作的版本,其中第10～15卷为《英国文学史》。

岳麓书社1989年出版陈子善编辑的《梁实秋文学回忆录》,5辑:(1)梁实秋回顾自己文学生涯的文章9篇,(2)专谈新月派历史的文章3篇,(3)回忆胡适的文章3篇,(4)关于徐志摩的一组文章,(5)回忆梁启超、周作人、老舍等人的一组文章。中国广播电视出版社1991年出版刘天华、维辛编选的《梁实秋怀人丛录》,收录梁实秋回忆、怀念"五四"以来的作家、文化名人的文章40余篇,内容与岳麓版《回忆录》大致相同。《新文学史料》1989年第1期发表徐静波的《梁实秋传略》。中国社会出版社2005年出版宋益乔著《梁实秋评传》,中华书局 2007 年出版高旭东编《梁实秋与中西文化》。

沈从文(1902~1988) 《沈从文文集》,花城出版社、三联书店香港分店 1982~1984 年版。全 12 卷:1~8 卷小说,9~10 卷散文、诗歌,11~12 卷文论。北岳文艺出版社 2002 年出版张兆和主编的《沈从文全集》,32 卷:1~10 卷小说,11~12 卷散文,13 卷传记,14 卷杂文,15 卷诗歌;16~17 卷文论,18~26 卷书信,27 卷集外文存,28~32 卷物质文化史。2003 年出版《沈从文全集·附录》,包括沈从文年表简编,沈从文著作中文总目和作品的外文译作等。

人民文学出版社 1981 年出版《从文自传》,系沈从文在 30 年代初版本的基础上补充修订而成。有关研究资料有:《我所认识的沈从文》,朱光潜等著,荒芜编,岳麓书社 1986 年版。汇编海内外知名学者回忆评介沈从文及其作品的文章。《从边城走向世界:对作为文学家的沈从文的研究》,凌宇著,三联书店 1985 年版。《沈从文传:生命之火长明》,凌宇著,北京十月文艺出版社 1988 年版。《沈从文传》,美国圣若望大学历史系副教授金介甫著,符家钦据美国斯坦福大学出版社 1987 年版译出,时事出版社 1990 年版,中国友谊出版公司、国际文化出公司分别于 1999 年、2009 年再版。《沈从文论》,王继志著,江苏教育出版社 1992 年版。《人性的治疗者:沈从文传》,吴立昌著,上海文艺出版社 1993 年版。《沈从文评传》,王保生著,重庆出版社 1995 年版。《沈从文研究资料》,邵华强编,花城出版社、三联书店香港分店 1991 年版,2 册,包括沈从文年谱简编,沈从文总书目(附沈从文作品英译目录),沈从文研究资料目录(1924~1985)等内容。《沈从文晚年口述》,王亚蓉编,陕西师范大学出版社 2003 年版。《沈从文年谱(1902~1988)》,吴世勇著,天津人民出版社 2006 年版。天津人民出版社 2006 年出版刘洪涛、杨瑞仁编《沈从文研究资料》,收录有关沈从文生平和文学创作的重要研究论文,沈从文研究论文论著索引和沈从文作品系年等。

冯雪峰(1903~1976) 《雪峰文集》,人民文学出版社 1981~1985 年编辑出版,收辑冯雪峰 1921~1975 年间的文学著述。4 卷:(1)文艺创作,(2)文艺理论,(3)杂文,(4)研究及回忆鲁迅。包子衍等编有《回忆雪峰》(中国文史出版社 1986 年版)。上海文艺出版社 1985 年出版包子衍的《雪峰年谱》。人民文学出版社 1988 年编辑出版《冯雪峰与中国现代文学》(1986 年第一次全国性冯雪峰学术讨论会论文选,收论文 16 篇)。张乐初的《雪峰纪事》(江西人民出版社 1986 年版)附有参考资料目录,可作为冯雪峰的研究资料目录使用。上海文艺出版社 2005 年出版《回望雪峰》(第三届冯雪峰学术研讨会论文集)。

2003 年 6 月是冯雪峰一百周年诞辰,人民文学出版社出版了《冯雪峰选集》(二卷),《冯雪峰纪念集》(包子衍编,收入巴金、胡愈之、丁玲、胡风、宋任穷、楼适夷、牛汉等数十位生前友好的回忆文章,附录中收录有悼词、挽诗、挽联等)和《冯雪峰评传》(陈早春、万家骥著)。

朱　湘(1904~1933) 《朱湘诗集》,四川文艺出版社 1987 年版。收录朱湘旧时结集的 4 个诗集:《夏天》、《草莽集》、《石门集》、《永言集》。《朱湘译诗集》,湖南人民出版社 1986 年版。《中书集》,上海书店 1986 年影印生活书店 1937 年本。这是朱湘的散文及书信集,包括散文及有关古典诗词、现代诗歌、译诗的评论等。《朱湘书信集》,罗念生编,上海书店 1983 年影印本。安徽文艺出版社 1987 年出版《朱湘书信二集》。钱光培著有《现代诗人朱湘研究》(北京燕山出版社 1987 年版),分上下篇:上篇朱湘生平事迹叙考,下篇朱湘新诗创作叙论及其他。附录朱湘著作年表。花山文艺出版社 1992 年出版丁瑞根著《悲情诗人朱湘》。

丁　玲(1904~1986) 《丁玲文集》,湖南人民出版社 1983~

1984年版,6卷。收录丁玲1927～1982年间的文学创作和文学论著。第6卷末附丁玲著作编年(1927～1982)。湖南文艺出版社1991年出版7、8两卷,续录丁玲1983～1985年间的文学作品、回忆录,以及早期作品的补遗等。全套文集1～8卷收录了丁玲一生的文学作品和文学评论。袁良骏编有《丁玲集外文选》(人民文学出版社1983年版),选录丁玲20年代至建国前夕未结集的文章48篇。中国大百科全书出版社2008年出版陈明口述《我与丁玲五十年:陈明回忆录》。

有关研究资料有:《丁玲生活与文学的道路》(王中忱等编著,吉林人民出版社1982年版),《丁玲创作独特性面面观:全国首届丁玲创作讨论会专集》(该书编选小组编,湖南文艺出版社1986年版),《丁玲研究资料》(袁良骏编,天津人民出版社1982年版),《丁玲研究在国外》(孙瑞珍、王中忱编,湖南人民出版社1985年版)等。北京十月文艺出版社1993年出版周良沛著《丁玲传》,人民日报出版社2008年出版涂绍钧著《纤笔一支谁与似——丁玲》,天津人民出版社2006年出版王增如等编著《丁玲年谱长编》。

巴　金(1904～2005)　《巴金全集》,人民文学出版社1986～1994年编辑出版。全集收录巴金60余年来除译文以外的各类作品,包括未发表过的手稿、书信、日记等,按文集分类编年。所录作品凡曾收入《巴金选集》(10卷,四川人民出版社1982年版)者,据《选集》排校;未收入《选集》但收入《巴金文集》(14卷,人民文学出版社1958～1962年版)者,据《文集》排校;其他均据初版本排校。共26卷:1～11卷小说,12～16卷散文随感,17卷序跋编,18～19卷集外编,20卷创作谈等,21卷断头台上等,22～24卷书信编,25～26卷日记编。编纂过程中,人民文学出版社向全国有关人士广泛征集巴金的书信、佚文等。贾植芳等从巴金的文集中辑出有关谈他自己生活和创作的文章,汇编成《巴金写作生涯》(百花文艺出版社1984年版),内分3

辑:(1)生活与创作,(2)文坛交游,(3)文艺杂论。1997年,人民文学出版社出版《巴金译文集》,10卷。

其他研究论著和资料集有:《巴金创作论》,张慧珠著,四川人民出版社1983年版。全书对巴金20年代至50年代的全部创作进行了专题评论。《巴金评传》,陈丹晨著,河北人民出版社1981年版。《巴金论》,汪应果著,上海文艺出版社1985年版,复旦大学出版社2009年版。《巴金论稿》,陈思和、李辉著,人民文学出版社1986年版,2009年修订易名《巴金研究论稿》,由复旦大学出版社出版。《人权的发展——巴金传》,陈思和著,上海人民出版社1992年版。《巴金传》,徐开垒著,上海文艺出版社1991年版。四川文艺出版社1989年出版唐金海、张晓云主编的《巴金年谱》2册,详细记载了1904~1986年8月间巴金的生活、交游、著述、创作活动,以及国内外学者研究评介他的著作的主要论点和基本内容。书后附录巴金笔名录、巴金访问荟萃(系年谱编者1979~1987年间访问巴金的记录稿,经巴金审定)。湖南文艺出版社1986年出版张立慧、李今的《巴金研究在国外》,概述国外巴金研究的情况,附编有"国外巴金研究资料要目"。陈思和编著的《巴金研究指南》(天津教育出版社1991年版)评述了历年(尤其是80年代)巴金研究的概况,附录有李存光编集的巴金研究资料目录。人民文学出版社2003年出版李存光著《百年巴金——生平和文学活动事略》,四川文艺出版社2003年出版谭兴国著《走进巴金的世界》,江苏文艺出版社2008、2010年分别出版陈丹晨著《走进巴金四十年》(记录巴金晚年思想、著述和生活情况)和《巴金正传》。《巴金〈随想录〉研究》,胡景敏著,复旦大学出版社2010年版,《我亲历的巴金往事》,吴泰昌著,三联书店2010年版。

巴金的研究资料集有三种:《中国当代文学研究资料·巴金专集》,贾植芳等编,江苏人民出版社1981年版。书中资料以1980年为下限,故编者又于1985年另编《巴金作品评论集》(中国文联出版公司1985年版)作为补充。《巴金研究资料》,李存光编,海峡文艺出版社1985年版,3卷,所收各类资料截至1982年。复旦大学出版社2011年出版李存光编集的《巴金研究文献题录(1922～2009)》。

臧克家(1905～2004) 《臧克家文集》,山东文艺出版社1985～1994年出版。以作者50余年来结集出版的诗歌、散文、小说及文艺随笔集为依据选编,在选编中经作者淘汰了相当数量水平较低或今日已失去意义的作品。6卷:诗3卷,散文、小说及文艺随笔3卷。陕西人民出版社1984年出版冯光廉、刘增人编辑的《臧克家集外诗集》,收录诗人抗日战争和解放战争时期发表于各地报刊而未收入各种诗集的长短诗作126题133首,其中40余首未被选入《文集》。后附臧克家生平文学活动年表简缩。长江文艺出版社1982年出版《臧克家散文小说集》,2卷5辑(1)学诗断想与文艺随笔,(2)怀人集,(3)散文,(4)杂文,(5)小说。臧克家1934～1983年间写作的诗论,由吴嘉辑成《克家论诗》,文化艺术出版社1985年版。四川人民出版社1981年出版臧克家的《诗与生活回忆录》。张惠仁著有《臧克家评传》,能源出版社1987年版。重庆出版社1998年出版蔡清富、李丽著《臧克家评传》。

李广田(1906～1968) 《李广田文集》,山东文艺出版社1983～1986年版。5卷:(1)散文,(2)诗歌、小说,(3)文艺论文,(4)未结集发表的佚文遗稿,包括诗歌、散文、小说、论文等,(5)抗日战争时期的8部日记和民族长诗《阿诗玛》、《线秀》的整理本。附年谱和作品研究资料索引。宁夏人民出版社1985年出版李岫的《李广田研究资料》,内分5辑,第5辑为李广田著作系年和研究资料目录索引。云南大学出版社1991年出版张维的《李广田传》。山东人民出版社2002年出版张献青等著《遗忘的绿荫:李广田论》,人民文学出版社2006年出版李岫著《岁月、命运、人:李广田传》。

赵树理(1906~1970) 《赵树理文集》,工人出版社、山西大学合编,工人出版社1980年版。共4卷:1~2卷小说,第3卷戏剧、曲艺、诗歌,第4卷论文、杂感、书信。工人出版社1984年出版董大中辑录的《赵树理文集续编》,收录各体未编入《文集》的作品100多篇。人民文学出版社2005年出版《赵树理文集》,4册。董大中还编有《赵树理年谱》(1906~1970),山西人民出版社1982年版,北岳文艺出版社1994年增订本。高捷等编有《回忆赵树理》(山西人民出版社1985年版),汇录赵树理生前友好、同事的回忆文章。北岳文艺出版社1985年出版黄修己编的《赵树理研究资料》。北京十月文艺出版社1987年出版戴光中的《赵树理评传》。中国文联出版公司1998年出版《赵树理研究文集》,3卷,上卷陈荒煤、黄修己等著《近二十年赵树理研究选萃》,中卷董大中著《赵树理论考》,下卷(美)马若芬等著《外国学者论赵树理》。

张天翼(1906~1985) 《张天翼文集》,上海文艺出版社1985~1993年出版。全10卷:1~4卷短篇小说,5~6卷长篇小说,7~8卷儿童文学、童话、寓言,最后2卷是文艺评论及其他。中国社会科学出版社1982年出版沈承宽等编辑的《张天翼研究资料》,所辑资料截至1982年。书中的张天翼传略、生平与文学活动年表、著作系年等曾经张天翼本人审阅核实。湖南文艺出版社1987年出版吴福辉等编选的《张天翼论》,希望出版社2001年出版张锦贻著《张天翼评传》。

周立波(1908~1979) 《周立波文集》,上海文艺出版社1981~1985年出版。共5卷:第1~3卷小说,第4卷特写、散文、诗歌,第5卷文艺评论等。四川人民出版社1983年出版周立波生前亲自编定的《黎明文稿》,收录1976年以后作品,有的系首次发表,《文集》未予选录。湖南人民出版社1983~1984年出版《周立波选集》,7卷。李华盛、胡光凡编有《周立波研究资料》(湖南人民出版社1983年版)。湖南文艺出版社1986年出版胡光凡的《周立波评传》。光明日报出版社1985年出版庄汉新的《周立波生平与创作》。岳麓书社2008年出版王竹良等著《叶紫周立波研究》，湖南教育出版社2008年出版姚时珍等著《百年周立波》，团结出版社2010年出版周仰之著《我的祖父周立波：人间事都付与流风》。

艾　青（1910～1996）　《艾青全集》，花山文艺出版社1991年版。全5卷：1～2卷诗歌，第3卷诗论，第4卷散文、书信，第5卷散文、文论。附录周红兴的《艾青年表》。周红兴另编著有《艾青的跋涉》（文化艺术出版社1988年版）和《艾青研究与访问记》（文化艺术出版社1991年版）。《跋涉》采用评传与年谱相结合的方式，对艾青的生活与文学创作历程作了系统的揭示。《研究与访问记》收录9篇研究专论和7篇访问记。浙江人民出版社1982年出版骆寒超的《艾青论》，上海文艺出版社1984年出版杨匡汉、杨匡满的《艾青传论》。比较骆、杨两书，骆书侧重于创作论，清晰地揭示了艾青创作的发展脉结和个性特色；杨著则意在描绘艾青70年生涯的轮廓，以传为主，论在传中。徐刚著有《艾青》（作家艺术家传记丛书），北岳文艺出版社1986年版。海涛、金汉编有《中国当代文学研究资料·艾青专集》，江苏人民出版社1982年版。其他尚有：程光炜著《艾青传》（北京十月文艺出版社1999年版），骆寒超著《艾青评传》（重庆出版社2000年版），叶锦先编著《艾青年谱长编》（人民文学出版社2010年版）。

曹　禺（1910～1996）　《曹禺文集》，中国戏剧出版社1988年起出版。全7卷：1～4卷话剧剧本，第5卷改译、翻译剧本及电影剧本，第6卷戏剧论著，第7卷小说、诗歌、散文及其他。已出前4卷。四川文艺出版社、四川人民出版社联合出版《曹禺戏剧集》，除戏剧作品外，还有一部《论戏剧》（曹元成、王行之编，1985年版），汇录了曹禺截至1982年底的绝大分部分戏剧论文。《曹禺全集》，田本相、刘一军主编，花山文艺出版社1996年出版。全集共分7

卷,第1~4卷为话剧剧本,第5卷为戏剧论著,第6卷为小说、诗歌、散文、书信及其他文章,第7卷为改译、翻译剧本和电影剧本等,并附录《曹禺年表》。各卷均按发表年月日先后编次。

南开大学出版社1985年出版田本相、张靖编著的《曹禺年谱》,北京十月文艺出版社1988年出版田本相的《曹禺传》,北京大学出版社1986年出版孙庆升的《曹禺论》,人民文学出版社1986年出版朱栋霖的《论曹禺的戏剧创作》。潘克明编著的《曹禺研究五十年》(天津教育出版社1987年版)从宏观上展示了曹禺研究的发展轨迹。全书分单项研究、综合研究、回顾与导向、资料等4篇。资料篇包括:(1)曹禺研究资料工作概况,(2)增补曹禺研究资料目录索引(1983~1986),(3)部分有影响的曹禺研究论著目录。中国戏剧出版社1995年出版胡叔和著《曹禺评传》。

萧　红(1911~1942)　《萧红全集》,韩长俊编,哈尔滨出版社1991年版。2册5辑:(1)小说,(2)散文,(3)诗歌,(4)戏剧,(5)书信,共得作品140篇(部)。人民文学出版社1981年出版《萧红选集》(增编本),收录散文、小说共47篇。北方文艺出版社1987年重印骆宾基的《萧红小传》,百花文艺出版社1980年出版肖凤的《萧红传》。美籍学者葛浩文著有《萧红评传》(北方文艺出版社1985年版)、《萧红新传》(香港三联书店1989年版)。安徽文艺出版社1987年出版李达轩编的《萧红之死》(现代作家生活纪实)。江苏文艺出版社1993年出版丁言昭著《萧红传》。

李　季(1922~1980)　《李季文集》,上海文艺出版社1982~1984年版。全4卷:(1)长诗,(2)短诗,(3)长诗,(4)小说、散文、创作谈等。李小为编有《李季作品评论集》,时代文艺出版社1986年版。海峡文艺出版社1986年出版张器友、王宗法的《中国当代文学研究资料·李季专集》,陕西人民出版社1986年出版赵明等编的《李季研究资料》。华岳文艺出版社1990年出版张器友著《李季评传》。

第二节　作家选集丛书

本节介绍 5 种具有较严格、统一的编辑体例的现代作家选集大型丛书,同时列出已出版的子目。

《中国现代作家选集》丛书　四川人民出版社和四川文艺出版社 1979 年起联合出版。选收在中国现代文学史上有较大影响的作家,编选他们在各个不同时期的代表作,以小说、诗歌、散文、戏剧等作品为主,兼及文艺评论,各家选集编例版式统一。至今已出版:

何其芳(3 卷,1979)、郭沫若(3 卷,1979)、邵子南(1 卷,1980)、罗淑(1 卷,1980)、林如稷(1 卷,1980)、周文(2 卷,1980)、陈翔鹤(1 卷,1980)、李劼人(5 卷,1980)、巴金(10 卷,1982)、老舍(5 卷,1982)、阳翰笙(5 卷,1982)、沙汀(4 卷,1982)、沈从文(5 卷,1983)、靳以(5 卷,1983)、鲁迅(2 卷,1983)、陈敬容(1 卷,1983)、刘盛亚(1 卷,1983)、冰心(3 卷,1984)、徐懋庸(3 卷,1984)、萧乾(4 卷,1984)、丁玲(3 卷,1984)、茅盾(5 卷,1985)、冯至(2 卷,1985)、陈白尘(5 卷,1986)、艾青(3 卷,1986)、闻一多(2 卷,1987)、夏衍(4 卷,1988)、废名(2 卷,1988)、陈荒煤(2 卷,1990)、田汉(2 卷,1990)、郑振铎(2 卷,1990)、胡风(2 卷,1996)等。

《中国现代作家选集》丛书　人民文学出版社、三联书店香港分店联合出版。计划出版 50 种,选收"五四"至当代较有影响的作家,精选各家的代表作(一般为 20 万字左右),并在书后附有关研究资料,包括作家的生平及作品赏析,作家年表、著译目录,以及有关的手稿、生活照片等。已出版:

许地山(周俟松等编,1983)、茅盾(庄钟庆编,1983)、艾青(高瑛编,1983)、庐隐(肖凤编,1984)、萧红(王述编,1984)、李广田(李岫编,1984)、叶圣陶(叶至善编,1985)、朱自清(朱乔森编,1985)、朱湘(孙玉石编,1985)、冰心(卓如编,1985)、艾芜(胡德培编,1986)、沙汀(张大明编,1986)、萧乾(萧乾编,1986)、丁玲(杨桂欣编,1987)、巴金(冯志伟等编,1988)、王统照(冯光廉等编,1990)、柯灵(王继权等编,1990)、卞之琳(张曼仪编,1990)、俞平伯(乐齐编,1992)、鲁彦(覃英编,1992)、田间(白崇义编,1992)、郑振铎(郑尔康编,1992)、林徽因(陈宗英等编,1992)、胡适(易竹贤编,1993)、戴望舒(施蛰存等编,1993)、臧克家(刘增人等编,1994)、赵树理(阿沁编,1996)等。

《中国现当代著名作家文库》 李何林、郝世峰、于友先主编,黄河文艺出版社出版。这是一套由南开大学中文系组织编选的大型作家选集丛书,计划收入"五四"新文学运动以来100余位著名作家的代表作。以作家分卷,所收代表作包括小说、戏曲、诗歌、散文等各体文学作品,不收录文艺论文。卷末一般附有作家主要作品目录。1986年起已出版(不列当代作家):

《田汉代表作》(尹琪编,1986)、《老舍代表作》(曾广灿编,1986)、《冰心代表作》(刘家鸣编,1986)、《赵树理代表作》(蔺羡璧编,1986)、《洪深代表作》(潘克明编,1986)、《夏衍代表作》(焦尚志编,1986)、《曹禺代表作》(田本相编,1986)、《萧红代表作》(邢富君编,1987)、《刘半农代表作》(臧恩钰编,1987)、《西戎代表作》(林友光等编,1987)、《叶紫代表作》(叶雪芬编,1987)、《叶圣陶代表作》(李景彬编,1987)、《李广田代表作》(云无心编,1987)、《沈从文代表作》(李瑞山编,1987)、《茅盾代表作》(苏振鹭编,1988)、《丁玲代表作》(焦尚志等编,1988)、《柔石代表作》(姚锡佩编,1989)、《沙汀代表作》(曾广灿等编,1989)、《郁达夫代表作》(刘家鸣编,1989)、《周立波代表作》(李景彬编,1989)、《林语堂代表作》(施建伟编,1990)等。

《百花散文书系·现代散文丛书》 林呐、徐柏榕、郑法清主编,百花文艺出版社出版。精选现代散文名家的名篇佳作,篇幅视具体情况而定,一般在 20 万字上下。每集前冠有万余字的评论性序言,所录作品一般注明出处。出版后曾多次重印,1990 年重印及新版本装帧更趋精美。已出版:

《朱自清散文选集》(蔡清富编)、《徐志摩散文选集》(王锦泉编)、《周作人散文选集》(张菊香编)、《梁实秋散文选集》(徐静波编)、《萧红散文选集》(肖凤编)、《何其芳散文选集》(林志浩编)、《鲁彦散文选集》(沈斯亨编)、《郑振铎散文选集》(陈福康编)、《茅盾散文选集》(方铭编)、《施蛰存散文选集》(应国靖编)、《凌叔华散文选集》(诸孝正编)、《李广田散文选集》(蔡清富编)、《王统照散文选集》(王锦泉编)、《林语堂散文选集》(纪秀荣编)、《庐隐散文选集》(钱虹编)、《俞平伯散文选集》(孙玉蓉编)、《郁达夫散文选集》(张梦阳编)、《梁遇春散文选集》(鲍霁编)、《苏雪林散文选集》(蔡清富编)、《胡适散文选集》(易竹贤编)、《孙福熙散文选集》(商金林编)、《李辉英散文选集》(马蹄疾编)、《陆蠡散文选集》(鲍霁编)等。

《中国现代著名作家作品全编系列》 浙江文艺出版社出版。已见出版:

《徐志摩诗全编》(1986)、《戴望舒诗全编》(1989)、《郁达夫诗全编》(1989)、《郁达夫小说全编》(1989)、《郁达夫散文全编》(1990)、《鲁迅诗全编》(1991)、《鲁迅散文全编(1991)、《鲁迅小说全编》(1991)、《徐志摩散文全编》(1991)、《张爱玲散文全编》(1992)、《夏丏尊散文全编》(1992)、《梁遇春散文全编》(1992)、《胡风诗全编》(1992)、《丰子恺散文全编》(1992)、《许地山散文全编》(1992)、《朱湘诗全编》(1994)《朱自清散文全编》(1995)、《陆蠡散文全编》(1995)、《冰心散文全编》(1995)、《闻一多诗全编》(1995)等。

2010 年元月,华夏出版社推出了**《中国现代文学百家》**丛书。该丛书由中国现代文学馆利用馆藏的优势,成立由舒乙为主编,吴福辉、周明、王智钧为副主编的编委会,是中国现代文学馆隆重推

出的规模宏大、版本原始、编校严谨的现代文学经典汇集。丛书共选录100位作家的107部作品,16开109册,细目如下:

1. 周作人代表作:《雨天的书》,2. 老向代表作:《庶务日记》,3. 戴望舒代表作:《雨巷》,4. 杨振声代表作:《玉君》,5. 茅盾代表作:《林家铺子》、《子夜》,6. 曹禺代表作:《原野》、《雷雨》,7. 于伶代表作:《夜上海》,8. 老舍代表作:《我这一辈子》(上、下)、《骆驼祥子》,9. 鲁迅代表作:《随感录》、《阿Q正传》,10. 巴金代表作:《寒夜》、《家》,11. 郭沫若代表作:《反正前后》、《凤凰涅槃》,12. 陶晶孙代表作:《枫林桥日记》,13. 艾青代表作:《大堰河——我的保姆》,14. 沈从文代表作:《边城》、《阿丽思中国游记》,15. 许杰代表作:《子卿先生》,16. 废名代表作:《竹林的故事》,17. 李健吾代表作:《这不过是春天》,18. 徐志摩代表作:《再别康桥》,19. 钟理和代表作:《原乡人》,20. 李金发代表作:《异国情调》,21. 丁西林代表作:《一只马蜂》,22. 吴组缃代表作:《一千八百担》,23. 林徽因代表作:《一片阳光》,24. 包天笑代表作:《一缕麻》,25. 谢冰莹代表作:《一个女兵的自传》,26. 柯灵代表作:《夜店》,27. 穆旦代表作:《野兽》,28. 陈铨代表作:《野玫瑰》,29. 周文代表作:《烟苗季》,30. 吴浊流代表作:《亚细亚的孤儿》,31. 王西彦代表作:《寻梦者》,32. 赵树理代表作:《小二黑结婚》,33. 程小青代表作:《血手印》,34. 宋之的代表作:《武则天》,35. 叶灵凤代表作:《未完成的忏悔录》,36. 阳翰笙代表作:《天国春秋》,37. 张恨水代表作:《啼笑因缘》,38. 沙汀代表作:《淘金记》,39. 欧阳予倩代表作:《桃花扇》,40. 林语堂代表作:《谈中西文化》,41. 丁玲代表作:《太阳照在桑干河上》,42. 张资平代表作:《苔莉》,43. 无名氏代表作:《塔里的女人》,44. 李辉英代表作:《松花江上》,45. 李劼人代表作:《死水微澜》,46. 骞先艾代表作:《水葬》,47. 冯至代表作:《十四行集》,48. 靳以代表作:《圣型》,49. 夏衍代表作:《上海屋檐下》,50. 王统照代表作:《山雨》,51. 卞之琳代表作:《三秋草》,52. 胡风代表作:《人民大众向文学要求什么》,53.李广田代表作:《圈外》,54.鲁彦代表作:《秋夜》,55.关永吉代表作:《秋初》,56.梁实秋代表作:《清华八年》,57.予且代表作:《浅水姑娘》,58.彭家煌代表作:《皮克的情书》,59.艾芜代表作:《南行记》,60.穆时英代表作:《南北极》,61.沉樱代表作:《某少女》,62.田汉代表作:《名优之死》,63.萧乾代表作:《梦之谷》,64.舒群代表作:《没有祖国的孩子》,65.路翎代表作:《旅途》,66.梁遇春代表作:《泪与笑》,67.臧克家代表作:《烙印》,68.师陀代表作:《结婚》,69.平江不肖生代表作:《江湖异人传》,70.台静农代表作:《建塔者》,71.冰心代表作:《寄小读者》,72.苏雪林代表作:《棘心》,73.刘白羽代表作:《火光在前》,74.丰子恺代表作:《还我缘缘堂》,75.汪曾祺代表作:《受戒》,76.梅娘代表作:《鱼》,77.张天翼代表作:《华威先生》,78.萧红代表作:《呼兰河传》,79.闻一多代表作:《红烛》,80.孙犁代表作:《荷花淀》,81.庐隐代表作:《海滨故人》,82.徐訏代表作:《鬼恋》,83.爵青代表作:《归乡》,84.欧阳山代表作:《高干大》,85.叶紫代表作:《丰收》,86.李拓之代表作:《焚书》,87.朱湘代表作:《废园》,88.唐弢代表作:《堕民》,89.丘东平代表作:《第七连》,90.叶圣陶代表作:《稻草人》,91.许地山代表作:《春桃》,92.端木蕻良代表作:《初吻》,93.郁达夫代表作:《沉沦》,94.胡适代表作:《尝试集》,95.姚雪垠代表作:《差半车麦秸》,96.陈翔鹤代表作:《不安定的灵魂》,97.许钦文代表作:《鼻涕阿二》,98.朱自清代表作:《背影》,99.钱歌川代表作:《巴山夜雨》(上、下),100.萧军代表作:《八月的乡村》。

第四章 现代作家传记资料

现代作家传记资料,可通过查检《辛亥以来人物传记资料索引》(见第三编第三章第二节介绍)掌握线索。该索引所反映的资料截至1985年底,本章主要介绍1985年后新版的有关现代作家的传记资料。考虑到资料的相对完整性,也介绍部分1985年以前出版的资料,其中有的是《辛亥以来人物传记资料索引》没有收录的。分自传、回忆录、书信,年谱、年表、评传,传记集、人名辞典、笔名录等三部分展开。

第一节 自传、回忆录、书信

对于传记资料,现代作家与古代作家有很大的不同。这主要表现为现代作家有较强烈的保存史料的意识,能自觉地把自己的生活经历和文学创作活动置于新文学30年的历史发展之中,在有生之年勉力地将自己的文学创作活动,在新文学运动各个阶段的经历,以及与各种文学思潮的关系等,以自传、回忆录等形式记录下来。近年来经整理发表出版的现代作家的日记、书信较真实地记录反映了作家当时的活动和思想,而作家访问记实际上是作家回忆录的另一种形式。这些在现代作家的传记资料群中属于第一层位,是研究作家作品和新文学史的珍贵史料。尤其是有的自传、回忆录或访问记发表不久,作家就去世了,这类绝笔之作更值得珍视。

《新文学史料》自创刊以来,发表了大量现代作家的自传、回忆录等,其中主要有:许杰的《坎坷道路上的足迹》(1983年第1期至1987年第4期连载,记录作者童年至1949年的经历)、梁斌的《回忆录》(1983年第1期至1987年第4期连载,记作者1914~1944年的经历)、王西彦的《乡土·岁月·追寻》(1983年第4期至1987年第3期连载,是作者关于青少年时代至1949年生活和文学活动的回忆录)、田间的《田间自述》(1984年第2期至1985年第4期连载)、胡风的《抗战回忆录》(1985年第2期至1989年第3期连载)、秦牧的《文学生涯回忆录》(1988年第1期至1989年第4期连载)、萧乾的《文学回忆录》(1991年第1期起连载);王任叔的《自传》、《日记》(1986年第3期)、聂绀弩的《自传》(1989年第1期)等。

人民文学出版社1981年起出版的**《新文学史料丛书》**,收辑现代作家的回忆录、自传、书信和日记的单行本,已见:茅盾的《我走过的道路》(3册,1981~1988年版)、沈从文的《从文自传》(1981)、巴人的《旅广手记》(1981)、冰心的《记事珠》(1982)、老舍的《老舍生活与创作自述》(1982,香港三联书店1980年初版,收入《新文学史料丛书》时增入15篇自述文字)、巴金的《创作回忆录》(1982)、徐懋庸的《徐懋庸回忆录》(1982年版,附录有徐懋庸"文革"期间所写关于左联情况和去延安的过程的两份材料等)、张恨水的《写作生涯回忆》(1982,附录张友鸾的《章回小说大家张恨水》、张晓水等的《回忆父亲张恨水先生》等)、曹聚仁的《我与我的世界》(1983年,附录曹聚仁编著目录初辑)、许钦文的《钦文自传》(1986)、阳翰笙的《风雨五十年》(1986年版,正文内容自作者出生至1945年抗战胜利,附张大明辑"阳翰笙著作书目")、闻一多的《闻一多书信选》(1986)、聂绀弩的《脚印》(1986)、丁玲的《魍魉世界·风雪人间》(1989)、黎之著《文坛风云续录》(2010)、丁玲等的《历史风涛中的文人们》(2010)、卞之琳的《旧时月色中的文人们》(2011)等。

1997年,人民文学出版社从上述选出茅盾、沈从文、冰心、老舍、巴金、丁玲,加上胡风的《胡风回忆录》、秦牧的《寻梦者的足印》和草明的《世纪风云中跋涉》等,辑成**名家自述丛书**出版。

其他有关单行本还有:包天笑的《钏影楼回忆录》正续编(《香港大华出版社1971、1973年版,记录作者少年至1949年的文学经历,后附1949年2月2日至1949年12月18日的日记)、臧克家的《诗与生活》(四川人民出版社1981年版,系作者1905～1949年的自传体回忆录)、陈学昭的《天涯归客》(浙江人民出版社1980年版)、吴似鸿的《浪迹文坛艺海间》(浙江文艺出版社1984年版)、阳翰笙的《阳翰笙日记选》(四川文艺出版社1985年版,系作者1942～1945年间及土改时期的日记)、陈白尘的《少年行》(三联书店1988年版,系作者1920～1928年的回忆录)、沙汀《杂记与回忆》(重庆出版社1988)等。

百花文艺出版社1981年起编辑出版**《作家生活与创作自述》丛书**,辑录作家自传和作家有关自己生活创作的自述。已见:《老舍写作生涯》(胡絜青编,1981年版)、《一个平常的故事》(何其芳著,1982年版)、《巴金写作生涯》(贾植芳等编,1984年版)、《丁玲写作生涯》(黄一心编,1984年版)、《赵树理写作生涯》(董大中编,1984年版)、《柳青写作生涯》(蒙万夫等编,1985年版)、《瞿秋白写作生涯》(梦花编,1986年版)、《周立波写作生涯》(刘景清编,1986年版)、《陈白尘写作生涯》(董健编,1986年版)等。

第二节 年谱、年表、评传

现代作家的年谱、年表、评传,包括其他传记,一般都以作家一生的生活经历和创作活动为反映和评述的内容。撰著者在成文过程中,都要经过对大量史料梳理、考订和甄别,所以常为研究者所重视。已经出版的大型作家评传合集有：

《中国现代作家评传》 徐迺翔主编，山东教育出版社 1986 年版。全 4 卷。收入 84 位现代作家（不包括主要从事文学评论和文学翻译的作家，每一评传后都附有：(1)作家主要作品和论著目录，(2)作家研究资料目录。各卷所收作家评传是：第一卷 20 人：鲁迅、郭沫若、茅盾、叶圣陶、周作人、朱自清、刘大白、刘半农、俞平伯、冰心、王统照、郑振铎、许地山、田汉、郁达夫、庐隐、王鲁彦、欧阳予倩、熊佛西、冯至；第 2 卷 21 人：巴金、老舍、曹禺、丁西林、洪深、闻一多、徐志摩、蒋光慈、夏衍、丁玲、张天翼、张恨水、李金发、沈从文、陈梦家、张资平、朱湘、戴望舒、胡也频、吴组缃、林语堂；第 3 卷 20 人：沙汀、艾芜、柔石、殷夫、欧阳山、李广田、台静农、叶紫、李劼人、艾青、臧克家、何其芳、卞之琳、杨骚、柯仲平、陈白尘、蒲风、萧红、萧军、田间；第 4 卷 22 人：阳翰笙、萧三、丰子恺、聂绀弩、丘东平、李健吾、于伶、吴祖光、周立波、唐弢、师陀、柯灵、端木蕻良、王西彦、路翎、光未然、宋之的、骆宾基、赵树理、李季、阮章竞、孙犁。

21 世纪初，中国华侨出版社开始出版由金宏达主编的**《名家评说丛书》**，以现代文学名家单独结集，设立自述、回忆、寻踪、争鸣、论说、批评等类目，选编有代表性研究资料。已经出版《周作人评说 80 年》（程光炜编，2000），《张爱玲评说 60 年》（子通、亦清主编，2001），《林语堂评说 70 年》（子通主编，2003），《胡适评说八十年》（子通主编，2003），《鲁迅评说八十年》（子通主编，2004），《沈从文评说八十年》（王珞编，2004），《老舍评说七十年》（张桂兴编，2005），《巴金评说七十年》（丹晨编，2006）；《余光中评说五十年》（古远清编，2007），《金庸评说五十年》（葛涛编，2007），《曹禺评说七十年》（刘勇等编，2007），《徐志摩评说八十年》（韩石山等编，2008），《郭沫若评说九十年》（李怡等编，2010），《钱钟书评说七十年》（杨联芬编，2010）等。上述各书所注出版年，2007 年开始由文化艺术出版社出版。

其他主要的单行本(篇)年谱、评传等传记资料,按作家列举如下(按作家生年先后排列):

陈独秀(1879~1942) 《陈独秀年谱》,唐宝林、林茂生编著,上海人民出版社1988年版。

钱玄同(1887~1939) 《钱玄同年谱》,曹述敬编著,齐鲁书社1986年版。附黎锦熙的《钱玄同先生传》、任访秋的《钱玄同论》等。台北天一出版社1980年出版《钱玄同传记资料》,2册。百花洲文艺出版社1996年出版吴锐著《钱玄同评传》,2010年再版。

李大钊(1889~1927) 《李大钊年谱》,本书编写组编写,甘肃人民出版社1984年版。附李大钊著作目录。

刘半农(1891~1934) 《刘半农评传》,徐瑞岳著,上海文艺出版社1990年版。《刘半农年谱》,徐瑞岳著,中国矿业大学出版社1989年版。《刘半农生平年表》,徐瑞岳编,《徐州师范学院学报》1984年第1~2期连载。台北天一出版社1980年出版《刘半农传记资料》,3册。

李劼人(1891~1962) 《李劼人的生平和创作》,李士文著,四川省社会科学院出版社1986年版。《李劼人传略》,伍加伦、王锦厚著,载《新文学史料》1983年第1期。王介平有《〈李劼人传略〉补正》,载《新文学史料》1984年第3期。巴蜀书社2008年出版成都市文学艺术界联合会、李劼人研究会编《李劼人研究:2007》,四川大学出版社2009年出版王嘉陵编著《李劼人晚年书信集》。

曹靖华(1897~1987) 《一代宗师曹靖华传》,尚允康著,广西人民出版社1990年版。《一束洁白的花——缅怀曹靖华》,北京大学等编,文化艺术出版社1988年版。《新文学史料》1986年1~4期连载钟子硕、李联海的《曹靖华访问记》。人民文学出版社2008年出版彭龄、章谊著《伏牛山的儿子——曹靖华传》,红旗出版社2009年出版查晓燕主编的《曹靖华诞辰110周年纪念文集》。

熊佛西(1900～1965)　《现代戏剧家熊佛西》,上海戏剧学院熊佛西研究小组编,中国戏剧出版社1985年版。共三编:(1)传略和评论,(2)熊佛西论著选,(3)怀念和追忆。

俞平伯(1900～1990)　《俞平伯先生从事文学活动六十五周年纪念文集》,中国社会科学院文学研究所编,巴蜀书社1991年版。天津人民出版社2001年出版孙玉蓉编纂《俞平伯年谱(1900～1990)》,杭州出版社2005年出版箫悄著《古槐树下的学者:俞平伯传》,团结出版社2006年出版韦奈著《我的外祖父俞平伯》。

李金发(1900～1976)　《李金发评传》,杨元达著,台北幼狮文化事业公司1986年版。全书4章:(1)法国象征诗与李金发,(2)中国象征诗坛的拓荒者,(3)李金发的生平,(4)李金发的作品。附李金发年谱。

王任叔(1901～1972)　《大众情人传——多视角下的巴人》(在中国现代文坛上,王任叔与徐志摩都有"大众情人"的称号),王欣荣著,上海社会科学出版社1990年版。《迟到的怀念与思考——关于巴人》,唐弢等撰。浙江文艺出版社1990年版。汇辑王任叔生前好友、后学和亲属的回忆、评论文章。附录王任叔自传和王任叔著译书目。《巴人的生平与创作》,钱英才著,浙江文艺出版社1990年版。附录姚浙丽的《巴人年表》(1901～1972)。文化艺术出版社1991年出版王欣荣著《王任叔巴人论》,香港南岛出版社2001年出版周南京主编《巴人与印度尼西亚——纪念巴人(王任叔)诞辰100周年》。

石评梅(1902～1928)　《评梅女士年谱长编》,李庆祥著,北京文津出版社1990年出版。包括《正谱》(1902～1928)和《续谱》(1928～1985),《续谱》主要记石评梅生后的纪念活动和作品出版情况。人民文学出版社2002年出版卫建民编选的《魂归陶然亭——石评梅》,花山文艺出版社2007年出版柯兴著《石评梅传》,

华夏出版社2008年出版石评梅著《女师范楼上的晚眺:石评梅回忆录》。

柔 石(1902～1931) 《柔石的生平与创作》,郑择魁、盛钟健著,浙江文艺出版社1985年版。附:柔石著译年表(1923～1930)。《柔石日记》,赵帝江等编,山西教育出版社1997年版,王艾村编著有《柔石年谱》(西南师范大学出版社1998年版)和《柔石评传》(上海人民出版社2002年版)。

胡 风(1902～1985) 《胡风传》,马蹄疾著,四川人民出版社1989年版。附录:(1)胡风活动年表,(2)胡风著、译、编书目,(3)胡风别名、笔名、室名录,(4)参考资料目录。《新文学史料》1987年第4期发表晓风的《胡风年谱简编》。1991年第2期发表日本千野拓政的《关于胡风生平考证二题》(马蹄疾译),包括"关于胡风回国的时间"和"胡风与《时事类编》",事关胡风1933年从日本被驱逐回国后的两大史实。1996年,江苏文艺出版社出版《胡风自传》。

其他有:《胡风评传》(万家骥等著,重庆出版社2001年版),《悲壮的启蒙:胡风评传》(张光芒著,南京师范大学出版社2004年版),《胡风论》(徐文玉著,湖北人民出版社2005年版)。

聂绀弩(1903～1986) 《聂绀弩传》,周建强著,四川人民出版社1987年版。《聂绀弩自叙》,周健强编,团结出版社1998年版。《聂绀弩传》,刘保昌著,湖北崇文书局2008年版。

黎烈文(1904～1972) 《黎烈文评传》,康咏秋著,湖南人民出版社1985年版。附黎烈文著译系年(1921～1973)。

沙 汀(1904～1992) 《沙汀传》,吴福辉著,北京十月文艺出版社1990年版。《论沙汀的现实主义创作》,黄曼君著,长江文艺出版社1982年版。附沙汀著作系年(1931～1980)。《昆明师范学院学报》1984年第1期发表官晋东、董剑的《沙汀年谱》。《沙汀评传》,邓中仪著,重庆出版社1993年版。《沙汀年谱》,李生露编著,四川人民出版社 1997 年版。

艾　芜(1904~1992)　《流浪文豪——艾芜传》,廉正祥著,四川文艺出版社 1988 年版。《艾芜的生平和创作》,谭兴国著,重庆出版社 1985 年版。附艾芜的笔名索引和艾芜年表(1904~1985)。四川大学学报丛刊《四川作家研究》第 1、2 辑连载《艾芜年谱》。《艾芜评传》,张效民著,西南财政大学出版社 1988 年版。《艾芜传》,张效民著,四川民族出版社 1997 年版。

戴望舒(1905~1950)　《戴望舒评传》,郑择魁、王文彬著,百花文艺出版社 1987 年版。《戴望舒评传》,陈丙莹著,重庆出版社 1993 年版。

蹇先艾(1906~1994)　《蹇先艾评传》,杜惠荣、王鸿儒著,贵州人民出版社 1986 年版。《乡土飘诗魂:蹇先艾纪传》,蹇人毅著,山西人民出版社 2000 年版。

欧阳山(1908~2000)　《欧阳山年谱》,燕绍明辑,载《新文学史料》1988 年第 1 期。花城出版社 1988 年版《欧阳山文集》(1~10 卷)第 10 卷附有"欧阳山小传"和"欧阳山年谱"。《欧阳山评传》,黄伟宗著,花山文艺出版社 1993 年版,《欧阳山评传》,田海燕著,中国文史出版社 2008 年版。

陈白尘(1908~1994)　《陈白尘年谱》(1908~1988),陈虹、陈晶编,《新文学史料》1989 年 1~4 期连载。《陈白尘创作历程论》,董健著,中国戏剧出版社 1985 年版。附陈白尘创作年表。陈虹著有《陈白尘评传》(重庆出版社 1998 年版)和《陈白尘:笑傲坎坷人生路》(大象出版社 2004 年版)。

萧　乾(1910~1999)　《浪迹天涯——萧乾传》,李辉著,中国文联出版公司 1987 年版。《萧乾评传》,王嘉良、周健男著,国际文化出版公司 1990 年版。其中第七章为"萧乾年谱简编(1910~1988)",内容经萧乾本人审订。

姚雪垠(1910~1999)　《姚雪垠传》(作家艺术家文学传记丛

书),杨建业著,北岳文艺出版社1990年版。附姚雪垠生平和创作年表(1910～1988)等。《姚雪垠传》,许建辉著,湖北人民出版社2007年版。《《姚雪垠回忆录》,姚雪垠著,中国工人出版社2010年版。

蒲　风(1911～1942)　《蒲风年谱》(1911～1942),黄安榕、陈松溪编,《蒲风选集》(海峡文艺出版社1985年版)附录。《蒲风日记》,李文儒编,山西教育出版社1997年版。

孙　犁(1913～2002)　《孙犁传》,郭志刚、章无忌著,北京十月文艺出版社1990年版。《孙犁自叙》,金梅编,团结出版社1998年版。《孙犁:陋巷里的弦歌》,汪稼明著,大象出版社2003年版。《孙犁传略》,管蠡著,百花文艺出版社2004年版。

第三节　传记集、人名辞典、笔名录

与上述各类传记资料相比,传记集和人名辞典的内容一般较简单,仅能反映作家的基本情况,其优点在于集中提供一大批作家的生平简历。笔名录是查考作家及其著述情况的常用工具。它的优点也在于能集中提供一批作家的笔名使用情况,所以在这里一起介绍。

一、传记集

《中国现代作家传略》　徐州师范学院本书编辑组编写,四川人民出版社1981年版。2册。收录"五四"以来迄至当代的120位作家的传略。所录传略,凡当时尚健在者,均选用由本人撰写的自传;已故作家,或用本人生前编撰的自传、年谱,或由亲属或研究者撰写。其中采用自传者多达70余人。书后附录"中华全国文学工作者协会全国委员会名单(1949年7月)"等资料。

《中国少数民族现代作家传略》　吴重阳、陶立璠编,青海人民出版社1982年版。初续二集，共收录20余个少数民族的190位现代（包括当代）作家的传略，基本上都系自传。1985年初续集合订重版。1991年出版吴畏编的三集。

《中国话剧艺术家传》 中国艺术研究院话剧研究所主编，文化艺术出版社出版。收录中国话剧诞生以来著名话剧作家、艺术家的传记，主要包括在"五四"以来现代话剧创作、国统区左翼戏剧运动、解放区话剧活动中的杰出代表。已见3辑（1984～1986年版），共收录郭沫若、田汉、夏衍、丁西林、老舍、陈白尘、曹禺、焦菊隐、于伶、阿英、李健吾等30余人的传记。江西人民出版社1981～1984年出版了李辉等主编的《中国现代戏剧电影艺术家传》一、二辑，收录了焦菊隐、曹禺、吴祖光、夏衍、田汉、陈白尘等60余人的传记。

《中国现当代女作家传》 魏玉传编，中国妇女出版社1990年版。收录"五四"新文学运动以来215位女作家的小传。其中凡健在者，小传均由本人撰写，很多有关传记材料系首次发表。黑龙江人民出版社1983年出版了阎纯德主编的《中国现代女作家》（上），收录丁玲、于雁军、石评梅、白朗、陈衡哲等30人的传记，《新文学史料》1981年第4期、1982年第1期曾选刊其中21人的传记或小传。

台北时报文化公司1980年出版的《日据时代台湾新文学作家小传》（黄武忠编撰）、福建人民出版社1983年版的《台湾与海外华人作家小传》（王晋民、邝白曼编著）、广西人民出版社1989年出版的《香港作家传略》（王剑丛编著），较系统地提供了台湾、香港和海外华人现代作家的传记。

二、人名辞典

本编第六章第二节介绍的现代文学辞典中，基本上都收了丰富的现代作家词条，可供查阅。这里仅介绍一种专收现代作家的人名的辞典。

《中国文学家辞典·现代部分》 阎纯德等编撰,四川文艺出版社1979~1985年版。全4册。收录"五四"迄今的作家(包括诗人、文学评论家、文学史家和文学翻译家)2262人。凡在现当代文学史上某一时期或某一领域有过影响,出版过两部书的现、当代各族作家均予收录。第4册后附有1~4册所收作家的姓氏笔画总索引。

《中国现代作家大词典》 中国现代文学馆编,杨犁主编,北京新世界出版社1992年出版。收录中国现代作家(包括文学创作家和理论批评家)708人,许多港台和海外华人作家首次入选。小传后附书目(著作和翻译)等。

三、笔名录

较早对中国现代作家笔名使用情况进行搜集整理的是袁涌进的《现代中国作家笔名录》(中华图书馆协会1936年版,台北文海出版社1973年影印),共收录550余名中国现代作家的笔名1460余个。本书第三编第三章第二节中介绍的《中国现代文学作者笔名录》是目前规模最大、收录较全的中国现代作家笔名录。其他可参考的笔名录有:周锦的《中国现代文学作家本名笔名索引》(台北成文出版社1980年版),收录"五四"以来新文学作家1700余人的笔名。曹健戎、刘耀华的《中国现代文坛笔名录》(重庆出版社1986年版),收录2000余名现代作家(包括部分党史和史学界人物)的7000余个笔名。苗士心的《中国现代作家笔名索引》(山东大学出版社1989年版),收录现代作家笔名9000余个。丁国成等的《中国作家笔名探源》(时代文艺出版社1986年版),收录"五四"迄至当代的作家笔名。以作家为纲,下列笔名并说明使用背景及其寓意。仅见第一册。

第五章 报刊资料

在中国现代文学史上,文学报刊(报,这里主要指报纸的文学副刊)是与文学运动的发生、发展紧密联系在一起的。它犹如一个硕大的舞台,众多文学社团、流派在这里亮出自己的旗号,展现自己的创作;又犹如一个宽阔的战场,各种文学思潮、文学观点在这里宣扬自己的主张,彼此展开论争,针锋相对。数以千计的现代文学报刊,聚积了现代文学史上丰富的、重要的资料。

第一节 现代文学报刊及其影印概况

中国现代文学三十年历史进程的开端,以 1917 年 1 月 1 日《新青年》杂志第 2 卷第 5 号发表胡适的《文学革命刍议》、第 2 卷第 6 号(同年 2 月 1 日)发表陈独秀的《文学革命论》为标志。自此而后,如大潮汹涌而来的新文学运动,孕育了大量文学报刊;文学报刊的出现又不断推进新文学运动的深入和发展,显示出新文学运动的实绩。从总体上考察,现代文学报刊的发展,大致形成有三个高潮:(1)新文学第一个十年后半期,即 1922 年至 1927 年的社团、流派刊物。"五四"新文学运动发起后,从 1921 年底开始出现了一个全国性的发展高潮,截至 1925 年,已经出现了百余家文学社团,重要的有文学研究会、创造社、浅草社、语丝社等。他们纷纷创办刊物,如《小说月报》的改组(1921)、《创造季刊》(1922)、《歌谣》(1922)、《浅草》(1923)、《语丝》(1924)、《莽原》(1925)等。形成中国现代文学期刊发展的第二个高潮。(2)30年代左联时期的左翼文艺刊物。中国左翼作家联盟1930年3月2日在上海成立,标志着现代革命文学运动发展到一个新阶段。左联在各地设有分盟,他们共同创办了很多文学刊物,如《萌芽》(1930)、《拓荒者》(1930)、《北斗》(1930)、《前哨》(1931)、《文学月报》(1932)、《文艺月报》(1933)、《文学杂志》(1933)等。在国民党政府的文化围剿中,这些刊物坚定地宣传无产阶级文艺思想,有力地推进了革命文学运动。(3)抗战文艺刊物。1936年,为建立文艺界的抗日民族统一战线,"左联"宣布自动解散。1938年3月27日,在武汉成立了中国共产党领导下的文艺界抗日统一战线——中华全国文艺界抗敌协会,同年5月4日创办会刊《抗战文艺》。全国各地、各解放区也先后成立分会,创办报刊。在当时较有影响的刊物有:上海文化界抗敌救亡协会的机关报《救亡日报》的文艺副刊《文化岗位》(1939)、《文艺阵地》(1938)、《文艺战线》(1939)、《文艺生活》(1941)、《文学创作》(1942)等,形成了轰轰烈烈的抗战文艺运动。

现代中国正处于在政治上、思想上发生动荡和激变的时代,文学作为一种意识形态,进步的、革命的文学思想和文学创作不断遭到反动当局的无情围剿和严厉查禁,革命的、进步的文学刊物常常在短时期被扼杀。有的刊物因为文学社团、流派在新文学运动的发展过程中,自身内部产生变异、分化而处于不断易帜更张之中。有的刊物则完全因时局动荡或经济拮据而维持不长。因此,刊期短、出版情况复杂是现代文学报刊的历史特点,加之当时战火连绵,时局不稳,散失十分严重。建国后,对现代文学报刊史料的抢救整理工作,主要包括编目和影印。编目的具体情况详见本章第三节现代文学报刊目录,下面主要介绍影印情况。

现代文学报刊的影印工作主要由上海文艺出版社和上海书店有计划地进行。上海文艺出版社编辑出版的《中国现代文学史资料丛书(乙种)》是"五四"至建国前革命文学刊物的影印专辑,50年代末60年代初已影印30年代前后的左翼文艺刊物和其他革命刊物40余种,其中:(1)有关中国左翼作家联盟的机关刊物和有关刊物21种:《前哨》(第2期起改名《文学导报》)共8期合订1册,《萌芽月刊》(1～5期)《新地》月刊1期(即《萌芽》第6期改名),《世界文化》1期,《巴尔底山》旬刊1～5期,《十字街头》1～3期,《文学月报》1～6期(其中第5、6期合刊),《北斗》2卷8期(其中第2卷3、4期合刊),《文学》半月刊1期,《文化斗争》2期,《大众文艺》2卷12期(其中第2卷5、6期合刊),《拓荒者》1～5期(其中4、5期合刊),《文学新地》1期,《文艺讲座》1集,"五一"特刊》1期,《文艺新闻》共60号,《文学杂志》1～4期(其中3、4期合刊),《文艺月报》1～3期,《文艺研究》1期,《今日之苏联》周刊1期,《杂文(质文)》月刊2卷8期。(2)中国左翼文化总同盟刊物两种:《文化月报》1期,《正路》月刊共2期。(3)创造社后期刊物和有关刊物6种:《文化批判》月刊1～5期,《思想月刊》1～5期,《流沙》半月刊1～6期,《日出》旬刊1～5期,《新兴文化》月刊1期,《新思潮》月刊1～7期(其中2、3期合刊)。(4)太阳社刊物和有关刊物5种:《太阳月刊》1～7期,《时代文艺》1期,《新流月报》1～4期,《海风周报》1～17号,《我们月刊》1～3期。(5)艺术剧社刊物两种:《艺术月刊》1期,《沙仑》月刊1期。(6)引擎社刊物1种:《引擎》1期。(7)剧联广东分盟刊物1种:《戏剧集纳》半月刊1期。1962年又确定第三批影印目录,包括《我们月刊》等10种第二次国内革命战争时期刊物,《呐喊·烽火》等17种抗日战争时期国统区进步刊物,《文艺突击》等5种抗日战争时期革命根据地刊物,《平原文艺月刊》等4种解放战争时期解放区刊物。1963年影印出版《我们月刊》、《杂文(质文)月刊》、《文学界》和《抗战文艺》等数种后,影印工作中断。80年代恢复影印,已出《光明》(半月刊)、《语丝》(周刊)等。上海书店长期从事中国现代文学书刊的影印工作,其中文学刊物影印主要集中于新文学第一个十年后半期各社团、流派的刊物,如《新潮》、《文学周报》、《莽原》、《创造》等。1988年起选择先前影印过的若干种重印,辑成《中国现代文学史参考资料·期刊专辑》,已见《创造季刊》、《创造周报》、《莽原》、《莽原周刊》、《洪水》、《创造月刊》、《新月》、《现代》等。书目文献出版社1982年起影印出版《抗战文学期刊选辑》,已见《呐喊·烽火》、《文艺战线》等。

第二节 现代主要文学报刊述略

2005年,新华出版社出版了刘增人等纂著的**《中国现代文学期刊史论》**,全书三编,上编宏观研究,论述现代文学期刊与现代文学研究的关系;中编个案研究,梳理鲁迅系列、茅盾系列、文学研究会系列、创造社系列、京派、海派文学期刊的基本情况;下编史料汇编,包括《中国现代文学期刊叙录》和《中国现代文学期刊研究资料目录》。全面展示了中国现代文学期刊的基本面貌、历史影响和研究价值。百花洲文艺出版社2006年出版杨联芬等著《20世纪中国文学期刊与思潮(1897～1949)》和杨聚臣等著《20世纪中国文学期刊与思潮(1949～2000)》,全书试图以期刊为对象宏观展示中国现代文学思潮史。此外,尚有多种以特定期刊为对象的研究专著问世。现代文学期刊已经成为现代文学研究的重要领域。

本节主要根据现代文学报刊在现代文学发展中的影响和建国后影印情况,选介其中20余种,包括若干种画报和综合性文艺刊物。

《新潮》(月刊) 北京大学新潮社编,傅斯年、罗家伦等主持。1919年1月创刊,1922年3月1日出至第3卷第2期终刊,共出版12期。上海书店1986年影印,精装合订2册。该刊内容上以反封建为主,文字以白话新体为限,基本倾向与《新青年》大体一致。侧重发表中国新文学作品和译介西方文学名著。主要作者有傅斯年、汪敬熙、康白情、叶绍钧、俞平伯、罗家伦等。

《小说月报》 1910年8月29日创刊于上海,1931年12月10日出至第22卷第12号终刊,商务印书馆出版。其发展分前后二期,第1~11卷(1920年)为前期,先后由王蕴章、恽铁樵主编,属"鸳鸯蝴蝶派"刊物,前后共126期。第12卷第1号(1921年1月10日)起由沈雁冰主编,开始进行全面革新,成为新文学的第一个大型文学专刊。直至终刊,共出版132期,及《俄国文学研究》、《法国文学研究》、《中国文学研究》3个号外。书目文献出版社1981~1988年影印后期第12~22卷及3个号外。同时配套新编了《索引》(1984年版),包括篇名分类索引和篇名音序索引两部分。百花洲文艺出版社2004年出版柳珊著《在历史缝隙间挣扎——1910—1920年〈小说月报〉研究》。

《礼拜六》 文学周刊,鸳鸯蝴蝶派的代表刊物,周瘦鹃、王钝根编辑。1914年6月6日在上海创刊,1916年4月29日出至100期后停刊。1921年3月复刊,1923年4月出至100期后终刊。前100期全载小说,后100期除小说外,增加笔记、谐著、隽语、笑话等。江苏广陵古籍刻印社1987年影印1~200期,32开精装20册,2005年再次影印。中国社会科学出版社2008年出版刘铁群著《现代都市未成型时期的市民文学——〈礼拜六〉杂志研究》。

《文学周报》 文学研究会机关刊物,1921年5月10日创刊于上海。初名《文学旬刊》,以文艺副刊形式附于《时事新报》;第81期起更名《文学》,改为周刊;第172期起,更名《文学周报》,脱离《时事新报》。出至第380期(1929年12月22日)终刊。先后由郑振铎、沈雁冰、谢六逸、叶圣陶、赵景深等主编。刊物重视文学批评,同时也发表了大量新文学作品。上海书店1984年影印,精装7册:8开1册、16开1册、32开5册。

《晨报副镌》 1921年10月12日创刊,每日4版单张,孙伏园主编。这是《晨报》的综合性文艺副刊,十分重视倡导新文艺,发表了很多新文学作品,鲁迅的《阿Q正传》就是1921年10月4日起在这里连载的。1925年起改由徐志摩主编。1928年6月5日终刊。人民出版社1981年影印1921年10月~1928年5月,全15册。

《创造》 季刊,创造社主办。1922年3月15日创刊于上海、郁达夫、郭沫若、成仿吾轮流编辑。1924年2月下旬出版第2卷第2期后停刊,共出2卷6期。以刊载新文学作品为主,兼及文学评论和西方文学名著译文。撰稿人大都为创造社成员。上海书店1983年影印。创造社此后还相继创办了《创造周报》(1923年5月创刊,1924年5月终刊,共52期)、《创造月刊》(1926年3月16日创刊,1929年1月停刊,共2卷18期)。上海书店1983年同时影印。

《红杂志》 周刊,1922年8月创刊于上海。严独鹤、施济群编辑。1924年7月终刊,共出100期,另有纪念号、增刊各1期。这是鸳鸯蝴蝶派的代表刊物,主要刊载长篇小说、短篇小说、笔记杂著等,如海上说梦人(朱瘦菊)的《新歇浦潮》、不肖生(向恺然)的《江湖奇侠传》等都较有影响。《红杂志》停刊的同时,严独鹤另主持创刊《红玫瑰》周刊,体例内容均与《红杂志》相似,实际上是《红杂志》的延续。1932年1月终刊,上海书店、江苏广陵古籍刻印社1989年影印,《红杂志》32开精装10册,《红玫瑰》32开精装31册。

《浅草》 文学季刊。浅草社同人刊物,林如稷、陈炜谟编。发表文学作品,不登评论文章。1923年3月25日创刊于上海,1925年2月25日终刊,共出1卷4期。上海书店1984年影印,16开精装1册。

《语丝》 文艺周刊,语丝社主办。1924年11月17日创刊于北京,孙伏园主编。1927年10月22日出至第154期被奉系军阀查禁。同年12月自第4卷起在上海复刊,鲁迅主编。1929年1月自5卷1期起改由柔石接编,同年9月自5卷27期起由北新书局编辑。1930年3月10日出至5卷52期终刊。京、沪两地共出版260期。发表作品以杂文、短论为主,形成风格幽默泼辣的"语

《莽原》 文艺刊物,鲁迅主编。1925年4月24日创刊于北京,为周刊,附《京报》刊行。同年11月27日停刊,共出32期。1926年1月10日复刊,改为半月刊。署未名社编辑部编,实初由鲁迅,后为韦素园编辑。1927年12月25日出至第2卷23、24期合刊号后终刊,共出版2卷48期。以刊载散文、杂文为主,鲁迅《灯下漫笔》、《春末闲谈》、《论"费厄泼赖"应该缓行》,以及《朝花夕拾》中的回忆散文等发表于此刊。上海书店1983年影印半月刊,32开精装2册;1984年影印周刊,16开精装1册。

《良友画报》 我国新闻出版史上第一本9开大型画报,先后由伍联德、周瘦鹃、梁得所、马国亮、张说恒主编。1926年创刊于上海,月刊。1934年7月改为半月刊,1935年1月恢复月刊。1937年"八·一三"抗战爆发后曾停刊3个月,11月起改出16开本二期,旋复出9开本,出了6期后再次停刊。1939年2月复刊,至1941年12月出至第171期后,因太平洋战争爆发被迫停刊。抗战胜利后于1945年10月出版最后一期。其间还出版附刊《孙中山先生纪念特刊》(1926)、《良友八周年纪念特刊》(1933)。共计174册。全套画册图文并茂,有丰富的现代中国文化史料,包括很多文学史料。上海书店1986~1989年按原版影印,合订精装26册。各册编有目录。三联书店2002年出版马国良著《良友忆旧——一家画报与一个时代》。

《新月》 文学月刊,新月社主办。徐志摩、罗隆基、梁实秋等编辑。1928年3月10日创刊于上海,1933年6月1日终刊,共出版4卷43期。主要刊登文学作品、评论及外国文学的译作,所刊作品以新诗成就较为突出,形成"新月诗派"。上海书店1985年影印,32开精装7册。

《大众文艺》 月刊,士928年9月20日创刊于上海,上海现代书局发行。1930年6月1日终刊,共出2卷12期。第1卷由郁达夫、夏莱蒂编辑,第2卷改由陶晶孙、龚冰庐主编。1930年3月1日第2卷第3期开始为中国左翼作家联盟的机关刊物。以发表小说、散文和翻译作品为主。2卷3、4期为《新兴文学专号》(上、下),介绍世界各国的新兴文学,展开对文艺大众化问题的讨论。上海文艺出版社1961年据原本影印。

《萌芽》 文艺月刊,鲁迅主编。1930年1月1日创刊于上海。1卷3期起成为中国左翼作家联盟的机关刊物,1930年5月1日出至1卷5期被国民党政府查禁。同年6月1日续出第6期,改名《新地》,仅出1期即被查禁。除发表作品和文艺评论外,还大量译介了马克思主义文艺理论和苏联等国家的进步文艺。上海文艺出版社1959年同时影印《萌芽》1~5期和《新地》1期。

《拓荒者》 文艺月刊。太阳社主办,蒋光慈主编。1930年1月10日在上海创刊,同年5月1日出版第4、5期合刊本后被国民党政府查禁。自第3期起为中国左翼作家联盟的机关刊物,大量刊登了左翼作家作品和马克思主义文艺理论。上海文艺出版社1960年影印。

《前哨》 文艺半月刊,中国左翼作家联盟的机关杂志。1931年4月25日在上海创刊。第1期由鲁迅、冯雪峰编辑,是《纪念战死者专号》,纪念左联五烈士和另一位左翼剧作家联盟盟员宗晖。第2期起改名《文学导报》,冯雪峰、楼适夷编辑。1931年11月15日终刊,共出1卷8期。上海文艺出版社1959年影印1~8期,并新编总目录。

《现代》 文学月刊。1932年5月1日在上海创刊,现代书局主办,施蛰存主编。1933年5月1日3卷1期起由施蛰存、杜衡主编。1935年3月1日6卷2期"革新号"起改由汪馥泉编辑,成为综合性刊物。1935年5月1日出至6卷4期终刊,共出34期。在施蛰存单独主编时,发表了当时各种倾向的有影响的作家的作品,其中左翼作家和其他进步作家的作品占很大比重。从第 3 卷起,这种比重开始明显减少。上海书店 1984 年影印,16 开精装 8 册。上海人民出版社 2003 年出版张永胜著《鸡尾酒时代的记录者:〈现代〉杂志》。

《申报·自由谈》 1911 年 8 月 24 日创刊,1932 年 12 月 1 日起由黎烈文主编,革新旧时编辑方针,大量发表鲁迅、茅盾、巴金、唐弢等左翼和进步作家的杂文。上海图书馆 1981 年影印 1932 年 12 月 1 日至 1935 年 10 月 31 日黎烈文、张梓生及 1938 年 10 月 10 日至 10 月 31 日王任叔主编的部分。8 开精装 2 册。上海鲁迅纪念馆配套编印《申报自由谈目录》,16 开 1 册。

《烽火》 周刊。1937 年 8 月 22 日在上海创刊,是 1937 年"八·一三"事变后,文学社、文季社、中流社和译文社的战时联合刊物。茅盾、巴金编辑。初名《呐喊》,刊出二期后,于 9 月 5 日改名《烽火》,同年 11 月 7 日停刊,连《呐喊》二期共出 12 期。1938 年 9 月迁往广州出版,改为旬刊。同年 10 月 11 日停刊,共出旬刊 8 期。主要刊载各体文学作品,内容大都宣传抗日救国,反映抗敌斗争。主要撰稿人有王统照、茅盾、郑振铎、巴金等。上海书店 1983 年影印周刊 1~12 期。书目文献出版社 1982 年影印本包括旬刊,1~20 期。

《光明》 文学半月刊。1936 年 6 月在上海创刊,洪深、沈起予主编。1937 年 8 月 10 日出至第 3 卷第 5 号终刊,共出 3 卷 29 期。同年 9 至 10 月,另出《战时号外》7 期,《东北作家近作集》1 册。主要撰稿人有茅盾、周扬、夏衍、罗烽等。上海书店 1984 年影印 1~29 期,16 开精装 3 册;《战时号外》和《东北作家近作集》作为附刊,合印 32 开精装 1 册。

《文艺阵地》 文学刊物。1938 年 4 月 16 日在广州创刊,至 1940 年 4 月 16 日第 4 卷第 12 期,为半月刊,共 48 期。前 18 期茅盾主编,后为楼适夷主编。第 5 卷起改为月刊,仅出 2 期,另名《文阵丛刊一:水火之间》、《文阵丛刊二:论鲁迅》。第6卷为双月刊,第7卷为月刊。1942年11月20日出至7卷4期时被迫停刊。1943年11月至1944年3月出版《文阵新辑》三辑:《去国》、《哈罗尔德的旅行及其他》、《纵横前后方》。先后共出版63期(辑)。是抗战时期国统区的重要文艺刊物。上海书店1983～1986年影印,16开精装3册。其中6卷1期至7卷4期(第3册)为排印本。第7卷后附编总目录。

《抗战文艺》 中华全国文艺界抗敌协会会报,1938年5月4日创刊于汉口,《抗敌文艺》编辑委员会编。初为三日刊,1卷5期起改为周刊,4卷1期起为半月刊,6卷1期起为月刊。1945年抗战胜利后,中华全国文艺界抗敌协会改称中华全国文艺协会,《抗战文艺》于1946年5月出至10卷6期后在重庆终刊。前后历时8年,共刊出71期(第10卷4、5期合刊本编好后未能印刷)。在内容上较系统地反映了文艺界抗日统一战线的活动,包括理论、创作和组织等。上海文艺出版社1963年影印第1卷1～12期。

《文艺战线》 双月刊。周扬主编,延安文艺战线社出版。1939年2月16日在延安创刊,主要在国统区发行。1940年2月16日出至1卷6期后终刊。主要反映抗日前线和解放区的斗争生活。第5期曾刊出《艺术创作者论民族形式》专辑。书目文献出版社1984年影印,附编篇目和著者索引。

第三节 现代文学报刊目录

现代文学报刊的编目工作始于20世纪60年代初。1961年,上海文艺出版社会同上海图书馆、中国作家协会上海分会、上海旧书店等单位,组成由刘华庭、江敦熙、周天、陈中朝、陈倩、陈梦熊和翟同泰参加的现代文学期刊联合调查小组,对上海的主要图书馆、资料室等收藏单位的中国现代文学期刊进行两次调查,并将调查所得编成《中国现代文学期刊目录(初稿)》(上海文艺出版社1961年版)。《初稿》共编录1902～1949年间出版的文学刊物1800余种,分8类编排:(1)1902～1919,(2)1919～1927,(3)1927～1949年的革命根据地刊物,(4)1927～1937年的国统区刊物,(5)1937～1945年的国统区刊物,(6)1937～1941年上海"孤岛"时期的刊物,(7)1937～1945年的沦陷区刊物,(8)1945～1949年的国统区刊物。《初稿》出版后,《中国现代文艺资料丛刊》第2、3两辑发表了全国各地各方面人士的意见,主要集中在对编目内容的补充和订误上。由于《初稿》只是一份调查情况的整理稿,所录各刊只著录刊名、刊期、已知卷数、出版年月、编辑者等项,没有涉及篇目和内容。以后以未见正式的修订稿。山东师范学院1962年印行了顾盈丰、杨为珍等编录的《1937～1949年主要文学期刊目录索引》,汇录了30种文学刊物的详细目录,但编录范围较小。目前规模较大,使用方便的现代文学期刊目录有:

《中国现代文学期刊目录汇编》 唐沅、韩之友等编,天津人民出版社1988年版。16开精装2册。这是《中国现代文学史料汇编》丙种本,选收1917～1949年间编辑出版,在中国现代文学史上有影响、有代表性和相当史料价值的文学期刊(包括部分与中国现代文学关系密切的综合性文化刊物)276种(另有附录4种),汇录其全部篇目。全书包括3部分:(1)期刊目录汇编。以创刊先后排列,各刊前有"简介",扼要说明其沿革、基本倾向和主要特色。(2)期刊作者索引。以原刊署名为准,按首字笔画顺序排列。对作者本名笔名不加考订。(3)期刊馆藏索引和期刊基本情况一览表。

《中国现代文学期刊目录新编》(全三册) 吴俊等主编,上海人民出版社2010年出版。全书收录1919年至1949年期间出版的中文文学期刊及与文艺有关的综合性期刊657种,以原刊目录为基础,参照原刊正文,准确列出篇目。并描述刊物的基本情况:基本倾向,主要特色,作者构成,重要作品等。

《抗战文艺报刊目录汇编》 王大明、文天行、廖全京编。四川省社会科学院文学研究所1984年铅印。汇辑1931年至1945年全国各地出版发行的近60种主要文艺期刊和报纸副刊的篇目,分报纸副刊和文艺期刊两大类编排。四川省社会科学院出版社1986年出版《抗战文艺报刊目录汇编(续一)》,四川省社会科学院文学研究所抗战文艺研究室编。汇辑1931～1945年在大后方、晋察冀根据地、华北沦陷区、东北沦陷区以及香港等地出版的47种文艺期刊和报纸副刊的篇目。重庆图书馆1984年编印《抗战期间重庆版文艺期刊篇名索引》,收录50余种重庆图书馆所藏1937～1945年间重庆版文艺期刊及部分以文艺为主的综合性期刊的全部篇目,凡9000余条。全书包括三个部分(1)篇名索引,(2)著译者索引,(3)期刊目录。所录期刊与上述《汇编》多有相同,但编排方式不同,可以从不同角度加以利用。

《文艺期刊索引》 广西社会科学院主编,杨益群、王斌等编。广西人民出版社1986年版。汇录抗战时期在桂林创刊复刊的80种文艺期刊的篇目,分12类编排:(1)小说、故事、童话,(2)传记、回忆录,(3)散文、报告文学、通讯,(4)杂文、杂感、随笔、书信;(5)诗歌,(6)剧本、曲艺,(7)歌曲、舞蹈,(8)美术作品,(9)译作,(10)文艺研究、文学评论、文艺论争,(11)序跋、编者话,(12)文艺动态、文艺资料。万一知、苏关鑫等编有《抗战时期桂林文艺期刊简介和目录汇编》(广西师范大学中文系现代文学研究室等1984年铅印),汇编29种刊物的全部篇目,按期刊顺序排列。其中《文学批评》一种《文艺期刊索引》未收录。

第四节 现代文学研究的核心期刊及专刊

发表现代文学研究论文和有关资料的刊物很多,几乎遍布所有综合性社会科学学术刊物。其中有的刊物所占比重大些,刊载现代文学研究论文和资料相对比较集中,如《文艺论丛》(1971年创刊,上海文艺出版社出版)。《文学评论丛刊》(中国社会科学出版社出版)则以专辑的形式,集中发表现代文学研究论文,如第11辑(1982)、第15辑(1982)、第17辑(1983)、第21辑(1984)、第23辑(1985)、第25、26辑(1985)等都是现代文学专号。现代文学研究的核心期刊和专刊数量不多。以作家个人为研究对象的专刊,如《鲁迅研究》、《郭沫若研究》、《茅盾研究》等,已分别归入本编第三章第一节作家个人史料的介绍之中。其他主要有:

《中国现代文学研究丛刊》 中国现代文学研究会、中国现代文学馆合编,王瑶主编。1979年创刊,北京出版社出版,1985年起改由作家出版社出版。已出版40多辑,《丛刊》旨在全面地反映中国现代文学研究的状况、动向和水平。设有作家作品研究、学位论文选刊、研究述评、学术动态、中国现代文学研究在国外、论文摘编、书评、新书架、专题资料等常设栏目,同时经常根据具体情况组织各种研究特辑,在开拓中国现代文学的研究领域,展示研究角度、方法和深度的新局面方向发挥了重大作用。复旦大学出版社2009年出版《丛刊》编辑部主编的《中国现代文学研究丛刊30年精编》的两部分卷:《作家作品研究卷》,《文学史研究·史料研究卷》(上下册)。

《新文学史料》 季刊。人民文学出版社本丛刊编辑组编,牛汉、陈早春主编(1987年起)。1978年创刊。以发表"五四"以来中国作家的回忆录、传记为主,兼及有关现代文学史上的文学论争、文艺思潮、文艺团体、流派、刊物、作家作品研究等专题资料,并有关调查、访问记、文物图片等。常设栏目有回忆录,访问记,传记·年谱,作家资料,书信·日记,社团·期刊史料,出版史话,史料考证,作家与作品等,充分发挥了搜集、抢救和保存"五四"以来的现代文学史料的重要作用。合肥工业大学出版社2007年出版许馨编《〈新文学史料〉百期索引》。

上海文艺出版社编辑出版有《中国现代文艺资料丛刊》,1962年创刊。主要发表有关中国现代文艺运动、思想斗争、作家作品方面的资料,回忆录、调查访问记,以及有关现代文艺资料的整理编目等内容。1963年出至第3辑后停刊。1979年10月复刊,刊期相续。已见8辑。多发表有关作家编目和现代文学期刊目录等。同类刊物还有黑龙江社会科学院文学研究所和辽宁社会科学院文学研究所主办的《东北现代文学史料》,1980年创刊,系内部不定期刊物,已见8辑,以发表有关东北现代文学的研究论文和专题资料为主。在已刊8辑中,有不少地方性专题资料编目。如第1辑中的《辽宁省图书馆藏东北地区1919～1949年文艺性期刊目录》,第2辑中的《三十年代在哈尔滨东北作家作品目录索引》,第3辑中的《1919～1929年东北报刊发表的中国现代文学作品部分目录索引》、《大连〈泰东日报〉1926～1941年文艺副刊主要作家作品目录索引》等。并发表了一批东北籍现代作家的年谱,如第7辑上的李辉英、端木蕻良年谱,第8辑上穆木天、罗烽、舒群、骆宾基年谱等。

《抗战文艺研究》 四川省社会科学院文学研究所主办。1981年试刊,1983年为双月刊,1984年改为季刊,重庆出版社出版。主要发表有关抗战文艺研究论文和资料。设有作家作品评论、作家与抗战文艺运动、文艺报刊研究、访问记、史料选载等栏目。已出版30余期。陕西省社会科学院文学研究所和陕西延安文艺学会主办有《延安文艺研究》,1984年创刊。主要刊登有关延安文艺研究和延安文艺运动史料整理的文章。

中国人民大学书报资料中心的《复印报刊资料》中有《中国现代著名作家研究》(半年刊)和《中国现代当代文学研究》(月刊)两种专刊。前者选辑全国报刊有关郭沫若、茅盾、老舍、巴金等著名作家的研究论文和有关资料。后者从全国当期报刊上选辑有关中国现代当代文学研究的重要文章。

第六章　现代文学常用工具书

本章所述常用工具书,是指以现代文学为主要内容的专科性工具书,包括作家著述目录、作品和研究资料目录索引、辞典及大事记等。

第一节　作家著述目录

中国现代作家的著述情况,由山东师范学院中文系较早进行系统的搜集整理,并集中编成目录。50年代末60年代初,他们陆续编印了一套《中国现代作家研究资料丛书》,其中有薛绥之、顾盈丰等编录的《中国现代作家著作目录》(大众日报印刷厂1962年印)。《目录》编录了中国现代作家286人1960年12月以前出版(报刊发表者不录)的著作,包括作品、评论和翻译。所录各家选集或代表性作品都作有简略说明;作品中凡有经改编成其他文学样式或翻译成其他文字者,均录入改编本或译本。全目较集中地反映了1960年以前现代作家的著述情况。美国的"中文教师协会"(CLTA)在1977年底召开的年会上,有关学者还强调了该目录对中国现代文学研究的作用,同时也指出了它未能续编而在史料揭示上缺乏系统性的不足。1982年,《中国现代作家著译书目》的出版,使现代主要作家著述目录的编录时限向下延伸了20年,成为目前查阅现代作家著述情况的首选目录。

《中国现代作家著译目录》 北京图书馆书目编译组编。书目文献出版社1982年版。编录50名现代作家自"五四"时期至1981年底出版的著作,包括文学作品集和其他专著单行本,以及汇编、校点的图书;诸家作品的汇编本,凡著者项署有作家姓名者,一般著录于该作家名下,并注明所收篇数或篇名。所录图书以北京图书馆的馆藏为主。全书按作家姓名的汉语拼音字母顺序排列。每一位作家名下,先作生平简介,然后刊出著译书目。书后编有书名汉语拼音索引。1986年出版《中国现代作家著译书目(续编)》,续收128名现代作家著、译、编、校的图书,体例同正编。后附正编的补遗80余种。两书共著录图书6000余种。正续两编所收作家依次是: **正编** 阿英、艾青、艾芜、巴金、巴人、冰心、曹禺、陈白尘、陈荒煤、丁玲、端木蕻良、冯雪峰、冯至、郭沫若、洪灵菲、洪深、蒋光慈、靳以、老舍、李季、刘白羽、庐隐、鲁迅、鲁彦、茅盾、聂绀弩、沙汀、沈从文、宋之的、孙犁、田汉、田间、王统照、闻一多、吴伯箫、吴组缃、夏衍、萧红、萧军、杨朔、姚雪垠、叶圣陶、俞平伯、郁达夫、臧克家、张天翼、赵树理、郑振铎、周而复、朱自清。**续编** 艾明之、安娥、白朗、卞之琳、曹靖华、草明、陈伯吹、陈残云、陈衡哲、陈其通、陈学昭、成仿吾、戴望舒、丁西林、董均伦、范长江、丰子恺、冯牧、冯乃超、冯文炳、冯沅君、傅雷、葛琴、顾仲彝、郭小川、韩侍桁、何家槐、何其芳、贺敬之、贺宜、胡风、胡也频、胡云翼、黄裳、黄药眠、蹇先艾、蒋良牧、焦菊隐、金近、康濯、柯蓝、柯灵、孔厥、孔罗荪、黎烈文、李伯钊、李长之、李广田、李何林、李霁野、李健吾、李劼人、李青崖、丽尼、林淡秋、林庚、刘半农、刘大白、刘大杰、柳青、楼适夷、骆宾基、马烽、马健翎、马彦祥、苗培时、穆木天、欧阳山、欧阳予倩、蒲风、钱钟书、秦牧、丘东平、瞿秋白、柔石、阮章竞、沙鸥、邵荃麟、沈起予、师陀、施蛰存、司马文森、宋云彬、唐弢、田涛、田仲济、汪静之、王西彦、王亚平、韦丛芜、魏金枝、闻捷、吴祖光、夏征农、萧乾、萧三、熊佛西、徐迟、徐懋庸、徐志摩、许地山、许杰、许钦文、严辰、严文井、阳翰笙、杨绛、杨骚、叶紫、以群、殷夫、于伶、袁静、张光年、张恨水、张骏祥、张志民、赵景深、赵清阁、郑伯奇、钟敬文、周立波、周文、周贻白、朱湘、邹荻帆、邹韬奋。

上述书目在使用上尚存在不足,主要是:(1)80年代正是我国现代作家文集整理编集出版的高潮时期,许多现代作家的著述,经长期精心的搜集、发掘、整理,不断出版最新版本,在史料编集上达到历史最好水平。《书目》的收录时限为1981年,没有及时反映这一重要的史料整理成果。(2)受篇幅的影响,《书目》的著录范围限定为单行本,不少没有结集的作品和文章得不到反映。利用本编第二章第一节介绍的《中国现代文学史资料汇编》乙种本《中国现代作家作品研究资料丛书》中的研究专集,可在一定程度上弥补这一不足。这些作家研究专集都有作家著述目录和著译系年。于1981年后陆续出版,故其收录时限一般都延至1981年以后,收录范围包括图书和单篇著述,且多以后者为纲编录。要注意利用,以便全面了解其出版情况。有些出版社还出版了若干种现代作家个人著译目录的单行本,主要有鲁迅、郭沫若、胡适、瞿秋白、邹韬奋等,前4种已归入本编第三章第一节作家个人史料的介绍中,最后一种《韬奋著译系年目录》,由邹嘉骊辑,学林出版社1984年版。同时,近年来报刊上陆续发表了若干现代作家的著述目录,主要有:《应修人著作目录》(赵光茂编,《中国现代文艺资料丛刊》1983年总第7辑)、《路翎作品系年目录》(1938~1984)》(沈永宝、乔长森编,《文教资料》1985年第4期)、《彭家煌生平与创作年表》(1898~1952)》(严家炎、陈福康编,《新文学史料》1987年第1期)、《梁漱溟主要著作系年目录(1912~1987)》(朱述宾辑,《文教资料》1988年第4期)、《孙席珍著作目录(1924~1985)》(《文教资料》1988年第5期)、《许钦文著作书目(1925~1984)》(冯钧国等辑,《文教资料》1989年第1期)、《包天笑著译年表(1901～1973)》(毛策编,《文教资料》1989年第4期)、《林语堂著译编年(1923～1979)》(吉士云编,《文教资料》1990年第3、4合刊本)、《冯至著译年表(1923～1990)》(蒋勤国辑,《文教资料》1991年第1期)、《雷石榆创作年表(1926～1990)》(刘玉凯辑,《文教资料》1991年第3期)、《台静农先生后期著作系年(1947～1990)》(陈子善编,《新文学史料》1991年第2期)、《台静农创作目录》(《文教资料》1991年第4期)等。

现代作家的著述情况比较复杂,署名纷纭,史料散佚。整理编录著述目录时求全求准都很不容易,往往难免漏列误收。报刊上常有文章对已刊目录进行补正,如张宝珍的《〈瞿秋白著译系年目录〉补正》(《徐州师范学院学报》1984年第3期)、张向华的《〈田汉著译系年〉若干内容补正》(补《中国当代文学研究资料·田汉专集》中的"田汉著译系年",载《文学研究》第4辑,上海社会科学出版社1989年版)等。要重视对这类文章的搜集利用。

上海远东出版社出版张泽贤编著**《中国现代文学翻译版本闻见录》**,全书分为两卷:《1905～1933年卷》(2008年版)和《1934～1949年卷》(2009年版),著录200多种现代文学作家翻译的外国文学作品的基本情况。本书与一般书目不同的是,除了文字著录外,还提供版本形象:书影、版权页、插图或插照等。

第二节 作品及研究资料目录

现代文学作品总目目前尚未见编成出版,按文体编录的作品集目录已经出版数种,有的以辞典的形式编定,现一并介绍如下。

台湾成文出版社1980年出版周锦主编的《中国现代文学研究丛刊》30种,其中有3种为现代文学作品集目录:(1)《中国现代小说编目》,周锦编。编录中国大陆1919～1948年、台湾1949～1980年间出版的中国现代小说作品单行本2700多种。(2)《中国现代散文集编目》，周丽丽编。编录中国大陆 1919～1948 年，台湾和香港 1949～1980 年间出版的中国现代散文集 1400 余种，包括与其他文体的合集。(3)《中国新诗集编目》，林焕彰编。编录中国大陆 1919～1948 年、台湾 1949～1980 年间出版的中国新诗集，包括与其他文体的合集，凡 1400 余种。马来亚大学中文系 1980 年出版了吴天才编录的《中国新诗集总目》，收辑 1917～1949 年在中国出版的白话新诗集凡 800 余种。1950 年后在香港出版的新诗集作为附录列后。这两种新诗集目录都由于使用间接材料过多，误收了一些旧体诗集和散文集。北京师范大学出版社 2008 年出版李春雨、杨志编著的**《现代文学资料与研究》**，全书分五编选编有关史料和研究资料：文学运动与论争、社团流派、文学史研究、文体研究、新文学史料研究。附编"中国现当代作家作品研究资料索引"。可作入门参考。

《中国现代文学作品书名大辞典》 周锦编著。美国旧金山加州大学中国现代文学研究中心、台北中国现代文学研究中心出版，台北智燕出版社 1986 年印行。16 开精装 3 册。收录中国新文学运动以来迄于 1985 年（1949 年后仅录台湾省的作品）出版的现代文学作品集 8400 余种。各书著录书名、体裁、初版时间、出版单位、内容简介及作品简评。正文按书名首字笔画排列。附录 3 种索引：(1)人名索引，(2)编年索引，(3)分类索引，分诗歌、长篇小说、短篇小说、戏剧、散文和评论 6 类。周锦长期致力于中国现代文学作品的编目工作，除上文已涉及者外，还编有《中国现代文学书目总编（初稿）》（台北"国家"文艺基金会 1981 年版），收录 1919～1979 年间出版的中国现代文学作品集 7000 余种，其收录范围及规模都与《作品书名大辞典》相埒，而著录则要简单得多。实际上《作品书名大辞典》正是在《书目总编（初稿）》的基础上修订扩充而成。

现代作家作品研究资料目录索引编录较多，部分作家作品可从上述已经出现的作家研究资料专集中获得，其他作家作品以及有关现代文学研究的论文资料可利用：(1)《中国现代作家研究资料索引》,山东师范学院中文系编,大众日报印刷厂1960年印。汇录252个现代作家和22部现代作品的研究资料,资料主要来源于建国后出版的图书报刊。(2)《中国现代文学作家作品评论资料索引》,福建师范学院中文系中国现代文学教研组资料室编。福建人民教育出版社1962年版。汇录113个现代作家和10部现代作品的研究资料,资料主要来源于1949～1959年的国内报刊。1963年出版的《续编》,续收1960～1961年的相应资料。(3)中国现代作家研究资料编目》,河北师范大学中文系资料室1980年编印。收录中国现当代文学史上50名重要作家的研究资料,包括著作书目、研究资料编目两部分,资料截至1978年底。(4)《现代散文研究论文目录索引》(1950～1982),锦州师范学院中文系1983年编印。此类目录索引中收录较全的是:

《中国现代当代文学研究论文索引》(1949～1982)　田慧贞主编,南开大学出版社1984年版。汇辑1949～1982年(1966年6月～1978年12月缺)发表于全国主要报刊上有关中国现当代文学研究论文的篇目。全书分两部分:(1)文学体裁综合论述。分诗歌、散文、小说、戏剧、电影、电视剧、广播剧、儿童文学、民间文学7类。(2)作家作品研究。收录近800名作家的研究论文篇目。毛泽东、鲁迅的研究资料,因篇幅较大,拟单编成册,故未列入。

《左联五烈士研究资料编目》　丁景唐、瞿光熙编。上海文艺出版社1961年初版,1981年增订版。汇录左联五烈士:李伟森、柔石、胡也频、冯铿、殷夫的研究资料,主要包括五烈士的著译系年目录、纪念文选和有关生平和作品资料编目。

《日本研究中国现当代文学论著索引》(1919～1989)　孙立川、王顺洪编。北京大学出版社1991年版。汇录"五四"以来日本三代学者研究中国现当代文学的论著、译作等款目13000余条,分文学史、文学运动、社团流派、作家作品等类别编排。附录(1)日本研究中国文学书刊,(2)学术团体一览,(3)3400多位日本中国学学者的名单及通讯地址。

《中国现代文学总书目》 贾植芳、俞元桂主编,福建教育出版社1993年版。本书是《中国现代文学史资料汇编·中国现代文学书刊资料丛书》之一,共收录1917年至1949年间出版的文学书籍13500余种,分诗歌、散文、小说、戏剧、翻译文学等五卷分类著录。后编附《书目分类目录》、《书名笔画索引》和《著译编者书目索引》,方便读者使用。

第三节 辞典、大事记

中国现代文学的专科辞典是20世纪80年代开始编辑出版的,较早的有王锦泉、臧恩钰、王才路主编的《简明中国现代文学辞典》(黄河文艺出版社1987年版),收词目1000条左右。后出的辞典在收词方面后来居上,更全面地总结和反映了中国现代文学研究学科的规模和研究成果,以下选介若干种。

《中国现代文学辞典》 徐瑞岳、徐荣街主编,中国矿业大学出版社1988年版。收录有关中国现代文学(1919~1949)的词条4300余条,包括作家830人,重要作品(诗歌、小说、戏剧、散文、理论著作)2000余部(篇),社团流派260余个,期刊、副刊800多种,以及有关名词术语、人物形象、丛书等300余条。附录有(1)中国现代文学大事系年,(2)中国现代文学重要社团流派一览表,(3)中国现代著名作家籍贯一览表等。

《中国新诗大辞典》 黄邦君、邹建军编著,时代文艺出版社1988年版。收录1917年2月《新青年》第2卷第6期首次发表白话诗迄至1987年2月70年间有关中国新诗发展的词条近4000条,分6大类编排:(1)新诗理论、术语,(2)新诗名著、名篇,(3)新诗诗人、批评家,(4)新诗论著,(5)新诗诗刊、社团,(6)新诗佳句类编。附录新诗集编目,收录4500余种。较全面地总结反映了我国

(包括台湾省和香港)新诗70年发展的基本状况。

《桂林抗战文艺辞典》 广西社会科学院主编,广西人民出版社1989年版。收录桂林抗战时期(1937~1949)有关文学艺术方面的词条近2000条,分人物、作品、论著、报刊、社团和文艺活动6大类编排。

《台湾新文学辞典》(1919~1986) 徐迺翔主编,四川人民出版社1989年版。收录词目2600余条,内容包括台湾日据下"五四"时期,30年代抗日战争时期和台湾光复后40余年的文学发展情况,以新文学为主,适当兼及部分与文学有密切关系的文化艺术方面的词目。正文分8类编排:(1)作家,(2)作品集,(3)重要作品(中短篇小说、散文、新诗、评论)简介,(4)期刊,(5)丛书与辞书,(6)社团流派,(7)文学运动、论争、思想、重要事件,(8)文学奖等。附词目笔画索引。

《中国现代文学词典》 徐迺翔主编,广西人民出版社1989年起出版。收录"五四"新文学运动前后至新中国成立时期有关中国现代文学史上运动、论争、思潮、事件、文学社团流派、作家、作品集,作品名篇和著名人物形象,文学期刊和报纸副刊,文学种类和体裁等内容。全书分5卷:小说卷、散文卷、新诗卷、戏剧卷、综合卷。凡兼有或涉及各种文体的史料,多数在综合卷中列目,少数有重要影响和多方面成就的作家,以其主要成就在相应各卷中列目介绍生平、文学活动和主要文体创作情况,其他文体创作在相应分卷中列条介绍。各卷均分类编排,以散文卷为例,其分类如下:(1)运动、论争、思潮、事件,(2)社团、流派,(3)作家,(4)作品集,(5)作品篇名,(6)理论批评篇名,(7)期刊、丛刊、报纸副刊,(8)种类、体裁。该词典是在《中国现代文学史资料汇编》的基础上编纂的。

《中国现代文学词典》 鄂基瑞等撰稿,上海辞书出版社1990年版。收录"五四"以来中国现代文学方面的词目2600余条,分名词术语,社团、流派,人物,作品,文学形象,文集,丛书,报刊,出版单位、故居、纪念馆、文学馆等 10 类编排,附编词目笔画索引。所收资料截至 1986 年。附录有:(1)文学年表(1915~1986),(2)文献史料选辑,辑录陈独秀《本志罪案之答辩书》、《新青年宣言》等 40 余篇。(3)中国作家协会历届理事名单,(4)1978 年后全国获奖作品一览。

《中国现代文学大辞典》 陆耀东编著,高等教育出版社 1998 年版。全书收录"五四"前夕至 1949 年有关现代文学的词目 4000 条,分为作家、作品、报刊、社团、流派、文学运动、文学思想论争、文学事件及中国现代文学专业词语 5 大类编排。作家部分著录 690 多条目。附录中国现代文学大事年表。

台北智燕出版社 1986 年出版周锦编著的**《中国现代文学乡土语汇大辞典》**,从 1919~1949 年全国的、1950~1985 年台湾的 200 名现代作家的 616 部(篇)作品(以中长篇小说为主)中摘录约 7000 条方言俗语,附列例句,进行解释。正文后有 3 个附录:(1)人名索引,(2)篇名索引,(3)长篇的版本。中国现代文学的特点是口语化,优秀的文学作品又大多植根于乡土。方言时常造成阻隔,影响对作品的理解。《大辞典》较全面地收录解释了中国现代文学史上各时各地名家名著中的乡土语词,填补了一般工具书缺少收录这类语词的不足。

吉林人民出版社 1992 年出版董兴泉等主编的**《中国文学艺术社团流派辞典》**,上海书店出版社 1993 年出版范泉主编的**《中国现代文学社团流派辞典》**,前书收录古、近、现、当代有代表性的文学艺术社团、流派辞目 1100 多条,后书收录相关辞目 1080 多条,可相互参考。

中国现代文学大事记有两种发表形式,一是作为部分大型专科辞书和现代文学史著的附录,如《中国大百科全书·中国文学卷》的"中国文学大事记"(下限为 1985 年),刘献彪主编《中国现代文学手册》(中国文联出版公司 1987 年版)的"中国现代文学史大事年表"(1917~1949),《台湾现代文学简述》(上海社会科学出版社 1988 年版)的"台湾现代文学大事记"(1919~1949)等。一是单行本,主要有:(1)《中国新文学大事记》(1917~1948),周锦编。台北成文出版社 1980 年版。按年编录新文学史上有关文坛大事、文学理论、文学创作和文学刊物方面的内容。(2)《中国现代文学大事记》,李凤吾等编。吉林大学社会科学丛刊 1981 年第 4 集。辑录 1915 年 9 月《青年杂志》创刊前后至 1949 年 10 月中华人民共和国成立这段历史时期内有关现代文学的大事。(3)《国统区抗战文艺运动大事记》,文天行编。四川省社会科学院出版社 1985 年版。辑录 1937 年 7 月 7 日至 1946 年 5 月 28 日国统区抗战文艺运动大事,所录内容较丰富。(4)《抗战文学纪程》,苏光文编著。西南师范大学出版社 1986 年版。辑录 1937 年 7 月 7 日至 1946 年 5 月 4 日有关抗战文学的大事。所辑史料以国统区抗战文学史事为主,兼及解放区、沦陷区的文学史事,力图反映抗战文学统一战线的广泛性和多层次性。附有作家索引、作品及论著索引、社团和报刊索引及抗战文学简论。(5)《延安文艺运动纪盛》(1937 年 1 月~1948 年 3 月),艾克恩编纂。文化艺术出版社 1987 年版。全书按年、月、日,较详细地编录了延安及其所波及的广大地区文艺运动的史实。

第七编
编纂方法论

  中国文学史料学的主要任务,是为文学史研究提供客观依据。就服务对象而言,可说有"为我所用"和"为他人所用"两个方面。这里借用"为我所用"一语,并无贬义。是指自己在进行文学史研究的过程中,如何运用史料学的理论和方法,全面地占有史料,使自己的观点建筑在科学的基础之上。所谓"为他人所用",是根据一定的需要,进行文学史料的搜集、甄别、整理、加工,编纂出各类"史料成果",以出版的方式提供给广大文学研究工作者使用。

  本编讨论的,是史料编纂的一般原则,各类型"史料成果"的编纂方法,以及与出版有关的若干问题。

第一章　文学史料编纂工作总述

在具体研究各类型"史料成果"的编纂方法之前,先讨论几个基本问题:史料编纂工作有何意义？史料成果有哪些主要形式(体式)？编纂工作应遵循哪些基本原则？如何选题？以下分节阐述。①

第一节　文学史料编纂工作的意义与成果形式

文学史料的编纂,是文学研究工作整体结构中的基础工程。傅璇琮、沈玉成、倪其心曾联名发表《古典文学研究的结构问题》(见《文学评论》1987年第5期)。文章认为,古典文学研究的结构,可分为"基础工程"和"上层结构"两个方面。上层结构主要指作家、作品、文学流派的专题研究,古典文学与其他学科的交叉研究,古典文学比较研究等等,侧重于理论阐述。基础工程指古典文学基本资料的整理研究,工具书的编纂等。后来,傅璇琮又在一篇文章中强调指出:"基础工程是各类专题研究赖以进行的基本条件,具有相对的长期稳定的特点和要求,具有长远的效益。"这是对史料编纂工作的意义和作用的恰当概括。文章虽是就古典文学而

---

① 傅璇琮《关于〈全唐诗〉的改编》,《文字遗产》1989年第4期。

言,对现代文学亦适用。

具体说来,史料编纂工作的意义主要表现在三个方面:

第一、保存史料。可以设想,如果没有古代孔子、司马迁、刘向父子、萧统等人对史料的及时整理编纂,没有近现代王国维、鲁迅、郑振铎、阿英等人对史料的发掘与抢救,那我们今天所能看到的文学史料将会少多少倍。而当前正在大规模开展的古籍整理出版工作、现代文学史料建设工作,主要内容就是史料编纂,是重要的文化积累,这是造福子孙后代的意义深远的工作。

第二,扩大史料流通面。珍本书籍,复本很少,甚至没有复本(即孤本),能目睹者只是少数人。虽然有些珍本书收藏在图书馆可供阅览,但访求不便。如果整理影印出版,是一种积极的再生性保护;如果经校勘、标点、注释再出版,便于一般读者阅读和理解,流通面就更广。

第三,促成史料的序化和专题化。文学史料的客观状况是:浩如烟海,又多处于散漫无序的状态;研究人员的主观愿望则是:史料有序编排,按专题集中,以利于查找。逐步解决这种需求与现状之间的矛盾,正是史料编纂工作的任务之一。例如,编纂书目、索引,正是使史料从无序走向有序;编纂各种专题资料汇编,正是使史料由散漫变为集中。这种序化和专题化的工作,正是研究人员所企求的。罗竹风说:"真正做学问的人,他最喜欢两种书,一是经过认真研究、具有真知灼见的论著;一是下过功夫,切实整理过的资料书。"他以《洋务运动》、《中国丛书综录》等资料汇编和工具书为例,说"这样的书真是'人人方便',功德无量","少数人付出了劳动,可以使多少人避免再从尘封的原始资料中翻来查去? ……乘凉人永远也不会忘记种树人。"①

史料编纂工作以提供客观材料为基本出发点,其成果形式与

---

① 罗竹风《材料和观点的统一》,《学术月刊》1961 年 7 月号。

理论著作、文学创作有很大的不同。

史料编纂的成果形式,大体可分为原文型、考述型、线索型三类。

1. 原文型 以提供史料的原文为职志。如各类校点本、注释本、总集、资料汇编等。

2. 考述型在搜集、考证大量史料的基础上,对某些人和事的本来面貌进行条理化的叙述和引证,如年谱、诗文系年、事迹考、交游考等。

3. 线索型以提供史料的线索为职志。如书目、索引。

以上三种类型的成果,侧重面不同,但它们之间并无不可逾越的鸿沟。"考述型"成果的考证成分和编者叙述的成分较多,但在形成"原文型"、"线索型"成果的过程中也要进行考证,也要以注文、按语等形式表述编者的意见。"线索型"成果旨在揭示史料的线索,以便研究人员迅速地追索史料,不必直接提供史料原文;但辑录体的书目也往往迻录一些重要史料的原文。然而,上述三种类型的成果毕竟有所分工。如《古典文学研究资料汇编·杜甫卷》与《杜甫年谱》、《杜集书录》,三者的区别还是很明显的。

第二节 文学史料编纂工作的原则与选题的确定

文学史料编纂工作应遵循的基本原则,主要有三条。

一是全面性。进行史料编纂,无论是原文型、考述型还是线索型,首先要全面、充分地掌握材料。如果对某作家文集的各种版本(尤其祖本和时代较早的本子)尚未搜罗齐备,对该作家佚文的分布情况尚未调研,便遽然编订文集校注本,其质量可想而知。如果对某作家的现存全部著述尚未通读,对该作家的传记资料、交游情况和后人的研究成果尚未全面掌握,便编撰该作家的年谱,那也是不可思议的事。

二是科学性。史料编纂工作既以提供客观依据为基本出发点,务求忠实、客观、准确地反映史料的本来面貌。迻录原文不得有误,引文须详注出处及版本,这是最基本的要求。辗转引用,很不可靠,应查对原书。如原书无法觅得,则老老实实注明转引自何处;不可明明是转引,却真像是自己目睹的一般。遇一事有不同记载,应兼收并录,让研究者分析、抉择。编者对某些材料的可靠程度有自己的见解,可用注语、按语表述,却不可随意取舍甚至妄改原文。史料编纂不是单纯的机械排比工作,而是研究性很强的工作。要有丰富的知识和审慎的态度,要以辩证唯物主义和历史唯物主义的观点作指导,才能保证其科学性。

三是便检性。编纂史料应为读者着想,让读者便于查检。即:编排有序,有详细的目录或索引,努力使读者"研究学问时间极省而效能极高"①。陈垣1929年在燕京大学的一次讲演中,慨叹我国"有长远的历史,丰富的史料,而无详细的索引",认为这可算是"中国的四大怪事"之一。② 近五六十年,目录索引的编制日益受到重视,但有时由于没有把印刷条件和读者的检索习惯等因素考虑进去,虽编有目录索引却未能达到便检的目的。如《中国近代作家传记暨著述要目(初编)》(1964年排印本)是本重要的工具书。书前目录"以作家姓氏笔划为序",作家名下分别注明传记目、著述目所在页码,这说明编者已力求使读者查检方便。但编者在编排时是按繁体字算笔画的,而印刷厂却把部分繁体字简化了(可能该厂繁体字不全),于是"邓"字归入"十五划","严"字归入"二十划"。读者遇到这类姓氏,必须先用繁体字数笔画,然后从相应的笔画下找简体字,殊不方便。编者出于便检之动机,却没有达到便检之效果,这种事例时有所见,应引以为教训。

以上是史料编纂工作的基本原则。史料编纂工作是否卓有成

---

① 陈垣《中国史料的整理》,收入《陈垣史学论著选》,上海人民出版社1981年版。
② 同上。

效,还有赖于选题的恰当与否。

选题是史料编纂工作的第一步。题目一旦选定,就要为之付出大量的人力、物力;若选题不当,劳民伤财,后悔莫及。故选题不可不慎。

选题要进行广泛深入的论证,要考虑到主客观诸多因素。概括而言,主要应考虑需要与可能两个方面。

一要研究客观是否需要。有填补空白意义的、适用面广的选题,应优先考虑。如傅璇琮等编《唐五代人物传记资料综合索引》(1982年版)、复旦大学历史系编《辛亥以来人物传记资料索引》(1990年版)就有填补空白的意义。因长期以来,只有收录宋代至清代人物的几部传记资料综合引得(索引),缺"两头"(宋以前和辛亥以来),学者颇感不便。上述两种索引不仅填补了空白,适用面亦广,从事史学、文学及其他学术研究的人员都需要。有的选题,虽算不上是填补空白,但属于扩充型的,也有价值。如浙江师范大学董建和有感于《三十三种清代传记综合引得》(1932年版)收录面不广,便于1990年编成《八十八种清代传记综合索引》,即其例。有的选题,适用面不算广,但有重要的文物价值与学术价值。如苏州大学图书馆藏一诗文稿残本,江村、瞿冕良考定为明遗民陈璧所作。与陈璧往来唱和者,有顾炎武、归庄等人。江、瞿合作《陈璧诗文残稿笺证》,1984年由上海古籍出版社出版,为研究明清之交的诗文和史事提供了新的资料。

二要考虑条件是否可能。包括资料基础、编者的知识结构、人力物力、出版条件等。一般说来,编纂与本地区有关的文学史料比较有利,编纂与本人的专业方向一致的文学史料比较有利。如果是个人编纂,题目不宜太大,力求分量适中、角度得当。如果是各地协作编纂,则应考虑是否有协作的基础,是否有足以领导这个大项目的强有力的班子。

在选题过程中,还要通过查书目索引、函询、访问等形式,了解他人是否已经编过或正在编纂同样的题目,防止"撞车"。

第二章 标点与校勘

标点与校勘,是编纂文学史料的基础工作。标点(这里指新式标点)的要求是:将文学史料根据内容实际进行适当的分段,用逗号、句号、顿号、分号、冒号、书名号、专名号等标点符号恰当断句,清晰而准确地再现原文的结构、停顿和行文语气。校勘,是利用不同版本纠正文本的讹误。标点和校勘的目的,都是为了帮助读者正确阅读和领会文学史料的原意。

第一节 标点古书应有的态度

标点古书应持的态度,主要有二:一是重视,二是认真。

古书难读。王国维说过,他读《尚书》有十分之五不理解,读《诗经》也有十分之一、二弄不清楚(见《观堂集林》卷2《与友人论诗书中成语书》),何况一般学人。未经标点的古书更加难读,即使古文基础很好的人也难免错读。标点古书,是学者治学的基本功,也是检验学人学识功力的试金石。古人写作虽然从来不用标点,可是却十分重视句读,句读就是断句。古代把句读列为进学读书的基本训练之一。《礼记·学记》载:"古之教者……一年,视离经辨志。"陈澔注:"离经,离绝经书之句读也;辨志,辨别其趋向之邪正也。"宋代学人也多以句读作为自己致学的初阶,如苏洵《送石昌言使北行序》云:"吾后稍长,亦稍知读书。学句读、属对、声律,未成而废。"(《苏老泉全集》卷15)清代教育家崔学古也把句读作为初学者的基本功,他说:"书有数字一句者,有一字一句者,又有文虽数句而语气作一句读者,须逐字逐句点读明白。"(《幼训》)

古人如此重视句读的基本训练,可见句读之重要,亦见句读之难度。事实上,即使是大学者都难免有句读失误的地方。西汉的司马迁、东汉的郑玄都是大学问家,但都错读了有关孔子生平的原始材料,以至孔子父母的结合、孔子的出生竟成了千载一大疑案①。鲁迅曾不无感慨地说:"标点古文,不但使应试的学生为难,也往往害得有名的学者出丑。"(《且介亭杂文二集·题未定草》)

既然如此,标点古书也就绝非"雕虫小技"。但当前学术界鄙薄标点工作的无知偏见是确实存在的。一部分人认为,古籍标点,不过是圈圈点点,人尽能之,算不上什么学问;标点的古书,算不上什么学术成果,等等。事实上,正如吴小如在《古籍整理中的点、校、注、译问题》②一文中所说的:

> 以一个人所费的时间、精力而论,标点一千字决不比写一篇千字文省时省力。再加上学识的功底以及对整理古籍应有的技术训练,则能写一千字文章的人还未必能标点一千字的古书。这笔账是一定要算的。

从现在我们发现的古籍出版物的标点错误看,有些错误并不是知识性错误,完全是因思想轻视、草率从事的结果。如上海古籍出版社出版的朱东润主编的《中国历代文学作品选》中有一篇《谏

---

① 详见张舜徽《中国古代史籍校读法》,上海古籍出版社,1980年版16~18页。
② 吴小如《古籍整理中的点、校、注、译问题》,载《文献》1985年第3期。

逐客书》，有一段作如下标点：

> 今陛下致昆山之玉……必秦国之所生然后可；则是夜光之璧，不饰朝廷；犀象之器，不为玩好；郑、卫之女，不充后宫；而骏良䮭騠，不实外厩，江南金锡不为用，西蜀丹青不为采，所以饰后宫，充下陈，娱心意，说耳目者，必出于秦然后可；则是宛珠之簪，傅玑之珥，阿缟之衣，锦绣之饰，不进于前；而随俗雅化，佳冶窈窕，赵女不立于侧也。

这一段里，不该用分号的地方用了分号，如两句"必秦国之所生然后可"后的分号皆不妥。该用分号处却没有，如"不实外厩"后。应用顿号处用了逗号，如"饰后宫、充下陈、娱心意"和"宛珠之簪、傅玑之珥、阿缟之衣"皆应用顿号。如上述引文所用标点，致使行文语气表达不准确，读起来也颇感别扭。

有的标点失误是忽略了上下文意、马虎粗疏所致。如中华书局版《苏轼诗集》中有一首《定惠院寓居月夜偶出》诗，"自知醉耳爱松风"句下[施注]引《南史·陶弘景传》：

> 特爱松风庭院，皆植松，每闻其响，欣然为乐。

明明上文说的是"松风"，所"闻其响"的当然是指松风，"庭院"二字当属下读。

上述这类错误有时不是标点者的责任，而是因编辑和校对粗疏所致。中华书局的老编辑程毅中说过："根据我个人的经验教训，标点中的失误，大约有一半以上是工作作风问题而不是知识水平问题。如果认真对待，小心从事，多数是能够避免的。"(《克服轻敌思想，努力减少标点错误》，《出版工作》，1984 年第 10 期)认真严谨的学风，是减少标点错误的有效办法。

前辈学者,多兼精文史哲,通晓训诂,学殖深湛,腹笥渊博,他们从事古籍的标点,知识性错误自然少得多。而今天从事这项工作的主要是中青年文史工作者,不如前辈学者知识广博,但只要思想上重视,标点古籍时多想想、勤查查,忌主观臆断,也同样可以避免不少知识性错误。如上海古籍出版社出版的校点本《两般秋雨庵随笔·振振》条是这样断句的:

> 螽斯振振兮,振振,多也。麟趾振振,公子振振,仁厚也。殷其雷振振,君子振振,信实也。

这段文章三句话,涉及《诗经》三篇篇名,即《螽斯》、《麟趾》(即《诗经》所作《麟之趾》之省称)、《殷其雷》。打开《诗经》一查就很清楚,"振振兮"、"振振公子"以及"振振君子"分别为这三篇的引文,那么,上述的标点错误也就可以避免了。

不少标点错误是由于对书名、人名等专名不了解而误读的。如果认真查核,这类错误也可大大减少。如俞明芳指出中华书局1983年版《楚辞补注》点校本的标点错误数十例,其中例1、例2两例颇典型。例1是"按屈原死于顷、襄之世。"句中的"顷襄王"乃楚怀王之子熊横谥号,"顷襄"中间自然不可用顿号。稍稍翻检一下楚国资料,就能明白。例2是误标的书名"《方言云》"。《方言》,乃西汉扬雄所作的一部语言和训诂的书,知者甚多,一般工具书上都载。而《方言云》这本书却并不存在①。总之,标点古书的时候,尽量谨慎一点,多查各书,待有了把握才下笔。如果自己不明文意,就率尔操觚,谬误也就难免了。试想"以己昏昏",怎可"使人昭昭"?

---

① 俞文见《上海师范大学学报》1985年第1期。

第二节　标点古书应具备的知识

古籍流传至今,历经劫难。有些因原文有衍、脱、错简等情况,影响了对原文的理解,见仁见智,各人标点有了歧异,一时尚无法取得一致。也有的数读皆可通,横看成岭侧成峰,标点也就不同。除了上述这些情况外,古籍标点正确与否还是有其客观标准的。如果学风端正,并能不断地克服自己的知识局限,就能标点好古书。

标点古书所需的知识很广,主要有以下四个方面:(1)古汉语知识,包括文字、音韵、训诂、语法、文体等;(2)古代文化知识,包括天文、历法、地理、官制、典章、风俗等;(3)整理古籍的基础知识,诸如版本、目录、校勘、考证等;(4)有关该古籍涉及的专业知识。

下面试就这四个方面的问题作些分析。

一、古汉语知识。正确理解古书的文意,是对古书进行标点断句的前提,而要读懂古书,实在是不容易的事。汉字结构复杂,同一个字又有多音、多义之别。扫除文字障碍,乃标点古书的第一步。

我国使用的汉字,是由音、形、义三者构成的。字形的构造一般可以表示该字的本义或本义所属的意义范畴。如果不明该字本义,往往会影响对文义的理解,也就容易发生错断。但我们的古人在运用汉字的时候,又是十分灵活的,同一个字随着所在部位不同,有时音、义都会起变化。行文中,同一个字,有时用其本意,有时却是用它的引申义和假借义。本义只有一个,引申和假借义却是变化多端的,不熟谙文字的这种变化,就很容易发生标点错误。如中华书局1981年版《东坡志林·别文甫子辩》的一句标点:

仆登夏隩尾高邱以望之,仿佛见舟及武昌,步乃还。

这里"步",乃"埠"的通假字,指江河停船之处,即今之称"码头"者,所以句子"步"字应属上读,点校者因不明通假字而致误点。(此用王海根《古籍整理与训诂》一文例,载《徐州师范学院学报》1985年第1期)

古书用字,假借为多,汉唐学者们已因不辨假借而犯了不少错误,王引之《经义述闻》卷32《通说》下,有《经义假借》一篇,综述了汉唐传注家们因不明假借而造成的错误,这是宝贵的经验教训,足戒后人。

古汉语词汇十分丰富,不仅有古今词义变化之不同;还有地区之别、雅俗之异,并有许多因典故而浓缩成的特殊词汇。凡此种种,不一而足。掌握古汉语词汇这些方面的特点,也能减少许多标点中的失误。

如《史记·项羽本纪》:"项籍少时,学书不成,去;学剑,又不成。"这句中的"去"是抛开、舍去的意思,并非"前往"、"到……去"的意思。《说文》:去,人相违也。"段玉裁注:"违,离也。"《史记》用的是古义,而表示趋向乃后起之义,故如果理解为后者,便势必将此句错误地点成"学书不成,去学剑。"

文学史料中的小说(主要指演义类小说和白话小说)及通俗说唱文学,涉及到方言俗语的理解,理解不确,标点极易出错。郭在贻在《俗语词研究与古籍整理》一文中,专节讨论了"俗语词研究与古籍标点"的问题,试引一例:

> 中华书局标点本《酉阳杂俎·诺皋记下》147页:"郓州阚司仓者,家在荆州。其女乳母钮氏,有一子,妻爱之,与其子均焉,衣物饮食悉等。忽一日,妻偶得林檎一蒂,戏与己子,乳母乃怒曰:'小娘子成长,忘我矣。常有物与我子停,今何容偏?'"按:"常有物与我子停"的停字,乃唐宋以来的俗语词,有平均分配的意思。如孟元老《东京梦华录》卷四"食店"条:"面与肉相停,谓之合羹,又有单羹,乃半箇也。"相停犹言相均、相

争也。又元剧中有"匹半停分"之语,停分即均分也。《酉阳杂俎》的校点者盖昧于停字之义,遂将上文断作:"常有物与我子,停今何容偏?"致使文意不明。

某一历史时期往往还有习惯用语,用法特殊,如若后人不解,轻率断句,就难免失误。如南北朝时的小说词语,往往就有异于他时的习惯用法。《古小说钩沉》人民文学出版社1951年版第161页有这样几句话:

> 浔阳张允家在本郡,郡南有古城。张少贫,约屡往游憩。

此处末句断句错了,应作"张少贫约,屡往游憩","贫约"是一个词,义同"贫俭"。

关于小说、笔记、诗词曲、变文等文学史料中的特殊词汇,今人已有不少研究成果,可以查看。如:张相的《诗词曲语辞汇释》、陆澹安的《小说词语汇释》、《戏曲词语汇释》、田宗尧的《中国古典小说用语辞典》、蒋礼鸿的《敦煌变文字义通释》等。

标点错误中,有的是由于不谙典故致误。如中华书局1981年版《归田录·佚文》:

> 吕中令蒙正……公生于洛中,祖第正寝至易,簀亦在其寝。其子集贤贰卿居简,平时亲与文莹语此事云。

"易簀",语出《礼记·檀弓上》,意即调换寝席。春秋鲁曾参临终,以寝席过于华美,不合当时礼制,命子曾元扶起易簀。既易,反席未安而死。后因以易簀喻将死。此言吕蒙正生于祖第,殁于祖第,此为古人所尚。故"易簀"为一典故,校点者不知,故误标。

古代的文体有许多定规,如诗有四言、五言、六言、七言、杂言、古体、今体之分；词有各种词牌，分单调、双调、小令等，也各有规律可循；骈文是散文的一种，大体四、六相对。不仅六朝，且唐宋章表制诰、明清白话小说中的赋赞和序跋，以及戏曲的韵白和序跋等也多有用骈体写的。熟悉了各类文体的特点，也能减少许多标点失误。事实上，韵文特别是诗歌的标点应该说是不易出错的，因为文体特点鲜明，且有韵脚。但也有少数标点者将诗词句点错。程毅中曾举过这样的例子：宋黄庭坚有一首《西江月》词，开头两句点作："断送一生惟有破，除万事无过。"这两句，黄庭坚集自韩愈诗句，作成"酒"字的歇后语，如果熟悉该词牌的头两句应为六言一联，就决不会错断。(《克服轻敌思想，努力减少标点错误》，载《出版工作》1984年第10期)至于把五言诗点成了七言诗，把七言诗错点为散文的情况也有。白敦仁曾发现中华书局1982年版的《陈与义集》中就有这样的错误。如143页注二：卢子谅《赠崔温》诗："平陆引长流。"山谷《刘明仲墨竹赋》：误点成："卢子谅《赠崔温》诗：平陆引长流山谷。刘明仲《墨竹赋》：……"这样把五言诗句点成了七言。又有将七言诗点成散文的例子。(《见〈新版〈陈与义集〉的校点问题》，载《古籍整理出版情况简报》第150期)

标点古书所需的古汉语知识是多方面的，文字、音韵、语法都是必须具备的常识，在此不作赘举了。

二、古代文化知识。要正确标点古书，古代文化方面的知识显得十分重要，特别是古代天文、舆地、典章制度、风俗习惯、文化名人等。许多标点错误就是由于不熟悉这方面的知识而产生的。试看下面一段标点：

范蠡曰："大王安心，事将有意。在玉门第一。今年十二月戊寅之日，时加日出。戊，囚日也；寅，阴后之辰也；合庚辰岁，后会也。夫以戊寅日闻喜，不以其罪，罚日也。时加卯而贼戊，功曹为腾蛇而临戊，谋利事在青龙。青龙在胜光而临。

酉,死气也,而尅寅。是时尅其日,月又助之。所求之事,上下有忧……(中华书局1979年版《左传纪事本末》卷51引《吴越春秋·勾践入臣外传》)

这是一段范蠡占卜的文字。勾践听到夫差欲赦其归国的消息后告诉了范蠡,范蠡占之,认为"所求之事,上下有忧",未能卒喜。占辞涉及到古天文知识中的岁刑、岁德以及干支休王说、五行纳音术等古代文化思想史的内容。引文中有两处误点:"夫以戊寅日闻喜,不以其罪,罚日也","罚"字应上读,此为一误。据干支休王说,"戊日"为囚日;"戊寅日"没有因勾践之罪受到责罚,反而听到将赦之喜讯,完全赖戊寅之支"寅"。汉人以天干地支相配纪日,以支纪月、时辰,故曰"日也"。另一句"青龙在胜先(原引文作"胜光",误)而临,酉,死气也","酉"字应属上读,此为二误。引文中的"青龙"指太岁。这里是阴阳家利用古代天文学中的岁星纪年法和太岁纪年法讲所谓刑德。古人把黄道附近一周天的十二等分由东向西,配以十二支,叫十二辰。岁星及其假设的反向运动的太岁每年处一辰,十二年周而复始。阴阳家称太岁所在之辰为德,岁星所在之辰为刑。文中的"胜先"即是与十二辰相对应的十二天神之一,它与十二辰之"午"相配属,午,五行属火,所以"青龙在胜先"即太岁在午火,岁星则在酉金,酉金即为该岁之刑,也即"冲"。阴阳家认为举事必从其"德"而避其"冲",否则有殃。此谓"临酉",即临其"冲",将有祸殃,故曰"死气也"。如将"酉"字作下读,此句就读破了。

不熟悉古代金石、乐舞、书画等方面的知识,往往也会造成种种标点失误。或点破乐舞名称,或错断碑文名称。如朱东润主编的《中国历代文学作品选·谏逐客书》中一段:

夫击瓮叩缶,弹筝搏髀,而歌呼呜呜,快耳目者,真秦之声也。郑、卫、桑间,韶、虞、武、象者,异国之乐也。

有的应是乐舞的专用名称,应加上专名号。如《韶虞》,相传是舜时的乐曲,亦称《大韶》、《韶箾》、《箫韶》、《昭虞》、《大磬》等。《武象》,相传是周武王时的大型乐舞。

碑刻标点错误,黄永年《古籍整理概论·标点》引《天咫偶闻》卷3"内城老宿以书法名者"条一例甚典型:

> 晚岁取径河南,于雁、塔二碑,尤为妙悟。

"河南"指唐书法家褚遂良,高宗时曾封河南郡公,世称褚河南,故"河南"两字应标人名号。西安大雁塔有褚河南所书《圣教序记》,序和记分刻两石立塔门左右侧,因此这里说的"雁塔二碑",并非指一雁碑、一塔碑,故引文中"雁"、"塔"之间的顿号应去掉。

古书记人名很复杂,或书姓名,或列字号别署,或举郡望官职,或称封爵、谥号,方式不一。介于人名之间的官职属上还是属下,有时不易分清。如中华书局点校本《明史·王锡衮传》:

> 欲椑还朝,锡衮调吏部尚书。李曰宣下狱,遂掌部事。

"尚书"两字属上还是属下,就要费点斟酌了。核之《明史》,王锡衮以吏部侍郎掌吏部事,乃是在吏部尚书李曰宣下狱以后的事,故引文中"尚书"两字应属下,是李曰宣的官衔。有的人名并无官职,女士名前冠以丈夫之名,标点者不察误标,如江苏古籍出版社1986年版校点本《吴门表隐》卷11:

> 秀水举人王仲、瞿室、金礼嬴制。

秀水举人叫王仲瞿,"室"即妻室,金礼嬴,字云门,山阴人,王仲瞿之妻。《墨林今话》称其幼娴翰墨,书法晋唐,兼工汉隶。标点者在这一句中连点二个顿号,把一个人名变成了三个人,大谬。

古籍中给姓氏标号确是个难点,错误也屡见不鲜,错误类型也是多种多样的。有割裂人名,误以甲之名为乙之姓者;有不明姓氏来源割裂姓名者;有人名割裂误入叙述句,叙述句又误为对话且讹出人名者;有字与名之间误加顿号,一人讹为二人者;有姓氏溢标讹为地名者;有原为通称误标讹为姓氏者;有品物误为人名者;有释子法名原为双名,一字缺标讹为单名者;有人名联缀,其一缺标者;有不明古人事迹,人名缺标者;有不明典故成语,人名失标者;有形容性谓语误作人名者;等等(说参王迈《古籍整理中姓氏舆地标点失误举例》,《中国语文》1985 年 5 期)。

舆地的标点也经常容易出错。有不明地理、误以副词动词为山名者;有县名二字一字佚标,该省之地讹为他省之地者;有工程术语误为地名者;有地名误连上文讹为叙述语者;有本为地名借作他名,不必标专名号而溢标者。(参同上)。

三、古籍整理知识。标点古书,应有目录、版本、考证、校勘等有关整理古籍的基本常识,否则就会铸成许多知识性错误。

目录学知识欠缺,往往会将书名号标错,其他标点也因此受"牵连"。如人民文学出版社 1951 年版《古小说钩沉》54 页:

> 楚人居贫,读《淮南》,方得"螳螂伺蝉自彰叶可以隐形",遂于树下仰取叶。

又如中华书局版《三垣笔记》

> 予读《滇志》,载洪武间傅天锡历官郡守,以谪滇,遂家于滇,为傅颖公友德后。名山藏史,概皆因之。

前一例,因标点者不明《淮南方》为书名,是古代一种讲方术的书,故误于《淮南》点断。而"得螳螂伺蝉自彰叶可以隐形"句,乃《淮南方》书中所述方术之一种,"得"字应在引号内。后一例中,末句应标为"《名山藏》、《史概》皆因之"。《名山藏》和《史概》是明代两部史书名:《名山藏》,明何乔远撰,100卷,载明太祖迄穆宗(1368~1572)十三朝200余年明朝史事。《史概》,即《明史概》,原名《皇明史概》,明朱国祯撰。记载明代十三朝之行政大事、典章制度和人物传记等。

标点工作与校勘、注释等工作是密不可分的。不谙文义,就看不出字句的讹误,而勘不出误字,标点也难以正确。下面两例都是因失校而引起的标点错误:

[例一]

翰林学士危素,冕不识也;居钟楼街,冕知之。一日,素骑过冕,冕揖之坐,不问名姓,忽曰:"公非住钟楼街者耶?"曰:"然。"冕更不与语。素出,或问客为谁,笑曰:"此必危太仆也。吾尝诵其文,有诡气;今睹其人举止,亦然。"

[例二]

"《酉阳杂俎》:近代妆尚靥如射月,曰'黄金靥'。"

[例一]中"太仆"之"仆"失校,考之危素一生都未做过与太仆寺有关的官职,而危素之字却正是"太朴",可见"此必危太仆"之"仆"乃"朴"字之误。"危太朴"三字为人名,应标上人名号。这里,校勘时事实上也结合了考证。[例二]中的"曰"字失校,实乃"白"字之误,这一句应标为"近代妆尚靥,如射月白,黄金靥。"①

----

① 以上两例,例一参用吴小如《古籍整理中的点、校、注、译问题》,载《文献》1985年第3期。例二,参白敦仁《新版〈陈与义集〉的校点问题》,载《古籍整理出版情况简报》第150期。

四、专业知识。指所标点之书涉及的专业性知识。如标点元曲,就要有曲律知识;标点历史性散文,就要有该书所载史事的历史知识;标点医学书籍,就非得有点医学知识不可。文学作品中,也往往涉及到历史、哲学、医学等多方面的知识。

如"约法三章",今天成了成语,意谓"约定三条法律"。语出《汉书·高祖本纪》:

与父老约,法三章耳:杀人者死,伤人及盗抵罪;余悉除去秦法。(中华书局校点本)

有的标点本和旧读是"约法三章"联成一气,以"耳"字为读。如依旧读标点,则是汉高祖新定三法,下文"余"字将不知所指。考之历史,汉承秦制,高祖入关以后,制法不及,所以迳取原秦法中三条,与父老们相约遵用,其余秦法则全部取消,并非新定三法,故应以中华书局标点本的点法方对。由此可见,涉及到历史史实的古籍,句读不能仅看语法,务需校核史实,否则,往往一顿一逗之不当会引起重大的史实失真。

标点古书,除了要求有上述广博的知识外,有时还要取决于语感,据语感绅绎文理。而语感之来,则在于多读熟读古书。古人引书,不标起讫,引的时候,形式不一:或举小题而不提书名;或列书名却不及篇章;或将引文插入叙述之中,不列篇名出处;有时则仅撮取大意,非录本文;有时又断章取义,删节改动。这类引文的标点,就极费斟酌,必须根据内容,仔细体会上下文义和语气,努力分清作者自己的叙述、议论、按语部分和对话、引文部分。如引的内容似叙述口气,非录原话者,可不加引号,引文起讫如知其原书出处,应查对一下原书,以确保无误。如人民文学出版社1951年版《古小说钩沉》236页:

> 晋太元末,长星见,孝武甚恶之。是华林园中饮,帝因举杯属星曰:"长星,劝尔一杯酒,自古亦何时有万岁天子取杯酬之?"帝亦寻崩也。

反复阅读这段文字,体会其语气,总会感到"自古亦何时有万岁天子取杯酬之"句语气不顺,"取杯酬之"应为作者的叙述语气,非帝自语。故原文应在"天子"处点上问号、引号。"取杯酬之"后加上句号,去掉问号和引号。

新式的标点符号,可以根据文字语气,把被描写人的性格特征,比较生动地表现出来。如中华书局校点本《史记·张丞相列传》。

> 而周昌廷争之强,上问其说,昌为人吃,又盛怒,曰:"臣口不能言,然臣期期知其不可。陛下虽欲废太子,臣期期不奉诏。"

引文中两个"期期"都是形容周昌口吃的语气,而口吃的人在情绪特别激动时往往语言特别不连贯,所以,如果能在"期"与"期"间标上删节号,则不仅语意清楚,而且周昌这个口吃者的急迫情态也可生动地表现出来了。反复揣摩文情,多读读,凭语感也能发现问题。如中华书局点校本《史记·项羽本纪》:

> 当是时,诸将皆慴服,莫敢枝梧。皆曰:"首立楚者,将军家也。今将军诛乱。"乃相与共立羽为假上将军。

仔细推敲这段文意,就会发现,"今将军诛乱"这句话语意未尽,下面应该还有许多因慑于项羽威势未及说出的话。这正是司马迁用文字表达情景的妙笔,如在"乱"下加上破折号或省略号,则更能传达作者意旨,而诸将匆促拥立项羽的情景也生动地毕现于前了。

标点古书,还要注意标点符号的规范化。1951年9月。中央人民政府出版总署公布了《标点符号用法》。同年10月,政务院下达指示,要求全国遵照使用。中华书局编辑部曾草拟了《古籍点校通例》(初稿),发表在《古籍整理出版情况简报》第112期(1983年10月)。1990年3月,国家语言文字工作委员会、中华人民共和国新闻出版署修订发布《标点符号用法》,《光明日报》4月19日全文发表(其他报刊亦有发表者)。在标点古书时,应注意阅读这些重要文件。

第三节　校勘文学文献的知识条件和工作依据

校勘,古称"校雠"或"雠校"。校雠之义,有广、狭之分。以狭义言之,则为比勘篇籍,审订文字异同而求其正。《文选》卷6左思《魏都赋》李善注引汉应劭《风俗通》曰:

> 案刘向《别录》:雠校,一人读书,校其上下,得缪误,为校。一人持本,一人读书,若怨家相对,为雠。

是谓狭义之校勘。而章学诚《校雠通义序》中所说,乃以广义言之:

> 校雠之义,盖自刘向父子,部次条别,将以辨章学术,考镜源流,非深明于道术精微,群言得失之故者,不足与此。

朱一新在《无邪堂答问》卷2《读〈汉书艺文志〉》中提出了"商榷学术,洞彻源流"之说,并申述其说曰:"目录校雠之学所以可贵,非专以审订文字异同为校雠也"。"世徒以审订文字为校雠,而校雠之途隘。"这里说的校雠,"细辨乎一字之微,广极夫古今内外。载籍浩瀚,其事以校勘始,以分类终,明其体用,得其翾理,斯称'校雠学'。"(范希曾《校雠学杂述》)这就是广义校勘之内涵。

我们这里讲的文学文献的校勘,仅限于狭义的校勘,旨在纠谬辨讹,是正文字,恢复原本之真,以利于阅读和研究。要达到这个目的,不仅要具备校勘所需的工作条件,并有精密的方法,而且必须有较为丰富的知识。如要掌握和辨别不同的版本,选择底本和参校本等,就得具备目录学、版本学的知识;要发现和改正文字上或事实上的错误,就得具备一定的文字学、音韵学、历史学、地理学等方面的知识。除了这些一般知识以外,还得具备所校勘的文学典籍涉及的专门性知识。下面,我们就其中两个方面的知识略作分析:

其一,应掌握文学文献中衍、脱、讹、倒的一般规律及致误之由。这方面,清末朴学大师俞樾的《古书疑义举例》一书及近人马叙伦的《古书疑义举例校录》、刘师培《古书疑义举例补》、杨树达《古书疑义举例续补》等书,皆为阅读古书之阶梯。俞樾《古书疑义举例》卷5至卷7,曾将其在校书过程中抽出来的古籍衍倒公例,总结为37例,差不多已将古书中的衍文、讹体、倒置、脱落、误改、误解、误增、误删,以及简册错乱、篇章颠倒等多种多样的现象,都囊括进去了。王念孙諟正注文中文字错误之例也很多,仅在《读淮南杂志·后记》中,就归结了12类。两书均可参看。结合目前校勘文学史料的经验和教训,大致可条分如下:

1. 脱字。亦叫脱文,简称"脱"或"夺"。即在传抄、刻书时脱少了文字,或者因简册散乱后遗失脱简。汉刘向校书,凡书有脱误者,必详加厘订。如班固《汉书·艺文志》于《书》案云:

> 刘向以中古文校欧阳、大小夏侯三家经文,《酒诰》脱简一、《召诰》脱简二。率简二十五字者,脱亦二十五字;简二十二字者,脱亦二十二字。文字异者七百有余,脱字数十。

脱字情况司空见惯。如笔者以明弘治本《吴越春秋》与明万历本《吴越春秋》比勘,则万历本之脱文屡屡可见。《吴越春秋·阖闾内传》中,万历本就脱"於吴市中令万民随而观之还使男女与鹤"17字,又脱"曰日暮路远倒行而逆施之于道也申包胥"17字。

2. 衍字。也叫衍文,简称"衍"。与脱字相反,衍字是在传刻、传抄时掺入的文字。原因很多:有涉及上下文而衍者;两字义同而衍者;两字形似而衍者;涉及注文而衍者;后人妄加而衍者;后人旁注而传抄时掺入而衍者等。如中华书局出版的《史记·司马相如列传》末段:

> 太史公曰:《春秋》推见至隐,《易》本隐之以显,《大雅》言王公大人而德逮黎庶,《小雅》讥小己之得失,其流及上。所以言虽外殊,其合德一也。相如虽多虚辞滥说,然其要归引之节俭,此与《诗》之风谏何异。扬雄以为靡丽之赋,劝百风一,犹驰骋郑卫之声,曲终而奏雅,不已亏乎?余采其语可论者著于篇。

引文中加点者与《汉书·司马相如传》赞同,这段文字有扬雄评说相如赋的内容,而扬雄乃西汉末年人,司马迁却是西汉初人,显然不是司马迁《史记》原文,是后人将《汉书》之文附记于《史记》文旁,传刻者误为正文,遂成为衍文。

3. 误字,也称"讹"字。这在文学史料中最为常见。不仅古籍如此,今天的书刊杂志也特为普遍。原因很多,大体以下列几种情况较多:作者自误。古籍和现代文学史料中都有。如东坡诗有"他年一舸鸱夷去,应记侬家旧姓西"句,"姓"应为"住"字之误。朱维铮校注《梁启超论清学史二种》时发现,梁启超在行文中有许多误字误文,如"以兄字为弟号,以子著为父书,以既死为方生。引文删略而不予标明,修改原文以牵合所论"等。(见该书《校注引言》,复旦大学出版社1985年版)脱半字致误。如刘向《战国策书录》中说:"本字多误脱为半字,以赵为肖,以齐为立,如此字者为多。"校对粗疏致误。如一本谈古籍整理的理论著作,《前言》中第一句话就出现误字,说整理古籍之意义重大,是"关系到子孙后代的工作",可原书却将"关系"误成"关靠"。不明古文字字形及其演变,也是致误的重要原因。如"七"和"十"字,古代,从甲骨文、金文、篆书到东汉以前的隶书,都是把"七"字写成一横划的中间加一笔短竖划的"十",与今天楷书的"十"字字形很相近。而古代的"十"字,在甲骨文中只用一竖划表示,到金文便开始在竖划中间加一点,成一小横划,逐渐形成楷书的"十"字。后来,为了避免两字的混淆,又逐渐在横长竖短的"十"字末笔加向右横折,而发展成为"七"形。但后人不谙此中演变,两字仍然极易相混。如《荀子·礼论》中有"故天子棺椁十重,诸侯五重,大夫三重,士再重",王引之据《庄子·天下篇》"天子棺椁七重"的叙述,疑《荀子》中"十重"误,应为"七重",他怀疑未决。事实上,我们可以断定《荀子》中的"十",乃是把古代横长竖短的"十"字误认为是楷书的"十"字而误的。(参《古文字研究论文集》)误字中,还有一字误为二字者,二字误为一字者,不识古字而误改者,因俗字致误者,或因假借致误者,因不辨隶、草致误者,等等,不一一列举。

4. 倒字,即文字颠倒。如今本《论语·季氏将伐颛臾》篇中有"不患寡而患不均,不患贫而患不安","寡"和"贫"两字应前后互易。《春秋繁露·度制》和《魏书·张普惠传》引用《论语》,此文均作"不患贫而患不均,不患寡而患不安"(说详俞樾《群经平议》)。

另外还有因叠字、重文或因阙字作空围而致误者,妄删、误改、错简、缺页等原因致误者等。掌握了文字衍倒错讹的一般规律,在校勘中,再综合运用多种材料,往往能得出正确的判断。如清代乾嘉时期著名的学术大师王念孙在校勘古书方面成就卓著,他曾用文字形讹的通例作为校勘的证明材料,通例所涉,有古、篆、隶、真、草、

俗,且字例甚多。如他校的《史记·韩王信卢绾列传》中如下文字:

　　　至晋阳,与汉兵战。汉大破之,追至于离石,后復破之。

王氏推求文义,认为"復"上不当有"後"字,理由是"後"、"復"二字篆书、隶书形似,历来极易相混。接着列举了此二字因形近而经常讹错的大量材料作为推论的依据,如《穆天子传》、《管子》、《荀子》、《战国策·赵策》诸书中"復"讹为"後",以及《史记·齐悼惠王世家》和《绛侯世家》中诸"復"字《汉书》都误作"後"字等大量材料,论证该句致误原因是:有一本不误,有一本误将"復"字写作"後",而后人误合之。(《读书杂志·志三之五》)这是用文字形讹的通例入校的令人叹服的例证。

　　其二,应具备所校勘之书涉及的专门知识。如果缺乏这种专门知识,校勘中也肯定会碰到意想不到的困难。陈垣撰《元典章校补释例》(即《校勘学释例》),有关元代语言、名物的特例就多达3卷,如果陈垣本人不是一位元史专家,如何能取得这么优秀的成绩?季羡林等人所著《大唐西域记校注》,是学术界一致称誉的校注佳作。全书记述了唐代高僧玄奘赴印度游学所经和得自传闻的138个以上的国家、城邦和地区,如果没有对西域史地的深入研究,没有佛教知识,不懂梵语、巴利文专门名词以及中亚的历史、地理、民族和语言,校勘这样一部书是很难获得理想结果的。

　　校勘文学史料,不仅会遇到有关哲学、宗教、地理、方言等方面的问题,而且,就文学体裁而言,有韵文、散文之别,韵文中有诗、词、曲,散文中有骈文,小说中也夹有诗词、骈文,每一种文体都有一定的体例。如词籍的校勘,就得有不少专门性知识。王鹏运初刊《四印斋所刻词》时,认识到校勘词籍异于校勘其他书籍,有其特殊的难易:

夫校词之难易,有与他书异者。

词最晚出,其托体也卑。又句有定字,字有定声,不难按图而索。但得孤证,即可据依,此其易也。

然其为文也,精微要眇,往往片辞悬解,相衔在语言文字之外,其非寻行数墨所能得其端倪者,此其难也。

唐宋词可协律而歌,作词者以可歌为工,这是称得上"当行"、"本色"的重要条件之一。词人也大都粗通词乐,有的还是乐律名家。校词者如若不通乐律,就很难校出水平来。清季词学大师朱孝臧,校词最为精审,所校辑的《彊村丛书》,为同类其他汇刊丛刻所不及,笺校《梦窗词》前后历30余年,至四校方成定本。他所校词籍,尤致意在声律,可以说,据声律校词,为其独绝之处。在校勘《梦窗词》时,他校调名、校宫调、校自度曲、校字声、校句法、校用韵,许多错讹皆据词律校出。今录朱氏校律之例于下:

校用韵 主要校复韵与通叶。复韵有当改的,《垂丝钓近》(云麓先生以画舫载洛花宴客):"波光撼",毛本原作"波光掩"。朱孝臧初校:"'掩'与上'门掩'韵复。"后得张廷璋抄本,知为'撼'之误。复韵亦有不当改的,《塞翁吟》(赠宏庵):"吴汝晕浓。"校:"'浓'与上阕韵复,杜校疑作'秾'。郑文焯曰:宋词不忌重韵,如周美成《花心动》重'就'韵,《西河》重'水,韵。梦窗《采桑子》'时'字,此词'浓'字皆然,但分上下阕耳。"校通叶的,《永遇乐》(春酌沈沈):"都为多情褪。"戈载《七家词选》改'褪'为'散',谓'褪'字失韵。朱孝臧按:"轸、阮通叶,集中屡见,'褪'字不误。"此为不当改者。《拜星月慢》(绛雪生凉):"麝馥浓侵醉。"原钞及毛本"醉"皆作"酒",失韵,朱孝臧从《词律》改正。此为当改者。

(转引自吴熊和《唐宋词通论》附录《〈彊村丛书〉与词籍校

勘》,浙江古籍出版社1985年版)

当然,校勘文学史料所需知识掌握得越多越丰富,校勘所遇的困难就越少些,上面只是略举些例证罢了。

校勘工作开始前,得作好大量的材料准备,这是我们进行校勘工作的依据。大体有这样几件工作必做:首先是选好底本,即工作本子;其次是广储异本,博采群籍,勾稽旁本;再次为列好工作原则,制订校勘体例。以下分述之:

一、选择底本

底本就是工作本子。校勘书籍,首先要选用一个本子为主(即底本),再用各种方法(包括用其他本子对校)对这个为主的本子作校勘。版本有优劣之别,当然我们应该选用善本为底本。过去一般认为,经过校勘,不删无缺,刻印时代久远的书本即为善本。旧刻旧到什么时期?清代藏书家多以明嘉靖为断,认为嘉靖以前的刻本即善本,万历以后刻印的书,选取非常严格。建国以来,很多人认为明及明以前刻本,保存至今的就很不容易,所以明及明以前的刻本,都应算做善本。1978年3月下旬至4月上旬,在南京召开的全国古籍善本书目编辑工作会议,讨论通过了《全国古籍善本书目》的收录范围,并规定了九条具体准则,作为收录条件。总的来说,是从古籍的历史文物性、学术资料性和艺术代表性等方面进行考察的,这是现在我们鉴定善本的依据。可以说,经过精确详慎的校勘、错误较少、刻印精工、时代较早,而且具有一定学术资料价值的足本,就是善本。因为它符合或接近原稿的面目。这是从整理文学史料意义上的善本。从保护文化遗产的角度出发,就不完全是这样要求了,而主要是具有历史文物价值。譬如说,宋本书,即使是残书,甚至几页,也当以善本视之。从学术文献价值来看,古本不皆善。《书林清话》卷6有《宋刻书字句不尽同古本》论之

甚详:

> 然宋本亦有不尽可据者,经如《四书》朱注本,不合於单注单疏也。其他《易》程传、《书》蔡传、《诗集传》、《春秋》胡传。其经文沿误,大都异于唐、蜀石经及北宋蜀刻。宋以来儒者但求义理,於字句多不校勘。其书即属宋版精雕,衹可为赏玩之资,不足供校雠之用。

同卷还有《宋刻书多讹舛》节,举了不少宋刻讹舛之例。校勘之所以重宋元旧本,主要在于它们写、刻的次数较少,能较好地保存原书面貌。用上述善本为校勘底本,可以减少许多不必要的困难。反之,底本选择不当,即使在重印时作过校勘,错误仍然会层见叠出。比如清评话小说《儿女英雄传》,前几年有两家出版社和一家古旧书店重印,选择的底本有两家用的汪原放标点的"亚东"本,一家改名《侠女奇缘》,选的是解放前上海滩上所谓"一折八扣"的本子,两种底本都有许多讹夺衍倒之处,至于错乱标点、衍文、乱改原文等也十分惊人,实在有误读者。(参尔弓《整理出版古籍要选择好版本》,载《出版工作》1983 年 4 期)

当然,要选择好版本,必须熟悉所校书籍的版本源流,对该书的各版本作一比较,才能作出判断。如季羡林等的《大唐西域记校注》,以日本京都帝国大学文科大学校印出版的"高丽新藏本"作底本,理由有五:

> (1) 这是一种年代较早校雠较精的刊本,而又首尾完整 (2) 书首敬播一序,为宋元各本所无,此本独有之,和慧琳《一切经音义》所载相合;(3) 南宋后诸本卷尾附有《音释》,此本不载,和《敦煌唐写本》、《北宋刊残本》、《赵城藏本》相合,可证其来源之古;(4)《京大本》对于原本内显著的误字,据其他旧本

改正，但为数有限，且在《考异》中注明原本作何字，尽量保存原本面目，态度比较谨严；(5)《京大本》别附《考异》，广蒐《新丽藏本》之外的各旧本，列其异同，便于读者参考。

以上理由也可供我们选择校勘文学书籍底本之参考。

二、广储异本、旁本

异本，指用来和底本对勘的其他本子。广收异本，是前人校书的经验。早在汉代刘向天禄阁校书的时候，就充分利用了各种本子，所谓"中书"、"外书"、"太常书"、"太史书"、"臣向书"、"臣某书"等。旁本，指其他可资参校的原始材料。我们今天校书用的异本和旁本，一般有下面几种：

作者手稿本。古代文学书籍因年代久远，作者的手稿已很难得见，今得以见到的蒲松龄的半部《聊斋志异》手稿本，实在是极难得的珍贵的校勘材料。但现代文学史料中作者的手稿本还是保存得较多的，可以利用。如已经出版和正在陆续出版的《鲁迅手稿选集》、《鲁迅手稿全集》就是最可宝重的校勘资料。

古抄本。因为抄写时间早，讹谬也少些，比较接近原貌。如敦煌发现的古抄本，就极富校勘价值。近人罗振玉等曾据以影印了不少难得的唐写本，不少学者利用它校勘古书，颇多创获。

古刻本。前文已谈到，宋元旧刻并非皆善，但毕竟较接近古书旧貌，校勘价值高，故为学者爱重。《阿英文集·海上买书记》中曾说到学者们"获得了不经见的珍秘书籍，有如占领了整个世界……钱谦益在无可奈何、不得不出卖他的宋版《后汉书》时，就不免有'如后主失却南唐'的感叹"。说得颇为生动。以新出土的宋刻本《重刊邵尧夫击壤集》为例，与流行于世的明成化间刻本比勘，异文达300处之多，有许多为明本所不及者。如明本有因字形笔画相近而误者，因误增、减偏旁而致误者，因更换偏旁而误者，因以同音字、音近字代替而误者等。所以,早出明本数百年的宋本校勘价值远超明本。古刻本中的选本(包括被校书籍的选本和选录被校书籍的总集)也很重要。如李白诗的选本,明万历前的选本皆足资校雠。有元范椁批点的《李翰林诗范德机批选》本、明张含辑、杨慎批点的嘉靖本《李诗选》10卷、明朱谏辑注的《李诗选注》13卷等。古代诗歌总集中收录的被校诗文选,也是用来校勘的重要参校本。如季振宜等《全唐诗稿本》,校勘所资有20余种唐、五代、宋、金元诗歌总集,诸如唐殷璠的《河岳英灵集》、唐芮挺章的《国秀集》、唐高仲武的《中兴间气集》、唐元结的《箧中集》、唐姚合的《极玄集》、后蜀韦庄的《又玄集》、韦縠的《才调集》、宋李昉《文苑英华》、宋计有功的《唐诗纪事》、金元好问《唐诗鼓吹》、元方回《瀛奎律髓》等。

　　古类书和旧注。古类书和旧注的作者在当时见到的写刻本时代较早,比较接近古书的原貌,所以,古类书和旧注里引用的被校古书中的文字,也可用来作为校勘之用。类书如唐代的《北堂书钞》、《艺文类聚》、《初学记》、宋代的《太平御览》、《册府元龟》等,都是古本书寄存的仓库,里面有供后人校书的极好材料。清代学者曾凭藉这些材料取得了很大成绩。唐以前的旧注,如裴松之的《三国志注》、裴骃的《史记集解》、刘孝标的《世说新语注》、郦道元的《水经注》;唐代学者注本,如张守节的《史记正义》、司马贞的《史记索隐》、颜师古的《汉书注》、李贤的《后汉书注》、《文选》六臣注等,也脱误较少,清校勘学家顾广圻深有感触,认为"古书无唐以前人注者,易多脱误"(《重刻晏子春秋后序》)。但必须注意,昔人援引古书,不尽皆如本文,有节略其辞的,有引用文意的,也有因仓猝引用而错录原文的,这类实例不少。宋孙奕《示儿编》卷13、明杨慎《丹铅杂录》卷9都举出不少例子。所以校勘时尤不可据以轻改原文。清代学者校书时曾不免此病,连王念孙、王引之父子也未能免于斯累。可参看清末朱一新《无邪堂答问》卷2、刘文典《三余札记》卷1、柳诒徵《中国文化史》第3编第10章、姚永概《慎宜轩文集》卷1《〈经义述闻〉〈读书杂志〉后》等,以引起校勘者的高度重视。

石刻本,经书残石。如东汉《熹平石经》、曹魏《正始三体石经》残石、唐玄宗时的《石台孝经》等,为校勘古书的人们,启示了一条重要的途径和方法。清代学者深受其惠:清初顾炎武、张尔岐曾用唐文宗《开成石经》来补明监本《仪礼》的阙文;阮元《十三经注疏校勘记》也利用了《开成石经》;毕沅《道德经考异》利用了唐写本。清杭世骏《订讹类编·蜀石经毛诗》云:

> 《江有汜》三章,皆有"之子归"句,蜀石经"归"上并有"于"字,予考《三百篇》中,云"之子于归"者不少矣:"之子于征"、"之子于苗"、"之子于狩"、"之子于钓",皆四字句,此篇亦当依蜀本有"于"字。"昔育恐育鞠",蜀石经无下"育"字,以四字成句,亦视它本为胜。

这是用蜀石经毛《诗》校通行本之例。

甲骨卜辞。清末发现甲骨卜辞以后,孙诒让、罗振玉等就利用甲骨卜辞来校勘古书,详《契文举例》、《殷商贞卜文字考》以及《殷虚书契考释》等书。试举王国维用卜辞校正了《楚辞·天问》王逸注一例:《楚辞·天问》:"该秉季德,厥父是臧。"王逸释为汤时事,云:"该,苞也,秉持也。父谓契也。季,末也。臧,善也。言汤能包持先人之末德,修其祖父之善业,故天佑之,以为民主也。"据王国维《观堂集林九·殷卜辞所见先公先王考》,可知卜辞中出现的王亥必殷之先公先王无疑,又参考《山海经》中之王亥,《古本竹书纪年》作"殷王子亥",今本作"殷侯子亥",判定卜辞中的王亥就是《山海经》中的王亥。《世本》中的"核"、《汉书·古今人表》中的"垓"、《天问》中的"该"都是"亥"的假借字,指的即王亥。又据"亥"字假借通例,则《史记·殷本记》"冥卒,子振立。振卒,子微立"之下,

《索隐》曰:"振,《世本》作核",可推知王亥之"亥"在《世本》中假借为"核"之后,因为"核"与"振"字形相近,在《史记》里便讹为"振"。这里王逸不明"该"是"亥"的假借字。初曰"厥父"之父为契,又因他判断事迹应属于汤,汤之父又不是契,契乃汤之远祖,不得已就把"厥父是臧"解释为"修其祖父之善业",即在父之前加一"祖"字来调和矛盾,弥补漏洞。下句"恒秉季德",也因袭前说,释"恒,常也"。王国维研究甲骨文字中的"亙"字,根据文字演变规律论证这就是"恒"字。又参照卜辞中有关恒的辞例,指出"王亥与上甲微之间,又当有王恒一世。"王亥本是"始作服牛之人",有易之人杀王亥取服牛,"恒盖该弟,与该同秉季德,复得该所失之服牛也。"王国维说:"《天问》之辞,千古不能通其说者,而今由卜辞通之。此治史学与文学者,所以当同声称快者也。"(见常正光《甲骨文字研究与古籍整理工作》)

金文。据钟鼎铭文校正古书文字,在《颜氏家训·书证篇》中就有显例。颜之推据开皇二年长安民掘得的秦时铁称权上的铭文,订正了《史记·秦始皇本纪》中"丞相隗林"当为"隗状"之误。今人郭沫若也曾据古铜器《商句兵》一文,校出《礼记·大学》所引《汤之盘铭》:"苟日新,日日新",乃"兄日辛,祖日辛,父日辛"之误读,从而纠正了汉儒的附会。(见《汤盘孔鼎之扬榷》)

竹简帛书。陆续出土的竹简帛书在校勘上具有他书不可替代的价值。如定县八角廊汉墓出土的《儒家者言》共27章,是2000年前的古本,除4章佚文外,其余23章,在先秦和两汉时期的10多种著作中,都可以找到和它部分相同或类似的记载,有《礼记》、《大戴礼记》、《晏子春秋》、《荀子》、《吕氏春秋》、《说苑》、《新序》、《新书》、《韩诗外传》、《孔子家语》、《史记》及《淮南子》等。可以用来校正其它古籍。如1980年出版的《韩诗外传集释》,将《曾子芸瓜》中"小篓则待笞"的"笞"字删掉。但校以简文,却原来本是"待笞",与下文"逃走"相对,不应当删削的。(见何直刚《〈儒家者言〉

略说》,《文物》1981年8期)帛书如马王堆三号汉墓出土的《春秋事语》,尽管抄写错误严重,但仍有其不容忽视的校勘价值。如《鲁桓公与文姜会齐侯于乐章》,记有医宁一段话约100多字,极不易懂。此条见于《管子·大匡篇》,文字基本相同。其中有些地方可以据帛书校正《管子》之误。如"今彭生二于君","二"当从帛书作"近";"而腴行以戏我君","我"字当从帛书作"阿"、"戏"字后加,当删;"又力成吾君之祸","祸"当从帛书作"过"等。这些问题历来是校勘《管子》之疑难点。(参张政烺《〈春秋事语〉解题》,载《文物》1977年1期)

三、制订校勘体例

校勘所资材料准备好以后,还须制订校勘体例。一般需要确定:校勘底本、出校原则、校记内容、参校本及其简称等。如《全宋诗样稿》中的编纂体例细则中,有《关于校勘》一项,确立了四条原则:(1)《凡例》说:"以校是非为主,酌校异同"。同时列出了4点应该具体注意之处;(2)校记的写法,《凡例》要求"随文注于字下",也规定了4点具体做法;(3)底本、参校本原有校记及其他前人校记的处理,也作了两点规定;(4)诗人自注,一概保留。这是诗歌总集的校勘体例。别集的校勘体例较总集更为具体些,如朱金城笺校的《白居易集笺校》(上海古籍出版社1988年版),在《白居易集笺校凡例》中,说明了校勘底本是明万历三十四年马元调刊本《白氏长庆集》,这是当时最通行之刊本。校以文学古籍刊行社影印敦煌残本《白氏诗集》(简称敦煌本)、文学古籍刊行社影印宋绍兴本《白氏文集》(简称宋本)等十一种刊本,各有简称;除上列刊本及校记外,并以唐、宋两代重要总集七种进行校勘,一一列出全称和书中简称。另外还有征引他人笺释成果的注记说明等。

体例反映了整理者的指导思想,是工作守则,在校勘过程中应一一遵循,不可前后矛盾,自乱其例。

第四节 校勘文学书籍的基本方法

前人在长期的校书实践中,积累了丰富的经验,总结了校勘书籍的方法。清代叶德辉,一生致力于古书的收藏和校勘,在《藏书十约》一书中,他将前人的校书经验总结为两种——死校和活校:

> 今试言其法:曰死校;曰活校。死校者,据此本以校彼本,一行几字,钩乙如其书;一点一画,照录而不改。虽有误字,必存原文。顾千里广圻、黄荛圃丕烈所刻之书是也。活校者,以群书所引,改其误字,补其阙文。又或错举他刻,择善而从;择善而从,版归一式。卢抱经文弨、孙渊如星衍所刻之书是也。斯二者,非国朝校勘家刻书之秘传,实两汉经师解经之家法。郑康成注《周礼》,取故书、杜子春诸本,录其字而不改其文,此死校也。刘向校录中书,多所更定;许慎撰《五经异义》,自为折衷,此活校也。其后隋陆德明撰《经典释文》,胪载异本;岳珂刻《九经》、《三传》,抉择众长;一死校,一活校也。明乎此,不仅获校书之奇功,抑亦得著书之捷径也已。

死校、活校两种把前人校勘具体做法作了基本概括,但还不十分明确。当前已被公认为校勘的正规方法的是陈垣提出的四法,即对校法、本校法、他校法和理校法。陈垣采用元本及诸本校补《元典章》,得谬误12000余条,又抽出数例,为《元典章校补示例》6卷,凡50例,其中第43提出了《校法四例》。其一为"对校法",陈垣说:

> 即以同书之祖本或别本对读,遇有不同之处,则注于其旁。刘向《别录》所谓"一人持本,一人读书,若怨家相对"者,

即此法也。此法最简便,最稳当,纯属机械法。其主旨在校异同,不校是非,故其短处在不负责任,虽祖本或别本有讹,亦照式录之。而其长处则在不参己见,得此校本,可知祖本或别本之本来面目。故凡一书,必须先用对校法,然后再用其他校法。

对校法的内涵实与叶德辉所说的死校并无二致。对校,或称为底本的校勘。先择定一个善本或最初发表的文本(如无善本,则酌情选用一个合用的本子)作为底本,再用该书的其他本子逐页逐行逐字对校,记其同异。这种校法,各本之真面可赖此以存,读者可得以参校各本之异同,斟酌其是非,择善而从,或者可据以研究作者思想、艺术发展的历史。如孙用校勘的《鲁迅全集》,是将在编成集子前鲁迅发表在当时报刊上的著译(鲁迅的文章极大部分都在当时的报刊上发表过)的文字和后来集印的著作这两种文字进行对勘,然后将两种文字的差异巨细无遗地悉予标记,重要的增删文字和修改处也都全部录出,写成《〈鲁迅全集〉校读记》(湖南人民出版社1982年版),供读者研究之用。用对校法校出异同后,有些问题也会迎刃而解。如《聊斋志异·仇大娘》中有一段话,今天的传刻本是这样写的:

时有巨盗,事发远窜,乃诬禄寄资,禄依令徙口外。

这段话,蒲松龄的手稿本是这样的:

魏又见绝,嫉妒益深,恨无瑕之可蹈,乃引旗丁逃人诬禄寄资。国初立法最严,禄依令徙口外。

两相对勘后可发现,手稿上的"旗丁逃人"及"国初立法最严"等文字,为清统治者所忌,今传本的文字是怕犯忌而削改了的。有人讥对校法为芜类而无所发明,其实这种实事求是的校法,给读者特别是研究者提供的原始材料最为可靠,不失为校雠之善法,是其他校雠法之基础。

不过,严格意义上的对校法在古籍的校勘中运用并不普遍。有的学者认为,陈垣主张的对校法,"主旨在校异同,不校是非"、"虽祖本或别本有讹,亦照式录之",这种做法在今天已不适用。"因为对校的最终主旨毕竟是要校出一部在文字上比较正确无讹的新善本书,而不在于研究底本与对校本之间有多少异同出入",所以在对校时,"不仅要校异同,还要判断是非"。(说见黄永年《古籍整理概论·校勘》,陕西人民出版社1985年版)此说不无道理。事实上,当前学者们校勘古籍,很少有只校异同,不校是非的。大多数采用此法校勘的学者,即使底本上不改动字句,也要在校记中写上"某当作某"、"某疑当作某"等表示校者意见的字句。不过这类是非之断,要慎之又慎,切不可率尔轻断。为了避免校记之繁琐,实际使用这种较灵活的对校法时,都首先弄清该书不同版本之间的渊源递嬗关系,知道谁是祖本、初刻初印本,找出现存版本中不同来源之母本,对校主要是不同母本之间的校勘。笔者校勘《吴越春秋》时,了解到此书现存版本虽多,但只有两种不同祖本:一是元大德十年刊本,明弘治邝廷瑞本、明万历冯念祖本皆源于元本,10卷;一是明《古今逸史》吴琯校本,6卷。对校时,以元大德本为底本,以《古今逸史》本为主要对校本,另以弘治、万历、日刊本及有关此书的旁本参校。由于这些参校本大多源出底本或对校本,只需在个别地方可改正底本或对校本原有错误之处,写出校记,以供参考择取,如对原有错误无所改正、或更增添了新的错误,就无需用来对校,对校了也不必出校,这样校记也不致太繁琐芜杂。

严格的对校法在校勘现代文学的书籍中,有很重要的意义。在本书第四编中,我们已经谈到了现代文学的版本情况比较复杂,特别是现代文学作者在再版自己的作品时,往往有不同程度的改易。如果以初版为底本,将该书在不同历史时期出版的其他版本作为对校本,详列其异同,那么,现代文学的研究者可以省却了许多翻检之劳,这种校本,极富研究价值。

其二为"本校法",陈垣说:

> 本校法者,以本书前后互证,而抉摘其异同,则知其中之谬误。吴缜之《新唐书纠谬》、汪辉祖之《元史本证》即用此法。此法于未得祖本或别本以前,最宜用之,予于《元典章》,曾以纲目校目录,以目录校书,以书校表,以正集校新集,得其节目讹误者若干条。至于字句之间,循览上下文义,近而数叶,远而数卷,属词比事,抵牾自见,不必尽据异本也。

本校之法,着意从本书内找到校勘证据,诸如将本书文字前后互证,从训诂、语法、前后文气、全书义例诸方面找到线索,从而断定该字句的错讹。采用本校法,常用以下手段:

根据该书用语习惯订正本书误字。如人民文学社 1985 年版的《金瓶梅词话》第 34 回:

> 有事不问青水皂白,得了钱在手里就放了,成什么道理。

"青水皂白"书中无此用例。本书第 44 回有"青红皂白"词例:"落后不想是你二娘屋里丫头偷了,才显出个青红皂白来。"依此用词习惯,"水"当系"红"字之误。

根据文例及上下文义订正谬误。使用此法,非有深广的学识不可。清代校勘学家非常善于发现和运用专书专篇特有的文例。如《史记·扁鹊仓公列传》中有"病蛲,得之于寒湿"、"臣意所以知寒薄吾病者"句。王念孙参考宋本将前句中的"蛲"和后句中的

"寒"定为衍文,理由是:"凡篇内称病得之于某事者,皆不言病名,以病名已见于上文也","凡篇内称所以知某之病者,皆不言致病之由,亦以致病之由已见于上文也。"(见《读书杂志·志三之五》)

唐白居易《琵琶行》:"间关莺语花底滑,幽咽泉流水下滩。"此二句,段玉裁在《经韵楼集》卷8《与阮芸台书》中云:

> "泉流水下滩"不成语,且何以与上句属对?昔年曾谓当作"泉流水下难",故下文接以"冰泉冷涩"。"难"与"滑"对,"难"者,"滑"之反也。莺语花底,泉流冰下,形容涩滑二境,可谓工绝。

这是据文义订误例。

作家出版社出版的《三国演义》第31、34等回中,称刘表坐镇"九州",据史实及上下文,刘表坐镇的乃是"荆襄九郡",而非"九州",因之,改"州"为"郡"。这是据上下文义改正误字。(顾学颉《〈三国演义〉的校补工作》,载《文学书刊介绍》1954年1月号)

根据文体特点考订谬误。如散文中的骈体文,韵文中的诗、词、曲,古小说中的骈语、赋颂,都有规律可循。如为一般韵文,可按古时韵部进行寻校,如为律诗及词,不仅可按韵律,还可按平仄四声校。如朱孝臧校《梦窗词》,校平仄四声为常法。《烛影摇红》(《元夕雨》):"洗妆清靥。"校:"原钞'清'作'素',按前后六调,是处无用去声者,从毛本。"又如《六丑》(《壬寅岁吴门元夕风雨》):"向夜永。"校:"按'永,疑'来'误,是处应平声。"

根据古注刊定正文。古书的注解为校勘该书提供了丰富的材料,清代校勘学大师王念孙特别善于利用注文材料勘正原书。他从各个方面利用古注。徐麟在《王念孙校勘方法浅析》(载《古籍研究》1988年1期)中总结了以下几方面:(1)据注文释音之例校。古注于罕见之字必为注音。王念孙在校勘中遇到一些罕见之字而没有注音，就证明此罕见之词当系后人所加。（2）依不烦训释之例校。古人注书，所释必有所由，王念孙利用注文材料校改正文中的错误。如注文有，所释原文无，证明注文所释之词脱。（3）据经注相应之理校。注文与原文，存在着较紧密的对应关系，王念孙或利用注文中复出的原文校，或据注中行文所显示的正文被释词语之间的文法关系校，或据注中引证材料校。这样，王念孙常常能从无间处见缺漏，在无直接证明材料的情况下，找到间接材料，刊定正文。

采用本校法的书籍，应该是出于一人手笔、风格一致的作品，不适用于总集类书籍。因为不同人的作品风格不同，行文遣词习惯等都不会完全相同，不可强求一律。

其三为"他校法"，陈垣说：

> 他校法者，以他书校本书。凡其书有采自前人者，可以前人之书校之，有为后人所引用者，可以后人之书校之，其史料有为同时之书所并载者，可以同时之书校之。此等校法，范围较广，用力较劳，而有时非此不能证明其讹误。丁国钧之《晋书校文》，岑刻之《旧唐书校勘记》，皆此法也。

用来他校的材料，是底本及校本以外的一切实物或记载，直接或间接可以用来订正本书谬误，补缀本书遗佚的材料。主要有下面两类：

一是根据他书所引的本书文句。这里指的"他书"，主要指前面所说的类书、古注所引及诗文选集等。根据这些书籍所引材料，亦可改正今本之误。如《汉书·苏武传》："乃幽武置大窖中，绝不饮食。"此句中"绝不饮食"，《读书杂志》志四之十云：

> 此本作"绝不与饮食"。师古所见本脱"与"字，则义不可

通,乃曲为之说,曰'饮,於禁反,食,读曰飤',谬矣。旧本《北堂书钞·设官部》十五(陈禹谟依颜本《汉书》删"与"字)、《服饰部》三(此卷"与"字未删)、《艺文类聚·天部》下、《太平御览·天部》十二、《人事部》百二十七、《服用部》十,引此皆作"绝不与饮食",是诸家所见本,皆与师古异也。……今据以订正。

这是用类书所引订正原文的例子。

二是据他书相同或相近的资料或文句。古代书籍有些内容相近、时代相近,其原始材料的来源往往亦相同,故时代相同或相近的古书里有内容相同的文字,往往也可据以互勘。如据《史记》校《汉书》,据《越绝书》校《吴越春秋》,据《吕氏春秋》校战国诸子等。作家出版社出版的《三国演义》就参考了《三国志》、《资治通鉴》、《文选》等书,作了必要的校订和补正。如第1回中的"黔首刖足"成语,"黔首"不是刑罚。明刊本作"典首"也不对。后据《后汉书·蔡邕传》改为"黥首",这才是古代的一种墨刑。第30回中"围魏救韩",历史上虽然也有过"救韩"的事,但不很确切,此说并不通行。明刊本作"救燕",更误。今本则据《史记·孙膑传》改为"救赵",比较恰当一些。(说参顾学颉《〈三国演义〉的校补工作》,载《文学书刊介绍》)

又如顾野王撰《玉篇》,曾参考过《说文》古本,故可以用《玉篇》校今本《说文》;王桢撰《农书》,曾依据《齐民要术》,故可用《农书》校《齐民要术》

利用他校法校书,必须谙熟古籍,有比较坚实的目录学知识。

其四为"理校法",陈垣说:

段玉裁曰:"校书之难,非照本改字,不讹不漏之难,定其是非之难。"所谓理校法也。遇无古本可据,或数本互异,而无所适从之时,则必用此法。此法通识为之,否则鲁莽灭裂,以不误为误,而纠纷愈甚矣。故最高妙者此法,最危险者亦此法。昔钱竹汀先生读《后汉书·郭太传》,太至南州过袁奉高一段,疑其词句不伦,举出四证,后得闽嘉靖本,乃知此七十四字为章怀注引谢承书之文,诸本皆傻入正文,惟闽本独不失其旧。今《廿二史考异》中所谓某当作某者,后得古本证之,往往良是,始服先生之精思为不可及。经学中之王、段亦庶几焉。若《元典章》之理校法,只敢用之于最显然易见之错误而已,非有确证,不敢借口理校而凭臆见也。

理校法,乃推理的校法,是校勘工作的补充方法,须有深广的学问作后盾。清代的戴震、段玉裁、王念孙、王引之、俞樾等人正因为都具有深厚的文字、音韵、训诂之学的根基和丰富的古代文化知识,他们发现古书中文字上的错误,往往主要是据理改正,将严密的考证用之于校勘,理校法成为他们"最高妙"的方法。试举王念孙《读书杂志余编下·嘉祥阜兮集皇都》为例:

《白雉诗》:"启灵篇兮披瑞图,获白雉兮效素乌,嘉祥阜兮集皇都。"

王念孙认为《文选》班固《东都赋》后的这首《白雉诗》中"嘉祥阜兮集皇都"一句是后人所加。证据有五:

此句词意肤浅,不类孟坚手笔,且《宝鼎诗》亦可通用,其可疑一也。下文"发皓羽兮奋翅英",正承"白雉"、"素乌"言之。若加入此句,则上下文义隔断,其可疑二也。《明堂》、《辟雍》、《灵台》三章,章十二句,《宝鼎》、《白雉》二章,章六句,若加入此句,则与《宝鼎诗》不协;其可疑三也。李善及五臣本,此句皆无注,其可疑四也。《后汉书·班固传》无此句,此可疑五也。

考古发现的古抄本《文选》没有这一句,说明王说之可信。王氏此校,主要从文气、文义、文例等方面进行理校,又辅以他校之法。清代学者们在理校过程中的主要做法是从文字、史实及文理几个方面着手的。

从文字方面,据字形、字音相近的情况来推断错误,或从文义的诠释来判断是非。如《越绝书内传·陈成桓》篇:"昔者吴王分其人民之众,以残伐吾邦。"这里"分其人民之众",词义不清,俞樾认为"分"字乃"介"字字形近而误。稽之《汉书·南粤传》:"欲介使者权谋诛嘉等",颜师古注:"介,恃也。"以"介"释"恃",此句就疑义冰释了。(《春在堂全书·曲园杂纂》卷19《读〈越绝书〉》)俞樾据字形推断错误。也可据押韵形式来推断。如《楚辞·离骚》中有两句:"曰黄昏以为期兮,羌中道而改路"。有的本子有此两句,而有的本子则没有。通观《离骚》韵例,都是双进的,如有这两句,就是"武"、"怒"、"舍"、"故"、"路"五字相叶,成为单数了,这就和全篇形式不一致。故可据此韵例推断这两句是衍文。王氏父子在理校中尤以用小学校勘为主,即多从文字的形、音、义以及修辞、句式、文义等方面推断致误之由,其例俯拾皆是,此不赘列。

据文章义理推断增补删削文字,这是在校勘古代白话小说和通俗演义小说时常用的方法,不过增补删削时大抵有某种版本依据,处理时务必要审慎,否则难免有误增妄改之病。因为古代通俗小说各本字句出入很大,书贾为了谋利,经常任意删削,明本尤其如此。校勘这类书籍,据义理取舍定夺就分外重要了。如前面提到的作家出版社出版的《三国演义》本,是据毛宗岗评定本印的,其中许多缺漏的地方作了补足,在补漏字和补足文意的时候,校勘者均需据文意、文理推断后再进行补删。如第97回,"孔明营中忧闷",不成句,"营中"之上,当补"正在"二字,才能紧衔下面新发生的事情。又第110回,"昭急欲问时,大叫一声,眼睛迸出而死"。读者如不看下文,很可能误会司马昭死了。原来在"大叫"之上,漏了主语"师"字,所以全句语意含混。在没有任何资料可供对勘的情况下,只有据义理推断。如《文心雕龙·诸子》有"斯则得冒氏之华采,而辞气文之大略也"二句,下句文理不甚通顺,读者们据义理推断:或以为"气"下疑脱,或认为"文"为衍字,或以为"而"可能是"总"字之误,虽都不能证实,但却较合于文理了。又如《启颜录·论难》有"未知百千两金,摠有几斤"句,"摠"字于义不可通,据上下文意订正为"摠","总"之俗字。此本为敦煌开元写本,写俗字甚为普遍。

理校时,有时也据史实推断,辅之以文字误衍的规律,校正原文。如《文心雕龙·时序》篇有"及明帝叠耀,崇爱儒术"句,如只说"明帝"一人,则"叠耀"无来由。据史实,明帝之后乃章帝,而"章"、"帝"两字形近易误,可以此推断,此句应作"明、章叠耀"。

以上陈垣所论校勘四法,乃校订一切书籍的基本方法。这四种校法,在实际运用中,一般学者并不死守一法,而是经常参互使用的。如王念孙《淮南内篇杂志》第8《本经》"血流"条:"'血流千里,暴骸满野',念孙案'血流'当为'流血','流血'与'骨骸',相对为文。《群书治要》引此正作'流血',《兵略篇》亦云:'流血千里,暴骸盈场。'"这里王氏据"相对为文"的修辞条例校血流为流血,并用他校、本校为证。(说参孙钦善《王念孙王引之在古文献学上的成就》,载《古籍整理与研究》第5期)

第五节 校勘成果的处理及其发表形式

书籍经过校勘,校出了各本与底本之间在文句上的异同,下一步就是如何妥善处理这些校勘成果,这涉及到态度和具体方法。

首先,处理校勘成果态度要审慎,切不可妄逞臆见,轻於改补底本。颜之推《颜氏家训·勉学》篇云:

> 校定书籍,亦何容易？自扬雄、刘向方称此职耳。观天下书未遍,不得妄下雌黄。或彼以为非,此以为是,或本同末异,或两文皆欠,不可偏信一隅也。

"观天下书未遍,不得妄下雌黄",其论近于苛严,但颜氏之审慎态度可见。彭叔夏曾谈过他自己的教训:

> 尝闻太师益公(周必大)之言曰:"校书之法,实事是正,多闻缺疑。"叔夏年十二、三岁时,手校《太祖实录》。中有云:"兴衰治□之源",缺一字,意是治"乱",后得善本,乃是治"忽"。三折肱为良医,信知书不可以意轻改。(《〈文苑英华〉辨证自序》)

动辄改订古书,会使原书失却其真面目。这是清人及当今学人从事校勘的经验教训。

有的原文不误,校勘者以己意径加改动,以不误为误。如中华书局1983年版《王梵志诗校辑》中有"为人何必乐,为鬼竟何怨"诗句。校记云:"何必乐,原作'可必乐',据文义改。"其实,"可必乐"并不误。唐代"可"字有"岂"义(见张相《诗词曲语辞汇释》),"可必乐"即"岂必乐"。故改为"何必乐"反而不妥。(蒋绍愚《〈王梵志诗校辑〉商榷》,载《北京大学学报》1985年第5期)

今人在再版演义小说等通俗读物的时候,还往往在所谓"径予改正"、"文从字顺"的名义下擅改原文,使原文反而变得文不从、字不顺。1983年第2期《读书》杂志上陈新对上海古籍出版社1981年出版的《洪秀全演义》提出的批评,甚为中肯。该书文字的妄改相当严重:或把文从句顺的原文改得文不从句不顺,或把符合史实的文字改得背离了实际,或把原来很精彩的文字,改得完全荒谬不通,或将好好的对话改得所答非所问。(《还须手下留情》)

清代校勘家顾千里曾针对妄改之弊,未免愤激地说:"始悟书籍之误,实由于校。"(《思适斋集》卷15《书〈文苑英华辩证〉后》)当然,并不是要审慎到一字不敢改。一般来说,凡底本有误,改正有据的,就改正底本误字,并作校记说明改正根据。如疑底本有误,但改正根据不足者,则不改动底本,只作校记说明。凡底本上有明显错字,可径予改正。

其次,注记校勘成果的用语应该恰当,并注意规范化。张舜徽在《中国古代史籍校读法·怎样进行校书》的第四节作过如下概括,可供我们参考:

一、凡文字有不同者,可注云:"某,一本作某。"(或具体写明版本名称)二、凡脱一字者,可注云:"某本某下有某字。"三、凡脱二字以上者,可注云:"某本某下有某某几字。"四、凡文字明知已误者,可注云:"某当作某。"五、凡文字不能即定其误者,可注云:"某疑当作某。"六、凡衍一字者,可注云:"某本无某字。"七、凡衍二字以上者,可注云:"某本某字下无某某几字。"八、字倒而可通者,可注云:"某本某某二字互乙。"九、字倒而不可通者,可注云:"某本作某某。"十、文句前后倒置者,可注云:"某本某句在某句下。"上述情况之一,有前后数见者,但於首见时注明:"下同"或"下仿此"等字样。

最后,校勘成果的发表方式必须有利于正确反映校勘成果。根据校勘时采用的不同方法,校记的写法也稍有不同,大体有两种类型:

一类是严格意义上的"对校法"的校记。这种校记是只校不改底本。只把校出的各本异文，一一用校记列出。这样，完全保存了底本面貌，绝无轻改和妄改之嫌，各种版本的优劣得失都客观无遗地罗列了出来。这种校记，文字较繁，只校异同，不校是非。

一类是本校、他校、理校法所写的校记。这种校记，或以校是非为主，酌校异同；或是以校异同为主，不轻断是非。两者对底本都有程度不同的改补增删。只是前者校勘参酌诸本，择善而从，不尽拘囿於底本；后者则更多地保存了底本面貌。下面，我们以王大安校订的《唐才子传》的校记写法为例，看看这一类校记的写记细则：

二、原本写刻字画精整，但颇喜用古体字、异体字、破体字、简体字，今一律改用通行的正体字，不另出校。但人名字如刘眘虚的"眘"字、卢仝的"仝"字，为传主所自命，诸书所习用的，不改作"慎"或"同"。三、原本笔画小误，字书所无，显系误写误刻的，径行改正，一般并不出校。四、原本文字不误，它书误者，一般也不出校。五、原书记事不误，它书误者，一般也不出校。六、校勘主要限于文字的讹、脱、衍、倒，书中记事与史不合，或事理乖谬者，一般不出校纠驳，以存原著本貌。七、原本确是讹、脱、衍、倒，并有它本或它书可据的，这才改、补、删、乙，在校勘记中录存原文，提出所据之书。必要时，并说明校改的理由。八、原本疑有讹、脱、衍、倒，但还没有它本、它书以依据的，虽有比较坚实的根据，也不敢轻改，只在校勘记中存疑。必要时，也说明所疑的理由，提出应改的意见。九、原本与它本、它书两通的异文，不出校，但虽通而含义不尽相同的，一般仍存原文，在校勘中录出异文，以供参考。（《唐才子传·点校说明》）

在这类校记中，对于难以断定是非的异文，一般只说明文字同异，或表示倾向性看法,但不作断语。这样既避免了无据妄改之病,又反映了校者的学术水平。

校勘成果的发表形式,是多种多样的。大体有以下数种:

一、定本。即将校勘成果以定本方式发表出来。经过校勘,分别同异,判断是非,择善而从,然后将自己认为正确的文字写下来,成为定本。古典文学的普及读物一般采用这种方法。这是校者对读者的一种带有强制性的注入法,虽然有其简单明了的长处,但短处也是明显的:所定正文,未必都正确。读者又无法从此书中找到校勘者的依据。

二、定本附校勘记。选取经过校勘后认为正确的文字著为定本后,还另附以校勘记,说明校勘依据、删补的理由。它弥补了前一种的短处。但定本文字,易于对读者产生先入为主的作用,而定本又未能保证全无错误,所以仍有不足之处。郭沫若的《盐铁论读本》即采用此法。

三、底本附校勘记。这类形式的校勘记大体都是作为底本的附录发表的。这是当前发表校勘成果的主要形式。它完整而又谨严,在校者经过详尽搜集的基础上加以判断的,甚至不加断语,只让读者自己斟酌取舍。如《士礼居丛书》影刻宋本《国语》、《战国策》,并有黄丕烈自撰的《札记》,即为其例。

四、校勘记单行本。即不附底本全文的。使用此法发表的有两类情况,一类是底本过于繁重,不便一起刊刻;一类是底本习见易得。所以只摘录有校文的部分,单独印行,读者自己可根据需要,另觅该书底本。如卢文弨的《群书拾补》,是合多书的单行的校勘记为一书的;罗继祖的《辽史校勘记》,是一本书的校勘记。

五、与注释混合的校勘记。这是一些校注本常常采用的方式。要正确注释该书字句,必须底本文字正确,所以校勘往往成为注释的前提,这样文字的校订和注释往往就相混合,便于撰者叙述,也便于读者阅读。如上海古籍出版社出版的丛书《唐诗小集》,多用此法。

六、底本正文夹记校语。有用小字排成双行,夹在被校正文之下,如古籍旧注的样式。如人民文学出版社出版的王学初校注的《李清照集校注》即用此法。也有将校语用小字排成单行夹注在被校正文之下的。如逯钦立校注的《陶渊明集》,即用此法。如若原书有注,则在校语上往往另加一"案"字,或"校"字以资区别。此法极便读者阅读,只是排印时因字号不同略为繁难些。

七、附于正文后和注释分写的校勘记。诗文集或笔记等分条撰写的书籍,校记往往放在每篇之后,为了不使注文和校语混淆,注释和校勘记分开书写,并标明"注释"和"校勘记"等字样。

八、载在读书笔记中的校勘记。历代学者在写读书笔记的时候,往往写上自己的研究心得,其中多涉及校勘成果。如宋洪迈的《容斋随笔》、明胡应麟《少室山房笔丛》、清王念孙《读书杂志》、王引之《经义述闻》、顾炎武《日知录》等,它们是我们今天校勘书籍的极有价值的参考材料。

九、用单篇形式发表的校勘记。有不少学者的论文、诗文题跋和书信中,往往有涉及校勘的文字。从实际价值来看,这可说是一种特殊形式的校勘记。在这类单篇文章中,段玉裁的《与诸同志论校书之难》可谓典型。为了揭示校勘学上"定其是非之难"这一情况,段氏详细分析了几个典型例子,对这些例子所涉及的书籍来说,就是极好的校勘记。国务院古籍整理出版规划小组编印的《古籍点校疑误汇录》中,收录了当代学者关于校勘方面的许多单篇论文,大多是针对具体古籍而言,如王孟白的《关于陶集校勘问题》、郭在贻《敦煌变文校勘拾遗》、蒋绍愚《〈王梵志诗校辑〉商榷》等,都是极有价值的校勘记。所以这类单篇文章,同样不可忽视。

综上所述,从事书籍的校勘工作,不仅需要有广博的知识,而

且必须有甘于寂寞、吃苦耐劳的精神。郑振铎在《鲁迅先生的辑佚工作》一文中有如下切中肯綮之语,发人深思:

> 表面上看起来好象是人人能做的死功夫,其实粗心大意的人永远不会做,浅薄而少读书的人永远做不好,其工作的辛苦艰难,实不下创作与翻译。

第三章　注本的编著

本章论述注本的编著,即为古籍或现代文学作品作注释的问题。

书籍的注释,包括词语音义、探明语源、诠解典故、串讲文意、考史叙事,乃至辑录评语、附说己见等方面的内容,涉及面相当广泛。其中解字词音义这门学问,传统习惯称之为训诂学。虽然,训诂学不能涵盖注释这门学问的全部内容,但训诂是注释的重要基础。故前人论古书的解释,总离不开训诂学。刘师培《中国文学教科书·周代训诂学释例》说:

> 三代以前,以字音表字义,无俟训诂。然言语之变迁,略有数端。有随时代而殊者,如《尔雅》:"夏曰岁,商曰祀,周曰年,唐虞曰载。"《孟子》:"夏曰校,商曰序,周曰庠"是也。同一事物而历代之称各殊,则生于后世,必有不能识古义者,若欲知古言,必须以今语释古语。同一名义而四方之称各殊,则生于此地必有不能识彼地之言者,若欲通方言,必须以雅言证方言。且语言既与文字分离,凡通俗之文必与文言之文有别,则书籍所用之文,又必以通俗之文解之。综斯之故,而训诂之学以兴。

可见,训诂是注释的基础,是学术性、实用性很强的学问。而且,注释书籍又不是光靠查工具书就能解决问题的,因为许多问题从工具书里找不到现成答案,有赖于注者深厚的知识积累,这绝非易事。清杭世骏《道古堂文集》卷8《李太白集辑注序》中称:

> 作者不易,笺疏家尤难。何也?作者以才为主,而辅之以学。兴到笔随,第抽其平日之腹笥,而纵横曼衍以极其所至,不必沾沾獭祭也。为之笺与疏者,必语语核其指归,而意象乃明;必字字还其根据,而证佐乃确。才不必言,夫必有什倍于作者之卷轴,而后可以从事焉。

注释书籍要做到杭氏所说的那样,确非博雅识达之士所能为,切不可小视,切不可率尔操觚。

至于现代文学作品的注释,虽然文字障碍少得多,但现代作品也常援引古语,使用方言土语和外来词,涉及错综复杂的历史背景资料。因而,注释现代作品也有很大难度。

以下分节讨论注释的体例、原则、内容和各类注本的编纂方法等问题。

第一节 文学史料的注释体例

旧注和今注内容有所不同,名称亦稍异,在方法上则有较大的继承性。以下介绍几种常见的注释体例:

传 有说、传述、解说等意。训释词语,就是言语传递,因而喻称文献训释为"传"[①]。相传孔子喜欢诵习《周易》,曾经作过十篇

[①] 关于"传"之本意,学术界论述不一。见刘知几《史通·六家》、《尔雅·释言》、章太炎《国故论衡·文学总略》。

羽翼《易经》的文字,后人称之为"十翼"。汉儒引用《易系辞》,称之为《易大传》,这是"传"的最早起源。此后使用这一体例写作者,内容各异。有依经文逐字逐句解释的,如《毛诗诂训传》;不依经文别立新说的,如《春秋左氏传》①、《尚书大传》等;阐明经中微言大义的,如《春秋公羊传》、《春秋穀梁传》等;而《汉志》所谓"采杂说、非本义"的叫外传,如《韩诗外传》。另有内传、大传、小传、集传、补传之分。

解 《说文》:"解,判也,从刀判牛角。"本义是剖析、分析。训诂即分析语义,故曰解。汉人沿用此名,或称"解谊",如服虔《春秋左氏传解谊》(见《经典释文》及《隋书·经籍志》);或称"解诂",如何休《春秋公羊传解诂》。

笺 《说文》:"笺,表识书也,从竹,戋声。"本是一种小竹片,读书时随手记录心得体会,系在相应的简上以备参考。从汉郑玄始将注书称笺。郑玄《六艺论》云:"注《诗》宗毛为主。毛义若隐,略更表明;如有不同,即下己意。"则"笺"有补充、订正之意②。后来所称的"笺证"、"笺注",只是"注解"的意思,未必限于对别人的注的补充和订正了。如《四书纂笺》、《陶诗笺》、《诗经偶笺》等。

注 《说文》:"注,灌也。"此为本义。由灌注义引申之,注书也称注。谓文义艰深,必解释而后明,犹水道阻塞,必灌注而后通。"注"也作"註",音义皆同。唐孔颖达认为注释的"注"是"著"的假借,他说:"注者,著也,言为之解说,使其著明也。"(《毛诗正义》)

诠 《说文》:"诠,具也。"即详备。后世注书称"诠",即取具说书中事理之意。如唐李翱的《易诠》等。

---

① 司马迁称为《左氏春秋》,至东汉才把该书与《春秋公羊传》、《春秋穀梁传》视作同类,改称《春秋左氏传》,合称"春秋三传"。事实上,该书并非是解释《春秋》之作,而是独立的著作。

② 《毛诗正义》云:"郑于诸经皆谓之注,此言笺者,吕忱《字林》云:'笺者,表也,识也。'郑以毛学审备,遵畅厥旨,所以表明毛意,记识其事,故称为笺。"有谦意。

微 《说文》:"微,隐行也。"引申为隐微、精微。颜师古注谓"释其微指",一般指阐发书中精微、隐微之处。这种著作方式,如发微、阐微、显微、明微、见微、解微、探微、穷微、指微、微旨、精微、微言等(并见《经义考》),均取阐明、分析或探究经之微言大义之意。今人魏炯若著《离骚发微》(四川人民出版社,1980年版),重点就在探讨《离骚》的政治内容,也即此意。与"微"同义的有"隐","索隐"即探微,如唐代司马贞注《史记》,名曰《史记索隐》。

义疏 盛行于南北朝的一种注释体裁。义,解释古书正文义理,其体制和古代传注相近;疏,通也。义疏连言,即疏通其义之意,可省称为义或疏。义疏又叫义注,即注解其义;又称义章,即彰明其义;又叫义赞,即阐发其义;又叫义证,即证明其义;又叫义略,即义理的大略;又叫讲义,即讲习用的义疏;又叫正义,即解释经传而得义之正者;还有称"章疏"、"注疏"、"讲疏"等等,都是根据经注节次而疏通其义。六朝皇侃《论语义疏》,为这一注释体裁的代表,他"引取众说,以示广闻",其自序云:"侃今之讲,先通何集。"何集"指何晏的《集解》。义疏的特点是逐字、逐句、逐章讲解古书,根据一家之说,从不违反,有"疏不破注"常规定。疏可以称"正义",然正义有时不一定是疏,如张守节《史记正义》

音义 辨音之书称音,释义之书叫义,合起来叫音义。音义原以辨音释义为本,也往往从事校勘。此类书,又有称作音训、音诂、音注、音证、音隐等,皆异名而同实。

章句 "离章辨句,委曲枝派"(后汉书·桓谭传》注),即分章断句,这是章句最早的含义。后指发挥微言大义,疏通经文之字句,归纳段意为章句。一般较繁琐,所以"通人恶烦,羞学章句"(《文心雕龙·论说篇》)。东汉王逸的《楚辞章句》即为这种体裁。

集解 荟萃众说的传注体例。即"集诸家之说,记其姓名;有不安者,颇为改易"(语出何晏《论语集解·序》)。后世的集注、集释、集说均属这一类型。如清顾嗣立的《昌黎先生诗集注》,就是

"采诸家笺注,复参以臆见所得"(见该书《凡例》),即为其例。唯晋杜预的《春秋经传集解》则是"聚集经传,为之作解",是他个人给《左传》作注,所以不属此例。

训 用通俗的词语去解释难懂的词语,后来又泛指一切解释。汉代学者高诱替《淮南子》作注解时,在每篇篇题下加上一行"训"字(唯《要略》无"训"字),便是注释的意思。

记 疏记之意。功用接近"传"、"说"。经传中的《礼记》,是儒家学者解说《礼》经的文字。它记经义不完备的地方,并且补充不少解说《礼》经的资料。孔颖达《礼记正文》说过:"记者,共撰所闻,编而录之。"

古籍注释体裁还有"说"、"故"、"释"、"述"、"学"、"证"、"问"、"难"、"论"等。名称虽多,究其实则大同小异。

古代文学和现代文学书籍的新注体例,其名称沿袭较多,内容则有所拓展,我们将在下文"新注本的编著"一节中详论。

第二节 注释的基本原则

古今学者在给文学史料注释的大量实践中,积累了许多宝贵的经验,也逐渐形成了注释文学书籍的一些基本原则。下面择要分条论列:

一、实事求是,深入钻研。注释文学书籍,应针对不同阅读对象,实事求是地选定注释条目。哪些词需要注释,哪些词可注可不注,都要心中有数。现在我们看到某些文学注本的条目中,有不少是该注未注的。这些漏注的地方,有的是注者认为读者应该懂得的,不用注;有的可能是注者本人就不甚了了,有意避开的。相反,一些只要查查工具书或常见书就能知道的字词,注者却不厌其烦通通加上注解,把读者当成劣等生。清代训诂学家王念孙的训诂学代表作《广雅疏证》,是为魏张揖的《广雅》作注解,其书体例中有

两条可看出他治学的求实精神,也足戒后人:

其一、"义或易晓,略而不论"(《广雅疏证序》)。即对于容易懂的字义,则不加解释。例如卷1上:"拌、墩、捐、振、叒、投、委、揹、弃也。"王氏对于"捐"、"委"都不加解释,因为"捐弃"、"委弃"都是容易懂的。

其二、"于所不知,盖阙如也"(同上)。对于不懂的字义,则不强加解释。例如卷3上:"掏、撅、奿、摘、投也。"王氏注云:"奿字音义未详。"(参王力《中国语言学史》)

遇到一时解不出来的词目,切不可不懂装懂,牵强附会,应该宁缺毋滥。可实事求是地标出"其意不详"、"不详,待考(查)"等字样。

现在有些文学诗文选本的注释,辗转相袭的情况较严重。而古典文学注本,承袭旧注较多,旧注未注的往往新注也缺,这样,一些疑难之处,新注本并未解决。如《左传·殽之战》有一段蹇叔的话:

> 晋人御师必于殽。殽有二陵焉,其南陵,夏后皋之墓也;其北陵,文王之所避风雨也。必死是间,余收尔骨焉!

这段话中,蹇叔于"南陵"、"北陵"所做的具体说明,究竟有何含义和针对性。旧注未及。吴小如认为,此处含义应有新注。南陵不单为夏后皋的墓地,说不定也是他死亡的现场。古史相传,上古统治者的葬地往往就是他的死所。如传说舜死于苍梧之野,而舜就葬于当地的九疑山;禹死于会稽,故葬身于当地宛委之山的禹穴。统治者没有寿终正寝而竟死于葬于山陵,有可能是由于遇难的结果。北陵,文王可避风雨,晋也可以在那里埋伏军队,足见其地之险。(见《古籍整理中的点、校、注、译问题》)

我国文学作品具有含蓄蕴藉的传统风格,诗文作者很多是学富五车、才高八斗之人,他们挥毫落笔,文史驰骋古今,笔触纵横经史,往往点化古语,脱胎古文,有"古典",有"今典",给这些诗文作注,做到语语核其指归,字字还其根据,委实不易。有的诗句乍一看很明白,似乎不用作注,实际上其中含典,不把出典注出,对全诗的思想和艺术评价都会有所影响。李清照以博闻强记著称于世,她的诗就有这样的特点。如《浯溪中兴颂诗和张文潜》诗中有"酒肉堆中不知老"句,王仲闻《李清照集校注》中就未注出典。张昌余《李清照诗考释》指出,"酒肉堆"是化用了《史记·殷本纪》所载"酒池肉林"的故事,诗中是借来揭露唐玄宗晚年的奢侈腐化生活的,实际是讽谏宋王朝统治集团的。而"不知老"出自《论语·述而》"发愤忘食,乐以忘忧,不知老之将至云尔",诗人在此反用其意,似隐射宋徽宗的醉生梦死。清照之政治胆识于此可见一斑。

二、慎释字词。文学书籍的注释,以解释字、词音义为最重要的内容。由于中国文字、词语的复杂性,注释字词容易出现如下频率很高的谬误。

望文生训,穿凿附会。汉字是表意文字,但普遍存在着同字异义、同词异字现象,如果只就字面勉为其说,所释义往往与原意相悖。如王勃《滕王阁序》中有"物华天宝,龙光射斗牛之墟"句,"斗牛"二字在古诗文中出现的频率很高,很多注本把这"斗"字注为"北斗"。其实,"斗牛"是二星宿之名,"斗"又名"南斗"。这是缺乏天文常识、望文生训之例。这类致误的原因,多由只知习见的常用一义,而不知此词在古代某一特定历史时期、特定的地区,此字此词还有另外之意。《古诗为焦仲卿妻作》中的"说有兰家女"句中之"兰"字,有的注本解为"兰芝姑娘",显然是望文生训。其实,"兰家"在汉魏六朝时是泛指,意为"某个人家"。《列子·说符》张湛释文中有"凡人物不知生出者谓之兰也"。"兰"字古音如"赖"(或"耐"、"奈"),意兼褒贬,情亦兼喜憎。诗中与县令为子求婚遭到拒绝之后,郡丞向刘家转述主簿对他说的太守的话时,呼刘家为"兰家",不带褒贬,似较合理。(说参吴孟复《古诗古文校注得失例谈》)穿凿附会之病,为注家易犯的通病。汉代许慎虽为一代训诂大师,但他的《说文解字》也难免此病。以今度古,就是一例。如《说文解字》释"一":

> 一　惟初太始,道立于一,造分天地,化成万物。凡一之属皆从一。

许慎吸收了古代哲学家以指称天地万物的发端为"一"这个哲学思想,在540部首的编排上"立一为端",对"一"的说解即从这一思想引发,故用含有"始"义的"初"、"太"、"始"、"造"、"化"等字作训。其实,"一"的本义即数字之"一",它是用来计数的筹码,为指事字。在造字的时代,不可能有"惟初太始,道立于一"那样抽象的哲学概念。许慎囿于当时统治思想,故有此穿凿之说。同样的情况,有人注释战国时的文章,称"著械"为"戴着手铐"、"布衣之士"释为"穷秀才",战国时既无科举制度,也还没有"手铐"这东西,哪来的"穷秀才"和"手铐"呢?注释中牵强穿凿,往往导致"硬伤",笔者也有教训。《启颜录》有如下一段文字:

> 山东人来京,主人每为煮菜,皆不为美。常忆榆叶,自煮之。主人即戏云:"闻山东人煮车毂汁下食,为有榆气。"答曰:"闻京师人煮驴轴下食,虚实?"主人问曰:"此有何意?"云:"为有苜蓿气。"主人大惭。

"驴轴",原注曰"指驴的生殖器"。事实上,驴轴是指牵磨的驴屁股上的横木,驴排泄出来的臭气都薰在驴轴上,因为驴吃的苜蓿,所以说有苜蓿气。原注显出之穿凿。

滥用通假、附会古训等都会导致穿凿强释。

疏于词义的时代性、地域性。语言是时代的产物,词义不是由任何人的主观决定的,而受社会时代所制约。注释词义的时候,要注意该字词在该书产生时代的特定意义。字义有古今义,同是监牢,夏曰均台、周曰圜土、殷曰羑里、秦曰囹圄,这是同义而异词。也有同字而异义的,如同一"馆"字,上古指客舍。《左传》襄公三十一年:"乃筑诸侯之馆。"汉以后,指宫殿。司马相如《上林赋》:"离宫别馆,弥山跨谷。"唐宋以后,指教学的地方。《宋史·何涉传》:"所至多建学馆,勤诲诸生,从之游者甚从。"所以释词要分时代,词义要符合该时代的社会典章制度,方能符合语言事实,反之易谬。词义不仅有时代隔膜而且有地域之别。《战国策·秦策三》有则"周人卖朴"的故事:没有加工的玉,郑人叫"璞";没有晾干的鼠肉,周(今洛阳)人叫"朴"。有一天,一个周人怀里揣着没有晾干的鼠肉,从一个郑国商人门前经过,便问郑国商人:"你想买朴吗?"郑商回答说:"我正要买'璞'。"周人连忙把朴从怀里拿出来。郑商一看,原来是没有晾干的老鼠肉,大失所望,只好连连道歉,不肯收买。由于地区方言分歧,名同物异现象甚多,注释这类词,非得循名责实不可。

不解语法、不联系语境。要正确地注出该字词在该句中的含义,必须联系它所在的句子、上下文意,这样才能正确把握该字词的确切的意义和用法。词义既有它的概括性,又有它的具体性。训诂专书的解释,将词的本义、引申义等多种义项一一列出,概括了该词的全部意义,几乎放在任何语言环境里都讲得通;而古代文献的传注,因为它处在固定的语言环境中,置在特定的句子结构之中,故所注大多是该词的具体意义,即该词在具体的语言环境里所显示的意义。所以说,尽管词可能在意义上有各种变化,但是在一个具体的句子里,它的确切意义应该是单一的。如《汉书·邹阳传》:

今夫天下布衣穷居之士,身在贫赢,虽蒙尧舜之术,抉伊管之辩,怀龙逢、比干之意,而素无根柢之容,虽竭精神,欲开忠于当世之君,则人主必袭按剑相眄之迹矣。

颜师古注"开"字曰:"开,谓陈说也。""开"本来就有"通达"之意,揣摩上下文意引申出具体的"陈说"之义,颇贴切。当然要正确贴切地注出该词的具体意义,还应当运用语法知识,仔细辨析文句结构,否则,也很难准确地理解词和词组的意义。如《论语·述而》篇曰:"子曰:'加我数年,五十以学《易》,可以无大过矣。'"一般注本都以"五十"连读。何晏《论语集解》云:"年五十而知天命,以知天命之年,读至命之书,故可以无大过也。"何晏以《论语·为政》篇中的"五十而知天命"来解释这里的"五十"就是到了知天命之年的意思,故得出"孔子非到五十岁不能学《易经》"的结论。这是由于误解了原句结构而导致的不合逻辑的推论。俞樾在《续论语骈枝》中曾予以驳正:

当以"加我数年"为一句,"五、十"为一句,"以学《易》"为一句。"五、十"二字承"加我数年"而言,盖不取必所假者几何年,故著二字,言五或十也。使足成其文,曰"假我数年,五年、十年,以学《易》,可以无大过矣。"则文义便自了然。因上句已有年字,故五、十下不更出年字。

俞樾指出,"五"和"十"是并列结构,是约数而不是确数,正是从语言结构上解释语义。

三、因体注词。这一点和校勘一样,注释之前,必须吃透原书体裁特点和该书个性特色。比如《西游记》,是以淮海方言为基础写成的,这就是这部神魔小说用语的个性特点。如书中有"原来那水有搀胸之深……","搀胸"就是江淮方言词,即指齐胸、到胸部。

今扬州一带口语中还用这个词来比拟水的深度。各种文学体裁有其一定的专业性知识,也有一些常用的习惯俗语,注释者如果不善于掌握这些,就容易犯"外行"错误。刘凯鸣在《〈唐宋词选注〉指瑕》一文中举过如下例子,原注是:

> 贺铸《减字浣溪沙》:"东风寒似夜来些。"注释:"些(suò),语助词。"
> 辛弃疾《鹧鸪天·代人赋》:"陌上柔条初破芽,东邻蚕种已生些。"注释:"些(sā),句末语气助词。"

刘凯鸣指出:

> 以上两注是专业性失误。置词律词意于不顾,孤立注释,将贺、辛二词的"些"字注为语助词、句末语气助词,读 suò 或 sā,以致音义均误。按二词并押平声麻韵。贺词其他韵脚为"霞、鸦、花、纱","些"系尾句末字,词律是平平平仄仄平平。辛词其他韵脚是"芽、鸦、斜、家、花","些"为第二句末字韵脚,词律是平平仄仄仄平平。《广韵》去声个韵有《楚辞》所用"些"字,即所谓语助词或句末语气助词,今读 suò,不能读 sā。读 suò 与贺词意义不合,读 sā 与辛词音合而义又非句末语气助词。古"些"字有平、去两读。二词"些"音义当取《广韵》下平声麻韵写邪切:"些,少也。"(《集韵》思嗟切)实词,非虚字。贺词句意:东风比到了夜里还冷一些(一点儿)。辛词句意:桑树柔条绽芽,邻家蚕种已孵出了少量蚕蚁。如此,桑芽与少量蚕蚁正相适应。如大量孵出,则桑芽跟不上,养蚕者所不为。

以上是宋词的专业性特色。元曲语言词汇丰富,作者大多善于从当时民间文学中汲取语言素材,当然也善于向古典文学名著学习,雅俗兼容。元曲中有些词的出典,并不在高文典策之中,而在俚俗的笑谈中。如"倒了葡萄架"这词,元曲中常见。吴梅《顾曲麈谈》中曾说:"元人以妒嫉之妇为蒲桃倒架,不知何意?"为什么"倒了蒲桃架"是指惧内者的妒妇悍性发作之词呢?大学问家、词曲家吴梅不解,因为它的出典在一则俚俗的旧笑话中。据说有一衙役十分惧内,一次被老婆抓破面皮。第二天,衙役进衙去,县官老爷见了他脸上的指爪痕后,问他:"脸上的血痕是怎么来的?"衙役说:"昨天晚上在葡萄架下饮酒,葡萄架倒了,脸上被葡萄架抓伤。"县官不信,说:"一定是被你老婆抓破的吧!"正说着,只听得后堂一声狮吼,县官振衣而战,说:"不好了,我的葡萄架也要倒了!"悚然退堂。

作家个人用词也有不同的个性特色。如宋代词人辛弃疾,有爱用典的习惯,有人称之为"掉书袋"。如果注释他的词作,就要注意,不要将用典处看成一般词汇,否则就容易漏注和错注。如辛弃疾《破阵子·为陈同甫赋壮词以寄》一首中有"八百里分麾下炙,五十弦翻塞外声"两句。有个注本以为"八百里"指的是军队驻扎的范围,而不明白"八百里"是指牛。典出《世说新语·汰侈篇》:"王君夫有牛,名'八百里駮',常莹其蹄角。王武子语君夫:'我射不如卿,今指赌卿牛,以千万对之。'君夫既恃手快,且谓骏物无有杀理,便相然可。令武子先射。武子一起便破的,却据胡床,叱左右:'速探牛心来!'须臾,炙至,一脔便去。"知道这个出典以后,"八百里分麾下炙"也就了然无碍了。其实这两句是对偶句,"八百里"对"五十弦",牛对琴瑟。

四、内容翔实,考据精确。注释应尽量避免疏误,力求翔实可信,要做到这一点,就必须建立在考据的基础上。考据失误,注释必误。比如王勃《送杜少府之任蜀州》诗,有本《唐诗选》注"蜀州"为"今四川崇庆"。查《中国地名大辞典》确有此解。但却与王勃诗无关。因为唐置蜀州在王勃死后十年,王勃诗中不可能提及。这就需要查考一下"蜀州"的历史沿革。王勃所讲的"蜀州",应该是沿袭的隋代蜀郡旧称,治所在成都而不在崇庆。精详的考证能够纠正旧注之误,可校正原书之误字,并对原词作出最精当的解释。《尚书·舜典》有如下一句话:"帝曰:'夔,命汝典乐教胄子。'"马融释"胄"为"长也",并将"教胄"二字当作一复合词。《经典释文》引王肃说法,把"胄子"当作一词,释为"国子也"。伪孔传捏合二家,释"教长国子"。清段玉裁把"胄子"订正为"育子"。王国维则根据"育"字的或体是"毓",分析"毓"字所从之"每",在甲骨文中是与从女、从母或从人的偏旁可以互用;所以"㐬"本是倒字之形,与甲骨文中的几种形状一致,毓字又由养子之义而发展为代表养育一族之子的始祖母即氏族长,所谓"继体君也"的君后之"后",又因毓字构形是像倒子位于人后,于是又用为表示先後之後的含义。可见后世的"毓、后、後"三字在甲骨文中只用一个"毓"字兼任。在"毓"字简化为形声字之"育"以后,便不再具有"后、後"二义,因而"育子"一词也使后世不知就是"后子",意即君后之子,相当于后世所称的"王子"、"君子"、"公子"。也由于后世不知"育子"的词义,便容易在传抄过程中发生讹误,"育"字也逐渐误作"胄",因而在《舜典》中便出现了"教胄子",后世的注解也随之而以讹解讹了。此例说明注释的翔实,是建立在考证的基础之上的。

五、力求精炼,避免烦琐。注释文字既要翔实可靠,有些地方为了体现注本的科学性,应作一些必要的引证。但若引证掌握不恰当,就流于烦琐。如果引证光是词费,内容尚正确无误,那不过是浪费一点读者时间,抑或还有点参考价值。问题是,有些引证常出两类差错。差错之一,是辗转抄袭,一错全错。如《唐宋词选》(人民文学出版社1981年版)和《历代词萃》(河南人民出版社1983年版)两书中,都选了苏轼的《江城子·十年生死两茫茫》这首词,末句"料得年年肠断处,明月夜,短松冈"。两书在注文中都引用了孟棨《本事诗》,说幽州衙将妻孔氏题诗云:"欲知肠断处,明月照松冈。"但复核原诗(《征异》第五)作"明月照孤坟"。前十句用

"人、巾、因、人、尘、君"字押韵,可见改成"松冈"二字无据。两书均以讹承讹。差错之二,是引证的诗文时代错乱,以后注前。如有人用北宋寇准的《江南春》诗去注温庭筠的《梦江南》词,却不考虑晚唐的温庭筠怎么会读到北宋人的诗并引之入己作的呢?

以上所述,是注释文学书籍时应遵循的基本原则。

第三节　文学书籍注释的主要内容

注释文学书籍的内容,随注本种类而有所不同。条目有多寡,释词有繁简,但从总体上看,可分两大类:释义,即注释文字,阐述文义,为传统训诂范畴;叙事,以补充史实为主。两者又难以截然分开。因为注释词义的时候,往往就要叙述典故、考证名物。本节就文学书籍注释中所涉及的主要内容条分缕述如下:

一、通释语义。包括训释文字、词义,串讲文意,考证古音古义,阐述语法,说明修辞手段等。

训释文字、词义,是注释最重要的内容。《尔雅》是我国最早的一部训释词语的专书。内容有解释经传文字的,也有解释先秦子书的,还有战国秦汉之间的地理名称等。其中《释诂》、《释言》、《释训》3篇是专讲语词的。如《尔雅·释诂》:"崩、薨、无禄、卒、徂落、殪,死也。"郭璞注:"古者死亡尊卑同称耳。故《尚书》尧曰殂落,舜曰陟方乃死。"《尔雅》和郭璞注为后世释词者所宗。仅仅是对词义的诠释,注文一般较简单。如逯钦立校注《陶渊明集·移居》中的"闻多素心人,乐与数晨夕"诗句:"素心人,心地淡泊的人。数晨夕,算过了几朝几夕,言过日子。"今人注释文学书籍,也颇重古注,因为古人对某些语词的解释较多可信,他们较今人的时空差小,彼时汉魏人所编的字诂一类书可能未佚,为彼时学者作注时所据。如陶诗"昔欲居南村"(同上)句,注:"南村,李注(元初李公焕《笺注陶渊明集》):'即栗里也。'逯(钦立)按:陶移居南村在义熙七年,时年四十八岁。详见《事迹诗文系年》。"李何林注鲁迅《野草·希望》中的"杜鹃的啼血"句云:"杜鹃,鸟名,本名鹃。相传为五代末蜀国皇帝杜宇之魂所化,故名杜鹃,亦名杜宇、子规。宋朝陆佃撰的《埤(音皮)雅》说:杜宇苦啼,啼血不止;一名怨鸟,夜啼达旦;啼苦,则倒悬于树。"鲁迅用的"杜鹃的啼血"意,取的就是古意,故引以为训。

串讲文意。有些注释,单靠训释个别字义很不够,还必须串讲文句,甚至需要将段意都讲解清楚。以串讲文义为主的专著,古已有之,如汉《春秋公羊传》、《春秋穀梁传》,是专为阐明儒家经典《春秋》的微言大义的。宋有朱熹的《四书章句集注》。专解文学的专书有汉王逸的《楚辞章句》等,都是重在发掘书中的思想内容的。这类串讲文义的注本,实际上也是该书的研究著作。新注古典诗词,串讲文句的较多,特别是读者面较广的诗词选本。如余冠英选注的《汉魏六朝诗选》注释《古诗十五从军征》中的"松柏冢累累"时,注者既释词又分析上下文意:

"冢",高坟。"累累",与"垒垒"通,形容丘坟一个连一个的样子。当归客打听家中有什么人的时候,被问的人不愿明告,但指着那松柏成林荒冢垒垒的地方说:那就是你的家。言外之意就是说你自己去一看就明白了。以下便是到家后的事。

这是对古诗的串讲。对词的注释也有句句串讲的,如刘斯奋选注的《姜夔张炎词选》(广东人民出版社1984年版)。试举姜夔《暗香》释例:

旧时月色,算几番照我,梅边吹笛。唤起玉人,不管清寒与攀摘。何逊而今渐老,都忘却、春风词笔。但怪得、竹外疏花,香冷入瑶席。江国,正寂寂。叹寄与路遥,夜雪初积。翠尊易泣,红萼无言耿想忆。长记曾携手处,千树压、西湖寒碧。又片片、吹尽也,几时见得?

刘斯奋注中串释如下(其他注文略):

"旧时"三句:从前有过多少次啊!这皎洁的月色照着我吹奏笛子,在盛开的梅花旁边;"唤起"二句:我把美人儿叫起来,冒着清寒,一起攀折梅花;"何逊"四句:如今,我这个爱梅的"何逊"渐渐老了,连为春天吟咏抒写的惯例都忘怀了。直到竹林外面,几枝早梅把微寒的香气送到筵席上,我才惊怪起来;"江国"四句:这个江南水乡,此刻正是一片幽寂。我多想折一枝梅花寄给他。可叹道路遥远,况且堆满了夜来的积雪;"翠尊"二句:我对着酒杯,无法抑止自己的眼泪,就连红梅也默默无言,仿佛在怀念着;"长记"四句:我永远记得,我们曾经携手同游的地方——千树万树的梅花,一直开放到西湖寒冷碧绿的水边。啊,这梅花不久又要一片一片地凋落净尽了。得过多少时候,才能重见它们呢?

连读以上串讲之文,仿佛读着一篇《暗香》词的译文,撇开原词,这又似一首优美的散文诗。注者还通过"解题"的方式,把对该词的评价、主题和艺术特色作了概括性的介绍。现代文学作品中,文字奇僻之字究属不多,注释中,句子的串讲似乎没有古代文学注本那样必要,但现代文学作品中一些内容深奥的文章,也需要作句子的串讲,甚至需要逐段疏解。如李何林的《鲁迅〈野草〉注解》就属这个类型。比如《复仇》(其二)的首句"因为他自以为神之子,以色列的王,所以去钉十字架"。"以色列的王",注曰:"据说这是当时人们诬栽给耶稣的称号,也是讽刺他想做王,应被钉死。钉耶稣的十字架上的一块牌子上就写有'以色列的王'一行字。(见《约翰福音》19章19到20节)"这条注将原文的内涵讲得十分清楚。李何林在每篇文章的注释之后,撰有"试解"专文,着重分析文章内容,有分段式试解者,有按全文次序试解者,不分段者,有在试解后再作总结说明者,有思想性和艺术性同时试解者,有先讲解思想性,后讲艺术性者,每篇写法不同。有助于具有中等文化水平或文学修养的读者阅读。

注音义。考证古音古义,一般注本都列为注释中的重要内容之一,大体将难字作音注。如逯钦立《陶渊明集》的注,《读山海经》中"窫窳强能变,祖江遂独死"句,逯注"窫窳"(yàyǔ 亚雨),注上汉语拼音,并用两个同音汉字注记于后。然后释词义:"《山海经·海内南经》:'窫窳,龙首,居弱水中,食人。'注:'窫窳,本蛇身人面,为贰负臣(危)所杀,复化而成此物也。'"以上是对难字注音释义。还有些书中的字,音与义有特殊关系,必须把这音义关系注清,全文的意思才明白。如笔者辑注的《启颜录》是一部笑话专集,其中利用声韵关系开玩笑、相互嘲讽之处随处可见。试看下列一段文字:

唐邓玄挺入寺行香,与诸僧诣园观植疏。见水车以木桶相连,汲于井中,乃曰:"法师等自踏此车,当大辛苦。"答曰:"遣家人挽之。"邓应声曰:"法师若不自踏,用如许木桶何为?"僧愕然。思量,始知玄挺以"木桶"为"幪秃"。

这是邓玄挺对本院僧侣的恶谑,末句之意,必须注明白,否则令人不解。这里用的是双反切。"木"、"桶"两字相切音"幪",而"桶"、"木"两字相切音"秃"。幪,覆盖,这里喻指和尚天灵盖,幪秃即秃顶之意。和尚思量以后,才知道邓玄挺用双反切骂他们为秃子。南北朝乃至唐代,文人对声韵学极感兴趣,在日常生活中也极喜利用来相互打趣,这类词非音注不可了。

古代有些注本标明"音注"、"音训"、"音证"等字样,有的虽未注明,但也属同类,如唐陆德明的《经典释文》。

阐述语法,说明修辞手段。在普及的文学读物的注释中,这类注较普遍,尤其是作为大中学文学读本的书籍。如《大学语文·齐桓晋文之事章》有如下几句话:

> 老吾老,以及人之老;幼吾幼,以及人之幼;天下可运于掌。《诗》云:"刑于寡妻,至于兄弟,以御于家邦。"

注文是这样的:

> 老吾老:前一"老"字,作敬爱讲,动词。后一个"老"字是名词,老人。下文"幼吾幼"的句例与此同。刑于寡妻三句:引自《诗经·大雅·思齐》。意思是,给自己的妻子作榜样,推广到兄弟,进而用来治理国家。刑:同"型",作动词用,示范,做榜样。寡妻:国君称妻子的谦词。御:治理。家邦:国家。

注明了某些词的词性和句法。

二、探明语源。古人认为注释应该"语必溯源"。注明该词出处,如果涉及名物制度,就得考证其来历;涉及山川地理,就要注明其沿革和所属等。

陶渊明《闲情赋》:"表倾城之艳色。"逯注:"倾城,代指女子美貌。《汉书·外戚传》:'北方有佳人,绝世而独立。一顾倾人城,再顾倾人国。'倾城本此。"注文说明了"倾城"一词的最早出处。这就叫探源。'

王粲《赠士孙文始》:"悠悠澹澧,郁彼唐林。"郁贤皓等笺注曰:"澹澧,水名,澹水与澧水,皆流经今湖南省常德县境。《文选》李善注引《荆州图》曰:'汉寿县(故城在常德县东北)城南一百步有澹水,出县西阳山。'又曰:'澧阳县盖即澧水为名也,在郡西南接澧水。'《水经注·澧水》:'又东经南安县南,澹水注之。水上承澧水于作唐县,东经其县北。又东注于澧,谓之澹口。王仲宣《赠士孙文始》诗"悠悠澹澧"者也。'唐,作唐县,故城在今湖南省安乡县北。《文选》李善注引盛弘之《荆州记》曰:'零陵东接作唐。'唐林,李善注:'即唐地之林'"(见《建安七子诗笺注》,巴蜀书社1990年版)此注详细考证了诗中所涉的水名、县名。

鲁迅《野草·这样的战士》:"也并不疲惫如中国绿营兵而却佩着盒子炮。""绿营兵",涉及军队的兵制。李何林引"原注"曰:

> 绿营兵,一作绿旗兵。清朝的兵制:除正黄、正白、正红、正蓝、镶黄、镶白、镶红、镶蓝等"八旗兵"(都由满族人充当)外,又另募汉人编成军队,旗帜采用绿色,叫做绿旗兵。它是清朝封建统治机构中战斗力极弱的军队。

古代诗文中涉及到的人名、地名有确指和泛指,或同名而异地异人等情况,要注释准确,就得作点考证。如中华书局《唐人绝句选》中,许浑《鹭鸶》诗"练塘"注:"练塘,清澄无波的池塘。"许浑是唐润州丹阳人,考润州,春秋吴朱方地。隋开皇十五年以蒋州之延陵、永年、常州之曲阿三县,置润州,唐因之。旧治在今江苏镇江县,今江苏丹阳县属之。练塘在今江苏丹阳县城西北,是湖名,又称练湖,古称曲阿后湖。许浑诗中的"练塘"就是指他家乡的这个练湖,是确指,注者误作泛称。(见徐俊《〈唐人绝句选〉地名注商榷》,载《陕西师大学报》1985年第1期)中国社会科学出版社《历代名人咏晋诗选》中选了孔尚任《送牧堂上人游五台》诗,其中有"层崖翠接蔚蓝天,百丈清风待皎然"二句注云:"皎,白色的光。这里指月光。"此诗是送牧堂上人游五台,"上人"是对僧人的尊称。诗人之意是五台山正在等待着牧堂上人的光临。诗中的"百丈"和"皎然"都是僧人名。皎然是唐代著名诗僧,长城(今浙江长兴)人,俗姓谢,自称为谢灵运之后,居湖州杼山。百丈,即唐代大智禅师怀海,福州长乐人,住在洪州百丈山,因称百丈禅师。孔尚任诗以"百丈清风"喻五台佛地,以皎然代指牧堂上人,意谓五台胜地在等待着你这个富有才华的高僧。(参马斗全《〈历代名人咏晋诗选〉注释之质疑》)在我国,同名异地者很多。比如浙江省东部有个象山县,而在长江南岸,有一座气势雄伟、形若巨象的山,也叫象山,此山与大江之中的焦山相对。山下有渡口,入焦山须从此处渡江。郑板桥《送友人焦山读书》诗开头两句是:"焦山须从象山渡,参差上下一江树。"有个注本注象山是"县名,在浙江省东部"。浙江东部的象山县距镇江的焦山有数百里之遥,上焦山怎能从数百里之外去渡江呢?显然不合情理,只有解为焦山附近的山名才能顺理成章。其实,这个地名考证并不难。

三、诠解曲故,即数典。这里包括两类,一类是注出有关诗文词语的当时出典,故且称为今典;一类是注出诗文所用故实的出处,即古典。试以北京大学出版社出版的《中国古代文学作品选》所选顾炎武一诗注释为例:

京口即事[①]
白羽出扬州[②],黄旗下石头[③]。
六双归雁落[④],千里射蛟浮[⑤]。
河上三军合,神京一战收[⑥]。
祖生多意气,击楫正中流[⑦]。

注释:

[①] 京口即事:清顺治元年(1644),清军进占北京后,南明弘光政权在南京建立,力主抗清的兵部尚书史可法出镇扬州。次年初春,作者以荐授兵部

司务,诗当作于此时。京口:今江苏省镇江市。

② "白羽"句:指史可法督师扬州。裴启《语林》:诸葛武侯。乘素舆,著葛巾,持白羽扇,指麾三军,众军皆随其进止"。这里或用其事,以诸葛亮比史可法。

③ "黄旗"句:指弘光帝即位于南京。黄旗,古时迷信,以为天空出现黄旗紫盖状云气,则有帝王应运而生。石头,即石头城,指南京。

④ "六双"句:《史记·楚世家》:"楚人有好以弱弓微缴加归雁之上者,顷襄王闻,召而问之。对曰:'……见鸟六双,以王何取?王何不以圣人为弓,以勇士为缴,时张而射之? 此六双者,可得而囊载也。"缴(zhuó 酌),系在箭上的生丝绳,射鸟用。此用其典,希望弘光朝任用贤臣良将,完成恢复大业。

⑤ "千里"句:《汉书·武帝纪》:武帝"行南巡狩……自浔阳浮江,亲射蛟江中,获之。"此用其典,希望弘光帝整军经武,亲征杀虏。

⑥ "河上"二句:想望明朝军队会合于黄河,一举收复北京。

⑦ "祖生"二句:以东晋名将祖逖比史可法,寄予厚望。祖逖率部北伐,渡江至中流,击楫发誓说:"祖逖不能清中原而复济者,有如大江。"见《晋书·祖逖传》。楫,划船的短桨。一说这里是作者以祖逖自喻。

这七条注释,注①讲作诗背景,属征事。注②③虽述时事,"白羽"、"黄旗"两词用的是古典。注④⑤⑦都用的是古典。注⑥释义,没有用典。

现代文学作品用的典故也不少,其中"今典"也颇复杂,不注不明。如鲁迅《为了忘却的纪念》一诗,有"月光如水照缁衣"句,"缁衣"一词却有来历。西北大学中文系《鲁迅诗歌选注,》(陕西人民出版社 1977 年版)本注曰:"缁,音资 zī,黑色。许寿裳在《上海生活——前五年》一文中,记述鲁迅对他解释作这首诗的情况:'那时我确无写处的,身上穿着一件黑色袍子,所以有缁衣之称'"(见《亡友鲁迅印象记》)

诗文所用故实的出处,并不是都能找到的,著书者写作时思绪纵横,不受拘牵,而对注书者的约束力却特别大。正如黄本骥所说:

著书难,注书更难。非遍读世间书,不能著书;而遍读世间书,犹不能注书。世间书无尽,而古书之流传至今者有尽。注古人书,无一字无来处,目中不尽见古人读本,必欲察及渊鱼,辨穷河豕,曰:某事出某书,某事出某书,条举件系,如数家珍,难矣。(《三长物斋文略》卷1《李氏蒙求详注序》)

四、补充史实。也即征事,注出与作者及本文事实有关的事件。这本是南北朝时期发展起来的一种注释体例。裴松之的《三国志注》和刘孝标的《世说新语注》是这类体例的代表作。他们的注专以拾遗补阙、提供史料为职志,引证浩博,足以补史籍之阙文,注文也成为古佚书之渊薮。今注中仍有这种体裁。如余嘉锡撰的《世说新语笺疏》,其"笺疏内容极为广泛,但重点不在训解文字,而主要注重考察史实。对《世说》原作和刘孝标《注》所说的人物事迹,一一寻检史籍,考核异同;对原书不备的,略为增补,以广异闻;对事乖情理的,则有所评论,以明是非。同时,对《晋书》也多有驳正"(周祖谟《世说新语笺疏·前言》)。《笺疏》于每条之内先举前人已有的笺释或按语,后出作者己说。前人所解,凡有引用,均标明姓氏。如与作者所见不合,则别加案语。凡未举前人姓氏的都是作者的笺注。如《德行》第一:

周子居常云:"吾时月不见黄叔度,则鄙吝之心已复生矣。

《笺疏》:

李慈铭云:"案子居名乘,见下《赏誉门注》引《汝南先贤传》云云。《后汉书黄宪传》以此二语为陈蕃、周举之言。"
嘉锡案:黄叔度尝与周子居同举孝廉,见《风俗通》及《圣贤群辅录》。本书《赏誉篇注》言"子居非陈仲举、黄叔度之俦则不交"。此宜是子居之言,范书盖误也。

程炎震云:"范书《黄宪传》载此语,作陈蕃、周举相谓之词。袁宏《后汉纪》则作子居语。"

这条注文既补充史实,又作了考证,驳正了范书。"这种作法跟刘孝标《注》和裴松之《三国志注》的作法如出一辙。裴松之《上三国志注表》说:'按三国虽历年不远,而事关汉、晋,首尾所涉,出入百载,注记纷错,每多舛互。其寿(陈寿)所不载,事宜存录者,则罔不毕取,以补其阙。或同说一事,而辞有乖杂,或出事本异,疑不能判,并皆抄内,以备异闻。若乃纰缪显然,言不附理,则随违矫正,以惩其妄。'这些话也恰恰可以说明本书作者意旨之所向。"(同上)今注中有关作品的背景介绍及与诗文相关的史事注解,作法与上述体例十分接近。如现代文学著作中,鲁迅的杂文、散文诗等都是在特定情况下写出的,有鲜明的针对性,注释时,也就务必将这些与诗文有关的情况交代清楚,人们才能读懂文章。仍以李何林注解的鲁迅散文诗《野草》为例。《复仇》注释①:

1934年5月16日鲁迅致郑振铎信中说:"我在《野草》中,曾记一男一女,持刀对立旷野中,无聊人竟随而往,以为必有事件,慰其无聊;而二人从此毫无动作,以致无聊人仍然无聊,至于老死,题曰《复仇》,亦是此意。但此亦不过愤激之谈,该二人或相爱,或相杀,还是照所欲而行的为是。"(《全集》10卷117页)

鲁迅作《二心集》的《〈野草〉英文译本序》说:"因为憎恶社会上旁观者之多,作《复仇》第一篇"。

鲁迅对于有一些群众不觉悟,往往麻木地对待别人的不幸或牺牲,作无聊的旁观的看客,很痛心。在不少作品中都加以揭露和批评:阿Q被枪毙时,群众是麻木的旁观的看客;《示众》里面的群众,一面是看客,一面也在互相"示众",互相作无聊的看客。他又早在 1923 年的《娜拉走后怎样》里就说过:"群众——尤其是中国的,——永远是戏剧的看客。牺牲上场,如果显得慷慨,他们就看了悲壮剧;如果显得觳觫,他们就看了滑稽剧。……对于这样的群众没有法,只好使他们无戏可看倒是疗救,正无需乎震骇一时的牺牲,不如深沉的韧性的战斗。"(《全集》1 卷 274 页)(觳觫,音胡速,恐惧貌。)这些都是鲁迅没有成为辩证唯物论者以前对于群众不觉悟的看法,从 1930 年起他就不这样看了。

这条注释引用了鲁迅自己的许多论述,将写作《复仇》的动机、思想观点作了客观介绍,使读者对《复仇》的思想背景有了全面的了解。这些是与作者及作品密切相关的材料,非注不明的。也有的名词,同样非注不明的。如《郁达夫选集·钓台的春画》(人民文学出版社 1982 年版)中有一句话:"而中央党帝,似乎又想玩一个秦始皇所玩过的把戏了","中央党帝"注曰:"指蒋介石。"

五、评文。有的着重于辑录评语,有的在辑录前人评论之后,还附以己见。所辑评语大多从诗话、笔记及有关评点本中录出。如今人瞿蜕园、朱金城撰《李白集校注》,在每首诗的注文后加评笺,内容为有关诗话、笔记、考证资料以及近人研究成果。郁贤皓等《建安七子诗笺注》在每首诗后也均列"评笺"一目。《凡例》言:"凡前人对每篇作品的评论,尽量收罗完备,依评论者时代先后列於该诗注释之后。"罗列众说,不作判语,内容多寡不一。如卷 1《孔融诗笺注·离合作郡姓名诗》,评笺用了吴兢《乐府古题要解》、叶梦得《石林诗话》、严羽《沧浪诗话》、胡应麟《诗薮》、朱嘉徵《诗集广序》、宋长白《柳亭诗话》等六家评语。试看下王粲《思亲诗》评笺:

颜之推《颜氏家训》:凡代人为友,皆作彼语,理宜然矣。

> 至于哀伤凶祸之辞,不可辄代。……王粲为潘文则《思亲诗》云:"躬此劳瘁,鞠予小子。""庶我显妣,克保遐年。"并载乎邕、粲之集,此例甚众。古人之所行,今世之所讳。
>
> 王世贞《艺苑卮言》:古诗四言之有冒头,盖不始延年也。……其他,仲宣之《思亲》云:"穆穆显妣,德音徽止。"……开口见咽,岂不快哉!而《选》都末之及,何也?
>
> 陈祚明《采菽堂古诗选》:至性真笃质直,序述自觉悱恻动人。挚虞谓仲宣四言诸篇,文整而当,皆近於《雅》,良然。

清人王文诰编注的《苏文忠公诗编注集成》,注释时还兼论诗文。

以上所述五个方面的注释内容,并非其全部内容,如著名学者钱钟书的一部古代文学(广义的)新式注本《管锥编》,内容就堪称"珍异荟萃",其中援引大量外国文献资料为我国古代文学史料作"反证"和"补证",就是"前无古人"的注释内容。学者们在注释文学史料的时候,可以针对不同的作品内容有所偏重,并不要求面面俱到。比如钱仲联《后村词笺注》(上海古籍出版社),笺注着重于以下三方面:(1)系年考订;(2)笺注作品本事,有关交游;(3)注释作品所涉及的故实、疑难的词语等。这类诗文笺释工作,清人做了不少,出现了一大批佳作。如王琦《李太白诗集注》、《李长吉歌诗汇解》、冯浩《玉谿生诗详注》、《樊南文集详注》、冯集梧《樊川诗集注》、施国祁《元遗山诗集笺注》、程穆衡《吴梅村先生诗笺》、靳荣藩《吴诗集览》、惠栋《渔洋山人精华录训纂》等。但古代、现代名家诗文集、词集绝大多数未经注释,还有大量的工作要做。

第四节　新注本的编著

为古代和现代文学著作作新注,首先要审别原书类属,区分读者对象,然后再决定采用哪种注释手段。如果是先秦文学著作,文字艰深,诘屈聱牙,一般读者难以读懂,就可考虑译注体例。现代文学著作中,像鲁迅的杂文、散文诗都很难读懂,注释就要采取详注体式。如果注本的读者对象为广大中等以上文化水平者,则以普及读物常用的译注、评注、评析等体例较宜;如果注本是供研究者所用的,那就以集注、校注等体式为佳。本节介绍几种当今常用的注释形式。

一、集注 也称集解、集释、汇释等。汇集前人成果作注,是一种总结式的整理。如陈奇猷《韩非子集释》、张恩和《鲁迅旧诗集解》(天津人民出版社 1981 年版)、北京师范大学中文系《中学课本鲁迅小说汇释》(天津人民出版社 1983 年版)等。这类注本的编著,首先是广泛收集前人和今人的研究成果,包括零星的成果。这是资料的准备。如收集该书的各种版本、有关序跋、历代书目著录、各种注释,利用各类工具书查阅有关该书的研究论文、研究论文汇编、研究专著等,与该书有关的书籍及资料也要广事收罗,力求资料的完备。如《韩非子集释》,陈奇猷引用前人校说达 90 余家,皆条录而系于原文之后。凡数说并通者,皆罗列以供读者参考;如果其说同而论证不同者,则仍二家俱录。虽有词费之嫌,但给研究者提供了许多材料。其次,在历史上有关此书的研究成果收集完备后,就要做斟酌取舍的工作。不能将收集到的材料毫无选择地一一罗列,以免繁琐。如郭绍虞《杜甫戏为六绝句集解》,将前人之说,分类排比,以明其是非短长。作者因之触类旁通,慎其抉择,以自成一家之言。再次是用按语说明集注者本人的所见所得。郭注已从体例中看出了本人意见。更多的是用按语另句说明。如北京大学中国文学史教研室选注的《两汉文学史参考资料》,注释亦属集释类型。如张衡《四愁诗》注④"美人赠我金错刀"句:

"错",镀金(用朱骏声说,见《说文通训定声》)。"金错刀"

有二解：一、钱币名。《汉书·食货志》："王莽居摄……更造大钱……又造契刀、错刀，……错刀以黄金错其文，曰一刀直五千。"二、用黄金镀过刀环或刀柄的佩刀。《文选》李善注引《续汉书》："佩刀，诸侯王黄金错环。"又引谢承《后汉书》："诏赐应奉金错把刀。"二说皆可通。朱琦《文选集释》以为应解作佩刀。余冠英说：……作为馈赠的珍物，佩刀比钱刀的意义和价值要高些。"按，朱、余说可从。

今天编著这种集注本有条件也很需要。以古籍而言，前人做得较多的是经、史、子部的一些著作，集部诗文集子的汇注本较少，著名的除了前文提及的外，还有清初仇兆鳌的《杜诗详注》、清中叶冯应榴《苏诗合注》等少数大名家的集子。就以这些名家汇注本来说，距今二三百年，近的也有几十年，期间新的研究成果层出不穷，仍可进行增补。

二、校注 校勘加上注释。现代人的许多注本，多采用这种名称。校勘已如前述。注释内容有繁简之别。简注一般以定本形式出现，不同说法一般不作罗列，出典仅点到而已，不作引证或极少引证，重在释义。中学古文选篇及一般普及性古文选本，以简注为多；详注本则详于引证，罗列异说，以资参证，和集注本相垺。这类注本的读者对象是研究工作者和文化水平较高的读者。校注本，有的只称"注"，不标"校"，实际上是"校注"。如《陈子昂诗注》（四川人民出版社1981年版），以《四部丛刊》影印明杨澄校正本为底本，校以《全唐诗》、《四部丛刊》影印明嘉靖本《唐文粹》、中华书局1966年影印《文苑英华》、《四部丛刊》影印明嘉靖本《唐诗纪事》等。

校注本的编排方式常见的有三种：一种是在正文后面，分别列出"校勘"和"注释"字样，正文上分别作出标号。如季羡林等《大唐西域记校注》即采取这一方式，眉目甚清。第二种是"校勘记"放在被校的正文文字之下,以双行或单行小字夹注形式表示,省去读者翻检之劳,唯因校文和正文字号不同。排字困难些,注释的文字则在正文之后。第三种方式是"校"语和"注"文不分别另列,而是放在一起列出。

三、译注　也称释译,是将原文翻译成语体文,然后再加上注释。这种体例当然主要针对古代文学史料中时代较早、文字艰深的作品。这种体式既适合一般读者的需要,也能基本满足研究者的需要,雅俗皆宜。这类注本的"注文",采用简注方式为多,不作繁琐考证,力求准确、简明。译注本一般分原文、注释、译文三个部分。如欧阳景贤、欧阳超的《庄子释译》(湖北人民出版社1986年版)、杨伯峻的《论语译注》、《孟子译注》等。也有的译注本增加了对原文的"说明"或"评析",如吉林文史出版社出版的张双棣等人《吕氏春秋译注》等。译注的关键在于"译"。20世纪初严复就英译汉的翻译原则提出过"信"(即准确,忠于原文》、"达"(畅达,文从字顺,流利畅达,意思完整,没有语法及逻辑错误)、"雅"(典雅优美)三字。这是被翻译家们奉为圭臬的三条标准。要做到信、达、雅,就务必准确地理解原文,这是关键。同时又要使用规范的现代汉语译出来。凡遇到古今汉语词语、词语搭配及句子结构不同的地方,尤需仔细斟酌,妥善处理。要注意古代汉语表达方式和修辞方式的特点。在准确表达原文意思的基础上,还应不失分寸地掌握原文的文采神韵,移之于现代汉语,努力保持原文的语言风格。

译注古代散文采用的翻译方式往往是直译和意译相结合,并以直译为主,少数地方如采用直译晦涩难通,则适当辅之以意译。尽量使字词落实,不架空,不留"夹生块",并力求文句通俗、明白,读来顺口。直译要求根据原文,按词句对译,尽力做到环环相套,丝丝入扣,处处体现出古汉语和现代汉语的对应关系。直译和意译相结合,要掌握"有留有去,有增有改"的"八字法"。

"留",即尽可能保留原文的句式、语气、修辞手段和古今通用的成语典故。比如句式有主动、被动、完全、省略之分,语气有陈述、惊叹、疑问、反诘之分,修辞有比喻、比拟、映衬、夸张之分,如果错译了一个句式,语气或修辞手法,全句的意思都可能"走样",原文动人的文采也会随之消失。今天我们看到的一些古典文学译文,如果细细咀嚼原文,倒足以寻味,可一读译文,反而味比嚼蜡。有些生命力很强的文言词汇保留下来不译反比生硬的译文要有味道得多。"去",指文言虚词中,有的没有对应的现代汉语虚词,无法对译,只好略去不译。"增",古汉语的词语多单字复义,语法结构也十分简古,多省略,译成现代汉语时就要适当增补一些文字,语气才连贯,才能文通理顺,逻辑关系严谨分明。这种情况是常见的。一般译文,增添的词语往往特地用括号( )[ ]框起来,以资区别。"改"就是将古代汉语的句式改为现代汉语句式。试以杨伯峻《论语译注·八佾》的一则译文为例:

子入太庙,每事问。或曰:"孰谓鄹人之子知礼乎?入太庙,每事问。"子闻之,曰:"是礼也。"

译文:

孔子到了周公庙,每件事情都发问。有人便说:"谁说叔梁纥的这个儿子懂得礼呢?[我看他什么也不懂。]他到了太庙,每件事都要向别人请教。"孔子听到了这个话,便道:"[不懂得的便问],这正是礼呀。"

这段译文,增补的文字用了括号。为了使文意译得准确,译文将"太庙"和"鄹人"确指为庙名和人名。原文的语气文理都保留了下来,译文都一一与原文对上号。古文要译得准确并不容易。如有的译本把"岁大饥"译为"天大旱",殊不知"天大涝"也能造成"岁大饥"。有的译本把"结果子甚小"这样明白如话的浅近文言文，译成"都被虫子咬了"，与原文可说是牛头不对马嘴。(参国峰《译注古文要注意质量》，《出版工作》1983年第5期)译文的增字减字更非易事，非万不得已不减字不加字，否则，不仅会画蛇添足，而且还会影响译文的准确性。如有个译本将"等死，死国可乎？"这句话，译成"反正都是牺牲，为了恢复楚国去拼命更值得嘛！"译文加字过多，不仅有蛇足之嫌，而且和原意有出入，也改变了原文语气。(此例参钱煦《试论古代汉语的今译》，《淮阴师专学报》1983年第2期)

对诗词的译注往往采用意译。译者可以根据自己对原文的理解灵活翻译，不受原文字数和词序的严格限制，可以"统摄原意，另铸新词"，但仍要忠实于原文，译出原文的精神实质和风格，不可凭主观想象，信笔挥写，或随意删削。诗词译文要生动传神，而且要体现诗词的节奏韵律。试看下面一段《诗经·采薇》的译文：

> 昔我往矣，　　想起昔日我离家，
> 杨柳依依；　　青青蒲柳轻轻摇；
> 今我来思，　　今日战罢我归来，
> 雨雪霏霏。　　雪花纷纷漫天飘。
> 行道迟迟，　　迢迢长路慢慢走，
> 载渴载饥，　　饥肠辘辘口干焦。
> 我心伤悲，　　我的心呀多凄楚，
> 莫知我哀！　　谁人知我暗伤悼！

(冼煜虹《诗经述论》引，山西人民出版社1986年版)

四、会校会注会评　融校注评于一书或集评语于一书。古典小说常常有"三会本"、"会评本"之称。如1962年中华书局上海编辑出版的《聊斋志异》会校会注会评本，校是集校，注是汇注，评是收集各家评语。这是我国古代文学批评中特有的传统方式。1981

年北京大学出版社出版的陈曦钟等人辑校的《水浒传会评本》上下册,在保留金圣叹评本原貌的基础上,会辑了国内现存的其他六种评本的批语。

五、集锦式注释　这是当代学界泰斗钱钟书独创的注术,代表作就是博大精深的《管锥编》。全书将注释、考辨、校勘、评析等各类注术融会贯通,古今照应,左右逢源,而且一反前人注释古籍之常法,纵横古今中外,大量引用外国知识作注例。这样,就把注例的来源扩大到异国文化宝库之中,为延续至今的本民族古籍注释开拓了理应涉足的"知识异域"[①]。

新注本的名称还有不少,如选注本、选读本,也有沿袭传统注例称"笺"、"校笺"、"笺疏"、"诠释"等,但编著的方法则不外乎上述几种,大同小异。

[①] 说本王光《创造性继承民族文化遗产的范例——〈管锥编〉在古代文献注释领域的方法创新》,载北京市社会科学研究所文学研究室编《作家与作品》,(中国展望出版社1984年版)。

第四章 总集与别集的编纂

　　总集,就是汇集许多人作品的综合集,包括各时代或一个时代的各家作品,多种体裁或同一体裁的各家作品。别集,指个人作品的综合集。总集和别集的编纂代有人作,今天仍在不断编纂之中。本章探讨的是文学总集和别集的类型、编纂程序和编排方法。

第一节 总集的类型及编纂程序

　　《隋书·经籍志》集部总集类首列西晋挚虞的《文章流别集》41卷,并注:"梁六十卷,志二卷,论二卷。""集"选诗文,"志"载目录和作家简况,"论"评论文章源流高低。是分体编录的总集,已佚。从现存的文学著作看,春秋时代的《诗经》是我国第一部诗歌总集。上述两部总集,虽都具有系统汇集各家作品的共性,但一是包括多种文学体裁的作品集,一是仅包括一种文学体裁的作品集。事实上,文学总集还各具不同"个性":以所收作品的时限范围看,有通代文学作品总集,如《文苑英华》;有断代的文学作品总集,如《唐文粹》。以所收作品的涵盖面看,有全集型的总集,如《全唐文》,俞樾以为"有唐一代文苑之美,毕萃于兹。读唐文者,叹观止矣";有选集型总集,如上文提到的《诗经》、《文苑英华》、《唐文粹》等皆属之。

现重点讨论全集型总集和选集型总集的编纂程序。

一、全集型总集的编纂程序

全集型总集的编纂,都是以保存文献为目的。这种总集涉及面广,材料多而杂,编纂要求资料全面、广泛,越齐备越好。从历史和现实的编纂情况看,编纂全集型总集既有个人编纂,也有群体性编纂的。清代出现了几个私人编纂大家。如严可均花了整整27年的时间和精力,校辑成746卷的《全上古三代秦汉三国六朝文》。但清代和近代私家编纂的全集型总集大多体量较适中,且一般都有前人大量研究成果可作依凭。如丁福保《全汉三国晋南北朝诗》,54卷,主要以明冯惟讷的《诗纪》为底本,又参考了清冯舒的《诗纪匡谬》等研究著作,增删而成的。较著者还有清李调元编的《全五代诗》,100卷。当代私人编纂的全集型总集也不少,大都是终身从事该方面研究的专家,平生积累了丰富的资料,当然体量也较适中。如《全宋词》和《全金元词》,都是当代词学泰斗唐圭璋所编,也凭借了前人辑刻的宋金元词的基础。其他如逯钦立编《先秦汉魏晋南北朝诗》、隋树森编《全元散曲》、陈述辑校《全辽文》、张璋、黄畲编《全唐五代词》等。

竭一人之力搞成全集型总集,究属不易。缺乏充分的人力和时间,也不可能拥有特别丰富的藏书可供选择和积累,故局限性较大。所以,大型的全集型总集的编纂,一般需要利用群体的力量来完成。事实上,清代所编的大型全集型总集不少是"钦定"的,有机构、人员保障。如清编《全唐文》时,曾专设"全唐文馆",编校人员达100多人,由董诰领衔,当时大学者阮元、徐松等人都参与其事。《全唐诗》也是清彭定求等10人奉敕编校的。下面我们专就今天编纂大型全集型总集的程序作一般性巡视。

1. 组织一个实力雄厚的编纂委员会。特别需要有国内学术造诣高的知名学者组成主编委员会,具体领导整个编纂工作。一般来说，主编委员会负责讨论并审订全书的体例、工作细则、样稿及工作计划，推荐并审议参加编校的专家、学者名单，并负责全书的定稿工作。如果主编委员会组织领导不力，大工程就有旷日持久、出版无期的危险。目前国内已经完成或正在进行的几项大型全集型诗文总集的编纂，如《全宋诗》、《全明诗》、《全唐五代诗》等，均有当今国内著名学者领衔组成主编委员会，故工作卓有成效。

2. 拟订编纂凡例（草案）和编纂体例（草案），然后通过各种方式途径，广泛征求有关专家和单位的意见，集思广益。在此基础上，再修改定稿。编纂凡例的内容，包括确定该总集的性质、编纂步骤、所收诗文断限、排列方法、作者称谓等具体问题。今迻录《全宋诗》编纂凡例（草案）于下，可概见此类总集凡例之貌：

一、本书为有宋一代诗歌谣谚之总汇。

二、宋人诗集繁浩，佚篇残句散见各书，一时难以搜罗齐备，因以其大宗，编为正编，续有所得，辑为补编。

三、一代总集，断限为难。五代宋人入宋，宋末诗人仕元，属上属下，诸书互异。本书则取《全宋词》之例。凡唐五代诗人入宋者，或《全唐诗》已收入者，一般视为唐五代人；宋亡时已成人者，则以为宋人；唯传在《宋史》，或《四库全书》列为宋人者，以及《宋诗纪事》收入者，如徐铉、金履祥辈，毋论仕履如何，概予收录。其他复杂情况，酌情处理。

四、本书以作者为经，以其生年先后为序。生年无考者，参以卒年。生卒年俱无考者，略以登第年为准。若爵里世次更无可考，则就其交游者之先后编次。倘并其交游亦无可知者，则沿袭作品所出之书旧例处置，或径据所出之书成书年代推断。

五、凡作者悉称本名或通用名，唯帝王、后妃则用庙号、封号，宗室诸王不在此例。方外僧尼有称释某、僧某者，有径称法名者,今一律在法名上冠以释名。道士则仍以本名姓为主。帝王、宗室、释道、闺秀,分别次於同时作者之间,不立专卷。无名氏之诗,可大致考定其时代者,编于相应部分;无考者,据其所出书之年代,酌情编列。

六、各家小传,沿其通例,注明生卒年、字号、籍贯、科第、仕履、封赠和著述。正史有传者略记之;无传者据有关史料概叙其要。旧说有误者辨之,文献不足者则阙之。务求信实,不作冗录。

七、诗章篇目之编次,凡据别集、总集录入者,悉仍其旧,或分体,或分类,或编年,不求划一;杂取诸书者,以所出书成书之先后为序,同一书中之顺序亦准原书。

八、历代传抄刊布,诗句多有歧异,诸本比勘,不胜其烦。本书各家在考清版本源流的基础上,选择善本、足本为底本,确定必要数量的有代表性的本子作参校本,进行校勘。对于各本文字,以校是非为主,酌校异同。校语随文注于字下。

九、凡滥收唐前宋后诗者,诗人姓氏分合混淆者,本书悉为考辨,务求其正。宋人集中确知为误收者,删归存目;非宋人作品,又不见于本书其他作者名下者,另作附录备考。

十、所收各诗,并注明出处。录自旧集者,分卷注明,蒐辑所得,则一一作注。凡一诗互见数集而不能确定归属者,各于题下注一作某人,凡可确定系他人诗误入者,则移入存目,并加注明。

十一、宋、元小说中所载诗,凡可信为宋人作者,录入正集。依托小说人物之诗,另辑为《宋元小说中依托诗》,列为附录。

十二、本书列引用书目及作者索引,以便查检。

编纂体例的原则制订以后,针对编纂中可能出现的不同情况,还要拟定若干具体处理的细则,以便全书体例一致。

3. 编委会写出若干样稿。样稿要挑选具有代表性的作品类型。如《全宋诗》编委会提供的四种样稿:魏野、寇准诗为诗人今存全部作品的点校稿和辑佚稿,吕本中诗为部分点校稿和全部辑佚稿,秦观诗为部分点校稿。然后编委会将《凡例》、《细则》及样稿刊印成册,一方面用来广泛征求意见,另一方面为参加该总集编校的同志提供具体实施的参考。

4. 由编委会分批拟出普查书目,组织人力进行全面普查,"网罗放佚,使零章残什,并有所归"(纪昀《四库全书总目提要》集部总叙),尽量求全、求备。

5. 编委会办公室负责联络、协调,掌握工作进度,定期编写编纂工作简报,向有关单位及专家汇报工作进展情况。主编委员会定时召开会议,商定在编纂过程中出现的问题及处理原则。

6. 由主编或约请国内有关专家审核定稿。

7. 发稿、看校样、校对等工作。

全集型总集,往往不可能一下子就编得十分完备,所以全集出版以后,还会有补遗、续补遗等陆续出版。有的是原编辑人员所补,有的是他人所补。如《全宋词》出版后,唐圭璋又续有所得,辑成《〈全宋词〉补遗》,发表于《南京师范学院学报》。其后,又有孔凡礼编《全宋词补辑》出版。清编《全唐诗》后,有今人王重民、孙望、童养年等人所辑补遗,后来又不断有学者发表补遗或辨正之文,陈尚君辑的《全唐诗续拾》,博采唐宋四部典籍、佛道二藏、金石碑刻、稗乘方志,收作者 1000 余人,诗 4300 余首,残句 1000 余则,又移正、重录、补题、补序、存目、附录诗 200 余首。所以补遗工作亦象扫落叶一样,扫过又落,未能毕其功于一役。

二、选集型总集的编纂程序

选集型总集的编纂,有一定的选录标准和要求。据此标准删

汰繁芜,具有时代特色和学派特征。选集型总集的编纂程序一般为:

1. 明确选集的性质特点。历史上出现过五花八门的诗文总集选本。以唐代而言,有以内容为特色的,如艳诗(《烟花集》)、唱和诗(《荆潭唱和集》)、同主题诗(《同题集》)、宴饮诗(《高氏三宴诗集》)等;有以体裁为特色的,如律诗集(《文章龟鉴》)、绝句集(《名贤绝句》)、佳句集(《千载佳句》)等;有以人物组合为特点的,如同郡人(《丹阳集》)、妇女诗集(《唐诗艳逸品》)、兄弟合集(《李氏花萼集》)、同姓氏集(《全唐刘氏诗》)等。均为特色鲜明的断代选本和通代选本,由此可见,确定选本的性质是最重要的。根据一般的科学原理,选本除了有其共性外,还有自己的个性,而正是这"个性",使之和别的选本区别开来。

或为一定的读者群而编。如蘅塘退士编的《唐诗三百首》,其自序云:

> 世俗儿童就学,即授《千家诗》,取其易於成诵,故流传不废。但其诗随手掇拾,工拙莫辨,且止五七律绝二体,而唐宋人又杂出其间,殊乖体制。因专就唐诗中脍炙人口之作,择其尤要者,每体得数十首,共三百余首,录成一编,为家塾课本,俾童而习之,白首亦莫能废,较《千家诗》不远胜邪。谚云:熟读唐诗三百首,不会吟诗也会吟,请以是编验之。

可知此选本为训蒙读物。编者吸取《千家诗》易於成诵的经验,又在选材和诗体方面作了科学改进,并摒去宋诗,专录唐诗,成一代诗选。

或借他人之文章,寓自己的意见。清王士禛和沈德潜,生活在同一时代,两人都有唐诗选本。王士禛标举神韵说,沈德潜倡导格调说,故两人都借选本宣扬各自文学主张。王士禛撰《唐贤三昧集》,旨在体现其论诗之宗旨,"集中所载,直取性情,归之神韵"。王早年曾摘取唐五七言律绝若干首,授子启、浃兄弟读之。名曰《神韵集》。神韵说吸取唐司空图《二十四诗品》和南宋严羽《沧浪诗话》的理论,强调"兴会神到",追求"得意忘言",以清淡闲远的风神韵致为诗歌的最高境界。《然灯记闻》载王士禛述其选编《唐贤三昧集》的缘起:

> 吾盖疾夫世之依附盛唐者,但知学为"九天阊阖""万国衣冠"之语,而自命高华,自矜为壮丽,按之其中,毫无生气,故有《三昧集》之选。要在别出盛唐真面目与世人看,以见盛唐之诗,原非空壳子,大帽子话。

沈德潜编《唐诗别裁集》,却体现其格调说之理论。作者信奉"诗教"、注重"格调",选诗用意即在弘扬"诗教","去淫滥以归雅正"(《原序》),从而纠正有明"嘉、隆而后,主复古者拘于方隅,主标新者倔而先矩"(同上)之偏颇。

2. 选材。选材是选集型总集的中心环节,表现了选编者的艺术修养或学术修养,也反映选者的思想、文学观点。选取什么题材,决定于该选本的基本性质。如王士禛倡神韵说,所选皆清微淡远之作。《唐贤三昧集》不录李、杜,所选盛唐作家42人,其中选王维诗独多,至百余首,次则孟浩然、岑参、李颀、王昌龄4家,皆在30首以上,余则10余首或数首。而沈德潜《唐诗别裁》,选诗则以李、杜为宗,选录唐诗1920余首,李、杜诗约有400首录入。然因所主格调说,主张从格律声调上学习古人,并主张"温柔敦厚",故所选诗篇亦有徒呈空套与歌功颂德之作,一些针砭时弊之佳作未予收入,且选入五言试帖诗多篇,声称"今为制科所需,检择佳篇,垂示准则、为入春秋闱者导夫先路"(《重订唐诗别裁序》)。一些现代文学选本,从书名上就可看出其选材内容。如专选现代文学中各具特色的创作流派的作品选就有严家炎编选的《中国现代各流派小说选》(北大出版社1986年版)、人民文学出版社1986年出版的《中国现代文学流派创作选》丛书等,选印各流派的代表作。优秀的选本在选目上应注意全面性和代表性。要做到这一点,必须对所选范围内的有关内容了然于胸中。如编一代选本,就必须对这一时代文体发展流变了如指掌,这才能选出具有代表性的选本来。如《唐诗三百首》选录了唐诗各种体裁:卷1~2:五、七言古诗;卷,4:七言乐府;卷5~6:五、七言律诗;卷7~8:五、七言绝句。所选各家作品有其代表性。如杜甫善写七律,"老去渐于诗律细",选13首,绝句不太好,未入选;杜牧善写绝句则不善律诗,故不选律诗,单选绝句8首。所选作品皆脍炙人口,具有代表性。1935年有个选本,根据127种唐诗选本,以64次为落选标准,一共选出333首唐诗,其中和《唐诗三百首》相同的有108首之多。所以该选本虽则收诗300首,然重点突出,涵容多样,问世之后,"风行海内,几至家置一编"(《四藤吟社主人序》)。而《唐贤三昧集》因选面较狭,故其书一出,即遭非议①,几使王氏不欲流布此书,且毁《池北偶谈》之刻。只因其特色鲜明,问世后影响还是很大的。《文选》虽因强调辞藻华美而漏选了一些优秀篇目,但入选之作大都较精美。且摒弃了盛行于时的艳体诗。全书概括了当时各种文体的大致面貌和代表作品。故成书以后,"后世英髦,咸资准的"②,有"《文选》烂、秀才半"之谚。杜甫教他儿子要"熟精《文选》理"。《文选》之如此受后人宝重,主要在于它的选目具有代表性,是一部具有很高学术质量的选本。

---

① 见赵执信《谈龙录》、阎若璩《潜邱札记》、李重华《贞一斋诗说》、乔亿《剑溪说诗》等。《四库全书总目提要》则持折衷之论。

② 李善《上文选注表》。

3. 次序编排。选目选出以后，根据选本的性质、规模，按一定的方式排列。详见下节。

第二节　总集的编排方法

文学总集的编排方法有多种，它或根据编者的艺术趣味，或据总集的内容性质而定。大体有分代、分类、分体裁等几大方式。择其常见者，分述如下：

一、按时代（或年代）编排

按时代编排的，主要指那些包括几个相连的历史朝代的文学作品总集。如丁福保编《全汉三国晋南北朝诗》，分代编次：《全汉诗》、《全三国诗》、《全晋诗》、《全宋诗》、《全齐诗》、《全梁诗》、《全陈诗》、《全北魏诗》《全北齐诗》、《全北周诗》和《全隋诗》，依朝代次序分11集。按年代先后为序的主要是指一代诗文总集。如清初吴之振等编的《宋诗钞》，106卷，共收诗人100家，刻出84家。所收各家，以诗人时代先后为序。清编的《全唐诗》，收作者2200余人，亦大体以时代前后排列，并系小传。宋王安石编《唐百家诗选》，20卷，收104家，诗1200余首，按作者时代先后编次。

二、按文学作品的体裁编排

按体裁编排的诗文总集也是较为常见的。如清李锳编选《诗法易简录》，以诗征法，因法录诗，选录各诗体之有代表性者，以说明其法则与格律。正文14卷，依次为五、七古各3卷，柏梁体、齐梁体1卷，五、七律5卷，五绝附六绝、七绝各1卷，书末附《录余绪论》1卷。宋周弼编《唐三体诗》，专选唐七言绝句、七言律诗、五言律诗等"三体"。七言绝句又分：实接、虚接、用事、前对、后对、拗体、侧体七格。七律分：四实、四虚、前虚后实，前实后虚、结句、咏物六格。五言律分七格：四实、四虚、前虚后实、前实后虚、一意、起句、结句。也有以韵编次的。如清于朋举编《玉堂才调集》，专选唐人七律，共 3000 余首，依平水韵上、下平 30 韵编次，各为 1 卷，末为联章 1 卷，凡 31 卷。词总集则有依调编次的。如《阳春白雪》8 卷，外集 1 卷，所选凡 200 余家，皆依调编次。唯各卷词调一再重出，可能是随得随编，全书还未及作最后的统一。

三、按文学作品主题分门类编排

如南宋赵孟奎编《分门纂类唐歌诗》。是书原 100 卷，分天地山川、朝会宫阙、经史诗集、城郭园庐、仙释观寺、服食器用、兵师边塞、草木虫鱼 8 类，每类下又分小类。清康熙钦定、陈邦彦等奉旨编纂的《佩文斋题画诗》，又称《历代题画诗》，汇抄历代题画诗篇，下限止于明代，得 8962 首题画诗，分三十个门类编排：天文、地理、山水、名胜、古迹、故实、闲适、古像、写真、行旅、羽猎、仕女、仙佛、鬼神、渔樵、耕织、牧养、树石、竹兰、花卉、禾麦、蔬果、禽、兽、鳞介、花鸟合景、草虫、宫室、器用、人事、杂题等。

今人韩秀琪、刘艳丽编注的《历代花鸟诗》，选花鸟诗精品 400 余首，按类编排：花草、果木、鸽鸟、鱼虫四大部，下分小类：梅、海棠、杏、桃、牡丹、柳、松、桂、桐、雁、燕、鸥、鹤、蝶、蝉、蜂等 40 类。每类少则 5、6 首，多则 10 多首。编法吸取了古代类书之长，又有异于断代、历代选编法。而且在每类诗后附赏析文章，集后附录花鸟名句索引。

从现存文学总集的编排法看，以上述三类为最常见。也有编次无序者。如旧题元好问撰的《唐诗鼓吹》，10 卷，专选唐人七律，凡 96 家，596 首。所选以中、晚唐为多，初、盛唐较少。编次不依时代先后，而以柳宗元、刘禹锡、许浑为首，以徐铉殿后。由于编次凌乱,后人颇有微词,沈德潜、翁方纲都怀疑其为元好问撰次。(见沈德潜《说诗晬语》、翁方纲《石洲诗话》卷7)。

第三节 别集的类型及编纂方法

与"总集"相对,只汇集一个人著作的集子称为"别集"。别集的类型,也分全集型和选集型两大类。

收录一人全部作品的全集型别集,一般由后人编集。如清王琦辑注《李太白全集》,36卷。厘诗为30卷,别以序志、碑、传、赠答、题咏、诗文、评语、年谱、外纪为附录6卷,凡诗1050余首,文106篇,附录诗文等500余首。1981年,中华书局修订重版此书时,又据《唐诗纪事》、《唐宋诗醇》、《全唐诗》等辑录了诗4首,文1篇作为补遗附入。

《茅盾全集》,20卷,1990年人民文学出版社出版。《茅盾全集》编辑委员会编撰。收录了茅盾的全部小说、剧本、童话、神话、诗词、散文及中国文论。

收录一人的部分作品称选集型别集。选集型别集有的选录各种体裁的作品。如人民文学出版社1986年出版的《鲁迅选集》,选入作者在各个时期所写的不同体裁、不同风格的有代表性的作品(包括旧体诗、书信等),以期读者对鲁迅作品的思想面貌和艺术特点能得到一个基本的了解。4卷。第1卷创作,包括小说、散文诗、回忆散文、旧体诗。分别选自《呐喊》、《彷徨》、《集外集》和《集外集拾遗》;第2卷杂文,分别选自《坟》、《热风》、《华盖集》、《华盖集续编》、《而已集》、《三闲集》;第3卷杂文,分别选自《二心集》、《南腔北调集》、《伪自由书》;第4卷为杂文和书信。分别选自《且介亭杂文》、《且介亭杂文二集》、《且介亭杂文末编》、《集外集》、《集外集拾遗》、《集外集拾遗补编》、《两地书》和《书信》。

有的仅选一种体裁。如《精选陆放翁诗集》(四部丛刊影印明初刊本），包括《涧谷精选陆放翁诗集》（10卷，宋人罗椅选）、《须溪精选陆放翁诗集》（8卷，宋人刘辰翁选）、《陆放翁诗别集》（1卷，明人刘景寅选）。

　　选集型别集的编纂者，有的是作者自己。如宋陆游自编的《渭南文集》，50卷。陆游晚年封渭南伯，故自名其集。凡文集41卷、《天彭牡丹谱》1卷，《入蜀记》6卷，词2卷。为陆游幼子陆遹刊行。现代文学作家自编的文集比较多。如冰心相继出版过十五本散文集（包括一部分和诗、小说的合集），有些是自编的，有些是他人代编的，但都经过冰心寓目，且大多有冰心的自序或再版自序。

　　自编的全集型别集极少，一般为后人所编。有些全集型别集，是在作者自编的选集型别集基础上，累经后人增补而成的。如欧阳修自编《居士集》50卷，苏轼为之序。分古诗、律诗、赋、杂文、论等。后人增补成153卷的《欧阳文忠集》。有《外集》25卷，分乐府、古诗、律诗、赋等。《易童子问》3卷、《外制集》3卷、《内制集》8卷、《表奏书启四六集》7卷、《奏议集》18卷、《杂著述》19卷、《集古录跋尾》10卷、《书简》10卷。今传《四部丛刊》本又增附录5卷，集名作《欧阳文忠公文集》。

　　诗文别集或自编或他编，故名称各异，其命名的随意性很大。单以清人文集的命名看，就五花八门：

　　　　清人自裒所为文，或身后由门生故吏辑录之，以成一编。大抵沿前世旧称。名之曰集，或曰文集，或曰类集，或曰合集，或曰全集，或曰遗集。亦名之曰稿：或曰文稿，或曰类稿，或曰丛稿，或曰存稿，或曰遗稿。而稿之中有初稿、续稿之分。集之中有正集、别集之辨。其不以集或稿为名者，则命曰文钞，或曰文录，或曰文编，或曰文略，或曰遗文。此正例也。亦有不标斯目、而别制新题者。如颜元《习斋记余》、万斯同《群书疑辨》、董丰垣《识小编》、法坤宏《学古编》、钱圹《溉亭述古录》、张宗泰《质疑删存》、陈立《句溪杂著》、李象鹍《棣怀堂随笔》之类，名似笔记，实即文编。（张舜徽《清人文集别录·自序》）

现代文学别集的命名有直呼其名者，如《郁达夫诗全编》、《冰心小说散文选集》等，也有的是据文集内容别制新题者。如冰心第一部散文、小说合集名《超人》（商务印书馆，1923年10月版），另有称《往事》、《南归》等。

别集的编纂方法大体与总集相仿佛，但因为大多出于个人之手，故不仅名称有很大的随意性，编制体例也因人而异。常见的大致有下面几种：

一、按作品创作的年代编次

如邓广铭《稼轩词编年笺注》，取《稼轩词》4卷本、《稼轩长短句》12卷本、法式善、辛启泰《辛词补遗》，又从《永乐大典》、《清波别志》等书补辑数首，共得词626首，稼轩词集，采辑详尽，莫善于此，并附有年谱。

安旗等注释《李白全集编年注释》（巴蜀书社1990年版）。从李白15岁（开元三年）始至李白63岁（广德元年）止，将李白一生诗文大多编年，末附未编年诗；另有编年文及未编年文。

浙江文艺出版社编、1989年版的《郁达夫诗全编》，收录目前发现的郁达夫全部诗作600首，附录作者诗论。诗歌皆按创作年代先后次序，自1911年始至1945年止。次则收词作10首，亦编年，次"断句、对联、题词"，次"集句联、集句诗"，次"新诗、歌词"，最后是1首德文诗。各类亦以创作年代序次。

选集型别集也有以年代编次的。如人民文学出版社出版的《李白诗选》（复旦大学中文系选注），分编年部分和不编年部分两类。编年部分按李白一生活动的踪迹编次：第一期，蜀中时期；第二期，以安陆为中心的漫游时期；第三期，长安时期；第四期，以东鲁、梁国为中心的漫游时期；第五期，安史之乱时期；这样编次，极便读者了解李白一生思想及艺术发展的轨迹。

二、按体裁特点编排

如李谊校注的《韦庄集校注》（四川省社会科学院出版社1986年版），正文分诗、词、文三大类。《樊南文集》（上海古籍出版社1988年版）的正文分：表、状、启、祝文、祭文、序、书、箴、传、碑铭、赋、杂记。补编也依然按文体排，分表、状、启、牒、碑、铭、行状、文状、祝文、祭文等。

《杨仲宏集》，8卷，元杨载撰。是集虽仅收诗这一种文体，但亦以诗中各体分列编排：卷1为五言古诗、卷2至卷中为五言律诗、卷5为七言古诗、卷6～7卷为七言诗、卷8为五、七言绝句，共收诗近400首。

有的词集是以乐律编次的。如柳永的《乐章集》3卷，按吕调编次。有正宫、中吕宫、仙吕宫、大石调、双调、小石调、歇指调、林钟商、中吕调、平调、仙吕调、南吕调、般涉调、黄钟羽、散水调等16个宫调，150个词调。张先的《子野词》，乾隆五十三年(1788)鲍廷博所得绿斐轩抄本，也是按宫调编排的。大约为宋本真面目，分正宫、中吕宫、道调宫、仙吕宫、大石调、小石调、歇指调、林钟商、中吕调、高平调、仙吕调、般涉调14个宫调，71个词调。鲍氏另辑补遗2卷刻入《知不足斋丛书》第13集，朱孝臧据江都黄子鸿校《知不足斋丛书》本，复刻于《彊村丛书》中。《东坡乐府》本来也是分调编次的。1910年，朱孝臧始为之编年，无从编年者别为1卷，刊入了《彊村丛书》。

按文章体裁编排是别集中较为常见的一种方式，编排难度较小，较易掌握。

三、按作品内容分类编次

有的以诗文所写对象分类。如浙江古籍出版社1985年出版的《朱淑真集注》，是集将《断肠诗集前集》10卷、《后集》8卷与《断肠词》1卷、《补遗》1卷合编在一起。其中，除词和《补遗》外，诗集均以所咏内容分类。前集卷1：春景；卷2：春景；卷3：春景、花柳；卷4：夏景；卷5：秋景；卷6：秋景；卷7：冬景；卷8：吟赏；卷9：闺怨；卷10：杂题。后集卷1：春景；卷2：夏景；卷3：秋景；卷4：冬景；卷5：花木；卷6：杂题；卷7：人物；卷8：杂咏。无名氏编纂的《分门集注杜工部诗》，以诗题划分门类，凡72门，如"星河门"、"雨雪门"、"酬答门"、"送别门"等。《四部丛刊》载《韦刺史诗集》10卷，除赋1首外，古今诗560首，亦皆按内容分类，诸如：寄赠、送别、酬答和逢遇、怀思、行旅、感叹、登眺、游览、杂兴等。

有的作品编排大体按主题思想来分部。典型的是宋文天祥的《文山先生集》。分《文集》、《指南录》、《指南录后录》、《吟啸集》、《集杜诗》、《纪年录》，最后为传记、祭文等拾遗、附录。上述作品，有的专写作者与敌酋的斗争及历经艰险逃出敌手的经历（《指南录》、《指南录后录》）、有的写狱中生活的（《吟啸集》）、有的为集杜甫诗句而成（《集杜诗》）、有的为作者自己的生平事迹纪要（《纪年录》）等。这类别集还比较少见。

四、漫录式混编

现存的许多古代诗文别集，有的因岁月长久，原来编次的面目不复存在；有的因出于多人搜辑而成，或代有增补，故编例不统一，只存漫录形式。如朱金城《白居易集笺校》（以《白氏长庆集》为底本），诗文编例就不统一，正集部分71卷，卷1～38卷为诗赋：卷1～4是讽谕，卷5～8是闲适，卷9～12是感伤。系按类编排的。而自卷13开始又分体排，且所分体裁也编排无序。如卷13～20

是律诗,卷 23～28 律诗,卷 31～35 律诗,卷 37 律诗,中间插排进"格诗歌行杂体"、"格诗杂体"、"格诗"、"半格诗"、"诗赋"等。卷 39 至卷 71 又大体分体裁,但也不严格。如卷 39 是"铭赞箴谣偈",卷 70 是"铭志赞序祭文记辞传",卷 71 是"碑记铭吟偈",其间文体多重复出现。

有的别集既分体,体下又分类,是有编例可循的,但因其体类合编,故且亦放进漫录类。如明邵宝注《邵二泉先生分类集注杜诗》,又名《刻杜少陵先生诗分类集注》,就是将杜诗先分体再分类的。其类,按内容分为纪行、述怀、怀古、时事等 53 类。

有的别集大体按体裁编次,但又杂以分类的分目,故也只可以混编目之了。如《刘禹锡集笺证》(上海古籍出版社 1989 年版)。是集分赋、碑、论、记、书、表章、状、启、集纪、杂著、杂兴、五言今体 30 首、古调、七言、杂体诗、乐府、送别、送僧、哀挽悲伤等。其中"送别"、"送僧"、"哀挽悲伤"显然是以内容分类的。

第五章 辑佚与附录、序跋

辑佚是指原书已佚或原诗文散佚已久,不见于今存诗文总集与别集之中,后人通过各种方式途径,将亡佚之书中的诗文重加搜辑,使其全部或部分地恢复原貌。

附在正文之后的参考材料,称为附录。附录所收内容,或是有关正文思想、艺术、版本流传情况等有价值的参考资料,或是原书作者的传记及有关资料,或是对原书的思想、艺术等方面的考证材料,供读者研究所资。

文学史料整理完毕后,需要有一个总结性的交待,这就是序跋。一般来说,出版的文学书籍都有序跋,内容多寡不一,所论及的问题也是各随其愿,并不划一。

辑佚与附录、序跋都是文学史料整理中的后道工序,(也有的序文是放在头道工序完成的)涉及到一些理论和实践问题,本章略作阐述。

第一节 辑佚常用的方法

辑佚工作起源已久,至清代,学术界辑佚工作普遍展开,或专辑一人之逸书,或专辑一门学术之遗著,或专辑一书之逸注,莫不穷搜博考,旁征远绍。出现了许多辑佚大家:马国翰辑《玉函山房辑佚书》760卷,严可均辑《全上古三代秦汉三国六朝文》746卷,王谟辑《汉魏遗书钞》;黄奭辑《汉学堂丛书》。另有洪颐煊、孔广森、袁钧、任大椿、陈鳣等,都辑有许多种佚书。今天我们还能略窥汉唐间许多古籍之一斑,应归功于这些辛苦辑佚的学者们。他们在辑佚实践中积累了丰富的经验,当然也有教训,这些都是今天的辑佚工作者可资借鉴的宝贵财富。先贤们是怎样从事辑佚工作的?他们用力的途径和方法有哪些?梁启超在《清代学术概论》一书中有这样一段总结性的话:

> 吾辈尤有一事当感谢清儒者,曰辑佚。书籍经久必渐散亡,取各史艺文、经籍等志校其存佚易见也。肤芜之作,存亡固无足轻重;名著失坠,则国民之遗产损焉。乾隆中修《四库全书》,其书之采自《永乐大典》者以百计,实开辑佚之先声。此后兹业日昌,自周秦诸子,汉人经注,魏晋六朝逸史逸集,苟有片语留存,无不搜罗最录。其取材则唐宋间数种大类书,如《艺文类聚》、《初学记》、《太平御览》等最多,而诸经注疏及他书,凡可搜者无不遍。(《梁启超论清学史二种·清代学术概论》,复旦大学出版社1985年版)

梁氏指出了清儒辑佚之主要门径。综合考察清儒及今人的辑佚方法,主要有以下几种。

一、从唐宋类书中搜辑佚书

唐宋所编纂的类书,收存历代重要典籍,许多亡佚了的古书藉之以存,其中也保存了数量众多的文学史料。重要的唐宋类书,无疑成为寄存文学史料的仓库,我们可以从中择取所需。最著者有下列几部类书:

唐欧阳询《艺文类聚》，保存了唐以前丰富的文献资料，明冯惟讷辑《诗纪》、梅鼎祚辑《文纪》、张溥辑《汉魏六朝一百三家集》，以及清严可均辑《全上古三代秦汉三国六朝文》，无不资以为宝山玉海。

其他如隋末唐初虞世南编的《北堂书钞》、唐徐坚等撰的《初学记》、《唐宋白孔六帖》以及宋代的《太平御览》、《册府元龟》等。《太平广记》是我国古代小说之渊薮，笔者辑注古小说《启颜录》，从中辑得 61 则，全书共辑得 104 则，占辑注本的百分之五十九。

二、从诸史及总集中搜辑历代遗佚诗文

正史中的《艺文志》，可以知道学术的变迁和古代已佚书籍的书名。史书的人物传记中，也有有关的遗佚诗文。总集特别是文学总集，和类书一样具有寄存遗佚诗文的功能。如《文苑英华》、《国秀集》、《唐诗鼓吹》、《唐音统签》、《唐诗纪事》、《极玄集》、《才调集》等。清编《全唐诗》，大多数诗是从上述这类诗总集中辑录出来的。

三、从古注中搜辑文学史料

《三国志注》、《水经注》、《世说新语注》、李善《文选注》等注文中有大量文学史料，前已详述，此不赘言。

四、从方志中搜辑文学史料

历代方志中有不少专设"文翰"或"词翰"卷，录存各代包括当代文学家的诗文，有的虽无专卷，但在书中谈到某些古迹、风俗等内容时，也往往摘录历代名人题咏。又由于方志的修纂具有连续性，后代人修志时都要依傍前志，这样，尽管所引原书或已亡佚，但可赖方志直接或间接地保存了下来。如 1983 年第 3 期《争鸣》上曾载过一则消息，说从旧志中发现了汤显祖三篇佚文。1982 年

秋,广昌博物馆在整理文物线索、编印《广昌县志》卷9《艺文志》第52页中,发现未署官衔、仅署临川汤显祖所写的《黄太次诗集序》一文。1983年夏,又在该县《平西何氏八修族谱》卷之二第86页至88页中发现署名"赐进士出身承德郎南京礼部祠祭清吏司主事汤显祖拜手撰"的《蕲州同知何平川先生墓志铭》和《何母刘孺人墓志铭》。上述3篇文章,1980年中国古籍出版社出版的徐朔方笺校的《汤显祖诗文集》中未收,故确认为汤翁轶文。

五、从敦煌遗书和不断发现的古代实物遗存中搜辑

敦煌发现的大量文学史料中,不少是久佚的古书,虽为残卷碎叶、片鳞残羽,亦弥足珍贵。如唐王梵志诗和韦庄《秦妇吟》诗等重要作品就出之于敦煌。王重民据敦煌材料辑成《补全唐诗》与《敦煌唐人诗集残卷》,共录诗百余首。笔者辑《启颜录》,即从唐开元敦煌写本残卷中辑得40则。另外如宋刻《张承吉文集》10卷本之发现,使唐张祜诗骤增150余首。

考古发现的古代实物遗存中的竹简、帛书及印本书籍,除了校勘价值之外,还有辑佚价值,前文已有多种实例,可参看。

六、利用前人辑佚成果

前人已做了大量的辑佚工作,成果累累,如《全上古三代秦汉三国六朝文》、《玉函山房辑佚书》、《汉魏遗书钞》等,不失为文章之渊薮,艺林之宝筏,可按图索骥,不失为辑佚之捷径。国外佚存的中国古籍,主要有《古逸丛书》和《佚存丛书》。前者为黎庶昌出使日本时所辑,后者为日本天瀑山人林衡辑刊,多采罕见典籍辑之。1933年日本人服部宇之吉编辑《佚存书目》,凡中国编著书籍,在中国佚失而存于日本者收之。在此改革开放、中日文化交流日益频繁之际,我们也有利用这些域外存书辑佚的机会了。

当然，辑佚用力之途远不止上述几方面，其他如金石碑刻、佛道二藏、文人笔记、读书札记等也保存了不少已佚文学史料。如唐范摅所著笔记《云溪友议》，主要记载中唐至晚唐间诗人的诗歌唱和与轶闻佚事，"大抵为孟棨《本事诗》所未载，逸篇琐事，颇赖以传。又以唐人说唐诗，耳目所接，终较后人为近。"(《四库全书总目·子部·小说家类一》)是唐诗辑佚的重要来源之一。梁启超还发现辑子部书的一大妙法，可以从同时人所著书中辑出百家之言，如从《孟子》、《墨子》书中辑告子学说，从《孟子》、《荀子》、《庄子》中辑宋钘学说等等。

辑佚成果的发表方式有两种：一种方式是以"补遗"形式附在今传本正文之后或以另册出版，力求使今传本成为足本。附在正文之后者，多别集。如冀勤辑校的《朱淑真集注》有"朱淑真集注外编卷二补遗"，收"诗"、"词"、"文"。李谊校注的《韦庄集校注》在第一部分"诗"后补遗古今体诗凡 74 首。另册出版的大多为全集型总集的补遗。如《全唐诗外编》、《全宋词补辑》等。第二种方式是原书久佚，后人将其从各书中辑出，成为辑本传世。如志怪小说《搜神记》，原书久佚，今传是后人从《法苑珠林》、《太平御览》等书辑录出来的。唐《杜审言集》，《新唐书·艺文志》著录有 10 卷，而现存最早的《杜审言集》宋刻本仅 1 卷。唐《李峤集》亦系明人所辑。可以说唐及唐前古诗文以辑本传世者为多。

第二节 辑佚质量的基本要求

辑佚绝非易事，不通校勘、考证，不精目录版本者，必讹舛百出。近人刘咸炘早年曾写过一部《辑佚书纠缪》的书(刘氏此书序例见《目录学》)，指出了辑书的四大通病，大意如下：

第一是"漏。即网罗难尽，一个人的精力、学力有限，难以涉猎完天下之书；即使组织几十人、几百人的队伍，也难免无遗漏。第二是"滥"。内又分二端：一为臆断，二为本非书文。第三是"误"，又分二端：一是不审时代，二为据误本俗本。第四是"陋"，又分三端，一是不审体例，二是不考源流，三是臆定次序。

刘氏确实道出了辑佚之病。辑佚要保证较高的学术质量，就要避免上述弊病，具体地说，要达到"全、正、真"三字要求。

一、全。辑佚的目的既为求备，就必须辑者多方搜摭，力求无漏。当然要真正做到网罗无遗，谈何容易！即使竭尽全力，自觉搜辑殆尽了，也不敢遽断无漏，只求尽量完备些。一般说来，同一部书，所辑佚文多者质量就较优些。，一部佚书，往往经几代多人之手搜辑，后人辑此书时，当以前人辑佚成果为基础增辑，所以如果一本古书有几个辑本的话，往往是时代最近的最后一个辑本内容更完备些。

辑佚需博览群书，然以个人力量所限，即便终其一生也难以观尽天下之书。故搜辑某书佚文，首先要充分发挥目录索引的功能，查出载有该书佚文的著作及各种版本，然后按图索骥，将这些著作及版本全部找出，缺一不可。第二步的工作是根据该书内容及体裁所属，初步划定一个普查范围。如系唐前古小说类，则可从载有大量小说材料的几部类书查起，诸如《太平广记》、《说郛》、《类说》等，另外，笔记、佛道两藏也不可忽视。全集型总集的普查范围就更广了。严可均《全上古三代秦汉三国六朝文》，搜罗号称详备，巨细不遗，但因对佛典注意不够，遗漏的篇章仍然不少。

二、正。即所辑内容要正确无误。这是针对辑本易蹈的错误而言的。辑佚之误大体以张冠李戴、滥收重收和辑文误夺为最多。

张冠李戴，以他书为此书，以他人之作为此人之作，误收滥收重收，或以不佚为佚。房日晰曾著文称童养年所辑的《全唐诗续补遗》与《全唐诗》补重者，竟超过了童氏辑佚总数的八分之一。房文将重收的情况作了如下分类：（1）将甲人诗或断句补入乙人集者；（2）与《全唐诗》、《全唐诗补逸》本集补重者；（3）割取本人某诗数句作一首诗者;(4)摘出本人某诗中一联作佚句者。(见《〈全唐诗续补遗〉校读续》,《西北大学学报》1985 年第 2 期)这里,(1)类属张冠李戴;(2)类为重收,以不佚为佚;(3)(4)两类亦为重收,不过以割裂本人诗句为佚,可以说本来不误,辑佚后反误者。以上错误,通过精审的校勘,是可以杜绝的。试迻录一例:

  《全唐诗续补遗》卷 11 载李频《送刘山人归洞庭》:去意无人会,唯应道是从。平湖乘早月,中路入疏钟。秋尽户蛩急,夜深山雨重。当时将隐者,分得几株松。(《外编》506 页)
  此诗即《全唐诗》卷 588 李频《送刘山人归洞庭》。首联作"君逐云山去,人间又绝踪"(一作"去意无人会,唯应道是从"。又作"却共归云去,高眠最上峰");"平湖"作"半湖";"户蛩"作"草(一作户)虫";尾联作"平生心未已,岂得更相从"(一作"当时同隐者,分得几株松")(《全》18.6827 页)

  从此例看,作者相同、诗题相同,只有个别字句有异,且有"一作"之说可资,认真对勘,就不可能误收。可见辑佚中校勘至关重要。如果校核精审,辨识严密,就不大会出现张冠李戴的情况.但辑佚古书时也会遇到如下这种情况,即同名而异书。古人引书并不严格,同一本书往往也有不同名称,而引书时不署作者之名,这样就需要审慎考核。如确有实证可认为是某书者,才能作为某书的佚诗文。如若无确证,也不可轻意割舍,而作为附录留之骥尾,以备进一步查考。如笔者在搜辑旧题唐陆广微《吴地记》佚文时就遇到过这类情况。据笔者初步考证,《吴地记》成书年代上限应在北魏郦道元《水经注》前,今《水经注》引有佚名《吴地记》1 则、《艺文类聚》引 3 则、《史记三家注》引 5 则,其内容与北宋乃至南宋人所引陆广微《吴地记》大致相同,似出于同源。然有些类书及方志引录了不少异书同名的《吴地记》,并著录了作者姓名。这些异书同名者，往往别有所名。如陆道瞻的《吴地记》，一作《吴郡记》；环济的《吴地记》，一作《吴记》；董监的《吴地记》，一称《吴地志》。所以难以确考各书所引佚名《吴地记》者即系所谓陆著《吴地记》，只好附载于《吴地记佚文》之末。

辑佚中佚文误夺情况也司空见惯。防止的办法，一是注意所辑佚文的版本，劣俗本不可据，尽量据该书善本录之；二是需对佚文严加考证，细心校勘。在利用旧辑本的时候，也需校核。旧辑本之通病是钞辑佚文较粗疏，往往有误夺衍字，但一般旧辑（或类书所引）都注明引文出处，如能找到佚文最初出处的书籍，一定要重加复核，这样可避免以讹传讹之病。如原载佚文的书籍已佚，则应注明佚文最早出处。对所辑佚文需细加考证、复核，因为古人引书往往并非完全照录原文，所注出处有时也不统一，加上年代久远，辗转抄写，错误难免。如果把辑佚看成简单抄撮、排比即成，而不加考证，不精校勘，则所辑佚文不过是一堆杂乱材料而已。

三、真。即力求还原书旧貌，主要指恢复原书的编排体例，不作杂乱编排，臆定次序，否则就犯了刘咸炘所说的"陋"病。这里会遇到三种情况：一种是原书并未全佚，原貌尚存，所辑佚文自然可以按原书体例编排，这是比较容易的；第二种是原书大部分佚，今仅有辑本传世，而各种辑本体例不一。这种情况，新辑本就得考虑到佚文的源流，应以传世最早的辑本为主，后以时代编次。传世最早的辑本应最接近于原貌。如《启颜录》，据以辑录的本子共三种：唐敦煌写本残卷、北宋《太平广记》、南宋曾慥《类说》。唐写本仅存《论难》、《辩捷》、《昏忘》、《嘲诮》4篇，但却接近原书真貌。据此可推测，原书面貌是分篇，篇有标目，每篇下又辖数则，是按内容分类的，故事以类相从，类即标目之所依据，和刘义庆《世说新语》体例相同。而《太平广记》本和《类说》本都不标篇名。《太平广记》本大体以人名标目，有时一人目下括数事，略存唐写本之遗意；而《类说》本均以事标目，离原本之貌更远。新辑本则首唐写本、次《太平广记》本、次《类说》本。第三种情况是原书久佚,原书旧貌已无从考见,故新辑本只好另定体例,重加编排。如晋干宝《搜神记》,今辑本已非原本面貌,纯为后人重加编次。

辑佚之文字,每条都必须注明出处,如系数书同引,应列出佚文之最早出处,征引今存典籍,一般也不据他书转引,以免传讹。

诗文的辑佚是辑佚中的难点。佚文往往散见他书,搜罗就很困难,版本的搜求也不易,材料即使全备了,还要整理凌乱的篇第,精加校勘、考辨,苦心排比乃成。不像有些辑本,只要抄书,如《续通鉴长编》,全在《永乐大典》"宋"字条下,以今言之,只要复印下来就成。正因为辑诗文不易,故在选择该辑何书的时候,也得费点斟酌,根据目录学知识,选择学术价值较高、在文学史上占有一定地位的佚书作为对象,否则费了不少精力,辑本价值不大,岂非可惜。一般来说,有别集的作者,都应费点功夫,化点精力,尽量搜辑完备些。

第三节 附 录

一般的诗文集,特别是别集,在正文之后都有附录,附录内容多寡不一,均是为帮助读者理解原书正文的思想、艺术,是研究该书的重要参考资料。新整理本的附录内容更为丰富,几乎将对该书的研究成果都放进去了,读者可据以直接进行深入的研究。常见的附录有以下内容。

一、有关作者的传记材料

如人民文学出版社出版的《孟浩然集校注》(1989年版,徐鹏校注),附录有孟浩然的传记资料三则:《旧唐书·文苑传》、《新唐书·文艺传》、《唐才子传》。孟浩然的生平资料已略备于此了。王学初《李清照集校注》附录李清照传记资料多达34则。

二、历代刻本序跋及书目著录

一书而有多种刻本,刻本之序跋往往包含有很丰富的信息量,不仅可据以考见版刻流变,也可据以了解历代对该书的评价。如冀勤的《朱淑真集注》附录的序跋有:孙寿斋《后序》;田艺蘅《纪略》;潘是仁《朱淑真引》;毛晋《跋》、《漱玉词跋》;黄丕烈《跋》;徐康《跋》;许玉瑑《校补〈断肠词〉序》;况周颐《〈断肠词〉跋》;吴骞《拜经楼藏书题跋记》;丁丙《新注朱淑真断肠诗集十卷后集七卷跋》;缪荃孙《跋》;吴昌绶《题款》;张元济《跋》;徐乃昌《跋》等 15 种,甚为可观。

历代书目著录也是附录中常见资料。以上述《朱淑真集注》附录的书目看,就有:杨士奇《文渊阁书目》、高儒《百川书志》、陈第《世善堂藏书目录》、《续文献通考》、钱谦益《绛云楼书目》、钱曾《述古堂藏书目》、陈揆《稽瑞楼书目》、瞿镛《铁琴铜剑楼藏书目录》、《四库全书总目》、陆心源《皕宋楼藏书志》及叶德辉《郋园读书志》等 11 种公私书目著录。

三、备考诗文

这类备考诗文有两方面内容,一是误题某人之作因而误编入某人集内者。整理者将误收之作从原集正文中抽出,加以考辨,然犹恐蔽于一孔之见,仍缀于原集之后作为附录。如王学初《李清照集校注》附录有《误题李清照撰之作品》一目,凡收词 29 首,失调名者 2,作品后详注出处及编注者按语。如《玉烛新》词,出处:"《梅苑》卷三","按:此首乃周邦彦作,见宋本《详注周美成词片玉集》卷七。《梅苑》误作李清照词。"一是一时尚难考辨究属谁人何书之诗文,又不可遽去者,也收入附录以俟考。如《独异志》(张永钦、侯志明点校,中华书局 1983 年版)附录收《独异记》4 则,原因是"《独异志》与《独异记》是否为一书,难以判定,姑录以备考"。

四、诸家评论摘录

有些诗文注本在每首诗的注释后录前人评笺,有些则收集诸家评论,择其著者附录于后。如李谊校注的《韦庄集校注》附录收有"诸家评韦庄诗"、"诸家评韦庄词"二目。前文所说的《李清照集校注》附录二"诗词评论",从《碧鸡漫志卷二》、《金囷集》、《东维子集卷七·曹氏雪斋絃歌集序》、《香台集卷下·易安乐府》、《闲中今古录》、《蟫精隽卷十四·女人咏史》、《弇州山人词评》、《太平清话卷三》、《崇祯历城县志卷十六》、《花草蒙拾》等 30 种著作中摘出关于李清照诗词的评语,为研究者提供了极有价值的参考资料。

五、著作考

有些作者的著作学术界向有争议,编集者要将有关的研究资料及最新研究成果提供给读者。如《李清照集校注》附录的《李清照著作考》一目,分三类:一诗文集、二词集、三杂著。分别对李清照全部著作进行了考证,根据书目著录、前人刻本序跋中提供的线索,核之今传本及其他材料,编者用按语陈述了考证意见。

六、作品系年及作者年谱

有的诗文别集还附有系年或作者事迹编年,甚便读者。如逯钦立《陶渊明集》附录二有"陶渊明事迹诗文系年",王学初有"李清照事迹编年"等。李嘉言《长江集新校》(上海古籍出版社 1983 年版)附录有"贾岛年谱"、"关于贾岛年谱的讨论"、"贾岛年谱外纪"等材料。

七、有关作者及诗文的其他研究资料

有的编注者把对作者的研究论文作为附录缀在书后,而书前之序,采用旧序,实际上虽为附录,却具新的序文作用。如逯钦立

《陶渊明集》附录一：《关于陶渊明》，是一篇专论，全面评价了陶渊明其人、其社会、其所属阶级：(1)陶渊明的没落贵族家庭和封建教养；(2)陶渊明的门第观念；(3)从《形影神》诗看陶渊明的玄学观；(4)陶渊明当隐士的阶级实质；(5)陶渊明的刺世诗；(6)陶渊明的嗜酒与守穷；(7)陶渊明的"躬耕自资"和《桃花源记》。

有的附录中收有与作者同时人的有关诗文作品，有助于读者了解作者其人其诗文，这种附录在诗文别集中颇为常见。如李云逸《王昌龄注》（上海古籍出版社1984年版）的附录之二，收录唐孟浩然的《与王昌龄宴王道士房》、《初出关旅亭夜坐怀王大校书》、《送王大校书》、《送王昌龄之岭南》及王维、王缙、裴迪、李白、常建、李颀、岑参等唐代诗人的诗作，都是与王昌龄有关的赠别、游览等诗。李嘉言《长江集新校》有"贾岛交友考"等。

八、索引

有关于原书的索引，如"注释条目索引"、原书"人名索引"、"篇目索引"、"引书索引"等；有研究作者及其作品的主要论文索引等。

一般附录还要列出引用参考书目，注明书名及版本名称。有些著作需附若干图表、照片等。上述附录内容并非所有诗文作品都这么齐全。事实上，哪些作为附录，哪些不作为附录，并无定式，视实际情况斟酌而定。

第四节 序跋及其撰写

给文学著作加上序或跋，最早可溯源至《诗》之《大序》，此后遂成为我国文人的传统习惯。序言或放在书的前面，或放在书的后面（称后序）。跋放在书的后面，又称题跋或跋尾。序，又可写作"绪"或"叙"。细分起来，序言和跋还有不少名目，如序录、序略、书后、题词、例言、凡例、述、评等，新出版物的序言名称还有导言、前言、出版说明、编校说明、点校说明、编辑说明、出版者说明等。一般来说,序跋是在著作写成后,对其写作缘由、内容、体例和目次等加以叙述、申说,是属于文学著作编纂整理的后道最重要的工序。

序文撰写就作者而言,有自序、代序两大类。由诗文作者或点校注释者、主持出版影印工作者自己所写的序跋,为自序。最有代表性的是诗文作者的自序。这些自序除有"序典籍之所以作"的内容外,往往还写出自己的思想学术观点,也有自述家史和写作背景的。如司马迁《史记·太史公自序》、班固的《汉书·叙略》、鲁迅的《二心集·序言》、《冰心散文选》(人民文学出版社1991年版)冰心的《自序》、《再版自序》等。自序中往往闪烁着作者的个性。如清郑板桥的诗篇,有郑板桥写的两篇序,极精审:

前刻诗序

  余诗格卑卑,七律尤多放翁习气。二三知己屡诟病之,好事者又促余付梓。自度后来亦未必能进,姑从谀。而背直惭愧汗下,如何可言!板桥自题。

后刻诗序

  古人以文章经世,吾辈所为,风月花酒而已。逐光景,慕颜色,嗟困穷,伤老大,虽刳形去皮,搜精扶髓,不过一骚坛词客尔,何与于社稷生民之计,三百篇之旨哉!屡欲烧去,平生吟弄,不忍弃之。况一行作吏,此事又束之高阁。姑更定前稿,复刻数十首于后,此后更不作矣。板桥又题。

  板桥诗刻止于此矣,死后如有托名翻板,将平日无聊应酬之作,改窜烂入,吾必为厉鬼以击其脑!

郑板桥的诗歌风格特色、内容及其文学观点,都可从上引二序中窥知大略,且板桥的谦逊、嫉恶如仇的性格也跃然纸上,使人过目难忘。作者自序的价值还不至于此,有些自序还起着目录和条例、提要的作用,是后世研究作者生平、思想、作品立意及全书面貌的重要资料,这些资料是最可宝贵的第一手资料。试举唐皮日休自撰的《文薮序》为例:

> 咸通丙戌中,日休射策不上第,退归州东别墅,编次其文,复将贡于有司。发箧丛萃,繁如薮泽,因名其书曰《文薮》焉。比见元次山纳《文编》于有司,侍郎杨公浚见《文编》,叹曰:"上第,污元子耳!"斯文也,不敢希杨公之叹,希当时作者一知耳。赋者,古诗之流也。伤前王太佚,作《忧赋》;虑民道难济,作《河桥赋》;念下情不达,作《霍山赋》;悯寒士道壅,作《桃花赋》。《离骚》者,文之菁英,伤於宏奥,今也不显《离骚》,作《九讽》。文贵穷理,理贵原情,作《十原》。太乐既亡,至音不嗣,作《补周礼九夏歌》。两汉庸儒,贱我《左氏》,作《春秋决疑》。其余碑、铭、赞、颂、论、议、书、序,皆上剥远非,下补近失,非空言也。较其道,可在古人之后矣。古风诗,编之文末,俾视之,粗俊於口也。亦由食鱼遇鲭,持肉偶膗。《皮子世录》著之于后,亦《太史公自序》之意也。凡二百篇,为十卷,览者无诮焉。

作者自序风格多样,可以说是八仙过海,各显神通。现存的文学史料中,这类自序在古代文学作品中所见已不多,但在现代文学作品集中还较多见。目前最常见的是整理、刻印这些文学史料的工作者的自序,这种自序的写法虽然也可因人而异,但大体有过基本要求,容后文详述。

代序,主要指请人代序。如请自己的师友或这门学问的专家权威写。早在晋左思写《三都赋》时,请皇甫谧代写了一篇序。据《世说新语·文学》载:

左太冲作《三都赋》初成,时人互有讥訾,思意不惬。后示张公(华)。张曰:"此二京可三,然君文未重于世,宜以经高名之士。"思乃询求于皇甫谧。谧见之嗟叹,遂为作《叙》。于是先相非贰者,莫不敛衽赞述焉。

这是借名人以自重。

不管自序也好,代序也好,序跋的目的都应该是为了方便读者,使读者较全面地理解作者及原书,如果借名人给自己壮声色、捧场面,那就背离了撰作序跋的目的了。

序跋在形式上的特点是理论的、概括的、原则的,内容要求具有对全书的总说明、总交待的性质,文字要精实、严洁。文学史料整理者的序言,更是该书学术质量的集中反映。下面,我们主要探讨一下文学史料整理者的序跋的撰作内容及方法。

一、关于作者情况的介绍。如有不少诗文别集,作者无歧异。序言中要用较大篇幅介绍作者的生平行事。往往是知名度较小的作者,或者在古代知名度很大,现时因种种原因被冷落了的作者化的笔墨要比大名人多一些,因为鲜为人知,读者希望从序跋中多了解一些作者情况。所以更需要广为采撷,不仅要从正史本传中找,还要从野史、笔记、墓碑、墓志、地方小志等文献中去找。现代文学作者则可从本人日记、亲人回忆、友人交往及知情人的口述等方面去采集。如20世纪30年代著名的学者、散文家袁昌英,今天的读者已不了解她了。这是一位不该被遗忘的作家。王之平在《袁昌英散文选集》的《序言》中,以《纵横的足迹》为目,记述了这位散文家的一生丰富经历,从她两次出国留学,到在北京、上海、四川、武汉等地从事教学、写作的情况,以及父母、丈夫、女儿乃至异国朋友都作了较详细的介绍,使我们对这个"第一位在英国获得硕士学位的中国妇女"肃然起敬。(见百花文艺出版社1991年版)

如果遇到该书作者为伪托或佚名时,则需要作一些必要的考证,陈述己见。同时也要介绍学术界对此问题的讨论意见及其所持根据。

二、关于本书内容的简单介绍。如果是文学总集,就要说明本书内容所属,所收诗文的时限、范围、数量,然后对该书内容作一较为全面的介绍。如系山水诗的选本,一般来说,序言中要向读者简单介绍山水诗产生、发展的历史以及山水诗的思想、艺术特色,在中国诗歌史上的地位等。如果是寓言选本,一般也应将我国寓言的主要特色作一概貌性的介绍,使读者对这种文学体裁的发展流变有个基本把握。别集的内容介绍对文学大家可省略些,因为有关许多专著足可参资。如《鲁迅全集》、《茅盾全集》等,往往只标明收录的内容,并不作具体的分析介绍。对原书内容的介绍,要分析原书的学术价值、思想价值,指出其历史上曾经发生的作用、现在仍然具有的价值等。这就需要站在比较客观、公允的立场上,对本书作全方位的观照,切忌偏执。如金涛声新点校本《陆机集》的《前言》,详细介绍了作为文学家的陆机的文学创作:诗歌、赋作、散文。在讲陆机诗作时,先总体介绍诗作的内容:入洛以前往往抒发国破家亡的感慨,入洛以后则多叙写人生离合的悲欢和仕途艰危的苦闷。然后指出其中有不少感情真切、清新可诵的作品。原则的评价也不可流于空泛,所以《前言》还具体分析了数篇此类的作品。在肯定作者诗歌创作成就的同时,也指出了陆机诗作的弱点:题材比较狭窄,内容也较贫乏。诗作艺术方面,一则肯定了陆机作诗注意刻炼,词句华美,讲究排偶,因而工稳精到,提高了诗歌创作的艺术技巧,促进了向格律诗的发展。同时指出了陆机诗歌艺术助长了当时诗坛上形式主义的倾向,对南朝绮丽诗风的形成产生了不良的影响。因为陆机不仅是一位能诗善文的作家,而且还是一位有特殊地位的文学批评家。他的《文赋》是我国文学批评史上具有里程碑意义的重要文献。所以《前言》对《文赋》作了全面介绍和评介;关于《文赋》的写作年代、评价、创作目的以及《文赋》论述的创作过程、创作技巧、作文弊病等一系列问题,《文赋》的历史价值等。

三、关于该书著录及刻印流传情况。这部分内容,包括整理者的研究成果,是《序言》中的重要内容。仍以《陆机集·前言》为例:

> 陆机所作的诗文,原来是比较多的。陆云《与兄平原书》说:"兄文方当日多,但文实无贵于多,多而如兄文者,人不厌其多也。"还说他曾"集兄文为二十卷"。可见陆机是个多产的作家,其作品在他生前已由陆云编辑成集。《北堂书钞》卷一百引晋葛洪《抱朴子》说:"吾见二陆之文百许卷,似未尽也。"《隋书.经籍志》载:"晋平原内史《陆机集》十四卷。梁四十七卷,录一卷,亡。"说明在两晋南北朝时期,《陆机集》卷帙浩繁,至少有近五十卷。到了隋唐时期,散佚已多,所以《旧唐书·经籍志》和《新唐书·艺文志》著录《陆机集》仅止十五卷。宋代以后,据晁公武《郡斋读书志》、陈振孙《直斋书录解题》和《宋史·艺文志》著录,《陆机集》只有十卷。晁公武说:陆机"所著文章凡三百余篇,今存诗、赋、论、议、笺、表、碑、诔一百七十余首,以《晋书》、《文选》校正外,余多舛误"。晁氏著录的本子也就是后来徐民瞻所搜求到的十卷本。这个十卷本显然是宋人重新纂辑而成的,主要采自《文选》、《玉台新咏》等总集和《艺文类聚》、《初学记》等唐人类书,集中残篇断简比较多,已经远非陆集的原貌。
>
> 宋刊十卷本《陆机集》已经亡佚,今天留存的只有明陆元大翻宋本(《四部丛刊》影印)和知不足斋所藏影宋钞本(现藏北京图书馆)。影宋钞本经卢文弨、严久能校勘,比陆元大翻宋本略胜一筹。另外,明汪士贤辑有《汉魏诸名家集》,其中《晋二俊集》系从陆元大本翻刻,舛误与陆本悉同。清钱培名

《小万卷楼丛书》中,亦有《陆士衡文集》十卷,并附有《札记》一卷,包括校记和补遗两部分,校勘较为认真,并辑补了一些佚文,在《陆机集》的整理上较前人进了一步。

这里,整理者首先依据资料记载,将陆机诗文集的著录流传概况作了考证性介绍,然后介绍今存《陆机集》版本的渊源及其优劣。从目录版本学角度交代了全书,其中有考证,反映了整理者的研究深度和广度,富有学术价值。

四、整理者的工作说明。包括底本的选择及依据、校勘所据校本、参校本、注释原则及内容、体例编排、佚文收集及附录内容等方面。

如钱谷融主编的《中国现代文学作品选》,是作为高等学校文科教材的,《出版说明》中对采用的版本及注释作了如下说明:

> 本书所选篇目,都采用最初发表或最初出版的版本,以显示历史原貌,使学生能从文学史的观点了解、评析中国现代文学。其中有些作品,作者后来作过修改,在思想和艺术上都比最初发表时有所提高。有些作者希望采用修改后的版本,但为了体例一致,只能请作者谅解。……选入的台湾作家的作品,目前直接取最早版本存在困难,故于文末除标明最早发表处外,又标明本文选自何处。据我们了解,这些作品发表后未曾修改过,所以本书采用的实际上也就是最早版本。又,本书的注,也都是最初发表时作者的原注。一般说,经过修改后的作品,在各大学图书馆里不难找到,教师在讲课时,可视需要,比较最早版本和修改后的版本的异同,以利于培养学生史的观念和鉴赏作品的能力。

详细交代了底本的选择原则及根据。这也是本选本的一个主要特色。

古代诗文的整理者的说明比较复杂,内容也较多。有的在《序言》作交代,有的将此项内容专放在《凡例》中说明,这《凡例》也起了《序言》作用,且所列内容井井有条,使读者一目了然。如余嘉锡《世说新语笺疏·凡例》第一条讲《世说新语》流传较早的版本及其优劣:

> 《世说新语》流传较早的刻本是南宋刻本。现存所知有三种:(1)日本尊经阁丛刊中所影印的宋高宗绍兴八年董弅刻本。书分三卷,书后有汪藻所撰《叙录》两卷,包括《考异》和《人名谱》各一卷。(2)宋孝宗淳熙十五年陆游刻本,明嘉靖间吴郡袁褧(尚之)嘉趣堂有重雕本。书分三卷,每卷又分上下。清道光间浦江周心如纷欣阁又重雕袁本,稍有刊正。光绪间王先谦又据纷欣阁本传刻。(3)清初徐乾学传是楼所藏宋淳熙十六年湘中刻本,与绍兴八年本相近而与袁本颇有不同。沈宝砚有校记,见涵芬楼影印嘉趣堂本后。三种宋刻本,以第一种董弅本最佳。

第二条讲日本藏唐写本《世说新书》(唐人称《世说新语》为《世说新书》)残卷及其校勘价值。第三条讲本书所据底本及参校本,以及校记原则。第四、五条则讲本书的编次、笺疏体例。第六讲附录内容。最后还讲了为什么要做索引和做哪些索引。

五、尾语。序跋文的最后一个内容,一般都要谈一谈在整理该书的过程中,曾得到过谁的帮助、指导,包括业务上的指导和资料的提供,曾参用了谁人的研究成果。如果经当代某学者审阅或题签,也应指出,并以致谢。这样做,一则实事求是,不掠美,为学人之道德;二则借该书出版之际对帮助过你的人道谢,也是应有的礼貌。事实上,学无止境,即使学问再好,也不敢说该书的整理已是尽善尽美了。所以最后还会加几句看似谦虚,实亦必要的谦抑之句,欢迎读者批评指正。

并不是所有的书都是序跋齐备的,事实上,有序无跋的情况较多,有跋无序的情况要相对少一些。也并不是所有书的序跋都必须写上述这么多内容。在撰作序跋的时候,还有两个问题应该注意。

第一个问题是,如果一书有序有跋,必须有所分工,不说重复的或题外的话。一般来说,序言部分通常是写作者的生平事迹、该书的内容、思想及艺术价值、原书的版本及体例、整理者的工作情况等。跋文,古籍跋语多数是叙述版刻源流或刻印该书的详细经过,以校刻人写的跋文题识为多。如前文提到的顾广圻的跋。今人金启华、张惠民等编集了《唐宋词集序跋汇编》,可以参看。今天整理者的跋文,大多写与整理该书有关的一些事情,或者刊印此书时遇到了一些新问题,在原序中不及提到而必须作一交代的事项。篇幅比序言要短小些。如果序言中已将要说的话都已说尽,以后又没有碰到别的意外,也就不必再写跋语了。

第二个问题是序跋的内容应根据文学史料的性质和读者对象而定。这里尤其要注意区别不同读者对象。有些文学史料是供专业人员阅读研究之用的,材料本身足以说明问题,用不着再用长篇序言作一般介绍,只需用简短的出版说明或重印说明,交代一下该书性质及所用版本就行。为专家们提供的文学史料总集和别集的序跋,要注重学术性,如考订资料的来源和收藏情况,版本和内容的考证辨伪等。因为读者虽为专业人员,但他们的研究也有分工,对资料的来源、版本真伪、史料真伪等也不是所有专家都能掌握的。序跋里将这些情况作了交代,对专家也就具有一定的帮助。

为一般读者服务的文学读物的序言则与专供专业人员阅读研究所写的序言侧重点有所不同。两者虽都需对读者起指导作用,但具体内容并不一样。它虽亦要求学术性,但学术性融於知识性和通俗性之中，着重指导读者正确理解该书的思想内容和艺术价值。所以要向读者较详细地介绍该书的内容、该书产生的历史条件、时代背景、作家的生平历史和思想、艺术成就，对该书作品要有中肯的分析和评介。所以撰写的时候，必须做到两个结合：概括与具体深入细致的分析相结合，这是其一。因为概括性的结论和评价可以使读者对该书有个全面的认识，而具体深入的分析则有助于读者具体地、感性地理解这些概括性的结论和评价。这一点，对古代文学史料更需如此。因为古代文学史料是我国封建社会的产物，受到那个社会的种种条件的制约，其中有许多东西已很难为今人所理解，如何正确认识这些东西，涉及到立场、观点和思想方法诸问题，也涉及到必要的历史文化知识，所以更需要整理者通过序跋等方式，指导读者正确阅读。深入与浅出相结合，这是其二。深刻的内容、深邃的艺术内涵需要让广大读者理解，这就必须"浅出"。所谓"浅出"，就是行文必须明白如话，让人一看就懂；要尽量注意通俗性，这样就易于为广大读者所接受。这一类书籍的序言不可用半文半白的语言来写，因为文虽雅训，然易流于晦涩、巧僻。给专业人员提供研究的文学书籍的序言，为了求得文章的洁净，间用些文言短语未尝不可，有的甚至可全用文言写。给一般读者阅读的文学读物的序言就不适合采用了。另外，也不宜过多堆砌一些专业术语。

第六章 资料汇编的编纂

中国各类文史古籍浩如烟海,给初学者与研究者在史料的搜检上造成极大的困难。为了省却初学者的暗中摸索之苦,减轻研究者的查检之劳,不少学者致力于资料汇编的编纂。郑振铎曾说,这类书"可以省掉我们许许多多的翻书的时间",我们对编著者"往往是抱着很大的敬意的"。

第一节 文学资料汇编的类别

资料汇编,即是将各种文献中的有关资料,按照一定的要求,分门别类地加以编排整理,汇成一帙,以供学者查检之用。中国古代的类书,可以说就是一种资料汇编。一些综合性的类书如《太平御览》、《永乐大典》、《古今图书集成》,收录资料范围极为广泛,天地万物,人文自然,几乎无所不包。现代的资料汇编,则往往是对某一人物(作家)、某一流派、某一作品或某一历史阶段的有关史料的编辑整理,专业化程度较高。

文学方面的资料汇编,丰富多样,大致可分为以下几类。

一、文学家研究资料汇编。中国文学史上有很多著名作家,其作品流传千古,为历代读者所欢迎,自然也引起了研究者的重视。中华书局出版的资料汇编丛书《古典文学研究资料汇编》中,大多是这一类型的资料汇编。如《陶渊明卷》上下编,上编是综合评论,为北京大学、北京师范大学中文系的教师同学合编,所收资料自南北朝至1948年;下编以陶渊明的作品为纲,辑集历代诸家评论,系北京大学中文系师生所编。又如华文轩编的《杜甫卷》(上编,唐宋之部)、陈友琴编的《白居易卷》、吴文治编的《柳宗元卷》等,皆是这类资料汇编。此外,如本书"戏曲曲艺史料"章提及的李汉秋等编的《关汉卿研究资料》,亦属这一类型。这类资料汇编,大多辑录有关作家生平思想、作品本事、后人评论及影响等方面的资料。

二、文学流派研究资料汇编。中国文学史上流派纷呈,在一定程度上推动了文学创作的发展。这些流派,有的在当代即已树立门户,自觉形成,如明代前后"七子"。但大多数是时人或后人根据一些作家的创作旨趣、作品基本情调与风格的异同,予以命名的,如唐代王维、孟浩然的山水田园诗派与高适、岑参的边塞诗派,明代汤显祖的"临川派"、沈璟的"吴江派"等。由于文学流派人数较多,作品相对来说也较丰富,在一定程度上反映了一个时期的文学思潮和文学面貌,因此,辑集文学流派的研究资料,于文学史研究极为重要。傅璇琮编的《古典文学研究资料汇编·黄庭坚和江西诗派卷》即是此类资料汇编。此书将有关黄庭坚、江西诗派及其代表作家的资料汇为一帙,大大方便了学者的研究。1984年由福建人民出版社出版的芮和师、范伯群、郑学弢、徐斯年、袁沧洲编辑的《鸳鸯蝴蝶派文学资料》,是继魏绍昌《鸳鸯蝴蝶派研究资料》(史料部分)后的又一部关于清末民初重要文学流派鸳鸯蝴蝶派的资料汇编。与流派资料汇编相近的,还有社团资料汇编,如《文学研究会资料》、《创造社资料》等(详见本书第六编)。

三、专书研究资料汇编。中国文学史上有的作家以一部作品名垂史册,或生平事迹难于详考,这在通俗文学如小说创作领域中尤为多见。于是专家们在编纂资料汇编时,多以作品为名。如本书"小说史料"章介绍的一粟的《古典文学研究资料汇编·红楼梦卷》、朱一玄的《金瓶梅资料汇编》等。这类资料汇编,为数甚多,尤其在古代小说领域,几乎凡是名著皆有资料汇编,是一个较为突出的现象。

四、某一文学样式研究资料汇编。此类资料汇编,实际上前人即已有编纂,如清人厉鹗之《宋诗纪事》、近今人陈衍之《元诗纪事》、陈田之《明诗纪事》、唐圭璋之《宋词纪事》、钱仲联之《清诗纪事》等。本书"小说史料"章提及的蒋瑞藻的《小说考证》(实兼及戏曲》、鲁迅的《小说旧闻钞》以及孔另境的《中国小说史料》等,亦是此类资料汇编。这类资料汇编,有的规模很大,卷帙浩繁,史料丰富,对学术研究有极大帮助。

五、文学批评研究资料汇编。有关文学批评研究资料的汇编,种类较多,其中主要的有两种:一是有关序跋的辑集,如大连图书馆参考部的《明清小说序跋选》(春风文艺出版社1983年版)、蔡毅的《中国古典戏曲序跋汇编》(齐鲁书社1989年出版)等;二是将有关评点文字汇集一册,如俞平伯的《红楼梦脂评辑校》、朱一玄的《红楼梦脂评校录》、陈庆浩的《新编石头记脂砚斋评语辑校》(增订本)等(详本书"小说史料"章)。

六、特种文献汇编。如王利器的《元明清三代禁毁小说戏曲史料》(详下文)和本书"小说史料"章提及的朱一玄的《古典小说版本资料选编》等,即属此类。

由于中国古代文学样式丰富,作家作品众多,因此,资料汇编的编纂自然也可有各种形式和类型。以上六类,只是一个大体的划分。有些资料汇编是跨类的,可以从不同的角度进行分类。

第二节　资料的搜集和编纂

一、资料的搜集

搜集资料是第一步的重要工作。要善于从各种书目、索引中寻找有关资料的线索,如《四库全书总目》、《中国丛书综录》,历代官修、私撰书目,篇目索引、传记资料索引等等。

此项工作之难,在于搜集那些极其分散的、而又没有现成工具书予以直接揭示的资料。例如对作家、作品的评论资料,在中国古籍中几乎无所不在,但多杂见或散见其间,不成系统。所以,编纂者除了要阅读大量诗话、词话、曲话、文话、诗文纪事一类书籍之外,还要详细了解作家的交游,从有关作家的文集、书信、日记、回忆录等资料中去查找。在查寻过程中,思路要开阔、灵活,善于抓住关键性线索,如有些作家兼擅书画,那么,在书画史料著作中如元末陶宗仪《书史会要》(有上海书店1984年影印本)这类书中,或亦能找到明前有关作家的史料。

至于查寻有关作家、作品对后世影响的资料,时间跨度大,难度亦大,不妨先从流派入手。如明代"七子"宗唐,推崇李白、杜甫,那么,在他们的文学理论及创作中,必然可以查到有关唐代诗人如李、杜等人对后人影响的史料。

有的资料汇编,并非先确立题目,然后着意搜集资料编撰的,而是研究者为了教学或科研的需要而查寻,或是平时读书时随手摘录收集材料,以备不时之需,久之而积累成较为系统的资料,然后予以整理编纂,公诸同好。因此,资料汇编的编纂,还在于平时博览群书,做个有心人,注意点滴资料的搜罗与积累,从本原上用力,渐渐盈科而进。由于中国古籍的浩繁无涯,这一工作实在是没有止境,要求学者花费很大的精力,来为此作出贡献。

二、编纂工作中的几个问题

资料的搜集,这是资料汇编所必不可少的准备工作。下一步的任务即是如何编纂搜集来的资料,使之成为一部切实可用的研究史料汇编。

由于资料汇编的种类较多,侧重点不同,加之编纂者掌握的资料也有多寡不等的情况,因此,如何编纂资料汇编也有不同的方式。但是,也因为资料汇编具有为学者有效地提供研究史料的原文这样一个普遍性质,所以在编纂上也有一些大致相同的方式。这里,就若干共同性问题作简单的评述。

一、材料的取舍。各类材料尽可能全面地搜罗以后,便要对之作一番去伪存真、去粗取精的工作。有的材料可能由于各种原因而产生真伪的问题,如在江苏大丰、兴化等地发现的施耐庵史料,学术界颇有争议,对这类资料就需要做一点辩伪或说明的工作。又如编纂元末文学家王冕的资料,《元史》中的《王冕传》自然是重要的传记资料。但是,《元史》中的《王冕传》是据明初文学家、理学家宋濂的《王冕传》写成的,见于《宋学士集》,较之《元史》本传更为真实生动。在这里,不妨两篇传记一并收入,以便研究者比较利用,如若只取一篇,当以宋濂原作为佳。这需要编纂者具备明辨、别择的能力。

二、材料的校勘。中国古籍,辗转钞胥或刻印,甚或有故意删改原文的情况。如《四库全书》所收书,有碍清廷统治的内容被痛加删改。遇到这类材料,编纂者必须对照各种版本,择善而从。而且,考虑到编纂者的校勘亦难免讹误,所以,对所校改的文字,最好另列校记,如不另列校记,亦须将原文与校改文字同时标明,以便读者对照。如朱一玄的古代小说资料汇编,即将校改文字附于原文之后,用括号加以区别,表现了严谨的治学态度。

三、材料的编排。这是又一关键工作,应尽量做到科学合理。

可根据掌握材料的具体情况与研究的实际需要，采用不同的编排方法。一般说来，要注意到下列几个问题：

（一）材料的分类。将各种材料按其不同的性质与内容加以分类，有利于材料的组织安排。如朱一玄的《三国演义资料汇编》等古代小说资料书，皆依据材料的内容分为"本事"、"作者"、"版本"、"评论"、"影响"等五编。也有的资料汇编根据材料的文体分类。

（二）材料的排列。各种材料既经归类，还需要妥善处理排列的先后。一般的处理方法是将其按产生的年代先后序列。这种方法的好处是可使研究者了解同一类材料所揭示的内容、对象在各个不同时期的情况，有利于从史的角度来加以研究采用。如王利器的《元明清三代禁毁小说戏曲史料》（增订本，上海古籍出版社1981年版），即将各种材料分为"中央法令"、"地方法令"、"社会舆论"三大编，然后各编或再分子目，如"社会舆论"编又分为"官箴"、"家训"、"舆论"等八个子目，每编每目的材料再按时代先后排列。这样，又有类别，又见时代先后，条理清晰，读者使用起来也就较为方便。

（三）材料的版本。中国古籍版本问题较为突出，一种书有多种版本的比比皆是。所以，不仅在搜集、校勘材料时须考虑到版本问题，而且在最后编定时也必须在每条材料后注明所据版本，以便学者按照注明的版本寻找原书复核所引材料。有的资料汇编忽略了这一点，使得研究者在使用材料时，发生疑问，亟须查核原书而茫然不知所向。

四、编者的意见。在编纂资料汇编时，编者对各类材料进行整理编排，做了大量的工作，因而也产生了各种看法，这些看法直接表达了编者的学术见解，具有不容忽视的参考价值。尤其是在辨析材料的真伪、年代先后、版本源流等问题时，都有赖于编者的学术水平作出抉择。朱一玄的古代小说资料汇编系列，采用了在辑录资料后面加以"编者注"的方法,向研究者解释问题,表述编者的见解。李汉秋等编的《关汉卿研究资料》等书,也间或在材料后添加按语。

五、附录。有的资料汇编,在书后编排附录材料,如有关的专著、论文的索引和引用书目等。这起到了增扩资料汇编信息量的作用,对于研究者也很有帮助。

资料汇编的编纂,方式多样,这里只是就一些普遍性的问题而论。统观目前已面世的文学资料汇编,很少看到资料汇编附有本书的索引。如果在编成一部资料汇编后,以适当的方式编制本书的索引,如引用书名索引、篇目索引及人名索引,可以更好地增强资料汇编的工具性和实用性。

吴调公在为《秦观研究资料》所写的序中说:"这种'研究资料'虽说是工具书,但如果搜罗得法,编辑得质量较高,它完全有可能显示学养深厚的编撰者的功力,而无愧于与那些论析、考辩的著作分庭抗礼。等闲视之,自然是错误的。"资料汇编的重要性与价值正是如此。这一工作对于学界来说,是无私奉献、功德无量的事业,值得我们由衷感佩。

第七章　年谱与诗文系年的编纂

年谱是将个人的生平事迹、道德学问、文章事业等按年月编排的一种历史性传记。它与其他传记的不同在于：以谱主为中心，年月为经纬，客观叙述，细致全面，被视为研究谱主的重要资料。

诗文系年是按照年月编排考订文学家作品的一种著述体裁。便于研究者了解作品创作时间，从而进一步了解作品的时代背景、创作动机，透辟地分析作品的思想底蕴，并有助于考察作家的生平事迹。

第一节　年谱的编纂

年谱从谱牒、年表、传状等多种传记体裁演变而来，融各种传记体裁的长处于一身，别是一家，蔚为大国。这不仅因为年谱是探究谱主时代背景与思想发展轨迹之重要史料，而且可以补正史传之讹缺。有些谱主甚至借年谱以自鸣。种种原因，使年谱得以迅速发展，迄今未衰，成为历史传记中一朵盛开的奇葩。

一、年谱的纂例

年谱的纂例，以前有梁启超在《中国历史研究法补编》中设《年谱及其做法》专章加以讨论,后来,来新夏、徐建华又在《中国的年谱与家谱》(商务印书馆1999年版)予以总结。谢巍在过目4000多种年谱后,更撰成专文总结,①可谓细致周详。笔者阅读了数十种今人所编年谱(谱主包括古人、近人、今人),觉得在文谱、表谱、诗谱、图谱、综谱等表达方式中,文谱最为常用,年谱的编纂在总体上也归趋于下述数端:

1. 作谱贵在真实,一切从实际出发,凡事作忠实的历史记录;广集资料,审慎择取;查证辨析,存真弃伪。

2. 谱书内容包括:图片、目录、序(或说明)、编例、正文、附录、后记(跋)。

3. 正文于每一年(月)之下分时事和谱文两部分。时事主要摘述该年(月)历史大事、文化动态等。谱文为主体,叙述谱主本事。年谱作者可加按语说明,(有的年谱专列注释,与时事、谱文并列),标注资料出处,引世人评论以便知人论世等等。时事的摘述,目的是揭示背景,强化谱主本事的整体性。

4. 附录包括谱主交游考,谱主生平有关资料、谱主著述考、本事征引书目、索引,以及其他相关资料。

并非每部年谱的编写都完全按上述的编例,而且也无须强求一律。根据谱主的特点,可以在上述编例的基础上进行增减。增加的如:在正文前列有谱主的世系表,或写有传略,有的在附录中还附有谱主研究论著索引等等。减少的如:在谱文中注意反映谱主的交游,不专列交游考,也无谱主著述考、索引等等。

二、确定选题与主旨

年谱的选题是撰写年谱首先要考虑的问题。编年谱之前,先

---

① 参阅谢巍《年谱的纂例》,分上、下篇,载于《文献》1986年2、3期。又可参看谢巍《中国历代人物年谱考录》(中华书局1992年版)前《论年谱的作用和价值(代序)》。

要考察谱主其人的思想、学术等。分析他有何历史功绩,是否值得为他编年谱？前人是否曾为他编写年谱？有几种传世？对已有的年谱是否觉得粗疏？或者想从谱主生活的另一侧面为之撰谱。在弄清了这些问题以后,即可确定选题。若选题不慎,则导致该年谱撰写意义不大,或遭他人讥评。如清代学者张穆在撰写《顾亭林年谱》颇著声名后,未编纂与顾氏地位相埒的黄宗羲的年谱,反而编纂以考据见长的阎若璩的年谱,曾有人"颇怪石洲（张穆）既为顾谱而不为黄谱,乃纂辑及于阎潜邱。潜邱虽考据有声,其大节果足视亭林耶？毋亦籍隶太原,石洲遂有香火之情耶？一唱百和,耳食之徒遂于报国寺顾祠之旁复创阎祠以为之配。噫！其有当于知人论世之为乎？"（谢章铤《课余偶录》卷3）这段评论是否允当,可作别论,但它透露了年谱选题宜慎重的消息。

选题确定后,应确定主旨,即编纂的意图和内容侧重面,以主旨为中心线索来贯串全书,才能使资料搜集,论述考辨都能有所归依而不致使年谱成为漫无涯涘的流水簿。我国历史上,既是政治家又是文学家,既是艺术家又是科学家,以一人而兼数长的人物不在少数。在为这些人物编年谱之前,要确定突出其哪方面的贡献。

三、资料收集与考辨

好的年谱多广泛集录丰富的资料,曲畅旁通,考辨分析,折衷一是。广泛地收集、占有材料是编纂年谱的前提,一般来说,可分以下几个层次进行：

1. 搜集已有的谱主年谱（有的谱主一人多谱）、传状、墓志铭、史传、回忆录以及家谱中有关谱主的传记资料。

2. 搜集谱主本人撰写的奏稿、手札、诗文、著述等有关资料。

3. 搜集与谱主有关的人物的著述、谱传,从中爬梳出与谱主生平行事有关的资料。

4. 搜集谱主所处时代及其行踪所至地区的官书、方志、笔记、杂著及诗文集中的有关记载。

5. 搜集后人对谱主的论述评价。

搜集的材料不仅限于书面材料,还应包括口碑、遗迹、实物、金石铭刻,以及图像照片等。

资料收集齐全后,应对材料进行考辨、系年,去粗取精,弃伪存真,力求系年准确,处理得当。考辨的情况比较复杂,一般来说,原始材料比较可信,如书信、日记、档案、家谱、族谱等。原始材料中又分谱主所写原始材料和他人所撰原始材料,可信程度一般以前者为高。至于辗转后出的材料,失实的可能性就大一些。当然,后出转精者亦有之。所以考辨时要谨慎,最好不要凭孤证立说。若诸说并立,难以断论,则案而不断,将诸说简要列出,让读者判断,俟诸他日再考。

资料的收集与考辨关系至密。资料必须经过考辨才能确定其真伪、价值,考辨是在充分占有资料的基础上进行的。资料搜集得愈广愈多,考辨时愈得心应手。通常是在大量材料的基础上考辨;而考辨时遇到不少问题,又带着这些问题,顺藤摸瓜去占有更多的材料。无怪乎梁启超在论述年谱编写之难时发出这样的慨叹:

> 资料少既苦其枯竭,苦其罣漏;资料多又苦其漫漶,苦其抵牾。加以知人论世,非灼有见其时代背景,则不能察其人在历史上所占地位为何等。然由今视昔,影像本已朦胧不真,据今日之环境及思想以推论昔人,尤最易陷于时代错误。是故欲为一名人作一佳谱,必对于其人著作之全部(专就学者或文学家言,别方面则又有别当注意之资料),贯穴钩稽,尽得其精神与脉络。不宁惟是,凡与其人有关系之人之著作中直接语及其人者,悉当留意。不宁惟是,其时之朝政及社会状况,无一可以忽视。故作一二万言之谱,往往须翻书至百数十种。其主要之书,往往须翻至数十遍。资料既集,又当视其裁断之

识与驾驭之技术何如。盖兹事若斯之难也!(《中国近三百年学术史·谱牒学》)

梁氏浩叹为古人作年谱之难。其实,为同代人作年谱又何尝不难呢?如许寿裳、周作人、许广平合撰的《鲁迅年谱》,其挂漏讹误之处也不少。① 谱主亲友撰写的年谱尚且如此,更何况与谱主关系不密切的一般人所撰写的年谱呢?

考辨的过程一般以两种形式表达,或在谱文中加作者案语说明,或另列注释阐明。

四、时事的编纂

年谱虽不若评传可以对人物直接加以臧否,但可以将人物置于一定的社会、历史环境中加以考察,在叙事中寓含对人的评价,收到知人论世的效果。

"时事"不仅包括重大的社会变革、历史事件。对于文化人来说,文化动态也是"时事"必须反映的重要内容。编写年谱中的"时事"部分,宜掌握这样的取舍标准:事件虽大,若与谱主无关,可不入谱;反之,事件虽小,但与谱主有关,亦可入谱。否则,时事部分易成为历史大事记的移植,与其他同时代人的年谱的时事部分也会完全雷同,倘若如此,年谱的时事部分也就失去了编纂的意义。

五、附录的编纂

年谱之后往往有好几种附录,既可以弥补在正文中言犹未尽的缺憾,又可以让读者一目了然地了解谱主某一方面的情况。附

---

① 参王观泉《在三十周年与四十周年之间——编写〈鲁迅年谱〉的缘起和心得》、陈漱渝《〈鲁迅年谱〉(四卷本)得失谈》,俱载《辞书研究》1989年第3期。

录的重要性早已引起谱学家的重视,前人沿用已久,因为"年谱资料或内容重复,或词嫌累赘,或仅备参证,或轶闻琐事,一时难以全部甄选入谱而弃之又不无可惜之处。因此不妨采用在谱尾增附录一体以保存资料。"①今人在前人的基础上,对附录的内容有了改革增删,更切实用。一般来说,有以下几种附录,不同的年谱视各自的特点选择使用。

1. 征引书目 书目或分类编排,或按作者时代先后排,或按年谱引用先后排。一般宜将撰写年谱时曾参考引用的书籍全部列入。一是为了说明信而有征,二是便于读者按图索骥,作进一步的查考或深入的研究。征引书目已逐渐成为必不可少的年谱附录。

2. 有关谱主生平事迹的材料 如各体书籍中有关谱主的传记、逸事、评论等,一般分类编排,同类型的则按材料写作时代先后排列。

3. 谱主相关人物情况 有的纂为交游考,即从各种文献中提玄钩沉,考订与谱主往来较密切的人物何时何地与谱主订交,对谱主有过什么影响。有的编为有关人物简况,即把出生在谱主之前,难以系入谱文,而日后又和谱主发生各种关系的人物作择要简介。

4. 谱主遗文 即将在编纂年谱过程中发现的未收入谱主文集的遗文全部录出。

5. 谱主著述考 即将谱主一生的著述分类编排,考订其著作权、存佚、流传情况等。

6. 索引 分为数种类型:①大事索引年表,按年择系大事,注明页;②本谱人名索引,一般按笔画或音序排列;③有关谱主研究论著索引,一般分著作、论文二类,类下按论著发表(出版)的时间先后编排。

---

① 来新夏《年谱编纂法的探讨》,载《辞书研究》1989年第3期。

第二节 诗文系年的编纂

诗文系年与文学家年谱有共同的地方,也有相异之处。文学家年谱主要按年月记述谱主的时代背景、生平事迹、文学活动,编次有关文学作品。它可以数者并重,也可以突出文学作品的编次。诗文系年则以编次诗文为主,以"谱文"(反映时代背景、生平事迹等的材料)为辅,甚至没有"谱文"。可见按年月编次诗文是两者的共同特点。但年谱中只需反映与谱主生平事迹关系较大的诗文,不必求全责备,而诗文系年则必须将作家所有的作品系年排列,一时难以系列者,也须注明。

大多数诗文系年的正文含有两方面的内容:一是比专门年谱简单得多的谱文,再就是具体的诗文按年编排。其编纂体例和方法都与前述年谱的编纂有许多共同之处,不一一赘述,这里只简略地谈谈两种较重要的考辨方法:①

1. 史料参比法　即从各种文献资料中搜求有关记载,从这些材料与作家作品的纵横关联中寻找坐标,考定作家的行止出处及作品的创作时间与地点等。

史料参比法为大多数年谱、诗文系年编纂者所采用,如清顾栋高在《司马温公年谱·凡例》中云:

> 公文章篇目下识年月最详,而如《祔庙议》、《配天议》、《宗室袭封议》,系国家大典礼,反无年份。今以《宋史·礼志》考之:仁宗祔庙,为崩之本年嘉祐八年癸卯十一月二十九日。配天明堂,为英宗治平元年甲辰季秋,大飨宗室。《袭封》注云:

---

① 下文多参考安旗、薛天纬《作品分析与〈李白年谱〉的编写》,载《辞书研究》1989 年第 3 期。

"时在学士院。"按《宋史·神宗本纪》熙宁二年,诏祖宗之后世袭补外官。公时以翰林学士建议,中有去年闰十一月之文,则当在熙宁三年无疑也。

顾栋高采用的即史料参比法。这种方法的优点是可信程度高,比较科学。但若史料短缺,则无从稽考,加上有不少文学作品并不涉及具体的人事,这就给考定作品的创作年月带来了困难。

2. 诗文内证法　从诗文作品本身出发,通过对诗文的鉴赏分析,或相关诗文的综合排比,探求作品之间的联系,挖掘底蕴,总结规律,进而对写作的时间、地点、历史背景以及作家事迹行状做出大体的判断。这种方法我们称之为诗文内证法。比较适用于"主观之诗人"的作品,或者抒情性较强,并无涉及具体现实人事的作品。

此法前人也多用之。如张采田编《玉溪生年谱会笺》时,即重在"以意逆志",先探得作品思想感情的奥义,再在深刻理解了作品旨趣与命意的基础上,根据作者生活经历和思想感情演变的轨迹,确定作品系年。

除了"以意逆志"外,还可排比作品,寻找相互间的联系,从中清理出诗人某段经历的线索。清仇兆鳌在为杜诗编年时即应用此法,并在《杜诗详注·杜诗凡例》中说:

> 依年编次,方可见其生平履历,与夫人情之聚散,世事之兴衰。今去杜既远,而史传所载未详,致编年互有同异。幸而散见诗中者,或记时,或记地,或记人,彼此参证,历然可凭。

运用诗文内证法往往易使作品系年不够准确,因此要尽可能利用史料参比法,万不得已才使用诗文内证法。当然遇到棘手的问题时若能综合运用两种方法,则能使结论更具说服力。

上文介绍了年谱、诗文系年的编纂法。在这里,我们还应该注意到一种现象:古代的、尤其是近代出版的某些年谱,除了谱主的史学资料外,大有融作者评传、作品系年于一炉的趋势。有鉴于此,有的学者建议多编合谱,即将有密切联系的两个或两个以上谱主的事迹合为一谱编排。这样可以避免材料的重复,节省读者的时间,收到事半功倍的效果。另外,年谱应与评传、诗文系年有所区分,即在年谱中不必对谱主事迹妄加批评,只作客观的叙述。至于作品系年,前人在编别集时多已在作品下注明时间的就不必另编专门系年,可以采用文集分体编排,在题下或目录上注明写作时间的办法。若该作家作品创作时间前人多未注出,则应下工夫编专门的作品系年,以做深入研究作家、作品之助。

第八章　书目与索引的编纂

书目与索引，同为线索型工具书。关于它们的定义、功用，第三编"检索方法论"已论及。本章讨论其编纂问题。

第一节　书目的编纂

书目的编纂，大体可分为选题、搜集资料、著录、组织款目、编排全书等几个阶段。关于选题、搜集资料的原则、方法及其重要性，上文已探讨过，这里着重研究著录、组织款目等问题。

一、著录

《中华人民共和国国家标准·普通图书著录规则》（GB3792.2—85)对"图书著录"作如下解释：

在编制图书目录时，对图书内容和形式特征进行分析、选择和记录的过程。

用以揭示图书内容和形式特征的记录事项，称为著录项目，如书名项、责任者项（著者、编者、译者等）、版本项、出版发行项、载体形态项、提要项、排检项等等。

若干著录项目组合成一个单元——款目（或称条目），完成对一书的描述。一批款目按照一定的方式组织编排,便是书目。

各种书目的编纂,根据不同的目的要求,著录项目可详可简。现试分为题录式书目和提要式书目两大类予以说明。

1. 题录式书目　指仅描述图书外部特征的书目。其中最简要者,只著录书名、责任者、出版(发行)者、出版(发行)日期。如《八十年来史学书目》的著录方式：

　　　诗史　李维　北平石棱精舍　1928

有的书目,除上述项目外,还著录载体形态等项目。如《全国新书目》1991年第7期"新到样书"栏著录：

　　　李白全集编年注释/安旗主编.——巴蜀书社,1990.12.——3册；大32开.——36.40元

册数(或页数)、开本均属载体形态项。

有的书目,注明图书的收藏者,如《中国地方志联合目录》、《现存宋人别集版本目录》等。

2. 提要式书目　指具备提要项的书目。这种书目,除描述图书的外部特征外,还描述其内容特征。

提要有详有略。略者仅数十字或百余字,实际上是简介。详者多在千字以上,对图书作较深入的描述。如郑庆笃等编《杜集书目提要》,对所收古籍,先简介著者生平及其著述,后介绍该书内容、体例、特点、成书过程、版式、刊梓流传情况等,属"详式"。

有的书目,详录原著的章节标题,对重要处还摘录其内容要点,使读者更具体的了解各书面貌。如陈玉堂的《中国文学史书目提要》,即属此类。

有的书目,习称为"辑录体"者,详录原书序跋、各家考订、评语,并附编者本人的见解。如周采泉的《杜集书录》即是。

二、款目的组织

对各书的著录完成之后,也就是说,反映各书内容和形式特征

的款目形成之后,便要把这些款目按一定的方式排列。组织成书目的正文,即一部书目的主体部分。

款目的组织形式,主要有分类法、时序法、地序法、字顺法等等。

就文学类书目而言,分类法最为常用。如《中国文学史书目提要》,分为"通史编"、"断代史编"、"分类史编"三大编,"分类史编"又分为韵文、美文、诗、赋、词、散文、骈文、小说等十类。

时序法,或按图书出版时间的先后为序排列,如王世德的《近六十年我国出版的美学著译书目》;或按著者出生年代先后排列,如《现存宋人别集版本目录》。

地序法多用于地方文献目录,如《中国地方志联合目录》。

字顺法,按书名或著者姓名首字的笔画(或汉语拼音、四角号码)为序排列。《中国近代作家传记暨著述要目》,系按作家姓氏笔画为序。

此外,还有主题法(详第三编第二章第二节)。在文学书目的编纂中,此法尚未普及。

上述诸法,时常是交互使用的。如《中国文学史书目提要》,先是分类编排,同一类中再按出版年月先后为序编排。

三、书目的整体结构

一部书目的基本构成,大体上依次为:说明部分(前言、凡例或编写说明)、目次、正文部分、辅助索引、附录。其中"目次"是反映正文中款目的序次的;"辅助索引"的编制,是为读者增加检索入口(如正文款目系分类编排,索引则以字顺法编列书名或作者姓名);附录的内容视具体情况而定,如藏书单位简称表(常置于前言后)、待访书目、引用书目等。

书目的辅助索引,标目后所注出处通常是本书目的页码。因此,须在正文已印出清样、版面不再改动的情况下,才能将索引编定。这样势必延误出版时间。为此，索引编者有时采用另外的办法：书目正文定稿后，依次给所有款目编号（流水号）；辅助索引所注出处，据流水号而不管页码。采用此法，辅助索引与正文便可同时定稿发排。《近三十年国外"中国学"工具书简目》、《八十年来史学书目》、《郡斋读书志校证》(1990年版)的辅助索引，均采用此法。

第二节　索引的编纂

与文学史料工作关系密切的索引，有字词索引、句子索引、专名索引、篇目索引、关键词索引等，本书第三编第二章第三节已作介绍。本节仅就索引编纂中的共同性问题略作阐述。

一、款目的基本结构

索引的基本组织单位是款目（或称条目），款目一般由四个项目组成：序号、标目、附注、出处。如《后汉书人名索引》"王褒"条：

1010_4 王

00　王褒　　宣帝时人，字子渊 40 上/1328

这里，序号是 1010_4（"王"的四角号码）和 00（"褒"的前两个角码），是排检的依据；标目是"王褒"；附注是"宣帝时人，字子渊"，以区别于另一个王褒（成帝时人）；出处是"40 上/1328"，表示第 40 卷上，中华书局点校本第 1328 页。

现分别对序号、标目、附注、出处略作补充说明：

1. 关于序号，上例因标目按四角号码编排，故序号是"数序"。在按分类法编排的索引中，序号则表现为"类序"。在按汉语拼音字母编排的索引中，序号表现为"音序"。对索引编者来说，在写卡片时便应标明序号,排卡时就方便了。但在整理定稿时,并非每条款目都要标上序号(流水号则当别论),而是用类似"同类项合并"的方法。例如,在音序索引中,"章"、"漳"、"张"都归属 zhāng,"帐"、"障"、"丈"都归属 zhàng。zhāng 和 zhàng 作为同音标记、,分别统领"章"、"漳"、"张"和"帐"、"障"、"丈",誊清稿不必在每个字前都标音序。

2. 标目的形态,因索引类别的不同而不同。在篇目索引中,表现为篇名(文章标题);在专名索引中,表现为人名、地名、书名等;在句子索引中,表现为诗句、文句;在字词索引中,表现为单字或词、词组。

3. 附注,是对标目的补充说明。以上所举"王褒"的附注,属限定性(或称区分性)说明。人名索引、地名索引的附注多属此类。在篇目索引中,附注一般用来点明虚题(如《一点建议》)或半虚题。如中华书局版《中国古典文学研究论文索引》著录的一篇论文:

关于王国维三题(祖保泉)　安徽师大学报(1980.1 期)
　　(注:对王国维自杀问题的看法;漫评《人间词话》;试评王国维的词。)

附注点明"三题"是什么,化虚为实。当然,对篇目索引(题录)来说,并不要求篇篇都加上这样的附注,附注也不宜长,否则就近乎文摘了。

4. 关于出处,亦有详略之别。以报刊篇目索引为例,略式仅著录报刊名、日期、卷(期);详式则进一步指明报纸的第几版,或期刊的起止页码。著录起止页码,最大的优点是使读者大体知道文章的篇幅。如上海图书馆编《全国报刊索引》(哲社版)1991 年第 5 期著录一文:

09269　文学史动力结构刍议/陈伯海//江海学刊.
—1991,(2).—144～153

这里"144～153"为起止页码。

二、索引编纂工作的优化

索引编纂的步骤和技术细节，在钱亚新《索引和索引法》（商务印书馆 1930 年版）、洪业《引得说》（引得编纂处 1932 年版）、潘树广《古籍索引概论》（书目文献出版社 1985 年版）、日本索引家协会《索引编制工作手册》（赖茂生等译，北京大学出版社 1988 年版）等书中已有详细论述，本书不赘述。此处仅就索引的优化问题，谈几点看法。

1. 深化对编纂对象的研究，是提高索引质量的关键。郑振铎早在 1937 年就说过："编著专书的索引，第一个条件，要对那部书有研究，第二个条件，要懂得'索引'的编纂方法，那并不是一件容易的事。"[1]将研究放在第一位，实在是精辟之论。专书索引如是，其他索引亦如是。有些索引之所以质量不高，就在于没有对编纂对象作深入研究。尤其古籍索引，由于编者对所编古籍中的专用名词、典章制度未详考，导致读破句，标错号；或由于对同名异人、一人异名未辨析，导致两人变一人、一人变两人，此类事屡有所见。质量较高的索引，如傅璇琮等编《唐五代人物传记资料综合索引》、林仲湘等编《古今图书集成索引》，都是编者调用多方面的知识，对编纂对象进行深入研究，才编成的。[2]

2. 直接取材于一次文献，是保证索引的全面性和准确性的重

---

① 《索引的利用与编纂》，收入《郑振铎古典文学论文集》（上海古籍出版社 1984 年版）。

② 参阅《唐五代人物传记资料综合索引·前言》、《古今图书集成索引》的凡例、简释、表、后记。

要基础。这问题在编纂专科性报刊论文索引时表现得尤为突出。例如编《××学论文索引》,编者不是首先直接取材于该学科的核心期刊,却全赖《全国报刊索引》等二次文献间接取材。虽说《全国报刊索引》收报刊达 2000 余种,但它收录文章是经过筛选的。有些文章对你的专业来说是重要的,而《全国报刊索引》未必收录;如果《全国报刊索引》分类或著录有误,你也就跟着错。严肃的做法应当是直接取材于核心期刊和相关报刊(《全国报刊综引》可作为辅助线索),并于索引的最后列出文献来源(如"引用报刊一览表")。

3. 选择编纂体例有的放矢,有利于充分发挥索引的学术功用。例如,为《文心雕龙》编逐字索引,无疑是有用的,但篇幅既大,对文学批评史研究者又未必实用。朱迎平编的《文心雕龙索引》,设计独到。它分四个部分,第一部分是文句索引,读者可用来查找《文心雕龙》中的每一个句子(但须记得首字);第二部分是人名索引,适用于查考刘勰对各类人物的评论;第三部分是书名篇名索引,既适用于查考刘勰对各作品的评价,又适用于辑佚、校勘;第四部分是文论语词索引,适用于辨析文学批评概念术语。这部索引吸取了句子索引、专名索引、关键词索引的优点,并附《文心雕龙》全文,而全书规模只不过 390 余页(大 32 开本),分量适中而切于实用。

4. 重视辅助索引的编制,是加深引得深度的重要措施。典型的事例是《全国报刊索引》的改进。自 1991 年第 1 期起,该《索引》哲社版在完善原来的分类体系的基础上,新增"著者索引"和"题中人名分析索引",检索途径增多,引得深度加深,用途更广。由于采用电子计算机编排,流水号的编码和统计分析都较为方便和准确。

最后要强调的是,20 世纪 80 年代,我国国家标准局批准发布了一系列与书目索引编纂出版有密切关系的国家标准,如:《检索期刊编辑总则》(GB3468—83)、《文献著录总则》(GB3792.1—

83)、《普通图书著录规则》(GB3792.2—85)、《连续出版物著录规则》(GB3792.3—85)、《非书资料著录规则》(GB3792.4—85)、《档案著录规则》(GB3792.5—85)、《古籍著录规则》(GB3792.7—87)、《检索期刊条目著录规则》(GB3793—83)、《文摘编写规则》(GB6447—86)、《文后参考文献著录规则》(GB7714—87)等等。90年代,有些书目索引,如《全国新书目》、《全国报刊索引》等,已按有关标准著录和编排。中国标准出版社2010年1月出版《文献著录 第1部分:总则》(中华人民共和国国家标准,GB/T 3792.1—2009,代替GB/T 3792.1—1983;2009年9月30日发布,2010年2月1日实施)。文献著录的新国标共分9部分:第1部分:总则;第2部分:普通图书;第3部分:连续性资源;第4部分:非书资料;第5部分:档案;第6部分:测绘制图资料;第7部分:古籍;第8部分:乐谱;第9部分:电子资源。第2部分以下将陆续发布实施。

标准是一个动态的系统,要及时准确了解我国最新的标准信息,可以上国家标准化管理委员会网站 http://www.sac.gov.cn 和国家发展和改革委员会产业协调司主管的标准网 http://www.standardcn.com 检索。

参 考 文 献

中国史学史［第一册］　白寿彝著　上海人民出版社 1986 年版
史学概论　吴泽主编　安徽教育出版社 1985 年版
历史方法论大纲　　［苏］E. M. 茹科夫著　王環译　上海译文出版社 1988 年版
当前史学主要趋势　［英］杰弗恩·巴勒克拉夫著　杨豫译　上海译文出版社 1987 年版
史料与史学　翦伯赞著　北京大学出版社 1985 年版
史料和历史科学　荣孟源著　人民出版社 1987 年版
史料学概论　谢国桢著　福建人民出版社 1985 年版
中国古代史史料学　陈高华等著　北京出版社 1983 年版
清史史料学　冯尔康著　沈阳出版社 2004 年版
中国近代史资料概述　陈恭禄编著　中华书局 1982 年版
中国近代史料学稿　张革非等编著　中国人民大学出版社 1990 年版
中国现代史史料学　张宪文编著　山东人民出版社 1985 年版
中国现代史史料学　何东著　求实出版社 1987 年版
中国语言文字学史料学　高小芳编著　南京大学出版社 2005 年版
中国古典文学史料学　徐有富主编　南京大学出版社 1992 年版
先秦两汉文学史料学　曹道衡、刘跃进著　中华书局 2004 年版
隋唐五代文学史料学　陶敏、李一飞著　中华书局 2001 年版
中国小说史料学研究散论　朱一玄著　南开大学出版社 1999 年版
词学史料学　王兆鹏著　中华书局 2004 年版
中国文献学　张舜徽著　中州书画社 1982 年版
文献学讲义　王欣夫述　上海古籍出版社 1986 年版

梁启超论清学史二种（清代学术概论　中国近三百年学术史）　朱维铮校注　复旦大学出版社 1985 年版
陈垣学术论文集（1～2）　中华书局 1980～1982 年版
校勘学释例　陈垣著　北京师范大学出版社 1982 年影印本
古籍整理概论　黄永年著　陕西人民出版社 1985 年版
古籍索引概论　潘树广编著　书目文献出版社 1985 年版
中国历史文献学史述要　曾贻芬、崔文印著　商务印书馆 2000 年版
古典文献及其利用　杨琳编著　北京大学出版社 2004 年版
中国文学目录学　谢灼华编著　书目文献出版社 1985 年版
古典目录学　来新夏著　中华书局 1991 年版
中国古代的类书　胡道静著　中华书局 1982 年版
中国地方史志论丛　中国地方志协会编　中华书局 1984 年版
方志学概论　来新夏主编　福建人民出版社 1983 年版
历代笔记概述　刘叶秋著　中华书局 1980 年版
档案文献编纂学　曹喜琛等编著　档案出版社 1987 年版
档案文献学　黄存勋等著　四川大学出版社 1988 年版
中国近代报刊史　方汉奇著　山西人民出版社 1981 年版
中国近代报刊发展概况　杨光辉等编　新华出版社 1986 年版
社会科学文献检索　赵国璋、朱天俊、潘树广主编　北京大学出版社 2005 年 2 版
语言文学文献检索与利用　潘树广主编　武汉大学出版社 1988 年版
古典文学文献及其检索　潘树广编著　陕西人民出版社 1987 年版
书林清话　叶德辉著　中华书局 1987 年重印本
古籍版本学概论　严佐之著　华东师范大学出版社 1989 年版
版本学概论　戴南海著　巴蜀书社 1989 年版
古代版本鉴定　李致忠著　文物出版社 1997 年版
新文学资料引论　朱金顺著　北京语言学院出版社 1986 年版
鲁迅著作版本丛谈　唐弢等著　书目文献出版社 1983 年版
书籍装帧艺术简史　邱陵编著　黑龙江人民出版社 1984 年版
古籍考辨丛刊（第一辑）　顾颉刚辑　中华书局 1955 年版
伪书通考　张心澂编撰　商务印书馆 1957 年修订本
续伪书通考　郑良树编著　台北学生书局 1984 年版
古籍辨伪学　郑良树著　台北学生书局 1986 年版
古书真伪及其年代　梁启超著　中华书局 1955 年重印本
校勘学概论　戴南海著　陕西人民出版社 1986 年版

校勘学大纲　倪其心著　北京大学出版社 1987 年版
中国古籍辑佚学论稿　曹书杰著　东北师范大学出版社 1998 年版
传统媒介与典籍文化　于翠玲编著　中国传媒大学出版社 2006 年版
唐宋词史　杨海明著　江苏古籍出版社 1987 年版
唐宋词通论　吴熊和著　浙江古籍出版社 1985 年版
清词史　严迪昌著　江苏古籍出版社 1990 年版
中国散曲史　罗锦堂著　台湾中国文化大学出版部 1983 年版
中国散文演进史　倪志僩著　台湾长白出版社 1985 年版
中国散文史（上）　郭预衡著　上海古籍出版社 1986 年版
中国小说史略　鲁迅著　人民文学出版社 1973 年版
晚清小说史　阿英著　人民文学出版社 1980 年版
话本小说概论　胡士莹著　中华书局 1980 年版
唐前志怪小说史　李剑国著　南开大学出版社 1984 年版
汉魏六朝小说史　侯忠义著　春风文艺出版社 1989 年版
宋元戏曲史疏证　王国维著　马美信疏证　复旦大学出版社 2004 年版
中国戏曲史长编　周贻白编著　人民文学出版社 1960 年版
中国戏曲通史　张庚、郭汉城主编　中国戏剧出版社 1980～1981 年版
唐戏弄　任半塘著　上海古籍出版社 1984 年版
中国曲艺史　倪钟之著　春风文艺出版社 1991 年版
敦煌学概论　蒋亮夫著　中华书局 1985 年版
民间文学搜集整理问题（第一集）　中国民间文艺研究会编　上海文艺出版社 1962 年版
中国民间文学概要　段宝林著　北京大学出版社 1985 年增订本
中国少数民族文学　毛星主编　湖南人民出版社 1983 年版
中国现代文学史　唐弢主编　人民文学出版社 1979 年版
中国现代文学三十年　钱理群著　上海文艺出版社 1987 年版
中国古代史籍校读法　张舜徽著　上海古籍出版社 1980 年新 1 版
怎样标点古书　管敏义著　书目文献出版社 1985 年版
古籍点校疑误汇录（1～6）　国务院古籍整理出版规划小组编　中华书局 1984～2002 年版
训诂通论　吴孟复著　安徽教育出版社 1983 年版
训诂学　郭在贻著　中华书局 2005 年版
训诂学概论　黄典诚著　福建人民出版社 1988 年版

中国语言学史　王力著　山东教育出版社 1990 年《王力文集》(第 12 卷)本

考古工作手册　中国社会科学院考古研究室编　文物出版社 1982 年版

西文工具书概论　邵献图等著　北京大学出版社 1988 年版

语言文字的信息处理　陈明远编著　知识出版社 1982 年版

参考工具书指南　Guide to Refferrence Books/E. P. Sheehy. -10th ed. -American Library Association, 1986

最佳参考工具书　Best Reference Books　1970～1980/Susan Holet B. S. Wynar. -Libraries Unlimitied, 1981

日本的参考图书　解说总览　日本图书馆协会 1980 年编辑发行

增 订 后 记

《中国文学史料学》1992年由黄山书社出版以来,已经过去了20年,其间,1996年12月由台北五南图书出版有限公司在台湾出版繁体字竖排本。

在这20年间,尤其是进入21世纪的10年来,随着图书出版技术的快速更新,数字化出版的兴盛和我国文化建设事业的空前发展,我国文学史料的整理出版工作出现了令人欣喜的繁荣局面。学术界和出版界携手共进,对已经逝去的20世纪和新世纪开局10年的文学史料和相关研究进行了较为全面的历史性的回顾总结,整理出版了一大批重要的大型辑录汇编性史料,各类文学总集、别集、研究资料和工具书的系列在时间和空间上得到极大的延展和充实。数字化出版和计算机技术的加盟,使文学史料的载体形式展现出崭新的面貌,并创新了获取、检索和阅读文学史料的方法和途径。有鉴于此,我们决定对原书进行增订。

这次增订,我们在基本保持原有框架的基础上,做了较大的增改和调整,主要包括:

一、延伸时限。书中引用和论及文献资料的时间由原书的1991年下延至2010年底,间及2011年。

二、增删内容。随着时限的下延,全书各章节都增补了大量近 20 年来出版的重要文献和工具书，并删去部分功能已经为增入新书所替代的文献资料。由于受篇幅限制，删去原书附编"中国文学史料整理研究工作大事记"（公元前 11 世纪～公元 1991 年）。

三、调整结构。原书第八编现代技术应用论，论现代技术在文学史料整理研究工作中的应用，介绍复印、缩微、录音、录像、电子计算机技术等内容。由于这些技术很快已经普及，所以该编在 1996 年台北五南图书出版有限公司的繁体字版中已经减缩为"应用电脑作研究"，只包括"数据库与国际联机检索"和"利用计算机整理研究文学史料的成果简介"两小节，而且由正文降为附录。考虑到目前有关文学史料的数字化成果的大量推出，我们在第四编检索方法论中增设新章"数字化文献及其利用"，主要介绍重要的数据库和网络资源。同时删去第八编现代技术应用论。同样原因，原书第七编编纂方法论中的第九章"书稿规格与发排校对"一并删去。

本书的设计和主持者潘树广教授因病于 2003 年去世，没能主持这次增订，也无法看到这本倾注了他极大心血的著作的新貌。1991 年为本书撰序的贾植芳教授也于 2008 年去世。本次增订，我们将两位先生当年所撰序和前言冠首，保持原书面貌，谨以此表示我们深深的怀念。

涂小马　黄镇伟
2011 年 6 月于苏州大学

图书在版编目(CIP)数据

中国文学史料学/潘树广,涂小马,黄镇伟主编.
——上海:华东师范大学出版社,2012.2
ISBN 978-7-5617-8823-3

Ⅰ.①中… Ⅱ.①潘…②涂…③黄… Ⅲ.①文学史—史料学—中国 Ⅳ.①I209

中国版本图书馆 CIP 数据核字(2011)第 156237 号

华东师范大学出版社六点分社
企划人 倪为国

本书著作权、版式和装帧设计受世界版权公约和中华人民共和国著作权法保护

中国文学史料学

潘树广　涂小马　黄镇伟　主编

责任编辑	倪为国　刘小焰
封面设计	卢晓红
责任制作	肖梅兰
出版发行	华东师范大学出版社
社　　址	上海市中山北路 3663 号　邮编　200062
网　　址	www.ecnupress.com.cn
电　　话	021-62450163 转各部门　行政传真 021-62572105
客服电话	021-62865537(兼传真)
门市(邮购)电话	021-62869887
地　　址	上海市中山北路 3663 号华东师范大学校内先锋路口
网　　店	http://hdsdcbs.tmall.com
印　刷　者	上海印刷(集团)有限公司
开　　本	889×1194　1/32
印　　张	43
字　　数	1100 千字
版　　次	2012 年 2 月第 1 版
印　　次	2012 年 2 月第 1 次
书　　号	ISBN 978-7-5617-8823-3/I·791
定　　价	180.00 元(全二册)
出　版　人	朱杰人

(如发现本版图书有印订质量问题,请寄回本社客服中心调换或电话 021-62865537 联系)